De katholieke school

Edoardo Albinati

De katholieke school

Roman

Uit het Italiaans vertaald door
Manon Smits en Pieter van der Drift

Uitgeverij Atlas Contact
Amsterdam/Antwerpen

Deze vertaling is mede mogelijk gemaakt dankzij een bijdrage van het Italiaanse ministerie van Buitenlandse Zak3en en Internationale Samenwerking via het Italiaans Cultureel Instituut te Amsterdam.

Questo libro è stato tradotto anche grazie ad un contributo alla traduzione assegnato dal Ministero degli Affari Esteri e della Cooperazione Internazionale italiano attraverso l'Istituto Italiano di Cultura in Amsterdam.

De vertalers ontvingen voor deze vertaling een werkbeurs van het Nederlands Letterenfonds.

Nederlands letterenfonds
dutch foundation
for literature

Dit boek is een narratief werk. Daar waar namen, personages, verenigingen, organisaties, plaatsen, gebeurtenissen en situaties niet de vrucht zijn van de verbeelding van de auteur, worden ze gebruikt voor narratieve doeleinden.

Van het laatste notitieboekje van Cosmo, waarvan fragmenten zijn opgenomen in deel 9 van dit boek, is de integrale versie in het Italiaans gratis beschikbaar op de website http://www.rizzoli.eu/libri/la-scuola-cattolica/.

Uitgegeven in overeenstemming met Grandi & Associati, Milaan

Oorspronkelijke titel *La scuola cattolica*
Omslagontwerp Suzan Beijer
Omslagbeeld © AKG images
Foto van de auteur Angelo Lot
Ontwerp typografie Wim ten Brinke
Drukkerij GGP Media GmbH, Pößneck

ISBN 978 90 254 4975 9
D/2018/0108/729
NUR 302

www.atlascontact.nl

FSC www.fsc.org
MIX
Papier van verantwoorde herkomst
FSC® C014496

Inhoud

en dat de onreine geest, die uit een lichaam uitgegaan is,
zeven andere boze geesten vindt erger dan hij.

BLAISE PASCAL, *Leven van Jezus*

DEEL EEN

Christenen en leeuwen

Hoofdstuk 1

Het was Arbus die me de ogen opende. Niet dat ik mijn ogen eerst dicht had, maar ik had geen enkele zekerheid over wat ze zagen, misschien waren het beelden die werden geprojecteerd om mij te misleiden of gerust te stellen, en ik was niet in staat twijfels te koesteren over het schouwspel dat me elke dag werd voorgeschoteld en dat we 'het leven' noemen. Aan de ene kant accepteerde ik zonder morren alles wat ten deel valt aan een jongen van dertien, veertien, vijftien en de daaropvolgende leeftijden die dienen ter voltooiing van die 'fase' (ik heb het altijd horen definiëren als een 'fase', een 'moment', ook al kan dat van lange duur zijn, 'een gevoelig moment', of zelfs een 'crisis', waarop dan eerlijk gezegd weer andere momenten of fases volgen die al even gevoelig of kritiek zijn, die elkaar zonder tussenpauzes afwisselen totdat je groot bent, volwassen, oud, en uiteindelijk dood), ik nam alles zonder discussie tot me in de dagelijkse kantine waar de dingen worden geserveerd die iedere adolescent meemaakt, de beslommeringen die hem in beslag nemen terwijl hij opgroeit, zich ontwikkelt (kijk, 'ontwikkeling', ook weer zo'n sleutelwoord dat volwassenen gebruiken om de hangslotjes van de adolescentie open te wrikken, de moeilijke 'ontwikkelingsleeftijd', de 'persoonlijkheidsontwikkeling', en dan die vreselijke intransitieve uitdrukking 'hij is al ontwikkeld', waarmee de genitale geheimen worden afgedekt met een vettige waslaag), die wellicht zonder duidelijke volgorde zijn, maar wel de onvermijdelijke maaltijdgangen vormen van een adolescent: school, voetbal, vrienden, frustraties en prikkels, dat alles doorspekt met telefoongesprekken en tankbeurten en valpartijen met de scooter – kortom, dingen die iedereen meemaakt.

Aan de andere kant werd ik echter getroffen door een gevoel van verbijstering. Was dít het nou, het leven? Dat wil zeggen, was dit míjn leven? Moest ik iets doen om het tot mijn leven te maken, of werd het me zomaar verschaft en gegarandeerd? Moest ik het verwerven of verdienen? Misschien was dit leven tijdelijk, en zou het weldra worden vervangen door het definitieve. Maar als dat zo was, moest ik het dan zelf omwisselen of zou dat worden geregeld door iemand anders? Door een externe gebeurtenis? Het leven kan iets buitengewoons zijn, of heel normaal. Van welke soort was het mijne? Tot het moment dat Arbus ten tonele verscheen, kwamen dat soort vragen, die ik nu in elk geval weet te formuleren, al heb ik de pretentie om ze te beantwoorden allang laten varen, niet eens bij me op, ze vervaagden al voordat ze aan de oppervlakte van mijn bewustzijn kwamen, en veroorzaakten enkel een lichte trilling.

Alleen al het feit dat ik het 'bewustzijn' noem is een overdrijving. Het was hooguit het gevoel dat ik op de wereld was. Dat ik er was.

Degene die de meeslepende beelden voor mij en om me heen projecteerde was een tovenaar, een geest. Dat moet ik hem nageven. Zijn wonderlamp verspreidde volmaakte, zoete, glasheldere dromen, waarin ik aandachtig rondliep, op sommige momenten zelfs bijna in vervoering. Ik was zeg maar echt gelukkig en echt droevig. Ik snoof de mysterieuze lucht van de decors die om me heen waren opgebouwd en meteen na mijn vertrek weer werden afgebroken diep op. Iets gaf me het idee dat er vroeg of laat een doorslaggevend voorval zou plaatsvinden, dat niet zozeer de voorafgaande gebeurtenissen een voor een zou verklaren, maar ze aan elkaar zou naaien met een onweerstaanbare draad, zoals de draad die de bladzijden van een roman verbindt, waardoor je ze tot de laatste toe omslaat zonder te kunnen stoppen. Daardoor zou mijn leven en dat van anderen, die dus alleen maar op fictie lijken, maar wel de onverbiddelijke samenhang van fictie hebben, uiteindelijk echt, waarachtig genoemd kunnen worden...

Het waren precieze momenten, maar van een opperste onrust, ik weet niet hoe ik het beter zou moeten uitdrukken, waarin ik me met smartelijke helderheid bewust werd van de verwarring die over me heen kwam. Volledig. Die nam bezit van me zonder ruimte te laten voor iets anders – bijvoorbeeld ideeën, gedachten. Ik kon alleen nog maar voelen, meer niet. Ik voelde heel nauwkeurig het bloed dat stroomde, en zich ophoopte in mijn borst, mijn gezwollen, pijnlijke hart, ik bedoel, het deed letterlijk *pijn*, echt pijn, alsof het, om het taalgebruik van ouderwetse romans te bezigen, zowat *uit mijn borstkas barstte*, maar dat pijnlijke gevoel had een soort vreemde zoetheid, een zoetheid die echt heel vreemd was, net zoals al het andere vreemd was.

Arbus zat al vanaf het eerste jaar van de middenschool bij me in de klas, maar pas drie jaar later begon ik hem op te merken, toen de middenschool er al bijna op zat. Een maand voor het examen...

Leerlingen lopen per definitie altijd achter. Allemaal, zonder uitzondering. De leraren lopen trouwens ook altijd achter, ze redden het gewoon niet om het programma bij te benen dat ze zelf hebben opgesteld, en daarvan geven ze hun leerlingen de schuld, wat zowel terecht als onterecht is, want ook in het hypothetische geval dat hun klassen uitsluitend uit kleine genieën zouden bestaan, zouden de leraren het toch niet redden, dan zouden ze evengoed achterlopen, al was het maar één bladzijde, één regel of één millimeter. Het is hoe dan ook hun lot om te falen en het op te geven; bijvoorbeeld het voornemen om de hele Kant te behandelen binnen het een-na-laatste jaar van het gymnasium. De reden is onverklaarbaar en we kunnen alleen maar onze toevlucht nemen tot de raadselachtige uitdrukking 'door overmacht'. De doelen zijn speciaal vastgesteld om niet te worden gehaald, en de exclusieve aard van het doelwit is dat het niet wordt geraakt. Of het nu komt doordat de krachten gaandeweg afnemen, of doordat de finish onmerkbaar opschuift, of doordat aanvankelijke plannen te optimistisch of arrogant of abstract waren, of doordat de obstakels groter waren dan voorzien, en de dagen met regen of ziekte of staking of verkiezingen onverwacht talrijk. Ik weet niet van welke vakgroep hij is en op welk onderzoek hij zich baseert, maar een bepaalde geleerde heeft berekend dat élk project dat wordt opgestart gemiddeld een derde meer zal kosten dan het aanvankelijke budget en dat er minstens een derde meer tijd dan voorzien nodig zal zijn om het te realiseren. En dat staat kennelijk onomstotelijk vast. Slechts enkele zeer zeldzame uitzonderingen onttrekken zich aan de wet van de constitutieve vertraging, en een daarvan was Arbus.

Arbus, Arbus, mijn vriend, ouwe spillebeen. Je was zo mager dat de aanblik van je ellebogen, wanneer je deed alsof je volleybalde om een onvoldoende voor gymnastiek te vermijden, anderen de rillingen bezorgde. Van medelijden of van afkeer. Om maar niet te spreken van je opperarmbeenderen en je knieën, waarvan de punten bijna door de stof heen priemden van je zwarte trainingspak met geel-groene randen dat jij zelfs in mei, en tot ver in juni nog mocht aanhouden vanwege je wisselvallige gezondheid. Hoezeer je ook veinsde op de wedstrijd gefocust te zijn, iedereen wist dat als de bal per ongeluk in jouw richting zou stuiteren, op het nietige stukje veld waarop we jou hadden afgezonderd zodat je het team zo min mogelijk schade zou berokkenen, je hem niet eens aan had zien komen omdat je intussen geboeid stond te staren naar de balken in het plafond van de gymzaal, alsof je in beslag werd genomen door de berekening hoeveel beton er nodig was om dat te stutten. En als je je dan toevallig, op het laatste moment gewekt door onze kreten, realiseerde dat je móést spelen (volleybal is een hysterische sport, een kwestie van cruciale ogenblikken, tijdens een hele wedstrijd raak je de bal gemiddeld zo'n vijf seconden aan en je beurt komt altijd onverwachts), Arbus, kom op! Ja, doe het!! Arbus, kùùùùt!!, en je met je lange, ongecoördineerde ledematen in het rond zou maaien in een poging waarvan niet duidelijk was of je de bal met opgeheven armen wilde afweren of van onderaf wilde opvangen of zelfs wilde vastgrijpen, zoals instinctief bij mensen opkomt als ze niet staan op te letten en ineens een voorwerp op zich af zien komen. En dat was dan ook precies wat jij in de meeste gevallen deed, je blokkeerde de bal in zijn vlucht en klemde hem tegen je borst en dan keek je naar je teamgenoten, alsof je met een half verward lachje hun goedkeuring zocht op exact hetzelfde moment dat het juist tot je doordrong dat je voor de zoveelste keer een blunder had begaan, wat werd bevestigd door het koor van je geergerde teamgenoten: 'O nee, nééééé, Arbus, wat dóé je verdomme!?' Dat overkwam je eigenlijk best wel vaak, dat de uitdrukking op je gezicht niet overeenkwam met wat je dacht of voelde. Je glimlachte terwijl je werd uitgekafferd.

Het geweldige van Arbus was dat hij niet ontmoedigd raakte, hij bleef onbewogen door wat er gebeurde. Een ander zou het geplaag en gescheld niet kunnen verdragen en de bal tegen zijn klasgenoten aan smijten, of ze te lijf gaan, of, zoals de zogenoemde mietjes doen, in huilen uitbarsten vanwege de eigen overduidelijke ontoereikendheid: reacties waarvoor ik zelf bijvoorbeeld heel wat keren afwisselend ben bezweken, niet bestand tegen de druk van andermans oordeel, dat bij mij al ongemak en agressie oproept wanneer het vleiend bedoeld is, laat staan wanneer het kritiek inhoudt. Van Arbus daarentegen kan ik niet zeggen dat ik hem ooit terneergeslagen of bezorgd heb gezien. Ieder ander zou onder dat soort situaties hebben geleden en ze vernederend hebben gevonden, maar Arbus niet, die bleef kalm alsof het hem niets kon schelen, of misschien kon het hem wel wat schelen maar zijn gezicht verried daar geen tekenen van, het was verstard in een soort vertraging ten opzichte van zijn te snelle geest. Hij deed er heel lang over om iets te registreren en het ene masker voor het andere te verwisselen. Ja, misschien zat Arbus gewoon zo in elkaar, bestond hij uit losse onderdelen die niet op elkaar waren afgesteld, een bliksemsnelle geest, een koud hart, een gezicht dat te traag was om de uitdrukking aan te passen aan de omstandigheden, waardoor het steeds de plank missloeg (wat hem, zoals we nog zullen zien, niet weinig problemen zal opleveren met zijn klasgenoten, met zijn leraren en andere autoriteiten, die zijn gezicht als brutaal, oneerbiedig zullen interpreteren, terwijl zijn woorden heel redelijk en onderdanig klinken, of andersom).

En dan was er natuurlijk nog dat totaal ongecoördineerde lichaam van hem. Arbus was een magere slungel, zijn ietwat Slavische gezicht omlijst door lange strengen zwart haar, zo vet alsof het nog nooit was gewassen, zijn mond met de dikke lippen eeuwig geplooid in dat irritante halve lachje, en dan die hyperintelligente blik achter een bril die perfect zou zijn geweest voor de geleerde in sciencefiction- en spionagefilms, van die types met enorme ogen achter jampotglazen, zeker als diegene dan ook nog eens waterblauwe ogen heeft zoals Arbus ze had, of kan ik beter zeggen zoals Arbus ze heeft, want Arbus leeft nog, dat weet ik zeker, ik heb er bewijs van, ook al heb ik geen idee waar hij woont en wat hij doet.

Hij kon weliswaar razendsnel leren (hij deed er half zo lang over als ik, en een kwart of een tiende van de tijd die anderen nodig hadden om theoretische lessen in zich op te nemen en uit te werken in oefeningen), maar hij was er net zo goed in om iets ogenblikkelijk weer te verleren. Niet dat hij het vergat, het was gewoon een gepasseerd station. Dingen die hij eenmaal had begrepen, waren op slag niet meer zijn aandacht waardig. Aan het eind van het jaar ledigde hij zijn hoofd, zodat hij weer klaar was om nieuwe dingen te begrijpen. Iemand die theorieën verslindt, drijft ze vervolgens uit. En de theorieen laten transparante sporen na van hun weg door de geest, het lijkt alsof ze alleen maar dienen om die te verbreden, om ruimte te maken voor de doorgang van andere, ingewikkelder principes. Wanneer het begrip zo snel gaat, hoeft het zich niet om te zetten in kennis.

Al in het eerste jaar op het gymnasium verblufte Arbus de paters en ons door naar het bord te gaan en een voor een alle stappen op te schrijven van het bewijs van een stelling die ons net was uitgelegd. Hij tekende histogrammen en liet de projectie van ruimtelijke figuren ronddraaien waardoor het leek alsof hij ze *daadwerkelijk* van alle kanten tegelijk bekeek – dat was nog eens kubisme! Zodra hij het krijtje weghaalde, dat hij met vlugge krassen over het bord had laten piepen, zonder enige aarzeling, bleef hij onbeweeglijk staan met zijn lange armen langs zijn lijf bungelend, de strengen haar tegen zijn wangen, zonder iets te zeggen, voor zich uit starend in het niets alsof hij nieuwe instructies afwachtte voor hij weer een beweging zou maken of een woord zou uitspreken. Als een robot die vanzelf in stand-by gaat tot hij het volgende commando krijgt. Zijn houding was er niet een van verveling of ongeduld, hooguit het tegenovergestelde, onverschilligheid. En inderdaad, wat viel er nog aan toe te voegen nu het probleem eenmaal was opgelost? Aangezien wij er tijdens de eerste uiteenzetting door de wiskundeleraar ook al niets van hadden gesnapt, werd ons alleen door de verbijstering die van het spitse gezicht van de pater was af te lezen duidelijk dat Arbus het precies had gerepliceerd. De leraar was er overigens niet al te blij mee dat het voor Arbus zo simpel was. Die simpelheid kon de indruk wekken dat zijn taak eigenlijk overbodig was. Mensen als Arbus hadden rustig thuis kunnen blijven, waar ze liggend op bed wat door het boek bladerden en zo in een halfuurtje een maand van het curriculum afhandelen. Of ze nu wel of niet naar school gingen, dat maakte in wezen geen verschil.

Misschien zou het verhaal van Arbus en zijn lot als begrepen genie beter tot zijn recht komen als het werd geschreven door de slechtste van de klas, de losgeslagene, of de eeuwige zittenblijver, zodat het contrast volledig tot uiting kwam. Maar nu zal het worden geschreven door mij, eveneens intelligent, begenadigd, maar niet zó begenadigd, en vooral ook te zwak van karakter om echt uit te blinken, zoals die jonge tennissers met een fantastische backhand aan wie experts een toekomst vol opzienbarende successen voorspellen, van wie men zou durven zweren dat ze een waar fenomeen zullen worden, maar die naarmate de jaren verstrijken nooit eens een belangrijk toernooi winnen omdat het hun aan iets ontbreekt. Maar waar ontbreekt het hun dan aan? Aan inzet? Lef? Doorzettingsvermogen? Kloten? Killerinstinct? Hoe moeten we dat noemen, die onzichtbare gave zonder welke de zichtbare weinig nut hebben? Het zal geen toeval zijn dat we het hebben over 'de nummer één van de klas', terwijl niemand het ooit heeft over de nummer twee of drie of de nummer vijf van de klas, zoals Zipoli en Zarattini, Lorco en ik waren, oftewel degenen die als gevolg van afzonderlijke prestaties enkele posities stegen of zakten in de ranking, waardoor we soms wel en soms niet bij de top tien van studiebollen zaten, zonder dat we er ooit ook maar in de verte in slaagden een bedreiging te vormen voor de aanvoerder van de lijst, Arbus, die stevig op de eerste plaats stond in elke soort ranglijst, ondanks enkele hoge cijfers die wij bij proefwerken hadden gescoord dankzij een spiekbriefje, en bij overhoringen waarbij ons door puur toeval alleen vragen werden gesteld over het *enige* hoofdstuk dat we hadden geleerd, of over het *laatste*, nog vers in ons geheugen. Vandaar onze onvermijdelijke pieken en dalen. De cijfers van Arbus daarentegen waren indrukwekkend, zijn resultaten vielen nooit buiten het eerste kwartiel, en bij hem waren de leraren meerdere malen genoodzaakt het grote taboe van de school van vroeger te doorbreken – namelijk de tien. Het cijfer dat zou moeten staan voor 'perfectie'. De leraren kwamen alleen al bij het idee dat ze dat in het klassenboek zouden noteren in gewetensnood, en trouwens, dat tweecijferige getal paste niet eens in het daartoe bestemde hokje. Maar ja, bij Arbus, dat realiseerden zich zelfs de meest conservatieve leraren, die van de gedachtegang 'Als ik jou een tien geef, wat zou ik Alessandro Manzoni dan moeten geven?', nou, bij Arbus konden ze echt niet om dat hoogste cijfer heen, zelfs niet als ze hun toevlucht namen tot muggenzifterij of tot de universele vergelijking met de oude Chinese wijzen of met Descartes. Persoonlijk ben ik nooit iemand geweest die nachtenlang boven de boeken hing, maar het mooie is dat Arbus dat nog minder was, sterker nog, ik denk dat hij thuis in zijn eentje nooit zat te leren. Trouwens, leren is maar saai.

Later, pas veel later, zou ik erachter komen dat een van de weinige dingen die Arbus daadwerkelijk en op systematische wijze bestudeerde de kunst van het doden was. Ik weet niet waar die opmerkelijke passie vandaan kwam, want hij was de zachtaardigste, ongevaarlijkste jongen die je maar zou kunnen aantreffen, vooral in die jaren die, zoals we in de loop van het verhaal zullen zien, werden gekenmerkt door een opvallende voorliefde voor de gewelddadige onderdrukking, niet uitgeoefend door de gebruikelijke categorieën die daar historisch patent op hebben, dat wil zeggen de rijken (vanuit hun status), de armen (uit overlevingsdrang) of de criminelen (vanuit hun aard of beroep), maar door zo'n beetje iedereen, versplinterd, geïndividualiseerd, gepersonaliseerd. Arbus kon niet worden omschreven als een agressieve of gewelddadige jongen, maar toch koesterde hij al in die tijd (ook al kwam ik daar pas later achter, tijdens de laatste jaren op het gymnasium) een diepgaande belangstelling voor dodingen, en dan welteverstaan dodingen op alle manieren en met alle middelen of wapens – voornamelijk in oorlogen uiteraard, want oorlogen verschaffen de grootste hoeveelheid en variëteit aan dodingen – en verder in rituelen en offerandes, uit zelfverdediging of wraak of door afrekeningen van gangsters of om zich te ontdoen van een vervelende echtgenoot of een ontrouwe echtgenote of uit pure wreedheid of door nauwgezet een executie uit te voeren – kortom, overal waar een mens was die met welke reden of doel dan ook een andere mens het leven ontnam, daar werd Arbus' aandacht op gevestigd. Voor de volledigheid moet ik eraan toevoegen dat mijn klasgenoot tevens was geïnteresseerd in het totaal andere uiterste (kennelijk werd hij aangetrokken door extremen): namelijk niet hoe mensen doodgaan of sterven, maar hoe ze kunnen overleven.

In feite bestaat het leven van jongetjes uit een voortdurende reeks dodingen, voor het merendeel denkbeeldig maar daarom niet minder afschrikwekkend. Bij elk spel dat we deden maakten we wel een aantal vijanden koud, en bijna altijd was het op een gegeven moment ook onze beurt om te sterven. Het was een vereiste van het verhaal.

De scène die ik waarschijnlijk het vaakst in mijn leven heb gespeeld, is die van de revolverheld die ineenzakt nadat hij is getroffen. Er bestond een breed scala aan snelheden en manieren van vallen, door de knieën gaan, wankelen, naar je borst grijpen en de armen spreiden, en daarna de neergang of de achteroverstorting, nog wat naschokken en een laatste poging je vijand nog neer te schieten voordat je de laatste adem uitblies. Doordat je werd verblind door het bloed en het stof kon je moeilijk mikken en trof het schot meestal geen doel. Je kunt niet ontkomen aan het lot van de spelletjes. Je hand viel slap op de grond en je vingers die de loop en de trekker hadden gevormd ontspanden zich na een laatste schok, voor eeuwig. We vergoten stromen bloed, waaronder dat van jezelf, het was een wezenlijke levensschool, en als je erbij stilstaat is het best vreemd dat maar zo weinigen uiteindelijk de simulatie in realiteit hebben omgezet en echte slachtoffers hebben gemaakt. Het verbaast me hoe zeldzaam het eigenlijk is dat mensen hun toevlucht nemen tot geweld, terwijl je dat toch alleen maar hebt zien verheerlijken in boeken, films en spelletjes, en je er tientallen jaren van hebt genoten op tv. Op mijn twaalfde had ik al duizenden mensen zien of laten sterven. Ik had deelgenomen aan executies en begrafenissen. En bloedbaden aangericht. Tegenwoordig bereik je datzelfde aantal al na een paar potjes van een willekeurige schietgame, dan heb je die klootzakken die daar tussen de struiken gehurkt zitten stuk voor stuk 'naar de hel' gestuurd. Je vaagt ze weg van je scherm. De vijand heeft zich verhonderdvoudigd en de middelen om hem te vernietigen zijn geperfectioneerd.

Ik zou niet weten of Arbus zich als volwassene ooit heeft gewijd aan dat soort games met hyperrealistische graphics, die een maximum aan waarachtigheid combineren met het toppunt van absurditeit. Niet om het een of ander, maar ik denk dat hij wel iets zou hebben met een mengeling die zo abstract en machtig is, maar tegelijkertijd ook kil, gebracht door een computer. Ik heb altijd het idee gehad dat Arbus' leven zich in de beslotenheid van zijn geest afspeelde, en zich dus uitstrekte over alle grenzen. In de krochten van zijn hersenen, daar kwamen de dingen tot leven; álle dingen. Als de term destijds al had bestaan, hadden we de plek waar mijn vriend vertoefde waarlijk kunnen omschrijven als een virtuele wereld. In de beschutting van het schild dat zijn intelligentie vormde gebeurden veel meer dingen dan in zijn dagelijks leven als hoogbegaafd jongetje, dat wil zeggen op een dag waarin alleen ruimte was voor school, de pianoles en de houdingsgymnastiek waarvoor hij elke dag moest oefenen, met behulp van apparaten die veel weg hadden van martelwerktuigen, met banden en stalen veren, om te voorkomen dat zijn te snel gegroeide ruggengraat scheef zou komen te staan. Ook weer aspecten van de ontwikkeling en de bijeffecten daarvan. Iets onbeheersbaars en in wezen weinig opwindends, dat hooguit tot uiting komt in een streepje op de wand dat zo'n twaalf centimeter hoger staat dan het streepje van het jaar ervoor. Poe poe, wat een voldoening. Maar in Arbus' geest was voldoende ruimte om elk onderwerp en avontuur te bevatten, en niets werd bij voorbaat uitgesloten omdat het te moeilijk of vreemd of gevaarlijk of verdorven was. Arbus' geest was onbeteugeld, die stopte nergens voor, erkende geen grenzen en overschreed die bijna zonder het te beseffen. Die geest kon elke hypothese in overweging nemen, zelfs de verschrikkelijkste.

Ik weet nog dat we het in de klas een keer hadden over de theorie van een schrijver die had voorgesteld, als een soort macabere grap geformuleerd in een plechtige taal (het was dus niet zo heel duidelijk of het hem ernst was of niet), om de honger van het volk te stillen door kinderen te eten. Het is bekend dat het grootste deel van de dingen die op school worden onderwezen, te beginnen bij de humanistische vakken, op het eerste gezicht onzinnig of overdreven overkomt en expres lijkt te zijn geopperd om reacties uit te lokken. 'Die lui zijn gek' is de gedachte die telkens bij je opkomt als je een filosofische of literaire theorie bestudeert, of de geschiedenis: de keizer die de zee liet geselen, de pijnappelklier, de theorie dat een kat tegelijkertijd dood en levend kan zijn, een rit op de maan waar ampullen liggen met daarin het sap van het verstand van waanzinnig geworden mensen, een mummiekoor dat om middernacht zingt, de monaden 'zonder deuren of ramen', en dan de grote politieke theoreticus die suggereert dat je je tegenstanders moet uitnodigen voor een etentje en ze dan moet wurgen... Personages met veel aanzien die zich een voor een ophangen, hun kinderen verslinden, hun moeder neuken, zich vergiftigen in de overtuiging dat ze zullen wederopstaan, het meer en het minder, de laatsten zullen de eersten zijn, levend of dood zijn is precies hetzelfde, enzovoort.

Toen de leraar ons uitlegde dat de auteur van het bewuste voorstel dezelfde was als degene die *Gullivers reizen* had geschreven, begrepen we dat het ging om iemand die gewend was de grootste onzin uit te kramen, en voelden we ons gerustgesteld met de nodige dosis scepsis waarmee de leerling de zoveelste absurde stelling het hoofd biedt. De enige die het een zinnige theorie vond, zij het moeilijk in de praktijk te brengen, was natuurlijk Arbus. Uiteindelijk gaf hij toe dat het absurd was, maar alleen vanwege aspecten van hygiënische aard.

We waren tamelijk fantasieloze dromers. Onze voornaamste prikkels kregen we van de televisie en van schuine moppen, waarvan ik eerlijk gezegd zelden de clou snapte, ik bedoel, de integrale clou. Ik lachte alsof ik hem doorhad, maar eigenlijk had ik alleen maar door dat het moment om te lachen daar was. Zoals je het 'integraal naakt' hebt, zo heb je ook de 'integrale clou'. Laten we zeggen dat ik die wel aanvoelde, ik deed er een gooi naar, naar de betekenis. Mijn solitaire inspanningen om het onbekende te interpreteren hebben me gebracht tot originele ontdekkingen en kolossale misverstanden, waarvan sommige nooit zijn weerlegd en nog steeds voortduren. De erotische autodidactiek houdt gelijke tred met de wetenschappelijke. Op mijn twaalfde bijvoorbeeld, toen ik me schaamde voor mijn onwetendheid, maar nog veel meer om uitleg te vragen, wist ik niet wat het woord 'preservatief' betekende, en gedurende een zomer en de daaropvolgende herfst was ik ervan overtuigd dat het een soort glijmiddel was dat in rookglazen flesjes werd bewaard, als neusdruppels. Waar het precies voor gebruikt werd kon ik moeilijk raden. Ik weet niet hoe ik tot die slotsom was gekomen. Sommige schoolgenoten waren veel verder dan ik op dat gebied, maar op andere liepen ze achter. De voortgang van adolescenten is kartelig, je zou zelfs zeggen dat die leeftijd van twaalf tot vijftien eigenlijk niet bestaat als werkelijke leeftijdscategorie, met de bijbehorende standaardeigenschappen, want die categorie omvat levenshoudingen en voorvallen en eerder nog lichamen, fysieke lichamen, in alle soorten en maten, en van alle mogelijke seksualiteiten plus nog andere onwaarschijnlijke seksualiteiten die alleen tijdens de adolescentie bestaan en vervolgens verdwijnen, onderdelen die niets met elkaar te maken hebben, ze zijn elkaars exacte tegenpool, een zuivere tegenstelling: en die jaren worden dan ook beleefd met een barbaarse mentaliteit, waarbij de kapotte harnassen van de kinderspelletjes worden geassembleerd met de flarden van een toekomst die altijd sciencefictionachtiger wordt voorgesteld dan ze uiteindelijk zal blijken te zijn.

Elk spel voorziet in beloningen, maar vooral ook in straffen; meestal is er maar één prijs, zoals er ook maar één is die wint en die het einde haalt, terwijl er talloze straffen zijn die bijna iedereen treffen en gaandeweg gedurende het spel worden opgelegd, en zo heeft ook elk tijdperk van het leven zijn eigen straffen: afhankelijk van wat ons het dierbaarst is wordt dat ons ontnomen, terwijl datgene waar we het bangst voor zijn of waar we ons het meest voor schamen ons juist plaagt en overstelpt, onder luid gelach. Zo 'betaal je je onderpand', je doet boete. Je kunt worden gestraft in je trots, recht in je gezicht, als je lunchgeld wordt gejat of als je verplicht op hoboles moet; en wanneer de seksuele spelletjes beginnen, beginnen uiteraard ook de seksuele straffen, waarvan uitsluiting wel de allerergste is. Afwijzing, ook al is die nog zo vriendelijk. Absoluut, dat is nog erger dan dat je noodgedwongen in de groep wordt opgenomen. Misschien was het daarom dat ik zo mijn best deed om de vulgariteiten bij te houden, de verbale pornografie nog voor de visuele, al moest ik daartoe zelf een verklaring zien te verzinnen voor alles. De tijdsindeling en de technieken. Oftewel het geheim dat schuilde in de bijlagen over seksualiteit, die geseald in tijdschriften zaten zodat tieners er niet stiekem in konden gluren bij de kiosk. God, wat waren we onwetend en onderontwikkeld! De hele wereld spande samen om ons in die toestand te houden, en uiteindelijk waren de paters, onze archaïsche leraren, de enigen die iets deden om ons uit dat voorgeborchte te bevrijden. Goedschiks of kwaadschiks.

'Allemaal stil! Van wie hebben jullie dat preservatief gekregen?'

Hij zei het precies zo, 'dat preservatief'. Ik dacht dat het ging om een medicijn, of in elk geval, wie weet waarom, om iets wat vloeibaar was, en kostbaar of gevaarlijk, iets wat in een flesje zat en wat met een pipet moest worden gedoseerd, als een gif, of misschien opium. Toen ik later te horen kreeg, zonder nadere toelichting, dat het ging om een vinding die moest voorkomen dat je een meisje zwanger maakte, bleef ik onwillekeurig in de veronderstelling dat het iets vloeibaars was en dacht ik dat je het preservatief op je piemel moest druppelen...

Als ik bij het begin zou moeten beginnen met het verhaal van Arbus zou dat behoorlijk lastig worden, want zoals ik al zei bleef zijn aanwezigheid in de klas lange tijd onopvallend, zoals die van een steen in de woestijn. Onbeweeglijk, vaalgeel, amper ademend. Misschien geen steen, maar laten we zeggen een reptiel. Zijn unieke camouflagevermogen functioneerde gedurende bijna de hele middenschool, die hij in anonimiteit doorliep. Maar toen hij stukje bij beetje populair werd (nou ja, laten we wel wezen, *relatief* populair, want Arbus was eerlijk gezegd nooit geliefd op school, hooguit het onderwerp van perverse nieuwsgierigheid, van geruchten, hij werd beschouwd als een fenomeen, in een bepaald opzicht *vereerd*, en dus op afstand gehouden), toen Arbus dus zeg maar beroemd werd vanwege zijn ontzagwekkende intellectuele capaciteiten, begonnen er legendes en overdrijvingen op hem neer te regenen zoals 'Arbus heeft nooit een begin gehad en zal nooit een einde krijgen', 'Hij is het Woord', en vanaf de eerste filosofielessen werden de concepten uit het handboek op hem toegepast, waardoor ze trouwens eindelijk duidelijk werden. Die van de 'onbewogen beweger' bijvoorbeeld, naar Aristoteles, die paste hem als gegoten en gaf het idee van een onverstoorbare kracht perfect weer. Over het algemeen verdeden de leraren geen tijd door hem te overhoren, ze wisten toch al dat hij de goede antwoorden zou geven. En de weinige keren dat hij wel werd overhoord, was er prompt iemand achter in de klas die er op plechtige toon aan toevoegde: '*Ipse dixit.*' Verder zou hij worden opgezadeld met de ondoorgrondelijkste bijnamen, vooral wanneer er Griekse of andere vreemde woorden in zaten, zodat hij synchroon met de afwikkeling van de verschillende lesprogramma's zal worden omgedoopt tot Apeiron, Mantisse, de Gnomon, Mummie en Synaps.

De humor van gymnasiasten is (of was) niet erg creatief, in die zin dat er weinig fantasie bij komt kijken en hij vrijwel exclusief is gebaseerd op wat ze vlak voor hun neus hebben, dat wil zeggen in de leerboeken en in de klas. Hun humor reduceert het universum tot het formaat van een zakboekje over een bepaald vak, en weet dat vervolgens nog verder te verkleinen, er een miniatuur van te maken, in de greep van dezelfde perfectionistische en karikaturale roes die sommige leerlingen ertoe dreef voor een proefwerk in lettertjes van een paar micrometer hele hoofdstukken over te schrijven op een papiertje dat ze vervolgens opgerold in het buisje van een Bic-pen verstopten. Het was zo'n bewerkelijke techniek, als uit een spionagefilm, dat het minder tijd zou kosten om die hoofdstukken gewoon goed te leren. Het resultaat van die humor waren bepaalde wijsjes, flauwe parodieën. *'Julius Caesar ad liveras pergus assure augur cis'* (potjeslatijn dat toch heel klassiek klonk). Dezelfde ongein die onze vaders misschien ook al hadden opgedreund, met een identiek studentikoos lachje. *'Geef je toekomstige bruid Lavinia een ted're kus/ dan krijg je vast weldra een penis erectus.'*

In mijn en Arbus' tijd was de school in veel opzichten nog die van de naoorlogse periode (hoe lang heeft die verdomde naoorlogse periode wel niet geduurd, en bovenal: wanneer is nou eigenlijk het einde ervan geëindigd?) en die zou onder onze ogen veranderen, of beter gezegd onder onze voeten – ik bedoel, wij kwamen als kleine kinderen een school binnen die eeuwigdurend leek, eeuwig hetzelfde, maar toen we eraf kwamen was alles veranderd, de wereld, de school, wijzelf uiteraard, maar ook de paters die de school leidden waren niet langer zichzelf, ze waren niet langer een stel kwezels met het holle gezicht van Spaanse heiligen, met een gloed van god weet wat in hun ogen; misschien waren het juist wel de paters die het allermeest waren veranderd. Van hen was alleen hun habijt hetzelfde gebleven.

Onze school, het Instituut San Leone Magno, hierna te noemen het SLM, was een particuliere school op religieuze grondslag, waarvoor een maandelijkse bijdrage moest worden betaald en waarvan bijna alle leraren priester waren, vooral in de lagere klassen. Vanaf de middenschool en het lyceum had je steeds meer leken als leraar, en in de hoogste klassen vormden die de hoofdmoot. Uit dat feit zou je kunnen afleiden dat de paters alleen maar lesbevoegdheid hadden voor de laagste of meest algemene niveaus van de vakken (zoals lezen, schrijven en rekenen); of dat ze juist de eerste jaren van de vorming van leerlingen voor zichzelf reserveerden, omdat die de beslissendste waren in alle opzichten, inclusief het godsdienstige dat hun en de ouders van de leerlingen ter harte ging (maar niet alle ouders, zoals we nog zullen zien). Waarschijnlijk zijn beide aannames waar.

Het Instituut bevond zich, en bevindt zich nu nog steeds, aan de Via Nomentana ter hoogte van de basiliek van Santa Costanza, dus op de oostgrens van de wijk, het Quartiere Trieste (QT); die oostgrens wordt dan ook gevormd door de Via Nomentana, de lange, rechte, bomenrijke as vol verkeer en romantiek die uitmondt bij de Porta Pia, waar het Italiaanse leger in 1870 een bres in de muur sloeg om Rome in te nemen. De belangrijkste gebeurtenissen van ons verhaal zullen zich afspelen in het vierkant tussen de Via Nomentana, de oostelijke rondweg Tangenziale Est, de Via Salaria en de Viale Regina Margherita. Tegenwoordig is het Instituut, misschien vanwege problemen van financiële aard of door gebrek aan inschrijvingen, wat op hetzelfde neerkomt, opgedeeld en verkleind, en juist de gebouwen die uitkijken op de Via Nomentana, waar vroeger de lyceumklassen gevestigd waren, zijn nu in bezit genomen door een universiteit waar ik nog nooit van gehoord had voordat ik het naambord ervan bij de poort zag hangen, op een paar meter van de ingang van het zwembad waar ik een paar keer per week naartoe ga. In de periode waarin dit verhaal zich afspeelt kon het SLM zichzelf omschrijven als een zeer moderne school.

Hoofdstuk 11

Er zijn mensen die beweren dat de aanbidding van de maagd Maria een archaïsch overblijfsel is van de machtige, wijdverbreide matriarchale religies die voorafgingen aan de opkomst van mannelijke godheden, en de heerschappij daarvan betwistten; anderen daarentegen zien deze als de even symbolische als effectieve beperking van de rol van de vrouw tot enkel die van moeder, liefdevolle moeder, gekwelde moeder; weer anderen interpreteren deze als de enige, waardevolle erkenning – binnen een monotheïsme dat uitsluitend draait om mannelijke figuren zoals de Vader, de Zoon, de Profeet, de patriarch – van het doorslaggevende belang van de vrouwelijke pool opdat de wereld niet enkel kan bestaan, maar ook menselijk en bewoonbaar is – kortom, hoe zal ik het zeggen: gelukkig maar dat er ook nog een vrouw voorkomt in die galerij van schreeuwende, bebaarde mannen. In elk geval is Zij er nog bij. Ter rehabilitatie van het geslacht dat al vanaf het begin is geruïneerd door de rampzalige initiatieven van het stamhoofd. De religieuze orde van de fraters van het SLM was aan de Heilige Maagd gewijd vanwege al die redenen, plus de voor de hand liggende reden dat het een Moeder moest zijn die zich bezighield met en waakte over de vorming van kinderen en tieners, de mooiste en aandachtigste en geduldigste en toegeeflijkste Moeder van allemaal, maar ook (zoals in dat prachtige schilderij van Max Ernst, *La Vierge corrigeant l'Enfant Jésus*) in staat om indien noodzakelijk een bestraffing te geven, zij het dan met volmaakte blijdschap in het hart. Het is heel moeilijk je een voorstelling te maken (ondanks het feit dat de pedagogische stromingen die in die jaren geleidelijk in zwang raakten, tot ze een soort onbetwistbare algemene overtuiging vormden, exact het tegenovergestelde beweren) van het bestaan van enigerlei vorm van onderwijs die geen enkele straf overweegt. Dat is omdat straffen, los van hun retributieve juistheid en hun afschrikwekkende effect, dat beslist in twijfel kan worden getrokken, ertoe dienen bij degene die ze terecht of onterecht ondergaat een woede op te roepen die zeer nuttig zou zijn als deze zou kunnen worden aangewend ten bate van het onderricht zelf. Kastijdingen zijn dus met name nuttig om de weerstand van het individu te beproeven en te ontwikkelen, in plaats van die te overwinnen. Alleen iemand die breekt terwijl hij ze ontvangt gaat de straffen daadwerkelijk beschouwen als zinloze vernederingen, waarover hij zich later zal beklagen en waarin hij zich zal koesteren. Voor alle anderen zijn het proeven die je moet doorstaan, zoals de werken van Herakles, waarbij je middelen moet aanboren waarvan je dan pas, bijna tot je eigen verbazing, ontdekt dat je ze hebt en kunt toepassen. Je kracht en intelligentie en zelfs je waardigheid beginnen door je aderen te stromen wanneer je weerstand biedt aan en reageert op de kastijding, terwijl die anders in sluimertoestand blijven zonder dat je zelf doorhebt dat je erover beschikt. Men houdt er dus niet voldoende rekening mee dat de moraal weliswaar voorafgaat aan het moreel, maar zich daar vervolgens volledig mee vereenzelvigt, en dat de elementen waaruit beide worden opgebouwd ook de wrokgevoelens omvatten die de autoriteit met haar repressieve maatregelen heeft geschapen. Het is een doodeenvoudige chemische reactie in de geest. Er zouden revolutionairen noch patriotten noch wetenschappers noch gewone bankbedienden en ook geen verpleegsters of advocates of dermatologen gevormd worden wanneer die niet af en toe, zoals bij ganzenborden gebeurt, zouden worden geblokkeerd en teruggestuurd, vaak om onbenullige redenen of bij de minste tekortkoming. Een initiatie is per definitie, in elk geval deels, een pijnlijke zaak.

De paters van het Instituut SLM waren goed op de hoogte van de deugden van de maagd Maria en de manieren waarop die hun vruchten konden afwerpen in het kader van het onderricht, dat hun roeping vormde. Zoals er ridderorden en bedelorden bestaan, zo bestonden ook de fraters van het SLM, met als missie het lesgeven. Het was best bizar dat de beginselen van hun beschermvrouw werden uitgevoerd door een gemeenschap van louter mannen; en dat degenen op wie die liefdevolle aandacht gericht was ook uitsluitend jongens waren. De leraren en leerlingen van het SLM: allemaal van het mannelijk geslacht, met één grote Moeder en Koningin, als een bijenkorf. Het doel van de paters, zwoegende tuinmannen in een moestuin vol pompoenen en tomaten, was de jongens vormen, en hen vervolgens tot rijping laten komen als brave christenen; het eerste doel was absoluut niet gemakkelijk uit te voeren, het tweede leek ten tijde van de oprichting van de orde (1816) misschien vanzelfsprekend, maar was mettertijd steeds lastiger gebleken, tot aan de tijd waarin dit verhaal zich afspeelt, toen alleen al de uitdrukking 'brave christen' ondoorgrondelijk was geworden; iedereen interpreteerde die op zijn eigen manier en voegde er psychologische of politieke nuances aan toe – de paus bedoelde het een, de afzonderlijke gelovigen het ander, zelfs zondaars konden zichzelf terecht bestempelen als brave christenen, misschien zelfs wel de beste, gezien het feit dat zij de grondstof waren, de uiterste evangelische bron, de ultieme lichting van mogelijke Maria Magdalena's en Verloren Zonen, een ware kweekvijver om te cultiveren en daarna te verlossen, zeg maar, en op die laatste modellen gingen de leerlingen van het SLM uiteindelijk dan ook lijken: kleine aspirant-zondaars.

In de oosterse traditie gelooft men dat Maria niet gestorven is, maar in een diepe slaap is gevallen en zo het aardse leven heeft verlaten.

Ik weet niet, ik weet nog steeds niet, ik ben er nog steeds niet over uit wat ik van de paters vind. Hoe ik tegenover ze sta. Het is een diepgewortelde tegenstrijdigheid. Sommige dingen, of eigenlijk veel dingen van de paters zie ik bij mezelf terug, te beginnen bij mijn schoeisel, die zwarte, gladde, wat langwerpige veterschoenen die ik mijn hele leven al koop, die altijd hetzelfde zijn en mensen de opmerking ontlokken: 'Ah, je hebt je zoveelste paar priesterschoenen gekocht', of sandalen, ja, sandalen, die nu heel erg in de mode zijn, zij het in nogal plompe, gedurfde modellen, en in normale winkels te vinden zijn, maar die ik vroeger ging halen bij een ambachtsman in de buurt van het oude joodse getto; hij maakte ze altijd voor de paters, met van die boetvaardige stroken zwart leer die de voet kruisigden, die lijkbleke voet als een martelaar op een maniëristisch schilderij, zo'n voet in de meimaand wanneer die wit en mager uit de wintersokken tevoorschijn komt en zich dapper blootgeeft.

Jaren geleden bracht een meisje me in verlegenheid toen ze zei dat het feit dat ik bij de paters op school had gezeten 'van mijn voorhoofd af te lezen' was, en al reageerde ik er toen zogenaamd schertsend op door over mijn voorhoofd te wrijven alsof ik dat merkteken van niet één, maar wel drie scharlaken letters, S, L en M, wilde uitwissen, ik was er hevig door gekwetst. Diep in mijn hart gekwetst. Zozeer dat ik vervolgens jarenlang, als een kleine ontkennende Petrus, verborgen hield dat ik op het SLM had gezeten, op school bij de paters, zoals je een lichamelijk gebrek verbergt, ik omzeilde het onderwerp of ik loog gewoon, en ik bofte als de vraag was: 'Waar heb jij eindexamen gedaan?', want dan riep ik: 'Aan het Giulio Cesare!', het openbaar lyceum aan de Corso Trieste. Zonder erbij te zeggen dat ik de twaalf jaar daarvoor had doorgebracht op de katholieke school.

Toen begreep ik wat het wil zeggen om je te schamen voor je identiteit, en die zelfs te gaan haten. Je zo te generen dat je degenen die jou zonder reden minachten gelijk geeft. Aanklagers wachten alleen maar tot ze goede redenen krijgen aangereikt van degene op wie ze het gemunt hebben.

Later leerde ik dat de enige manier om je schaamte los te laten niet is om jezelf te accepteren (onmogelijk!), maar jezelf juist te roemen, te pronken met datzelfde kenmerk dat je eerst verborgen hield. Een open uitdaging lanceren. Net als bij de Gay Pride-parades, zeg maar.

Vanaf dat moment werd het feit dat ik bij de paters op school had gezeten een troefkaart die ik onverwachts kon spelen. Dan beschuldigde ik mezelf van het onderwijs dat ik had genoten.

Andere elementen van de priesterdracht heb ik jarenlang, al dan niet bewust, geïmiteerd en bij me gedragen, op me gedragen, zoals de zwarte overjas met rechte snit. De weigering van kleuren, de argwaan jegens variatie. En nog altijd een vaag egalitair streven, de gedwongen verbroedering door het uniform dat mensen verlost van de benauwende noodzaak jezelf te vergelijken, met jezelf, met anderen, en dientengevolge te kiezen, te oordelen, te lijden onder de hamer van andermans vonnis. Natuurlijk is dat streven van behoedende aard, het dient als zelfbescherming. Ik moet bekennen dat ik behept ben met een comparatieve manie, maar dan niet wat belangrijke dingen betreft, nee, juist wat betreft onbenulligheden, trivialiteiten, ik ben een man die eindeloos in de draaikolk van de details wordt gezogen en gekweld kan worden door de zoom van een pantalon die een centimeter afwijkt, net zoals hij blij wordt van een beha die de inhoud ervan een maat groter doet lijken. De enige manier om die voortdurende onrust te beëindigen zou niet zijn om, zoals de libertijnen willen, de verschillen eindeloos te vermenigvuldigen, tot er onmogelijk nog een vergelijking kan worden gemaakt tussen individuen omdat ze uniek zijn in hun bijzonderheid, maar die verschillen juist uit te vlakken, en er niet meer over na te denken. Weer een zorg minder. Laten we ons om te beginnen allemaal gelijk kleden. Een wereld zonder oordelen en zonder controle, want de controle is dan voor eens en voor altijd uitgeoefend, je aankleden 's ochtends wordt een automatisme, zonder dat een jongen of een meisje zich ellendig voelt omdat zijn of haar T-shirt niet van het goede merk is, of zich superieur voelt omdat het dat wel is. Allemaal in uniform en klaar, zou dat niet mooi zijn? Een overall, een kaftan, een habijt, het gevederde garneersel van een of ander hoofddeksel misschien. Zodat je weet wie je tegenover je hebt, een soldaat, een priester, een brandweerman, een arbeider, een miljonair of een bajesklant. Tegenwoordig zijn alleen zigeunerinnen en carabinieri nog herkenbaar...

Maar ho even, dit is geen weemoed hoor, ik heb helemaal nergens weemoed naar, want ook in mijn tijd bestonden er al geen schooluniformen meer, die waren allemaal zonder onderscheid vervangen door het enige verplichte uniform van spijkerbroek en T-shirt, de dwangbuis van de casual look (die uniformen waren dus helemaal geen teken van boosaardige uniformiteit, integendeel, ze markeerden juist trots het verschil...), en toen ik in dienst ging was er net een hervorming ingevoerd waardoor we in onze vrije tijd zelf mochten weten welke kleren we droegen, dus terwijl de stad Taranto tot een paar maanden daarvoor 's avonds werd overspoeld door duizenden jonge marine- en luchtmachtsoldaten, ingepakt in hun uniformen maar op de een of andere manier wel waardig in die gedeelde miezerigheid, verbroederd door die belachelijke verplichting, vormden wij toen onze beurt kwam (lichting 9/79) een stortvloed aan grimmige knapen uit heel Italië, zo grimmig... We waren hopeloos verward en nog veel anoniemer dan wanneer we een uniform aan hadden gehad.

Het habijt van de paters is een element dat bij mij respect inboezemt, en met respect bedoel ik erkenning van het anders-zijn. Niet om die kloof te overbruggen, integendeel, om die te bewaren. Het anders-zijn is een factor van aantrekkingskracht en afkeer. Die wordt tegenwoordig slecht verdragen. Men zegt dat in een anonieme menigte niemand op niemand let, maar dat is niet waar, een priester bijvoorbeeld, of meer nog een non, die worden wel opgemerkt, men let op hun kleding die duidt op een specifieke keuze, en doordat die keuze exclusief is voelen anderen zich er ongemakkelijk bij. Je krijgt zin om tegen die priester te zeggen: Hé jij, waarom loop je ermee te koop dat je je aan God hebt gewijd, hm? Weet je dat je mij beledigt door te pronken met het feit dat je goed en vroom bent, of beter gezegd, dat je je voordoet alsof je dat bent? Wat nou, wil je mij een preek geven? Nou, als je maar weet dat je erger bent dan ik, sterker nog, je bent *net zoals* ik, dus waarom doe je alsof je iets bijzonders bent?

In een wereld zoals de westerse, die volkomen wordt gedomineerd door seks en daar volledig op gericht is, die tussen de regels door seks uitstraalt in elk gesprek of elke afbeelding, in privételefoontjes en in openbare bekendmakingen, in kleding, politiek, gymnastiek, sport, tv-programma's, humor, enzovoort, is de opzichtige aanwezigheid van mannen die niet neuken onverklaarbaar; of misschien neuken ze wel maar dan stiekem, en dan zijn ze hypocriet, of ze neuken echt niet en dan zijn ze gek. Over het algemeen denkt men het eerste, en ik hoor dan ook al mijn hele leven over niemand op de wereld zo vaak zeggen dat het vervloekte hypocrieten zijn als over priesters. Maar als dat zo was, zouden priesters in elk geval nog bewijzen dat ze diep vanbinnen net zo zijn als alle andere mensen, en was hun geveinsde anders-zijn gewoon een farce, een truc.

Het is eerder het idee van de daadwerkelijke kuisheid van een individu dat we niet kunnen verdragen. Ik kan het zelf ook niet anders beschouwen dan als een verminking. Welke morele autoriteit zou ik zo iemand dan moeten verlenen, om welke reden zou ik me in vredesnaam moeten laten leiden, helpen, onderrichten of simpelweg adviseren door een man die zichzelf zo gruwelijk heeft verminkt? Iemand die afstand heeft gedaan van het enige waarvoor dit verdomde leven het in feite waard is om geleefd te worden, en wel de liefde? Laten we er niet omheen draaien: de lichamelijke liefde, ja, de vleselijke liefde, die de hemelse liefde omvat. Ik heb geen oren naar de geraffineerde theologische uiteenzettingen bedoeld om aan te tonen dat het afstand doen van liefde ook liefde is, nog méér liefde zelfs, zoals een pauselijke encycliek beweert. Je kunt niet afstand doen van het hebben van vrouw en kinderen en dan zeggen: dit noem ik geen afstand doen. Dit is geen afstand doen, *ceci n'est pas une pipe*: het katholicisme lijkt af en toe wel een voorloper en vervolgens een navolger van het surrealisme. Het neemt een willekeurig iets en beweert dan dat datgene exact het tegenovergestelde is van wat het toch overduidelijk is. Je gaat naar een begrafenis, je bent bedroefd omdat er iemand dood is, je zou denken dat daarover in elk geval geen enkele twijfel kan bestaan, je zou willen dat ze je rustig laten huilen, maar dan staat daar op de kansel altijd, werkelijk áltijd, daar kun je donder op zeggen!, er staat geheid een priester die je verzekert dat je vriend of je dierbare familielid, om wie je daar zit te treuren, *niet dood is*. Nee, hij is niet dood. Enzo is niet dood. Silvana is niet dood. Cesare is niet dood. Rocco leeft nog. Wat nou, was hij dan niet dóód?! Wat zijn we hier dan aan het doen? Nee, hij is niet dood, hij leeft, en jullie moeten niet treuren, maar jubelen met hem... voor hem... over hem... genieten samen met hem... Ja, natuurlijk, hij is nu in de hemel, dus heeft hij het beter dan eerst, dat kan ik ook wel bedenken, zo primitief ben ik heus niet; maar desondanks voel ik me genaaid door die redenering. Die wekt een enorme woede bij me op, ik moet meteen de kerk uit, al jaren heb ik geen mis tot het einde kunnen uitzitten, ik wacht liever buiten tot de doodskist op de schouders naar buiten wordt gedragen, een paar rood aangelopen familieleden en vrienden en medewerkers van de begrafenisonderneming, hun jasje vervormd door hun spierballen. Het is te subliem en tegelijkertijd te gemakkelijk. Je hoeft het bewijs maar om te keren en voilà, daar heb je de oplossing. Als je arm bent, ben je eigenlijk rijk; ziektes zijn een geschenk van God; wanneer er iemand doodgaat is dat een zegen, want nu juicht hij met de engelen, de eersten zullen de laatsten zijn, iemand die vloekt looft de Heer zonder dat hij het zelf in de gaten heeft, als je je van God verwijdert wil dat zeggen dat je hem zoekt, als God er niet is wil dat zeggen dat hij er zeker is...

Het kan toch niet waar zijn dat er in dit leven niet één ding is dat al vanaf het begin rechtovereind staat, dat niet per se hoeft te worden *omgekeerd*? Bij alle, laten we zeggen 'actieve' deugden die ons ertoe aanzetten meer en beter te worden dan we zijn, steken de deugden die zijn gebaseerd op het afstand doen nogal raadselachtig af. Het is maar een kleine stap van het respect dat de zelfopoffering afdwingt naar afkeer en vervolgens ridiculisering. Het veronderstelde leven van een heilige, zoals dat in hagiografieën wordt verteld, met de gebruikelijke aaneenrijging van vernederingen en kwellingen, zou als het tegenwoordig opnieuw werd geleid het onderwerp van algehele weerzin en afkeuring zijn. Maar de priester moet toch wel een greintje heiligheid in zich hebben, in een hoekje van zijn hart, of van zijn geest, of van zijn gewaad, want waarin zou hij anders van ons verschillen? Als hij echt helemaal niks heiligs heeft is het dus gewoon bluf, en als hij er wel iets van heeft, zijn we het heilige kennelijk inmiddels zo ontwend dat het ons alleen maar vrees aanjaagt of verveelt. Juist het heilige is het anders-zijn. Heilig zijn degenen die veertig jaar jonger zijn dan wij en nog geen seksueel contact hebben gehad of nog niet getrouwd zijn, heilig zijn degenen die een huid in een andere kleur hebben of die op blote voeten lopen, voor wie mannelijk is zijn vrouwen heilig, voor wie vrouwelijk is mannen, heilig is iemand met een fez, een tulband, een bolhoed, een bersaglierihoed, zelfs de hoge hoed gehuurd voor een bruiloft verleent het hoofd dat hem draagt voor één avond het aura van een heilig parament. Heilig is de onuitspreekbare achternaam van een Sri Lankaanse poetsvrouw. Heilig was het voor mij om gisteravond in Venetië geluidloos in een bootje door de smalle kanalen van Castello te varen. En het zijn die kruimels heiligheid, die partikels heiligheid, die ergernis wekken en wrok uitlokken.

Dus jij bent iemand die elke dag met God praat? zou je wil zeggen tegen die priester. Laat hem dan eens zien, die God van jou, haal hem nú tevoorschijn, verricht hier ter plekke een wonder. Ik heb gemerkt dat ik in gedachten vaak dezelfde taal gebruik als de ondervragers aan wie de eerste christenen werden onderworpen, de taal die Jezus zelf moest ondergaan voordat hij aan het kruis werd genageld. *Hic Rhodus, hic salta*: Hier is Rhodus, spring hier! Van elk geloof wordt geëist, en niet geheel ten onrechte, dat het onmiddellijk zielenrust brengt; maar in plaats daarvan beloven ze stuk voor stuk dingen die ver in het verschiet liggen, beloningen die heel laat komen, veel te laat, aan het einde der tijden, zodat je in de tussentijd maar genoegen neemt met de kleinere, half magische aspecten als verzoening, een beetje troost tegen de ontberingen die we hier en nu te verduren krijgen, een paar kleine of grote wonderen, de kille streling over het beeld van een heilige die je heeft beschermd tijdens een ongeluk, een opgeblazen airbag vol gebeden.

Toen ik eens in Padua verbleef verliet ik 's ochtends vroeg mijn hotel, en nadat ik de hoek om was geslagen zag ik dat ik op honderd meter van de basiliek van Sant'Antonio zat (toen ik de vorige nacht halfdronken in mijn hotel was aangekomen had ik die niet gezien); ik ging er naar binnen, liep naar het graf van de heilige, en ik moet zeggen dat ik naarmate ik dichterbij kwam een steeds sterkere, onverklaarbare emotie voelde opkomen. Het was ook weer niet zo dat dat nieuwe sentiment al mijn eerdere scepsis overspoelde, want ik ben niet eens sceptisch, ongelovig of atheïstisch, ik ben niets; het had weinig te maken met mijn persoonlijke overtuigingen, misschien was het alleen maar de stroming, de magnetische ring gevormd door de geloften die al eeuwen rond die marmerplaat circuleerden. Toen ik zo dichtbij was dat ik het graf kon aanraken deed ik dat, en terwijl ik met mijn hand over de zijkant streek merkte ik dat de veelkleurige stukjes waarmee die opzichtig bedekt was geen marmeren inlegblokjes waren, maar allemaal foto's die met plakband waren aangebracht, tientallen foto's, en allemaal van autowrakken die waren platgedrukt of opengereten of verbrand, van die foto's die na een ongeluk worden gemaakt voor de verzekering. Ook al zou te oordelen naar de ernst van de ongevallen geen van die voertuigen ooit nog hersteld worden: er waren erbij waarvan de neus helemaal naar binnen was gedrongen door een frontale botsing, en andere waarvan het dak was verlaagd tot de hoogte van de hoofdsteunen, foto's die weinig ruimte voor de verbeelding lieten over het lot van de inzittenden. Maar wat een verrassing, naast de foto van de verkeerspolitie hingen andere foto's, kleiner en recenter, soms een polaroid, van een stralende man of vrouw, en een bedankbriefje voor Sint-Antonius omdat hij hen had gered. Daar kwam ik achter toen ik enkele van die boodschappen had ontcijferd die in het Engels of Spaans waren geschreven met het kinderlijk duidelijke, ronde handschrift dat bijvoorbeeld Filipijnen hebben, en al die votieffoto's waren dan ook van immigranten, uit Azië of Latijns-Amerika, alsof alleen hun auto-ongelukken overkomen of alsof zij nog de enigen zijn, in een tamelijk ondankbaar land, die zich verplicht voelen iemand daarboven te bedanken dat ze het hebben overleefd. Het speet me dat ik de foto's van de Honda 125 niet bij me had waarmee mijn dochter Adelaide een paar weken eerder toen ze 's ochtends gehaast naar school reed tegen een andere auto was gebotst, en de bijbehorende foto die haar stralend en ongedeerd portretteerde. Dat speet me, maar ik hoopte het goed te maken met een gebedje: 'Ik dank u... ik dank u... dat u haar hebt gered', maar ik wist niet tot wie ik dat bedankje eigenlijk moest richten, wie die *u* was tot wie je je moest wenden. God is ver weg, de Heilige heeft het te druk, als hij al naar iemand luistert kiest hij wel de mensen die echt in hem geloven. Dus hield ik me een beetje op de vlakte, zoals in gedichten waarbij je zeker weet dat de dichter zich tot een geliefde vrouw richt, alleen weet je niet welke.

Het schiet ook al niet erg op dat we Jezus als voorbeeld hebben. Jezus is altijd het tegenovergestelde van alles geweest. Misschien komt het wel regelrecht van hem, die obsessie om altijd alles te willen omkeren, de bewijslast omkeren, de vastgestelde hiërarchie omkeren, de geldtafels van de handelaren in de tempel omkeren, gewoontes omkeren. Elk instinct omkeren, vanaf het meest eenvoudige, en als je wordt geslagen moet je de andere wang toekeren. En ten slotte keerde Jezus ook de laatste en enige zekerheid van de mensen om: de dood, door Lazarus tot leven te wekken, waarschijnlijk het grootste onrecht dat ooit is begaan. Leg dat maar eens uit aan de andere doden die onder de grond moesten blijven liggen, aan hun familieleden, wier tranen vast niet minder bitter waren dan die van Martha en Maria, de zussen van Lazarus... Dat is een typische eigenschap van leermeesters, dat ze plotseling een idee volkomen omgooien nadat ze het een tijdje hebben laten sudderen in de hoofden van hun goedgelovige leerlingen. Die leerlingen zijn altijd te laat, ze worstelen om het idee te kunnen vatten en uitvoeren, en wanneer ze de regels ervan dan strikt willen toepassen staan ze voor gek, want intussen heeft hun leermeester die al in stukken gescheurd en afgedankt, voor hem is het alweer achterhaald. De meester is altijd tien keer zo rigoureus en honderd keer zo flexibel. De priester die het voorbeeld van Jezus strikt zou willen volgen, zou volledig lamgeslagen raken.

Iedereen kiest dus een stukje van die figuur en probeert deze zo goed mogelijk te imiteren. Je hebt de goede Jezus, de nederige, de pedagoog, het slachtoffer, de mysticus, de anarchist, de trooster, de onverbiddelijke, de gewelddadige, ja, zelfs geweld kun je aantreffen in die onvergelijkelijke figuur, al was het maar het geweld van iemand die woorden gebruikt als een zwaard om te snijden, doormidden te klieven. Er is een spottende Jezus en een onverbeterlijk komische, in tegenstelling tot wat Nietzsche beweert ('De Bijbel is niet zo'n geweldig boek, want er komt geen enkele grap in voor'), en uiteraard een tragische Jezus. Kortom, hij heeft zijn volgelingen een heel scala aan karakters en gedragingen nagelaten, ook al zal ieder mens er maar hooguit één van kunnen bekleden. Dat was al duidelijk bij de apostelen (elk een steentje in het mozaïek dat in zijn geheel de Meester voorstelde), laat staan bij de priesters van vroeger en nu.

De fraters die lesgaven aan de lagereschoolafdeling van het SLM waren enthousiaste jongens, gedreven door ik weet niet welke kracht om trouw te blijven aan hun roeping. Onze meester heette frater Germano. In mijn herinnering was hij jong, met een open gezicht, kortgeknipt haar in de nek, en hij was een goede voetballer. Hij was een geweldige onderwijzer, ik heb in elk geval een heleboel van hem geleerd, sterker nog, ik zou zeggen dat ik de meeste dingen die ik heb geleerd en die ik nu nog weet van frater Germano heb gehoord. Als ik een percentage van mijn kennis zou moeten noemen, dan stamt negentig procent uit mijn schooltijd. Daarna (op de universiteit en in het leven) heb ik niet veel bijzonders meer geleerd. Ja, wat ideeën over kunstgeschiedenis... wat politieke theorieën volgens welke de wereld moest worden geregeerd door heel speciale tirannen... plus een hoop andere dingen die ik op dat moment nodig had en die ik toen heb gebruikt en vrijwel meteen daarna weer ben kwijtgeraakt. Een heleboel onderwerpen heb ik bestudeerd speciaal om erover te schrijven en ze weer te vergeten. Dat is de enige manier om jezelf te ontdoen van een obsessie.

In Italië had je in de jaren zestig nog steeds jongemannen die kozen voor de bittere weg van de kuisheid, van de armoede (in de betekenis van afstand doen van individueel bezit van geld en goederen), en dat alles in naam van het onderwijs, dat wil zeggen, om jongeren een katholieke opvoeding te kunnen geven. Ook al moest een leraar scheikunde uiteindelijk gewoon scheikunde geven, waar op zich weinig katholieks of niet-katholieks aan is, en hetzelfde geldt voor een leraar Frans of gymnastiek: geen idee wat daar specifiek katholiek aan is. Moet je soms je geloften hebben afgelegd om aan een groep koppige, verwende jongens uit te leggen hoe zwavelzuur ontstaat, of om hen de neusklanken *an-en-in-on-un* te laten oefenen? De leraren waren dan ook niet eens priesters (ik noem ze voor het gemak paters, maar dat waren ze niet, ze mochten geen mis opdragen), aangezien ze alleen de lagere wijdingen toegediend hadden gekregen, waardoor het alleen maar raadselachtiger was wat de zin van hun opoffering was. Wat was de beloning die zij verwachtten in ruil voor hun inspanningen? Dat ze ons goede katholieken zagen worden, of goede burgers? Hoeveel goede katholieken zijn er van het SLM gekomen? Gekneed tot mensen voor de wereld uit die mengeling van religieus en niet-religieus. Terwijl onze onderwijzers op de lagereschoolafdeling allemaal paters waren, toffe jonge fraters, was het lerarenkorps op de middenschool gemengd, en op het lyceum ten slotte waren het bijna allemaal leken; de enige paters waren de filosofieleraar en de scheikundeleraar. Onze leraar Italiaans (die mij heel dierbaar was, Giovanni Vilfredo Cosmo) was een leek, die van Grieks en Latijn eveneens, en hetzelfde gold voor de leraren wiskunde, natuurkunde, kunstgeschiedenis. Ik heb nooit geweten of dat kwam door een gebrek aan specifieke kunde, dus omdat er geen paters te vinden waren met de bevoegdheid om die vakken te doceren, wellicht doordat de orde er juist voor gekozen had zich te richten op het lager onderwijs, dat het individu vroeg en onuitwisbaar vormt met zijn voorbeelden en waarden, terwijl de afzonderlijke vakken in het middelbaar onderwijs prima kunnen worden onderwezen door goede professionals. Ik heb me altijd afgevraagd of de lekenleraren aan het SLM bij hun indiensttreding ooit was gevraagd naar een expliciete geloofsbelijdenis; in hoeverre die leraren zich dus moesten conformeren aan het model van een katholieke school, aan de principes daarvan. Als ik terugdenk aan mijn lyceumleraren had ik bij geen van hen het idee dat hij erg vroom was, of zelfs maar een beetje religieus. Tijdens hun lessen kwamen God of de maagd Maria nooit ter sprake. Sterker nog, onze leraar Latijn en Grieks, De Laurentiis, neigde opzichtig naar het paganisme. Hij raakte in extase van die materie met haar erotische en heroïsche weerklank, en die zweem van opwinding kon het gevoel van bespottelijkheid en verslagenheid dat hem in de greep hield verhullen, en vormde in elk geval gedeeltelijk een compensatie voor de frustratie dat hij zoveel fraais moest overbrengen aan een stel onbenullige, verwende jongens die hem geconfronteerd met zijn enthousiasme alleen maar meewarig aankeken. Niet één van zijn passies werd doorgegeven aan ons, niet één regel van de dichters en filosofen die hij met het accent op het metrum voorlas nestelde zich in ons hoofd, raakte ons in het hart. *Quàdrupe dàntepu trèmsoni tùquati tùngula càmpum.* Zijn zware Napolitaanse accent tijdens het declameren van Thucydides en Vergilius deed de rest, zodat we onbewogen en kil toekeken. Onze afstandelijkheid was nog wreder dan een eventueel verzet. Niets ergers dan een klas die zit te grinniken terwijl je dingen uitlegt die jou persoonlijk fascineren of ontroeren. De Laurentiis had zich in zijn hoofd gezet dat hij ons de oud-Griekse muziek wilde laten horen, hij had partituren opgeduikeld van een of andere onduidelijke bron, die hij had laten uitvoeren door zijn zoon op een elektrisch toetsenbord, ik meen een Mini Gem of een Bontempi-orgel, of een Tiger, en hij liet ons in de klas de opnames daarvan horen. Het waren klaaglijke monodieën, gespeeld met één vinger, waarvan hij de opgaande en neergaande voortgang volgde met de handbewegingen van een dirigent in vervoering, alsof hij in de lucht schilderde, zijn ogen dichtgeknepen tegen de zon die tussen de pijnbomen voor het raam door scheen, en 'mmm... mmm...' mompelend ter begeleiding van de melodie die monotoon op en neer ging, op en neer, 'mmm... mmm... mmm...', tot aan de pure vreugde van zijn uitroep '*mmm... mmmuziek van de Grieken!!*' Het was net of dat tere notenlijntje tweeduizend jaar geschiedenis had overgestoken om zich door hem te laten murmelen. Na afloop sperde hij zijn euforische ogen wijd open en ontdekte hij dat er behalve hij niemand zat te luisteren.

Maar dat waren onschuldige mythologieën, kleine obsessies die eenieder gegund zijn. De manie die zich in ieders hart nestelt dooft op z'n hoogst uit door een teveel aan tolerantie, en het katholicisme is naar het schijnt de meest tolerante, de meest meegaande en toegeeflijke van alle belijdenissen; doordat het katholicisme elke zonde vergeeft, zelfs wandaden, krijg je bijna het idee dat het die rechtvaardigt; op zijn hoogste, meest nobele momenten schuurt het tegen de immoraliteit aan, het heeft zulke lange armen die het zo wijd spreidt dat het haast onmogelijk is te ontkomen aan die verzoenende omhelzing; die armen zijn ware tentakels. In een land dat nog zo diep religieus was als het Italië van die tijd, waar alleen verklaarde atheïsten zich buiten en tegen de algemene norm opstelden, werd het feit dat je katholiek was, een goede katholiek of op z'n minst een die met Kerstmis naar de nachtmis gaat 'omdat dat zo betoverend is', duidelijk beschouwd als iets natuurlijks, iets als de lucht die je inademt. Uiteindelijk denk ik dat onze leraren niets anders werd gevraagd dan te zijn zoals iedereen. Een vriend van mij, die een paar jaar geleden heeft gesolliciteerd om les te geven aan een particulier meisjesinternaat, kreeg van de directrice, nadat ze alle mogelijke informatie had verzameld en het uitgebreide cv van de kandidaat had geverifieerd, een vraag die doorslaggevend was voor de uitkomst van het gesprek:

'Bent u getrouwd?'

'Nee.'

'Verloofd?'

'Nee.'

'Maar, vertel eens... Houdt u wel van vrouwen?'

Het was duidelijk een valstrik. In een eerste huichelachtige opwelling had mijn vriend (die in werkelijkheid viel voor elk meisje dat ook maar een beetje het aanzien waard was) de neiging om haastig 'Nee!' te roepen, en dat zou hem de das hebben omgedaan. O nee? Leugenaar, of pederast. Maar als hij in alle eerlijkheid 'Ja!' had geantwoord, was dat alleen maar erger geweest. Wat is gevaarlijker of ongepaster op een meisjesinternaat, een leraar die van vrouwen houdt, of een die niet van vrouwen houdt? En op een jongensinternaat dan (deze vraag is zoals we zullen zien nog interessanter en vereist een moedig antwoord...)? Mijn vriend improviseert een antwoord in priesterlijke stijl; dat wil zeggen, een meesterwerk van ontwijking.

'Nou, houdt u van vrouwen?'

'Tja... zoals elke *goede katholiek*,' zei hij, met een glimlach.

Het katholicisme gaat niet zozeer uit van de totale repressie van iemands driften, als wel van een redelijke inperking ervan. *'Melius est enim nubere quam uri.'* Er was een tijd, begin jaren tachtig, dat Sint-Augustinus erg in zwang was, min of meer net zo populair als *Siddharta*. Zelf ergerde ik me aan de traagheid van zijn beroemde bekering, aan dat getreuzel om goed te willen worden. Als je op een dag ineens echt doorhebt wat het juiste is, dan ga je dat toch gauw doen? Geef mij maar, hoe onbeholpen en onwaarschijnlijk ook, de plotselinge crisis, de val van het paard, de bliksemschichten en bulderende stemmen die zeggen wat je moet doen en dan ga je dat ook zonder aarzelen doen – de psychologie zit me dwars, met al die zachte wendingen. Onze filosofieleraar heette frater Gildo. Hij was een nauwgezette, kille man, al behoorlijk oud, die zijn lessen zorgvuldig voorbereidde maar daardoor wel de indruk wekte dat de stof ver van hem afstond en hij die weer van voren af aan had moeten bestuderen, wat hem heel wat moeite kostte. Hij kwam zeg maar over als een oude reservist die vanwege een noodsituatie was opgeroepen om te komen lesgeven. Misschien had hij vroeger theologie gestudeerd en had de directeur met personeelsproblemen gedacht dat filosofie wel ongeveer hetzelfde werkt: een hele reeks onverzoenlijke abstracties. Vreemd hoe de wetenschap van God met dezelfde pedanterie voortgaat als de andere wetenschappen, hier en daar onderbroken door hevige uitbarstingen. En zo rukten ze frater Gildo het gebedenboekje uit de hand en vervingen dat snel door het filosofiehandboek van Lamanna (en misschien nog een paar zakboekjes), waarna ze hem in de loopgraven van de klassen duwden. Tot aan Aristoteles kregen we door zijn puur feitelijke, afstandelijke lessen het idee dat de eerste filosofen in wezen maniakale gekken waren, die hallucineerden en de wereld zagen alsof die helemaal bestond uit vuur of uit water of uit atomen met pootjes waarmee ze zich konden vastklampen aan andere atomen, of als een schuine regen van grijzige materie of meer van dat soort kul, en dan hebben we het nog niet eens over die absurde allegorieën van Plato. Zoals die gedurfde verzinsels ons door frater Gildo werden verteld, of beter gezegd onbewogen medegedeeld met zijn nasale, ongelovige stem, deden ze ons volkomen versteld staan, ik kon er echt niet over uit dat mensen dergelijke onzin serieus konden nemen, zoals dat van die mensen die heen en weer lopen als kermisschietschijven met beeldjes op hun hoofd gebonden, en dat alles om een schimmenspel te spelen en de gevangenen in een grot voor de gek te houden (?), nee werkelijk, dat meen je toch niet serieus? Dus dat was de filosofie? Het hoogste bewijs van de intelligentie van de mens? Dat alles getal is (nou en?) en dat honden een ziel hebben en dat je geen tuinbonen mag eten? En dat moeten dan de kampioenen van het denken zijn?

Daarna kwam Aristoteles aan de beurt. Bij hem werd het schematische dat frater Gildo alleen al met zijn magere, taaie lijf uitstraalde verheven tot systeem. Er verschenen steeds meer dingen tussen haakjes op het bord en zijn stem werd steeds nasaler. Doordat hij niet voor de vuist weg kon vertellen moest hij voortdurend zijn aantekeningen raadplegen, die hij in zo'n klein handschrift had gepriegeld dat hij ze zelf nauwelijks kon ontcijferen, met het metalen brilletje op zijn haviksneus geklemd. Uiteindelijk gaf hij het idee om dingen te verklaren helemaal op, en las hij alleen nog maar voor, nu eens uit het leerboek, dan weer uit zijn blaadjes. Of hij tekende zijn diagrammen na op het bord, die wij op onze beurt in ons schrift moesten natekenen. Aristoteles is op zich al de kale essentie van het redeneren, dus je kunt je moeilijk voorstellen hoe frater Gildo dat nog eens verder kon reduceren tot een diagram. Het was die aangename bezigheid die op school werd aangeduid als 'aantekeningen dicteren': een contradictio in terminis. Aantekeningen die worden gedicteerd zijn per definitie geen aantekeningen. Als ze worden gedicteerd, heeft de edele kunst van het aantekeningen maken veel minder betekenis, want dat is de eerste vorm van begrip en inkadering van een bredere materie. Het dicteren van aantekeningen is iets wat alleen wordt gedaan door onbenullige leraren aan het begin van hun carrière, en uitgebluste leraren aan het eind ervan. Ze schakelen over op de automatische piloot en hupsakee, totdat de bel gaat. Het resultaat van die verdere destillering was een onbegrijpelijke algebra. Het leek alsof frater Gildo door het mechanisch dicteren van die formules zichzelf, en daarmee ook ons, bevrijdde van de verplichting om ze te begrijpen. Daarom vinden sommige leerlingen het wel een prettige methode, want ze is in elk geval wel duidelijk en vereist geen bijzondere inspanningen doordat er een redelijke, stilzwijgende overeenkomst wordt gesloten met de leraar: hij hoeft niet te schreeuwen en in de klas heerst een soevereine stilte, omdat iedereen ijverig zit te pennen.

Het ziet er ook veel mooier uit, die bladzijden vol nepaantekeningen, mooi vol, geordend, uniform, zonder doorhalingen.

We hadden een klasgenoot, Zipoli, die de aantekeningen van alle vakken in één en hetzelfde schrift maakte, met potlood. Hij had aan één schrift genoeg omdat hij heel klein en zorgvuldig schreef. Hij kreeg de hele Renaissance op een halve pagina. Zijn handschrift was zo dun als een haartje van een pasgeborene. Maar waarom met potlood? De verklaring kwam aan het eind van het jaar. Op de laatste schooldag pakte Zipoli een vlakgom en *wiste alles uit* wat hij in een jaar tijd had geschreven. Geduldig, pagina voor pagina, met een lawine aan gum-schilfertjes. Het schrift werd weer helemaal blanco, klaar voor het volgende jaar. Het werd weer maagdelijk. In vijf jaar gymnasium had Zipoli maar één schrift, dat ene, en verder, toegegeven, wel meerdere potloden (3HB?), en een setje vlakgommen. Bij de familie Zipoli hadden ze een hele hoop kinderen, wel vijf of zes, misschien gaven ze de schriften wel aan elkaar door, werden die na het doorlopen van de school aan een ander overgedaan. Soms stel ik me voor dat de hele familie Zipoli alleen dat ene schrift gebruikt heeft, zoals de Graiai-zussen hun oog aan elkaar doorgaven. (Dat doet me eraan denken: ze hadden geen televisie. Bij mijn weten waren zij de enige familie die geen tv had. Dat vond ik verbijsterend.) Zipoli deed het goed op school, na Arbus was hij een van de besten. Nauwgezet, ingetogen, bedaard, met fijne krulletjes, zo asblond dat ze wel wit leken; hij zag er al uit als een oude man, ja, op zijn zeventiende zag Zipoli eruit als een Zweedse bejaarde. Op een dag vroeg hij of hij een helm van me kon lenen, omdat hij dus inderdaad naar Zweden wilde, op de Vespa, bij een vriend achterop. Twee maanden later bracht hij de helm terug, zonder een schrammetje.

Zipoli had zich aangewend om geen sporen achter te laten van zijn aanwezigheid. Hij produceerde ze, en vervolgens wiste hij ze uit.

Frater Gildo ging zo grondig te werk dat hij het voor elkaar kreeg om mijn kennis van de filosofie, ruwweg van Thales van Milete tot Kant, volledig de kop in te drukken, of beter gezegd in de kiem te smoren. Ik heb het later namelijk nooit ingehaald. Mijn geest is helaas mismaakt en modern geworden. Die onderwijsgaten vallen niet meer op te vullen. Later gelezen en bestudeerde teksten zijn als protheses op een verminkt ledemaat: hoe goed ook, ze simuleren alleen maar de natuurlijke beweging, je kunt met die haak misschien wel een glas vastpakken en naar je mond brengen, maar je kunt er niet mee pianospelen. Sommige onderwerpen of historische periodes of zelfs complete vakken zijn voor mij ongrijpbaar gebleven, als koninkrijken die voor mij waren voorbestemd maar die verloren gingen voor ik de kroon ervan kon dragen. Gelukkig zou Kant het jaar erna in elk geval wel wijselijk opnieuw worden behandeld door mijn nieuwe lerares filosofie (een vrouw! Na een pater ineens *een vrouw*!), toen ik de school van de paters verliet om redenen die ik verderop uit de doeken zal doen. Zij wist dat je nooit genoeg begrip kunt hebben van Kant, het is menselijkerwijs al onmogelijk dat je zijn leer tot je hebt genomen en je er dan na drie maanden zomervakantie nog iets van kunt herinneren, laat staan iemand als ik, die dankzij de noeste arbeid van de oude frater marist helemaal niets van hem had begrepen, zodat zij alles *van A tot Z nog eens uitlegde*. Vanaf het begin, waar het denken zelf ontstaat, het eerste denken, zoals dat uit het niets ontspringt.

Mijn nieuwe lerares aan het lyceum Giulio Cesare koesterde een diepe minachting voor mij omdat ik van de school van de paters kwam, ze beschouwde mij als een verwend, onbenullig rijkeluiszoontje, wat overigens exact de omschrijving is die ik een paar bladzijden hiervoor heb gegeven van mezelf en mijn klasgenoten. Alleen al het feit dat ik van een privéschool kwam bracht me in diskrediet. De leraar wiskunde hield er dezelfde mening op na over mij, en de leraar Italiaans eveneens. Op een openbaar lyceum dat een beetje een naam heeft opgebouwd, zoals destijds voor het Giulio Cesare gold, was het alsof iemand die van een katholieke privéschool kwam een schandvlek droeg. En dan ook nog eens in het laatste jaar, vlak voor het eindexamen. Als ze hem zelfs daar niet meer wilden hebben... Zo werd er over mij gedacht. Ik was menselijk uitschot, zeg maar, dat telkens met een flinke duw in de rug was overgegaan naar het volgende jaar, totdat zelfs de paters er zo genoeg van hadden dat ze afzagen van mijn schoolgeld. Ik zou behoorlijk worden buitengesloten en heel wat vernederingen moeten ondergaan – op een van de eerste schooldagen werd ik de klas uit gestuurd omdat ik 'scheef zat' (jazeker! Eind jaren zeventig kon dat nog!) met de sarcastische opmerking: 'Meneertje denkt zeker dat hij alles kan maken...' Ik liep naar de gang, even beschaamd als ongelovig. Ik had mezelf nooit beschouwd als 'afwijkend'. Maar dat was ik wel.

Het feit dat je op de school van de paters had gezeten was een oerzonde die moest worden weggewassen.

Wat die zonde precies inhoudt?

Ten eerste een teken van klasse. Als iemand naar een privéschool gaat, wil dat zeggen dat hij geld heeft. En die bevoorrechte positie, die vanwege sommige aspecten wordt bewonderd of benijd, kan ook haar nadelen hebben, haar contra-indicaties, haar bijeffecten. Dat is de reden waarom rijke mensen zich soms schamen voor hun rijkdom, en een louterende weg inslaan bezaaid met liefdadigheid, steunbetuigingen aan revolutionaire bewegingen, (voorlopige) weigering van de toekomende erfenissen, systematische desintegratie van fortuin. De Italiaanse maatschappij is weliswaar een klassenmaatschappij, zoals alle andere, maar dan voorzien van ingenieuze compensatiemechanismen die voor het merendeel van nogal fantasievolle aard zijn, zoals elk systeem dat ongelijkheden wil vereffenen terwijl het harde financiële feit waarop die gebaseerd zijn onveranderd blijft. De veronderstelde vendetta blijft vrijwel altijd steken op woordniveau, waar de Italianen de absolute meesters in zijn. Sterker nog, ik durf te stellen dat de spil van onze cultuur wordt gevormd door geniale stakkers die zich troosten, zich wreken, zich verheffen, zich een beter leven dromen of hun vijanden de pan in hakken, uitsluitend met woorden. Het meest sprekende voorbeeld is ongeëvenaard: Dante. Maar ook voor en na hem stikt het van de radelozen die onophoudelijk elegieën en liederen, landschappen en dromen, virtuele paradijzen en bosjes en ridders en tovenaars produceren, en revoluties en visioenen en profetieën en apocalypsen die het geleden onrecht zouden moeten rechtzetten (of in elk geval een beetje doen vergeten). Alleen als het leven zo schadeloos wordt gesteld, zij het dan helaas enkel op symbolisch niveau, kan het draaglijk worden. De striktheid van het sociale onderscheid is hier in Italië waarschijnlijk kleiner dan in Engeland of Frankrijk, maar als de rijkdom toch buiten bereik blijft, dan wordt die het mikpunt van een heel bijzondere minachting. En dan bedoel ik niet alleen de ruwe volkse sneer, de buiging die gepaard gaat met een belediging ('Uwe Hoogheid, houdt u van stront?') of een lipscheet. Nee, ik heb het over de wijdverbreide kleinburgerlijke rancune veroorzaakt door gefrustreerde ambities, door de teleurgestelde bewondering voor iets waar men door contiguïteit enig recht op meent te hebben. Of door een egalitair verlangen dat niet kan verheffen en dus verlaagt, dat niet omhoog weet te werken en dus neerhaalt, waardoor men meteen staat te juichen, telkens als een rijk iemand in ongenade raakt. Wanneer dat gebeurt, heel af en toe, is dat een waar jubelfeest. De oerzonde van het geld wordt vereffend.

De vervloeking van het goed... de besmetting daarvan...

De rijke, die Bijbelse figuur, is legendarisch geworden...

In de Italiaanse maatschappij heeft de rijke vaak de neiging zich te camoufleren, en het zal dan ook eerder de neprijke of de half rijke zijn die pronkt met zijn splinternieuwe Audi. De echte rijkdom weerkaatst zijn beeld op bedrieglijke wijze, veinzend, misleidend, de aandacht afleidend, schermen en spiegels ophoudend.

Bovendien wordt welstand in Italië zelden gezien als iets wat eerlijk of verdiend verworven is; het voelt voor de hand liggender om die welstand te zien als het resultaat van diefstal of puur geluk, of een mengeling van die twee. De retoriek viert hoogtij wanneer het erom gaat 'gemakkelijk fortuin en snelle winst' te stigmatiseren, op het moment dat de belastingdienst aanklopt, meestal niet eerder. De opkomst en vooral ook de neergang van rijken worden gevolgd met een alertheid die je ook ziet bij het bingospel. En het opmerkelijke is dat de catastrofe vrijwel nooit definitief is, men kan altijd uit zijn as herrijzen en de ladder opnieuw beklimmen tot men weer een doel heeft bereikt dat zich op een hoogte bevindt waarvan het de moeite waard is omlaag te storten.

(Alleen wie doodgaat eindigt voorgoed buitenspel: ziedaar het verdomde ongeduld van zelfmoordenaars...)

Het SLM werd voornamelijk bezocht door zoons van een middelhoge bourgeoisie of ook wel de kleine bourgeoisie, die zich beter wilde voordoen door hun zoon naar een privé-instelling te sturen, of die hem in het algemeen wilde behoeden voor de gevaren van de buitenwereld of hem wilde verzekeren van leraren die niet halverwege het jaar zouden worden vervangen en die niet zouden gaan staken, van zwemles en een boetseercursus, en hem misschien wilde verzekeren van enkele nuttige vriendschappen die hem de rest van zijn leven van pas zouden kunnen komen. Ik denk dat maar weinigen het deden uit puur religieuze gronden, dat wil zeggen vanwege de uiteindelijke bestaansreden van de school. Het schoolgeld was niet zo hoog dat het ontmoedigend werkte op middenstanders en kantoorbedienden uit het Quartiere Trieste en het Quartiere Africano, waarvan de straatnamen verwijzen naar de Italiaanse koloniën in Afrika, maar ook uit verder gelegen buitenwijken die destijds aan de rand van de stad lagen, zoals Talenti. Zij brachten een offer, en soms zelfs dubbel of driedubbel, al naargelang het aantal broers. Als ik denk aan degenen die weldra de hoofdrolspelers van dit verhaal zullen worden, en die in de pers zullen worden omschreven als meedogenloze jonge rijkaards, nou, een van hen was de zoon van een hotelportier, een ander van een beambte van de staatskas voor arbeidsongevallen INAIL.

Een andere goede reden om een voormalige leerling van het SLM te verachten was de heersende mening (ik ben niet in staat die op statistisch verantwoorde wijze te verifiëren) dat op die school zelfs de grootste sukkels nog overgingen, alleen dankzij het feit dat ze betaalden. De privéschool gezien als een professionele dienstverlening is een paradox, het is misschien het enige geval waarbij de dienstverlener zelf, en niet de opdrachtgever door wie hij betaald wordt, het resultaat van zijn werk beoordeelt. Dat is het absurde van de bewering dat onderwijs niets anders is dan een betaalde dienst: ik doe werk voor jou, maar na afloop vertel ik je dat het resultaat niet goed is, en aan wie ligt dat dan? Aan mij? Nee, het ligt aan jou... Stel dat je een leraar vergelijkt met een tandarts, en je krijgt van hem een les zoals je van de tandarts een vulling zou krijgen, maar als die tand dan afbreekt zou dat komen doordat jij niet goed genoeg je best hebt gedaan? Ik denk dat het vooral was om zo'n absurde situatie te voorkomen, en niet zozeer uit regelrechte corruptie, dat er inderdaad maar heel weinig zittenblijvers waren op het SLM. Dat waren alleen de extreme gevallen, degenen met zware gedragsproblemen. Alle anderen gingen zo goed of zo kwaad als het ging over, dat is zo.

Maar de ware reden voor het ongemak ten opzichte van de nieuwkomer was het geurtje van kerkelijkheid. Ik wist niet dat ik dat om me heen had hangen. Maar niet alleen de leraren, zelfs mijn klasgenoten op de nieuwe school roken het.

Het SLM was vernoemd naar de grote paus Leo I, die de invasie van Attila de Hun had tegengehouden door hem het kruisbeeld te laten zien. Daarop had de barbaar ervan afgezien om Italië binnen te vallen. Paus Leo was een redder, een beschermer zeg maar. Ik hoef niet te weten dat dat verhaal een fabeltje is, dat de aanvaller in werkelijkheid werd omgekocht met het goud van ik weet niet hoeveel kruisjes om rechtsomkeert te maken en een ander land te gaan plunderen, of welke andere aardse verklaring ze er ook voor hebben: de demystificatie van eeuwenoude episodes ergert me enorm. Nadat ik mijn halve leven allerlei verhalen heb geslikt als zoete koek, en vervolgens de andere helft heb moeten aanhoren dat er niets van waar was... Nou, ik ben nu eenmaal gehecht aan die eerste fase. Net als de gedetineerden wie ik tegenwoordig lesgeef, echte raddraaiers, die hun oren dichthouden zodra ik vertel dat het paard van Troje verzonnen is, nee, ho even, dat geloof ik niet, dat kan niet waar zijn! Anders zakt het hele kaartenhuis van de school in elkaar, en dat is ook al begonnen af te brokkelen op de dag dat men het voor het eerst waagde te beweren dat de helden uit de Oudheid halve schurken waren, dat Gaius Mucius Scaevola een zelfverminkende kamikazefiguur was, dat Jeanne d'Arc schizofreen was, dat ridder Roland niet door de Arabieren in de pan werd gehakt maar door de Basken; zo werd de geschiedenis ontdaan van de hoofdrolspelers met hun zwaarden en eedafleggingen, en kwam er een socio-economisch papje voor in de plaats. Die ontmaskering was terecht, laten we wel wezen, zo gaat het nu eenmaal, het onderwijs is gebaseerd op mythes en tegelijkertijd op het uitroeien daarvan, zoals een goochelaar met zijn ene hand dingen laat verschijnen die hij met zijn andere hand weer laat verdwijnen. Dat is het metabolisme van het onderwijs, de natuurlijke cyclus die moet worden voltrokken. Maar als je al meteen met de desillusie begint...

Wat zou een schooljochie nu eigenlijk moeten leren of niet moeten leren?

Maar die paus Leo verdiende het echt om 'Grande' te worden genoemd, 'de Grote'. Hij bracht zijn hele leven door met het bestrijden van ketters en in het bijzonder degenen die de dubbele aard van Jezus niet erkenden; het ontkennen daarvan is uitermate logisch en voor de hand liggend, en dus ook uitermate onzinnig, wanneer de geest van geen opgeven wil weten en met getrokken wapens blijft strijden, A is gelijk aan A en A is ongelijk aan B. Zo werkt het dan misschien op aarde, maar in de hemel? En als je niet gelooft dat Jezus *ook* een mens is geweest, van vlees en bloed, en dat hij *echt* is gestorven aan het kruis, of als je daarentegen denkt dat hij *alleen maar* een mens is geweest, zij het dan een tamelijk bijzonder mens... Nou ja zeg, hoe kun je jezelf dan een christen noemen? Waarom zeg je het geloof dan niet gewoon vaarwel? Wat heb je eraan om de mysteriën te onteren met het gezond verstand dat niet begrijpt, niet wil begrijpen, dat beweert of veinst te begrijpen terwijl het bij voorbaat weigert te begrijpen? Geen enkel geloof zou voldoen, niet één geloof zou ook maar ergens op slaan als je het bekijkt in het licht van het niet-tegenstrijdigheidsprincipe: dan waren ze allemaal alleen maar een aaneenrijging van onzinnigheden. Waarom hing Odin zich op aan een boom, en wat wil het zeggen dat hij zichzelf offerde aan zichzelf? ...En hoe is het mogelijk dat Dionysos wordt geboren uit de dij van zijn vader, die ook Athene baarde, maar dan uit zijn oor? Voor de zinnige geest is het vrijwel allemaal even onzinnig; neem alleen al het feit dat we überhaupt op de wereld zijn. Onder het vernis van redelijkheid is de zinnige geest juist totaal verdraaid: die vertroebelt alles met het smoesje dat hij dingen wil verhelderen. Paus SLM liet dat soort filosofen de kou van het redeneren stevig voelen, gecombineerd met de hitte van de actie.

Ja, ik geef het toe, ik heb een bepaalde geestesgesteldheid of manier van redeneren overgenomen van de paters, en die bestaat uit eindeloze omkeringen, sofismen, smeulende venijnigheid...

Een van de stomste geintjes, en misschien juist daarom ook wel een van de grappigste en meest geslaagde, was om tijdens de filosofielessen van frater Gildo steeds te knikken terwijl hij uitleg gaf over, laten we zeggen, Aristoteles; om na elke zin die hij zei te knikken. We staarden hem aan en luisterden, en bij alles wat hij zei knikten we, allemaal, alsof we hem wilden geruststellen over het feit dat de dingen die hij zei klopten, dat we ze hadden begrepen, en dat we het ermee eens waren. Een hele klas vol serieuze, aandachtige leerlingen die zitten te knikken, al die hoofden die vrijwel ononderbroken op en neer gaan, zoals de kopjes van die wiebelhondjes die mensen vroeger op de hoedenplank van hun auto hadden staan. Over frater Gildo zal ik verder niets zeggen.

Socrates liet het al weten
En Xantippe beaamde het charmant
Eén keertje neuken is beter
Dan tienduizend keer met de hand

Hoofdstuk III

Dit is het beeld dat ik altijd heb gehad van een lyceumklas vol jongens: een emmer vol krabben, ja, een emmer vol krabben op een hoopje.

...en hoe die beesten zwaaiend met hun poten en scharen boven op elkaar klimmen, zich ophijsen aan de verticale wanden en achterovervallen en weer opnieuw beginnen: de emmer wemelt van het machteloze leven...

Maar het is helemaal niet zo dat er onder jongens alleen maar concurrentie bestaat, integendeel. De diepe, natuurlijke behoefte van jongens om liefde en genegenheid en warmte te krijgen van andere jongens blijft bijna altijd onbevredigd, en daarom wordt die vervolgens volledig (en soms op brute wijze) gericht op vrouwen; die worden dan onwillekeurig op bruuske, heftige wijze getroffen door dat onhoudbare verzoek; even dreigend en overdreven als de rituele manifestatie van mannelijkheid ten overstaan van vrouwen, die in feite wordt gegeven om het respect van andere jongens af te dwingen, vaak is. De andere jongens of mannen vormen dus het publiek waarop jongens of mannen zich richten, vooral in de puberteit; ze voelen zich afhankelijk van het oordeel van de andere jongens, en hopen angstvallig op goedkeuring en bewondering van hen: aangezien een jongen maar zelden de liefde van een vriend kan verwerven, eist hij op z'n minst diens erkenning. Om die te verkrijgen is hij tot alles bereid.

Ook al beklaag ik me nu over het feit dat ik nooit meisjes in de klas heb gehad, ik kan me ook niet voorstellen hoe dat dan zou zijn geweest. Om in elk geval in dat opzicht een normale puberteit door te maken. Zoals bijvoorbeeld mijn eigen kinderen die hebben.

Maar misschien hebben mijn kinderen ook geen normale puberteit: ik denk aan mijn jongste, leerling aan het openbaar lyceum Righi, en aan haar vriendinnen, die voortdurend worden lastiggevallen, blootgesteld aan het spervuur van roddels op de sociale media, de ranglijsten van wie de grootste slet van de school is en aanverwante zaken; dingen waardoor je gevoel van eigenwaarde razendsnel naar een dieptepunt kan zakken of juist met hysterische vaart de lucht in kan schieten...

Op hun veertiende worden ze onophoudelijk onderworpen aan plagerijen, handtastelijke grapjes, schunnige oordelen en hoe je het ook wilt noemen, aan een continue psychische en lichamelijke druk door een paar klasgenoten, al zijn die (en dat is het verrassende feit waardoor het wellicht de moeite waard is het te bespreken) helemaal niet degenen die het meest vroegrijp en ontwikkeld en 'mannelijk' zijn, maar juist degenen die nog half kind zijn, en bijna half meisje, met nog geen enkele baardgroei, een schel stemmetje, het mollige is er nog niet af, waardoor hun spieren zich nog niet aftekenen. Hun brutaliteit is nog kinderlijk, maar is al een getrouwe voorbode van de volwassen versie. Het is alsof ze door hun machtsmisbruik (waarvan mijn zoon die op hetzelfde lyceum zit en een paar jaar ouder en dertig centimeter groter is dan die jongens, gelukkig heeft beloofd dat hij het met een paar klappen de kop in zal drukken als ze zijn zus blijven lastigvallen) de illusie hebben dat ze in één keer twee of drie jaar ouder worden en zo de status verwerven om de meisjes van hun klas, en dan vooral de charmante, te kunnen tiranniseren.

Als jongen geboren worden is een ongeneeslijke ziekte. Arbus was niet de enige die onhandig en ongecoördineerd overkwam. We bewogen ons allemaal houterig bij alles wat we deden, al was het maar je schooltas om je schouder hangen (je had toen nog geen rugzakken, alleen voor als je ging kamperen). Als een psycholoog onze onsamenhangende verrichtingen had geobserveerd, hoe we zaten te krabben en met onze armen zwaaiden, had hij geconcludeerd dat we geestesziek waren. Je hebt geen idee hoe ver een jongen kan gaan om maar de goedkeuring van zijn klasgenoten te krijgen; hoeveel onrecht hij over zich heen kan laten komen, of anderen aan kan doen, alleen maar om erkenning te krijgen. Het was een afmattend, terugkerend spel: je moest bewijzen dat je een man was, en zodra we dat hadden bewezen moest je het meteen opnieuw bewijzen, je moest telkens weer bij nul beginnen, alsof het altijd mogelijk was je zojuist bewezen mannelijkheid te verliezen, alsof dat gevaar altijd op de loer lag, en het feit dat je al honderd keer bewezen had dat je een man was er niets toe deed, want door één vergissing, één kleine mislukking zouden de reeds behaalde resultaten worden uitgewist en was je de hele inzet kwijt. Net als bij een kaartspel of bij die sporten waarbij de moeizaam verzamelde punten met de volgende zet in één klap teniet worden gedaan; wat heeft het dan voor zin om je mannelijkheid te bewijzen als je een minuut later alweer van voren af aan moet laten zien wat je waard bent?

Toen ik eenmaal tot die slotsom was gekomen, nadat ik eerst mijn uiterste best had gedaan om die vervloekte proeven ongeschonden te doorstaan, nadat ik al die tijd een houding had aangenomen om moedig, brutaal, viriel, verantwoordelijk, serieus, enzovoort over te komen, nou, toen ben ik er in één keer mee opgehouden, laat ze dan maar denken dat ik homo ben, het zou wat.

Het spelletje was heel simpel, je moest vooral vlug zijn: degene die als eerste een ander uitmaakte voor homo, was het zelf niet. Degene die was uitgemaakt voor homo moest, om zich van de verdenking te ontdoen, weer iemand anders uitmaken voor homo, en zo ging het door. Het had geen zin om de beschuldiging terug te kaatsen naar degene die deze als eerste had geuit: je moest die doorsturen naar een derde. Iemand die zich helemaal niet met meisjes bezighield was homo; maar ook iemand die zich er de godganse dag mee bezighield. Die verdienden het allebei evenzeer om te worden uitgejouwd.

De hiërarchieën onder jongens worden bepaald in een crescendo van bevelen, beledigingen, bondgenootschappen en uitdagingen.

Ten opzichte van de dominante jongens op school kon je een van de volgende rollen hebben:

a) ondergeschikt;

b) medeplichtig;

c) gepest/buitengesloten;

d) behorend tot een moeilijk definieerbare categorie (Niet-gebonden?), die door de dominante jongens met rust werd gelaten, misschien omdat die meenden dat het te vermoeiend of uiteindelijk zinloos was ze te bestrijden, een beetje zoals Hitler met Zwitserland.

Ik hoorde bij die laatste categorie. De passende term zou misschien ‘neutraliteit’ zijn, alleen wordt er nooit genoeg nagedacht over wat iemands redenen zijn om neutraal te willen blijven, en wat ervoor nodig is om zich dat te kunnen veroorloven.

Wanneer er een grap met iemand werd uitgehaald, was die pas geslaagd als er iets komisch en iets vijandigs in zat. Om een volkomen onschuldige grap hoeft niemand te lachen, die lijkt onverklaarbaar: waarom zou je hem uithalen als er niks heftigs aan is? Waarom zou je de moeite nemen hem te organiseren? Zelfs het slachtoffer vraagt zich, als hij helemaal geen schade ondervindt van de grap, af waarom hij überhaupt als mikpunt is genomen. Vulgariteit bijvoorbeeld blijkt absoluut onmisbaar om broederschap te scheppen: door de vulgariteit ontstaat die weliswaar in de lagere regionen van het vuile, het triviale, het beledigende, maar aangezien de broederschap als zodanig vervolgens juist omhoog zal reiken, is dat de verklaring hoe het mogelijk is dat men van schunnige moppen over vrouwen binnen een paar stappen kan uitkomen bij de sublieme liefde van de dichtstroming *Dolce stil novo*, en van kazernehumor bij belangeloze daden van opoffering en heroïek, doordat de broederschap haast onmerkbaar stukje bij beetje opschuift van het lichaam naar de geest...

Ikzelf bijvoorbeeld heb een leeftijd bereikt waarop je je status gewoonlijk beschouwt als het resultaat dat je na een heel leven hebt verworven, maar gek genoeg kan mijn status me tegenwoordig weinig of niets schelen, terwijl ik daar rond mijn dertigste ontzettend veel waarde aan hechtte, en al helemaal in mijn puberteit, ach, wat vond ik het toen belangrijk hoe anderen over me dachten, wat vond ik het toen belangrijk om te worden gezien als de mooiste, de intelligentste, en zelfs de aardigste, ook al wist ik dat ik geen van drieën was (de intelligentie van Arbus kende geen rivalen; de zegepalm voor de mooiste werd betwist door Zarattini – een engel – Jervi en Sdobba, en wat betreft aardigheid wist ik dat ik niet hoog scoorde, terwijl er unaniem zou worden gekozen voor Modiano en Pilu) en ging ik daar vreselijk onder gebukt! Maar niet alleen op school brandde dat verlangen, vooral ook tijdens de vakanties, wanneer er ook meisjes deel uitmaakten van het panorama en mijn hunkering om op de eerste plaats te komen op hen gericht was. Hoezeer verlangde ik ’s zomers aan zee op mijn dertiende, veertiende, vijftiende, zestiende, hoezeer brandde ik van verlangen om aanzien te verwerven onder mijn mannelijke en vrouwelijke leeftijdgenoten! Ik had er alles voor over om hen te behagen, om hun respect en goedkeuring te verkrijgen! Ook al was ik nog zo verlegen en tamelijk laf, ik had er grif mee ingestemd om mee te doen aan om het even welke riskante of afkeurenswaardige actie, alleen maar om niet in de anonimiteit te hoeven blijven, dat schemerige oord waar ze zich nooit herinneren hoe je ook alweer heet en je verwisselen met iemand anders, of waar het altijd lijkt of ze je voor het eerst zien.

We ontwikkelen de aspecten aan ons waarvan we denken dat die het meest in de smaak vallen bij anderen. Eerst bij onze moeder, daarna bij onze speelkameraadjes, en ten slotte bij al diegenen op wie we indruk willen maken, leeftijdgenoten, volwassenen, leraren, meisjes, we presenteren het deel van ons, en uitsluitend dat deel, waarvan we denken dat het de meeste kans heeft om te worden goedgekeurd en geaccepteerd. De rest blijft in de schaduw, en wordt hooguit wel eens gezien door iemand die heel aandachtig is (over het algemeen je vrienden, en meer nog dan je vrienden, je vijanden). Het gezicht dat we iemand toekeren in de hoop dat het zal worden geaccepteerd en waarop we onze jokers inzetten wordt 'het vals zelf' genoemd, niet omdat het vals zou zijn, dat is het helemaal niet, het is immers geen simulatie of masker, het behoort ons toe, het is authentiek, het is echt ons gezicht of in elk geval een uitdrukking die heel natuurlijk aanvoelt; we zijn zelf degenen die het vervalsen doordat we dat presenteren alsof het ons helemaal voorstelt, terwijl het slechts een deel is, en niet eens het belangrijkste.

Het vals zelf kan zich alleen maar levend voelen wanneer het wordt geactiveerd door een moeilijkheid die moet worden overwonnen. Het heeft voortdurend behoefte aan externe prikkels, proeven die moeten worden doorstaan. Als het niets doet, is het alsof het niet bestaat.

Wat is het moeilijk om je tegenstrijdigheden te beheren, om ze bijeen te houden! Ikzelf heb er bijvoorbeeld altijd moeite mee gehad om me aan één stuk door levend te voelen. De figuur van mezelf die ik had gecreëerd om te onderwerpen aan andermans aandacht kon ik maar een paar uur per dag volhouden, laten we zeggen vier of vijf uur, of als ik me heel erg inspande hooguit zeven of acht uur achter elkaar, daarna was het een ramp, dan verviel ik in lethargie, in anonimiteit, een soort ziekelijke lusteloosheid die ook weer niet zo'n heel onaangename toestand was, al was het alleen maar omdat je je daarin niet meer hoeft in te spannen of iets hoeft te bewijzen. Ik vond het niet zo heel fijn om alleen te zijn, maar dat had wel als voordeel dat het me aan het oordeel van anderen onttrok en mijn aftakeling verhulde; vandaar dat ik uiteindelijk wel gehecht ben geraakt aan die apathie, aan die luiheid, die diepe weemoed en mijn minachting voor mezelf omdat ik me zo lang geforceerd had voorgedaan als iemand die ik niet was, of althans niet echt; aan heel die zwaarmoedige brij. Ik herken mezelf meer in die uren van niets dan in de houdingen die ik aanneem om me te pantseren.

Ik voelde dat mijn zenuwen zich ontspanden totdat ze enkel nog een zwak signaal uitzonden, als steeds verder uitgerekte gitaarsnaren die een dof geluid voortbrengen, somber, en ook een beetje grappig. Een nutteloos geluid. Dat was de ideale toestand om boeken te lezen of muziek te luisteren.

Daardoor ben ik tot de conclusie gekomen dat wij niets anders zijn dan een verzameling zenuwen en gevoelens waaraan om juridische redenen een identiteit is toegekend, opdat die mengeling van toevallige, chaotische pulseringen belasting betaalt, het huis van zijn vader erft, op het vliegveld vooraf betaalde tickets op zijn naam kan ophalen en de toegewezen zitplaats kan innemen. Niets meer. Niets meer dan een gemakkelijk systeem om je op te sporen.

De naam die bij die identiteit hoort? Ach, niets meer dan een registratie: op een chipcard, op briefpapier, het onderschrift bij een foto, de bronzen letters bevestigd op een plaat travertijn, en de groeten.

De kleedkamer was de plek waar het ritueel van de erkenning van onze mannelijkheid zich voltrok. Er is misschien niets gênanter dan je lichaam blootstellen als vergelijkingsmateriaal terwijl het nog in ontwikkeling is. Wanneer we gymnastiek hadden en ons uitkleedden, verschenen er van onder onze lagen vergelijkbare kleren allerlei verschillende jongenslichamen, onderling nog diverser dan zwerfhonden in een asiel.

Met onuitputtelijke grapjes gericht op het treffen van vreemde elementen, of dat nu vrouwen of homo's waren, werd er een exclusieve broederschap gevierd, maar paradoxaal genoeg versterkt die juist alleen maar de homoseksuele tendens binnen de groep. Dat is een onvermijdelijk gevolg in een uitsluitend mannelijke gemeenschap: doordat er voortdurend kleinerend en minachtend wordt gedaan over vrouwen, homo's en mietjes, al is het maar met woorden, om de loftrompet te steken over de eigen mannelijkheid, is dat uiteindelijk het enige waarnaar wordt gezocht. De zuiverste vorm van mannelijk chauvinisme kan alleen maar homoseksueel zijn.

Uitermate interessant, die schommeling tussen de afwijzing van vrouwelijkheid en de bijna wanhopige zoektocht ernaar...

Maar het was allemaal vals vertoon; een en al bravoure, grove taal, enorme stommiteiten die werden gezegd of begaan, riskante of idiote gedragingen (tegenwoordig heb je een tv-programma dat specifiek is gewijd aan dat soort dingen, doortrokken van een licht suïcidale sfeer: de deelnemers slikken wormen door, binden rotjes onder hun rolschaatsen, laten zich wegblazen door een plafondventilator of op de hoorns nemen door een bok), kortom, de gekste dingen, zolang ze maar gevaarlijk en absurd waren, konden leiden tot schaafplekken of kokhalzingen, zelfverminking en zinloos geweld, en met zinloos bedoel ik dat er een pad werd gekookt of dat het tankje van de ruitenwisservloeistof werd gevuld met urine en de sproeiers vervolgens zo gericht dat voorbijgangers en motorrijders erdoor werden nat gespetterd; 's nachts de leeuwen in de safari van de dierentuin bekogelen met straatstenen, nadat die naar het hek waren gelokt met de geur van biefstuk...

Een hamster in een magnetron stoppen
(om een traditionele oven op te warmen zou
te veel tijd kosten...), straatmuzikanten
vanuit het raam munten toewerpen die vooraf
zijn verhit boven een vlam, een nietsvermoedende
vriend een sneeuwbal te eten geven
die een kern bevat van bevroren pis...

Het was een proef waaraan we dagelijks werden onderworpen. Je moest bewijzen dat je mans genoeg was om bestand te zijn tegen de sociale druk veroorzaakt door die permanente onsmakelijke grap die het leven op een jongensschool is. Hoewel ik niet een van de pispaaltjes was, en juist bij de meest fortuinlijken hoorde omdat ik was gevrijwaard van opvallende fysieke of morele gebreken en ook omdat ik altijd vooral mijn eigen gang ging, moet ik bekennen dat ik meerdere keren ben bezweken onder die sociale druk. Die was tastbaar, voelbaar. Hoe ik me dan uitte? Meestal met een huilbui. Als het kon zonder te worden gezien. Een betere en snellere manier is er niet. Een paar keer daarentegen sloeg ik erop los. In het boek *Korte geschiedenis van vechtpartijen* dat ik vroeg of laat zal schrijven, zal zonder meer een hoofdstuk worden gewijd aan de vechtpartijen op school. Met uitzondering van de vechtpartijen op politieke grondslag, die in een apart hoofdstuk zullen worden behandeld, beslist een zeer belangrijk hoofdstuk, waarbij de school enkel het toneel is voor de generale repetities van een ballet dat elders zal worden opgevoerd, op straten en pleinen, vormen de vechtpartijen in het leven van een jongen een integraal onderdeel van zijn schoolloopbaan, niet minder dan de examens, sterker nog, het zijn zelf ook examens.

De belangrijkste menselijke vaardigheden worden aangewend om te zorgen dat onze rol wordt erkend. Thuis, in de maatschappij, op school, op het werk, op deze aarde. Soms zou je haast het idee krijgen dat onze voornaamste bezigheid niet was om te studeren of te sporten of tv te kijken (wat onze dagen qua tijd tot de rand toe vulde), maar om een rol te spelen. Welke rol? Dat is niet zo gemakkelijk te zeggen, het is niet duidelijk. De rol van jongeren? De rol van ondernemende mannelijke jongeren? De rol van Italiaanse bevoorrechte Romeinse katholieke mannelijke jongeren? De rol van brave jongens of die van een stel roekeloze types? Waarschijnlijk zo'n beetje al die dingen, tegelijkertijd of afwisselend, roulerend, waarbij we van rol veranderden tussen winter en zomer, in de familie of met vrienden, het is tenslotte normaal dat je je in verschillende situaties anders gedraagt, zoals de huisvader die op zondag auto's in brand gaat steken in de buurt van het stadion en op maandag weer keurig op tijd op zijn werk verschijnt. Er is heel veel plaats in een persoonlijkheid, daar pas je gemakkelijk met z'n tweeën in, of met z'n drieën, of misschien nog wel meer. Het centrale verhaal van dit boek zal bevestigen dat je overdag een ijverige student kunt zijn terwijl je 's avonds minderjarige meisjes ontvoert en aanrandt.

Vanwege een romantische overlevering die niet erg op de werkelijkheid stoelt heeft men het idee dat jongeren rebels zijn, of in elk geval rebelser dan volwassenen. Niets is minder waar. De overgrote meerderheid van de jongeren is enorm conformistisch. Hun instinct drijft hen binnen de groep, en zelden erbuiten. Dat ze zich verzetten tegen bepaalde wetten is alleen omdat ze daarmee gehoorzamen aan andere wetten waaraan ze zich meer gebonden voelen. Tijdens de adolescentie overheerst de kuddegeest het leven in vrijwel alle facetten: niets valt buiten de invloed daarvan, van wat je aantrekt tot de dingen die je zegt, van hoe je zoent tot welke en hoeveel sigaretten je moet roken, en de manier waarop je een trekje moet nemen zonder te hoesten. Alles, alles wordt geleerd door te imiteren.

Misschien is die enorme inspanning, dat eeuwige naar jezelf kijken en jezelf vergelijken en onderzoeken, die eindeloze worsteling, eerder met jezelf dan met anderen, en het bedenken van testen en die doorstaan, bewijzen dat je ertegen bent opgewassen, verharden, wereldwijs worden, jezelf uitdagen, je geest blijven bewerken en je lichaam blijven bestoken met hardlooprondes en push-ups die je naar adem doen happen; die onophoudelijke strijd van krabben in een plastic emmer, nou, misschien is die wel niets anders en dient die geen ander doel dan je voor te bereiden op de arbeidswereld, punt. Achter al die innerlijke kwellingen schuilt maar één concreet doel, het aanwijzen van een uitweg uit de moederlijke Hof van Eden waarbij de heimwee tot een minimum beperkt wordt, om af te dalen naar het vagevuur van het praktische leven, waar elke verovering gepaard zal gaan met een verlies, een smadelijke nederlaag, een verraad, en waar geen zoete bessen zijn die vanzelf in je mond vallen en waar ook geen melk en honing van de bomen druipen. Alleen om die verbanning te kunnen verdragen zonder jezelf meteen van het leven te beroven is het belangrijk om 'een man te zijn'. Door dat voortdurende samentrekken van spieren en anus, dat knipogen, dat hanteren van je pik, dat schreeuwen en jammeren en je inbeelden dat je de erkende baas bent van de wereldorde, bereik je een afdoende mate van gemiddelde ongevoeligheid om te zorgen dat de wereld minder angstaanjagend is...

Ik heb hier voor me de laatste brief die ik van Arbus heb ontvangen, voordat hij uit mijn leven verdween. De brief is gedateerd op 12 mei 1980, zes jaar nadat Arbus was vertrokken van het SLM, op de spectaculaire wijze die ik een paar hoofdstukken verderop uit de doeken zal doen. Ik kopieer het stuk dat me het meest heeft getroffen, gekwetst en overtuigd.

'Het verschil tussen jou en mij, Edoardo, heb ik al jaren geleden begrepen, maar dat heeft me er niet van weerhouden met je bevriend te zijn. En weet je wat dat is? Jij hebt ondanks alles altijd verlangd en gestreefd naar assimilatie met de rest van de klas. Af en toe hield je je afzijdig, en wekte je de indruk dat je je van hen distantieerde, maar alleen om vervolgens ineens weer naar hen terug te gaan, zodat zowel je verwijdering opviel als het feit dat je je opnieuw openstelde voor de vriendschap, de grappen en al het andere. Je had het nodig, je kon niet zonder, net zoals een vis niet uit het water kan leven. Je hebt altijd anderen nodig gehad, en daar is ook niets mis mee, jij hebt behoefte aan goedkeuring, respect, je doet alsof het je niets kan schelen maar je denkt aan niets anders en je zou van niets of niemand afstand kunnen doen. Je kunt alleen eventjes afstand nemen, maar nooit definitief breken. Je hebt een weemoedige, zwakke inborst. Ik heb je wel eens zien herrieschoppen in de klas, niet omdat je daar echt zin in had, maar omdat je bang was dat je behalve Zipoli en ik, en laten we Rummo er ook bij tellen, de enige zou zijn die niet meedeed... Je was bang, en je vermaakte je uit angst dat je je niet zou vermaken. Geef het maar toe. Er bestaan slechts twee opties, en die zijn niet verenigbaar: of je assimileert je met de anderen en past je aan aan alle voorwaarden en verwachtingen omtrent het man-zijn; of je isoleert je, je scheidt je daadwerkelijk af en blijft zuiver en vreemd, onaangepast, waarbij je elk model afwijst. Waar heb jij voor gekozen?'

Ja, zoals altijd heeft Arbus gelijk, het is waar, ik heb de eerste optie gekozen, of beter gezegd, die optie koos mij: ik kon het niet opbrengen om mijn anders-zijn te verdedigen, ik vond het niet belangrijk om dat te verdedigen. Ik wilde net als alle anderen zijn. Diep vanbinnen was dat heimelijk mijn streven, ook al was ik te trots om het toe te geven. Arbus had helemaal geen trots. En hij koos dan ook de tweede optie, het isolement.

Hoofdstuk IV

We waren en we voelden ons heel close, zonder dat we veel praatten. Liever samen dingen doen dan het erover hebben. We waren hecht, bijna één, en toch bestond er geen werkelijke intimiteit tussen ons. Sterker nog, we waren huiverig voor intimiteit.

Intimiteit betekent je kwetsbaar voelen en kwetsbaar zijn, en je ook kwetsbaar opstellen: een zwakte kan worden misbruikt, vertrouwen kan worden verraden, je blootgeven kan worden bespot.

We voelden in feite geen enkele behoefte om over onszelf te praten, over onze verlangens, onze geheimen, onze angsten en ambities, nee, die bleven verborgen en onbekend, ik bedoel, ze waren alleen al voor onszelf verborgen, we kenden ze niet, we kenden onszelf niet, hoe had ik aan mijn klasgenoten kunnen opbiechten wat ik zelf niet eens wist? In plaats daarvan vertelden we verhalen die we voor het merendeel van anderen hadden gehoord, we maakten grappen, deden imitaties, verkondigingen, we dreigden met onmogelijke dingen, we hielden elkaar voor de gek, of beter gezegd (het is een asymmetrische activiteit): we hielden steeds dezelfde vier of vijf jongens voor de gek, steeds dezelfde mikpunten van vulgaire grappen en geintjes, en een paar daarvan hadden hun slachtofferrol zozeer geaccepteerd dat ze voortaan zichzelf pestten, wanneer niemand hen treiterde deden ze het zelf, ze beledigden zichzelf en vervolgens lieten ze die beledigingen uitkomen door hun eigen onhandigheid en onvermogen zodanig te overdrijven dat ze de beschimpingen gewoon verdienden: zo slaagden ze erin zelfs nog verlegener, dikker, kleiner, dommer en klungeliger over te komen dan ze daadwerkelijk waren. Nog machtiger dan de kleinering is dan ook de zelfkleinering.

Intimiteit: vrees en verlangen. Misschien is het alleen maar een andere manier om dergelijke gevoelens te tonen – of misschien is het een kwestie van bewustzijn. Je verlangt naar datgene wat je stiekem vreest; je vreest datgene waarnaar je onbewust verlangt. Sommige mensen zien een absolute, lijnrechte tegenstelling tussen het mannelijke en het vrouwelijke principe, terwijl het misschien alleen gaat om verschillende manieren van beleving en blijkgeving van hetzelfde gevoel, exact dezelfde emoties, dromen, verlangens en angsten, misschien moeten we alleen kijken in welke volgorde die sentimenten worden gezet, welke er zichtbaar zijn en zelfs worden geëtaleerd, en welke daarentegen verborgen blijven: dan zou het kunnen dat terwijl meisjes verlangen naar intimiteit maar die onbewust vrezen, jongens daarentegen bang zijn voor een intimiteit waar ze diep vanbinnen naar verlangen, ook al zouden ze dat nooit willen toegeven: dat is allemaal maar sentimenteel gedoe. Het onbegrip ontstaat door die kruising, door dat gemengde gevoel van angst en verlangen, de dubbelzinnige geheimcode van seks. Angstig. Angstig schommelen we tussen angst en verlangen, met het paradoxale resultaat dat we wegvluchten voor datgene waar we echt naar verlangen, en ernaar verlangen hetzelfde te zijn als degenen voor wie we bang zijn...

Jongens: als je ze hoort praten zijn ze vulgair, maar in hun hart zijn ze overromantisch, fragiel, gevoelig. Ze worden pas gevaarlijk wanneer ze hoteldebotel raken. Dan komt er een hevige hartstocht boven op een praktische, handtastelijke lichtzinnigheid. Soms ontstaat geweld tegen vrouwen uit die tegenstrijdige mengeling: botheid en vulgariteit in expliciete zaken, terwijl er diep in hun hart een woeste sentimentaliteit ontploft die tot alles bereid is, zelfs om het toppunt van romantiek ('Ik kan niet leven zonder jou') te transformeren in een messteek, of dertig messteken.

In de literatuur over de verschillen tussen de seksen wordt vaak gezegd dat jongens niet in staat zijn tot intimiteit, dat ze die vrezen, ervoor terugdeinzen, er bang voor zijn. Ze lopen dan ook het risico dat ze in intimiteit hun zwakte tonen, en dat anderen dat doorhebben en er misbruik van maken. Daarom hebben ze het in gesprekken liever over algemene zaken dan over persoonlijker onderwerpen. Neem voetbal. Dat is een veelvoorkomend onderwerp onder jongens en ook onder volwassen mannen, en het lijkt wel speciaal te zijn gemaakt om persoonlijke onderwerpen te ontwijken. Door te praten over het aankoopbeleid van je club ter voorbereiding op het nieuwe seizoen, en wel op een spottende of zelfspottende toon die schommelt tussen schertsend en bloedserieus, met vaste uitdrukkingen die variëren van ‘Met de verdediging die wij hebben is het nog een wonder als we niet in de Serie B belanden’ tot ‘Dit jaar gaan we jullie een pak slaag geven’ wordt er een conversatie gestart die langdurig om dat en aanverwante onderwerpen heen kan kronkelen, om vervolgens zomaar uit te doven, zonder dat er iets ernstigers of persoonlijkers is aangestipt.

Maar het is wel zo, in plaats van oog-in-oogcontact heb ik altijd liever zij-aan-zijcontact gehad: niet met elkaar *praten*, maar iets *samen doen*. Wat ik hooguit interessant vind aan het praten, aan het jezelf blootgeven aan een ander, is de positie die degene die iets opbiecht inneemt ten opzichte van de biechtnemer; ook daar zie je een scheve opzet: aan de ene kant zie je een persoon van opzij die door het rooster fluistert, aan de andere kant een persoon die zijn oor aanreikt en dus naar voren gericht is, zij het aan het zicht onttrokken door het deurtje of door een gordijn. De scheiding tussen die twee is flinterdun, maar essentieel. De asymmetrie is nuttig om enige vooruitgang te boeken, om ervoor te zorgen dat dat menselijk contact ergens toe *dient*. Het oog-in-oogcontact doet mensen verstommen, en is dan ook ideaal wanneer er niets valt te zeggen, oftewel, wanneer mensen van elkaar houden. Dan hoeven ze elkaar alleen maar aan te kijken.

We waren allemaal voor een deel homoseksueel, en voor het overige deel homofoob. Als halve homo’s hadden we een hekel aan en dreven we de spot met echte homo’s, de volledige, complete homo’s zoals Svampa, de scheikundeleraar. Het tweede deel van onszelf verzette zich tegen het eerste, of beter gezegd: om het bestaan van het eerste deel maar niet te hoeven erkennen, richtte het tweede deel van elk van ons zich vol agressie op het eerste deel van de anderen, en dan vooral van degenen bij wie dat eerste deel net iets uitgesprokener was… Het was dus tamelijk normaal om voor de helft homo te zijn, een halve homo, maar meer ook niet, nee, ho even, meer dan de helft was te veel! We zouden bijvoorbeeld nooit hebben toegegeven dat er ware liefde bestond tussen ons als klasgenoten. Die overgave, die rilling van genot tijdens het samenzijn, zelfs de aantrekkingskracht tot afzonderlijke onderdelen van het lichaam die misschien mooi waren bij een klasgenoot, twee mooie blauwe ogen (zoals in het geval van Zarattini), een stel mooie brede schouders (die hadden van de hele klas alleen Sdobba en Jervi), of mooie benen (ook weer Sdobba, de zijne waren lang, gespierd, en glansden van de blonde haartjes waardoor je zin kreeg ze te strelen), moesten worden ondergebracht in de kameraadschappelijke categorie van de vriendschap.

Het is niet zo dat we een hekel hadden aan homo's, integendeel, we vonden ze grappig (verderop zal ik vertellen over de uitbarstingen van hilariteit waarmee de liefkozingen die door jongens in de klas werden uitgewisseld gepaard gingen...); we hadden er hooguit een hekel aan om eventueel voor homo te worden aangezien, terwijl we dat niet waren (tenminste, niet allemaal, of niet helemaal...), de mogelijkheid van een misverstand. Het was dat misverstand dat ons zorgen baarde.

De volgende methode was me aangeraden door een vriend. Werkt blijkbaar altijd. Wil je weten of een vriend van je homo is? Laat hem dan een potje pingpongen. En kijk naar hem. Liefst als hij speelt tegen iemand die beter is dan hij. Er is niets wat zo op de zenuwen werkt als te worden ingemaakt met pingpongen – en de inspanning, de opwinding en de frustratie omdat je ondanks al je pogingen maar niet gelijk weet te komen, vormen de ideale omstandigheden waarin mensen altijd hun ware aard laten zien. Niemand kan zich anders voordoen dan hij is tijdens een pingpongwedstrijd, twee van de drie games of drie van de vijf. Als je homo bent en je verprutst de beslissende smash, ook al heb je het nooit willen toegeven en doe je er alles aan om het verborgen te houden voor je ouders en je vrienden op school, omdat je het irritant zou vinden als ze je uitlachten wanneer ze erachter kwamen, welnu, als jouw smash in het net belandt zal de homo die in je zit tevoorschijn springen als een gewonde tijger. Met een kreetje, een geërgerd gebaartje of een uitspraak als: 'Ik vind er trouwens toch niks aan!' of 'Dat is niet eerlijk!' ofwel 'Jeetje, wat heb ik vandaag toch?'

De methode werkt ook bij jezelf, als je nog niet weet of je homo bent of niet. Op een bepaalde leeftijd gebeurt het wel eens dat je je een beetje vaag voelt aangetrokken tot je eigen sekse... Een potje pingpongen, dan weet je het.

Viriliteit betekent macht. Als ik geen macht heb, wil dat zeggen dat ik niet viriel ben. Als ik niet viriel ben, zal ik nooit macht hebben, de cirkel is rond.

Het zijn juist de onzekere mensen die er het meest waarde aan hechten om hun halve macht bevestigd te zien: degenen die de hele macht hebben voelen geen enkele noodzaak om die keer op keer te bewijzen.

Het lijdt geen twijfel dat mannen als groep de macht in handen hebben, terwijl mannen als afzonderlijke individuen die maar zelden hebben. En op die schandalige ongelijkheid reageren ze vaak onsamenhangend en hysterisch. De macht die ze niet hebben moeten ze dan zelf zien te regelen: door in de buurt iemand te vinden die ze kunnen commanderen.

Een van mijn favoriete romanscènes staat in een boek van John Fante dat ik lang geleden heb gelezen, ik weet de titel niet meer, waarin de jonge hoofdpersoon, misschien de beroemde Arturo Bandini, alter ego van de auteur, zichzelf uitriep tot Führer der Krabben. (Inderdaad, alweer die krabben...) Zijn rijk was het strand, zijn troon was de pier. Van daaruit schreeuwde hij bevelen naar zijn scharrelende onderdanen op het zand, en als die hem niet gehoorzaamden beschoot hij ze met een luchtbuks. Hij executeerde ze een voor een. Het was een slachtpartij van opstandige krabben.

Ze wilden hem niet één keer gehoorzamen.

Het was nogal een chaos in zijn rijk.

Maar waarom een school voor alleen jongens, zoals het SLM?

Misschien kwam het alleen daardoor, was dat het enige specifieke van ons onderwijs als leerlingen aan het SLM in plaats van aan een willekeurige gemengde school: dat we geen enkel contact hadden met de wereld van de vrouwen, de wereld van de moeders en de zussen die ons gezinsuniversum had gevormd. Het gezin als een vrouwelijk nest waaraan de zoon, de jonge Spartaan, zo vroeg mogelijk moest worden ontrukt. Misschien was onze school alleen daarom een mannelijk instituut: om die scheiding te markeren, en die zo gewoon te maken dat onze ouders en wij ervan overtuigd raakten dat ze verstandig en noodzakelijk was. Wie weet of onze moeders, van wie sommige zich hooguit gerustgesteld konden voelen over het feit dat hun zoonlief werd behoed voor de afleiding, invloeden en gevaren van opbloeiende meisjes, wie weet of zij zich realiseerden dat die beperkende maatregel niet zozeer was gericht tegen die kleine intrigantes, maar juist tegen henzelf, de grote intrigantes... En dat het hun boezem was waarvan wij moesten worden gescheiden om volwassen te worden, niet de prille boezem van de meisjes aan het Sant'Orsola.

Het vrouwelijke equivalent van het SLM in de buurt was namelijk het instituut Sant'Orsola, bij Piazza Bologna.

(Wanneer jaren later enkele ex-leerlingen van het SLM jammerlijk beroemd zullen worden vanwege hun daden, zal er op hun figuur keer op keer het probleem worden geprojecteerd van de uitsluitend mannelijke identiteit van de leraren, zowel de religieuze als de niet-religieuze, en de leerlingen. Vrouwen werden niet toegelaten op school, en hoezeer ik ook mijn best doe, ik kan me afgezien van onze moeders wanneer ze ons kwamen ophalen geen enkele vrouwelijke aanwezigheid binnen de school herinneren. Of ja, misschien eentje, de vrouw die pizza's verkocht tijdens de pauze... Maar tijdens de lesuren was het daar werkelijk de heilige berg Athos. De enige vrouw die op het SLM geen indringster was, was de maagd Maria. Maar wat zal die zich daar alleen hebben gevoeld, daar achter dat altaar!)

Geen enkele vrouwelijke klasgenoot... Ach ja, dat is hetzelfde als in de gevangenis. Geen enkele vrouwelijke docent... Dat is al heel wat vreemder, want de school is in elk geval in Italië een vrouwelijk terrein, een verlengstuk van het rijk van de Moeder, een enorm verlengd kinderdagverblijf. Wij hadden daarentegen vanaf de lagere school alleen maar kerels in habijt als onderwijzers. Misschien droegen ze een habijt om ons te helpen herinneren aan de rok waarvan we ons elke ochtend losmaakten; om ons daar ter geruststelling aan te helpen herinneren en hem intussen van ons af te pakken, stukje bij beetje, dag na dag.

We werden hoe dan ook opgevoed door personen met een rok aan: eerst onze moeders en gouvernantes, daarna de paters. Je ging van de schoot van je kindermeisjes naar de wapperende zwarte habijten. Zoals die flapperden op de binnenplaats van het SLM wanneer het waaide! Ik heb iets met kaftans, toga's en salwars, evenals met typisch vrouwelijke kleding en zowel korte als lange rokken, terwijl ik een lange broek altijd barbaars en grof heb gevonden, alleen aanvaardbaar vanwege de kou.

Mannen met een rok hadden de taak de jongens om te vormen tot mannen: een geheel mannelijke lijn.

Homoseksuelen, kunstenaars, priesters en strijders streven naar een transcendente verwezenlijking die het normale, mechanische gegeven van de voortplanting door middel van het vrouwelijke element overstijgt. Zij kunnen zonder vrouwen omdat ze de toekomst op een andere manier scheppen of beweren te scheppen, door middel van woeste daden, gebeden, kunstwerken, onderwijs. Zij vormen categorieën van zelfvoorzienende mannen, en baren ideeën of daden in plaats van kinderen. Of ze adopteren andermans kinderen om die op te voeden. Terwijl er bij de andere groepen en activiteiten van mensen een continuïteit wordt bepaald door de tijd, met de vorming van dynastieën, overgeleverde kunsten en ambachten, en een familietraditie van vaste gebruiken of op z'n minst een achternaam, zorgt het celibaat van de priesters ervoor dat elke generatie uitsterft zonder erfgenamen achter te laten. De priesters worden een voor een vervangen, naarmate ze doodgaan. De nieuwe priesters steken vanuit het niets de kop op.

Er bestaan dus twee scholen: volgens de ene zal de viriliteit alleen opkomen, op de proef worden gesteld en zichzelf herkennen in de ontmoeting met het vrouwelijke (voornamelijk een amoureuze ontmoeting, een seksuele bekrachtiging), en volgens de andere vindt het mannelijke zijn identiteit door zich af te scheiden, zich te verwijderen van vrouwen en hen op een zijspoor te zetten. De initiatie vindt dus letterlijk plaats door middel van vrouwen (zoals die van de mythische Enkidu, die eerst een half beest was en dan een beschaafd mens wordt door te neuken), of vindt plaats door alle contact met hen uit te vlakken. Een tussenvariant die tot een paar generaties voor de mijne regelmatig werd toegepast, hield in dat de inhoud van de initiatie werd beperkt tot het lichamelijke aspect, dat wil zeggen tot het seksueel contact dat puur als uitlaatklep werd toegestaan. De plek waar een man zichzelf zou moeten ontdekken was het bordeel.

Het verschil tussen mannen en vrouwen was dat beide categorieën een raadsel voorstelden, maar het raadsel van de vrouwen leek interessanter, mij wel tenminste. Net zoals hun lichaam trouwens: jongenslichamen waren plat, net zoals hun geest naar mijn idee, terwijl meisjes vol rondingen en diepe holtes waren. Dankzij hun fysieke en mentale gesteldheid vormen ze ideale verstopplekken. Daarin kunnen ze elk geheim bewaren, en daarin kunnen zelfs jongens zich gaan verstoppen voor de rest van de wereld (ik ben een van diegenen). De penetratie op zich kan ook worden gezien als verstoppen, in plaats van als in bezit nemen. De zoektocht naar een geheime plek en een schuilplaats. Het non-bewijs van het vrouwelijke geslacht heeft jongens altijd geïntrigeerd, onthutst, beproefd en soms zelfs beangstigd, vergeleken met het brutale, grove, lachwekkende bewijs van hun eigen sekse, dat daar bungelt als een worstje aan het plafond van een varkensslager.

Wat ruwweg wordt beschouwd als een vlucht voor de viriele essentie, namelijk de homoseksualiteit, is in concrete zin juist een vlucht bij het vrouwelijke vandaan om zich te kunnen verschuilen in de pure, onbezoedelde mannelijkheid van een relatie tussen gelijken: het is een geval van seksueel separatisme waarbij iemand trouw en liefde zweert aan zijn eigen sekse. Je vraagt asiel aan bij je eigen gelijken, je eigen broeders: daarom kan ik me voorstellen dat het heel zwaar valt wanneer die je mishandelen en wegjagen.

Ik heb nooit meegedaan, wat ik wel een beetje jammer vind, aan gesprekken als 'Heb jij dit al gedaan? Heb jij dat al gedaan?' over je eerste seksuele ervaringen, over wat een meisje bij jou had gedaan of bij zichzelf had laten doen, tot waar, met de mond, de dijen, de onderbroek, anatomische details die werden benadrukt, doorweekte papieren zakdoekjes, en later snoepjes in het dashboardkastje voor een frisse adem. Ik was met niemand vertrouwelijk genoeg. Met Arbus hoefde ik het daar niet over te hebben. Voor mijn vakantievrienden had ik te veel ontzag, omdat ik degene met de minste ervaring was. Ik luisterde naar hun verhalen in de groep maar durfde er nooit aan mee te doen; ze lieten me trouwens gelukkig met rust, alsof ik een zuivere geest was, en dat was ik ook, zou je kunnen stellen, een zuivere geest die nu al onzuiver was, bezoedeld door nachtelijke fantasieën en schennispleging. Voortdurend, kwellend: bijna elke ochtend wakker worden in een opgedroogde plas sperma. Ik kan me het sarcasme voorstellen van degene die mijn bed opmaakte of mijn pyjamabroek moest wassen. Ik ben me bewust geworden van de wijze gelatenheid of de opstandigheid van de dienstmeisjes door het feit dat ik 's avonds geregeld meemaakte dat ik mijn pyjamabroek aandeed en dat die helemaal stijf was, verdord door het zaad: een teken dat ze het beu waren om hem te wassen... Ik deed alles thuis, in mijn verdorven geest, waar die vieze praatjes alsnog plaatsvonden, waar die ziekelijke vragen wel werden gesteld en ook antwoord kregen.

Het hoofd van een tiener is een melkwegstelsel.

Seks was immers geen verzinsel, maar juist heel aanwezig en manifest in ons, en eerder midden in ons brein geplant dan in ons lijf, een doffe dreun die je deed trillen. De drang of hunkering was zonder meer natuurlijk, maar niet hoe en waar we die op moesten richten: dat laatste was het onderwerp van een onophoudelijk onderricht, dat dus bestond uit de halve zinnen die je hier of daar had opgevangen, uit de stalorders die werden overgebracht door een anonieme heersende opvatting, een soort wet die niemand ooit duidelijk had opgesteld, met alle artikelen keurig onder elkaar als de Tien Geboden, waaraan iedereen of bijna iedereen gehoorzaamde. Heel vreemd, als je jezelf zo moet onderwijzen, al glurend, bladerend, kijkend, maar toch is dat volgens mij nog altijd de enige manier, in elk geval met betrekking tot seks. En misschien ook met betrekking tot literatuur. De rest kun je beter leren van iemand die er echt verstand van heeft. Maar op die twee terreinen zijn mensen altijd autodidact, en dat zullen ze ook altijd blijven. Immers, hoe schever het resultaat, hoe mooier en authentieker het is. Je grist hier en daar wat mee, dat is alles, je kunt er niet echt voor studeren, je imiteert en je pikt wat. Of anders gaat het om zo'n overhaaste scholing dat je het eigenlijk niet eens zo kunt noemen: die heeft niets van de kalmte, het systematische, van de progressieve verwerving die het ware onderricht zou moeten bieden. Losgerukte flarden, agressieve veroveringen, plotselinge verblindende lichtbundels tegen een achtergrond die nog steeds van een heilige of verwerpelijke onwetendheid is.

Wat zou het trouwens veel eenvoudiger en fijner zijn geweest om helemaal geen seksualiteit te hebben! Die je moet cultiveren, bevredigen... en allereerst moet zien te ontdekken! Wat een opluchting om die druk niet te hoeven voelen... Want zelfs zonder dat de andere jongens je opjutten, dingen suggereren, eisen stellen, je opleggen dat je zo'n seksualiteit moet hebben, zal ook je eigen lichaam je onverbiddelijk laten ontwaken, als een dinosaurus begraven in het ijs, en je vroeg of laat dwingen tot die stomme pantomime met meisjes, tot smoesjes tegen je ouders en tot opschepperij of frustratie bij je vrienden, tot heel dat tamelijk absurde gedoe dat culmineert in een korte uitbarsting, in vier of vijf (en al waren het er honderd of duizend, maakt dat zoveel verschil?) stoten met je bekken... Seksualiteit: er bestaan andere lichamen naast het jouwe. Oké. Moet je die benaderen of ontvluchten? Welke moet je benaderen en welke ontvluchten?

Ik ken mensen voor wie het onmogelijk is niet te proberen een ander te verleiden. Met een glimlach, een warme stem, een blik. Iedereen, man en vrouw, rondom die persoon moet zijn charme opmerken. Terwijl ze koffie bestellen bij een bar, of zich inschrijven bij de sportschool of een schuld afbetalen, de verleiders zijn altijd voor de volle honderd procent aan het werk: het is een activiteit waar je nooit klaar mee bent, het verleiden van je naaste. Het onvermogen om je ongedwongen te verhouden tot anderen dwingt je hen te veroveren.

Overigens kunnen het seksuele initiatief, de gedachte aan seks, het denken aan seks, het denken aan de andere of je eigen sekse, alleen maar *obsessief* van aard zijn. Wanneer seks zich niet manifesteert als een obsessie, manifesteert die zich helemaal niet. Seks kent geen andere modus dan de bezetenheid, de perverse mantra, het voortdurende gehamer van de geest. Als het niet bonst, bestaat het niet, dan is het dood. Er is niets op de wereld waarvan de collagene vezels zo drukbestendig zijn: het is heel moeilijk die te verbreken, los te scheuren, net zoals het vrijwel onmogelijk is de stem van de sirene die in je oren klinkt het zwijgen op te leggen. Haar gezang maakt degenen die ernaar luisteren zonder waarschuwing vooraf krankzinnig. Die vezels vormen een levend, kloppend continuüm: dat kan uiteindelijk de enige bestaansreden worden voor iemand. In een actiefilm vroeg Russell Crowe eens aan een collega-agent: 'Zit je aan seks te denken?' 'Nee,' antwoordde die. 'Dan ben je dus niet geconcentreerd', en in die grap schuilde wel een kern van waarheid. Als seks niet je hele geest in beslag neemt, komt het er niet eens in voor. Het is net zoals voetbal was voor mijn moeder, of klassiek ballet en bergwandelingen voor mij. Iets wat *anderen* aangaat. Want als je er eenmaal door bent gegrepen, laat seks je niet meer los. Als je er nu niet door wordt bezeten, op dit precieze moment, als je niet de doffe galm van zijn roep voelt, dan is de kans groot dat het nooit gebeurd is en misschien ook nooit zal gebeuren.

Voor ons, de jongens op het SLM, schuilde de seks dus vrijwel volledig in onze praatjes en dromen, in de overdreven schunnige grappen, uitvergroot in de woorden en een stuk kleiner in de feiten, want die bestonden hooguit uit een potje aftrekken op de tegels van de plee bij een blaadje dat was opengeslagen bij de middenpagina waarop een lekker stuk met enorme slappe borsten glimlachend een ongelooflijke geelbruine krullenbos tussen haar dijen etaleerde, en onder die krullenbos een roze spleet waarvan die rubensfiguur de randen met haar vingers uit elkaar hield, om het vooral goed te *laten zien*. Niet alleen die spleet, maar dat hele weke lichaam was van een overbelicht roze dat een onwerkelijke tint kreeg, als van gekonfijte vruchten; en vaak overschrijdt de kleur de randen van de vormen die hem zouden moeten bevatten, in een roes van vage, uitgelopen details, de gigantische tepels met een onregelmatige tepelhof, de lippen van haar mond en die van haar spleet, psychedelische gradaties van roze.

Vrouwen waren dus doelwitten, en die in de seksblaadjes waren gemakkelijk te treffen omdat ze zich niet bewogen, en aantrekkelijk omdat ze halfnaakt of helemaal naakt waren.

Maar dat alles ging mijn klasgenoten aan, niet mij.

Wat er 's nachts gebeurt in het bed van een puberjongen weet alleen degene die de volgende dag, terwijl de jongen op school is, dat bed moet opmaken en verschonen, ervan uitgaand dat het in Italië vrij zeldzaam was (en volgens mij nog steeds is) dat de gemiddelde verwende jongeman des huizes dat zelf deed, met uitzondering van de treurige tussenperiode van de militaire dienst, toen hem op de eerste dag van zijn opleiding de even ingewikkelde als onzinnige taak werd aangeleerd om 'een kubus te maken', dat wil zeggen zijn slaapplaats te transformeren door het matras dubbel te vouwen en strak in te binden met het laken en de deken, zodat je overdag niet kon gaan liggen.

Moeders en huishoudelijke hulpen zullen bij het uithangen van het beddengoed droge of nog vochtige plekken ontdekken, en eveneens op de pyjamabroek (die tegenwoordig vrijwel volledig is afgeschaft en vervangen door T-shirt en boxershort zoals die te zien zijn in Amerikaanse tv-series).

In de tijd waarin dit verhaal zich afspeelt droegen Italiaanse pubers nog een pyjama, die pas zou worden afgedankt – omdat hij dan ineens als belachelijk en onhandig werd beschouwd – bij het officiële begin van een liefdesleven, in de eerste nachten die in gezelschap van een meisje werden doorgebracht, waarbij het gênant zou zijn om je te vertonen in je geruite flanellen pyjamabroek en het jasje tot aan je kin toe dichtgeknoopt.

Wat voor nachtkleding er ook wordt gedragen, eenmaal bevlekt belandt die regelrecht in de wasmand. Ik heb me altijd afgevraagd wat er dan door het hoofd gaat bij die engelachtige moeders, of ze denken aan het woord 'sperma' of misschien een ander woord bezigen, vertrouwder of vulgairder, of dat ze aan niks denken en hun taak uitvoeren als een van de vele huishoudelijke karweitjes, met het vlugge, heilzame, blinde automatisme dat mensen die de hele dag zwoegen om andermans rotzooi op te ruimen, hun uitwerpselen, de restanten van het voedsel dat gemeenschappelijk is genuttigd, behoedt tegen overwegingen die niet van praktische aard zijn: er moet nog een was worden gedraaid, de wasverzachter is bijna op, ik ga gevulde courgettes maken, enzovoort.

Wij zijn een land waar de moeders alles doen, waar zelfs van de beroemdste Zoon aller tijden wordt beweerd dat hij niets voor elkaar zou hebben gekregen als zijn Moeder er niet was geweest, die engelachtige vrouw. Engelachtige vrouwen waren ook die welgestelde dames die ineens geconfronteerd zouden worden met problemen die verdergingen dan een grasvlek op een lichte broek. Engelachtige vrouwen zijn zij die de ondeugden van hun zoons tolereren, verhullen, verborgen houden voor de vaders, zijn zij die hun tranen inslikken.

De seksuele voorlichting die werd gegeven, of vaker juist niet werd gegeven, bestond uit een paar losse verboden, uit negatief geformuleerde of hypothetische voorschriften: doe dit niet, en als je dat doet ben je nog niet jarig...

Voor een religieuze school waren ze op het SLM heel mild en vaag over dit onderwerp, afgezien van de houding van een enkele priester die wat strenger of ouderwetser was, zoals bijvoorbeeld gold voor pastoor Saturnino, onze biechtvader.

Hoofdstuk V

In een album van mijn moeder heb ik de foto van mijn eerste communie gevonden.

Hij is schuin genomen, verticaal gerangschikt als een compositie van Veronese of Tintoretto, waarin figuren hoog boven iemand uittorenen die daarbeneden zit te vragen, te smeken, te accepteren zonder weerwoord; alleen de wapperende vlaggen ontbreken nog om de allegorie compleet te maken; en dat kleine geknielde figuurtje met zijn gezicht omhooggericht, nou, dat ben ik.

Ik heb keurig gekamd haar, een grijs jasje zonder revers en een grijze korte broek, witte kousen tot op de kuit en glimmende schoenen, maar die conventionele details zijn lang niet zo veelzeggend als de houding van mijn hoofd, mijn gebogen hals en de geopende mond die wacht op de ontvangst van de hostie. Een afwachting vol vertrouwen en ontzag om iets wat buitengewoon moet zijn.

Er zijn drie priesters die boven het jongetje hangen, twee ervan herken ik, en de manier waarop hun gestaltes zijn vormgegeven, en hoe ze hun handen uitstrekken en ineenvlechten, en hoe ze boven dat jongetje uittorenen, dat alles lijkt te zijn bedacht door een schilder, zeker die oude pastoor met de lange witte baard die stokstijf helemaal rechts staat, als hij geen bril op had zou hij zomaar uit elk willekeurig religieus schilderij kunnen zijn gestapt als de figuur van een heilige of een profeet. Hij heette pastoor Saturnino, hij is vast al jaren dood, hij kwam me thuis opzoeken toen ik een aantal maanden niet op school kwam wegens ziekte, om me te helpen en te troosten, en hij was ook degene bij wie ik voor het eerst te biecht ging.

De biecht is een sacrament dat misschien wel moeilijker te begrijpen is dan de eucharistie – wanneer je tien bent. Hij vroeg me welke zonden ik had begaan en ik wist niet wat ik moest antwoorden. Ik wilde mezelf het liefst beschuldigen van iets ernstigs, echt waar, maar ik zocht vergeefs, ik wroette bijna wanhopig en forceerde me om een sterke wroeging te voelen, maar het enige wat in me opkwam waren onbenullige dingen en het verlangen om het achter de rug te hebben: ik was, zoals me vaak overkomt, opgewonden en tegelijkertijd verveeld en ongeduldig, dus antwoordde ik pastoor Saturnino dat ik had gelogen... en verder dat ik ongehoorzaam was geweest... ongehoorzaam was geweest aan mama: al was ook dat een halve leugen, want ik was een gehoorzaam kind, maar ik vond het gênant dat ik zo weinig op te biechten had en dus ook weinig om spijt van te hebben, echt waar, ik schaamde me niet voor mijn zonden, maar voor het feit dat ze zo schaars en licht waren, vandaar dat ik er wel een paar had willen verzinnen zodat ik een interessantere biechteling zou zijn die meer in aanmerking kwam voor vergiffenis, een verloren zoon. Ik had begrepen dat naarmate je meer zondigt, je spijtbetuiging des te meer vreugde zal veroorzaken, sterker nog, in religieuze taal: gejubel.

Die heilige regel vond ik toen al net zo verbijsterend als nu, en hij valt in de categorie van zaken waarvan ik de spirituele grootsheid aanvoel, terwijl het tegelijkertijd juist die grootsheid is die me ontstemt en irriteert, omdat ze indruist tegen mijn rechtvaardigheidsgevoel. Het zal me later nog vele malen overkomen, wanneer ik kerkelijke mannen zal zien die zo verrukt zijn van zondaars dat die hun oogappels worden, bijna hun lievelingetjes: terroristen die spijt hebben betuigd, overvallers die zijn begonnen madonna's te schilderen, moordenaars die uiteindelijk bijna een beter mens blijken te zijn dan hun onschuldige slachtoffers, aangezien ze, door het goede te kiezen nadat ze zoveel kwaad hebben gedaan, hebben bijgedragen aan het verschuiven van de beide armen van de weegschaal waarop het goed en het kwaad van de wereld worden gewogen; als zij ophouden met moorden wordt de schaal van het kwaad immers lichter. Ik bedacht een keer hoe je de Nobelprijs voor de Vrede zou kunnen winnen: een methode die zeker succesvol zou zijn is om eerst terrorist te worden, bomaanslagen te plegen en vliegtuigen te laten exploderen en zo, en dan op een gegeven moment te besluiten dat je geen terrorist meer wilt zijn en de wapens neer te leggen, waardoor je dan ook inderdaad een vredestichter wordt, een man van de vrede.

Slachtoffers spreken minder tot de verbeelding dan de misdadiger die zich heeft gebeterd, uiteraard.

Ik wilde me oprecht beteren maar ik wist niet van wat, en pastoor Saturnino schoot me te hulp, hij dacht dat ik me schaamde om mijn zonden op te biechten, terwijl ik juist last had van de tegenovergestelde schaamte; en zoals ruimhartige leraren doen tijdens een overhoring, wanneer ze zien dat de leerling het moeilijk heeft, suggereerde hij me nu zelf enkele zonden die ik wellicht had begaan: en ook al was het niet waar en snapte ik niet eens wat het voor zonde was, ik haastte me om op al zijn vragen ja te zeggen, ja, dat heb ik gedaan, alsof je om die verdomde vergeving te krijgen een zeker quotum moest hebben gehaald, een bepaalde puntentelling van het kwaad, die vervolgens kon worden weggestreept zodat je weer bij nul kon beginnen, zoals bij het kaartspel *sette e mezzo* of zoals bij de punten die je spaart bij het tankstation.

En ik herinner me nog heel goed wat de laatste zonde was waarvan pastoor Saturnino me aanraadde er in mijn geheugen naar te graven, voor het geval ik ook die begaan had.

'Heb je ooit een vieze film gezien?'

'Wat?'

'Een víeze film.'

Deze keer aarzelde ik om ja te antwoorden, ik had geen flauw idee wat de pastoor bedoelde. Een vieze film? Bedoelde hij soms... een pornofilm? Dat kon niet waar zijn. Ik was tien. Het was niet zoals nu dat elk kind gewoon op internet kan kijken naar de grootste smeerlapperij uitgevoerd door twee personen, of met z'n drieën, in een groep, verkrachtingen en orgies. Toen hij me zag aarzelen wilde de wijze pastoor me nog eens helpen.

'Je snapt het toch wel? Een film met *ontklede* vrouwen.'

Alleen al van het woord 'ontklede' moest ik hevig blozen. Ontklede vrouwen had ik nog nooit gezien, niet in de bioscoop en al helemaal niet in het echt, met uitzondering van een bepaalde episode in mijn kindertijd die ik misschien verderop nog zal vertellen. Dus stond ik, met het idee dat het zo wel goed was, dat ik inmiddels voldoende ondeugden had opgebiecht om een geloofwaardig kwajongensbeeld van mezelf te schetsen, op het punt om nee te zeggen toen de pastoor preciseerde: 'De films van 007.'

Geheim agent 007. Bond. James Bond. Daar had ik inderdaad wel een paar films van gezien destijds, *Goldfinger* zeker en misschien ook *Thunderball,* maar die vrouwen waren nooit echt naakt, wanneer ze hun beha uitdeden of wanneer 007 die loshaakte zaten ze altijd met de rug naar je toe, en ook wanneer ze hun badjas lieten vallen zag je alleen hun achterkant. Ja, die films hadden me inderdaad flink beroerd, de pastoor had raak geschoten. En ik weet nog dat er in *Goldfinger* een volkomen naakt meisje was, ze lag dood op bed en was bedekt met goud, van top tot teen beschilderd met goud...

Pastoor Saturnino was de persoon die de jongens de biecht afnam omdat degenen die ik hier 'de paters' noem geen priester waren in de enge zin van het woord; de fraters maristen mochten geen sacramenten toedienen. Vreemd om je hele leven als een priester te leven maar niet de voorrechten, laten we zeggen de machten, daarvan te hebben.

De andere geestelijke die ik herken is dus inderdaad een marist, frater Domenico, die op de foto nog een jongeling is, en zich vriendelijk maar ook ernstig vooroverbuigt, streng, in beslag genomen door zijn rol, hij houdt het schaaltje onder de hostie vast. De officiant daarentegen ken ik niet, misschien een bisschop, hij houdt de pyxis in zijn linkerhand en reikt de hostie behoedzaam aan, tussen de duim en wijsvinger van zijn rechterhand geklemd, zijn houding en lichte glimlach doordrongen van kalmte en welwillendheid. Een goede vader zeg maar, of beter gezegd een opa. Het is de fotograaf heel goed gelukt precies het moment vast te leggen waarop de handeling nog niet voltrokken is, maar op het punt staat te gebeuren, het is zelfs al in gang gezet, er is nog niets gebeurd maar het is inmiddels onherroepelijk dat het zal gaan gebeuren, en nu weten we dat met zekerheid, de hostie werd doorgeslikt, na die soort van onmerkbare aarzeling of stopzetting van de tijd die alleen terugblikkend kan worden ervaren omdat het in het echt te snel gaat, zoals op foto's van sportwedstrijden, een seconde die blijft vastzitten in een eindeloze duur. De acteurs van de scène zouden niet anders kunnen dan zich erin herkennen, jaren later, en dat is dus wat ik nu voor het eerst aan het doen ben na veertig jaar, veertig jaar zijn er verstreken sinds dat jongetje in zijn nette pak zijn hals achteroverboog en zijn mond opendeed, en in al die tijd had ik die foto nog nooit gezien, los aangetroffen in een album waarin mijn moeder afbeeldingen bewaart van verschillende tijden en plaatsen, zonder dat ze zich er ooit toe zet ze in te plakken. Met die doorzichtige plakhoekjes die wachten tot ze zich ergens aan kunnen vasthechten. De zogenaamde 'herinneringen'. Kinderen in variërende leeftijden, vakanties, reizen, sterfgevallen, baby's in zwart-wit en in kleur, ceremonies, pasfoto's.

Wat voor emoties ervoer ik toen? Moet ik me inspannen om het me te herinneren, of kan ik vertrouwen op wat de foto zegt? Het jongetje is onschuldig, en tegelijkertijd is hij zich monsterlijk bewust van alles, hij is oprecht maar doet ook alsof, hij bedenkt dat het allemaal maar toneel is, al zal het toneelstuk werkelijkheid worden als hij zijn rol goed speelt. En dat wíl hij ook. Als hij zich er echt op focust om goed te zijn, dan wordt hij ook echt goed en zal God uit de hostie vloeien die in zijn mond smelt. Nadat hij is teruggekeerd naar zijn zitplaats en is neergeknield, zal hij zijn gezicht tussen zijn handen laten zakken ten teken van concentratie, Gods aanwezigheid in zijn mond wordt merkbaar, en als die niet merkbaar wordt moet hij zijn gezicht nog dieper tussen zijn handen laten zakken, het niveau verhogen, de dosis en de intensiteit van het gebed vergroten, net als het pathos van deze bijzondere dag. Het is onmogelijk dat er niks gebeurt. Een paar jaar later zal ik diezelfde verbijsterde afwachting voelen terwijl ik me aftrek. Ik zou iets moeten voelen maar dat komt niet, het komt niet.

Ik weet dat die vergelijking blasfemisch klinkt, maar de verwachtingen zijn even hooggespannen, en als er dan geen klik volgt, de juiste mentale connectie, dan zit je daar met die hostie in je mond of met die pik in je hand, en vraag je je niet zozeer af waaróm er niks gebeurt, maar meer wát er zou moeten gebeuren.

Als kind en later als jongen zaten we vol twijfels van legale aard. Mag je dat doen of niet? Moet je dat doen? En onder welke voorwaarden? Wat waren de gemaakte afspraken, de afgelegde eden? Is dat niet een heel bizar wonder – dat iets wat verboden was plotseling geoorloofd wordt? Waarom? Is het dan niet fout dat iets wat fout is ineens goed wordt? Tijdstippen, hoeveelheden, uiterst precieze berekeningen, grenzen die je niet mag overschrijden. Tot aan het hek, tot aan het bord met GEVAAR, niet later dan acht uur, één snoepje en meer niet, niet voor het eten, kom over een uur maar terug. Zelfs spelletjes zitten vol verboden. Als je alle geboden in acht neemt maak je de regels als zodanig uiteindelijk belangrijker dan de redenen waarom ze zijn ingesteld. Het verbod om te zwemmen nadat je had gegeten was een voor de hand liggende, algemene voorzorgsmaatregel, maar wanneer je daar een exacte duur aan verbindt (in mijn tijd maar liefst drie uur! Je mocht drie uur niet zwemmen nadat je iets had gegeten, wat in onze verbeelding werd omgezet in de redenering dat je op slag dood zou blijven als je twee uur en negenenvijftig minuten nadat je een boterham had gegeten een duik nam...), wanneer je een exacte lijn trekt, dan concentreren alle krachten zich aan weerszijden daarvan, als twee legers opgesteld voor de strijd, de krachten van goed en kwaad. Kinderen zijn de onverzettelijkste bewakers van een gegeven woord, van de geometrie der verboden, en wanneer ze die schenden is dat alleen vanwege grote moed of wanhoop, nooit vanwege gezond verstand, ze zeggen of denken niet: Ach kom, wat zou het, zoals volwassenen wel doen. Geen enkel compromis is mogelijk in een kindergeest. Voor het donker thuis, afgesproken? Oké, mama, maar eh, dat donker... Wanneer begínt dat precies?

Met de mis was het precies zo. Ik had meer scrupules dan een oude farizeeër, en wanneer ik was geboren als een orthodoxe jood of een fundamentalistische moslim of met een van die andere religies zo boordevol voorschriften dat je moet opletten hoe je loopt, wanneer je ademt, wat je drinkt, kijkt, eet, welke hand je gebruikt en welk hoofddeksel je draagt en hoe vaak je je wast, moet letten op alle minieme handelingen die al vanaf het begin zijn gereguleerd, dan had ik me volgens mij prima op mijn gemak gevoeld, aaah, dan zou het leven van minuut tot minuut zijn bepaald door het in acht nemen van de wetten, als een klok die rustig, zonder mankeren doortikt, wanneer je de regels eenmaal hebt gerespecteerd zit je goed, dan kan niemand je iets verwijten. Je bent veilig. Je hebt vooruitbetaald. Zo werkt de strengste wet: het feit op zich dat je hem in acht neemt betekent al voldoende kastijding. Hij straft je terwijl je hem gehoorzaamt.

Het bezwaar is echter dat de morele kern van de wet je geleidelijk aan ontglipt, en je alleen nog het hoogstnoodzakelijke doet om hem te respecteren, geen gram, geen cent, geen seconde of geen kniebuiging meer dan is afgesproken. De regel wordt gereduceerd tot een afgekloven bot. 'Klaar!' kun je zeggen wanneer je aan je plicht hebt voldaan. Dat is ook weer klaar!

Toen ik eenmaal ontdekte dat de mis al telde wanneer je het Onzevader haalde, keek ik voortaan wel uit om nog een hele dienst bij te wonen. *Nooit meer.* Ik zorgde voortaan dat ik stipt op tijd kwam voor de eucharistieviering, sinds ik erachter was gekomen dat die volstond.

De school is overigens niet echt een plek om te studeren, of in elk geval niet alleen dat: het is een periode in het leven waarin men de grenzen van het bekende en het toelaatbare verkent, en daaromheen blijft zoemen. En de vriendschappen die er gecultiveerd worden zijn niets anders dan een vrijzone om te experimenteren met gedragingen die normaliter verboden zijn, waarbij je steun krijgt in plaats van verwijten. Om ons te ontwikkelen restte ons niets anders dan de grenzen te overschrijden. Grote stappen vonden altijd plaats door de regels te breken, waarna je ofwel wrede maar terechte straffen onderging, of ontdekte dat er geen enkele straf volgde. Of dat er helemaal geen regel bestond, dat de regel was opgesteld als een vogelverschrikker in een akker, of dat er eigenlijk een andere regel gold en wij dat niet hadden begrepen. We wisten hoe dan ook dat de regels voortdurend zouden blijven veranderen, of steeds anders zouden worden geïnterpreteerd. Mensen groeien met horten en stoten, met vallen en opstaan, en wie op het laatst niet bezwijkt, voilà, die is gegroeid, maar ook degene die onderweg was blijven steken zal gegroeid zijn, op zijn manier, dat wil zeggen scheef, en daarna gaat het door, maar dan in tegengestelde richting, je krimpt, je wordt ouder, en terwijl je steeds meer dingen begrijpt, een steeds grotere hoeveelheid dingen, begrijp je er juist steeds minder van, en op het laatst snap je ze helemaal niet meer.

En te midden van die hele nogal vergeefse smart heb je Jezus.

Jezus, Jezus, Jezus.

Jezus is en blijft het enige ware probleem. Zo is het. Je kunt hem niet zomaar nemen en reduceren tot een oproerkraaier tegen de Romeinen, en ook niet tot een zachtaardige, tolerante prediker. Hij zegt toch dat hij de zoon van God is? Dus of dat is hij echt, of anders is hij een leugenaar en dan kunnen al zijn andere gedaantes (profeet, revolutionair, moralist, hippie), hoe charmant en aantrekkelijk en sympathiek en lofwaardig ook voor hen die niet geloven dat hij de zoon van God is, de pot op. Dat is een tegenstrijdigheid waar je niet uitkomt. Je besteedt geen aandacht aan een leugenaar, net zoals je niet zomaar kunt kiezen wat je wel of niet wilt geloven van de dingen die hij heeft gezegd.

Als Jezus gewoon een mens was, hoe bijzonder ook, dan was hij dus een oplichter, ondanks al zijn boodschappen van liefde en broederschap. Daarom moet hij wel God zijn. Want als hij niet God is, heeft hij gelogen, en dan kan dat hele evangelie wel de vuilnisbak in.

Ook de schoolmeesterachtige interpretatie gaat niet op. Is het nou echt noodzakelijk om uit te leggen dat een god zich moeilijk kan laten inspireren door het gezond verstand? En dat hij op zijn beurt wel bij ons tot inspiratie leidt? En dat het geloof zich er nu eenmaal niet toe kan beperken om een kalmerend effect te hebben? Daar heb je immers al pillen voor.

Als Jezus alleen diende om een goed woord onder de mensen te verspreiden, waarom was het dan zo nodig om hem aan het kruis te laten eindigen?

'En? Hoe ging het?' vroeg ik aan Arbus, die in gedachten verzonken terugkwam van de biecht. 'Wat zei Saturnino tegen je?'

'Hij zei dat ik mijn slechte gedachten moest doodmaken.'

'Dat je wát moest doodmaken?!'

'Mijn perverse gedachten. Zodra ze uit je hoofd komen, zei hij, moet je ze vastpakken en op de grond smijten...' Arbus maakte een grote armzwaai omhoog. 'Je moet ze de schedel verbrijzelen', en hij zwiepte zijn arm omlaag. 'Op een steen.'

Ik snapte er niks van. De kop inslaan... *bij je eigen gedachten*?

'Ja, het zijn net pasgeboren baby's, klein en fijn,' legde Arbus uit, 'en juist daarom zijn ze zo schattig... Je knuffelt ze... Maar als ze groter groeien worden ze gevaarlijk, en dan is het te laat om ze nog tegen te houden.'

Het was de eerste keer dat mijn vriend werd meegesleept door een religieus idee. Misschien omdat het zo gewelddadig was.

'Niet bang zijn, je moet ze meteen vastgrijpen,' had pastoor Saturnino hem op het hart gedrukt, 'grijp ze bij de kladden en verpletter ze... Maak ze dood. Het doet misschien een beetje pijn, maar het is de enige manier om je ervan te bevrijden.'

'Dus je moet geen enkel mededogen hebben...' mompelde ik.

'Met jezelf niet, met jezelf nooit.'

'En met anderen?'

Arbus knikte. 'Tja, als ze het niet willen snappen...'

De volgende dag was het mijn beurt om te gaan biechten. Ik zag het als een overhoring en twijfelde of ik me wel goed genoeg had voorbereid. Zolang het erom ging de stof te herhalen die we in de klas hadden gehoord of in een boek hadden gelezen, oké... Maar de dingen die je moest opbiechten stonden nergens geschreven. Die moesten uit mezelf komen, uit mijn ziel, en dan moesten het ook nog eens negatieve dingen zijn, slechte streken en smeerlapperij, mijn zonden.

Hoe het ook ging, je kwam altijd heel slecht voor de dag. Als je weinig of niets biechtte, leek het alsof je je wandaden wilde verbergen (wat natuurlijk nog eens een extra wandaad was), of juist dat je overdreven braaf was, werkelijk zo braaf en goed dat je de biechtvader niets te vertellen had, een walgelijk heilig boontje, zeg maar.

De intimiteit om een ander te vertellen wat je hebt misdaan is voor mij ondenkbaar. Je kunt het verzwijgen, het kwaad, verzinnen, overdrijven, bagatelliseren... maar nooit *uitspreken.*

Ik ben altijd blijven twijfelen of de dingen die Arbus me verteld had wel waar waren. Ik had pastoor Saturnino nooit zo'n agressieve of fanatieke taal horen bezigen. Zijn lange witte baard, waar je over kon aaien of aan kon trekken, was gemaakt om onze vertrouwelijkheid aan te moedigen.

Zolang ik te biecht bleef gaan was het een ware kwelling voor me. Ik was eerlijk, maar tegelijkertijd loog ik, ik wist zeker dat ik de waarheid had gezegd maar na afloop van de biecht had ik het idee dat het toch niet zo was, hetzij omdat de zonden die ik had opgebiecht niet echt waren, of omdat ik de echte zonden had verzwegen. Ik dacht dat ik belangrijke dingen was vergeten te zeggen, tekortkomingen die heel wat ernstiger waren dan die ik wel had toegegeven, al kon ik er geen enkele bedenken als ik erover nadacht. Of ik had het nog kwalijker gevoel dat ik mijn zonden had afgezwakt, dat ik ze zo had verteld dat ik daardoor in een positief daglicht kwam te staan, zodat ik er uiteindelijk met schone handen van afkwam, ik verdiende bijna een complimentje, misschien niet omdat ik ze had begaan, maar op z'n minst omdat ik ze zo goed had verteld. Te goed dus eigenlijk, zoals Rousseau met zijn *Bekentenissen*, die ik op die leeftijd natuurlijk nog niet had gelezen maar waarin ik me later zou herkennen, laten we wel wezen, niet vanwege hun grootsheid van geest en gedachten, die is weergaloos, maar vanwege de hypocrisie die ze ademden. Mijn sterkste wroeging kwam echter door het besef dat ik helemaal niet echt spijt had, dat wil zeggen, dat de spijtbetuiging die ik na afloop van de biecht uitte absoluut niet gemeend was. Een conventie die je in acht moest nemen, een vaste formule die je moest opzeggen. Ik ervoer maar één echte wroeging, namelijk dat ik niets voelde. Totaal niets. Geen authentieke spijt, noch een opwelling van goede wil of ontroering of een gelofte dat ik afstand zou doen. Ik schaamde me niet, maar ik was ook niet trots op het kwaad dat ik had begaan, zoals misschien het geval is bij mensen die echt slecht zijn.

Ik voelde me onoprecht, wat ik ook zei of verzweeg. Mijn spijt was nooit authentiek, spontaan, mijn berouw altijd gekunsteld, afgekeken van een voorbeeld, van iets wat ik had gelezen of gehoord of gezien, zoals ik om eerlijk te zijn ook veel andere gedragingen in mijn leven puur door imitatie heb aangenomen, bijna kalligrafisch, zonder dat ze ook maar een moment eigen voelden, zonder dat ik erin geloofde, of beter gezegd, ik geloofde dat het uiteindelijk beter was om het zo te doen, omdat je dat zo doet, omdat je dat moet doen, omdat de anderen het zo doen, omdat de anderen verwachtten dat ik het ook zo zou doen. Dat is al meer dan voldoende reden om je eraan aan te passen: het probleem is dat het net niet synchroon loopt, dat het net een tel later komt. Mijn biecht was als een popsong die wordt geplaybackt, de muziekband loopt en de lippen bewegen alsof ze zingen, maar een minieme vertraging is al genoeg om de nepperij op het gezicht van de zanger te verraden. De biecht was voor mij het moment dat ik me het meest nep voelde, dat wil zeggen, waarop ik de grootste afstand ervoer, niet tussen wat ik zei en wat ik dacht, maar tussen wat ik zei en wat ik vóélde. Dat was namelijk niets.

En dan altijd die perverse overtuiging dat ik vast de enige zonde was vergeten die de moeite waard was om op te biechten en voor te boeten. Oprechtheid, moed, herinnering: niets van dat alles. Wat die grote zonde die ergens diep begraven moest zitten dan was, daar kon ik niet opkomen, hoezeer ik ook mijn best deed. Hij moest er zijn, vast en zeker, maar hij lag buiten mijn bereik.

Ik heb nooit gemasturbeerd tot ik de leeftijd had dat ik in dienst ging. Dat zal niemand geloven, maar het is zo. Ik bedoel, niet dat ik het nooit geprobeerd had, ik heb me er talloze keren op toegelegd sinds mijn tienertijd, ik wist dat mijn leeftijdgenoten het deden en ik kon geen vrede hebben met het idee dat ik anders was dan zij. Maar na een halfuur of een uur stimuleren, terwijl mijn stijve geslachtsdeel gloeide van het gewrijf, was er nog helemaal niéts gebeurd. Het toepassen van die werktuiglijke beweging sorteerde geen enkel effect, wat me ontmoedigde en teleurstelde. Het klonk me ook al vreemd in de oren en ik was bang dat ik niet goed had begrepen wat ik moest doen, wat ik nog meer moest doen, of anders. Ik had wel natte dromen 's nachts, maar wanneer ik zelf probeerde dat fenomeen in wakkere toestand te reproduceren, kwam het niet tot een afronding. Nooit.

Ik zal een jaar of tweeëntwintig, drieëntwintig zijn geweest, ik ging al een tijdje met meisjes naar bed, toen het me voor het eerst lukte om in mijn eentje, en bewust, een orgasme te krijgen, en dit zul je misschien ook niet geloven, maar het is me uiteindelijk gelukt terwijl ik een novelle van Boccaccio las – ja, echt waar, ik weet dat het een grap lijkt, of erger nog, een literair of snobistisch bedenksel, dat iemand niet gewoon een pornoblaadje gebruikt, maar opgewonden raakt en klaarkomt op de pagina's van een Italiaanse klassieker uit de veertiende eeuw, maar toch is dat precies hoe het ging. Ik zat te leren voor een examen aan de universiteit, ik was de *Decamerone* aan het lezen en van de *Decamerone* een van de schunnigste verhaaltjes, het tiende van de derde dag, dat gemeengoed is geworden door een seksfilm uit 1972, *Metti lo diavolo tuo ne lo mio inferno* (*Stop jouw duivel in mijn hel*), een kaskraker en voorloper van een nieuw filmgenre.

Ik was op het punt beland waarop het naïeve, begerige veertienjarige meisje, dat maar geen rust krijgt van de hel van haar geslacht, de kluizenaar uitnodigt om haar voor de zoveelste keer te neuken terwijl ze die beroemde zin tegen hem herhaalt: '...laten we de duivel weer in de hel stoppen', enzovoort, en toen kreeg ik een erectie, of beter gezegd, in de woorden van Boccaccio, 'een opstanding des vlezes', waardoor mijn eigen duivel ontwaakte en me vreselijk begon te kwellen. In een opwelling pakte ik de duivel in de hand.

En deze keer lukte het.

Hoofdstuk VI

Al rond ons veertiende, in de eerste klas van het gymnasium, was de klas verdeeld in tweeën: de groep van wel, en de groep van niet (of nog niet). Met niet bedoel ik: degenen die meegaand waren in plaats van dominant, niet in staat een bal te trappen, niet geïnteresseerd in meisjes, baardloos, onervaren. Degenen van wie de moeder thuis nog niet hun speelgoed had opgeborgen. Kortom, de laatkomers in de race om de verovering van de mannelijkheid; er zijn trouwens ook heel wat jongens die die nooit helemaal zullen verwerven, die nooit in de andere groep zullen belanden, de groep van wel.

Het is een ruwe indeling, maar ze werkt wel. Als je niet de lichamelijke kwaliteiten bezit, bestaan er omwegen om toch mannelijkheidspunten te scoren: macht, geld, eventueel boosaardigheid. Die dingen vormen geen viriele identiteit, maar verschaffen wel een afdoende prothese.

Wat betreft sporten als voetbal of basketbal was ik niet getalenteerd, maar wel vroegrijp. Ik leverde redelijke prestaties alleen omdat ik groot was voor mijn leeftijd, vergeleken met de andere jongens. Dat voordeel raak je binnen twee, drie jaar kwijt, dan steken degenen die echt goed zijn de kop op, ze halen je in, gaan je voorbij en je ziet ze nooit meer terug... Mijn vroege lichamelijke ontwikkeling zorgde dan ook voor veel verwarring. Ik was helemaal niet goed in zwemmen en skiën, waarbij het puur om techniek gaat. Dan heb je er niks aan dat je al een jaar eerder dan de rest een snor krijgt.

Het spreekt voor zich dat we in het sporten, en vooral in het voetbal, bevestigingen zochten, niet zozeer van ons talent als wel van onze mannelijkheid. Iemand die er goed in was werd met een zeker respect bejegend; de sukkels daarentegen, die huppelend of heupwiegend over het veld holden en de bal die door de lucht vloog achternazaten alsof ze waterballerina's waren (een uitdrukking die mijn moeder gebruikte toen ik klein was, als een wat ironisch compliment: 'Hé, wat doe je, waar ga je heen, waterballerina?' geïnspireerd op de films met Esther Williams) viel alleen maar minachting ten deel. Een jongen die niet op z'n minst een klein beetje sportief was, was geen jongen maar een griet. Er braken overigens ook onder degenen die goed speelden hysterische taferelen uit: het is bekend dat je bij voetballers, wanneer ze met elkaar in conflict raken, zelden ziet dat ze elkaar openlijk een flinke dreun verkopen; het zijn altijd onsamenhangende tikken, duwtjes of oorvijgen, alsof ze het gezicht van hun tegenstander met hun nagels willen openkrabben. Het lijkt wel een ruzie onder travestieten, het enige wat er nog aan ontbreekt is dat ze elkaar met hun handtas te lijf gaan.

Wij hadden een destructieve en zelfdestructieve houding. Zelfdestructie was de wetenschap waar we het beste in thuis waren, de discipline die we met de meeste volharding beoefenden. Zelfs iemand die echt goed studeerde of die een sportschool bezocht, en dus zijn geest of zijn lichaam leek te willen versterken, verstuikte die uiteindelijk beide doordat hij obsessieve gedachten genereerde en gebukt ging onder een dikke laag spieren. Dat waren de enige twee opties: of je weigerde elke oefening, of je voerde die juist bloedfanatiek uit. Het resultaat was hoe dan ook niet in overeenstemming.

We moesten de wereld veroveren, sterker nog, het universum, maar eerst moesten we de dichtstbijzijnde tegenstander verslaan, al was het maar met kaarten: ja, degene die naast je zat in de klas, die moest je inmaken, de loef afsteken – maar je moest hem tegelijkertijd helpen. Dat kregen we geleerd op het SLM. De zwakkere moest worden verslagen, en tegelijkertijd te hulp worden gesneld.

Het is dezelfde tegenstelling die je tegenwoordig zo vaak tegenkomt in de redeneringen van politici die het voor elkaar krijgen in één zin te beweren dat ze zullen vechten 'voor de meritocratie', maar ook dat ze 'niemand achter willen laten', terwijl het voor zich spreekt dat het ene het andere uitsluit.

Wat maakte een klasgenoot tot een goede klasgenoot? Wat zijn de eigenschappen waardoor een jongen een 'goede jongen' is? Ik heb het over die bijzondere, zeg maar gerust unieke vorm van samenleven die het bij elkaar in een schoolklas zitten is, wat door een reeks toevalligheden vele jaren kan voortduren, tot zelfs de complete schoolcarrière, van de eerste klas lagere school tot en met het vijfde en laatste lyceumjaar, en voor sommigen de meest duurzame band kan betekenen die ze in hun leven hebben gehad en daardoor ook het eindeloze materiaal van herinneringen, ook al worden die steeds mythischer. Nou, een goede klasgenoot is iemand met wie je lol kunt trappen, die grappige verhalen vertelt of die zelf grappig is, die trouw aan je is in die zin dat hij je zal helpen als hij kan en die er niet aan twijfelt dat jij hem ook zult helpen. Iedereen weet wat de momenten zijn waarop je de noodhulp van een klasgenoot nodig hebt: tijdens overhoringen of proefwerken, en tijdens het leren voor dat soort dingen, die hele, saaie middagen in beslag nemen, waarbij de slimste alles vanaf het begin uitlegt aan de domste, plus de keren dat de andere klasgenoten het op jou gemunt hebben. En verder wordt de band met een klasgenoot bijeengehouden door de dagelijkse lijm van geintjes, bluferij, halve en hele beledigingen, en moppen, kletspraat...

Je vindt elkaar aardig, je helpt elkaar, je bemoedigt elkaar wederzijds: samen met een goede klasgenoot voel je je echter, completer... Beschermd, dat is het, je voelt je beschermd. Je zou met je ogen dicht kunnen vliegen zonder ergens tegenaan te knallen omdat er iemand is die over je waakt terwijl je slaapt. Zo moet het voelen in een oorlog, wanneer je je nachtrust toevertrouwt aan een wachtpost.

Tegelijkertijd hield die uitwisseling ook in dat je je klasgenoot uitschold, dat je hem voortdurend provoceerde, met onsmakelijke verwijzingen naar de seksuele activiteit van zijn moeder of zijn zussen, naar het kleine formaat van zijn piemel, naar het feit dat hij heupwiegde onder het lopen, of door elke keer als hij voorovergebukt zat om iets van de grond op te rapen een vinger tussen zijn billen te priemen.

Wij noemden dat alles vriendschap, maar dat is de verkeerde naam...

We waren heel graag bij elkaar, maar tegelijkertijd waren we doodsbang bij het idee om ons open te stellen, ons bloot te geven. De grove streken en grappen waren de beste manier om je innerlijk te verbergen, het te verzuipen in een vulgaire lach die altijd een beetje beschaamd klonk, in de verdediging. Het was dan ook een stuk makkelijker om na de gymles in de kleedkamer je piemel te laten zien en die te laten ronddraaien als een lasso, dan dat je enig onbeschermd stukje van je karakter zou laten zien. Onze grofheid schroeide onze wonden dicht of voorkwam dat die werden toegebracht. Sporten is daarvoor de ideale activiteit, het zorgde ervoor dat we dicht bij elkaar en verenigd waren zonder dat iemand verplicht was zich bloot te geven, zich echt bloot te geven, sterker nog, doordat we samen met onze klasgenoten sportten ontwikkelden we de superspier van de beheersing. Om ons te behoeden tegen het risico van eventuele *bekentenissen* (wat klonk als iets voor grieten), wilden we liever dingen dóén dan erover te praten, en tijdens het sporten zijn kletspraatjes ver te zoeken, een wedstrijd is een zaak waar na anderhalf of twee uur waanzinnige intensiteit goddank een eind aan komt, zodat je alles gegeven hebt zonder dat je in feite iets specifieks of nuttigs hebt gegeven, de hevigste inspanning in het kortste tijdsbestek, en heeft dan ook volop raakvlakken met seks. Het stelt je dus in staat om er maagdelijk en onbevlekt uit te komen. Dat je tijdens een sportmatch je fysieke veiligheid op het spel zet is een garantie dat je psychologische veiligheid intact blijft. De kameraadschap van de jongenskleedkamer heeft kortom weinig van doen met intimiteit, maar is eerder iets wat het midden houdt ergens tussen een theaterrevue, met dat spervuur aan grappen en grollen, de rij personen die staat opgesteld voor het identificeren van een verdachte, en een groep generaals verzameld om een tafel vol landkaarten voor of na de veldslag. Wat er wordt gezegd heeft het gespierde karakter van een optreden en het ritme van een variétéshow.

De ware intimiteit bestaat helaas niet in gedeeltelijke of gematigde vorm: ze is altijd per definitie excessief. Besmettend, als speeksel tijdens het zoenen. Daarom waren we er bang voor, omdat we op een vage manier aanvoelden dat je niet meer kunt herstellen als je daar eenmaal mee in aanraking bent geweest, je niet meer kunt verhullen wat eenmaal is onthuld.

Dus in plaats van je open te stellen naar je klasgenoten is het belangrijk dat je ze verslaat, of in elk geval de vergelijking doorstaat. De boventoon voeren, zodat je niet wordt bestookt met indiscrete vragen. Je moest zijn begiftigd met een harde of praatgrage stem, het vermogen om moppen te tappen (een goed geheugen was essentieel om je repertoire te kunnen beheren), en de gevatheid om op elke plaagsteek ad rem of grof te reageren, te zorgen dat de anderen zich kapot lachten of hun met een blik het zwijgen op te leggen. Bovendien wist het intensieve sporten op het SLM ons doeltreffend te beschermen tegen meisjes, dat wil zeggen, tegen de gedachte aan meisjes, want die waren daar nergens te bekennen. De enige persoon van het vrouwelijk geslacht op de hele school was, zoals ik al zei, een vrouw die in de pauze pizza verkocht. Maar een vage gedachte kan even onthutsend zijn als een fysieke presentie, en zelfs nog dreigender. Voor mezelf kan ik bijvoorbeeld wel stellen dat ik de aanwezigheid van meisjes of vrouwen nooit zo ongelooflijk dichtbij heb gevoeld als wanneer ik alleen maar jongens of mannen om me heen zag: tijdens mijn jaren aan het SLM, tijdens de dienstplicht, bij mijn werk in de gevangenis; ik zou durven zweren dat ze er waren, zo dichtbij voelde ik ze, ontzettend dichtbij, op me, in me. Zoals in die grap over die vent die bij de dokter komt en beweert dat hij een hermafrodiet is. 'Hoezo, weet u dat zeker?' vraagt de dokter. 'Laat me eens even kijken dan...', en nadat hij de man heeft onderzocht stelt hij hem gerust: 'U bent gewoon een man hoor, volkomen normaal...' 'Ja maar, dokter,' houdt de man radeloos vol, 'ik heb hier de hele tijd een kut zitten!' – en hij tikt met zijn vinger tegen zijn hoofd.

We moesten het kortom doen met mentale projecties die we uitdreven met chaotische basketbalpartijtjes, hardlooprondes, push-ups op houten steunen, en elkaar tegen de schenen trappend op gravelveldjes waarvan bij elke spurt langwerpige rode stofwolken opstegen, zoals in de tekenfilms van die rennende vogel. Sommigen kopten zelfs tegen die zware fitnessbal van drie kilo. Met meisjes van vlees en bloed hadden we echter niet geweten wat te doen, wat te zeggen, dat was een onbekend ritueel dat de meesten van ons zouden aanleren, als het al zover kwam, door het keer op keer te proberen met een scala aan zinnen en handelingen die we hadden geleend, als het nette pak van een oudere broer, en wel pas na onze schooltijd. Toen we eenmaal waren verbannen naar de echte wereld. Alleen een protocol dat we automatisch uitvoerden zou ons in staat stellen de verlegenheid te overwinnen die we in jaren van generale repetities hadden opgebouwd.

Mensen maken zich er geen voorstelling van hoe gevoelig de mannelijke verlegenheid is, die inspanning doet niemand, tenzij om er de spot mee te drijven. En ze staan er niet bij stil hoe pijnlijk het is, erger nog dan de blokkade van de verlegenheid op zich, om je toevlucht te moeten nemen tot trucjes om die te omzeilen: geïnspireerd door pathetische scènetjes in de bioscoop en op tv raakte het voor de spiegel oefenen van het ten dans vragen wijdverbreid, evenals het liefdesverklaringen afleggen aan je eigen spiegelbeeld door slungelige types die zichzelf vervolgens met hun ogen dicht omhelzen en kussen, maar alleen om de kijkers een lachje te ontfutselen, terwijl de mannelijke verlegenheid in werkelijkheid iets pervers en duisters heeft, iets waanzinnigs, dat kan leiden tot moord of zelfmoord, heel andere koek dan een komedie met Jack Lemmon of Adam Sandler! Als je het gevoel hebt dat je strot wordt dichtgeknepen... dat je geen lucht meer krijgt... en je hunkerende begeerte bijna het kookpunt bereikt, maar toch niet voorbij die barrière weet te komen en uitmondt in actie. Je verroert geen vinger. Je stem stokt. En zij verliest haar geduld en draait zich om, loopt weg, praat met anderen...

Ook flauwe grappen zoals de onderbroek van een klasgenoot natmaken die hij tijdens de zwemles in het kleedhokje heeft laten liggen (dat deden ze vaak bij Arbus, en ik moet bekennen dat ik ook een paar keer bij dat groepje grappenmakers was) speelden een rol in dergelijke onderhandelingen. Het waren zetten op het schaakbord van onze op te bouwen identiteit. Op die manier onderhandelden we over de angst dat we werden aangezien voor mietjes. We onderhandelden over het verlangen, klein of groot, om dat te zijn zonder het te laten merken. We onderhandelden over de plek die ons toekwam in de hiërarchie, waarin de klasgenoot die zijn kletsnatte onderbroek moest uitwringen een of twee trapjes daalde, en als hij maar vaak genoeg in de zeik werd genomen kon hij helemaal onderaan belanden en daar blijven, voorgoed verstoten. Het mikpunt van spot worden was dan ook onze grootste angst, en daarover onderhandelden we met onszelf, waarbij we ieder voor zich een dubbelrol speelden als gepeste en pester, om te kijken welke van de twee persoonlijkheden het als eerste zou begeven, het mietje in mij of de echte vent? De seriemoordenaar of het blote meisje onder de douche? Als puber is het onmogelijk om niet allebei te zijn. We onderhandelden door middel van die stortvloed aan vulgaire, nutteloze woorden en een hele reeks vervelende handelingen die tot in het absurde werden herhaald (knijpen, iemand met je knokkels over zijn kop wrijven, een klap in de nek gepaard met gefluit en gehinnik, een kniestoot tegen het achterbeen, een keiharde stoot van achteren waarna het slachtoffer moest raden van wie die kwam, een trap in het kruis zonder enige waarschuwing) over onze agressie. Ik zou niet kunnen zeggen of we die, door daar op zo'n manier uiting aan te geven, verminderden of er juist afhankelijk van werden, als een robot.

Aangezien iedereen ervoor terugdeinsde om de rol van slachtoffer te spelen, moesten we als beul oefenen hoe je iemands kop afhakt, en snel ook, omdat ze anders de jouwe afhakken. Om eerlijk te zijn geloofde ik zelf in nog geen tien procent van de bullshit en de blufferij die ik destijds uitkraamde om die van mijn klasgenoten te pareren, en het is niet zo dat ik me dat nu pas realiseer, dat wist ik toen ook al. En toch zei ik al die dingen, net als iedereen, in een streven om te zijn zoals iedereen, wat ik uiteindelijk ook was. Ik kraamde ze uit. Nou en, wat is daar erg aan? Wee degene die de kans op een rijmwoord aan zijn neus voorbij liet gaan bij woorden die eindigden op -ul of -ut. Daar gingen je lippen van jeuken. We onderhandelden ook over dat soort kansen die geweldig waren om je poëtische of creatieve kant te laten zien. Om te laten zien dat je beschikte over een scherpzinnige geest, die er lol in heeft zich te uiten middels obsceniteiten. Al waren we geen van allen van lage komaf, de platvloersheid van onze rijmpjes kon zich meten met het beste van de volkse traditie, met name de Romeinse, gebaseerd op vulgaire opsommingen en een kijk op het leven die geen enkele uitweg biedt, een en al cynisme en genaaid worden.

Maar door die grove taal voelden we ons uiteindelijk goeie jongens. Och ja, echt een gemeenschap van goeie jongens. Van mensen met een twijfelachtige reputatie, ook van misdadigers, wordt vaak gezegd dat het *in wezen* goeie jongens zijn. Als je het korstje wegkrabt zit er een goeie jongen onder. Wat is het precies dat een jongen tot een 'goeie jongen' maakt? Over wie hebben we het dan? Over iemand die altijd trouw is aan zijn kameraden en klaarstaat om zonder aarzelen te doen wat zij doen, hen in alles te volgen, ook als het gaat om afkeurenswaardige handelingen, want stel dat hij zich op het laatste moment zou willen terugtrekken, wat voor kameraad zou hij dan zijn, waar zou dan zijn goedheid in schuilen, als hij immers zo'n 'goeie jongen' is? Een volwassene beoordeelt zichzelf op wat hij doet, niet op wat hij zegt, dus als iemand niet de kans krijgt om te laten zien waartoe hij in staat is loopt hij het risico om kind te blijven, in de sedentaire maatschappij van tegenwoordig, zo spaarzaam met bijzondere momenten. Daarvoor is de sport uitgevonden, dat wil zeggen een vuurproefvervanging die twee of drie keer per week kan worden toegediend, ook op school, zonder dat je hoeft te wachten tot er een oorlog uitbreekt of er een gebouw in de fik vliegt om degenen die erbij betrokken zijn te testen, hun moed, hun emotiebeheersing en weerstand tegen pijn. Onder het nogal fantasieloze voorwendsel van lichamelijke oefening, verbetering van de houding enzovoort; en dat alles hadden ze op het SLM heel goed begrepen, zodat de school werd voorzien van een ultramoderne gymzaal, een zwembad waar tegenwoordig het halve Quartiere Trieste in rond spattert (daar kom ik later nog op terug) en een sportcomplex met basketbal- en voetbalvelden aan de Via Nomentana, waar elke middag pendelbussen vol rumoerige jochies naartoe reden en vol afgepeigerde jochies terugkeerden. We keerden dan ook zo bezweet en vermoeid terug dat we 's winters, met de vroeg invallende duisternis en het stilstaande verkeer op de Via Nomentana, vaak in slaap vielen met onze stoffige hoofden tegen elkaar aan. Misschien zijn jongens alleen maar in staat een band te smeden wanneer om hen heen de strijd woedt, en reconstrueren ze die daarom op het sportveld.

Aangezien de scholen in die tijd overvol waren, met in elke klas wel dertig of meer leerlingen, waren we in onze klas met genoeg man om niet één maar twee voetbalelftallen te vormen, en dan hadden we nog jongens over. Maar in plaats van dat de voetbaltalenten evenredig werden verdeeld zodat je twee ongeveer gelijkwaardige teams kreeg, was het de gewoonte om de besten te selecteren en die bij elkaar te zetten in zeg maar een A-team, dat zou deelnemen aan een A-toernooi, terwijl de overigen het B-team vormden, met een eigen bijbehorend B-toernooi.

Kortom, degenen die er goed in waren, de meer of minder sterke maar in elk geval echte voetballers aan de ene kant – en de klungels aan de andere kant. Nooit werd discriminatie zo klakkeloos geaccepteerd in de wereld, ook al was de indeling in elk geval nogal discutabel rondom de scheidslijn, waar de beide categorieën elkaar raakten, want qua rendement op het veld was er misschien maar heel weinig verschil tussen een tamelijk matige echte voetballer en een heel fanatieke klungel. Wat echter vooral verbazing wekt is hoe gewillig de klungels erin meegingen om als zodanig bekend te staan en om dientengevolge in het B-team te spelen. Ik herinner me niet wie de verantwoordelijke was voor zo'n mogelijk gevoelige, wrede selectie, ik herinner me geen jaloezie of protest, of het verzoek tot herziening, integendeel. De klungels voelden zich op hun gemak onder elkaar en vonden het leuk om het op te nemen tegen andere teams van klungels, algauw weer vergeten dat ze waren beschouwd als menselijk uitschot. Hun wedstrijden waren weliswaar niet om aan te zien vanuit strikt voetbalkundig oogpunt, maar wel levendig en spannend, ik mocht er graag naar kijken en dat niet alleen om te lachen. De charme van de strijd werd zelfs nog zuiverder in die chaos. De bal vloog bijna de hele tijd door de lucht, alsof de spelers als doel hadden hem steeds zo hoog mogelijk te trappen, en daaronder, in een dichte stofwolk, krioelden de houterige lichamen van de klungels in samengeraapte tenues, onophoudelijk hollend en springend. Van het begin- tot het eindsignaal, steeds rommeliger, maar zonder ooit te vertragen. Het moet dan ook gezegd worden dat de klungels bewezen over een vrijwel onuitputtelijke energie te beschikken, en al evenveel wilskracht, gezien het feit dat ze om minimale sportieve handelingen te verrichten minstens drie keer zoveel krachten verspilden, bijvoorbeeld wanneer ze een hoekschop of een penalty namen, waarvoor ze tientallen meters naar achteren liepen vanaf de plek waar de bal lag en er vervolgens met gebogen hoofd op afstormden, als een dolle stier, hem op de punt namen en hem maar een paar meter verplaatsten, alsof hij op het laatste moment stiekem was vervangen door een kanonskogel. Verbeten sprongen ze op om de bal te koppen, waarbij ze vervolgens die demonische grijns behielden omdat de pezen in hun gezicht die maar moeilijk konden loslaten, en zelfs de elementaire inworp vanaf de zijlijn, die elke normaal begaafde persoon zou moeten kunnen uitvoeren zonder specifieke aanleg of training, leek wanneer zij hem uitvoerden net een oefening van een extreem hoge moeilijkheidsgraad die meerdere pogingen vergde. De weergaloze strijdlust van de klungels ging gepaard met een opvallende eerlijkheid, en na de veelvuldige botsingen tussen spelers, voor het merendeel veroorzaakt door de onnadenkende vaart waarmee ze zich met gestrekt been op de bal stortten om die in bezit te krijgen, in groepjes van drie of vier tegelijk, krabbelden ze meteen weer overeind en gaven de tegenstanders die bij het gewoel betrokken waren een hand die ze hadden schoongeveegd aan de zoom van hun shirt, dat ze vervolgens meteen weer zoals voorgeschreven in hun voetbalbroek stopten.

Dat alles vond plaats om het lijf recht en de geest leeg te houden, en om te zorgen dat de agressie werd verbruikt in onschadelijke schermutselingen, maar natuurlijk niet in zodanige mate dat die volledig opgebrand raakte, want het is dezelfde bezieling die leven pompt in het individu en ervoor zorgt dat het niet geconfronteerd met het eerste het beste obstakel bezwijkt. De dosering van agressie is het geheim van het onderwijs aan jongens: die mag niet worden onderdrukt, anders hoopt ze zich op en kan het allemaal in één keer tot ontlading komen, en ook niet ontkend of afgebogen, dan heb je het risico dat je een heel nest misdienaars of (God verhoede!) een heuse seksuele inversie produceert. En als je de agressie juist verheerlijkt als iets gezonds en krachtigs, beland je regelrecht bij het fascisme, zij het dan vermomd in wit gewaad. Het verhaal dat in dit boek naast andere verhalen zal worden verteld, zou moeten aantonen hoe bij ten minste één gelegenheid, langdurig voorbereid door talloze nevenomstandigheden, tegen het midden van de jaren zeventig van de vorige eeuw, de paters de formule dus verkeerd toepasten, ze verprutsten de dosering van de verschillende ingrediënten of ze hadden gewoon pech, want het mengsel vloog in brand en ontplofte.

Hoofdstuk VII

Problemen met zijn lichaam had iedereen. Wie een mooi lijf had moest het cultiveren, wie een lelijk lijf had werd geacht het aan te passen, het kon en mocht in elk geval niet worden gelaten zoals het was, wat trouwens ook onmogelijk was, want dat lichaam veranderde intussen op eigen houtje en vrijwel nooit volgens de planning, het strekte zich uit en groeide krom en scheef. Er werden spieren gekweekt waarvan je zou zeggen dat ze vóór de uitvinding van de krachttraining niet in de natuur voorkwamen. Die zouden nooit tot ontwikkeling zijn gekomen zonder bodybuilding. Bodybuilding, bodybuilding. Anders zou je de borstkas van een musje houden. Repeterende handelingen en gedachten staan aan de basis van elke training.

De zwemles was een openbaring, een grauw, maniëristisch schilderij: er kwamen bleke, slecht geproportioneerde lichamen tevoorschijn, uitstekende schouderbladen, trillende rolletjes pubervet om het middel. Slechts weinigen van ons voelden niet de behoefte om hun armen over elkaar te slaan en hun ingevallen borst te verbergen, iets waarvan je denkt dat alleen vrouwen het doen om hun boezem te bedekken, nou, wij deden precies hetzelfde, uit schaamte en een beetje vanwege de kou, aangezien de paters de neiging hadden te besparen op de verwarming, zowel van de lucht als van het water, en de ramen van de kleedruimte ook in de winter wijd openstonden.

Ach, ontblote gewervelde jongeling, wat hebben ze met je rug gedaan? Hoe komt het dat die keten van wervels die elk op hun eigen manier uitsteken, als keien die lukraak in een beek zijn gelegd als oversteekplek, zich niet op slag rechttrekt, met een greintje trots? Hij lijkt wel speciaal gemaakt om zweepslagen te ontvangen, die bleke rug van jou, en ook al is je vader arts of een befaamde accountant, er is weinig verschil tussen jou en een slaaf die straf verdient. Plekken als het zwembad van een exclusieve school, bedacht om het welzijn en de gezonde ontwikkeling van de jongeling te bevorderen, worden het toneel van de hevigste vernederingen, wie geen pestkop heeft om hem te treiteren kwelt zichzelf wel, hij hoeft maar haastig langs de spiegel heen te sloffen, kromgebogen richting de douches op zijn badslippers, of hij ziet de geest van zijn adolescentie voorbijkomen.

Meneer Caligari, de zwemleraar, liet ons op een rij gaan staan langs de rand van het zwembad om ons op te nemen: zonder een woord te zeggen, alleen maar bezig zijn spottende blik te laten glijden over de zwakke plekken in het gestel van de jongens, wat er bij sommige lichamen zoveel waren dat zijn inspectie wel een minuut kon duren, bracht hij ons aan het lachen en blozen. Wonderlijk is het dat schaamte zich zo vaak uit in gegrinnik. 'Er valt helemaal niks te lachen!' riep Caligari. 'Het is gewoon om te janken, als je jullie zo ziet. Daar zakt me de broek van af. Wat een stelletje zielige gevallen. (*Gegiechel van de kleumende klas.*) Bijna mensonterend. (*Gegiechel en gegrinnik. Bijna allemaal met de armen voor de borst over elkaar geslagen, beurtelings een deel van het lichaam warm wrijvend en bedekkend.*) Maar er is nog hoop. Ik heb de oplossing. (*Een enkeling stopt zijn handen in zijn zwembroek. Een kinderlijk gebaar van bescherming.*) Ik zorg dat jullie echte kleerkasten worden, oké? Ik zorg dat jullie geen mannen worden, maar kleerkasten!' schreeuwde Caligari. 'Dat beloof ik jullie: kleer-kas-ten!'

De oefeningen die hij ons gaf om onze transformatie in gang te zetten waren er maar twee, heel basaal en weinig effectief: je handpalmen tegen elkaar aan duwen ter hoogte van je borstbeen, of de vingers van beide handen in elkaar haken en dan uit elkaar trekken, op dezelfde hoogte, met je ellebogen breed. Dat was alles. Tien tellen duwen, daarna tien tellen trekken en dan weer opnieuw. Na het startsein, dat hij gaf door een pistoolschot te imiteren, begon Caligari te tellen – een, twee, drie... in een regelmatig ritme... maar eenmaal bij zeven begon hij te vertragen, steeds meer te vertragen... ááááácht... achtenhalf... terwijl wij probeerden die absurde bidhouding vast te houden, en onze handen tegen elkaar aan duwden tot we van inspanning begonnen te wankelen, acht en driekwáááárt... en onze ellebogen trilden, en het gebruikelijke onwillekeurige gegrinnik opborrelde in onze ingevallen borstkas. Dat rijtje onbehaarde jongens (behalve uiteraard Pierannunzi, over wie ik het in het volgende hoofdstuk zal hebben), met gespannen halsspieren, was meelijwekkend. Er hingen sliertjes slijm uit de mondhoeken van Busoni's gezicht, verkrampt van inspanning (al na tien tellen!). Arbus zag niets zonder zijn bril. 'We komen hier toch om te zwemmen?' fluistert Zarattini, de tengerste en meest verwijfde, tegen de jongens in zijn buurt, maar Caligari heeft het gehoord. 'Sorry, wat zei jij daar? Zei je soms dat je dol bent op water, heel misschien?' En daarmee geeft hij de opdracht om Zarattini in het zwembad te smijten. Met alle plezier! De woestelingen waarin de schriele tieners die naast hem stonden ineens zijn veranderd grijpen Zarattini vast en trekken hem naar de rand, waarna ze hem vlak boven het water houden, alsof ze hem in een bodemloze afgrond moeten gooien. Het is een plechtig beeld, en de plechtigheid moet wel geopend worden met een menselijk offer, de hele klas verenigt zich dan ook tegen Zarattini, blindelings en uitgelaten gehoorzamend aan Caligari, want zodra het slachtoffer in het water wordt gegooid is dat voor iedereen het teken om erin te springen...

Zo ging het eerlijk gezegd de eerste paar keren, toen waren we ongeduldig, met het idee dat pas in het water de lol zou beginnen. Maar eenmaal in het zwembad hebben we maar weinig lol, en maar heel even: wat gespetter, iemand soppen, de zwemband onder je buik omlaagduwen en dan uit het water laten schieten – en daarna moet er gezwommen worden. Wat een verdomd moeizame, zinloze inspanning is dat. Je baan is overvol, je hebt het gevoel dat je moet zoeken naar het water, terwijl je maar nauwelijks vooruitkomt in de richting van de trappelende voeten vlak voor je neus, in een kolkend schuim, waardoor je een schop in je gezicht krijgt als het je lukt om een paar krachtigere, meer gecoördineerde armslagen te maken, en zodra je wat vertraagt knalt degene die na je komt tegen je aan. Wie halverwege het bad even stopt kan nooit meer op gang komen en gaat ten onder. We worden allemaal pissig en drinken chloor.

Ja, een van de meest gewaardeerde en tegelijkertijd onaangenaamste lessen van de week is de zwemles. Aan de ene kant is er niets zo aanlokkelijk als het vooruitzicht om even verlost te zijn van dat gehannes met pennen en papieren propjes en overlast veroorzaken door te knijpen in de metalen haken in de vorm van een mondharp, die in theorie bedoeld zijn om je schooltas aan je tafel te hangen, ook al heb ik er nooit iemand zijn tas aan zien ophangen, niet één keer, in al de tijd die ik aan het SLM heb doorgebracht, meer dan tien jaar dus – en daarna de gang op rennen, een rij vormen voor de trappen en dan twee of drie verdiepingen omlaagrollen naar het zwembad en het water in springen. Raar om te bedenken dat zich in het binnenste van de school altijd, dag en nacht, lichtjes deinend, die rechthoek van groen water bevond, die maar een paar uur per week in beroering werd gebracht door het getrappel en gezwaai van de jongens, en daar de rest van de tijd maar lag te liggen, glad, donker, koud. Tot aan de volgende plons. Een prachtig idee, maar prachtig zoals alleen ideeën kunnen zijn, want in de praktijk was de zwemles het verstikkendste uur van de week.

Je gaat naar binnen door deuren van geribbeld glas, en het is een klap van warme, vochtige lucht, je hebt het gevoel dat je al aan het zwemmen bent terwijl je omlaaggaat naar de kleedhokjes. Ik ben altijd al vreselijk preuts geweest, en ik geneer me als ik me moet uitkleden, ik geneer me zelfs in mijn eentje met de deur dicht, als ik naar mijn benen en mijn buik kijk gaat er een rilling door me heen. Ik ga het hokje binnen en let erop dat het slotje goed dichtklikt, ik hou het in de gaten terwijl ik mijn schoenen en sokken uittrek, ik werp er een blik op terwijl ik mijn broek uitdoe en daaronder heb ik mijn zwembroek al aan, zodat ik sneller klaar ben, op donderdagochtend doe ik in plaats van een onderbroek meteen mijn zwembroek aan, en mijn schone onderbroek stop ik in een zakje in mijn tas.

De lucht is dan wel warm, maar de rest van het kleedhokje is ijskoud, het bankje, de vloer, de aluminium staven met een waas van koude druppeltjes erop.

Wat me altijd treurig stemde wanneer ik me als kind moest uitkleden, was het moment dat ik besefte dat mijn hemd in mijn onderbroek zat gestopt. Een hemd was verplicht en de moeders van vroeger letten er tijdens het aankleden op dat het goed onder de elastieken band van de onderbroek werd gestopt, en aangezien hemden vaak behoorlijk ruim werden gekocht, in een maat groter, 'op de groei', moest je de extra lengte helemaal tot onder je billen trekken. Met de zwembroek van het SLM, die zwart was, tot over je buik getrokken, en het witte hemd erin gestopt, zag ieder kind er alleen maar nog treuriger uit. Maar zoals niemand precies kan zeggen wat treurigheid is, zo kun je ook discussiëren over de redenen die treurig stemmen, en kun je denken dat het die ene reden is in plaats van die andere, of nog een andere, of het zou zelfs kunnen dat er geen specifieke oorzaken zijn voor je treurigheid, je bent het gewoon, punt. Net als met wallen onder de ogen, die heb je en dan kom je er ook niet meer van af.

Voordat we het water in gingen kregen we een paar minuten van die gymnastiek waar we spieren van zouden moeten krijgen. Arbus is lachwekkend omdat hij zo wit en mager is, maar toch ingespannen zijn polsen tegen elkaar duwt, en zijn overtuiging en wetenschappelijke betrouwbaarheid geven ons het idee dat je zo inderdaad gespierd wordt, 'Nog vijf seconden, hou vol... vijf, vier, drie... twee...' en binnenkort zal ook Arbus een atletisch lijf hebben, waarvan elke spier geprononceerd uitkomt dankzij de isometrische oefeningen, 'drie... twee... anderhalf, een en een kwart... hou vol, jullie worden echte kleerkasten... net zo gespierd als een marmeren beeld... als de beelden in het Foro Italico... en ja! Laat maar los! Haal maar weer adem!'

De hele zwemles brengen we in ademnood door. We duwen ons gezicht in het water en halen het er alleen even uit om een slok water door te slikken en het weer onder water te duwen. Iedereen heeft de voeten van een ander voor zich, geribbeld door het water. Je armen wentelen en het chloor brandt in je ogen en je keel. Al na vier, vijf baantjes voelt het water zwaar, en je lichaam, nog zwaarder dan het water, drijft niet meer en komt maar moeizaam vooruit onder het oppervlak, alleen je armen komen schokkerig maaiend boven water, en het trappelen van je voeten, dat in het begin razendsnel ging, wordt steeds trager, het wordt sloom, om af en toe weer op te schrikken, als we er ineens aan denken dat we ook nog onze voeten hebben om vooruit te komen naar de kant, en dan bewegen we ze weer harder, nog maar een paar meter en dan kunnen we de rand vastpakken en doen alsof we onze badmuts rechttrekken voordat we terugzwemmen, om stiekem een kleine pauze in te lassen. Binnen vijf tellen staat de zwemleraar al bij je en schopt je met zijn badslipper tegen je hoofd als je niet wegzwemt. En dan te bedenken dat het zo leuk was om van de startblokken te springen! Dat zou je als enige moeten doen, steeds maar weer erin springen. Dan had je geen last van pijnlijke longen halverwege het bad.

Wij leerlingen dragen allemaal dezelfde zwembroek, zwart, van elastisch weefsel, met opzij een geel-groene streep, de kleuren van het SLM. En we zijn allemaal bleek en wit, groenig zelfs, of misschien komt dat door het licht in het zwembad, en na afloop van de zwemles alleen nog maar meer. Wegdribbelen, oppassend dat je niet uitglijdt, je afdrogen. De versuffing door de warmte en het chloor en de vermoeidheid (die eigenlijk wel meevalt, maar op dat moment overweldigend is) vermengt zich met de warme luchtstroom uit de vaste haardrogers, die na een minuut vanzelf stoppen, en dan krijg je ze weer aan door een harde klap op de chromen knop te geven. Je hoofd voelt verstopt door de warmte en je moet ook een paar klappen op je ene oor geven, terwijl je je hoofd schuin houdt, zodat het water uit het andere oor kan sijpelen. Grappen, moppen, de gebruikelijke vingervlugheid. Na de zwemles valt het niet mee om weer terug te gaan naar de klas, onze tassen met eveneens gele en groene randen omhoog slepend over de trappen. Om ons te helpen bij het beklimmen van de treden, die plotseling zo steil zijn als die van een kerktoren, zingen we met een keelstem 'Jeee-sahel... Jeeee-sahel...', een soort Bijbelse hymne uit 1972, gezongen door een popgroep met gitaren en bongo's en een nasale, slepende stem. Arbus, ik en nog een paar anderen zijn de enigen in onze klas met lang haar, maar niet zo lang als die langharige hippies die zich beklagen in het nummer 'Jesahel'.

Nei suoi occhi c'è la vita c'è l'amore...
Nel suo corpo c'è la febbre del dolore...

In zijn ogen zit de liefde en het hele zijn...
In zijn lichaam zit de koorts van de pijn...

Het is hoe dan ook altijd een exodus, die van leerlingen op een school. Ze marcheren samen op weg naar het beloofde land.

Sta seguendo una luce che cammina
Lentamente tanta gente s'avvicina...

Hij volgt een licht, het beweegt zich vrij
Langzaam komen vele mensen dichterbij...

Hoofdstuk VIII

Zowel wanneer je je niet erg mannelijk voelt als wanneer je te mannelijk bent is dat een bron van onzekerheid: de sensualiteit brengt het individu aan het wankelen, bezorgt hem de rillingen. Een overmaat aan zelfverzekerdheid is alleen maar een omgekeerd effect van onzekerheid. Wij waren geobsedeerd door dat probleem, doordat we alleen maar jongens (de leerlingen) en mannen (de leraren) om ons heen hadden, en gedwongen werden tot een voortdurend gevecht om de rangorde in de hiërarchie, waarbij we probeerden de plek die we hadden verworven te behouden of te verbeteren via de gebruikelijke methodes – grove taal, sport, andermans tussendoortje jatten, vechten, lachen, moppen en de fantastische auto's van onze vaders. Het enige element dat kon verifiëren of iemand echt mannelijk was ontbrak, namelijk meisjes, en dus moest dat weinig ridderlijke toernooi het doen zonder het natuurlijke publiek, of beter gezegd de natuurlijke jury; het speelde zich in beslotenheid af, als een toneelstuk van gedetineerden die alle rollen moeten spelen, ook die van de weduwe en het verleide meisje, en met elkaar dansen en zoenen. Het was overigens wel zo dat er bij ons in de klas niet alleen onhandige brildragers en misdienaars en vetzakken zaten, maar ook jongens die op hun veertiende of vijftiende al behoorlijk ontwikkeld waren en overliepen van viriliteit, maar juist met hen is het verkeerd afgelopen, alsof die overdaad aan mannelijkheid hen van het rechte pad af heeft gevoerd, of alsof het organisme geleidelijk aan werd opgegeten door de mannelijkheid die het zelf produceerde.

Op de middenschool en later op het gymnasium hadden we een heel bijzondere klasgenoot, die nooit stil kon zitten en die minstens twee of drie jaar ouder leek dan hij was. Mager, een donkere huid, altijd gekleed als een motorrijder met laarzen waar wij alleen maar van konden dromen, maar zijn voornaamste kenmerk waren de lange, dunne wenkbrauwen boven zijn ver uiteen staande ogen, fel als die van een Arabische hengst. Die sensuele blik van hem trof ons allemaal, om nog niet te spreken van onze leraren de paters, die enerzijds een beetje bang voor hem waren en tamelijk vol ontzag, en anderzijds welwillend stonden tegenover die soort van oosterse prins, ondanks zijn povere schoolresultaten. Hij heette Stefano Maria Jervi en hij stond er slecht voor bij verschillende vakken, te beginnen bij Italiaans en wiskunde, wat de dragende zuilen zijn, zonder die twee stort alles in: vooral als de redenen voor de dramatische cijfers uiteenlopend zijn en onderling tegenstrijdig. Jervi stond dus laag voor Italiaans omdat hij niet meedeed in de klas, en voor wiskunde omdat hij het niet snapte. Daardoor was hij niet te redden, want er kon noch naar zijn onontplooide talenten, noch naar zijn getoonde inzet worden verwezen. Het leek nu eenmaal alsof de school, de school voor tieners, dat wil zeggen de school waar je naartoe moet omdat je minderjarig bent, niets voor hem was, hij was al meerderjarig in zijn geest en in zijn lijf. Zijn vroegrijpheid voerde hem voorbij de schoolse interesses, hij verzuimde lessen en verdween buiten de schoolmuren die hem benauwden. Zelfs de sportactiviteiten, waarin hij had kunnen uitblinken vanwege zijn pezige, al volgroeide lichaam, waren voor hem alleen maar tijdverspilling. Iets voor kinderen die over het gras hollen. Hij maakte alleen een uitzondering voor skiën, want dat was ‘te gek’.

Ik heb een terugkerende droom, en daarin moet ik een jaar overdoen en word ik door een rector die jonger is dan ik aan de hand meegenomen naar een rij schoolbankjes, waar ik ga zitten aan het mijne, het enige dat nog vrij is, absurd klein, waardoor ik klem kom te zitten op een stoeltje met ijzeren poten, tussen snotneuzen die me geamuseerd aankijken terwijl ik word verteerd door het ongeloof van iemand die weet dat het ontwaken vroeg of laat een eind zal maken aan deze scène, maar ook door de angst dat ik het nooit voor elkaar zal krijgen om te slagen als het eindexamen begint. Dat krijg ik nooit voor elkaar. Ik kan het niet. Veel te ingewikkeld voor mij, die vergelijkingen, daar kom ik niet uit, of het aantal mol berekenen, ik weet niet eens meer wat dat is, mol, en wat kunnen die vergelijkingen me trouwens ook verrekken, daar heb je niks aan in het leven, ik ben volwassen en ik kan het bevestigen: Hé jongens, ik kan je verzekeren, negenennegentig procent van de dingen die je op school leert, daar hebben jullie straks niks aan, zou ik tegen ze willen zeggen, maar toch word ik nerveus nu blijkt dat ik niet in staat ben om die bewerkingen uit te voeren, om die problemen op te lossen, het vervult me van een subtiele paniek. En dat is het hem, ontoereikendheid in combinatie met een ongefundeerd gevoel van superioriteit. Een volwassene die niet in staat is gelijke tred te houden met een stel jochies, ook al zou hij in alle andere opzichten jaren verder moeten zijn dan zij. Misschien was dat wat Stefano Maria Jervi voelde. Door de duw van zijn hormonen had hij in één sprong de school ingehaald, bijna zonder dat hij het zelf in de gaten had. Terwijl het merendeel van ons nog nooit een meisje had gezoend en er misschien zelfs nog nooit een had gestreeld, werd er gezegd dat Jervi al intiem contact had gehad.

'*Volledig* contact', dat was de term die in zwang was in die tijd, toen het tamelijk zeker was dat meisjes zich gaven, maar dan in termijnen, in etappes of in lichaamsdelen, dit wel, dat niet, misschien over een week, misschien nooit. Voelen, zoenen, vingers naar binnen steken, een monopolyspel van verspreide handelingen, waarbij je door een ongelukkige dobbelsteenworp terug moet naar Start en alles kwijtraakt terwijl je dacht dat je bijna bij de finish was. Het ene deel van het lichaam ontkleden en het andere niet, of eerst het ene en dan het andere, maar alsjeblieft niet allebei tegelijk. (Dat spelletje maak je eerlijk gezegd als volwassene ook nog wel eens mee, met vrouwen die allang meerderjarig zijn en behoorlijk instemmend, dat jij aan de ene kant iets begint te ontkleden en zij zich intussen aan de andere kant weer aankleedt...) De formulering van het erotisch traject was zo willekeurig dat geen van de betrokken personen dat in de hand leek te hebben, en het stoppen of doorgaan leek op tamelijk willekeurige wijze plaats te vinden. De begeerte is, hoe sterk ook, vreselijk onduidelijk, en de vrouwelijke begeerte al helemaal, die creëert van het ene op het andere moment een tijdelijke zedelijkheid, onschendbare verboden die binnen vijf tellen worden onderuitgehaald, terwijl er al even snel barrières kunnen worden opgeworpen gebaseerd op een, zeg maar, knipperlichtethiek, die de ene dag wel geldt en dan weer twee dagen niet. Om nog maar niet te spreken van het verlangen, het meest dubbelzinnige woord dat ooit is gevormd en dat op erotisch gebied bijna zijn betekenis verliest of gewoon de eerste de beste betekenis aanneemt die wij eraan geven. Die wij eraan wíllen geven. *Volledig* contact blijft overigens een hypocriete, laffe term, er is namelijk weinig compleets aan doordat het zich afspeelt op een nogal beperkt anatomisch gebiedje, zij het nog zo felbegeerd en vereerd of onteerd, afhankelijk van de traditie en het standpunt. Was het genoeg om daar een paar tellen te verblijven om te spreken van *volledigheid*? De penetratie van een opening door een aanhangsel werd aangezien voor het geheel van de twee betrokken personen in die verstrengeling van organen, wat resulteerde in de meest opzienbarende van alle stijlfiguren, een dubbele synecdoche, zoals de DNA-spiraal. Trouwens, was het niet een van de grootste moderne filosofen die het echtelijk contact definieerde als niets anders dan een contract waarin beide partijen het gebruik van de genitaliën van de ander wordt gegarandeerd? Maar misschien is het wel goed dat de kwestie wordt gedefinieerd, en daarmee wordt gereduceerd tot zoiets, dan is het tenminste simpel, dit is het en meer niet, het is niet altijd waar dat de taal de thema's van het leven uitdiept, soms verduidelijkt het die op nogal brute wijze, misschien is het waar dat de vervolledeging van een contact tussen man en vrouw, het toppunt van wat de beide seksen elkaar wederzijds te communiceren hebben, niet op een andere manier kan worden bereikt dan door het ene orgaan in het andere te steken. Gedurende een paar minuten. En als het echt zo werkt, dan was Jervi een pionier, de ontdekkingsreiziger die ook namens ons de formule uittestte om rechtmatig toe te treden tot de masculiniteit.

De familie van Jervi was rijk op een manier zoals alleen families van hoge staatsfunctionarissen rijk kunnen zijn, dat wil zeggen sober en mysterieus. De Algemene Rekenkamer, de Bestuursrechtbank, de Raad van State, het Constitutioneel Hof, de Prefecturen, de centrale bank Banca d'Italia, het zijn allemaal apparaten die niet meteen bij je opkomen wanneer je denkt aan macht, die associeer je eerder met de Regering, het Parlement, of wanneer je denkt aan rijkdom, het terrein van industriëlen, investeerders, bankiers, oliemagnaten, filmproducers, projectontwikkelaars... En terwijl politici en ondernemers door iedereen gecontroleerd kunnen worden, beklimmen dat soort ambtenaren stukje bij beetje en zonder ophef hun carrièreladder binnen een soort afgesloten, geluiddichte kamer, tot ze het directeurschap bereiken van instellingen waarvan niemand het bestaan zou vermoeden. Het schijnt dat de vader van Jervi er al diverse had bekleed, en maar bleef opklimmen, immer omgeven door discretie, alsof de treden die hij beklom met fluweel bekleed waren. Volgens sommigen van ons op school was hij directeur van de Spoorwegen, of geweest, volgens anderen van het Olympisch Comité, een enkeling beweerde dat hij de hoogste accountant was die ging over de uiterst geheimzinnige financiële instantie Cassa Depositi e Prestiti waar, net als in de kluizen van Dagobert Duck, een zee van geld deinde, waarvan commandeur Jervi naar believen de kraan bediende. Tenzij je vader een zeer duidelijk omschreven beroep had ('Hij is buikchirurg') of reden gaf tot uitzonderlijke trots ('Hij heeft de dijk in de Nijl gebouwd'), waren wij als kind niet erg geïnteresseerd in wat hij precies deed, en hetzelfde gold voor de vaders van de andere jongens, die op het SLM hooguit konden worden geclassificeerd als rijk of minder rijk, of helemaal niet rijk, al naargelang het automobiel dat werd gebruikt om de klasgenoot van school op te halen. Niemand durfde aan Stefano Jervi te vragen: 'Wat doet jouw vader?' Maar iedereen merkte zijn elegantie op, zijn krokodillenleren laarzen, het complete scala tot en met het laatste model van de belangrijkste zonnebrilmerken, die hij het merendeel van de tijd niet op zijn neus droeg maar boven zijn voorhoofd, zodat de lok ravenzwart haar daar niet over terugviel.

Jervi was de eerste, en ik denk een hele tijd lang de enige, die op zaterdagavond en zondagmiddag naar de disco ging, om te dansen, terwijl voor sommigen van ons gold dat onze moeders nog twijfelden of ze nog een kniebroek voor ons zouden kopen of de overstap zouden wagen naar de lange broek. (Ik denk dat ik behoor tot de laatste generatie van de Italiaanse middenklasse die de leeftijdsovergang op die manier aangaf: door hun zoon zo lang mogelijk met blote knieën te laten rondlopen, tot het echt niet meer kon omdat hij totaal voor schut liep. Ik heb zelfs nagedacht over de mogelijke financiële motivatie voor die keuze, want in eerste instantie dacht ik dat het een poging was om de minderjarigheid te rekken, en dus het ontzag van zoons voor hun ouders, door hen te dwingen hun knieën te tonen, net zoals meisjes juist verbieden hun knieën te ontbloten dat was.

Maar in werkelijkheid was het zo dat je zo'n kniebroek niet de hele tijd langer hoefde te maken of een nieuwe hoefde te kopen, en dat die net zolang werd gedragen tot hij niet meer om de taille paste.)

Ik zou verschillende anekdotes kunnen ophalen over Jervi op het SLM, en misschien dat ik er later in dit boek nog een paar van vertel, als u mij wilt volgen en ik niet onderweg verdwaal door mijn uitweidingen, en als het van belang is voor het hoofdverhaal; voor nu beperk ik me tot een voorval dat jaren later plaatsvond, om precies te zijn zeven jaar nadat we van school gingen, wat ook meteen het laatste jaar van Jervi's leven was. Een episode die ik vernam uit de kranten, toen ik mijn klasgenoot identificeerde dankzij het feit dat er een oude pasfoto werd gepubliceerd, afkomstig van een vervalst persoonsbewijs, waarop Jervi er precies hetzelfde uitzag als toen we bij elkaar in de klas zaten op het SLM, met zijn charmante wenkbrauwen als een Latijns-Amerikaanse zanger en dat lachje van hem, toen ik Jervi identificeerde, zoals ik al zei, als de man die zichzelf had opgeblazen terwijl hij 's nachts bezig was een explosieve lading aan te brengen op het dak van een psychiatrische instelling voor criminelen in Aversa. 11 februari 1982. Hij was bij de mislukte aanslag beide benen kwijtgeraakt, net zoals uitgever Giangiacomo Feltrinelli was overkomen, en hij was de volgende dag in het ziekenhuis overleden zonder dat hij nog bij bewustzijn was geweest. Hij had dus niet meer kunnen onthullen wat het doel was van zijn daad, die door geen enkele organisatie werd opgeëist. Pas na het onderzoek en de arrestatie van enkele kameraden van hem, die zich niet lang lieten bidden voor ze namen en toenamen onthulden, bleek Stefano Maria Jervi een recent, niet vooraanstaand lid te zijn geweest van een van de talloze revolutionaire groepen die waren ontstaan uit afsplitsingen en laatste wanhopige toetredingen in de nadagen van het Italiaanse terrorisme, toen dat de onvermijdelijke neergang tegemoetging met een spectaculaire, even bloedige als vergeefse opeenvolging van schietpartijen, ontvoeringen en moorden, vrijwel altijd lukraak en uit frustratie uitgevoerd, de laatste bloeiperiode van de boom voordat de revolutionairen allemaal ofwel in de bak eindigden, of spijtoptant werden, of naar het buitenland vluchtten. De zijne heette, als ik het me goed herinner, de UGC, Unità di Guerriglia Comunista, de Eenheid van Communistische Guerrilla.

Ik was verbijsterd dat Jervi bij de UGC was beland (hoe? wanneer? En vooral ook: *waarom*?) net toen de dagen daarvan geteld waren. Een gedoemde die lid werd van een stervende groepering. Wat had hem ertoe gedreven in een winterse nacht op het dak van die psychiatrische instelling te klimmen? Had hij medeplichtigen of was hij alleen? Was zijn actie enkel bedoeld als demonstratie of wilde hij iemand doden? En wie zou je überhaupt kunnen doden op het dak van een inrichting, behalve de duiven, of anders, als je het dak laat instorten, de hele afdeling op de bovenste etage met de slaapzalen van de gedetineerden, dat wil zeggen een hoop criminelen die niet gekker waren dan degene die van plan was hen in de lucht te laten vliegen? In het krantenartikel over Jervi, die pas twee dagen na zijn dood als zodanig was geïdentificeerd, werd de hypothese genoemd dat zich daar op het dak van de inrichting in Aversa in feite het arsenaal of een van de arsenalen van de UGC bevond, en dat mijn vroegere klasgenoot dus was gedood door een ongeluk bij het onderhoud daaraan, terwijl hij bezig was explosieven te laden of te lossen.

Een ander geval van overvloedige, maar niet zelfdestructieve masculiniteit was Pierannunzi, de zoon van de eigenaar van een speelgoedwinkel aan de Viale Libia. Hij zat niet bij mij in de klas maar een jaar lager, dus terwijl ik de drempel van het gymnasium overschreed, zat hij nog op de middenschool. Welnu, op zijn dertiende was hij al zo groot als hij de rest van zijn leven zou blijven, en had hij al een baard. In die zin dat hij er echt een op zijn gezicht had, hij dróég een baard, en ook nog best wel een volle, als een personage uit de Renaissance. Het was indrukwekkend om hem bij de rest van zijn klas te zien, waar hij een kop en een baard boven uitstak: Polyphemos die gaat kiezen welke mannen van Odysseus hij zal opeten. Maar het heeft nog meer indruk op me gemaakt om hem vandaag terug te zien, toen ik langs zijn speelgoedwinkel liep, die nog precies hetzelfde groene neonbord heeft als toen, met de letters naar rechts hellend, in een soort gestileerd cursief. De hele winkel is hetzelfde gebleven, al liggen er nu videogames in de etalage in plaats van poppen en pistolen.

Pierannunzi stond met zijn ellebogen op de toonbank geleund, corpulent, dik, maar helemaal niet groot, zoals ik me hem herinnerde. Hij droeg zijn baard kortgeknipt, misschien omdat die bijna helemaal grijs was, zijn lange dunne haren waren over de kale kruin gekamd, en alleen de woeste zwarte wenkbrauwen behoorden nog tot de cycloop die niet meer bestond. Die veertig jaar waren niet over hem heen gedenderd als een trein, maar als een zandstorm waardoor hij was verkleurd.

Ik bleef verwonderd naar hem staan kijken, half verscholen achter de hoek van de glazen deur, terwijl hij geduldig, de instructies slepend uitsprekend met een nasaal accent, aan een oude dame uitlegde hoe ze de batterijen achter in een keyboard moest stoppen waar ze mee was teruggekomen omdat ze dacht dat het kapot was.

'Ziet u? Ziet u deze tekentjes, mevrouw, een plusje en een minnetje?'

Maar de dame kon ze niet zien, al boog ze zich nog zo ver over de toonbank.

'De batterijen moeten allebei een andere kant op wijzen, daarom deed hij het niet.'

En hij begon wat toetsen in te drukken als test, eerst lukraak, daarna zette hij een muziekstuk in, dat hij na een paar strofen afbrak. Ik meende dat het de eerste was van de 'Inventionen' voor twee of drie stemmen van Bach. Of een stuk dat er veel op leek.

Hij begon opnieuw de afzonderlijke toetsen te proberen, hij drukte ze in zoals een kind dat hongert naar muziek zou doen en veranderde steeds van modus, zodat het apparaat eerst de klanken van een trompet produceerde, daarna die van een orgel en toen van violen. Ten slotte stelde hij het elektronisch drumstel in, waarop de dame haar handen voor haar oren sloeg en deed alsof ze werd overweldigd door het volume, dat in werkelijkheid tamelijk laag was.

'Jaha, mevrouw, en hij kan nog veel harder!' glimlachte Pierannunzi. 'Je kunt er zo op dansen in de disco...'

Met nauwkeurige, routineuze handelingen stopte hij het keyboard vervolgens weer in de piepschuimen vorm, terwijl hij zijn blik op het plafond richtte alsof hij wilde bewijzen dat hij het blindelings kon, hij schoof het terug in de doos, die hij dichtdeed door de lipjes een voor een in de bijbehorende gleufjes te steken, maar die waren half afgescheurd op het moment dat de ongeduldige ontvanger het cadeau had opengemaakt. Het lukte hem toch ze op hun plek te krijgen en de verpakking zag er weer precies zo uit als op het moment van aanschaf. Misschien was het een blik van ergernis die hij op het plafond had gericht, of misschien interpreteer ik dat alleen maar zo om mijn stelling te bewijzen. De oude vrouw bedankte hem en excuseerde zich dat ze hem gestoord had, waarbij ze de veronderstelling dat de verkoper haar een prulding in de maag had gesplitst introk.

'Graag gedaan, mevrouw,' antwoordde de verkoper, 'graag gedaan. En wens uw kleinzoon veel plezier ermee.'

In die laatste zin meende ik een zweem van ironie op te vangen. Het is dan ook algemeen bekend wat er gebeurt in huizen waar het jarige kind een trommel krijgt of een ander instrument bedoeld om muziek te produceren, maar dat in plaats daarvan alleen maar herrie produceert, en waar alle vriendjes een voor een op willen spelen wanneer het verjaardagsfeestje zijn einde nadert en de nervositeit en vermoeidheid stijgen. Het allerirritantste: een xylofoon.

Pierannunzi had zijn masculiniteit allemaal in één keer tot uitbarsting laten komen tussen zijn tiende en zijn zestiende; er waren nog interessante overblijfselen van, die je kon bezichtigen.

In wezen is de adolescentie een van die zeldzame periodes in het leven, misschien zelfs de enige, waarin je de moed hebt of de onontkoombare behoefte voelt om je in het labyrint van een innerlijke zoektocht te wagen, waar vrijwel iedereen gedurende de rest van zijn bestaan met een boog omheen loopt, ofwel uit angst voor wat hij er in de gauwigheid heeft gezien, als jongere, of omdat hij al zijn energie moet aanwenden in de strijd om te overleven, om te reageren op de verzoeken en de druk van anderen. Alleen tijdens de adolescentie kan de eenzaamheid, hoe gevreesd en onaangenaam ook, enkele vruchten opleveren die niet bitter zijn, authentieke nieuwsgierigheden wekken en ongelooflijke ontdekkingen in petto hebben. Kijk, dat individu dat net gevormd is, dat net uit het ei is gekropen, het is het individu zelf dat hevig benieuwd is om meer van hem te weten te komen.

En hoe moet je anders een identiteit weten te bouwen, hoe zou je anders jezelf moeten leren kennen dan door langdurig je spiegelbeeld te bestuderen?

Wie is die jongen of dat meisje daar aan de binnenkant van de kastdeur, naast de stapel truien en shirts? Meestal wordt deze dromerige houding bespot of afgestraft, met de eis dat je een meer volwassen, meer verantwoordelijke houding moet aannemen, die openstaat voor een actieve relatie met anderen en met de wereld om je heen, in plaats van dat je verrukt naar jezelf staat te staren. Dat narcistische oponthoud, in feite een van de weinige momenten van reflectie en bewustzijn die zijn vergund aan het individu dat anders altijd maar gedwongen wordt dingen te dóén, studeren, rennen, trainen, kletsen, lol hebben, ja, zelfs lol hebben is een verplichting, dat wordt altijd gebagatelliseerd in naam van de actie en de uitwisseling. Je verhouden tot anderen is goed, tot jezelf niet. Een jongen die bezig is zichzelf te taxeren en beoordelen moet er meteen op gewezen worden dat alleen anderen het recht hebben hem te beoordelen, alleen de taxatie die de wereld hem zal geven is geloofwaardig, geldig. Meisjes die het ene jurkje na het andere aantrekken en helse kwellingen doorstaan vanwege de tekortkomingen die de spiegel hun laat zien, moeten bij hun oor worden gegrepen en weggesleept van die frustrerende aanblik, er zijn wel belangrijkere dingen te bestuderen dan je eigen lijf, er is scheikunde en informatica, er is Oudgrieks, kunstgeschiedenis, de bilspieren van de marmeren beelden, ja, die wel, en verder is er algebra, de Ciompi-opstand in 1378, er is de pianoles, het vrijwilligerswerk, de scouting, het handbal... Alles, kortom, behalve de kennis van jezelf, die je alleen zou kunnen verwerven door narcistische zelfcontemplatie.

Ook ik, ijdel als geen ander, of eigenlijk kan ik beter zeggen ijdel *net als* ieder ander, namelijk ontzettend ijdel, bracht heel wat tijd door met naar mezelf te kijken, vanuit verschillende posities de vorm van mijn neus te bewonderen, mijn wenkbrauwen in de richting van mijn slapen te trekken en grimassen te maken om mijn tanden te ontbloten, mijn haar anders te doen op zoek naar het beste, mooiste uiterlijk om te presenteren aan anderen, of nee, laat ik niet onnodig generaliseren, aan mijn leeftijdgenoten, de enige wezens aan wie ik belang hechtte. Dat observeren kon uren duren en was van een onthutsende diepgang: als ik daar nu ook maar één minuut van zou kunnen reproduceren, was ik niet alleen een goede schrijver, maar een ware filosoof. Mijn hart bonsde hevig, zo boordevol gedachten, twijfels, hoop, plannen, dat die er gewoon uit stroomden, ze stroomden uit mij, ja, dat was precies zoals ik het voelde, namelijk dat mijn hart die stortvloed aan beelden en ideeën die erin werd opgeroepen niet meer kon bevatten.

Het woord 'hoop' is hier eigenlijk niet op zijn plaats: het waren eerder 'fantasieën'. Ook nu nog, nu ik de spiegel gebruik om het voortschrijden van mijn kaalheid en grijsheid vast te stellen, leef ik van fantasieën, ik voed me met fantasieën, of beter gezegd, ik laaf me er gulzig aan zoals een paard bij een fontein door zijn snuit erin onder te dompelen, ik produceer ze en verbruik ze ter plekke, ik ben erdoor geobsedeerd, ze bezitten me, ik weet niet meer waar ik al die stemmen moet laten, al die krioelende beelden en ideeën en zinnen. Ik zou er overigens ook niet zonder kunnen, mijn leven is al zo minimaal, wat zou er gebeuren als de bron van mijn dagdromen zou opdrogen? Die fantasieën dienen bovendien om de weinige dingen die ik doe iets wonderbaarlijks te geven, de zeldzame handelingen die ik verricht, die bij wijze van spreken bol staan van alle aspiraties, luchtspiegelingen en waanbeelden die in eenzaamheid zijn geconcipieerd, en die me dus een onbeschrijflijk genoegen of een verzengende wanhoop bezorgen, al naargelang ze slagen of mislukken. Als ik heb gefantaseerd dat ik een ijsje ga eten en dan tot de ontdekking kom dat de ijssalon is gesloten wegens vakantie, dan overweeg ik serieus mezelf van kant te maken. Bij mij is de narcistische zelfcontemplatie uit de puberteit helaas nooit gestopt: op de vraag 'Wie ben ik?' zijn zoveel verschillende antwoorden gegeven dat ik er niet zomaar een voor waar kan aannemen. Dus sta ik mezelf nog steeds futiele, hooghartige vragen te stellen voor de spiegel, zoals de koningin van Sneeuwwitje, en te genieten of woest te worden van de antwoorden die ik krijg. Als ik terugdenk aan Arbus en andere schoolgenoten vraag ik me af: wie van hen heeft daarentegen wel een echt, afdoende antwoord gehad? Eén enkel antwoord, duidelijk, helder, eenvoudig? Is er een van hen die het op een gegeven moment begreep en zei: Ja, zo ben ik? Zo ben ik, punt uit. Zou een van hen daar vroeg of laat uit zijn gekomen?

Hoofdstuk IX

De particuliere school herbergde een mannelijke groep waarbij het aanvankelijke privilege van afkomstig zijn uit vermogende families moest worden opgeteld bij dat van solide onderwijs dat in staat was de groep voor te bereiden op het bekleden van een vooraanstaande positie in de volwassen wereld. Dat alles verzacht door een catechismus die op papier bijna het tegenovergestelde predikte. Het is een opmerkelijke eigenschap van het Italiaanse katholicisme dat er een duizend jaar oude traditie ter bescherming van de laatsten wordt gepropageerd, terwijl het zich in werkelijkheid alleen met de mondiale belangen van de eersten bezighoudt. Misschien is het juist door die tegenstelling zo groots en solide. Maar het kan niemand ontgaan, en de eersten wie het niet ontging waren juist wij, de bevoorrechte leerlingen.

Wie als jongen tot de middenklasse behoort is zich daar niet van bewust, ook omdat de privileges die hij geniet of de dingen die hij mist ook weer niet zo opzienbarend zijn; het komt niet eens bij hem op dat hij zou kunnen worden gekwalificeerd als een 'bourgeois jongen': als hij in de spiegel kijkt ziet hij een jongen, niet een 'bourgeois jongen', ook al is hij dat wel degelijk en ziet hij er ook zo uit, zelfs als hij in zijn onderbroek staat is hij een bourgeois jongen in zijn onderbroek, gewichten heffend om armspieren te kweken voor de spiegel in de badkamer van een bourgeois huis, enzovoort. Maar hij ziet zichzelf niet zo, op zijn vijftiende of zestiende heeft hij niet het idee dat het ertoe doet om bij een klasse te horen, en hij denkt sowieso niet aan zichzelf als behorend bij een sociale klasse, hij zal zichzelf hooguit indelen naar de club waarvoor hij supportert, naar de muziek die hij goed vindt of vreselijk, naar hoe hij zich kleedt, naar een politieke neiging die, in het geval van een jongen uit de middenklasse, van extreem rechts naar extreem links kon zwiepen zonder dat daar iets opmerkelijks aan was.

Mensen uit een volksbuurt of een erfgenaam of een aristocratische telg beseffen vrijwel meteen wie ze zijn en waar ze vandaan komen en waar ze heen gaan of dreigen heen te gaan: de markeringspaaltjes die het traject van hun leven aangeven.

De bourgeois jongen daarentegen zal zich op zekere dag, die net zo goed op zijn achttiende kan aanbreken als op zijn dertigste of veertigste, ineens bewust worden van de klasse waartoe hij behoort, en dan wordt het hem plotseling eveneens duidelijk dat zijn kleding, zijn huis, zijn motor of zijn auto, en ook zijn gedachten en verlangens en zijn manier van genieten en lijden en zelfs de vriendin die hij heeft gekozen of die hem heeft gekozen en die inmiddels allang zijn echtgenote had kunnen zijn, dat al die dingen zijn wat ze zijn omdat hij bourgeois is.

Vanaf dat moment zal alles wat hij doet, zelfs het organiseren van een picknick of het ondertekenen van een verzekeringspolis of het zoenen van een vrouw die al dan niet zijn echtgenote had kunnen zijn, doordrongen zijn van dat besef.

Als je op je zesde voor het eerst naar school gaat, en zoals in mijn geval rechtstreeks uit de warme, beschermende beslotenheid van thuis komt zonder dat je in de tussentijd ook maar enige vorm van samenleving met anderen bent aangegaan, loop je het risico dat je een van deze twee houdingen aanneemt: je hebt meteen het idee dat je macht hebt over de anderen, of je voelt dat de anderen macht hebben over jou. Meestal is geen van beiden reëel, of dat is het juist wel, zij het denkbeeldig, zoals het merendeel van de dingen die iemand voelt en dientengevolge doet. Maar heel weinig in ons leven is echt concreet voordat wij het concreet maken door onze fantasieën te verwezenlijken en ze het gewicht te geven dat ze niet hadden. Angsten, verwachtingen en illusies kneden de wereld naar hun beeld en gelijkenis. Het komt zelden voor dat een concrete handeling voortkomt uit een berekening, of het moet een fantasierijke berekening zijn, volgens volkomen irrationele wetten, of het kan ook dat er een onberispelijke logica wordt toegepast, maar dan met verzonnen gegevens. De persoon die het grootste deel van zijn energie spendeert aan berekeningen is dan ook niet de mathematicus, maar de waanzinnige. Of de waanzinnige professor, de perfecte combinatie van de macht van de rede en de waan van de premissen en de doeleinden. Arbus kwam waarschijnlijk overeen met dat archetype.

Vanwege het simpele feit dat we waren ingeschreven bij die school, vanwege het feit dat het een particuliere school was, vanwege het feit dat onze ouders geld betaalden (waarmee ze dus aan ons duidelijk maakten dat we hun wel dankbaar mochten zijn, en aan de rest van de wereld, die onder de indruk is dat zij zich dat kunnen veroorloven) opdat ons dingen geleerd werden die alle andere kinderen in het land gratis onderwezen werden, waarmee dus werd gesuggereerd dat hetgeen wij op het SLM kregen, aangezien het niet gratis werd weggegeven, toch net iets kostbaarder was, net iets specialer, exclusiever, een meer geconcentreerd sap, een eersteklas wijn, een voordeel, een privilege, nou, vanwege dat alles en nog meer voelden wij ons *entitled*. Het is lastig om daar een goed, compact equivalent voor te vinden: gerechtigd, alsof we er aanspraak op konden maken... Ik zal nog eens goed zoeken in de woordenboeken waar ik me elke avond overheen buig.

In werkelijkheid was die *entitlement* van ons er een zonder een duidelijk recht, maar wel overduidelijk, alsof het een embleem was, een merkteken, zo opvallend dat een meisje het bijna tien jaar later kon opmerken, dat onuitwisbare teken: 'Zeg, heb jij bij de paters op school gezeten?' 'Hoe weet jij dat nou?' 'Dat is van je voorhoofd af te lezen.' (Maar dat heb ik geloof ik al verteld, hè?) Kortom, van die kereltjes die een beetje rijk zijn, een beetje arrogant, een beetje bevooroordeeld, een beetje fascistisch, een beetje verwend, een beetje opschepperig of anders juist heel verlegen, die eigenschappen, in lichte mate of juist duidelijk aanwezig, vormden het prototype van de voormalige leerling van een particuliere school, maakten hem direct herkenbaar, en ik beantwoordde daar kennelijk aan.

Eerlijk gezegd heb ik niet de indruk dat er uit die klas, uit die jaargang, veel grote mannen zijn voortgekomen, opmerkelijke, opvallende persoonlijkheden. Ik zou het klassenboek erop na moeten slaan en me beter moeten informeren, maar ik heb niet het idee dat er zulke beroemdheden bij zitten dat ze mijn oren bereiken en onder mijn ogen belanden zonder dat ik het speciaal zou uitzoeken. Best goede mensen hoor, goed in hun werk, wat artsen, wat accountants, een goede, gevestigde schrijver, te weten Marco Lodoli, algemeen bestuurders in de publieke sector... Als ik er zo voor de vuist weg een paar opnoem weet ik dat Galeno De Matteis als softwaredeveloper in Zürich werkt, Giuramento heeft de plaats van zijn vader ingenomen bij de emballagefabriek, Busoni heeft ook de carrière van zijn vader gevolgd en is kno-arts, en naar het schijnt een goede, ik ben dan ook ooit in de verleiding geweest om bij hem langs te gaan met mijn zoon die problemen heeft met zijn stembanden, waardoor zijn stem lager klinkt, maar uiteindelijk heb ik het er toch bij laten zitten, ik had geen zin om na veertig jaar de banden aan te halen alleen om een gratis consult los te peuteren. En verder vast en zeker eerlijke ingenieurs en competente advocaten... Maar goed... hadden wij niet de nieuwe leidende klasse moeten worden, was dat niet de reden waarom onze ouders dat schoolgeld betaalden? Of was dat alleen om ons te vrijwaren van dat gedoe van stakingen en demonstraties, ver van meisjes en drugs, om ons godsdienstonderwijs te geven, zodat we goede jongens zouden worden, was dat de reden dat ze ons daarheen hadden gestuurd? Of om te leren leidinggeven? Om anderen te helpen, vooral de armen en zwakken, of om de vereiste stand te verwerven om ze onder de duim te houden, om degenen die, zoals in de film *Metropolis*, door de gangen van de ondergrondse wereld marcheren te verpletteren onder de putdeksels?

Maar misschien was het onderwijs dat het SLM verschafte niet bedoeld om opzichtig te schitteren en boven het maaiveld uit te steken, ter voorbereiding op het doen van opzienbarende ontdekkingen of het verrichten van gedenkwaardige daden: dat soort dingen kan geen enkele vorm van onderwijs incalculeren, die zijn enkel te danken aan een specifiek instinct; een instinct waarvan elke moderne onderwijzer, vooral een katholieke, zich genoodzaakt zou voelen het af te buigen en te onderdrukken indien het bij een schooljongetje voortijdig zou worden herkend als aanwezig en in ontwikkeling, in plaats van het aan te moedigen. Waarom? Omdat dat instinct tot het verwezenlijken van buitengewone dingen nu eenmaal botst met elke regel en vorm van controle, waardoor er dus conflicten ontstaan met de autoriteit en leeftijdgenootjes. En ook al kon het verzet tegen de autoriteit worden opgelost middels klassieke methodes die de paters heel goed kenden en al van oudsher toepasten, aangezien ze die aan den lijve hadden ondervonden en beproefd op hun voorbereidende scholen, seminaries, enzovoort, het conflict met en de verwijdering van leeftijdgenootjes kan niet getolereerd worden binnen het moderne onderwijs, want dat bekijkt uitblinken met argusogen en stelt het gelijk aan overweldigen. Het onderwijs moet gericht zijn op middelmaat, op het vergaren van collectieve resultaten, wee degene die te laag zit vergeleken bij dat gemiddelde doel, maar vooral wee degene die onwillekeurig, gedreven door zijn talenten, naar boven uitsteekt! Een individu in conflict met zijn gelijken wordt, omdat ze niet gelijk genoeg zijn, ingetoomd of gemarginaliseerd. Bestaat er een manier om uit te blinken die niet met een conflict gepaard gaat? Individuen die uitzonderlijke resultaten behalen zijn degenen die als winnaars uit het conflict tevoorschijn zijn gekomen, en dat is logisch, maar vaker nog zijn het juist degenen die er verslagen uit tevoorschijn zijn gekomen. Vaak is het namelijk de nederlaag op het ene vlak die de kans schept voor een revanche op een ander, hoger vlak. Welnu, datzelfde onderwijs van de paters dat de enkeling verbood zich boven de anderen te verheffen, wist hem eveneens op christelijke wijze te behoeden wanneer hij dreigde aan de onderkant de diepte in te zakken. Er restte dus niets anders dan in de middenmoot te blijven dobberen: ietsje erboven of ietsje eronder. Katholiek of niet katholiek, het Italiaanse onderwijs van tegenwoordig is grotendeels daarop gericht. Zodra je de mechanismen daarvan verlaat, die in elk geval op papier egalitair zijn, stort je in de afgronden van de wereld.

Over de meritocratie gesproken: als die bestond zou het een meedogenloos systeem zijn, even rechtvaardig als onliberaal, of even liberaal als onrechtvaardig.

Rijkdom... welvaart... ja.

In die tijd bestond het vermogen van een vermogende jongen uit een schap vol platen, een fotocamera. Een Vespa. En verder... Ik kan niks meer bedenken. Een stereoplatenspeler.

Hoofdstuk x

Wat nu volgt zijn observaties die ik heb genoteerd tijdens het lezen van oude, officiële documenten over de Katholieke School in Italië en in de rest van de wereld, over wat de kenmerken en roeping daarvan zijn. De lezer die dit interessant vindt kan zich erin verdiepen. Zo niet, dan kunt u gerust een paar bladzijden overslaan.

Reeds in die tijd was de grote vijand het relativisme, dat wil zeggen de houding die alle waarden reduceert tot de context waarin ze worden geuit; volgens welke er dus geen absolute waarden bestaan, maar alleen discussies rondom waarden, periodes van waarden, waarden die onderhevig zijn aan voortdurende revisie en worden gedegradeerd tot enkel standpunten, meningen, conventies.

De Katholieke School had dus de missie om het relativisme te bestrijden met absolute zekerheden, eeuwige waarden waarover niet viel te discussiëren.

'De Katholieke School is erop gericht de christen te vormen en in staat te stellen mee te werken aan de opbouw van het rijk Gods', en het is een duidelijke plicht van de gelovigen 'hun kinderen toe te vertrouwen aan scholen die voorzien in katholiek onderwijs'.

De Katholieke School heeft in Italië een eigen onmiskenbare identiteit en een historische roeping, en verbreidt een beeld van de mens dat zowel vrucht van de rede is als geschenk van de openbaring. Dientengevolge moet het een autonome en authentieke school zijn, maar tegelijkertijd de eenheid van geloof en cultuur, van geloof en leven tot stand brengen. Het is niet gemakkelijk om te begrijpen hoe deze eenheid er precies uitziet, tenzij het gaat om een eenvoudige optelsom. De Katholieke School (vanaf nu aangeduid met KS) is ofwel gelijk aan de Openbare School (vanaf nu OS) – maar wat zou dan het nut ervan zijn? – ofwel ze is anders. Anders in wat? Zie boven. De school is dus hetzelfde *en toch* anders. Maar is er dan iets bijzonders, iets specifieks aan de vakken in het lesprogramma van een katholieke school? Bestaat er zoiets als katholiek tekenonderwijs, een katholieke scheikundeles? Natuurlijk niet. Dus het anders-zijn schuilt alleen maar in de buitenschoolse activiteiten zoals de mis bijwonen of de rozenkrans bidden of op spirituele retraite gaan? Dan zou de KS dus eigenlijk niets anders zijn dan een OS, alleen met bidden erbij?

De paters wisten dat allemaal heel goed, en liepen al vooruit op mogelijke bezwaren, waarbij ze altijd het evenwicht tussen geloof en rede in stand hielden, altijd balancerend op dat dunne koord van de paradox. Aan de ene kant werd geëist dat de KS trouw was en bleef aan het evangelie (en God weet hoe moeilijk dat is, enerzijds omdat de evangelische voorschriften zo onnatuurlijk zijn, te beginnen met dat 'de andere wang toekeren', dat ze bijna een provocerende, sofistische bedoeling laten doorschemeren van de Christus die deze predikte terwijl hij wist dat ze ondoenlijk waren, en anderzijds omdat het niet gemakkelijk is uit de algemene principes ervan te destilleren wat nu de specifieke regels zijn die je moet volgen en toepassen: weten we bijvoorbeeld zeker dat het gebod 'heb je naaste lief zoals jezelf' daadwerkelijk positief en bindend is, dat wil zeggen, weten we zeker dat alle individuen zo verliefd zijn op zichzelf dat ze de anderen in gelijke mate liefhebben? Loopt die vergelijking niet het risico dat ze als aanmoediging dient voor mensen die zichzelf juist haten, zichzelf verachten – en ik vrees dat er daar heel wat van zijn – om anderen te bejegenen met dezelfde verachting als ze voor zichzelf koesteren? Waarom zou iemand die niets om zijn eigen leven geeft dat van anderen in vredesnaam eerbiedigen?)

Aan de andere kant, wanneer het evangelie eenmaal als eerste vereiste is gesteld, wordt er gezegd dat de KS om in alle opzichten een vergelijkbare school te zijn als de andere, en in staat om degenen die ernaartoe gaan dezelfde diploma's te laten behalen als je op een OS kunt halen, de 'strengheid waarmee cultureel onderzoek wordt verricht en de basis voor wetenschappelijk denken wordt gelegd' in acht moet nemen, en 'de legitieme autonomie van de onderzoekswetten en -methodes van de verschillende vakken' moet erkennen.

De KS biedt haar diensten aan 'aan zowel jongeren en gezinnen die een duidelijke geloofskeuze hebben gemaakt, als aan personen die verklaren welwillend te staan tegenover de evangelische boodschap'.

Laten we dan als voorbeeld mijn ouders nemen, en voorbijgaan aan het kind dat op zijn zesde nog niet kan zeggen in hoeverre hij welwillend staat ten opzichte van de evangelische boodschap. Laten we als voorbeeld mijn ouders nemen: het is uitgesloten dat zij een 'duidelijke geloofskeuze' hadden gemaakt. Aangezien ze nooit een kerk vanbinnen hebben gezien behalve bij bruiloften en begrafenissen en niet eens op hun sterfbed om de troost van religieuze bijstand hebben gevraagd, kunnen we van hen alleen maar denken dat ze, daar zij redelijke en volgens mij intrinsiek goede mensen waren, hoe dan ook behoorden tot de categorie die de uitgangspunten van de evangelische boodschap niet afwijst, en zich inderdaad de facto bereid toont om die te volgen: alsof die principes al bij voorbaat in de menselijke geest aanwezig zijn, los van het geloof.

Dat is het grote onopgeloste probleem van goede, maar niet religieuze mensen. Is het dan wel mogelijk om goed te zijn zonder dat je gelooft? Zo niet, dan is iemand die niet in God gelooft dus sowieso slecht. En is het wél mogelijk, wat maakt het dan uit of je al dan niet gelooft?

Uit die impasse heb ik nooit weten te ontsnappen. Misschien is het een slecht geformuleerde vraagstelling, maar houdt dat dan in dat het niet het belangrijkste is dat je een goed mens bent? Wat willen ze dan nog meer van een mens? Hebben ze liever een goed mens zonder geloof, of een slechterik die vurig gelooft? Sommige priesters zullen nu haastig zeggen dat die laatste combinatie onmogelijk is, je kunt niet vurig in God geloven terwijl je kwaadaardig bent, dat zijn twee onverenigbare elementen. Dus een van de twee moet wel fout zijn: wie beweert dat hij in God gelooft en toch boosaardige dingen doet, moet wel *liegen*. Daar zou ik niet zo zeker van zijn, sterker nog, ik zou verschillende voorbeelden kunnen aandragen van mensen die ik ken die diep religieus zijn, maar ook overwegend slecht, soms zelfs héél slecht.

De KS is er bovendien op gericht een harmonische gemeenschap te vormen onder haar leden: leerlingen, docenten, ouders, die voortdurend de gelegenheid moeten krijgen om samen te komen. De samenkomst is een van de mythes van het moderne katholicisme, een van de sleutelwoorden, samen met 'ontwikkeling', 'groei', 'luisteren naar elkaar', en natuurlijk 'dialoog'.

Al in de tijd dat ik er zat beklaagde de KS zich erover dat ze geen staatsgelden ontving, 'met als gevolg dat we overkomen als een geprivilegieerde plek, enkel toegankelijk voor hen die in staat zijn zichzelf speciale, dure onderwijsvormen te verschaffen', en zo was het ook precies: de KS was voor de mensen met geld, met wat geld, niet noodzakelijkerwijs rijk, maar zeker niet arm.

(Tussen twee haakjes: de maatschappij was wel onrechtvaardiger, maar het was ook gemakkelijker om boeken te schrijven in de tijd dat men zonder nadere precisering termen als 'rijk' en 'arm' kon gebruiken.)

En toch... Ik weet niet waarom, maar ons morele besef werd door het onderwijs van de paters niet versterkt, maar juist ontaard, verzwakt, afgeleid; het werd gelardeerd met tegenstrijdige menselijke voorbeelden, waardoor het allerhoogste, rauwe voorbeeld van het evangelische woord niet in verhouding leek met degenen die ons dat woord van 's ochtends tot 's avonds opdienden; en dat zou niet zo erg zijn geweest wanneer met het verkleinen van die monden de boodschap juist groter was geworden.

Uiteindelijk gaat het hier dus om één enkele les, die elke dag weer exact hetzelfde werd herhaald: 'Hoe dient een jongen zich te gedragen?' Hij dient zich zus en zo te gedragen. Al waren de leraren dood, dan nog zouden hun gemummificeerde lippen blijven herhalen: 'Zus en zo, zus en zo...'

Wat hun meer dan wat ook zorgen baarde, was de gedachte dat wij ons misschien rare ideeën in het hoofd zouden halen; daarom voorzagen ze ons overvloedig van de hunne, die precies redelijk en overtuigend genoeg waren, en ervoor zorgden dat er geen lege ruimtes overbleven in ons geweten, waar dan wellicht iets ongebruikelijks de kop op zou kunnen steken. Een behoorlijk gebrek aan originaliteit werd destijds beschouwd als een kenmerkende eigenschap voor de fatsoenlijke mensen waarvan de paters wilden dat wij die werden, aangezien dat nu eenmaal hun onderwijskundige missie was en de reden waarom onze ouders ons aan hen hadden toevertrouwd. Maar het valt niet mee om de verbeelding van een jongen aan banden te leggen. Ik snap die paters maar al te goed! Hun dialectiek bestond erin vooruit te lopen op de vreemdste situaties, en daarbij vormde het christendom voor hen een formidabel, veelzijdig wapen, aangezien dat vrijwel alle mogelijke gedragingen beschouwt en overal een antwoord op heeft: instandhouding en revolutie, zoet en bitter, mild en angstaanjagend, jong en oud, pijn en geluk en hoop en dood. Een doctrine die volgzaam en kneedbaar is als geen andere. Voor elke onrust en ambitie, in elke hachelijke situatie, verschafte Christus een oplossing. Het was alsof hij zich voortdurend incarneerde, in vele vormen, waarbij hij nu eens de gedaante aannam van de goede zoon, dan weer van de rebel en revolutionair, nu eens in staat om de zwakken te redden, dan weer zelf een zwakke die gered moest worden, hij was afwisselend rechts of links of van het centrum, arm zoals hij wordt voorgesteld in het evangelie maar ook bereid om de rijken te verdedigen wanneer die worden bedreigd door het geweld van de armen. De paters gebruikten hem als een encyclopedie of een superheld, in staat om iedereen te redden uit alle ellende of twijfels, ze hanteerden hem als een machtig racket dat de bal altijd weer kon terugslaan over het net. Er was geen hoekje waar hij niet op af kon duiken om een lastige situatie op te lossen en deze met een wonderbaarlijke slag om te draaien. Het enige onderwerp, het enige terrein dat de paters echt niet konden bestrijken met hun flexibele verklarende en overtuigende vermogen, met hun verzoenende methode om moeilijkheden af te vlakken, was misschien seks. Daar is weinig rationeels aan, de opvoeding heeft er nauwelijks grip op, en hoezeer de tijden ook veranderd waren, het was nog steeds een taboe dat werd benaderd met onbegrijpelijke allegorieën zoals die van 'het verheven mysterie van het leven'. Het is geen toeval dat enkele van onze schoolgenoten juist via de seks, via dat onbewaakt gebleven hoekje, zijn ontglipt, waarna ze vervolgens zo jammerlijk in het nieuws zijn gekomen.

Het was onvermijdelijk: hoezeer je het dagschema van een jongen ook volpropt met activiteiten en vakken en oefeningen, en alle hokjes van acht uur 's ochtends tot acht uur 's avonds inkleurt, er blijven altijd te veel leegtes over, te veel witte plekken die je misschien met het blote oog niet eens ziet. En daarbij, het lijkt vreemd om het te zeggen: hoewel het onderwijs aan het SLM echt serieus en stevig was, en de leraren elkaar stipt op tijd afwisselden in de klaslokalen, en de mogelijkheid niet eens werd overwogen van wat op de OS (en tegenwoordig des te meer, door de zware bezuinigingen op personeel) wordt aangeduid als 'uitval', wanneer de vaste leraar ziek is en er geen vervanger is, welnu, toch had ik het idee dat wij leerlingen van het SLM, en met ons misschien wel alle andere leerlingen van alle andere scholen in Italië en de rest van de wereld, waren gedoemd tot lange periodes van verveling. Veroordeeld tot verveling terwijl we gevangen zaten in onze schoolbanken, tegen de muur geleund op de houten banken in de kleedkamer hingen, languit op onze eenpersoonsbedden lagen, pratend over onzin of broedend op de stellingen van de wiskunde en de wetenschappen of de precieze formules van de godsdienst of de lijst van de grote Franse auteurs en de saillante details van het leven van Jean-Baptiste Poquelin, *dit* Molière, beëindigd met een spectaculaire dood op het podium, was er altijd een onthutsende toestand van afwachting.

Ja, van afwachting...

In woord en daad weigerden de paters van het SLM het autoritaire systeem dat tot voor enkele jaren had geheerst op elke school, in elk gezin en op iedere werkplek, en dat dus zeker niet voorbehouden was geweest aan de paters; integendeel, misschien was het zo dat juist bij de paters het principe van autoriteit (dat er in bepaalde omstandigheden, en de hoge kosten voor lief nemend, in elk geval wel voor zorgt dat een gezin, een fabriek, een natie, een leger, een orkest, een elftal of een school op rolletjes loopt, geen gezeik, wie de leiding heeft geeft leiding en wie moet gehoorzamen gehoorzaamt, punt uit), misschien was het zo dat juist bij de paters dat van oudsher bepaalde en door de eeuwen heen beproefde principe een vruchtbare voedingsbodem vond om te worden herzien, gematigd, bekritiseerd of zelfs afgeschaft, puttend uit de overvloedige voorraad maximes en concrete handelingen en voorbeelden verschaft door de revolutionaire grondlegger Jezus: die had immers elke autoriteit in twijfel getrokken behalve die van de Vader die in de hemel is (en in zekere zin zelfs die...)

De krachtige, maar onbuigzame en juist daarom barsten vertonende autoritaire controle hadden de paters van het SLM vervangen door een praktischer, flexibeler en meer bijdetijds, mild paternalisme. De legitimering van degenen die leidinggeven met behulp van het paternalisme zou moeten volgen uit het feit dat mensen zich ernaar voegen, zich eraan overgeven en het gehoorzamen zonder enige dwang, bijna graag zelfs. De redelijkheid van degene die leidinggeeft zou zich in theorie moeten uitstrekken over degene die wordt geleid. Men veronderstelt dat een zachte, verstandige macht gemakkelijker wordt geaccepteerd door degene die eraan wordt onderworpen.

Nou, dat is niet zo.

Integendeel, terwijl voor een hardhandig opgelegde autoriteit geldt dat je haar ofwel gehoorzaamt ofwel ertegenin gaat, want alternatieven zijn er niet, bestaan er een heleboel manieren om je te verzetten tegen het wijze paternalisme terwijl je doet alsof je het accepteert. En dat waren de manieren die wij gebruikten.

Daar konden ze niet bij. Dat begrepen ze niet. Ze begrepen niet dat wij over onze nek gingen van hun vrijblijvende voorschriften, bedacht om te zorgen dat wij ons gedroegen. Natuurlijk, we profiteerden ervan, we profiteerden ervan en meer niet, maar we verachtten ze ook en we toonden die verachting bijna als een open uitdaging, en die zagen zij heel duidelijk, maar ze moesten wel doen alsof ze haar niet zagen. Tot aan de laatste druppel zogen we de ambiguïteit uit onze toegeeflijke opvoeding. Die honing, geperst uit de moderne doctrines en vermengd met de traditionele goedheid. We verachtten iedereen die probeerde of beweerde ons te 'begrijpen'. Degenen onder ons die misdaden hebben gepleegd, zijn daar volgens mij toe gekomen om te kijken hoe ver ze zouden kunnen gaan terwijl ze nog steeds werden 'begrepen'.

In begrip zakt een mes even diep weg als in boter.

Aangezien wijzelf het product waren van die progressieve bullshit over het onderwijs, wisten we heel goed hoe we die moesten onderuithalen, of beter gezegd, wijzelf waren de onderuithaling: het bewijs dat het averechts werkte. De eerste generatie die een vrijwel ongelimiteerde vrijheid heeft genoten, heeft daar het slechtst mogelijke gebruik van gemaakt, wat trouwens ook het enige mogelijke gebruik is, het meest veelzeggende, want uitzonderlijk, extreem. Pure vrijheid kan alleen daarin bestaan. En juist die puurheid is het beangstigende ervan.

De leegte. Het gevaar wanneer de schooltijd voorbij is. Groot, enorm gevaar, een afgrond. Na het eindexamen, op het moment dat er plotseling een eind komt aan de dagelijkse bezigheden, de wekker 's ochtends verplicht om zeven uur, enzovoort, elke dag, het hele jaar door... Iets wat al zo is sinds je klein was en dan ineens stopt. De instorting van een structuur, het schoolregime, een levensregime. De dagelijkse monotonie daarvan helpt een jongen om de verschillende onderdelen van zichzelf met elkaar te verbinden en bijeen te houden, en juist de wrevel veroorzaakt door de dingen die hij met tegenzin doet fungeert als lijm, geeft een kader, een vorm aan de persoon. De frustratie of wrok jegens de leraren, de discipline als tralies waar je je hoofd tegenaan stoot of met je rug langs wrijft, die helpen juist om je bewust te worden van je hoofd, van je rug. De verschillende onderdelen waaruit een jongen is opgebouwd zoeken de grens waarbinnen ze vastzitten, en, ook al blijven ze zich er aan één stuk door over beklagen, ze zijn die barrière dankbaar, die verhindert dat ze uiteenvallen en zoekraken, als de pagina's van een manuscript die wegwaaien op een windvlaag. De onontkoombare plicht van de school overwint zelfs degene die deze plicht haat; zijn haat versterkt hem juist. Een ononderbroken reeks tirannieke onbenulligheden houdt degene die ze ondergaat wakker.

Maar voordat er een eind aan komt is er elk jaar weer die lange, ellenlange, bijna eindeloze zomervakantie! Die duurde zo lang dat we alles vergaten. Wie de overgangstoets voor een bepaald vak niet gehaald had en die na de vakantie moest overdoen, zou in september nog slechter voorbereid voor de inhaaltoets verschijnen dan hij in juni was geweest.

Wat nou inhalen! Het was juist een teruggang.

Sommige mensen beweerden dat zo'n lange vakantie schadelijk was voor de jeugd, anderen daarentegen waren ervan overtuigd dat we die absoluut nodig hadden, om 'de batterij op te laden'. Ik weet alleen maar dat het een genot was. Absoluut het grootste genot van het leven: het enige verlangen dat altijd, honderd procent zeker, werd gerealiseerd, de zomer kwam, zeker weten, je hoefde alleen maar te wachten en dan zou de vakantie aanbreken, de school stopte, die ging dicht, daar kon je op rekenen, je kon er iets om verwedden dat die zo felbegeerde gebeurtenis bewaarheid zou worden. Wanneer? Op zes, acht, negen juni. Op z'n laatst de twaalfde. Je moest gewoon geduld hebben.

Maar het waren niet alleen de dingen die je tijdens het schooljaar geleerd had die je vergat, je vergat het bestaan van de school op zich. Dat werd uitgevaagd door een pauze van drie, bijna vier maanden. Juni, juli, augustus, september: elk van die maanden had een eigen specifieke kleur en geluid, ja, ze zinderden elk op hun onmiskenbare manier.

Juni: geel – verbijstering – stad die zich uitbreidt – ultramarijne hitte.

Juli: volheid – rood – gezoem – ontdekking.

Augustus: verschroeid – wit – stof en leegte.

September: weemoed – gedachte – onbekende stad – hart dat klopt in je keel.

Als je terugkwam van de vakantie was de stad nieuw, het huis was nieuw, de meubels waren nooit eerder gezien. Terugkomen op je kamer en er weer bezit van nemen, op het bed duiken, alles weer van voren af aan...

Twee tegengestelde gevoelens, het eerste dankzij je terugkeer en je koortsachtige verlangen om je vrienden weer te zien en een nieuw leven te beginnen, het tweede veroorzaakt door het naderende einde van de vakantie en al meteen door de melancholie om wel en niet beleefde zomeravonturen, deden de laatste dagen voordat de school weer zou beginnen kolken: opwinding en droefheid, die normaal gesproken op verschillende momenten de kop opsteken, groeiden beide tot ze pieken bereikten van een onthutsende intensiteit, en vermengden zich tot één sentiment dat, zoals bepaalde seizoensgroenten op de markt, een paar weken aanwezig was en vervolgens voor de rest van het jaar verdween. Zulke bijzondere gevoelens worden alleen in september ervaren; een mens kan zich op elk moment blij of ontevreden of kwaad of bevreesd of jaloers voelen, en dan gedurende zijn hele leven ook nog eens in verschillende gradaties en nuances, maar het gevoel dat een jongen bij de keel grijpt in de maand september is ongeëvenaard.

Maar toen ik klein was, ach, wat ging ik toen graag naar school! Ontroostbaar als ik ziek thuis moest blijven. En het was een ondraaglijk idee om na afloop van de lessen naar huis te moeten. Mij overkwam exact het tegenovergestelde van de leerling Törless; bij hem gebeurde het wanneer hij weg was van huis, en bij mij wanneer ik weg was van school, het SLM dus: dan zakte er een vochtige sluier van weemoed over de ogen en het hart, soms had ik zelfs moeite mijn snikken in te houden. Wanneer ik bij het vallen van de avond in mijn eentje thuis aan het aanrecht een tussendoortje stond te eten, en de sneetjes toast in de melk doopte, toekijkend hoe de doorweekte helft afbrak en onderging in de mok, had ik het gevoel dat ik de laatste mens op aarde was, echt waar, ik moest mijn best doen om mijn tranen te bedwingen. In werkelijkheid was ik helemaal niet alleen, er waren ook nog mijn broer, aardig en gezellig, en mijn kleine zusje, en de huishoudster, en aan de andere kant van het huis, in haar kamer, op haar bed lezend of telefonerend of theedrinkend, mijn moeder. Op mijn kamer had ik genoeg speelgoed en boeken en tijdschriften en platen om de paar uur voor het eten door te kunnen komen. Toch voelde ik me evengoed levenloos en doelloos. Want ik miste mijn vriendjes. En de gymzaal, het schoolplein, de kapel, de paters.

Hoofdstuk XI

De rector van het SLM had een donkere bril, maar dan met van die half doorschijnende glazen, zoals ik alleen maar heb gezien bij bepaalde prelaten, plaatselijke notabelen en oogpatiënten. Je kunt wel de blik in de ogen zien, maar die is ondoorgrondelijk dankzij die glazen. Wie door zo'n bril kijkt verbergt zichzelf niet helemaal, integendeel, hij verbergt zich helemaal niet, maar hij onthult van zichzelf alleen dat stukje wat de moeite waard is om te onthullen, dat wil zeggen, zijn macht: die zinspeelt op een precieze handeling zonder zich ooit te tonen, zonder zich ooit te transformeren tot een concreet beeld. Zelfs de meest onbetwistbare, soevereine handeling zou de reikwijdte van zijn macht beperken. En hoe magnetiserend een blik ook kan zijn, je raakt des te meer onder de indruk van het feit dat je niet weet waar die op gericht is en wat die uitdrukt: of hij ons in de gaten houdt of niet eens opmerkt, of hij ons goedkeurt of minacht.

Onze rector oefende zijn bevoegdheden nooit uit: hij gaf nooit straf, hij schorste niemand, hij deed letterlijk weinig of niets; maar hij vond het belangrijk om over te komen alsof hij altijd op het punt stond het te doen, altijd klaar, altijd op het randje om ingrijpende beslissingen te nemen waarvan de gevolgen voor ons niet te overzien zouden zijn. Als er precedenten waren geweest van strafmaatregelen, wat dan ook, of voor welke overtreding ook, dan hadden wij ons op de een of andere manier een voorstelling kunnen maken van wat er kon gebeuren als we die begingen, door die af te meten aan overtredingen uit het verleden. Maar voor zover ik me kan herinneren was er nooit iets gebeurd wat meer verdiende dan zijn sarcastische, minachtende verwijten, en in wezen leken zelfs die niet te zijn opgeroepen door de specifieke tekortkoming van een van de leerlingen, maar waren ze gericht op ons allemaal als een amorfe, onomlijnde massa.

Of misschien ook niet, misschien was er wel al eens iets vreselijks gebeurd dat was ingedamd of onderdrukt zonder dat het ooit aan het licht was gekomen. Maar daar wisten wij niets van.

Daaruit bestond het zowel dreigende als licht bespottelijke aura dat om de rector heen hing. We waren bang voor hem, dat moet ik wel toegeven, ook omdat we allemaal tamelijk laf waren, en als iemand zich toevallig echt verzette deed hij dat meestal uit pure domheid en was hij vrijwel nooit in staat de consequenties van zijn keuzes lang vol te houden, die dan ook werden gereduceerd tot enkel malligheden en vervielen in de categorie gekke streken bij een katholieke jeugdclub of in de kleedkamer na de gym, waarbij de jongens alle schaamte verliezen en zich vervolgens dood schamen. Het zijn uitlaatkleppen waarbij helemaal niets eruit wordt gelaten.

We prikten het beest en renden er vervolgens halsoverkop vandoor.

Maar goed, wij waren dus bang voor de rector, heel bang, maar het was geen serieuze angst en dus was het eigenlijk geen angst, het was geen echte angst. We wisten dat hij ons uiteindelijk toch niets kon doen. Hij beroerde niet echt de duistere bodem van onze angst.

En weet u waarom niet? Omdat wij, wat er ook gebeurde, *nog altijd degenen waren die hem betaalden.*

Feit is dat we nooit echt bang kunnen zijn voor iemand voor wiens levensonderhoud wij zelf garant staan, *uit onze eigen zak*. Dat is eerder een economische dan een emotieve wet, of misschien is het een wet van emotieve economie. De angst die de rector ons inboezemde was een conventioneel, theatraal effect van de rollen die we op school vervulden, beslist sterker dan het effect dat de afzonderlijke leraren uitstraalden, maar niet genoeg om ons gebrek aan respect aan banden te leggen, waar onze houding aan alle kanten van overliep zodra de paniek die zijn plotselinge verschijning opriep was gezakt. Ja, de enige reden dat we de rector niet onheus bejegenden was dat we al onze fantasie en energie al hadden opgebruikt aan het bespotten van de leraren die duidelijk de zwakste waren: de godsdienstleraar, die arme Mister Golgota, de leraar kunstgeschiedenis, de leraar Frans, de muziekleraar, allemaal mensen die de klas binnenkwamen in het besef dat ze geen reet voorstelden. Het is gewoon zo, een soevereine macht kan niet afhankelijk zijn van de onderdanen waarover hij wordt uitgeoefend, daarom is ook in een democratie de echte, werkelijke macht ofwel niet volledig democratisch, of is het geen macht. Daar hoeven we verder geen woord aan vuil te maken, het moge duidelijk zijn. Als die macht dan ook nog gebaseerd is op een afhankelijkheid van financiële aard... exact, bindend... zoals alleen door geld kan worden gegenereerd... Dan is het bekeken. Niet liefde, niet geweld, niet cultuur: alleen geld onderwerpt de ene mens aan de andere, ongeacht zijn ideeën of zijn daden. Het zullen wel sporen van het marxisme zijn, die uit het recente verleden over me heen zijn gekomen, waardoor ik dit nu zo stellig beweer, wie zal het zeggen. Of de band van het geld nu overduidelijk is of onzichtbaar blijft, als de leiband geweven om de monsterlijke wolf, Loki's zoon, te vangen, het is hoe dan ook onmogelijk hem los te rukken of door te snijden.

Dus: zou een kapitein wiens loon wordt betaald door zijn eigen bemanning ooit kunnen bevelen dat de ongehoorzame of lanterfantende scheepsjongen moet worden gekielhaald? En jullie, orkestleden, zouden jullie zonder een krimp het gefoeter over je heen laten komen van een dirigent die zijn maandsalaris krijgt overgemaakt door jullie eigen gezinnen? Wat was het schoolgeld dat onze ouders betaalden anders dan een prestatieverplichting, en tegelijkertijd een garantie van straffeloosheid?

Ik besef nu des te duidelijker dat we inderdaad wel bang waren voor de rector, we onttrokken ons aan zijn blik... Maar degene die aan de halsband liep was hij, niet wij.

Hoe dan ook, zijn bedaarde, spottende manier van praten maakte hem extra irritant voor ons, aangezien hij onze zeldzame blijken van ongehoorzaamheid reduceerde tot zo'n laag, ridicuul niveau dat er niets overbleef van onze lol dat we ze hadden begaan. Hij nam ons nooit serieus, daar kwam het op neer. Hij sprak ons nooit rechtstreeks toe, dat verdienden we niet. Beschermd door zijn brillenglazen leek zijn blik altijd gericht te zijn op een handbreedte boven ons hoofd, alsof hij ons zijn teleurstelling, ongeduld en bijna afkeer wilde meedelen over het feit dat we niet genoeg gegroeid waren. Dwergen waren we, niet alleen in fysiek, maar ook in moreel en intellectueel opzicht. Wat kan er voor conflict bestaan met iemand die weigert jou als een individu te beschouwen? Voor de rector waren wij een bemanning, een massa, een massa sukkels, sukkels en meer niet, maar zulke sukkels die maar net voldoen aan de minimumeisen om een persoon te vormen, dat het niet de moeite waard was om ook maar een druppel werkelijke woede aan ons te verspillen. Laat staan respect. Wij waren licht schadelijke microben, genummerde posities in het klassenboek, bijnamen, larven. Terwijl ik mezelf normaal beschouwde als tamelijk onafhankelijk en trots, voelde ik me in zijn bijzijn een eikeltje zonder persoonlijkheid. Hij had genoeg aan die donkere bril en een paar korte zinnetjes waarmee hij zijn algemene praatjes doorspekte, waarin hij het nooit op iemand in het bijzonder gemunt had, misschien om ons duidelijk te maken dat we hoe dan ook altijd allemáál schuldig waren, ook wanneer we niets hadden gedaan, om juist dat nietsdoen te veranderen in een overtreding. Maar dan wel een kleine, onschuldige. Op een gegeven moment tijdens zijn preek stopte hij, zweeg, draaide zijn hoofd langzaam naar een hoek van de klas van waar een licht geroezemoes had geklonken, wees een leerling aan die niets in het bijzonders aan het doen was en deelde hem mee: 'Hé, jij daar... ja jij... *niet zo'n grote mond*.'

De klasgenoot werd bevangen door twijfel, aangezien de rector niets anders had gebruikt dan zijn onzichtbare blik om hem aan te wijzen; zijn handen zaten nog gekruist voor zijn dikke buik, in die zo priesterlijke houding die koste wat kost kalmte en welwillendheid wil uitstralen, of anders met zijn duimen gehaakt achter het koord waarmee zijn habijt om zijn middel gebonden zat, en vaak waren er juist vanwege die bewuste onduidelijkheid rondom de beschuldigde nog twee of drie andere leerlingen die een ongelovige grimas trokken alsof ze wilden zeggen: 'Ik? Hebt u het tegen mij? Wat heb ik ermee te maken?'

Maar iedereen wist heel goed tot wie hij zich richtte.

'Ja, jij daar, jou bedoel ik... *niet zo'n grote mond*.'

Soms voegde hij er na een korte stilte aan toe: '...Is dat duidelijk, *knapperd*? Goed.'

Net als Shylock in *De koopman van Venetië* zei onze rector namelijk 'goed' aan het eind van elke zin. Wat voor voorstel ook werd geopperd, of tegenwerping werd aangedragen of wat voor verzoek hem werd gedaan, zijn antwoord, of het nu positief of negatief was, eindigde altijd met een 'goed'.

KLASSENVERTEGENWOORDIGER: 'Rector, mogen we een uur eerder naar huis vandaag? We hebben vandaag niet Mister Golg... ik bedoel, de godsdienstleraar... Zijn moeder ligt in het ziekenhuis.'
RECTOR: 'Daar ben ik van op de hoogte. Nee, helaas, jullie kunnen niet een uur eerder naar huis, ik zal zorgen dat jullie een vervanger krijgen. Goed.'

IMPERO BAJ (*conciërge*): 'De wc op de tweede verdieping is overgelope, wat motte we doen?'
RECTOR: 'Zegt u maar tegen de bètaleerlingen dat zij gebruik moeten maken van de wc op de eerste verdieping, terwijl die van het gymnasium naar de derde verdieping kunnen gaan. Alles duidelijk, Baj? Goed.'
IMPERO BAJ: 'Het zou wel een idee kunne zijn om de loodgieter te belle...'
RECTOR: 'Ik heb de telefoon al in mijn hand, ziet u? Ik heb het nummer al gedraaid. Komt goed.'

RECTOR: 'Nou?'
BERISPTE LEERLING: 'Ik zal het niet meer doen.'
RECTOR: 'Beloofd?'
BERISPTE LEERLING: 'Beloofd.'
RECTOR: 'Goed.'

Het was niet zomaar een tic, maar iets veel ernstigers. Het goede moest en zou de onvermijdelijke afronding van elke kwestie zijn, ook van kwesties die op het eerste oog netelig waren, of pijnlijk.

Laat ik dat toelichten met een voorbeeld, misschien zullen de lezers dan begrijpen, als ze inderdaad welwillend zijn, waarom het zo lastig voor me is om me anders uit te drukken, des te meer daar dat voorbeeld geen uitweiding zal behelzen, maar een directe en rechtstreekse voortzetting van het verhaal.

Welnu, op een dag ziet de rector zich geconfronteerd met een nieuw probleem, en dat biedt hij op zijn manier het hoofd. Een stuk of drie, vier oudere jongens hadden een klasgenoot van ons, Marco Lodoli, tijdens de pauze in een hoek gedreven. Doordat er op dat moment minstens honderd jongens liepen te rennen en te schreeuwen over het plein had niemand gemerkt dat Marco te grazen was genomen. Wat de reden van die boosaardige aandacht was? Het feit dat Marco, behalve dat hij slungelig en bebrild was, ook nog eens lang haar had: een asblond aureool van krulhaar rondom zijn intelligente, altijd wat brutale gezicht. Daarom hadden die jongens uit de hogere klas hem al een tijdje op het oog, en die dag begonnen ze aan hem te trekken, grepen hem bij de kraag van zijn overhemd, gaven hem van die tikken die in eerste instantie vriendschappelijk lijken maar daarna steeds venijniger worden, daarna pakten ze zijn bril af en braken die doormidden, ja, echt waar: een van hen pakte zomaar zonder iets te zeggen Marco's bril en brak die húp, tussen twee vingers bij de neusbrug doormidden. Daarna gaf hij hem terug. Zoals ik al zei, niemand had er iets van gemerkt, maar toen we weer in de klas kwamen zagen we allemaal dat onze klasgenoot noodgedwongen met zijn vingers zijn bril moest vasthouden op zijn neus.

Toen kwam Cosmo tussenbeide, onze leraar Italiaans.

Hij vroeg Marco wat er gebeurd was.

Die had duidelijk geen zin om het voorval te vertellen, en hij struikelde over zijn woorden op zoek naar een smoesje ('Hij viel op de grond toen ik rende...' 'Ik heb me gestoten op de wc...'), hij overlapte tegenstrijdige versies, totdat zijn stem brak en hij zweeg. Hij bleef overeind staan, zijn dikke brillenglazen vasthoudend met beide handen, die trilden van de zenuwen.

Nu zou het vermoeden kunnen rijzen dat een van de klasgenoten het gedaan had, ook al waren er geen pestkoppen in ons midden en ook geen buitengewoon hardhandige jongens, behalve Chiodi, en misschien Jervi, al was die dat nooit op een oneerlijke manier geweest, maar toen stond ineens de andere Marco van de klas op, Marco d'Avenia, een mollig jongetje met een roze huid en een lege blik, die Cosmo en ons allemaal vertelde hoe het was gegaan. D'Avenia was namelijk gewend zich af te zonderen tijdens de pauze, bang dat een van de oudere jongens zijn snack zou jatten of met een duw op de grond zou laten vallen, en hij verstopte zich altijd achter de buxusstruik die langs de omheiningsmuur van het SLM groeide, zodat hij in de beschutting daarvan rustig zijn stuk pizza kon eten. Vanuit die stelling was hij met zijn mond vol tomatensaus getuige geweest van het hele tafereel van intimidatie. Niemand had hem gezien, daar achter die struik, en behalve hij had niemand de jongens gezien die Lodoli lastigvielen daar in die hoek van het schoolplein. Ze stonden namelijk zo om hem heen dat aan het oog werd onttrokken wat er in die kring gebeurde. D'Avenia had het echter wel gezien, en hij vertelde alles.

Het kwam maar zelden voor dat we Cosmo kwaad zagen, of geïrriteerd. Misschien was hij dat ook deze keer niet. Maar toen hij met grote stappen het lokaal uit beende, nadat hij tegen Rummo had gezegd dat hij een beetje orde moest houden totdat hij terugkwam, weet ik zeker dat ik hem bij zichzelf de volgende woorden hoorde mompelen: 'Het wordt tijd dat iemand die raddraaiers een lesje leert.'

De term 'raddraaier' was ook al ouderwets in de tijd waarin dit verhaal zich afspeelt: ik associeer die dan ook vooral met lezen, met verrukkelijk verouderde schrijftaal, met boeken dus, met ongeëvenaarde vergeelde avonturenromans, waarvan vele vertaald uit het Engels, Frans of Russisch. En dan moet ik met name denken aan een prachtig exemplaar in een groot formaat, misschien 30 x 40, met schitterende illustraties, dat ik als kind had en dat ik tientallen keren van A tot Z heb gelezen, tot ik het bijna vanbuiten kende. Het heette *Piraten, Zeerovers en Boekaniers*. Cosmo hield ervan zich uit te drukken met nauwkeurige, ironische, literaire zegswijzen, maar die waren daarom niet minder realistisch. Sindsdien ben ik die term onwillekeurig ook zelf blijven gebruiken. Raddraaiers, precies, die jongens waren gewoon een stelletje raddraaiers, en voor datgene wat ze een paar jaar daarna zouden doen, zouden ze vroeger aan de galg zijn geëindigd.

Na de tip van Cosmo werden er vier leerlingen bij de rector geroepen, en voor nu noem ik nog even niet hun namen, waarvan er twee relevant zullen worden vanaf de tweede helft van dit boek. Zoals ik al zei waren ze een jaar ouder dan wij. Het is ons echter niet gegeven te weten wat de rector tegen hen zei, hoe hij hun het hoofd bood en op welke manier hij hun rekenschap vroeg van wat ze hadden gedaan. Ik zou kunnen proberen om hier, volgens de techniek die ik onbeschaamd heb opgepikt uit de bladzijden van Thucydides of Tacitus, wanneer zij zich de redevoeringen voorstellen van generaals voor een veldslag, of van diplomaten bij een vredesoverleg, een bepaald soort uitbrander te reconstrueren, in de zowel geringschattende als ontwijkende stijl die zo kenmerkend was voor onze rector, maar dat zou tijdverspilling zijn, want er is één ding zeker en dat is dat er tegen het viertal geen enkele maatregel werd getroffen, en dat lijkt me een stuk veelzeggender dan een heleboel woorden, die bovendien zoals we achteraf weten het ene oor in en het andere uit gingen. Niet eens een aantekening in het klassenboek, of een dag geschorst, of een brief aan hun ouders. Ik stel me voor dat de kwestie met de bril van Marco Lodoli werd gerangschikt onder de voorvallen van fysieke wildheid, vectoriële en incidentele nevenproducten van de kinetische energie die puberlichamen ertoe drijft tegen elkaar aan te botsen in krappe ruimtes, als de wervelende atomen in de visioenen van de oude filosofen. Dat het incident goed was afgelopen, tenminste zoals onze rector het goede interpreteerde, blijkt wel uit het feit dat Lodoli een paar dagen later van 'Achtons' (zoals we onze conciërge Impero Baj noemden vanwege de acht ons pasta die hij elke dag tussen de middag beweerde te eten) in de klas een splinternieuw montuur kwam brengen, van het merk Lozza of Persol, waarin zijn dikke lenzen konden worden gepast. Niemand wist of de pestkoppen dat uit hun eigen zak hadden moeten betalen of dat de school de bril had aangeschaft; waar het om ging was dat Lodoli weer kon zien en dat het evenwicht weer was hersteld op het SLM, voorlopig.

Uitgebreider daarentegen is onze kennis over een andere opmerkelijke dag, namelijk die waarop Arbus naar het kantoor van de rector ging om te klagen dat hij niets leerde. De lessen waren te saai en monotoon, de leraren te lui en voorspelbaar. Wij klasgenoten waren op z'n hoogst het minst schuldig aan die praktijk. De school op zich functioneerde slecht. Een ongelooflijke hoeveelheid kostbare uren en dagen die nooit meer terugkwamen brachten we door binnen die vier muren – en dan leerden we zo weinig!

De rector was zo slim om direct onze klassenvertegenwoordiger Rummo erbij te roepen, om de aanklacht van Arbus te bevestigen of ontkennen; in werkelijkheid wilde hij dat er een andere leerling bij aanwezig zou zijn als getuige, en hij was ervan overtuigd dat Arbus daardoor zou worden ontmoedigd om al te radicale oordelen te uiten.

Dan kende hij Arbus dus niet goed genoeg (wie kan beweren dat hij die jongen echt heeft gekend? Zelfs ik kan niet zeggen dat ik hem begrepen heb, en misschien zal me dat zelfs tot op de laatste bladzijde van dit boek niet lukken), die dan ook gewoon doorpraatte alsof Rummo niet aanwezig was in de kamer van de rector, sterker nog, hij praatte eerlijk gezegd alsof de rector zelf er niet bij was. Het was Rummo die ons dat naderhand vol bewondering vertelde. Dat gedrag was kenmerkend voor types als Arbus, als er tenminste anderen zoals hij bestaan: totaal geen rekening houden met de gesprekspartner, noch met diens rang of stemming, geen enkele behoefte voelen om met hem tot overeenstemming te komen, om zich zorgen te maken hoe hij zal reageren en je verhaal aan te passen aan de situatie, zoals we normaal doen uit beleefdheid of vrees of eigenbelang of simpelweg hypocrisie. Niets van dat alles: Arbus wilde zeggen wat volgens hem de waarheid was, maar zonder enige pretentie of voldoening om iemand de les te lezen of hem uit te dagen. Hij wilde kortom gewoon zeggen wat gezegd moest worden, al was dat nog zo onplezierig of schandalig: bijna zonder zich iets aan te trekken van de gevolgen, sterker nog, zonder zich te realiseren dat die er zouden kunnen zijn. Puur, naïef, onschuldig, meedogenloos, automatisch: zo was mijn vriend Arbus. De aanwezigheid van die arme Rummo diende uiteindelijk alleen maar om ons later te kunnen vertellen hoe die ontmoeting was verlopen. Anders dan de manier waarop hij zich tegen de hele klas richtte, had de rector deze keer een respectvolle benadering voor Arbus in petto. Dat had mijn klasgenoot ook verdiend.

‘De school? Alleen maar een manier om ons opgesloten te houden in een veilige plek en te voorkomen dat we ons in de nesten werken. De leraren zijn niets anders dan onze bewakers. Als ze ons al iets leren is dat per toeval, of per vergissing, een bijeffect. Hebt u enig idee, rector, hoe de tijd die wij hierbinnen doorbrengen zou kunnen worden benut?’

‘Zo is het wel genoeg, Arbus, je punt is duidelijk. Als ik gewoon zou zeggen dat je ongelijk hebt, of dat, om misverstanden te voorkomen, jij hoe dan ook niet degene bent die beslist over je schooltraject maar dat je ouders dat doen, dan zou dat een belediging zijn voor je intelligentie, en voor je leeftijd, en dat is niet goed. Goed. Hoe oud ben je?’

'Vijftien. Bijna zestien.'

'Bijna. Goed. In dat *bijna* schuilt het antwoord op je klachten, waarvan je hoe dan ook niet moet denken dat ik er geen rekening mee wil houden. Ik heb ze woord voor woord geregistreerd en ik zal ze als een stimulans gebruiken om de kwaliteit te verbeteren van de diensten die wij, met al onze beperkingen, zijn geroepen te verschaffen aan jullie, aan jullie leerlingen... Dat is onze *roeping*, en je weet wat die term betekent, toch? Roeping. Het is dus niet onze keuze, maar gewoon een antwoord: het antwoord op een oproep. Goed. Wees gerust. Ik zal ervoor zorgen dat die roeping bij elke afzonderlijke leraar wordt gecontroleerd, dat beloof ik je: zonder onderscheid te maken tussen de fraters, zoals ikzelf, en de leken. Ook zij beantwoorden aan dezelfde oproep, en al komt die misschien niet rechtstreeks van God, hij komt wel van hun professionele geweten. Maar ik weet zeker dat jij al die dingen best weet. En dat je ze diep vanbinnen ook waardeert. Goed. Daarom denk ik ook dat het geen zin heeft om je ouders te laten komen om ze deelgenoot te maken van je ontevredenheid. Misschien heb je dat zelf al gedaan, thuis, of niet? Heb je met ze gepraat? Heb je het gedaan? Heb je het niet gedaan? Dat dacht ik al: je hebt het niet gedaan. Goed. Mooi zo. De eerste raad die ik je dan ook wil geven is om altijd te proberen problemen op te lossen *binnen* de plek waar die problemen zijn ontstaan, nooit daarbuiten, je moet nooit, nooit... Je moet het probleem nooit uitbreiden, nooit verruimen in bredere kring, je moet het nooit laten verplaatsen, waardoor anderen worden besmet met de lepra van de problemen... Discretie en besluitvaardigheid heb je nodig. Is er iets mis hier op school? Goed. Dan lossen we dat hier op school op. Onder elkaar. Onder degenen die dicht bij het probleem staan, die het kennen, in staat zijn tussenbeide te komen, dingen te veranderen, maatregelen te nemen. Goed. Net zoals binnen onze ziel: als daar moeilijkheden ontstaan, moet het een innerlijke worsteling zijn, van onszelf tegen onszelf. Het ware doelwit van een revolutie schuilt in degene die haar uitvoert, niet buiten haar. Het is zinloos om anderen erbij te betrekken, ze van streek te maken, ongerust te maken, net zoals je vader en moeder zich zorgen zouden maken als ze op de hoogte werden gebracht van de kritiek die jij op de school hebt. Ik wil je absoluut niets verwijten, en trouwens, bij iemand zoals jij, zo pienter en volwassen, zou dat ook geen zin hebben, toch? Dus laten we het zo stellen: wij zijn niet volmaakt, niet als mensen, niet als gelovigen, en al helemaal niet als leraren. Goed. Zou iemand die niet onze Heer Jezus Christus is kunnen beweren dat hij volmaakt is? Dat hij dus de best mogelijke mens of de best mogelijke leraar is? Nee, absoluut niet. Goed. Feit is, beste Arbus, allerbeste jongen, dat ook jij niet volmaakt bent. Ook jij bent geen volmaakte leerling. Of denk je soms van wel?'

'Nee, natuurlijk niet.'

'Goed. Je ziet het zelf ook. Je bent een *bijna* ideale leerling. Volgens het bevolkingsregister ben je *bijna* een man. Theoretisch gezien zou je met jouw intelligentie wel in staat zijn om zelfstandig alles te leren wat je nog moet leren tot aan je eindexamen. Is dat wat je wilt? Denk je dat dat hetzelfde zou zijn, thuis boven de boeken hangen in plaats van naar school komen? Wat kom je nog tekort om je doel te bereiken? Dat zal ik je zeggen: wat je nog tekortkomt is iets *wat je nooit zult hebben*. En dat is hetzelfde dat wij paters tekortkomen, en wij leraren, wij volwassenen, en alle mensen, ook je vader en moeder trouwens. We zijn wel volwassen geworden, maar daarmee werden we nog niet volmaakt, snap je? De marges voor verbetering waren groot... En ook al waren die klein, en zouden wij onszelf nog wat verder verbeteren, steeds wat meer, elke dag weer, en daar heel erg ons best voor doen, goed, dan zouden we altijd nog een centimeter tekortkomen, een millimeter... En die marge zouden we nooit overbruggen. Als jij van nu af aan leert die intrinsieke tekortkoming te accepteren, die onvolkomenheid in jou, dan zul je misschien meer begrip krijgen voor die van anderen. En daarbij gaat het er niet alleen om je tijd zo goed mogelijk te benutten: het gaat er gewoon om de tijd te laten verstrijken, te laten voorbijgaan, snap je, Arbus? Want het is de verstreken tijd die ons laat groeien, ook als we het niet merken, ook wanneer we het gevoel hebben dat we stilstaan, maar we staan niet stil, de tijd voert ons mee, laat ons een lange weg afleggen, zoals de stroming van een rivier, zolang we ons er maar niet tegen verzetten. Goed. Aan het einde van die reis zul je veranderd zijn, heel erg veranderd, mijn jongen, veel meer dan je denkt, en wel onafhankelijk van een les Italiaans of meetkunde, je zult lessen hebben geleerd waarvan je niet eens besefte dat je ze had gekregen. En dat lijkt me goed.

We zullen je steunen, dat garandeer ik je, Arbus, we zullen je op alle mogelijke manieren helpen om je niet anders te voelen, om je niet bijzonder te voelen: we zullen je leren normaal te zijn, dat wil zeggen, om te accepteren wat alle anderen ook accepteren. *Allemaal.* En ook dat is een les, wat zeg ik, het is de allerbelangrijkste les. Goed, goed.

Wat betreft jouw bizarre overtuiging dat je hier niets kunt leren, zit je er vreselijk naast. Je kunt hier wel degelijk dingen leren, Arbus. Nou en of. Dat kun je, als je ervoor openstaat. Goed. Zal ik je eens wat zeggen? Wil je weten waar je moet beginnen? Op de eerste plaats moet je leren wie degenen om je heen zijn. Je klasgenoten. Zij zijn de eerste stof die je moet leren, weet je? Het menselijke vak is het interessantste van allemaal, dat komt vóór geschiedenis en aardrijkskunde en natuurwetenschappen, en is het waard om je best voor te doen, is in elk geval een poging waard om er meer van te weten te komen, denk je niet, Arbus? Goed, goed. Neem bijvoorbeeld je leraren. Weet je zeker dat je die echt kent? Of heb je ze beoordeeld zonder dat je ze begreep; en dan heb ik het niet over de vakken waarin ze lesgeven, maar over de personen. Ben je misschien niet wat al te overhaast geweest met je oordelen, met je veroordelingen? Maar goed, goed, ik begrijp je wel. Wij begrijpen jou. Je bent ongeduldig omdat je intelligent bent, die twee dingen gaan vaak samen, maar je zou juist kalm moeten zijn. Veel kalmer. *Kalm aan*, Arbus, snap je? Goed.'

Het commentaar van Arbus toen hij weer in de klas kwam was kort en krachtig. Nadat we door Rummo waren bijgepraat, vroegen we aan hem hoe het bij de rector was gegaan.

'Simpel zat: hij heeft me genaaid.'

Alsof het hem niks meer kon schelen. Hij was alweer met andere dingen bezig.

Hoofdstuk XII

Het is altijd lastig om het over de school te hebben, in kritische zin of in een narratief kader; vrijwel onmogelijk terwijl je er zelf nog als leerling verblijft, bijna altijd op gelaten of verbitterde toon wanneer je er lesgeeft, onvermijdelijk stomvervelend als je je ertoe beperkt er jaren later herinneringen aan op te halen, omdat het nu eenmaal een verplicht onderdeel is van je jeugd.

Door zo'n houding van 'ach ja, we hebben allemaal op school gezeten' worden herinneringen aan school over het algemeen eentonig, sentimenteel, anekdotisch en vaag. Het paradoxale is dat je van een zo fundamenteel en universeel instituut dat zo langdurig wordt bezocht, met bijna mathematische zekerheid kan zeggen dat het mensen maar één moment van ware vreugde bezorgt en dat is wanneer de deur ervan voorgoed achter ze dichtgaat. En als het geen vreugde is, is het wel opluchting.

Dat je naar school moet, staat buiten kijf; zozeer buiten kijf dat het iets natuurlijks wordt, en daardoor niet meer anders denkbaar dan het is, de langdurigste en krankzinnigste kunstmatige ervaring van ons leven, door iedereen beschouwd als een verplichting waarvan het onbeschaafd is je eraan te onttrekken: van kleuter tot jongelui worden we gedwongen vele uren per dag onbeweeglijk door te brengen, gedurende een wisselend aantal jaren, in afgesloten ruimtes, en om in wezen wat te doen? Je ruggengraat laten krombuigen over je tafeltje en je hersens laten verstijven met klassieke of wetenschappelijke of technische tirades afgestoken door hese, schor geschreeuwde leraren wier onexpliciete, zij het voor de hand liggende en primaire functie het is, zoals Arbus terecht had opgemerkt (ik heb het nu pas door, hij al op zijn zestiende: daarin ligt het hele verschil), om de leerlingen bezig te houden opdat ze geen schade berokkenen aan zichzelf en anderen, een bewakersfunctie dus, hun toevertrouwd door een maatschappij die het gebrek aan toezicht moet opvullen dat ontstaat wanneer uitgeputte gezinnen hun kinderen het huis uit duwen, in elk geval voor een bepaald deel van de dag, en de arbeidswereld nog niet in staat is ze te ontvangen aangezien ze niks kunnen (eerlijk gezegd zullen ze na afloop van hun schooltraject nog minder kunnen, maar dat 'is een ander verhaal'). Die latentieperiode is overigens een stuk langer geworden in de hedendaagse wereld en kan alles bij elkaar wel vijftien jaar in beslag nemen. Vijftien jaar, om uit te groeien tot volwassenen, klaar om zich te laten vermalen. Een vijftien jaar durend experiment dat zeker, dat valt niet te ontkennen, enkele goede vruchten kan afwerpen (meer door statistische kans dan door de aanpak), maar dat als je het onbevooroordeeld bekijkt als wat het is, walgelijker is dan vivisectie.

En dan die schoolvakken oftewel *leervakken* – saai, afstandelijk en onbegrijpelijk...

Niet dat het schoolprogramma niet goed was, integendeel. Het programma zat boordevol interessante dingen. Vreemd dat mensen op politiek of bureaucratisch niveau altijd de programma's aanpakken, omdat ze verdomd ouderwets, bekrompen en achterhaald zijn, die programma's, allemaal troep uit de vorige eeuw – misschien omdat programma's nu eenmaal gemakkelijk zijn te vervangen en personen niet. Je hebt aan één middag genoeg om op papier alle programma's van alle vakken te herschrijven en misschien ook nog nieuwe, nooit eerder gedoceerde vakken te verzinnen of nieuwe namen te geven aan oude vakken (prijzenswaardig zijn de hoogdravende variaties waardoor de goeie ouwe gymnastiekles is veranderd in bewegingsonderwijs, en wat er over is van de geschiedenisles, die over de olifanten van Hannibal en de rode baard van de keizer, is in Italië creatief omgedoopt tot het vak historisch-sociale studie...).

En de leraren, zowel paters als niet-paters, hadden weinig schuld aan dat alles. Zij waren over het algemeen arme stakkers, geobsedeerd en tegelijkertijd walgend van hun vakgebied door het constant opdreunen van de bijbehorende formules, die mettertijd een soort rijmpjes waren geworden, zodat je ze net zo goed uit je hoofd kon opzeggen als Tibetaanse gebeden, en bij sommigen van hen had hun stem dan ook in de loop der jaren dezelfde nasale keelklank aangenomen als je bij geestelijken van alle godsdiensten hoort wanneer ze hun psalmen reciteren, een eentonige dreun op één uitademing die leunt op bepaalde lettergrepen, en die wij tijdens overhoringen geneigd waren precies zo te herhalen, met identieke stiltes.

Dus, wiens schuld was het dan wel?

Ik weet niet of ik de enige ben die zich de school op die manier herinnert; waarschijnlijk waren sommige mensen er juist enthousiast over of hebben ze nu in hun verbeelding of herinnering het idee dat ze dat waren, terwijl ze weemoedig terugdenken aan vervlogen tijden, aangezien je het blok 'school' onmogelijk kunt wegbeitelen zonder het blok genaamd 'jeugd' te vernietigen, dus ga je vanzelf geloven dat ze een en hetzelfde zijn; sommige mensen kunnen in alle oprechtheid zeggen dat ze 'lol hebben gehad' op school, dat ze goed konden opschieten met een aantal klasgenoten of leraren, en als ik nu laatdunkend zou beweren 'Dat heb ik zelf nooit gehad', zou ik natuurlijk wel heel kleingeestig overkomen, dus oké, ook ik heb er lol gehad, maar altijd met gebalde vuisten, en ik heb er vriendschappen gesloten, al was dat niet dankzij maar eerder ondanks de school, die vriendschappen juist tegenwerkte door ons met z'n allen bij elkaar te zetten als dertig ratten in een doos. We waren niet zozeer vrienden als wel gevangenen samen, en ik kan wel zeggen dat ik heb ervaren hoe bedrieglijk, zij het meeslepend, het soort solidariteit is dat voortkomt uit noodzaak, hoe pervers en verrot het 'wij tegen de rest van de wereld', de gedwongen broederschap bezongen door oorlogsdichters.

School dus bedacht als een geduldig wachten, een meerjarige draagtijd in de loop waarvan er geweldige en explosieve dingen gebeurden, op de eerste plaats in ons lichaam en onze geest, waarvan je haast zou denken dat ze werden beïnvloed door uiterst sterke drugs, zo psychedelisch als ze veranderden (uit zichzelf, zeker niet als gevolg van de lessen...), en meer nog in de wereld om ons heen, die barstte van de nieuwigheden waardoor hij onherkenbaar werd, een andere wereld, echt een totaal ander verhaal, tussen 1962 en 1975, dat wil zeggen toen ik daar met een schortje voor binnenkwam en toen ik er weer wegging in een broek met wijde pijpen. Je hoeft de foto's of tv-beelden maar met elkaar te vergelijken.

Het was een periode zo veranderlijk en gevaarlijk als een slang die door het woud kronkelt.

En wat deden wij intussen op school? Wachten. Wij wachtten terwijl we bezig waren met formules, gedichten, stellingen, lijstjes, overschrijvend, uitvlakkend met de witte gum en met de blauwe, schoolborden volkrijtend, fitnessballen gooiend, met het pennenmes in de groeven van het tafeltje wroetend, naar de bomen voor het raam kijkend...

Als je alle gumflinters geproduceerd door verwoed uitvlakken op een berg zou kunnen gooien, als je een zwembad zou kunnen vullen met de inkt vergoten voor, ik zeg niet de complete vertalingen uit het Grieks of Latijn, maar alleen al de inkt die is gebruikt voor het maken van fouten, voor het schrijven van de woorden die gedoemd waren met een rode streep van de leraar te worden doorgehaald, en als je alle rode segmenten van de correcties achter elkaar zou leggen...

Tot een jaar of veertien, vijftien kon je er misschien nog wel mee leven, met de school, je beperkte je ertoe de leraren voor gek te zetten zodra ze hun kont hadden gekeerd, door hun lichamelijke gebreken en hun manier van praten na te bauwen en, in de korte intervallen tussen die platvloerse geintjes, door hier en daar een stukje les mee te pikken, de meest elementaire gedeeltes of soms juist de moeilijkste, met als enige doel die vervolgens tijdens een overhoring na te papegaaien zonder dat je er ook maar iets van begrepen had. In wezen was het een gemakkelijk, laf recept dat iedereen, behalve iemand die echt dom was of echt opstandig, opstandig in het diepst van zijn hart bedoel ik, in de praktijk kon brengen om zo jaar na jaar fluitend door te komen. Je hoefde je alleen maar een beetje koest te houden om de schade te beperken, en dat was in wezen de enige voorwaarde waarvan de paters wilden dat die werd gerespecteerd, de pot op met het schoolrendement, de verworven kennis en alles, een greintje hypocrisie en boetvaardigheid zou al genoeg zijn, net als in de biechtstoel, om te worden bevorderd, oftewel vergiffenis te krijgen. En te worden vrijgelaten als een kudde schapen verspreid over een heuvel. Er zijn religies die niets anders van hun gelovigen vragen dan: je moet bidden, buigen, de andere kant op kijken als ik het zeg, mompelen en prevelen in plaats van schreeuwen, en voor de rest kun je zo'n beetje doen waar je zin in hebt. Je betaalt een kleine, minieme borgsom en je bent vrij! Onze paters waren in feite niet erg veeleisend, zelfs een nazi had binnen hun grenzen kunnen vallen, en het is geen toeval dat er dan ook meer dan een binnen viel. Ze bleven maar accepteren, accepteren, accepteren – volgens het raadselachtige voorschrift om 'alles te accepteren'. Dat wil zeggen, de mens in zijn totaliteit, met al zijn laagheid. Dat was het credo dat aan hen was overgedragen door de grondlegger. Ze bleven maar vergeven, vergeven, of anders wisten ze van niets. Wij daarentegen weigerden, hinderden, verwierpen, en we zouden ook en masse de school hebben verworpen als het uiteindelijk niet zo eenvoudig zou zijn geweest om die te verdragen, de last ervan verdeeld over het hele jaar, terwijl we in ruil voor de afspraak om ons te gedragen ('Gedraag je, jongens'... maar dan met plat Romeins accent) een handvol scènetjes van surreële humor ontvingen, wat steels gegrinnik en cijfers in het klassenboek kregen die ermee door konden – voldoendes die waren ontfutseld, gegund, gerectificeerd, afgerond, nooit eens dikke voldoendes.

Maar vanaf die leeftijd vond er een opmerkelijk fenomeen plaats: al waren wij nog zulke onwetende halve amoeben, ineens voelden we ons superieur aan de leraren, alsof we plotseling waren bevorderd door anciënniteit, onverwachts promotie hadden gemaakt; we hadden kortom het idee dat we hen hadden ingehaald en hun waren voorbijgestreefd, en dat dus niemand van hen (behalve Cosmo) ons nog vrees kon inboezemen. Respect inboezemen, dat hadden ze sowieso al nooit gekund. Bij een enkele bijzonder zelfverzekerde en arrogante klasgenoot uitte dat zich doordat hij ze als een voetveeg ging behandelen. Het ging uiteindelijk en zoals altijd om geld, ik zei het al eerder. Rond die leeftijd kwamen we er dus achter dat die übermachtige leraren daar eigenlijk maar weinig van hadden, geld.

Anderen daarentegen ervoeren een (al even onterechte) intellectuele arrogantie en meenden dat ze inmiddels meer wisten en snapten van een bepaald vakgebied dan de leraren die daarin lesgaven. Giovanni Lorco bijvoorbeeld was ervan overtuigd dat de paters wel een stel domme boeren moesten zijn, die door het seminarie waren opgeroepen en na een korte opfrisbeurt voor de klas waren gezet; en dat de anderen, de leken, mislukte leraren zonder kwalificaties waren, die om de sollicitatieprocedures aan openbare scholen te omzeilen hadden aangeklopt bij een particuliere instelling, zoals je naar een gaarkeuken gaat. Lorco zat dus voortdurend in de boeken te controleren of het wel klopte wat de leraren in de les zeiden. Hij wachtte enkel zijn kans af om ze op heterdaad te betrappen.

Weer andere jongens werden overmand door een opmerkelijk enthousiasme en voelden zich klaar om buitengewone avonturen te beleven, waardoor de school maar overbodige ballast was en de leraren zwaar waren als marmeren dieren die als boekensteun werden gebruikt. Diegenen hadden hun blik al op later gericht, op na de schooltijd, en popelden om zich te ontrukken aan het gekrioel en de treurige surveillanten ervan.

DEEL TWEE

Flesh for Fantasies

Hoofdstuk 1

Dat waren nog eens tijden, toen je om fatsoenlijk te leven alleen maar een script hoefde te volgen! Heel trouw, zonder al te veel improvisaties. Zo had je bijvoorbeeld de rol van de man en de vrouw. Goedgeschreven, zeer beproefd, heel herkenbaar voor de mensen om je heen die je optreden bijwoonden en beoordeelden. Je kon je er alleen aan onttrekken door een doelbewuste daad van verzet, waarmee je de regels schond. Door in opstand te komen. Maar als er helemaal geen regels zijn, hoe moet je die dan schenden of veranderen? Daar sta je dan, gevangen door het ontbreken van regels, of verblind door de schimmigheid ervan. Wat een bittere ironie, slaaf te zijn van niet-bestaande regels. De ellende van nooit uitgesproken geloften die niet mochten worden verbroken. Studeren, werken, paren, kinderen krijgen, oud worden... doodgaan... maar ook lachen, ruziemaken, vechten, doden... Allemaal zaken waarvoor het individu, afhankelijk van geslacht en leeftijd en maatschappelijke positie, kant-en-klare modellen aantrof die alleen maar hoefden te worden toegepast, met een beetje geduld en precisie hoefden te worden nageleefd, als patronen in een handwerkblad om een trui of een vest te breien: je hoefde alleen maar stap voor stap de aanwijzingen te volgen. Dat leek allemaal nogal saai en bedrukkend en dat was het ook, maar het was tegelijkertijd ook heel geruststellend! Het was zelfs geruststellend voor iemand die besloot dat script níét te volgen. Als je besloot risico's te nemen, zogezegd, had je in elk geval wel één duidelijke zekerheid: net als iemand die protesteert onder een dictatuur wist je donders goed wat je te wachten stond, wat er zou gebeuren met iemand die in verzet komt. Heel anders dan nu, tegenwoordig kun je gewoon recht voor het parlement je broek laten zakken en met een schaap gaan staan paren, en dan zal óf niemand je een blik waardig keuren, óf je daad zal worden ontvangen als een zinvolle provocatie of als een protest waarmee men solidariteit moet voelen omdat het de uiting is van een wijdverbreid ongenoegen, of zelfs als een artistieke performance. De aandachtsspier is totaal niet gevoelig voor de kieteling van zelfs de agressiefste, domste provocaties; er komt geen beweging, geen reactie. Vandaag de dag doet iedereen maar zo'n beetje waar hij zin in heeft, er is geen enkel signaal (behalve misschien dat van het geld, dat zou tenminste al íéts zijn) dat bij de start aangeeft wat je moet doen en wat niet, waar je naar moet streven en waar je je voor moet hoeden. Iedereen volgt zijn eigen pad en vormt gaandeweg een toevallige lappendeken om zich heen van meningen en halfslachtige overtuigingen die hij her en der heeft opgepikt, om niet naakt en onbegrijpelijk over te komen op anderen, ook al is van mijlenver te zien dat het allemaal nep is, allemaal geïmproviseerd of afgekeken uit series of discussies op tv, uit adviesrubrieken, uit de stortvloed aan geboden die online staan. Er is geen inhoud, er is geen diepere bodem, maar ook geen vlekkeloze schijnheiligheid, geen ongekreukt oppervlak, geen model dat inhoudsloos is maar onberispelijk in zijn sociale volkomenheid, zoals bijvoorbeeld tot niet eens zo heel lang geleden het bourgeois model dat was. In die schertsvertoning, in die samenvoeging van ongelijksoortige stukjes van identiteiten en modellen, onderscheiden de mannen zich door een grote mate van wrok, frustratie en redeloosheid, misschien omdat hun traditionele mal niet om diepgaande, progressieve redenen aan diggelen is gegaan, zoals met die van de vrouwen is gebeurd door het feminisme, maar op een bespottelijke, regressieve manier. Het feministisch radicalisme had in elk geval nog iets stompzinnig heroïsch, een epische drijfveer, zoals alle strijdbewegingen die hebben op het moment dat ze opkomen, de kop opsteken en met hun vaandel zwaaien. De tastende zoektocht van de man naar een nieuwe rol doet denken aan de stuiptrekkingen van een afgesneden hagedissenstaart, aan het nerveuze lachje waarmee iemand reageert op een onbegrepen mop. De man hysterisch, de vrouw strijdlustig; gek hè, vergeleken met de oude clichés... Al dit soort tegenstrijdige en nieuwe beelden begonnen ons te overspoelen in de tijd waarin dit verhaal zich afspeelt. Terwijl wij jong waren. Er waren ook jongens die helemaal niet op zoek waren naar een nieuwe rol voor de man, maar zich verschansten ter verdediging van de oude rol en de in puin geschoten ommuring daarvan.

De jongeman van toen werd heen en weer geslingerd tussen twee tegengestelde, maar allebei onrustbarende gemoedstoestanden: de ene, de meest algemene en dagelijkse, was de frustratie dat er niets te neuken viel, de andere de zorg of hij wel aan de verwachting zou voldoen wanneer er wel iets te neuken viel. Zowel de begeerde seks als de bedreven seks bracht het hele wezen in beroering. Om te beweren dat we zenuwachtig en onzeker waren over hoe ons geslachtsdeel op het moment suprême zou reageren, ook al konden we niet wachten tot dat moment daar was, zou een eufemisme zijn. Het was een verstikkende mengeling van ongerustheid en perverse nieuwsgierigheid. Die puberale vrees zal de man zijn hele leven blijven vergezellen, tenzij hij besluit celibatair te worden en dat ook weet vol te houden. Het authentieke verlangen naar potentie komt dan ook niet tot uiting in de coïtus, maar in het afzien daarvan. Daarom zijn de zeldzame echt kuise mannen vaak zo onuitstaanbaar: omdat ze op krachtige wijze met hun keuze te koop lopen. Door zichzelf in bedwang te houden hebben ze zich bevrijd, en nu wordt hun onaangeroerde, niet verkwiste energie een straf mondain instrument, een soort zweep waarmee ze de wereld geselen. Die angstaanjagende langetermijnpotentie van de celibataire man! Geen enkel doel is onbereikbaar voor hem. Baudelaire zei dat we twee manieren hebben om te ontsnappen aan de sleur van de dood: werk en vermaak. Het enige verschil tussen die twee is dat het eerste energie oplevert en het tweede energie kost. Nou, naar mijn bescheiden mening zijn het allebei energieverslinders.

Seks was voor ons een vak waarvoor je moest leren, een theorema dat moeilijk uit te leggen en toe te passen was. Er was niets natuurlijks aan, behalve dan die doffe, onduidelijke drang, die hartkloppingen bijna alsof je onwel werd, die je onmogelijk kon omzetten in concrete handelingen, behalve banale: banaal waren de zinnetjes die we zeiden om zover te komen, banaal de manier van betasten en wrijven, grotesk zelfs hoe de onderbroek werd uitgedaan, en bespottelijk hoe die dan om een enkel bleef hangen... En het is vreemd hoe we dat ingewikkelde raadsel dachten op te lossen als je eenmaal een vrouwelijk lichaam onder je had liggen, door flink te beuken, met verwoede stoten van je bekken, al grommend. Was dat wat je te doen stond? Alsof die ijverige, onhandige inspanningen onze hersenkraker konden oplossen. Zo dacht je een overhaaste conclusie te bereiken; hoe harder je stootte, hoe dichter je erbij in de buurt kwam. Niet anders dan bij de kop-van-jut op de kermis.

Tegenwoordig hebben de beide lotsbestemmingen elkaar gekruist, de traditie is omgekeerd, en het exacte snijpunt van die kruising was mijn tijd: in de meest puriteinse samenleving, in de jaren dat de psychoanalyse ontstond, ontdekte men dat veel niet-seksuele handelingen een verborgen seksuele oorsprong hadden; tegenwoordig begrijpt men dat veel seksuele gedragingen een niet-seksuele motivatie hebben. Eerst haastte men zich om het lichaam uit te kleden en bloot te geven; nu moet het juist weer omhuld worden om er iets van te snappen. De symboliek is omgedraaid: vroeger was een meisje met een waterijsje in de mond eigenlijk aan het pijpen, tegenwoordig is ze aan het pijpen maar denkt ze intussen misschien wel aan een waterijsje.

Hoofdstuk 11

Tot aan de puberteit speelt het niet, totaal niet. Maar dan ineens veranderen de meisjes binnen één seizoen zo explosief en opvallend dat hun anders-zijn onontkoombaar is, voor zowel je blik als je gedachten. Je kunt niet meer doen alsof er niets aan de hand is. Al die Amerikaanse films over gekken, grieten en geilheid, over cheerleaders, over nerds en lefgozers met een vetkuif en over het besluipen van meidenhuizen en douches met een kijkgaatje in de muur, die geven bij lange na niet weer welke enorme schok jongens ervaren als ze de woeste ontluiking van de vrouwelijke secundaire geslachtskenmerken zien: niet te vergelijken met de moeizame, krampachtige ontwikkeling van hun eigen viriliteit, die ze parallel beleven, en die zich op bespottelijke wijze manifesteert via baardgroei en pukkels en een overslaande stem en de neiging om krom te lopen onder het gewicht van spieren die ze nog helemaal niet hebben. Het anders-zijn dat tot dan toe virtueel was, alleen maar volgens het bevolkingsregister, wordt ineens tastbaar, fysiek; en het laat zelden iemand onberoerd, hetzij omdat het aantrekkelijk is, hetzij omdat het afstotend is, soms ook allebei tegelijk.

Ja, natuurlijk, er zijn pubers die stoïcijns blijven onder het fenomeen van opbloeiende jongedames: een stuk of vijf, van wie er één al zo overtuigd is van zichzelf en zijn charme dat hij heel wat meisjesharten breekt, juist omdat hij kil en onverstoorbaar doet; een ander veinst desinteresse alleen omdat hij verlamd is door schuwheid en hij zich niet eens durft voor te stellen dat hij met meisjes zou praten, laat staan dat hij daadwerkelijk met ze praat; een derde jongen heeft echt geen belangstelling, want in zijn rangorde van interesses komen eerst zijn voetbalclub, zijn moeder, zijn verzamelingen, scheikunde, brommers of zelfs (ja, er zijn er die daar al op hun veertiende mee bezig zijn...) geld; een vierde, misschien de meest voorkomende, is gewoon wat laat, hij loopt een paar tijdzones achter op de nulmeridiaan van de seksualiteit en kan dat kinderlijke standpunt behouden tot zijn zestiende of twintigste, of misschien sleept hij dat maagdelijke trekje wel zijn hele leven met zich mee; de vijfde is homo en weet het zelf nog niet, die vraagt zich af waarom hij niets voelt of waarom hij wel iets voelt, maar dan alleen voor andere jongens.

Met name een van mijn klasgenoten, Iannello, kon er met zijn verstand niet bij. Hij had zichtbaar te lijden onder de metamorfose. De ontdekking had hem onverwachts overvallen. Maar misschien was hij zelf veranderd, en was zijn blik tussen het einde van het ene schooljaar en het begin van het volgende als het ware broeieriger geworden; er bestonden immers voorheen ook al meisjes, maar toen had hij ze nooit opgemerkt. Ik bedoel: misschien sproot de wellust uit zijn ogen in plaats van uit de lichamen die deze van nieuwsgierigheid brandende ogen zo koortsachtig volgden.

'Die lijven, shit man, die lijven!' mompelde Iannello, naast wie ik een getourmenteerd jaar doorbracht in dezelfde schoolbank.

'Je gaat op vakantie en als je terugkomt... dan word je bijna bang van ze! Mijn eigen zus ook, die is zo veranderd deze zomer, hoe ze kijkt, en die haren... Je gelooft het niet, maar zelfs haar haren zijn veránderd, godsamme! Ik weet niet hoe ik het moet uitleggen. Ze heeft nu net zulk haar als mijn moeder, en ik weet zeker dat ze er niks mee gedaan heeft, ze is echt niet naar de kapper geweest of zo... Maar toch zit het heel anders.'

Vanzelfsprekend wilde Iannello, omdat het nogal gevoelig lag, niets loslaten over het opvallendste aspect aan de verandering van zijn zus Annetta: het ongelooflijke stel borsten dat bij haar was ontsproten, rond en parmantig als die van de godinnen uitgehouwen op de façades van Indiase tempels. Annetta leek trouwens ook op een Arabische slavin uit *Duizend-en-een-nacht* of op een Indiase prinses; alle leden van het gezin Iannello, vader, moeder en kinderen, waren donker, met glanzende ogen en rode lippen en witte tanden, zoals in de beschrijvingen van oosterse dichters, en zoals een beeldschone actrice uit die tijd, Claudia Cardinale. En Annetta was pas veertien, misschien nog niet eens! Hoe kan een leeftijdgenoot van haar die in de tussentijd alleen maar bonkiger, puistiger en waggelender is geworden bestand zijn tegen de confrontatie met *zoiets*?

En dat terwijl dat *zoiets* niets anders is dan het normale verloop van het leven.

Het is dus het leven op zich dat onhoudbaar is voor een jongen, en daarna voor een volwassene, daarna voor een oude man of een oude vrouw, de hoofdrolspelers of beter gezegd de slachtoffers van die voortdurende metamorfose.

'Bij ons is het toch ook niet zo dat we eerst geen piemel hebben...' fluisterde Iannello ontzet, terwijl hij naar mij toe gedraaid zat tijdens de scheikundeles, '...en dat je er dan van de ene op de andere dag ineens een tussen je benen hebt hangen!'

Ik snapte heel goed waar hij op doelde, en wat hem zo verbijsterde. Het ging erom dat meisjes aanvankelijk geen borsten hadden, eerst waren ze net zo plat als wij jongens, en dan kregen ze ineens twee van die dingen die opbolden, uitdijden, aanzwollen... en het onderwerp van alle aandacht en opmerkingen werden, iets wat diende te worden bedekt en ontbloot, ondersteund, geliefkoosd, beticht... Iets wat tot een paar maanden daarvoor niet eens bestond, was nu het middelpunt van alle belangstelling en onrust.

'Ze verpesten mijn leven...' siste Iannello voordat hij zich moest omdraaien omdat Svampa hem riep.

Svampa hebben we al eerder ontmoet, hij was de scheikundeleraar.

'Zeg, knappe jongen, hier vooraan... wat heb je toch vandaag...' en hij tikte hem tegen zijn hoofd met de lange stok die hij gebruikte om de elementen aan te wijzen in het periodiek systeem dat aan de muur hing, '...dat je zo *afgeleid* bent, hm?' Iannello deed zijn ogen dicht in afwachting van de tweede, hardere tik. Maar zijn verbeeldingsvermogen liet zich niet tot de orde roepen en bleef mijmeren over een stel tweelingvormen ontsproten aan een tengere borstkas, je zou haast denken met als enige doel om verwarring te zaaien bij iemand zoals hij, en bij een heleboel anderen. (O nee, kom nou alsjeblieft niet aanzetten met dat verhaal dat die borsten een heel ander doel dienen of zullen dienen, een nobel doel, namelijk het moederschap... Want als je kijkt hoe ze eruitzien en waar ze zitten, dan zijn ze helemaal nergens goed voor, dat wil zeggen, nergens anders voor dan om het onderwerp te worden van vrouwelijke bezorgdheid en mannelijke rusteloosheid en gepieker. Je hoeft er dus echt niet op te wijzen dat het melkklieren zijn om jonkies te zogen, net zoals een heleboel andere dieren die hebben. Heb je ooit gezien hoe die eruitzien, de tieten van dieren, van honden, apen, weet ik het, dolfijnen, en waar die zitten? Het is vastgesteld dat toen de mens rechtop ging lopen, de volgorde werd omgekeerd, en dat de functie van de seksuele aantrekkingskracht op de eerste plaats kwam. Trouwens, tegenwoordig krijgen meisjes steeds jonger borsten, terwijl vrouwen steeds later en steeds minder kinderen krijgen, die ze steeds korter borstvoeding geven; als het klopt duurt het dus minstens vijftien of misschien wel twintig jaar voordat zich aan die nodeloos vroegrijpe borsten een baby zal vasthappen, en daarna misschien nog eentje of hooguit nog twee koters, gedurende alles bij elkaar een paar maanden op een heel leven... En intussen zullen tientallen puberale of volwassen of oude mannen ervan dromen om hetzelfde te kunnen doen, om die borsten aan te raken, te betasten, beknabbelen, besabbelen, en een enkeling zal het ook echt voor elkaar krijgen.

Voordat die tepels in een babymondje belanden zal er, in elk geval in de westerse landen, door verscheidene volwassenen aan worden gezogen; en nadat de zuigeling met geweld is losgerukt van die bron die in theorie voor hem is geschapen, en hij de stap heeft moeten zetten naar poedermelk en die onsmakelijke babyprutjes, dan hapt zijn vader weer toe, en misschien ook andere volwassenen tegenover wie zijn moeder welwillend staat. Ze wisselen elkaar af. Gulzig. Wellustig.

Dus nu is mijn vraag: wie zal er uiteindelijk mínder aan de borsten van een vrouw hebben gesabbeld dan haar kinderen?)

Het is tamelijk rampzalig dat een man een terugval vertoont tegenover een stel blote borsten. Dat bewijst het langdurige succes van beroemde vrouwen met grote tieten, ik bedoel, van de vrouwen die beroemd waren vanwege hun grote tieten – het zou even gemakkelijk als overbodig zijn om ze hier op te sommen, want dat lijstje kan ieder van u zich zo voor de geest halen, inclusief welsprekende beelden. En op die beelden doen die dames niets anders dan hun gaven der natuur vooruitsteken of zogenaamd inhouden, ze wegen, ze platdrukken met hun handen of in strakke jurkjes of beha's... Door te doen alsof ze ze verbergen pronken ze ermee, want het is echt onmogelijk ze in toom te houden, kuis te houden, echt, ze zijn te, te... *onstuimig*. Dat is het juiste bijvoeglijk naamwoord.

(Ik geef toe dat ik de boezem altijd het aantrekkelijkste onderdeel heb gevonden van het vrouwelijk lichaam, de bron van de grootste vreugde en frustratie die een man kan ervaren bij fysiek contact of, als dat wordt ontzegd, ook bij de aanblik alleen al: een mooie boezem verrukt, verwart, streelt en stoort het oog net zoals fosfenen doen, die geheimzinnige vlekjes die over je netvlies drijven. Je kunt niets beters van de boezem verwachten dan dat hij zich ontbloot, zich losmaakt uit de bekrompen omknelling van lijfjes, cups, korsetten, beugels, schouderbandjes, elastieken... Als er uit die frutsels een fraaie boezem tevoorschijn komt heeft dat iets verhevens en tegelijkertijd iets puurs, een compromisloze vorm die verbijstering oproept: het is 'als hert dat uit bos komt'.* De pronte schoonheid heeft er profijt van dat die helemaal niets hoeft uit te drukken, in tegenstelling tot het gezicht, dat door gevoelens en gedachten geteisterde slagveld waar iedereen naar kijkt om het te interpreteren, dat iedereen bestudeert om te weten wat je voelt, wat je denkt. Van een fraaie boezem valt helemaal niets te weten.)

Vanaf het moment dat ze voor mij begonnen te bestaan, waren de neteligste problemen met meiden mijn verlegenheid en onhandigheid.

Wat waren de zinnen die je moest zeggen, de dingen die je moest doen? Gêne, gêne, gêne... Het duurde jaren voor ik een acceptabele manier vond om met het andere geslacht te communiceren, de manier die ik uiteindelijk nu nog steeds hanteer. Wanneer ik naar een meisje keek begon ik vrijwel meteen te blozen en wendde ik mijn blik af bij de gedachte dat zij misschien vergelijkbare fantasieën en bedoelingen zou kunnen hebben als die bij mij waren opgekomen. Vooral dat bezorgde me groot onbehagen, het idee dat meisjes mijn gedachten konden lezen of dat ik die van hen kon lezen en zou ontdekken dat die identiek waren aan de mijne, of zelfs nog obscener.

Als ik terugdenk aan de meisjes op wie ik tijdens de zomervakanties verliefd was, verward maar ook zeer hevig, aangezien ik aan niets anders meer kon denken dan aan hen, aan hun ogen die me voorkwamen

* Een in Italië gevleugeld geworden uitspraak van Sampdoria-trainer Boškov over de komst van Ruud Gullit naar zijn club in 1994 – *vert.*

als onpeilbare bronnen, aan hun bestudeerde pruilmondje, aan hun haren, hun dijen, en aan dat onzichtbare dat tussen die dijen geklemd zat, nou, dan kan ik alleen maar degenen gelijk geven die beweren dat er achter die willekeurige, min of meer banale figuren van meisjes (net zo banaal trouwens als mijn eigen figuur van smoorverliefd jochie) een betoverend beeld schuilde dat niet van deze wereld was, een stralend licht dat kon betoveren en onderwerpen, waarmee ik voor het eerst in aanraking kwam via die kleurloze veertienjarigen, en zij via mij. Efebische, tengere, magere, bijna onbeduidende adolescenten, die uit zichzelf onmogelijk de bron kunnen zijn van zoveel warmte en pracht, zijn in staat om – wanneer iemand ze liefheeft en begeert, of zelfs alleen maar naar ze kijkt, ze met een steelse blik bestudeert – een vurige energie te verspreiden als een waterstofbom, en in een omtrek van kilometers alle lucht weg te zuigen rondom hun vuurbal. Hoe valt dat alles te verklaren? Aangezien ik precies hetzelfde heb zien gebeuren bij mijn eigen kinderen, ben ik ervan overtuigd dat het exact zo werkt. Ja, het is een mystieke ervaring, wat anders? En die wordt gestaafd door ons, bleke figuren.

En zo krijg je dus dat de cruciale jaren van het schoolonderwijs samenvallen met die van de grootste emotionele turbulentie, wanneer de seksualiteit uit de vaagheid verrijst, en daarbij de hersenen aantast en vervult van angst, bekoring en verwarring bij degene die zich een weg baant door de uitgestrekte vlakte, het brandend zand van de puberteit.

Dat gold niet voor Arbus. Arbus was anders. Dat was hij altijd geweest, en in alles. Terwijl wij een balletje trapten op een veldje van zand ontwikkelde hij stilletjes zijn geest. Hij liet nooit iets blijken, voor zover ik weet, of in elk geval niet zolang ik met hem in contact was, van enige zwakheid, enige hunkering naar vrouwelijke beeltenissen; hij zat nooit zoals Iannello in vervoering te mijmeren over die vormen, die gezichten. Of misschien wist hij dat alleen maar heel goed te verbergen, zoals veel andere gedachten.

Later, nadat ik hem uit het oog was verloren, heeft hij het kennelijk op heel eigen wijze ontdekt, of verzonnen, want hij blijkt uiteindelijk zelfs te zijn getrouwd.

Jawel, Arbus heeft een vrouw gevonden, ik heb pas veel later gehoord over zijn verrassende huwelijk, en als u zo geduldig bent om mij te volgen zal ik u verderop in dit boek vertellen hoe.

Hoofdstuk III

Svampa, onze scheikundeleraar, de bejaarde pater met het nasale stemmetje, hanteerde zijn aanwijsstok even behendig als een schermer zijn floret.

Ondanks de lengte zwaaide hij ermee rond en wist hij zijn doelwit meestal met de punt te raken.

Het waren dan ook geen stokslagen die hij uitdeelde, maar biljartstoten, alsof hij de jongens aan zijn degen wilde rijgen, wat niet zoveel afweek van wat hij eigenlijk had willen doen, als hij naar zijn onderdrukte seksuele verlangens had geluisterd.

Maar waren die verlangens eigenlijk wel echt zo onderdrukt?

Dat vroegen wij ons heel wat keren af.

Dat hij door en door homoseksueel was leed geen enkele twijfel; maar geen enkele jongen van het SLM die ik heb gekend of gesproken heb ik ooit horen beweren dat hij door hem was lastiggevallen, als we tenminste, en daar ga ik even van uit, onder lastigvallen niet verstaan de liefdevolle zinnetjes waarmee hij zijn favorieten aansprak, de knapste, meest feminiene jongens, of juist de meest vroegrijpe types, de macho's zoals Iannello, zeg maar.

Een opmerking als 'Ik kan je wel opvreten, beste Riccardino!', gericht aan Modiano, die destijds een engelachtige bos ragfijn blond haar had, al zou hij die helaas als eerste verliezen, was in feite een onderwijskundige aanmoediging van Svampa terwijl hij hem zijn proefwerk met een voldoende teruggaf.

Je kon de scheikundeles gerust een alchemieles noemen.

Hoewel er moderne natuurwetenschappen werden onderwezen, was het alsof er een stukje Middeleeuwen was ingemetseld in het rationele gebouw van het SLM, het kamertje van dokter Faust behangen met symbolen, skeletten, organismen op sterkwater, vleesetende planten die insecten fijnkauwden en doorslikten waarmee ze een vlezige, paarsige bloem voedden die op een nacht uitkwam, vervolgens maar één dag bloeide, wat uiteindelijk leidde tot de dood van de plant, uitgeput omdat die haar had voortgebracht.

Gas was de amanuensis van Svampa.

Een viezig, kromgebogen oud mannetje met lang grijs haar en enorme witte wenkbrauwen, die waarschijnlijk in zijn leven al heel wat smerige baantjes en beroepen had uitgeoefend voordat hij zich had gehuld in de ruwe, groezelige laboratoriumjas vol vlekken door de spetters van de chemische stoffen die hij, zonder dat hij ooit een woord zei, Svampa hielp op te ruimen na de proefjes. De fiolen, de ampullen, de destilleerkolven, de stroomgeneratoren, de spiegels voor de optische experimenten.

Svampa was namelijk heel rommelig, een knoeierd, terwijl hij ons dingen uitlegde werd hij zelf bijna euforisch, hij gilde haast met zijn hoge stem, en zonder de hulp van Gas had hij beslist de hele school in de lucht laten vliegen, vooral wanneer hij er lol in had zijn mengsels te verhitten boven een bunsenbrander en de helft van de tijd vergat om hem uit te zetten.

Gas deed nooit zijn mond open, en achter Svampa's rug om keek hij ons vol haat aan, vooral op de momenten dat Svampa zich liet gaan in zijn liefdevolle tirades tegenover de aantrekkelijkste klasgenoten, de gebruikelijke Jervi, Modiano of Zarattini.

Dan ging hij ons een voor een af met zijn wrokkige blik, versterkt door zijn dikke, borstelige witte wenkbrauwen.

Gas had een bloedhekel aan ons rijkeluiszoontjes, stuk voor stuk, zonder uitzondering.

Ja, in plaats van Gas & Svampa hadden we net zo goed Merlijn of Paracelsus kunnen hebben.

Wanneer die twee oudjes kromgebogen bezig waren bij de practicumtafel leken ze net een stel lijkenrovers, de beroemde Burke & Hare. Een van de geruchten die rondgingen over Gas was trouwens ook dat hij voordat hij als bijna zestigjarige op het SLM was aangenomen, werkzaam was geweest bij het mortuarium, misschien op de forensische afdeling, met als taak om na een autopsie het lijk te wassen en de resten weer bijeen te voegen. Er werd ook gezegd dat hij alcoholist was geweest, en sommigen insinueerden dat hij dat nog steeds was. Hoe dan ook, waarheid of legende, het is nu eenmaal een feit dat de mannen van de wetenschap maar net een treetje hoger, of lager, staan dan sjamanen of tovenaars.

Alsof dat nog niet genoeg was, leefde Svampa in de overtuiging dat de capaciteiten en het karakter van een jongen van diens gezicht af te lezen waren; het was dus niet alleen vanwege zijn homoseksualiteit dat hij ieder van ons bestudeerde met een blik die bijna voelbaar je gezicht aftastte en je lichaam fouilleerde. En als hij meende dat iemand geen aanleg had voor scheikunde, laten we zeggen door de vorm van zijn neus of zijn voorhoofd of zijn handen, dan staakte hij elke poging om diegene iets te leren, hij ondervroeg hem nooit, hij gaf geen antwoord op zijn vragen of verzoeken om nadere uitleg en, dat was nog wel het toppunt, hij gaf hem gewoon een zes op zijn rapport om er verder geen tijd en energie aan te hoeven verspillen.

Op een keer haalden Jervi en Chiodi een heel gemene streek met hem uit. Gedenkwaardig. Onder de oud-leerlingen van het SLM wordt er nu nog over gesproken. Svampa had een uiterst zeldzame agave gekweekt, die hij met de grootste liefde verzorgde in afwachting van de bloeiperiode. De agave zou maar eens in zijn plantenleven bloeien, en Svampa wachtte al maandenlang op het ontluiken van zijn bloem, zoals een moeder haar kind verwacht. Je zou zonder overdrijven kunnen zeggen dat hij de plant besprenkelde met zijn tranen als oude onderdrukte homoseksuele pater, en dat moesten er heel wat zijn, geplengd vanwege zowel de zonden die hij had begaan als de zonden die hij zich had ingebeeld, en vanwege zijn continue opofferingen en frustraties. De solitaire agaveknop was inmiddels zo bol en sappig als een artisjok en je had het idee dat je de bloemblaadjes vanbinnen voelde drukken, verlangend om open te barsten en hun felle kleur te laten zien, die het nederige uiterlijk van het struikje in één keer zou compenseren: een grijzig stronkje dat je verdord zou noemen als die enorme spruit er niet aan zat, die elk moment kon opengaan. Tijdens de laatste les die hij ons gaf vóór de streek, laten we het zo maar noemen, was Svampa meerdere keren afgeleid geweest en had hij een blik op de bloempot geworpen, die bij het raam was gezet ter versnelling van de plantaardige processen, alsof hij het exacte moment van de ontluiking niet wilde missen. Maar het wonder liet nog even op zich wachten. Terwijl Gas het chemielokaal kort onbeheerd had achtergelaten, met de sleutels in het slot, en naar de kelder was gegaan om schoonmaakmiddelen te halen (sommigen beweerden dat hij daar drank verstopt had), waren mijn klasgenoten Jervi en Chiodi naar binnen geslopen en knepen ze een halve flacon bleekmiddel leeg in de bloempot van de agave. Zoals zij het vertelden (maar misschien was dat een verzonnen horrordetail), hadden ze de plant echt 'een injectie gegeven', recht in de stam. Het effect was de volgende dag zichtbaar. Het was een dinsdag, een dag waarop we geen scheikunde hadden, maar het nieuws verspreidde zich als een lopend vuurtje door de gangen: Svampa zat in het chemielokaal, met zijn hoofd steunend op zijn handen, en had de pot met de agave voor zich neergezet. De jongens die naar binnen waren gegaan omdat ze zijn gejammer hoorden, hadden hem zo aangetroffen. Ook wij renden ernaartoe zodra de bel ging voor de pauze, we verdrongen ons voor de deur van het chemielokaal, en Svampa zat daar nog altijd te waken bij zijn bloem die voor de geboorte was gestorven. De plant was dan ook nog net zo grijzig als anders, maar de sappige knop waarin je tot de vorige dag door de halfgeopende kroon een vleugje rood van de bloemblaadjes kon zien, was van de stam af gevallen en omlaaggerold. Nu had Svampa de knop in zijn handen, droog, dood, kleurloos, alsof hij wilde begrijpen wat ermee was gebeurd, maar volgens mij wist hij het wel, hij wist het maar al te goed. En hij huilde met gebogen hoofd.

Naast hem stond Gas, rood aangelopen, met zijn grijze haar rechtovereind en zijn wenkbrauwen nog borsteliger dan anders. Hij had een vriendelijke hand op de schouder van Svampa liggen, daar waar het zwarte habijt van de pater glad was, bijna glanzend. Maar het troosten van de diepbedroefde leraar was niet zijn eerste zorg. Hij wist dat de rector weldra een onderzoek zou instellen naar het feit dat hij het chemielokaal onbeheerd had achtergelaten. En hij staarde ons leerlingen aan met een haat die volgens mij nooit eerder door een mens is ontwikkeld jegens zijn gelijken. Een zuivere, absolute, rechtschapen haat.

En dat allemaal vanwege een bloem.

Hoofdstuk IV

Daar is hij dan, de puberjongen, puisterig, hijgend, onbeteugeld, van nature bipolair, jachtig heen en weer zigzaggend, zoals in een videogame, tussen afgronden die zich plotseling naast hem openen en de op het nippertje ontweken obstakels van de latente homoseksualiteit, de sociale afgang, de mislukking of simpelweg de overgave aan een vrouw. Allemaal mijnenvelden waarop hij dreigt te exploderen als hij zich erin waagt. Zijn strijd is niet tegen de andere sekse, maar tegen de angsten die juist voortkomen uit het feit dat hij tot zijn eigen sekse behoort. Als lid van het mannelijk geslacht heeft hij normen opgelegd gekregen die hij moet halen en in ere houden, en niets boezemt hem meer angst in dan de twijfel dat zijn mannelijkheid misschien niet goed gelukt is, onaf, gehavend, zieltogend; wat uiteindelijk ook bijna altijd het geval is.

Daarom haalt hij de gekste dingen uit ter compensatie van die tekortkomingen, om al die gaten in zijn mannelijkheid te dichten.

Vriendschappelijke aantrekkingskracht, vrees, rivaliteit en vooral gevoeligheid, ja, gevoeligheid, een waanzinnige gevoeligheid die niemand ooit bij jongens zou vermoeden maar die er wel degelijk is, een hevige, kinderlijke gevoeligheid voor het oordeel en de blikken van de andere jongens. Deze obsessie verbond de schooljongens met elkaar, maar werkte hen ook op de zenuwen en stootte hen af. Ze waren zich voortdurend met elkaar aan het meten om te bepalen welke plaats ze innamen op de ranglijst van mannelijkheid; welke score de anderen hun zouden geven. Meiden speelden in die competitie alleen maar een rol omdat ze iemand omhoog konden laten klimmen in de mannelijke hiërarchie; zij dienden voor de jongens dus om elkaar onderling te beoordelen, om hun rekeningen te vereffenen. De meisjes fungeerden als indicatoren, net zoals iemands sportieve prestaties of muzieksmaak of manier van kleden. Wie denkt dat alleen meisjes op elkaars kleding letten vergist zich deerlijk: jongens houden elkaar misschien nog wel nauwlettender in de gaten, en met een nog nieuwsgieriger en meedogenlozer blik: niets kan je zo omlaag doen duikelen in de hiërarchie als een shirtje, een paar schoenen of een broek.

Wanneer jongeren in de vroege puberteit van de ene op de andere dag menen het verschil te hebben ontdekt tussen wat het betekent om mannelijk of vrouwelijk te zijn, begint er een wedloop met als doel zich te onderscheiden. Om te laten zien dat ze die rol hebben begrepen, overdrijven ze in hun uitvoering ervan, als onzekere acteurs, en leggen ze hun gedrag er wat al te dik bovenop. De pubers poseren met een onhandige, omzichtige ernst als mannen of vrouwen, en die ernst is evenredig aan hun vrees om niet serieus te worden genomen, wat leidt tot parodistische imitaties van mannelijkheid en vrouwelijkheid, tot karikaturen, tot de musicalfilm *Guys and Dolls* zeg maar, wat net zoiets was als *Grease*: vloekende jongens en gillende meiden. De eenvoudigste manier voor jongens om te bewijzen hoe mannelijk ze zijn, is het verachten van vrouwelijkheid: het is een duidelijk negatief gebod, waarvan de vereenvoudigde formule luidt dat je om een man te zijn alleen maar geen vrouw hoeft te zijn. Ook de vaders van vroeger (en misschien ook nog wel een beetje die van tegenwoordig) hanteerden deze afstreepmethode: in plaats van hun zoon aan te moedigen zich mannelijk te gedragen, bestudeerden ze alle trucjes om te voorkomen dat hij al te vrouwelijk zou overkomen. Een jongetje liet zijn kindertijd achter zich met één vastomlijnd idee, namelijk dat hij geen belangstelling moest tonen voor seks. Elke blijk van ook maar de minst seksueel getinte interesse werd al meteen als verwijfd beschouwd. Elke aandacht voor het lichaam was taboe: in de spiegel kijken, je haar kammen, je kleding verzorgen. De gezonde jongen moest lak hebben aan al die dingen, hij moest zichzelf verwaarlozen, zo min mogelijk wassen, zijn lichaamshaar gewoon laten groeien waar het tevoorschijn kronkelde. Het voorwerp dat symbool stond voor die stinkende slonzigheid was een paar gymschoenen (zo heetten ze destijds, tegenwoordig hebben ze alleen nog maar een Engelse naam). Dat toppunt van nuchtere, wat viezige masculiniteit is niets nieuws, gezien het feit dat het terugvoert naar vele filosofische leren uit de Oudheid en een extreme, polemische uiteenzetting vindt in de geschriften van Julianus Apostata, de anachronistische keizer die in naam van een ideaal van ruwheid en soberheid afzag van ontharing, verzwakkende baden, de cultuur van massages en schoonheidsverzorging, kortom al die oosterse nichterigheden die de grenzen tussen de seksen hadden doen vervagen en waardoor het Romeinse Rijk was verslapt en bijna was verworden tot een simpele satrapie.

Op die leeftijd wordt de twijfel dat je je 'anders voelt dan de anderen' een zekerheid: niemand kan net zo zijn of zich net zo voelen 'als de anderen', dat is onmogelijk, iedereen voelt zich en is ook daadwerkelijk anders, ofwel omdat hij denkt dat hij heel bijzonder is, ofwel omdat hij vreest dat hij een pechvogel is, of een monster.

Er waren dan ook twee manieren om je woede jegens andere jongens te uiten: of je onderwierp ze met boze woorden en ruwe gebaren, waarmee je dus liet zien dat jij mannelijker was dan zij, groter, sterker, of met een hysterische scène geleend uit het vrouwelijke repertoire, dat wil zeggen met overslaande falsetstem, krabben, tranen. Vaak is het zo dat deze twee strategieën, die in elk geval het grove taalgebruik met elkaar gemeen hebben, door elkaar heen lopen... en daarvoor hoef je helemaal niet verwijfd te zijn. Wanneer de onuitputtelijke zoektocht naar gezelschap, goedkeuring, gelijkheid en solidariteit die een jongen van andere jongens verlangt wordt gefrustreerd, roept dat zelfs een nog grotere wrok op dan die welke hij jegens het andere geslacht kan voelen: afgewezen worden door een gelijke leidt tot een dramatische onzekerheid over je eigen identiteit, erger nog dan de enigszins te verwachten afwijzingen die je van het andere geslacht krijgt, want die kunnen, hoe onaangenaam ook, je identiteit juist versterken. Een jongen die jouw vriendschap afwijst kan je meer pijn doen dan een meisje dat jouw liefde weigert.

Als er één ding is waar mannen schijnbaar zo blij mee zijn dat ze zich erop laten voorstaan, dan is het wel dat ze geen vrouw zijn; althans, zo gedragen ze zich naar buiten toe, maar diep vanbinnen ervaren ze een nieuwsgierigheid, een jaloezie en zelfs een verlangen of een ongeremde hunkering om, laten we zeggen als proef, voor één keertje vrouw te zijn, om te denken met het brein van een vrouw, om te voelen hoe je heupen wiegen en je borsten deinen en hoe je hart anders klopt, en om dan te genieten als een vrouw en te huilen zoals vrouwen huilen, en als het experiment wat langer zou duren, dan zou je op wonderbaarlijke wijze zwanger kunnen raken, en een kind baren als een vrouw... Allemaal dingen die zijn uitgesloten, waartoe mannen zich voelen aangetrokken en waar ze tegelijkertijd doodsbang voor zijn.

Wat wil het dan zeggen om een man te zijn? Hoe en dankzij wat word je erkend als man? Aangezien het merendeel van de mannen bitter weinig overeenkomsten vertoont met het beeld van de man, en helemaal niet beschikt over de vermeende identiteit van de echte man, is het dus zo dat een man zijn wil zeggen dat je niet bent zoals je eigenlijk bent, maar zoals je zou moeten zijn. De man is niet iemand die mannelijk is, maar iemand die mannelijk móét zijn, en daarin schuilt zijn hele essentie. De man is dus een niet-zijn, of beter gezegd een zijn-om-te, een potentieel zijn, een wilsuiting, een grensconcept, een regulatief idee.

Je moet jezelf bewijzen, tonen, inspannen. Een man word je, dat ben je niet zomaar. Niemand zegt ooit 'Wees een vrouw!' zoals ze wel zeggen 'Wees een man!' (Zie het afschrikwekkende gedicht van Kipling, 'If', het ergste en banaalste dat die geweldige verteller ooit geschreven heeft, en dan waren er ook nog mensen die dat aan de muur hingen en vanbuiten lieten leren...)

De prijs om aan de verwachtingen te voldoen, om je aan te passen aan de rol waarvan men zich voorstelde dat een jongen, een man, een kerel die moest vervullen. Wat was die rol? En welke prijs betaalden we?

Ik persoonlijk heb die prijs betaald. In dit boek heb ik al wat verteld en zal ik nog meer anekdotes vertellen over hoe en waar en hoeveel ik heb afbetaald, zeg maar, van de termijnen van mijn schuld als man. Over dat ik hem nooit helemaal heb kunnen aflossen. Over hoe onfair maar tevens onvermijdelijk het was om die schuld te eisen, van mij en al mijn klasgenoten en alle jongens die aan de drempel (of moet ik zeggen aan de afgrond?) van de adolescentie zijn verschenen, verschijnen en zullen verschijnen. Over vrouwen heb ik het nu niet: zij betalen hun eveneens gepeperde rekening apart, ieder haar eigen aandeel. Er is vast en zeker een of andere vrouwelijke godheid aan wie ze die heffingen overmaken, misschien iemand als Artemis van

Efeze, of zo'n precolumbiaanse godin met grote tieten, of Kali, of anders een cherubijn.

En trouwens, laten we die onderlinge eenheid van mannen vooral niet overdrijven. Een man is natuurlijk anders dan een vrouw, maar eerlijk gezegd is hij ook anders dan alle andere mannen. Hij kan zelfs heel wat meer verschillen van een groot aantal mannen dan van sommige vrouwen. Terwijl het verschil met vrouwen vanaf het begin als vanzelfsprekend wordt aangemerkt, door de roze of blauwe strik die wordt opgehangen bij de kamer op de kraamafdeling (een afschuwelijke traditie, hopelijk tanende, die al meteen de seksuele onveranderlijkheid markeert: nog voor de naam, of de huidskleur, of de familie, of de census, vóór al het andere kom je in die categorie ter wereld: 'Er is een jongetje geboren...'), ontdek je het verschil met andere jongens pas gaandeweg, als een voor het merendeel onaangename verrassing, en dat kan een heel wat heftiger en schriller contrast blijken te zijn. Wanneer je je realiseert dat degenen die *net zoals jij* zouden moeten zijn dat helemaal niet zijn... Ja, dat je het idee krijgt: ik ben helemaal niet zoals zij... Ik ben helemaal niet zoals zij, ook al heb ik net als zij iets tussen mijn benen bungelen. Die ogenschijnlijke gelijkenis vergroot de kloof alleen maar. Het gaat dus om twee soorten anders-zijn, die maar al te vaak door elkaar worden gehaald: het ene is intersoortelijk, het andere intrasoortelijk. Het is net als met volkeren: Italianen zijn beslist anders dan Duitsers, maar het gemiddelde verschil tussen een Italiaan en een Duitser is kleiner dan het onderlinge verschil tussen Italianen aan beide uitersten. Groepen, seksen, sociale categorieën, volkeren kennen gigantische onderlinge verschillen.

Als maatstaf gebruikt men iemands vermogen om zijn onzekerheid in bedwang te houden, om die te elimineren of haar de kop in te drukken, of zich er in elk geval niet door te laten overweldigen. Die onzekerheid wordt dan weer veroorzaakt door het persoonlijk onvermogen om adequaat te reageren op gevaarlijke of nieuwe situaties, of simpelweg op het contact met anderen. Voor sommige mensen (van wie ik er een ben) is het een enorme uitdaging om met tien andere personen in een kamer te verblijven; ik heb dan het idee dat ze allemaal naar mij kijken, dat ze mij beoordelen, me willen bedreigen of verleiden of door mij verleid willen worden, of dat ze me expres negeren, terwijl het in werkelijkheid natuurlijk niemand iets kan schelen wie ik ben of wat ik doe. Die onzekerheid komt voort uit het feit dat je je aan de ene kant bedreigd voelt en aan de andere kant juist verlangt naar emotionele intimiteit.

De puberjongen dient verder te worden vermannelijkt. De mannelijkheid waarover hij beschikt is in negen van de tien gevallen misvormd, wankel, onzeker, dient opnieuw te worden gemodelleerd en gefixeerd. Is er een neiging naar het vrouwelijke, dan moet die worden rechtgezet en omgebogen. Als de mannelijkheid daarentegen juist al te geprononceerd is, moet er een rem op worden gezet. Niet alleen iemands kracht is een indicator van mannelijkheid, maar meer nog zijn vermogen om die in bedwang te houden (min of meer wat de reclame van een bekend merk autobanden zegt, of wat voetbaltrainers voorspellen wanneer ze een jongen treffen die getalenteerd is maar te bandeloos).

De proeven die de mannelijkheid moest doorstaan in de tijd dat ik geboren werd, werden tijdens mijn puberteit al niet meer als universeel beschouwd, en ze werden al afgekeurd of geridiculiseerd tegen de tijd dat ik volwassen was, dat wil zeggen, toen mijn beurt was gekomen om ze te doorstaan. Van John Wayne en Steve McQueen waren we overgegaan naar Dustin Hoffman en Al Pacino: in plaats van stevige kerels en kerels uit één stuk kregen we voortaan neurotische onderdeurtjes voorgeschoteld als rolmodel.

Het ware tegenovergestelde van mannelijkheid was niet vrouwelijkheid, maar homoseksualiteit: dat was een gevaarlijke grens. Het mannelijke ideaal was een negatieve definiëring: de exacte tegenpool van een man was niet een vrouw, maar een flikker.

De ondraaglijkste angst voor ons jongens was om te worden uitgelachen...

Enig idee wat het betekent om de hele tijd, de hele tijd, te moeten vechten tegen angst en schaamte? Ik heb het over de enorme angst om te worden gepest, om als mietje te worden gezien.

Als tegenreactie ga je dan dus gauw een ander jongetje pesten omdat hij een beetje meisjesachtig overkomt, of zwak, of angstig. Een politiecontrole uitvoeren aan de grens tussen de seksen. Een soort patrouille.

Uit de tijd dat ik nog echt een kind was... in het park... herinner ik me dramatische, onthutsende spelletjes die waren opgezadeld met namen als 'verstoppertje' of 'diefje-met-verlos', maar die zeggen niets over de enorme frustratie, of beter gezegd de wanhoop van degene die werd gevonden of gevangengenomen, omdat hij niet snel genoeg of niet slim genoeg was geweest, het ware slachtoffer van die wrede spelletjes, die vervolgens moest hopen op de snelheid en opofferingsgezindheid van een ander vriendje dat hem zou kunnen verlossen.

Ik herinner me dat de meisjes besmettelijk waren, die wilden je altijd kusjes geven, ze hadden hun lippen al getuit terwijl ze achter je aan renden. Ik herinner me de haat die ik voelde jegens dikke of bebrilde meisjes, en mijn ogenblikkelijke liefde voor de mooie.

Maar ook de mooie meisjes waren gedoemd om gepest te worden. Ze werden uitgenodigd om samen een spel te doen, bijvoorbeeld touwtjespringen, en een tijdje deed iedereen leuk mee, de jongens lieten het touw in het juiste ritme ronddraaien zodat de meisjes konden springen... En dan ineens gingen de jongens sneller draaien of de andere kant op, zodat het meisje struikelde en viel, en dan rende iedereen lachend of gillend weg. De meisjes waren het zo gewend dat ze tijdens een spel werden gestoord of geplaagd, of dat hun speelgoed werd gejat of kapotgemaakt, dat ze speciale rituelen hadden ontwikkeld om het kwaad dat de jongens hun berokkenden goed te maken: als de schuldigen niet zelf al waren weggerend verjoegen ze hen, toen al heel volwassen zuchtend, ze pakten het spel weer op, troostten iemand die huilde. Ze deden alsof er niets was gebeurd. 'Och, die sukkels...' was hun commentaar, en ook al waren ze een beetje boos, ze hadden soms ook wel een beetje lol om de stomme plagerijen die ze ondergingen.

Andermans ruimte binnendringen
de ruimte van de meisjes
hun ruimte schenden, hun gesprekken
hun lichaam schenden

Kinderen weten dan misschien niet wat seks is, maar ze weten heel goed wat onderdrukking is, en daardoor zijn ze geneigd seks te interpreteren als onderdrukking ('Papa doet mama pijn, daarom gilt ze...'). Sommigen beschouwen het nog steeds zo wanneer ze al volwassen zijn.

Plagen is de eerste stap die leidt naar het echte werk, een soort generale repetitie. Het spelen van agressie jegens meisjes was alleen maar onschuldig omdat en zolang het inderdaad een spel was, maar de inhoud bleef ook na afloop van het spel bruikbaar, als iets wat altijd nog eens in praktijk kon worden gebracht wanneer het moment daar was. Dingen voor de grap doen is de doeltreffendste manier om te leren iets echt te doen. Speelse terreur.

Ze infecteerden de jongens met hun aanraking, hun kusjes, hun speeksel, hun gevoelens... of alleen al met hun aanwezigheid!

Het gevoel hebben dat je een weerstand moet overwinnen. Ook wanneer die er niet is. Koste wat kost die weerstand moeten overwinnen, die na wat schertsend gekibbel serieus is geworden, vastberaden, boos of wanhopig.

En eenmaal volwassen, kijk, dan is daar het gevoel dat je *macht moet krijgen* over een vrouw om haar te neuken. Dat lijkt misschien een tamelijk gegrond idee, gezien vanuit psychologisch oogpunt, maar tegelijkertijd is er in de praktijk niks van waar, tenminste niet wat mij betreft en ik denk voor niemand van mijn generatie. Als ik denk aan de vrouwen met wie ik in mijn leven naar bed ben geweest, nou, laten we zeggen dat een derde daarvan het me inderdaad een beetje moeilijk heeft gemaakt. De een misschien behoorlijk, de ander alleen voor de vorm, ik weet het niet precies. Degenen die het me al te moeilijk maakten heb ik laten schieten, maar ik kan niet controleren of ik daar goed aan heb gedaan. Als ik nog meer had aangedrongen, wie weet... Van de overigen had de ene helft (dus ook weer een derde van het totale aantal) dezelfde bedoelingen als ik, zodat we goed getimed in elkaars armen kwamen te liggen.

Het resterende derde deel heeft mij besprongen.

Afwijzen, afwijzen, afwijzen. In ons lot als jonge mannetjesdieren stond dit geschreven: dat jongens op scheiding gericht zijn, en meisjes op verbinding. Alleen al op basis van hoe hun lichaam gebouwd is, of gebouwd zou moeten zijn, is de jongen bezig te definiëren, differentiëren, kenmerken; het meisje daarentegen ontvangt, verenigt, vermengt. Zij streeft naar eenheid, wij streefden naar afscheiding...

In mijn tijd en in mijn sociale klasse was het standaardmeisje fragiel, vaag, meegaand. Tegen het blonde aan maar niet echt blond. Zwijgzaam maar ook weer niet treurig, ze moet wel af en toe lachen om de anderen. Ze moet ook af en toe om jou lachen, ook al ben je niet de grootste gangmaker, voor haar is het blijkbaar genoeg. De eerste grote verkenner van de geest beweerde dat apathische meisjes veel waard zijn op de huwelijksmarkt. Een man kan ze nemen zoals ze zijn, leeg, en ze vullen met de inhoud die hem het beste uitkomt, reëel of denkbeeldig. Dat gold in zijn tijd, maar het gold ook in mijn tijd.

> *Fragiel, meegaand, apathisch, vaag:*
> *jegens die verrukkelijke vrouw is het haast*
> *een ridderlijke plicht om je zowel beschermend*
> *als toegeeflijk op te stellen...*

Onze ouders, verlichte conservatieven of behoedzame liberalen, pasten zich uiteindelijk aan aan de nieuwigheden van die tijd, tegen hun zin, maar ze pasten zich aan – seksuele vrijheid, obscene taal, verwaarloosde kleding, politiek extremisme, zij het alleen in woorden, informaliteit op alle gebieden – met die vorm van geërgerde of bezorgde toegeeflijkheid die sociologen aanduiden als 'grinding acceptance', tandenknarsende acceptatie. De nieuwe gewoontes sijpelden in ons gezin door als fijnstof, terwijl ze in andere gezinnen al volledig waren doorgedrongen, en bij weer andere buiten waren gebleven, tenminste in theorie, vanwege het extreme verzet dat de ouders van onze schoolgenoten boden tegen de minste verandering. Wij waren de reeds verweekte eerstgeborenen van de nieuwe verwijfde cultuur, die was gebaseerd op verlangen en niet meer op opoffering en inspanning. Sommigen vonden het nodig om te reageren met symbolische, gewelddadige acties, in de overtuiging dat bommen en verkrachtingen bijdroegen aan het herstel van een samenleving die was ingericht volgens viriele principes, een samenleving die weer mannelijk zou zijn. De paradox wil dat velen van hen juist de verwendste zoons waren, absoluut niet spartaans opgevoed!

Hoofdstuk v

Ik leg deze reis nu voor het eerst af, samen met u. Ga met me mee als u kunt, als u zin hebt, en er de tijd en het geduld voor hebt...

Ook in die tijd verkeerde de echte man blijkbaar al in een crisis, was hij een bedreigde soort, gezien het feit dat hij moest worden hervonden en herbevestigd tegen het gevaar dat werd gevormd door vrouwen, homo's en hippies.

Mannen moesten reageren. Niet zitten duimendraaien. Niet onverschillig toekijken bij de teloorgang. Actie, actie, actie was nodig tegen de ontaarding van de beschaving waardoor mannen steeds meer op vrouwen waren gaan lijken, kijk maar naar die mode van dat lange haar, die evenzeer werd verafschuwd door de fascisten als door Pier Paolo Pasolini en de oude arbeiders. De fascisten wilden gezonde, krachtige, gevechtsklare Italiaanse jongens, Pasolini wilde ze met een geschoren nek en een lok over het voorhoofd, en de arbeiders waren ouderwets. De permissieve cultuur daarentegen mat haar vooruitgang af aan de mate waarin het haar was gelukt de mannen te feminiseren. Ik weet nog met hoeveel afschuw de gemiddelde volwassene keek naar die langharige teckels op tv (popzangers en zo). Ook ik had lang haar, en ik had het nog wel langer willen hebben, maar het probleem was dat het eerder omhoog groeide dan omlaag, en aan de zijkanten bolde het op, als het kapsel van een tv-presentatrice van de RAI, vooral als ik het probeerde te kammen, en daardoor kwam mijn haar nooit tot op mijn schouders, wat wel gebeurde bij jongens met sluik haar.

De obsessie betrof altijd de mannelijke identiteit: of die moest worden vervaagd en dichter bij die van het andere geslacht komen (haar, oorbellen, enzovoort) of men meende die juist met een schaar te kunnen beschermen.

Ze bestonden destijds, en ze bestaan nog steeds: de hoeders van de viriele mythe. In hun ogen werkt vrouwelijkheid verzwakkend, verslappend. Zij zien vrouwelijkheid als een infectie, ze zijn bang om ermee te worden besmet, ze bewaken de mannelijkheid als een gesloten systeem, compact, ondoordringbaar voor de weekheid die het contact met vrouwelijkheid oproept en teweegbrengt. Het is zeg maar de vrees te worden teruggebracht naar de afhankelijke toestand van de zuigeling. De pik is hard totdat hij, na het seksuele contact, slap wordt. Eerlijk gezegd was hij voor het seksuele contact ook al slap, maar wat ons vooral treft is altijd het *naderhand*, net zoals de vraag wat er na de dood zal zijn altijd angstaanjagender is dan die over wat er vóór het leven was. Hoe je het ook wendt of keert, seks verzwakt. De geslachtsdaad wordt niet beschouwd als een bewijs van potentie, maar juist als de voornaamste oorzaak van het verlies daarvan. Seks wordt dus ondergewaardeerd of gevreesd. Dat alles kent een plastisch bewijs: een lijf dat eerst stijf en robuust was wordt door de liefde loom, zacht, slap, week; inderdaad, net zoals dat van een vrouw...

In die optiek is seks dus niets anders dan een valstrik die de vrouw voor de man beraamt, om hem te ontmannen en hem vervolgens te temmen. Hem te onderwerpen dankzij een tovenarij die hem kan verzwakken, zijn energie kan uitputten of afwenden voor een dierlijk leven zoals dat van de mannen die door Circe werden veranderd in beesten (interessant dat Odysseus juist preventief gebruikmaakte van seks om dat te voorkomen: hij temt de tovenares door haar tot de geslachtsdaad te dwingen, waardoor merkwaardig genoeg zíj verzwakt raakt, niet hij! Dat is een uiterst zeldzame omkering van de regel, die over het algemeen juist onwrikbaar heerst, zelfs bij de goden, zoals bij Ares en Hephaistos, de een de minnaar en de ander de echtgenoot, allebei buiten gevecht gesteld door de liefdeskunsten van Aphrodite). Seks is het middel maar tegelijkertijd het doel van de verleiding: het is wat de man verkrijgt als bewuste schadeloosstelling voor het feit dat hij de overheersing van de vrouw heeft geaccepteerd, een beloning om degenen die ogenschijnlijk blij worden gemaakt te temmen. Ze denken dat ze hebben gewonnen, maar ze krijgen eigenlijk een troostprijs. De vrouwelijke charme is daarom een bijzondere en, laten we zeggen, flexibele vorm van kracht. Ze manifesteert zich niet heel banaal als iets hards, maar juist als iets heel subtiels en onzichtbaars.

Behalve aantrekkingskracht ervaren mannen ook altijd een vage angst of afkeer van intimiteit, ze zijn bang voor de intimiteit met vrouwen en ze zijn bijna even bang dat ze gaan verlangen naar intimiteit met andere mannen, een schandelijke drang die dient te worden onderdrukt. Het opkomen van verlangen en het onderdrukken van dat verlangen kan zich telkens herhalen, of het kan voor eens en voor altijd zijn voorgekomen tijdens de puberteit, wanneer mensen min of meer bewust hun seksuele keuze maken. Tijdens hun eerste ervaring in de armen van een vrouw happen jongens naar adem, ze voelen zich verstikt, in de val gelokt. Wat nou bezitten, veroveren, domineren! Een man voelt zich omwikkeld door windingen, vastgegrepen door tentakels, bedolven onder de meegaandheid van de vormen van een vrouwenlichaam, en wanneer hij in haar binnendringt is het alsof hij zijn graf in gaat. Met immense vreugde en ontzetting, de ontredderende nieuwigheid van het zachte.

Het valt niet mee om aan te duiden waarin seks tegenwoordig verschilt van sport, de aanschaf van luxegoederen en van geweld. Welke grenzen seks precies scheiden van deze zaken, aangezien de manier waarop seks wordt verbeeld identiek is aan die van een sportieve of commerciële prestatie, of een geweldpleging. Sport, consumentisme en geweld vormen inmiddels één categorie, en conventioneel gezien worden die alleen nog maar gescheiden door de themakanalen van de satelliet-tv. Sport, consumptie en porno, de grote hedendaagse surrogaten van de ervaring, de vervangers van oorlog: inspanning, onbeperkte fysieke toe-eigening van goederen en lichamen. Het doel van een sportwedstrijd is simpel, onmiskenbaar: winnen. De rest doet er niet toe. De bal belandt in het doel of niet, daar hoeven we niet lang over te redekavelen, ook al zal de gefrustreerde partij dat nog weken of zelfs jaren blijven doen, over die ene afgekeurde goal, over die bal die net naast ging... het resultaat blijft hetzelfde. De wet is die van de sterkste en de sterkste is degene die heeft gewonnen. Iets vergelijkbaars met die categorische, brute en wellicht heel onrechtvaardige maar in elk geval wel duidelijke houding wordt toegepast op de hofmakerij: Ben je uiteindelijk met haar in bed beland? Heb je haar geneukt, ja of nee? De rest doet er niet toe.

Als we die erotisch-sportieve stelling eenmaal doorhebben, is het niet moeilijk om het verband te snappen tussen die twee gelijke werelden die zoveel ruimte innemen in de mannelijke verbeelding, waar ze samen met hun talloze satellieten rondcirkelen, tot hun banen gelijk gaan lopen, want inmiddels is de sport, ooit een bijna ascetische praktijk met een elitaire, puriteinse bijsmaak, het meest geërotiseerde volksdomein dat er bestaat. Desalniettemin herinner ik me zonder enig berouw minstens twee niet-neukpartijtjes, of meer zelfs, minstens drie of vier gelegenheden van de vele waarbij mijn bal tegen de doelpaal belandde, waarbij ik de strafschop miste of niet eens nam, uit sloomheid of hopeloosheid of onhandigheid of gebrek aan inzicht of een merkwaardige desinteresse die op het laatste moment de kop opstak: de uitkomst van een vreemd verlangen om wel te spelen, maar dan gewoon zomaar, een oefenpotje, zeg maar, zonder dat er iets op het spel staat, zonder dat iemand iets wint. Zonder per se een dam te hoeven halen, zonder het koekje in de melk te dopen, om de expliciete stijlfiguren uit de (Romeinse, volkse) traditie maar eens te gebruiken. Vroeger geloofde ik dat dat een typisch vrouwelijke instelling was. Een beetje uitdagend, wispelturig, vanzelfsprekend vruchteloos, gewoon om te kijken wat er zoal opkomt. Vrouwen vinden het vaak leuk om wat toverstof rond te strooien, met hun vleugels te klapperen, de temperatuur te laten stijgen, zonder dat ze ergens op uit zijn... en dan stoppen ze op een gegeven moment zomaar ineens, zonder verklaring, ze laten het spel heel ver doorgaan en dan stoppen ze zomaar, en de groeten... iets wat heel wat mannen woest maakt en waarover ik me in sommige gevallen ook het hoofd heb gebroken. Hoezo, jij wilde zelf naar mij toe komen, en nu, nu we hier half uitgekleed liggen... enz. enz.

Toch kan ik wel zeggen dat ik min of meer hetzelfde heb gedaan bij sommige vrouwen, hetzelfde dat sommige andere vrouwen bij mij hadden gedaan: na het gaspedaal ineens het rempedaal intrappen, of beter gezegd, de koppeling, waardoor de motor vergeefs draait: je hoort het geronk nog, maar de auto mindert vaart en komt tot stilstand... de opwinding is op het hoogtepunt, is het nu echt nodig om door te gaan? In die onderbreking schuilt iets heerlijks, iets zorgeloos, onzinnigs... Of misschien een diepe vrees, dat zou ook kunnen... Een vrees voor wat?

Maar goed, ik heb dus precies hetzelfde gedaan, zou dat dan betekenen dat mannen en vrouwen meer op elkaar lijken dan meestal wordt gedacht? Dat al die theorieën over dat koste wat kost het doel bereiken onzin zijn? Of dat ze in elk geval niet alleen voor mannen gelden? Of dat wanneer je je eenmaal halsoverkop in het verleidingsspel hebt gestort, het niet meer zoveel uitmaakt of er ook nog geneukt wordt?

Als tegenwicht voor bovengenoemde momenten kan ik ook gelegenheden opnoemen waarbij ik uiteindelijk wel per se wilde neuken, al moest ik mezelf forceren, desnoods met de ogen dicht, alleen maar omdat je nu eenmaal geen blauwtje mocht lopen. Onzinnige vluggertjes waarbij ik, als er al iemand geschonden werd, vooral mezelf schond, en waarbij ik als een hardloper die tijdens de laatste ronde zijn tanden op elkaar bijt en alleen maar aan de eindstreep denkt, uiteindelijk de finish wist te halen om vervolgens weg te zakken in totale desinteresse.

Misschien realiseren we ons niet hoezeer een groot deel (tegenwoordig bijna de totaliteit) van onze seksuele ervaring indirect en plaatsvervangend is. Ongeacht hoe lang en hoe vaak we zelf ook gezoend, gevoeld en gevreeën hebben, we hebben altijd nog honderdduizend keer vaker gezien, gelezen, begluurd, bespied en geluisterd hoe iemand anders het deed of vertelde dat hij het had gedaan. Op één enkel scherm van een willekeurige site flitst in een paar tellen meer seks voorbij dan wij zelf in ons hele leven hebben gehad of zullen hebben. En dan heb ik het niet alleen over porno, ook al is porno tegenwoordig wereldwijd het belangrijkste communicatiemiddel, en tevens de meest verspreide boodschap, maar vooral over de talloze kanalen langs welke de seks tot ons komt. Onze directe ervaring van de geslachtsgemeenschap, die wij persoonlijk hebben ervaren, houdt geen pas vergeleken bij de indirecte, en dus kunnen we wel stellen dat die laatste categorie veel en veel belangrijker is. Ook als we het alleen over zoenen hebben, hoeveel zoenen ik ook heb gegeven (wat ik als kind walgelijk vond, vind ik nu het fijnste wat er is), ze vormen altijd nog een miniem deeltje van de hoeveelheid zoenen die ik heb zien geven: in levenden lijve, op tv, in de bioscoop, op straat, op school, op feesten, van mannen met vrouwen en van mannen met mannen en van vrouwen met vrouwen, in musea, op foto's, een heleboel anonieme en vele memorabele, net zo memorabel en meer nog dan de zoenen die ik met mijn eigen lippen heb gegeven en ontvangen...

Zelfs wanneer iemand beweert dat hij in zijn leven alleen maar de vrouw heeft gekend met wie hij is getrouwd, nou, dan is daar hoe dan ook niets van waar: er hebben wel duizend of tienduizend vrouwen in zijn bed gelegen, namelijk net zoveel vrouwen als hij sinds zijn kindertijd naakt heeft gezien. En een heleboel van die vrouwen zal hij hebben gedeeld met talloze andere mannen. Samen met die hele menigte zal hij zich een voorstelling van de seksualiteit hebben gemaakt die vele malen breder is dan de voorstelling die vanuit zijn echtelijke observatorium is vastgelegd. De onevenredigheid tussen de werkelijke activiteit en de denkbeeldige, dat wil zeggen, bestaande uit beelden maar daarom niet minder concreet dan de eerstgenoemde, is duizelingwekkend. Je zou hetzelfde kunnen zeggen over de verhouding tussen alles wat ieder van ons persoonlijk meemaakt en de alternatieve levens die hij via derden leidt door romans te lezen en films te kijken.

In de tijd dat ik op de lagere school en de middenschool zat, zo tot mijn veertiende, triomfeerden Ursula Andress en Raquel Welch in hun piepkleine bikini's, strakke leggings en panterprints. In de tijd waarin dit verhaal zich afspeelt waren de vrouwen die triomfeerden minder explosief, maar wel ingewikkeld, pervers, ambigu, zoals Charlotte Rampling of Sylvia Kristel.

Overigens zijn porno en romans tegelijkertijd opgekomen, en parallel verspreid. Het zijn twee in wezen vergelijkbare instrumenten om de individuele ervaring te vergroten dankzij de fantasie, door via verzonnen personages een reeks avonturen te verzamelen die iemand zelden persoonlijk zal beleven. Er is één verschil dat spiegelend kan zijn, complementair: terwijl romans bij uitstek aftrek vonden bij vrouwen, was porno vrijwel uitsluitend gericht op een mannelijk publiek.

Het verreweg meest frequente en gefrequenteerde beeld op internet is een vrouw zonder kleren aan. Wat kan verklaren waarom ik gisteren minstens een uur online heb zitten zoeken naar de foto's van een mager Belgisch model met grote tieten? Waarom heeft de seksuele vrijheid zoveel weg van een vorm van slavernij? Dit verhaal speelt zich af op het toppunt van een grote ommekeer, precies een kwarteeuw voor het einde van het millennium, toen de seksuele bevrijding, waarvoor sommige mensen vóór ons hadden gestreden, nog niet de vorm had aangenomen van seksuele onderdrukking, met haar ongekende voorschriften en kwellingen, met haar schandpalen en verboden... Hoe kan het dat het goede waarvoor anderen vóór ons streden, zo snel transformeert tot het kwaad dat wij op onze beurt juist moeten bestrijden? Hoe groter mijn vrijheid, hoe meer die me onderwerpt. Seksualisering van de overheersing. Een seksualisering die elk hoekje en aspect van het leven raakt, en dan ook nog eens heel commercieel: van voedsel tot arbeid tot kleding van meisjes en bruidjes tot de manier waarop een pakketvakantie wordt aangeprezen... Macht is geseksualiseerd, voetbal is geseksualiseerd, de kindertijd en ouderdom zijn geseksualiseerd, oorlog is übergeseksualiseerd... De politiek is pure pornografie. En dan de journalistiek, of wat daarvan over is, één constante erotische boodschap, één integrale erotisering met daartussenin een enkele anekdote, een overstroming, revolutie, aardbeving... neergestorte vliegtuigen...

Maar ware seksuele vrijheid zou ook de vrijheid om van seks *af te zien* moeten omvatten. In plaats van opvoeding is het eerder een regelrechte dictatuur; maar goed, ook toen al, in de tijd waarin dit verhaal zich afspeelt, was pornografie de voornaamste bron en autoriteit in de seksuele educatie van jongens. Behalve de bekentenissen van een wat meer door de wol geverfde, wat meer wereldwijze vriend, en de gespecialiseerde tijdschriften vol dubbelzinnige beschrijvingen die je meerdere keren moest overlezen, vergelijkbaar met montagehandleidingen, waren het pornofilmpjes maar vooral ook pornoblaadjes die de basiswetten van de seks onbehouwen overbrachten. Een vluchtige maar doeltreffende opvoeding, om in elk geval een eerste idee te krijgen na de totale onwetendheid. Het was de pornografie die ons, zij het op heel eigen wijze, dat wil zeggen op hyperbolische, onnavolgbare wijze, liet zien wat er gebeurt tussen mannen en vrouwen, in welke houdingen ze paren, wat er onder hun kleren zit en hoe de verschillende onderdelen van het lichaam dienen te worden aangewend.

Neem bijvoorbeeld de gesloten bijlagen bij het relatietijdschrift *Duepiù*. Ik herinner me van die uitputtende leessessies een hoofdstukje dat was gewijd aan een speciale techniek voor orale seks, genaamd 'vlinderkus' of misschien 'vlindervleugelslag': die hield in dat je met je gezicht tussen de gespreide dijen van het meisje je hoofd heen en weer moest schudden, eerst langzaam en daarna snel, nog sneller, steeds sneller, alsof je honderd keer nee schudde, terwijl je je tong stijf als een pijlpunt heen en weer liet gaan over de clitoris van het meisje maar dan met een heel lichte aanraking, zoals dus inderdaad de vleugel van een bezeten vlinder zou doen. Goed, ik zeg het nu in mijn eigen woorden, waar ik me een beetje voor geneer, maar in dat blad klonk het allemaal technischer, en breedsprakiger: het leek net een handleiding om een huishoudelijk apparaat aan de praat te krijgen, of een revalidatieoefening voor doofstommen. Indien correct uitgevoerd, dat wil zeggen zachtjes en snel, zou het haar in extase moeten brengen.

(Seksuele hulpmetafoor: als een plectrum over de snaren van een gitaar...)

Behalve die van de seks is ook de nevenproductie van de misdaad tegenwoordig veel ruimer dan de strikte illegaliteit op zich; de exploitatie daarvan strekt zich uit over talloze tv-zenders en series speciaal gewijd aan de uitdieping van moordtechnieken; over een flink aandeel van de boekenwereld, met woordenboeken van misdaadtermen, biografieën en bekentenissen van moordenaars, en min of meer geromantiseerde reconstructies van misdaden. Er zijn rechters die nadat ze onderzoek hebben verricht naar de activiteiten van criminele bendes hun bevindingen bewerken voor de pers en de tv, waarmee ze de hoofdrolspelers razend populair maken; moordenaars die hun moord op schrift stellen, in een streven naar begrip of roem; de continue schepping van commissarissen en detectives, ofwel dialect of Standaarditaliaans sprekend, en smulpaap of filosoof of vrouwengek, die tussen twee lunches door het raadsel van een of andere moord oplossen; de opkomst van een ongekende stroom detective- of misdaadromans waarvan de schrijvers hun kennis over de wandaden uit de eerste hand hebben opgedaan toen ze die zelf begingen in een vorig leven, voordat ze herboren werden als schrijvers, en waarvan iemand heeft beweerd dat het geen zin heeft om die spannende boeken te lezen omdat je al van tevoren weet wie de moordenaar is, namelijk de schrijver. En ook dit boek van mij behoort, zij het zijdelings, zoals we verderop zullen zien, tot die stroom van misdrijfexploitatie. Vandaag de dag geldt meer dan ooit dat misdaad lóónt.

De kwellingen die een vrouw heeft ondergaan kunnen altijd worden doorverkocht als vermaak. De rorschachvlekken van het geweld leveren steevast dezelfde reacties op. Als mensen een naakte man zien die wordt gemarteld, denken ze aan politieke achtervolging of een criminele afrekening. Zien ze een naakte vrouw die wordt gemarteld, dan denken ze aan seks. De onbeschrijflijkste taboes kunnen, wanneer ze worden doorbroken binnen een pornografische context, in plaats van verontwaardiging juist opwinding wekken, of allebei tegelijk, het ene net verscholen onder de sluier van het andere. In het proza dat de populaire media bezigen om een seksueel misdrijf te beschrijven, wordt bewust een toon gebezigd die de lezers moet prikkelen. Om nog maar niet te spreken over de tv, die een nog perversere relatie onderhoudt met de kijkers door ze via de verschillende formats – van nieuwsberichten tot fictieve series, die aan elkaar grenzen maar vaak ook onderlinge overlappingen vertonen – van 's ochtends tot 's avonds te voorzien van een permanente verheerlijking van de geërotiseerde misdaad, de krachtigste prikkeling die er bestaat, aangezien daarbij de beide basale driften in één handeling worden gecombineerd. Tussen een echte crimineel en de fictieve criminelen bestaat tegenwoordig nog maar een dunne scheidslijn, of misschien zelfs die niet, want men heeft ontdekt dat de eerstgenoemde uitstekend materiaal levert waaruit de laatstgenoemde kan worden gekneed, of zelfs door kan worden vervangen. De bloeiendste en meest alomtegenwoordige wereldhandel, de markt van het lichaam, blijft zich eindeloos uitbreiden tot hij een pornografisch continuüm vormt die ook de gebieden van de misdaad omvat, want daar kan de opwinding zich nog ongeremder laten gaan, goed gecamoufleerd achter de morele veroordeling die gewoonlijk wordt gereserveerd voor waargebeurde misdrijven. Op de stroming van de geseksualiseerde verbeelding verbreidt zich een gevoel van continuïteit, zowel door de ruimte als door de tijd. De olie die glimt op de billen van pornoactrices is over de hele wereld uitgesmeerd en omhult deze als een doorschijnend laagje, waarvan de trillende weerspiegeling 's nachts de wakkere uren en overdag de verveling achter de computers van miljoenen gebruikers verlicht. Het kost geen enkele moeite om waargebeurde feiten om te zetten in pornografische fantasieën, en andersom: zelfs de meest kille, zakelijke uiteenzetting van feiten met betrekking tot seksuele misdrijven verandert in een erotisch verhaal, waarin juist de obscene elementen die verontwaardiging en afschuw oproepen tegelijkertijd prikkelend werken. Juist door die manier van communiceren wordt het in eerste instantie gewelddadige, weerzinwekkende beeld ook pornografisch, dat wil zeggen, het blijft even gewelddadig en weerzinwekkend, maar is toch opwindend. Pornografie bestaat dan ook in de opwinding die de maker weloverwogen weet te veroorzaken bij degene die er bewust of passief aan wordt onderworpen: een opwinding die van tevoren kan worden berekend en geijkt volgens nauwkeurige standaarden die kunnen voorzien wat het effect zal zijn van een bepaald woord of beeld, of zelfs een fragment van dat beeld, een centimeter huid gefotografeerd vanaf een centimeter hoger of lager dan normaal... Deze pornografie vinden we terug in krantenkoppen, in productreclames, in gewelddadige scènes, in de inrichting van een etalage, in de onophoudelijke stroom dubbelzinnigheden die negentig procent van de grappen op tv vormt, in de kleedkamerhumor van sporters.

En op het scherm, dat de spiegel van het leven is, de spiegel van de verlangens en angsten van het leven, wordt dan ook niets anders gedaan dan mensen neuken of vermoorden, vermoorden of neuken. In detectivefilms, misdaadfilms, horrorfilms, romantische films, politiefilms, psychologische films, erotische films, oorlogsfilms en avonturenfilms wordt er gemoord of geneukt alsof dat de twee basale bezigheden in een mensenleven zijn, de enige die het waard zijn om over te vertellen. Verliefden of moordenaars; blote vrouwen en doorzeefde lijken. Niets zo voor de hand liggend dus dan die twee te combineren en ze te reduceren tot één handeling van onophoudelijk neuken en moorden.

Verkrachting is verwant aan of vervlochten met andere gewelddaden, oorlog, beroving, bloedwraak, en het kan van die dingen de culminatie zijn, het oorspronkelijke doel of een uitweg, een nevenactiviteit, een overdracht, een variant, een plotselinge improvisatie. Als een roofovervaller met lege handen achterblijft, kan hij altijd nog de vrouw des huizes verkrachten. Als hij haar verkracht, kan hij haar altijd nog vermoorden. Als hij van plan was geweest haar te verkrachten, kan hij daarvan afzien en haar in plaats daarvan bewusteloos slaan. Of hij kan al die dingen tegelijk doen. Verkrachting en plundering gaan altijd samen. Wanneer er weinig valt te plunderen, kun je altijd nog verkrachten: het principe van de toe-eigening wordt op min of meer dezelfde wijze toegepast op spullen en op levende wezens. Die mogelijkheden zijn als aangrenzende toetsen op een piano. De toonladders kunnen al op de partituur zijn aangegeven, of ze worden geïmproviseerd, al naargelang de situatie en de stemming; en in een akkoord kan iemand de hoofdtoon van de verkrachting laten doorklinken, of die juist in mineur spelen, of die toets niet eens beroeren. Net als in een oorlog kan de gedragslijn variëren naargelang de situatie, die kan met de minuut wisselen doordat men de tactiek volgt om zich aan te passen aan het terrein en de tegenstander; maar een andere mogelijkheid is dat iemand heel doelbewust zijn missie uitvoert: hij gaat de deur uit op zoek naar een vrouw om te verkrachten, en dan zál er uiteindelijk ook een vrouw verkracht worden. Circa twee derde van alle verkrachtingen is gepland, net zoals die waarover ik verderop in dit boek zal vertellen en die ontstond in de omgeving die ik hier beschrijf. Een verkrachting is beslist geen misdaad die wordt gepleegd uit onbedwingbare driften, maar wordt juist vaak van tevoren gepland, vooral als de bedenker niet één individu is maar een groep; het doelwit wordt gekozen en alle noodzakelijke stappen worden gezet om zich tegenover die persoon in een gunstige positie te manoeuvreren zodat diegene niet zal kunnen protesteren of zich verzetten zonder daarbij het leven te riskeren. Of zodat diegene sowieso het leven riskeert, ook zonder zich te verzetten.

Het uitgangspunt van dit boek is het zogenoemde Delict van de Circeo, dat plaatsvond op 29 september 1975; hierna aangeduid als DvdC.

Wat je je in het geval van het DvdC terecht kunt afvragen is of de moord een ontwikkeling is geweest van het seksuele geweld, een al dan niet voorziene extra stap ten opzichte van de martelingen en de verkrachting, of dat de verkrachting niets anders was dan een prelude op de moord, een voorbereidende fase daarvan. Dus voordat ze de meisjes zouden vermoorden, wilden ze zich eerst nog wat met hen vermaken. Of het was andersom: toen ze de meisjes eenmaal hadden verkracht, besloten ze om ze dan ook maar uit de weg te ruimen.

Het einde van een oorlog is het verslaan van de vijand, nietwaar? En dat kan op twee manieren gebeuren, door hem te vermoorden en door hem toe te eigenen. In wezen bestaat een oorlog uit een reeks gewelddaden met als doel de mannen die tot vijand verklaard zijn te doden en hun vrouwen in bezit te nemen, om die vervolgens ook te doden, of ze in leven te houden als slavinnen. Afhankelijk van het gezichtspunt kunnen die moorden en verkrachtingen zonder onderscheid worden beschouwd als middel of als doel, of als toevallige bijkomstigheden van de oorlog zelf. En ook al is er helemaal geen oorlog aan de gang, de verkrachter gedraagt zich toch altijd als een soldaat van een binnenvallend leger. Hij heeft dezelfde mentaliteit, geleid door het idee van wraak en plundering. De man wiens vrouwen (echtgenote, moeder, dochters, zussen) worden verkracht, moet toegeven dat hij machteloos is en dus niet erg mannelijk. Degene die deze definitie daarentegen wel waardig is, is hij die bewijst dat hij in staat is om aan de ene kant zijn eigen vrouwen te beschermen, en tegelijkertijd ongestraft die van een ander te schenden. Als je aandachtig de plooien van die redenering volgt, wordt het je duidelijk dat veel gewelddaden tegen vrouwen in feite niet of niet alleen tegen henzelf gericht zijn, maar moeten worden begrepen als schending of uitdaging of bespotting van hun mannen. Indirect willen de verkrachters andere mannen treffen. Het lichaam van de verkrachte vrouwen is niets anders dan de fysieke ondersteuning die wordt gebruikt om hun mannen een boodschap te sturen: helder, wreed en spottend. Dat is de reden waarom de echtgenoot of de vader of de vriend van de vrouw vaak wordt gedwongen om – vastgebonden – toe te kijken hoe zij verkracht wordt: dat is geen overdreven sadistische agressie, maar de ware betekenis van de daad. Een wezenlijke bevestiging van suprematie. Door één persoon geweld aan te doen tref je er twee. Viriliteit wordt dus gemeten als het vermogen om vrouwen zowel te kunnen beschermen als aan te vallen.

De bevestiging van mannelijkheid lijkt te impliceren dat het vrouwelijke element moet worden onderworpen. Dus de ene sekse bevestigt zich door het beteugelen van de andere? Dat is een vereenvoudiging van de stelling dat ieder wezen om zich te bevestigen de andere wezens aan zich moet onderwerpen. Je kunt alleen uiting geven aan je essentiële wil door de wil van anderen te buigen. Als we ons een specifieke essentie van het mannelijke dus zo voorstellen, kan die verwezenlijkt worden in het overheersen van het vrouwelijke, maar het omgekeerde zou ook mogelijk kunnen zijn, namelijk dat de vrouwelijkheid zich op haar beurt in al haar kracht en authenticiteit kan uiten wanneer die het mannelijk principe overheerst; alleen zoekt de vrouwelijkheid niet haar toevlucht tot fysieke kracht, waarover het nu eenmaal in mindere mate beschikt, maar tot listigheid, verleiding, vermindering van de kracht van de ander door die af te zwakken, en door zich meegaand en onderdanig voor te doen, alleen om op slinkse wijze de overhand te krijgen. Dat is de kenmerkende strategie, het uiterste redmiddel van onderworpenen, de traditionele leer van onderdrukten die luidt dat je machtsverhoudingen niet moet omverwerpen met een heftige daad die gedoemd is te mislukken, maar via een langzame, onzichtbare, stille verovering...

En daarom, als een tegenzet, doorklieft het zwaard van de kracht de wolk van de verleiding. Zoals Alexander de Grote de gordiaanse knoop doorhakte, niks geen dilemma's meer, niks geen kluwen en subtiliteiten en huichelarij en geflirt en schermutselingen, maar actie. Dat is de viriele ethiek die het symbool zal worden van het fascistische activisme: een knots tegen dubbelzinnigheden en sofismen, een knuppel boven het hoofd van degenen die aarzelen, bezwaren opwerpen, protesteren, zich verdedigen, degenen die zich terugtrekken of muggenziften of spelletjes spelen. Zo rechtvaardigt de competitiegeest van de man zich: hij exploiteert de vrouw, hij moet haar wel exploiteren om niet zelf te worden geknecht. Het is een preventieve zet: als het vrouwelijke element niet wordt bestreden zal het uiteindelijk domineren over het mannelijke – ofwel via de seksuele liefde, ofwel via de valkuil van het gezin. De man zal hoe dan ook geketend worden. De vrouwelijkheid trotseren is niet weggelegd voor gewone individuen, daarvoor moet je een held zijn. Een held die in staat is de vrouw te domineren en onschadelijk te maken. Maar zelfs een held wordt soms gekleineerd, doordat hij moet buigen voor het onomstotelijke feit dat de vrouw een grotere gave heeft en uitoefent dan die hij heeft, groter dan alle andere, niet te evenaren, namelijk de gave van de conceptie. Het is onmogelijk om die raadselachtige capaciteit, die aardse kracht te onderwerpen. De held vecht tegen de vrouwelijkheid alsof die een van de vele monsters is die hem de weg versperren – reuzen, draken en drakinnen – en vergeet niet hoe vaak die bovenmenselijke wezens vrouwelijk zijn: Medusa, de Sfinx, de Hydra, de betoverde hinde uit het sprookje van Giambattista Basile, de moeder van Grendel in *Beowulf*, de Python die werd gedood door Apollo, om nog maar niet te spreken over de sirenen en de harpijen, verleidelijk en verachtelijk. De held vecht om de materie te overwinnen, in naam van de (mannelijke) geest tegen het (vrouwelijke) lichaam, en daarom kan hij niet anders dan doden of bezwijken, met als doel elk restje materie weg te vagen.

Feit is dat de man de vrouwelijke seksualiteit nauwelijks kan verdragen, in welke vorm die zich ook presenteert: elke houding die een vrouw aanneemt kan bij een man wrok of afkeuring of vrees opwekken, zowel wanneer ze gemeenschap afwijst als wanneer ze zich al te gemakkelijk geeft. Kuisheid en seksuele bandeloosheid blijken allebei even onaangenaam en onthutsend, het zijn allebei afwijkende gedragingen. Mannen kunnen niet verdragen dat een vrouw vijandig staat tegenover seks, of er juist door geobsedeerd is. Maar ook de zogenaamde normale toestand heeft zijn verontrustende kant. De man voelt verachting en tegelijkertijd afgunst jegens de vrouwelijke seksualiteit vanwege datgene wat wordt gezien als de meest voor de hand liggende capaciteit ervan, namelijk het moederschap, zij het dan gereguleerd binnen het huwelijk: dat vindt hij angstaanjagend, ontzagwekkend, diep vanbinnen is hij bang voor de ontwikkeling van iets waar hij totaal geen vat op heeft. Natuurlijk, als vader zal hij van zijn kinderen kunnen genieten en trots op ze zijn; maar hij zal ze altijd tot op zekere hoogte moeten adopteren; ook al zijn ze echt van hem, hij zal ze evengoed tot de zijne moeten máken.

De man wordt dus door vrijwel elke variant van de vrouwelijke seksualiteit gekwetst, hij wordt erdoor aangetrokken en tegelijkertijd geïrriteerd, beangstigd en onderworpen, of hij wordt er gek van. Hij raakt ontmoedigd of hij maakt zich kwaad door toedoen van de vrouw die haar vrouwelijkheid ontzegt door gemeenschap af te wijzen, maar ook door toedoen van de vrouw die zich juist lichtvaardig aan iedereen geeft, en ten slotte zelfs door toedoen van de vrouw die zich normaal gedraagt, binnen het onschuldige bereik van de monogamie, de vrouw die de man vanwege het simpele feit dat ze in verwachting raakt vastketent aan zijn verantwoordelijkheden en plichten. In die zin kan het huwelijk zelfs nog rampzaliger zijn dan kuisheid, promiscuïteit en prostitutie. Overbodig te zeggen dat een man het gezin traditioneel gezien ervaart als een vrouwelijk verzinsel en verlangen. Een onderneming die vanaf het begin moeizaam en kostbaar te managen is. Of een vrouw nu een kuise suzanna is of een meisje van lichte zeden of een huismoeder, de man raakt hoe dan ook van slag door haar seksuele vermogens, die voor hem een uitdaging, een provocatie betekenen: de vrouw moet worden overwonnen, of beschermd, of gered, of afgewezen, maar hoe dan ook moet ze met argwaan bejegend worden, moet haar bedrog worden omzeild, moet hij niet in haar val lopen, moet hij zichzelf behoeden tegen haar dreiging. Maar wat is er dan zo dreigend aan een vrouw? De overvloed aan leven die impliciet is aan haar natuur. Het leven, een gevaarlijk ding. Als de dichter schrijft dat april de wreedste maand is, bedoelt hij dat die uitbundigheid van het leven voor hem een risico en een lijden inhoudt. Dat laat de man nooit met rust, het kwelt hem. Tegen die onbedwingbare uitbundigheid van het vrouwelijke element levert de man een ascetische strijd.

Ook al zullen ze het nooit toegeven, mannen hebben een atavistische angst voor seks, voor het contact met de andere sekse; de aangeboren vrees die ze ervoor koesteren is minstens zo groot als hun nieuwsgierigheid en begeerte. De huivering en het tegenstribbelen van de maagd tegenover de erecte fallus is in wezen eenvoudiger te verklaren dan de aarzeling, de onwilligheid van de man om zich in een vrouw te wagen, letterlijk binnen in haar. Wat wacht hem aan het eind van die inwijdingstocht? Is het echt de moeite waard die te ondernemen? Waar ze misschien wel het bangst voor zijn, is zich te laten gaan, zich over te geven aan de invloed, het effect van het vrouwelijke element, dat ineens hun toch al wankele evenwicht komt verstoren. Daarom moeten ze zich vijandiger opstellen jegens vrouwen dan ze zich in werkelijkheid voelen: dat toneelstukje van vijandigheid is bedoeld voor de andere mannen, zodat die zich niet verraden voelen door degenen die te veel aandacht aan vrouwen besteden en te weinig aan hun kameraden. Dat is de reden waarom een jongen die verkering krijgt en afstand neemt van zijn vriendengroep en zich afzondert in zijn liefdesdroom vaak aan populariteit verliest en wordt beschouwd als verloren, als iemand die, ocharme, zijn verstand kwijt is. Hij wordt ogenblikkelijk het mikpunt van geintjes, ingegeven door medelijden en jaloezie.

De kans is groot dat zelfs een onafhankelijke, energieke man vroeg of laat, in welke vorm dan ook, in werkelijkheid of op symbolisch niveau, zal moeten buigen voor de onverklaarbare macht die de vrouw op hem uitoefent. Hoezeer hij ook zijn kracht toont en zijn autonomie bevestigt, hij komt uiteindelijk toch vast te zitten aan een dunne, maar stevige band, en wat nog veel onverwachter is, dat gebeurt bijna altijd met zijn stilzwijgende instemming, en brengt een opmerkelijke, hevige blijdschap bij hem teweeg. Hij schept behagen in de heerschappij die over hem is ingesteld: wat lijkt te suggereren dat het zuivere geluk daarin bestaat, in de overgave, de overgave aan iets mysterieus, iets wonderbaarlijks, al voelt dat tegelijkertijd heel natuurlijk aan. En daarom staken ze hun verzet... Ze geven zich over, laten zich gaan. Men denkt altijd dat vrouwen degenen zijn die zwichten, vanuit hun aard of door heel veel aandringen, door de druk van de avances, het kloppen van het mannelijke verlangen dat alle obstakels omver kan gooien in zijn blinde race naar vervulling. Maar ik denk dat niets te vergelijken is met de bijna kinderlijke opluchting van het besef dat je verslagen bent, beroofd van een kracht die helemaal niet erg is om te verliezen omdat je die in feite helemaal niet bezit; dat niets zo authentiek en zoet is als de mannelijke overgave aan de schoot van iets waarvan hij voelt dat het vóór hem, na hem en ondanks hem bestaat, het vrouwelijke element. 'Die gelukzaligheid die dom en onhandig maakt', in de woorden van Toergenjev, een van degenen die er het intiemst en nauwkeurigst over schreef. Zoiets als een oorzaak waarvan wij slechts het effect zijn. Waarnaar we dus dankbaar terugkeren, net zoals alle keren dat je ervaart dat je echt in de aanwezigheid van een begín bent, een absoluut begin, waarlangs je niet verder terug kunt, een oorspronkelijke matrix: wanneer je voor een eeuwenoud monument staat, wanneer je een vergeten taal hoort spreken, wanneer je je overgeeft aan de slaap, wanneer je in zee dobbert, wanneer je hoort van het overlijden van een geliefd persoon of van een dier waaraan je gehecht was.

Ja, iets wenselijks. Het gevoel hebben dat je bent overgeleverd, onteigend, puur een werktuig van andermans wil of genot, is het onheilspellendste gevoel maar tegelijkertijd een fundamenteel element van de liefdeservaring, zonder welke er geen opening is, geen relatie, geen kennis. Elke hartstocht ontstaat uit een sekwestratie, het is zelf een sekwestratie, want je verliest in feite de heerschappij over jezelf, over je lichaam, over je identiteit, die wordt binnenstebuiten gekeerd als een handschoen, onderworpen aan opwindende en vernederende proeven, en vervolgens afgedankt als overbodige ballast. De hartstocht bestaat uit het opgeven van alle rechten, alle garanties, alle moeizaam verworven individuele kenmerken die je voorheen als onvervreemdbaar beschouwde: ideeën, sentimenten, overtuigingen, eigenschappen, fysieke en morele integriteit, zelfs je naam, het ultieme overblijfsel van je persoonlijke definitie, zal worden afgelegd in de hartstocht en vervangen door gênante, algemene bijnamen, infantiele of groteske, obscene koosnaampjes. Wie trots belang hecht aan zijn naam moet zich verre houden van hartstochten en hun beschamende invloed.

Toch blijft de afgunst jegens het vrouwelijke bijzonder sterk, daar is geen kruid tegen gewassen. De enige remedie is je toevlucht nemen tot een brute compensatie. Dat is een wet die al eerder is gezien: wanneer de engel Gods de ziel neemt, zal de duivel zich meester maken van het lichaam. Aangezien het altijd de vrouw is die voor het begin zorgt, eigent de man zich van de weeromstuit het recht toe om voor het einde te zorgen, waarmee hij zich aan het andere uiterste van het leven plaatst, waarvan men in de Oudheid dacht dat er hoe dan ook vrouwelijke godheden waakten. De redenering is simpel: als ik niet de geschiedenis in kan gaan omdat ik het Colosseum heb gebouwd, zal ik de geschiedenis in gaan omdat ik het heb verwoest. Als ik niet iemand het leven kan schenken, heb ik geen andere keus dan iemand anders het leven te benemen.

In werkelijkheid is het universum asymmetrisch; alles is asymmetrisch, uit balans; het bedrieglijkste symbool is dat taoïstische teken van het volmaakte evenwicht tussen yin en yang, tussen licht en donker... Wat een onzin! Alles in het leven zoals het echt is, is asymmetrie, evenwichtsverstoring, afplatting van krachten die nooit, ik zeg NOOIT, precies tegen elkaar opwegen. Heel even is er evenwicht, hangt alles stil... en dan laat een meedogenloze zwaartekracht alles naar één kant storten. Wanneer er met betrekking tot de conflicten van tegenwoordig wordt gesproken van een asymmetrische oorlog, moet ik haast lachen: hoezo, is er dan ooit een oorlog geweest die gebalanceerd, symmetrisch was? Het was toch juist altijd al drie tegen een, tien tegen een, David tegen Goliath! Altijd! In alle grote, legendarische veldslagen waarvan ik een verslag heb gelezen waren de strijdkrachten op het veld ongelijk. Natuurlijk was het niet zo dat het leger met de grootste aantallen noodzakelijkerwijs won, maar dat wil dan zeggen dat de asymmetrie zich op andere vlakken manifesteerde, in de uitrusting, het inzicht of de lafheid van de generaals, in de voeding van de soldaten... of in hoeveel dagen ze al niet hadden gegeten voor ze de strijd in gingen. Zelfs Knabbel en Babbel zijn niet symmetrisch, zelfs een eeneiige tweeling niet: er is er altijd eentje die de leiding heeft, die vooroploopt.

Wat de mannelijke wereld op het eerste gezicht het meest vreest is afhankelijkheid. Dat is omdat pure mannelijkheid juist zou moeten bestaan uit het tegenovergestelde daarvan, namelijk autonomie, trotse onafhankelijkheid: in jezelf over zowel begin als einde beschikken en dat ook angstvallig koesteren. Terwijl de vrouw deze juist in de ander zoekt: in haar ontmoeting met de man, maar meer nog in haar kinderen, die een significante verschuiving van het zwaartepunt van haar leven buiten haarzelf betekenen. Deze indeling komt overeen met het idee dat de ascetische neiging typisch mannelijk is terwijl de seksualiteit, gezien als het rijk van de begeerte en de afhankelijkheid en de voortplanting, een vrouwelijk kenmerk is. De redenering sluit dus met een gevolgtrekking: dat de man zo vaak zijn ascetische weg verlaat – terwijl dat zijn mannelijkheid nu juist zou kunnen behoeden voor het dodelijke gevaar van de afhankelijkheid – komt doordat hij in de maalstroom is meegesleept door de seksualiteit, van vrouwelijke makelij. Hij stort zich in de seksuele, amoureuze en familiale afhankelijkheid door afstand te doen van wat juist het principe van de mannelijkheid is. Terwijl hij zich overgeeft in de armen van een vrouw, zal hij verloren zijn... blij, voldaan, gelukzalig, maar wel verloren.

(Er is geen andere verklaring voor het celibaat van katholieke priesters.)

Voor dat verlies zoekt hij vervolgens een tegenhanger, een compensatie: als ik dan toch moet neerstorten, en in die val mijn waardigheid en mijn hele mannelijke identiteit moet verliezen, dan zal de vrouw die me mee de diepte in sleurt zwaar boeten voor datgene waar ze prat op zou kunnen gaan, namelijk dat ze me mijn onafhankelijkheid heeft afgenomen, me heeft geketend, vastgezet, al mijn krachten uit me heeft gezogen. Als ik eenmaal slaaf ben kan ik niet meer mijn vrijheid en de controle over mijn leven terugkrijgen, maar ik zal proberen degene te verwoesten die ik beschouw als de schuldige van wat mij is overkomen. Simson zal sterven enzovoort, alleen niet met alle Filistijnen, maar met die vrouw die het gelukt is mij zo zwak te maken als een vrouw. Een deel van de vijandigheid die de man in zich heeft tijdens de geslachtsdaad, en die soms zo woest is dat het wreedheid wordt, komt voort uit dat complex van de val. Die is er dus niet op gericht opnieuw de heerschappij te krijgen, maar heeft juist alle kenmerken van de wraak van iemand die zich overheerst voelt. (Al blijft het een raadselachtig beeld, van de vrouwelijke heerschappij door middel van passiviteit...)

Kortgeleden had ik deze tirade net afgeschreven en ging ik naar het strand om een duik te nemen. Eind september, wisselvallig weer, maar tussen de wolken door was de zon wel warm. Het strand was verlaten, afgezien van vijf Duitse jongeren, die tegen een duin aan lagen. Een eindje verderop legde ik mijn handdoek neer. De jongens waren lelijk en grof, rustig, met bonte zwembroeken die tot onder de knieën reikten. Twee meter van het water af hadden ze een enorm zandkasteel gebouwd, dat nog vochtig was. Welbeschouwd leek het niet echt een kasteel maar een fort, vierkant, massief, met torentjes op de hoeken en hoge ommuringen. Zonder een bepaalde reden, behalve het feit dat die ook was gebouwd door Duitsers, moest ik denken aan de Spandaugevangenis. Spandau in Berlijn, waar Rudolf Hess had vastgezeten, de nazi met de kleine oogjes en de brede kaken. De grootste jongen, een echte dikzak, slenterde verveeld naar de zee, drentelde om de muren van de zandgevangenis heen, stak zijn voet uit naar een torenpunt en liet hem boven het kegelvormige dakje hangen, wiebelend met zijn tenen. Hij leek na te denken over een belangrijke beslissing. Toen liet hij zijn voet en de rest van zijn aanzienlijke gewicht boven op het zandtorentje neerkomen en verpletterde het. Opnieuw stond hij te peinzen. Hij draaide merkwaardige rondjes om zijn as. Hij liep naar het volgende torentje, en ik bedacht dat hij daarmee hetzelfde te werk zou gaan, maar toen aarzelde hij niet langer en sprong met twee voeten in het fort, waardoor er een groot gat ontstond waar hij terechtkwam. Toen hij eenmaal binnen de ommuring stond keek hij naar zijn vrienden, lachte en begon een soort woeste dans. Hij sprong en schopte, en het bleke vet kwabbelde boven zijn broekband terwijl de zandmuren een voor een instortten. Maar het fort was zo groot en stevig dat het wel even zou duren voordat het helemaal plat was: ze hadden het zorgvuldig gebouwd en kilo's vochtig zand gebruikt. Dus renden zijn vrienden op hem af om hem te helpen, en weldra stonden er vijf Duitse pubers zonder een woord te zeggen als gekken op hun staaltje strandbouwkunde te stampen, om het met de grond gelijk te maken. Ze straalden blijdschap uit. Ik zat een tijdje in gedachten verzonken naar ze te kijken en ging toen een duik nemen. Ik zwom naar open zee. Van veraf zag ik ze nog steeds druk bezig op de ruïnes van hun kasteel...

Eenmaal thuis ging ik verder met schrijven. Wat ik toen schreef? Het hiernavolgende hoofdstuk.

Hoofdstuk VI

De ongedwongen vrouw verleidt de man omdat ze ongedwongen is, de verlegen, preutse vrouw omdat ze verlegen en preuts is. Hoe je het ook wendt of keert, het resultaat is hetzelfde, de man wordt hoe dan ook aangetrokken, ongeacht wat een vrouw al dan niet doet, al dan niet is, als een vlieg door een lamp. Zolang de lamp maar brandt, en de vrouw maar leeft. Filosofen die de neiging hebben elke gedraging met een antifrase uit te leggen, omdat ze er een verborgen wijsheid van de natuur in zien, een slimmigheidje of biologisch trucje, beweren dat de vrouwelijke preutsheid helemaal niet bedoeld is om mannen af te weren, maar juist om ze te prikkelen. De gereserveerdheid van vrouwen heeft aldus weinig te maken met puurheid en kuisheid, maar is bedoeld om de mannelijke begeerte te verhogen, en om tussen de aanbidders degenen te selecteren die het beste voorzien zijn van de noodzakelijke energie om het obstakel van die gereserveerdheid te overwinnen. Het is dus geen schild maar een magneet. Het lijkt zelfbescherming en afwijzing, maar het is juist verleiding. Als het eenmaal in die termen is uitgelegd, kan de vrouwelijke weigering tot de geslachtsdaad ook omgekeerd worden geïnterpreteerd, namelijk als een uitnodiging, zij het dan vermomd, gecamoufleerd als het tegendeel, gewoon om te kijken hoe de man reageert, of hij niet de moed opgeeft tegenover dat 'nee' dat daar alleen maar is geplaatst om te kijken hoe goed hij daaroverheen kan springen. De hypothese dat dat 'nee' simpelweg en afdoende 'nee' betekent, kan alleen achteraf in overweging worden genomen, of gewoon worden genegeerd. Uitgewist. Een vrouw die nee zegt zonder dat op z'n minst een klein deel van haar kronkelt van verlangen om ja te zeggen is ondenkbaar. Bij vrouwen hoef je alleen maar *aan te dringen*. Het is de mate van aandringen, het soort druk en het geestelijke of fysieke oppervlak waarop die druk wordt uitgeoefend waardoor elk geval weer verschilt in opeenvolgende gradaties, of nuances, die variëren van hardnekkig avances maken tot handtastelijkheden tot seksueel geweld, verenigd in het concept dat de gereserveerdheid een ritueel is en hoe dan ook moet worden overwonnen, of dat de man in elk geval moet proberen die te overwinnen. Anders weet je nooit hoe het had kunnen aflopen. Ik ga niet zo ver om te beweren dat deze redenering volkomen fout is. Ze geldt in elk geval wel voor alle andere dingen die iemand echt dolgraag wil verkrijgen – voldoening, erkenning, geld, gerechtigheid, succes, zelfs liefde, ja, zelfs in de liefde werkt het zo: als je volhoudt kun je elke barrière neerslaan, elke aanvankelijke bewering en verklaring omverwerpen. De weg die van een nee naar een ja voert kan kronkelig en hobbelig zijn, maar het is niet zo dat die weg niet bestaat, of dat het op zich immoreel is te proberen die af te leggen. Waarom zou van alle menselijke activiteiten alleen de seks een uitzondering zijn op de regel van de onderhandeling? Hoe dong een man vroeger naar de gunsten van een vrouw (verrukkelijke ouderwetse uitdrukking die ik hier expres gebruik)? Met verleiding, met overreding, met een geschenk, met betaling (onverbloemde versie van het geschenk), met het huwelijk, met dwang. Ook na de hervorming van de seksuele moraal blijven deze methodes van kracht, zij het wellicht in minder opvallende vorm of onder een andere naam. Men doet zijn best om de weg van het machtsmisbruik open te houden: als het geweld uitgeoefend via gedwongen huwelijken wegvalt, wordt dat omgeleid naar de verkrachting.

Passiviteit en inactiviteit hebben zo hun voordelen. Wie onbeweeglijk blijft, wie zich kan veroorloven zijn of haar immobiliteit te behouden, is soeverein; degene die daarentegen genoodzaakt is zich druk te maken, zich in te spannen en uit te sloven, zal het onderspit delven. Hoewel hij een krachtige indruk maakt omdat hij initiatief neemt en de activiteiten stuurt, is hij daar in werkelijkheid aan onderworpen, dat wil zeggen: hij is een slaaf van het doel dat hij zich stelt. De mannelijke erotische veroveringslust doet denken aan de verplichtingen van iemand die slechts bevelen uitvoert, en gedwongen is alles op alles te zetten om zijn doel te halen, neurotisch en gekweld als een handelsvertegenwoordiger die hoe dan ook contracten moet binnenhalen, omzet moet realiseren. Het bekende Italiaanse spreekwoord dat zegt dat in de liefde degene die vlucht de winnaar is, lijkt dan ook niet echt te kloppen: in feite wint in de liefde *degene die niets doet*. Of die zo min mogelijk doet. De begeerde dus, niet de begerende, die ten onder gaat in de draaikolk van zijn initiatieven. Hij verschilt in feite niet zoveel van een loopjongen die een heleboel leveringen op zich neemt. De enigen die daarvan genieten zijn z'n luie klanten. Hij doet wat hij kan, slooft zich uit, rent van hot naar her, werkt zich helemaal in het zweet zowel aan de binnen- als aan de buitenkant van allerlei lekkere wijven die koninklijk onbeweeglijk blijven, en die uiteindelijk, volgens het bekende oordeel van Tiresias – de enige die in staat was de kwestie vanuit beide perspectieven te beoordelen – negen tiende opstrijken van het genot dat al dat gedoe oplevert.

De gevechten tussen rijk en arm, tussen oud en jong, tussen mannen en vrouwen, die worden al duizenden jaren gestreden, en dat laatste gevecht is het minst heftige, maar misschien wel het oudste van allemaal. Terwijl de andere oorlogen momenten van rust of stagnatie kennen, geldt dat voor deze niet, tenzij je de liefde zelf beschouwt als een soort wapenstilstand of vreedzame tussentijd, maar dat zou absurd zijn aangezien juist de aantrekkingskracht en de wederzijdse behoefte het conflict veroorzaken, en in de ontwikkeling van de liefde kan dat hoge pieken van opperste kwaadaardigheid bereiken. (Laten we zeggen dat de oorlog tussen de seksen juist in de liefde zijn grootste epische schittering kent, en hoe dan ook episodes van hartverscheurende schoonheid schept.) Als mannen en vrouwen konden leven zonder enige aandacht aan elkaar te schenken, zou er totaal geen geweld tussen hen ontstaan, en het is onwaarschijnlijk dat mannen dan zouden besluiten de vrouwen uitsluitend voor hun gemak aan zich te onderwerpen, want dat gebeurt altijd pas later, als een secundair, zij het hardnekkig, effect van de fatale aantrekkingskracht die mannen aan vrouwen verbindt.

Bovendien, terwijl armen en rijken elkaar maar zelden ontmoeten, bijna per vergissing, en gescheiden levens leiden, aangezien rijkdom in wezen niets anders is dan juist het vermogen tot dat onderscheid, de afscheiding die de armen buiten de afbakening houdt van streng bewaakte villa's, geblindeerde auto's, residentiële wijken, lege stranden, lounges en clubs en restaurants die 'exclusief' zijn (de term op zich duidt al op een regime van segregatie), en terwijl ouderen en jongeren over het algemeen niets met elkaar te maken willen hebben, is het zo dat mannen en vrouwen elkaar daarentegen wél voortdurend tegenkomen en altijd en overal in elkaar opgaan en met elkaar paren. Hun constante onderlinge wrijving produceert een onhoorbare muziek, net als de musica universalis, de muziek van de hemellichamen die ronddraaien in hun eigen sferen. Als het mogelijk zou zijn het geluid van die onophoudelijke wrijving te horen, zou dat een gebulder opleveren dat de aarde op zijn grondvesten doet trillen! Het is naïef om te denken dat de paring een eind maakt aan het conflict (dat neemt alleen andere vormen aan, het wordt bij wijze van spreken gefixeerd en gesublimeerd, gereguleerd en endemisch gemaakt), want juist binnen de paring vinden de heftigste gevechten en botsingen plaats. De paring kan het conflict zelfs permanent maken, door het op een laag pitje te laten sudderen. In dat geval wordt de hoeveelheid ellende die man en vrouw elkaar aandoen net één millimeter onder het explosieniveau gehouden, het niveau dat dodelijk zou zijn, wat ertoe dient om de leden van het stel bij elkaar te houden met de lijm van een mild maar blijvend sadomasochisme.

In sommige gevallen, die wel zeldzaam zijn, maar ook weer niet overdreven zeldzaam, en heel veelzeggend, neemt de paring de zuivere vorm van de botsing aan, kort en hevig: en dat is de verkrachting. Maar de verschillende vormen van contact tussen de seksen staan niet los van elkaar: ze hebben allemaal met elkaar te maken, ze leiden allemaal binnen een paar stappen naar de tegenovergestelde vorm, van de lieflijkste naar de wreedste.

‘Maar zulk geweld hebben de meisjes graag.’

In feite kan deze oorspronkelijke vijandigheid tussen de seksen alleen worden overwonnen dankzij de liefde, mits die de vijandigheid niet nog feller maakt. Tegelijkertijd biedt de liefde de beste gelegenheid tot ruzie en identificatie, tot conflict en aantrekkingskracht. Vaak draait het erop uit dat mensen met elkaar trouwen om niet meer te hoeven vechten, of om te blijven vechten binnen de bescherming van een instituut dat conflicten reguleert en ze vastlegt in conventionele vormen, die vervolgens rechtstreeks terechtkomen in moppen over het huwelijksleven.

(Een van de meest meedogenloze is die van de frater en de non die, om redenen die ik hier niet hoef uit te leggen en die de basis van elke mop vormen, samen een nacht doorbrengen in hetzelfde bed. Welterusten, welterusten, en ze gaan met de rug naar elkaar toe liggen. Maar de non heeft het koud en dus staat de frater op en gaat een deken voor haar halen, die hij over haar heen legt. Na een tijdje klaagt de non opnieuw: 'Broeder, ik heb het ijskoud...' en hij staat op en gaat nog een deken voor haar halen. Maar ze krijgt het niet warm: 'Ik heb het koud, ik heb het nog steeds koud', en hij is zo aardig om haar een zoveelste deken te brengen. De non geeft het echter niet op en doet een nieuw voorstel: 'Broeder, ik voel nog steeds een vreselijke kou in dit bed... Wat denkt u, zullen we net zo doen als man en vrouw?', en hij: 'O, wil je net zo doen als man en vrouw? Nou, ga dan zelf maar die deken halen!')

Op school waren de lessen Grieks moeilijk en saai, ik heb het nooit goed geleerd, maar gelukkig was er de mythologie. Daar was ik al vanaf mijn kindertijd gek op. Daarom haal ik die ook zo vaak aan, en de leringen die je daaruit kunt trekken zijn de enige waar ik in geloof. Onder de Griekse goden is het meest viriele personage zonder meer Athene, en het tweede Artemis. Op afstand volgden Ares, die echter alleen de dodelijke kant van het mannelijke karakter vertegenwoordigt, en daarna Zeus, die misschien wel heel macho overkomt met al zijn avontuurtjes en minnaressen, maar in feite zeer verweven is met de vrouwelijke kant, die hij zelfs reproduceert en in zich opneemt; trouwens, als zijn kracht vrij moet zijn om zich in alle richtingen te ontvouwen, dan kan die niet worden ingeperkt en beknot door de grenzen van een seksuele identiteit, en dat is ook de reden waarom Zeus zwanger wordt. En dan baart hij Athene uit zijn hoofd en Dionysos uit zijn dijbeen, om te bewijzen dat hij zelfs daartoe in staat is: een draagtijd volbrengen. Zijn energie is zo overvloedig dat hij vrouwelijke deugden in zich opneemt of reproduceert. Een op zijn manier typische macho is Hephaistos, de man wiens viriliteit voortdurend wordt geprikkeld en gefrustreerd: van zijn ongelukkige gearrangeerde huwelijk met Aphrodite tot de lachwekkende strijd om de gewapende maagd Athene te bezitten, die eindigt met een scheut sperma in het stof. Als onanistische hoorndrager is Hephaistos hét toonbeeld van de man, niet zoals die zou moeten zijn, namelijk een dappere strijder, onweerstaanbare verleider, onbetwist gezinshoofd enzovoort, maar zoals hij daadwerkelijk is. Wanhopig verlangend naar een beetje sensuele tederheid, niet alleen kreupel in zijn benen maar ook in zijn vermogen tot beminnen en bemind worden, reageert de arme drommel zich af op zijn werk en smeedt hij met hamerslagen andermans bliksemschichten, zelfs beroofd van die symbolen van kracht, afgewezen door zijn moeder, bespot door zijn vader, elke nacht in de steek gelaten door zijn vrouw, met als zoon een monstertje met een slangenstaart, geboren uit een groteske, onwillige zaadlozing van hem...

Op vrouwelijk gebied komt na Aphrodite als goede tweede Dionysos, al dansend, met zijn lange lokken en ronde heupen als een meisje. Ook hier betreft het een kracht die niet geslachtelijk kan worden begrensd, zoals Apollo, de god van de strikte scheiding (die dan ook lijdt en doet lijden vanwege de pijnlijke scherpte van zijn handelen), daarentegen wel doet. Dionysos is vloeiend als zijn drank, hij meandert, doordrenkt de deugdzame aanhangers van het autoritaire oftewel mannelijke principe met zijn waanzin en met zichzelf. Wanneer de zeerovers die hem als jongeling ontvoerd hebben hem van achteren willen nemen, wordt alles op hun schip ineens scheef, kronkelig, slap, golvend, de stagen veranderen in lianen en wijnranken, de roeiriemen in slangen...

Dan is er Demeter, het spiegelbeeld van Ares doordat ze allebei één enkel aspect dat kenmerkend is voor hun sekse vertegenwoordigen. Beiden benadrukken het verschil tussen mannelijk en vrouwelijk tot vervelens toe: zo stompzinnig agressief als Ares is, zo exclusief en bezitterig neemt Demeter de moederrol op zich, als de Almoeder, de baarmoeder klaar om te ontvangen, op te bollen en te ontkiemen, de ruimhartige, ontroostbare moeder, de vruchtbare, bedroefde matrijs... Ze heeft geen enkele interesse in andere spelletjes, maar denkt aan niets anders dan haar lotsbestemming zwanger te worden, om vervolgens van haar vrucht te worden beroofd. Waar Ares als kind al met wapens speelde, meedogenloos en solitair, liet Demeter van kleins af aan een wiegje schommelen. Allebei hebben ze een autistische neiging tot een obsessie die hen volledig in beslag neemt: de een tot voortplanting, de ander tot verwoesting.

Hallo, luistert u nog?
Hebt u nog zin om me verder te vergezellen?
Dan ga ik nog even door.

Dit verhaal speelt zich af in een periode dat vrouwen, bijna alle vrouwen, binnen een paar jaar tijd veel meer beschikbaar werden voor mannen, wel tien keer zo beschikbaar, en daardoor ook wel tien keer zo bedreigend. Door de nieuwe seksuele vrijheid, die boven op andere vormen van emancipatie kwam en deze versterkte, leek de invloed van vrouwen groter te worden. In elke tijd, van het Griekenland van Socrates via de ridderlijke Middeleeuwen tot het hof van Lodewijk xv, heeft seks altijd dat effect gehad, dat het iemand de rillingen bezorgde en het bewustzijn aanscherpte tot het uiterste, waardoor nieuwe strijdfronten werden geopend waarop de wetenschap, de ethiek, de filosofie en de politiek voortaan de degens zouden kruisen. Je zou zeggen dat seks alleen het privéleven van individuen aangaat, uitsluitend hun slaapkamer, maar het doet juist de hele maatschappij op haar grondvesten schudden om die vervolgens in nieuwe vormen te modelleren, alle waarden te verschuiven, de relaties te herformuleren. Seksuele relaties tussen man en vrouw, man en man, vrouw en vrouw brengen zowel het individuele als het collectieve leven in beroering, zij zijn de reden waarvoor oorlogen worden uitgevochten en waarvoor men zich verzoent, het fundament van intelligentie, de oorzaak en tegelijkertijd het einde van elke onderneming, de sleutel om mysteries te ontrafelen en de verborgen betekenis van elke aanwijzing... Seksuele relaties nemen de geest van de jongere in beslag, en op obsessieve wijze ook die van de oudere, misschien niet als verlangen maar dan wel als droom, herinnering, nostalgie, en ze beïnvloeden de gedachten van de kuise niet minder dan die van de zedeloze. Seksuele hartstocht is de kern van iemands persoonlijkheid en de manier waarop die zich uit.

Daardoor kregen mannen het idee dat ze hoe dan ook moesten betalen voor de vergemakkelijkte toegang tot geslachtsgemeenschap; weliswaar niet meer met geld, maar wel met de munt van een nooit eerder ervaren spanning. Een spanning veroorzaakt door het feit dat ze zich tegenover een ongekende vrouwelijke kracht bevonden, ontketend door de nieuwe seksuele gewoontes die vrijwel onstuitbaar waren geworden dankzij de introductie van de pil. Het kwam er dus op neer dat neuken nog evengoed een prijs had voor mannen, ook al werd die niet hardop genoemd en was die minder herkenbaar dan vroeger, en dus ook minder gemakkelijk te betalen, of beter gezegd, af te lossen. Hoe dan? Hoeveel dan? Aan wie? De vrouwelijke beschikbaarheid, die aanvankelijk werd gevierd als een verlossing, of cynischer als een luilekkerland voor de mannen die zich er halsoverkop op stortten, begon na de vroege pioniersfase ook haar verontrustende kantjes te tonen. Alles waarvan niet duidelijk is hoe ver het zou kunnen gaan veroorzaakt ontzetting. Net als een eeuw eerder waarde er opnieuw een spook door Europa, met een opgewonden dreiging. Het zou worden ingezet om de kwezels de stuipen op het lijf te jagen of hen te bespotten, maar dat oneerbiedige gebruik stelde niets voor vergeleken bij de ware ommekeer die het met zich meebracht: iets wat aan de boom van goed en kwaad schudde, zodat de vruchten op de grond vielen.

Hoofdstuk VII

De verlangens van een kind of tiener die niet verenigbaar zijn met de werkelijkheid zijn gedoemd weg te kwijnen, en dat is een pijnlijke teloorgang. Op die leeftijd kan het seksuele leven worden beschouwd als volkomen zuiver, ongerept, bijna rein, of juist als het toppunt van onzuiverheid, aangezien het alleen maar uit dromen en verlangens bestaat en bijna nooit uit de vervulling daarvan. Wat is perverser, droom of realiteit?

Net zoals bij veel andere jongeren ging dat proces bij mij gepaard met een immens, onverklaarbaar lijden, alleen dan volgens mij nog heftiger dan normaal. En dat lijden, die monsterlijke onrust is nooit gestopt, maar veranderde voortdurend van vorm en intensiteit, en zodra ik de kans kreeg om in elk geval een deel van die eindeloze, vage fantasieën die dag en nacht als meteoren door me heen gierden te vervullen, werd de situatie er niet beter op maar juist slechter, de frustratie dat het me niet was gelukt en dat ik ook niet in staat zou zijn om alle andere te vervullen nam buitensporig toe en werd een doorn, een obsessie, een echte reden voor ongelukkigheid. Ongelukkigheid om wat? Voor wat? Ik zou kunnen zeggen dat ik tot nu toe een vol, bevoorrecht leven heb geleid, en dat zeg ik ook, vergeleken met anderen tenminste. Dus waar klaag ik dan over? Over niets. Wat is het probleem? Dat is er niet. Ik uit geen klaagzang, ik bén een klaagzang. Ik lijd elk moment dat ik niet word aangeraakt, dat ik niet kan vasthouden, strelen, dat ik niet kan penetreren; dat is dus gedurende het overgrote deel van de tijd dat ik leef. Mijn honger wordt nooit gestild. Wat nou 'de goede borst' en 'de slechte borst'! Alle borsten zijn slecht tegen mij, de borsten die mij afwijzen maar ook de borsten die zich aan mij geven, die ik vastpak, streel, besabbel, want ze geven zich nooit genoeg aan me, ik zou ze *ononderbroken* willen vasthouden en besabbelen. De goede borst is niet goed omdat hij, dat weet ik nu al, dat weet ik van tevoren (en daarom haat ik hem), zo meteen slecht zal worden, en mij niet meer zal toelaten.

Het is het geluk zelf, het kortstondige gevoel van compleetheid, dat de ongelukkigheid veroorzaakt. Dat de onmetelijke kloof aangeeft tussen het mogelijke leven en het gewone leven. Volgens mij is iemand van wie nooit enig verlangen vervuld is, iemand wie de borst altijd is geweigerd, een stuk minder ongelukkig; hij zou behept zijn met een duidelijke, heldere, zuivere ongelukkigheid, niet hier en daar bevlekt met wat spikkels genot waardoor die ongelukkigheid niet alleen onhoudbaar wordt maar ook obsceen, vuil, ongepast en zelfs bespottelijk, jawel, bespottelijk, want dan zit zo iemand alleen maar te dreinen dat hij het speeltje terug wil dat hem is afgepakt, zijn klosje garen, de zachte, volle borst, de bedrieglijke zoetheid die eindeloos duurt, tot vlak voordat de prikkeling, de begeerte weer aanwakkert. Ik ben zo begerig dat ik als kind noodgedwongen de harde wet van het uitstel van verlangen heb geleerd, op school, thuis, ik heb die harde les begrepen en geslikt, maar daarna ben ik hem vergeten, zeker weten, het klinkt misschien ongelooflijk maar toen ik opgroeide ben ik hem vergeten, en op mijn achttiende zat ik alweer te dreinen, om het over mijn vijfentwintigste maar niet eens te hebben, en op mijn veertigste of vijftigste was het alleen maar erger, het wordt steeds erger naarmate de tijd verstrijkt. Hoe meer afstand ik van mijn jeugd neem, hoe meer ik word verstikt door razernij en zelfmedelijden, ik word vuurrood en stik haast van woede en verdriet als ik mijn klosje niet meteen terugkrijg, als ze hun borst niet ontbloten en aan mij geven. Ik leef van die onverwachte beloningen en aanbiedingen, ook al verdien ik ze waarschijnlijk niet eens, maar als ze niet stipt komen elke keer dat ik er behoefte aan heb (dat wil zeggen: *voortdurend*, elke dag en elke minuut van mijn leven), dan ben ik een en al ergernis en tranen. Het is geen narcistische wond, zoals het in boeken wordt genoemd; het is een afgrond. Een scheur die me van top tot teen opensplijt, zoals die personages van Dante, of de befaamde burggraaf van Calvino, maar wel met één groot verschil: in dat verhaal werd burggraaf Medardo di Terralba in twee afzonderlijke, tegengestelde delen gesplitst, een goed en een slecht deel, terwijl de twee stronken waarin ik gespleten word dezelfde dingen beminnen, begeren, willen; ze worden gekweld door en strijden om dezelfde dingen: eten, schoonheid, respect, seks, vergetelheid, kippenvel, intelligentie, overgave en rust, maar slechts een van de twee armoedige stronken weet er een kruimel van te bemachtigen, terwijl de andere droog blijft staan. Er is dus altijd een deel van mij dat eenzaam lijdt terwijl het andere geniet, namelijk het deel dat al vooruitloopt op het moment dat het genot zal eindigen en daar wanhopig van wordt. Het mes van het narcisme splijt me in twee identieke delen die naar elkaar kijken in de spiegel en elkaar bewonderen, elkaar beklagen, elkaar verafschuwen en minachten vanwege hun machteloosheid.

Ook al heb ik talloze uren doorgebracht met studeren, in een poging de hoogste vorm van wijsheid te beoefenen, voor zover die binnen het bereik van mijn geestelijke vermogens lag, de hunkering is absoluut niet minder geworden, het enige wat na verloop van tijd is afgenomen is de energie waarmee ze zich uit, in meer afgevlakte vormen maar daarom juist pijnlijker; met andere woorden, ik ben helemaal niet wijzer, alleen maar ouder. En doordat ze telkens weer de kop opstaken, die smachtende, onberispelijke, onbegrensde verlangens die misschien uiteindelijk kunnen worden gereduceerd tot één verlangen, namelijk dat er van je wordt gehouden, ja, dat er van je wordt gehouden, wat die uitdrukking ook moge betekenen en welke nuance of vorm dat verlangen ook moge aannemen en in welke handeling die ook tot uiting moge komen – het eindeloze rekken van die toestand op zich en van steeds dezelfde reactie op die toestand (zoals ik al zei, een mengeling van woede, zelfmedelijden, zwakte, passiviteit, trots, zelfs wreedheid, en diep op de bodem daarvan heb ik een glimp opgevangen van hoe de vrouwelijke en viriele eigenschappen van het karakter niet zozeer met elkaar vervlochten, maar *samenvielen*, zich met elkaar identificeerden, ze waren in feite een en hetzelfde, wat mij voor eens en voor altijd heeft duidelijk gemaakt dat mannen en vrouwen exact dezelfde aard hebben, ze willen, verlangen en vrezen dezelfde dingen, of verschillende dingen maar op exact dezelfde manier, ze worden als het ware gevormd door één verlangend element... En je kunt even hysterisch of chagrijnig verlangen naar wapens als naar kleren en sieraden, dus Achilles verschilt echt in niets van Deidamia, hij stort zich op zwaarden en bijlen met dezelfde bezetenheid die de prinses en haar zussen voelen wanneer ze zich op parels en zijde storten – wat maakt het uit als het object anders is maar de opwinding hetzelfde?), doordat dezelfde illusie en desillusie telkens weer werd herhaald, als een nachtvlinder die omdat hij door het licht wordt aangetrokken continu tegen de lamp aan vliegt, tegen het glas aan stuitert en opnieuw de kracht vindt om met zijn vleugels te fladderen, alleen om er dan weer tegenaan te botsen, terwijl hij elke keer exact hetzelfde ongenoegen ervaart maar niet in staat is dat feit te registreren, of kan hij het op de een of andere weerzinwekkende manier omdraaien waardoor die onbenullige botsing tegen het glas op zichzelf aangenaam wordt, jazeker, aangenaam, en uiteindelijk is dat het doel, het object van het verlangen is veranderd, hij verlangt er nu naar zich pijn te doen, zo veel mogelijk pijn te doen, door steeds weer tegen die barrière aan te botsen. Dat licht achter het glas doet er niet meer toe, dat licht ziet hij niet eens meer, er is alleen nog maar het glas waar hij steeds pijnlijker zijn kop tegenaan beukt, met steeds meer rumoer, waarbij het kleurige stof van de koortsachtig klapperende vleugeltjes opwaait. Ik ben gesteld geraakt op die herhaling, zoals op alles wat een mens langdurig vergezelt, ook al is het negatief, ik ben er uiteindelijk aan gehecht geraakt, want inmiddels was ik zelf die dolgedraaide mot geworden. En zo ben ik nu dus gelukkig ongelukkig, verzadigd van mijn onvoldaanheid. Zolang ik niet uit het raam spring is het dus allemaal gladjes verlopen, het leven is vergleden, waarheen, dat weet ik niet, maar het is vergleden, helemaal tot aan die vensterbank dus, en tot aan dat opengesperde raam. Dat raam is de enige garantie. Wat inzicht betreft is het ware probleem dat ik ondanks al die herhalingen uiteindelijk niets méér heb begrepen dan ik op mijn achttiende al begreep. Het zich eindeloos opnieuw voordoen van hetzelfde patroon heeft me beschermd, ik heb me erin verschanst. En ook nu nog hoef ik er verder niet meer over te weten. Ik weet dat ik lijd en dat niemand me kan begrijpen, inclusief degenen die me begrijpen, niemand houdt van me, inclusief degenen die van me houden, sterker nog, die lui kan ik helemáál niet uitstaan, ik ben woest op ze, want juist omdat ze van me houden zouden ze eigenlijk *nog meer* van me moeten houden, veel en veel meer, ze zouden geen moment moeten ophouden met van mij te houden, aan mij te denken en zich aan mij te wijden. Maar wat doen zij? Ze houden er op een gegeven moment juist *mee op*. Ze richten zich op elders. Ze denken aan iets anders, ze houden van anderen. En de wolk van mijn lijden omhult me. Er bestaat alleen nog maar die donkere, koude mistlaag die doordringt tot op het bot.

Het klinkt allemaal als gezeur, ik weet het, maar het is wel wat ik voel, wat ik denk, ook op dit moment voel en denk ik niets anders dan dat, u gelooft het misschien niet maar mijn hart is vervuld van smart en zelfmedelijden, zonder enige reden. Het is een prachtige dag, zonnig en winderig, ik ben me bewust van de geweldige dingen die ik heb meegemaakt, van de onvergetelijke plekken die ik heb bezocht, van de bijzondere mensen die ik heb ontmoet, leren kennen, wier werk ik heb gelezen en beluisterd en bewonderd, van de fantastische individuen die ik dicht bij me heb gehad of die ik zelfs mede heb voortgebracht met mijn zaad, en toch dringt de neiging zich op om het hier in dit boek alleen maar te hebben over mijn verlangen om over die vensterbank te stappen. Alle mooie dingen spannen samen tegen mijn stemming, ze tonen me en wijzen me op datgene wat ik weliswaar heb gehad, maar ben kwijtgeraakt. Ik ben het kwijtgeraakt juist omdat ik het heb gehad. Vervulling, gelukzaligheid, het zijn onhoudbare toetsstenen met een dodelijke straling. Ik voel me eeuwig verbannen uit die vervulling, uit die volmaakte gelukkigheid, en op de momenten dat ik die had (het waren er niet weinig, moet ik toegeven, maar ze waren wel van voorbijgaande aard, even frequent als vluchtig) kon ik er niet volledig van genieten. Wanneer je zou moeten genieten, geniet je niet, je geniet pas daarná, in tweede instantie, en dat kan best heel snel komen, maar wanneer de vervulling voorbij is, geniet je bij de gedachte en herinnering aan hoezeer je hebt genoten, en betreur je het dat je nu niet meer zo geniet. Wie geniet voelt niets op het moment dat hij geniet, want het genot is alleen retrospectief, en dat is dan ook juist het teken dat hij aan het genieten was: het feit dat hij niets voelt. Het genot ligt straks in de interpretatie, in de droefheid, in de verlating, daar vestigt het zich en vindt het zijn maat, en dus is het onvermijdelijk dat het het ongenoegen in zich heeft, want zonder dat zou het zichzelf niet naar waarde kunnen schatten, zichzelf niet kunnen waarderen.

Dat is wat elke roman is, altijd: het verhaal van een ongelukkigheid. Ook wanneer de auteur vol vreugde de volheid, de uitbundigheid van het leven bezingt, of juist de dorheid ervan, hij vertelt altijd en hoe dan ook over de ongelukkigheid vanwege iets wat is weggegaan nadat het er was geweest, of waar vergeefs op is gewacht, of waar iemand heel dicht bij in de buurt is gekomen, heel dichtbij, te dichtbij zelfs, zoals liefde in het geval van oom Wanja of roem in het geval van Bolkonski, maar dat hij net niet op tijd heeft weten te grijpen. Ikzelf bijvoorbeeld kan me de tijd waarin dit verhaal zich afspeelt deels zelf herinneren, en deels heb ik erover gelezen of gehoord van anderen, veel ervan droom ik, heel veel ervan verzin ik al naargelang de vereisten van het verhaal: het is een slang in het gras waar je een paar tellen een glimp van opvangt, en het is meer het gevoel dat je die hebt gezien wat je met een rilling over je rug herbeleeft, dan iets wat je ogen duidelijk hebben aanschouwd.

Arbus had me geleerd niemand te vertrouwen: het stelt niet veel voor, als les, maar het is in elk geval duidelijk. Het is niet erg enthousiasmerend; je zou liever onderricht krijgen dat zegt 'Dit is het' in plaats van 'Dit kan het niet zijn', 'Het is niet wat je denkt'.

En de mensen die je op de eerste plaats beter niet kunt vertrouwen, volgens Arbus, zijn juist je leermeesters, de autoriteiten, de volwassenen, de leraren, degenen die horen te weten. Degenen die horen te weten, weten niet: ze denken dat ze weten wat ze niet weten, ze weten niet dat ze niet weten, dus doen ze aannames. Hun autoriteit is gebaseerd op niets. In dat opzicht was Arbus heel stellig: ik heb hem nooit zomaar een bewering zien aannemen, of die nu in een boek stond of van een leraar kwam, en al evenmin de verhalen die onder ons leerlingen de ronde deden en zulke mythische vormen aannamen dat we ze inderdaad beter van begin af aan in twijfel hadden kunnen trekken. Het mooie is dat Arbus niets had om tegenover de waarheid van onze leraren te zetten, sterker nog, we moesten niet alleen geen vertrouwen hebben in hen, zei hij, maar we zouden er goed aan doen om op de eerste plaats geen vertrouwen te hebben in onszelf. Neem nou de ongelukkigheid waar ik het net over had: nou, daar leek Arbus totaal geen last van te hebben. Ik heb hem niet één keer bedroefd of bezorgd gezien, ik heb hem nooit horen klagen; en daar zou hij toch reden genoeg voor hebben gehad, in elk geval meer dan ik. Zijn vader was nooit een echte vader voor hem geweest; zijn moeder leek als je bij hem thuis kwam meer prijs te stellen op het gezelschap van zijn vrienden (zoals ik) dan op dat van haar zoon, want ze liet geen gelegenheid voorbijgaan om hem te bespotten, te kleineren bijna, vanwege zijn onbevallige uiterlijk, omdat hij zich slecht kleedde, omdat hij verlegen was, omdat hij geen idee had van wat belangrijk of aangenaam was in het leven; en het was ook zo: zelfs wanneer je de acne die hem teisterde buiten beschouwing liet was Arbus lelijk, slecht gekleed, slecht gewassen (vooral zijn haar), en vond vrijwel niemand hem sympathiek, noch deed hij zijn best om daar verandering in te brengen. Ik heb me vaak afgevraagd of de vriendschap die ik hem gunde te danken was aan het zelfvertrouwen dat ik in zijn bijzijn kreeg, aangezien ik knapper en fortuinlijker was dan hij, zij het dan niet even intelligent. Arbus was intelligenter dan ik, en dan alle anderen, dat stond buiten kijf, en niet zo'n klein beetje ook, hij was veel intelligenter, maar in alle andere opzichten was ik een ware prins vergeleken bij hem, en het kan best dat ik met hem optrok uit een welwillende prinselijke tegemoetkoming van mij. Of het kan zijn dat die uitzonderlijke intelligentie van hem werkelijk invloed op me uitoefende, en als een magneet fungeerde die elke andere emotie, interesse, voorliefde, zelfs een merkwaardige fysieke aantrekkingskracht naar zich toe trok. Ja, hoe slungelig, groezelig en knokig hij ook was, toch vond ik Arbus fysiek iets aantrekkelijks hebben. Niet zo aantrekkelijk dat ik hem zou willen knuffelen (wat ik volgens mij mijn hele leven niet één keer heb gedaan) maar wel genoeg om hem gefascineerd te bekijken, vooral op school, wanneer ik hem en profil zag, en zijn zwarte, glimmende haarstrengen langs zijn slapen tot aan zijn mondhoeken hingen. Dat was zijn studiehouding, terwijl hij las of schreef. Hij schreef langzaam en haalde zijn stift nooit van het papier, want hij gebruikte een speciaal, ononderbroken handschrift dat hij zelf had bedacht.

Wanneer we op school een toets moesten maken, begon hij na een paar minuten concentratie met zijn ogen half dichtgeknepen achter zijn dikke, vettige brillenglazen ineens te schrijven, en dan tilde hij zijn hoofd en zijn pen niet meer op van het proefwerkblad tot hij de vertaling of de reeks wiskundeopgaven of natuurkundeproblemen af had. Hij leek nooit blij of ontevreden en evenmin bezorgd, alsof die toetsen die voor iedereen zo belangrijk waren er voor hem totaal niet toe deden. En hij haalde dan ook lang niet altijd goede cijfers.

Het was vreemd dat hij die zo intelligent was hooguit zesjes haalde voor Italiaans. Net voldoende, en soms niet eens dat. Van opstellen schrijven werd hij ongeduldig. 'Het is correct wat je hebt geschreven, maar nietszeggend,' zei onze leraar Cosmo terwijl hij hem het opstel precies zo teruggaf als hij het had ingeleverd. Geen enkele streep, geen correctie. Wat Arbus miste was de reden en het doel om te schrijven.

Een van de zeldzame keren dat hij zich tegen mij liet gaan, deed hij dat min of meer in de volgende woorden: 'Ik heb niks met Italiaans. Wat is dat nou voor vak, Italiaans? Schrijven en praten in je eigen taal, nou en? Een opstel. Wat zou ik nou werkelijk moeten zeggen? Tegen wie, en wat dan? Kan het Cosmo echt iets schelen wat ik vind? Wat achtentwintig jongens vinden van de relatie tussen Francesca da Polenta en Paolo Malatesta in Dante? Ik heb helemaal geen zin om het met Cosmo over liefde te hebben. In de wiskunde en natuurkunde heb je tenminste regels, die snap je wel of niet, je kunt ze wel of niet toepassen, en dan is de uitkomst uiteindelijk goed of fout. Een tussenweg is er niet. Maar hier... wat wil het zeggen als een opstel móói is? Waarom vinden mensen het ene gedicht mooi en het andere niet? Er is niemand op de wereld die dat kan aantonen, ik bedoel, die dat echt kan aantonen, en het heeft geen zin om daar zo op te hameren zoals Cosmo soms doet wanneer hij niks meer weet te zeggen, het heeft geen zin om je vast te grijpen aan dat gedoe van het metrum, de nadruk, het rijm... Ik zou zo honderd gedichten kunnen schrijven met metrum en alles. Honderd spuuglelijke gedichten. En dan dat idee dat je jezelf moet uiten, je meningen, je emoties... dat je de dingen *op jouw manier* moet vertellen... een persóónlijke interpretatie moet geven... Kan ik het helpen dat ik helemaal nergens een persoonlijke interpretatie van heb? Als Catullus of Petrarca zich eenzaam voelen, nou, jammer dan... sterkte... Het is niet dat ik ze niet begrijp, ik snap heus wel dat ze zich alleen en treurig voelen, maar wat heb ik daaraan toe te voegen? Ik kan de literatuur nog best wel waarderen, als ze vervolgens maar niet om mijn mening zouden vragen. Mijn commentaar. Van sommige stukken zie ik wel dat ze goedgeschreven zijn, maar wat dan nog...?'

Arbus klaagde niet. Hij accepteerde alles met een lachje dat vreedzaam kon zijn of spottend of dat god weet wat voor duivelse listen kon verbergen. Misschien wilde het alleen maar zeggen dat hij geen enkel belang hechtte aan cijfers, aan school, aan de paters, aan ons klasgenoten. Maar waar hechtte hij dan wel belang aan? Nou, ik geloof dat hij nieuwsgierig was naar de dingen op zich, naar de vormen ervan, het functioneren ervan, de onderlinge verschillen, de manier om ze van elkaar te onderscheiden en te catalogiseren. Daar hechtte hij belang aan, dat vond hij leuk: hij vond het leuk om te observeren, zonder te oordelen en zonder beoordeeld te worden, zonder begrippen te transformeren tot prestaties, bespiegelingen tot schoolresultaten, ontdekkingen tot rapportcijfers. Exact het tegenovergestelde dus van ons, alle anderen, die er alleen maar mee bezig waren hoe we maximaal resultaat konden halen uit het beetje dat we wisten en vooral uit wat we niet wisten, waarbij we alle trucjes aanwendden om onze ingenieuze onwetendheid te gelde te maken.

Er waren jongens die zo bedreven waren in het om de tuin leiden van de leraren tijdens proefwerken dat het grensde aan genialiteit, of het maniakale, want dat heeft altijd een connectie met het geniale. En in plaats van te studeren, liever dan te studeren, waren Giuramento, Chiodi, Crasta bijgenaamd 'de Luiaard', en zelfs Lorco, die toch goed kon leren, hele middagen bezig met het op smalle reepjes papier miniaturiseren – wat evenveel tijd en inspanning vergde of zelfs meer dan ze nodig zouden hebben gehad om zich fatsoenlijk voor te bereiden op een overhoring of een toets – van tientallen namen en werken van filosofen, stellingen, rijtjes vervoegingen, om die papiertjes vervolgens met eindeloos geduld in het doorzichtige buisje van een balpen te frummelen, door ze spiralend om de inkthuls te schuiven, waarna ze die later tijdens het proefwerk stiekem uitrolden met een al even delicate handeling, in de meeste gevallen vergeefs, aangezien je die formules dan ook nog moest weten toe te passen, en het niet genoeg was om ze alleen maar over te schrijven op het proefwerkblad. Die redeneringen dienden van A tot Z te worden opgebouwd, de data en namen moesten worden toegepast in een zinnig betoog, en daarvoor hadden de reepjes papier of de tatoeages op je onderarm of de vloeiblaadjes verstopt in woordenboeken meestal weinig nut. Het zou al met al een stuk gemakkelijker en lucratiever zijn geweest om te studeren. Maar voor sommigen van ons was dat ondenkbaar, een schandelijke suggestie. Jezelf verlagen tot studeren... nooit van z'n leven! Als er ook maar een mogelijkheid was om vals te spelen, om een tussendoorweggetje te nemen, dat zoals ik al zei soms nog langer en kronkeliger bleek te zijn dan de hoofdweg, als er een kans bestond om het te redden zonder enige verdienste (of tja, dat was nou juist de verdienste, dat wil zeggen het feit dat je een goochelaar was, een waarzegger, een vingervlugge dief, een hotelrat)... Kortom, alles was beter dan een ijverige leerling te zijn.

De andere oplossing was spieken. Spieken bij je buurman is de oudste activiteit ter wereld, die gaat terug tot de holbewoners en beantwoordt aan een oerimpuls waarbij de zwakkere de sterkere imiteert, hem gelooft en gehoorzaamt, zich verlaat op diens ruimhartigheid, oftewel op diens betrouwbaarheid. Wat je nerd van een buurman op zijn proefwerkblad schrijft is zeker goed, de juiste oplossing, de juiste vertaling. En als je daarentegen een onbenul naast je hebt zitten probeer je een andere plek te bemachtigen, in de buurt te komen van de betrouwbare bron, zoals een nauwgezette historicus of een rechercheur zou doen; of je probeert een keten te vormen van de wetende naar de onwetende via een reeks tussenstations, net zoals er in de Oudheid signalen werden doorgegeven van de ene toren naar de andere waardoor een boodschap honderden mijlen kon overbruggen. In dat geval zijn er echter twee problemen: dat er in een klas maar twee of hooguit drie, vier wetenden per vak zijn, en die zijn niet allemaal bereid om de antwoorden door te geven; Gedeone bijvoorbeeld, Gedeone Barnetta, die goed was in Latijn en Grieks, die bouwde expres barrières, aan de ene kant met boeken en aan de andere kant met zijn linkerarm, zodat hij bedekte wat hij schreef, terwijl Zipoli, die uitblonk in wiskunde, met een heel harde, dunne potloodpunt schreef en in zo'n minuscuul handschrift dat je het zelfs met een loep niet zou kunnen ontcijferen. Het aantal betrouwbare bronnen was soms dus beperkt tot maar één leerling in de hele klas.

In dat geval deed zich een bizar, anarchistisch fenomeen voor. Dan spiekte iedereen bij iedereen, bij degenen die redelijk waren en zelfs bij de slechten, in een draaikolk van totaal gebrek aan vertrouwen in zichzelf; je had zelfs wel eens iemand die de vergelijkingen zoals hij ze zelf had opgelost doorstreepte en ze letterlijk overschreef van de grootste nitwit van de klas, van Giuramento of Crasta. Geen idee waarom iemand het gevoel had dat het hoe dan ook beter was te spieken dan wanneer hij het in zijn eentje zou hebben gedaan. En door een vreemde statistische wet, vergelijkbaar met de wet van Murphy, was het in het geval van twee buurjongens die een vertaling aan elkaar doorgaven of een som vergeleken vrijwel zeker dat de oplossing die het verst verwijderd was van de juiste werd beschouwd als de goede. Daar zou je een filosofische of wetenschappelijke of psychologische wet uit kunnen destilleren, met soms ernstige gevolgen voor willekeurig welke gemeenschap of samenleving: namelijk dat een fout *gemakkelijker en sneller* wordt verspreid dan de waarheid. Als iemand een ander nadoet, zal hij eerder de fouten en ondeugden kopiëren van degene die hij als voorbeeld heeft genomen, of diegene verkeerd interpreteren. Met andere woorden: de fout is overtuigender, aantrekkelijker. Dat kan ik op dit moment, vandaag, verifiëren in de gevangenis waar ik lesgeef: twee van mijn Roemeense leerlingen zitten binnensmonds te smiespelen, gebogen over het blaadje met een grammaticaoefening; dan worden ze het blijkbaar eens en verbetert een van de twee datgene wat hij al op papier had staan, en gaat mee in datgene wat de ander had geschreven. Terwijl ik om de tafels heen loop, langs de toegang naar het toilet waar geen deur in zit, kom ik achter hen langs; ik kijk omlaag naar de bovenste regel van hun proefwerkblad, en als ik de eerste woorden lees weet ik al genoeg: MIO FRATELO A COMPRATO NA MOTO: 'Mijn broer heeft een motor gekocht'.

Kijk, behalve dat 'fratello' met een dubbele 'l' moet, waar Roemeense oren niet op getraind zijn, valt me op dat Nicusor in elk geval het werkwoord eerst goed had geschreven, 'ha comprato', maar toen spiekte hij bij Ionut en streepte hij de 'h' door, of nee, hij streepte hem niet alleen maar door, hij bedolf hem onder een dikke laag balpen. Ik zei: 'Zien jullie nou? Jullie nemen alleen maar de fouten van elkaar over... De weinige goede dingen houdt ieder voor zich. Dan kun je net zo goed allebei apart werken, toch?'

Af en toe zet ik dat concept kracht bij met een wat plastisch beeld: 'Iedereen maakt zijn éigen stront met zijn éigen kont.' Het is vulgair, maar wel effectief. Niemand hier zou willen dat zijn kont werd gebruikt om andermans stront uit te persen, en datzelfde zou moeten gelden voor redeneringen. Laat iedereen zijn eigen redenering vormen, of die nu goed of slecht is, en daarna zien we wel weer. (Uit dat 'en daarna zien we wel weer' blijkt duidelijk mijn houtje-touwtje-pedagogiek.) Maar nu spreek ik als leraar, terwijl ik destijds sprak en dacht als leerling. Aangezien de uitblinkers maar met weinig waren en moeilijk bereikbaar, of hun werk afschermden (dat deed Sanson bijvoorbeeld) of doodsbang waren om te worden betrapt, terwijl de leraren in feite maar heel oppervlakkig, puur plichtmatig surveilleerden, had iedereen vooral de neiging om het te proberen bij elke klasgenoot die een voldoende stond, al was het een magere, al was het onverdiend, en van hem over te schrijven, alles van hem over te schrijven, zonder nutteloze twijfels of controles, zonder toestemming te vragen of om de gunst te smeken of een wederdienst te beloven, om ook maar één zin of formule te pakken te kunnen krijgen. Op zo'n moment kwam iemand als ik weer om de hoek kijken, die het op de middenschool goed had gedaan maar op het lyceum ineens steken liet vallen bij vakken waar ik voorheen goed in was, behalve dan bij Italiaans, terwijl de nieuwe vakken zoals Grieks of natuurkunde nooit echt mijn ding werden; en zo, door weinig te leren en veel afgeleid te zijn en lessen te missen, door kortom de leraren en de lessen niet serieus te nemen, door te denken dat ik zo goed was dat ik niet hoefde te leren, door de lastigste schooldagen te vermijden met een 'Mam, ik zie het vandaag echt niet zitten' (wat me in staat stelde in bed te blijven met een aai over mijn bol van mijn veel te toegeeflijke, lieve moeder), begon de luie jongen die ik was langzamerhand zulke grote lacunes te vergaren dat die op een gegeven moment niet meer konden worden opgevuld door mijn briljante improvisaties of mijn rappe tong of mijn zelfverzekerde gedrag – wat een leraar het idee kan geven dat de leerling tegenover hem beter en zorgvuldiger heeft geleerd dan hij in werkelijkheid heeft gedaan, en alleen dankzij dat zelfverzekerde gedrag, waarbij je de leraar recht aankijkt terwijl hij je overhoort, met een harde stem praat, op heldere toon, met slimme frasen zoals 'Ik hoef er natuurlijk niet aan toe te voegen dat...' zonder er iets aan toe te voegen, of 'Daar valt nog een heleboel over te zeggen...' kortom, holle kreten die wel enige indruk maken, en ik kon goed overweg met dat soort formuleringen – al die trucjes van mij werkten dus niet meer.

Mijn vertalingen uit het Grieks en Latijn werden daardoor steeds onnauwkeuriger, onwaarschijnlijker, een wilde gok, met op goed geluk gekozen interpretaties, want doordat ik de regels van de grammatica die deze talen onverbiddelijk domineert niet had geleerd, restte me niets anders dan op mijn taalgevoel of het toeval af te gaan.

...Er restte me niets anders dan op mijn taalgevoel, het toeval of mijn neus af te gaan.

Mijn wiskundige capaciteiten, die op mijn tiende of twaalfde nog aanzienlijk waren, namen daarentegen overduidelijk af, en daar was ik me zelf als eerste van bewust. Terwijl ik voorheen alles meteen bij de eerste uitleg begreep, merkte ik nu ineens dat ik het niet meer zo goed volgde, er minder van snapte, wat in zekere zin erger is dan dat je er helemaal niks van snapt, net zoals met talen, want als je ze totaal niet verstaat kan zo'n vreemde melodie zelfs aangenaam klinken, en kost het je geen enkele moeite om het aan te horen; maar als je een op de tien woorden verstaat, dan wordt het een kwelling en zul je je, voordat je het bijltje erbij neergooit, ontzettend inspannen om de betekenis van de overige negen onverstaanbare woorden te vatten. Het feit dat ik wiskunde nog maar half snapte, en daarna alleen nog wat flarden, wat spikkels, was doorslaggevend voor mijn besluit om er niet meer voor te leren. Ik geloof dat ik het boek op het lyceum nooit meer heb opengeslagen.

Bij Latijn en Grieks kon ik me nog wel redden; hoewel mijn grammaticale onwetendheid groeide had ik bij die vakken tenminste te maken met boeken, gedichten, poëmen, schrijvers, en bevond ik me in een vertrouwde wereld, ook al deed De Laurentiis, onze leraar klassieke talen, zijn uiterste best om ons uit het hoofd te praten dat die schrijvers iets interessants en moois te vertellen hadden. Hoewel ik een middelmatige vertaler was, waren er tijdens de vertaaltoetsen klasgenoten die bij mij wilden afkijken. Scarnicchi, bijgenaamd 'de Marmot', Matteoli, en zelfs Chiodi, die wanneer er een proefwerk was van zijn catatonische toestand overging naar een hyperactieve onrust, om vervolgens weer volkomen onverschillig te worden zodra hij zijn volgekrabbelde proefwerkblad had ingeleverd, waarop hij aan de verkeerde kant was begonnen, de binnenkant, onverschillig zelfs jegens het cijfer waarvoor hij tijdens het proefwerk zelf juist zo zijn best had gedaan. Al die schoolse nervositeit richtte zich dus ook op mij, ogen die hongerden naar hulp, seintjes met opgetrokken wenkbrauwen, met getuite lippen, bijna luidkeels gefluister dat door het lokaal in mijn richting vloog, maar ik had twee twijfels, twee bedenkingen: ik was bang dat ik zou worden betrapt door De Laurentiis, en die onzinnige angst was hoe dan ook sterk genoeg om me te belemmeren, en daarnaast wist ik eerlijk gezegd heel goed dat ik tegelijk met mijn vertaling van laten we zeggen Livius ook de fouten die ik gemaakt had zou doorgeven, dat ik een *besmette* vertaling doorgaf. Het is me een raadsel waarom ik – die zich toch bij diverse andere, heel wat belangrijker voorvallen een behoorlijk dapper man heeft betoond – in vredesnaam zo bevreesd ben voor bedreigingen van zo'n klein, zelfs nietig kaliber, bijvoorbeeld dat de verkeerspolitie me aanhoudt en ontdekt dat de apk verlopen is, of dat een leraar me betrapt terwijl ik een briefje doorgeef. Die vooruitzichten vind ik afschrikwekkend, en misschien is het interessant om op te merken dat ik de dreiging van dat soort gevaren altijd ervaar vanuit de wereld van de wet, de instellingen, de erkende autoriteiten – terwijl ik nooit bang ben geweest voor boeven. Gek genoeg was ik tijdens mijn verblijf in Afghanistan helemaal niet bang voor de pick-ups propvol talibanstrijders behangen met machinepistolen; maar tijdens mijn eerste jaren als leraar stond ik wel altijd te trillen wanneer ik bij de directeur op zijn kamer moest komen. Wat zou ik verkeerd gedaan hebben? Welke fouten zullen ze ontdekt hebben, die ik beslíst heb gemaakt, maar die ik me niet eens meer herinner omdat ik zo verstrooid ben? Ja, die verstrooidheid. Misschien komt het door mijn verstrooidheid dat ik ze heb verdrongen, heb weggestopt in een of ander hoekje waaruit ze ooit zullen worden opgevist; en dat kan nu elk moment gebeuren. Bijna elke nacht droom ik dat ik in de gevangenis zit, vastgezet vanwege overvallen die ik heb gepleegd toen ik nog maar net meerderjarig was... Zou ik als jonge jongen een roofovervaller kunnen zijn geweest? Kennelijk wel, kennelijk meende ik dus op die leeftijd dat ik op die manier aan geld kon komen, het leek zo simpel... Maar toen had er blijkbaar iemand zijn mond voorbijgepraat... en was ik in de bak beland. In mijn droom besefte ik dat het geen persoonsverwisseling betrof, geen gerechtelijke dwaling, nee, ik had die overvallen écht gepleegd. En de wet had me achtervolgd, me te pakken gekregen en gestraft. Ja, het enige waar ik echt bang voor ben is de wet. De grilligheid ervan bijvoorbeeld, en het feit dat de wet heel lang na en mijlenver verwijderd van de gepleegde misdaad alsnog kan toeslaan. Dat is wat me angst aanjaagt, dat de wandaad weer kan *opduiken*, dat die niet diep genoeg begraven was. Dat het lijk na jaren weer tevoorschijn komt, of een heel eind verderop, alsof het op miraculeuze wijze een ondergrondse reis heeft afgelegd...

Het meisje is dood en begraven
en dat is al heel lang geleden gebeurd...

Ik gaf niet direct gehoor aan de steelse verzoeken van mijn klasgenoten. Maar uiteindelijk werd ik toch overgehaald om het blaadje met mijn vertaling door te geven, dankzij de grote ogen van Scarnicchi, of dankzij de duim waarmee Chiodi dwars over zijn hals streek. Vervolgens penden ze mijn werk over in een snellere tijd dan een vierhonderdmeterloper nodig heeft om één ronde te lopen, ik weet niet hoe ze dat voor elkaar kregen, ze hadden een panoramische, fotografische blik, die alleen niet nauwkeurig genoeg was, want aan de fouten die ik had gemaakt voegden zij weer nieuwe fouten toe, door de snelheid of doordat ze het niet snapten of door die bizarre literaire wet die inhoudt dat iedere kopiist steevast creatieve varianten invoegt in de tekst die hij moet overschrijven. Ik herinner me er één in het bijzonder: die keer was Chiodi degene die tijdens het overschrijven de belegering door de Romeinen van 'een zekere' stad veranderde in de belegering van 'Macerata'. Tijdens het uitdelen van de nagekeken toetsen was De Laurentiis, die een goed getraind oog had voor slordig overgepende vertalingen, totaal overstuur. Zijn sproeten werden knalrood tijdens het praten, en een draadje opgedroogd speeksel vormde een wittige ring rond zijn lippen. Het was niet zozeer woede die hem bewoog, maar eerder iets als verbazing, verbijstering, ontzetting die hem bijna een inzinking bezorgde. Zijn leven stond op de rand van een absurde, onpeilbare afgrond, en dat allemaal omdat Chiodi 'Macerata' had opgeschreven. Wat? Waarom? Maar waarom? Maar hoezo, hoezo?

Bleek weggetrokken, afgezien van de sproeten die gloeiden op zijn tamme tapirsnuit, wapperde De Laurentiis met Chiodi's proefwerk, stamelend en naar adem happend.

'Maar ik... Chiodi... Macerata! Hoe kom je...? Waar, mijn god... waar is...? Ik... ik... kan niet...! Het is niet... het is niet waar... ik droom! Chiodi! Maar dan... Chiodi... Macerata. Maar ik vraag me af... ik vraag me af, ik zeg... Macerata... dat i*sh*... dat i*sh*... O God onze Heer! O godallemachtig! Je bent bezeten, dat ben jij... hè? Dat i*sh*... dat i*sh* de enige verklaring... een duivel*sh*e bezetenheid...'

Hoe kwader hij werd, hoe meer zijn Napolitaanse accent opborrelde, want zo was De Laurentiis, of misschien zijn alle Napolitanen zo, dat wanneer ze door een emotionele of intellectuele golf worden gegrepen, van blijdschap, verdriet of boosheid of plezier of logica, ze meteen met sterke dialectinvloeden beginnen te praten, en het was dan ook zo dat De Laurentiis wanneer hij opgewekt was, glimlachend en goedmoedig, bijna een Napolitaans personage werd, als een straatzanger of een Pulcinella, en datzelfde overkwam hem tijdens die aanvallen die zoals ik al zei niet echt van woede waren, maar meer van teleurgestelde verbijstering.

'Agge ritto che solo 'o demonio... Chiodi... solo 'o riavulillo pote fa' chiove 'rinto 'o competo tuje 'sta parola, ik zeg dat alleen de duivel... Chiodi... alleen de duvel kan dat woord in jouw proefwerk hebben gezet: *Macerata*!'

Maar het vreemdst is dat Chiodi uiteindelijk toch een voldoende kreeg omdat zijn vertaling (of eigenlijk voor negenennegentig procent míjn vertaling, afgezien van dat Macerata) maar zes fouten bevatte, waarvan twee ernstige (twee punten aftrek) en vier minder ernstige, van een half punt per stuk, wat neerkwam op min vier en dus een zes. De Laurentiis was zo van slag door de Macerata-blunder dat hij die niet eens had meegeteld.

Ikzelf kreeg die keer dan ook eveneens een zes.

Ik wil iets preciseren met betrekking tot mijn vriend Arbus, want ik wil niet dat hij betweterig overkomt. Dat was hij helemaal niet. Ook wanneer zijn beweringen opmerkelijk of geniaal waren, zwakte Arbus ze af door ze te omlijsten met een 'volgens mij', door er een 'misschien' tussen te zetten, en ze aldus te presenteren als meningen die alleen maar wachtten om te worden ontkracht, terwijl ze mij meteen als onomstotelijk in de oren klonken. Ik weet niet of hij dat deed uit onzekerheid, of spottend, of omdat hij toen al zo wijs was dat hij heel bewust geen categorische meningen wilde formuleren, omdat hij die als het toppunt van domheid beschouwde.

Hoofdstuk VIII

Arbus' door acne geteisterde gezicht bood beslist geen fraaie aanblik.

Het leek alsof zijn huid op sommige plekken omhoog was gekomen en op andere plekken was ingedeukt, als een omgeploegde akker, zo rood en aangetast dat je de rillingen kreeg alleen al bij het idee dat hij dat pokdalige gezicht elke ochtend moest wassen en aanraken.

Pas tien of vijftien jaar later leerde ik in Londen een man kennen die was mismaakt door sint-antoniusvuur, en dat was de enige keer dat ik iets heftigers zag dan het gezicht van Arbus wanneer het op het toppunt van ontsteking was.

Die arme jongen toch!

Je zag heel goed dat hij zich beschaamd voelde, gekweld, verontwaardigd.

Velen van ons hadden hier en daar pukkels op onze wangen, onze kin of schouders, of midden op de rug.

Iannello en Chiodi hadden die bijvoorbeeld, en ikzelf ook, rond mijn veertiende, dat wil zeggen vanaf het moment dat ik was begonnen me te scheren, toen voelde ik op mijn kin of in de vouwen aan weerszijden van mijn neusvleugels die pijnlijke zwellingen opkomen, die soms aan de oppervlakte kwamen en andere keren kloppend onder de rode huid bleven zitten, zonder dat ze een uitweg vonden, waarvoor mijn moeder kompressen van bloedheet zout water klaarmaakte en me vervolgens een walgelijk ruikende grijzige zalf gaf om erop te smeren, 'Die moet je erop doen, dan zal de puist sneller *rijpen*...', en ik weet niet wat ik het meest verafschuwde, die vette zalf, de misselijkmakende geur of gewoon het idee dat je die zwelling op mijn gezicht, op mijn mooie tienergezicht, moest laten *rijpen* alsof het een vrucht was; hoe dan ook, we hadden allemaal of bijna allemaal wel last van problemen met onze huid, glimmend, onrein, schilferig, te vet, te droog, te *wat dan ook*, alsof het organisme niet in staat was zijn hormoon- en talgpompen te reguleren.

Maar niets was vergelijkbaar met het gezicht van Arbus.
En zijn moeder, deed die dan niets?
Stak zij geen vinger uit?

Hoofdstuk IX

Al vanaf mijn kindertijd, maar ook in de bloei van mijn tienerjaren en zelfs nog in mijn vergevorderde jeugd, was ik ondanks mijn totale onwetendheid en zeg maar ondanks het feit dat ik opgroeide in de beschutting van die te langdurige en dus schuldige onschuld, waar ik me mee voedde als een houtworm verborgen in de pulp van een zachte houtsoort, behept met een verontrustende sensualiteit – des te verontrustender omdat die schuilging achter een enorme preutsheid. Mijn leeftijdgenoten lieten zich gaan in luidruchtige, vulgaire uitingen, pratend over genitaliën, zedeloze meiden, condooms, mannelijk zaad en vrouwelijk slijm dat alle kanten op spoot en droop, en ik vond die expliciete praatjes waaraan ik werd blootgesteld verstorend en choquerend, maar vanbinnen voelde ik de zinderende kracht van de sensualiteit die zij ongedwongen uitten, in mijn bloed voelde ik haar oneindig veel sterker, heftiger, gevaarlijker en onoverwinnelijker dan die van alle jongens die ik kende bij elkaar. De sensualiteit maakte me duizelig, misselijk en draaierig tot ik haast dacht dat ik zou stikken en neervallen.

Ik wil hier twee voorvallen vertellen die allebei te maken hebben met een object dat me, alleen al als ik het noem, nu, onder het schrijven, een onverklaarbare onrust bezorgt, en die blijft zo lang hangen dat ik nu al weet dat ik wanneer ik straks klaar ben met schrijven en opsta van mijn werktafel en doelloos door de kamers begin te dwalen, de trap af en op zal lopen, terwijl ik aanvankelijk steels tussen mijn benen voel en daarna steeds vastberadener, tot ik begin te masturberen – of nee, ik ben bang dat ik het al meteen moet doen, nu al, nog voordat ik dit fragment af heb, of nee, nog voordat ik zelfs maar ben begonnen met het vertellen van die voorvallen, en dat dus puur en alleen omdat ze gaan over... Sterker nog, omdat beide verhalen om hetzelfde onderwerp draaien, namelijk 'zwemkleding', en alleen al die termen 'zwembroek' of 'bikini', in geschreven vorm of gevisualiseerd, ontketenen in mij een storm die me van top tot teen doet schudden, dan voel ik een draaikolk, een warme werveling die alle kracht uit mijn benen wegtrekt, ik voel het kloppen en malen en ophopen ter hoogte van mijn liezen, dat levenssap dat is onttrokken aan de overige delen van mijn lichaam, waardoor die zwakker worden, zodat mijn handen trillen en mijn blik vertroebelt, en dat alleen maar omdat ik op het punt sta iets te schrijven over een *zwembroek*, over een *bikini*, een zacht, kleurig, kletsnat ding, alleen daarom moet ik halsoverkop de hand aan mezelf slaan, ja, alleen al daarom, vanwege dat simpele verbale omhulsel gevormd door de woorden 'zwem-broek', 'bi-ki-ni', die paar klanken, die paar lettergrepen volstaan, en ook omdat mijn geliefde er niet is, ze is niet thuis, anders zou ik alle kamers afspeuren naar haar, achteloos en nerveus ronddwalend, begerig, en dan zou ik haar vinden, ik zou haar van achteren vastpakken, ik zou mijn handen onder haar borsten leggen, ze optillen, tegen haar zeggen dat ze vandaag beeldschoon is terwijl ik me tegen haar aan druk en me niets aantrek van haar protesten omdat ik haar heb onderbroken terwijl ze bezig was met andere dingen zoals lezen, een brief schrijven, koken, telefoneren, haren borstelen, opruimen, ik zou proberen haar uit te kleden en neer te leggen om te vrijen, of niet eens helemaal uit te kleden en neer te leggen, want ik zou er al genoegen mee nemen om haar net dat beetje te ontbloten dat nodig is om meteen bij haar te kunnen binnendringen, ter plekke, gewoon daar waar ik haar heb aangetroffen, staand.

Die demon is altijd bij me, die huist al mijn hele leven in mij, hij verlaat me geen moment, en als ik niet meer zou voelen hoe hij mijn bloed omwoelt en doet stollen, nou, dan zou ik denken dat ik dood was, dat ik ongemerkt was gestorven. Een keiharde stoot in mijn hart is zijn manier om zich aan te dienen in mijn binnenste. Dat ervoer ik een keer toen ik net geen kind meer was, in een kleedhokje van strandtent San Felice Circeo – gêne, opwinding, nieuwsgierigheid, bonkende slapen en een warm gevoel in mijn dijen en rug – en later nog eens op de vloedlijn van Terracina – zee troebel van het zand, zwemmers die lachend een klap krijgen van de golven, en mijn nichtje, en nu nog denk ik wanneer ik haar in het trappenhuis tegenkom aan haar walgende gezicht destijds, en aan mijn eigen gezicht vol perverse verrukking.

Hoewel ik geen flauw idee had wat seksueel verlangen was, bespeurde ik de aanwezigheid ervan elke keer dat de eenvoudigste gebeurtenissen, de normaalste handelingen en blikken me ineens vreemd voorkwamen, en speciaal op mij gericht leken te zijn, en me leken te kwellen juist omdat ik er geen raad mee wist. Ik zou die toestand niet per se 'opwinding' willen noemen...

Ik was uitgenodigd voor een strandvakantie in de Circeo door Zarattini, de mooiste jongen van de klas op de middenschool. Nadat we heel wat keren in zee hadden gezwommen bij de strandtent waar zijn familie een parasol huurde, gingen we onze zwembroek verruilen in een kleedhokje. In die tijd zoog de dikke stof zich vol water waardoor die urenlang drijfnat bleef. 'Ga je maar gauw een droge zwembroek aantrekken' was een typische uitspraak van een Italiaanse moeder, met dat al even typische gebruik van het wederkerend voornaamwoord. Zarattini en ik stonden uit preutsheid met de rug naar elkaar toe. Ik probeerde me zo snel mogelijk om te kleden en mijn voet raakte verstrikt, ik verloor bijna mijn evenwicht in mijn haast om de droge zwembroek omhoog te hijsen. Dat specifieke schemerdonker en de koelte van de kleedhokjes aan zee symboliseren voor mij niet het paradijs of de sterrenhemel, maar letterlijk het onuitsprekelijke: dat wat niet met menselijke woorden kan worden beschreven, in elk geval niet met de woorden die ik tot mijn beschikking heb. Bijvoorbeeld: bijna rillen van de kou daarbinnen terwijl buiten de zon brandt, en die zanderige vloer, de geur van zilte mufheid. Wat me een schok bezorgde, en mijn hart in mijn keel deed kloppen alsof ik gek werd van schaamte, was de doffe plof achter me die werd veroorzaakt door Zarattini's kletsnatte zwembroek, die hij had uitgetrokken en op het ruwe beton liet vallen. De gedachte dat hij op dat moment bloot was had een heel wat onthutsender effect op me dan het feit dat ik nog maar een paar tellen eerder zelf ook, vol schaamte, bloot was geweest.

Het voorval in Terracina was zo mogelijk nog onbeduidender, maar ook dat galmt nog altijd na in mijn hele wezen. Het zeewater was troebel van het zand dat door de golven opwervelde van de bodem. Maar wij kinderen zwommen evengoed met een duikbril op. Er was niets te zien, behalve die gelige wand van het ronddwarrelende zand, maar zo kon je tenminste je hoofd onder water steken zonder dat je zout in je ogen kreeg, je kon onderduiken, een vage schim zien van de benen van het dichtstbijzijnde vriendje en hem voor de grap vastgrijpen. Maar er was ook iemand die wel iets had gezien. Dat was mijn nichtje, een paar jaar ouder dan ik, die een eindje verder was gezwommen, voorbij de vloedlijn waar wij lagen te spartelen. Ineens kwam ze met grote slagen terugzwemmen, belemmerd door de golven, roeiend met haar vlakke handen. Ze was een en al verontwaardiging. Ze deed haar duikbril af en trok haar natte haren naar achteren. Ze trilde van ergernis. 'Gadverdarrie!' riep ze toen ze eenmaal bij ons in de buurt was. 'Hoezo, wat is er gebeurd?' Ze draaide zich om en wees naar een stelletje in de verte dat telkens achter de schuimkoppen uit het zicht verdween. De twee waren in innige omhelzing aan het zoenen, of in elk geval hadden ze hun hoofden dicht bij elkaar, dobberend op de golven. O ja, het meisje had een gele badmuts op: dat herinner ik me nog als een onmiskenbaar detail, ik zou het voor de rechtbank durven zweren. Mijn nichtje sprak met overslaande stem. 'Ik was daar aan het zwemmen, die kant op, en toen botste ik ineens bijna tegen die twee aan...' Terwijl zij praatte en wij luisterden werden we ineens midden in ons gezicht getroffen door een golf. Mijn nichtje kwam sputterend weer boven water, haar mond vertrokken van walging. 'Maar ik zag dat hij... dat hij haar bikini uitdeed... het *benedenstukje*!'

Het benedenstukje van haar bikini... het 'benedenstukje'... 'beneden'... van haar 'bikini'... Ik voelde dat ik knalrood werd bij dat nieuws. Ik werd onmiddellijk bevangen door een koorts die nooit meer is uitgedoofd.

Al die sensualiteit komt volgens mij, net als andere ziekelijke neigingen, van mijn familie van moederskant, die volledig bestaat uit zenuwlijers. Onder elkaar spraken ze, net als in romans van vroeger, over de zenuwen alsof die een autonome entiteit vormden binnen in de persoon die ze bevolkten, als onbeschofte huurders met een slaapprobleem en betaalachterstand die de huisbaas maar blijven kwellen met hun ongepaste gedrag: herrie, heftige ruzies, nachtelijk gekraak, gescheld, geschreeuw. De zenuwen, mijn zenuwen, dat ontspant mijn zenuwen, ik heb vandaag de zenuwen, hij bezorgt me de zenuwen, ach, mijn arme zenuwen! Ik heb het al lang niet meer gehoord, maar in die tijd was het woord 'zenuwinzinking' aan de orde van de dag, als iets wat altijd dreigde, altijd op de loer lag; iedereen liep vlak langs die steile afgrond, misschien zelfs zonder het te beseffen. Mijn moeder en haar familieleden zag je er voortdurend in vallen, om er dan weer met moeite uit omhooggehesen te worden. Tegenwoordig is die term in het dagelijks taalgebruik vervangen door het woord 'stress', maar dat is absoluut niet hetzelfde...

Hoewel ik me vaak alleen en verlaten voel, en hoewel ik me realiseer dat ik gevechten lever die al bij voorbaat verloren zijn, of erger, waarvan de meeste mensen niet eens zouden begrijpen in naam waarvan ik die strijd zo hardnekkig blijf leveren, heb ik op verschillende momenten in mijn leven een subtiel genoegen ervaren juist doordat ik er hardnekkig mee doorga, een bijna opgewekte, spottende trots omdat ik iets aparts doe, een godheid dien die ik niet eens kende. Een kenmerk dat ik volgens mij al vanaf mijn kindertijd heb gehad, of juist vooràl als kind, was dat mijn geest niet door slechts één gedachte in beslag werd genomen, maar door een groot aantal verschillende, tegenstrijdige gedachten tegelijk. Dat bezorgde me een vreemd geluk, de opmerkelijke gewaarwording dat ik altijd in gezelschap was, gecombineerd met een voortdurende onrust, om niet te zeggen verwarring en onzekerheid. Dat wil zeggen: onzekerheid over wat ik nou echt dacht, en welke overtuiging ik had over een bepaald onderwerp, aangezien ik inmiddels gewend was om het ene te denken maar op hetzelfde moment ook precies het tegenovergestelde, plus een reeks tussenliggende redeneringen; en hetzelfde gold voor mijn overtuigingen en zelfs voor mijn verlangens. Ik vond alle dingen en personen leuk en tegelijk niet leuk, en ik had zin om alles te doen, maar tegelijkertijd was ik er bang voor of keurde ik het af. In plaats van dat ik de baas was over mijn gedachten, waren het juist mijn gedachten die kwamen en gingen en net zolang in mij verbleven als zij wilden, zij waren het die in mij huisden en mij bezaten en me leidden. Ik vind het dan ook ongepast om die gedachten te bestempelen als de *mijne*, net zoals het voor een weiland absurd zou zijn om te beweren dat het *zijn* schapen zijn die erop grazen. Maar wie was ik dan? Op welke van die gedachten en verlangens kon ik mijn naam plakken? Hoe dichtbevolkt de gedachten en verschillende stemmen die in mij rondzwermden wel waren, viel me vooral op wanneer ik wandelde. Zelfs tijdens een heel korte wandeling, zoals het stukje dat ik elke ochtend naar school liep, naar het SLM, dat gemeten met mijn huidige beenlengte zo'n honderdvijftig stappen is, dus destijds misschien tweehonderd. Maar goed, die tweehonderd stappen waren al genoeg om een soort trancetoestand in mij op te roepen, zozeer werd ik in beslag genomen door het volgen van de draden die zich in mijn hoofd vervlochten en zich om de minste suggestie, het minste beeld of woord heen wikkelden, waardoor ik alle contact met de wereld om me heen verloor, dat wil zeggen de straat waar ik langs moest lopen of die ik moest oversteken, de Via Bolzano, de Via Tolmino, het pleintje van Santa Costanza. En meer dan eens kwam het voor dat ik, onderweg naar school, ineens besefte dat ik het bronskleurige hek met daarboven de naam van het SLM (die sinds een paar jaar knalgeel is geschilderd) zomaar voorbij was gelopen en dat ik al langs de Via Nomentana liep, onder de bomen die deze straat omzoomden, in de richting van de Via di Sant'Agnese, versuft luisterend naar de redeneringen die ik herbergde zonder dat ik ze durfde te onderbreken, net zoals je iemand die je niet durft tegen te spreken maar laat praten. Mijn geest deed niets, net als nu: die liet het gewoon begaan.

Ik koester nu nog altijd de kinderlijke wens dat alle tegenstrijdigheden ineens wel met elkaar verenigd kunnen worden; al die tegenstrijdigheden die ik zo sterk ervaar in mijn binnenste en tussen mij en andere mensen, en die tot nu toe onverzoenlijk zijn... En aangezien deze droom zodra hij opkomt alweer verdwijnt, voel ik me de ongelukkigste mens ter wereld, en natuurlijk is het overdreven dat ik me zo voel en dat ook laat merken aan mijn naasten, het is overdreven dat ik mezelf zo kwel, en daarin schuilt mijn voornaamste ijdelheid: ik weet immers dat de standpunten van mensen te uiteenlopend zijn om de verschillen te kunnen overbruggen, maar toch voel ik ze hevig steken, als doorns in mijn vlees.

Op mijn twaalfde was ik al helemaal gek van mythes en ridderverhalen, ik kende de avonturen van Siegfried uit mijn hoofd, en van de Walkuren, van Jason, van Mordred en Arthur en Hagen en Sir Kay, alle wandaden van Loki en de slimme streken van de kleine Hermes, de moordzuchtige waanzin van Apollo en die van Hercules, de spottende wreedheid van Dionysos... en ik had de zwaarden Excalibur, Durandel en Balmung gehanteerd en ik had Mjölnir, de krijgshamer van Thor, meedogenloos rondgeslingerd tegen de ijsreuzen. Ik las met zo'n gretigheid dat ik het zelf allemaal bijna niet meer kon volgen.

Ik heb geen idee of ik een onvermoeibare geest heb in een lui lichaam, of een luie geest die zich laat koesteren door een onvermoeibaar lichaam. Maar één ding voel en weet ik wel heel zeker: dat het al sinds mijn geboorte zo is, en des te meer nu ik de middelbare leeftijd heb bereikt en ben gepasseerd, dat mijn geest en mijn lichaam niet gelijklopen, zogezegd, ze hebben niet hetzelfde ritme, wanneer de een wakker is sluimert de ander, wanneer de een overloopt van energie ligt de ander voor pampus. Mijn stofwisseling verloopt zigzaggend in twee afzonderlijke reeksen die elkaar nooit raken en nooit synchroon lopen. Daarom ben ik dus nooit helemaal alert en nooit helemaal in rust. 's Nachts bijvoorbeeld wordt mijn lichamelijke vermoeidheid de ideale setting voor drammende, kwellende, absurde gedachten, volkomen helder in hun volharding een perfect delirium te vormen. Op andere momenten daarentegen komt er een simpele, stompzinnige energie naar boven die ik vervolgens verspil aan bezigheden waardoor ik het gevoel krijg dat ik onnozel ben, blind, zielloos als een robot. Harmonie of innerlijke rust, die voel ik nooit.

Dat ik – op Arbus na, want die was van de buitencategorie – de intelligentste was, of als zodanig werd beschouwd, was destijds niet zo'n grote reden tot voldoening, net zomin als het dat nu is wanneer mensen er weer eens over beginnen – al komt dat eerlijk gezegd heel wat minder vaak voor tegenwoordig – dat ik de intelligentste ben van een bepaalde categorie, en die categorie kan dan variëren naar soort en afmetingen: mijn school, mijn leeftijdgenoten, de genomineerden voor een literaire prijs (waarbij ik gewoonlijk tweede of laatste word, en dan wordt het dus gezegd bij wijze van troost), het hele panorama aan nog levende Italiaanse schrijvers... Nog los van dat het niet waar is, bezorgt die uitverkiezing me geen enkel gevoel van trots, in welke categorie dan ook; wat heeft een mens immers aan ideeën als hij niet weet wat hij ermee aan moet?

Ik kan niets beginnen met datgene wat ik toch in overvloed bezit. Deze zin schrijf ik over uit een roman: 'En kijkend naar het hemelgewelf boven me, roerloos, zwijgend, voelde ik me een minuscuul levend stipje onder dat immense transparante kadaver.'

En hoe zit het dan met al die kennis van mij? Mijn eindeloze, grijpbare kennis op terreinen als filmtitels, noordse sagen, bijnamen van voetballers, etymologie van woorden, heeft me gemaakt tot een steriele kampioen van tv-quizzen, maar dan thuis, dus zo iemand die vanuit zijn luie stoel het juiste antwoord geeft, zo'n tien seconden eerder dan de deelnemer op het scherm ('Kom op, pap, waarom meld je je niet aan? Je gaat zeker winnen!'), of zo'n allesweter bij wie iedereen in het team wil als er Trivial Pursuit wordt gespeeld.

Ik moet bekennen dat ik als kind en later als tiener goed was in het vertellen van verzonnen of onware verhalen, met als doel de interesse van anderen op te wekken. Als ik de beschikking had gehad over even interessante maar ware verhalen, had ik zonder meer die verteld zodat ik niet had hoeven liegen, maar zo was het niet. Ik was genoodzaakt dingen te verzinnen omdat de werkelijkheid die ik kende niet attractief was, en het aantal opmerkelijke gebeurtenissen dat ik zelf had meegemaakt vrij beperkt. Het leven van een welgesteld stadsjochie is tamelijk leeg en moet wel aangevuld en gecompleteerd worden met denkbeeldige of geleende avonturen: dat geldt denk ik ook voor veel anderen, niet alleen voor mij. De liefde en de fantasieën daarover, bijvoorbeeld, hoe hadden die anders kunnen binnendringen in het bestaan van een tiener geboren halverwege de vorige eeuw dan in de vorm van halve leugens en zwakke grootspraak? Wanneer je nog geen meisje gekust hebt (en de nul, de oorspronkelijke, absolute nul is zoals bekend niet eens een cijfer, maar een metafysische entiteit), wat kun je dan anders doen dan met gemaakte nonchalance beweren dat je al bij nummer tien bent? Dat zou je 'liegen' kunnen noemen, of is het eigenlijk niet eerder 'anticiperen', alsof je de telling alleen wat gunstiger voor jezelf laat uitvallen door de toekomstige zoenen die je vroeg of laat zult krijgen en geven alvast op te tellen bij de zoenen waarvan je tot nu toe alleen maar hebt gedroomd? Een soort lening of voorschot?

Het is helemaal niet waar dat jongens oppervlakkig zijn, altijd op zoek naar afleiding en lol trappen: we waren juist gefascineerd door alles wat plechtiger en serieuzer leek dan normaal. Alleen kwam dat maar zelden voor.

Hoofdstuk x

Ook al spelen ze een bijrol in het verloop van het verhaal, een boek als dit kan niet zonder een hoofdstuk over de gymnastiekleraren. Dat wil zeggen: frater Curzio en Tarascio op het SLM, en daarna had ik nog de Naaktschilder, ook wel Courbet genoemd, op het klassiek lyceum Giulio Cesare, waar ik in 1975 eindexamen deed. Ik duid ze aan met gymnastiekleraar of gymleraar, met de oude benaming, ook al heet het vak tegenwoordig officieel 'bewegingsonderwijs' en is het op sommige schooltypes inmiddels veranderd in het meer algemene en abstracte 'motorische ontwikkeling'. Het steeds meer gezuiverde taalgebruik durft de materie of de concrete handelingen of de instrumenten waarmee gewerkt wordt niet meer bij naam te noemen: het is de progressieve en onhoudbare ontstoffelijking van het bestaan, die van woorden overgaat op het leven en vice versa (het begin van die mutatie vond plaats toen 'poetsvrouw' werd vervangen door 'interieurverzorgster', wat altijd een treffend voorbeeld is gebleven).

De gymleraar is op Italiaanse scholen een vreemd lichaam, of beter gezegd, hij is *een lichaam* – te midden van een heleboel hersens, geesten en breinen, betogen en redeneringen, en berekeningen, en theorieën – dat een paar uur per week wordt tussengevoegd opdat niet wordt vergeten dat de leerlingen armen en benen hebben en ademhalen, kortom, dat er ook nog een andere kant van hun individualiteit is die moet worden getemd, versoepeld, versterkt, onderzocht en ten slotte beoordeeld. Net als iemands intellectuele vermogens worden ook de fysieke aan het werk gezet en gemeten, zij het dan in een verhouding van 1:10 of 1:20 ten opzichte van de mentale. Het vermogen om over een lat heen te springen of je een bepaald aantal keren op te drukken of een bal recht in het gezicht te smashen van een meisje dat met haar ogen dicht naar het net opsprong wordt eindeloos veel lager gewaardeerd dan het vermogen waarmee iemand zich de transcendentale categorieën van Kant eigen kan maken of een radicaal kan berekenen. Maar het vak bestaat wel, en de bijbehorende leraar ook, het is niet alleen maar afleiding en uitlaatklep en uitbundigheid van pubers die worden vrijgelaten na uren kromgebogenheid, als ganzen vastgeklonken in hun schoolbank om te worden volgepropt met kennis. De onrustigste periode van het leven – terwijl er in het lichaam hele melkwegstelsels aan onbekende krachten op elkaar botsen en er een storm woedt die in staat is elke gedachte uit te roeien – wordt doorgebracht in lichamelijke onbeweeglijkheid, als in een Byzantijns mozaïek. En maar klagen dat die jongens zo *onrustig* zijn...!

Om tegemoet te komen aan hun getrappel is daar dan de gymles.

Frater Curzio was niet meer de jongste, maar hij had een strak lichaam. Altijd in trainingspak, de rits open tot halverwege de borst, en daaronder een eenvoudig wit shirtje (ik heb het over de strakke trainingspakken van half synthetische stof van toen, die ook bij de enkels een ritssluiting hadden). Klein van stuk, zijn teint was donker, net als zijn haar, dat altijd keurig opzij gekamd was, en zelfs als hij zich net had geschoren zag je een zweem van zijn baard. Als je hem zo zag zou je nooit denken dat hij een priester was, vergeleken met de anderen, die er uitgemergeld uitzagen, of juist dik en joviaal als middeleeuwse fraters. De vraag die je jezelf moest stellen was echter niet of hij er wel uitzag als een priester, maar eerder waarom hij überhaupt priester was, waarom hij dat in vredesnaam was geworden. Vanwege een soort gelofte of zelfkastijding, ten gevolge van een oud misdrijf waarvoor hij boetedoening zocht, zoals Padre Cristoforo in *I promessi sposi* (*De verloofden*), of zoals de huursoldaat gespeeld door Robert De Niro in de film *The Mission*? Curzio was inderdaad altijd ernstig, bijna schuw, uiterst gereserveerd. Geen van ons leerlingen had hem ooit in habijt gezien, of had hem ooit horen praten over God of de maagd Maria, en tijdens zijn gymlessen zinspeelde hij nooit – zoals zijn medebroeders wel deden, ook bij vakken die er niets mee te maken hadden – op de zonden die je moest vermijden, de verleidingen die je moest weerstaan, op de noodzaak om zuiverheid en kuisheid te bewaren voor dat lichaam dat letterlijk de grondstof vormde die frater Curzio bewerkte omdat hij daarvoor werd betaald (al heb ik eigenlijk nooit begrepen hoe dat zit met het loon of salaris van priesters in het algemeen, en met name voor die aan het SLM: als hun armoedegelofte oprecht was, als hun hooguit het equivalent van een onkostenvergoeding voor in elk geval de basale uitgaven werd toegekend, tja... laten we dan maar zeggen dat hij die lichamen bewerkte omdat hij daartoe werd 'geroepen'; dus dat het zijn pedagogische en religieuze roeping was). Maar af en toe vroegen we ons wel af of de paters voor de gymnastieklessen nou gewoon degene aanwezen die nergens anders goed in was – de meest onwetende zeg maar, degene die niet had gestudeerd –, of dat frater Curzio daarentegen een gedegen opleiding had gehad als sportinstructeur, met speciale cursussen op het gebied van anatomie, fysiologie, voeding; of dat de oudere broeders juist op het idee waren gekomen om frater Curzio sport te laten onderwijzen vanwege zijn lichaam – compact, viriel, atletisch, rechte schouders, brede borst, pezige benen, geen greintje vet, een platte buik, maar niet dat hij die inhield, hij was gewoon zo gebouwd –, ook al had hij zelf misschien nooit aan sport gedaan. Gek genoeg was bij alle sporten waarin ik lessen heb gevolgd, voor langere tijd of zo nu en dan, de instructeur heel goed in het lesgeven maar heel slecht in het beoefenen van de desbetreffende discipline; mijn voetbaltrainer was zelf een flutvoetballer, hij kon de bal alleen maar over de grond aanspelen, met binnenkant voet alsof het een golfclub was, mijn zweminstructeur vertoonde zichzelf nooit in het water omdat het er onbeholpen uit zou hebben gezien, de oude, supernichterige basketbaltrainer liet ons gracieus zien hoe je op het hoogtepunt van je sprong, terwijl je daar even zweefde, de polsslag moest geven zodat de bal zou rondtollen in de tegengestelde richting dan waar hij heen ging, maar zijn demonstratieworpen belandden bijna allemaal op de ring, waardoor hij het halsstarrig vier, vijf keer opnieuw probeerde, tot hij rood aanliep van schaamte en van ademnood. Dat lijkt dus aan te tonen dat naarmate iemand beter kan lesgeven in iets, hij er zelf minder bedreven in is.

In plaats van het talent zelf te verwezenlijken geven goede leraren het beste van zichzelf door, ze wakkeren bij anderen de passie aan die bij henzelf vaak tot mislukking heeft geleid.

Einde van dit zijsprongetje, dat dus bedoeld was om te zeggen dat frater Curzio wel een 'beestachtig lijf' had, op zijn veertigste, tien keer zo taai en onvermoeibaar als wij pubers, maar dat hij geen talent leek te hebben voor de daadwerkelijke beoefening van sporten, zoals volleybal, wat waarschijnlijk de meest misbruikte groepsactiviteit is op Italiaanse scholen, zowel de openbare als de particuliere, je hoeft de leerlingen alleen maar te verdelen in twee groepen aan weerszijden van het net en een bal in de lucht te gooien, dan gebeurt er vanzelf iets. Deze frater marist hoefde alleen maar met zijn fluitje het startsein te geven voor het geharrewar, en vervolgens kon hij zich terugtrekken achter het scherm van zijn gereserveerde karakter. In feite vonden we hem alleen maar leuk omdat hij zo ver afstond van het priestermodel: hij had net zo goed een arbeider kunnen zijn, of een cameraman, of de eigenaar van een ijzerhandel, of eerder nog een soldaat, ja, dat was het, een militair. De maagd Maria stond nooit bovenaan in zijn gedachten, en ook niet onderaan. Belonen en straffen, hoop en naastenliefde, daar had hij allemaal niks mee. Dus waarom was zo iemand dan priester geworden? Wás frater Curzio eigenlijk wel priester, of schuilde er onder dat trainingspak een ontsnapte gevangene, een deserteur, een voormalige huurling die god weet hoeveel negers had vermoord in zijn vorige leven, en die nu boetedoening deed voor zijn misdaden met die volleybaltoernooitjes tussen kneuzen?

Een antwoord dat geen echte verklaring is, eerder een zoveelste puzzelstukje van het mysterie, kwam op een late avond toen ik op een brommer over de lange, donkere Viale di Tor di Quinto reed, tussen de Via Flaminia en de Via Olimpica. Ik kwam terug van een partijtje voetbal op een van de vele trapveldjes langs de Tiber, waarboven de opkomende mist van de rivier zich indikt en een soort lichtgevende kubus van vochtdruppels vormt. Ik was samen met Rummo, en ik zat op het krappe uiteinde van het zadel van zijn Morini 50cc, de Corsarino, destijds de natte droom van elke puber.

We waren ter hoogte van de schietbaan toen we bij het schijnsel van een vuur een man zagen die zich uit het raam van een klein autootje boog om te onderhandelen met de prostituees die zich aan het vuur stonden te warmen. Het waren er twee, van middelbare leeftijd, de een vooraan en de ander wat meer naar achteren, bijna buiten de trillende cirkel van licht rondom de vuurton; de eerste was blond en de tweede bruinharig, allebei hadden ze een bol kapsel en een kort rokje met daaronder blote benen die stevig in hun laarzen staken; en de man die met hen praatte terwijl hij met zijn elleboog uit de 850 leunde, een klassieke Fiat uit die tijd, een auto die tegenwoordig ondenkbaar zou zijn omdat hij zo sober was, nou, die man was zonder enige twijfel frater Curzio, van verre herkenbaar aan zijn keurig gekamde kuif en zijn ernstige grimas. Die 850 kenden we trouwens ook maar al te goed, aangezien die fungeerde als dienstauto van de rector en de school, en we zagen dat hoekige silhouet altijd geparkeerd staan voor het hek van het SLM of op het schoolplein, dat uitkomt op de Via Nomentana. De chromen sierlijsten tekenden de elementaire vorm zoals een kind dat zou hebben gedaan, de afgeplatte achterkant en de grill aan de voorkant om de motor lucht te geven: misschien wel het eenvoudigste gezinsvoertuig dat je in die tijd had.

Ik denk niet dat frater Curzio ons herkende terwijl we, vaart minderend om niets van het schouwspel te hoeven missen, over de ventweg voorbijreden. De Viale di Tor di Quinto is namelijk een brede tweebaansweg met aan weerszijden een ventweg, door bomen omzoomd, waarlangs nog meer ruimte is om te manoeuvreren. Later zou er aan de oever van de Tiber een theatertent worden geplaatst, gespecialiseerd in musicals, wat tot heel wat opstoppingen van toeschouwers zou leiden, maar destijds herbergde de dichte duisternis alleen nog maar dat vuur en de klapstoeltjes van de prostituees; en aan de overkant van de laan had je nog niet de kazerne van de carabinieri, maar alleen weilanden en het voetbalveld waar S.S. Lazio trainde.

Zou die hoerenloper werkelijk frater Curzio zijn geweest? Hoewel mijn ogen hadden gezien wat ze hadden gezien, twijfelde ik toch nog terwijl we rechts langs de stilstaande auto's op de Via Olimpica scheurden. Maar Rummo nam al mijn twijfel weg, toen hij zijn hoofd een beetje opzijdraaide en zijn mond vertrok om zich hoorbaar te maken in de wind.

'Natuurlijk was hij dat. Wat vind je daar zo gek aan? Dacht je soms dat de paters niet naar de hoeren gingen? O, jawel hoor, net zo goed...'

Ik stond ervan te kijken dat Rummo – een traditionalistische katholiek, ik zou zeggen een conservatieveling, als je die term tenminste kunt gebruiken voor een puber – dat Rummo die bij elke heilige mis ter communie ging zo realistisch was, zo ruimdenkend. Maar hij had gelijk. Sinds die dag keek ik anders naar de paters. Alsof er ineens een wolk om hen heen was verschenen die eerst altijd onzichtbaar bleef, bestaande uit al hun handelingen, driften, ideeën, verlangens, alle ontbrekende delen van hun leven, en dan bedoel ik alle delen die wij misten om het beeld te vervolmaken dat we van hen hadden als *mannen* in plaats van priesters. Is het immers niet natuurlijk dat deze vurige, atletische, onderdrukte man op zoek gaat naar een vrouw? En aangezien hij niet verliefd op haar mag worden, aangezien hij niks serieus met haar kan beginnen, aangezien hij niet met haar kan trouwen noch kinderen met haar kan krijgen, zit er toch niks anders op dan haar te betalen en te neuken, haar te betalen om haar te neuken? Ik vroeg me alleen af of álle, maar dan ook echte álle paters dat deden. Nee, dat kon niet waar zijn. Er waren er een paar bij van wie je je echt geen voorstelling kon maken in de armen van een vrouw, voelend aan haar borsten, en er waren anderen die misschien wel degelijk de kracht vonden om weerstand te bieden, en weer anderen van wie het duidelijk was dat ze niet op vrouwen vielen en voor wie het dus niet zo'n grote opoffering was om daarvan af te zien. Net zo verschillend als mensen onderling zijn, zo verschillend zijn ook de paters, sterker nog, die verschillen onderling misschien nog wel meer dan het hele menselijk ras, en de uniformiteit opgelegd door het geloof en het uniform is alleen maar uiterlijke schijn, sterker nog, dat laat de verschillen juist des te duidelijker uitkomen. Je vindt van alles, je vindt Jan en alleman onder dat habijt!

Feit is dat frater Curzio er niet meer was toen we na de zomervakantie weer op school kwamen.

Zijn plaats was ingenomen door een leek genaamd Tarascio, gespierd en rimpelig en scheef, misschien omdat hij te veel gewichten had geheven in zijn leven. Hij sprak met een zwaar zuidelijk accent, waardoor hij zijn woorden nooit afmaakte, hij legde de klemtoon op de een-na-laatste lettergreep en slikte de laatste in; hij begon zijn opdrachten aan ons brommend en maakte ze vervolgens bijna schreeuwend af. Die opdrachten eindigden haast altijd met een woord als esercita*zione* (training) of giustifica*zione* (rechtvaardiging), waarvan hij de enkele *z* dan als een dubbele uitspraak en de laatste lettergreep afkapte.

'*Fate a-tten-ZZIO'*... (Even een kleine opfrissing...), *che ora faccia-mo la pre-pa-ra-ZZIO'*... (dan beginnen we met de voorbereiding...), *pe' la corretta e-se-cu-ZZIO'*... (voor de juiste uitoefening...)'

Hoe het met frater Curzio was afgelopen, wisten we niet. Sommigen zeiden dat hij naar Zuid-Amerika was vertrokken. Anderen beweerden dat hij het habijt had afgelegd om onduidelijke redenen, al leken die redenen mij volkomen duidelijk. Ik vroeg me nog steeds af of het algemeen bekend was wat wij in het van vuren en autolampen trillende halfduister aan de Viale di Tor di Quinto hadden gezien, dat wil zeggen, of het helemaal niet om een opzichzelfstaand incident ging, maar om een gewoonte: datgene wat de paters een ondeugd noemen, of nee, dé ondeugd, de ondeugd bij uitstek, en dat de broeders er toen achter waren gekomen. Wat gebeurt er in zo'n geval? Hoe werkt het systeem van het onderzoek, van de onderdrukking, wie oordeelt, wie beslist? Waaruit bestaat de straf, word je alleen maar weggestuurd of wat? Is vergiffenis mogelijk? Als dat zo was, dan was frater Curzio ergens god weet waar aan het boete doen, en god weet hoe en hoeveel hij nog aan de vrouwen dacht, wat wil zeggen aan *alle* vrouwen, niet alleen die van de straat, maar ook aan de moeders die voor de school hun kinderen opwachten, en aan actrices, en foto's in geïllustreerde tijdschriften, en naakte beelden en zonnebaadsters op het strand en zwemsters in het zwembad... misschien ook wel aan de nonnen.

(Een zijsprongetje met betrekking tot die laatstgenoemden. Vrouwenhaat en wrok en morbide perversiteit vinden in nonnen een makkelijk doelwit. Veel meer dan tegen paters leeft het algemene antikatholieke gevoel zich uit tegen deze kuddedieren, die gemakkelijker zijn aan te wijzen als een grote of kleine groep, als een karikatuur en door middel van stereotypen en moppen, dan als zelfstandige individuen.

Een meisje dat terughoudend of verlegen is, of dat zich slonzig of overdreven kuis kleedt en zich niet opmaakt, of dat naar de kerk gaat, wordt afkeurend uitgemaakt voor non, terwijl niemand op het idee zou komen om haar mannelijke equivalent uit te maken voor pater.

En dus moet de non klein en lelijk zijn, en voorzien van een snorretje, of als ze juist mooi is, dan is ze uiteraard zo iemand als de Non van Monza, dan wordt haar wellustige lichaam maar met moeite verhuld door haar habijt en kan het elk moment tot uitbarsting komen; het onderwerp van een apart genre pornofilms.

Mannen en vrouwen, paters en nonnen.)

Met die Tarascio was het een ander verhaal. Hij manifesteerde zijn man-zijn met trots, hij droeg zelfs wanneer het ijskoud was in de gymzaal nog een hemdje en toonde zijn oude, sproetige huid, ietwat uitgelubberd boven de tonische spieren van zijn schouders, de deltaspieren zichtbaar, de borstspieren bedekt met witte krulhaartjes. Hij genoot ervan om ons het resultaat te tonen van de honderdduizenden push-ups die hij in de loop van meerdere decennia had uitgevoerd, zijn rimpelige spierballen, en daar waren wij inderdaad van onder de indruk. Desondanks leek die brave Tarascio ons stokoud, een mummie, het afgietsel van een of andere atleet of bokser die was teruggevonden onder de as in Herculaneum: ook omdat Tarascio maar zo'n anderhalve meter groot was, net als de mensen in de Oudheid, te oordelen naar hun harnassen en naar de hoogte van de deuropeningen waar ze door gingen, gedrongen, gespierd, viriel.

Tarascio was geobsedeerd door viriliteit. Dat was zijn ding, het doel van zijn leven: wij, zijn leerlingen, moesten mánnelijk zijn, en als we nog niet mannelijk genoeg waren, dan moesten we dat worden door veel te werken met gewichten en wandrek.

Uit onze frustratie – vanwege die aanzetten, die zwakke pogingen tot viriliteit – ontstond een opmerkelijke vorm van narcisme. Juist omdat we mislukt waren, omdat we gefaald hadden en bleven falen bij zelfs de kleinste proeve die we moesten afleggen op het gebied van mannelijkheid, fantaseerden we des te meer over de volmaakte viriele identiteit die we wilden hebben, en we bogen ons daarover om ons erin te spiegelen, alsof de viriliteit van dat gedroomde beeld zou kunnen weerkaatsen en over de werkelijke figuur van vlees en bloed heen kon komen zodat die eindelijk waardig, compleet, succesvol zou worden. O, wat bekeken wij onszelf! Wat bestudeerden en spiegelden wij onszelf! Maar niet omdat we onszelf zo mooi vonden, integendeel! De kern van narcisme is niet eigenliefde, maar woede.

Enkele manieren om jezelf te leren kennen: langdurig in de spiegel kijken, ziek worden, brieven schrijven, voetballen of pingpongen, verliefd worden, lezen, vechten. Ook beledigingen terugkaatsen, ik bedoel, de instinctieve manier waarop je dat doet, hysterisch, of dreigend kalm, kan ons veel leren over onszelf. Als je je namelijk niet onderwerpt aan proeven om je viriliteit te bewijzen en als het lot die ook niet voor je in petto heeft, omdat de tijd waarin je leeft daar niet in voorziet of het milieu waartoe je behoort of de plek waar je geboren bent die bij voorbaat uitsluiten, kan de viriliteit zich alleen nog maar uiten door uiterlijk voorkomen en houding. Schouders, armspieren en borstspieren nemen de plaats in van moed, vastberadenheid en voortvarendheid. Dat wat je níét doet wordt vervangen door heel veel 'doen' van een andere aard, heel veel uitsloven, buigen, oppompen, heffen of duwen: bij gebrek aan één echt opmerkelijke, veelzeggende handeling verricht je er talloze, in series van tien, twintig, dertig. Het lichaam dat wordt getraind herhaalt ontelbare keren dezelfde beweging, het hongert naar actie maar is gedwongen deze op te breken in minieme, eindeloos repeterende sequenties. In een gymzaal komt het nooit écht tot actie. Met Tarascio sloofden wij ons uit met push-ups, ook al beseften we dat we uiteindelijk níéts hadden gedaan. Maar na afloop voelden we ons toch groter en zekerder, terwijl we door ons shirt heen aan onze borstkas voelden.

Waarom heb ik het eigenlijk over de gymleraren van mijn schooltijd? Wat is daar zo interessant of bijzonder aan? Kan dat plakkerige materiaal waarmee de vloeren van gymzalen werden bekleed tot onderwerp van weemoed worden gemaakt? Ik weet niet, volgens mij niet. Misschien heb ik het erover omdat zij de enigen waren die een klein beetje dichter in de buurt kwamen van datgene wat ons echt raakte, datgene wat ons beroerde en onthutste, en wat ons heeft gemaakt tot de mannen die we nu zijn, de ordeloze lichamen die we nu zijn, onze tijd verdelend tussen een urologiepraktijk en het appartementje met hoogslaper van een minnares die we maar zo weinig zien dat we het wel tien of twintig jaar kunnen volhouden. (Die laatste zin is vulgair en vol effectbejag, dus passend voor een boek van een hedendaagse schrijver, wat ik ben, maar het is ook een gedeeltelijk antwoord op de vraag waarom een gymleraar en zijn leerlingen, hij mannelijk en zij eveneens mannelijk, een diep geheim met elkaar delen, áltijd, ook al zeggen ze niets relevants tegen elkaar en beperkt de eerstgenoemde zich ertoe opdrachten en verwijten te brullen tegen de laatstgenoemden, die kriskras door een gymzaal zwermen, waar het geluid van hun rubberzolen op het linoleum weergalmt.)

Zoals ieder ander aspect van de mens is ook het lichaam gemaakt om te worden gemodelleerd. Dat wil zeggen geboetseerd, ingekerfd, uitgehouwen, met verschillende bedoelingen, maar via specifiek artistieke methodes: duidelijke vormen tevoorschijn laten komen uit de vaagheid die puberlichamen bijna altijd zijn, mager, scheef, of nog omgeven door kindervet dat trilt wanneer de jongeren ongracieus rennen of springen. Het lichaam wordt aldus een maagdelijke vlakte om op te experimenteren. Op die exercitieplaats worden alle mogelijke oefeningen gedaan. Onze gymleraar Tarascio genoot van het idee om zijn handtekening achter te laten op de lichamen van de vijftienjarigen die hij had gemodelleerd. Inderdaad, Gian Lorenzo Tarascio, als een maestro uit de Renaissance. Wanneer hij niet stond te schreeuwen hoorde je hem dan ook meestal haast verrukt in zichzelf mompelen: 'De Discuswerper... ja... de Gladiator... de bronzen Bokser... de David van Michelangelo', terwijl hij toekeek hoe we de reeks oefeningen voltooiden die ons dag na dag dichter bij die gebeeldhouwde voorbeelden zou moeten brengen.

Gedurende een bepaalde periode brachten Matteoli en ik, en nog wat andere klasgenoten die vastbesloten waren hun lichaam voor eens en voor altijd te definiëren, geregeld een bezoek aan Tarascio's eigen sportschool in de buurt van de Ponte Mammolo. We gingen erheen in formaties van twee of vier, met brommers en sporttassen. Ik zat meestal achterop bij Matteoli, die een grijze Piaggio Vespino had. Matteoli was ongetwijfeld de trouwste bezoeker van Tarascio, en de grootste voorvechter van het plan om onszelf op te voeren, net zoals destijds immers werd gedaan met een Vespa 50, zodat die met een paar simpele handelingen – zo simpel dat zelfs ik, toch vrijwel gespeend van enige brommerervaring, ze kon verrichten – ineens twee keer zo hard kon als eigenlijk was toegestaan. Het is bekend dat een 50cc in potentie een scheurijzer is, en dat de prestaties alleen worden afgeremd door foefjes van de fabrikanten zodat ze binnen de grenzen van de verkeersregels blijven. Nou, die foefjes hoef je dus alleen maar ongedaan te maken: de varioring verwijderen, een grotere carburateur inbouwen, de uitlaat leegmaken en er een stuk af zagen... Vergelijkbare wijzigingen – als die achter de rolluiken van garages aan bromfietsen werden aangebracht – paste Tarascio toe op de lichamen van de jongens in zijn sportschool bij de Ponte Mammolo, die zo te zien trouwens ook eerst een garage was geweest. Destijds had je nog niet de complexe fitnessapparaten waar tegenwoordig zelfs de armoedigste sportscholen op kunnen bogen, en de inrichting beperkte zich tot een paar gymrekken, banken waarop je kon gaan liggen om gewichten te heffen, wat grote en kleine halters, stangen, trekveren en andere dingen die we kenden van de negentiende-eeuwse 'sterke mannen'.

Van onze eerste gymleraar frater Curzio zijn me enkel wat flarden bijgebleven, waaronder, zoals ik al vertelde, dat onuitwisbare beeld van hem in de Viale di Tor di Quinto, en de herinnering aan een uitspraak die hij zich een keer liet ontvallen toen hij naar Arbus keek. 'Mijn hemel, dat is toch geen gymnastiek! Dat ziet er eerder uit als sint-vitusdans!' zei hij, bijna bang van het gebrek aan coördinatie van mijn klasgenoot in combinatie met de gejaagdheid waarmee hij zich bewoog om zijn onhandigheid te compenseren.

Ik weet het niet honderd procent zeker, maar ik denk dat ik frater Curzio een paar jaar geleden heb teruggezien, in het centrum van de stad, langs de rivier, op de plek waar een tunnel zou worden gegraven, maar daar hebben ze toen van afgezien uit angst dat ze de miljoenen tonnen steen van de Engelenburcht op hun kop zouden krijgen. Hij was oud, ongeschoren, en droeg een volle, pikzwarte pruik, glanzend als een dierenvacht. Hoe ik hem heb weten te herkennen? U zult het niet geloven, maar hij droeg een trainingspak, werkelijk waar, het oude trainingspak van het SLM, zwart met gele en groene strepen, verkleurd door het wassen maar nog niet helemaal versleten. Dat moest wel heel stevige stof zijn! Curzio (misschien is de titel *frater* niet meer van toepassing) liep in gedachten verzonken te slenteren, maar toen klonk er een schelle stem die hem riep, en kwam er een lelijke vrouw naar hem toe, die tot op dat moment bezig was geweest bij een van de laatste openbare telefoons in de stad, ze pakte wild zijn hand vast en dwong hem om samen langs het muurtje van de rivier te wandelen, heen en weer zwaaiend met hun armen, als een parodie op een jong verliefd stel. Daarop zei hij 'slettenbak' tegen haar, en in dat ene woord herkende ik de stem van mijn oude gymleraar. Hij wist zich niet te ontworstelen aan de greep van de vrouw.

Bij het zien van die scène kreeg ik het idee dat ze man en vrouw waren.

Mijn derde gymleraar zal ik de Naaktschilder noemen, of ook wel Courbet.

Courbet zal een jaar of vijfendertig zijn geweest, maar hij sprak altijd over zichzelf in de verleden tijd, als een man aan het einde van zijn levensdagen die alle goede en slechte dingen die het leven voor hem in petto had al achter de rug heeft. Dat vonden wij verrassend, amusant, en zorgwekkend. Zou het levenspad van een man echt zo kort kunnen zijn? Dat je je al voor de middelbare leeftijd uitgerangeerd voelt, is dat wat er gebeurt met vitale mannen die, zoals onze leraar, dol zijn op kunst en sport en vrouwen? Misschien voelde een type als Courbet het heviger, intenser dan anderen. Wat hij voelde? De aftakeling. Die komt voor een sporter of een estheet vlak na de dertig, en uitzonderingen ontkrachten de regel niet; bovendien zullen ook zij zich er hoe dan ook op een gegeven moment aan moeten onderwerpen. Courbet in T-shirt en sportbroekje was een waar spektakel, en daar moet ik altijd aan denken wanneer ik hem tegenwoordig voorbij zie lopen over het pleintje voor mijn huis, langs het muurtje van de LUISS-universiteit of in de Via Bellinzona, terwijl hij kromgebogen rondslentert door het Quartiere Trieste, slepend met zijn voeten alsof hij lood in de schoenen heeft, zijn grijze haar tot op de schouders en met zijn haviksneus als die van een oude Apache, het verschoten leer van zijn gezicht en een stel wilde, starre, *hijgende* ogen, als je zo'n bijvoeglijk naamwoord tenminste kunt gebruiken voor iemands blik.

Maar in die tijd kwam hij ons voor als een volmaakt exemplaar van de sensuele Italiaanse man, glanzend haar, zigeunerogen, blinkende tanden en voor het overige één bundel welgevormde spieren en pezen, zo strak dat je zou zweren dat hij altijd als eerste toesloeg, zonder medelijden. Zijn magerte verleende hem zelfs iets dreigends; dunne mannen met ingevallen jukbeenderen zijn dat vaak, of ze komen zo over, wat uiteindelijk op hetzelfde neerkomt aangezien de dreiging enkel een schim is.

Tegenwoordig is ook Courbet zelf enkel nog een schim...

Hoofdstuk XI

De bijnaam ‘Courbet’ kreeg hij vanwege het feit dat hij behalve gymnastiekleraar ook schilder was. Sterker nog, hij was op de eerste plaats schilder.

Hij schiep meteen een vertrouwensband met de weinige jongens in 5a M, de laatste examenklas van het lyceum Giulio Cesare, waarin de hopeloze gevallen waren verzameld, de weinige die er nog over waren nadat een groot deel het jaar ervoor was blijven zitten; bij dat groepje was ik gekwakt toen ik me op die school had aangemeld, want ik had op mijn voorhoofd een merkteken, net als Kaïn, dat verwees naar de privéschool die ik uit eigen beweging had verlaten, maar op het Giulio Cesare dachten ze dat ik er was weggestuurd. Al binnen een paar maanden na het begin van het schooljaar nodigde Courbet ons op een middag uit in zijn atelier, dat tien minuten van de school lag. Genoeg gebald en gesprint, er wachtten ons nu serieuzere en intensere dingen. Zijn atelier was een kale kelder met lichtinval door twee bovenraampjes die net boven het straatniveau uitstaken. Enkele grote elektrische lampen beschenen een haastig opgemaakte twijfelaar, een lange tafel van een paar losse steigerplanken op houten schragen bezaaid met penselen en tubes, en verder allerlei doeken in verschillende afmetingen die opgehoopt tegen de wanden aan stonden. Alles was wit maar vol vlekken, verkreukeld, groezelig. Zelfs de lakens leken van karton en witgeverfd in plaats van gewassen; de schaduw van de vouwen leek erop geschilderd te zijn. Zittend of half liggend op die lakens, op het bed van Courbet, met een sigaret in de mond, bekeken we zijn schilderijen, die de leraar een voor een naar ons toe draaide, zonder iets te zeggen.

Hij was goed, Courbet. En obsessief. Hij tekende en schilderde alleen in zwart-wit. Hij reproduceerde lichamen van naakte vrouwen in obscene poses, en andere die zo aan hun lot overgelaten waren dat ze dood leken. Dat deed hij met opmerkelijke, ik zou bijna zeggen excessieve vaardigheid.

Dat was het moment dat ik besefte dat er een verband bestaat tussen artistieke techniek en masturbatie, in elke kunstvorm waarbij de virtuoos – de grote virtuoos, in staat zich met meesterschap te bekwamen – in feite altijd bezig is met masturberen: en dat was dan ook wat Courbet deed terwijl hij schilderde, en wat hij wilde dat degenen deden die keken naar zijn schilderijen, waarop met uiterste precisie het schaamhaar en de plooien op de vrouwenbuik en de rimpeltjes op de stijve tepels van de modellen waren weergegeven; modellen die over het algemeen donkere, rijpe vrouwen waren, een beetje overrijp zelfs, en de indruk wekten dat ze met hem het bed hadden gedeeld. Techniek is een verfijnde manier om opwinding te veroorzaken, en dat is wat de grote virtuozen (Dalí, Gadda, Glenn Gould, Alvin Lee) produceren met de werveling van hun vaardige, koortsachtige vingers: een werveling van zelferotiek.

Het waren vreemde, leerzame middagen die we doorbrachten in het atelier van Courbet. Hij schonk voor zichzelf glazen whisky in en ons offreerde hij sinas, met een licht spottende, superieure glimlach die echter ook iets broederlijks had, zoals een oudere broer heeft, of zou moeten hebben, die zijn jongere broers uitlegt hoe het leven in elkaar zit: hij betovert ze, hij speent ze en hij duwt ze van zich af. Als we onze sinas ophadden, gingen we de naakte vrouwen met gespreide dijen bekijken die Courbet had geschilderd. Die gespreide dijen zouden ons moeten verenigen, maar het element dat ons verenigde was tegelijkertijd mijlenver van ons verwijderd.

Door de dingen die hij vertelde en de schilderijen die hij maakte zou je haast denken dat onze leraar alleen maar aan vrouwen kon denken, maar vervolgens verraste hij ons met paradoxale redeneringen die ons vermaakten en ons vervulden van twijfels.

'Ja, jullie hebben wel een hoop praatjes...' – terwijl we eerlijk gezegd helemaal niets zeiden – '...maar in wezen is er helemaal niet zoveel verschil tussen iemand van achteren nemen of zelf genomen worden... tussen hem in een gat steken of er zelf een in je gat krijgen; wat maakt dat nou uit?'

Toen hij onze verbluft gezichten zag, vervolgde hij: 'Dat mensen zo moeilijk moeten doen over zoiets, dat slaat nergens op. Als iemand het lekker vindt om in zijn kont geneukt te worden, laat hem dan!'

En dan kwam hij met andere voorspellingen waar we niets van begrepen, over de leeftijd en het verstrijken van de tijd, wat dus ook juist de reden was waarom we er niets van begrepen.

'Jullie hebben geen idee wat het voor een man betekent om 's ochtends zijn bed uit te komen en zich voorover te buigen om zijn tenen aan te raken... en hoe verdomd bevredigend het is als het je lukt.'

Hij schilderde heel veel, en naar eigen zeggen verkocht hij goed, minstens een schilderij in de week. Toen hij geen schilderijen meer had om aan ons te laten zien, beperkte hij zich tot zijn wijze lessen.

'Jullie denken dat je veilig bent omdat je graag naar naakte vrouwen kijkt, hè? Als je opgewonden raakt van een vrouw denk je dat je wel goed zit... Nou, vergeet het maar. Dat is gewoon ook een manier, een andere manier van verwijfd zijn. In feite zijn alle mannen homo, ja, allemaal. De mannen die niet van vrouwen houden en graag in hun kont genomen worden zijn homo, dat is logisch. Maar degenen die juist de hele godganse dag aan vrouwen denken, zoals ik...? Zoals jullie? Wat voor mannen zijn dat, of beter gezegd, wat voor mannen zijn wij, wat voor kerels zijn dat in godsnaam die de hele dag aan wijven denken? Die aan niks anders denken dan aan benen, rokjes, hoge hakken... is dat nou een mannelijke gedachte?

Je kunt mannen dus in twee categorieën verdelen: de homo's, die van mannen houden, en de halve homo's, die van vrouwen houden. Een echte man zou alleen maar met mannen moeten optrekken, maar als hij dat doet is hij homo. En dat waren al die groepen van vroeger ook... monniken, zeelui, piraten... Zelfs de vrolijke vrienden van Robin Hood!'

En hup, daar ging weer een glas whisky, om vier uur 's middags. 'Dus wat blijft er voor ons over? Het enige wat ons rest is vrouwen wreed te bezitten. Ze te verachten. Alleen zo kan een man zich beschermd voelen tegen het risico van verwijfdheid. Door datgene waarnaar hij verlangt te verachten. Maar dat is zo treurig... zo vulgair...' En op dat punt werd hij overvallen door een hevige weemoed.

Het is onvermijdelijk dat mannen die echt van vrouwen houden er vroeg of laat naar gaan verlangen om niet alleen een vrouw te hébben, maar ook een vrouw te zijn, dat ze dus nieuwsgierig worden om dezelfde dingen te ervaren die vrouwen ervaren, ze willen dezelfde kleren dragen, beroering opwekken bij mannen, zwakker worden... een boezem strelen die niet aan het lichaam van een ander zit of hangt, maar aan hun eigen lichaam. Hun verlangen naar het vrouwelijk geslachtsdeel kan niet voorkomen dat ze fantaseren hoe het is om er zelf een te hebben. Het optillen van een rokje is even opwindend als je dat bij jezelf doet. Het vrouwelijke potentieel van de zogenoemde rokkenjagers is sterk ontwikkeld, en het doet er niet toe of dat expliciet wordt of niet. Een echt viriele man kan zich niet volledig aangetrokken voelen door het andere geslacht: daarvoor moet je in behoorlijke mate meedoen aan de aard van datgene waarnaar je verlangt; de theorie van de complementariteit der soorten is, als het al geen regelrechte flauwekul is, in elk geval een schoolse versimpeling, zoals die ook bestaat tussen het classicisme en de romantiek, tussen de Welfen en de Ghibellijnen, zeg maar. Het verlangen voedt zich niet alleen met het andere, maar vooral ook met het identieke, en het narcisme van de rokkenjager is zo hevig dat hij stikt van nieuwsgierigheid om te weten wat een vrouw voelt wanneer ze in zijn armen ligt... Want als hij een vrouw omhelst, omhelst hij zichzelf.

Zo'n soort man kon naar vrouwen verlangen als versiering of troost, hij kon ze veroveren, al was het alleen maar om ze te schilderen, hij kon ze lastigvallen, vernederen, naar de kroon steken, hij kon zich aan hen onderwerpen of ze helemaal vermijden. Of de vrouwen konden degenen zijn die hem vermeden.

Vroeger ontspande het je als je in je kont genomen werd, nu
werkt het je op de zenuwen. Raar maar waar hoe het verloop
van een lange liefde zo kan worden samengevat.
(gedicht van Courbet)

Toen we een jaar of twee van school af waren haalde ik Arbus over om weer naar de sportschool te gaan, gewoon, 'om in vorm te blijven'. In eerste instantie zag hij het niet zo zitten, maar hij stemde toch in. Zijn broodmagere lijf werd steeds krommer, en het was niet te geloven, maar dun als hij was begon hij op zijn twintigste al een buikje te krijgen. Hij was helemaal gestopt met de houdingsgymnastiek voor een rechte rug. Het initiatief om ons in te schrijven bij de sportschool was misschien wel het laatste dat we samen namen; het laatste wat ik met mijn vriend deed voordat ik hem uit het oog verloor. We kozen de sportschool tegenover mijn huis, dat was gemakkelijk. De eigenaar, Gabriele Ontani, instructeur van de mannen, was een fanatiekeling die alles terugvoerde tot twee fundamentele waarheden: 'De man is een beest' en 'De vrouw is een kunstwerk'. Dus deed hij al het mogelijke om te zorgen dat we nog meer beest werden. Uiteindelijk waren dat dier en dat kunstwerk bestemd om bij elkaar te komen en te paren, maar je moest dat dan wel waardig zijn, en je moest er goed op voorbereid zijn. Het spreekt voor zich dat als je je hele leven bezig bent met het ontwerpen van lichamen, met het hervormen van ruggen, armen, borstkassen, benen, je het seksueel gebruik van die lichamen niet buiten beschouwing kunt laten. Ontani spoorde ons dan ook aan en prikkelde ons met allerhande beledigingen (die draaiden om het gegeven dat we beesten waren, immers, 'de man is een beest'), alleen om ons voor te bereiden op de vrouw, om tegen haar opgewassen te zijn wanneer het moment daar was; en al onze inspanningen, en de push-ups en het zweet en de herhaling van steeds dezelfde bewegingen (begeleid door het gescheld van Ontani en door zijn typische manier om het tempo aan te geven: '*Hup-hup-hup-en-hup-hup-kom op-kom op... en-kom op-kom op-kom op-kom op-hup-hup... de man is een beest!*') dienden om ons te trainen voor de geslachtsdaad.

In feite is Ontani dus de vierde gymleraar die een rol speelt in dit boek.

We hielden het daarbinnen twee maanden vol. Ik gehoorzaamde Ontani zo goed als ik kon en voerde zijn bevelen uit tot aan de pijngrens. Zoals ik eerder al aangaf waren er in die tijd maar weinig sportscholen uitgerust met geavanceerde apparaten, en de sportschool van Ontani had er geen een. Hij hanteerde de oude methode van het vrije lichaam, dat juist helemaal niet vrij is, en dus push-ups, sit-ups, buikspieroefeningen, de brug, de kruiwagen, kleine halters, bank, allemaal heel basaal en obsessief, en verder oefeningen met z'n tweeën waarbij je je partner moest optillen of aan zijn armen moest trekken tot ze bijna uit de kom raakten. Als partner tijdens die oefeningen was Arbus meedogenloos. Hij duwde en trok echt, met al zijn kracht, en af en toe moest ik 'Hé, hou op!' smeken, fluisterend zodat Ontani het niet zou horen, vooral bij een oefening waarbij je met gespreide benen tegenover elkaar zat, met de voeten tegen die van je partner, en elkaar bij de polsen vasthield waarbij de een de ander dan naar zich toe moest trekken zodat die vooroverboog tot hij, als het kon, de vloer raakte, wat alleen lukt als je door de training lenig bent geworden. Als dat niet het geval is: hevige pijnscheuten onder de dijen. Als het aan Arbus had gelegen, die tot mijn grote verbazing een stalen grip bleek te hebben, had hij net zolang getrokken tot ik een gebroken rug had.

Toch kwam het door hem dat we weggingen bij Ontani, en wel juist vanwege diens beroemde slogan. We waren bezig met de derde of vierde reeks van tien push-ups, en terwijl Arbus en ik aan het zwoegen waren kwam Ontani boven ons hangen. Mijn armen trilden bij elke push-up, maar Arbus ging razendsnel op en neer en had de reeks al bijna af, toen Ontani zich bukte ter hoogte van onze oren, alsof hij bang was dat we hem anders niet goed zouden horen, ophield met tellen en in zijn vaste kreet uitbarstte: 'De man is een beest!'

Arbus stopte met opdrukken en ging op de grond zitten. Zonder bril keek hij Ontani aan, die nog steeds gebukt stond met zijn handen op zijn knieën steunend, en dus dichtbij genoeg voor Arbus om te kunnen focussen op Ontani's gemaakt dreigende, eerder potsierlijke gezicht, terwijl hij zachtjes tegen hem zei: 'Luister, laten we één ding duidelijk stellen: ik *ben geen beest*'. Ontani's gezicht behield zijn grijnslach, maar verstarde. 'Dus hou er nou eens een keer mee op om dat steeds in mijn oren te brullen,' voegde Arbus eraan toe terwijl hij opstond. Ontani kwam ook overeind. Hij glimlachte nog steeds, ervan overtuigd dat mijn vriend een grapje maakte: het was kennelijk in zijn jarenlange carrière als eerzame sportinstructeur nooit eerder voorgekomen dat iemand zijn antropologische theorie afwees, en vooral niet zoals Arbus het deed, namelijk door die letterlijk te nemen. Misschien was het de eerste keer dat Ontani zijn spreekwoordelijke arrogantie verloor. Hij was verbluft, en stond met zijn handen in de zij terwijl Arbus hem aanstaarde met zijn kippige blik, maar wel rechtovereind, vastberaden, kalm.

Toen gaf Ontani hem een draai om zijn oren. 'Een beetje respect voor oudere mensen!' was het enige wat hij wist uit te brengen als rechtvaardiging voor die klap, die hem in diskrediet bracht en hem verlaagde tot een arrogante, lichtgeraakte vent, en die zeker weten door iedereen in de sportschool werd afgekeurd.

Hoe koppig en humorloos Arbus ook was, deze keer was hij het die als winnaar uit de bus kwam.

Ik herinner me nog goed de dag dat, na langdurige werkzaamheden waarbij het speelplein van de middenschool werd opengebroken, het zwembad van het SLM werd geopend. Het was een grote happening. Vanaf dat moment werden de uren lichamelijke oefening verdeeld tussen de gymzaal (huizenhoog plafond en veel licht) en de donkere, vochtige ruimte van het zwembad, waarvan de wanden waren bekleed met beschilderde majolicategels. Wat sportieve activiteit betreft is er een heel verschil tussen zwemmen in een zwembad dat speciaal voor jouw school is gebouwd of op de gangen tegen een papieren bal aan trappen, zoals ik later op het Giulio Cesare zou doen.

De zwemles was doorspekt met zinnen als: 'Jij hebt echte vrouwenborsten!' 'En jij hebt een piepklein piemeltje!'

Er werd obsessief op elkaars tekortkomingen gelet. Altijd werd er gelachen en werd je uitgelachen om hetzelfde. De uitingen waren primitief, eentonig, onbenullig: als er bijvoorbeeld een klasgenoot gebukt stond, streek een ander met een vinger van onder naar boven tussen diens billen en mompelde in zijn oor: 'Daar komt de *hááááááiii*!'

De klasgenoot kwam met een ruk overeind nadat hij door de 'haai' was beroerd.

Soms was het wat meer dan alleen een lichte beroering.

En wee degene die in de klas zijn veters strikte of zijn schooltas van de vloer pakte. Dan gooide iemand je pen van je tafel af zodat je moest bukken om die op te rapen... en terwijl je voorovergebogen was... daar had je hem weer achter je... de *hááááááiii*!

Als dolgedraaide dierentuindieren vielen we op het SLM uiteindelijk voor elk surrogaat van een meisje – elke vervangende beeltenis of voorwerp: onze mooiste klasgenoten, de jongetjes van de lagere school, zelfs de paters en hun habijten die opbolden als rokken, als lange, zwoele avondjurken, en verder de uitgeknipte figuurtjes die we in onze werkstukken plakten, het wit-blauwe Madonnabeeldje, en dan de moeders van onze klasgenoten, dat waren vrouwen van vlees en bloed, zeker, al waren ze nog zo onwerkelijk en onaanraakbaar. Eenmaal ouder zouden we onze ingehouden hoffelijkheid bewaren voor de ontblote meisjes in het mannenblad *ABC*, en thuis voor de hoeken van onze slaapkamer, want op die metafysische leegte richtten we onze ogen op zoek naar een referentiepunt, een verschijning, als herdertjes klaar om te worden verblind. Sommige jongens werden verliefd op degene die naast hen zat in de klas, anderen op hun schooltas en de boeken die erin zaten, weer anderen op geld (ik denk dat er heel wat fortuinen zijn vergaard om juist dat gebrek aan een vrouw te compenseren), een enkeling leefde voor het voetbal of muntte uit in stompzinnigheid. Crasta, bijgenaamd 'Kraus', de domste van ons allemaal, werd hopeloos verliefd op de vrouw die pizza verkocht tijdens de pauze, een dame van gevorderde leeftijd die in haar bewegingen gehinderd werd door haar enorme vormeloze boezem.

Hoofdstuk XII

Het beheer van het zwembad op het SLM is in handen van een andere opmerkelijke frater marist, pater Barnaba. Hij wordt de intelligente pater genoemd. Zijn intelligentie staat buiten kijf, die hoeft hij niet te bewijzen, iedereen weet dat hij die bezit, als een verborgen tattoo waar iedereen over praat zonder dat iemand hem ooit heeft gezien. Hij is lang en dun en loopt geluidloos, waarbij hij zijn ene voet recht voor de andere zet alsof hij een soort getekende lijn volgt in de gangen, met een strakke draai van negentig graden wanneer hij de hoek om gaat. Als hij praat is hij subtiel, behoedzaam, laconiek, kil. Hij draagt net als de rector, wiens plaatsvervanger hij overigens is, een donkere bril met een stalen montuur. Zijn faam als intelligente pater dankt Barnaba waarschijnlijk aan het feit dat hij zich, met grote vaardigheid en succes moet ik zeggen, bezighoudt met de buitenschoolse activiteiten: met name dus het beheer van het zwembad, de sportvelden en de filmclub. De bezigheden die in aanraking komen met de buitenwereld, met het normale leven bestaande uit mannen en vrouwen. En hij is degene die dat contact legt. Barnaba is dan ook de pater van wie je je het makkelijkst kunt inbeelden hoe hij zou zijn als hij geen pater was. Het feit dat hij het wel is lijkt het gevolg van een misverstand: alsof hij op een ochtend haastig uit bed is gesprongen en zich in het donker aankleedde zonder dat hij doorhad dat er een habijt op de stoel lag in plaats van zijn gewone kleren, en toen hij eenmaal op straat kwam was het al te laat, toen kon hij die niet meer uittrekken, hij was één geworden met het gewaad. In vroeger tijden werden zeelieden geronseld door ze dronken te voeren; een klap op hun hoofd en de volgende ochtend werden ze aan boord wakker, terwijl het schip al was uitgevaren. Daarom is Barnaba degene die we het meest bewonderen, maar ook degene die ons het meest ergert, hij blijft raadselachtig, je snapt niet wat hij daar op het SLM te zoeken heeft en waarom hij dat habijt niet weggooit en de echte wereld in gaat, een praktijk begint als advocaat of ingenieur zoals onze vaders, gaat trouwen en een gezin sticht en met de auto naar het strand gaat in plaats van maar door te gaan met die missen, die gebeden, het eenpersoonsbed op zijn kamertje.

De vertrekken waar de fraters maristen wonen en slapen, op de bovenste etages van de school, doen denken aan studentenkamers: ze zijn klein en kaal, zonder de mystieke charme van de monnikencel. De volwassen mannen die er wonen gaan elke avond in hun eentje naar bed en lezen nog een paar bladzijden in steeds dezelfde boeken: het brevier, de Schrift en het lesboek van het vak dat ze doceren – dat ze allemaal voor de zekerheid overlezen voor de les, want er zou niks ergers zijn dan op een fout betrapt worden door een wijsneuzige leerling. Ik heb nooit een pater gekend die gewoon voor zijn plezier boeken las. Lezen moet nuttig zijn, het moet een doel dienen, en dat doel is de groei. Als mens groeien, geestelijk groeien, groeien als individu en groeien als broederschap, met de anderen; de groei is de grote obsessie van de paters, ook als volwassene houden ze niet op met groeien en zorgen dat hun bewustzijn blijft groeien, en hun geloof, hun hoop, hun liefde. Hun wezen als mens of als christen. In religieuze teksten wordt dat werkwoord 'groeien', in een hele reeks hamerende anaforen, telkens herhaald gevolgd door alle mogelijke bepalingen: men groeit met liefde, men groeit voor de liefde, men groeit te midden van liefde, dankzij de liefde, je moet groeien met anderen, tussen anderen, voor anderen, in anderen... Alle dingen die in het leven gebeuren, en vooral de nare dingen, de ellende en het verdriet, zijn kansen om te groeien. Lezen moet bijdragen aan die groei, anders is het tijdverspilling. Niettemin blijven de kamertjes van de paters, op welke leeftijd dan ook, die van een kostschool of studentenflat, alleen dan veel netter. Misschien zorgt het celibaat ervoor dat dat groeitraject zo eindeloos wordt uitgerekt...

De paters die ik heb gekend bleven langdurig, ook toen ze al over de veertig waren, heel jongensachtig overkomen. Niet alleen qua gezicht, maar ook qua gedrag. Hun ergernis, hun verbazing en hun blijdschap kwamen tot uiting in een infantiele grijns. En dan hun woede, die kon hun gezicht op slag overschaduwen, alsof ze nooit hadden geleerd die in te houden.

Toen ik een keer in Seoul was, in Korea, had ik een langdurig gesprek met een boeddhistische monnik, jong en knap, met een rond gezicht, gladde, mollige handen, glanzende ogen en een mond als die van een baby. Het was mede zo'n langdurig gesprek doordat zijn Engels, zoals dat van bijna alle Koreanen, fragmentarisch en onverstaanbaar was, maar dat deed er niet toe, want elke zin die hij zei werd gevolgd door een stralende glimlach en zijn oogjes knipoogden, ja, ze knipoogden, en verkondigden een soort blije desinteresse jegens de concepten die onze monden intussen moeizaam probeerden over te brengen. Misschien, of nee, zeker weten, verstond hij mij wel, en ik van mijn kant verstond zijn woorden niet, maar de rest – zijn kalmte, de manier waarop hij bijna de spot met me dreef met zijn lippen gekruld in een sceptische lach – die was me duidelijk. Had je maar vaker dat soort gesprekspartners! Die niet argumenteren, niet betogen, niet tegenspreken. Hoewel we deelnamen aan een belangrijke ceremonie in aanwezigheid van de hoogste religieuze en burgerlijke autoriteiten, waren de mouwen van zijn witte habijt vies, en dan bedoel ik ook echt smerig, en aan de ene kant vond ik zoveel onverschilligheid verbijsterend, maar aan de andere kant ook geruststellend. Het was alsof hij nergens bang voor was, zelfs niet om zich onzuiver te tonen of het te zijn, en alsof hij mij uitnodigde dat ook te doen. (Er waren me tijdens die reis al meerdere vreemde zaken opgevallen, zoals dat boeddhistische monniken altijd met hun mobiele telefoon bezig waren, waarvan ze er soms zelfs meer dan een hadden en wel de nieuwste modellen, die ze gewoon lieten overgaan tijdens ceremonies en religieuze diensten, volkomen achteloos, waarna ze dan ook met luide stem opnamen en in lachen uitbarstten...)

Na ongeveer een uur van non-conversatie, telkens onderbroken door de hapjes eten die we van de diverse schalen op tafel plukten, een bezigheid waarbij de gewijde man onbekommerd nog meer op zijn kleren had gemorst, wilde hij dat ik zou raden hoe oud hij was en dat ik zou vertellen hoe oud ik zelf was (van de manier waarop we dit aan elkaar duidelijk wisten te maken zal ik alleen het feit noemen dat hij mijn rechterhand pakte, die met de geopende handpalm omhoog draaide en op de zijne legde, waarna hij er met de nagel van zijn duim, die misschien al in geen maanden was geknipt, lijntjes op tekende zoals gevangenen doen om te tellen, zoveel parallelle streepjes met een schuine erdoor. Het aantal jaren, de tijd die verstrijkt. Met zijn nagel ging hij heen en weer over mijn levenslijn.)

Ik bekeek hem nog eens goed terwijl hij een visballetje naar zijn lippen bracht en het met zijn glanzende tong in zijn mond zoog. Hij zag eruit als een jongen, maar hij was vast ook weer niet al te jong, hij was goed geconserveerd dankzij zijn ras en zijn levenswijze, dus ik telde vijf of zes jaar bij mijn aanvankelijke schatting op en opperde: 'Thirty two?' Hij barstte in lachen uit. 'Thirty five?' Hij schudde zijn hoofd. Misschien was hij door zijn dagelijkse meditaties daadwerkelijk onttrokken aan het verstrijken van de tijd. Werd terwijl hij bezig was met bidden de klok stilgezet, net als bij een basketbalwedstrijd. In die leemte verliep zijn metabolisme half zo snel als het mijne. Dus als hij eruitzag als twintig, bedacht ik, dan moest hij veertig zijn. 'Forty... but I can't believe it... you're forty years old...!' Ja, ja. De monnik bleef glimlachen en wreef met zijn hand over zijn geschoren hoofd. Ik zag dat hij verschillende littekens op zijn hoofdhuid had, alsof hij als kind met een riem was geslagen. Op die plekken groeide geen haar meer. Met zijn mond in de vorm van een hartje scandeerde hij: '*Fif-ty... se-ven...!*'

Maar daarna worden ze van de ene op de andere dag oud. Ineens worden de jochies rimpelig, en hun haren worden allemaal tegelijk grijs. Barnaba was misschien de enige die er precies zo oud uitzag als hij was, zeg maar, hij was een man en niet een oud geworden jongeling. Voor sommigen kan het verlangen naar volmaaktheid niet op een andere manier worden verwezenlijkt dan door zich af te scheiden van de wereld. Voor frater Barnaba gold dat niet. Ook hij had een doorn in zijn lichaam.

Het is een stekel, een doorn in het vlees, en die veroorzaakt een infectie, en die infectie dringt door in het hart.

De gedachte is een autonome entiteit. De gedachte praat, de gedachte zegt, suggereert, insinueert, laat de figuren voor je ogen dansen.

De gedachte moet gestraft worden.

Het lichaam van de vrouw is vuur, het lichaam van de jongeling is vuur.

Maar ook zonder dat je een ander lichaam aanraakt zondig je. Je zondigt met je geest, die nog onkuiser kan zijn dan het lichaam.

Als die doorn jou tot nu toe heeft gespaard, is dat heus niet je eigen verdienste. Het betekent dat de duivel jou niet waardig genoeg heeft geacht om het gevecht met hem aan te gaan.

Hoofdstuk XIII

Op het moment dat Mister Golgota de klas binnenkwam begon Sandro Eleuteri zachtjes voor zich uit te zingen met zijn altstemmetje; ook al had hij al een donkere snor, zijn stem klonk nog precies hetzelfde als toen hij in de gangen van de middenschool stond te jammeren omdat iemand een stuk pizza van hem had afgepakt, zomaar uit zijn handen gerukt. Dat deden de oudere jongens van het lyceum namelijk: ze liepen dwars door een groepje kleinere jongens heen om hun tussendoortjes niet zozeer te jatten, als wel weg te slaan. Er bleef een klein stukje achter in de handen van de indringer, de rest vloog op de grond, met de belegde kant naar beneden, zodat de tomatensaus werd uitgesmeerd over het linoleum. (Linoleum, wat een materiaal; over twintig jaar snapt niemand meer wat dat was, dan is er een voetnoot voor nodig.) Inmiddels was Eleuteri gegroeid, hij was naar alle kanten uitgedijd, maar zijn stem was nog altijd even schel en nasaal, waardoor niet alleen de leraren maar ook wij echt de neiging kregen om hem te slaan zodat hij zijn kop zou houden: u weet wel, zo'n onverdraaglijk geluid, als krassende nagels over een schoolbord. Eleuteri zat weggedoken achter meerdere rijen hangende schouders die geen enkele frater Curzio ooit nog recht zou kunnen krijgen met zijn schorre geschreeuw, zijn een-twee, een-twee, opneer, hup-hup, om ons tien of twintig keer te laten opdrukken op de houten blokken, maar die onmiskenbare nasale toon verried hem, en hij zette het godslasterlijke liedje in om onze godsdienstleraar Mister Golgota welkom te heten:

Pak een spijkertje...
En een hamertje...
En kom lekker meetimmeren...

Het was een blasfemisch liedje over de kruisiging, op de melodie van *Bibbidi-Bobbidi-Boo,* van de Disney-film *Assepoester.* Het was zo onbenullig en tenenkrommend dat Mister Golgota het niet eens snapte, sterker nog, hij hoorde het niet eens, hij onderscheidde het niet van het overige rumoer achter in de klas en op de gangen, in de hele school. Een school is immers niets anders dan een enorme klankkast voor storende geluiden, of een concertzaal waar ze bezig zijn de instrumenten te stemmen, en behalve het orkest staat er dan ook nog een koor trillers te maken, een koor van blanke en zwarte stemmen, wel duizend zangers die hun partij oefenen. Hoe had Golgota dat liedje kunnen opmerken, hoe moet je één afzonderlijke onbenulligheid isoleren als je de hele dag in een zee van onbenulligheden dobbert? Daarvan is iedere leerling zich bewust, en als het ooit zo ver komt dat die leerling zelf leraar wordt, en zich zoals dat enigszins hyperbolisch heet 'aan de andere kant van de streep' bevindt, dan zal hij dat besef beslist met zich meenemen: dat leraren bijna niets opmerken van wat hun leerlingen zeggen, denken, achter hun rug om beramen, en zelfs niet van wat ze openlijk voor hun ogen doen, ze kunnen niet alle bewegingen en lachjes en briefjes en grimassen en fluisteringen en obscene gebaren controleren; het is al heel wat als ze een op de tien geintjes waarvan zijzelf het mikpunt zijn doorhebben.

Het is vreemd om te zeggen, over een school van paters, maar juist onze godsdienstleraar was geen pater. God weet waarom. Het onderscheidende vak op een religieuze school werd ons gegeven door een niet-geestelijke, door een amateur, zeg maar, ook al was hij enorm gedreven. Iets te veel zelfs. We noemden hem dan ook Golgota, of Mister Golgota. De berg Golgota was zijn stokpaardje, al zijn verhalen draaiden om de berg Golgota: het beeld van de Golgota, de profetie van de Golgota, de Golgota die ieder van ons in zich heeft, en als je hem niet in je hebt dan heb je hem vóór je, voor je ogen, in je lot, aan de horizon, ook al zie je hem niet, en als je hem niet ziet is dat omdat je hem niet wilt zien, maar de Golgota staat daar, hij is er en hij wacht op ons.

Kom lekker meetimmeren...
We spijkeren het kindje Jezus vast
En dan kan hij er niet meer af!

Mister Golgota hoefde de provocatie van Eleuteri ook helemaal niet te horen, want hij had sowieso al tranen in zijn ogen, al voordat hij de klas binnenkwam. Het was een moeilijk jaar geweest voor hem, meer dan moeilijk, onoverkomelijk. De beslissing om een leek aan te nemen voor de godsdienstlessen op een school van de paters was nogal gewaagd geweest. Misschien was dat besluit genomen om te bewijzen hoe open en modern de school was, dat ze er onbekommerd voor kozen het vak waaraan de school zijn hele bestaansrecht ontleende toe te vertrouwen aan een buitenstaander. Mooi zo, goed gedaan, complimenten voor het pluralisme. Het probleem was alleen dat het op deze manier niet echt duidelijk was, en voor ons leerlingen al helemaal niet, welke bevoegdheid Mister Golgota had, wat zijn achtergrond was, aangezien hij dus geen pater was; kortom, we vroegen ons af waarom we zouden luisteren naar iemand die ons nog meer over Jezus kwam vertellen terwijl de paters ons daar me dunkt tijdens de catechisatie en de mis toch al genoeg over verteld hadden. We zouden best bereid zijn geweest om de zoveelste tirade aan te horen over de Christus die verlicht, de Christus die looft, de Christus die verlost, de Christus die vergeeft, de Christus die liefheeft, mits die was gehouden door een bevlogen jonge broeder, vers van het seminarie, of door een oude ploertige pater, die ons zijn smeekbedes om goedheid in het gezicht zou hebben gesmeten als evenzovele oorvijgen; maar hoe konden we geloof hechten en gehoorzamen aan dat overgevoelige, slecht geschoren jonkie, wiens roeping bovendien zo zwak en weifelachtig was dat hij zich er niet toe had kunnen zetten om het zwarte priestergewaad te dragen?

Dat verbaasde Mister Golgota allerminst, hij snapte het meteen, hij snapte vanaf de eerste dagen hoe de zaken ervoor stonden en dat het jaar in ons gezelschap een kwelling zou worden als hij zou proberen de weg van de catechismus en de doctrine af te leggen zoals iedere willekeurige priester; hij moest absoluut iets onderscheidends doen. Vandaar dat hij de uiterst riskante troef had gespeeld van de vernieuwer: degene die wil hervormen, modern zijn, een frisse wind laten waaien. Nu is het zo dat dergelijke leraren onder leerlingen weinig enthousiasme en een heleboel wantrouwen opwekken, en er zijn leerlingen bij die meteen bedenken hoe ze er misbruik van kunnen maken. Waar zit het addertje onder het gras? denken de meesten.

Terwijl een gedisciplineerde, argeloze of idealistische minderheid de docent volgt in zijn revolutionaire plannen, bestuderen de kwaadaardigsten hoe ze hem voor gek kunnen zetten. Dat is de prijs die moet worden betaald voor progressiviteit. En als het vak dan ook nog eens godsdienst is, snap je sowieso niet hoe iemand dat op een vernieuwende manier kan presenteren. Toch is dat precies wat Mister Golgota had geprobeerd.

Vanaf dag één beloofde hij dat we het niet over God gingen hebben (een onderwerp waarover we alles al wisten, dat wil zeggen, in feite niks), maar over onszelf. Hoezo, 'over onszelf'? Nou, over onze problemen. Over onze psychische problemen. Over onze problemen 'als jongeren van nu' (in elk tijdperk zijn er natuurlijk 'jongeren van nu' met hun eigen specifieke problemen). 'We willen het over onze problemen hebben' stond simpelweg voor het verlangen om alles van je af te praten, om je hart te luchten. Dat dacht Golgota tenminste. Wie weet waarom mensen menen dat de problemen van jongeren altijd van psychische aard zijn en dus onvermijdelijk hun oorsprong vinden in het gezin, terwijl het toch nogal voor de hand ligt dat ze op de eerste plaats te lijden hebben onder hun uiterlijk, hun huid, hun haren, hun buik, hun geslachtsdeel, hun spieren, hun benen die te kort of te dun of te harig zijn, en verder hun tandvlees, talgafscheiding, oksels, haarzakjes, zuurgraad, vieze geurtjes, droogheid, afschilfering... die hun weerslag hebben op de psyche, alsof het de projecties, de geesten daarvan zijn.

(Misschien omdat het not done zou zijn om over je pukkels te praten met een godsdienstleraar, omdat het wat al te aards zou zijn om je pukkels bovenaan te zetten op je lijstje met zorgen, met 'problemen'...?)

Pubers zitten weggedoken in hun lijf of worden geplaagd door gierende hormonen, maar niettemin bekijkt men hen door de lens van de geest, en probeert men te doorgronden wat er mis is in hun hoofd. Overigens was het zo, in de tijd dat dit verhaal zich afspeelt, dat de psychoanalyse zich op de meest uiteenlopende terreinen stilletjes aandiende, of juist onstuimig binnenviel, als verklaring, als oplossing, als ontdekking of revolutie, en werd toegepast op elk willekeurig onderwerp. Een psychoanalytische interpretatie kon te hulp schieten aan een stelling die mank liep, in een controversiële kwestie, diende als loper om alle onoplosbare problemen te forceren, en onthulde de diepere gronden van elke beslissing. Alles kon worden herzien en uitgelegd door de lens van de psychoanalyse, die de details enorm uitvergrootte en dingen onthulde die nooit eerder waren gezien: politiek, literatuur, kunst, de maatschappij, het gezin, de oorlog, het fascisme, de film, ook de geschiedenis en zelfs de exacte wetenschappen konden met betekenis worden ingekleurd door het spook van de psychoanalyse dat erop werd geprojecteerd. Dus waarom niet ook de godsdienst? Wat maakt het voor verschil, als we het in plaats van over de geest hebben over de psyche? Je hoeft alleen maar een woord te vervangen, dat trouwens ook nog eens dezelfde betekenis heeft. En in plaats van zoals gewoonlijk dreigende passages uit de Schrift te extraheren, gebruik je dan actuele, persoonlijke gebeurtenissen die we elke dag meemaken. In plaats van het verhaal van Jacob en Elia vertel je je eigen verhaal, en dat van je vrienden. We laten die oude boeken met de genummerde regels voor wat te zijn, en we praten in plaats daarvan over onszelf, vrijelijk, we praten over 'onze problemen' (tegenwoordig zou men zeggen: over 'onze problematiek').

Zoals elke progressieve leraar dacht Golgota dat hij het zo zou redden, met die reductie van God tot het ik, van de metafysica tot het verhaal en van het verhaal tot de actualiteit, van de religieuze doctrine tot levensadviezen van de koude grond, met het idee dat wij daar behoefte aan hadden, er bijna naar hunkerden. Als ik de Bijbel overboord gooi en begin te praten over het oedipuscomplex en over driften, of over seksualiteit, wat tot nu toe taboe is geweest, dan ontwaken die jongens uit hun apathie en dan volgen ze me, of dan zullen ze in elk geval geen propjes papier op me afschieten terwijl ik met mijn rug naar ze toe de namen van de profeten op het bord schrijf, zoiets moet Mister Golgota hebben gedacht. Maar dan had hij buiten ons gerekend. Wat dacht hij wel? Met z'n idee om ons ons hart te laten luchten en onze gedachten bloot te geven, hij wist niet wat hij deed; kijk, dat was nou een Bijbelse zin die mooi op hem van toepassing zou zijn: Heer, vergeef hem want hij weet niet wat hij doet. Ik bedoel, hij wist niet dat wij helemaal geen gedachten hadden, en de gedachten die we wel hadden konden we niet hardop zeggen, daar konden we niet mee voor de dag komen, die zouden we nooit aan iemand vertellen en al helemaal niet aan een leraar waar de hele klas bij was; of als we het wel deden, wat geloof ik maar een paar keer gebeurd is, dan werd datgene wat onze klasgenoot opbiechtte overstemd door gehoon, gefluit en gejoel. In feite was dat wat Golgota van ons wilde: hij wilde ons de biecht afnemen, hij wilde dat we onze zonden zouden opbiechten en dat we ons daardoor opgelucht zouden voelen, maar hij had geen rekening gehouden met de gêne waarmee onze onthullingen zouden worden omgeven en verhuld, noch met het luide geschreeuw waarmee ze zouden worden weggevaagd.

Vandaar dat die arme Golgota, diep gekwetst, vaak maar wat in zijn eentje stond te praten, prekend in de woestijn van onze onverschilligheid en argwaan, en vrijwel onbegrijpelijke stukken voorlas uit klassieke teksten van de psychoanalyse die geen enkele indruk achterlieten op ons bewustzijn, dat pas opschrok wanneer de bel ging aan het einde van de les. Dat is overigens meestal het lot van leraren met een vak dat als minder belangrijk wordt beschouwd, die maar een paar lesuren in de week hebben voor een heleboel klassen en ontzettend veel leerlingen, die je na maanden nog steeds moeilijk uit elkaar kunt houden omdat je ze maar zo weinig hebt gezien, dan herinnert een leraar zich niet eens hoe ze heten, laat staan Mister Golgota die dacht dat hij van ieder van ons een psychologisch profiel zou kunnen schetsen. Die dacht dat hij werkelijk gebruik zou kunnen maken van *De droomduiding* of *Psychopathologie van het dagelijks leven* om onze obsessies boven water te halen en leren los te laten.

En die het had gewaagd, tot grote verbijstering van ons leerlingen, om zich op het sensationele terrein van de seks te begeven door ons vragen te stellen over onze verlangens, te peilen wat we wisten en verwachtten, heel dapper van hem in feite, maar tegelijk volkomen krankzinnig of onnozel; of anders was hij een pionier in het vak, die als godsdienstleraar op een school van paters bijna zover was gekomen, het scheelde niks, dat hij seksuele voorlichting ging geven! Dat onderwerp waarover men net in die tijd op de stroming van de veranderende mores debatteerde of het op scholen moest worden geïntroduceerd als een echt onderwijsvak zoals het dat bijvoorbeeld naar verluidt in Zweden was, ja, natuurlijk, Zweden, de eeuwige toetssteen als vooruitstrevend land vergeleken bij ons eigen zo onderontwikkelde land. Seksuele opvoeding moest worden toegevoegd aan de lijst met grote vernieuwingen waar in die tijd om werd gevraagd, toen men preekte dat je 'de krant in de klas' moest lezen (welke krant? Het antwoord van ons leerlingen was steevast *Il Corriere dello Sport*, terwijl als tijdschriften met de grootste instemming de erotische bladen *Le ore* en *Caballero* werden genoemd) of dat je in plaats van uitstapjes naar het Paleis van Caserta of naar de Tuinen van Bomarzo een bezoek moest brengen aan boerderijen en fabrieken om van dichtbij te kijken naar die eeltige handen van de noeste arbeid, want door die te tonen zou je volgens een nog altijd heersende parabel in de leerboeken van het basisonderwijs in het paradijs terechtkomen.

Maar toen was er iemand die besloot Golgota met gelijke munt terug te betalen. Het was die specifieke dag waarop Eleuteri onze godsdienstleraar had verwelkomd met zijn spottende liedje. Het was echter Arbus die de poppenkast onverwachts voortzette.

Die ochtend had Golgota zich namelijk in zijn hoofd gezet om zomaar ineens te beginnen over het 'drugsprobleem', oftewel een van de voornaamste 'problemen' van de 'jongeren van nu', een nieuw fenomeen dat de gewone problemen van alle tijden overschaduwde. We hadden erop kunnen wachten dat hij daar vroeg of laat mee zou komen, er bestond en bestaat nog altijd niet één volwassene op de wereld die niet achter elke puber het spookbeeld van de drugs ziet opdoemen; en dan kan hij het niet laten – al is het maar voor de vorm, als een verbale plicht die hoe dan ook moet worden vervuld – om te wijzen op de 'gevaren van drugs'. En dan heb je twee opties: of drugs zijn de oorzaak van de problemen, of juist het gevolg ervan; je hebt een probleem omdat je drugs gebruikt of je gebruikt drugs omdat je een probleem hebt. Uit de woorden die Mister Golgota die dag gebruikte kon je echter opmaken dat hij ervan uitging dat hij bij ons een onbekend onderwerp introduceerde, dat we alleen maar kenden van horen zeggen. Hij wilde ons dus behoeden, ons waarschuwen; het zou de laatste keer zijn dat hij zo naïef was te denken dat het gekozen onderwerp hooguit een nuttige mentale oefening was, een simulatie uitgevoerd als preventieve oefening, mochten we ooit daadwerkelijk met die problematiek in aanraking komen.

'De zwakheid van de geest,' zei hij, 'daar maakt de drugs misbruik van.'

Golgota sprak over drugs alsof het een persoon was met een eigen wil, en bezigde het woord dan ook alsof het enkelvoud was. De drugs als een slinks individu, een gevaarlijke kameraad die aanbiedt je een handje te helpen, maar je vervolgens helemaal inpalmt.

'Maar je moet je niet door die kameraad laten helpen.'

'Door wie dan wel?'

Dat was Arbus die ertussendoor kwam. Hij stelde zijn vraag uit nieuwsgierigheid, niet uit brutaliteit, ook al zijn die twee dingen lastig uit elkaar te houden bij een puber, laat staan bij Arbus, onze Nobelprijswinnaar. Als iemand vragen stelt wil dat zeggen dat hij geen genoegen neemt met wat hem al gezegd is, of dat hij dat niet helemaal voor waar aanneemt, dus in feite is elke vraag, zelfs de meest onschuldige, altijd een vorm van kritiek, of uitdaging.

'Weet je dat niet, Arbus? Jawel, dat weet je wel.'

'Nee, meneer, ik weet het niet. Vertelt u het me maar.'

'Heb je vrienden op wie je kunt rekenen?'

'Echte vrienden, meneer?' En Arbus liet zijn blik door de klas dwalen en vestigde die uiteindelijk op mij; hij keek me aan, niet lang, maar lang genoeg om iedereen duidelijk te maken dat hij mij aanwees, als antwoord aan Golgota. Ik vond het niet fijn om betrokken te worden bij de intellectuele en niet-intellectuele uitdagingen die Arbus de leraren, de paters, en de autoriteiten in het algemeen hardnekkig bleef toewerpen. Ik had niets met dat soort getouwgetrek en zal er ook nooit iets mee hebben. Als ik reageer doe ik dat instinctief, maar ik ben nooit degene die provoceert, ik wil liever geen gedoe, ik wil het niet initiëren en ik wil me er niet mee bemoeien, ik vind het vervelend om er getuige van te zijn en ik vind het benauwend om eraan deel te nemen. Het beroep dat Arbus op me deed betekende dat ik me aan zijn zijde moest scharen, of nee, dat ik inmiddels aan zijn zijde geschaard was in wat een conflict leek te worden, een stom conflict, en met wie? Met die sukkel van een Golgota! Knap hoor! Je krachten meten met iemand zoals hij! Waarom liet hij hem niet gewoon rustig bazelen? De man zou langzaam maar zeker zijn stilgevallen, en daarmee zou ook de godsdienstles uitdoven, als het vlammetje van een druipkaars. Maar tegelijkertijd voelde ik behalve de ergernis dat Arbus mij er op deze manier bij betrok ook een warme gloed, een lichamelijk genoegen, zoals wanneer je een onverwachte streling krijgt. Die blik van hem was een mooie vriendschapsverklaring, die me vervulde van zowel gêne als trots. Ik beantwoordde zijn blik echter niet, heel bewust, ik wendde mijn ogen af van de zijne en keek naar de grond.

'Nou, meneer? Is één vriend genoeg om het te kunnen winnen van de *ddh*rugs?' Hij sprak dat laatste woord zo uit om de slepende cadans van Golgota's gepreek te imiteren, die vooral naar boven kwam wanneer hij zich liet meeslepen. Enkele klasgenoten moesten lachen, van de weinigen die de woordenwisseling tussen leerling en leraar überhaupt volgden, maar het leek duidelijk dat Arbus geen showtje opvoerde voor hen, dat hij de leraar niet had geparodieerd om hen te vermaken, of misschien ook wel. Arbus genoot op zijn manier een merkwaardige populariteit, hij was een aparte, zeg maar.

Mister Golgota hernam het woord kalm, bezield. Het was duidelijk dat hij zijn laatste krachten moest aanspreken, de rest had hij al opgebruikt gedurende het jaar dat hij tegen een muur aan had staan praten, een muur zo hoog dat de zaadjes die hij verspreidde er niet eens overheen kwamen maar ertegenaan botsten en terugkaatsten in zijn gezicht. Laatste restjes energie hebben een speciale eigenschap, ze zijn als droog hout dat goed brandt, en wat hij zei was dus echt bezield maar tegelijkertijd onbegrijpelijk, zowel door zijn hoogdravende ideeën als door het feit dat hij nog heviger terugviel in zijn dialect, zodat het bijna een andere taal leek, het klonk als een dode taal zoals Oudgrieks of Aramees. Gezegend zij degene die hem begreep, want die zou terstond zijn plekje in de hemel zeker stellen. Ik begreep hem niet, zo diepzinnig was zijn betoog, ik kon er geen wijs uit, het raakte me wel maar ik vatte het niet, en daarom kan ik het hier niet reproduceren. Alleen Arbus leek de draad te volgen. Daarna, toen Mister Golgota weer afzakte tot onder mijn intellectuele maatlijn, en zich weer gewoon in het Italiaans uitdrukte, een archaïsch, vermetel en klaaglijk Italiaans zoals dat van Giordano Bruno moet hebben geklonken, of dat van Tommaso Campanella, of Bernardino Telesio, zei hij min of meer de dingen die ik hier in vereenvoudigde taal zal weergeven.

'Je kunt het noemen zoals je wilt... er zijn heel veel gelegenheden om de fout in te gaan. We hebben eindeloos veel verschillende manieren om fouten te maken, en dat gaat met een frequentie die op zich al indrukwekkend is, als je er even bij stilstaat. Eén keer per minuut. Het is dus een waar wonder als we na een hele dag maar vier of vijf keer iets fout hebben gedaan in plaats van duizend keer, en waarschijnlijk zijn het geen van alle grote fouten, we hebben niemand vermoord, onze wanprestaties en leugens hebben geen gebouw laten instorten, en het kleingeld dat we uit de keukenla hebben gepikt kunnen we als we willen morgen terugleggen zonder dat iemand er iets van gemerkt heeft. En zo gaat het dan ook bijna altijd: we maken fouten, maar zonder getuigen. We kunnen onze fout goedmaken en hopen dat hij niet aan het licht komt, of dat hij vrijwel meteen wordt vergeven of vergeten. Als er geen vergiffenis bestond, zou het slechte geheugen van de mens toch hetzelfde resultaat garanderen, namelijk dat we niet de prijs betalen voor onze fouten. We worden niet betrapt door de politie, of we worden wel betrapt maar ze hebben geen tijd om zich bezig te houden met onbeduidende types zoals wij, er moeten belangrijkere problemen aangepakt worden. De wereld geeft ons niet ons verdiende loon voor de goede dingen die we doen, maar ook niet voor onze misstappen. De wereld is te zeer in beslag genomen, te zeer afgeleid door de grote wonden, de kraters, de atoomexplosies, om zich druk te maken over wat krasjes. En daardoor gaan mensen in de fout, daarom blijven ze ermee doorgaan, maar dan krijgt het wel een heel andere wending. Het begint met een lichte kieteling, maar uiteindelijk worden ze levend verbrand. Doordat onze misstappen zo weinig belangstelling wekken worden we er eerst toe aangezet om ze zonder vrees te herhalen, en vervolgens om ze bewust te verergeren. Kleine criminelen, zoals wij zijn, zouden meteen gestraft moeten worden, niet zozeer omdat hun vergrijpen zwaarwegend zijn, maar omdat ze nu eenmaal geen andere manier hebben om de anonimiteit te ontstijgen dan nog opvallendere overtredingen te begaan. Aan de andere kant kun je ook stellen dat het geen zin heeft om ze te straffen, want de ernst van hun vergrijpen zou toch wel toenemen, vanwege die straf of juist vanwege het uitblijven ervan. Er bestaan individuen bij wie vergiffenis, kastijding, toegeeflijkheid of onverschilligheid allemaal tot hetzelfde effect leiden. Deze vormen dan een bewerking die, in welke volgorde je de factoren ook zet, en of je ze nu optelt of aftrekt, vermenigvuldigt of deelt, altijd dezelfde uitkomst oplevert, namelijk nul.'

Had hij het over ons? Had hij het tégen ons? Golgota was afgedwaald. Niemand kon hem meer tegenhouden, niemand kon zijn preek stoppen, en het was eigenlijk ook geen preek want hij wilde niemand overtuigen of bekeren, het was gewoon een monoloog, ja, een woordenstroom. Wanneer Golgota zich opwond kreeg hij geen kleur maar werd hij juist nog grauwer en fletser, zijn donkere baardje leek vochtig te worden, zijn ogen, die toch al diep in de kassen lagen, werden nog kleiner en gloeiden met een wanhopig, duivels vuur. Hij leek dan ook echt bezeten. Schuimvlokken vormden zich aan zijn mondhoeken, wat hilariteit en weerzin bij ons opriep, maar uiteindelijk ook iets van angst. Angst voor wat? Voor hem? Dat hij ons zou straffen? In zijn hoedanigheid als hoeder van het goede, als engel van de waarheid, en waren wij dan de zondaars? Of waren we bang dat hij gek was geworden en dat hij in werkelijkheid de duivel was, vermomd als een armzalig, mak, ellendig – qua gezicht en qua lichaam en qua kleren en zeker qua het hongerloontje dat de paters hem gaven – nietig godsdienstleraartje? Welke figuur was beter geschikt dan deze grimmige, uitgemergelde pope uit de Molise als afgezant van het Kwaad? Ik wist niet of ik hem moest bespotten of bewonderen. Dus meestal deed ik beide, afwisselend of verenigd in één enkele grijns, zo een die op je gezicht verschijnt wanneer je naar een schilderij kijkt van laten we zeggen een martelaar, een heilige die aan plakken is gesneden of verschroeid, of doorboord door zijn beulen, waarbij het heldhaftige en de afkeer, het bespottelijke, het absurde van bepaalde gruwelijke details onontwarbaar zijn versmolten in één figuur, en zo is ook het algemene gevoel dat het schilderij bij je oproept.

'...De ware tragedie is wanneer ze allemaal gelijk hebben, wanneer ze allemaal een goede reden hebben om te doen wat ze doen, namelijk kwaad berokkenen. Of in elk geval een beetje gelijk, een kruimeltje gelijk, net dat beetje dat iemand ertoe drijft om wraak te nemen bijvoorbeeld, omdat hij denkt dat hij dan humaan handelt, dat hij onrechtvaardigheid bestrijdt, dat het zijn goed recht is. En trouwens, als het recht niet aan jouw kant staat, dan maak je het zelf, je fabriceert het gewoon thuis net als aquavit of tomatensaus, het recht, je flanst het ter plekke in elkaar. Anders kun je niet leven, je kunt niet zonder rechtvaardigheid, dan krijg je geen lucht, en dat is de reden voor het eeuwige conflict tussen mensen, want ze zijn fundamenteel ongeschikt voor het leven en daarom proberen ze hun ontoereikendheid te compenseren door hun toevlucht te nemen tot elk geoorloofd of ongeoorloofd middel, tot aan de grenzen van het absurde en het groteske, en dat alles om een surrogaat te verkrijgen dat als compensatie zal dienen voor hun ontbrekende arm, of hun kleine gestalte, hun slechte uitspraak of hun geldgebrek of lage intelligentie. Om een eind te maken aan al dat onrecht creëren ze weer nieuw onrecht. We zijn net poppen die al vanaf het begin verminkt zijn, het is niet zo dat iemand ons die arm heeft uitgetrokken of dat de hond die heeft opgekauwd, nee, we hebben die arm nooit gehad! En het is normaal dat we protesteren en vasthouden aan het sprankje hoop, aan een loterijlootje. Er wordt hier vaak gesproken over geloof, hè? Daar vertellen ze jullie over, toch? Als iets vanzelfsprekends, normaals, concreets, toch? Nou, het is helemaal niet duidelijk wat de grens is tussen een waar geloof en een of ander bijgeloof, dat is het grote probleem, om die twee uit elkaar te kunnen houden, want ook hier lijken de waarheid en het gelijk zo'n beetje aan alle kanten te staan, zelfs de duivel heeft zijn eigen gelijk, en maakt zijn fraaie redeneringen die helemaal niet zonder logica zijn, integendeel, er zit wat in, er zit een heleboel in! De duivel heeft helemaal niet alleen maar ongelijk.

Ja jongens, wen maar aan de gedachte dat de duivel prompt verschijnt wanneer je gelijk hebt, wanneer je het recht aan jouw kant hebt en daarmee in je nopjes bent, dan komt hij eraan, alsof hij zijn deel wil innen dat we hem verschuldigd zijn, een declaratie voor het feit dat hij de apparatuur glimmend en scherp heeft gehouden. De duivel komt op het moment dat je in vervoering bent, ik bedoel, door je eigen eerlijkheid, door je eigen correctheid. Sorry dat ik nu toch begin over Jezus en het evangelie, ik had beloofd dat ik dat niet zou doen... Maar dat is precies waarvan Jezus de farizeeërs beschuldigde: jullie zijn slaven van de duivel wanneer jullie in je recht staan, dat wil zeggen, wanneer jullie niets kan worden verweten, want juist op dat moment van overvloed aan eerlijkheid, op het toppunt van eerlijkheid, zijn jullie vol van de duivel, van zijn onberispelijke logica, kenmerkend voor hen die áltijd en alleen maar hun plicht doen, en wel zorgvuldig, nauwkeurig... met stijl!'

‘Meneer, u staat te ijlen!’ klonk een stem vanuit de klas voordat Golgota verder zou praten.

Het was Rummo.

‘Stop nou maar, en haal diep adem...’

‘Je hebt gelijk, Rummo, goed dat je zegt dat ik moet stoppen. Maar ik sta niet te ijlen, jongen! Dit is een betoog dat ik bij mijn volle verstand voor jullie hou...’

‘Ja, maar als ik het goed begrijp komt het erop neer dat u zegt dat als wij ons gedragen zoals het hoort, dat we dan eigenlijk het voorstel van de duivel volgen. En dat kan gewoon niet waar zijn,’ zei Rummo hoofdschuddend. ‘Of begrijp ik het verkeerd?’

Golgota masseerde zijn slapen. Hij stapte van zijn lessenaar af en praatte verder met een nog hesere stem, die schel klonk wanneer hij de sleutelwoorden uitsprak. ‘Het is de oude kwestie van de wét’, en het woord ‘wet’ zei hij dus op heel hoge toon. ‘De wet, snap je, daar ontkom je niet aan. Daar kun je je nooit van verlossen. Of je wordt erdoor verpletterd, of je gehoorzaamt er alleen maar aan om zijn straf te vermijden, dus hoe dan ook om eraan te ontsnappen; of in het andere geval breek je de wet en dan zul je ervoor boeten. Dus de wet wordt toch wel voltrokken. Daar ontkomt niemand aan, niet iemand die hem respecteert, noch iemand die hem overtreedt. Ga maar na, ga maar na: dat is al begonnen vanaf het verbod om te eten van de boom der kennis van goed en kwaad, in het Aards Paradijs. Met dat verbod wordt de zonde op zijn manier onvermijdelijk, want het zou ook zonde zijn geweest om die appel níét te eten, en hem aan die boom te laten hangen, vind je niet? Als de mens het verbod had gerespecteerd, zou hij nooit toegang hebben gehad tot de menselijke conditie, dan zou hij nooit zijn volheid hebben bereikt, want, dit zullen jullie niet geloven want het klinkt absurd, maar die volheid bestaat nou precies, pre-ciés, in de tekortkoming van de mens, oftewel in de zonde! Kortom, hij zou geen mens zijn geweest als hij had gehoorzaamd, dat is hij pas geworden door te vallen, door diep te zakken... te dwalen. Er was geen alternatief. En dat is er nu ook niet... misschien.’

‘Hoezo misschien?’ vroeg Rummo verhit. ‘U moet ons duidelijke aanwijzingen geven, meneer! Anders kunnen we u niet volgen. U zegt dus met zoveel woorden dat wij alleen mens kunnen worden wanneer we kwaad berokkenen, waar of niet?’

‘Wanneer we kwaad berokkenen én wanneer we het ondergaan. Maar om het te ondergaan moet er ook iemand zijn die het berokkent, hè? Jezus kon nu eenmaal niet zelf op het kruis klimmen!’

Zo’n schandelijke uitspraak was nog nooit gedaan op het SLM. En misschien ook niet erbuiten. Ook al zat er wel wat in.

Toen werd wel duidelijk dat Golgota echt de weg kwijt was, helemaal van het padje af. We begrepen dat hij alleen maar geïmproviseerde gedachten formuleerde, die niettemin afkomstig waren van een langdurig overdachte beschouwing, van een bedorven eenzaamheid vol zelfkastijding en stress. Hoe is het mogelijk, dacht ik, dat ze ons steeds van dit soort excentrieke, bijna hopeloze figuren sturen om ons iets te leren? Wat zit daarachter, wat willen ze ons duidelijk maken, welk plan ligt ten grondslag aan dat idee om zo’n arme stakker als Mister Golgota over te leveren aan de stroming van een klas bestaande uit opstandige rijkeluiszoontjes? Willen ze soms dat we iets leren van het menselijk falen, dat we daar beginnen opdat we het zelf kunnen vermijden? Maar dan vraag ik me af: is dat wel echt te vermijden? Of is het misschien eerder een algemeen lot, dat iedereen omlaagtrekt de afgrond in, naar het ongeluk? Of willen ze alleen maar dat we onze klauwen scherpen aan een gemechaniseerd voorwerp, net als katten doen? En dan is Golgota dus ons speeltje, dat ze ons hebben toegeworpen om tussen onze pootjes heen en weer te tikken. Nu ik er achteraf op terugkijk, lijkt het me normaal dat zich in een docententeam ook dit soort zielige gevallen bevinden, om als mikpunt te dienen, als bliksemafleider, op wie de wreedheid van de leerlingen kan worden afgereageerd zodat deze de andere docenten bespaard blijft: dat is een statistische wet. Maar dan nog, juist de leraar godsdienst, het belangrijkste vak op een school van paters! Waarom hebben ze een maniak gekozen om ons te leren geloven? Is dat omdat ze zelf ook niet geloven...? Of, dat moet het zijn, ze denken vast dat alleen een bezetene erin kan slagen een vlammetje te doen ontbranden in ons hart...

‘Kortom, het is noodzakelijk dat dit gebeurt,’ vervolgde Golgota, terwijl hij even zijn helderheid en kalmte hervond. ‘Daar hoeven we dus niet van op te kijken. De taakverdeling tussen het goede en het kwade vindt meestal *binnen in* ons plaats...’

Nu had ik het idee dat ik hem begon te begrijpen, dat ik hem beter begon te begrijpen. De verdeling zit binnen in ons, ja, dat idee had ik ook. En dat ervoer ik ook zo, dat was waar, het was een ervaring die ik heel vaak had gehad: dat ik me verdeeld voelde. 'Het ene deel berokkent het kwaad, het andere ondergaat het...'

Die tegenstelling hoorde bij het leven.

'Zeg, kunt u ons dat concept nog eens uitleggen?' zei Rummo.

'Sst!' snoerde ik hem de mond. 'Laat hem verder praten.'

'Maak je geen zorgen als je het niet begrijpt, jongens. Maak je geen zorgen,' zei Golgota. 'Probeer alleen te wennen aan het idee dat de dreiging niet van anderen komt...'

Precies, dacht ik, de anderen zijn niet de dreiging...

'De dreiging komt niet van anderen, maar van onszelf. Onze linkerhand smeedt een complot tegen de rechter. We hebben de drugs sowieso al in ons bloed, die hoeven we er niet eens in te spuiten, snappen jullie dat of niet?'

'Nee,' zei Rummo.

'Misschien,' zei Arbus. En hij herhaalde: 'Misschien.'

Ik twijfelde of Mister Golgota nou werkelijk een soort goeroe was, een wijze man die wij niet waardig waren, of juist een arme stakker, een charlatan, zoals die types die wonderdrankjes verkochten waarmee elke ziekte kon worden genezen. Maar waarom genas hij dan niet als eerste zichzelf? Als hij zo dicht bij de waarheid was gekomen, waarom was hij er dan zo erbarmelijk aan toe, met het zweet op zijn voorhoofd en zijn slapen, zijn kleren kreukelig, met kale plekken op de ellebogen? Zou het zo zijn dat de waarheid degene die haar ontdekt zo toetakelt? Er was iets in zijn betoog waardoor ik hem bewonderde, maar dat was hetzelfde waardoor ik hem verachtte.

'Aldus wordt het bloed van de zwakke en onschuldige in ons vergoten, en degene die het bloed vergiet is de sterke, de dominante, de agressieve in ons. Wisten jullie dat trouwens van Kaïn en Abel? Die waren oorspronkelijk één persoon. Ze waren enig kind...'

Nee, hij is dus toch gek, dacht ik.

'Meneer, wacht even...'

'...maar toen, om de simpele zielen niet in de war te brengen, hebben de opstellers van de Bijbel hem gespleten, als kundige dramaturgen, ze hebben hem verdubbeld, en toen waren er twee broers, de herder en de boer, de blonde en de donkere...'

'...wacht even, wacht even!' protesteerde Rummo.

'De goede en de slechte,' vulde Arbus spottend aan.

'Je zou dus beter kunnen spreken van zelfmoord, voor de eerste mens die op aarde is geboren uit de buik van zijn moeder, hij werd al gespleten geboren...'

'Nee, hou op!'

Het is opmerkelijk hoe twee of drie mensen die een levendige discussie voeren, en een beetje hun stem verheffen, de indruk kunnen wekken dat ze aan het ruziën zijn.

Wellicht aangetrokken door die geluidspieken was de rector in de deuropening verschenen, zonder dat iemand had gemerkt dat de deur openging, en daar stond hij roerloos met zijn armen over elkaar. We gingen rechtop zitten, een enkeling die op de achterste bankjes onderuit hing te dommelen deed het wat later, de anderen imiterend zonder te weten waarom. Te oordelen naar de positie van zijn hoofd zou je denken dat de rector naar ons leerlingen keek, maar ik wist bijna zeker dat zijn ogen achter die donkere brillenglazen strak op Golgota waren gericht. En die stond voor de eerste rij schoolbanken, met zijn handen achterwaarts uitgestrekt naar de lessenaar, waaraan hij zich vastklemde. De rector snoof de lucht op, met korte rukjes van zijn hoofd. Toen maakte hij zijn armen los, en daarbij streelde hij zijn kruisje, dat hij weer precies midden op zijn borst hing, langs de knopenrij.

'Ik meende dat ik... hoe zal ik het zeggen... dat ik tumult hoorde, hierbinnen. Goed. Wat is het probleem, meneer?'

Hoofdstuk XIV

Jezus, Jezus, Jezus.

Alleen een paradoxaal onrecht, dat ervan afziet het berokkende kwaad te bestraffen, kan de vrede herstellen. Door het verhaal terug te brengen naar het startpunt, naar een hypothetisch jaar nul. De schuld zal worden kwijtgescholden, de fout uitgewist.

De Bijbel is om moedeloos van te worden: één lange reeks verhalen over de zondeval en bedrog. Eva misleid door de slang, Adam door Eva, Abel vermoord door zijn broer, Ezau beetgenomen eveneens door zijn broer, Jozef in Egypte (wees op je hoede voor je broers, luidt de voornaamste waarschuwing van de Schrift), en dan de zondvloed, Sodom en Gomorra, de Toren van Babel, er is geen verhaal dat niet eindigt met de bestraffing van een of andere grandioze of laffe euveldaad; en ook de helden, zoals Simson, worden regelmatig verraden en komen om, of anderen die eerst fatsoenlijke types leken blijken zich uiteindelijk nog erger te gedragen dan de slechteriken die ze hadden verslagen. Neem David, de reuzendoder, die om van Batseba te kunnen genieten haar man naar het front stuurde om hem een wisse dood te laten sterven. Het schandelijke schuilt in het feit dat de moordenaar mag voortleven in de wereld waarin het slachtoffer niet meer mag leven. En dat kan er bij mij gewoon niet in, dat zit me niet lekker, het zit me dwars: we hebben het hier over David, de dansende jongen... nog niet eens over de andere koningen van Israël of welk rijk dan ook. Het lijkt of haast alle koningen van de geschiedenis hysterisch, bloeddorstig, krankzinnig zijn, parasiterend op hun onderdanen, onvermoeibare overspelplegers of lijkbleke spoken, zoals ze zijn afgebeeld in de portrettengalerijen van de Europese musea, waar onze pelgrimages respectvol stilhouden voor een hele stoet onnozelaars en zedelozen met een sikje, met grote nietszeggende ogen, of kleine kwaadaardige, of mooie dromerige, wat uitsluitend afhangt van de kundigheid en de hielenlikkerij van de schilder, ik bedoel, hij is degene die de schittering in de ogen heeft aangebracht, daar tussen de zware oogleden en de dikke wallen van nachtenlange slemppartijen of onverhoorde gebeden. De koningen van Israël vormen daarop geen uitzondering, sterker nog, ze bieden een complete casuïstiek van de gedegenereerde tot de bloeddorstige despoot, tot de ambitieuze tot de laffe tot de terroristische; de Goede, de Moedige, de Wijze, de Bekwame, de Verstandige, de Magnifieke, maar over wie hebben we het in vredesnaam? Wie heeft hen ooit zo genoemd, behalve hun officiële historici?

Datgene wat wij het meest meeslepend en romanesk vonden aan de Bijbelverhalen, was tegelijkertijd wat ons het meest verontwaardigde. Wat ons uiteindelijk het meest onrechtvaardig en absurd voorkwam. Het was niet te begrijpen waarom de grootste klootzakken werden beschouwd als leermeesters, leiders van het volk, spirituele leidsmannen, ondanks alle wandaden die ze hadden begaan.

Achteraf beschouwd lijkt de Bijbel me heel realistisch en bijna machiavellistisch, avontuurlijk en een stuk diepzinniger dan welke hedendaagse psychologische roman dan ook; maar destijds, toen ik jong was, vond ik het krankzinnig dat dat boek diende als grondslag voor een religie waarvan ook nog eens werd gezegd dat het die was van de goedheid, de caritas, de liefde, enzovoort. Elementen die er vrijwel niet in voorkwamen. Dan kon je dus net zo goed de Griekse mythes lezen.

In de Bijbel kreeg je door die obsessie met schuld het idee dat mensen geen ander lot wachtte dan dat, zondigen, zondigen, en nog meer zondigen, vallen, of nee, neerstorten, afdwalen, verraden, degenereren, corrumperen, verrotten, en het verijdelen van ook maar de minste illusie die over hen gekoesterd zou kunnen worden. Als ik al die negatieve profetieën letterlijk geloofd had en als ik genoeg over hem had geweten, wat op een katholieke school in die tijd nogal onwaarschijnlijk was, dan was ik misschien wel een volgeling van Luther geworden. Dat de mens van nature is gemaakt om te vallen kan een simpele constatering zijn of iets waartegen je je moet verzetten of zelfs een pervers genoegen dat het kwaad wellustig omhelst terwijl het het veroordeelt: in wezen blijkt het allemaal één pot nat.

Zelfs de dood van Jezus leek me nutteloos. Een opoffering die een doel op zich is, bewonderenswaardig maar vergeefs, want het is wel gebleken dat de mensheid er sindsdien niet echt op vooruit is gegaan. Als zelfs het vermoorden van de zoon Gods niet helpt om de mens beter te maken, of een beetje minder slecht, dan wil dat zeggen dat het gewoon onmogelijk is, of dat men niet de juiste methode heeft gekozen: het heeft geen zin om bloed te vergieten, lammeren te kelen, onschuldigen te offeren; het offerritueel wast geen enkele zonde weg, het wist geen misdaad uit, maar vormt zelf weer een nieuwe wandaad. Waarom zou het ene delict iemand moeten vrijspreken van andere delicten? In plaats van dat de dood van Jezus me zachtaardiger maakte, toen ik jong was, kreeg ik juist zin om die te wreken. Wat nou vergiffenis! Ik wilde een represaille. Misschien wordt er niet genoeg rekening gehouden met het feit dat als je eenmaal een bepaald niveau van bewogenheid of pathetiek hebt bereikt door het luisteren naar verhalen over martelaarschap en kwellingen (of de hoofdrolspelers nu heiligen of vluchtelingen zijn, of gevangenen in concentratiekampen, of die arme Jezus, beschimpt, geslagen, gegeseld en gekruisigd), er voorbij dat emotionele punt vanzelf een reactie ontstaat: of je krijgt zelf ook zin om die christenen levend te verbranden, of je zou juist het voortouw willen nemen in hun opstand tegen de onderdrukkers.

Goedheid wordt voorgesteld als het verdragen van het kwaad. Bij het doorgeven van deze les wordt altijd vergeten dat je van een puber een dergelijke wijsheid niet kunt verlangen, dat een eventuele goede aard er eerder een zou zijn die geen enkel onrecht tolereert, die ertegen in opstand komt en het wil bestrijden, en dat dus de gruwelijke onbillijkheden die martelaren ondergaan alleen maar de les kunnen overbrengen dat je daartegen in verzet moet komen, en ze zeker niet met een extatische glimlach moet ondergaan; dat is meer een eigenschap van heiligen. Van het onrecht, van de wreedheid (bijvoorbeeld die waarmee men tegen Jezus tekeergaat), willen stichtende verhalen het sentimentele aspect benadrukken, dat de toehoorders aanmoedigt tot een combinatie van ontroering en passiviteit, als huilende toeschouwers in een bioscoopzaal; maar als die verhalen al een effect hebben op de toehoorder, dan is het wel dat ze diens aangeboren sadisme naar boven halen en door navolging de latente agressie in het individu opwekken – waardoor je beseft dat jij ook die overspelige vrouw wilt stenigen, nou en of, die slet verdient het tenslotte om te sterven en ik zou het niet erg vinden om haar met een steen op haar voorhoofd te raken –, óf ze wekken juist een ridderlijk gevoel op dat wil terugvechten, dat die steen wil oprapen en in het gezicht smijten van degene die hem als eerste geworpen had. Als je kijkt naar de aaneenschakeling van kwellingen die onschuldige mensen wordt aangedaan door de slechteriken, word je uitgenodigd je aan de zijde van die laatste groep te scharen en je samen met hen uit te leven op die jammerende massa weerloze christenen, joden, vrouwen en oudjes; of om juist voor hen op te komen, maar dan ook echt, met een knuppel, met een zwaard, zoals de zeven samoerai – met wapens kortom, niet met gebeden.

Dat effect heeft het verhaal van de kruisiging altijd op me gehad: het deed mijn handen jeuken. Aan Jezus denk ik elke dag. Jezus! Van de hele religie ben jij het allermerkwaardigste personage, het meest essentiële en onthutsende. Ik zou je gemakkelijker kunnen accepteren als je alleen maar God was, of alleen maar een profeet. Maar allebei tegelijk? Je bent nogal veeleisend!

Over de figuren op zich valt niks te zeggen. Die zijn tamelijk conventioneel. Sterker nog, vergeleken met de heidense rites aan de ene kant en de profane wijsheden aan de andere kant zijn ze nogal kleurloos, bijna anoniem, ze hebben niks bijzonder extravagants als je ze vergelijkt met een Zeus of een Indra of een Shiva; als paradoxale filosoof, als straatprediker, is de Christus weliswaar van een spectaculaire eenvoud en plooibaarheid, maar de concepten waaraan hij uiting geeft zijn niet zo anders dan die je hier en daar kunt terugvinden bij Socrates, Zhuang Zi, en zelfs bij Marcus Aurelius. Als hij alleen maar een mens was geweest, hadden de lessen van Jezus een hoofdstuk kunnen vormen in Diogenes Laërtius' *Leven en leer van beroemde filosofen*, met de beroemde anekdotes, de parabels, de magnifieke preek op de berg, en ten slotte in een paar regels of desnoods in een lange, hartverscheurende treurzang het proces, de foltering, de dood.

...Het is iets wat ik alleen maar serieus kan nemen op papier – wanneer ik lees, wanneer ik het evangelie lees, of de Schrift, of de krachtige tirades van de kerkvaders, of wanneer ik kijk naar de apocalypsen geschilderd door kunstenaars, de opstandingen van lichamen, de skeletten die uit de grond tevoorschijn komen, de lieve Maria's met het schaamrood op de kaken – maar wat meteen elke betekenis verliest zodra ik in de werkelijkheid terugkeer en een mis bijwoon; alle emotie die ik bij het lezen heb ervaren is op slag verdwenen bij het zien van de treurige rij die zich in het midden van de kerk vormt van dames in regenjassen op weg om de hostie in ontvangst te nemen. Dan voel ik op slag een onoverbrugbare afstand van elke vorm van adhesie, vertrouwen, geloof. Ik vind het op zich al lastig om te *geloven*, om waar dan ook in te geloven, zelfs om in mezelf te geloven, te geloven dat ik besta... laat staan in zóiets.

Alleen in de stilistische perfectie of in de hoogstaande gedachten, of in de afgrond van extreme daden, vang ik er misschien een glimp van op, al is het in die gevallen niet zozeer een kwestie van *geloven*, als wel dat ik *overmand* word, en het gevoel heb dat ik in de greep ben van een hoger iets dat streng van me eist dat ik mijn scepsis laat varen. Met andere woorden: dan geef ik me eraan over. Laten we zeggen dat ik gehoorzaam, ook al geloof ik niet.

Normaal gesproken ben ik erbij *aanwezig*, alleen maar aanwezig, wellicht bevangen door een lichte irritatie, niet jegens de gelovigen, welteverstaan, maar jegens mezelf... En als ik dan de blik aanneem van de entomoloog of de satiricus of van degene die 'het-toch-graag-wil-begrijpen' is dat geen enkele compensatie voor het ijskoude aanvankelijke gevoel van afstand, dat wordt daardoor niet minder of verzacht.

Ik zei dat ik gehoorzaam. Ja, zo is het. Ik gehoorzaam bijvoorbeeld aan de schoonheid en haar magnetische werking. Ik gehoorzaam ook wanneer ik eigenlijk heel wat bezwaren heb tegen de schoonheden die mijn aandacht trekken om me vervolgens te dwingen ze te vereren, tegen de figuren waarvoor ik vanwege hun schoonheid moet buigen, tegen de waarden die de schoonheid overbrengt of propageert. Ik ben het bijna nooit eens met de auteurs die ik bewonder. Maar het is de kracht of de schoonheid van hun manier van werken, zeg maar, de vorm of de techniek die ze creëren en die ze vervolgens toepassen... Ik word bijna nooit overtuigd, of beter gezegd onderworpen, door de argumenten op zich, nee, dat gebeurt door de wijze van argumentatie. In het evangelie bijvoorbeeld is het de beknopte manier van vertellen; de rigoureuze onvoorspelbaarheid van de logische overgangen; de hamerende, eenvoudige stijl waarmee de voorbeelden worden verschaft, en o ja, natuurlijk, de parabels, met dat haakje waaraan je bijna onmogelijk níét kunt blijven hangen. Ja, dat is de sensatie die de woorden van Jezus, die in eerste instantie paradoxaal klinken, bij me oproepen: het verlangen om hem te gehoorzamen.

Maar dat komt niet doordat ik aan de werkelijkheid der dingen minder waarde hecht dan aan de ideeën, de theorie of de fantasie. Integendeel, ik voel me aangetrokken door de geconcentreerde, versterkte, intense realiteit van de enscenering. Die wil ik niet afschaffen of ontvluchten, ik wil de realiteit juist trotseren in haar krachtigste uitingen, maar intussen zie ik haar helaas in een slappe, verwaterde vorm voor me. Wat kan ik eraan doen als de mensen en hun handelingen bijna altijd teleurstellend zijn vergeleken bij de ideeën? Is dat de schuld van de ideeën, of van de mensen die ze ten uitvoer brengen? En trouwens, als ze niet ten uitvoer worden gebracht door mensen, voor wie zouden de ideeën dan bestemd zijn? De sagen, de mythes, de legendes die me als kind in vervoering brachten en die ook nu nog mijn hart sneller doen kloppen (ik ben gewoon een gemankeerde mythograaf, sterker nog, ik ben een gemankeerde bijna-alles, een gemankeerde musicus, een gemankeerde mathematicus, ingenieur, fotograaf, psychoanalist, misschien zelfs een priester, ja, inderdaad, een gemankeerde priester) komen toch voort uit mensen, en zijn ook op mensen gericht? De kracht en de precisie en de eerlijkheid en de diepzinnigheid bestaan alleen in geschreven of gebeeldhouwde of geschilderde vorm: vervolgens wordt de wereld in één klap wazig en spant alles samen om het tegendeel te bewijzen, om te ontkennen, te corrumperen, te verwateren. Als dat religie is, vind ik het niet interessant. Dan zal ik er nóóit voor warmlopen. Christus is een ander verhaal. Jawel, maar waar is Christus dan? Wie volgt hem daadwerkelijk?

Wat ik me trouwens ook afvraag is waarom toch altijd dat Midden-Italiaanse accent wordt gebezigd, uit de Marken-Abruzzen-Molise, als in een streekkomedie, als uit het gebied waar Pater Pio vandaan kwam, waarin de 'g' wordt verwisseld met de 'ch', de 't' met de 'd', de 'p' met de 'b', de 's' met de 'z', *de Heiliche Cheezd zda onz pij, Griztuz sied onz en hoord onz...* waarom hebben al die prekers in hemelsnaam zo'n schorre stem, zo'n schel, monotoon timbre, murmelend in de microfoon als tegen het rooster van de biechtstoel, en altijd vol verbijstering alsof ze nu pas voor het eerst hun ogen openen naar de wereld, alsof ze getuige zijn van een wonder, ach natuurlijk, het wonder... het wonder van de gratie, het wonder van de vergiffenis, het wonder van de ontmoeting, het wonder van de erkenning, het wonder van de goedheid en van de bezinning, van de zon die elke ochtend opkomt, het wonder van het leven, het wonder van dit en van dat... Ja, als ik in de auto zit zijn er altijd twee verschillende radiozenders waar ik naar luister, die van de AS Roma-supporters en die van de priesters: de eerste groep amuseert me, de tweede vormt mijn studieobject. Beide categorieën zijn onverbeterlijk, en dat is het mooie ervan.

I don't care if it rains or freezes
As long as I have my plastic Jesus

Maar nu lijkt het misschien alsof ik alleen maar in contact sta met het geloof wanneer ik Thomas van Aquino of Dante lees. Zo is het niet. Mijn ervaring die het dichtst in de buurt komt van een religieuze beleving stamt uit mijn kindertijd, zoals misschien voor de meeste mensen geldt. En dit minuscule wonder vond plaats in het huis van mijn oma. Ook toen al – aan de zorgen van mijn oma toevertrouwd door mijn ouders zodat zij hun heerlijke romantische reisjes konden maken – was slapen voor mij het grootste probleem. In de nachtelijke uren werden de gedachten en gevoelens angstaanjagend tastbaar. Ik geloof dat ik het merendeel van de belangrijke dingen in mijn leven heb weten te vatten, in de zin van begrijpen, tijdens de nacht, en wel voor mijn twaalfde. Wat ik daarna nog heb meegemaakt zijn alleen maar toepassingen en gevolgen van iets.

Ja, inderdaad 's nachts, als een wichelroedeloper geleid door een soort maffe, uiterste helderheid van geest. Maar dat soort veroveringen kostten me van kleins af aan vele uren star wakker liggen, terwijl ik mijn kussen in alle mogelijke vormen propte. Bij mijn oma thuis was er echter een figuur die samen met mij wakker bleef. Ik zag haar oplichten op het nachtkastje, niet ver van mijn hoofd. Ik knipperde met mijn ogen en wreef ze uit om haar beter te kunnen zien, maar haar blauwige pracht bleef vaag en ongedefinieerd. Dan stak ik mijn hand uit om haar aan te raken. Het was een fluorescerend Mariabeeldje van zo'n twaalf centimeter hoog. Wanneer ik haar in mijn hand had, herinnerde ik me wat ze was en waarom ze daar was: om mij te beschermen. En ze beschermde me inderdaad. Waartegen?

Tegen mijn eigen gedachten, tegen de reusachtige schaduwen, tegen de zinsbegoochelingen die in het donker opdoemden, tegen de gevaren die mijn eigen geest creëerde. Wanneer ik de lichtgevende Maagd in mijn hand had werd de angstaanjagende omvang van mijn nachtelijke kwellingen teruggebracht tot de normaliteit, en voelde deze niet langer bedreigend – dat gold vooral de meest geniepige, de meest radicale, de meest onverzoenlijke van de gedachten die ik had, en wel die aan de dood. 's Nachts werd ik me namelijk onverdraaglijk hevig bewust van de dood. Niet zozeer het feit dat ik een keer moest sterven en dat ik het risico liep om te sterven, op de een of andere manier, maar het feit dat álles zou sterven, dat iedereen zou sterven, en dat er uiteindelijk niets meer zou overblijven... Was het dan zo dat het Mariabeeldje die conclusie omkeerde of ontkende? Helemaal niet. Ze maakte het idee gewoon onschadelijk, ze ontdeed het van alle angst. Daardoor werd de dood een verovering, en niet langer een stekende wond. Er ontstond echter wel een probleem: als ik het beeldje vastpakte en in mijn vuist klemde, verdween ze. Dan zag ik haar niet meer oplichten in het donker. Door mijn aanraking doofde ze uit, zoals wanneer je een vuurvliegje in een glas vangt en het beestje van schrik geen licht meer geeft.

Daarom had ik een manier bedacht om met haar in contact te blijven zonder haar te laten uitdoven: ik hield alleen het sokkeltje tussen mijn duim en wijsvinger, zodat de rest van het figuurtje bleef schijnen. Zo heb ik als kind volgens mij heel veel nachtelijke uren doorgebracht, met mijn arm uitgestrekt naar het nachtkastje, terwijl ik de onderkant van het fluorescerende Mariabeeldje aanraakte, gerustgesteld door haar, beschermd door haar zwakke licht. En nadat ik al het denkbare had gedacht, en me al het onvoorstelbare had voorgesteld, en de golf van de onrust in me tot bedaren voelde komen, lukte het me om in die houding in slaap te vallen.

Een paar jaar geleden vroeg een weekblad me om antwoord te geven op een lijst vragen die, waarom weet ik niet, *De questionnaire van Proust* werd genoemd. Korte vragen, antwoorden van een halve regel of van een enkel woord, over de dingen die je het leukst vindt of waar je een hekel aan hebt, zoals: je favoriete boek, je favoriete film, wat je het meest aanspreekt bij een vrouw, bij een man, wat de droevigste dag van je leven was, en de gelukkigste, enzovoort. Ik kan dat exemplaar van het blad niet meer vinden. Ik weet zeker dat negen van de tien antwoorden die ik toen gaf nu niet meer hetzelfde zouden zijn, sterker nog, ze zouden een week na het interview al niet meer hetzelfde zijn geweest. Niet omdat ik *van idee verander*, nee, dat niet. Maar omdat ik heel veel verschillende ideeën heb, het is niet zo dat ik ze verander of verloochen, nee, laten we zeggen dat ik ze afwissel, bij toerbeurt, als platen in een jukebox. Voorkeuren, herinneringen, passies, boeken... er zijn er zoveel, en de verscheidenheid is zoiets moois! Het is zo stom om je op één ding te fixeren, of beter gezegd, zo dom om maar één fixatie te hebben! Ik herinner me bijvoorbeeld dat ik Karl Malden niet noemde als een van mijn favoriete acteurs, terwijl ik hem nu wel zou noemen, en ook niet Aroldo Tieri. Ik herinner me maar één antwoord dat ik gegeven heb en dat ik nu waarschijnlijk weer zo zou geven.

Vraag: Wie is je favoriete personage uit de geschiedenis?

Antwoord: Jezus.

Men vroeg mij in wezen om te geloven in iets wat ik niet kon begrijpen, en hoewel ik nu besef dat juist dat de specifieke betekenis is van het woord 'geloven', namelijk geloof hechten aan iets wat je niet begrijpt of wat je niet kunt verifiëren – wat je wel begrijpt hoef je immers alleen maar te constateren, daar hoef je alleen maar nota van te nemen waardoor het dus helemaal niet nodig is om erin te geloven – vond ik dat destijds een onacceptabel verzoek.

Als er een 'iets' bestaat dat van nature onbegrijpelijk is, nou, laat het dan maar blijven waar het is, in zijn prachtige wereld die ons begrip te boven gaat. Waar is het voor nodig om te proberen dat iets te bereiken of voor je in te nemen of er een verbond mee te sluiten of het te vriend te houden, om je ertegen te verzetten of je eraan over te geven? Je kunt zijn handelingen toch niet voorzien en je kunt ze evenmin begrijpen nadat hij ze heeft verricht, en hij hoeft zich er ook al niet voor te verantwoorden, dus of hij je nu een aardbeving of een tumor stuurt, of je juist de loterij laat winnen, dat maakt in wezen niet uit, de betekenis van die keuze blijft een raadsel, kijk maar wat hij Job heeft aangedaan of wat hij zijn uitverkoren volk heeft laten gebeuren, is er iemand die daar enige logica in ziet? Zondaars genieten en onschuldigen worden verbrand of gekruisigd.

Arbus was de enige van de klas die er geen enkel probleem mee had om zijn absolute gebrek aan enig religieus sentiment kenbaar te maken en te tonen. Van de rest zouden zelfs degenen die hardop vloekten als ze in het nauw werden gedreven toegeven dat ze eigenlijk, ehm, ja, toch wel in God geloofden, in elk geval een beetje, en dat ze iets bovennatuurlijks bespeurden, aanvoelden, ze waren bang voor iets; misschien voor de hel. Hoe dan ook, ze geloofden in de ziel, in Jezus, of in de wederopstanding, of in de engelen. Her en der verspreide stukjes geloof of restjes catechismus of flarden van gebeden die gepaard gingen met het sterke, mysterieuze gevoel dat 'er toch wel íéts moet zijn'. Arbus niet. Zijn zuivere, robotachtige geest had zich als het ware verlost – en god weet hoezeer dat daadwerkelijk een verlossing is – van de naïeve, wanhopige behoefte om te geloven.

'De mens is bang voor God zoals de aap voor de slang.' Arbus was niet bang, zo simpel was het.

Mijn vriend hield overigens niet van discussiëren. 'Discussies zijn zelden nuttig en veroorzaken alleen maar tijdverlies en onvrede.' Ook daarom konden wij alleen maar raden naar een groot deel van de noties en overtuigingen die Arbus vast en zeker bezat, want hij paste ervoor ze aan ons kenbaar te maken, omdat hij zich ten eerste de moeite wilde besparen die aan ons uit te leggen, en ook om ze vervolgens te moeten verdedigen tegen onze onthutste weerleggingen. De enkele keren dat hij wel de moeite nam had hij zijn antwoord op onze tegenwerpingen al klaar: in tegenstelling tot wat iedereen doet, namelijk zo veel mogelijk argumenten vinden ten faveure van je eigen stelling, had hij zich namelijk aangewend om alle tegenargumenten te overwegen en te bestuderen, als de ware geleerde die hij was (mocht u het maar raar vinden dat ik de term 'geleerde' gebruik voor een jochie van vijftien: die term past toch echt bij niemand beter dan bij Arbus, ja, hij was gewoon een geleerde net zoals Tartaglia, Newton of Von Neumann, Harvey of Volta dat konden zijn geweest, ook al heeft hij uiteindelijk, voor zover ik weet, niets belangrijks ontdekt of uitgevonden, of misschien nóg niet, wie zal het zeggen...), zodat hij al een antwoord op alle tegenwerpingen had bedacht door ze eerst zelf te berde te brengen.

Hij zei een keer tegen me: 'Je moet begrijpen dat het voor Jezus Christus makkelijk was. De dingen die hij deed kwamen overeen met de dingen die hij zei. En als hij echt had gewild, had hij alles best in orde kunnen brengen. Ikzelf niet, en dat is het verschil tussen hem en mij. Voor mij zou alleen goede wil niet volstaan. Het is te hoog gegrepen, punt uit. Hij is niet eens een voorbeeld voor me, Jezus. Hij is niks, niks anders dan de zoveelste verdomde held.'

(Weet u wie er wél een held was die binnen Arbus' bereik lag? Dat was die Tartaglia die ik net noemde, Niccolò Tartaglia. Wie dat dan wel moge zijn? Een groot wiskundige. Toen ik onlangs een korte biografie van hem op internet las, wat ik ontroerd. Hij kwam uit Brescia en werd 'Tartaglia', 'de Stotteraar', genoemd omdat hij als twaalfjarig kind aan zijn gezicht en zijn mond was verwond door een Franse soldaat, uit pure wreedheid. Doordat zijn mond was opengereten en weer dichtgenaaid kon hij niet meer normaal praten. Bij diezelfde gelegenheid werd zijn vader vermoord; en Niccolò, die tot dan toe analfabeet was geweest, groeide op als wees en als autodidact.)

Hoofdstuk XV

Elke religie is gebaseerd op de gevoelens die bij een adolescentencrisis horen, namelijk ontevredenheid, krampachtig verlangen naar betekenis, het gevoel hebben tekort te schieten en incompleet te zijn, op zoek zijn naar het waarom. Maar wat hield onze initiatie eigenlijk in? Over het vormsel, een sacrament waarvan de betekenis inmiddels volledig is vervaagd, kon men ook in de tijd dat wij het ontvingen al amper uitleggen wat het was, waar het toe diende. Ze zeiden bij de catechese tegen ons: 'Nu word je een soldaat van Jezus!' Is dat zo? In welke oorlog moet je dan vechten als je gevormd bent?

Vlak boven mijn nek heb ik een puntige knobbel. Ik voel hem vooral wanneer ik met mijn hoofd tegen een muur leun. Aangezien het hebben van een knobbel in de volksmond wil zeggen dat je een voorkeur of fascinatie hebt voor een bepaald vakgebied, en dat je er een aangeboren talent voor hebt, heb ik aan een fysionomist gevraagd wat die knobbel van mij dan wil zeggen. Nadat hij hem had bevoeld en onderzocht, en me opdracht had gegeven mijn haar zo hoog te laten opknippen dat de knobbel vrijkwam zodat hij hem kon fotograferen en de foto vervolgens naar andere deskundigen kon sturen om die met hen te bespreken, zei hij dat hij er een godsdienstknobbel in herkende die groot genoeg zou zijn geweest voor wel tien priesters.

Opmerkelijk dus dat ik aan de ene kant altijd een intellectuele belangstelling heb gekoesterd voor priesters, maar ook, laten we zeggen, een natuurlijke, instinctieve, gevoelsmatige scepsis; en opmerkelijk hoe weinig ik het gevoel of de overtuiging die we aanduiden met 'geloof', of 'geloven' heb ervaren. Het is niet onlogisch of onzinnig om te geloven in iets wat je niet kunt begrijpen, maar ik heb het gewoon nooit gevoeld vanbinnen: ik heb nooit gevoeld dat er iets van vertrouwen opkwam, een vuur, een hartstocht jegens de Schepper, de oorspronkelijke auteur van die verhalen die me hoe dan ook wel grepen en ontroerden, te beginnen met die in de Bijbel, zoals de vernietiging van Sodom en Gomorra met de engelen die Lot waarschuwen om te vluchten, en dan dat verhaal van zijn vrouw die in zout verandert en zijn dochters die de liefde bedrijven met hun dronken vader, maar als ik die beluisterde ervoer ik toch precies zo'n zelfde rilling als wanneer ik las over de dood van Palinurus of over de angstaanjagende nacht die Thor en Loki doorbrachten in de handschoen van de reus. Ik reikte nooit tot aan Hem die in de hemelen is, zo hoog waagde ik me nooit, daarom hield ik juist van mythologische figuren en helden die zich zeg maar halverwege hemel en aarde bevinden: mensen die natuurlijk duizend keer beter zijn dan ik, sterker en dapperder, maar toch eigenlijk ook eender, ook dichtbij, begrijpelijk, vol tekortkomingen en verlangens, soms zelfs lachwekkend, wat de goden vaak zijn, in tegenstelling tot de Almachtige.

Het religieuze gevoel komt niet voort uit een redenering en is geen overtuiging zoals die je bereikt door, inderdaad, logisch te redeneren; het is iets anders, iets ondefinieerbaars dat dat ook altijd zal blijven, en dat nooit kan worden aangetast door alle kritiek van atheïsten, want die zullen het altijd over *iets anders* hebben. Het is niet zo dat de atheïsten ongelijk hebben in wat ze zeggen, ze blijven alleen aan de buitenkant, ze hebben het niet echt over het geloof, ze kunnen niet praten over iets waarvan ze niet weten wat het is. Ik weet het misschien wel, maar ik heb het zelf niet.

We waren gewend om onszelf ongeïnteresseerd voor hun preken af te sluiten; dat geldt zowel voor de preken van de paters als voor die van volwassenen in het algemeen, maar voor de paters meer, want hun stijl van redeneren en mild berispen of smeken of zegenen was altijd dezelfde, monotoon, klagerig, en het waren altijd dezelfde betogen, of eigenlijk leek het wel steeds een en hetzelfde betoog, ingekerfd op een plaat die eerst langzaam begon te draaien en dan op normale snelheid, en zodra hij was afgelopen begon hij weer van voren af aan. Dat betoog was gebaseerd op vier basisingrediënten: verwijt, hoop, nederigheid en vergiffenis. Verwijt was de grondtoon waarop de preek werd ingezet, die zorgde voor de wat bittere smaak, en voor het smartelijke vervolg vanwege de zekerheid dat degene die de preek aanhoorde hoe dan ook fout zat, dat hij zijn tekortkomingen moest erkennen en moest beginnen die te verbeteren. Iedereen, niemand uitgezonderd. Al hadden Jezus en Maria naar die preek zitten luisteren, ook tot hen zou de vaste uitbrander zijn gericht dat je niet lui moest zijn, dat je jezelf meer moest geven aan anderen, meer, meer, dat je je zonden moest erkennen, ook de kleine (denk eraan, vooral de kleine!), dat je hoop moest hebben en je nederig moest betonen en moest vergeven. Hoop en nederigheid en vergiffenis vormden dan ook de belangrijkste inhoud, gehuld in, of als het ware beschermd door het verbale omhulsel van het verwijt. Hoop geven, positieve boodschappen uitzenden, vervelende dingen ten goede keren, goede signalen opmerken in moeilijke tijden, een voortdurende inspanning verrichten om het kwade om te zetten naar het goede. En vooral leren te wachten, leren te wachten zonder ongeduld, leren te wachten zonder ongeduld op datgene wat de toekomst voor ons in petto had. Maar niet zomaar de toekomst, de uiteindelijke toekomst, die zich achter de toekomst bevindt omdat ze zich na het leven bevindt. Op je vijftiende is het al heel wat om je voor te stellen hoe het je op je twintigste of dertigste zal vergaan, laat staan hoe het je zal vergaan wanneer je er niet meer bent. Voor die lessen in hoop en geduld waren we dan ook nauwelijks ontvankelijk, die werd het moeizaamst overgedragen, en de paters moesten grote retorische inspanningen verrichten om ons het pad van de hoop bij te brengen.

Wat nederigheid betreft was het al een stuk gemakkelijker. Dat is een duidelijk, bijna primitief concept, het concept ‘nederigheid’ is an sich nederig, bescheiden, ruw als de jutezak die er symbool voor staat, maar in elk geval begrijpelijk – ook al waren wij het er niet per se mee eens – en bovendien wemelt het evangelie van de voorbeelden waarin het concept wordt uitgelegd. Het is je snel genoeg duidelijk wat het betekent om nederig te zijn; het is alleen een heel ander verhaal om het vervolgens ook te worden, om het echt te worden, in het leven van alledag. Toch kan ik wel zeggen dat er onder mijn klasgenoten minstens drie of vier echt nederige jongens waren, Gedeone Barnetta bijvoorbeeld, en verder De Matteis, Vandelli, en ook Scarnicchi bijgenaamd de Marmot, al was het wat die laatste betreft misschien meer een kwestie van luiheid en passiviteit dan van nederigheid. Gemoedstoestanden grenzen aan elkaar en vaak overlappen ze elkaar ook, en afhankelijk van waar de werkelijke kern van een persoon zich bevindt kunnen deze gemoedstoestanden en gedragingen dan een basiseigenschap vormen of juist een tangentiële, dan bevinden ze zich aan de buitenste banen, waar ze interfereren doordat ze in aanraking komen met andere gevoelens en daardoor aan kracht inboeten of aan betekenis winnen. Ik heb geen idee of deze klasgenoten zo waren vanwege hun aangeboren aard, of omdat ze met zachte dwang waren aangespoord om zo te worden door de opvoeding die ze thuis en op het SLM ontvingen. Ikzelf was en ben in elk geval zeker niet nederig, en eerlijk gezegd heb ik dat ook nooit betreurd, maar dat komt natuurlijk juist doordat ik niet nederig ben. Ik waag dus te denken dat het een gave is die je moeilijk onderweg kunt verwerven, je hebt hem of je hebt hem niet; al is het ook zo dat als je hem wel hebt, je leraren je op het hart drukken dat het een kwaliteit is en geen tekortkoming.

Dan krijgen we als laatste de vergiffenis.

Dat was een heikele kwestie. De paters leken zelf niet erg overtuigd van wat ze zeiden. Het probleem van de vergiffenis botste dan ook met ons aangeboren rechtvaardigheidsgevoel: waarom zou iemand die kwaad heeft berokkend vergeven moeten worden in plaats van gestraft?

Bij vergeving slaat de balans feitelijk door in het voordeel van de misdadiger. Het geeft niet ieder het zijne, maar het schenkt degenen die zelf al van anderen iets hebben afgenomen ook nog eens mildheid. Nu kan God zich in zijn grenzeloze soevereiniteit natuurlijk best veroorloven om te vergeven, om zich dus niets van de wet aan te trekken en die bij wijze van spreken af te schaffen, de sanctie waarin deze voorzag te schrappen, en de niet betaalde schulden kwijt te schelden. Maar mensen? Zou iemand niet de zonde van trots begaan als hij vergeeft en zichzelf daarmee gelijkstelt aan God in zijn soevereine weigering om de straf op te leggen? Terwijl dat voor God een recht is, zou het voor de mensen een verplichting moeten zijn, op straffe van het verlies van hun mens-zijn op zich, van hun rechtvaardigheidsgevoel. Kan iemand zo grootmoedig zijn zonder dat het haast arrogant of lachwekkend wordt, of zelfs duidt op de verwording tot iemand die in wezen liever zijn handen in onschuld wast dan de zeer onaangename taak van de kastijder op zich te nemen? Waarom willen kinderen tijdens hun spel altijd de boef zijn en niet de politie? En heus niet alleen in een wijk als Scampia in Napels, de thuisbasis van de maffia, maar ook hier in het keurige Quartiere Trieste. Waarom heeft iedereen de schijt aan de wetshandhavers, behalve wanneer je ze nodig hebt omdat je in gevaar bent? Ja, zo werkt het nu eenmaal, niemand kan ontkennen dat alles vanaf het begin in het voordeel van de boeven speelt; zowel hoogstaande literatuur als populaire lectuur, films, het katholieke geloof, onze verbeelding, ze staan allemaal schandelijk genoeg aan de kant van de boeven, en het heeft geen zin dat er af en toe een priester opstaat die de verontwaardiging jegens maffiosi en camorristen aanzwengelt, want ook die boeven zijn per definitie afgedwaalde schapen, verloren zonen, en hun vader staat met open armen op hun terugkeer te wachten zodat hij het vetste kalf boven het vuur kan roosteren. Haat de zonde en vergeef de zondaar... Zijn die twee dingen dan zo verschillend? Kun je ze wel los zien van elkaar? Hoe onderscheid je de danser van de dans?

Het lijkt er dus op dat het kwaad een extra dimensie aan het leven toevoegt, dat het kwaad het leven inkleurt met nieuwe kansen, een soort proeve om te zien hoe de betrokken individuen ermee om zullen gaan: de verantwoordelijken, de slachtoffers en hun naasten, de hele maatschappij; het is alsof iedereen wordt onderworpen aan een toets, aan een louterend experiment. Gesteld dat de toestand van vóór de misdaad of de zonde nooit helemaal kan worden hersteld, niet qua materiële zaken, noch qua mensen en al helemaal niet qua hun gevoelens en ideeën, die onherroepelijk gewijzigd zijn door het kwaad, dan moeten er noodgedwongen nieuwe oplossingen worden gecreëerd, andere structuren. Het kwaad ligt dus aan de basis van deze mutatie, en is een stimulans voor het verzinnen van manieren waarop het kan worden rechtgezet, overwonnen, zelfs kan worden benut om te zorgen dat de zaken beter worden dan voorheen. Het kwaad is kortom de brenger van grote vernieuwingen, en niet alleen God gebruikt het om zijn heimelijke doelen te bereiken, ook de goede mensen kunnen het aanwenden om vooruit te komen. Het klinkt wellicht als een valse, cynische opmerking als ik eraan toevoeg dat de eersten die ervan profiteren hoe dan ook de slechteriken zijn.

Het is zo dat de vrede alleen hersteld kan worden door een specifieke vorm van onrecht, een vrijwaring van het gedane kwaad, anders zou de keten van represailles en sancties zich eindeloos uitstrekken; vandaar dat men op een gegeven moment maar besluit die te onderbreken door de laatste misdadiger ongestraft te laten en zijn misdaden niet te bestraffen. Zo komt er een eind aan dankzij de vergiffenis, men ziet af van vervolging en herstel van het onrecht door dat kwijt te schelden, door kortom een streep te trekken waaronder de uitstaande schulden worden kwijtgescholden en men weer bij nul begint. Behalve in het christendom komt deze moraal ook tot uiting in de tekst van een Napolitaans lied van na de oorlog, die luidt: 'Wie heeft gegeven heeft gegeven heeft gegeven, wie heeft gehad heeft gehad heeft gehad' ('*Chi ha dato ha dato ha dato, chi ha avuto ha avuto ha avuto...*'), met de oproep 'laten we het verleden vergeten' ('*scurdammoce 'o ppassato*') gericht tegen hen die als ze het wederzijds aangedane onrecht zouden moeten vereffenen inderdaad tot aan het einde van hun levensdagen bezig zouden blijven met oorlog voeren. Er is echter wel een verschil, en dat zit hem juist daarin, dat aan de ene kant het verleden volgens het christendom niet kan worden uitgewist of vergeten, maar aan de andere kant ook niet zijn schaduw mag werpen op het heden omdat het dan onverzettelijk zou blijven vragen om rechtzetting van het aangedane leed: het onontkoombare thema van de novelle *Michael Kohlhaas* van Heinrich von Kleist.

Het wezen van de vrede, en de eerste maatregel ervan, is de amnestie. Of cynischer gezegd: de amnesie.

Een samenleving van mensen vereist dat onrecht wordt goedgemaakt: als het kwaad nooit wordt bestraft en rechtgezet valt een gemeenschap uiteen. Welnu, vergiffenis is in tegenspraak met die eis, maar komt er tegelijkertijd ook aan tegemoet.

De discretionaire macht ondermijnt elke wet. En vergiffenis kan alleen maar discretionair zijn, eenzijdig, belangeloos, anders is het geen vergiffenis maar gewoon een logische gevolgtrekking, terwijl vergiffenis juist het tegenovergestelde van logisch en nuttig is, het is pure luxe. Ik heb het altijd bizar gevonden dat het departement van de minister van Financiën in Italië wordt aangeduid als het ministerie van Gratie en Justitie. Waarom zou je die twee zo tegengestelde principes naast elkaar zetten? Was alleen de tweede niet genoeg?

Nu vraag ik me af, een beetje vooruitlopend op het verhaal: kun je vergiffenis toepassen op de hoofdpersonen van het delict waar ik bladzijde na bladzijde steeds dichtbij kom (vindt u dit traject van mij wat al te traag en uitweidend? Heb ik wel een heel grote omweg genomen? U hebt gelijk, maar juist de aard van het delict vereiste dat de voorgeschiedenis ervan werd verteld; of beter gezegd, de concentrische cirkels die het omhullen, de ringen die er aan de ene kant naartoe leiden, en er zich aan de andere kant van verwijderen, zoals je soms ziet bij neonreclames. De school, de paters, de jongens, de wijk, de families, de politiek. Het zou kunnen dat zich in het middelpunt van deze schietschijf uiteindelijk niet dat delict bevindt, maar iets anders... en als u het geduld hebt mij te volgen zullen we daar samen achter komen); kunnen die daders worden vergeven, los van het feit dat ze de straf die de staat hun heeft opgelegd inmiddels min of meer hebben uitgezeten? En als het dan geen christelijke vergiffenis is, dan misschien wel toegeeflijkheid of simpelweg vergetelheid? (Het is veertig jaar geleden, en naar het schijnt is de gevaarlijkste van hen, de voortvluchtige, inmiddels dood en begraven. Een ander is vrijgelaten uit de gevangenis. De derde heeft nieuwe misdaden begaan waar hij voor moet zitten.)

Kunnen we ons voorgoed ontdoen van hun figuren? Kan ik in elk geval, kan in elk geval ik, die bij hen op school zat zoals bij honderden andere jongens, ooit ophouden hun gezichten voor me te zien, en hun lach?

Wat is de tarieflijst, en niet uitsluitend strafrechtelijk, op basis waarvan je kunt zeggen dat de prijs voor dat delict volledig is afbetaald? De wet trekt zich weinig aan van de emotionele gevolgen van het kwaad voor degene die het ondergaat, maar als zelfs de godsdienst het slachtoffer uiteindelijk verwaarloost omdat men zich liever bezighoudt met de verlossing van de misdadiger, aan wie wordt dan het lijden van het slachtoffer toevertrouwd, wie zal het slachtoffer een luisterend oor bieden wanneer de grootste golf van het schandaal en de tijdelijke verontwaardiging geluwd zijn? Het is niet waar dat de niet-gehoorde getuigenis van het kwaad mettertijd vervaagt: integendeel, die gaat nooit over, zal nooit slijten, sterker nog, die stolt en zet zich vast, en wordt autonoom door zich af te zonderen van de overige tijd en de andere gebeurtenissen die door het verstrijken van die tijd worden vermalen en meegesleurd, en zo vormt het uiteindelijk een perfect voorbeeld van datgene wat wordt aangeduid als een '*past that will not pass*', een verleden dat niet voorbij wil gaan, dat blijft hangen. Een klonter, een embolie. Wat moet er dan gedaan worden opdat dat delict voorgoed verleden tijd wordt, opdat de schuldigen en de slachtoffers verleden tijd worden? Hoeven we alleen maar te wachten tot die allemaal dood zijn, en tot ook wij tijdgenoten van die gebeurtenis allemaal dood zijn, wat over een jaar of twintig zal zijn, met enig optimisme dertig jaar? En wat is de functie van dit boek, uitwissen of bewaren?

Het instrument van de gratie kan alleen worden toegepast op de schuldigen, nooit op de slachtoffers. De eerstgenoemden worden, als ze waren veroordeeld tot de doodstraf, teruggebracht in het leven terwijl ze al virtueel dood waren; de laatstgenoemden daarentegen zijn niet meer terug te halen, zij worden niet bereikt door de menselijke voorziening en strikt genomen ook niet door een goddelijke. Daarom zou het heel interessant zijn geweest als een van de wonderen die in de evangeliën worden verteld geen betrekking zou hebben op een zieke, maar op iemand die was vermoord, zeg maar een Lazarus die was gefusilleerd of gedood bij een vechtpartij, of door struikrovers, want zo zou het leven zijn teruggegeven aan zowel degene aan wie het was ontnomen als aan degene die het hem had ontnomen. En dan zou het delict op slag geamnestieerd zijn. Een tweevoudig wonder dus, een heus ingrijpen, maar daarvan is geen spoor te vinden in de Schrift, en misschien had dat ook wel nog grotere interpretatieproblemen met zich meegebracht dan de andere mirakelen die Christus heeft verricht. Maar kennelijk geldt voor de wederopstanding een tweedeling: de misdadigers komen ervoor in aanmerking tijdens dit leven, door middel van de vergiffenis, en hun slachtoffers uitsluitend in het hiernamaals.

Men zegt dat je het kwaad moet verdragen als het lot je dat toewijst. Het is een onvermijdelijk leed, een natuurlijk gegeven, daar heb je het maar mee te doen. Maar als wij zelf degenen zijn die het kwaad berokkenen, en daar ook nog voldoening uit halen, dan lijkt het me toch terecht dat ons geen enkele toegeeflijkheid, geen enkele verschoning toekomt. Of opent zich ook in dat ziekelijke geval een kiertje waar de clementie doorheen kan glippen? En zou dan dus juist die ziekelijkheid, het genoegen in het toebrengen van het kwaad, het excuus ervoor worden, of in elk geval de verzachtende omstandigheid, het natuurlijke gegeven, onvermijdelijk omdat het nu eenmaal in iemands karakter ligt, waardoor ook dit kwaad moet worden verdragen, moet worden verwerkt, zonder daarvoor in ruil ook maar enige straf van de dader te vragen? In de Middeleeuwen werden paarden die hun ruiter hadden afgeworpen gestraft en gedood, na een proces dat geheel volgens de regels verliep. Maar we leven niet meer in de Middeleeuwen, en ook niet in de tijd van Xerxes die de golven van de Hellespont liet geselen omdat ze maar niet tot bedaren kwamen. Als iemand het leuk vindt om te martelen en verkrachten en vermoorden 'omdat dat in zijn aard zit', wat zou er dan voor zorgen dat die aard tot ontwikkeling komt?

Niettemin zegt men dat je alles kunt goedmaken als je maar spijt betuigt, te biecht gaat. Het feit dat je je 'verschrikkelijk voelt' zou al garant moeten staan voor vergeving. Het gaat meer om de gevoelens, of die nu oprecht zijn of niet, dan om de daden. Vooral in Italië hebben gevoelens altijd de overhand gehad boven daden; daden worden beschouwd als bijkomstigheden die kunnen worden uitgewist of geïnterpreteerd met zoveel subtiliteit dat de betekenis ervan totaal verandert. Van daden kun je je altijd ontdoen. De paradoxale les van het christendom scherpt de geest juist daarvoor, om het gezond verstand en de ervaring volledig om te keren, zodat hoe dan ook de zondaar die spijt betuigt altijd vooraan staat, terwijl hij vertelt over het pad dat hij tot dan toe heeft afgelegd, en te koop loopt met de ellende die hij heeft veroorzaakt, als teken van zijn diepe menselijkheid. Niemand zal hem meer een klootzak durven noemen nadat hij het boetekleed heeft aangetrokken. Maar het makke schaap dat niet verdwaalt wordt ook niet teruggevonden en gered, en een pelgrim die nooit afwijkt van het rechte pad, nou, die krijgt dan ook geen greintje aandacht, sterker nog, hij kan in de stront zakken met zijn rechte pad.

Toen ik het eerder over preken had, doelde ik niet alleen op de preken die in de kerk worden gehouden, na de lezingen. Het spreekt voor zich dat die als een vermanende toespraak klonken, waarom zou je ze anders houden? Ik doelde meer op de dingen die de paters tegen ons zeiden, of op de discussies die we met hen hadden, zoals over de tussendoortjes die we aten of over de selectie van het team dat zou spelen tijdens het voetbaltoernooi, of over de kerstvakantie of over welk ander onderwerp dan ook; welnu, vrijwel altijd kregen die na een tijdje dat typische ritme, en met het ritme kwam ook de bedoeling naar boven. Ik bedoel dat hun pedagogische roeping steeds de overhand kreeg, wat er ook gezegd werd; uiteindelijk was het altijd de leermeester of de mentor die je hoorde praten, of misschien kwam het doordat wij altijd een bijbedoeling lazen in een neutrale opmerking, zodat die ons toch als een waarschuwing in de oren klonk. Ook de kreten van frater Curzio wanneer hij wilde dat we het tempo verhoogden terwijl we op een sukkeldrafje onze opwarmingsrondjes rond de gymzaal liepen: 'Hup, ga eens wat harder! Harder! Kom op, kom op!', en zelfs als hij op zijn fluitje blies was dat een duidelijke verwijzing naar de ellende die luiwammesen als wij ten deel zou vallen. Wanneer frater Franco in de pauze knipoogde naar Barnetta en tegen hem zei: 'Lekker hè, die pizza met tomaat?', terwijl Barnetta net op het punt stond er een hap van te nemen om te voorkomen dat de tomatensaus door een deuk in de rand omlaag droop (het was namelijk zo'n dunne, vette, slappe pizza, met heel veel tomatensaus en dus verrukkelijk, vooral om halftwaalf 's ochtends, een product dat zowel vroeger als nu op alle scholen in Rome werd verkocht, allemaal, van alle niveaus en voor alle leeftijden, overal wordt het precies zo verkocht), dan stopte Barnetta meteen, hij aarzelde even en haalde dan het stuk pizza dat al half in zijn opengesperde mond stak eruit, in de overtuiging dat de pater doelde op de zonde van de gulzigheid.

Meer dan door de inhoud van zo'n preek – die we grotendeels wel konden begrijpen en waar we ons eigenlijk ook wel in konden vinden, en die soms zelfs spannend was omdat die deed denken aan tovenarij of een avonturenroman – werd het kleinste beetje religieus enthousiasme vooral de grond in geboord door de *toon*. Ja, de toon, de toon, ik heb het al eerder gezegd maar ik blijf het onvermoeibaar herhalen, dat onmiskenbare katholieke toontje: het toontje waarmee die inhoud en die verhalen ons werden geserveerd, die psalmodiërende preektoon, een beetje schel, nasaal, schor, onuitstaanbaar, een soort bezielde, profetische falsetstem alsof de spreker zijn ogen dicht heeft gedaan om beter te kunnen genieten van het visioen dat zijn woorden oproept, en intussen glimlacht hij, ja, hij glimlacht zelfgenoegzaam. De zelfgenoegzaamheid van de paters kwam denk ik door het feit dat ze voortdurend zonde en goedheid door elkaar husselden, en erop wezen dat dat laatste uiteindelijk triomfeerde. *Zou moeten* triomferen. De zonde lag overal op de loer, die wrong zich overal tussen, sloop langs de rand van de zinnen, van de beelden, de handelingen, met dezelfde slinkse kronkelingen als de slang in de Hof van Eden: maar nadat hij eerst de indruk had gewekt dat hij zou zegevieren delfde hij uiteindelijk toch het onderspit. Wanneer de kop van de slang die de wereld met zijn bedrieglijke adem vergiftigde eindelijk werd verpletterd, schoot de toch al klaaglijke toon nog eens verder omhoog en kreeg iets verontwaardigds, bijna wraakzuchtigs, om vervolgens weer tot bedaren te komen, grootmoedig te worden, uitgestrekt, landelijk, genietend van de herwonnen rust in het weideveld nadat de wolf eruit was verjaagd. Het verloop van de grafiek waarmee elk willekeurig onderwerp door de paters werd behandeld vormde altijd dezelfde curve, eerst toenemend en daarna afnemend, met de piek ergens rond driekwart van het betoog: uiteenzetting – waarschuwing tegen de risico's van de zonde – zondige ontwikkeling – verontwaardiging – verlossing – verzoening.

Wij kenden dat schema zo goed dat we het tijdens de mis in de lucht konden tekenen met een denkbeeldig stokje, als een dirigent, waarbij we het onstuimige fortissimo mimeden en vervolgens het onvermijdelijke verzoenende slot.

Ik weet niet of dat geloof was of iets anders, of het geloof was of domheid, of het geloof was of een bewuste leugen, of het een foutieve zekerheid was of een gedachte die zo drammend was dat ze echt werd, tenminste voor degene die haar zo vaak in zijn hoofd had herhaald dat hij er uiteindelijk niet meer over na hoefde te denken, een levensverzekering en een overlijdensverzekering, een contract dat was getekend en vervolgens onder op een stapel andere paperassen was gelegd, ik weet niet of dat geloof daadwerkelijk geloof was, of anders een gave, of een gunst, het echte geloof, het echte simpele goede geloof van iemand die gelooft dat God bestaat, dat hij ons vanuit het niets heeft geschapen, en op ons wacht in het hiernamaals met in zijn hand de beloning of de kastijding, al naargelang wat we hier in dit leven doen, ik, jij, wij allemaal, we worden stuk voor stuk beoordeeld, en als je dat geloof hebt dan zul je het misschien redden, en als je het niet hebt moet je het zelf maar uitzoeken en hopen op een ultieme clementie, maar daar kun je strikt genomen eigenlijk niet op hopen aangezien je niet gelooft. Wat voor soort hoop, geloof, caritas kunnen de sceptici beoefenen? En als ze die deugden al beoefenen, wat is dan het verschil met de gelovigen? Alleen maar dat God er niet bij wordt gehaald? En dat woord 'credo' an sich, 'ik geloof', wat betekent dat eigenlijk, wat toont het aan, wat doet het ertoe voor de waarheid of je wel of niet gelooft? In wezen kan ik ook best geloven in iets wat er niet is, wat niet waar is. Er zijn dan ook een heleboel mensen die met hart en ziel geloven in de bizarste dingen, in vliegende schotels, in vampiers, dat Hitler dol was op de mensheid en die wilde redden, dat Hitler niet dood is en Paul McCartney juist wel. Maakt dat vurige geloof van hen hun overtuigingen misschien waarachtiger? Of als ze juist niet geloven, weigeren te geloven, en zeggen dat de vernietigingskampen nooit bestaan hebben, zorgt dat niet-geloven van hen er dan soms voor dat de rook terug de schoorstenen in gaat en dat de lichaampjes van de verbrande kinderen weer gereconstrueerd worden, dat ze weer levend worden? Zorgt het feit dat die mensen niet in de verbrandingsovens geloven er soms voor dat het bestaan daarvan wordt uitgewist, dat het minder tastbaar wordt, dat de bakstenen in nevel opgaan? Al die nadruk op geloven of niet geloven heb ik al sinds mijn kindertijd overdreven gevonden, een nepprobleem, een overgewaardeerde factor, een totem. Het geloof, ja, het geloof, elk geloof, was niets anders dan een manier om de waarheid te verbergen of een poging om die via een binnendoorweggetje te bereiken, bijna door bedrog, bij wijze van spreken. Begrijpen, ja, tuurlijk, kennen, jazeker, experimenteren, en zoeken, maar gelóven? Is dat zo belangrijk?

Aan die twaalf jaar op de school van de paters, en aan dat constante gepreek waaraan ik ben blootgesteld – nu eens expliciet, dan weer tussen de regels door – heb ik twee verschillende attitudes overgehouden die met elkaar in tegenspraak zijn: de eerste is dat ik een grote hekel heb aan stelligheid, in elke tekst of elk betoog waarin ik die aantref; en de tweede is dat ik onwillekeurig de neiging heb om de toon en het ritme van de preek aan te nemen zodra ik het heb over een onderwerp dat me na aan het hart ligt. Bij sociale gelegenheden bijvoorbeeld ben ik vaak zo lang mogelijk stil, maar als ik per ongeluk begin te praten, en om de een of andere reden het gevoel krijg dat ik nader moet verklaren hoe ik ergens over denk, glij ik binnen de kortste keren in de houding van een preker, drammerig en obsessief, waardoor mijn gesprekspartners overweldigd worden of verveeld raken, en daarom hou ik dan ook liever mijn mond.

En trouwens, wat gebeurde er wanneer ik zat te bidden? Niks. Ik dacht aan andere dingen tijdens het bidden, en daarna schaamde ik me ervoor dat ik zo afgeleid was en probeerde ik mijn afgedwaalde gedachten weer terug te brengen naar het onderwerp van het gebed, alleen trof ik dan een leegte: waar ging het over, wat was de bedoeling? God zat in mijn mond en ik deed niets anders dan op zijn naam kauwen. Als ik om me heen keek en zag dat de anderen allemaal hetzelfde deden – ze zaten net als ik geknield, met hun handen als een kommetje voor hun gezicht of ineengevlochten onder hun kin – dacht ik dat het wel kon, dat het toch mogelijk was om te bidden, dat het wel degelijk zin had, en blijkbaar moest ik dus gewoon geduld hebben, hetzelfde doen als zij en wachten tot dat geprevel een ander gevoel bij me opriep, een emotie die ik nooit eerder had ervaren. Of misschien was het, en dat was een andere mogelijkheid die betekenis kon geven aan de ceremonie, zo dat ik weliswaar niets voelde terwijl ik ermee bezig was, maar dat het uiteindelijk doeltreffend zou blijken te zijn in het vervullen van de verzoeken die ik had gedaan: ook weer een kwestie van afwachten en verifiëren. Geduld bleef hoe dan ook het sleutelwoord van de hele zaak. Die tweede hypothese vond ik wel een stuk minder aantrekkelijk dan de eerste: ik hield niet van het idee om te moeten bedelen om dit of dat, en aangezien ik het als kind best goed getroffen had, waren er geen specifieke gunsten waar ik om wilde smeken, of zulke grote wensen dat ze niet konden worden vervuld door mijn vader en moeder, ruimhartig en liefdevol als ze waren voor mij en mijn broer en zus. Dan kon ik me dus beter rechtstreeks tot hen wenden. Daarom beperkte ik me ertoe, zoals de paters me hadden gesuggereerd, me te houden aan een soort vooraf vastgestelde formule door te bidden voor de gezondheid van mijn familieleden... voor hun sereniteit... dat ik braaf zou blijven... ja, en verder... en verder... als algemene, allesomvattende oproep, hm, ja, dan bad ik dat er vrede zou zijn tussen de mensen... of nee, volgens de rituele formule, voor 'vrede in de wereld'. Te oordelen naar de ontwikkelingen sindsdien lijkt het er niet op dat mijn verzoeken zijn verhoord. Van vrede in de wereld is geen sprake (al had ik op dat vlak eerlijk gezegd ook geen grootse resultaten verwacht), en wat betreft mijn familie, die is gedecimeerd door ziekte of andere ellende (vijf prematuur dood door kanker, een door zelfmoord, een door zich dood te rijden met de motor). Tegenwoordig ben ik nog altijd sceptisch over de doeltreffendheid van mijn en andermans gebeden voor 'vrede in de wereld', maar ik hoop van harte dat de bescherming die ik destijds vergeefs afriep over mijn toenmalige familieleden, met des te grotere doeltreffendheid is overgeheveld naar het gezin dat ik inmiddels zelf heb gesticht, en dus schort ik mijn oordeel op, en blijf ik afwachten, afwachten...

Bijna alle gelovigen maken trouwens een geloof op maat voor zichzelf, ze behouden de aspecten die hun het beste uitkomen en verwerpen de meest dwingende of vervelende onderdelen, net zoals die ene piraat die de zee op ging met de tafelen der Wet waarvan hij een bepaald aantal geboden had weggekrabd.

DEEL DRIE

Victorie is anderen laten lijden

Hoofdstuk 1

Arbus had zo'n grote voorsprong op alle andere leerlingen dat hij zich in het een-na-laatste jaar van het gymnasium terugtrok om thuis twee schooljaren in één keer te doen en dan deel te nemen aan het eindexamen. Iemand die daarvoor in aanmerking wilde komen moest gemiddeld een 9 staan, maar dat was voor Arbus geen probleem, want hij was steengoed in alle vakken, behalve Italiaans; hij was nog beter dan Zipoli en dan wie ook, en de leraren wilden hem best een handje helpen door zijn cijfer wat op te krikken als dat nodig mocht zijn. Arbus was klaar voor de grote sprong, en wij moesten afscheid van hem nemen. Jammer dat hij wegging, maar het was goed zo. Onze klas raakte het meest ontwikkelde, diabolische brein kwijt, als dat bijvoeglijk naamwoord tenminste duidt op het logische vermogen om verbanden te leggen die zonder enige terughoudendheid tot het uiterste werden doorgevoerd.

Enige tijd geleden heb ik onderzoek gedaan naar de figuur van Satan, en ontdekte ik dat het beeld dat men van hem heeft heen en weer schommelt tussen twee polen: aan de ene kant een absolute, fonkelende intelligentie, en aan de andere kant de kolossale, gitzwarte domheid. Traditioneel gezien is de duivel heel slim, of juist dom en zelfs onnozel, gezien het feit dat hij zich in een zak laat stoppen door de eerste de beste pientere boerin. Over het algemeen echter blijft zijn manier van redeneren, ook wanneer die van een duizelingwekkende subtiliteit of sluwheid lijkt, in wezen toch altijd functioneel, praktisch: hij is een verleider, een manipulator, maar hij lijkt niet in staat af te wijken van het niveau waaruit zijn eerste gedachte is ontsproten. De duivel is kortom een beoefenaar van de logica, wat zeg ik, hij ís de absolute logica, vleesgeworden in een wezen van immense kracht, en zo valt misschien die tegenstelling intelligentie-domheid te verklaren, gezien het feit dat ook domheid het resultaat is van een mentaal traject dat op zijn manier onweerlegbaar is. Een stompzinnige denkwijze klopt meestal als een bus. En het is niet zo dat de sukkel die zich in die middeleeuwse volksverhalen laat vangen niet nadenkt, nee, hij denkt juist te veel na: strikt genomen had hij gelijk, en ook nadat hij in de maling is genomen blijft hij overtuigd van zijn gelijk. Dat is precies waarom we hem achter zijn rug om uitlachen: niet vanwege zijn ongelijk, maar vanwege zijn gelijk; het eeuwige nutteloze gelijk van Shylock, de regel die bezwijkt voor de uitzondering, het (in feite blinde, stompzinnige) gelijk verslagen door een kleine afwijking die uiteindelijk voor de overwinning zorgt. Elke wet delft het onderspit tegenover het ontbreken van een wet. De logica wordt overwonnen door de vrijheid, want daarover heerst de duivel niet.

Daarom is de duivel de onvermoeibare aanklager van God met zijn tekortkomingen. Juist zijn drang om zijn redenering tot in het meest absurde of pijnlijke door te drijven (daarom is hij tenslotte een slaaf: de slaaf van zijn eigen geest) maakt hem zo gevoelig voor het enorme onrecht van de Schepping. De duivel hoeft maar om zich heen te kijken of hij krimpt ineen van ellende: overal heerst tegenstrijdigheid, en dat is een dolksteek voor een beoefenaar van de logica. Het goddelijk handelen is niet te rechtvaardigen als je het beziet met de mentaliteit van de duivel, die rechtlijnig is. De vraag van de grootinquisiteur draagt zonder meer het stempel van de duivel: waarom laat u kinderen lijden, waarom laat u onschuldigen doodgaan? Wanneer de duivel die vraag stelt, via de mond van Ivan Karamazov, heeft hij zonder meer het gelijk aan zijn kant. En hij heeft het grootste gelijk van de wereld dat hij woedend is vanwege dat ene traantje net op het moment van de dood, waardoor de ziel van een klootzak (Buonconte da Montefeltro) alsnog mag wegvliegen in de armen van een engel. Wat nou? Heeft zelfs zo'n schoft als hij niet de hel verdiend? Wat heeft het dan voor zin, wat maakt het dan uit of je goed of slecht bent geweest? Dan kan de duivel zelf ook nog wel goed worden. 'Haat moet productief zijn, anders kun je net zo goed liefhebben.' Net zoals die revolutionairen die streefden naar rechtvaardigheid, maar toen ze hun idealen eenmaal verslagen zagen vonden dat het geen zin had om zich te blijven verzetten, en met de meest gewetenloze realiteitszin besloten het onrecht dat ze voorheen hadden bestreden te accepteren, sterker nog, te omhelzen en zelf ook uit te voeren, zo heeft ook de duivel, die ooit werd verblind door zijn zucht naar rechtvaardigheid en zich vervolgens neerlegde bij de inconsequente wet van het algehele onrecht die deze wereld zoals God hem geschapen heeft regeert, zich ertoe beperkt in de verloren uurtjes een enkele rechtschapen man zoals Job te kwellen. Het kwaad is een routine geworden voor hem, een sleur, even angstaanjagend als vanzelfsprekend, en nog maar zelden glinstert in zijn blik de glans van zijn oorspronkelijke opstandigheid.

Welnu, Arbus was een soort Ivan Karamazov. Hij leek echt net een jonge Rus, zo'n bleek, ascetisch type, met een glimmende huid, dikke lippen, lang, sluik zwart haar, een bril met een dik zwart montuur, zoals we ons het prototype van de tovenaarsleerling voorstellen, of van de geleerde of, beter nog, van de sciencefictionschrijver. Ja, Arbus was de volmaakte belichaming van de nerd die helse machines uitvindt in zijn garage, of van de jonge musicus die obsessief toonladders zit te oefenen op de piano.

They hate if you're clever and they despise a fool
Till you're so fucking crazy you can't follow their rules

De term 'nerd' kenden we destijds nog niet in Italië. De zogenaamde nerd is een student die uitsluitend intellectuele interesses heeft en niet deelneemt aan de sociale kant van het studentenleven, feesten, mode, liefdes, sport. Het woord is dan ook synoniem met schuchterheid, onhandigheid, isolement, anachronisme. De nerd is ouderwets en futuristisch tegelijk. Zijn intellectuele superioriteit, die zich vrijwel altijd manifesteert in de exacte en technische vakken, waardoor de nerd af en toe samenvalt met het stereotype van de gestoorde professor waarvan hij de jeugdige voorloper is, wordt geneutraliseerd door zijn ontoereikendheid in menselijke relaties. De nerd is per definitie impopulair: hij wordt geplaagd door zijn stoerdere leeftijdgenoten, uitgelachen en bespot door de begeerlijke meisjes. Hij draagt een bril met jampotglazen en een montuur van celluloid of bakeliet, en in de versie overgeleverd door Amerikaanse films bevat het borstzakje van zijn overhemd talloze pennen en potloden. Zijn haar is ofwel kort en netjes gekamd, ofwel vettig van verwaarlozing. Zijn bescheiden voorkomen zou kunnen fungeren als masker of tijdelijke identiteit waarachter een superheld schuilt, zoals in het geval van Clark Kent of Peter Parker; maar zelfs zijn speciale krachten en de bewondering die zijn heldhaftige dubbelganger wekt kunnen de ingetogenheid en relationele onkunde van het oorspronkelijke onhandige, verlegen, stuntelige personage niet uitwissen. Dat roept een mengeling van irritatie, medelijden en vrees op jegens de nerd. Als het hem tegenzit kan het namelijk gebeuren dat de nerd, verbitterd door zijn affectieve mislukkingen en de vernederingen die hij ondergaat, besluit zich te wreken door te transformeren tot een diabolisch personage, inderdaad zoals de gestoorde professor die in staat is rampen te veroorzaken. Het is hoe dan ook vreeswekkend dat zijn intelligentie zich, net als de wetenschap en de technologieën waarvan hij zich ten dienste heeft gesteld terwijl hij afzag van elke andere voldoening, presenteert als een neutraal element dat zowel ten goede als ten kwade kan worden benut. Er is niets zo vreselijk als de revanche van een nerd, juist omdat die wordt beraamd door een superieure intelligentie. Wanneer hij van de denkfase eindelijk tot actie overgaat, blijken zijn technische vaardigheden en inventiviteit onuitputtelijk (denk maar aan de film *Straw Dogs*, 1971), en de kennelijke emotieve kilheid, die eerst een obstakel was in zijn menselijke relaties, wordt nu het ideale instrument om zijn strategische zetten doeltreffend te laten zijn.

Volgens hun psychologische profiel zijn nerds introvert en intuïtief. Ze worden eerder geprikkeld en gestimuleerd door ideeën en voorwerpen dan door mensen. Ze kunnen vele uren in hun eentje doorbrengen en helemaal opgaan in hun bezigheden, hun studie, computer, stripverhalen, tv, verzamelingen, diverse compilaties, modelbouw, plaatjes, treintjes, schaken, uitgestorven dieren, klassieke muziek maar ook punk en heavy metal, en boeken, met een opvallende voorliefde voor fantasy. Ze hebben meer met abstracte ideeën dan met directe ondervinding. Ze geven de voorkeur aan redeneringen boven emoties, en ze blijken vrijwel nooit in staat hun eigen gevoelens te tonen of om die van anderen te interpreteren. De sociale marginalisering van jonge nerds kan zo heftig en intens zijn dat sommigen van hen een denkbeeldig vriendje verzinnen dat hen gezelschap houdt. Vaak zijn ze pedant, gebruiken ze raadselachtige of overdreven formele taal, waarbij ze zo nu en dan blijk geven van een scherp gevoel voor humor, meestal gebaseerd op woordgrapjes. Terwijl ze strikt genomen modelleerlingen zouden moeten zijn, voelen ze zich meestal niet op hun gemak wanneer ze huiswerk moeten maken, of zich moeten onderwerpen aan proefwerken en overhoringen, waarvoor ze paradoxaal genoeg vaak middelmatige resultaten kunnen behalen ondanks hun superieure kwaliteiten. In plaats van trots op hen te zijn en hen te prijzen, kunnen sommige leraren juist ergernis voelen en zich wantrouwig of vijandig gedragen jegens de nerds die ze in de klas hebben, soms zelfs zo erg dat ze hen stigmatiseren als slechte leerlingen, ongemotiveerd en onproductief; of ze beschouwen hen juist als mogelijke concurrenten die meer kennis van het vak hebben dan zijzelf. Nerds zijn het mikpunt van schoolpesterijen vanwege hun onvermogen om te reageren volgens de vaste codes, en ze gehoorzamen alleen aan de sociale normen voor zover ze zich daarvan bewust zijn, of totdat ze die analyseren en beseffen hoe irrationeel die zijn. Hun onaangepastheid komt ook door het feit dat ze niet in staat zijn hiërarchieën en autoriteiten te herkennen, tegenover welke ze zich meestal onbewust uitdagend opstellen. Als hun morele of politieke neutraliteit wordt geprovoceerd, kan die dus transformeren tot openlijk verzet.

Van mijn veertiende tot mijn zestiende ging ik twee seizoenen lang samen met Arbus naar de klassieke concerten in het auditorium van het SLM, en gedurende het eerste seizoen ging ook Gedeone Barnetta met ons mee (heel toevallig waren wij de eerste drie namen in het klassenboek, want dat was alfabetisch op achternaam...), maar die besloot voor het jaar daarna zijn abonnement niet te verlengen. Ook al waren de uitvoerenden maar zelden van topniveau, het programma was interessant en afwisselend, te oordelen naar Arbus, en ik geloof niet dat ik veel van die concerten op dinsdagavond heb gemist. Voor ons leerlingen was het abonnement voordelig, en we mochten altijd een paar minuten voordat het concert begon van de goedkope plaatsen achter in de zaal naar voren gaan, als daar lege stoelen waren.

Arbus praatte weinig terwijl we wachtten tot de musici opkwamen en begonnen te spelen, maar zijn gedoceerde woorden waren voor mij meer waard dan een programmaboekje. Behalve de gebruikelijke Vivaldi en Mozart, Chopin en Bach, werden er stukken uitgevoerd van componisten die ik nog nooit had beluisterd en van wie ik ook nog nooit had gehoord; dan verschafte Arbus me een beknopte inleiding tot hun werk. Dat waren de mooiste, interessantste lessen die ik ooit heb gekregen. Arbus kon me in vijf minuten voorbereiden op hetgeen we zo meteen te horen zouden krijgen, waarbij hij niet al te diep inging op de technische aspecten, maar zich er ook niet van afmaakte met enkele indrukken of oordelen of algemene opmerkingen zoals 'Hij is heel passioneel' of 'Hij graaft diep in de ziel'. Nooit verlaagde hij zich ertoe de muziek te vertalen in goedkope emoties. En na afloop kon hij me uitleggen of het echt een goede uitvoering was geweest, iets waar ik zelf nauwelijks een oordeel over had, waar de concertist zwaktes had vertoond, lichte of ernstige. Af en toe traden er ensembles of kleine orkesten op, maar voor het merendeel waren het solisten, heel vaak op piano. Dan was Arbus' deskundigheid – die hij uitte zonder arrogant of betweterig te zijn maar op simpele, directe toon, verre van het aanstellerige dat kenners van klassieke muziek of mensen met een manie voor welke discipline dan ook vaak kenmerkt – voor mij een bron van eindeloos genoegen. Al met al zijn de lessen van Arbus over de beginselen van de muziek, die hij gaf in de paar minuten voor aanvang van de concerten in het auditorium van het SLM, samen met de lessen van onze leraar Cosmo het nuttigste onderricht geweest dat ik ooit heb ontvangen, want daardoor heb ik kennis opgedaan en begrip gekregen van dingen, feiten, vormen, personages, een breed scala aan gevoelens, een wijd bereik aan ideeen, en dat allemaal dankzij een klasgenoot die me daar mee naartoe had genomen. Het was een aparte jongen, zeker, maar zo geweldig!

Barnetta miste heel wat door niet meer mee te gaan; maar hij verveelde zich tijdens de concerten, en tegen de verveling zijn maar weinigen opgewassen.

Eigenlijk was ook ik een nerd; weliswaar zonder de bijbehorende bril en onknapheid, maar ook ik had een flinke portie nerd in me, en nu nog, misschien had ik mijn boeken anders geschreven als ik diep in mijn hart niet een beetje nerd was gebleven, dus laten we zeggen dat ik een *gelegenheidsnerd* was, een etiket dat trouwens ook van toepassing was op een heleboel andere aspecten van mijn leven. Aan geen enkele groepering of identiteit of overtuiging heb ik me ooit langdurig verbonden. Vaak waren er juist drie of vier die elkaar overlapten, tot ik zelf geen flauw benul meer had wie ik was en wat ik wilde.

Het was niet zozeer mijn lichaam, het was eerder mijn geest die nerdy was. Welke jongen van vijftien kon immers serieus geïnteresseerd zijn in... hoe heet die componist ook alweer... atonaal maar classicistisch? Honegger? Hindemith...? Die ja, wie zou ervoor hebben gekozen hele avonden samen met Arbus te luisteren naar Hindemith of te bomen over Hindemith (of Honegger), in plaats van op stap te gaan met een meisje?

De eerste keer dat ik op een middag bij Arbus thuis kwam, riep zijn moeder zijn zus erbij, die op haar kamer zat te leren, en vroeg ze haar kinderen om samen een vierhandig stuk te spelen voor mij. Ik zag ze van achteren, broer en zus, terwijl ze hun handen op en neer bewogen over het klavier, met gebogen hoofd, en ik was zo vol bewondering dat ik amper naar de muziek luisterde, het voelde als een scène uit vroeger tijden, ook al maakten de snelheid waarmee de zus van Arbus na afloop van het stuk weer naar haar kamer vluchtte en de plotseling glazige blik in de ogen van mijn vriend me wel duidelijk hoe onwillig de oefening was uitgevoerd.

Een verplichting, een van de vele verplichtingen waarmee de dag van een puber is gelardeerd. Gebukt over de piano alsof ze gestraft werden. Opvoeding is een proces onder dwang. De resultaten worden geboekt door de natuur te dwingen: alleen door haar te dwingen geeft ze je haar zin...

Ook zonder dat er ogenschijnlijk enige passie bij kwam kijken, doorliep Arbus' geest behendig alle mogelijke schema's of grafieken of partituren. Op een gegeven moment begon de school hem waarschijnlijk enorm tegen te staan, als een banaliteit die hij zo snel mogelijk achter de rug wilde hebben. Of misschien was het zijn familie die druk op hem uitoefende om de tijd te verkorten, zodat hij eerder naar de universiteit kon.

Vroeger was het een reden tot trots om een kind te hebben dat 'voorliep' op school. Mijn ouders probeerden me een jaar eerder in te schrijven op de lagere school, maar ik werd niet toegelaten. Hoe dan ook is het waar dat de schooltijd in Italië te lang duurt, tot negentien jaar; het zou veel beter zijn om er op je achttiende al vanaf te zijn, eindelijk frisse lucht! Weg van de minipizza's en de presentielijsten en de bel na afloop van de les, al het onderwijs zou moeten worden ingekort, geïntensifieerd en ingedikt, terwijl het nu juist heel lang voortsleept, het wordt uitgespreid om tijd te rekken en dan komen nog de doctoraten en specialisaties en ben je onderhand kaal terwijl je nog steeds met je boeken onder je arm rondloopt, sterker nog, het schijnt dat pedagogen het idee propageren van 'permanent onderwijs', misschien omdat ze hun theorieën dan zelfs op bejaarden zouden kunnen uittesten. Elk vak wil zijn heerschappij uitbreiden, meer gebieden en leeftijdscategorieën beslaan. Na decennia van nu eens progressieve en dan weer conservatieve schommelingen ben ik tot de overtuiging gekomen dat het ideale onderwijsmodel is wat Descartes beschreef in het autobiografische gedeelte van zijn *Verhandeling over de methode*: tot aan je twintigste keihard studeren, dan van je twintigste tot je dertigste de boeken dichtklappen en 'het grote boek van de wereld' openslaan, dat wil zeggen reizen, handelen, vechten, ervaringen opdoen, vervolgens op je dertigste je eigen volwassen werk beginnen waarbij je gebruikmaakt van alles wat je hebt geleerd, uit de boeken en daarna. Op dat moment kunnen er geen smoesjes of praatjes meer worden aangevoerd: datgene waartoe je in staat bent, dat doe je.

Wat deed Arbus op zijn laatste dag voor hij van school ging? Wat was zijn afscheid van de katholieke school?

Niemand zag hem, niemand had hem in de gaten terwijl hij ermee bezig was, en naderhand snapte ook niemand hoe hij het had gedaan en welke techniek hij had gebruikt, maar toen hij opstond om te vertrekken was zijn tafelblad in de volle lengte en breedte met inkt beklad, in dikke letters die samen de twee woorden van de meest gebezigde Italiaanse vloek vormden.

De eerste letter was een 'p' en de laatste een 'o': acht zwarte blokletters van veertig centimeter hoog.

Dat had zijn laatste schooldag moeten zijn. Hij draaide zich even om in de deuropening van de klas en zei alleen maar: 'Ciao.'

De volgende dag was hij echter weer terug, in het gezelschap van de rector, die als een schaduw achter hem aan de klas in gleed en aankondigde dat onze klasgenoot, voordat hij zich thuis zou gaan voorbereiden op het eindexamen, nog een laatste boodschap voor ons had. Daarna nam Arbus het woord.

Hij keek naar de grond, zijn haarlokken hingen langs zijn gezicht en door de weerspiegeling van zijn brillenglazen kon je zijn blik niet opvangen, zijn stem klonk zacht en ietwat beverig, maar toch had ik het idee dat zijn mondhoeken een beetje omhoog krulden in een soort glimlach. Een lichte, spottende plooi. Hij zei zonder omhaal van woorden dat het hem erg speet dat hij die vloek op zijn tafel had geschreven en dat hij daarmee niet alleen God, maar ook iedereen die in Hem gelooft had beledigd. Toen verschenen er een poetslap en een fles spiritus in zijn handen, die niemand tot dan toe had opgemerkt, en begon Arbus zwijgend de tafel schoon te maken. Hij werd gedwongen de vloek af te zweren en uit te wissen, en na zo'n twintig minuten van alcohol en wrijven was die inderdaad verdwenen en leek het of hij nooit op het tafeltje had gestaan. De zaak werd gesloten binnen vierentwintig uur nadat hij was losgebarsten. Het was een knap staaltje diplomatie.

Na mijn aanvankelijke verbijstering en een zweem van ergernis om die stap terug, die laf en vooral ook absurd klonk, begon er in mij juist een bewondering te groeien, die altijd is gebleven, voor die dubbele hypocrisie: van de partij die zich bereid had getoond iets af te zweren (Galilei), en de partij die zijn afzwering in ontvangst nam (de Kerk) in het volle besef dat die nep was. Twee stellingnames waar formeel niets op aan te merken was, die het mogelijk maakten de impasse die de vloek had veroorzaakt te doorbreken. Maar het was duidelijk dat Arbus na zijn blasfemische schrijfwerkje dat benodigde gemiddelde van een 9 om toegelaten te worden tot het eindexamen wel op zijn buik kon schrijven; waarschijnlijk was dat het argument waarop de paters hadden ingezet.

Als hij een jaar wilde overslaan en het eindexamen wilde doen, moest Arbus zijn excuses aanbieden. En er was niets ter wereld wat Arbus liever wilde dan onze school verlaten, zo vlug mogelijk. Tegenwoordig komt het heel veel voor dat er openlijk excuses worden geëist: instellingen en individuen die zich schuldig hebben gemaakt aan vreselijke misdaden of verwaarloosbare gevallen van omkoperij, krijgen meteen nadat de feiten hebben plaatsgevonden of pas decennia of eeuwen later de opdracht om hun excuses aan te bieden, in het openbaar. 'Laat ze in elk geval hun excuses aanbieden,' wordt er van hen geëist. Het is niet genoeg dat ze in de gevangenis belanden of door iedereen worden gehekeld: ze moeten *hun excuses aanbieden*. Politici, scheidsrechters en opstandige voetballers, tv-waarzegsters, pausen en voormalige soevereinen, magnaten van het failliete bankwezen, wegpiraten, stenengooiers vanaf viaducten, verre erfgenamen van inmiddels uitgestorven ideologieën, hooligans, chirurgen en chefs de clinique bieden tegenwoordig hun excuses aan. Het religieuze gebruik is het seculiere geweten binnengedrongen, samen met een diep gevoel voor het uit te voeren ritueel, indien mogelijk met verklaringen op tv of via internet; terwijl niets eigenlijk zo ver verwijderd zou moeten zijn van de seculiere mentaliteit als het idee van een verbale of emotionele rechtzetting van het gedane kwaad, met bijbehorende vergiffenis. Ja, want als de overtreders eenmaal spijt hebben betuigd en hun excuses hebben gemaakt, móét de vergiffenis komen, dat is bijna een verplichting. Aan de ouders van een meisje dat op wrede wijze en om onbenullige redenen is vermoord, haasten de journalisten zich om te vragen: 'En, hebben jullie hem al vergeven? Hebben jullie de moordenaar vergeven?'

Arbus bood zijn excuses aan.

Hij bood zijn excuses aan, wat, zoals bleek uit de glinstering die ik zeker weten in zijn ogen heb gezien zodra hij na zijn daad van berouw opkeek, helemaal niks voorstelt, sterker nog, het is doodsimpel, een pure formaliteit die je zelfs op een nog beledigender wijze kunt uitvoeren dan de belediging zelf, zoals je ziet bij kleine kinderen die door hun moeder worden gedwongen het goed te maken met een vriendje of een broertje, en hem dan een 'Sorry!' in het gezicht schreeuwen dat bijna nog meer pijn doet dan de schop die ze hem daarvoor hadden verkocht.

Arbus bood zijn excuses aan en dat werd zijn laatste schooldag.

Een paar jaar later, toen ik bij de kapper zat te wachten en wat bladerde in een of ander weekblad als *Oggi* of *Gente*, zag ik een foto waarop twee politieagenten in oproeruitrusting, met geheven gummiknuppels, een half bewusteloze student aan zijn armen voortsleepten, bij zijn oksels vastgegrepen, terwijl zijn knieën over het asfalt schuurden. Het onderschrift luidde dat de agenten 'een demonstrant hielpen'. In die magere, sluikharige jongen meende ik Arbus te herkennen, met zijn bril die aan zijn ene oor bungelde, de glazen gebarsten.

De demonstratie waarbij hij was mishandeld, op het universiteitsterrein van Rome, zou heel beroemd worden, omdat er een dubbel gevecht was geleverd, eerst tussen de vakbondsleden en de opstandige studenten, vervolgens tussen de rebellen en de politie.

De ordediensten van politieke groeperingen namen het niet al te nauw: de laatste demonstratie waaraan ik zelf heb deelgenomen, een paar maanden na die van de universiteit, die eveneens jammerlijk beroemd is geworden omdat er een meisje bij werd gedood, was juist mijn laatste vanwege de pistolen achter riemen, onder jacks en regenjassen.

Dat wil zeggen: onder de riem van de demonstranten, heus niet alleen van de politieagenten.

Vandaar dat ik zodra de eerste schoten klonken op de Ponte Garibaldi mijn hielen lichtte, en sindsdien heeft de politiek in die zin van het woord voor mij afgedaan.

Klaar, afgelopen.

En daar ben ik ook blij om, ik heb in elk geval één ding goed gedaan in mijn leven.

Ik had gehoord dat Arbus zich had aangemeld bij een groep nazimaoïsten.

Dat waren dus degenen die het ergste, of in hun optiek het beste, van extreemrechts en extreemlinks combineerden.

Ik weet niet hoe geloofwaardig dat gerucht was en ik weet weinig over het nazi-maoïsme, en eerlijk gezegd heb ik ook niet veel behoefte om er meer over te weten te komen.

In sommige opzichten is het een tamelijk voor de hand liggende stap voor mensen die tegen het kapitalisme strijden.

Het is een politiek model dat nog altijd actueel is, sterker nog, tegenwoordig misschien nog wel meer dan veertig jaar geleden.

Maar in die tijd floreerden de afkortingen van gekken en fanatici, het werden er steeds meer, en je werd je er pas van bewust als je deel uitmaakte van die groeperingen of als je de pech had dat ze het op jou gemunt hadden. Dan begon je er wel degelijk op te letten, op hun krijgslustige proclamaties. Er waren een heleboel voorvechters, activisten en milities, ploegen, patrouilles, eenheden en pelotons. Het wemelde ervan, als cellen op het glaasje onder een microscoop splitsten ze zich op en haastten zich meteen weer om elkaar rechts of links in te halen en steeds waanzinnigere of vagere programma's te formuleren. Bewegingen, fronten, kringen, brigades, strijdcomités en tegenmachten. Het was niet zo ingewikkeld om ideologische flarden te plakken op de behoefte aan actie, en dat was waar iedereen smachtend en popelend naar uitkeek: actie. Voor iemand als Arbus was het niet zo heel vreemd om nazi-maoïst te worden. Eigenlijk was niets vreemd voor iemand als hij, want hij was zelf de aparte, de buitenstaander. Wanneer je overal mijlenver vanaf staat, kan het meest absurde je vertrouwd in de oren klinken. Mensen, dingen, ideeën, Arbus pakte ze vast met zijn telescoopgrijpers en hield ze dicht onder zijn jampotglazen, en dan zag hij er dingen in die alleen hij kon zien. Hij deed experimenten om een reactie op te roepen. Het was een chemie waaraan hij zijn vingertoppen brandde. Ik denk dat hij in die opmerkelijke politieke stellingname juist het onverzoenlijke zocht: als het niet al had bestaan, had hij het nazi-maoïsme zelf speciaal kunnen bedenken, om niet alleen de afkeer van bevreesde conformisten te wekken, maar vooral die van zijn hypothetische extremistische bondgenoten. Uiteindelijk kreeg je er door iedereen van langs. Een geisoleerde positie, radicaal en ambigu, dat was het ideaal voor Arbus.

Ik heb nog maar heel af en toe iets over hem gehoord, met soms wel decennialange tussenpozen: dat hij een wolvendeskundige was geworden, en maandenlang in de bergen postte om er een te kunnen spotten; en later dat hij gespecialiseerd was in kunstmatige intelligentie en robots bouwde.

Op de betrouwbaarheid van die informatie zou ik niet durven zweren.

Ik zweer trouwens überhaupt nergens op.

Hoofdstuk 11

Ik ben één keer binnen geweest bij een vestiging van de partij Movimento Sociale Italiano, MSI. Ik werd er mee naartoe genomen door Salvatore, die bij mij in de klas zat. Ik was bij hem thuis in de Via Tolmino, misschien om samen te leren of te spelen of vanwege zo'n bezoekje dat geen specifiek doel heeft, op je dertiende ga je de deur uit om maar de deur uit te zijn, de middagen zijn leeg en eindeloos, na een belletje en een wandeling ben je bij de klasgenoot die de meeste tijd overhad, de dichtstbijzijnde, met een moeder die iets lekkers klaarmaakt of met een stereo of met een achterplaats en buren die niet klagen als je daar voetbalt; en zo wordt het vanzelf etenstijd.

'Kan ik bij jou thuis komen?' betekent dat een kind zijn eigen huis wil ontvluchten.

In die huizen ben je altijd welkom.

Nadat we alles hadden gedaan wat er te doen viel, vroeg Salvatore of ik zin had om mee te gaan naar de afdeling van de MSI, daar vlakbij. Ik stemde in. De vestiging bevond zich in een souterrain, een halve trap onder straatniveau. Ik ben vertrouwd met dat soort plekken, ik ken ze goed. Juist in souterrains speelden zich in Rome alle buitenschoolse activiteiten af, daar brachten schoolkinderen hun vrije tijd door: in een souterrain heb ik saxofoon gespeeld, in verschillende souterrains heb ik tafelvoetbal gespeeld, deelgenomen aan pingpongtoernooitjes, naar platen geluisterd, gymnastiek gedaan, schoolvoorstellingen geschreven en gerepeteerd. Betraliede raampjes, glas-betontegels en schimmelgeur. De onwetende benen en voeten van mensen die op straat lopen, terwijl daarbeneden het leven in volle gang is.

De vestiging van de MSI was duister, en niet alleen vanwege de strekking van de posters aan de muren; alsof het feit dat je er bijna op de tast naar binnen drong deel uitmaakte van een initiatieproces. De slogans riepen op tot dapperheid. Overal zag je trofeeën, symbolen en bungelende vaantjes: alles was oud en stoffig.

De enige glimmende voorwerpen, als fluorescerende wereldbollen in het schemerdonker, waren enkele witte of ivoren hoofden van de Duce.

Anderhalf keer de normale grootte.

Het hoofd van Mussolini is al zo vaak beschreven dat ik het niet over hoef te doen.

Zulke kenmerkende gezichtstrekken dat je onherroepelijk de neiging krijgt er een karikatuur van te maken.

Het lichaam van de Duce, waarover hele boeken geschreven zijn, is alleen maar een aanhangsel van die beroemde kop.

De grootste, meest spookachtige stond boven op een kast, en van daarboven keek hij iedereen aan die de kamer binnenkwam, wat ook de laatste kamer was, het achterste en donkerste vertrek van de afdeling.

Het probleem is dat dit bezoekje, dat hooguit vijf minuten duurde, bepaalde gevolgen had, of beter gezegd niet had, dankzij het prompte ingrijpen van mijn vader. Ik was zo naïef om diezelfde avond onder het eten, toen ik antwoordde op de rituele vraag 'En wat heb jij vandaag gedaan?' die aan elk kind een voor een werd gesteld, te vertellen waar mijn klasgenoot me mee naartoe had genomen.

Zijn gezicht betrok.

'Waarom ben je meegegaan?'

'Nou, gewoon, om maar iets te doen te hebben...'

Hij wilde weten wat er daarbinnen was gebeurd.

'Niks.'

'Hoezo niks?'

'Niks, er is niks gebeurd... We hebben wat rondgekeken en toen zijn we weer gegaan.'

'En was er dan niemand?'

Ja, er was inderdaad wel iemand. Onder het laatste hoofd van de Duce, voor de kast, zat een jongen achter een bureau. Hij was aardig. Hij had me gevraagd wie ik was en Salvatore had voor mij geantwoord, hij had me voorgesteld, met naam en toenaam. En die had hij opgeschreven.

'Waar?' vroeg mijn vader op een bruuske toon die ik niet van hem gewend was. 'Waar heeft hij die opgeschreven?'

In een register. De MSI'er had mijn naam genoteerd, en daarna had hij mijn adres gevraagd. Je adres lijkt me niet zo'n groot geheim, het staat gewoon in het telefoonboek. En ik woonde immers op honderd meter van de Via Tolmino. Maar door de uitdrukking op het gezicht van mijn vader toen ik zei dat ik de MSI'er mijn adres had gegeven, dat wil zeggen óns adres, begreep ik dat ik een grote vergissing had begaan, en ineens had ik het gevoel dat ik een verrader was, of een domkop, een dom kind dat zijn mond voorbij had gepraat.

'Sorry, papa, ik had niet gedacht dat... Ik ging alleen maar mee met Salvatore...'

Hoe boos hij was liet hij merken door te zwijgen. Hij zei er geen woord meer over. Je mond houden was bij mij thuis altijd de vorm waarmee een heel scala aan gemoedstoestanden werd uitgedrukt, variërend van simpele afkeuring tot razernij. Doordat er geen woorden aan te pas kwamen werden ze ondoorgrondelijk en tevens verontrustend, ook al ging het om voorbijtrekkende wolken. De bezorgdheid van mijn vader werd omgezet en vermenigvuldigd in mijn eigen bezorgdheid, en een tijdlang kon ik aan niets anders denken dan aan de stommiteit die ik had begaan. Maar ik snapte nog steeds niet wat er zo erg aan kon zijn. Ik was even naar binnen geweest, dat was alles. Ik had de posters gezien met de bijlbundel, de zwarthemden, de kale kop van Mussolini. Voor mij betekende dat niet veel meer dan de filosofenkop met krulhaar, een kopie van het werk van de beeldhouwer Gemito, die bij ons thuis in de hal prijkte, met voor de grap een sigaret tussen de lippen gestoken.

Nou, zoiets hadden ze ook kunnen doen met de mond van de Duce. Misschien een sigaar. Maar er was klaarblijkelijk iets ergs gebeurd, want de volgende ochtend begaf mijn vader zich naar die vestiging en zorgde dat mijn naam werd doorgestreept. Ik weet niet welke methode hij gebruikte, welwillend, vriendschappelijk of dreigend. Misschien is het illegaal om een jochie van dertien te registreren.

Ik hoorde het later van mijn moeder. Had mijn vader gehandeld vanwege zijn ideologische overtuiging? Om me te beschermen tegen problemen? Haatte hij de fascisten? Was hij bang voor ze? Was hij bang voor zijn goede naam?

Er zijn veel vragen waarop dit boek geen antwoord kan geven.

Vreemd dat hij het zo serieus had genomen. Hij deed altijd spottend over dat soort dingen, zoals wanneer hij vertelde over de dag dat de Duce (de echte, in levenden lijve) een bezoek had gebracht aan het Giulio Cesare-lyceum, en de gymnasiasten zoals hij aan de zijkant van de trappen stonden opgesteld om hem te verwelkomen, en de dictator, hijgend na de eerste trap, was blijven staan op het plateau waar mijn vader als puber stond en hem een tikje op zijn wang had gegeven, zogenaamd nors en vaderlijk, maar in feite wilde hij alleen maar op adem komen. 'Goed zo jongen, goed zo,' zei Mussolini. Toen mijn vader dat verhaal vertelde, hield hij zijn wang voor aan zijn schoonmoeder, mijn oma, en zei: 'Voel maar, mevrouw, voel hier maar...' en mijn oma stak haar hand uit: 'Voel maar... hij zit er nog steeds, heel warm, de afdruk van de Duce.' Met een spottende glans in zijn ogen. 'Weet u, sinds die dag heb ik nooit meer mijn gezicht gewassen.'

Mijn oma was verontwaardigd omdat ze hem serieus had genomen, ze trok haar hand terug alsof ze die had gebrand aan haar blunder.

'Elke keer als de politiek de kop opsteekt in de literatuur, is dat in de vorm van machteloze haat.' Deze uitspraak van Stendhal blijft maar door mijn hoofd malen, en intussen probeer ik voorbeelden te zoeken die het tegendeel bewijzen, die een geldige uitzondering vormen.

Salvatore was een klasgenoot met rood haar, verlegen en vriendelijk. Hij bewoog zich een beetje onhandig. Hij was heel aardig, waardoor hij best gewaardeerd werd, maar ook oninteressant was. Ik bedoel, niemand had de neiging om hem lastig te vallen, maar er was ook niemand die hem een blik waardig keurde. Hij had het geluk dat de wat stoerdere, pesterige klasgenoten al andere mikpunten hadden om zich op uit te leven (Marco d'Avenia en 'Picchiatello', die we kortweg 'Pic' noemden), anders had iemand als Salvatore het ideale slachtoffer kunnen worden.

Sommigen beweren het tegendeel, namelijk dat het een gevaarlijke concurrentie onder de jongens stimuleert, maar ik geloof dat de aanwezigheid van meisjes in een klas de agressie dempt, dwingt tot kalmte, tot zelfbeheersing, en jongens blootstelt aan een algemeen oordeel over hun gedrag. Op een gemengde school fungeren de meisjes als spiegels waarin de jongens zichzelf telkens als ze iets zeggen of doen bekijken. Net als in een sportschool, waar je naar jezelf kijkt of je de oefening goed uitvoert. Het is waar dat meisjes nog meedogenlozer en wreder kunnen zijn wanneer ze iemand afwijzen en buitensluiten. Dat doen ze met een perfecte dosis verachting en onverschilligheid, een onzichtbaar cordon sanitaire dat wordt opgetrokken rond de ongelukkige.

In een school met alleen jongens voel je de dreiging echter fysiek, als in een roedel honden. Dat zeg ik met twaalf jaar ervaring als leerling en ook nog eens twintig jaar als leraar van uitsluitend mannelijke klassen. En dan tel ik nog niet eens het jaar mee dat ik als dienstplichtige in een kazerne heb doorgebracht. Sinds enkele jaren heb ik in de gevangenis wel eens een transseksueel in de les, en eentje is al genoeg om de hele sfeer te veranderen, als die de klas binnenkomt is het alsof de ramen ineens worden opengeduwd door een windvlaag, ook omdat in die omgeving één zo iemand wel voor drie of vijf telt. Doordat hij zijn meestal explosieve charmes introduceert in die mannelijke groep, herschept hij even de natuurlijke verdeling van het leven buiten, van het normale leven, vóór deze segregatie. Mannen zijn monotoon en monotonie heeft de neiging uit te monden in frustratie, en frustratie valt ten slotte uiteen in weemoed of agressie. Met mannen onder elkaar is het alsof je in jezelf mompelt. Alleen een vrouw kan die onophoudelijke dreun van de grove praat, het verbale en mentale automatisme doorbreken. Zonder de verstorende prikkel van de vrouwelijke aanwezigheid wordt elke groepstaal een jargon; dat geldt voor de sterke verhalen van vissers, vrachtwagenchauffeurs en soldaten, waarin de afwezige vrouw alleen in stukjes en beetjes wordt aangehaald, teruggebracht tot haar openingen en uitstulpingen, maar ook voor de hoogontwikkelde jargons zoals dat van filosofen. Die langdurige ontbering kan zoals elke andere ook leiden tot verheven, spirituele resultaten. Tot een soort duizelingwekkende, angstaanjagende puurheid.

Het SLM is een jongensschool gebleven tot 1979, vijf jaar nadat ik ervan af was gegaan. Het schijnt dat de openstelling voor meisjes alleen maar te danken was aan het tekort aan aanmeldingen.

Het andere geslacht was niet totaal verboden op school, maar werd alleen buiten de lessen gehouden. De scheiding gold dus uitsluitend een idee van onderwijs, het overbrengen van kennis. Los daarvan stroomden de pleinen van de school elke dag vol met vrouwen, moeders, kleine en grote zussen, wanneer ze de scholieren kwamen ophalen of hen vergezelden naar de middagactiviteiten of op zondag naar de mis kwamen die werd gehouden in de grote modernistische kerk. Tientallen vrouwen stonden met hun onderarmen op de balustrade van de galerij geleund te kijken hoe hun zoontjes het water van het zwembad omwoelden, wachtend tot ze hen na de zwemles weer konden meenemen. Er waren talloze gelegenheden tot vermenging. Ik kan me best iets voorstellen bij de berg Athos, maar als je die meisjes toch eenmaal binnen de hekken toelaat, waarom zou je ze dan niet inschrijven op de school? Alleen maar om je het probleem van de gescheiden toiletten te besparen? Welke schade hadden ze kunnen berokkenen? Ik heb me altijd afgevraagd wat de moeders dachten wanneer ze hun zoontjes kwamen ophalen bij een school waar zij zelf als meisje niet welkom zouden zijn geweest. Hoe is het mogelijk dat ze die discriminatie goedkeurden, of die nuttig achtten; als een parafrase van de beroemde uitspraak van Groucho Marx: 'Ik wil graag bij een club horen waar ze mensen zoals ik niet toelaten.' Waarom zouden die paters, die waren gewijd aan de cultus van een vrouw, volgens wie juist een vrouw de kop van de slang had vermorzeld en ons allemaal had gered, en die ons aanmoedigden tot haar te bidden met de woorden 'Ons leven, onze zoetheid, onze hoop, wees gegroet!', die paters wier orde naar haar vernoemd was – waarom zouden juist zij vervolgens vrouwen uitsluiten?

Het was niet zozeer een religieus verbod, maar een sociale erfenis. Misschien werden meisjes inderdaad beschouwd als een te grote afleiding, een element van permanente seksuele onrust of verstoring (maar bij kinderen van acht jaar?). Misschien vonden de gezinnen het fijn dat hun zoons en dochters in elk geval tijdens schooltijd gescheiden waren, veilig voor elkaar. Misschien zou het gedurende die twaalf jaar beter zijn als jongens en meisjes hun eigen ding deden, zwoegend boven hun boeken, gescheiden door een scherm dat hoe dan ook gemakkelijk te omzeilen was, omdat ze de rest van hun leven toch al samen zouden doorbrengen en elkaar zouden kapotmaken, in liefde of in haat. Volgens sommigen kan de oorlog der seksen maar beter zo laat mogelijk beginnen, en inderdaad wordt er tegenwoordig opnieuw opgeroepen tot gescheiden onderwijs vanaf de basisschool, om meisjes te beschermen tegen de hinder van agressieve jongetjes, aangezien men geen manier meer weet, maar ook niet meer de bedoeling heeft, om die jongetjes te beteugelen of hun agressie de kop in te drukken. Ze doen maar. Voor mij is het alleen maar schadelijk geweest, en ik heb er dertig jaar over gedaan om de echte en denkbeeldige wonden te likken die deze segregatie heeft veroorzaakt. De boom van de liefde is scheefgegroeid, de code voor het contact met de andere sekse bevat te veel gecensureerde of onevenwichtige hoofdstukken, waardoor ik eerst genoodzaakt was om constant te gissen, en vervolgens om overhaaste conclusies te trekken. Mannen die hun schooltijd net als wij op het SLM zonder meisjes hebben doorgebracht, zijn behept met iets excessiefs, iets maniakaals, zowel in hun schuchterheid als in hun bruutheid, iets koortsachtigs en steels, maar dan zonder het schattige dat steelsheid op onschuldige leeftijd nog zou hebben, iets als een voortdurend geclaimde schadeloosstelling die echter nooit wordt verkregen, hoeveel vrouwen iemand uiteindelijk ook zal hebben of zelfs zal verzamelen in zijn leven. Op de lagere school is het eigenlijk wel gemakkelijk, bijna natuurlijk, dan ga je als identieke pionnen over het schaakbord vooruit, en is het misschien juist een voordeel dat je geen last hebt van die dreinende, onuitstaanbare meisjes; maar als je op je elfde naar de middenschool gaat begint het al vreemd te klinken, dan is het inmiddels overduidelijk dat daarbinnen de helft van de wereld ontbreekt; alleen wordt dan in elk geval nog de onzekerheid van jongenslichamen in ontwikkeling behoed voor beschamende vergelijkingen en leeft iedereen zich vrijwel volledig uit in sporten en vechten; maar als je dan op je veertiende aan het lyceum begint wordt het een verbitterd, cynisch besef, je denkt dat een spottende god je zonder enige reden daarbinnen heeft opgesloten, je bent een sukkelige Sabijn die van al zijn maagden is beroofd, en als je ze terug wilt moet je ze met een lange hengel opvissen uit de buitenwereld, uit de open zee waar voortdurend bedreven, vijandige schepen kruisen. Jouw contact met het andere geslacht is ondertussen enkel een wanhopige parodie. Je bent genoodzaakt om ondernemender en roofzuchtiger te zijn dan de anderen, en daardoor word je juist verlegener. Elke zet die je doet is een gok, een toepassing van regels. Geen enkele vertrouwdheid, gewoonte, natuurlijkheid, nooit, met het andere geslacht: het is alsof je Arabisch wilt leren met een cassettebandje. Het kan lukken, uiteraard, maar je moet er zo hard voor knokken dat het resultaat uiteindelijk alleen maar kan tegenvallen. En het is ontzettend deprimerend als er nooit iets vanzelf gaat.

Er bestaat een uiterste consequentie van die roofzuchtige houding ten opzichte van vrouwen – veroorzaakt doordat een man geen vertrouwdheid met ze heeft, en dat is verkrachting.

De andere mogelijke variant van het leven met uitsluitend jongens onder elkaar is homoseksueel gedrag.

Omdat ik lesgeef in de gevangenis, wordt mij vaak de vraag gesteld of gedetineerden homoseksuele gedragingen hebben of homoseksueel worden enkel vanwege het feit dat ze altijd tussen mannen zitten, terwijl ze vrouwen alleen maar tijdens de bezoekuren zien en vergeefs naar hen verlangen. Als een niet-geïnvesteerd geldbedrag moet het verlangen dan dus worden gestort op de enige beschikbare sekse. En dan hebben we het nog niet over het geval, dat je zo vaak ziet in films over de gevangenis, waarbij homoseksueel contact met geweld wordt afgedwongen, meestal bij een nieuwkomer, die ineens in een cel wordt gesmeten tussen allemaal geile, onverzadigbare mannen; of aan iemand die te zwak is om zich te verdedigen.

PAS DE CHANCE stond er getatoeëerd op de lichamen van de gevangenen getekend door kunstenaar Cocteau, met een pijl die naar de anus wees.

Als ik die vraag aan de gedetineerden stel geven ze ontwijkende antwoorden. Het enige wat ze toegeven, het enige wat ze met besmuikte spot vertellen zijn van die verhalen over een of andere 'fatsoenlijke kerel', die wellicht thuis vrouw en kinderen heeft, maar in de gevangenis een oogje heeft gekregen, of zelfs helemaal verliefd is geworden op een trans van afdeling G8 die naar hem lonkte. Ach ja, je weet hoe die dingen gaan... zo is de liefde... Maar welbeschouwd is ook dat eigenlijk een wanhopige zoektocht naar de verloren vrouw, teruggevonden tussen de harde, platte tieten van een Braziliaan van één meter tachtig. Echt homoseksuele relaties komen maar weinig voor, in de meeste gevallen hebben die contacten een behoorlijk zoetsappig boy-meets-girlgehalte. En dan is er nog een opvallend detail: het zijn vaak juist de bewakers die echt voor een trans vallen.

Daar kan ik een anekdote over vertellen.

Er was een trans die in de eerste zat.

De cellen die als klaslokaal fungeren liggen paarsgewijs tegenover elkaar aan het einde van een zijgang van zeven, acht meter; dit zijn zijgangen van de centrale gang naar afdeling G11.

De school neemt vier van dat soort zijgangen in beslag, met een totaal van acht cellen, vijf uitgerust als leslokalen, twee als computerlokalen en een voor de leraren, met onze lockers, het kopieerapparaat, het schrijfmateriaal, enzovoort.

Tussen twee lessen gaan de leerlingen de klas uit om wat heen en weer te wandelen of om te gaan roken tot de volgende leraar er is, maar die moet vaak vanuit een andere afdeling van de gevangenis komen; hij komt bijvoorbeeld naar beneden vanuit de extra beveiligde afdeling twee verdiepingen hoger, waarbij een heleboel hekken gepasseerd moeten worden.

Sommige hekken gaan via een afstandsbediening open, andere met de hand, dan moet je wachten tot de bewaker komt met de sleutel; die handmatige opening kan zorgvuldig worden uitgevoerd, of onverschillig, verontwaardigd, expres langzaam, vriendelijk of bot.

De normale wisseling van leraren wordt soms dus uitgerekt tot een heuse pauze.

De gedetineerde leerlingen benutten echter niet alleen de wisseling om in de zijgang rond te hangen; vaak vragen ze tijdens de les toestemming om even te gaan roken, of als ze terugkomen van een medisch onderzoek of een onderhoud met hun advocaat gaan ze vaak niet meteen weer de klas in om de formules waarmee de leraar het bord volkalkt het hoofd te bieden, maar blijven ze daar nog een paar minuutjes genieten van die paradoxale vrijheid die erin bestaat dat ze noch in hun cel, noch in de klas opgesloten zitten, maar zich in een soort niemandsland bevinden, en dat is dus die zijgang, zeven of acht stappen, meer niet.

Er is een relatieve tolerantiemarge ten opzichte van die gewoonte: de leraren knijpen een oogje dicht, en de bewakers die op de school letten nemen er genoegen mee dat de gedetineerden niet in de centrale gang komen, maar in de zijgangen blijven.

Om te veel heen-en-weergeloop te vermijden roepen de bewakers af en toe met verveelde stem vanaf hun post: 'Allemaal naar binnen...!' of: 'Jullie wéééten het toch wel? ... Je mááááá g niet op de gáááá ng stááá án...', waarna ze langs de zijgangen lopen om de hekken met vensters van draadglas op een kier te zetten, zodat de stiekeme rokers niet zullen worden opgemerkt door eventuele superieuren die door de centrale gang lopen en ze de berispingen, uitbranders en rapporteringen voorkomen die dat zou kunnen opleveren – zowel voor de bewaakten als de bewakers.

In de eerste klas had je dus een trans, een shemale, die zich vaker buiten de klas ophield dan erbinnen.

Hij/zij had moeite om de lessen te volgen, en moest gewoon dat lichaam bewegen dat sinds de laatste keer dat het had moeten stilzitten in de schoolbanken beslist een stuk weelderiger was geworden. Wat *al te* weelderig zelfs.

De trans gedroeg zich tamelijk discreet, beslist niet zo uitdagend als de twee explosieve borsten die hij/zij aan de voorkant had.

Hij/zij stond tegen de muur geleund, achter in de zijgang, vaak met het ene lange been gestrekt naar voren en het andere gebogen met de hak tegen de muur, rokend en kletsend, met een bevende, nasale stem, samen met een groepje leerlingen uit de tweede die ook de klas uit waren gegaan uit verveling of tabaksverslaving.

Het was ons allemaal opgevallen, wanneer we door de centrale gang van de ene naar de andere zijarm liepen tijdens de wisseling van de lessen, of om naar het computerlokaal te gaan: vrijwel elke keer als die trans buiten de klas stond zagen we aan de overkant, leunend tegen de verwarming in de centrale gang, steeds dezelfde bewaker, een mooie, relaxte jongen.

Vanaf die veilige afstand praatten ze zachtjes met elkaar, maar net hard genoeg om elkaars grapjes te kunnen waarderen: af en toe glimlachte de bewaker terwijl de trans voldaan lachte, met die gebroken toonhoogte en schelle uitschieters van iemand die last heeft van hormonale disbalansen en permanent ontstoken slijmvliezen door de cocaïne.

Wanneer wij tussen hen door liepen konden we nooit een woord verstaan van wat ze zeiden, maar zij begrepen elkaar heel goed.

Het was een soort geheimtaal.

Maar de aantrekkingskracht tussen die twee was voelbaar, je had bijna de neiging je te verontschuldigen omdat je er dwars doorheen liep.

Dat is ook niet zo verwonderlijk.

Een bewaker is ook maar een gewone jongen en een shemale is vrouwelijker dan een vrouw.

Sommige shemales, misschien niet alle, beschikken echt over een communicatieve lading die niet alleen erotisch is, en bovenal wekken ze de indruk dat ze de sombere werkelijkheid van de gevangenis weten te ontvluchten.

Terwijl ze door de gangen schrijden met hun onhandige of koninklijke passen, afhankelijk van de lengte van hun dijbenen, maken ze grapjes, ze maken altijd grapjes, elkaar plagend, zogenaamd verontwaardigd of beledigd, je snapt nooit of ze het menen of niet, ze pronken, flirten voor het merendeel met zichzelf, voeren gesprekken met razendsnelle woordenwisselingen op falsettoon, als in een komische opera, waarbij ze de gevangenis veranderen in een theater waar zelfs het vulgaire poëtisch wordt, en de arbeiders die op hun bezemsteel geleund staan het publiek vormen.

Zo'n scène kun je irritant of verleidelijk vinden, of je kunt er cynisch over zijn (ikzelf bijvoorbeeld ervaar alle drie die gevoelens tegelijk); maar wanneer het sprookje geen werkelijkheid wordt en het gekleurde stof van de vleugels van de vlinder af dwarrelt door al het gefladder, dan neigt die naar zwarte tragedie.

Dan sterft de hysterische vlinder.

Na een paar weken viel het ons op dat de bewaker de afstand had verkort, nu stond hij op de drempel van het glazen hek dat toegang geeft tot de zijgang, het hek dus dat hij eigenlijk moest dichtdoen om te voorkomen dat de rokers eruit konden.

Met zijn voeten in de centrale gang en zijn bovenlijf naar binnen leunend in de zijgang, stond hij daar wat te schommelen tegen de sponning van het hek, en de shemale stond nog steeds daar achteraan te giechelen en met zijn kapsel te schudden.

Naarmate hun vriendschap explicieter werd, je zou haast zeggen dat ze ermee te koop liepen, werd hun conversatie steeds intiemer, het was een onafgebroken uitwisseling van plaagstootjes en blijken van genegenheid, gekleurd door de luchtige ironie waartoe alleen mensen in staat zijn die elkaar werkelijk begrijpen en zich uiten met een dubbelzinnig taaltje, dat voor henzelf echter volkomen duidelijk is.

Hun zogezegd 'zakelijke' relatie, die van bewaker/gedetineerde, was opgelost tot een menselijke, persoonlijke uitwisseling.

Een wonderlijke ongedwongenheid die bij sommigen van ons bezorgdheid wekte, bij anderen ergernis; en weer anderen, onder wie ikzelf, stonden er versteld van hoe de levensenergie hardnekkig haar weg weet te vinden, als grassprietjes die ontspruiten aan de voegen tussen stoeptegels.

Ja, ja, ik weet best dat een bewaker niet zulke nauwe banden met een gedetineerde hoort te onderhouden. Vooral niet als het een gedetineerde is met grote siliconentieten. Daar kunnen onfrisse zaken, seksuele wederdiensten en nog veel meer narigheid bij komen kijken, en het is dan ook meestal op de afdeling waar de shemales zitten waar dat soort praktijken welig tieren, in het holst van de nacht.

Laten we dat vooral even vooropstellen.

Maar daar, op school, gewoon overdag, voor ieders ogen, bezag je de relatie in een heel ander licht.

Als zoiets was gebeurd op een willekeurige middelbare school in plaats van in de gevangenis, dan kon je het je voorstellen als de platonische liefde tussen een conciërge en een leerling.

Iets wat wel tegen de regels van het gezond verstand in gaat, maar niet tegen de keer in van het dieper liggende verlangen.

Op een school in de buitenwereld zou het hele verhaal zijn afgedaan met wat geginnegap achter de rug van het verliefde stel, en hooguit een berisping van de rector.

Maar hier zijn we in de gevangenis, onder volwassenen, en er is geen rector, en de bewakers zijn bewakers.

Tot aan het eind van het schooljaar bleef het zo doorgaan. De schoonheid gooide haar vlechten van het balkon omlaag en de bewaker hervatte zijn serenade, op de drempel van de zijgang en soms ook erover, alsof hij door al zijn geschommel zoveel vaart had gekregen dat hij naar binnen werd geschoten.

Dichter bij zijn gesprekspartner, dichter bij dat lachende gezicht.

Tot op een goede dag, na afloop van de lessen, wanneer de lokalen weer leeg zijn en de leerlingen terug naar hun afdeling, een lerares die in het computerlokaal nog wat heeft opgeruimd door de centrale gang loopt op weg naar de uitgang. Ze moet nog zes hekken door voordat ze buiten is, maar in haar hoofd is ze daar al, ze is al met andere dingen bezig, met wat ze als lunch zal maken en met haar zoontje dat ook zo uit school komt, en terwijl ze door de gang loopt werpt ze een blik in de zijgangen, want in de gevangenis wordt het een automatisme om altijd om de hoek te kijken, elke kruising te controleren.

Het hek staat open, er is niemand, achteraan staan de deuren wijd open, de klassen zijn verlaten.

Ze loopt langs de eerste zijgang, dan de tweede, dan bij de derde heeft ze een aarzeling, ze zet een stapje terug...

Vreemd, door de kier van het hek heeft ze een glimp opgevangen van iemand achter in de zijgang; ze vraagt zich af of het de schoonmakers zijn, maar die werken toch niet in de lunchpauze? Ze buigt zich bijna achterover om door de opening van het hek te kijken.

Nu pas kan ze het goed zien.

Achter in de zijgang staat de bewaker met zijn rug tegen de muur, hij houdt zijn ogen dicht en zijn handen liggen op de schouders van iemand die voor hem geknield zit, met lang haar dat wappert terwijl het hoofd op en neer beweegt, van links naar rechts, het schiet naar achteren en dan weer naar het bekken van de man.

Al sprak de scène voor zich, de lerares kon op dat moment wat ze zag niet een-twee-drie verbinden met wat het betekende, iets waar ze zich later voor schaamde.

Anders had ze meteen haar blik afgewend en was ze gauw doorgelopen.

Maar nu bleef ze met open mond staan kijken, misschien een paar tellen, maar hoe dan ook te lang, totdat de bewaker zijn ogen opendeed en de lerares zag, in die kier tussen de vensters van draadglas; hun blikken kruisten elkaar.

Hij zei geen woord, hij was rood aangelopen van genot.

Er is een verhaal van Tsjechov waarin een boer zich ongans vreet aan kaviaar en maar niet kan stoppen met eten, tot hij erin blijft, maar die kaviaar was te lekker, hij kon gewoon niet stoppen.

Het hoofd bleef op en neer gaan, ja ja ja, met van die zijwaartse rukjes die juist deden denken aan een ontkenning, een weigering.

De lerares glipte weg en probeerde haar hoge hakken geen geluid te laten maken op de vloer.

Een mooie scène, bijna canoniek, op zijn manier.

Ontroerend.

Het was de enige wijze waarop die twee lijfelijk contact konden maken, zo kort en intens mogelijk, als een beweging uit de vechtkunst, waarbij alle kracht van het lichaam wordt geconcentreerd in één handeling, gericht op slechts één plek.

Zij concentreerden al hun begeerte.

Liefde kan ook tot uitdrukking worden gebracht via een beperkt scala aan handelingen; na een heleboel woorden restte die twee niets anders dan zich te laten gaan in één handeling, en dan maakt het niet uit of dat nou net de handeling is die de gedetineerde in zijn leven buiten de gevangenis tegen betaling verricht.

Het toppunt van belangeloosheid daarbinnen kon alleen maar tot uiting komen via die normaliter betaalde dienst.

Een blowjob.

Ik durf te wedden dat dat in de buitenwereld een zoen zou zijn geweest.

Hoofdstuk III

Ik heb heel vaak gedacht dat God bestaat, dat hij hoort te bestaan, en als er geen God is, dan is dat zo omdat er een heleboel goden zijn die huizen in alles wat er op aarde is en die in ons zijn, en via onze stem praten. Maar tussen die elementaire gedachte en een echt geloof bevindt zich een enorme kloof, en ik heb niet de vereiste moed maar ook niet de drang om die te overbruggen. Ik raak ontroerd als ik *My sweet Lord* hoor, maar ik ervaar geen enkele van de gevoelens die in dat nummer worden beschreven.

Met andere woorden: ook al bestaat God wel, ik hou niet van hem.

Ook al houdt hij van mij, ik brand niet van verlangen om hem te ontmoeten (*I really want to see you...*), ik denk dat hij me zou verschroeien als een verdord blaadje.

Maar in de zinnen die ik hier ga schrijven moet ik noodgedwongen een onderwerp zetten, God, net zoals bij de oefeningen ontleden die ik voor mijn leerlingen verzin, het zijn onderling uitwisselbare grammaticale schema's zoals 'De boer maait het graan' of 'De hond van Gianni heeft een agent gebeten', terwijl ik ze op het bord schrijf sta ik er nooit bij stil wie die boer of die gebeten agent eigenlijk zijn, in plaats van een agent zou het wat mij betreft ook een dief kunnen zijn, hij blijft lijdend voorwerp, ik hou ervan dat de taal op zichzelf weet te staan, maar mijn leerlingen beginnen meteen te vragen wie die Gianni is, en ze lachen tevreden dat die klootzak van een politieagent is gebeten door die hond, goed zo Gianni, je hebt hem goed afgericht, kortom, zij kunnen in woorden geloven en daarom zijn ze er ook klaar voor om in God te geloven, want voor hen kan die niet alleen maar een concept zijn. Zodra iets wordt benoemd, bestaat het ook.

Mijn leerlingen zijn van nature ontologisch.

Ik niet.

Ik ben er niet klaar voor.

Ik beantwoord ook niet aan het evangelische cliché van de 'man van weinig geloof'.

Ik blijf buiten de tempel, ook nadat ik er naar binnen ben gegaan.

Maar aangezien ik altijd van woorden heb gehouden, al was het maar vanwege hun klank, las ik tijdens de mis voor uit de Schrift.

Ik heb altijd geweigerd om misdienaar te zijn.

Maar je moest punten verzamelen voor de prijsuitreiking aan het eind van het jaar, en behalve als misdienaar kon je ook punten vergaren door voor te lezen.

Ach, waarom niet? Het idee beviel me wel.

Voorlezen was waardiger, daarvoor hoefde je je niet zo uit te dossen als de misdienaars, en je hoefde ook niemands bevelen op te volgen: als jouw moment daar was ging je naar de lessenaar en dan las je voor.

Als je klaar was, ging je weer zitten.

De eerste keren was ik er alleen maar mee bezig dat ik ieder woord duidelijk moest uitspreken.

Daarna volgde er een periode van, laten we zeggen, acteren: toen ik meer zelfvertrouwen kreeg, begon ik me in te leven in de tekst en die dramatischer te brengen, met stiltes en met veranderingen van toon en register op de momenten dat de personages in de Bijbel in de directe rede spreken.

'Wat wilt ge dat ik voor u doe?'

'Heer, open onze ogen!'

Ik liet mijn kinderstem dreunen...

'O, ongelovig en verworden geslacht, hoe lang nog moet ik u verdragen?'

En ik kleurde hem met verontwaardiging, compassie, profetie.

'Geeft uw hand of voet u aanstoot... hak ze af en werp ze van uw weg! Geeft uw oog u aanstoot, ruk het uit... en werp het van u weg!'

Op een dag realiseerde ik me hoe belachelijk ik klonk.

Sindsdien heb ik argwaan jegens acteurs, die kunnen wel goed toneelspelen maar bijna nooit goed voorlezen, omdat ze geen genoegen nemen met alleen maar lezen.

Zodra ik niet langer koste wat kost bezield en ontroerd wilde zijn, merkte ik dat de bezieling en de ontroering er wel degelijk waren, maar dan in de tekst zelf, in de woorden die ik voor me had, die waren zelf bezield en het was nergens voor nodig om daar nadruk of drama aan toe te voegen, het was niet noodzakelijk om ze te duwen of te werpen als stenen, je moest ze alleen maar een voor een laten glijden, ze teruggeven, ja, *teruggeven*, je moest ze teruggeven zoals je doet met iets wat je alleen maar in bruikleen hebt.

En dan komt het moment om het te retourneren.

Elke keer dat dat boek werd geopend en voorgelezen, keerden de woorden terug naar de plek waar ze vandaan kwamen.

Als je ze zou vertolken, zou dat betekenen dat je ze afremt, dat je vergeefs probeert ze nog langer vast te houden.

De stem moet ze juist laten verdwijnen, weg ermee, licht of zwaar of verschrikkelijk of troostend, die woorden moeten wegebben alsof ze van de pagina oplossen terwijl je ze voorleest.

Toen ik dat eenmaal begreep, begon ik er pas echt plezier in te krijgen.

En dat plezier ben ik nooit meer kwijtgeraakt.

De rest van de mis volgde ik maar bij vlagen, ik was verzonken in andere gedachten en keek om me heen of omhoog, naar het plafond van de kerk; toen ik klein was werd de mis in het Latijn opgedragen, maar toen ze later overstapten naar het Italiaans werd het nog onbegrijpelijker; voor die tijd had het tenminste nog iets raadselachtigs, zoals sommige Engelse liedjes die je op een gegeven moment uit je hoofd kent zonder dat je de tekst begrijpt.

Op een gegeven moment werden er gitaren en bongo's geïntroduceerd, ter begeleiding van de gezangen die ritmisch en luidruchtig werden, die nieuwe soort mis werd 'beatmis' genoemd en toen vond ik het nog lastiger om hem serieus te nemen.

Het leek zoveel op de muziek die je op de radio hoorde, alleen dan veel slechter.

Wat dat betreft moet ik wel toegeven dat de paters van het SLM echte vernieuwers waren.

Ze wilden met hun tijd meegaan, openstaan voor de buitenwereld.

Op zondag werd de mis opgedragen door een intelligente, beschaafde pastoor genaamd don Salari, hij hield preken waarbij hij iedereen uitnodigde tot een dialoog, en de paters van het SLM wreven vergenoegd in hun handen omdat hij een heleboel mensen trok, ook van buiten het Quartiere Trieste, en iedereen was verbluft en vol bewondering dat de school zo progressief was.

Mijn kerkbezoek hield definitief op toen het gebruik werd geïntroduceerd om na het Onzevader degenen naast je een hand te geven. Het werd een soort verplichting. De pastoor beval: 'Geef elkaar een teken van vrede' en dan moest je je naar rechts en naar links draaien, en naar de bank achter je, en zwaaien en glimlachen naar degenen om je heen door hun de hand te reiken of hen zelfs te omhelzen. Het was gênant om te doen, en het was beledigend om het niet te doen, als je geen hand gaf leek het alsof je iets tegen diegene had, of alsof jij een sombere ziel was, in zichzelf gekeerd. Op de mis van de school wisselden wij leerlingen van het SLM het vredesteken uit met onze klasgenoten of degene naast je, en de eerste keren schudden we elkaar stevig door elkaar, met een diepe buiging als oosterse ambassadeurs, dat alles vergezeld van spottende lachjes en blikken. Of het kon zijn dat de uitgestoken hand ineens omhoog zwiepte alsof hij je wilde slaan. De meligheid overheerste. Ik zal niet ontkennen dat dat moment, als het gespeend bleef van spot, je echt kon raken, in letterlijke zin, ik bedoel, die aanraking kon een vreemd effect hebben, als een elektrische schok. Het is niet per se negatief als je gedwongen wordt tot iets wat je gênant zou vinden om uit jezelf te doen. Hoe dan ook, de oproep tot vrede werd onder ons klasgenoten weliswaar grappend of dreigend ontvangen, waardoor het bijna overkwam als het tegenovergestelde, als een belofte dat er gevochten zou worden, maar als je tussen onbekenden zat was het een bron van ongemak en bezorgde het je een hevig gevoel van hypocrisie. Doen alsof je om iemand geeft of je verzoenen met iemand met wie je in werkelijkheid nog nooit geruzied hebt, ontlokt je onwillekeurig gemene gedachten zoals 'Eerlijk gezegd kun je me aan m'n reet roesten', die nooit bij je zouden zijn opgekomen zonder die paradoxale oproep 'Geef elkaar een teken van vrede'. Hoe dan ook, voor mij was het teken van vrede het einde van mijn godsdienstoefening.

Nu ik vandaag weer eens naar de mis ga bij het SLM, na vele jaren afwezigheid, op deze lauwe, wat al te lauwe februariochtend, valt het me op dat de bomen hier allemaal dwergbomen zijn. Je moet je bijna bukken om geen tak in je oog te krijgen. En er is geen mens op straat. Geen sterveling, en het is heus niet voor dag en dauw, het is elf uur. In de Via Tolmino, opnieuw geasfalteerd, klinkt alleen het geluid van mijn schoenen, het zijn mijn goede, Engelse schoenen, van die winkel in de Corso Trieste waar mijn vader ook altijd naartoe ging. Zondagse schoenen, uitgaande van een idee van de zondag dat allang niet meer bestaat. Ze zijn gemaakt in Northamptonshire, waar de schoenenfabriek van Church's en Grey's staat, om hier het donkere, geurende asfalt te komen betreden, onder de dwergbomen van de Via Tolmino, stakerig en zwart hoewel het al voorjaar lijkt.

Tot mijn grote verbazing is het nog steeds don Salari die de mis opdraagt. Oud, stokoud, maar helder. Bijna een ziener. En wat ik in het volgende hoofdstuk heb geprobeerd op papier te zetten, was zijn preek. Of in elk geval het gedeelte ervan dat mij trof.

Hoofdstuk IV

'Waarom ging Jezus vasten in de woestijn? Veertig dagen... diep in gedachten verzonken. Heeft God het nodig om na te denken over wat hem te doen staat? Is alles niet altijd al helder en duidelijk in de goddelijke geest, staat alles niet al geschreven? Het is precies dat moment waarop Jezus het traject in moet waardoor hij de Christus zal worden. Het feit dat hij de behoefte voelt om zich terug te trekken en te mediteren laat zien dat die handeling niet de enige mogelijke is, en niet onvermijdelijk zou zijn, en dat de keuze hoe dan ook twijfel met zich meebrengt, heel veel twijfels, en opofferingen vanwege het feit dat alle andere mogelijkheden worden uitgesloten.

Net zoals de Joden veertig jaar door de woestijn moeten dwalen voordat ze Israël bereiken, en tijdens hun verblijf daar voor de verleiding bezwijken en meerdere keren op het punt staan om rechtsomkeert te maken, is het goed dat Jezus diezelfde obstakels die zich opwerpen tussen hem en de verwezenlijking van zijn lot het hoofd biedt en ze overwint. Maar let op: terwijl de Joden aan het eind van die lange tocht het Beloofde Land wachtte, wacht Jezus de dood. En terwijl het de menselijke zwakte van een volk is die wordt verleid door de duivel, is het in het geval van Jezus zijn oneindige goddelijke kracht die op de proef wordt gesteld. Hij moet dus niet vasten en lijden om zichzelf te redden, maar om zich te verlagen.

Laat dat duidelijk zijn: het is niet, of niet alleen, de menselijke kant van Christus die in verleiding komt, maar juist de goddelijke. Het is God, niet de mens, die onzeker is. Als God ermee wil instemmen om zich kleiner te maken, als hij het plan dat hij zelf heeft bedacht volledig wil doorvoeren, moet hij alle tijd nemen om te laten doordringen hoe gewaagd het is. Er is moed voor nodig, zeg maar, een eigenschap die absoluut niet instinctief komt, zoals men gewoonlijk denkt, maar die bespiegeling vergt en langzaam moet rijpen; het is een product van het geduld en de twijfel. Moed betekent niet dat iemand over al zijn krachten beschikt, maar er juist een gebrek aan heeft, wat dan wordt opgevangen door de moed. God beschikt er niet over; moed maakt geen deel uit van zijn uitrusting, dan zou hij immers toegeven dat hij inferieur is: een mens kan moedig zijn, God niet. Moed is nodig om dingen te doen die ons overweldigen, die te groot voor ons zijn, terwijl Jezus juist moed verzamelt om een lot het hoofd te bieden dat te klein en nederig is voor zijn goddelijke aard: het lijden en de dood.

Vandaar het vasten, de vernedering van je energie.

Vandaar de verleidingen van de duivel, die in feite onderworpen is aan Jezus, zoals de Bijbel zegt, en die hem rijken belooft die de duivel zelf van God in beheer heeft gekregen. Absurd, beledigend: alsof een bediende onderdak aanbiedt aan de heer des huizes.

Jezus gaat naar de woestijn om zijn volledige mens-zijn te vinden, om de onvolmaaktheid ervan te vervolmaken, en aan het eind van de vastentijd heeft hij dan ook inderdaad honger. Echte, prangende honger. Hij is compleet mens geworden en nu is hij klaar en in staat om te sterven. Van de onbewuste goddelijke soevereiniteit is hij overgegaan naar de bewuste menselijke ongewisheid. Door te mediteren in de woestijn heeft hij helderheid geschapen, en zijn z'n ideeën ingedamd en omgezet in woorden en handelingen. Ook als wij mensen onze doelen definiëren is dat omdat we ze hebben verkleind. Kiezen betekent grenzen stellen, alternatieven uitwissen, mogelijke werelden verwoesten. De weifelende mens is eindeloos veel rijker, en juist daarom aarzelt hij, hij wil geen afstand doen van zijn rijkdommen. Het leven van een mens heeft te lijden onder het partiële. Het leven is kort, we ontvangen weinig, we weten nog minder, we begrijpen er bijna niets van. En dan is het allemaal alweer voorbij. In de woestijn ontdekt en ervaart Jezus die nachtmerrie van het partiële. De betrekkelijkheid van het bestaan in de woestijn wordt fysiek voelbaar, om hem heen alleen maar zand, kale rotsen, de eentonigheid van het landschap en de hemel die steeds hetzelfde is, gedomineerd door de verblindende zon. De woestijn is de plek waar de solitaire stem ontstaat van elke profeet die probeert het niets te bewonen, tot leven te wekken. Zelfs een kreet is al genoeg om die leegte te bevolken, en het is waarschijnlijk dat de diepe meditaties van de kluizenaar niets anders zijn dan het stamelen, het prevelen, het neuriën in de stilte, van misschien een versje. De enige troost voor de wachtpost die eenzaam is achtergelaten op een afgezonderde plek is het deuntje dat hem gezelschap houdt. Jezus beleeft in de woestijn de betrekkelijkheid van het mensenleven, in eerste instantie gekweld, maar daarna ervaart hij het als een waardevol sprankje van de volkomenheid van het goddelijk leven. Hij lijdt er niet meer onder, maar geniet ervan. Het is een openbaring. Die verkondiging geldt voor alle mensen. Het feit dat je ter dood veroordeeld bent en het feit dat je niet de volledige waarheid bezit zijn geen wrede ontberingen maar gelden als tekens van het eeuwige leven en de integrale waarheid. Dat vleugje leven moet zich niet meer schuldig voelen over het feit dat het maar een vleugje is.

Natuurlijk, het menselijk bestaan is slechts een duiding, maar het is heel waardevol. Klein als het is dient het juist om de weg te wijzen, te verkondigen, en daarom moet het ook voorbeeldig zijn, en een voorbeeld stelt niets voor als het niet verwijst naar een betekenis die ons verstand te boven gaat en dus nooit volledig begrijpelijk is, maar alleen in flarden, door middel van toespelingen, parabels, raadselen. Ons verstand, dat een slaaf is van het partiële, zou zich daarvan willen verlossen en verlangt naar absolute beheersing van de materie, met een oefening die het redenering noemt. Het kan zich niet overgeven aan het schaakmat. Maar het zou dat partiële juist moeten koesteren. Dat verlicht ons op welsprekende wijze over de aard der dingen, om te beginnen over onze eigen aard. En een partieel gezichtspunt wil overigens helemaal niet zeggen dat het verkeerd is.

Ik geef u het voorbeeld dat is geopperd door een denker uit de Oudheid.

We bevinden ons in het christelijke oosten. Stel u voor, een Byzantijnse kerk. Als ik vanuit de verte naar de gouden koepel kijk die boven op de klokkentoren prijkt, krijg ik er een bepaald beeld van, afhankelijk van de plek waar ik me bevind, en dat is een ander beeld dan dat van iemand die van de andere kant naar die klokkentoren staat te kijken. Als ik zelf van positie verander, als ik dichter naar de klokkentoren toe loop of er verder vanaf ga, of eromheen loop, zal mijn nieuwe blik erop veranderen ten opzichte van de vorige, en op de een of andere manier voel ik me dan anders, onzeker, in conflict met mezelf, over welk van de beelden die ik heb ontvangen veelzeggender of echter is. Kijk, ik en een andere toeschouwer hebben allebei een partiële, verschillende blik. Dat verschil is beslist onontkoombaar, er is geen discussie over mogelijk, of een opening tot dialoog waardoor het kan worden overbrugd. De afstand blijft bestaan, ook tussen bereidwillige gesprekspartners. Ook al zou je vol overgave afzien van je eigen standpunt om dat van de ander te omhelzen en het je eigen te maken, het zou, hoe prijzenswaardig die zelfopoffering ook zou zijn, niets veranderen aan het onderscheid, en die renunciatie zou zelfs een beetje laf kunnen overkomen.

De andere toeschouwer en ik hebben kortom een andere blik. Dat neemt niet weg dat we allebei naar dezelfde klokkentoren kijken, naar dezelfde koepel die daar in de verte glinstert. Dat goud is niet minder schitterend vanwege het feit dat je er maar een stukje van ziet. Het partiële, de relativiteit van de ervaringen die we kunnen opdoen, tast de algehele betekenis ervan helemaal niet aan. Goud wordt niet minder waard en wordt niet opgedeeld wanneer het aantal plekken van waaraf het gezien wordt toeneemt, integendeel, dan kan iedereen er een weerkaatsing van opvangen, de fonkeling die anders verloren zou gaan als die niet vanuit daar was gezien en bewonderd, precies vanuit daar, alleen vanuit daar, vanuit die specifieke hoek...

Vaak wordt die relativiteit aangezien voor relativisme, dat wil zeggen dat het ene idee inwisselbaar is voor het andere en dat er geen enkele fundering is om wat dan ook als universeel waar te claimen. In tegenspraak met die aanname claimt het relativisme vol overtuiging dat er geen enkele absolute connectie bestaat tussen wat waar is en beweringen over wat waar is. De ene is immers inwisselbaar voor de andere. Relativiteit daarentegen is iets heel anders. Ons besef van de inherente zwakheid van ons zijn en de noodzaak om ons gezichtspunt op dingen bij te stellen verplichten ons tot een onophoudelijke zoektocht. Tijdens die migratie zal geen enkel antwoord dat op een gegeven moment wordt verschaft ooit volkomen waar zijn, omdat in de tussentijd de vraag alweer radicaal veranderd is. Of beter gezegd, het punt vanuit waar de vraag wordt gesteld. Jezelf vragen stellen, verifiëren, de vragen herformuleren.

Dat is de reden waarom zelfs Jezus, God op aarde, behoefte heeft aan veertig dagen in de woestijn om zijn gezichtspunt bij te stellen, uit te breiden, om de betrekkelijkheid ervan bloot te leggen. Daarom laat hij zich onderwerpen aan de verleidingen/hallucinaties, zoals elke willekeurige mens die langdurig zonder eten en drinken is. Hij zou met zijn macht alle dubbelzinnigheid in één keer kunnen wegvagen, maar dat zou vals spelen zijn en indruisen tegen de bedoeling van zijn incarnatie. Het is zijn uiterste opoffering: hij offert de waarheid zelf, zijn goddelijke compleetheid, en van nu af aan zal hij daar alleen nog uiting aan geven via toespelingen, in raadselen, zoals nu eenmaal onherroepelijk is wanneer het door de sluizen en bepalingen van de menselijke taal gaat, en zoals de profeten vóór hem ook hadden gedaan. Al is de evangelische taal nog zo precies, deze vertegenwoordigt niet de controle over het zijn, maar het heftige opkomen ervan, verbijsterend, adembenemend heftig. De zinnen van Jezus tekenen zich af met een verblindende helderheid, op de grens van het begrijpelijke of ver eroverheen. De parabels leggen niet iets uit, ze worden niet uitgelegd...

Degenen die de heilige mis bijwonen zijn over het algemeen oude mensen, meer vrouwen dan mannen, laten we zeggen in een verhouding van vier op één, ik denk omdat de mannen (dat wil zeggen de echtgenoten van die vrouwen) al een paar jaar dood zijn, of ze leven nog maar ze gaan niet naar de mis, hetzij omdat ze godsdienst beschouwen als een vaag vrouwelijke aangelegenheid, hetzij omdat ze denken dat het genoeg is als één lid van het gezin die beoefent. In de grote moderne kerk waar bijvoorbeeld de begrafenis van mijn moeder werd gehouden, hebben de dames die de mis bijwonen kapsels in een ondefinieerbare, abstracte tint, iets tussen oker, geel en kastanjebruin, een tint die nergens in de natuur voorkomt, en die enigszins fluorescerend glinstert wanneer ze hun hoofd omdraaien of buigen om neer te knielen wanneer ze de hostie hebben gehaald. Hun kapsels staan bol van de lak en het licht schijnt er dwars doorheen. Terwijl ze in al het overige een toonbeeld van gelaten burgerlijke normaalheid vertegenwoordigen, verschaft hun haarkleur hun voorkomen iets uitzinnigs, alsof het feeën of heksen zijn.

Het is verbijsterend hoe zwak de collectieve gezangen klinken. Er is niks levendigs of vrolijks aan. De gemeenschap die in de kerk is bijeengekomen blijkt timide, verkleumd, westers. In de ijdele hoop dat met het groeiende volume van zijn stem ook het lef van zijn parochianen om hun geloof te verkondigen zal toenemen probeert de pastoor hen aan te moedigen, bulderend in de microfoon spoort hij ze aan, het ene vers na het andere, maar daarmee overschreeuwt hij alleen maar de paar stemmen die uit de banken opklinken. Als de stimulans van het versterkte refrein weg is, zit het koor weer bijna onhoorbaar te mompelen. Het is niet zo dat de mensen helemaal niet zingen, zeker wel; alleen zingen ze fluisterend, nauwelijks hun lippen bewegend, playbackend. Ze generen zich om hun stem te laten klinken, dat zou te storend of te fanatiek zijn. Hetzelfde gebeurt tijdens de gebeden waarbij de pastoor de gelovigen oproept een rituele zin te herhalen, zoals: 'Heer, uw gelovigen vragen u nederig hun tranen uit de ogen te wissen', of 'De hekken die uw rijk beschermen zijn niet vergrendeld, maar staan op een kier', of 'We hebben langdurig aangeklopt in de kou en de duisternis en uiteindelijk werd er opengedaan'. Of ze nu ingewikkeld zijn of gemakkelijk vanbuiten te leren, al die zinnen worden gepreveld of zelfs vervangen door een algemeen gemompel waarvan alleen het eerste en het laatste woord verstaanbaar zijn. 'Het lam dat... mlnmnjmm njngnnnnnn awagnmajnangn wanjawwa... njanjamlnmgn... loutering!'

Soms klinkt er een stem boven de andere uit, die het gedempte koor ongegeneerd overstijgt. Dat is dan een fanatieke enkeling, of een hardhorig oudje, dat zelf amper doorheeft dat ze zit te schreeuwen.

Het viel me op dat men bij het bidden tegenwoordig niet meer de handen vouwt, maar ze ter hoogte van de borst ophoudt, met de handpalmen naar boven gericht, net als de heiligen op de schilderijen aan de muren die hun goddelijke visioen of hun martelaarschap ontvangen. Die houding is inderdaad veel mooier en esthetischer: de gelovige verschanst zich niet in zichzelf, nadat hij de hostie heeft ontvangen, alsof hij zijn ziel moet beschermen tegen een klikspaan, maar hij stelt zich bloot aan een soort bries of licht afkomstig van het altaar.

Vandaag, eerste paasdag, ben ik in de stromende regen opnieuw naar de mis gegaan bij het SLM. Ik liet mijn slecht functionerende automatisch inklapbare paraplu buiten de bronzen kerkdeur achter, waar ik hem ophing aan de voet van het jongetje dat een welwillend standje krijgt van de oprichter van de maristenorde, of een zegening; maar het bronzen voetje was te glad en te scheef en de paraplu was nat, hij viel op de grond. Ik liet hem daar liggen en ging naar binnen. Er waren weinig mensen, en het was koud in de kerk. De vloer was verfraaid met tapijten, en in het midden was een grote tafel met bloemen neergezet. Er hadden minstens twintig mensen aan kunnen plaatsnemen voor het paasmaal. Je hoorde de regen op het dak kletteren terwijl er binnen regendruppels omlaaggleden van de regenjassen van de gelovigen, die her en der verspreid in de banken zaten, bijna allemaal bejaarden, kleumend van de nattigheid van deze vroege, treurige Pasen. Ook de pastoor was treurig, zijn welsprekendheid wist niet welke weg ze moest inslaan, en toen ik hem nog eens beter bekeek vond ik hem er oud uitzien, een fragiel grijs oudje dat zichzelf probeerde te verwarmen met een vurige homilie. Maar het lukte hem niet, en na een paar minuten, toen hij een paar keer een valse start had gemaakt qua argumentatie, gaf hij het op. Ik had verwacht dat hij zich zou verontschuldigen met het excuus dat hij niet lekker was, maar in plaats daarvan ging hij gewoon door met de volgende fases van de mis. Een mis is tenslotte een mis, punt uit. Die hoeft niet per se móói te zijn, we zitten immers niet in het theater of bij een wedstrijd. De gebedenreeks klonk heel afstandelijk en warrig, waardoor ik mijn aandacht er uiteindelijk niet meer bij kon houden.

Een paar meter verderop zat een moeder met een klein kindje in een buggy, hij was rustig, had grote lichte ogen, ragfijn blond haar, en slaakte opgetogen kreetjes, waarbij hij zijn hoofdje omdraaide naar zijn moeder en probeerde de voorwerpen te pakken die zij hem aanreikte, in een zo natuurlijke, nauwkeurige volgorde dat die vooraf leek te zijn vastgesteld. Hij had kleine witte handjes, heel klemvast.

Hoofdstuk v

Een andere keer dat ik bij Salvatore langsging was veel interessanter en onthutsender dan het bezoek aan de vestiging van de MSI.

Die keer vroeg mijn vriend: 'Zal ik je eens wat laten zien?'

Tja, wat moet je antwoorden op zo'n vraag?

Hij ging naar de slaapkamer van zijn broer, die niet thuis was, rommelde koortsachtig in een lade, alsof hij bang was dat de eigenaar elk moment kon terugkomen, en haalde een stapeltje polaroids tevoorschijn.

We haastten ons terug naar Salvatores eigen kamer en gingen op het bed zitten om ze te bekijken.

Vanaf de eerste foto die ik zag werd ik getroffen door een heftige emotie die me de adem benam.

Het waren foto's van blote meiden.

Ik had al eerder blote meiden gezien in pornoblaadjes, in de *Caballero,* dat het formaat had van een stripblad, en in de *Ore.*

Vaak zag je bladzijden die uit die bladen waren gescheurd, of de omslagen ervan; ze waaiden over straat of lagen bij een afvalcontainer, of in een openbaar toilet, alsof degene die ze in handen had gehad geen weerstand had kunnen bieden aan het verlangen ze in stukken te scheuren.

Zo werd het blad gedeeld en vermenigvuldigd.

Vaak werden verpakkingen of puntzakken gemaakt van pagina's uit seksbladen.

Maar ik had nog nooit blote meisjes gezien die privé door iemand waren gefotografeerd, echte meisjes, zeg maar.

Hun echtheid maakte ze eigenlijk nogal afstotelijk.

Door de flits lichtten hun van dichtbij gefotografeerde lichamen spierwit op, bijna lijkbleek, alsof ze dood waren, en de rest van de kamer was halfdonker.

Van sommige lichamen zag je niet of ze vrouwelijk of mannelijk waren.

Ze waren glad en slap, de buiken en ruggen bezaaid met moedervlekken, de dijen, de tepels paarsig.

Ze waren vrijwel allemaal zonder hoofd, dat wil zeggen, ze waren gefotografeerd vanaf de hals tot onder de knieën.

Salvatore pakte een polaroid uit het stapeltje, gaf hem aan mij, liet me hem goed bekijken en wachtte met een wat stompzinnig lachje mijn reactie af, waarna hij me een nieuwe aanreikte.

Hij wekte de indruk dat hij ze in zijn hoofd geprent had zitten en dat hij benieuwd was wat ik ervan vond.

Ik slikte zwijgend mijn speeksel door en stopte de foto die ik al bekeken had onder de andere, zoals je met speelkaarten doet.

De stapel in Salvatores hand werd dunner en die in de mijne dikker.

Ik had vragen willen stellen, aan Salvatore, maar ik werd verstikt door mijn hart dat in mijn keel klopte.

Het waren verschillende meisjes, meende ik, ja, zowat allemaal verschillende, liggend met hun lange haar los op de rug, of ze zaten voorover en hielden met hun handen hun billen uit elkaar.

Wat ze gemeen hadden was dat ze geen van allen fysiek erg ontwikkeld waren, en ook totaal niet aantrekkelijk.

Een ervan trof me enorm. Het enige meisje dat meerdere keren was gefotografeerd, in verschillende houdingen. Ze was zongebruind, op de witte plekken na waar haar bikini had gezeten, ze had geen boezem en heel magere heupen. Volkomen naakt. Van achteren had je kunnen denken dat ze een jongetje was, afgezien van de bleke streep die haar bovenstukje had achtergelaten en die onder haar uitstekende jukbeenderen door liep. Ze poseerde staand, neergezakt op de grond, ineengedoken op bed, op haar buik liggend met haar benen uit elkaar. Er was maar één foto waar haar gezicht op stond, misschien per ongeluk. Ze keek bang.

Salvatore viel volgens mij niet op meisjes.

Op die leeftijd was het moeilijk te bepalen wie van ons leerlingen van het SLM op meisjes viel en wie niet, we hadden geen manier om dat te bewijzen, aan onszelf of aan anderen.

De puberteit is een glazen hel.

Salvatore zat in de klas naast een kleine, wat mollige jongen, Marco d'Avenia, kinderlijk op het achterlijke af, zo'n soort jongetje dat groen en geslachtloos blijft tot hij meerderjarig is.

In de klas zaten die twee in de voorste bank rechts, bij de deur naar de gang, goed zichtbaar zowel vanaf de lessenaar als voor de klasgenoten, en het meest blootgesteld aan onverwachte entrees van de rector, die de gewoonte had om met allerlei smoesjes even kort de klas binnen te lopen, naar mijn idee om niet zozeer de leerlingen als wel de leraren te controleren, die deze onderbrekingen dan ook veel vervelender vonden dan wij, en die zich zichtbaar geneerden als er lawaai of wanorde heerste.

Dan zwaaide de deur open zonder dat er was aangeklopt, en zaten we allemaal als verstijfd in onze absurde houdingen: de een met zijn hand in de lucht om een propje te gooien; een ander die deed alsof hij zijn tafel aanduwde als ware het een bobslee bij de start, om er vervolgens in te springen en de bochten van de baan te mimen; twee jongens die elkaar zaten te wurgen, met de handen om elkaars hals; en de leraar met zijn armen omhoog als de dirigent van een dolgedraaid orkest.

De stilte die volgde werd enkel verbroken door zijn beschaamde kuchjes en door het laatste gerinkel van de haken voor de schooltassen aan de tafels, die werden bespeeld als mondharpen.

De lessen duurden eindeloos.

Ik bracht ze vrijwel onbeweeglijk door, met mijn handen tegen mijn wangen en mijn ellebogen op de tafel.

Ik probeerde de les zo veel mogelijk te volgen want ik heb er altijd een hekel aan gehad om 's middags thuis nog te moeten leren, maar het was lastig om mijn concentratie langer dan tien, vijftien minuten te bewaren; daarna veranderde ik niet van houding, maar gingen mijn ogen in plaats van naar de lessenaar of naar het bord een paar graden omhoog, naar het plafond van het lokaal, en dan raakte ik in trance.

Ik werd overvallen door een onontkoombare loomheid.

Het overkomt me nu nog geregeld, en in de meest ongepaste situaties, dat ik zomaar in slaap val... Een tijd geleden overkwam het me op een congres, in Padua, terwijl ik aan tafel zat naast een aantal belangrijke sprekers.

Gelukkig droeg ik een donkere bril en heeft hopelijk niemand iets gemerkt van mijn dutje.

Mijn klasgenoten daarentegen waren rusteloos en druk, ze verzonnen steeds weer nieuwe manieren om de les te verstoren, waarvan sommige, moet ik toegeven, werkelijk geniaal waren.

Er was er een in het bijzonder waar ik ook wel eens aan meedeed, je hoefde geen vin te verroeren om eraan deel te nemen en het was bovendien onmogelijk de schuldige aan te wijzen.

In Rome klonk behalve het beroemde kanonschot op de Gianicolo-heuvel, dat echter te ver van het SLM was om het te kunnen horen, ook elke dag om 12.00 uur een sirene. Het was het sein voor de middagpauze in de fabrieken, die destijds nog geopend waren en volop in bedrijf.

Ja, er waren fabrieken in Rome, dat zijn we vergeten, maar die had je heus niet alleen in Milaan en Turijn.

De sirene klonk vanuit de kant van de Via Tiburtina, van de wijk Pietralata.

Het duurde een minuut.

In theorie.

Want bijna de hele klas zette op de toon van die sirene, met gesloten mond een bijna onhoorbaar gezoem in, dat doorging nadat het geluid van de sirene allang was opgehouden.

Mmmmmmmmm... Mmmmmmmm...

Na een tijdje werd de leraar zich onherroepelijk bewust van die overdreven lange duur, dan stopte hij met zijn uitleg en schudde verbijsterd zijn hoofd.

Verbijsterd over zoveel onbenulligheid.

Hij bekeek ons moedeloos en dacht waarschijnlijk na over het falen van zijn didactische roeping, die hij jaren daarvoor per vergissing had omarmd.

Was dit nou het resultaat?

Was dit het hoogste wat hij had bereikt?

Door onze neus en onze opeengeperste lippen bleef de sirene weerklinken als de mantra Om, tot het na een tijdje langzaam maar zeker wegebde, uitdoofde naarmate meer klasgenoten stopten met zoemen, eerst de een, dan de ander, en na een laatste uitademing deden ook de overgeblevenen er het zwijgen toe, nog één stem hield het trillend vol tot aan het laatste restje lucht, en vervolgens was het weer stil in de klas.

Het was drie over twaalf, vijf over twaalf.

Een kleine collectieve overtreding, niet te straffen.

Onbenulligheid verschaft een duizelingwekkend genoegen.

We waren onderhand bijna meerderjarig, bijna mannen, en nog steeds zaten we om twaalf uur 's middags te joelen als een troep zwerfhonden, buiten onszelf van blijdschap dat we onze leraar, die er niets tegen kon doen, tartend recht in de ogen keken.

De meest gefrustreerde was altijd onze leraar klassieke talen, De Laurentiis, die liefhebber van oud-Griekse muziek; hij liet zich gaan in rituele monologen die vervolgens model stonden voor talloze imitaties.

Je hoefde er alleen maar een klein beetje Napolitaans accent aan toe te voegen, en de treurige, neppe opslag van zijn bolle blauwe ogen te mimen, de handen gevouwen in een gebed tot Napels' patroonheilige Sint-Januarius, om te zorgen dat er een eind kwam aan al die 'mi*sh*ère'.

'O wee! O wee! Al*sh* ik bedenk dat jullie hier de banken zitten te verwarmen in plaats van kolen te scheppen... alleen omdat jullie ongelukkige ouders het zich kunnen veroorloven om een paar *sh*enten te betalen...'

Het bittere feit waaraan hij niet kon ontkomen, en waarom hij dan ook na een tijdje zijn mond hield en weer verderging met de *Aeneis*, was dat met die centen zijn salaris werd betaald.

Het waren onze welgestelde ouders die deze ongelukkige betaalden.

Hij verdiende de kost dankzij onze onwetendheid, hij zou ons er eigenlijk dankbaar voor moeten zijn.

Ook de leerlingen onder ons die zich daar niet van bewust waren, mochten evengoed graag dat klassenverschil wreed inwrijven, volgens welk een leraar alleen maar in loondienst is van zijn leerlingen, nog minder respectabel dan een poetsvrouw, want als die haar werk heeft gedaan zie je tenminste nog resultaat, terwijl de resultaten van de lessen Oudgrieks aan het nulpunt grenzen.

De leraar-werknemer, leraar-leverancier, leraar-butler, leraar-voedster.

Het spook van zijn autoriteit, gebaseerd op cijfers, dreigementen dat je zou blijven zitten, aantekeningen in het klassenboek, is niets meer dan een vogelverschrikker.

Als die eenmaal uit de weg is geruimd, blijft er een dienstverlener over.

Dat kenmerk gold vroeger exclusief voor privéscholen, maar heeft zich nu uitgebreid tot alle scholen in het algemeen.

Het kon die twee jongens daar vooraan echter niets schelen dat ze zo zichtbaar waren, ze merkten er niets van of trokken zich er niets van aan dat alle ogen op hen gericht waren.

En vaak *zaten ze aan elkaar.*

Marco zat aan Salvatore.

Hij deed het op momenten dat zijn buurman aandachtig naar de les luisterde, dan stak hij steels een hand onder de tafel en legde die op Salvatores gulp.

Zodra die dat in de gaten kreeg had Marco zijn hand al teruggetrokken en zat hij weer met zijn armen over elkaar op de tafel geleund, in de onberispelijke houding van de brave leerling die gehoorzaamt aan het gebod om 'rechtop te zitten'.

Er verstreken tien of vijftien minuten.

Weer stak hij zijn hand uit.

Salvatore protesteerde niet, alsof het hem onverschillig of ongevoelig liet.

Hij schrok alleen een paar keer op, misschien omdat Marco zijn hand dan iets te hardhandig op zijn kruis had laten zakken, waardoor het pijn deed.

Toen de klas dat aparte gedrag begon op te merken, werd het het onderwerp van aandacht en studie.

We zaten allemaal vol spanning te kijken, wachtend op het moment dat Marco zijn hand zou uitsteken.

Het was vreemd dat hij het zo haastig deed, maar tegelijkertijd zo expliciet, alsof het hem niets kon schelen dat iedereen hem zag terwijl hij tussen de benen van zijn buurman voelde.

Hij leek te zeer in beslag genomen door zijn spel.

En door de snelheid van zijn handeling, even aanraken en terugtrekken, zijn klasgenoot betasten en weer netjes recht gaan zitten, leek die handeling haast compulsief en gedachteloos, alsof op die manier niet alleen Salvatore maar ook hij zelf niet de tijd had om te beseffen wat er was gebeurd.

Er was immers helemaal niets gebeurd.

Als hij weer met zijn armen over elkaar zat was het alsof hij wilde zeggen: 'Wat heb ik gedaan? Niks. Ik zit met mijn handen boven de tafel, dat zie je toch. Ik luister naar de les...'

Even later werd hij echter weer gegrepen door het verlangen om het nog eens te doen.

We zagen hem bijna trillen in zijn houding als brave jongen.

Het was duidelijk dat zijn hand elk moment kon teruggaan.

Intussen zat Salvatore bedaard de les te volgen, als een grazende herkauwer.

Met diezelfde gedachteloze traagheid als die keer toen hij me de polaroidfoto's liet zien die zijn broer had gemaakt.

Kennelijk merkte Marco nooit iets van de geestdrift waarmee de klasgenoten achter hem zijn schunnige beweging afwachtten, waarna ze een hoop lol hadden om hem.

Niemand was erdoor geschokt, we lagen alleen maar dubbel van het lachen.

Dat lachen inhouden op school kan verworden tot een soort astmatisch gerochel.

Hoofdstuk VI

Premisse: behalve dat ik Kaukasisch, Italiaans, rooms-katholiek gedoopt, bourgeois, links en Lazio-aanhanger ben, ben ik vóór alles mannelijk. Dat is mijn meest in het oog springende identiteit, het onderscheidende kenmerk, mijn onmiskenbare aard waarvan men zich al rekenschap gaf vanaf het moment dat ik uit mijn moeders buik kwam. Ik heb daardoor meer gemeen met een arme zwarte moslim uit Soedan dan met een advocate uit de gegoede Romeinse wijk Parioli of met de Oekraïense verzorgster die bouillon trekt voor de moeder van de advocate. Met die Afrikaanse man, van wie ik toch door een enorme kloof word gescheiden, deel ik dezelfde fysieke stigmata, dezelfde zonden en misschien ook een vergelijkbare onzinnige trots, koester ik dezelfde verlangens, cultiveer ik identieke frustraties. Mijn lichaam functioneert net als het zijne, en voor negentig procent ook mijn brein, dat enorme verborgen gedeelte van het brein waar de omgeving waarin hij en ik respectievelijk zijn opgegroeid geen vat op heeft.

Ik koester oprechte bewondering voor Sigmund Freud, maar toch zou ik niet kunnen zeggen of hij meer geblunderd heeft met zijn bizarre theorie over de vrouwelijkheid, gebaseerd op de ontdekking van vrouwen dat zij geen penis hebben, of doordat hij niet wist dat het misschien dramatisch is om geen penis te hebben, maar dat het nog veel erger kan zijn als je er wel een hebt. Het misverstand komt voort uit een gedachte die in zijn tijd nog gemeengoed was, terug te voeren op de Bijbel, waarin de man werd gezien als de oorspronkelijke figuur, en de vrouw als een afgeleide van hem, of een mislukte imitatie, als een verminkte man, incompleet en dus lijdend: een soort gewonde Visserkoning uit *Parcival* is de vrouw, treurig starend naar de wond tussen haar benen.

Dientengevolge formuleerde Freud wel de leer van de 'penisnijd', maar niet de aanverwante leer van de 'penisgêne', of 'penislast', die veel gefundeerder zou zijn: ook omdat het bij de uitwerking van een wetenschappelijke theorie betere resultaten zou moeten opleveren als je de gevolgen bestudeert van iets *wat er is* in plaats van de zuiver hypothetische van iets *wat er niet is*. Die theorie van de penisnijd is misschien af en toe waar, terwijl de andere een onweerlegbare evidentie is, die deel uitmaakt van de ervaring van elke man. Waar vrouwelijke problemen via een gedurfde redenering kunnen worden toegeschreven aan datgene wat vrouwen *missen*, kunnen de mannelijke problemen zonder enige moeite worden herleid naar datgene wat mannen juist overduidelijk *hebben*. Het op zich problematische of mysterieuze feit van het man-zijn wordt als vanzelfsprekend gezien, alsof dat een voor de hand liggend uitgangspunt is, een a priori, Adam, het onderwerp, dat mannetje van Leonardo Da Vinci in die cirkel als maat der dingen.

Maar zo op het eerste gezicht zou je zeggen dat het hebben van een penis meer schade aanricht dan dat je er geen hebt.

De mannelijke seksuele identiteit blijkt dan ook eerder een hinderlijke last, dan dat de vrouwelijke iets zou missen. De penis is niet iets waarvan vrouwen ontdaan zijn, maar wat mannen extra hebben en wat hen hun leven lang zal vergezellen, als een parasiet, een geenszins heimelijke bewoner die zich extravagant gedraagt en dus een parasitair bestaan leidt, parallel aan dat van zijn gastheer. De erecte penis komt niet alleen dreigend over op anderen, maar vooral ook op degene die hem onder zijn buik de kop op ziet steken, arrogant, vragend en lachwekkend tegelijk. Hij reageert op geen enkel commando, niet op mentale commando's en vaak ook niet op handmatige. Zijn onafhankelijkheid is voor mannen een bron van trots, depressie en ontzetting. De kracht van de penis wordt ervaren als een vreemd, bijna vijandig element, aan de ene kant in staat om de rest van de persoon met zich mee te slepen en hem de beestachtigste dingen te laten denken en zeggen en doen, en aan de andere kant soms deprimerend lui en zwak; het complete delicate mechanisme van het zelfrespect is op bespottelijke wijze afhankelijk van die schommeling. Ik geloof dat het Sint-Augustinus was die zei dat God de man expres heeft uitgerust met een geslachtsdeel dat zo wispelturig is en zo'n eigen wil heeft, juist om hem minder arrogant te maken en hem te verlossen van de illusie dat hij de wereld kan overheersen, aangezien hij niet eens zeggenschap heeft over dat anatomisch aanhangsel. God heeft de seksuele impotentie geschapen, de chronische impotentie, maar veelzeggender nog de episodische, die toeslaat wanneer je er het minst op bedacht bent, juist om de man al zijn zekerheid af te nemen, om hem te kleineren en te voorkomen dat hij dromen over lichamelijke volmaaktheid gaat cultiveren. De man moet dan ook alleen gericht zijn op zijn spirituele volmaaktheid.

Dientengevolge is het viriele lid dus het minst viriele gedeelte van de man. Het is juist hét symbool van onzekerheid.

De schrijvers die hebben geprobeerd deze 'penisgêne' toe te lichten in hun boek, hebben gefaald (wat onvermijdelijk was), en alleen maar uitzinnige duetten gecreëerd. De klassieke beeldhouwers echter waren er wel volledig van doordrongen toen ze, bij de voltooiing van hun werk, voor het probleem stonden om vorm en afmeting te geven aan een orgaan dat ontoereikend was en niet paste bij de rest van het lichaam dat ze in volmaakte harmonie hadden gemodelleerd, en dat losten ze op door het te verkleinen, heus niet uit preutsheid, maar omdat ze in dat seksueel attribuut nou juist de evenwichtsverstoring zagen, het pleonasme, het dissonante element dat in staat was het hele beeld iets absurds te geven, op de eerste plaats vanwege het perverse vermogen om de blik van de toeschouwer naar zich toe te trekken. Je hoeft maar te denken aan het onmiddellijke onthutsende en komische effect van afbeeldingen van een klassiek lichaam met een erecte penis. En toch moeten de modellen van die atleten, soldaten en wagenmenners, en discuswerpers, toch ook wel eens een erectie hebben gehad! Juist die onwaarschijnlijke metamorfose van dat orgaan veroorzaakt gêne bij het catalogiseren ervan. Wat zou, de pornografie buiten beschouwing gelaten, de juiste manier zijn om ernaar te kijken? Hoe zou een wetenschappelijke tekenaar het orgaan afbeelden, zo'n illustrator die in staat is planten, bladeren, vissen en slangen tot op de millimeter nauwkeurig weer te geven, of hoe zou een groot kunstenaar als Pisanello of Dürer het doen? Wanneer zou je zeggen dat het het meest zichzelf is, in rust of in erectie? Welke van de twee toestanden (om nog maar te zwijgen over de tussenliggende fases, die je alleen maar terugvindt in schunnige praat) zou representatiever blijken te zijn?

(Het zou kunnen dat een slappe piemel de emoties van een man nauwkeuriger uitdrukt dan een stijve. Of zijn authentieke lichamelijke essentie, die immers eerder breekbaar is dan krachtig.)

Het feit dat de vrouw wordt beschouwd als een onvoltooide, afgunstige dubbelganger leidt vervolgens tot de negatieve houding van de man jegens haar, want in die optiek leeft de man aan de zijde van een verminkt wezen waar je met afschuw en verachting naar moet kijken, of met medelijden. Ze is een *castraat*, die zelf ook schaamte ervaart voor haar wond en die daarom verborgen houdt. De masochistische verlangens die een vrouw volgens gezaghebbende psychologen in de loop van haar leven koestert: verslonden worden, gegeseld worden, doorboord of binnengedrongen. De coïtus komt er feitelijk op neer dat er op haar in wordt gebeukt. Vandaar dat de geslachtsdaad, stel dat die werd bekeken door de ogen van iemand die geen idee heeft wat het is, zozeer doet denken aan een bestraffing (ik weet niet meer of het Baudelaire of Laforgue was die het over een 'chirurgische ingreep' had...).

(De eersten die beginnen te vermoeden dat de mythes over hun inferioriteit niet alleen maar propaganda zijn maar misschien wel een kern van waarheid bevatten, zijn de vrouwen zelf. Dat risico loopt elke onderworpen, gedomineerde groep: dat ze degenen die hen domineren gelijk geven, en de juistheid erkennen van de verhalen volgens welke deze relatie van onderwerping altijd bestond en ook altijd moet blijven bestaan. De kracht van de mythe schuilt dan ook in de voortduring: los van alle afwijkende varianten blijft het wezen van hetgeen de mythe vertelt identiek. In de Oudheid bestond er tussen overheerser en overheerste eensgezindheid over het feit dat hun zo ingestelde relatie nu eenmaal geen alternatieven kende, terecht was, of zelfs noodzakelijk. Overheerser en overheerste hebben dezelfde mening over de overheersing: die wordt beschouwd als een natuurlijk gegeven, en dus onveranderlijk. Er is geen enkele reden om de status quo in twijfel te trekken, en trouwens, wie zou dat durven? Het is alsof de overheerser en de overheerste, wanneer ze onder hypnose werden gebracht, een identieke relatie zouden vormen die niet langer wordt opgelegd door de overheerser, sterker nog, die zou zelf zomaar weer de rol van overheerser innemen zonder dat hij beseft hoe hij op dat idee komt. Men geeft alleen maar door wat men ontvangt, en dat vindt zijn legitimering nou juist in het feit dat het wordt doorgegeven: als het niet legitiem was, zou het immers allang zijn opgeheven. Dat het nog steeds bestaat, wil zeggen dat het gefundeerd is. Als iedereen hetzelfde zegt, krijg je de situatie dat uiteindelijk niemand meer weet wie het als eerste had gezegd, en wanneer. Zo worden algemene waarheden gevormd.) Daar kwam echter allemaal op slag een eind aan toen vrouwen zichzelf begonnen te tonen, trots, schaamteloos, met een exhibitionisme dat tegenwoordig is overvoerd door de technologie die mensen in staat stelt hun lichaam of de smakelijkste delen daarvan gelijktijdig tentoon te stellen aan een eindeloos aantal toeschouwers, en bovendien met relatief gemak vergeleken met mannen, omdat de naaktheid van mannen (los van die opmerkelijke preutsheid waar mannen naar mijn idee meer last van hebben dan vrouwen) hen dwingt tot die half komische, half pornografische schommeling en tot de onvermijdelijke vergelijkingen die daarvan het gevolg zijn.

Het mannelijk zelfrespect wordt in erotisch opzicht uitgedrukt in cijfers. Zo niet openlijk, dan wel stiekem bijgehouden. Het aantal vrouwen dat je hebt gehad, het aantal keren dat je het in één nacht hebt gedaan, de duur van de coïtus, de lengte van je pik, enzovoort. Getallen, kortom, alleen maar getallen, niet anders dan op de beurs of in de sportwereld. De proeve die tegenwoordig moet worden afgelegd om te bepalen of de seksuele prestatie van een man naar behoren is, is niet dat hij een orgasme moet bereiken, maar dat hij moet zorgen dat zijn minnares haar orgasme bereikt: dat is de meetlat waarlangs zijn seksuele vaardigheid zal worden beoordeeld (door haar, door zichzelf, door de mannen en vrouwen aan wie de kwestie zal worden doorgefluisterd). En dat kan hem uiteraard zowel een golf van trots als schrikbarende scheuten van stress en vernedering opleveren. Met hoeveel meisjes ben je naar bed geweest; hoe vaak heb je al geneukt; hoe vaak krijg je een stijve; hoe vaak ben je klaargekomen en hoe vaak heb je het meisje dat je neukte laten klaarkomen, enzovoort. Gegevens, enkel gegevens. Berekeningen. Vroeger werd de vaardigheid van een man gemeten aan de hand van het aantal kinderen dat met zijn zaad op de wereld was gezet. Het record schijnt toe te behoren aan Dzjengis Khan, die tijdens zijn strooptochten zoveel vrouwen verkrachtte dat er tegenwoordig, bijna acht eeuwen na zijn dood, volgens berekeningen bij een op de twintig personen wel een of ander chromosoom van de grote leider moet zijn terug te vinden.

Het vrouwelijk lichaam wordt zo dus een uitwisselbaar en cumuleerbaar object dat in de gesprekken van mannen circuleert als een muntstuk, waardoor die elkaar leren kennen, elkaar snappen, met elkaar wedijveren en onderling hiërarchieën opstellen op basis van wie de rijkste is. Vrouwen vormen een van de middelen, voor sommigen het voornaamste middel, waarmee een man zijn identiteit bevestigt ten opzichte van andere mannen. Die functie hebben vrouwen voor hem, net als geld, om te kunnen genieten van een bepaald krediet. 'Hij is iemand die er wel raad mee weet...' Als er geen vrouwen bestonden, zouden mannen genoodzaakt zijn het in een rechtstreekse competitie tegen elkaar op te nemen, dan zouden ze elkaar moeten veroveren; nu kunnen ze echter vrouwen overmeesteren en pronken met hun trofee. Ze verdienen bewondering omdat ze zich vaardig en gewetenloos hebben getoond, omdat de vrouwen die ze hebben veroverd mooi zijn, of omdat het er heel veel zijn, of omdat ze aan hun lippen hangen. Als er geen vrouwen bestonden, zouden mannen onderling voortdurend botsen. Maar uiteraard zou er dan ook meer liefde zijn. Nu wordt echter een groot deel van zowel de onderlinge fascinatie als de onderlinge wreedheid afgewenteld op vrouwen, als een soort buffers.

Het verlangen om met veel vrouwen te neuken, of met één vrouw heel vaak, kan worden gezien als een onuitputtelijke zoektocht naar de mannelijke identiteit. Elke keer dat ik bij een vrouw binnendring kan ik tegen mezelf zeggen: Ja, ik ben een man.

Volgens een eigenaardige theorie die in mijn jeugd circuleerde, is een man tijdens zijn leven slechts in staat een beperkte hoeveelheid sperma te produceren, die overeenkomt met een bepaald aantal orgasmes. Hebt u daar ooit van gehoord? Ik zweer dat ik aanwezig ben geweest bij enkele discussies over dit onderwerp en ook de neiging heb gehad eraan deel te nemen, al was ik geenszins ingevoerd in de materie. Die gesprekken verliepen min of meer zo:

Het zijn eigenlijk een soort patronen.

Hoezo?

Je verschiet ze.

En wat dan nog...

Als ze op zijn, zijn ze op.

En hoeveel van die 'patronen' heb je dan, vraag ik me af.

Drieduizend.

Drieduizend? Da's niet weinig.

Maar het is ook weer niet zo heel veel, als je alle keren dat je je aftrekt meetelt.

Moet je die meetellen?

Tuurlijk.

Dat maakt toch niks uit? Het is ook gewoon een ejaculatie.

Ja, eigenlijk wel...

'Ejaculatie' is wel het stomste woord dat ik ooit heb gehoord.

Ja, dat vind ik ook.

Het is gewoon een technische term.

Maar ik heb me onderhand al wel duizend keer afgetrokken...

...of nog vaker! Hahaha!

(*Op dit specifieke punt praatte ik er gauw overheen, in de hoop dat er niet naar mijn ervaring zou worden gevraagd, om de reden waar ik eerder al over verteld heb.*)

En als je dan uiteindelijk bij drieduizend komt, wat gebeurt er dan?

Krijg je hem dan niet meer omhoog?

Kun je niet meer klaarkomen?

Ga je dood?

Ik heb gelezen dat er orgasmes bestaan waarbij je niet klaarkomt.

Hoezo?

Dan kom je vanbinnen en niet vanbuiten.

Vanbinnen?

Daar kan ik me niks bij voorstellen.

Maar geef nou 'ns antwoord op mijn vraag. Wat gebeurt er bij drieduizend...?

Tja, ik weet niet wat er dan gebeurt; maar dan heb je in elk geval wel een probleem.

Of je komt helemaal tot rust.

Maar misschien zijn het er wel meer? Vier-, vijfduizend of zo?

En misschien zijn het er wel minder...?

Misschien is het voor iedere man anders.

Een pornoacteur moet wel een grotere voorraad hebben.

Ja, anders is hij op zijn dertigste al klaar.

Eigenlijk is het dus het beste om zo laat mogelijk te beginnen.

Ik weet dat er mensen zijn die urenlang kunnen neuken zonder dat ze ooit klaarkomen.

Hoe doen ze dat dan?

Een hele dag zelfs.

Geweldig!

Pff, wat saai!

Ja, maar hoe doen ze dat dan?

Ze oefenen mentale kracht uit op zichzelf. Op hun lichaam. Net als...

Net als fakirs?

Een soort fakirs.

Klotenfakirs.

En waarom doen ze dat?

Om hun krachten te sparen.

Komen ze dan in het nirwana?

Wat heeft het nirwana ermee te maken?

Volgens mij heeft dat ermee te maken.

Voor mij waren dat soort discussies een bron van gêne. Toch kon ik het niet laten om gretig mee te luisteren.

'Het telt alleen als je hem erin stopt bij haar' (de woorden van een deelnemer aan een zomercursus Spaans, in Salamanca, 1979). 'Luister, je moet hem in haar kont steken. Bij een vrouw telt het alleen als je haar in haar kont neemt. Anders heb je eigenlijk niet met haar geneukt' (bewering van een Italiaanse literair criticus, 1989).

Mannelijkheid, zo leert Don Juan ons, die heb je niet gewoon, die moet je altijd *nog steeds* hebben, je moet je mannelijkheid op de proef stellen, die moet je *maken*, en die *maak je* elke keer dat je met een vrouw bent. Net zoals Walewein, die om onderdak te verkrijgen in een kasteel elke nacht van zijn leven als dolende ridder opnieuw zijn faam als fantastische minnaar moet waarmaken door met de desbetreffende kasteelvrouwe te slapen, die zijn eer prikkelt terwijl hij eigenlijk alleen maar verlangt naar een plek waar hij rustig kan slapen, zo moet ook Don Juan continu zijn minnekunsten bewijzen, en ook al wordt hij omgeven door zijn roem als veroveraar, of misschien wel juist daardoor, zijn viriliteit wordt voortdurend aan verificatie onderworpen, herbeoordeeld, doorverwezen van het ene naar het andere bed, tot aan de volgende verovering, het volgende avontuur. Het is juist de optelsom van zijn veroveringen die hem tot zo'n grote seksuele hoogte heeft gestuwd dat die hem uiteindelijk in gevaar brengt, zoals een sporter die gedwongen is zichzelf continu te overwinnen. Hij lijkt misschien heel zelfverzekerd, maar hij maakt zich wel voortdurend zorgen over zijn viriele vermogens, die vroeg of laat gedoemd zijn te falen, en dus heeft hij zoals elke hedonist onherroepelijk de desillusie in het oog; vanwege een harde statistische wet kunnen deze kwaliteiten immers alleen nog maar afnemen nadat ze eenmaal hun piek hebben bereikt, ze gaan achteruit, het haar onder zijn toupetje wordt even grijs als zijn schaamhaar, zijn pik houdt zich gedeisd of blijft juist urenlang stijf, maar zonder dat hij nog zaad loost, noch genot bezorgt of ervaart, als een verdorde tak, een bespottelijke paraplu.

Wie zich genoodzaakt voelt om op elk moment zijn kracht te herbevestigen, bewijst juist precies het tegenovergestelde, namelijk dat hij kwetsbaar is. Een individu krijgt nooit een eeuwigdurend mannelijkheidsbewijs; het kan altijd zo zijn dat hij de volgende test die hem wacht niet haalt, en dat hij dan ineens zijn zwakke aard laat zien. Eén minteken is genoeg om de hele optelsom aan viriliteit die hij zo moeizaam heeft verworven negatief te maken.

Het zijn wetenschappelijke feiten: jongetjes krijgen langer de moederborst en worden later gespeend, ze willen zelfs als ze al wat groter zijn nog worden gedragen, ze hebben meer problemen met dingen aanleren, zijn lui als het erom gaat hun ontlasting onder controle te krijgen en blijven tot op gênante leeftijd in bed plassen. Alles wijst dus op hun fragiliteit, op hun grotere aanhankelijkheid. Ze vertonen onverklaarbaar riskant gedrag voor henzelf en voor anderen, hebben allerlei angstsymptomen. Ze werken zichzelf voortdurend in de nesten. Ze kunnen niet tegen hun verlies en de krassen die worden toegebracht op hun eeuwig in wording zijnde mannelijkheid, en bovenal willen ze er niet over praten en tolereren ze ook niet dat anderen erover praten. Ze voelen zich eeuwig vernederd door de compromissen die het opgroeien aan hen stelt. Ze verwarren het nemen van overbodige risico's met dapperheid.

Goed, de puberteit: de puberteit was het optimale moment. Voordat de viriliteit wordt gepolariseerd en gekanaliseerd in de seksuele uiting, en vervolgens eventueel in het werk, bevindt de viriliteit zich in haar zuivere, vloeibare toestand. Het is als een opslagplaats van ontvlambaar materiaal; kostbaar, zeker, en misschien ook nuttig, maar het spreekt niet voor zich dat er een toepassing voor wordt gevonden. Er bestaan uiteenlopende opties die soms onderling uitwisselbaar zijn, je kunt de ene laten vallen om een andere te omhelzen: vriendschap, die wispelturig haar voorkeuren afwisselt; een bepaalde artistieke inslag die kan neigen tot een solitaire obsessie zoals de gitaar of het drumstel; verzamelingen, gevechten, sportieve mystiek, zelfdestructie. Tegenwoordig heb je de computers die je destijds niet had, met bijbehorende manies. Hoe dan ook, er zijn talloze opties en die kunnen allemaal worden aangewend, met een paar tegelijk of afwisselend. Geen enkele kracht is te vergelijken met die van een verlangen dat geen duidelijk object heeft. Het oorspronkelijke verlangen, het allerhevigste dat er is, bestaat dan ook uit de zoektocht naar juist het object van het verlangen. De lading is des te krachtiger naarmate het doelwit waarop het moet worden gericht nog vaag is. Men is bereid tot álles. Aarzelend maar tegelijk roekeloos neemt de nog naamloze viriliteit willekeurige, besmettelijke vormen aan, als een exanthemateuze ziekte, zich uitend als een huiduitslag, waardoor degene die erdoor wordt getroffen half verminkt wordt, maar daarna gaat het bijna altijd over en komt er weer een ander symptoom voor in de plaats. Langzaam maar zeker, en met onvoorspelbare willekeur, kan de viriliteit resulteren in een drama of juist leeglopen tot een onbenulligheid, en vaak wordt het een drama met een onbenulligheid als oorsprong. Leugens en illusies kunnen bijdragen aan een torenhoog realiteitsgehalte. Complete levens worden gevormd door ambiguïteiten. De puberale viriliteit is bovenmatig, grenzeloos, en tegelijkertijd klein, miezerig; heeft nog geen ervaring met seks, of juist wel maar dan deinst ze er al voor terug, of ze koestert het en polijst het en heeft er perverse dromen over, en als de viriliteit dan in contact komt met seks, dan zijn het net twee chemische stoffen die plotseling vermengd worden, het kan zijn dat er niets gebeurt maar het kan ook zijn dat er om het even welke reactie optreedt: hitte, bevriezing, smelting, verdamping, of het mengsel kan exploderen waardoor alles aan gruzelementen gaat...

In onze pogingen ons aan te passen aan een abstract mannelijk ideaal moesten we heel wat van onszelf opofferen, net zoals meisjes dat moesten om zich te conformeren aan het vrouwelijk ideaalbeeld, en daarbij trachtten we kwaliteiten die we in minieme mate bezaten te vergroten. We bliezen ze op zoals je doet met een rubberbootje, met je mond, de longen uit je lijf blazend. Als we er in het geheel niet over beschikten, over die kwaliteiten, dan leenden we ze, we imiteerden ze. Ikzelf, doorgaand voor iemand die op het arrogante of onbenullig koppige af onafhankelijk is, ben in werkelijkheid mijn hele leven bezig geweest met het imiteren van gedragingen, blikken, de houding van de schouders, de manier van groeten bij het komen of weggaan, en veel zinnen en talloze uitdrukkingen heb ik van anderen overgenomen; misschien is er geen andere reden voor het feit dat ik zoveel kennis over boeken en films heb opgebouwd dan dat ik mijn identiteit wilde stofferen, en die wilde volhangen met citaten zodat ze steviger zou overkomen dan ze in feite is; zelfs de manier waarop ik na een glimlach mijn lippen krul is niet van mezelf. En toen ik mezelf er uiteindelijk bij neerlegde dat ik ben wie ik ben, was dat eigenlijk alleen maar uit vermoeidheid.

Het abstracte ideaal van viriliteit, tja, dat is vrijwel onmogelijk te bereiken, het merendeel van de mannen komt er tijdens zijn leven niet eens in de buurt en blijft altijd hangen in de marges van het toonbeeld – afgezien van degenen die niet individueel aan de vereiste standaard voldoen, zijn er ook nog hele groepen die bij voorbaat zijn uitgesloten: pubers, bejaarden, scharminkels, homo's, zelfs arme sloebers, indien ook succes in het werk en financiële onafhankelijkheid een rol spelen bij het idee van een geslaagde mannelijkheid. Vanuit dat oogpunt zijn een nicht en een werkloze aan elkaar equivalent. Net als de geschilderde figuren op een allegorisch schilderij zou de archetypische ontwikkeling van de man via de verschillende periodes van het leven de volgende fases moeten kennen: als jongen een trouwe vriend; als volwassene een verantwoordelijke vader; als bejaarde een onverstoorbare wijze. Nou, ik heb nooit iemand gekend die aan dat ideaalbeeld voldeed.

De mannelijke begeerte wordt gezien als een gretige kracht, een onvermoeibare energie, een behoefte die koste wat kost moet worden bevredigd. De pornografie geeft een beeld van krachtige, onverzadigbare mannen, terwijl de werkelijke ervaring van mannen daarentegen meestal precair is, wisselvallig, onzeker. Volgens mij hebben mannen net zo vaak als vrouwen, misschien zelfs vaker, het gevoel dat ze tekortschieten, dat ze niet voldoen vanwege hun seksuele prestaties, en niet alleen tegenwoordig, na de verschillende veranderingen van gewoontes; volgens mij is het altijd zo geweest, volgens mij heeft de viriliteit altijd aan een zijden draadje gehangen, labiel, fragiel, onderworpen aan een oordeel dat niet alleen vrouwelijk is, maar vóór alles de beoordeling die de man zichzelf geeft...

Fragiliteit, gevoel van ontoereikendheid, bezorgdheid, angst om beoordeeld te worden, om niet te kunnen voldoen aan andermans verwachtingen, angst voor mislukking. De dikdoenerij en het agressieve gedrag waren alleen maar een houding. Wij spreidden een zelfverzekerdheid tentoon die we negen van de tien keer helemaal niet bezaten. Datgene waarover je echt beschikt, en wel langdurig, daar hoef je helemaal niet mee te koop te lopen. Die zelfverzekerdheid was een vermomming, en die werd dan ook vaak ontmaskerd, waardoor je je schaamde en je bespottelijk voelde. Als de fallus een symbool van kracht is, zoals over de halve wereld in steen staat gekerfd en zoals te lezen is op elke bladzijde van de antropologiehandboeken, dan is het wel een nogal bedrieglijk symbool, slecht gekozen, zou je zeggen, aangezien het zijn faam vaak geen eer aandoet, de situatie en zichzelf niet of nauwelijks in de hand heeft, het is een wapen dat vaak weigert en zo niet, dan zou dat risico altijd nog bestaan... van het ene op het andere moment. Het is dus het krachtige, roofzuchtige beeld van de man in het algemeen dat de afzonderlijke mannen in een permanente toestand van mislukking brengt. De kans op falen is de innerlijke kern van het man-zijn, en het symbool daarvan heeft God midden op het lichaam geplaatst, goed in het zicht, zodat elke man zich er bewust van is, niet van zijn kracht, maar van zijn bedrieglijkheid; zoals die ene kerkvader het zo overtuigend en verstandig zei heeft God ervoor gezorgd dat de erectie grillig was om ons gevoel van almacht de kop in te drukken, te breken, te ondermijnen. Als een man al twijfels koestert over zijn vermogen om de eenvoudigste daad te verrichten, namelijk de daad die het voortbestaan van onze soort op aarde garandeert, dan kun je nagaan hoe hij zich over de rest voelt.

Als iemand iets aan zichzelf wil veranderen, begint hij bijna altijd met zijn lichaam. De spieren zijn veelzeggend en van vitaal belang. Men zegt dat de zelfachting van mannen evenredig is aan de ontwikkeling van hun bovenlichaam. Ik vroeg een keer aan een vriend van me, die veel in sportscholen komt, waarom de focus zo op de ontwikkeling van de biceps ligt, ten koste van de rest. 'Omdat je die ziet,' was zijn eenvoudige antwoord. En daarmee bedoelde hij natuurlijk dat andere mensen die zien, zeker als je een T-shirt aanhebt, maar ook voor jezelf is dat het eerste wat je ziet, die spierballen, je voelt ze, je betast ze, ze zitten daar. Het is overigens een gevoel van onzekerheid dat deze jongens aanzet tot bodybuilding: hoe onzekerder ze zijn, hoe meer ze gaan bodybuilden. Ze zijn verwikkeld in een onvermoeibare strijd om hun kwetsbaarheid te verhullen. Stotteraars, dyslectici, dikzakken, ukkies, brildragers, uiteindelijk zijn dat degenen die het meest van allemaal bodybuilden. Het is een aangeboren zwakte die hun biceps doet opzwellen, en hem transformeert tot kracht. In die alchemie schuilt het geheim van de mannelijke aard. Trouwens, er is altíjd wel iets mis met het lichaam, heus niet alleen met dat van kleine mensen, of lelijke mensen, of mensen die van geslacht willen veranderen...

Laten we dat misplaatste woord 'genot' nou maar eens schrappen. Jongeren hebben seksuele ervaringen om talloze redenen, behalve vanwege het ervaren van genot. Misschien kunnen alleen heel bedreven volwassen mannen en vrouwen zich met bewuste aandacht aan het genot wijden; het genot zoeken, verdienen, de nuances ervan vergelijken, de specialiteiten... Het is net als met eten. Jongeren eten omdat ze honger hebben, niet om god weet wat voor culinair hoogstandje te proeven. Kijkend naar mezelf en mijn leeftijdgenoten, meen ik te hebben begrepen dat wanneer iemand interesse begint te krijgen in de haute cuisine, in voortreffelijke wijnen, in delicatessen, en er echt van kan genieten, dat betekent dat hij oud begint te worden.

Maar goed, als het dus niet vanwege het genot was, waarom was iedereen dan op zoek naar seks, en waarom is men er tegenwoordig nog meer naar op zoek dan destijds, en tref je het op vrijwel iedere straathoek ook zonder dat je ernaar op zoek was? Gevestigde geleerden beweren dat wij jongens het zo belangrijk vonden om met een meisje naar bed te gaan alleen om elkaar te bewijzen dat we geen mietje waren. Maar hoe zat het dan met die meisjes? Waarom gingen die met ons naar bed? Wat wilden zíj bewijzen?

Toen ik, ondanks mijn herhaalde pogingen om me te laten afkeuren en nadat ik verschillende keren uitstel had gekregen vanwege mijn academische studie, in militaire dienst moest, een paar jaar later dan de rest dus, waardoor ik ook meteen de oudste was van mijn hele slaapzaal in Taranto, waren er mensen die me troostten met een onnozel spreekwoord: 'Wie niet goed genoeg is voor de koning, is ook niet goed genoeg voor de koningin'. Dat betekent, voor het geval iemand de metafoor niet meteen doorheeft (zelf snapte ik hem aanvankelijk helemaal niet): als je bij de militaire keuring niet mans genoeg wordt bevonden om de koning te dienen, zul je evenmin mans genoeg zijn om zijn vrouw, de koningin te bevredigen, en bij uitbreiding elke andere vrouw. Schrale troost voor iemand die in dienst zat, te denken dat jij een viriliteitsbewijs had ontvangen terwijl iemand die afgekeurd thuisbleef dus een impotente mankepoot moest zijn; dat idee had zelfs in de oorlog niet gewerkt, laat staan in vredestijd. Ik vind hooguit de omkering van dat gezegde wel interessant: als je niet goed genoeg bent voor de koningin, ben je ook niet goed genoeg voor de koning. Als je in bed geen vent bent, hoef je ook niet te proberen ergens anders een vent te zijn. De enige maat van de viriliteit is de seksuele. Maar in die vorm zou het spreekwoord evengoed niet kloppen, want de drijfveer die veel mannen ertoe beweegt te vechten en zich te bewijzen, waarbij ze alle agressie die ze in zich hebben aanboren, is juist wraak vanwege hun seksuele onvermogen.

Waarschijnlijk bestaat er een verband tussen die onzekerheid en het aantal gevallen van seksueel geweld jegens vrouwen: hoe groter de onzekerheid, hoe groter de toename van het seksueel geweld. En dat geweld wordt niet veroorzaakt door testosteron, maar is juist een surrogaat ervan. Agressief gedrag is vaak een soort supplement bij een pover libido, het fungeert als proteïnedrank. Volgens experts is het eerder zo dat agressief gedrag testosteron produceert – en niet andersom.

Men kan zich dus via verkrachting in één keer ontdoen van die last, want gedwongen gemeenschap heeft heel andere doelen, andere betekenissen, lichamelijk genot doet er niet langer toe, niet het genot van een ander en in wezen ook niet dat van jezelf, dat komt op de tweede plaats. Het is moeilijk om te definiëren wat het precies is dat een man genot bezorgt tijdens de coïtus: het genot dat een man zichzelf verschaft door een vrouw met geweld te nemen overstijgt beslist het seksuele vlak, het zal misschien voor een miniem deeltje overeenkomen met vrijwillige seks, de rest moet anders zijn, heel specifiek, meer gelinkt met de uitoefening van geweld als zodanig, met de onderwerping van andermans wil aan de jouwe, met de vernedering van degene die het ondergaat, kortom, het specifieke genot dat voortkomt uit macht, wanneer we als het ware in staat zijn anderen te dwingen om niet te doen wat ze zelf willen, maar wat wij willen. Dat kan feitelijk ook gebeuren bij een vrijwillige relatie: je kunt het immers goedvinden dat de ander met jou doet wat hij wil, waardoor diegene een bedwelmende macht kan ervaren.

De mannelijkheid manifesteert zich via twee tegenstrijdige bewegingen: aan de ene kant de weigering van of de vlucht voor het vrouwelijke (van de moederlijke en familiale genegenheid, van kinderlijke of verwijfde gedragingen), aan de andere kant het najagen van het vrouwelijke (flirten, paren). Om een man te worden zou je het vrouwelijke deel dat je hebt liefgehad, geërfd, uit de moederborst hebt gezogen moeten verstoten, en intussen op zoek moeten gaan naar andere vrouwenborsten om te betasten en te besabbelen.

Je moet je losmaken van vrouwen – je moeder uitwissen – de vrouwelijke trekjes in jezelf uitwissen – iedereen minachten die deze belichaamt, dat wil zeggen alle vrouwen – en ondanks die minachting toch naar ze verlangen. (Grap in een film tussen politieagenten: 'Zit je aan seks te denken?' 'Eerlijk gezegd niet, nee...' 'Dan ben je dus niet geconcentreerd.' Ja, ik weet het, die heb ik eerder al een keer opgeschreven, maar ik vind hem te leuk.) De vrouw de rug toekeren – je moeder afwijzen – verkrachten *om haar niet te hoeven zien* –

verkrachting als manier om seksueel contact te hebben 'met de rug naar diegene toe gekeerd'.

Men zegt altijd dat mensen zichzelf moeten beoordelen op basis van wat ze doen, niet op basis van wat ze zeggen; maar zoveel gelegenheden zijn er in de huidige wereld niet om echt iets te doen, om iets veelzeggends, concreets te doen; je voert alleen maar een reeks routinehandelingen uit en dat is het.

De echte man is daarbij niet iemand die bepaalde dingen doet, maar vóór alles iemand die bepaalde andere dingen *niet doet*. Welke dingen? Huilen bijvoorbeeld. Een vriend verraden. Zich verwijfd gedragen. Voortdurend van gedachte veranderen. Meer dan welke andere gedragingen ook, wordt de zogenaamde viriele handelwijze overgebracht via imitatie. Instructies hebben weinig of geen zin, er zijn geen expliciete opdrachten nodig, geen uit het hoofd geleerde voorschriften. Je moet de geboden zelf afleiden uit de voorbeelden die worden verschaft door mensen van vlees en bloed, of vaker nog de voorbeelden die je hebt gezien in films of waarover je hebt gelezen in romans: allerlei helden, strijders, ook gangsters, bandieten, of grote verleiders – maar die laatsten kwamen al wat minder betrouwbaar over, die waren meer besmet met het vrouwelijke, meer gemaakt om bij vrouwen in de smaak te vallen dan bij ons jongens: de knappe acteur met de zwoele ogen, zo iemand van wie de meiden droomden, maar die wij jongens juist banaal of irritant vonden... In de tijd waarin mijn wankele mannelijkheid werd gevormd, was het klassieke model (dat nog maar een paar jaar van kracht zou blijven) dat uit de Amerikaanse westerns, de cowboys dus, die korte tijd later zouden uitsterven als moreel en fysiek rolmodel door het oprukken van de non-conformistische films over kleine grote mannen, de Soldier Blue's, de Midnight Cowboys, die aan het eind van de jaren zestig opkwamen om de stoere revolverhelden uit het zadel te wippen.

Hoofdstuk VII

Voor een jongen is het hebben van een zus een soort wonder. Een onverklaarbaar wonder op zich, dat echter wel een heleboel dingen kan verklaren, vrijwel álle. Ik waag het te beweren dat jongens die geen zus hebben opgroeien tot mannen met een bevooroordeeld, bekrompen idee van de wereld. Ze hebben een beperkte manier van zien en voelen, en van anderen laten weten wat ze voelen en zien. Hun gezichtsveld krimpt doordat er een steeds eender landschap wordt herhaald. Dan kun je nog beter enig kind zijn, een toestand die je dwingt om naar alle kanten relaties te bedenken omdat je er geen enkele van nature krijgt toegewezen. Een jongen met een of meer broers zit gevangen in een spiegelgalerij, hij ziet zichzelf herhaald in figuren die met elkaar concurreren, elkaar imiteren of elkaar ontvluchten, met elkaar vechten en strijden, een verbond aangaan en elkaar helpen en elkaar benijden en elkaar vermoorden, juist omdat ze op elkaar lijken, te veel op elkaar lijken.

Er schuilt in broederschap iets verraderlijks, dat voortkomt uit een te grote verwantschap, en wanneer die niet enkel lichamelijk is kan ze een dramatische invloed uitoefenen op de rol en het lot van de respectieve broers. Er bestaat altijd het risico dat ze met elkaar verwisseld worden of dat ze elkaar bestelen, zoals Jacob bij Ezau deed. Identiteit genereert rivaliteit. Tientallen ontstaansverhalen vertellen over het gevaar van mannelijke overvloed, dat iemand dwingt om de concurrent te elimineren of om zich met gebonden handen en voeten aan hem over te leveren – alleen al de Bijbel loopt er zo van over dat je het terecht zou kunnen omschrijven als het tragische boek over het ontbreken van zussen, oftewel het boek over het moordzuchtige broederschap, over de viriele overdaad. Niet dat broers elkaar per se moeten bedriegen en afslachten, maar je hebt toch altijd het idee dat er eentje te veel is, dat eentje net wat minder goed gelukt is, dat er eentje de baas is en de ander, of de anderen, niets anders rest dan hem te gehoorzamen. Of dan te weigeren hem te gehoorzamen. Een identieke mal produceert in serie verschillende individuen (soms heel verschillend, twee uitersten zelfs, zoals je alleen bij broers ziet) die worden onderworpen aan een meedogenloze vergelijking, waaraan ze zich niet kunnen onttrekken, ook niet door het huis te ontvluchten of te loochenen, want ook die vlucht zal vervolgens een van de aspecten zijn waarop het oordeel wordt gebaseerd. Moordzuchtige broers hadden de illusie dat ze dat oordeel omzeilden toen ze de ander doodden. Uit hun agressieve daad sprak het verlangen om een eind te maken aan de natuurlijke maar ongezonde concurrentie tussen gelijken die eigenlijk zo dicht na elkaar op de wereld waren gezet om elkaar lief te hebben en samen te werken (ach, het broederschap, dat zo vaak te pas en te onpas wordt aangeroepen, met zoveel ambiguïteit over de effectieve reikwijdte van die smeekbede! Men realiseert zich niet dat daarmee een oorspronkelijke, vernietigende drift wordt gewekt!), maar die juist vanwege die fundamentele gelijkheid met elkaar in conflict raken. Liever dan hun dubbelganger te verslaan, wilden ze met hem versmelten, om zo de herhalingen te elimineren die de bron van wanorde en verwarring zijn.

Alle broers zijn onontkoombaar Karamazov.

Een zus daarentegen is een ongekend geschenk. Als ze ouder is dan jij kun je van haar houden en je door haar laten beschermen, als ze jonger is kun je haar op handen dragen. Als ze een kopie van jou is, of als jij een kopie van haar bent, is ze alleen al doordat ze tot het andere geslacht behoort een uniek, buitengewoon wezen, want volkomen vertrouwd en toch volkomen vreemd.

Een raadselachtige zegswijze, toepasbaar op de meest uiteenlopende terreinen voor iemand die op zoek gaat naar iets wat de moeite waard is om zich voor uit te sloven, luidt: zoek altijd het meest nabije van het verre, en het meest verre van het nabije.

En voilà, in een zus heb je dat gevonden. Een zus voldoet volledig aan die omschrijving, zij beslaat precies die plek, dat punt. Met haar ervaar je het anders-zijn waarop je moeder geen aanspraak kan maken, ook al was zij er eerst. Ikzelf bijvoorbeeld was me er niet eens van bewust dat mijn moeder een vrouw was, dat ze tot het andere geslacht behoorde, zozeer was ik met haar versmolten, zozeer vertegenwoordigde zij de totaliteit. Een zus daarentegen is een stijlfiguur van de naburigheid, soms een synecdoche, altijd een metonymie; via haar maken jongens zich los van de deprimerende beperkingen van de seksuele identiteit terwijl ze toch bij die van henzélf blijven, binnen de grenzen van hun eigen vlees en bloed. Ze voelen dat ze groeien, zich uitbreiden, tot ze degene tegenover hen in de spiegel begrijpen.

Als ik een lijst moest opsommen van de interessante zussen van mijn klasgenoten, zou ik niet weten waar ik moest beginnen. Mijn eigen zus was te jong, die telde niet mee. Op je negende of tiende ben je hoe dan ook het kleintje van het gezin en dat ben je dan nog steeds wanneer je vijftig bent en het gezin niet meer bestaat. Zij was een blond minimensje, en haar sproetige huid was zo dun dat je er maar aan hoefde te komen of de sproeten leken te deinen op het oppervlak. Zou ze een mooie meid worden, een mooie vrouw? Dat interesseerde ons niet. Voor ons oudere broers kon ze voor altijd zo blijven, en dan kon ik haar voor altijd blijven bewonderen en negeren, als een fragiel, onpraktisch speeltje dat altijd op de plank blijft staan; en mijn broer kon haar blijven plagen, want zij klaagde toch nooit en dus voelde hij zich geroepen haar nog meer te plagen. Hij lokte haar naar het bed van onze ouders met een of ander slinks smoesje, om een heel leuk spelletje te doen, kom mee, toe nou, en daar zette hij haar klemvast, hij kruisigde haar op het matras en onderwierp haar aan allerlei kwellingen, zonder dat ze ooit protesteerde of huilde. Ze klaagde nooit bij onze moeder. Als ik langs de kamer van mijn ouders liep zag ik die twee daar in hun gebruikelijke houding: hij bovenop, zodat zij onder zijn gewicht geen kant op kon, met haar armen gespreid, haar polsen vastgeklemd, haar hoofd opzijgedraaid met een grimas van walging, sidderend van zowel afgrijzen als plezier, want mijn broer was op dat moment bezig een sliert speeksel uit zijn mond op haar te laten druipen, waarbij de fluim haar bijna raakte, maar voordat die zich echt losmaakte van zijn lippen zoog hij hem snel weer omhoog en dan begon hij opnieuw, op en neer, op en neer, de speekselsliert ging vanuit de mond van mijn broer omlaag en omhoog als het touwtje van een jojo.

Dat was dus mijn zusje.

Jervi daarentegen had een indrukwekkende zus van maar één jaar jonger. Beeldschoon. Een donkere huid, mager, lang, met golvend zwart haar en een gezicht dat niet gewoon mooi was, maar meer dan dat, mysterieus, lachend, schalks, intens, stiekem, veelbelovend. Je begreep dat dat meisje speciaal was gemaakt om een golf van aandacht op te wekken en die vervolgens te berijden, als een surfer op de oceaan. Dat was het beeld dat je van haar bijbleef vanaf de eerste ontmoeting. Niemand van ons kon het laten, als we haar op een regenachtige winterdag dik ingepakt zagen staan met haar moeder, wanneer ze Jervi van school kwamen halen, om zich voor te stellen hoe ze er in de zomer uitzag, aan het strand dus, met die rondingen, en dat lange haar tot op het randje van haar piepkleine bikinibroekje terwijl ze naar de vloedlijn holde, precies zoals in een tv-reclame voor ijsjes, dat wil zeggen in slow motion. Destijds waren katoenen bikini's soms maar ielige, kreukelige reepjes stof, en wij waren er heilig van overtuigd dat zij een kleine, maar stevige, volmaakte kont had, ook al hadden we er nog nooit een glimp van opgevangen onder die onflatteuze lagen winterkleding, we waren er volkomen zeker van, dankzij die mediamieke visioenen van ons. Haar lichaam was stof voor waarzeggers. Bovendien was ze helemaal niet verlegen, ze maakte grapjes en noemde ons bij de naam, ons klasgenoten van haar broer, alsof ze ons wilde provoceren en onze reacties wilde peilen, die steevast de verkeerde waren, overdreven, of we nou gemaakt nonchalant deden of juist heel verlegen.

(In mijn geval het tweede.)

We kunnen gerust zeggen dat Jervi er trots op was om zo'n geile zus te hebben (ik gebruik dat woord omdat ik zeker weet dat ik hem zelf meerdere keren zo over zijn zus heb horen praten, waarbij hij heel goed wist wat hij deed, hij gebruikte het woord in de vaste formule 'wat een ... ding'), maar die trots was net zoiets als de trots die hij gevoeld zou hebben als hij een mooie brommer had gehad: dankzij die geile zus stond hij dus net een treetje hoger dan degenen die er geen hadden.

Ach ja, ik ben altijd in de ban geweest van mijn ideale liefde voor de zussen van mijn klasgenoten: de twee grote, mooie blonde zussen van Marco Lodoli, veel ouder dan hij, die in mijn herinnering altijd al getrouwd waren en kinderen hadden, de fantastische zus van Jervi, de zo wonderbaarlijk getransformeerde zus van Iannello, en dan had je nog de zus van Barnetta, bijgenaamd 'de Moezjieka' vanwege haar stevige benen en rode konen, en ten slotte Leda, de zwijgzame zus van Arbus.

Op het SLM had je vaak tweetallen of zelfs drietallen broers. Met hun aflopende leeftijden besloegen ze een heel tijdperk van die school, en erfden vaak dezelfde leraren van elkaar, zoals Cosmo of Svampa of frater Curzio. Je had de broers Ducoli, die van Abbadessa, die van Di Marziantonio, die van Sferra, die van Bellussi, die van Pongelli, de broers Giannuzzi, twee Cerullo's, de Dall'Oglio's, de Rummo's en ook de Albinati's...

In de tijd waarin dit verhaal zich afspeelt had je nog grote families, met veel kinderen, veel neven en nichten, waardoor die een uitgebreide, maar ook grillige erotische potentie uitstraalden, in die zin dat je over ze kon nadenken en fantaseren terwijl je ze een voor een afging, en aangenaam kon stilstaan bij je overpeinzingen en de twijfels die daaruit voortkwamen, bijvoorbeeld welke van de broers of zussen het spannendst zou zijn om verliefd op te worden, met welke je het beste zou kunnen trouwen en wie de knapste van de familie was, en dat oordeel kon ook de ouders omvatten, want vaak waren de moeders een stuk aantrekkelijker dan hun dochters. Er heerste in die jaren een bepaalde mythe, aangewakkerd door de film *The Graduate*, waardoor mooie vrouwen van in de veertig werden omgeven door de duizelingwekkendste obscene fantasieën.

Nu vraag ik me af, met betrekking tot de vrouwenmishandelaars die in dit boek, in elk geval gedurende een bepaald traject, de hoofdrol zullen vervullen: ik zou wel eens willen weten wat voor relatie zij hadden met hun moeder, met hun zussen (als ze die hadden), kortom, met de vrouwen die hun het meest nabij waren? Minachting, perverse liefde, jaloezie, langdurig onderdrukte woede? Of misschien juist iets puurs, wie zal het zeggen? Wie wilden ze eigenlijk ontmaagden, sodomiseren, wurgen, wie wilden ze eigenlijk straffen, en door wie waren zij zelf eventueel vernederd en gestraft?

De klassieke formule luidt: afwezige vader + ziekelijke moeder = psychopaat. Maar die formule heb ik nooit erg overtuigend gevonden. Het heeft voor mij iets inferieurs, als iets wat is bedacht door een talentloze scenarioschrijver.

In de volgende hoofdstukken zal ik iets vertellen over een van die vrouwen, een van die moeders, de moeder van mijn dierbare klasgenoot en vriend, en misschien was zij van alle moeders die ik had leren kennen wel de interessantste, de vreemdste, voor zover ik me herinner de mooiste of hoe dan ook degene die de meeste indruk op me had gemaakt. Net zo mooi als mijn eigen moeder, zij het dan heel anders, in fysiek opzicht haar tegenpool: rood haar, sproetig gezicht, kleine groene ogen. Door te vertellen over Ilaria Arbus vertel ik over alle moeders van toen, over alle moeders die ik heb leren kennen, de mama's van andere schoolgenoten, de dames van het QT. Laten we samen deze bladzijde omslaan.

Hoofdstuk VIII

Wat was ze aardig, echt aardig. Wat was ze mooi, echt mooi. En ongelukkig was ze ook, volgens mij. Ze had last van die sluipende ongelukkigheid die aan huismoeders van tussen de dertig en de veertig knaagde, moeders die kinderen op de wereld hadden gezet, deze hadden gevoed, gekleed en verzorgd, en vervolgens, nu die kinderen niet meer zo klein waren, het gevoel hadden dat hun leven vrijwel leeg was. Tegenwoordig komt dat niet meer voor omdat alles pas veel later begint, maar in die tijd was het normaal dat een vrouw op haar vijfendertigste of kort daarna haar moedertaak al had vervuld, of in elk geval die van de exclusieve verzorging. Er was niets meer waarmee ze verwoed bezig moest zijn, er restten haar alleen nog de huishoudelijke taken, maar de heldhaftige fase was achter de rug. En dan? Wat te doen? Wat te doen in het leven behalve de boodschappen en de planning van het weekmenu en het afhandelen van de rekeningen en de groezelige manchetten? Een jonge vrouw van achter in de dertig had vaak al drie emotieve cycli achter de rug: de periode bij haar ouders thuis, de periode met haar man, terwijl ze moeizaam was bekomen van de echtelijke schok, en de fase met een of meer kindjes, misschien wel de meest exclusieve en veeleisende verliefdheid, die van een diepgewortelde afhankelijkheid transformeert tot een problematische relatie, niet langer exclusief, gemarkeerd door het verbreken van de mythische eenheid tussen moeder en kind. Dus wat moet je dan?

Gedurende een bepaalde periode, dezelfde waarin zich het voornaamste deel van dit verhaal afspeelt, schommelden de Italiaanse moeders tussen radicaal verschillende opties, die echter wel allemaal voortkwamen uit hetzelfde gevoel van onzekerheid. Sommige omhelsden zonder voorbehoud en voor altijd, alsof ze een gelofte aflegden, de rol van vestaalse maagd van de familie, en die wisten ze zo lang mogelijk te rekken, ook al werkte haar man niet erg mee en waren haar kinderen al groot en inmiddels zelf getrouwd, door het met ontwapenende punctualiteit organiseren en repliceren van de huiselijke rituelen van vroeger: etentjes, feesten, verjaardagen, cadeaus, vakanties (als ze bourgeois waren) of uitstapjes (als ze volks waren), zelfs de ruzies en de beledigingen en de tegenslagen en de sterfgevallen leken te zijn gepland door deze vrouwen die koste wat kost wilden doorgaan met hun rol als moeder en abdis en koningin en gouvernantes van niks, maar dan wel een niks dat perfect werd bijgehouden, gecontroleerd, gedomineerd, beheerd, een omheining, kortom, waarvan het een schande zou zijn geweest om eruit te ontsnappen; andere vrouwen daarentegen, de meest geëmancipeerde, die blijkbaar wilden laten zien wie ze zelf eigenlijk waren, wierpen zich nadat ze de voortplantingsfase achter de rug hadden weer op de studie die ze nooit hadden aangevangen of hadden onderbroken of vergeefs hadden afgerond; op de carrière die ze gedurende een zo lange periode aan de kant hadden gezet dat ze nu eigenlijk weer van voren af aan moesten beginnen, of anders verzonnen ze gewoon een splinternieuwe; bij die van de generatie van mijn moeder en die van Arbus was er bijvoorbeeld een die al was afgestudeerd in rechten en die nu eindelijk haar beroep ging uitoefenen; een ander die een winkel in Zweeds natuurlijk houten speelgoed opende; weer een ander richtte een muziekschool op waar kinderen de muzieknoten leerden als een opeenvolging van fysieke handelingen: een arm of een been optillen, een stap naar voren zetten, eentje opzij, een sprongetje maken; sommige dames zetten de verrassende stap om een vrouwenvereniging op te richten, te starten met een krant, een studiecentrum, een onderneming, ze sloten zich aan bij een politieke beweging, kortom, ze deden er alles aan om in daden, en niet alleen in woorden, duidelijk te maken dat er voor hen een nieuw leven was begonnen, sterker nog, in sommige gevallen, dat dát pas hun echte leven was, in plaats van die vorige echtelijke/moederlijke versie; en dan waren er ook nog vrouwen die zich ineens realiseerden dat ze nog steeds begeerlijk waren voor ieder ander dan hun eigen gade, vaak overigens de enige man met wie ze ooit naar bed waren geweest, en hongerend naar liefde of verandering sloegen ze na menig lustrum van strikte trouw de weg van de amoureuze en seksuele avontuurtjes in, die voor het overgrote merendeel werden beleefd binnen de context van de gebruikelijke kennissen en de kring van het eerder geleide leven, dus dan namen ze als minnaar een voormalige school- of studiegenoot die ze na lange tijd toevallig waren tegengekomen, of de man van een vriendin die altijd, door het geven van signalen in een zo dubbelzinnige code dat die ook als onschuldig kon worden opgevat, een belangstelling voor hen had getoond die verderging dan plichtmatigheid, waarbij hij te kennen gaf dat er tussen hen ook affiniteit zou kunnen bestaan op andere vlakken dan dat van de gemeenschappelijke keuze voor een bioscoop of een restaurant; en verder studiegenoten van hun kinderen of zelfs de vriendjes van hun dochters, die, opgewonden maar aanvankelijk schoorvoetend, uiteindelijk bezweken voor de perverse aantrekkingskracht van het idee, waaraan ze zich dan achteraf konden laven, dat ze zowel moeder als dochter hadden gehad, want dat is wel het werkelijke toppunt van de mannelijke erotische fantasie, met name de Italiaanse, die in zijn niet eindeloze repertoire een ereplaats inruimt voor de moederfiguur (tegenwoordig zowel gevierd als gekleineerd door het treurige acroniem milf). Het merendeel echter, en ik denk dat de moeder van Arbus daar ook bij hoorde, nam niet een van die zo duidelijke posities in, maar beperkte zich ertoe voort te dobberen op de leegte van het dagelijkse verstrijken van de tijd: de kinderen op school, haar man, professor Lodovico Arbus, in beslag genomen door het academische leven (daar ging iedereen tenminste van uit), het huis stil, netjes, waar geen taken wachtten behalve van die obsessieve zoals het boenen van de tinnen snuisterijen, de wereld buiten die door de ramen gonst, je gezicht en je lichaam weerkaatst in de spiegel... als je jezelf bekijkt...

De moeders van mijn klasgenoten en de dames van het QT uit die tijd gaven uiting aan hun verlangen naar macht in de vorm van moederinstinct. Voor hen bestond de hele wereld, of bijna, uit objecten die verzorgd en monden die gevoed dienden te worden: kinderen op de eerste plaats, uiteraard, maar ook hun vriendjes, klasgenootjes en sportmaatjes, tot in wijde kring, en verder onfortuinlijke of zieke familieleden, huisdieren, bejaarde ouders, armen van de parochie, allemaal mensen wier leven georganiseerd en geregeld moest worden. Als zich eens toevallig een tijdelijk tekort aan zielige gevallen voordeed, bleven de moeders niet zitten duimendraaien maar gingen ze er actief naar op zoek. Het zou vreselijk zijn geweest als er ineens niemand meer behoefte zou hebben gehad aan hun zorgzaamheid.

Je had ook vrouwen die minder stellig en bemoeizuchtig waren, die hadden onder de opdringerige behandeling van hun eigen moeder geleden en keken er wel voor uit om die te herhalen tegenover hun kinderen. Mijn moeder was zo iemand, bijvoorbeeld.

Ach, de moeder van Arbus, met wat een overgave maakte ze haar zoon het leven zuur! Ik merkte dat ik ook zo behandeld wilde worden, maar ze liet duidelijk merken dat ze mij niet wilde als doelwit van haar kwellingen, en doordat ze aardig tegen mij deed dreef ze dus bewust de spot met me. Ik was haar niet waard, met andere woorden, ik was zelfs onwaardig om te worden behandeld als een onwaardig wezen, als een slaaf, een parasiet, een schimmel, een wrak. Arbus was het mikpunt, van haar liefde. Ik was zowel te klein als te groot: te klein als man om door haar met voldoening te kunnen worden onderworpen, en te groot om te kunnen worden gewiegd in haar armen, gewiegd en heen en weer geslingerd, gewiegd en gekweld. Ik was kortom niet weerloos genoeg, maar ook niet voldoende weerbaar...

Mijn boterhammen besmeerde ze heel zorgvuldig met boter en jam tot op alle hoekjes van het sneetje, terwijl ze die van Arbus op de grond liet vallen nadat ze er een hele lepel jam op had gekwakt, expres zo dat ze over de rand van het bord zouden vallen. 'En dit is allemaal voor onze Edo,' zei ze dan, ze gaf me mijn brood en terwijl ze toekeek hoe ik zat te eten vroeg ze: 'Lekker?' Hoe kon ik onverschillig blijven voor haar spottende toon?

Met crackers was het nog erger: mij gaf ze de hele, en Arbus die met barsten erin, die in zijn hand verbrokkelden zodra hij ze vastpakte. Ik hoef er niet bij te zeggen dat de stukken steevast met de besmeerde kant op de grond vielen.

'Wat heb ik toch een verstrooide zoon... Wat zit er toch in die grote kop van hem? Waar denkt hij aan? Aan wíé denkt hij? Nou?'

En terwijl ze 'Aan wie? Aan wie?' bleef herhalen, tikte ze met haar knokkels op zijn hoofd. Arbus deed alsof hij het niet vervelend vond, de tikjes werden steeds harder en frequenter, maar hij bleef zorgvuldig zijn aantekeningen overschrijven, totdat hij zijn hoofd opzijtrok, zonder iets te zeggen.

'Er zit geen enkel geheim hierbinnen,' zei zijn moeder, zogenaamd verontwaardigd.

'Maar jij hebt wel geheimen, hè?' vroeg ze dan glimlachend aan mij. 'Wat heb jij allemaal te verbergen, vertel eens.'

'Ik?'

'Ja. De dingen die je niet aan je moeder vertelt. Kom op!'

'Mwah... ik vertel haar bijna niks...'

Zo waren de middagen bij Arbus thuis altijd bewogen en onvoorspelbaar. Dat wil zeggen, ze waren doodsaai, maar de saaiheid van het leren werd voortdurend onderbroken doordat mevrouw Arbus kwam binnenvallen. De interruptie was haar steekwapen. Wat we ook aan het doen waren, overal stak zij het lemmet van haar alternatieve voorstellen tussen. Als we televisiekeken, eiste zij dat de tv meteen uit moest en dat mijn vriend Scarlatti moest spelen op de piano. Amper was hij met een stuk begonnen of ze beval hem om een ander, moeilijker stuk te spelen, en vervolgens gaf ze hem wat lekkers zodat zijn vingers plakkerig waren van de jam of de mayonaise. We zaten een keer scheikunde te leren. Kapot van de dood van zijn bloem had Svampa bezworen dat hij ons vanaf nu alles schriftelijk zou laten doen, niks geen uitleg of overhoringen meer, hij had geen zin meer om te staan schreeuwen en zijn schorre stem te verspillen, en ook niet om ons de ketens van zuren te horen opdreunen, hij zou ons alleen nog maar razend moeilijke schriftelijke proefwerken opgeven die we alleen konden maken als we de stof in het boek zelfstandig grondig bestudeerden, zoek het maar uit, had hij gezegd, met zijn ogen vol tranen van woede vermengd met oprechte pijn, jullie zijn toch zo goed? Die keer kwam Ilaria Arbus de kamer van haar zoon binnen in badjas, met een handdoek om haar hoofd gedraaid als een tulband, en onderbrak ze onze exercities.

'Waar zijn jullie mee bezig? Ik wed dat jullie weer eens tijd zitten te verdoen, of niet, Edo?'

'O nee, mevrouw, we werken...' begon ik ijverig uit te leggen, 'aan de oefeningen van scheikunde en...'

'En jullie komen er niet uit.'

Ilaria Arbus had slechts gedeeltelijk gelijk. Ondanks zijn beslagen brillenglazen en de desinteresse die hij aan de dag legde voor zo'n vaag vak ('Mensen die graag met reageerbuisjes rommelen' was zijn omschrijving van chemici, zelfs al heetten ze Lavoisier of Madame Curie), wist haar zoon zeker twee derde van de vraagstukken op te lossen, terwijl ik altijd minstens één deel van de berekening fout deed en dus de uitkomst versjteerde.

'Laat mij eens kijken,' zei ze, en ze pakte het blaadje met de oefeningen die Svampa ons had opgegeven uit mijn handen.

'Nou... eens kijken', en ze ging de lijst af, '...de molecuul van zwavelzuur (H_2SO_4) heeft een molaire massa van 98 ame... Hè, wat betekent ame?'

Arbus snoof. 'Atomaire massa-eenheid.'

'Ach ja, logisch,' vervolgde zijn moeder, 'atomaire massa-eenheid... a-m-e... dus, ja... die molecuul heeft een massa van 98 ame. Bereken het percentage zuurstof dat aanwezig is in de molecuul.'

Ze liet het blaadje zakken en keek ons glimlachend aan. 'Jullie weten toch wel hoe dat moet? Het percentage zuurstof. Zo moeilijk is dat niet.'

'Nee, het is niet moeilijk... Maar ik weet niet hoe je het moet uitrekenen,' bekende ik. 'Ik weet het niet meer.'

'En jij, mam, weet jij hoe het moet?' vroeg Arbus smalend.

'Schat, als je me even rustig laat denken kom ik er wel op. Het is twintig jaar geleden dat ik dit heb gehad!'

Tja, het was duidelijk dat ze geen kaas had gegeten van scheikunde, maar toch verwachtte ik dat ze elk moment het juiste antwoord kon geven, alsof dat haar door een engel zou worden ingefluisterd. We keken haar allebei aan, Arbus geïrriteerd, ik afwachtend. Toen ik zag dat ze haar voorhoofd fronste, verrichtte ik de inspanning die zij alleen maar veinsde te doen. Ik probeerde me de laatste les voor de geest te halen die Svampa ons had gegeven, voordat hij in staking was gegaan vanwege de dood van zijn bloem.

En ik kwam op de uitkomst.

Terwijl Arbus zijn moeder tartend bleef aanstaren, schreef ik met potlood in de marge van het boek de uitkomst, in de hoop dat ik het goed had berekend: 65,2%.

Mevrouw zag wat ik stiekem had gedaan, zonder dat haar zoon het merkte. Ze gluurde naar het getal. Ze slaakte een zucht en stak een haarlok terug in de tulband, die voor haar gezicht was gevallen terwijl ze de opgave bestudeerde.

'Nou, ik wilde het eigenlijk van jullie horen... Maar genoeg gekletst, het is vijfenzestig procent, de zuurstof, of om precies te zijn vijfenzestig komma twee, klopt dat?' en ze beantwoordde de tartende blik van haar zoon, op een manier die ik onweerstaanbaar vond.

'Dus nu jullie je scheikunde af hebben, zullen we dan maar een potje doen?' stelde mevrouw Arbus voor, waarmee ze alle pukkels op het gezicht van haar zoon ineens knalrood liet kleuren.

'Een potje wat?' vroeg ik verrast.

'Kaarten, natuurlijk, wat een vraag. Pokeren, als jullie zin hebben.'

'Mam, kom op! Hoezo kaarten!'

'Je wilt gewoon niet omdat je er niet goed in bent. En je bent bang dat het je je zakgeld kost... Heb ik gelijk of niet?'

'Mam! Ik ben helemaal niet bang.'

'O, jawel,' zei mevrouw Arbus terwijl ze op het bureau ging zitten en het scheikundeboek bedekte, alsof ze ons leerwerk wilde verhinderen met haar lichaam (dat inderdaad opmerkenswaardig was), en daarbij gleed er van onder haar badjas een been uit dat bleef hangen, heen en weer bungelend voor mijn ogen.

'Je bent bang om lol te hebben. Zo simpel is het. Wist je dat, Edo, dat jouw vriendje dóódsbang is om lol te hebben?'

Ik geneerde me zo dat de gêne gewoon aangenaam was, het gevoel dat ik vol ontzag was, vol bewondering voor de schaamteloosheid van Arbus' moeder, en eerlijk gezegd ook voor haar uitzonderlijke schoonheid, het was zowel prettig als fataal om je daaraan te onderwerpen, zeker voor iemand die zoals ik nooit betere argumenten heeft gevonden dan een glad, wit been om direct een eind aan elke discussie te maken. Een aanblik zoals die van Arbus' moeder, in badjas, hoog boven ons, uittorenend boven ons leerlingen die zaten vastgeklemd in onze vouwstoelen, met een potlood in de mond om te onderstrepen, volstaat om mijn hele hoofd op tilt te laten slaan. Goed, die dag lieten we de scheikunde dus voor wat die was en gingen we pokeren, ik raakte mijn weinige geld in een paar potjes kwijt (mevrouw Arbus raakte algauw verveeld, en terwijl ze de badjas tegen haar borst aan klemde alsof ze met dat gebaar wilde zinspelen op de brutaliteit van mijn blik die zich erop had gevestigd verliet ze de kamer), en de volgende dag moest ik doen alsof ik koorts had om te ontkomen aan een scheikundeproefwerk waar ik niks van zou bakken. En toch kan ik wel zeggen dat ik me die dag bij Arbus thuis, in tegenstelling tot mijn vriend, echt vermaakt had.

Ik zal mijn bezoekjes daar nooit vergeten, de middagen met Arbus en zijn moeder, die hem behandelde als een lappenpop die ze even onstuimig knuffelde als mishandelde. Het leek altijd alsof ze hem elk moment de ogen uit kon rukken, om die vervolgens weer snikkend aan te naaien zoals meisjes met een wat sadistische inslag doen met hun knuffel.

Over ogen gesproken: wanneer zijn moeder in de buurt was en hem pestte, hem kietelde, dan knepen de ogen van Arbus, achter zijn dikke, groezelige brillenglazen, zich samen tot twee spleetjes...

Ze kwelde hem, met het idee dat het niet erg was, want later zou ze het goedmaken door hem te overspoelen met liefde. Alleen kwam dat goedmakertje er nooit van.

Hoofdstuk IX

Haar stemming was altijd anders. Als ze geen spelletje deed, als ze geen grapjes maakte, dan was ze zorgelijk. Ik kwam een keer bij hen aan de deur zonder dat ik van tevoren had afgesproken. Ik belde aan.

'Is Arbus er?'

Ik noemde hem altijd zo. En ik was erachter gekomen dat hij thuis ook bij zijn achternaam werd genoemd.

'Nee. Maar volgens mij komt hij zo terug. Kom binnen.'

Ik liep achter haar aan de gang in. Toen ik ter hoogte van de kamer van mijn vriend kwam stond de deur daar open, het bureau was netjes, het bed opgemaakt, en ik wilde afslaan om er naar binnen te gaan, maar Ilaria Arbus draaide zich om en pakte mijn arm vast.

'Nee, niet daarheen. Kom mee. Ik wil je iets laten zien.' En ze liep verder door de schemerige gang. Ik achter haar aan.

Ze nam me mee naar haar slaapkamer. 'Kom, kom.' Ik geneerde me. Het was een tamelijk kleine kamer die bijna helemaal vol stond met het bed, dat misschien juist daardoor groter dan normaal leek, een notenhouten commode en de kleerkast, met halskettingen aan de deurknoppen. Ik keek ernaar, in het weinige licht dat de gordijnen doorlieten: het waren goedkope dingen.

'Ga zitten, Edoardo.' Er was geen andere plek om te gaan zitten dan op het bed. Ik keek verbluft naar haar. Maar ze stond met haar rug naar me toe en had een van de onderste laden van de commode opengedaan, waarin ze iets zocht. Ze herhaalde 'Ga zitten', terwijl ze gebukt met haar rug naar me toe bleef staan, of beter gezegd met haar onderrug, gehuld in een katoenen jurk waaronder je de randen van haar slipje zag. Ik had op het voeteneind van het bed willen gaan zitten, maar dat werd in beslag genomen door een massief, zwartgeverfd ding van bewerkt ijzer, met op beide hoeken een grote bol. Ik moest dus wel in het midden gaan zitten, achter mevrouw Arbus, die gebukt in de la stond te rommelen, aan de kant van het bed waar zij sliep, aangezien er op het nachtkastje medicijnen lagen en een doosje wassen oordopjes en twee detectives, terwijl het andere nachtkastje leeg was en het lampje aan die kant niet met de stekker in het stopcontact zat.

'Aha, kijk eens aan', en ze kwam overeind met een map in haar hand; toen kwam ze naast me op het bed zitten, dat doorzakte onder ons gewicht. Ze haalde een stapel blaadjes uit de map, van allemaal verschillende afmetingen en diktes, en gaf ze me een voor een aan.

De eerste blaadjes waren zo te zien uit een spiraalblok gescheurd, van gemiddelde grootte, dun en wit. Op elk blad was met een dikke blauwe stift een stadsgezicht getekend, maar dan een denkbeeldige stad, nooit eerder gezien of alleen in dromen, met hoge gebouwen, kerken, torens, wolkenkrabbers in gedurfde vormen die veel weg hadden van die waarmee de best betaalde architecten van de wereld sinds een jaar of dertig graag de skylines van steden mogen markeren om die spectaculair te maken... en verder parken, verhoogde wegen, vijvers, kazematten, vestingwerken... Het waren prachtige ontwerpen en ook al waren ze steeds op dezelfde manier getekend, de steden waren toch onderling heel verschillend, alsof ze elk een heel specifiek model voorstelden. De moeder van Arbus gaf me er een aan, en intussen pakte ze het blaadje dat ik al bekeken had weer terug en stopte het onderop, waarna ze me aankeek en me een glimlach schonk waarvan me niet duidelijk was of die cynisch bedoeld was, of misschien alleen maar geamuseerd vanwege mijn verbazing. 'Tjonge, die zijn echt schitterend...' was het enige wat ik kon uitbrengen als reactie op die glimlach. Ze zat zo dicht naast me dat ik haar gezicht niet eens helemaal kon zien, maar alleen haar mond, en de rest niet, of alleen haar ogen, en de rest niet.

Pas toen ze me de laatste van die stadsgezichten aangaf ontwaarde ik echter een opmerkelijk detail, dat me juist door de gedetailleerde uitwerking tot dan toe was ontgaan. Ik besefte op dat moment dat de tekeningen waren gemaakt zonder de stift van het papier te halen. Ze bestonden dus uit één ononderbroken lijn die vanaf een bepaald punt begon en dan kronkelend, zigzaggend, omhoog en omlaag en diagonaal uiteindelijk terugkeerde naar datzelfde punt, nadat hij vorm had gegeven aan die verrassende massa gebouwen. Dat was dus onder meer waarom ze die ongelooflijke samenhang vertoonden, die compactheid: omdat ze het resultaat waren van één gedachte, of beter gezegd van één handeling, één ononderbroken beweging van een hand, die zich pas van het papier had verwijderd nadat het helemaal af was.

'Die heeft hij getekend toen hij vijf was.'

'Echt waar, ongelooflijk...' mompelde ik, en ik zou de blaadjes die Arbus' moeder me al had laten zien het liefst nog eens terugvragen, om te verifiëren of die ook allemaal met die uitzonderlijke continuïteit waren getekend, maar zij had het laatste blaadje al uit mijn handen gepakt en gaf me nu een ander blad.

'Vijf jaar...'

De nieuwe serie bestond uit echte tekenbladen, van dik, ruw papier. Er waren, met potlood, huiselijke interieurs op afgebeeld. De stijl was totaal anders dan die van de stadsgezichten: zo ongrijpbaar, abstract, gestileerd en zogezegd grafisch als die waren, zo minutieus en hyperrealistisch waren deze, uitzonderlijk accuraat in het reproduceren van elk voorwerp in de kamer die de tekenaar voor zijn ogen had voordat hij het blad begon te vullen. Ja, vullen is het juiste woord, want ook al had het potlood maar een ielig donkere lijn op het witte papier achtergelaten, elke centimeter leek te zijn ingevuld, versierd, van boven tot onder en van links naar rechts, met een bijzonder effect, een soort fotografische topografie, of beter gezegd, iets van een digitale scan: alsof het oog van de toeschouwer langzaam was rondgedraaid van de ene naar de andere kant van het gezichtsveld, om dat vervolgens precies zo over te brengen op het papier. Het verschil zat hem alleen in een nauwelijks merkbare vervorming of schommeling van de ruimte, die soms wat krapper werd of overhelde, alsof het gezichtspunt enkele graden was verplaatst of alsof het getekende voorwerp een klein beetje om zijn as was gedraaid.

Ik zal een voorbeeld geven om het duidelijker te maken, van de eerste tekening die Arbus' moeder me aanreikte. Er was een woonkamer op afgebeeld, of eigenlijk datgene wat in de huizen van de gegoede burgerij de zitkamer wordt genoemd. Het zou me niet eens lukken om alle dingen op de tekening net zo minutieus op te noemen als ze waren getekend, want de afbeelding was juist verrassend vanwege bepaalde levensechte details die haar de toevalligheid van een momentopname verleenden. Er stonden twee banken in L-vorm geplaatst en twee fauteuils met een hoge rugleuning en gestoffeerde zijkanten, waarvan de gebloemde stof was weergegeven met de nauwkeurigheid van bepaalde schilderijen van Vuillard, en op de rugleuning als contrast een andere stof ter bescherming, tapijten op de grond en aan de muren schilderijen die me bekend voorkwamen, uit de lijst van een ervan keek een man met zijn armen over elkaar hooghartig de zitkamer in, met een elegante kamerjas aan waarbij de tekenaar er ook aan had gedacht het borduursel op de borstzak te reproduceren, en de pijpenkop die eruit stak, en de initialen vlak onder het borduursel, L.A., alsof dat vanzelfsprekend een veelbetekenend detail was. Op een ovale tafel met vier thonetstoelen met rieten zitting die niet naar het midden van de tafel gericht stonden maar ongeordend naar buiten gericht, alsof degenen die erop gezeten hadden ineens waren opgestaan en de kamer hadden verlaten zonder de moeite te nemen ze netjes terug te zetten, lag een pak kaarten waarvan er enkele waren uitgedeeld, met drie tegelijk, aan minstens twee spelers, voordat het potje werd gestaakt. Naast de armleuning van een van beide banken stond een tijdschriftenbak van geperforeerd metaal en door die gaatjes kon je enkele letters lezen van de kop op de voorkant van minstens drie weekbladen die erin waren gepropt door een huishoudelijke hulp of een vrouw des huizes die geïrriteerd was maar vastbesloten om op te ruimen, en naast of onder die letters had de tekenaar zelfs de zichtbare stukjes omslag van de opgerolde bladen gereproduceerd, een vrouwenbeen, een hand met grote ringen aan de vingers en een blonde haarlok. De enige tekst die viel te reconstrueren op basis van de zichtbare letters was L'ESPRESSO.

Een speciaal meubel gevormd door twee op elkaar geplaatste kubussen herbergde de pick-up en versterker van een stereo-installatie en een niet al te uitgebreide platenverzameling, die omdat ze haaks was neergezet een blik gunde op de voorkant van de eerste hoes, het beroemde *Abbey Road*, waarvan echter alleen de eerste twee figuren van rechts te zien waren, Lennon met baard en schouderlang haar, in het wit gekleed, en Ringo in een net zwart pak, lopend over het zebrapad.

Ik zou nu nog kunnen doorgaan met deze opsomming (tegen een wand een buffetpiano met een partituur die er scheef op stond en nog wat losse blaadjes die zelfs op de toetsen waren terechtgekomen... het achterlijf van een zwarte kat dat te zien was achter een halfopen deur rechts... de kroonluchter die boven het tafereel hing... enzovoort) maar ik laat het hierbij en wil alleen nog opmerken dat al die voorwerpen, de banken, het stereomeubel, de foto's, de schilderijen, uiterst nauwkeurig waren getekend en tegelijkertijd lichtjes waren vervormd, oftewel in de ruimte waren geplaatst vanuit allemaal verschillende gezichtspunten, waardoor bijvoorbeeld de tafel in de richting van de toeschouwer leek te hellen en de kaarten eraf dreigden te glijden, terwijl de rangschikking van de schilderijen aan de muren de indruk wekte dat de wanden achteraan in een scherpe hoek bij elkaar kwamen en je het idee kreeg dat de hele zitkamer was ingericht in een scheepsboeg.

'Dit is dus wat er van hem verloren is gegaan. Voor altijd.'

De glimlach om de mond van Ilaria Arbus was uitgedoofd, en haar groene ogen stonden vol onverklaarbare tranen.

Ik kon toen niet weten dat ik op datzelfde bed, een jaar of acht later, nog eens zou komen te liggen met haar dochter Leda.

Hoofdstuk x

Ach, als ik denk aan de gigantische hoeveelheid energie die ik al die jaren heb verspild in een poging om mezelf te rechtvaardigen... om mijn handelen met terugwerkende kracht zin te geven opdat de dingen die ik deed *terecht* zouden blijken, of in elk geval zouden lijken, of zouden klinken, ook al waren ze dat niet, of niet helemaal, en dat ik de dingen die ik níét deed terecht niet deed, of vermeed, kortom, dat mijn weigering (hoe vaak heb ik niet geweigerd, heel vaak, te vaak) niet voortkwam uit angst of luiheid of snobisme, maar uit een of ander nobel, zij het duister, principe.

De aaneenrijging van mijn 'liever-nietjes' is zo lang!

Feit is echter dat het beter zou zijn je niet te verlagen tot het verschaffen van redenen, om de redenen van je redenen te verduidelijken: als je dat niet doet, voel je je naderhand sterker. Het klinkt arrogant, maar het is juist eerlijk, en het bespaart jou een hele hoop hypocrisie en je naasten een hele hoop misverstanden of illusies. Als het anderen bevalt wat je doet en hoe je bent, prima, en zo niet, jammer dan, wat heb je er dan aan om je te rechtvaardigen? Als iemand in zijn recht staat hoeft hij geen tijd te verdoen met dat uit te leggen, als hij niet in zijn recht staat, dan veranderen zijn woorden of zijn houding daar ook niets aan.

En als het uiteindelijk helemaal verkeerd is wat je doet, dan zul je daar zelf de consequenties van ervaren, of de voordelen incasseren, dus dan hoef je in elk geval jezelf geen rad voor ogen te draaien, toch?

O, o, praten over jezelf...

Dat valt niet mee. Het valt absoluut niet mee om te praten over je slechte kanten, en erger nog, over hoe normaal je bent: het is alsof je een mes hebt en dat gebruikt om iemand te vermoorden, maar het snijdt niet, het is bot, het lemmet is niet geslepen en dringt niet binnen in het vlees, en jij maar duwen en duwen... En hoe dieper je probeert door te dringen, hoe verder die onbekende zich van je verwijdert.

Wie ben jij? Blijf staan. Laat je pakken.

Haha. Door wie moet ik me laten pakken?

Door mij!

Dat kan helemaal niet. Ik ben jou.

Ben jij mij?!

Precies.

Maar ik zie je niet...

En je zult me ook nooit te zien krijgen!

Er bestaan geen oprechte zinnen, die zijn nooit oprecht genóég, en er bestaan geen onthullende verhalen bij dat gepraat over jezelf, je blijft maar husselen, en maar husselen, en nog eens husselen totdat de stapel en de figuren die op de kaarten gedrukt zijn helemaal dol worden...

Een van die figuren was voor mij Arbus.

Een andere was een vrouw, of eigenlijk een meisje, maar in het begin herkende ik haar niet. Zal ik aan het eind van dit boek weten wie zij is? Hoeveel belangrijke meisjes zul je uiteindelijk hebben gehad in je leven, hoeveel doorslaggevende vrouwen? Degenen van wie je houdt, degenen van wie je droomt, degenen met wie je trouwt... Zullen degenen die jou pijn doen uiteindelijk meer of minder belangrijk zijn dan degenen wie jij pijn doet?

Zullen we een lijstje maken? Wie heeft er nooit een lijstje gemaakt van de geliefden die hij gehad heeft? En van het aantal vrouwen met wie het niks is geworden, ofwel omdat zij niet wilden of omdat je zelf niet wilde, of omdat er iets misging, de taxi kwam niet opdagen, de kamer was bezet, de blik werd niet opgevangen of niet begrepen, ach ja, ik had veertig graden koorts en de volgende ochtend vroeg moest ik een vliegtuig halen.

Alles hangt van toeval aan elkaar! De literatuur zal die toevalligheid nooit kunnen weergeven. En ook al zou die het wel kunnen, dan nog zou ze het niet willen! Dat wil de literatuur niet! Een roman is exact het tegenovergestelde van de chaos, de natuurlijke vijand van de wanorde. Daarom is al dat gepraat over jezelf of over anderen alleen maar tijdverspilling.

Dus, sla je boek dicht.

Doe de dop op je pen.

Zet je computer of tablet uit.

Doof ook het licht.

Laat de avondlucht binnenkomen door het wijd open raam. Die lucht is zwaar, hij ruikt naar bloemen en benzine. De avond is daarbuiten, hij is immens en wijd open.

Hoofdstuk XI

De episode die ik nu ga vertellen is van een jaar of tien geleden, misschien langer. Ik bereken het vanaf een tamelijk zekere datum, een vast punt, wat in historisch onderzoek (meen ik) 'terminus ante quem' wordt genoemd, en dat is 2005, het jaar waarin ik mijn laatste voetbalwedstrijd speelde, of beter gezegd, een partijtje thuis in de tuin met wat kinderen; de keer dat ik om een bal te controleren die vanuit de lucht omlaagkwam, en om te voorkomen dat een twaalfjarige hem te pakken zou krijgen, plotseling opsprong en mijn rechterbeen uitstak, en terwijl ik de bal raakte hoorde ik een geluid achter mijn dijbeen, ín mijn dijbeen, een soort knak, en toen stortte ik op de grond neer, nog altijd met mijn been gestrekt, zoals Russische balletdansers doen aan het eind van hun acrobatische dans.

Die scheur in mijn tweehoofdige dijspier betekende het einde van mijn voetbalcarrière, die zich overigens al jaren alleen nog maar op vijf-tegen-vijfveldjes afspeelde, in een lager tempo.

Het was dus beslist vóór 2005 dat ik bij een sportcomplex waar de veldjes zijn ingeklemd tussen de heuvel van rivierafzetting en de Tiber, en waarover een nevel hangt die het kunstgras vochtig laat glinsteren onder de lichtmasten, mijn vroegere klasgenoot Rummo trof.

Ik snap niet hoe hij me herkende daar in die kleedkamer, na bijna dertig jaar.

'Zeg, ben jij soms Albinati?'

We waren allebei in onderbroek en heel gehaast, de wedstrijd zou over drie of vier minuten beginnen en de andere spelers hadden de kleedkamer dan ook al verlaten, en erop gehamerd dat de laatste van ons laatkomers de deur goed op slot moest doen.

'Ja... En jij, sorry...?'

'Rummo. Weet je nog? We zaten samen...'

'Rummo...? Op het SLM! Natuurlijk. Je bent...'

'Ik ben nogal veranderd, hè?'

En grijnzend gleed hij met zijn hand over zijn kale hoofd, waar in de tijd waarin het belangrijkste hoofdstuk van ons verhaal zich afspeelt een prachtige volle bos tarweblond dun haar groeide.

Ik zei geruststellend dat we allemaal heel wat veranderd waren.

'Jij ook psychiater?' vroeg Rummo.

Dat klinkt misschien als een typische vraag, maar die wedstrijdjes op dinsdagavond werden inderdaad georganiseerd door een psychiater, en de deelnemers waren zijn collega's en enkele verpleegkundigen van instellingen in de geestelijke gezondheidszorg: allemaal nogal aparte types, ook weer niet knettergek, laten we wel wezen, zoals in de beroemde novelle van Poe, *Het systeem van dokter Tarr en professor Fether*, maar toch bizarre figuren, en er werd dan ook meer dan eens een wedstrijd onderbroken vanwege de eigenaardigheid van de spelers. De een zocht ruzie, de ander was beledigd, weer anderen kapten zonder aanwijsbare reden met de wedstrijd. Ik was als een van de weinigen niet afkomstig uit de kringen van de geestelijke gezondheidszorg, en gedurende een jaar of twee, drie ging ik er elke dinsdagavond naartoe, want de psychiaters waren krukkig en ongetraind genoeg voor mij om hen bij te kunnen houden, en zo onsamenhangend dat iemand als ik het zich kon permitteren de dienst uit te maken op het veld.

Het is rampzalig hoezeer bij voetbal iemands rol kan veranderen door het niveau van het spel en de spelers: als jongen had ik naast de veel betere voetballers altijd hooguit de functie van lompe verdediger, terwijl ik tussen die klungels van middelbare leeftijd de rol van spelbepaler op me kon nemen, en dankzij het kleinere veldje waagde ik het zelfs om met links te schieten, want de bal hoefde toch maar hooguit vijf meter af te leggen.

'Psychiater? Nee.'

'O, dan ben je zeker psychoanalyticus?'

Ik had eigenlijk heel graag ja willen zeggen tegen Rummo. Dat is misschien wel het enige beroep dat ik graag had willen uitoefenen.

'En wel de psychoanalyse van Lacan, wed ik.'

Ik schudde mijn hoofd. 'Hoezo van Lacan?'

'Ik weet niet waarom, ik had durven zweren...'

'Ik geef les. Literatuur.'

Rummo vroeg aan welke universiteit. 'Geen universiteit... Op een school.'

'O. Dus jij bent zo iemand die nooit van school af is gegaan. Je bent door de deur vertrokken en door het raam weer naar binnen gegaan.'

'Min of meer.'

'Merkwaardige gehechtheid...'

'Heel merkwaardig, inderdaad...' Ik rommelde onder in mijn tas. 'Zeg Rummo, heb jij misschien extra sokken bij je? Anders moet ik met deze spelen', en ik wees naar de sokken van Schots garen die ik aanhad. 'Ik vergeet altijd wel iets...'

'Tuurlijk. Hier', en hij gooide me een bolletje badstof sokken toe. 'Drie paar voor vijf euro. Maar we moeten wel opschieten.'

Ik strikte de veters van mijn oude voetbalschoenen met barsten op de neuzen.

'Eerlijk gezegd geef ik les in de gevangenis.'

Rummo keek op. 'Dat meen je... in de gevangenis!'

'Apart, hè?'

'Ook weer niet zo apart.'

'Tja, als jij psychiater bent... Wie zou er met de vreemdste types te maken hebben, jij of ik?'

'Heb je nog wel eens contact met iemand van onze klas?'

'Nee, met niemand.'

Dertig jaar na dato nog met iemand een pizza gaan eten in de Via Alessandria om het te hebben over wat? Over wie? Over De Laurentiis en zijn Griekse muziek? Over Mister Golgota? Over Gas & Svampa?

(Maar ja, eigenlijk doe ik hier niks anders? Ik heb het alleen maar over die mensen; zou dat iemand interesseren?)

Het is ongelooflijk hoeveel gestoorde types er bij ons in die klas zaten. Van de vierentwintig waren er minstens vijf rijp voor het gesticht, en dan niet bij wijze van spreken; sommige zijn er ook echt terechtgekomen. Eén gestoorde op elke zes jongens; maar als je de kleine en gemiddelde afwijkingen meetelde, dan waren er misschien wel vijf van de zes gek, of misschien wel allemaal, behalve eentje. Behalve ik. Ik denk dat ik die ene ben die zichzelf tijdelijk kan redden omdat hij de taak heeft om over de waanzin van de anderen te vertellen, en zich dus niet kan overgeven aan die van hemzelf; wanneer zijn missie voltooid is, zal naar alle waarschijnlijkheid ook de laatste doordraaien, en misschien is dat de reden waarom hij de voltooiing steeds uitstelt.

De gestoorden van onze klas:
PIC: autistisch (?)
CHIODI: sadistisch, met suïcidale neigingen
CRASTA (bijgenaamd Kraus of de Luiaard): achterlijk
D'AVENIA: masochistisch
ARBUS: diagnose nog in volle gang

'Heb jij bijvoorbeeld d'Avenia nog ooit teruggezien? Weet je wat er van hem is geworden?'

Rummo schudde zijn hoofd.

'Ik heb allerlei verschillende verhalen gehoord. Dat hij een steenrijke ritselaar is geworden en in het buitenland woont... Ze zeggen dat hij twee of drie keer getrouwd is geweest, met beeldschone Zuid-Amerikaanse vrouwen. Dankzij zijn geld.'

'En de Luiaard?'

'Die is volgens mij niks veranderd.'

'Kom, we moeten opschieten', en ik liep de kleedkamer uit.

Rummo maakte een sprintje op de plaats, waarbij zijn hakken op het beton tikten. Er trilde een buikje boven het elastiek van zijn voetbalbroek.

Buiten begon het donker te worden en waren de lichtmasten aangedaan langs de hele rij voetbalveldjes, met hoge hekken eromheen om te voorkomen dat de bal op het aangrenzende veldje of in de rivier belandde. Het was één lange verschoten lichtvlek. Ik ademde diep de lucht in, die naar verrotting rook.

'En Chiodi?' vroeg ik aan Rummo terwijl we naar het veld renden dat ons was toegewezen, voor de wedstrijd tussen psychiaters, verpleegkundigen, een paar gekken en ik.

'Ach...' zuchtte Rummo. 'Chiodi. Chiodi.'

'Wat dan?'

'Hij was mijn patiënt. Laten we het er maar niet over hebben.'

Door die uitspraak kreeg ik juist wel zin om het erover te hebben. Maar we waren inmiddels bij het veld aangekomen. De anderen stonden ons met de handen in de zij op te wachten, en eentje leefde zich uit door strafschoppen in het lege doel te trappen.

'Waar bleven jullie goddómme?'

'Waarom duurde het goddómme zo lang?'

Met die zinnen werden we ontvangen, en de wedstrijd begon meteen. Tijdens het spel realiseerde ik me, op momenten dat je je teamgenoot roept om de bal te vragen of om hem te laten weten dat je naar hem gaat passen, dat ik niet meer wist hoe Rummo met zijn voornaam heette. Op school werd hij gewoon Rummo genoemd, meer niet. Pas tegen het eind van de wedstrijd schoot het me eindelijk te binnen: Gioacchino. Gioacchino Rummo.

'Zeg, Rummo, ik wil je iets bekennen... Ik ben een boek aan het schrijven...'

'O ja? Geweldig. Waarover?'

'Mwah, ik weet eigenlijk niet... Een beetje over die school, over die tijd van toen... onze klasgenoten.'

'Is het dan non-fictie...?'

'Nee, het is eigenlijk... eh... een roman, ook al is heel veel van wat ik vertel waargebeurd. Ik bedoel, gebaseerd op dingen die echt gebeurd zijn. Dus daarom... dat verhaal van Chiodi. Dat is interessant.'

'Denk je? Heus niet zo heel interessant, denk ik.'

'Nou, voor mijn boek wel. Ik zou het er graag in willen hebben. Heb je misschien iets bewaard van zijn geval... een dossier, een formulier.'

'Ja, tuurlijk, ik heb mijn aantekeningen. Zoals van al mijn patiënten.'

'En van zijn behandeling...?'

'Van de tijd dat ik hem heb begeleid wel, ja. Hoezo?'

'Het zou me heel goed uitkomen als ik dat materiaal mag hebben en gebruiken.'

'Gebruiken?'

'In mijn boek.'

'Dat mag niet. Vanwege de privacy.'

'Ach,' sneerde ik, 'kom op, man, met die privacy... Als het aan de privacy lag zouden we nu helemaal niets weten, over niks en niemand. Geen geschiedenis, geen literatuur. Geen rechtsgeleerdheid. En ook geen psychiatrie. Het is altijd allemaal privé, maar juist de interessantste dingen zijn *privé*!'

‘Het gaat om iemands ziekte. Dat is mijn beroepsgeheim, dat weet jij beter dan ik.’

‘En als ik zijn naam verander in het boek, is dat genoeg?’

‘Nee, dat is niet genoeg. Dan blijft hij hoe dan ook herkenbaar.’

‘Hoe dan?’

‘Als je schrijft dat hij bij jou in de klas zat, kan hij automatisch geïdentificeerd worden aan de hand van zijn leeftijd. Afkomstig uit Rome, geboren rond 1956, heeft op het SLM gezeten, met die specifieke kwaal... en dan hoe het met hem is afgelopen. Er is geen geweldige advocaat voor nodig om goede redenen te vinden voor een aanklacht tegen jou. En vervolgens voor een aanklacht tegen mij, als zijn arts.’

‘Oké, dan verander ik nog wat meer... ik beloof het. Ik zal je aantekeningen alleen maar gebruiken als basis, ik zal het zo herschrijven dat de bron niet te herleiden is. Dat doe ik altijd.’

‘Zeg, kom ik eigenlijk ook in jouw boek voor?’

Hij keek me van onderaf aan. Een vraag waar een emotionele rilling in doorklonk. Het klonk als ‘Ben ik het ook waardig om te bestaan?’

‘Wat een vraag... Natuurlijk kom jij erin voor, Rummo.’

Deze bladzijde is daarvan het bewijs. Ook toen ik vertelde over frater Curzio die naar de hoeren ging, reed ik daar met Rummo over de Viale di Tor di Quinto, die avond op de brommer, weet u nog? Een heleboel bladzijden geleden. Hij speelt natuurlijk ook weer geen hoofdrol... Ik kon zijn rol beter een beetje aandikken als ik het medisch dossier van Chiodi wilde hebben.

‘Ze komen allemaal in het boek voor.’ Halve leugen. ‘Ik probeer zo veel mogelijk trouw te zijn aan de feiten, weet je?’ Totale leugen.

‘En Arbus, heb je het ook over hem?’

‘Ja, ook over hem.’

‘Heb je hem de laatste tijd nog gezien of gesproken?’

‘Nee.’ En meer wilde ik er niet over zeggen.

‘Ik snap niet goed waarom je nu ineens zo geïnteresseerd bent in Chiodi. Toen we bij elkaar in de klas zaten had je helemaal niks met hem...’

Jij had gelijk, Rummo; maar als je wordt geconfronteerd met iemand die gelijk heeft, rest je niets anders dan koppig te blijven aandringen.

'Nou, mag ik dat dossier dan hebben?'

'Hoor eens, ik doe dat soort dingen niet.' Terwijl hij het zei was het duidelijk dat hij in de verleiding was om het te doen. Rummo had veel vertrouwen in mensen. 'Je laat het me dan wel lezen, hè?'

Logisch, als een patiënt uiteindelijk zelfmoord heeft gepleegd... Zoals Chiodi had gedaan...

Twee dagen later had ik acht pagina's in handen, helemaal vol tekst maar met heel weinig inkt, waarschijnlijk afkomstig uit een oude matrixprinter in de 'economy'-modus, zo een die blaadjes aan een rol gebruikte waarvan je de zijkanten vol gaatjes in een lange strook afscheurde. Ik voelde een steek van gêne, maar die overwon ik. Ik probeer een deel van de inhoud hieronder samen te vatten.

Als kind leek hij totaal geen gevoelens te hebben, niet voor zijn gezinsleden en familie, noch voor zijn leeftijdgenoten. Tegen zijn ouders gedroeg hij zich kil en afstandelijk. Op school was zijn gedrag onverklaarbaar, hij was alleen met zichzelf bezig, alsof de andere leerlingen en de leraren niet bestonden. Intellectueel begaafd, maar niet in staat die gave te benutten. Als jongen schommelde hij heen en weer tussen belangstelling voor het mystieke en integraal materialisme. De ene keer stortte hij zich op theologische werken, dan weer op handboeken over de natuurwetenschappen. Toen hij begon te studeren aan de universiteit, dachten zijn studiegenoten dat hij gek was. Hij zat de hele dag te lezen, bijvoorbeeld een maand lang alleen maar Leopardi, zonder er iets van te snappen. Totale desinteresse voor het andere geslacht. Toen hij toch een keer seksueel contact had gehad, per toeval, bijna per vergissing, en hoe dan ook tegen zijn zin, met een studiegenote die zelf ook geschift was maar in tegenstelling tot hem ook nogal pervers op het seksuele vlak, besefte hij dat hij totaal niets had gevoeld, geen begeerte van tevoren, geen genot tijdens, geen voldoening na afloop. Hij vond de coïtus iets absurds en had geen enkel verlangen om die ervaring te herhalen. Zonder aanwijsbare reden, en evenmin doordat hij ertoe werd gedreven door een specifiek gevoel van wanhoop of ontzetting, speelde hij vaak met de gedachte aan zelfmoord. Hij gebruikte het als onderwerp voor een pseudofilosofische dissertatie, waarin hij beweerde dat het net als masturbatie een te rechtvaardigen, begrijpelijke daad was. Na herhaalde experimenten met verschillende soorten vergif deed hij een zelfmoordpoging door 57 kalmeringstabletten te slikken, maar hij faalde, werd gered en naar een psychiatrische kliniek gebracht. Hij had geen enkel moreel instinct, noch fatsoensbesef, noch groepsgevoel. Uit zijn teksten, op het eerste oog serieus en diepgaand, spreekt louter kilheid en frivoliteit. Hij bezat een chaotische feitenkennis en de logica die nodig zou zijn om die te ordenen en te benutten was bij hem verwrongen. Hij behandelde alles en iedereen, ook de meest verheven onderwerpen of de meest bewonderenswaardige personen, met een mengeling van cynisme en ironie. Hij pleitte voor zelfdoding met argumenten die er duidelijk met de haren bij werden gesleept, op basis van uitgangspunten waaraan hij zelf ook geen enkel geloof leek te hechten, alsof hij probeerde een stelletje domkoppen te overtuigen en daarom gebruikmaakte van al even domme redeneringen. Alsof het een kwestie was die hemzelf nauwelijks aanging, sterker nog, die hem volledig onverschillig liet, verklaarde hij niettemin dat hij vanwege zoveel en zulke onweerlegbare overwegingen zichzelf het leven zou benemen. En dat probeerde hij dan ook talloze malen. Hij beklaagde zich erover dat men hem zijn zakmes had afgenomen, anders zou hij dat hebben gebruikt om zijn polsen door te snijden zoals Seneca had gedaan, in bad. Een vriend had hem een keer een laxeermiddel gegeven, onder het mom van vergif. In plaats van dat hij in de andere wereld terechtkwam, belandde hij een hele dag op de plee. Alleen Magere Hein zou hem met zijn zeis kunnen verlossen van zijn dodelijke obsessie. Zo nu en dan werd hij gegrepen door een obsessieve gedachte die ervoor zorgde dat zijn geest alleen nog maar in beslag werd genomen door de futielste, onzinnigste problemen, en al zijn energie werd aangewend en uitgeput in eindeloze, vermoeiende innerlijke discussies waarna hij, uitgeput, zonder dat hem ook maar iets duidelijk was geworden, niet meer in staat was om enig besluit te nemen. Hij was druk bezig geweest met problemen van theologische aard met het doel om een nieuwe kerk op te richten, aangezien Christus volgens hem valse hoop had gezaaid, de mensen een rad voor ogen had gedraaid en met zijn wonderen de hele wereld voor de gek had gehouden, waardoor die nu dringend een waarheidskuur nodig had. De behandelingen waaraan hij werd onderworpen waren onderling nogal tegenstrijdig, en hij verloor al zijn vertrouwen in degenen die hem die voorschreven. Desalniettemin wisten de laatste behandelingen, die wel op zijn lastig in te kaderen geval leken te zijn afgestemd, enig resultaat te boeken. Hij had aangegeven dat hij weer wilde praten over zijn onbehagen, en de oorzaken ervan wilde uitleggen aan zijn toehoorder. Hij benam zich het leven op zijn achtendertigste, door van een balkon op de vierde verdieping omlaag te springen.

Vaarwel, Chiodi.

Bedankt, Rummo.

Luister, dit is geen goedmakertje dat ik je wil geven, door je wat extra ruimte in het boek te schenken, zoals soms met acteurs of actrices gebeurt die klagen dat hun rol te klein is waarna die wat wordt uitgebreid, en er wat extra tekst voor ze wordt geschreven, maar er is me nu een voorval te binnen geschoten dat misschien de moeite waard is om aan de lezers te vertellen, en dat zal ik dan ook over enkele hoofdstukken doen. Ik weet niet of Rummo er uiteindelijk tevreden mee zal zijn.

Voor de zekerheid moet ik misschien benadrukken dat ik hem heel hoog heb zitten.

De enige van de Gestoorden over wie ik hem niets had gevraagd, daar op dat voetbalveldje, was Picchiatello, kortweg Pic. Met betrekking tot Pic had ik genoeg aan de herinneringen uit de tijd dat we bij elkaar op school zaten. Bovendien was ik eerlijk gezegd bang dat Rummo me zou vertellen dat hij dood was. Dat ook hij dood was, net als Chiodi en Jervi. Sterker nog, ik wist het bijna zeker. Jongens met zo'n kwaal worden niet oud.

Ik vertelde hem niet dat ik lange tijd een fantasie had gekoesterd over de moeder van die arme Picchiatello; ze heette Coralla Martirolo. Ik stelde me voor dat ik nat haar had, omdat ik net uit bad kwam of omdat ik in de regen had gelopen, en dat zij mijn haar droog föhnde. Ze föhnde mijn haar en daarbij kamde ze het met haar vingers, en tilde de nog natte lokken op. Ik zag mezelf zitten, terwijl zij achter me stond, met haar lange gestalte, in het zwart gekleed, we werden allebei weerkaatst in de badkamerspiegel. Ik leunde met mijn achterhoofd tegen haar buik aan.

‘Wat heb je toch mooi haar...’ zei Coralla, ‘wat een mooi haar...’, en mijn haar was net zo lang als het hare.

Hoofdstuk XII

'Picchiatello' was een bijnaam die zoveel betekent als 'halvegare', ofwel iemand die raaskallend de meest voor de hand liggende waarheden zegt, die anderen niet kunnen zeggen.

Zijn schedel was groter dan normaal. En het idee om zijn haar heel kort te knippen, zodat het een soort blonde borstel werd van drie, vier millimeter hoogte, had er niet voor gezorgd dat die kleiner leek, nee, daardoor werd juist benadrukt hoe buitenproportioneel die was. Daardoor werd hij des te *gigantischer*...

Af en toe probeerden we Pic erbij te betrekken als we met een groepje klasgenoten iets gingen ondernemen. Het lijkt me overbodig om te preciseren of Pic werd uitgenodigd uit medelijden of om hem achter zijn rug uit te lachen. Waarschijnlijk beide; er bestaat immers niemand, en al helemaal geen puber, en al helemaal geen mannelijke puber, die volkomen welwillend is, die *alleen maar* welwillend is, en er bestaat geen welwillendheid die niet is doorspekt met het tegendeel ervan, anders zou het wel heel benauwend worden.

Hoe dan ook, we vroegen hem een paar keer om met ons mee te gaan, gewoon, een pizza eten... maar het werd meteen duidelijk dat dat geen gelukkig plan was. Je kon geen normale avond hebben als hij erbij was. Eenmaal in de pizzeria stond hij op van tafel en verdween. Hij was tot dan toe heel nerveus geweest: hij speelde met zijn bestek en gooide zijn glas in de lucht, waarmee hij iedereen op de zenuwen werkte. Toen hij vertrok, waren we opgelucht. 'Als jullie hem de volgende keer weer bellen, ga ik niet mee, dat zweer ik je,' dreigde Matteoli, waarmee hij ons voor het blok wilde zetten, alsof zijn aanwezigheid onontbeerlijk was. 'Ach kom, wat heeft hij nou eigenlijk misdaan?' zei ik, halfhartig in de bres springend voor Pic, niet omdat ik minder geïrriteerd was dan Matteoli door de tics van Picchiatello: ik ergerde me er ook aan hoe hij met zijn vorken zat te frutselen, die hij in elkaar stak zodat ze een soort katapult vormden, maar dat hoorde nu eenmaal bij Pic, hij was juist Pic in dat soort kunstjes, Picchiatello, onze klasgenoot, en als je je ergernis al niet kunt overwinnen bij een kameraad, een ongelukkige kameraad zoals hij, wat is dan het verschil tussen een vriend en iemand die geen vriend is? Tussen een vriend en een vijand? We moesten Pic gewoon dulden zoals hij was. Punt uit. Mijn rechtvaardigheidsgevoel komt alleen op zo'n moment in actie, als reactie op iets, in dit geval op Matteoli's ergernis.

Als ik alleen was geweest met Picchiatello had ik hem gewurgd, maar met anderen erbij verdedigde ik hem bij voorbaat.

Toen kwam Pic ineens weer opdagen. Hij droeg het jasje van een ober, en had een servet over zijn linkeronderarm hangen, wellicht in een imitatie van een of andere tekening of cartoon, want in werkelijkheid heeft niemand ooit een ober gezien die zo was uitgedost. Hij hield zijn bovenlichaam gebogen en zijn kin omhoog, klaar om een bestelling te gaan opnemen. En daar kwam hij dan ook op ons af, zigzaggend tussen de andere tafeltjes.

'Hebben de heren al een keuze kunnen maken?' vroeg hij met opgetrokken wenkbrauwen en uitgezette neusgaten.

Picchiatello was grappig, maar zenuwslopend. In de klas of tijdens de pauze speelde iedereen met hem en had lol met hem, ook omdat hij aardig was en omdat iedereen hem leuk vond, nou ja, redelijk leuk, zo leuk als je een type als Picchiatello kunt vinden; maar buiten schooltijd, 's middags en op zondag en tijdens de vakanties, wilde niemand iets met hem te maken hebben. Iedereen had zijn eigen vrienden, van school of van iets anders, zijn voetbalteam of basketbalclub of de tennistraining of de zwemles, en verder degenen met wie je gitaar speelde en je neven en nichten en de bioscoop, en daarnaast nog je huiswerk, waarbij je je liefst met vertalingen en wiskundevraagstukken liet helpen door een klasgenoot die daar goed in was. Jervi ging altijd dansen in discotheken die 's middags open waren. En te midden van al die drukke activiteiten was er voor Picchiatello geen plaats.

Verschillende keren had Mister Golgota het idee geopperd om 'samen iets te doen' om hem 'erbij te betrekken' (ja, in die tijd werd vaak gezegd dat we 'iemand erbij moesten betrekken' om een collectief initiatief aan te duiden, waardoor men zich verenigd en verbonden voelde...), maar daar was het nooit van gekomen. Picchiatello's buitenschoolse leven bleef dan ook een raadsel. Er werd over hem en zijn familie gezegd dat ze rijk waren, echt rijk: hij werd van school opgehaald met een glimmende zwarte Mercedes, die zo lang was dat de chauffeur een hele poos bezig was met eromheen lopen om het portier te openen voor onze klasgenoot, die naar ons zwaaide voordat hij instapte. Hij lachte, maar je kon je voorstellen dat hij naderhand terneergeslagen in zijn eentje thuis zou zitten.

Arme Pic, dachten we, of zeiden we hoofdschuddend tegen elkaar. Het kostte minder moeite om hem kortstondig te beklagen dan om langere tijd met hem om te gaan.

Misschien kwam het doordat hij merkte dat ik hem welwillend gezind was, wellicht omdat ik een van de weinigen was, zo niet de enige, die hem nooit plaagde met de gebruikelijke geintjes, van die pesterijtjes die als vanzelf opkwamen, bijna onschuldig, tijdens de spelletjes met andere klasgenoten, en ik neem hun dat dan ook absoluut niet kwalijk, want nogmaals, het was een natuurlijke wreedheid, een automatisme dat hoorde bij het spel dat we deden, en dat ikzelf me nooit uitleefde op Picchiatello kwam alleen doordat die grappige pesterijtjes niet in mijn hoofd opkwamen, het was niet zo dat ik aardiger was dan de rest, ik was alleen minder geestig. En ik lachte dan ook net zo goed om hun geintjes, ik lachte gewoon mee... Maar misschien kwam het dus daardoor dat Pic mij begon te vragen, eerst sporadisch, later aanhoudend, wel vijf of tien keer achter elkaar, of ik bij hem thuis kwam om samen huiswerk te maken. 'Kom je, kom je?' 'Nou, eigenlijk...' 'Zeg dat je komt... Kom je? Vandaag? Hm? Vandaag? Vanmiddag?' 'Weet je, ik heb...' 'Is dat dan afgesproken? Om drie uur? Halfvier? Kwart over drie?'

Ik wist het tempo van zijn vragen niet af te remmen. Terwijl hij ze stelde, doorspekt met dat 'hm? hm?' van hem, keek hij naar me op met zijn bolle ogen, van een ijzig blauw, en bij elke 'hm?' drukte hij met zijn stijve hand op mijn schoudergewricht, wat nogal vervelend aanvoelde.

Ja, hij was grappig, en zenuwslopend. Pic vertegenwoordigde datgene waarvan je niet weet hoe je het moet opvatten, waarvan je niet weet wat je ermee aan moet. Op school, bij hem thuis, bij ons klasgenoten. Vaak werd hij het middelpunt van een groepje jongens, werd hij lastiggevallen, zou je kunnen zeggen, bijna gekweld, maar dan lieten ze hem weer gaan omdat het niet de moeite waard was, hooguit dwongen ze hem om een propje papier te eten.

– Hé, Picchiatello, vertel eens wat je denkt?
– Picchiatello, wie heeft je die kleren aangetrokken?
– Wie heeft die veel te lange spijkerbroek voor je gekocht?
– Nu moet je hem heel hoog omslaan, wat ziet dat er grappig uit. Echt grappig!
– Pic, zeg, Pic, luister 'ns: jij wordt nooit volwassen, jij krijgt nooit een vriendin, en ook geen vrouw.
– Iedereen lacht naar je, iedereen doet enthousiast en knuffelt je en is aardig tegen je omdat dat moet, omdat dat zo hoort. Het zou misselijk zijn om gemeen te doen tegen iemand zoals jij en de mensen willen graag laten zien hoe goed ze zijn...
– Kijk, er zit een vlinder op je neus. Had je dat in de gaten, Picchiatè?
– Vlinders gaan altijd zitten op mensen die vies ruiken.
– Ze worden aangetrokken door de stank, wist je dat?
– En jij, Picchiatello, je zweet als een rund, je lijkt wel een fontein, je handen zijn zeiknat.
– Weet je, ze zeggen dat je geen emoties hebt. Je bent eigenlijk net een dier, of een plant.
– Je snapt niks, je voelt geen pijn, je hebt geen lol, tjonge jonge, je lééft eigenlijk niet.
– Je hebt geen nut, je kunt alleen maar kwijlen.
– Hé, Picchiatello!
– Jij praat niet maar je kwijlt.
– Je kwijlt de ene sliert na de andere en dat is dan praten voor jou.
– Maar weet je, Picchiatello, als je die grote blauwe ogen van jou ziet krijg je soms het idee dat je wel degelijk alles snapt...
– Hé, Pic? Voel jij pijn als ik een naald onder je nagel steek?
– Kom eens hier, Pic. En nu neerknielen. Hier, voor mij. Nee! Je moet me niet aankijken. Kijk naar de grond. Nee, ik zei op je kníéën, begrepen? En nu janken. Ja, janken. Laat eens zien dat je kunt janken. Als het niet lukt moet je aan iets akeligs denken.

Bedenk maar dat je ouders jou niet wilden hebben. Ze wilden je niet voordat je geboren werd, en daarna wilden ze je al helemaal niet meer, toen ze zagen hoe je eruitzag. Oké, en nu janken. Hoef je nu nog niet te janken? Bedenk dan eens hoe blij ze zouden zijn als ze een ander kind hadden in plaats van jou, Pic. Ik zei dat je me niet moest aankijken. Janken, Pic. Dat is beter voor je. Hèhè, kijk, eindelijk. Goed zo. En nu je gezicht droogvegen. Hou op. Veeg je gezicht droog. Je maakt mijn schoenen nat. Kappen nou. Kappen, Pic. Je stelt je gewoon aan, hè Picchiatello? Nu ben ik het beu. Ik weet dat je je aanstelt. Jouw verdriet is gewoon nep. Als je nu niet ophoudt zal ik je eens echt verdriet laten voelen. Je hebt zat gejankt, als je nu niet stopt dan zal ik je eens aan het janken maken.

Ik was misschien de enige die hem begreep. Of beter gezegd, ik begreep hem niet, maar ik accepteerde hem. Nee, ook dat is niet waar. Ik accepteerde Picchiatello niet, dat was onmogelijk, het was voor iedereen onmogelijk om hem te accepteren: dus laten we zeggen dat ik hem *bestudeerde*. Ik bestudeerde zijn anders-zijn. De irritatie die hij teweegbracht bij iedereen die meer dan een kwartier in zijn gezelschap verbleef kon het bij mij niet winnen van mijn interesse. Ik vind het jammer dat ik zijn uitspraken destijds niet precies heb opgeschreven, want die zouden nu, als ze werden gebundeld samen met de dingen die hij deed, al niet minder verrassend en onverwacht, een werk vormen dat qua genre had kunnen wedijveren met dat van bepaalde Chinese wijzen, of van bizarre Midden-Europese aforisten uit het begin van de twintigste eeuw. 'De uitspraken van Pic'.

Ik bood langdurig weerstand aan zijn uitnodigingen. Daarna, met het oog op een proefwerk Latijn dat doorslaggevend zou zijn voor de vaststelling van het eindcijfer (ook al wist iedereen dat de paters Picchiatello toch wel zouden laten overgaan, *hoe dan ook*), gaf ik toe, en ging ik naar hem toe 'om samen huiswerk te maken'.

Het huis van Pic was geen huis maar een schitterende villa, verscholen achter een hoge ommuring boordevol planten en bloemen. De tuin, beschaduwd door palmen en aparte bomen met dikke, kronkelige stammen en blauwpaarse bladeren, leek die van een koloniale residentie: de architect die het gebouw in de jaren twintig of daaromtrent moest hebben ontworpen, had er bijna alle stijlen in verwerkt die hij tot zijn beschikking had, spelend met torentjes, ronde en gotische ramen, erkers, timpanen en aedicula's, enorm schuine daken, en hier en daar op de muren majolicategelwerk beschilderd met dansende meisjes in blote jurkjes, en verder met zwanen, heel veel zwanen.

Geparkeerd onder een afdak dat, wat bescheidener, van golfplaten was, zij het bedekt met een dik kleed van vijfbladige wingerd, stonden twee glimmend geboende oldtimers, de beroemde zwarte Mercedes en een flesgroene Fiat 500 Topolino, het model dat oplicht in mijn vroegste jeugdherinneringen, toen we ons in die krappe ruimte persten en mijn opa achter het stuur kroop met zijn borsalino op zijn hoofd. Maar ik zal verder niet uitweiden over deze details, die zal ik verderop in het boek het hoofd bieden om wat kleur en vorm te geven aan dat verdomde QT. En om daarmee inzicht te krijgen in de mentaliteit van de bewoners, die zo gekneed is dat ze precies in die ruimtes past, net als bij die vormpuzzels waarbij kleine kinderen ijverig hun best doen om de juiste opening te vinden om een ster, een driehoek, een zeshoek en een vierkant in te stoppen, en applaus te krijgen van hun ouders. Het fascinerendste element van de woning van Pic was zonder meer de figuur van zijn moeder, die ik tot die dag alleen maar voor de helft had gezien, de bovenste helft, wanneer ze voor de school het raampje van de Mercedes omlaag draaide en naar Pic gebaarde dat hij moest instappen. Donkere bril, donkere kleding, donkere haren, je zag niet echt veel van haar in die korte glimp, maar genoeg om te constateren dat ze beeldschoon was. Op school werd er in de geruchten die rondgingen omtrent de even ongelukkige als komische persoon van onze klasgenoot over haar gezegd dat ze actrice was, of nee, dat ze dat was geweest, in de jaren vijftig, tot aan de geboorte van Picchiatello. Ik had eerlijk gezegd nooit een film met haar gezien, ook niet op tv, dus die mythe bleef intact en ik wilde hem ook niet aan een verificatie onderwerpen, juist om hem niet te verpesten. Het kwam destijds trouwens vaak voor dat de filmcarrière van een vrouw werd onderbroken of afgekapt bij haar eerste zwangerschap, die dan ook zo lang mogelijk geheim werd gehouden door producenten en persbureaus, maar de komst van Pic was vast wel iets anders geweest dan het gebruikelijke incident. Een meteoriet eerder, die op aarde neerstortte vanuit een complexe sterrenstand: de beeldschone jonge actrice, die zoveel op Lucia Bosè leek dat ze zelfs als haar rivale werd beschouwd, brengt een gehandicapt kind ter wereld.

Zij was het die de voordeur opendeed. Sommige mensen weten nog precies wat iemand aanhad bij een bepaalde gelegenheid, maar ik let daar nooit op, zelfs niet als het om een ingrijpende, levensveranderende ontmoeting gaat. Toch weet ik uiterst nauwkeurig, met fotografische gedetailleerdheid, welke kleren Coralla Martirolo droeg, de moeder van Pic: een heel strakke zwarte rok tot op de knie en een wit bloesje met schuine manchetten, onder haar kin dichtgemaakt met een robijnenspeld, en hoge hakken. Ik had nog nooit iemand gezien, geen enkele moeder, geen enkele vrouw of meisje, die 's middags, gewoon thuis, zo rondliep.

Ik had haar stem willen horen, maar alsof ze een stiltegelofte had afgelegd leidde ze me zonder iets te zeggen door het gangenlabyrint van de villa naar de kamer van mijn klasgenoot. Voordat ze de deur opendeed, draaide ze zich om en schonk me datgene wat op het gezicht van iemand anders een plichtmatig lachje zou worden genoemd, maar wat Coralla zo weemoedig vertolkte dat je het idee kreeg dat ze elk moment in tranen kon uitbarsten. Haar ogen namen me op met zo'n intensiteit en droefheid dat ik er diep door geroerd werd, en het liefst had ik mijn hand op de hare gelegd, die de klink al vasthad, en haar willen helpen om samen die draaibeweging te maken, die haar kennelijk onnoemelijk veel inspanning kostte, en haar op die manier te laten weten: 'Mevrouw, ik begrijp u. Ik ben met u, naast u. Ik zou met alle plezier de plaats van uw zoon innemen. Ik zou iets willen doen, iets meer, en denk erom dat ik dat dan voor ú zou doen, niet voor die halfgare zoon waarmee u zit opgescheept. Wat een onrecht! Het zal best een zielige jongen zijn, maar degene die pas echt zielig is, bent u, mevrouw, u bent het slachtoffer. Sta me toe u te helpen met het omdraaien van deze klink om naar binnen te gaan. Laten we het samen doen. Daarna beloof ik dat ik de hele middag uw Pic in de gaten zal houden, zodat u aan andere dingen kunt denken. Wees gerust. Kunt u dat niet? Lukt het niet? Het is onmogelijk om u los te maken van deze kwelling, dit kruis, dat kan ik me voorstellen. Ik weet heel veel dingen over u, die heb ik via uw zoon vernomen. Als ik van nu af aan aardig doe tegen hem, als ik hem voortaan help en bescherm tegen de pesterijen van de andere klasgenoten, zult u daar dan rekening mee houden? Zult u me belonen? Hoe u dat zou moeten doen? Simpel zat. Door me te omhelzen. Me stevig te omhelzen.'

Zij deed de deur van de kamer open en even later zat ik de oefeningen van Latijn te maken naast Pic, die me voortdurend irritante tikjes op mijn schouder gaf.

Ik ging nog een keer. Toen was mevrouw Martirolo niet thuis. Er werd opengedaan door een huishoudster. Mijn frustratie bereikte een ongekende hoogte. Ik haatte Picchiatello.

De keer daarna was ze er weer wel. Zodra ik haar zag raakte ik weer in de ban van mijn fantasieën. Mijn hart liep over van vreugde. Ik weet niet waarom. Ten opzichte van Pic voelde ik meteen weer een mengeling van sympathie en medelijden, en ik had zelfs lol om zijn tics en eigenaardigheden. Hij keek me recht in de ogen en waagde het me te vragen: 'Mijn mama is mooi, hè?' en ik knikte, niet in staat te liegen, met mijn blik omlaaggeslagen. Hij had dwars door me heen gekeken. Ik zei het al, Pic had iets magisch. 'Mama!' riep hij. 'Mama, kom eens, kom eens gauw!' schreeuwde hij nu nog harder, en ik was bang dat hij mevrouw Martirolo iets wilde doorvertellen, iets over mij, iets in de trant van 'Weet je dat hij jou leuk vindt, mama?', wijzend naar mij, 'Weet je dat hij verliefd op je is?', en dan jouwend: 'Hij is op mijn máá-maa... hij is op mijn máá-maa...' Maar gelukkig vroeg hij alleen maar om iets lekkers.

Toen Coralla Martirolo tegen zeven uur weer met me meeliep naar de voordeur (Pic was door de huishoudster verplicht om in bad te gaan, hij zat op dat moment al in zijn blootje in de badkuip, onder protest, terwijl de huishoudster die liet vollopen) deed ze eindelijk haar mond open, en daar liet ze het niet bij, ze gaf me ook nog een aai over mijn bol.

'Wat heb je mooi haar,' zei ze.

Hoofdstuk XIII

Toen Picchiatello deed alsof hij een ober was, daar in die pizzeria, stonden wij klasgenoten versteld, maar de andere obers, de echte, helemaal niet; die speelden het spelletje juist mee en behandelden hem alsof hij echt de jongen was die sinds kort bij hen werkte en dus nog wat onhandig is en bondige adviezen nodig heeft. Toen hij onze bestellingen op zijn schrijfblokje had genoteerd (bestaande uit elk een pizza margherita en een Coca-Cola van de tap: het goedkoopste menu) verscheen er een oude, besnorde ober achter hem die het schrijfblokje uit zijn hand pakte en hem uitfoeterde zoals je inderdaad een stagiair zou uitfoeteren. 'Hoe heb je die bestelling nou opgeschreven? Zo raakt de pizzabakker nog in de war!' en met een snelle stenografie herschreef hij het op een blaadje dat hij vervolgens op de lange spijker van de balie naast de houtoven prikte.

Dat maakte één ding ontegenzeggelijk duidelijk: dat de enige manier om met Pic om te gaan was dat je zijn rare fratsen serieus moest nemen. Je moest ze niet ontkennen. Je moest niet meegaand of troostend doen (Ach, die arme jongen, zie je hoe hij is?), maar op het vlak van de realiteit handelen. En andere vlakken bestaan er ook eigenlijk niet: alles is reëel, ook dromen, ook monsters.

De tijd verstreek en hij bleef hetzelfde. Laat ik vertellen over die keer dat we met z'n vieren op stap gingen, Pic, twee meisjes en ik. Misschien was dat in mijn laatste jaar op het SLM. Dit was het meest riskante, doorslaggevende experiment, en als dat voltooid was zou er een definitief oordeel geveld kunnen worden over het geval Pic, dat zoveel interesse had gewekt bij psychologen, docenten en therapeuten, en dus over de vraag of hij nog te redden was. Ik merkte dat ik bijna hoopte dat het zou uitlopen op een complete ramp, op een drama, waarbij de meiden ontzet, geschokt, vol walging enzovoort zouden zijn, zodat ik een streep zou kunnen zetten onder het hoofdstuk Pic, zoals velen vóór mij al gedaan hadden.

Een van de meisjes met wie Pic en ik die avond op stap zouden gaan, had ik de zomer daarvoor leren kennen aan zee. Ze heette Monica. In die tijd waren er veel, ontzettend veel meisjes, een ongelooflijke hoeveelheid, in elk geval in Rome, die Monica heetten, waarom zou ik niet weten; tegen het eind van de jaren vijftig en aan het begin van het daaropvolgende decennium had de naam van de moeder van Sint-Augustinus veel invloed op zwangere dames, zowel uit de middenklasse als van volkse komaf. Welnu, deze Monica was erg op mij gesteld geraakt in de zomer, ze zocht me op, praatte met me, lachte om mijn inspanningen om sympathiek op haar over te komen, zozeer dat ik geneigd was (en tegelijkertijd bezorgd, weifelmoedig) na te gaan of haar belangstelling voor mij puur vriendschappelijk was, of dat ze mij daarentegen echt leuk vond, zeg maar, of ze mij misschien zag als een mogelijk vriendje. Het was niet gemakkelijk – en dat is het nu nog altijd niet, ook al zijn hun signalen tegenwoordig explicieter geworden – om de gedachten van een vrouw te lezen; ze kan zich uiteindelijk beledigd voelen wanneer haar openheid wordt geïnterpreteerd in sentimentele en erotische zin, maar ook wanneer die juist niet zo wordt opgevat: volgens mij is dat omdat er vooral ook in hun eigen hoofd verwarring heerst, namelijk of het zich begeerd voelen iets is wat ze ambiëren, of juist iets waarvoor ze zich generen. Teneinde die onduidelijkheid op te helderen, en aan mezelf te verhelderen of ik Monica ook echt leuk vond, of ik haar leuk vond los van haar eventuele beschikbaarheid, belde ik haar op toen ik haar nummer terugvond op een ruitjesblaadje dat de wasbeurt van mijn spijkerbroek had doorstaan, nadat ik het twee maanden eerder in de achterzak daarvan had gepropt voor een ijssalon bij het strand van de Circeo, met de belofte dat ik haar zou bellen. Ik had haar niet mijn eigen nummer gegeven vanwege een onbenullig gevoel van schaamte, waar geen verklaring voor is tenzij we het op mijn toenmalige verlegenheid gooien.

Ik had namelijk bedacht dat als ik haar mijn telefoonnummer gaf, het haar vrij zou staan mij te bellen wanneer ze maar wilde en ze dat ook zeker zou hebben gedaan, op een dag, en dan zou ik worden overvallen door haar telefoontje, en dat was precies wat ik wilde vermijden, dat ik dan als verlamd van de zenuwen met de hoorn in mijn hand zou staan. Verlegen mensen hebben de obsessie dat hun verlegenheid koste wat kost dient te worden gemaskeerd. Nu ik daarentegen over haar nummer beschikte, kon ik op mijn gemak het juiste tijdstip, de juiste toon en stemming bepalen, en de meest geschikte dag, ik kon alvast voorbereiden wat ik zou zeggen, met welk geintje ik het telefoongesprek zou beginnen, gereserveerd, alsof ze me eigenlijk niet zoveel kon schelen, waarvan deskundigen op liefdesgebied destijds beweerden dat het de beste houding was tegenover meisjes, want als je te gretig was vonden ze dat niet aantrekkelijk, maar dreef je hen juist van je af, het ergerde hen bijna, terwijl ze wel heel erg in de ban raakten van een onbeschofte houding, die later zou worden samengevat in de reclameslogan van een aftershave bestemd voor het soort mannen 'who don't have to try too hard', het soort man dat zelfverzekerd is, dat geen vinger uitsteekt en wacht tot de vrouwen zich op hem storten.

Ik liet het telefoontje plegen door Pic. Inderdaad, ik liet Monica opbellen door Picchiatello. Hij improviseerde heel goed, ongedwongen, dat hij mijn assistent was die een afspraak met haar wilde maken. Hij maakte haar aan het lachen, en daarna gaf hij de hoorn aan mij.

'Wie was dat nou?'

'Een vriend van me, aardige jongen, toch?'

'Ja... aardig. Een beetje vreemd.'

'Ik ben ook een beetje vreemd.'

'Ja, zeg dat wel. Als je verzint dat je een persoonlijk assistent hebt...'

'Maar het heeft wel gewerkt.'

'Hoezo?'

Ik haalde diep adem.

'Nu hebben jij en ik een afspraakje.'

'Gekkie. Ik had ook wel een afspraakje gemaakt als je me zelf had opgebeld. Durfde je dat soms niet?'

Ik wilde het ontkennen, mijn instinct zei me dat ik moest ontkennen: hoezo, hoe kom je daarbij? Waarom zou ik dat niet durven? Maar voor één keer wist ik de impuls om in de verdediging te schieten, om mezelf te rechtvaardigen, te onderdrukken, want die zit me al mijn hele leven dwars en misschien is die er wel de oorzaak van dat ik een intellectueel ben geworden: dat is in feite om mezelf te verdedigen, te rechtvaardigen, doordat ik in boeken de beste voorbeelden en argumenten vond. Wat hebben Italiaanse schrijvers immers uiteindelijk gedaan, de afgelopen vijf-, zeshonderd jaar? Niks anders dan zich verdedigen, zich rechtvaardigen.

Ik kon maar beter eerlijk zijn tegen Monica, dus flapte de waarheid uit mijn mond als een vis die uit het water springt; instinctief.

'Ja, ik durfde niet.'

'Zeg nou niet dat je verlegen bent. Daar geloof ik niks van.'

'Ik ben verlegen.'

'Alleen al dat je het zegt betekent dat je het niet bent.'

Het gebruikelijke spelletje, bedacht ik. Dat ze je op heterdaad wilden betrappen.

'Eh... heb je misschien ook een vriendin? Een vriendin om mee te nemen?'

'Heb je aan mij alleen niet genoeg?'

'Niet voor mij, maar voor mijn vriend. Die je net hebt gesproken.'

'Hoe heet hij?'

'Pic.'

'Is dat een naam?'

'Ja. Hij heet eigenlijk Pico.' Ik dacht aan Pico della Mirandola. Ik kon maar beter niet uitleggen wat de reden van zijn bijnaam was. 'Hij is van adel.'

'Aha... En is hij knap, die vriend Pic van jou?'

'Nou, nee. Maar hij is wel aardig...' En dat was niet gelogen. 'Hoe dan ook, het gaat alleen maar om een avondje uit, je vriendin hoeft geen verkering met hem te krijgen...'

'En jij en ik wel?'

Ik verstomde. En dat stilzwijgen van me was belangrijk voor de toekomstige ontwikkelingen van dat verhaal.

Hoofdstuk XIV

We belandden bij Monica thuis, haar ouders waren weg.

Het andere meisje, Erika, had zich voorgenomen om lief te zijn tegen Pic.

Dat beschouwde ze als een soort missie.

En daarmee faciliteerde ze Monica en mij om te doen wat het dan ook was dat we zouden doen.

Pic was in de zevende hemel.

Hij bedankte me voortdurend dat ik hem had meegenomen.

En hij vroeg de hele tijd welke van de twee meisjes ik wilde neuken, en welke hij kon neuken.

'Pic, hou op. Als je dat maar uit je hoofd laat.'

'Niet neuken?'

'Helemaal niks.'

'Neuken?'

'Geen gezeik, Pic, anders...'

'Kom op, het was een geintje. Gewoon een geintje. Ik snap niet dat jij het nooit doorhebt als ik een geintje maak.'

'Oké, dat bedoel ik dus, Pic, geen geintjes. Gedraag je. Anders gaan we naar huis.'

'Zeker, mijnheer, zeker,' zei Pic met een buiging.

De fout was dat we hem lieten drinken.

Alcohol heeft een onvoorspelbaar effect op iemands hoofd en lichaam.

Ikzelf word normaal gesproken open en aardig.

Monica was die avond niet meer zo'n betoverend meisje, ze bleek veel kwetsbaarder dan ik had gedacht

Erika onderging zo'n transformatie dat ze bijna mooi leek, tenminste, zo kwam ze op ons over nadat we een fles achterover hadden geslagen van zo'n likeur met een onwaarschijnlijke naam die je in elke drankkast wel aantreft.

Haar kleine, lichtblauwe ogen waren groter geworden, haar neusgaten ook, en zelfs haar benen waren langer.

Pic... nou, Pic gedroeg zich alsof er flink was geschud met zijn hoofd vol koolzuur, waarna de dop eraf was gehaald.

Hij bleef maar praten en lachen, en ons aan het lachen maken.

Gelukkig had hij zijn seksuele plannen aan de kant geschoven, want daar was ik bang voor.

Of in elk geval had hij ze voorlopig aan de kant geschoven.

Erika zat op een bank en had hem toegestaan naast haar te komen liggen, ze had zijn grote hoofd op haar schoot genomen en aaide het.

Picchiatello kreunde bijna van genot, hij kon zich amper bedwingen.

'Erika, jij bent het meest fantastische meisje dat ik ooit heb gekend. Echt waar!'

'Dank je. Jij bent ook... jij bent ook heel bijzonder.'

En Erika keek naar Monica en mij, met een glimlach die niets knipogends had.

Ik dacht: Wat een aardige meisjes, dat ze zich met ons ophouden.

Dat ze het spelletje van deze vreemde avond gewoon meespelen.

Toen stonden ze allebei op en verdwenen.

Ze zullen wel naar de wc zijn gegaan, bedacht ik, samen, zoals meisjes altijd doen, god weet waarom.

Picchiatello stond op van de bank en kwam naar me toe.

Hij knielde voor me neer.

'Weet je... ik heb nog nooit iets met een meisje gehad.'

'Maak je niet druk. Dat gaat vanavond ook niet gebeuren.'

'Maar Erika...'

'Erika vindt je schattig, dat is alles. De meisjes hebben een zwak voor je, dat weet je best, jongen.'

'Denk je? Denk je dat echt? Denk je? En verder?'

'Verder niks. Dit is al meer dan genoeg.'

'Nee, het is niet genoeg. Hou me niet voor de gek. Ik weet dat er nog meer is.'

'Er is niks meer.'

'Jawel.'

'Echt niet.'

'Maar Erika...'

‘O, kom op, Pic! Ze is een leuke meid. En ze is lief. Ze doet lief tegen jou.’

‘Precies! Dus wat moet ik doen?’

‘Luister. Jij móét niks, Pic. Je moet niks dóén. Helemaal níks, oké? Vermaak je. Laten we gewoon lol hebben, meer niet. Het is een leuke avond. We hebben het toch gezellig samen?’

‘Wij tweeën samen?’

‘Wij tweeën en onze meisjes.’

Pic lachte en klapte in zijn handen.

‘Fantastisch!’ riep hij uit. ‘Ze zijn fantastisch!’

‘Precies. En wij zijn hun galante ridders.’

‘Zeg dat wel!’ en hij klapte weer hard in zijn handen.

‘Wij zijn geluksvogels, hè?’

‘Nou en of!’

‘Echte geluksvogels.’

‘Maar welke van de twee wil jij neuken?’

‘Nee, luister, Pic... alsjeblieft...’

‘Denk je dat ik Monica kan neuken in plaats van Erika? Hm? Monica in plaats van Erika? Kan ik Erika dan aan jou overlaten?’

‘Je snapt het dus nog steeds niet...’

‘Kan ik het helpen? Ik vind haar leuker. Ik vind Monica leuker dan Erika.’

‘Moet ik het nou nog een keer uitleggen?’

‘Nee, dat hoeft niet, ik snap het, ik snap het. Alleen vind ik Monica leuker. Dat is alles.’

‘Oké, Pic, wat doet dat ertoe, ik vind Monica ook leuker, maar daar gaat het nu...’

‘Aha, zie je wel? We denken er hetzelfde over. Dus, mag ik het dan met haar doen? Vind je dat goed? Mag ik haar vragen om zich uit te kleden? Mag ik zeggen dat ze alles uit moet doen? Denk je dat Monica me haar kont laat likken?’

‘Haar ko... wát...?!’

‘Mag ik met Monica in bed gaan liggen? Op het bed?’

‘Welk béd, Pic, goddomme!!’

‘Wat heb ik verkeerd gezegd? Zie je, nou ben je kwaad.’

‘Ik ben niet kwaad.’

‘Je trok zo’n gezicht...’

‘Maar ik ben helemaal niet kwaad.’

‘Waarom zit je dan te vloeken?’

‘Weet je, ik... het was niet... O, kom op, Pic, laten we nou alsjeblieft geen gekke dingen doen...’

‘Hoezo gekke dingen? Ik doe nooit gekke dingen. Nooit van mijn leven.’

‘Nou, luister dan, luister nou eens één keer naar mij.’

‘Nog nooit van mijn leven gekke dingen gedaan. Ik doe geen gekke dingen.’

‘Ik geloof je, ik geloof je. Tot nu toe is het gezellig, of niet, Pic? Het is toch gezellig, of niet? Zeg het.’

‘Zeker. Heel leuk. Ik durf wel te zeggen supergezellig.’

‘Nou, kijk! Dus waarom zou je dan alles verpesten?’

‘Tja. Denk je dat ik dan alles zou verpesten?’

‘Zeker weten.’

‘Wat wil je dan eigenlijk zeggen? Wat wil je tegen me zeggen?’

‘Dat weet je heel goed, Pic.’

‘Wil je misschien zeggen... dat ik geen... dat ik geen domme dingen moet doen?’

‘Precies.’

‘Dus ik moet geen domme dingen doen?’

‘Nee, zeker niet.’

‘Geen domme dingen?’

Ik schudde verwoed mijn hoofd.

‘Geen domme dingen.’

‘Oké dan, geen domme dingen, beloofd.’

‘Beloofd?’

‘Beloofd, beloofd. Vertrouw je me niet?’

‘Nee, ik vertrouw je niet...!’

‘Dan heb je groot gelijk!’ Pic barstte in lachen uit, hij hield zijn vingers gekruist voor zijn mond en gaf er een kus op. ‘Ik heb het niet gezworen! Ik heb het niet gezworen!’

‘Maar je hebt het wel beloofd.’

‘Dat is niet hetzelfde.’

‘O, kom op nou, godsamme, Pic...!’ viel ik ongeduldig uit, en van de zenuwen sloeg ik nog een half glas aquavit achterover.

‘Dat was een geintje, hé, het was maar een geintje, niet kwaad worden, het was een geintje. Een geintje! Ik zweer het je, een geintje, nu zweer ik het echt, oké? Het was een geintje...' smeekte Picchiatello met zijn handen gevouwen.

Op dat moment kwamen de meisjes weer de woonkamer in.

Blijkbaar hadden ze met elkaar gepraat, en hun gezicht gewassen, en hun make-up bijgewerkt; hun ogen glinsterden, hun lippen waren rood.

Ik bedacht dat Monica echt mooi was, niet zomaar een leuk meisje, en als ik deze hele ontmoeting had georganiseerd alleen om mijn klasgenoot Picchiatello een avondje uit te bezorgen, dan was ik een grote sukkel.

En deed ik het nou eigenlijk wel voor hém?

Echt voor hem?

Laten we eerlijk zijn: ik deed het omdat ik in de ban was van zijn beeldschone moeder.

Ja, zo was het, ik had schijt aan Picchiatello, ik had schijt aan zijn tics en zijn waterige bolle ogen: het was Coralla Martirolo, met haar onberispelijke outfits en haar deinende boezem, die mijn medelijden wekte.

Haar rode hart doorboord met dolken vanaf het moment dat die debiel was geboren.

Coralla Martirolo trof mijn ziel, en bracht daarmee alles in beroering: als ik aan haar dacht beefde ik van mededogen, en dat is het meest sensuele sentiment van allemaal, het meest fysieke, je voelt het als een rilling, een doorn in je vlees die eerst een scherpe pijn veroorzaakt, en daarna zoet voelt, hoe zal ik het zeggen, hemels.

Mededogen, mededogen.

Heb mededogen met ons, Heer.

Heb mededogen met Coralla Martirolo.

Heb mededogen met deze arme malloot.

Heb mededogen met Erika die zit opgescheept met die zo on-Italiaanse k in haar naam.

Heb mededogen Heer met hen die u zoeken en met hen die u niet zoeken en met hen die zijn opgehouden u te zoeken.

Mededogen, mededogen, mededogen.

Heb mededogen met mij en ik zal u evenveel mededogen betonen.

Ik zal onder de christenen mijn gelijke zoeken, en als ik hem niet vind zal ik hem zoeken onder de niet-christenen, en ik zal hem vinden.

Ecce homo.

Het gezicht van Pic kwam me nog wanstaltiger voor dan het toch al was.

'Wat zullen we nu doen?' vroegen de meisjes vrolijk, wiebelend op hun hoge hakken.

Zij konden ook al niet zo goed tegen de alcohol.

Tja, ach ja, besluitvaardigheid en besluiteloosheid: de twee polen waartussen mijn leven heen en weer schommelt.

Heel vaak, of eerlijk gezegd bijna altijd, heb ik onhandig, bot of overdreven gereageerd alleen omdat ik anders dreigde helemaal niets te doen, het is alles of niks, of ik spring uit het raam of ik blijf peinzend op een stoel zitten, ik hou mijn mond of ik begin te schreeuwen, er bestaat geen tussenweg tussen apathie en onstuimigheid.

Dus kwam ik wankelend overeind, duwde Pic aan de kant die in de weg zat met zijn buitenaardse kop, liep naar de meisjes, die ik wat vaag zag door het effect van de alcohol, greep Monica ruw bij de hand, trok haar met me mee, en stommelde naar de donkere gang.

Toen ik me even omdraaide zag ik Pic met een verward, geschrokken gezicht, zijn ogen twee grote ballen die om hulp vroegen, maar die zou hij van mij niet krijgen.

Hij was aan zijn lot overgeleverd.

Monica slaakte eenlettergrepige protesten.

'Kom mee,' antwoordde ik bruut, 'kom mee.'

We gingen zomaar een kamer binnen, en daar stond een bed.

Ik duwde haar erop.

'Wacht,' zei ze.

'Nee, ik wacht niet', en ik ging met mijn volle gewicht boven op haar liggen.

'Wacht, niet zo,' zei ze weer, terwijl ik mijn slapen voelde dreunen, ik luisterde niet naar haar, want ik weet zeker dat het op slag over zou zijn geweest als ik had gewacht, dan zouden het meisje en de kamer ineens verdwenen zijn, maar gelukkig was het mijn eigen fysieke gewicht, dat van mijn hoofd en van mijn lichaam, dat als een blok lood op haar kroop.

Voor de derde keer vroeg Monica me om te wachten.

Maar waaróp?

Ik wilde haar een zoen geven, maar om haar die zoen te geven moest ik een berg beklimmen en me in een bodemloze afgrond storten...

Dus, ik moest haar zoenen, haar zoenen, en wel meteen, op de mond, ik moest mijn grauwe, droge mond op die vuurrode lippen drukken, en wel nu.

Ik deed het.

Daarna zei ik alleen maar: 'O, Monica...', wat me ontsnapte als een jammerklacht.

Ik rolde van haar af en ging naast haar liggen, ik ontspande, en alsof ik uitgeput was (maar waarvan eigenlijk?) ging ik naar het plafond liggen staren dat heen en weer deinde, dat steeds weggleed, een lichte rechthoek die opzijzwiepte en weer terugkwam, om dan opnieuw zijwaarts te zwiepen.

Mijn daadkracht was helemaal opgegaan aan die natte, onstuimige zoen.

Monica's gezicht verscheen boven me, en ze keek me verbaasd aan.

'Jij bent hartstikke gek,' zei ze lachend.

Ze streelde me en probeerde me een zachtere, intensere zoen te geven dan de vorige.

Op dat moment kwam Picchiatello de kamer in.

Hij leek mijlenver weg, en piepklein, daar, op twee meter afstand.

'Het is tijd om te gaan,' zei hij.

Achter hem kwam Erika naar binnen.

Een expressionistisch schilderij.

'Sorry,' mompelde ze, 'het spijt me heel erg... ik...'

Monica was intussen op het bed gaan zitten en trok haar rok omlaag.

Pic keek knipperend naar links en naar rechts om zich heen.

Met een robotstem herhaalde hij dat hij naar huis moest.

'Nu-me-teen.'

Hij praatte als een bandje.

Op dat moment barstte Erika in huilen uit.

Snikkend stamelde ze: 'Ik weet niet... ik weet niet wat... het was gewoon... het was gewoon...', toen rende ze naar een deur aan de overkant van de gang, ze greep de klink vast alsof ze bijna zou vallen en verdween achter die deur.

Het volgende moment hoorden we haar overgeven.

'Zullen we? Ik ben klaar om te gaan,' zei Picchiatello, kalm en onverschillig.

Zijn enorme ogen stonden glazig, hij had opgedroogd slijm aan zijn mondhoeken en hij streek met zijn handen over zijn overhemd om het weer onder de riem van zijn veel te wijde broek te stoppen.

'Tuurlijk, tuurlijk,' antwoordde ik, 'ik ben ook klaar om te gaan', en ik liet mijn benen over de rand van het bed bungelen.

Vanuit de badkamer klonken de laatste kokhalzingen, van die droge, als er niks meer uitkomt.

Echt een bijzondere avond.

Toch een beetje jammer van Monica.

Hoofdstuk XV

Rummo is een bedachtzaam iemand. Dat was hij ook als kind al. Hij behandelde iedereen met respect en aandacht. Dat heb ik weer eens bevestigd gezien in de manier waarop hij het vijf-tegen-vijfvoetbal interpreteert: een zo expressieve sport, of beter gezegd een zo expressief spelletje, dat het al na een paar acties de frustraties en de hysterie van de spelers naar boven kan laten komen, vooral van de spelers op al wat gevorderde leeftijd die er hardnekkig mee blijven doorgaan terwijl ze steeds minder behendig worden, en dus ook steeds onsportiever en zeurderiger. Bij vijf-tegen-vijf kun je je ware aard niet verhullen of verdraaien. Nou, Rummo is goed, eerlijk, hij geeft de bal op tijd af, duwt niet meer dan noodzakelijk, schreeuwt niet en klaagt niet en schopt de bal niet pissig weg als hij een trap krijgt. Hij erkent zonder discussie zijn eigen zeldzame overtredingen en die van zijn teamgenoten. Hij is van beroep psychiater, maar je zou zeggen dat hij de dramatiek van het leven bij voorbaat afwijst, dat hij die verloochent.

Tragedies kunnen ons enorm op het verkeerde been zetten: als we in staat zouden zijn ze van de juiste kant te bekijken, zouden we beseffen dat het juist kansen zijn...

Rummo kwam uit een groot, gelukkig gezin. Zijn ouders waren vurige katholieken, en nadat ze heel jong getrouwd waren gaven ze hun kinderen allemaal een Bijbelse naam, beroemd of minder beroemd. De oudste was Ezechiele (Ezechiël), daarna Lea, de derde Gioacchino (Joachim, die dus bij mij in de klas zat), vervolgens Elisabetta (Elisabet), Rachele (Rachel), Tobia (Tobias), en ten slotte Giaele (Jaël), waarvan je pas als je het dochtertje zag begreep dat het een meisjesnaam was. Dat Rummo werd aangemeld bij het SLM (zoals een paar jaar daarvoor ook Ezechiele, bijgenaamd 'Ezi' of 'Lele', en later eveneens Tobia, die net in het eerste jaar van de middenschool zat) was dus begrijpelijk: zijn familie geloofde in katholiek onderwijs, in de katholieke school als de beste in absolute zin, en kozen er niet alleen maar voor omdat die school aanzien verschafte. De familie Rummo was helemaal niet zo. Voordat ze naar Rome verhuisden hadden ze in Napels gewoond, en de charme van hun grote Napolitaanse huis van waar je de zee kon zien werd vaak met weemoed in herinnering gehaald door Gioacchino (ik vind het lastig om hem met zijn voornaam aan te duiden in plaats van met de achternaam, de roepnaam waarmee we allemaal in het klassenboek stonden vermeld), want voor hem voelde de stad Rome als een ballingsoord, en het QT, dat door veel van zijn bewoners zo werd bemind en gewaardeerd, voelde voor hem krap, verstikkend.

Het was een mooi gezicht om de broers en zussen Rummo allemaal bij elkaar te zien. In de weekenden gingen ze vaak lange tochten maken door de bergen, de twee volwassenen en de zeven kinderen, van de oudste van achttien tot de jongste Giaele van vier, gehuld in wat we tegenwoordig outdoorkleding noemen, maar dan een rommelig, bij elkaar geraapt zooitje: grote vormloze truien met gaten erin, bombazijnen broeken met versleten knieën waarin al heel wat benen hadden gewandeld voor de huidige, kousen in een ondefinieerbare tint die om de kuiten zwabberden.

Ik zag ze een keer vertrekken, aan het begin van een lang weekend, in hun busje dat zo was omgebouwd dat ze er, god weet hoe, met z'n negenen in konden slapen. Ik werd getroffen door een aspect waarvoor ik altijd ziekelijk gevoelig ben geweest en dat je bij de familie Rummo deed duizelen: de haarkleur. Of ze nu lang of kort haar hadden, de negen gezinsleden vertoonden alle mogelijke gradaties blond, met koperkleurige of rossige nuances, of tarweblond, honingblond, goudblond en asblond, tot aan de praktisch kleurloze bos ragfijn haar van de jongste, Giaele. Op het bijna kaalgeschoren hoofd van Tobia veranderden de blonde stekeltjes telkens als hij zich omdraaide of knikte van kleur.

Er zijn twee paden waarover je om het Lago dell'Angelo kunt wandelen: het ene rechtsom en het andere linksom. Het pad rechtsom loopt door een dicht bos waarvan de bomen tot aan de oever komen, terwijl het andere kaal en rotsachtig is, en op sommige punten zeker twintig of dertig meter boven het niveau van het donkere water in het meer ligt. Om erachter te komen wat de kortste weg is, besluit de familie Rummo zich in twee groepen te splitsen, die allebei één van de twee paden zullen uitproberen. De groep die als eerste aan de andere kant van het meer uitkomt, heeft dus het kortste pad gevolgd. Nadat de beide groepen elkaar aan de overkant hebben getroffen, zullen ze op de terugweg opnieuw uit elkaar gaan en elk het andere pad nemen, dat de andere groep op de heenweg heeft genomen, zodat ze uiteindelijk allebei helemaal rond zijn gelopen, de ene groep met de klok mee, de andere tegen de klok in.

'Maar denk erom, we gaan niet rennen, hè?' zegt architect Rummo glimlachend tegen zijn kinderen; hij houdt ervan zich dit soort patronen voor te stellen, de routes van een wandeltocht te berekenen, alsof hij die voor zijn ogen met een lichtgevende lijn getekend ziet worden op een plattegrond op ware grootte. 'We lopen in hetzelfde tempo als altijd. Anders is het niet eerlijk!' Hij schat dat het een uur of twee zal kosten om helemaal rond te lopen: een mooie wandeling. Maar de kinderen kijken elkaar uitdagend aan en bereiden zich voor op wat voor hen een wedstrijdje is, en bij een wedstrijdje kun je winnen of verliezen.

De teams worden als volgt geloot: Davide Rummo, de vader, met Ezechiele, Elisabetta en Rachele zullen linksom over de rotsachtige oever gaan; Eleonora Rummo, de moeder, met Lea, Gioacchino, Tobia en Giaele rechtsom, door het bos. 'En als Giaele moe is en niet wil doorlopen?' vraagt Lea, altijd wat kritisch, een meisje met roodblond haar, een bril en sproeten. 'Dan moeten jij en Gioacchino haar op de rug dragen,' zegt hun moeder lachend, en ze gaan op pad. Ook de andere groep met Davide, Ezechiele en de twee meisjes vertrekt. 'Denk erom, flink verzamelen onderweg!' zegt Eleonora Rummo voordat ze het bos in loopt.

Eleonora Rummo, evenals haar man architect, houdt ervan om in haar vrije tijd composities in elkaar te knutselen van piepkleine natuurlijke of toevallige elementen zoals eikels, bessen, steentjes, gedroogde bloempjes of insectenlarven, schelpen, slakkenhuizen, veren, kwarts en stokjes gevonden tijdens haar wandelingen in de bergen of 's winters over het strand, die ze vervolgens op een achtergrond van okergeel of grijs karton plakt en inlijst als een soort abstract kunstwerk. Haar kinderen hebben zich aangewend hun zakken vol te stoppen en hun vondsten vervolgens aan hun moeder te laten zien. Ook dat was een soort wedstrijd, om de mooiste, opmerkelijkste dingen te vinden. Een uitgedroogde babygekko van drie centimeter. Een stukje parelmoer. Een blokje glas, gepolijst door weer en wind. Een eikelhoedje. Een blauwe of gele majolicascherf. Daarom lopen ze altijd naar de grond te turen. Soms raken hun zakken zo vol dat de schatten die erin zitten verbrokkelen, vooral de meest fragiele zoals een slakkenhuis of het poreuze skelet van een zee-egel; als ze dan hun hand in hun zak steken, halen ze alleen maar flinters en gruis tevoorschijn. Wat een teleurstelling!

De groep met mijn klasgenoot loopt tussen de bomen door. Het pad is alleen maar te herkennen doordat er onlangs wandelaars langs zijn gekomen die het struikgewas uit elkaar hebben geduwd: andere aanwijzingen zijn er niet. Het is frisjes. De rij dreigt uit elkaar te vallen. Tobia rent voorop omdat hij weet dat hij als eerste moet aankomen. 'Dat heeft geen zin!' roept zijn moeder hem achterna. 'Wacht op ons!', wat wordt herhaald door Lea, die vandaag wat verstrooid is en langzaam loopt, helemaal achteraan. Gioacchino houdt Giaele bij de hand en vertelt haar een verhaaltje. Hij heeft geen fantasie, mijn klasgenoot, hij weet niks origineels te verzinnen, daarom neemt hij zijn toevlucht tot wat hij vanaf de lagere school heeft gehoord en meegemaakt op het SLM. Deze keer begint hij over de dromen van de farao en degene die deze verklaart, de jonge Jozef oftewel Giuseppe. Rummo heeft zich vaak afgevraagd waarom zijn ouders hem van alle mogelijke Bijbelse namen niet die eenvoudige, mooie naam Giuseppe hebben gegeven in plaats van het zoveel zeldzamere Gioacchino. Hij kan niet weten dat veel van die doodgewone Italiaanse namen, zoals Giuseppe dus, of Giovanni, of Mario, over twintig of dertig jaar vrijwel uitgestorven zullen zijn. 'Wat is een farao?' vraagt Giaele, en Rummo (sorry dat ik hem toch weer zo noem, ik kan er niks aan doen) onderbreekt het verhaal geduldig om haar wat geschiedenis bij te brengen, en nu hij toch bezig is ook wat kunstgeschiedenis. 'Een grote, oppermachtige koning, zo machtig dat ze voor zijn begrafenis het grootste graf aller tijden hebben gebouwd, denk je eens in, alleen voor hem! Een piramide!'

Daar lopen ze, de ouders van mijn klasgenoot Rummo, allebei een andere kant op, maar uiteindelijk zullen ze weer bij elkaar komen, net als hun levenslot. Davide is een positieve, energieke man, jong nog, die voor alles een simpele, overtuigende oplossing heeft en een woord van troost voor eenieder als het even tegenzit. Geestig en ruimhartig, eerlijk en redelijk; eigenlijk heeft hij misschien maar één ernstige tekortkoming, die paradoxaal genoeg juist voortkomt uit zijn overvloedige kwaliteiten, uit de voorspoed en het geluk dat hem ten deel valt: hij loopt zeg maar over van zelfvoldoening, met betrekking tot zijn werk dat voor de wind gaat, tot zijn prachtige gezin en die tochten die ze zo enthousiast met z'n allen maken, ondanks de uiteenlopende leeftijden van de kinderen; hij is er helemaal vol van, of nee, hij is gewoon gezwollen van voldoening vanwege zijn kinderen en zijn vrouw Eleonora, die nog steeds mooi is na al haar zwangerschappen en van wie hij nog net zoveel houdt als op de eerste dag, meer nog zelfs, veel meer, want door alles wat ze in bijna twintig jaar samen hebben meegemaakt is hun liefde dieper en gelaagder geworden. Het is overigens vanwege diezelfde zo intense, uitputtende ervaringen dat Eleonora, al houdt zij ook nog steeds evenveel van haar man als eerst, niet meer wil dat hij naast haar slaapt, uit angst om weer zwanger te worden. Al bij Giaele, de laatste, die ruim zes jaar na Rachele uit de hemel is komen vallen, toen Eleonora Rummo eigenlijk dacht dat ze niet meer vruchtbaar was, betrof het een feit dat ze heeft geaccepteerd als een zoveelste godsgeschenk, maar toch ook een drama. Davide glunderde weliswaar toen hij het nieuws hoorde, verdwaasd van blijdschap door die onverwachte zegen, maar zij voelde toen voor het eerst dat ze géén nieuw kind wilde, dat ze niet zat te wachten op dít nieuwe kind dat op komst was, en dat haar werd opgelegd door de grilligheid waarmee God over mensenlevens beschikt, waar Davide juist zo enthousiast over leek, alsof die juist het bewijs was van Zijn bestaan. Zij had het kunnen missen als kiespijn, dat laatste geschenk, maar ze kon het niet weigeren, zolang dit dan maar echt de laatste zou zijn. Vandaar dat er in de doopnaam die zij deze keer in haar eentje, en niet gezamenlijk, had gekozen voor hun dochtertje, dat natuurlijk toen het eenmaal ter wereld kwam net zozeer en misschien nog wel meer door haar moeder werd bemind dan de andere zes, misschien wel een onbewuste of boosaardige verwijzing schuilde naar de episode die kenmerkend is voor de Bijbelse heldin Giaele alias Jaël, en die haar beroemd maakt onder hen die serieus omgaan met de Bijbel en niet op de kinderlijke, oppervlakkige manier zoals haar man ertegen aankeek.

In een bijna terloops vertelde episode vermoordt de jonge Jaël een geduchte vijand van de Israëlieten door hem eerst onderdak aan te bieden, en een kom melk, en hem later, terwijl hij slaapt, een grote tentharing in zijn hoofd te planten. En zo wordt ze ook altijd afgebeeld, met haar gespierde arm in de lucht geheven, de hamer in de hand.

Die tentharing, die had Eleonora in haar binnenste voelen steken, aan het begin van de zwangerschap, ze voelde hem schuren, prikken, precies op de plek waar de zich ontwikkelende foetus van Giaele zich bevond, maar later, toen ze gewend raakte aan het idee van weer bevallen en borstvoeding geven en kortom van voren af aan beginnen met alles wat te maken heeft met de verzorging van een baby (de reiswieg en de kinderwagen moesten ze nieuw kopen omdat ze die waarin de andere kinderen waren vervoerd al hadden weggegeven aan jongere moeders), had ze die tentharing van de ene op de andere dag niet meer gevoeld. In een afgelegen hoekje van haar bewustzijn was een ander beeld tevoorschijn geflitst: die tentharing zou de kleine Giaele in het hoofd van haar vader planten.

Door hun overtuigingen en hun geloof en hun langdurige huwelijk en hun blondheid zou je misschien kunnen denken dat Davide en zijn vrouw op elkaar lijken, maar dat is niet zo. Eleonora heeft een artistiek temperament, ze is alleen op het eerste oog meegaand maar in werkelijkheid eigenzinnig, en ondanks die wirwar van bloedverwantschap en vriendschap die zo'n groot gezin met zich meebrengt, of misschien wel juist vanwege dat continue opgaan in haar naasten, heeft ze angstvallig een gebied van haar gedachten en gevoelens afgezonderd voor anderen. En een heel wat groter en diepgaander en mysterieuzer gebied dan die positivo van een Davide zich ooit zou kunnen voorstellen.

Elisabetta en Rachele huppelen zorgeloos langs de steile oever van het meer. Hun vader vindt het niet nodig om ze al te zeer in de gaten te houden. Het is duidelijk dat ze gewend zijn hun eigen boontjes te doppen, want ze hebben al geleerd om alles zelf te doen vanaf de kleuterschool, waar de wasbakjes op veertig centimeter boven de grond hangen, en waar ieder een eigen kastje met minigereedschap heeft, en elk kind vanaf drie jaar zich zelfstandig aankleedt, zich zelfstandig wast, zijn eigen spullen opruimt, een moestuintje omspit, brooddeeg kneedt en bakt, en daarnaast leert lezen en schrijven en rekenen. Het opmerkelijke lot van de meisjes Rummo is dat ze, aangezien hun ouders hen niet konden inschrijven aan het SLM omdat ze geen jongens waren, stuk voor stuk, van Lea tot Giaele, naar een zeer vooruitstrevende, gemengde lagere school en middenschool zijn gegaan, en daardoor veel sneller mondig zijn geworden dan hun broers. Het idee dat ze naar een nonnenschool zouden kunnen gaan, net zoals hun broers die van de paters bezochten, was bij voorbaat uitgesloten. Vader en moeder Rummo hebben aanvankelijk, en vervolgens in de loop der tijd telkens als er een kleuterschool gekozen moest worden voor hun dochters, een discussie gehad over die ongelijkheid van onderwijs op basis van geslacht, maar ook al is het Davide niet gelukt om Eleonora te overtuigen, hij heeft haar twijfels daaromtrent in elk geval aan de kant kunnen schuiven door haar dit compromis als het beste voor te stellen, gezien de uitgangspunten. Je moet immers realistisch blijven, zonder dat je daarbij je principes geweld aandoet. Een provisorische keuze kan soms heel geschikt blijken, alsof er lange beraadslagingen aan vooraf zijn gegaan. Davide is ervan overtuigd dat hij er goed aan doet om zich te laten leiden door zijn gezond verstand, en hij houdt zichzelf graag het motto voor dat hij van zijn geestelijk leidsman heeft overgenomen, een oude Egyptische jood die tot zijn veertigste als leek had geleefd om vervolgens in te treden: 'Perfectie is de vijand van het goede.' Dat is de voornaamste nalatenschap, de kern van de talrijke nog veel beter doortimmerde lessen die Davide Rummo heeft ontvangen van die oude Maimone, en hij heeft juist deze les zo hartstochtelijk omarmd omdat hij die ziet als een optelsom van het beste van die twee levens, die twee ervaringen van deze man die voor hem gelijkstaat aan een heilige: het leven als leek en dat als geestelijke. Tolerantie, openstaan voor de wereld en bovenal de zoektocht naar datgene wat op dat moment onbevooroordeeld kan worden beschouwd als de beste weg om te nemen: Maimone is oud geworden en gestorven zonder dat hij die spreekwoordelijke, vriendelijke doctrine ooit heeft verloochend. Davide heeft zijn kinderen er vaak op gewezen, wanneer hij zag dat ze verstijfden tegenover een of ander noodzakelijk compromis, wanneer ze ervan afzagen om een taak te verrichten omdat ze het gevoel hadden dat ze dat niet foutloos zouden kunnen. 'Je weet dat perfectie de grootste vijand is van het goede.'

Hij weet zeker dat hij die moraal met Eleonora deelt, zonder dat het nodig is het daarover te hebben, en in dat opzicht is Davide een beetje naïef, of wil hij als zodanig beschouwd worden.

'Pap, denk je dat ik aanstaande vrijdag onze bus kan meenemen?'

'Onze bus? Waarom niet? Ik denk het wel.'

'We willen met een paar vrienden iets gaan doen,' preciseert Ezechiele zonder in detail te treden.

'Waarom niet?' herhaalt Davide Rummo. 'Maar het zou kunnen dat we hem zelf nodig hebben. Je moeder en ik waren van plan om een dagje naar Gubbio te gaan, met z'n allen.'

'Naar Gubbio?'

'Ja. Dat is een prachtige stad.' Zijn ogen stralen. 'Jullie zijn er geen van allen ooit geweest. Misschien jullie moeder wel, maar dan als kind, met de scouting, ze weet het niet meer precies. En in die omgeving heb je schitterende bossen... Dus, wat zei je? O ja, natuurlijk. Als je de bus nodig hebt en je hebt geen zin om met ons mee te gaan, dan proberen we wel iets te regelen. Maar wel jammer, want Gubbio is echt de moeite waard...'

'Maakt niet uit, pap, ik ga wel met jullie mee. Het lijkt mij ook leuk om Gubbio wee... een keer te zien,' haast Ezechiele zich de kwestie af te sluiten, waarbij hij verzwijgt dat hij al een keer in Gubbio is geweest, vier jaar daarvoor, een week lang, voor een basketbalstage, toen hij zo groot voor zijn leeftijd was dat men verwachtte dat hij een fantastische speler zou worden, en de überhomofiele basketbaltrainer van het SLM helemaal voor hem ging, in alle opzichten. Vervolgens was hij daar blijven steken, op één meter negenentachtig, lang, knap, goed geproportioneerd, maar niet lang genoeg voor de echte giganten, en hij had ook weer niet de snelheid en techniek van de 'kleintjes' in die sport. Davide Rummo herinnert het zich niet, maar dat is ook wel begrijpelijk met zeven kinderen. Het is al een wonder dat getuigt van zijn welwillendheid dat hij maar zelden namen, plekken en activiteiten door elkaar haalt of verwisselt.

Elisabetta klaagt een beetje voor de grap, eigenlijk vooral om de draad met haar jongere zus strakgespannen te houden. Als twee meisjes zo dicht op elkaar zitten qua leeftijd (ze schelen een jaar en tien maanden) geeft de oudste er rukjes aan en laat de lijn dan weer langzaam vieren, als een visser. Al is het niet gezegd dat het altijd de oudste is die de hengel vasthoudt.

'Eén ding weet ik zeker: dit is de laatste keer dat ik het water draag.'

'Drink het dan op. Dan is de veldfles minder zwaar.'

Elisabetta is zowel positief als negatief getroffen door die intelligente en cynische opmerking van Rachele.

'Als ik dat doe, vinden pap en Ezi me egoïstisch...'

'Hoezo, dat ben je toch ook?' zegt Rachele met een gezicht dat niet bij haar leeftijd past, het is eerder dat van een volwassene die een voldongen feit constateert: opgetrokken wenkbrauwen, mondhoeken misprijzend omlaag.

'Nee. Nee...! Nou ja, oké, ik geef het toe, ik ben egoïstisch.'

'Maar?'

'Ik wil niet dat zij het te weten komen,' zegt ze, wijzend naar haar vader en Ezechiele, die een eindje voor hen lopen te praten. Architect Rummo steunt op een dikke, ontschorste tak die hij tijdens een vorige wandeling heeft gevonden, niet omdat hij steun nodig heeft, maar omdat deze geïmproviseerde wandelstok echt mooi is, en het is ook fijn om ermee heen en weer te zwiepen met een draaiing van zijn pols, voordat hij hem neerzet, en hem daarna weer naar voren te zwaaien. Het geeft hem ritme onder het lopen.

'En ik mag het wel weten?' herneemt Rachele, wetend dat Elisabetta een zwak heeft voor hun vader, en hoe belangrijk ze het vindt om goed voor de dag te komen bij hem.

'Jij kunt me niks schelen. Jij bent zelf ook egoïstisch. We zijn hetzelfde.'

'Nietes, ik ben niet egoïstisch,' mompelt Rachele met trillende stem. 'Daar is niks van waar', en de tranen springen haar in de ogen.

Ze lopen een tijdje achter elkaar.

Als Rachele haar huilbui heeft weggeslikt zegt ze ineens: 'Lis, ik heb dorst', en ze springt naast haar zus. 'Geef eens wat te drinken.'

'Nee.'

'Geef hier die veldfles.'

'Nee, die krijg je niet.'

'Elisabetta! Geef op.'

'Ik giet het water nog liever op de grond dan dat ik het aan jou geef', en Lis draait de dop los en maakt de beweging, alleen maar de beweging, alsof ze de veldfles schuin wil houden.

'En als pap dan zegt dat hij dorst heeft?'

'Dan vraagt hij het wel aan Ezechiele, die heeft ook een veldfles. En trouwens, het is helemaal niet warm. Totaal niet.'

'Je zou niet zeggen dat je twee jaar ouder bent dan ik. Je doet heel kinderachtig. En ik ben echt nog een kind, maar ik gedraag me heel anders.'

'Jij bent geen kind meer, je bent *al tien*!' werpt Elisabetta vol overtuiging tegen. 'Maar ik ben eigenlijk nog wel een kind, want ik ben *nog geen* twaalf!'

Daar klinkt de stem van hun vader.

'Hé, jullie tweeën! Jullie maken toch geen ruzie, hè?'

'Nee, pap, helemaal niet. We zijn gewoon aan het praten,' verklaren zijn dochters.

'Goed zo. Maar kijk onder het praten wel goed uit waar je je voeten neerzet. En zet je hoedje weer op.'

Elisabetta en Rachele hebben hun hoedje allebei op hun rug hangen aan het koordje.

Ze zijn inmiddels halverwege, op de plek waar de kale rotsoever het hoogst is, en er allemaal spleten in zitten.

'Hebben jullie genoeg gedronken? Want het is flink warm vandaag.'

Elisabetta pakt de veldfles van haar schouder, die ze even daarvoor nog had gedreigd op de grond leeg te gieten. Ze geeft hem aan haar zus. Rachele pakt haar lange tarweblonde haar bijeen en maakt er een losse vlecht in, terwijl Elisabetta met uitgestrekte arm wacht. Daarna pakt Rachele de veldfles bedaard aan, neemt er twee grote slokken uit, veegt haar mond af en geeft de fles terug aan haar zus, die er ook rustig uit drinkt. Wanneer ze de veldfles weer om haar schouder heeft hangen, zegt Elisabetta 'O ja', en ze zet de slappe hoed weer op haar korte haar, veel donkerder dan dat van Rachele, met een rossige glans erover. Rachele zet ook haar hoedje op.

'Je hebt nog niks verzameld voor mama.'

'Jij ook niet.'

'Zullen we wedden dat ik veel meer mooie dingen vind?'

'Ja hoor, je mag de weddenschap winnen, ik heb er vandaag helemaal geen zin in, en mama heeft zakken vol van die troep. Ze weet niet meer waar ze het moet laten! Ik zag laatst dat ze er stiekem een in de vuilnisbak gooide!'

Als je ze zo in het bos ziet lopen, zijn Lea en haar moeder Eleonora net twee losgeslagen meiden, ook al is de een tweeënveertig en wordt de ander omgeven door de bubbel van ouderliefde die de eerste heeft gevormd, bestand tegen elke druk, zowel van buitenaf als van binnenuit; niets zou die kunnen breken. Ze voelen die bubbel allebei als een ongekende steun, en als een belemmering. Allebei zijn ze in gelijke mate gelukkig en ongelukkig. Of beter gezegd: de emoties gaan in hun binnenste eerst de ene kant op en dan weer de andere kant op, waardoor hun stemming omslaat, zoals een zandloper die wordt omgedraaid, van smartelijk naar dromerig, verrukt...

Architect Rummo is een vrouw die zich nu pas begint te realiseren wat een immense inspanning ze heeft geleverd om te komen waar ze nu is. Dat voelde ze niet terwijl ze ermee bezig was, ze voelt het nu pas, nu het een stuk lichter is. Nog maar een paar jaar geleden had ze haar beroepsmatige werk plus zes kinderen die afhankelijk waren van haar en haar welwillende, liefdevolle, ondernemende echtgenoot, die echter in sommige opzichten beschouwd had kunnen worden als het zevende kind voor wie ze moest zorgen, ware het niet dat er daadwerkelijk een zevende in aantocht was, de ongewenste Giaele. En toch is het diezelfde uitputting die haar nu voorwaarts laat glijden, zonder dat er nog enige wrijving is met dingen en mensen, zonder nog de krampachtige aanhankelijkheid van eerst. Ze vreest dat het aan de vroegtijdige ouderdom te wijten is, deze sereniteit die zoveel weg heeft van onverschilligheid, en zodra ze die sereniteit proeft verandert die in ontzetting en angst. Nog een paar jaar en dan zal het voorbij zijn, dít allemaal, en dan zal ze nieuwe bestaansredenen moeten zien te vinden die zich hier op aarde bevinden en niet in de hoop of in het geloof, want die hebben weliswaar als voordeel dat ze je helpen in moeilijke tijden, omdat ze op de toekomst gericht zijn, een onbeperkte, eindeloze, glorieuze toekomst, maar ze kunnen niet het heden vullen, ze zijn niet gemaakt om het heden te vullen, als dat leeg is, ze zijn alleen gemaakt om het te verdragen, voor het geval het bestaat in overbelasting of verdriet. Godsdienst is voor Eleonora, en misschien wel voor iedereen, altijd een waarborg voor de toekomst geweest. Nu ze op de helft van haar leven is, geeft het plakken van kunstwerkjes met tijdens uitputtende wandelingen vergaarde stukjes schors en jeneverbessen haar een besef van de tijd, en ontdoet het die van andere kwellingen; maar als dat later haar voornaamste bezigheid wordt, die haar tijd zal moeten vullen in plaats van hem leeg te maken, die er gewicht en massa aan zal moeten toekennen in plaats van hem te verlichten, dan is ze bang dat die vrolijke, pittoreske collages haar zullen vervullen van ontzetting.

Gioacchino is allang klaar met het verhaal over Jozef en de farao, dat hij had verrijkt met de verdere wederwaardigheden in Egypte van Mozes en Aäron, de plagen en het opensplijten van de Rode Zee, en over het kindje Jezus dat daarheen vlucht terwijl koning Herodes alle baby's van Israël laat vermoorden. Giaele lijkt niet erg onder de indruk van het verhaal over dat bloedbad, waarover ze juist steeds nauwkeuriger details wil weten.

'En hakten de soldaten dan de kop af van die baby's?'

'Eh, ja, dat deden ze ook wel, denk ik...'

'En staken ze met een zwaard in hun buik?'

'Ja, ja...'

'En moesten hun mama's huilen?'

'Tranen met tuiten.'

Mijn klasgenoot Rummo maakt zich zorgen over de perverse, grenzeloze nieuwsgierigheid van zijn zusje. 'Arme kindjes, ze hadden toch niks verkeerd gedaan? En hingen ze ze ook op? Ook de meisjes?'

'Zo is het wel genoeg, Giaele. En nee, de meisjes niet. Dat was niet nodig.'

Hij zou willen dat Lea nu tussenbeide kwam, om de gespannen

aandachtsboog van Giaele te breken met een grapje, of door te doen alsof ze haar liet struikelen, of door haar bij de oksels te pakken om haar op te tillen. 'Lekker vliegen, vliegen, vliegen...'

Ja, denkt Lea, hij is echt een knappe jongen, maar hij is zoals hij is. Het zal vast niet lang duren. Het toeval wil dat de jongen op wie ze sinds een paar weken verliefd is Stefano Jervi is, ik weet niet of iemand zich die naam herinnert, een klasgenoot van Gioacchino en de schrijver dezes, hij was inderdaad een charmante figuur die iedereen voor zich kon innemen, zowel jongens als meisjes als volwassen vrouwen. Gelukkig is het maar een bevlieging van Lea, al voelt ze het nu tot in elke vezel van haar geest en haar magere, langgerekte lijf, zonder vrouwelijke welvingen. Vroeg of laat zal het overgaan. Het is Stefano gelukt om haar twee keer in bed te krijgen, maar het zou niet eerlijk zijn om dat zo te zeggen over Lea, want zij is ook actief geweest, actiever dan hij zelfs, en ze was zich er beslist niet van onbewust dat die ontmoetingen vluchtig van aard waren, en zich niet nog eens zouden voordoen.

In het katholieke geloof zoals Lea dat hartstochtelijk kneedt en praktiseert zijn seksuele contacten als vonken die wegspringen van het grote vuur der universele liefde. 'My own private Jesus', zo omschrijft ze haar eigen Verlosser met naïeve ironie. Met dezelfde ongedwongenheid manipuleert ze allerlei religieuze beelden, zoals ze in India doen, en mengt die door elkaar. Ze heeft een volkomen naakte Christus getekend, ze heeft tientallen plaatjes van Mexicaanse Madonna's opgehangen, mooi uitgedost en opgemaakt en gekroond, aan de binnenkant van de deur van de kleerkast op haar slaapkamer, op de plaats van de spiegel, en elke dag kleedt ze zich daarvoor aan en uit, en spiegelt zich aan hen. Terwijl ze lusteloos door het bos loopt houdt ze haar handen in de zakken van haar korte broek, die van Ezechiele is geweest toen hij dertien was, en die haar nog past omdat ze geen heupen heeft, en in haar rechtervuist klemt ze een piepklein kruisbeeldje dat met een kettinkje vastzit aan een slang die in zijn eigen staart bijt. Vaak stelt ze zich voor dat ze kleine dieren gekruisigd ziet, vossenwelpjes of de jonkies van een marmot, of kleine meisjes, of oude mannen met een lange witte baard, en als ze dat dan voor zich ziet ervaart ze een onstuimige, liefdevolle vervoering jegens die gemartelde figuren.

'Weet je nog, mama?'

'Ja? Wat bedoel je, Lea?' antwoordt Eleonora Rummo, weggerukt uit haar mijmeringen.

'Die keer dat ik als kind had gedroomd dat ik Jezus doorboorde met een hooivork.'

'Wat zeg je nu toch, Lea?!'

'Jawel, toen werd ik helemaal in paniek wakker... en hij lag te kronkelen, als een hagedis...'

'Nee, dat verhaal herinner ik me helemaal niet.'

Ze schudt haar hoofd. Ze bedenkt dat Lea die traumatische herinnering heeft verzonnen, misschien te goeder trouw, zoals je je een droom kunt herinneren terwijl je denkt dat het echt gebeurd is. Lea heeft gedroomd dat ze heeft gedroomd. Toen ze werd geboren stond haar ultrakorte naam op het punt te worden uitgebreid met een letter 'h' op het eind, maar uiteindelijk wilden haar ouders ook weer niet overdrijven.

Het is vast het effect van het bos met al die schaduwen dat er zo'n breuk lijkt te zijn ontstaan tussen de leden van het team waartoe Gioacchino behoort, waardoor de indruk wordt gewekt dat iedereen in zijn eentje loopt. Alleen Giaele dribbelt nu eens naar de een en dan weer naar de ander.

Anders dan de Bijbelse heldin aan wie ze haar lastige naam te danken heeft, waar ze zich echter nooit over heeft beklaagd of voor heeft geschaamd, zoals kinderen met vreemde namen soms doen, gebruikt Giaele geen tentharingen, maar een kleine speld die ze in het brein van haar broers en zussen prikt, en dat is haar onstilbare, kwellende nieuwsgierigheid.

'Wat is dit?'

'En wat is dat?'

'En van wie is dit?'

'Zeg, Giaele, kun jij ook eens wat bessen of steentjes zoeken voor onze kunstwerken?'

Tobia staat te roepen en te zwaaien: 'Schiet eens op, mama!'

'We hebben helemaal geen haast,' antwoordt zij in gedachten verzonken. Pff, wat een kinderen heb ik. Allemaal anders. Allemaal bijzonder. 'Wat een mooi bos is dit, hè Tobia? Wat een mooie bomen, hè?'

'Ja, heel mooi, maar ze zijn allemaal hetzelfde... Kom op nou, mam!'

'Nee, dat is niet waar, bekijk ze eens goed. Je moet ze van dichtbij bekijken.'

Zoiets aan Tobia vragen is echt onzin. Voor hem zijn het gewoon houten cilinders met blaadjes eraan. Palen die in de grond steken zodat je eromheen kunt slalommen. Zijn drang om de eerste te zijn wint het van de details. Hij had dat bos zo willen platbranden en een fakkel willen aansteken om naar de top van een berg te dragen.

Wanneer de twee groepen elkaar zien, bevinden ze zich op min of meer dezelfde afstand van het afgesproken ontmoetingspunt, aan de overkant van het Lago dell'Angelo, een houten restaurantje dat al maanden gesloten is. Dat wil zeggen dat het evenveel tijd in beslag neemt om via de westkant of de oostkant om het meer heen te lopen: ongeveer anderhalf uur. Op het verlaten terras van het restaurant begroeten de twee teams van de familie Rummo elkaar alsof ze elkaar al god weet hoe lang niet hebben gezien, ze slaan een kruisteken en verorberen haastig het tussendoortje dat Davide de hele tijd op zijn rug heeft gedragen, en dan gaan ze weer uit elkaar om de terugweg te aanvaarden. 'Ik wou bij haar in de groep...' moppert Rachele zachtjes, doelend op haar moeder. Ezi wijst haar erop dat de groepen die ze aan het begin hebben geloot niet kunnen worden gewijzigd. 'En waarom niet?' Ezechiele aarzelt, hij weet niet wat hij moet zeggen. 'Kom je nu met mij mee?' vraagt Giaele, terwijl ze Racheles hand vastpakt, maar Rachele antwoordt: 'Nee, dat mag niet', en ze rukt zich los uit de greep van haar zusje, draait zich om en rent in de richting van het bos, zodat niemand iets zou merken van haar teleurstelling en de huilbui die ze nu al voor de tweede keer wegslikt. Haar vader lacht als hij haar zo haastig op pad ziet gaan. 'Die meiden zijn onvermoeibaar!' zegt hij tegen zijn vrouw, terwijl hij de rugzak weer omdoet. Nu het op de heenweg tot een gelijkspel is gekomen tussen de beide teams, is Tobia teleurgesteld, hij heeft helemaal geen zin meer om te rennen, en ook niet om te wandelen. Hij hijst zich overeind en begint met hangende schouders te slenteren, zijn voeten verveeld opzijzwaaiend.

Ze zijn nog geen tien minuten onderweg of Giaele vraagt aan Gioacchino of hij haar wil dragen. 'Oké, maar een klein stukje, daarna moet je weer zelf lopen.' Hij laat haar op zijn schouders klimmen, waarna ze haar beentjes om zijn hals klemt. Maar vanaf dat moment moet hij goed opletten dat hij niet struikelt: de rotsbodem waarover ze lopen is brokkelig en zit vol onverwachte scheuren. Na zo'n honderd meter begint Giaele met haar hielen tegen Gioacchino's borst te schoppen, heen en weer deinend als een cowboy die een wild paard moet temmen bij een rodeo. 'Hou op, anders moet je eraf,' dreigt hij, maar ze houdt niet op en begint te neuriën. 'Schei uit, Giaele, dat is heel vervelend', en hij pakt haar enkels stevig vast om haar voetjes stil te houden. 'Au! Je doet me pijn zo!' protesteert ze.

'Oké, kom er dan maar af.'

Giaele verroert zich niet.

'Kom eraf!'

Hun moeder snelt toe en trekt het kleintje van zijn schouders, zet haar op de grond en geeft haar een duwtje om haar te laten lopen. Lea besluit eindelijk tussenbeide te komen en stelt Giaele voor om samen het liedje te zingen dat ze net op Gioacchino's rug had zitten neuriën.

'Nee, want jij kent de woorden niet.'

'Jawel hoor.'

'Zeg ze dan eens.'

Ken je dat verhaal
van Cecco Rivolta al
Hij rolde van de trapleer,
en hij brak zijn nek
Toch deed het geen zeer
alleen bij het laatste treetje
brak hij zijn kleine teentje.

Bijna beledigd rent Giaele naar voren.

Ze loopt te klauteren en te springen over de rotsen, als een berggeit...

Ze kijkt over de rand naar het meer. Ze zet een paar stappen achteruit, omdat ze duizelig wordt van de hoogte, maar dan loopt ze opnieuw naar de rotsige afgrond. Ze ziet zichzelf in het water weerspiegeld. Dan gaat ze er met haar zijkant naartoe staan, met haar armen in een rechte hoek zoals de Egyptenaren, om de aandacht van de anderen te trekken.

Bevrijd van zijn last loopt Gioacchino zachtjes het refrein van 'Aqualung' van Jethro Tull te fluiten. Hij kan niet wachten tot hij het nummer weer kan beluisteren, als hij vanavond thuis is. Hij heeft de plaat geleend van onze klasgenoot Arbus. Rummo zal hem op een cassettebandje opnemen, en dan weer teruggeven. Geplande duur van de uitleen: drie dagen. Er zijn er al twee voorbij.

Het kleintje rommelt in haar broekzak. Ze haalt een piepklein rood besje tevoorschijn dat ze op de heenweg heeft geplukt. Ze rent naar haar grote zus om het te laten zien, met haar vuist in de lucht gestoken.

'Kijk eens, Lea.'

'Wat?'

'Dat is voor mama, maar niet verklappen,' fluistert ze. 'Het is een verrassing.' Ze doet haar hand open.

Eleonora is achterop gebleven, aan het zicht onttrokken door een uitstekende rots. Zoals altijd de laatste, maar ze komt zo wel.

'Heb jij dat gevonden?' vraagt Gioacchino, die zich ook voorover-buigt om ernaar te kijken.

'Ja,' zegt het kleintje trots.

Lea wil het besje pakken om het beter te bekijken, maar Giaele trekt haar arm terug en sluit haar vuist.

'Het is heel mooi, maar...'

Op dat moment horen ze hun moeder een kreet slaken. Lea en mijn klasgenoot rennen terug.

Eleonora Rummo heeft haar voet verkeerd neergezet en is met haar wandelschoen in een rotsspleet blijven steken. Voorzichtig helpen haar kinderen haar eruit, maar als haar voet bevrijd is schreeuwt Eleonora het uit van de pijn. Ze krijgt tranen van woede in haar ogen. En ze begint te schelden.

'Kut! Kolere, kut!'

'Toe, mama...'

Lea is zo geschrokken omdat ze haar moeder nog nooit eerder zulke taal heeft horen uitslaan. Haar stem klinkt anders, net een diep gebrul.

‘Aaarrgghh!’

‘Alsjeblieft, mama...’

‘Nééé! Verdomme, dit niet!! Godsamme!! Godverdegodver!!’

‘Hou op! Hou óp!!’ schreeuwt Gioacchino om haar de mond te snoeren.

Lea houdt vol afgrijzen haar oren dicht.

Als ze terugkomen bij Giaele, om haar gerust te stellen, lijkt het of de kleine een steentje in haar mond heeft.

‘Wat heb je daar?’ vraagt Gioacchino.

‘Doe je mond open!’ beveelt Lea.

Giaele doet hem open en boven op haar griezelig gezwollen tong ligt, op dat rood, het eveneens rode besje dat ze hun vlak daarvoor zo trots had laten zien.

‘Spuug uit!’

‘Spuug dat ding uit, Giaele!’

‘Spuug uit!’

En kwijlend laat Giaele het vruchtje op Gioacchino’s hand vallen.

‘Wat is er gebeurd? Wat gebeurt er?’ roept hun moeder. Dan schreeuwt ze weer vanwege de pijn aan haar enkel, en die laatste kreet eindigt in gekreun.

Ze proberen de anderen te roepen over het meer heen, om duidelijk te maken dat er een noodgeval is, maar het is een flinke afstand en de groep van vader loopt door het dichte bos. Wanneer hun pad daaruit tevoorschijn komt en weer over de oever van het meer gaat, meent alleen Ezechiele, die achteraan loopt, dat hij aan de overkant, op de rand van de rotsige oever, iemand ziet staan zwaaien, maar hij denkt dat ze gewoon willen groeten en hij zwaait terug, waarna hij rustig verder wandelt, met lichte tred, zonder haast, zoals zijn vader hun op het hart heeft gedrukt. En intussen kijkt hij aandachtig om zich heen op zoek naar eikels of vogelveertjes of kleine takjes in een aparte vorm, die hij aan zijn moeder kan geven.

Elisabetta en Rachele hebben het goedgemaakt. Te goed. Ze lopen gearmd door het bos, en daardoor hebben ze er moeite mee om hindernissen te omzeilen: waar de een er gemakkelijk doorheen kan moet de ander zich bukken om geen tak in het gezicht te krijgen, of struikelt ze over een boomwortel die verborgen ligt onder de bladeren; maar dat maakt niet uit. Lis geeft haar zus geregeld een kus op de wang terwijl ze zo dicht naast elkaar lopen, ze snuift aan haar en geeft haar overdreven complimentjes, die gemaakt lijken maar toch gemeend zijn. 'Wat een mooi haar heb je... het glanst zo prachtig. Het lijkt wel, ik weet niet, een vacht... een kattenvacht. Het kietelt bijna. En het ruikt zo lekker...'

'Ik heb mama's shampoo gebruikt,' biecht Rachele op.

'Heeft ze dan niet gemerkt dat die nu veel verder op is?'

'Ach, nee!' Rachele legt uit dat ze wat water in de fles heeft gedaan, zodat het niet opviel dat er wat uit was. Ze lachen en pakken elkaar nog steviger vast.

'Jouw haar staat ook leuk zo', en met een tikje laat ze de hoed van Lis op haar rug glijden, die is toch overbodig in het bos, het is koel tussen de bomen, en ze wrijft over Elisabetta's warrige korte lokken.

Wanneer ze weer op het punt van vertrek komen, bij de splitsing van de twee paden om het meer, treffen ze daar alleen Eleonora Rummo aan, die helemaal overstuur van het huilen en de pijn op een kei zit, met een gescheurde enkelband. De rest van de groep waartoe mijn klasgenoot Gioacchino behoort is alvast doorgelopen, haastig op zoek naar mogelijke hulp, en is op het pad dat bergafwaarts voert uiteengevallen.

'Blijf hier bij je moeder!' zegt Davide tegen Ezechiele, die niet anders kan dan gehoorzamen, en daar blijven terwijl zijn vader omlaag rent. Met reuzenstappen, met wanhopige sprongen, haalt Davide zijn kinderen in; eerst stuit hij op Lea, die niet meer wandelt maar wankelt, ten prooi aan een zenuwinzinking; vervolgens Tobia, die snel loopt, met gebogen hoofd, zijn tranen drogend met de mouwen van zijn spijkerbloes. Voorop gaat Gioacchino Rummo, die met zijn zusje in de armen bijna de berg af rent, naar waar ze hun busje hebben geparkeerd. Het gezichtje van Giaele is inmiddels zo opgezwollen dat haar ogen niet meer te zien zijn, en tussen haar dikke, grauwe lippen door ontsnapt een steeds kortademiger, sneller gereutel.

'Kom op, Gia', blijf ademen...' prevelt Gioacchino, afgepeigerd. Zijn armen, waarin zijn zusje eerst licht als een veertje woog, voelen nu loodzwaar, en zijn knieën doen pijn. 'Goed ademen, meisje, blijf ademen, we zijn er zo...' en 'Kijk me aan, Giaele, kijk me aan! We zijn er bijna en dan maken ze je beter...' Eindelijk wordt hij ingehaald door Davide Rummo, die het kind uit zijn armen rukt en halsoverkop omlaag stuift, schreeuwend tegen Gioacchino, die inmiddels totaal geen energie en geen adem meer heeft: 'Rennen! Rennen!'

Het was een ongelukkige combinatie van het gif dat zich in bescheiden hoeveelheid in het besje bevond, en een verhoogde allergische gevoeligheid van het meisje, waar nooit eerder voortekenen van waren geweest. Dergelijke gevallen doen zich meestal voor bij kinderen, en kunnen op latere leeftijd afnemen of geheel verdwijnen. Tien minuten voordat ze in het ziekenhuis aankwamen overleed Giaele. In de auto waren de pogingen om haar te reanimeren vergeefs geweest: architect Rummo hield de claxon ingedrukt onder het rijden terwijl mijn klasgenoot probeerde wat lucht te blazen in de verstarde mond van zijn zusje. Laryngospasme is de naam van dat verschijnsel. Bitterzoet die van de giftige plant. Gioacchino had het inmiddels verlepte besje waar zijn zusje op had gesabbeld consciëntieus in zijn broekzak bewaard en liet het aan de artsen zien. Het diende alleen nog om de overlijdensverklaring in te vullen.

Dit verhaal heb ik vele jaren later gehoord van Ezechiele Rummo, de oudste zoon. Gioacchino zou het me nooit verteld hebben. Voor Ezechiele was het de ergste kwelling, de grootste wroeging van zijn leven, dat hij niets voor zijn zusje had kunnen doen; sterker nog, dat hij onderweg zijn tijd had verdaan met het zoeken naar die onbenullige stokjes en eikeltjes; eikeltjes, op zijn achttiende!

Mijn klasgenoot daarentegen is erin geslaagd, ik heb geen idee hoe, de gebeurtenis te transformeren tot een 'kans' om volwassen te worden. En dat zeg ik met grote bewondering.

Beste Gioacchino, dit was het verhaal dat spontaan bij me opkwam om te vertellen, in plaats van een ander. Ja, ik weet dat het meer over die mooie familie van je gaat, en over je zusje, en over het drama dat jullie overkwam, dan over jouzelf. Hopelijk vind je dat niet al te erg.

Ik hoop trouwens ook dat geen van de anderen over wie ik in dit boek vertel, meer of minder waarheidsgetrouw, meer of minder uitgebreid, zich vreselijk kwaad zal maken.

Hoofdstuk XVI

Ezechiele Rummo had ik bij hem thuis leren kennen, rond het jaar 2000. Hij hield een receptie vanwege het tienjarig bestaan van zijn kleine, maar zeer actieve uitgeverij, wat ik een waardevolle, moedige onderneming vind, waarbij hij een grotere inspanning dan de meeste mensen levert. Een teken van bijzondere volharding en overtuiging. Alleen met hard werken, en met niets anders, worden er wegen gebaand waar geen wegen zijn. Toen ik zijn achternaam linkte met die van mijn klasgenoot herkende ik dat onmiskenbare familietrekje bij hem: hij was een grote, gezette man met een schuchtere glimlach, en er schemerde nog steeds wat blond tussen zijn grijze haren door. Ik was geïntrigeerd door de collages van natuurelementen waarmee de hele wand achter het bureau in zijn werkkamer vol hing, en ik vroeg wie die gemaakt had, en wanneer. Ze waren echt mooi en ik zou bijna zeggen, als de term op zich niet het exacte tegendeel was van wat hij betekent, 'smaakvol'. Opmerkelijk dat zo'n ingetogen iemand als hij meteen bereid was me het hele verhaal te vertellen, inclusief dat dramatische staartje. Wat hem het meest dwarszat, maar hem tegelijkertijd een soort bitter vermaak bezorgde, en waar hij hoofdschuddend om moest glimlachen, was het verhaal over het gevloek van zijn moeder. 'Ze vloekte zonder te beseffen dat het daar niet om ging, dat een gekneusde enkel niet de reden was waarom ze God moest vervloeken!'

Hij begon over Gioacchino en zei dat hij er ook versteld van stond dat die jongen zo'n evenwicht had weten te bereiken.

Hij duidde Gioacchino aan met 'jongen', terwijl die net zo oud was als ik, al over de veertig dus destijds, omdat mensen nu eenmaal de gewoonte hebben hun jongere broers en zussen hun leven lang als kinderen te beschouwen.

'De bron van al het lijden, ontspringt vanuit het grootste geluk. Ja, zo is het, zo moet het zijn...' mompelde Ezechiele. 'Maar het is een wonder dat ik niet kan verklaren, en dat mijzelf helaas niet ten deel is gevallen: de nare dingen blijven naar, net zoals de mooie dingen trouwens mooi blijven, gelukkig. Ik weet niet of dat voor jou ook zo is, Edoardo...' Ik schudde mijn hoofd op een manier die ook instemming zou kunnen beduiden, en ja, dat was het ook, verdomd, dat was het. 'Die dingen kunnen hooguit verbleken of juist heftiger worden, feller, maar ze zorgen niet voor een ommekeer, ze transformeren niet tot iets nieuws... Nee, het gebeurt nooit dat het verdriet een positieve betekenis krijgt, een stimulans wordt om te leven, om beter te leven... om meer te leven.'

Ezechiele Rummo zuchtte en keek me ontroerd aan, naar me omlaagkijkend vanuit zijn lengte. Ik wilde hem het liefst omhelzen. Er bestaat geen terechte reden om God te vervloeken. Maar op dat moment arriveerde de belangrijkste schrijfster van uitgeverij Rummo Libri: zij hield met haar succesvolle reeks boeken die op Sardinië speelde zowat in haar eentje de hele uitgeverij overeind, aangezien ze tachtig procent van de recente omzet voor haar rekening nam, en Ezechiele draaide zich om en omhelsde haar.

Hoofdstuk XVII

Van de vele spirituele retraites waarop ik in al die jaren aan het SLM ben geweest, herinner ik me maar twee dingen.

Het eerste was '*polpettone di pane*'.

Voor het maken van *polpettone*, gehaktbrood, wordt er aan het gehakt en de overige ingrediënten natuurlijk ook zacht brood, verkruimeld oud brood of paneermeel toegevoegd: dat is voor de binding en voor het volume. De dosis bepaalt alles, dat geldt voor elk gerecht. Maar in het geval van het gerecht dat werd geserveerd in de kantine van het SLM en in de religieuze centra waar wij op spirituele retraite gingen in de aanloop naar Pasen, werd het recept wel heel extreem, en dreigde het concept 'percentage' alle betekenis te verliezen, aangezien brood dan zo'n negentig, vijfennegentig procent van alle ingrediënten uitmaakte, en als ik me niet vergis werd het dan ook eerlijkheidshalve 'polpettone di pane' genoemd.

Het tweede, daarover zal ik wat uitgebreider vertellen.

Tijdens een van die spirituele retraites ontdekten we (waar precies? Op de slaapzaal, meen ik, of op een gang, of misschien op de kamer van de spiritueel leider waar we stiekem naar binnen waren gegaan terwijl hij in de kerk zat te bidden... Die derde hypothese lijkt me het meest logisch, want nu, terwijl ik dit schrijf, heb ik het idee dat ik het boven een ijzeren bed zag hangen, bijna nog groter en zwaarder dan het bed zelf...) een schilderij van de geseling van een heilige.

Het was niet duidelijk welke heilige het was, want de afbeelding was heel donker, afgezien van het lichtgevende aureool om zijn hoofd, dat omhoog was gericht naar de hemel om de hulp daarvan in te roepen.

Achter hem zag je de verwrongen schimmen van de woestelingen die elkaar afwisselden om hem te slaan: de een stond met de gesel in de lucht, de ander had hem net laten neerkomen op de lendenen van de heilige, die bleek oplichtten in het halfduister.

Terug op de slaapzaal haalden we Marco d'Avenia over om zich uit te kleden, dat wil zeggen om zijn trui en overhemd uit te trekken zodat hij de martelaar kon spelen ('Wat zeur je nou? Dat is de hoofdrol!') en begonnen we te slaan, eerst langzaam, bijna in slow motion, daarna ietsje sneller. We sloegen op zijn mollige blote rug met twee touwen waar we op verschillende punten een knoop in hadden gelegd. We brachten de slagen op symbolische wijze toe, met een wijde, theatrale beweging die gepaard ging met gescheld en spottende woorden, als de beulen in een van die films die ook nu nog altijd op tv worden uitgezonden tijdens de paasweek, in technicolor: de blauw met gele mantels, de roze gezichten, de knalrode strepen bloed op de rug van Jezus...

Het was een heilig tafereel. We hadden een grijns op ons gezicht geprent. Op zijn knieën, in het midden van de slaapzaal met zijn handen op zijn blote rug gebonden, smeekte Marco d'Avenia om genade, eerst zogenaamd, net zoals we hadden beloofd hem zogenaamd te geselen, maar daarna serieus. Hij schokte bij elke zweepslag, al was die niet veel meer dan een aai. De tranen sprongen hem in de ogen en biggelden vervolgens over zijn wangen. Toen barstte hij in huilen uit. 'Hou op, alsjeblieft!' schreeuwde hij, en doordat hij nu echt bang was wilden sommige beulen ermee ophouden, maar anderen wilden doorgaan en nog harder slaan, totdat d'Avenia's echte angst zou omslaan in echte pijn.

Nu klonken het suizen en het klappen van het touw op de huid van onze klasgenoot. 'Ik smeek het, hou op! Maak me los!' en op zijn sproetige, dikke rug verschenen nu de reliëfstriemen van de slagen die hij had ondergaan. Marco hield zijn hoofd gebogen, weggedoken tussen zijn schouders om zijn angst te verbergen. Hij hield zijn adem in. Hij wachtte op de zweepslag en als die kwam kreunde hij, en in de tijd daartussen, die eerlijk gezegd steeds korter werd, hielden ook wij onze adem in. Bij een extra harde slag tilde d'Avenia zijn hoofd weer op en schreeuwde: 'Genade! Wat heb ik jullie misdaan? Waaróm?' en zijn gejammer sloeg nu om in luid gesnik.

Daarop stopte een van de beulen met slaan, om de kastijding toch enige zin te geven, en terug te voeren naar het spoor van het heilige tafereel, of in elk geval van de parodie daarop die het in eerste instantie had moeten zijn; hij liet zijn arm zakken en zei tegen d'Avenia: 'Als je gespaard wilt worden, moet je je geloof verloochenen!' D'Avenia zat zo te snikken dat hij de vraag niet verstond, zodat Chiodi die moest herhalen, waarbij hij steeds de terminologie bezigde uit een of andere zondagse preek, Handelingen van de apostelen, Handelingen van de martelaren, enzovoort.

'Ik zeg het nog één keer. Je kunt jezelf het leven redden. Verloochen je God!' 'Welke God?' stamelde d'Avenia, en op zijn lippen verschenen belletjes van tranen vermengd met speeksel. Hij was zielig om te zien, maar ook lachwekkend. Op dat moment zei een van de klasgenoten zachtjes: 'Misschien kunnen we er maar beter mee kappen. Stel dat er iemand binnenkomt?' En ook ik leverde mijn bijdrage aan dat zwakke protest, alsof ik nu pas uit een verdoving ontwaakte: 'Ja, nu is het genoeg...' maar mijn stem ging verloren in de spanning die in de lucht hing, zodat ik twijfelde of ik wel iets gezegd had en mijn keel schraapte om het nog eens te zeggen. Maar de onverschillige beul wilde zijn inquisitie van de martelaar afmaken. 'Jij weet *heel goed* welke God! De God waarvan je het lef hebt gehad te beweren dat je in Hem gelooft! Die moet je afzweren, schoft. Verloochen Hem!' En ter bevestiging van het feit dat zijn slachtoffer geen andere optie had om zich te redden dan door zijn geloof te verloochenen, liet hij een klap op zijn rug neerkomen die deze keer wel flink hard was, zo hard dat hij onze klasgenoot een echte pijnkreet ontlokte.

'Nééééé!'

Kwijlend als een hond probeerde d'Avenia zich vergeefs los te wrikken uit het touw waarmee we zijn polsen achter zijn rug hadden vastgebonden, van dat dunne touw dat wordt gebruikt om een rollade te knopen, waardoor hij er alleen maar voor zorgde dat het touw nog dieper in zijn huid drong, en hij deed een poging te gaan staan, heen en weer wankelend, onhandig, slap, niet in staat om zonder hulp overeind te komen. Nu ik had gezegd dat ze moesten stoppen, maar ze intussen gewoon doorgingen en van geen ophouden wilden weten, was ik geneigd om weg te gaan zodat ik niet langer verantwoordelijk was voor wat er gebeurde, want dat had ik aanvankelijk wel grappig gevonden, maar nu werd het echt bizar. Bizar juist omdat het steeds echter, steeds realistischer werd. Ik hou van een voorstelling, maar minder van de realiteit. En vaak heb ik me er zo uit gered, door de realiteit te vermijden. Je hoeft je er maar aan te onttrekken, de kamer te verlaten, je aandacht op iets anders te vestigen, bijvoorbeeld op een andere voorstelling. Mijn houding was te vergelijken met die van Pilatus, want ik keurde niet goed wat er gebeurde, maar ik deed ook weinig of niets om het te verhinderen, behalve nauwelijks hoorbare verzoekjes mompelen. Zo'n beroep op de redelijkheid waarvan je bij voorbaat weet dat het geen enkele zin heeft, tenzij het met dezelfde kracht wordt gebracht als de kracht waartegen het gericht is. De overige klasgenoten waren al even laf, of misschien waren die echt in de ban van de ceremonie. Ik kon hun opwinding voelen. Niet alleen de redelijkheid, maar ook de mildheid en het mededogen worden onder de voet gelopen wanneer de actie inmiddels op gang is gekomen, en bergafwaarts davert. Weer een zweepslag.

Deze keer een meisjesachtige kreet, gevolgd door een langgerekte kreun die eindigde in een schrille toon.

'Nééééé...! Hou op met slaan!' en d'Avenia hief zijn blik naar het plafond van de slaapzaal. Net zoals de heilige op het schilderij zijn ogen naar de hemel richtte, waar zijn Verlosser zich schuilhield, ook al zo'n lafbek. Toen probeerde hij zijn hoofd zo ver mogelijk om te draaien naar de beulen die achter hem stonden.

'Ik... ik...'

Zijn lippen waren gezwollen, en in zijn ogen lag een glimp van verwarring.

'Ik geloof nérgens in!'

Op dat moment lieten de kwelgeesten hun gesels zakken.

Eindelijk kon ik weer ademhalen. We konden allemaal weer ademhalen. We keerden terug op aarde, of misschien waren we juist de hele tijd al op aarde geweest, op de kale, vuile aarde, tijdens die tien minuten durende autodafe van Marco d'Avenia. Ook hij zelf haalde zwaar adem, badend in het zweet, terwijl hij achteromkeek om te controleren of er na zijn afzwering misschien toch nog zweepslagen op komst waren. En toen, terwijl ik naar zijn gezicht keek, werd de situatie me duidelijk, door een detail dat me tot dan toe was ontgaan.

Iets voor de hand liggends, dat wil zeggen iets wat hoort bij het soort waarheden waar mijn overigens gerenommeerde intelligentie (die vooral op die leeftijd sprankelde, tijdens mijn puberteit, op school) werkelijk altíjd te laat achter komt, meestal als allerlaatste, waardoor die door de mand valt als een vorm van omgekeerde stompzinnigheid, een soort verziendheid dus waardoor je wel ziet wat veraf is, maar niet wat je voor je neus hebt; waardoor je wel onbegrijpelijke dingen doorhebt, maar niet de vanzelfsprekende.

Op Marco's gezicht heerste verwarring. De verwarring die optreedt in de geest van iemand die onrecht heeft ondergaan, zonder te snappen of het wel echt onrecht was: verbijstering, ontzetting, vernedering, hoop dat de kastijding voorbij is...

Dat was echter niet het enige. Zijn gezicht was vertrokken, het leek verdeeld in twee helften die met elkaar in strijd waren; het bovenste gedeelte was gekweld, maar het onderste gedeelte...

Zijn voorhoofd gefronst, zijn wenkbrauwen hoog opgetrokken, zijn rode ogen bijna uit de kassen puilend door de inspanning waarmee hij zich had voorbereid op het ontvangen van de slagen. Intussen speelde er om zijn rode, onnatuurlijk opgezwollen lippen een schaapachtig lachje waarvan je zou kunnen denken dat het voortkwam uit opluchting omdat de marteling ten einde was. Nou, het tegendeel was waar.

Hoewel ik geen plezier had beleefd aan dat geintje om d'Avenia te martelen onder het mom van een heilig tafereel, en ik heel laf weinig had gedaan om te zorgen dat het spelletje stopte op het moment dat het niet langer een spelletje was, had hij zelf er juist wel plezier aan beleefd om te worden vastgebonden, te worden gedwongen om neer te knielen, te worden gegeseld.

Ja, hij had ervan genoten. Volop zelfs...

Ineens realiseerde ik me dat die behuilde ogen vol waren van genot, en dat het enige oprechte verdriet dat erin te lezen was werd gevormd door de zweem van teleurstelling omdat zijn bestraffing was onderbroken. Ga door, zeiden die ogen, *ga door*! Maar waarom had zijn mond dan gezegd dat ze moesten stoppen? Had de angst de overhand gekregen? Ik bedoel de angst om een nog intenser genot te ervaren, en dat dat dan op zo'n obscene manier aan het licht zou komen waar de hele klas bij was? Of had hij gewoon heel getrouw de rol van de maraan vertolkt?

'Je bent een lafbek, en zo is het wel genoeg,' zei Beul nummer 1, Stefano Maria Jervi. 'Geen enkele God zou het geloof van een lafbek terug willen hebben.' En hij gebaarde naar Beul nummer 2, oftewel Chiodi, die het zakmes waarmee hij gewoonlijk de schoolbank bewerkte uit zijn zak haalde om het touw rond de polsen van de gevangene door te snijden. Sommige klasgenoten verdrongen zich meteen rond Marco d'Avenia en hielpen hem overeind. Ik bleef op afstand, en keek naar hem. Zijn genotvolle glimlach veranderde op engelachtige wijze in dankbaarheid.

Terwijl hij zijn overhemd, dat binnenstebuiten zat, goed deed om het weer aan te trekken, kwam hij dichter bij me in de buurt, nog altijd omringd door de zorgzaamste klasgenoten, degenen die er het meest onder hadden geleden om zijn mishandeling bij te wonen, zoals Rummo, en ik zag dat de striemen van de zweepslagen op de witte, bezwete huid van zijn rug alleen maar dunne, rozige streepjes waren, zoals je die soms bijna onmerkbaar kunt oplopen wanneer je met blote benen door het hoge gras loopt. De strepen bloed zoals die op het schilderij van de biddende martelaar waren alleen maar inbeelding geweest! Was ik de enige die daar last van had gehad, of had de hele klas dezelfde hallucinatie beleefd? Marco lachte naar me, nog steeds zo onnozel extatisch, en werd toen ineens ernstig, alsof hij in mij een van degenen had herkend die er met hun protesten voor hadden gezorgd dat de ceremonie voortijdig werd beëindigd. Ik had haast de neiging om te zeggen: 'Ik heb niks gedaan, hoor!', me beroemend op datgene waar ik me tot even daarvoor nog schuldig over had gevoeld: mijn besluiteloosheid.

Op dat moment klonk er handgeklap, dat door de slaapzaal galmde alsof we ons in een onderaardse grot bevonden. Het was de spiritueel leider, rechtop in de deuropening. Aan zijn panoramische blik was te zien dat hij wel doorhad dat er daarbinnen net iets meeslepends was gebeurd, iets heel meeslepends, en dat de opwinding ineens was afgekapt, waardoor de handelingen hun betekenis verloren maar tegelijkertijd werden gefixeerd, zoals bij zo'n spelletje waarbij je plotseling ter plekke moet blijven stilstaan in de houding die je op dat moment aanneemt; maar deze man had te veel ervaring om te denken dat hij een gebeurtenis kon uitdiepen door retrospectieve vragen te stellen.

Zonder iets te zeggen, en zonder nogmaals in zijn handen te klappen, draaide hij zich om en verliet de slaapzaal, waar hij eigenlijk niet eens echt binnen was geweest, en wij allemaal, inclusief d'Avenia die nog bezig was zijn overhemd dicht te knopen, waar zweetplekken in kwamen zodra de stof de huid raakte, liepen zwijgend achter hem aan, vanuit de te fel verlichte slaapzaal naar de halfdonkere gang. Daar zag ik ineens Jervi voor me, ik ging naast hem lopen en pakte zijn arm vast om hem af te remmen. Hij leek voldaan maar nog steeds grimmig, alsof hij het personage dat hij net had vertolkt nog niet had losgelaten.

'Deed je dat nou expres?' vroeg ik.

'Natuurlijk, wat geloof jij dan?'

'Ik? Ik geloof niks. Net zoals hij zei.'

'Wat?'

'Nou, ik geloof in niks. Maar dit had misschien niet gehoeven...'

En met een grimas maakte ik hem duidelijk dat het echt niet nodig was geweest om de andere klasgenoten zo opgewonden te maken, om hun driften aan te wakkeren.

'Na deze fraaie vertoning hebben ze allemaal het idee dat ze zelf ook het recht hebben om wie dan ook te straffen... misschien om diegene op het pad naar de verlossing te brengen.'

'Daar moet je geen grapjes over maken,' zei hij, nu weer helemaal in de barse rol van de inquisiteur.

'Jullie zijn zelf degenen die grapjes maken; en vervolgens straffen jullie degenen die het spelletje meespelen.'

'Wat voor spelletje? Het is geen spelletje, dat zei ik toch. En alles komt goed als we maar zorgen dat de straf terechtkomt bij degene die hem verdient... en die er trouwens ook al op zit te wachten. Sterker nog, hij popelt om te worden gestraft.'

Hij knipoogde en keek me toen recht in de ogen om te zien aan welke kant ik stond, dat wil zeggen, of ik nu eindelijk eens een kant zou kiezen en niet langer boven alles en iedereen zou blijven fladderen met het air van een toevallige voorbijganger.

'Snap je wat ik bedoel?'

Ik knikte zonder nog iets te zeggen en keek naar de grond. Jervi maakte zijn arm los uit mijn greep en liep snel door, hij zette drie of vier grotere stappen, maar bleef toen weer staan, draaide zijn hoofd opzij en siste me in mijn oor: 'Jij weet ook dat het zijn verdiende loon was. Het was toch zijn verdiende loon? Die halve flikker. Als hij nou nog een hele was!'

Intussen liep Marco nog verder voor ons, helemaal voorop, glimlachend, of nee, lachend zelfs, alsof er niets was gebeurd. We kwamen bij de brede trap en de hele klas rende met twee of drie treden tegelijk naar beneden, ik zag die donkere en blonde hoofden voor me uit dansen, en de stilte werd verbroken door de gebruikelijke domme kreetjes, opmerkingen, geintjes. Allemaal voltooid verleden tijd.

Hoezo halve flikker, bedacht ik te laat. D'Avenia is wel degelijk een hele flikker. Een halve flikker zijn was dus blijkbaar nog erger.

Ik voelde zoveel medelijden en ontzetting en nieuwsgierigheid door die geselscène dat ik me voorstelde dat ik zelf werd uitgekleed en op mijn knieën gedwongen, om te worden gegeseld door mijn klasgenoten. Ze deden het om beurten en gaven het touw aan elkaar door. Het was trouwens wel zo dat Marco genot had ervaren toen hij werd afgeranseld, maar ik had ook een glimp van genot opgevangen in de ogen van degenen die hem kastijdden, en nu zag ik die ook schitteren in de blik van degenen die het touw met knopen vastpakten om mij te slaan. Ja, ook zij genoten ervan, zonder enige twijfel, en ofwel ze verhulden hun opwinding of ze lieten die openlijk blijken, en ze leken er extra van te genieten nu ze mij straften. Waarom was dat? Was het omdat mijn martelaarschap wel zin had, of omdat het fijner was om zich af te reageren op mij, of omdat ik meer zonden had waarvoor ik moest boeten, of juist omdat ik onschuldig was en het bloed dat uit mij vloeide puur was, en daarom kostbaar? Maar wat nou bloed, wat nou boetedoening? Waar heb ik het over? In mijn fantasie was het een geintje, na afloop omhelsden we elkaar...

Tenminste, ik geloof dat het zo was, maar het kan ook zijn dat ik doodging en dat mijn klasgenoten me omhelsden om een laatste groet te brengen, passend bij een martelaar.

Hoe dan ook, als dat de wet is, als iedereen evenveel geniet van de opoffering, dan kon je je er dus ook niet aan onttrekken: je was óf de beul, óf het slachtoffer, óf een van de omstanders, maar je was dat hoe dan ook naar volle tevredenheid en bij volledig bewustzijn.

Vroeger was de schooltijd een langdurig, ingewikkeld spel van beloningen en straffen. Wanneer je kon zeggen dat je de regels onder de knie had, dat je eindelijk wist hoe je het moest spelen, dan ging je van school af.

Maar goed, Marco d'Avenia. Door die episode van de geseling kwam zijn ware aard naar boven. Wanneer er een gewelddadig spelletje werd gedaan, moest de verliezende klasgenoot op handen en voeten rondkruipen met de winnaar op zijn rug, en de verliezer hoefde geen bevel of dreigement te krijgen om op de knieën te gaan, want hij zat al klaar: het was juist die vernederende houding die hem uitriep tot verliezer.

Wat is het moment waarop in een gevecht de winnaar of verliezer wordt bepaald? Wie beslist dat?

Welnu, terwijl wij het allemaal vernederend vonden, en hysterisch, overstuur lachten omdat we zo werden onderworpen, vond d'Avenia het juist fijn. Hij gaf zich zonder te protesteren over, en als hij niet toch al de zwakste van de klas was geweest, afgezien van Pic, weet ik zeker dat hij expres zou hebben verloren om maar te worden onderworpen en gekastijd, en als rijdier te worden gebruikt door de winnaars die met hun hielen in zijn ribben trapten om hem aan te sporen zoals je met een ezel doet, en terwijl die hakken tegen zijn flanken stootten met een meelijwekkend geluid, dat ik nooit had willen horen, zag je hem *glimlachen*.

Hoofdstuk XVIII

Tja, dat principe van 'keer ook de andere wang toe', is dat eigenlijk niet veeleer masochistisch in plaats van ruimhartig en liefdevol? 'Geef je naaste een kus', ja, dat zou zeker een gebod van naastenliefde zijn, maar toch niet 'laat je door hem slaan zonder iets terug te doen'?

Straf is voor de masochist het bewijs dat hij schuldig is; oorzaak en gevolg zijn omgedraaid: je wordt niet gestraft omdat je schuldig bent, maar je bent schuldig omdat je wordt gestraft; en hoe aangenamer de straf, hoe ernstiger de schuld moet zijn, totdat die twee aspecten, het genoegen van de straf en het ongenoegen van de schuld, juist uit elkaar gaan en zo ver uiteen worden gereten dat het individu wordt verscheurd, in tweeën gespleten, alsof hij door paarden in verschillende richtingen wordt getrokken.

Het is dan wellicht mogelijk en beslist gewenst om te proberen sadistische neigingen te weerstaan, en ze vast verankerd te laten op het vlak van de fantasie, maar waarom zou je vechten tegen masochistische neigingen? De morele rem is minder effectief: uiteindelijk doe ik anderen er helemaal geen kwaad mee, denkt de masochist, en ik mag toch zeker zelf weten wat ik mezelf aandoe? Een masochistische neiging tegengaan is dus moeilijker, ook omdat het moeilijk is die te stigmatiseren of de reikwijdte ervan in te schatten. Het staat iemand immers vrij om te lijden, zolang hij maar niet een ander láát lijden? Is dat niet wat de moraal vereist? Sterker nog, hebben de moraal, elke moraal, en de opvoeding, elke opvoeding (de christelijke in het bijzonder) niet altijd een masochistisch fundament? Wordt niet altijd als hoogste goed aangeleerd dat je je moet opofferen, dat je moet zorgen dat de ander de grootste portie eten krijgt, op de gemakkelijkste stoel kan zitten, en dat hij boven jou staat? Jezelf dienstbaar opstellen, een relatie van ondergeschiktheid veinzen, dat is wat de beleefdheid vereist: daar ben ik, zegt u het maar, geheel de uwe, tot uw dienst, ik kus uw hand, en zelfs dat korte woordje waarmee we elkaar vluchtig begroeten, het beroemdste Italiaanse woordje van de hele wereld, *ciao*, dat betekent toch immers 'slaaf': 'Ik ben jouw slaaf, doe wat je wilt met mij, beschik over mij naar jouw goeddunken', dat is toch zeker wat wij Italianen gewoontegetrouw tegen elkaar zeggen, tientallen keren per dag: breng mij in slavernij, onderwerp me, het zal me een genoegen zijn? De ethiek is louter masochisme: zie af van macht, zie af van genot, offer je op zodat een ander in jouw plaats kan genieten, wees mak als een lam, laat je aan het kruis nagelen, doe afstand van je bed, van je gewaad, van jouw deel van het eten, van je geld, van je lichaam, laat je geselen, laat je tot martelaar maken. Er moet wel genot schuilen in het afzien van genot. Er bestaat geen martelaar die niet geniet van zijn martelaarschap, en dan niet alleen uit trots, zoals Thomas Becket had begrepen, en waarom hij zich gekweld voelde, dat wil zeggen, hij voelde zich gekweld omdat hij zich gekweld voelde, maar juist vanwege het fysieke genoegen om folteringen te ondergaan. Een hevig, dierlijk genot dat een andere betekenis heeft gekregen, dat 180 graden is gekeerd, zoals het pistool van de zelfmoordenaar in Hitchcocks *Spellbound*; het bloed zien vloeien en daarvan genieten, maar niet het bloed van de slachtoffers, zoals bij de roes van de wolf, maar het éígen bloed, in een roes komen door je eigen bloed in plaats van dat van een prooi – is het eigenlijk niet een treffende overeenkomst tussen die twee vertoningen, tussen die twee fenomenen?

En toch wordt de masochist altijd met wat mildheid beschouwd, en met sympathie, aangezien er in zijn geest hele culturen en rollen en menselijke categorieën worden weerspiegeld. Vrouwen zijn lichtelijk masochistisch, stuk voor stuk, schijnt het, omdat ze vrouw zijn. Hun geslacht zou het masochisme in de zuiverste vorm zijn. Ook priesters belichamen de volmaakte figuur van de masochist (al zijn sommigen onder hen sadisten, als om een tegenwicht te bieden aan de algemene tendens), en hetzelfde geldt voor asceten, kluizenaars, goeroes en fakirs. Bij een echtpaar is er altijd minstens één van de twee masochistisch, en vaak zijn ze het allebei, afwisselend of op verschillende, elkaar aanvullende manieren. Helden zijn behoorlijk masochistisch, al was het alleen maar in de epiloog. Leonidas I van Sparta was een masochist en de revolutionair Carlo Pisacane was een masochist en hetzelfde geldt voor Che Guevara, en ook de hoofdrolspelers in het historisch drama *Chiara e Francesco* waren uiteraard masochistisch.

Het zoenen van een melaatse hoort eigenlijk eerder thuis in de *Psychopathia sexualis* van Richard Von Krafft-Ebing dan in de *Fioretti* van Sint-Franciscus van Assisi. Die intense liefde voor verdorven, verkracht, verwond, vertrapt vlees, voor het eigen mishandelde lijf dat plotseling, na een duizendjarige traditie, wordt geprefereerd boven het mooie, gezonde, atletische lichaam van de beeldhouwkunst uit de Oudheid; die vodden, die etterende zweren, het boetekleed en de stigmata in plaats van strakke spieren en ronde billen, zijn dat soms geen tekenen van een ongeremd masochisme? Volgens mij was dát wat de paters ons wilden leren, om sereen masochistisch te zijn, ons te verheugen over het lijden, de pijn goed te maken door de ontdekking dat die eigenlijk aangenaam was, de wonden van Jezus lief te hebben alsof ze aan ons eigen lichaam waren toegebracht, en ons zo voor te bereiden op het moment dat we het vroeg of laat zelf zouden ervaren: het lijden. Het lijden: hét grote thema, het enige. Het thema van alle romans en tragedies en geschiedenisboeken en gedichten en filosofiewerken en handboeken van wijzen aller tijden. Een zware taak, die de paters op zich namen! Loodzwaar, gewaagd. Hun lessen en voorbeelden en woorden grensden immers voortdurend aan het perverse, de morbide liefde ten opzichte van het zieke, grenzend aan heel wat ergere zonden dan die waartegen wij behoed moesten worden. Daarbij wordt geen rekening gehouden met de zogezegd biologische weerstand tegen een dergelijk principe. Een jong lichaam verzet zich tegen het idee dat het bedoeld is om zich te laten overweldigen, en dat zijn redding erin schuilt zich te laten tuchtigen, *mortificeren*, dat betekent dus letterlijk zich te laten *doodmaken*. Alle indicatoren van vitaliteit komen in opstand tegen die suggestie.

Ter compensatie van dit penitentiaire en masochistische standpunt, diende het SLM het tegengif van de sportactiviteiten toe, als uitlaatklep voor overvloedige energie. Het jonge, onvolwassen lichaam: aangezien het niet kon worden uitgewrongen onder de pers van het martelaarschap (die tijd is voorbij, en bovendien bezochten wij de school niet omdat we heiligheid wilden verwerven, maar hooguit een diploma), moest de kracht van het lichaam worden uitgeblust via energieverslindende lichamelijke oefening, hollend over stoffige veldjes of naar de top van een paal klimmend of met handen en voeten door het water in een zwembad ploeterend. Het aanbod van het SLM was werkelijk ongeëvenaard, zeker in het QT, dat in weerwil van zijn reputatie absoluut niets te bieden had (en heeft) aan zijn sportieve jeugd, behalve wat tennisbaantjes tussen de gebouwen van woningbouwcorporaties rondom de Piazza Verbano, of terrasgewijs aangelegd langs de lieflijke helling onder aan de heuvel van het mausoleum van Santa Costanza, tegenwoordig ontsierd door dat afzichtelijke nieuwe metrostation, en als je wat baantjes wilde trekken zat er niets anders op dan zorgen dat je bevriend was met een bewoner van het gebouw aan de Via Appennini 34, waarvan de met majolica versierde voorgevel een paar uur per dag glinsterde door de weerkaatsing van een azuurblauw zwembad.

Toch zouden de ouders die voldaan waren dat ze hun zoon hadden aangemeld bij een religieuze instelling met zo'n ruim scala aan geregelde recreatieve en sportieve activiteiten (voetbal, zwemmen, basketbal, volleybal, turnen, judo, tafeltennis) wel wat langer hebben mogen nadenken over het waarom van die misschien alleen ogenschijnlijke, maar toch opvallende tegenstrijdigheid tussen de zorg voor de geest en die voor het lichaam van de leerlingen, over de nadruk die, bijvoorbeeld in de reclame voor deze particuliere school ('Beschikt over prachtige sportvelden te midden van het groen aan de Via Nomentana! Plus een zwembad!'), werd gelegd op hoe modern de faciliteiten waren en dat soort dingen.

Draven, springen, trappen, roepen om een pass, bang zijn dat de bal te hard tegen je aan komt... ballen in je maag, in je gezicht... en schreeuwen... de longen uit je lijf schreeuwen... daardoor werd je hoe dan ook uitgeschakeld. Volgens mij ben ik nooit van mijn leven zo moe geweest als tijdens sommige pikdonkere namiddagen wanneer we terugkeerden van die befaamde sportvelden aan de Via Nomentana. Op mijn veertiende, om zes uur 's middags, languit op bed in plaats van aan mijn bureau om mijn huiswerk af te maken, met één arm over mijn gezicht, luisterend naar het woeste bonzen van mijn hart, had ik het gevoel dat ik wel zeventig was, en wanneer ze me riepen voor het avondeten reageerde ik niet. Ik was helemaal schor.

Met het excuus dat je iemands lichaam wil versterken, kun je het uitdoven als een kaars, met twee vochtige vingers om de lont.

Ook de kunstliefhebber, de melomaan, de ballettomaan, de connaisseur, de fanaticus op het gebied van elke specialisatie of kunstdiscipline en vooral van die waar lichamelijke virtuositeit domineert (van operazangers, turners, dansers, enzovoort), het zijn allemaal pure masochisten. Hun genot bestaat erin dat ze worden meegesleept en onderworpen en gewurgd, tot ze bijna stikken van genot, door grootse pianisten en geniale dirigenten, sopranen die ruw de ingewanden uitrukken van wie er naar hen luistert en fantasmagorische dansers. De bezoeker van de schouwburgen waar deze fenomenen optreden geniet ervan dat hij wordt overweldigd door het genie van de maestro's en de sterren. Ook wanneer de maestro een pianissimo dirigeert, suist zijn stokje door de lucht als een gesel...

En kijk, ja, dan lijkt het alsof de hele wereld... Dan heb je ineens het idee dat de hele wereld masochistisch is: de knallende zweep van de koetsier, het kneepje in de kin dat de leerling van zijn meester krijgt, de aanblik van indrukwekkende vrouwen met een grote boezem en uitpuilende heupen die wiegend op hun plateauzolen de straten bevolken; ja, ook al zijn vrouwen gemiddeld kleiner dan mannen, ze kunnen toch gigantisch lijken, boven iedereen uittorenen, en een aangenaam, pervers minderwaardigheidsgevoel inboezemen, niet zozeer vanwege hun totaalplaatje als wel vanwege enkele elementen die daar deel van uitmaken en die de mannelijke blik gewend is los van het lichaam te zien en apart te beschouwen, zoals bijvoorbeeld het achterwerk. Misschien wekt dat alleen al daarom bewondering op, vermengd met ontzetting bijna, en met de drang om te reageren, ja, om op een bepaalde manier te reageren – door zich te uiten in vulgaire of hyperbolische of verrukte opmerkingen, of door de blik af te wenden als om te ontkomen aan een gevaarlijk schouwspel, of door meer overhaaste en zelfs grove initiatieven te nemen – op de aanblik van de dikke tieten en dikke billen van vrouwen; hoe dikker die zijn, hoe krampachtiger de reactie van enthousiasme, ontzetting, hilariteit of opwinding, niet omdat ze zo mooi zijn, die borsten en billen dus, niet omdat ze opvallend mooi zijn (en dat zijn ze zelden wanneer ze echt dik zijn), met mooiheid heeft het niets te maken, de mannelijke aandacht en opwinding worden namelijk enkel aangewakkerd door de *afmetingen*, want ook al veinzen mannen met betrekking daartoe de zelfverzekerdheid dat ze alles onder controle hebben en domineren, in werkelijkheid ervaren ze een masochistisch gevoel van onderwerping en ontoereikendheid. Dat is waar hun vulgaire opmerkingen in feite op duiden: impotentie, een hysterisch teken van impotentie verhuld door viriliteit, die in woorden god weet wat voor seksuele prestatie belooft maar er in werkelijkheid van geniet dat hij totaal niet is opgewassen tegen dergelijke verschijnselen. Er bestaat geen man die echt in staat is het hoofd te bieden aan bepaalde reuzenmemmen, ze in zijn handen te houden, te dragen, te meten: ze zijn mateloos, idealiter blijven ze juist in volume toenemen. Vandaar het idee (geniale vondst) van de jonge Federico in *Amarcord* om niet te zuigen aan de enorme tieten die de vrouw van de tabakszaak hem aanreikt, of beter gezegd waarmee ze hem bedekt, overstelpt, maar erop te blázen. Hij blaast erop om ze van zich af te duwen, om weerstand te bieden aan die vrouwelijke immensiteit die over hem heen valt, het begint als een mannenfantasie maar hij verwezenlijkt die tot in het extreme, als in een nachtmerrie. Hij blaast om ze nog groter te laten worden. Door ze voortdurend op te blazen in erotische fantasieën, komt men erachter dat deze mannelijke projecties die veel verder gaan dan karikaturen, deze bovenmatige vormen, daadwerkelijk bestaan en bij wijze van spreken terugkeren uit het rijk der verlangens om zich te wreken op degene die ze had bedacht – zoals de monsters in de film *Forbidden Planet* –, en dat de natuur (die op zich al een dodelijke neiging tot het monsterlijke heeft) ze heel wat eerder had uitgevonden dan de mangatekenaars. Net zoals de verschillende vormen en maten van de diverse hondenrassen, met de beslissende bijdrage van de menselijke planzucht die haar ontwerpen per se wil realiseren, hoe waanzinnig ook, bestaat er een ongelooflijke variatie aan vrouwelijke lichaamsvormen, zo uitgestrekt dat ze categorieën vormen los van de lichamen die hen zogezegd huisvesten, en van wier profiel zij een doorslaggevend kenmerk vormen. Los van enige seksuele interesse of desinteresse is het mannelijk oog verbluft over het vrouwelijk lichaam. Verbluft ja, dat is misschien wel het juiste woord. Verbaasd om datgene wat *ontbreekt* aan het vrouwelijk lichaam natuurlijk, zoals wordt beweerd in de inmiddels honderd jaar oude psychoanalysehandboeken (en misschien is dat wel de reden waarom heel wat prostitueebezoekers de laatste tijd zo gesteld zijn geraakt op transseksuelen, en zich zo op hun gemak voelen bij hen, namelijk dat er aan hen helemaal *niets ontbreekt...*), maar vooral ook door wat het extra heeft, die fenomenale vormen, het liefst dik, zo dik mogelijk, gigantisch (wanneer ik in bepaalde advertenties lees dat een juffrouw 'pneumatic bliss' belooft met een cup F, dan begint het mij te duizelen...), want die zijn het bewijs van ware wanstaltigheid. Overontwikkelde borsten zijn niet zozeer een object van begeerte, ze vormen eerder bezwarend bewijs. Iemand die zich voelt aangetrokken tot vrouwen terwijl hij ze verafschuwt, dat wil zeggen, die zich tot hen voelt aangetrokken juist omdat hij ze verafschuwt en de chantabele aantrekkingskracht die hij ervaart verwerpelijk vindt, waardoor hij degene die dat gevoel bij hem oproept wil straffen, zal hun boezem altijd als een provocatie zien, welke vorm die ook heeft, en hij zal er kwaad of spottend op reageren; als ze klein zijn, kan hij ze alleen maar belachelijk maken, als ze normaal zijn zou hij willen dat ze groter waren, als ze mooi zijn werken ze intimiderend en krijgt hij zin om ze te misvormen zodat er een eind komt aan die brutale, overrompelende schoonheid, en als ze groot en zwaar zijn lijken ze ideaal om te mishandelen en te pletten, en kan hij de vrouw die met zulke vleesballen rondloopt vernederen... Het is de boezem op zich die staat voor het afwijkende van het vrouwenlichaam, het overmatige ervan. Een anders-zijn dat kan aantrekken, intimideren, irriteren, dat het verlangen kan oproepen om erbij uit de buurt te blijven of erop aan te vallen, ermee te versmelten, ertegen tekeer te gaan, er een eind aan te maken en het te verwoesten...

(Toen ik laatst op het strand een vrouw van middelbare leeftijd voorbij zag komen wier kleine gestalte kromgebogen was door het gewicht van haar vormloze boezem, die haar schuin van de schouders hangende bikinibandjes maar amper konden tillen en die haar cups zo groot als serveerschotels maar amper konden bevatten, moest ik ineens glimlachen bij het idee dat die twee memmen tot nog niet zo heel lang geleden beslist een heleboel mannen gelukkig hebben gemaakt. Want die boezem, die nu wordt voortgezeuld als onhandige bagage en jonge jongens naar elkaar doet knipogen, is lange tijd bespied en begeerd, is het onderwerp geweest van fantasieën en het object van uitputtende onderhandelingen om hem te mogen betasten, en heel wat mannen hebben hem bloot en bungelend in gedachten gehad terwijl ze hun zaad loosden op de badkamertegels of in het geslacht van hun echtgenote. Ik zou die gedachte deprimerend kunnen vinden, maar ik put er juist genoegen en troost uit.)

(Zoals ik al eerder zei heb ik de klassieke theorie nooit begrepen, namelijk dat vrouwen verminkt zouden zijn en zogenaamde afgunst zouden ervaren jegens datgene wat ze niet hebben: een gevoel dat ik zelf nooit, maar dan ook nooit bij hen heb opgemerkt, terwijl ik persoonlijk wel het gevoel ervaar, wat ik ook met meerdere mannen gedeeld heb, dat ik het hoofd moet bieden aan een vrouwelijke overdaad, een intensiteit, een potentie die op de eerste plaats tot uiting komt in de fysieke vormen... de ruime bouw van het bekken, de weelderigheid van de boezem, het haar...)

Want het is zo: de coïtus, waarvan vrouwen vroeger verplicht waren te zeggen dat ze ertoe verplicht waren, dat ze het niet voor hun plezier deden enzovoort (en velen van hen geloofden dat ook echt, zo diep zat dat gebod geworteld), is ook voor veel mannen eigenlijk vooral een verplichting. Een taak die ze nu eenmaal moeten verrichten. Mannen doen het niet zozeer om God te plezieren, zoals het versje luidde, maar omdat ze bang zijn voor het wrede oordeel van hun eigen vrouw, van alle andere vrouwen en bij uitbreiding ook van de hele maatschappij.

Een man die impotent is of, misschien haast nog erger, die geen belangstelling heeft voor seks, wat is dat voor een man?

'Laat niet toe dat er iets tussen jullie in komt' luidt een tv-spotje dat een erectiestoornis voorstelt als een barrière tussen twee verliefden die in een chic restaurant zitten te eten, en die elkaar niet eens kunnen aankijken omdat er een enorme bos bloemen op tafel staat, terwijl in een ander spotje twee lucifers samen in bed liggen en eventjes tegen elkaar aan wrijven, maar dan vat een van de twee al meteen vlam en brandt in een paar tellen op, waarna hij zwartgeblakerd zijn kopje buigt, bedroefd om zijn voortijdige ejaculatie. De schaamte om een vrouw niet te kunnen bevredigen ('Drie miljoen Italianen hebben problemen', enzovoort...) schijnt alleen maar te worden overtroffen door de schaamte om daar niet eens naar te verlangen.

In de tijd waarin dit verhaal zich afspeelt werd een jongen die geen belangstelling had voor vrouwen nauwelijks serieus genomen door beide seksen, zowel mannen als vrouwen, zowel meisjes als jongens: iedereen bekeek hem meewarig of voelde zelfs verachting voor hem. Zelfs degenen met de meeste onwil om zich onbeschut in die arena te begeven, moesten zich erin storten, hoe onhandig en onsuccesvol ook, al voelden ze vanbinnen geen enkele stimulans afgezien van die om zich aan te passen aan het gedrag van hun leeftijdgenoten, als iemand die vanuit de coulissen het toneel op wordt geduwd terwijl hij maar een paar regels van zijn tekst uit zijn hoofd weet. Ik zag dat gedrag in actie op feestjes, ik heb het sinds die tijd veel gezien en geobserveerd en ik deed er zelf ook gedeeltelijk aan mee: op die manier heb ik dan ook de beginselen van een expertise op het gebied van seksueel gedrag verworven, dat wil zeggen door de manier waarop de lichamen van de bank omhoogkwamen om midden in een kamer te gaan staan dansen, door de zinnetjes die ik hoorde in die mistige sfeer, oververhit door de sigaretten en de muziek. Om de drie minuten moest er een ander plaatje worden opgezet...

Men gaat ervan uit dat vrouwen, als het zwakke geslacht, vaker flauwvallen dan mannen. Dat is niet waar. Zo is er ook de theorie dat het vrouwelijk geslacht van nature masochistischer is. Ook dat is onwaar. Masochisme is gelijkelijk verdeeld over de seksen, en het is niet moeilijk vrouwen over te halen om de dominante rol te spelen, als ze daar niet al van nature aanleg toe hebben. Het is typisch een verzoek dat mannen hun privé doen, ook al willen ze in het openbaar graag laten geloven dat zij zelf de broek aan hebben. De vrouwen zijn het gewend. Ze zijn het zo gewend dat hun machtsmisbruik heel subtiel en onzichtbaar wordt. Je hoeft daarvoor alleen maar naar enkele willekeurige stellen te kijken: bij degenen die al heel lang bij elkaar zijn, is de dynamiek duidelijk zichtbaar achter de gecodificeerde rollen van de man en de vrouw, ook nadat die vaste rolverdeling aan diggelen ging, precies in de tijd waarin ons verhaal zich afspeelt. Het zou kunnen dat sommige mannen, door zich individueel te onderwerpen, onbewust menen of proberen eeuwen van algemene vrouwenonderdrukking te compenseren. Het mannelijk masochisme, dat veel wijder verbreid is dan men denkt, zou in dat geval dus een soort schadeloosstelling op het psychische vlak zijn voor wat de vrouw op financieel en sociaal vlak is en wordt ontnomen. Maar volgens mij gaat het om iets veel diepgaanders dat te maken heeft met menselijke relaties als zodanig. Alle relaties, onafhankelijk van de seksen.

Masochisme is namelijk een steunpilaar van de wereld, misschien wel van het hele universum, maar in elk geval zeker van de menselijke samenleving, die volledig is gebaseerd op masochistisch handelen. *Beat, prick, scold or caress*: verschillende handelingen die met elkaar worden afgewisseld, zoals de eerdergenoemde Von Krafft-Ebing beschreef in zijn *Psychopathia Sexualis*. Er zijn ontelbaar veel mensen die ervan genieten om letterlijk of figuurlijk te worden geringeloord, vertrapt, onderworpen en gefolterd, zolang die behandeling maar zo nu en dan wordt afgewisseld door of vermengd met enige liefkozingen. Een liefkozing wijzigt met terugwerkende kracht de betekenis van klappen, die daardoor veranderen in zorgzame, aandachtige handelingen. Mensen wringen zichzelf dus expres in moeizame situaties door een relatie aan te gaan, te trouwen, een partij aan te hangen, zich te voegen bij een groep waarin ze met bloed en tranen worden bestuurd door charismatische leiders die soms worden aangeduid als meester, of ze belanden onwillekeurig bij zo'n groep, puur toevallig, omdat het leven zo gaat, maar algauw passen ze zich aan, en als ze zich hebben aangepast gaan ze langzaam maar zeker genieten van het misbruik dat ze ondergaan, ze gaan ervan houden en ernaar verlangen. Als het hun ineens zou worden afgenomen, zouden ze daaronder lijden. Zonder lijden zouden ze lijden. Als al het machtsmisbruik ineens werd opgeheven, zou de wegvallende druk ervan worden ervaren als een ondraaglijke leegte. Daarom zoeken ze voor zichzelf onderwijzers, artsen, gidsen, kwellers, profeten, africhtsters en meesteressen, en wanneer ze er eentje kwijtraken vervangen ze die voor een ander. Maar de zoetste druk om te verdragen, de aangenaamste pijn om toegepast te voelen worden op je lichaam en je geest is de pijn die iedereen ons aandoet en die iedereen bereid is ons aan te doen. Niets is zo verrukkelijk voor een masochist dan als het met z'n allen tegen één is.

...Dante en Petrarca waren masochisten, maar dat gold meer nog voor Guido Cavalcanti en die hele trits dichters die op hun knieën zaten voor hun wrede belle dame sans merci, jammerend vanwege de kwellingen die zij hun aandoet, ook al toont ze zich af en toe lief en zachtaardig. Heerseres. Streng. Uitdeelster van dodelijke blikken. Ze verplettert haar aanbidders onder een soevereine toorn of onder een ijzige onverschilligheid. De hele Middeleeuwen, en niet alleen het ascetische aspect ervan, verdienen herbestudering in het licht van het masochisme, en wel nu meteen. Wat heerlijk om je hart te laten bloeden, het te laten uitrukken, je levend te laten villen! En dit zijn beslist geen metaforen. Het hoogste streven is om een lastdier te zijn, een horige, een voetveeg: dat zal namelijk behalve pijn ook 'zalig genot' schenken. Aangenaam lijden, de geneugten der foltering, daarboven aan het kruis. Denk ook aan het pure masochisme in bijna alle liefdespoëzie (ik zou zeggen met uitzondering van Ovidius; de kille Ovidius), waarin degene die schrijft steevast slecht wordt behandeld, en daarvan geniet, nou en of hij ervan geniet! De sadomasochistische uitrusting is al volledig aanwezig in de liefdestaal op zich, die overloopt van slavernij, banden, kettingen, kruis en geneugte, smart, zweer, wond, vuur, verbranding, gevangenschap... Zelfverklaarde masochisten waren Rousseau en Baudelaire en Pascoli, en masochistisch was zelfs, op zijn manier, T.S. Eliot, dus dat zijn zowel actieve als passieve, meegaande types. Wie van de groten heeft niet genoten van zijn eigen lijden? Schuilt in het gekruisigd worden niet de hoogste vorm van grootsheid? Ervaart men in het gezwollen zijn van liefde niet de onomkeerbare desintegratie van de grens tussen genot en pijn? En eveneens in het afzien ervan, in het verloochenen van je passie? Wat is zelfopoffering immers anders? Zoals het ene individu afhankelijk is van het andere, dat is puur masochistisch. Die onderwerping drijft degene die onder het juk zit tot pijnlijke handelingen die indruisen tégen zijn eigen belang en gezondheid, en die vaak elke moraal en elke wet overschrijden. Obscene, onterende, destructieve en zelfdestructieve handelingen. Ook dit is weer een kwestie van intensiteit: we ervaren allemaal een identiek gevoel van afhankelijkheid, het gevoel dat we niet kunnen leven als een bepaalde persoon niet enige vorm van invloed op ons uitoefent, die welwillend kan zijn maar ook streng, bruut, autoritair, en om er maar voor te zorgen dat die invloed niet afneemt zouden we bereid zijn tot alles, of nee, tot bíjna alles.

De laatste stap is dat bíjna te schrappen.

Eén stap is genoeg om uit balans te raken en je in de absolute, pathologische onderwerping te storten. Dan worden slaaf en liefdesslaaf letterlijke termen. Wie zich in die toestand bevindt, beleeft deze op masochistische wijze. Het zou trouwens ook masochistisch zijn om de liefde af te wijzen. De liefde die de tirannie van de geliefde accepteert, wordt een liefde voor de tirannie als zodanig, de emotie die men ervaart jegens de dominerende persoon wordt volledig overgedragen op de uitoefening van de dominantie als zodanig, en het bijbehorende genot komt voort uit het gedomineerd worden: het doet er niet meer toe wat die persoon is, maar uitsluitend wat die persoon dóét, of beter gezegd, wat hij met jóú doet. Als die persoon slaat en vernedert, hou je van die klappen en vernederingen. Zo wordt het oorspronkelijke masochisme stukje bij beetje en dag na dag *gecultiveerd*. Elke nobele traditie, zoals de opoffering, het martelaarschap, de ridderlijkheid, kan wanneer ze wordt geïntensifieerd transformeren tot perversie, doordat fysiek lijden wordt veranderd in emotioneel genot.

Bevelen is opwindend, maar nooit zo opwindend als gehoorzamen.

Vanuit de andere kant gezien kan de impuls om zo diep en langdurig mogelijk indruk te maken op het object van je begeerte of je nieuwsgierigheid – dat wil zeggen om dat te veranderen, te stimuleren, te onthutsen, kenmerkend voor elke seksuele drift – ontaarden in de poging en vervolgens in de obsessie om diegene pijn te doen, wat van alle prikkels de heftigste is, maar het is vooral ook de prikkel die met minieme inspanning en een weinig fantasie kan worden opgeroepen. Ik weet niet zeker of een meisje zal moeten lachen om een grapje van mij, of dat ze geïntrigeerd zal zijn door een blik van mij, maar een klap en een vuistslag zullen haar in elk geval wel aan het huilen maken. Pijn is een gegarandeerd effect, terwijl genot niet even automatisch wordt opgewekt, aangezien dat zich op het toppunt van een bewerkelijke procedure bevindt die geen enkele slagingsgarantie geeft. Iemand pijn doen daarentegen is zo gebeurd: een zakmes, een peuk die op een arm wordt uitgedrukt, direct resultaat. Best mogelijk dat dit de enige reden is van de keuze voor pijn: een kortere weg, de snelste manier om contact te maken, om een spontane reactie van je partner uit te lokken, of van een surrogaat daarvan. Als ik niet in staat ben en te ongeduldig ben of het sowieso niet kan of niet geïnteresseerd ben om een ander te laten genieten (waarom zou je immers zo altruïstisch, zo zorgzaam zijn?), dan zal ik diegene laten lijden, en om dat voor elkaar te krijgen hoef je geen Chinese beul te zijn. Terwijl je om genot op te wekken een techniek onder de knie moet krijgen, of dat nu die van de grootse violist is of van de bedreven minnaar, is het kinderspel om je slachtoffer te laten gillen van pijn en angst. Dat ligt binnen ieders bereik. Ook hier weer blijken positieve zaken gearticuleerder en complexer dan de negatieve. Dus doe ik jou pijn, want dat kost me geen enkele moeite. Hier, voel dit maar eens – en daar gaat weer een klap. Je haren uitrukken, je tepels omdraaien: dat kan ik doen, nu meteen, of straks. Het is aannemelijk dat bij de gruwelijke misdaad waarover ik het verderop in dit boek zal hebben, het net zoals in alle situaties waarin men de volledige zeggenschap heeft over een ander, juist vanwege het extreme gemak was waarmee twee weerloze meisjes kwaad kon worden gedaan dat hun bewakers zo tekeergingen. Het is net als met een versterker: ook al dient de muziek nooit op het hardste volume van de speakers te worden beluisterd, omdat die dan alleen maar oorverdovend zou zijn, je krijgt toch de neiging om de knop helemaal open te draaien, naar de uiterste stand. Het is een experiment. Kijken tot hoe ver je kunt gaan. Je kunt heel ver gaan. Maar dat weet je pas zeker als je het hebt geverifieerd. Totdat hij de proef op de som heeft genomen kan niemand zeggen welk niveau zijn wreedheid kan bereiken, welke intensiteit het lijden van een ander, het geschreeuw van een meisje. Hoe hard zou ze kunnen schreeuwen voordat ze ophoudt met schreeuwen?

De normale gelegenheden (die overigens helemaal niet normaal waren, maar abnormaal) om meisjes te ontmoeten, zoals een bal, een feest, de bioscoop, die interesseerden hem niet. Hij had nooit gekletst met een meisje of geprobeerd met een van hen uit het raam leunend een sigaret te roken of gevraagd of ze zin had om te dansen. Tot die tijd gold er op privéfeestjes van pubers, verjaardagen en zo, een strikte code zoals in een danszaal, maar in wezen niet veel anders dan die van de aristocraten op dansfeesten beschreven in romans als *Oorlog en vrede*, behalve dan dat de meisjes geen boekje hadden waarin ze de naam van hun toekomstige danspartners noteerden, en het ging allemaal veel rommeliger, ook al was het schema hetzelfde: meisjes zitten op bankjes te wachten tot iemand zich meldt met een expliciete uitnodiging: 'Wil je dansen?', of het meer getemperde en algemene: 'Heb je zin om te dansen?' (wat kon leiden tot meerdere antwoorden: 'Nee', 'Ja', 'Ja, maar niet met jou', 'Nee, maar met jou wil ik wel'), tot de vraag, die afhankelijk van de intonatie kon worden geïnterpreteerd van wanhopig tot juist haast opschepperig: 'Ga je mee dansen?'

En dat gold uiteraard voor de langzame nummers, die noopten tot direct lichaamscontact, maar ook voor de snelle.

Marco d'Avenia onttrok zich aan dat alles.

Tijdens de gymlessen was hij zichtbaar opgewonden, hoe klungelig en onhandig ook in zijn bewegingen, vooral wanneer hij zich aan de klimpaal vastklampte en daar onbeweeglijk bleef hangen, op anderhalve meter boven de grond, als een maki die om een boomstam geklemd zit: in plaats van zich omhoog te hijsen met zijn armkracht schuurde hij eroverheen, hij klemde de paal tussen zijn dijen en hij kreeg een weerloze glans in zijn ogen, beschaamd maar tegelijkertijd volkomen gelukzalig.

Ook al was hij er eigenlijk doodsbang voor, toch prefereerde hij uiteindelijk de eenzaamheid, uit vrees dat de anderen zijn voorliefde zouden ontdekken of hem zouden uitlachen of aanvallen. In feite ervoer hij geen erotische begeerte of drang, en alleen omdat dat gebrek aan seksuele belangstelling door anderen afgekeurd of verkeerd geïnterpreteerd zou kunnen worden maakte hij zich er druk om, alleen door andermans oordeel had hij last van zijn toestand en ervoer hij die als een tekortkoming. Want eigenlijk, als hij die vrees niet had gehad, was het wel zo dat hem vaak genoeg een opmerkelijke zoetheid overviel, een vreemde warmte zoals wanneer je in je bed plast, wat ongepast is en je verwijten en dreigementen zal opleveren, maar pas later, lang nadat het gebeurd is, terwijl het op het moment zelf een fantastische sensatie is, voelen hoe je lichaam zichzelf van binnen naar buiten verwarmt, op wonderbaarlijke wijze, alsof het zichzelf wil omwikkelen met een vochtig, warm, geruststellend vlies. Het overkwam Marco vaak dat hij die aangename sensatie voelde, bij verschillende gelegenheden, maar die ging dan net zoals wanneer je in bed plast vrijwel meteen gepaard met de zorg om te worden betrapt en uitgelachen en gestraft, niet zozeer omdat je hebt gedaan wat je niet hoorde te doen, als wel omdat je ervan hebt genoten. Hij was bang dat dat op den duur zijn hele leven zou verpesten. Vandaar dat het heden, ook al was dat doorspekt met momenten van verboden genot waarop hij heerlijk van de wereld was en alles vergat, vooral zichzelf, en afzakte naar een soort gelukzalige wieg, voor Marco d'Avenia een drama was, en dat zijn hele toekomstige leven zich voor hem aftekende als een zware last die hij zou moeten dragen.

Aangezien hij meegaand van karakter was, had hij speciaal een houding bedacht om zijn ware aard te verhullen. Hij had de neiging menselijke relaties af te wijzen, of hij staakte die zodra ze een beetje uitgediept werden, omdat hij van tevoren wist dat hij zich inschikkelijk zou tonen, zoals hij dus eigenlijk was: zijn verlegenheid was enkel het masker van een smachtende geest en een week lichaam.

Ik geloof niet dat wij overdreven wreed waren, maar we waren wel gefascineerd door wreedheid, wij allemaal. En zeker de wreedheid die wordt uitgedrukt in woorden en beelden. We waren gek op Nero die christenen liet verbranden of ze aan de leeuwen voerde. De scènes die ons zouden moeten ontroeren in *Quo Vadis?* maakten ons juist geestdriftig. Wanneer de hekken opengingen en de leeuwen vanuit de onderaardse gangen van het Colosseum de arena in sprongen, waren wij vóór de leeuwen. Verbrand de ketters, kruisig de opstandige slaven. *Ulzana's Raid.* Ik weet nog dat ik geschokt en gefascineerd was door een film waarin de cavalerie het lijk aantreft van een man die door de indianen zittend aan een boom is vastgebonden met een brandend vuurtje tussen zijn benen, uit elkaar gehouden door paaltjes die in de grond zijn geplant. Terwijl de cavaleristen de arme man losmaken, die levend is verbrand van zijn genitaliën tot zijn gezicht, zegt een van hen iets als: 'De indianen zijn er goed in om hun gevangene langzaam te laten sterven, zodat hij zo lang mogelijk lijdt...' Ja, ik denk dat het inderdaad *Ulzana's Raid* was, een nihilistische, atypische western. De films uit die tijd vormden het begin van een stroom die nooit is opgeraakt: die waarin weerloze mensen het slachtoffer worden. Wat was er zo onweerstaanbaar aan wreedheid? Het feit dat die zinloos was, onvoorspelbaar en tegelijkertijd opmerkelijk realistisch. En dus dwingend. Als we de wreedheid vergeleken met alle mierzoete praatjes van de paters die zeiden dat je elkaar moest liefhebben, omhelzen, de hand uitsteken, dat je samen liederen van vreugde en broederschap moest zingen, nou, dan leken die bloeddorstige indianen die zo wraak namen ons veel echter, en dus menselijk in die zin, minstens zo menselijk als de blauwjassen die de opdracht hadden hen af te slachten. Hetzelfde gold voor de barbaren met die hoorns op hun helm, of voor de Grieken tegen de Trojanen. Als het dan toch altijd en overal zo was gegaan, was het dan niet hypocriet om tegen ons te preken over relaties vol goede wil en optimisme tussen de schepselen die een 'eindeloos goede' God vanuit de wolken in de gaten hield, al had diezelfde God vanaf het begin der tijden niets anders gedaan dan de aarde met bliksem treffen of laten overstromen, steden in brand steken en zomaar laten gebeuren dat hun inwoners aan het zwaard werden geregen, zonder een vinger uit te steken om hen te sparen, integendeel, juist nadrukkelijk het bevel gevend om hen uit te roeien? Waar was dan al die barmhartigheid waar men het altijd over had, waarin schuilde die gerechtigheid anders dan in een vurig zwaard dat was getrokken om te straffen, of in een regen van bliksemschichten, of sprinkhanen, of bloed, of kikkers... (allemaal dingen die wij uiteraard geweldig vonden, die uiterst wrede straffen waardoor het onschuldige volk werd getroffen, en we hadden al minstens tien keer *The Ten Commandments* gezien met Charlton Heston in de rol van Mozes, wiens baard in elke scène langer en grijzer werd, maar was het eigenlijk wel terecht dat wij die slachtpartijen zo mooi vonden, ook al was het dan in de vorm van goddelijke gerechtigheid? En wat te zeggen trouwens over de eindeloze goedheid van die God die alle eerstgeborenen liet sterven, inclusief pasgeboren baby's, om te zorgen dat die farao eindelijk eens zou inbinden?), en nou ja, als je heel die wrede wereld beschouwde, was hij zelf, de Heer, dan eigenlijk niet het wreedste wezen van allemaal? Hadden de gebeden niet als doel hem een beetje in toom te houden, zijn woede te sussen? In plaats van dat je naar hem op zoek ging en hem in alle hoeken najoeg, zowel in woestijnen als in het diepst van je hart, was hij misschien meer iemand voor wie je moest uitkijken, aan wiens klauwen je moest ontkomen, ook wanneer je niets verkeerds had gedaan, aangezien degenen die de dood vonden door verbranding of verdrinking in die verhalen (hoe meeslepend ook) bijna altijd de onschuldigen waren?

Als je de korst wegkrabde van de lessen die we ontvingen, kwam er een heel andere versie tevoorschijn, een andere godsdienst, een omgekeerde moraal.

Je hoefde maar een klein beetje dieper te graven of een paar bladzijden door te bladeren, naar de episodes die minder vaak verteld werden, verscholen tussen de zijsprongen en de samenvattingen, zoals wanneer Achilles een paar Trojaanse gevangenen de keel afsnijdt als offer voor de begrafenis van Patroklos. Welja! Hij snijdt ze de keel af terwijl ze hun handen op hun rug gebonden hebben. Dat zijn dingen die op school worden onderwezen (of misschien werden ze destijds onderwezen en nu niet meer, maar in mijn tijd in elk geval wel, en hoe!) aan kinderen van dertien, veertien jaar, en wel als voorbeelden van heldendom, rolmodellen die je moet imiteren, ik bedoel, jawel, de grote Achilles, een legende, een held! Niet een nazistische misdadiger. En hoe was die held? Wreed? Ontzettend wreed zelfs, en dat was eigenlijk het enige wat superlatief was aan zijn heldendom. Misschien was er nog eentje wreder dan hij, want slimmer, en dat was die andere held waar we groot fan van waren: Odysseus. De koning van Ithaka. Die op expeditie naar Troje de keel doorsnijdt van vijanden in diepe slaap. En het babyzoontje van Hektor? Dat laat hij omlaag gooien van de muren van de brandende stad. Eenmaal weer thuis neemt hij de vrijers hun wapens af om ze op zijn gemak te kunnen afslachten, en vervolgens hangt hij de ontrouwe dienaressen op aan de steunbalken van zijn paleis. Een glorieuze klootzak: maar juist daarom waren we dol op hem. Die keer dat hij die paal in het oog van de cycloop boort, hem verblindt, en hem vervolgens voor de gek houdt...

Verder had je Tiberius, Caligula, Claudius, Nero (die zijn moeder laat vermoorden)... onze voorouders.

Niets kent zoveel willekeur als wreedheid.

Strikt genomen zou je 'wreed' kunnen definiëren als alles wat degene die het ondergaat bespaard zou kunnen worden. De folteringen van een gevangene bijvoorbeeld: als het enige doel is dat hij geen schade berokkent, waarom zou je hem dan nog klappen geven? Als ik hem alleen onschadelijk hoef te maken, waarom zou ik hem dan ook nog aan mootjes hakken? Wreedheid is dus het overvloedige, datgene wat verdergaat dan puur het doel (waardoor dus blijkt dat

dat niet het echte doel was). Datgene wat op zich aan de ene kant geen enkele praktische doelstelling heeft, en aan de andere kant wel een reputatie heeft waar een soldaat of een bandiet met hun wrede gedrag naar streven om nog vreeswekkender te worden. Ze willen dat iedereen weet hoe meedogenloos ze zijn.

Wreed is alles wat net zo goed níét zou kunnen worden gedaan, waar degene die heeft gewonnen als hij wilde net zo goed van af zou kunnen zien, zonder dat zijn overwinning daarmee ter discussie zou worden gesteld. Wreed is datgene wat iemand die zich niet kan verdedigen wordt aangedaan, om de exclusieve reden dat diegene zich niet kan verdedigen. Wreedheid is datgene wat niet voorziet in het recht van repliek, en wat dus als voorwaarde en als bestaansreden de zwakte heeft van degene die de wreedheid ondergaat. De zwakte is haar favoriete doelwit. Dat de wreedheid tekeergaat tegen de zwakke is niet alleen omdat ze dat kán doen zonder weerstand te krijgen, maar vooral ook omdat ze dat *fijn vindt* om te doen. Het is niet alleen een voor de hand liggende machtsverhouding. De zwakheid stimuleert een wreedheid die anders niet zou bestaan. Iemand wordt wreed wanneer hij andermans zwakheid ruikt. Daarom is zijn ideale doelwit een gegijzelde, een ontvoerde. Alles wat je tegen zo iemand onderneemt kan alleen maar zinloos zijn, want de wreedheid zorgt er niet voor dat de uitgeoefende overheersing groter wordt; die is immers al volledig.

Neem bijvoorbeeld een groepje kinderen dat een pad heeft gevangen. Het is beslist niet om te voorkomen dat hij vlucht dat ze met een zakmes zijn pootjes afsnijden, of dat ze een pollepel kokend water over hem heen gooien of een brandende sigaar in zijn bekje steken. Dus tja: padden, hagedissen, kinderen, zieken, meisjes, bejaarden, minderjarigen, gijzelaars, gevangenen. Wreedheid is de manier waarop hun ondergeschiktheid wordt aangeduid. Het is een tautologie: datgene wat zichzelf niet kan verdedigen, verdient het niet te worden verdedigd. Daarom kan degene die zich wreed gedraagt ervan overtuigd zijn dat hij alleen maar op voorbeeldige wijze een wet toepast waaraan niemand zich kan onttrekken, niet degene die de straf ondergaat, noch degene die deze voorschrijft. Wat kan ik eraan doen dat jij niet in staat bent je te verdedigen tegen mijn mishandelingen? Daarom doe ik ze je juist aan. De wreedheid wordt voortgebracht door de ongelijkheid tussen de betrokkenen, en heeft geen andere reden of bedoeling dan die ongelijkheid kracht bij te zetten, hoe tijdelijk of permanent ze ook moge zijn, en of ze nu beantwoordt aan een onveranderlijke natuurwet of aan een accidentele sociale omstandigheid of alleen maar aan een toevallige situatie waardoor jij nu ineens in mijn handen bent, *in mijn macht*.

Nadat ik er in het verleden al heel veel over had gehoord, zag ik voor de eerste keer op internet de serie foto's, in korrelig zwart-wit, van een ter dood veroordeelde Chinees die aan een paal wordt vastgebonden en beetje bij beetje aan repen wordt gesneden, dat wil zeggen, letterlijk wordt gefileerd, zodat hij levend en bij bewustzijn blijft terwijl er telkens een lapje vlees van hem af wordt gesneden, zijn spieren worden nauwkeurig gereseceerd, van boven naar beneden, eerst de borstspieren, dan de billen, dan de dijen, totdat er van hem een soort langwerpig stompje overblijft dat vrijwel volledig gevild is, waarvan je de ribben en andere botten wit ziet oplichten. Alleen zijn gezicht wordt niet beroerd door het scheermes, alsof men de menigte volop wil laten genieten van het schouwspel van wat hij van minuut tot minuut doormaakt terwijl hij wordt ontvleesd. Deze procedure wordt *lingchi* genoemd. Een vlijtige filosoof en liefhebber van excessen, Georges Bataille, ontwaarde om de lippen van de veroordeelde een grimas die lijkt op een vluchtig, licht lachje, waarschijnlijk te wijten aan een zenuwtrekking, en had het lef te beweren dat de man in werkelijkheid geniet, op een inmiddels bovenmenselijke manier, en dat hij zich in een soort extase bevindt. Extreme pijn is op één punt te vergelijken met of zelfs identiek aan genot: men raakt buiten zichzelf. Ook al zijn en blijven genot en pijn, vreugde en angst twee totaal verschillende dingen, ze hebben wel met elkaar gemeen dat ze *buitengewoon* zijn, oftewel dat ze de normale, alledaagse gang van zaken doorbreken.

Aangezien slechtheid deels te genezen is en deels onherstelbaar, kan met stokken gecorrigeerd worden wat kan worden aangepast, terwijl de bijlkoppen datgene afhakken wat niet meer aan te passen is, aldus een schrijver uit de Oudheid. Het probleem is dat opvoeden niet werkt met alleen maar klappen, want vervolgens heb je mensen die er te veel hebben gekregen, en mensen die er (zoals ikzelf) te weinig hebben gekregen, of helemaal geen. Het is moeilijk om ze precies zo te doseren dat ze effectief zijn: te veel klappen werken verlammend, te weinig is als gekietel, helemaal geen zal worden betreurd.

Zo'n type als Marco d'Avenia kon je wel tien keer per dag bespugen.

DEEL VIER

Belangenstrijd in een context van ongelijkheid

Hoofdstuk 1

Dat kan niet, dat hoort niet, dat doe je niet, dat zeg je niet.

Wijs niet naar anderen, fluister niet in gezelschap, hou een hand voor de mond als je geeuwt, praat niet met vreemde mannen, laat niet op je wachten en kom afspraken na. Val geen anderen lastig. Ik ben opgegroeid met één belofte die ik in mijn hart heb gesloten: ik zal niet lastigvallen. Nooit. Niemand. Al had er iemand een pijl dwars door zijn keel en bloedde hij dood, dan nog moest hij anderen niet lastigvallen met een roep om hulp. Niet lastigvallen betekende niet de rust verstoren, of het dutje na het middagmaal (heilig) of de stilte na het avondmaal (heilig), dus belde je ook niemand op na acht uur 's avonds. In zekere zin mocht je niet eens jezelf lastigvallen. Ik moet bekennen dat dit kleine, ogenschijnlijk bijkomstige gebod, precies zoals het me is bijgebracht, een van de weinige is die ik te midden van al mijn wankele overtuigingen nog in ere houd: ik probeer het na te leven waar ik kan en ben eenieder oneindig dankbaar die het ook naar mij toe respecteert en me spaart. Jawel, me spaart. Aan mijn discutabele opvoeding heb ik het tegennatuurlijke principe overgehouden dat warmte, liefde en genegenheid ons ook kenbaar gemaakt kunnen worden door iets níét te doen, door te negeren, te laten gaan, te zwijgen en op afstand te blijven en ons zodoende, inderdaad, een heleboel ellende, gedoe, onnodig gezanik, interrupties en onderbrekingen te besparen. Maar hoe vaak maken mensen hun ideeën en gevoelens, ook positieve, niet juist kenbaar door hun naasten lastig te vallen! In plaats van kenbaar gemaakte gevoelens geef ik dus de voorkeur aan onderdrukte gevoelens, waarop duidelijk enige zelfbeheersing is uitgeoefend.

In een van mijn vorige boeken heb ik om mijn vader te karakteriseren geschreven dat hij niet van muziek hield. Nu ben ik tot de conclusie gekomen dat hij muziek over één kam scheerde met elke andere vorm van *overlast*. Een onbegrijpelijke, bewuste verstoring van de stilte, hoe verfijnd of zelfs subliem ook, dat zou hooguit nog erger zijn omdat die muziek het werk is van mensen die niet onbeschaafd zijn, integendeel. Wat moeten die orkestrale uitbarstingen zoals de Negende van Beethoven bombastisch en hinderlijk hebben geklonken in zijn oren! Waarvoor is het nodig zoveel tragiek op vol volume over anderen uit te storten? Of die luidruchtige opgewektheid van de *Pastorale*? En hoorns, koperblazers? Ga ergens anders herrie maken maar niet onder mijn raam, leek hij te willen zeggen, alsof er eigenlijk niet zoveel verschil was tussen de Berliner Philharmoniker en een koor van claxons bij een verkeersopstopping. Om het nog niet eens te hebben over lichte muziek of pop of rock of jazz...

(Ik zal niet vertellen hoe het was om naast mijn vader op de bank te zitten terwijl de videoclips van de band Devo werden uitgezonden met hun covers van 'Satisfaction' of 'R U Experienced?'.)

De opvoeding die ik heb gehad was noodgedwongen tegenstrijdig, net als de opvoeding die ik op mijn beurt aan mijn kinderen heb gegeven. Door de uiteenlopende bouwstenen – hygiëne, taal, ethiek, cultuur, enzovoort – die je deels bewust doorgeeft, deels standaard overneemt, deels ter plekke verzint – kan de opvoeding op sommige punten vooruitstrevend zijn en op andere punten achterhaald. Ik heb mijn kinderen hier en daar normen meegegeven die wellicht zijn terug te voeren op mijn grootouders, overgrootouders of nog verder – negentiende-eeuwse normen, zeg maar. In heel veel opzichten waren mijn ouders vrijer dan ik, zeker als je het plaatst in de tijd waarin ze hun rol vervulden: ik kan me bijvoorbeeld niet heugen dat ze ooit hun neus in mijn zaken hebben gestoken, dat ze zich bemoeiden met wie ik belde en dat soort dingen. Als kruispunt van generaties, waar zeden en gewoontes elkaar overlappen, is elk gezin uiteindelijk zowel traditioneel als modern, zowel heel ouderwets als heel ruimdenkend. De grens tussen oude en nieuwe gebruiken is kartelig, een lappendeken van gedragingen, overtuigingen en pietluttigheden: bij de opeenvolging van generaties worden de regels van de ouders in eerste instantie meestal afgewezen maar later alsnog gedeeltelijk overgenomen en aangepast aan de eigen kinderen en de eigen tijd. Bepaalde uitspraken, automatische gedragingen. Patronen waarvan ik bij mezelf had gezegd: 'Dit zal ik nooit zo doen als ik later kinderen heb', tja, die heb ik uiteindelijk toch vaak overgenomen. Maar die rampzalige zin 'Het is hier geen hotel', nee, die heb ik nooit uitgesproken. Als er ooit een gezin zou kunnen bestaan dat volledig traditioneel of juist volledig modern was, heel helder, duidelijk, dan zou iedere discussie in dat gezin direct doodslaan of veranderen in een open conflict. Maar nee, ze blijven zich eindeloos voeden met tegenstrijdigheden.

De transitie is zo verbrokkeld dat het instituut gezin zichzelf telkens opnieuw moet uitvinden, maar niet vanaf nul, want het zal onvermijdelijk gebruikmaken van de nalatenschap van de voorgaande generaties, waarvan het niet per se de beste tradities erft, maar alleen die welke het beste bewaard zijn gebleven of die het gemakkelijkst aan de veranderende omstandigheden aan te passen zijn. Als je naar een kleiner huis verhuist neem je de kleinste meubels mee. Je erfenis kies je niet, maar je kunt daarbinnen wel keuzes maken.

...die ouderwetse manier van leven was half overgenomen en half vergeten, maar dat wil niet zeggen dat ze wat ze hadden overgenomen ook begrepen. Het is dan ook gemakkelijker dingen te begrijpen die je loslaat en verloochent, dan dingen die je trouw blijft: trouw is altijd blind, er worden handelingen en rituelen uitgevoerd waarvan de betekenis allang kwijt is, waarvan de bron is opgedroogd of waarvan men het touw van de emmer uit handen heeft laten glippen, maar je kunt moeilijk alles ter discussie stellen en weer van voren af aan beginnen. Je accepteert de regel zonder tegensputteren en begrijpt hem pas wanneer je hem overtreedt. Als je alleen maar gehoorzaamt weet je nooit goed waaraan je nu precies gehoorzaamt en waarom. Het waarom wordt pas achteraf toegekend, als zoethoudertje, een klopje op de wang voor het kind dat het goede antwoord heeft gegeven.

Het gezin is bij uitstek het domein van compromissen, aangezien het vóór alles een terrein is waar uitwisseling tussen verschillende leeftijden en seksen plaatsvindt.

Volledige striktheid bij de opvoeding is allang niet meer denkbaar, maar wordt toch ook bijna nooit helemaal afgezworen. Om je die te kunnen voorstellen moet je je haar indenken als onvoorstelbaar. Ouders zijn soms geneigd tegen hervormingen in te gaan, en dreigen hele decennia of zelfs eeuwen terug in de tijd te gaan om kastijdingen, zware tuchtstraffen en dergelijke in ere te herstellen.

Behalve bescherming en filter tegen verontrustende ervaringen, ontmoetingsplek met de werkelijkheid, plaats waar men elkaar wederdiensten bewijst, verrekeningskamer tussen leeftijden, kruispunt tussen seksen en generaties is het gezin ook een opslagplaats van alle gezinsmodellen uit het verleden: elk gezin herbergt alle gezinnen van alle tijden, zowel in het doorgeven als het verwerpen van gebruiken. De modellen uit vroegere periodes verschaffen het hedendaagse gezin ledematen en organen: een bourgeois hoofd, een romantisch hart en een middeleeuwse maag wekken een lichaam tot leven dat loopt op de benen van het archaïsche respect jegens de ouders. Die benen wankelen vaak.

Die praktische-ethische collage omvat alle facetten, van hoe je aan tafel zit tot hoe je je naar buiten toe presenteert tot de toegestane of doeltreffendste manieren om carrière te maken, tot hoe vaak je je tanden poetst of je handen wast tot hoe je wc-papier afscheurt en dubbelvouwt voordat je je kont ermee afveegt, tot de politieke partij waarop je hoort te stemmen en de god die je hoort te aanbidden of te bespotten. Sommige regels worden opgelegd door de frequentie, andere door een morele imperatief die maar een paar keer in het leven van toepassing zal zijn, of in de praktijk gewoon nooit. Daardoor is de eerste categorie uiteindelijk belangrijker dan de tweede, omdat die dagelijks worden uitgevoerd – het gebod 'Gij zult niet doden' bijvoorbeeld zal maar zelden worden toegepast, maar 'Goed kauwen voordat je doorslikt' wel degelijk.

De dingen die men gewoonlijk doet zijn even dwingend als de dingen waar een sanctie op staat als ze niet gedaan worden. Dan volgt het hoofdstuk van de kastijdingen. Van de straffen. Het is al lastig genoeg om te bepalen welke rechtvaardig zijn, laat staan om ze op te leggen.

De afname van de autoriteit binnen het gezin – die beslist nog niet op gang was gekomen in de tijd waarover ik het heb, maar wel juist toen begon te spelen – heeft heus geen autonomere, onafhankelijkere personen opgeleverd. Vroeger waren jongeren onderworpen aan de regels die hun ouders oplegden, tegenwoordig aan de niet minder ijzeren wetten van de markt, de mode, de verstikkende verplichtingen van hun generatiegenoten, van het erbij willen horen. Een wijdvertakt netwerk van regels die doordringen tot in elk aspect van het leven en zelfs hun ademhaling dicteren, de manier waarop ze aan een ijsje likken of een selfie maken, wat ze moeten doen en vooral ook wat ze niet moeten doen, absoluut niet. De huidige jeugd is allesbehalve vrij, de lucht waarin ze zich bewegen is zwaar van de voorschriften. Toen ze zich in elk geval gedeeltelijk aan de ouderlijke controle onttrokken, hebben ze zich volledig overgegeven aan die van de macht groepsdruk. Waar ze eerst één baas hadden naar wie ze moesten luisteren, hebben ze er nu velen, en die zijn geniepig autoritair terwijl de eerste dat openlijk was. Vooral in Italië, waar de idealisering van het instituut gezin zo wijdverbreid en ver van de realiteit was dat het als paradoxaal effect had dat het gezin, aangezien het toch onoverwinnelijk was, met een gerust hart aan zijn lot kon worden overgelaten... En het verval is veel rampzaliger als het iets overkomt wat altijd, en nu nog steeds, als oppermachtig is beschouwd: dan blijft de geest ervan nog een hele tijd rondwaren, en dat is het moment van de ernstigste misverstanden, wanneer de aanhangers ervan de onmiskenbare neergang ontkennen en de tegenstanders ervan grimmiger worden naarmate het onderwerp van hun strijd verzwakt raakt.

Op dit wankele evenwicht speelt zich de morele strijd af tussen traditie en vernieuwing; een arena waar argumenten minder belangrijk zijn dan degene die ze opwerpt: als ik per se naar iemand moet luisteren, als ik gehoor moet geven aan een autoriteit op het gebied van de moraal, naar wie kan ik volgens u dan het beste luisteren, naar de paus of naar actrice en tv-presentatrice Sabrina Ferilli?

Wie zal er afdwalen van de waarheid? Wie is het overtuigendst?

Wie is het gezaghebbendst? Wie zou ik kunnen vertrouwen?

Wie waren er toen ik jong was moderne ouders, en wat hield dat in? Goede vraag.

En zo zijn we aanbeland bij het middenklassengezin waar dit boek over gaat: betwist op ideologisch vlak of uitgehold op praktisch vlak, verslapt, vergroot, gedecimeerd op demografisch vlak, beroofd van vaste voorrechten (personeel, vakanties, familiebezoek, inwijdingsceremonies).

Op het eerste oog lijkt het natuurlijk meer een conservatief dan een vernieuwend instituut. Denk alleen maar aan de starre monotonie van de dagelijkse beslommeringen.

Iets wordt een vaste regel alleen omdat het steeds op dezelfde manier wordt herhaald. De vraag dringt zich op of regels, en dan bedoel ik ook alle regels, zelfs de verstandigste en allerheiligste, misschien alleen maar bestaan uit datgene waarvan men niet het lef of de fantasie heeft om er iets aan te veranderen. Het is niet meer dan een aangekoekte laag van vaste patronen, zoals geen suiker in je koffie doen of het laken precies een handbreed omslaan, tegen de rand van het kussen. Volgens mij bestaat er niet één gezin waar niet gezeurd wordt, om maar wat te noemen, over de schaarse variatie van het avondeten, 'Nou zeg, we eten hier altijd hetzelfde!' (de klacht op zich is ook een ritueel dat trouw wordt herhaald... net zoals men vroeger het kruisteken sloeg voor de maaltijd), en vaak zijn de eersten die daarover klagen juist de vrouwen die dat menu zelf in de loop der tijd hebben vastgesteld door de levensmiddelen die ze in huis halen en door hun beproefde maar niet onbeperkte manieren om die te bereiden. Laten we zeggen, de 'specialiteiten van het huis'. Bijvoorbeeld het gehaktbrood, de *polpettone*. Gevulde courgettes. Met rijst gevulde tomaten. Spaghetti met boter en parmigiano. Ovenschotel van in bechamelsaus gedrenkte groente. Vlees in tomatensaus. Aardappelgratin. Pasta uit de oven. Ingesleten vaardigheden, sleur, tijdgebrek, kiezen voor zekerheid, 'Ik wil er niet over nadenken', moedeloosheid – allemaal factoren die leiden tot een diepe onverschilligheid, wat trouwens ook de oplossing zou kunnen zijn. De drang naar verandering kan net zo slopend zijn als de monotonie van de ditjes en datjes, koetjes en kalfjes en alles gaat z'n gangetje. Ook al kun je tegenwoordig geen tijdschrift openslaan en geen tv-programma bekijken zonder dat je de waanzinnigste recepten voorbij ziet komen, waarbij ieder ingrediënt op een zinnelijke manier in beeld wordt gebracht, dijen en borsten, bemoste grotten vochtig van likeur, glibberige liflafjes en trillende hoorntjes, glazuur en pudding – thuis staat zowat elke avond dezelfde rode pasta op tafel, een uitje, twee blikken gepelde tomaat en klaar.

Zelf herinner ik me bijvoorbeeld nog heel goed de maaltijden op basis van het galbaninokaasje. Het prijkte op een bord midden op tafel. Los van de rest. De langwerpige vorm van de galbanino, als een grote geelwitte salami, en de korst van was die eromheen zat, waren jarenlang, tot ik de volwassen leeftijd bereikte en daarna nog, de enige tastbare vorm waarmee ik het zelfstandig naamwoord 'kaas' associeerde. Smaak en vorm waren uniek. De galbanino bood twee keuzes: je kon hem alvast voor een deel van de korst ontdoen, of je kon hem in plakken snijden zodat iedereen daarna de wassen ringetjes er lekker een voor een van af kon peuteren. De eerste manier was misschien beschaafder, maar minder bevredigend. Hoe dan ook, uiteindelijk bleef het kontje van de galbanino over, dat je in één keer in je mond kon stoppen.

Die rollen galbaninokaas recht uit de koelkast waren de communie van mijn kinder- en jeugdjaren. De boodschappen werden per telefoon besteld door onze huishoudster, in een heel eigen, apart taaltje. Het was op zich al een wonder dat zij en de kruidenier elkaar begrepen. De woorden die zij gebruikte leken slechts vaag op de normale Italiaanse woorden.

Als ze gruyère moest hebben bestelde ze geen '*groviera*' maar '*cripiera*'.

'*Salamelle de iusti*' betekende '*wurstel*'.

'*Kitta*' was de Kitekat voor de poes; maar stond ook voor de Tic Tac-mintsnoepjes.

Misschien dat er daarom altijd galbanino in huis was, over die naam waren ze het meteen eens. Daar kon geen misverstand over bestaan, en dus ging de galbanino nog jarenlang mee.

En wanneer ze, eveneens telefonisch, zonnebloempitten voor de hamster moest bestellen, dan duidde ze het beestje aan met het niet-bestaande woord *griscile*, in plaats van *criceto*.

'*...Voer voor de griscile.*'

Het gezin is als een depot, een magazijn, waar voorwerpen en ervaringen worden opgeslagen, gedenkwaardige spreuken en foto's, allemaal spullen die bij elke verhuizing tevoorschijn komen en ontroering, ergernis, weemoed oproepen, en verbazing vanwege die onwaarschijnlijke en vooral nutteloze bagage die je in de tijd achter je aan sleept. Het motto was 'Niets weggooien': marmeren fruit onder een glazen stolp. Het leven tegen het licht gehouden.

Wat vooral wordt opgeslagen binnen het gezin is de ongelijkheid, en wanneer de ongelijkheid wegvalt, en er een soort gelijkheid wordt bereikt, is dat het einde van het gezin, dan valt het uiteen als een geslaagd potje patience waarbij alle kaarten op hun plek zijn gekomen en de koningen uiteindelijk niets belangrijker meer zijn dan de boeren of de tweeën. De conservatiefste gezinsleden blijven trouwens de kinderen, die zijn uit principe tegen iedere vorm van verandering. Het is opmerkelijk hoezeer ze gehecht zijn aan het ouderlijk huis, of het vakantiehuis, of aan bepaalde voorwerpen die de volwassenen zouden willen wegdoen.

Het gezin produceert de lijm waarmee de discontinuïteit van het leven aan elkaar geplakt kan worden; het verschaft identiteit en ondersteuning; het voegt verleden en toekomst samen via de generaties; het stijgt boven het individu uit. Door het metabolisme van het gezin wordt het niet-familiale omgezet in het familiale. Wat buitenshuis is meegemaakt, wordt opnieuw beleefd, verwerkt, gedecanteerd. Net zoals voedsel wordt bereid, door het schoon te maken, klein te snijden, te koken en op een bord te scheppen, gebeurt dat ook met al het andere. Als mensen lachen om een vriend die op zijn veertigste nog 'tussen de middag bij mama gaat eten', staan ze er niet bij stil hoe diepgaand en aangenaam het is om je te kunnen verlaten op iemand die de taak om jou te voeden op zich neemt. Men heeft geen idee van de erkentelijkheid die je altijd hoe dan ook zou moeten hebben jegens iemand die een maaltijd voor je bereidt, koopt, vervoert, schilt, ontvelt, snijdt en bakt, op smaak brengt en garneert. Om het nog maar niet te hebben over de katabole fase, afruimen, restafval verwijderen, afwassen...

De huiselijke moraal is de essentie van het gezin, geen betere manier om het te typeren dan via de regels die er gelden. Stereotypen, rituelen, spreuken, zegswijzen, minutieuze lijstjes van dingen die wel en niet mogen, do's en don'ts, dreigementen, preken, straffen. Zelfs de vaste plek waar voorwerpen worden opgeborgen: nijptang, paspoort, knieband, talkpoeder, 'Waar het hoort te liggen...', 'In het derde laatje van onder...', '...jazeker, als niemand het tenminste heeft gepakt zonder het terug te leggen...!' Die mysterieuze grondslag waarop een gezin wordt gesticht blijkt niet meer dan een aantal *vaste gewoontes*, er worden bepaalde gebruiken aangehangen (die al met al verwaarloosbaar zijn) alsof ze eeuwigheidswaarde hebben, en het grote verschil is nu juist *dat ze dat niet hebben*. Ze zijn eigenlijk nergens op gebaseerd, ze vormen zich en verdwijnen weer, maar in de korte periode dat ze van kracht zijn, lijken ze onverbiddelijk, onherroepelijk, voor wie ze oplegt en voor wie ze moet respecteren. Altijd make-up op en je haar doen voordat je de deur uit gaat (zoals mijn oma deed). Kussen onder de maretak, de tandenfee die een muntje komt brengen in ruil voor de tand in het doosje onder het kussen. Je mag geen valse getuigenis afleggen. Je mag de vrouw van een ander niet begeren, en al helemaal niet zijn bezittingen. Je gasten hoor je schone handdoeken aan te bieden. De huishoudelijke moraal is dan ook een verzinsel – een behoefte, een burgerlijke vondst – het weerloze weekdier van het bewustzijn dat een schelp heeft gevonden om zijn slappe lijf in te verbergen. Het middenklassengezin, uitgebeend en zonder ruggengraat, houdt zich staande dankzij dat exoskelet, en het scheidt onophoudelijk een slijmerige draad van regels af om dat skelet te versterken, om het wat meer body en stevigheid te geven, in elk geval ogenschijnlijk, en een hernieuwde rechtvaardiging. Om morele redeneringen en gedragingen te eisen van de aristocratie of het plebs is pure tijdverspilling. Daarom zijn die ook bijna uitgestorven, en ondertussen tref je dat gepantserde weekdier wereldwijd aan. Het heeft zich over de aarde verspreid en is er nu heer en meester.

Een collega van me bekende me laatst iets, gegeneerd lachend, wat ze me al een hele tijd wilde vertellen, namelijk dat bij hen thuis het contant papiergeld wordt opgeborgen in een van mijn boeken. In mijn boek over de gevangenis. Daarin wordt het geld verstopt, als in een kluis; en als ze geld nodig heeft, bijvoorbeeld om wat aan haar kinderen te geven, dan loopt ze naar de boekenplank, slaat het boek open en pakt wat. Ikzelf bewaar mijn geld in een bloemlezing van Duitse romantische dichters, maar zodra dit boek gepubliceerd wordt zal ik een andere verstopplek kiezen. Bij mijn ouders thuis lag het geld verborgen in de *Geschiedenis van Engeland* van Trevelyan, dus als ik vroeg:

'Mag ik tweeduizend lire, mam?'

Dan antwoordde zij met: 'Pak zelf maar.'

'Waar?'
'In Engeland.'
Kort gezegd, Engeland was de bank van ons gezin.

Het enige waartegen het gezin niet kan beschermen, is tegen zichzelf. Wanneer het niet-familiale zich daarbinnen manifesteert.

Hoofdstuk 11

Het ontstaat in het spoor van de verlating. 'Zo komt het dat een man zijn vader en zijn moeder verlaat' (Genesis 2: 24). Om een nieuw gezin te stichten zijn er twee mensen die zich onttrekken aan twee reeds bestaande gezinnen (die kleiner worden, ontmanteld raken...). De nieuwe kern wordt dus niet zozeer geformeerd in het kader van de verbinding, maar eerder in dat van de ontbinding; die symbolische ruimte, en soms ook de concrete, wordt verkregen door haar weg te knippen uit oudere, niet zelden beter gevormde kernen.

De grote paradox van het gezin is dat het ontstaat vanuit de seksualiteit, maar is voorbestemd een instituut te worden. Het komt voort uit een brandend verlangen dat verbindt maar tegelijkertijd verteert, verschroeit, verslijt, uitput, waardoor of het huwelijk zelf of het echtpaar of slechts één van de twee echtelieden opgebrand raakt. Misschien dat uit die as, uit het grauwe, dorre panorama op de ochtend na de brand, een nieuwe samenlevingscyclus kan herrijzen of de voorgaande nog kan worden voortgezet, zeg maar, in de verbrande wieg van de liefde. Wat het begin van de band smeedt kan er ook weer een eind aan maken, zowel doordat het verslapt als doordat het schandelijk lang voortduurt. Een man die na twintig jaar nog steeds van zijn vrouw houdt is bijna verdacht, zoals die Japanse soldaat die nog steeds op een eilandje rond het oerwoud doolt terwijl de oorlog al twintig jaar voorbij is.

Zijn vrouw is zelf de eerste die hem niet begrijpt...

De liefde is dus zowel de aanjager als de saboteur van het moderne huwelijk. De stelling dat liefde onmisbaar is voor het huwelijk en de stelling dat duurzaamheid het voornaamste doel van het huwelijk is, zijn onverenigbaar.

Als in een melodrama is er vooral nadruk komen te liggen op de gevoelens. Wat van nature geen banden verdraagt, is nu juist de enige band geworden. 'Maar hou je van hem? Hou je echt van hem? Dan moet je met hem trouwen!'

Door de voortplanting als doel te stellen zou de seksualiteit beteugeld kunnen worden. Een seksualiteit die in beginsel niet op voortplanting is gericht, zal de vernietigende aspecten van de eros laten overheersen. Het volledig benutten van de seksualiteit voert tot aan de grenzen waarachter alleen nog maar haar eigen opheffing wacht. Het erotisch potentieel heeft een breed scala aan uitingsvormen, die stuk voor stuk kunnen claimen dat ze deel uitmaken van één lange lijn die loopt van promiscuïteit tot platonische liefde, van verkrachting tot kinderen op de wereld zetten, van incest tot masturbatie, tot moeder worden, of oma met kleinkinderen op schoot en verhaaltjes voor het slapengaan – allemaal verschijnselen uit hetzelfde universum. Wat nou sadomasochistische spelletjes: het meest perverse spel, maar tegelijkertijd het enige dat naar een volgende fase leidt, is de voortplanting. Inseminatie – bevruchting – zwangerschap – bevalling: dat is de reeks gebeurtenissen die individuen radicaal verandert, en beschutting biedt tegen de onrust (maar ook weer een andere genereert...) die de geliefden ervoeren tijdens hun innige verstrengeling, alsof ze zich op een bepaalde manier bewust waren van het destructieve element dat in de liefdesimpuls verscholen ligt, en daar iets tegen moesten doen.

In werkelijkheid wordt de onrust bij de man juist eerder veroorzaakt dan opgelost door de voorplanting, sterker nog, er is sprake van een ware panische angst. De bevruchting is altijd intentioneel, ook wanneer die intentie verborgen ligt in het onderbewustzijn. Je wilt iets heel graag zonder te weten dat je het wilt. Dat is dan ook de reden waarom de echtelijke erotiek in vroeger tijden niet de seks van de vrijgezel of de libertijn als tegenhanger had, maar die van de homoseksueel. Dat werd beschouwd als pure eros, prettig (of onprettig) improductief. Maar ook dat schijnt tegenwoordig niet meer te bestaan...

Ooit was de liefde verboden in het gezin, omdat die werd gezien als de gevaarlijkste vijand, als de natuurlijke opponent (het meest klassieke liefdesverhaal: Lancelot en Guinevere). Toen is alles op zijn kop gezet en werd de liefde ineens uitgeroepen tot onmisbare voorwaarde en fundering van de familieband.

Terwijl de liefde haar oorsprong vindt in gevoelens en seks, berust het gezin op een unieke vervlechting van bloedverwantschap en plichten. Twee veranderlijke elementen tegenover twee vaste. Je kunt wel je vrouw verruilen, maar niet je kinderen. Daarom zijn er mensen die beweren dat wanneer het huwelijk strandt, het gezin moet doorgaan, of sterker nog, dat het hoe dan ook doorgaat. Samengestelde gezinnen bewijzen hoe rekbaar het instituut is, dat in staat blijkt zich aan te passen en uit zijn eigen as te verrijzen, waarbij huwelijken door elkaar worden gehusseld en het basismateriaal ervan in nieuwe vormen wordt gekneed...

Er is berekend (een opmerkelijk gegeven!) dat het percentage huwelijksontbindingen nu niet meer zo hoog is als een paar eeuwen geleden. Tegenwoordig hebben we daar de echtscheiding voor, destijds werd erin voorzien door de premature dood van de huwelijkspartner. De echtscheiding heeft zeg maar op legale wijze hersteld wat vroeger op natuurlijke wijze plaatsvond, en de figuur van de gescheiden man of vrouw heeft de plaats ingenomen van die van de weduwnaar of weduwe.

(Ik heb heel wat keren gedacht, al had ik naderhand spijt van die gedachte, of die nu wel of niet waar was, dat mijn ex-vrouw het veel beter had kunnen verdragen als ik, in plaats van bij haar weg te gaan, was overleden.)

Het huwelijk staat onder druk van de liefde. Na de Romantiek werd het onvermijdelijk om een huwelijk te sluiten uit liefde en het te ontbinden als de liefde was opgedroogd. Wanneer er überhaupt geen liefde was, viel er voor het huwelijk weinig te verliezen, het kon hooguit iets winnen aan gewenning en vertrouwdheid. De liefde is een noodzakelijke kracht maar ook destabiliserend, grillig en onbeheersbaar, en de overtuiging dat men recht heeft op geluk, zij het dan niet om het te bezitten, maar in elk geval om ernaar te verlangen en het op te eisen (en dus een hypothetisch recht, het recht om iets te verkrijgen dat men vrijwel nooit heeft, in plaats van te koesteren wat men daadwerkelijk heeft) leidt alleen maar tot frustratie. Het huwelijk betekent alleen de dood voor de liefde als er iets valt te vermoorden; anders overheersen in het huwelijk de functionele, praktische, sociale, beschermende en reproductieve aspecten. En dat is de reden waarom het huwelijk model staat voor het leven van de middenklasse: die streeft immers heel sterk naar erkenning. Je zou het dus ook kunnen omdraaien: de liefde betekent de dood voor het huwelijk.

De heidenen hadden een god voor de liefde; de christelijke god is voor het huwelijk: de eerste heeft een losbandig karakter, de tweede is van de regels. Ze zijn beiden heerszuchtig en zijn vertoornd als ze niet worden gehoorzaamd. Even streng gebieden ze dat mensen de liefde moeten bedrijven of juist niet. De een verplicht tot wat de ander verbiedt, dus wat er ook gebeurt, met een en dezelfde handeling ben je zowel gehoorzaam als ongehoorzaam. Het gegarandeerde gevolg is de straf. Er bestaat dan ook, zogezegd, een dubbele hel, zoals de grote romantische schrijvers die tot in detail beschreven hebben: in de ene belanden degenen die zijn gezwicht voor de wellust, en in de andere degenen die er niet voor hebben willen zwichten. Niemand ontkomt er dus aan. Net als de liefde is ook het huwelijk een krachtige maar primitieve toverspreuk, een simpele formulering die alleen werkt als degene die haar uitspreekt er volledig, blindelings in gelooft – en dat is in het begin het geval zowel bij hen die naar liefde smachten als bij hen die op zoek zijn naar een vrouw (of man) om mee te trouwen – maar die niet van onbeperkte duur is. Akelig veeleisend als ze zijn op het moment dat men de gelofte aflegt, verslappen de huwelijksrituelen zodra er geen toewijding meer is, zozeer zelfs dat men zich niet eens meer herinnert waarom ze ooit in gebruik zijn genomen. De wapens waarmee de beide godheden elkaar bestrijden zijn seksueel genot en kinderen: tegengestelde fenomenen, maar voortkomend uit dezelfde vitaliteit, waarbij het ene het andere heeft veroorzaakt. Diep achter elke coïtus verschuilt zich de bevruchting. En dat is de reden waarom de christelijke god toch altijd in het voordeel is vergeleken met de heidense, hoe tegenstrijdig en gelijkwaardig de beide goden ook zijn, omdat hij de ander omvat of dat in elk geval probeert, zoals het christelijke geloof altijd de voorgaande religies heeft geprobeerd op te slokken door zich meester te maken van hun tempels, rituelen, gebruiken, symbolen, feesten, bijgeloof, en ook hun staven en mijters inpikte. Zo pretendeert het huwelijk dat het de liefde omvat, of dat het er zelfs op gebaseerd is. Het seksuele genot wordt niet ontkend maar juist verheerlijkt, gevierd, terwijl het wordt gekanaliseerd naar de familiale uitkomst, die dat genot weliswaar uitsluit, maar het paradoxaal genoeg ook verwezenlijkt, belichaamt. En ziedaar de kinderen, de lange duur...

In het huwelijk is er sprake van allerlei ongelijke krachten, conventies en intenties tussen de echtelieden, en alleen met een ingewikkelde omkering kunnen die min of meer gelijk worden getrokken. Ze moeten worden opgeteld en vervolgens naar elkaar worden vertaald, waarbij ze arbitraire waarden krijgen toegewezen zodat de uitkomst klopt, in elk geval in het begin, en er moet geprofiteerd worden van dat tijdelijke, wankele evenwicht (snel, snel!) om te trouwen. Wanneer ze allebei, vaak om verschillende redenen, vurig naar hetzelfde lijken te verlangen. Dat kan een verlangen zijn naar kinderen, naar bescherming, liefde, vriendschap, bestendigheid of nieuwigheid, een ander leven, naar rust of naar avontuur, een verlangen om het ouderlijk huis te verlaten of om een eigen stek te krijgen, uit angst voor eenzaamheid, uit honger naar sociale stijging, uit zelfverminking, uit lijdzaamheid, of om je moeder of je vader of je vriendin te imiteren. Uit intelligentie, wijsheid of onbezonnenheid. Uit vervoering, verleiding, bedrog. Vertrouwen in de toekomst. De een vlucht ergens voor, de ander rent hem tegemoet. Niet alleen hebben hun eisen een ander gewicht, ze spreken ook een verschillende taal, ze gebruiken niet eens hetzelfde alfabet. Het huwelijk is een ongelijke strijd, net zoals elke andere ontmoeting tussen de seksen (te beginnen bij de coïtus), alleen oneindig veel ingewikkelder, aangezien het al die andere omvat.

Of misschien was het, en is het dat ten dele nog, een ruil. Men verzekert zich van reciprociteit, ook al wordt er niet hetzelfde object geruild, het gaat erom dat de ontvanger er dezelfde waarde aan hecht. Normaal gesproken bood de man stabiliteit, voornamelijk financieel, en de vrouw beloningen in de huiselijke sfeer: genegenheid, verzorging en seks, de seks die de basis van het kroost vormt en die daarna. De eerste, de man, handelt van buitenaf, de tweede, de vrouw, van binnenuit.

Simpel gezegd: een man verzekert zich van het recht om 's avonds te neuken en in ruil daarvoor verschaft hij kost en inwoning.

Bescherming in ruil voor seks: in essentie bestond de huwelijkse ruil uit de verlening van die primaire, onvervangbare diensten. En ook al is het niet per se de man die het eerste verschaft en de vrouw het tweede, het resultaat blijft hetzelfde: zodra een van de echtelieden stopt met het verlenen van de dienst aan de ander (of die nog maar beperkt of onregelmatig verschaft), kan deze het huwelijk als ontbonden beschouwen. Dat zegt de rechtbank. Het huwelijk is: altijd een man (of een vrouw) aan je zijde hebben om te neuken. Als die echter niet wil neuken, als die geen zin meer heeft om te neuken, dan wordt het fundament van het huwelijk ondergraven. Er is geen ontkomen aan, het zit in de blauwdruk van deze verbintenis, want juist door die exclusiviteit komt de nadruk enorm op de seksualiteit te liggen, aangezien het eist dat de seksualiteit uitsluitend binnen het huwelijk wordt gepraktiseerd. Maar hoe kan het huwelijk iets afdwingen wat het zelf niet garandeert? Als de exclusieve plek voor de uitoefening van de seksualiteit, die van nature juist het tegenovergestelde van exclusiviteit zou zijn, wordt het huwelijk een valkuil zonder uitweg. Deze uitzichtloze tegenstelling kan er in het echte leven toe leiden dat, in elk geval vanaf een bepaald moment, de buitenechtelijke uitoefening van seks doelbewust wordt getolereerd door de echtelieden – of door één van hen als alleen de ander er behoefte aan heeft – of zelfs goedgekeurd en aangemoedigd. Hoeveel tijd is daarvoor nodig? Hoeveel maanden of jaren of decennia na de huwelijksdag wordt dat normaal?

Het schijnt dat de echtelijke seksualiteit en moederliefde pas in de laatste eeuwen hun intrede hebben gedaan. Beide als onontbeerlijke elementen voor een gelukkig huwelijk. Terwijl het gezin als instituut het aantal functies ziet inkrimpen, waarvan er vele worden overgedragen aan de staat of de maatschappij (zoals onderwijs, gezondheidszorg of het vinden van een baan), nemen de verwachtingen van de gezinsleden gigantisch toe, evenals de wederzijdse taken en verplichtingen, waardoor een man tegenwoordig van een vrouw niet alleen verwacht dat ze hem kinderen geeft en het huishouden regelt, maar ook nog dat ze aantrekkelijk en actief is, dat ze hem raad geeft en steunt in zijn arbeidskeuzes, dat ze haar persoonlijke interesses ontwikkelt en eventueel in staat is een eigen inkomen te genereren. Hij eist dus liefde, vriendschap, seks, zorg voor de kinderen, huishoudelijke deugden, persoonlijk initiatief en geld. Alleen werkelijk perfecte mensen zouden in staat zijn om aan al die eisen te voldoen, om al die rollen te vervullen.

De vaders van mijn generatie hielden heus wel van hun kinderen, maar dat konden ze niet uiten; een blijk van genegenheid was voorbehouden aan de moeders. Het zou hun autoriteit hebben aangetast, als een teken van zwakte. Het was de taak van de moeders om begripvol en toegeeflijk te zijn, om te vergeven, te knuffelen, mee te leven en de kinderen aan hun borst te klemmen.

De marxistische bewering dat de gegoede middenklasse de gezinsverhoudingen van hun sentimentele sluier heeft ontdaan en heeft teruggevoerd tot een 'puur zakelijke aangelegenheid' slaat de plank volledig mis. In werkelijkheid sluiten gevoelens en het vergaren van geld elkaar helemaal niet uit, integendeel, een van de ziekelijke, lastige kenmerken van het bourgeois gezin is juist dat liefde en vermogen voortdurend met elkaar vermengd worden, het zijn affectieve en financiële banden die elkaar wederzijds versterken. Was het maar zo dat je ze los van elkaar kon zien! Het middenklassengezin zou draaien als een tierelier wanneer het inderdaad alleen maar werd geregeerd door zakelijke belangen, door pure berekening, door 'openlijke, schaamteloze, directe en wrede' uitbuiting. De ergste wraakgevoelens vinden hun duistere oorsprong vaak in geldkwesties, net zoals financiële aanspraken bijna altijd een schadeloosstelling van emotioneel leed vormen, waarmee men meent het hartzeer te kunnen verzachten. Bij het gezin staan twee verschillende balansen tegenover elkaar, als bij een dubbele boekhouding: op de ene bladzijde staan de uitgaven en ontvangsten op het gebied van de echtelijke liefde, op de andere bladzijde die van het geld. De genoteerde uitgaven en inkomsten zijn onuitwisbaar. De schulden onoverbrugbaar. Hooguit kan er een transactie aanvaard worden, geld in ruil voor liefde. Mama hield altijd al meer van jou, mij kon ze niet uitstaan, en daarom heeft ze jou het appartement nagelaten en mij de garagebox. De opening van een testament is een Griekse tragedie, een administratieve afhandeling, of allebei.

Wat is precies een patrimonium?
Wat is een matrimonium?
Een leven van een middenklassengezin speelt zich af tussen deze twee uitersten.

(Vergeef me dat ik nog een paar pagina's verder schrijf over het gezin. Als ik er niet nog wat meer over zou schrijven, als ik er niet in alle rust over na zou denken, zouden de jongens in dit boek straks als plaatjes op de grote lege bladzijden geplakt zitten. Thuis, de ouders, de vaste gewoontes, de regels, het stilzwijgen, genegenheid, geld: ik moet al die lege ruimtes invullen. Het is namelijk in het gezin, een bepaald soort gezin, een soort gezin waar niets bijzonders aan is, dat zelfs doodgewoon is, waar de kiem is gelegd voor de gebeurtenissen die ik straks in hoofdstuk tien allemaal achter elkaar zal spuien, over zo'n vijftig bladzijden dus. Alsof ik alles in één keer uitbraak.)

Het gezin is de plek van de gêne. Alle gezinsleden weten of denken te weten, en vragen zich af wat de anderen van hen weten, en of ze de juiste dingen weten. In de loop der jaren kunnen we heel wat verborgen houden voor onze familieleden, maar nooit zoveel als we voor anderen verborgen kunnen houden. Binnen het gezin zijn we directe getuigen van een enorme hoeveelheid veelzeggende gebeurtenissen, we hebben talloze verklaringen aangehoord, een aanzienlijk aantal onthullende scènes bijgewoond of er deel van uitgemaakt. Ruzies, leugens, geheimen die helemaal geen geheimen zijn. We kennen onze gezinsleden als onze broekzak en dat weten zij, maar zij kennen ons ook, ze hebben de bewijzen in handen, en herinneringen die duizenden pagina's zouden beslaan als je ze zou opschrijven, als de dossiers van een proces, en vooral onder broers en zussen is het lastig om aan een oordeel te ontsnappen, de vele jaren van samenleven vormen een onafgebroken periode van observatie. En dat kan later op de volwassen leeftijd leiden tot een zweem van gêne, scepsis, cynisch ongeloof, want wanneer de volwassen broer of zus dit of dat beweert, zien wij achter die woorden of handelingen het kind dat precies het tegenovergestelde zei en deed, of denken we de ware reden van zijn of haar gedrag te kennen. 'Dat moet jij nodig zeggen, jij...'

Net zoals de inconsistenties van de andere gezinsleden worden opgemerkt, vallen ook hun terugkerende onhebbelijkheden op. 'Echt iets voor jou!', 'Je verandert ook nooit!', 'Zie je, je bent nog precies hetzelfde. Je moet altijd in het middelpunt van de belangstelling staan, je pikt alles in, net als vroeger toen je altijd de melk opmaakte...'

Die constateringen hoeven niet per se hardop te worden gezegd, integendeel, in de meeste gevallen gebeurt dat niet. Ze zweven in de lucht, impliciet en onuitgesproken, ze fungeren als ondertitels bij officiële speeches, tijdens familiebijeenkomsten, feestdagen, vergaderingen waarbij iets moet worden besproken, waarbij er eindelijk 'een probleem moet worden aangepakt dat al te lang sleept', waarbij er 'samen een beslissing moet worden genomen', daar hangen die stilzwijgende overwegingen als donkere regenwolken boven.

Die getuigenissen raken echter na verloop van tijd vervuild, vervalst door de overdaad. De intensieve omgang met elkaar vervormt de betekenis van elke afzonderlijke handeling wanneer die jarenlang dagelijks wordt herhaald. Een heel normale attentie kan worden geïnterpreteerd als bemoeizuchtig, en andersom kan een ziekelijke houding worden aangezien voor liefde. Elk woord kan tot een aanklacht verworden, en je houdt je oren dicht om die maar niet te horen; discretie en stilzwijgen worden gezien als onverschilligheid. De ouders kunnen alleen maar toeschouwers zijn bij het onbehagen van hun kinderen, ze kunnen niet ingrijpen, net als de kinderen onmachtig staan tegenover de fysieke aftakeling van de ouders en de bekoelde relatie of de relatiecrisis tussen die twee, als die zich voordoet is ze voor iedereen in huis voelbaar. Veel kinderen (ik was er ook zo een) trekken zich zodra er een probleem is in het gezin terug in hun eigen ruimte, en dat kan hun kamer zijn of hun hoofd.

Het zijn jullie problemen, zoek het zelf maar uit.

De gêne als kenmerk en effect van de seksualiteit, zowel de vrije maar toch beperkte seksualiteit van de ouders als de min of meer geheime, pionierende en zogezegd amateuristische van de kinderen. De gezegende echtelijke seks (die vaak nog maar op een laag pitje staat) en de primitieve steekvlammen van de jeugdige seks (die in mijn tijd hypocriet werd omschreven als 'voorechtelijk', waarmee het werd gedefinieerd aan de hand van datgene wat eraan mankeerde – zoals je ook prehistorisch zegt, extraparlementair, subnormaal). Schaamte en gêne bij de kinderen omdat de ouders ontucht plegen, gêne bij de ouders omdat de kinderen hetzelfde doen en dat zal hen ergeren of bezorgd maken of van trots vervullen of choqueren, ze zullen er hoe dan ook toch enig standpunt over innemen. De kinderen beperken zich er over het algemeen toe de erotische activiteiten van hun ouders te negeren, ook al vinden ze die misschien opmerkelijk of walgelijk of vinden ze het hooguit hilarisch, ook omdat jongeren hun ouders bijna altijd als heel oud beschouwen, veel ouder dan ze in werkelijkheid zijn, en de gedachte dat zij vleselijke gemeenschap hebben, het beeld van die twee verstrengelde halfnaakte lichamen, het idee dat die twee oudjes zich samen vermaken en dat mama kreetjes slaakt en dat papa kreunt, en het gehijg en gezweet en het haar door de war en na afloop naar de badkamer rennen om zich te wassen, dat alles vinden ze tamelijk lachwekkend. Hun ongemak uit zich in grimassen en hysterische lachbuien. De stijve pik van een vader of de natte kut van een moeder... Zie je wel, die beelden zijn alleen al op woordniveau onacceptabel. Seks tussen je ouders is altijd over de datum, en als er dan toch onverhoopt een broertje of zusje bij komt, gaat de blijdschap of de jaloezie gepaard met de constatering dat die twee dus nog met elkaar vrijen, dat ze elkaar nog leuk vinden, elkaar aanraken.

Zelfs de grootste idealist zal moeten erkennen dat er geen huwelijk bestaat waarin de beide echtelieden niet bezig zijn, al is het onbewust, met hun eigen welzijn en de verbetering van hun levensomstandigheden, de basisvoorwaarden om ook de behoeften op een hoger vlak te kunnen vervullen, namelijk die met betrekking tot genegenheid, liefde, moraal. Deze behoeften, die uiteraard veel diepgaander zijn, overschaduwen uiteindelijk die andere meer functionele, zeg maar nog fundamentelere basisvoorwaarden – zoals vrijwel altijd geldt voor het onzegbare vergeleken met het verklaarde. Het huwelijk heeft dus een open en een verborgen doel, en het komt maar zelden voor dat men het eerste onafhankelijk van het tweede bereikt. Het *geluk* zonder *geld*, zeg maar. Het patrimonium, het vermogen, is dan ook de onuitgesproken factor bij elk respectabel koppel dat heel andere waarden aan de basis heeft gesteld van hun huwelijkspact, op de eerste plaats de liefde (de ware hype van de hedendaagse ideologie, zowel vereerd als veracht, en paradoxaal genoeg het laatste bolwerk van de katholieke opvatting over het huwelijk... die zich nu dus voor haar stichtelijke doeleinden moet vastklampen aan het vluchtigste menselijke sentiment dat er bestaat, en daarmee heeft omarmd wat eeuwenlang haar aartsvijand is geweest – de liefde!!), maar dat betekent beslist niet dat die onuitgesproken factor van de horizon verdwijnt, en ook niet dat die alleen speelt bij het bourgeois gezin, nee hoor, het thema van de centen kan overal en altijd opduiken, vooral op moeilijke momenten, wanneer er knelpunten zijn en knopen moeten worden doorgehakt. Hoe langer die factor begraven is geweest, hoe smeriger de stank van verrotting waarmee hij plotseling zijn intrede zal doen in de gedachten en de gesprekken, ja, het is net zoiets als het opgraven van een lijk, van een stoffelijk overschot, daar doet inderdaad elk patrimonium aan denken, ook fysiek, rustend in de donkere kluizen en spelonken van het kadaster, alsof het diepe graven zijn. Het is geen marxistische zonde van me, ik ben niet bevrucht door de laatste stuifmeelkorrels van de braakliggende terreinen van het communisme wanneer ik beweer dat het gezin dient om het vermogen 'vast te zetten' en de sociale verhoudingen waardoor dat verwezenlijkt kon worden te reproduceren als waren het onaantastbare voorschriften – of het dat voor elkaar krijgt of niet is een ander verhaal, maar dat is waar het gezin naar zal streven en misschien lukt het niet, of lukt het niet meer, het is een reactionair, onhandig instituut, al wil dat niet zeggen dat het van aard is veranderd. De liefde heeft zonder meer haar bijdrage geleverd aan het ondermijnen van de stevigheid van het gezin; dat sentiment waarover men keer op keer klaagt dat het is verdwenen uit de cynische wereld van vandaag de dag, heeft in werkelijkheid meer dan wat ook zelf bijgedragen aan deze crisis.

Door het idee dat ieder individu het recht heeft om zijn eigen pad naar het geluk (of het ongeluk...) uit te stippelen, is het een vereiste dat de echtelijke band op liefde is gebaseerd, waardoor men die steviger, duurzamer en authentieker denkt te kunnen maken, maar in de praktijk is het huwelijk daardoor in een permanente crisissituatie beland. Hoe kan een duurzame relatie gebaseerd zijn op het grilligste sentiment bij uitstek?

We zeiden toch dat het huwelijk de dood betekent voor de liefde? Dan kon je dus maar beter een lege doodskist hebben, zodat er niemand begraven hoefde te worden, zoals in de tijd van de gearrangeerde huwelijken, want wat nooit geboren is kan ook niet sterven; terwijl er niets zo treurig is als de begrafenis van een hartstocht.

Het seksuele individualisme is maar één facet van de individualistische druk waaronder het gezin uiteindelijk wel moet bezwijken, en terwijl het ten onder gaat zal het een laatste gloed van gemeenschapszin uitstralen met sprankjes solidariteit, wederzijdse hulp, cadeaus, reciprociteit, waarmee het het ideale object van weemoed wordt dat pas terwijl het aftakelt en verdwijnt in staat is om zijn gebreken naar het tweede plan te verwijzen. Niemand herinnert zich wat er schuilging achter de beeldjes van de kerststal wanneer die eenmaal in een vlaag van woede aan diggelen zijn gesmeten en de scherven zijn opgeveegd. De reusachtige bazaar vol consumptieve en seksuele keuzemogelijkheden is de doodsteek voor het solidariteitsmarktje waar cadeaus een tweede kans krijgen, evenals afgedankte schoenen, de prikkende kusjes van tantes, het 'Later als je groot bent', het 'Blijf toch eens op je stoel zitten', het 'Waag het niet zo'n grote mond te hebben tegen mij', het 'Wat komt er vanavond op tv?', het 'We redden het wel, schat', 'Laat me met rust', 'Hoe vaak moet ik dat nou nog zeggen?', 'Wie lust er een zachtgekookt eitje?'; en als die bazaar dat marktje nog niet helemaal weet weg te vagen komt dat alleen door zijn koppige weerstand, die zich alleen maar kan voeden met de resten van een behoudende ethiek, die aangeboren is en daardoor onaantastbaar op het vlak waar discussies worden gevoerd die puur over de baten gaan. Weg met het nut en de moderniteit. Het gezin luistert naar niemand: het crepeert nog liever dan dat het bezwijkt voor vleierijen en beledigingen. Als een bokser in de hoek kan het alleen maar in elkaar duiken en proberen een zo klein mogelijk oppervlak te laten raken door de vuisten, de minst gevoelige delen bloot te stellen, in elk geval totdat het ontdekt dat die klappen van binnenuit komen, van onder de dekking, en hoe kun je je beschermen tegen klappen die je jezelf geeft? Het van machteloosheid doordrenkte intimisme waarin gezinnen zich als een egel oprollen (ultieme nalatenschap van het bourgeois gezinsmodel dat ten onder gaat terwijl het zich verspreidt, zich verspreidt terwijl het ten onder gaat: de privésfeer) biedt slechts een schijn van beschutting, de principes waarmee men zich bepantsert, de waarden die worden ontvouwd om zich mee af te schermen blijken wel heel zwaar, ze verpletteren degenen die een te fragiele basis hebben om er aanspraak op te maken, maar tegelijkertijd bieden ze ook maar weinig bescherming tegen de aanval van buitenaf.

Als een harnas dat zich gemakkelijk laat doorboren.

De enige weg die rest is dus het compromis. De stilgezwegen strategie van het 'Alles komt goed'. De eis van eenieder en de belofte aan eenieder dat hij een eigen ruimte heeft, een eigen lot...

Het Italië van de moederskindjes, het katholieke Italië, het bourgeois Italië en zelfs het Italië dat communistisch was geweest versmelten in elkaar en vormen een kleur waarin de ene of de andere tint de boventoon voert, maar waarin die sterke familiebinding onveranderd blijft en om bemiddeling vraagt.

En dan uiteindelijk de apotheose waarin men zich huilend verzoent op tv, dankzij een paar neppostbodes die van spijt overlopende brieven hebben bezorgd.

Het gezin heeft, of misschien moet ik zeggen had, meerdere bestaansredenen en talloze voordelen; in minder ontwikkelde samenlevingen, waarin het individu absoluut niet onafhankelijk van de groep was, kon men gewoon niet overleven buiten de familiekring – dat bewijst de weerstand van het gezinsmodel in risicosituaties, waarin het individu het alleen nooit zou redden. Maar als die beschermende functies door andere instituten worden overgenomen; als de voordelen om een gezin te stichten voornamelijk hypothetisch blijken en de taken niet worden uitgevoerd (onderwijs, bescherming) of ondergeschikt worden (voortplanting) of door anderen worden gedaan (verzorging in geval van ziekte); als het gezin kortom het individu *belemmert* in plaats van het te *faciliteren* en *beschermen*, dan is het niet meer dan logisch dat het aan populariteit inboet. Als een individu prima in zijn eentje kan leven of zelfs beter, omdat hij geen verantwoordelijkheid heeft en vrij is om zijn inkomsten alleen aan zichzelf te spenderen, als de kosten voor het stichten van een gezin boven de baten uit gaan, waarom zou iemand dan ooit in zo'n moeizaam proces stappen?

In theorie zou het gezin onvoorwaardelijke menselijkheid moeten bieden. We zouden met onze bloedverwanten oprechter, toegewijder en onbaatzuchtiger moeten omgaan dan met anderen. Van wie krijg je hulp als je die nodig hebt? De relaties tussen de generaties, wat betreft gezag, voorbeeldfunctie, ideologische afhankelijkheid, die vroeger heel sterk waren, zijn nu vrijwel niet-bestaand, terwijl de financiële afhankelijkheid alleen maar is toegenomen: ze denken met hun hoofd maar ze hebben geen cent op zak, dat is de toestand waar de nieuwe generaties in verkeren. Het gevolg is dat ouders steeds meer geld moeten ophoesten terwijl er steeds minder naar ze geluisterd wordt.

Relaties die duurzaam, altijd bij de hand en kosteloos zijn: cru gezegd komt het erop neer dat je je vrouw niet hoeft te betalen voor seksuele verrichtingen en je kind geen loon hoeft te geven om de krant voor je te gaan halen (of, in vroeger tijden, om de aardappels te rooien). En dat in principe alle dagen van het jaar; over baten gesproken! Het zou natuurlijk kunnen dat je vrouw en je kind het op een gegeven moment beu worden, en inderdaad zijn bijna alle vrouwen en bijna alle kinderen het beu geworden, want die gehoorzamen niet meer in bed en in huis, en bij nader inzien krijgen ze ook geen bevelen meer omdat het gezinshoofd die niet meer durft te geven, ook vanwege het feit dat een gezinshoofd simpelweg *niet meer bestaat.*

De behoefte aan orde, zorg, bescherming. De behoefte aan gemeenschapsgevoel, de behoefte aan gezag. Het gezin als 'hoeksteen' die het leven bijeenhoudt. Het zijn niet alleen de zwakke vrouw en de zwakke kinderen die behoefte hadden aan deze bescherming, aan het schild dat werd opgehouden, op de verkiezingsposters van vroeger, tegen de slangen van het moreel verval.

We zijn allemaal zo blootgesteld, fragiel, overgeleverd aan de genade van het lot (een dunne plaat ijs), aan de genade van de zenuwen, de kwade bedoelingen van anderen en onze eigen domheid, we zijn blootgesteld aan de nog verwoestender wind van onze verlangens, onze dromen, aan de snijdende wind van onze frustraties, bezaaid met gewonden, gevilden...

Wat in het verborgene ontstaat wil vroeg of laat de kop opsteken. Het onzichtbare streeft naar het zichtbare: ook al is het er superieur aan, maar zonder voelt het zich incompleet. Zelfs God kan zich niet volledig God noemen voordat hij op de aarde is neergedaald. Wanneer de intieme connectie die twee mensen kan binden ontdekt wordt, moet die wonderbaarlijke ontdekking direct wereldkundig worden gemaakt, en blijkbaar heeft de wereld er nog steeds geen genoeg van om zoiets vanzelfsprekends te horen verkondigen, namelijk dat we het zaad van nieuw leven in ons dragen. Zonder sociale zichtbaarheid zou zelfs de grootste liefde op den duur verdorren, wegkwijnen; als de liefde verborgen blijft, geheim, wordt er gezegd dat het geen echte liefde is, als de lef ontbreekt of als er schaamte is – 'Durf je soms niet te laten weten dat je met mij gaat? Waarom stel je me niet voor aan je vrienden, aan je ouders?' Het waren en zijn nog steeds met name vrouwen die erkenning eisen, die overgang naar meer zichtbaarheid wensen, ook al kan die openbaarheid er juist voor zorgen dat een uiterst pure emotie ontaardt in banale, geijkte, ingesleten patronen.

De traditionele uiting van dat alles is het huwelijk. De beslissende stap: wanneer de seksuele aantrekkingskracht in de openbaarheid wordt gebracht.

De mystiek van het gezin vereist een totem.

Die wordt van kinds af aan verafgood.

Vaak is de totem van fysieke, sensuele aard – het kan de autoriteit of het charisma van de vader zijn, de schoonheid van de moeder, des te meer geroemd naarmate die op haar einde loopt ('...Ze was de mooiste van de hele Parioli...', '...Hij was meteen verkocht, echt waar, hij ging op de knieën...', '...Iedereen was verliefd op haar...') – de financiële nalatenschap of de genetische, de uiterlijke overeenkomsten qua gezicht en lichaam. Ik heb gezinsstammen gekend die draaiden om een opvallende fysieke gelijkenis tussen ouders en kinderen, logisch, en tussen de (vaak talrijke) kinderen onderling, getuige de zee van foto's aan de muur of ingelijst op meubels en planken of die stapels albums deden opbollen, met een robuuste leren band naar Engels voorbeeld, en als je die doorbladerde kon je tot je stomme verbazing vaststellen dat ook de ouders op elkaar leken, echt niet te geloven, ze waren gewoon twee druppels water, als broer en zus, hetzij omdat ze elkaar hadden ontmoet en uitgekozen op basis van die onweerstaanbare vertrouwdheid die ze al in hun bloed hadden zitten, hetzij omdat de lange periode van samenleven uiteindelijk hun uiterlijke kenmerken had beïnvloed, zodat die in elkaar versmolten en elkaar overlapten... Dat zag je vooral bij blonde mensen, zoals de familie Rummo dus.

De verbondenheid kan daarnaast ook gebaseerd zijn op geld: rondom het kapitaal, het familievermogen dat koste wat kost moet worden doorgegeven. En dat straalt zelfs in het donker nog licht uit, terwijl het verborgen ligt, als de schat in sprookjes. Niets is heiliger; niemand moet het in zijn hoofd halen, om wat voor reden dan ook, dat in de waagschaal te stellen; er bestaat geen argument, voorliefde, gevoeligheid, neiging, opinie, bevlieging of persoonlijke kritiek die niet als ondergeschikt zou worden beschouwd aan de instandhouding van dat fortuin. Het spel van de verschillen en de eigen karakters is meteen afgelopen als er geld in het geding is, want daarmee valt niet te spotten, binnen de familie.

Zoals ik eerder al opmerkte schijnt ook de liefde van ouders voor hun kinderen een tamelijk recente uitvinding te zijn, die is pas een eeuw of twee oud. Voor die tijd gaf men er minder om, weinig of niets, men bracht ze naar een min om te worden gevoed, men stuurde ze zo ver mogelijk weg. Wie geld had wilde blijkbaar zo snel mogelijk van zijn kinderen af, en wie geen geld had eveneens, die verkocht ze als slaaf of soldaat. Baby's werden in strakke doeken gewikkeld, als piepkleine mummies, en uren aan hun lot overgelaten, huilend tot ze van uitputting het bewustzijn verloren. Als je bedenkt dat de man per definitie niet van zijn vrouw hield en vice versa, waarom zou dat gearrangeerde stel dan wel van hun kinderen moeten houden? Je maakte er een heleboel en je wist dat minstens de helft doodging, dat je je er dus maar beter niet te veel aan kon hechten. Als je kalf ineens doodging, ja, dat was pas echt een ramp, heel wat erger dan een dood kind! En als je naar het dorp ging kocht je behalve een drankje voor je zieltogende kind meteen wat spijkers om zijn kist dicht te timmeren, 'dan hoefde je tenminste niet twee keer op en neer'.

Herinnert u zich de film *I mostri* van Dino Risi, waarin dat ene 'monster' zijn laatste duizend lire niet bij de apotheek uitgeeft aan medicijnen voor zijn zieke kindje, maar zich ermee naar het stadion spoedt voor de voetbalwedstrijd van *la Rooomaaa!!!*?

Nou, vroeger waren ze allemaal van die harteloze monsters, dat was de norm.

En waren alleen de vaders zo, autoritair, streng, hardvochtig? Echt niet, ook de moeders, die lieve moeders die hun kroost in de gaten hielden met de methodes van een geheime dienst (we kunnen eigenlijk wel stellen dat de voornaamste spionagetechnieken zijn afgeleid van deze bespiedingen in de privésfeer – en in huis verdedigde men zich dan ook tegen die bemoeienis met tegenzetten van hetzelfde kaliber – onzichtbare inkt, dagboeken, geheimcodes, verstopplekken, vervormde stemmen, verdraaide informatie, neptelefoontjes van meewerkende vrienden om het onderzoek op een dwaalspoor te brengen – methodes die nu zijn geüpdatet met wachtwoorden en dergelijke). Trouwens, waren spionnen destijds niet de helden van het witte doek? De mensen die je het nodigst in de gaten moet houden zijn je naasten; is het niet vanwege repressieve doeleinden, dan wordt de maatregel wel genomen uit onbedwingbare nieuwsgierigheid. De onderzoekende blik van moeder had geen last van morele bezwaren, want die blik was zelf een moreel instrument (ook hiervoor geldt dat het doel alle middelen heiligt), en voor bijna al mijn vrienden en met name de meisjes gold dan ook dat hun post werd geopend, dat ze door het raam werden bespied als ze 's avonds voor de deur afscheid namen, dat hun telefoongesprekken werden afgeluisterd of dat er zelfs via een tweede lijn werd meegeluisterd vanuit een andere kamer, dat onmiskenbare achtergrondgeluid van de hoorn van een tweede toestel die voorzichtig wordt opgepakt en even voorzichtig weer wordt neergelegd na het protest 'Mam, wil je alsjeblieft ophangen?!'), want je kon haar recht om haar neus in jouw zaken te steken nu eenmaal niet betwisten op principieel niveau, maar wel op het concrete niveau van het schreeuwen, dat wil zeggen op het niveau van de emotie, de onderbuik, wat ertoe leidde dat de band tussen gecontroleerde en controlerende alleen nog maar strakker werd aangespannen.

Men heeft zich verlost van de familiebanden en de sociale controle, men is het huwelijk gaan beschouwen als het resultaat van een vrije keuze, van een fysieke, liefdevolle aantrekkingskracht tussen de toekomstige echtelieden, en de ongelijkheid tussen man en vrouw is langzaamaan kleiner geworden. Goed. Alle leden van het gezin, zelfs de allerkleinsten, hebben recht op erkenning van hun eigen persoonlijkheid, op hun exclusieve bewegingsvrijheid, op de zoektocht naar individuele ontplooiing. Goed. Een golf van individualisme, van marktwerking en sentimenten heeft het gezin als instituut overspoeld en aan het wankelen gebracht. Goed. Ook de liefde van ouders voor hun kinderen, die tot enige tijd geleden dus nog nauwelijks werd gevoeld en getoond of anders uiterst terughoudend, is tegenwoordig uitbundig, exclusief, krampachtig; wat ertoe heeft geleid dat de relatie tussen ouders en kinderen vrijer is, beslist rechtvaardiger, en ook kleffer, zwakker wat autoriteit betreft maar intiemer en rijker aan gevoelens, wat al te rijk zelfs, zozeer dat de generatieringen die elkaar vroeger opvolgden nu elkaar overlappen en in elkaar overlopen, wat heeft geresulteerd in identificatieproblemen die het wederzijdse loslaten vertragen en de verschillen bijna opheffen, terwijl die in veel andere opzichten nog nooit zo groot lijken te zijn geweest als tegenwoordig, in die zin dat de huidige wereld zoals jongeren die beleven en de manier waarop zij zich daarin begeven vrijwel niets meer gemeen hebben met die van pakweg dertig jaar geleden, maar toch heb je intussen de ouders die zich kleden en praten als jongeren, moeders die net als hun dochters hun string boven hun broek uit laten steken, de dochters die alles samen met hun moeder doen, en dan de befaamde *bamboccioni*, de mannen die op latere leeftijd nog steeds bij hun ouders wonen... De kleffe, opdringerige liefde in die ontwrichte cohabitaties... Goed.

Wanneer er wordt geklaagd over het verdwijnen van het ware gemeenschapsgevoel, de geest van gelijkheid, solidariteit en samen delen, van de opofferingsgezindheid ten bate van het algemeen belang, wordt dat zelden in verband gebracht met het feit dat de ervaring van de broederschap, in de letterlijke, oorspronkelijke betekenis, drastisch is ingeperkt of zelfs volledig verdwenen doordat er bijna geen grote gezinnen meer zijn. Dat hield broederschap oorspronkelijk in, voordat de term werd gebruikt in de politiek en sociale verbeeldingswereld, maar hoe kun je verwachten dat dat een enig kind iets zegt? Daarom zijn ouders dus gedwongen om de oudere broer of zus te spelen van degene wie ze geen echte broertjes of zusjes hebben geschonken.

Zorg dat het familiekapitaal niet versnipperd raakt, pas op dat de eigendommen niet in vreemde handen belanden, en daarom moet je je ervan verzekeren, via de huwelijkse trouw (een instituut of waarde van zuiver pragmatische aard, zoals we nog zullen zien), dat de kinderen die je grootbrengt ook daadwerkelijk je eigen vlees en bloed zijn, wat tegenwoordig met een DNA-test een fluitje van een cent is, zodat het je in elk geval niet zal overkomen dat je je een leven lang hebt afgebeuld om vervolgens een deel van de buit aan een bastaard na te laten. Die twijfels zijn overigens ook wel gerechtvaardigd als je de verbijsterende uitslagen van dat soort onderzoeken mag geloven: een op de vijf kinderen zou van een andere vader zijn.

Bovendien is het de grootste drijfveer om te werken, om nog meer geld te verdienen, en verder te gaan dan het strikt noodzakelijke: het egoïstischer individu heeft het nodig om zich een voorstelling te maken van de erfoverdracht van het resultaat van zijn werk, wat zijn oorspronkelijke egoïsme volledig bevredigt doordat het hem onsterfelijk maakt als weldoener, die erkentelijkheid verdient. Waarom zouden we anders zo gek zijn, als we echt alleen voor onszelf werkten? We doen bijna nooit iets puur voor onszelf. We voelen de drang om onsterfelijk te worden: en als dat niet kan door het componeren van een gedenkwaardige symfonie, of door de vijand voor de stadsmuren terug te dringen, dan kunnen we altijd nog proberen om een hoop geld voorbij de horizon van ons eigen leven te duwen, zoals de croupier met zijn harkje doet naar de winnaar. Het bewijs ligt in de apathie waar veel mensen in wegzakken die geen vooruitzichten en verantwoordelijkheden hebben jegens derden, de eeuwige vrijgezellen, de aanhangers van het individueel welzijn. Alleen maar aan jezelf denken, naar jezelf luisteren, push-ups doen, versgeperst wortel- en granaatappelsap drinken, dat gaat vervelen, en omdat het bij niemand dankbaarheid oproept werkt juist het narcisme dat de egoïstische houding heeft veroorzaakt deprimerend. Al die zogenaamde opofferingen getroosten we ons voornamelijk om een uitdaging aan te gaan, voor de spanning en het risico, anders zouden we net zo goed stil kunnen blijven zitten. Ik heb bijvoorbeeld nooit begrepen hoe sommige mensen het voor elkaar krijgen om alleen voor zichzelf te koken. Bewerkelijke gerechten te bereiden als risotto, of peperonata. Je kunt ook gewoon even een broodje maken. Er is toch niemand die je complimenteert met de risotto, niemand zal je opgebolde soufflé bewonderen voordat hij hem met zijn vork doorprikt. Bijna alles wat we doen, doen we gericht op anderen en voor anderen, maar dat is heus geen altruïsme, eerder de behoefte om ons te uiten, ons uit te breiden, we hebben wanhopig behoefte aan een publiek, aan klanten, toehoorders, proefpersonen, begunstigden en slachtoffers voor al onze handelingen... Blancheren, pocheren, larderen... *alleen voor jezelf*? Alleen al de namen van die bewerkelijke handelingen verliezen hun betekenis. Nee, op een paar elementaire handelingen na doen we eigenlijk alles *gericht op* iemand.

De ouders vormen het publiek waarvoor de kinderen elke avond het toneel betreden. De kinderen zijn het publiek voor hun broertje of zusje. Daarna worden de rollen omgekeerd en gaan de acteurs in de zaal zitten.

Hoofdstuk III

De regels binnen het gezin worden gedicteerd door de beschikbare financiële middelen. Indien ruim voorradig, geven ze aan wat je kúnt doen. Als ze schaars zijn, schrijven ze voor wat je móét doen. Het vermogen is het uitgangspunt van alles; het individu loopt altijd achter de feiten aan. Het vermogen is het doel op zich van de familie, om te koesteren of te vergroten of om eventueel als een gek erdoorheen te draaien: in de kronieken over grote erfgenamen figureren legendarische verkwisters, ooms die pokerverslaafd of hoerenloper waren, opa's met ondernemersgeest die alles investeerden in een motor die op water draait of een handeltje in warm ijs, kampioenen in nalatigheid of regelrechte oplichters, die het hele bedrag er in één avond doorheen joegen of in enkele lustrums, waarmee ze gaten sloegen in het lot van hun nazaten. Dat waren dus mensen die al invloed op ons leven uitoefenden nog voordat we ter wereld kwamen. In elke familie komt wel zo'n mislukkeling voor. Maar daarnaast heb je ook de befaamde paranoïde types die hun hele leven geobsedeerd waren door de bescherming van het fortuin. Hulde aan hun neurose, want daardoor kunnen wij nu voorgesneden plakjes zalm kopen.

De omvang van de financiële schade die we kunnen dragen geeft de exacte mate van onze rijkdom weer. Het zou pas echt luxe zijn als je er niet eens iets van zou merken, of wanneer je de verantwoordelijke voor dat verlies onbestraft laat, helemaal als we dat zelf zijn, uit nonchalance of onvermogen; dan zouden we onszelf maar wat graag grootmoedig willen kunnen vergeven. Maar om zich die elegante nonchalance jegens verkwisting te kunnen permitteren, moeten er eerst familieleden zijn geweest die de rijkdommen vergaarden. Veel van de cohesie binnen een middenklassengezin wordt gecreëerd (of werd tot enige tijd geleden gecreëerd) rondom de vergroting en overdracht van het fortuin. Een van mijn klasgenoten, Busoni, nummer vier in het klassenboek na ondergetekende, Arbus en Barnetta, moest altijd als de wiedeweerga naar huis om met zijn vader te proosten telkens wanneer die een zakendeal had beklonken. Het gebeurde meerdere keren: na een telefoontje betrok zijn gezicht, verexcuseerde hij zich bij zijn vrienden en hup naar huis om de champagne te ontkurken. Met vader, moeder en de andere kinderen, neem ik aan, samen in de woonkamer, of misschien in de keuken, bij de koelkast. Het leek destijds misschien een absurde ceremonie, maar nu ik er nog eens over nadenk... Waarom ook niet? Zo vreemd was het nu ook weer niet, dat er openlijk werd geproost en de band tussen de gezinsleden werd bestendigd door hen te betrekken bij een succes van vader, terwijl de inkomsten bij mij thuis juist zorgvuldig verborgen werden gehouden, gecensureerd, stilgezwegen, ze waren hooguit zichtbaar in hun indirecte vormen zoals schilderijen of serviezen. Het was natuurlijk niet vulgair om geld te verdienen, maar wel om daarmee te koop te lopen, heel vulgair. Dat is kenmerkend voor de middenklasse, zowel het pronken met geld en het welzijn dat daaruit voortvloeide als het verzwijgen, of beter gezegd, het impliceren, het discreet laten doorschemeren: het is er, goddank, maar we hebben het er niet over. Nóóit.

In die tijd vormden de bourgeois gezinnen de hele bourgeois, die vertegenwoordigden zij volledig. Je kunt je het bourgeois leven niet anders voorstellen dan als gezinsleven, en de bourgeois woning alleen als een familiewoning. Het vermeende individualisme van de middenklasse in haar oorspronkelijke vorm presenteert zich als een onderdeel van een gezin. Meer dan de afzonderlijke gezinsleden is het gezin dé bourgeois entiteit, het organisme dat vecht voor zijn eigen succes, houder van een extreem egoïstische en strijdlustige visie. En die valt niet aan te duiden als alleen maar de ouderwetse leiderfiguur van de vader, of te berekenen door simpelweg de individuele gezinsleden bij elkaar op te tellen: hij bezit kortom een heel eigen persoonlijkheid en kracht. En natuurlijk ook gebreken en kwalen.

Ik herinner me dat ik in een discussie met mijn vader het minachtende marxistische jargon uitprobeerde. Het onderwerp was politiek engagement. Hij vond dat niet per se noodzakelijk, noch van hogere morele waarden getuigen dan dat je eerlijk je eigen belangen behartigde. Op zijn geërgerde vraag : 'En als iemand dan zijn hele leven alleen maar bezig is met zijn gezin, met zijn kinderen?'

'Dan is hij een varken,' antwoordde ik.

Het gezin bestaat uit: a) de personen en b) de spullen, plus een derde categorie die de eerste twee met elkaar verbindt, en dat is dus c) de relaties, die er op hun beurt weer in drie soorten zijn: 1) tussen personen en personen, 2) tussen personen en spullen, en ten slotte 3) ook weer tussen personen en personen maar nu met betrekking tot de bezittingen. Die laatste is dus een relatie tussen 'bezitters'. Dat wil zeggen, tussen mensen die spullen bezitten. Die relatie is vaak competitief, en om conflicten te voorkomen was het binnen het traditionele gezin dan ook zo dat niemand behalve het gezinshoofd enig eigendom had en dus ook geen aanspraak kon maken op een financiële identiteit (als kanttekening zou je kunnen plaatsen dat wie geen financiële identiteit heeft, helemaal geen identiteit heeft). Het gezinshoofd deelt naar believen geld uit aan de andere gezinsleden ('in de beurs tasten' luidt de treffende uitdrukking – schuiven, over de brug komen). Het maakt niets uit of de schenkingen ruimhartig of schamel zijn, of ze plaatsvinden in een rijke of een arme omgeving. Een gelofte van armoede, bij wijze van spreken, naar het model van de monniken, kan ook in een rijke familie gelden, als dat wat je in handen krijgt nooit van jou is, nooit echt van jou. Want dat is wat eigendom betekent, dat je er exclusief recht op hebt. Bij mij thuis was niets exclusief van één iemand en was alles van iedereen. Het idee van bezit was verboden. Egoïsme was ondenkbaar. Als er bijvoorbeeld een Vespa werd gekocht voor mij, dan was die Vespa, ook al reed ik erop, impliciet ook van de andere kinderen, die hem in principe mochten gebruiken wanneer ze maar wilden. Ook cadeautjes waren vaak gemeenschappelijk. In ons hoofd, maar ook in de praktijk, was álles van mijn vader: het kwam van hem en hij gaf het hooguit in bruikleen aan ons. Dat heeft ons als kinderen later wel praktische en symbolische problemen opgeleverd met het beheer van het erfgoed, toen dat, na de dood van het gezinshoofd, werd opgedeeld en in onze handen terechtkwam. Niet dat er onderlinge conflicten kwamen, zoals vaak voorkomt, maar juist uit verwarring, uit onduidelijkheid, alsof dat erfgoed nog altijd ongesplitst en gemeenschappelijk was. Wie moet wat betalen, wie regelt wat, wie heeft de verantwoordelijkheid over...? Twintig jaar na de dood van mijn vader en de verdeling van de bezittingen voelt het nog steeds zo en worden alle documenten van het erfgoed nog bij elkaar bewaard, en niet uit weemoed. Toen ik zelf ging trouwen en kenbaar moest maken of ik dat in gemeenschap van goederen met mijn toekomstige echtgenote zou doen, bezat ik letterlijk níéts. Misschien een brommertje. En nog altijd heb ik er moeite mee om de bezittingen die mijn vader in zijn testament aan mij heeft toegewezen, de mijne te noemen. Ik blijf ze als de zijne beschouwen, en in die zin dus indirect als de ónze. Maar hoe dan ook niet de míjne. Een opmerkelijke vorm van communisme. De enige uitzondering op het regime waren de cadeautjes die mijn vader aan mijn moeder gaf: kleren, schoenen, sieraden, die waren uiteraard zorgvuldig en angstvallig persoonlijk. Maar dan hebben we het ook niet over het gezin, dan hebben we het over liefde.

Zou de nalatenschap, de erfrechtelijke overgang van het eigendom dan de belangrijkste factor zijn voor de samenhang in een bourgeois gezin? Het verklaart wellicht de ijver van het gezinshoofd, maar het kan aan de andere kant ook verdeeldheid en vijandigheid zaaien, gezien het feit dat elk gezin gedoemd is zich op te splitsen in weer nieuwe gezinnen die de kinderen vormen met volslagen vreemden, die misschien worden beschouwd als indringers in de oorspronkelijke integriteit.

Vanwege de naar gelijkheid neigende aard van het erfrecht is het vermogen van een bourgeois gezin datgene waarvan men te allen tijde weet dat het op zeker moment zal worden verdeeld: het bestaat alleen formeel gezien als een geheel, en dat ook hoogstens gedurende één generatie, want daarna wordt het opgedeeld. De opdeling staat vanaf het begin in zijn blauwdruk: het is zijn lot.

De transcendentale impuls bij die kapitaalvorming manifesteert zich ook in het uiterst religieuze karakter van de overdracht. Het testament waarin die wordt vastgelegd en verzegeld is een geschenk dat de stervende aan de levenden geeft om zich te verzekeren van een meer serene reis naar het hiernamaals. Laten we zeggen een restitutie, een offering... Hij doet dat dus niet zozeer omdat hij zo vrijgevig is of uit zelfverheerlijking, of omdat hij zo gehecht is aan zijn eigen vlees en bloed, maar meer als voorbereiding op het afscheid, het loslaten van zijn wereldse zaken. Terwijl een machtig man in vroeger tijden zijn kostbare bezittingen met zich mee het graf in nam en in vol ornaat aan de poort van de onderwereld verscheen, moet hij daar nu in zijn blootje naartoe. Op het moment dat hij afstand doet van zijn vermogen, wordt hem een laatste kans geboden om zijn rechtvaardigheid te tonen: de opstelling van het testament. Ik herinner me als de dag van gisteren hoe nauwgezet mijn vader de toekenning van zijn bezittingen berekende en herberekende, waarbij hij oneindig veel parameters toepaste en op basis daarvan een testamentaire regeling trof waarin al zijn erfgenamen hun rechtmatige deel zouden krijgen. Het rechtmatige deel? Het probleem is dat het rechtmatige deel niet onveranderlijk is: het schommelt, wisselt, om het up-to-date te houden zouden er eindeloze schadeloosstellingen en compensaties nodig zijn. In de laatste maanden van zijn leven was het een obsessie voor hem geworden, de enige bezigheid van zijn getourmenteerde geest, zijn enige paradoxale vorm van geloof in een hiernamaals, want met al die uitzaaiingen in zijn lijf had het hem net zo goed worst kunnen wezen of die garagebox in de Via Parenzo naar mij zou gaan of naar mijn broer.

Hij zat in zijn kamerjas aan de tafel waar gewoonlijk patience werd gespeeld, maar in plaats van een stok kaarten had hij een rekenmachine voor zich liggen en een paar blocnotes, met ruitjespapier, die hij vol berekeningen priegelde. Met potlood. Hij rekende het talloze keren opnieuw uit. Voortdurend werkte hij zijn schattingen bij, waarvan er sommige heel eenvoudig en objectief te berekenen waren en per direct golden, terwijl andere onzekerder waren, fluctuerend, het resultaat van voorspellingen die zich noodgedwongen uitstrekten tot vele jaren na zijn naderende dood, en in die gevallen waren de afwijkingsmarges evenredig aan de hoogte van de angst veroorzaakt door de gedachte aan zijn dood, de gedachte dat hij er niet meer zou zijn. Ten prooi aan een bijna hysterische nauwgezetheid wilde hij controle uitoefenen over een tijd die buiten zijn bereik lag. Het is alsof je aan een stoel vastgebonden zit en probeert iets te pakken wat meters verderop ligt. Het rechtmatige deel is nooit het resultaat van een wiskundige formule, anders had je gewoon alles door vier kunnen delen en klaar ben je.

Maar nee: je moet aan buffers en corrigerende maatregelen denken, je moet waardeverminderingen meenemen, het aandeel toesnijden op het profiel van de erfgenamen; die immers niet dezelfde behoeften hebben in verband met hun leeftijd, geslacht, ambities...

Hoe moet je inschatten of een kind een vermogen zal vergaren of niet? Zal hij of zij succesvol zijn, bakken geld verdienen, met een rijke partner trouwen en vervolgens misschien scheiden, zal hij of zij geruïneerd raken, zelfmoord plegen, een sober, waardig maar ietwat treurig leven leiden, jammerlijk falen in al zijn ambities, zal hij zich onbereikbare doelen stellen of juist doelen die te laag zijn voor hem zodat hij ze bereikt met weinig inspanning en met nog minder voldoening, zal hij het geld dat zijn pa hem heeft nagelaten opeten, steeds met kleine hapjes, het opknabbelen totdat er alleen nog maar wat kruimels overblijven... Zal hij popster worden, of een chirurg met gouden handen en een rekening in Luxemburg, of een zeer gewaardeerde hoogleraar...

Mijn vader heeft de laatste uren van zijn leven doorgebracht met het op een rekenmachine intikken van getalletjes die al direct na zijn dood misleidend bleken, niet door zijn schuld, maar omdat de werkelijkheid niet rustig blijft stilstaan, vooral getallen niet, en dat is toch waarmee je een vermogen meet, die staan echt nooit stil en schieten steeds omhoog en omlaag.

Koersen daalden en andere bleven gelijk, onbeweeglijk, of stegen tot duizelingwekkende hoogte.

Van de rijkdommen die ons ten onrechte toekomen, zijn we de dieven en plunderaars; van de rijkdommen die ons terecht toekomen, zijn we slechts de tijdelijke beheerders. Er bestaat een strikte, nauwgezette morele code die bepaalt dat de dingen die we bezitten slechts in bruikleen zijn, en dat we ze zullen teruggeven op het moment dat we komen te overlijden, net zoals je voor vertrek de sleutel van je hotelkamer weer inlevert. We hebben er even vertoefd en dat was het. Hoewel men van de bourgeois precies het tegenovergestelde denkt, namelijk dat hij erg aan zijn bezittingen gehecht is, geloof ik wel dat hij zich deze gedragscode grotendeels heeft eigen gemaakt.

Hij voelt zich verplicht om bij zijn overlijden zijn vermogen vergróót terug te geven, of op z'n minst identiek, maar in elk geval niet kleiner dan zoals hij het in bruikleen heeft gekregen; dat zou meer dan vernederend zijn, dat zou verderfelijk zijn. Waar heeft hij voor geleefd als dat zou gebeuren? Ook als we ervan uitgaan dat niets ons toebehoort, wil dat nog niet zeggen dat we de geschenken die het lot ons heeft toebedeeld niet met de uiterste zorg moeten koesteren en vermeerderen. Wat die plicht rijkdom te vergaren bindend maakt voor de bourgeois, en wat hem vrijspreekt van elke negatieve bijgedachte over de ijdelheid van het gehecht zijn aan materiële zaken, is zijn sterke besef dat de teruggave van zijn vermogen aan het eind van zijn leven niet ten bate zal zijn van een ongrijpbaar geheel, de wereld of de maatschappij, maar ten bate van *zijn eigen kinderen.* Zelfs zijn lichaam, zijn stoffelijk overschot, zal aan de kinderen geschonken worden. Een bourgeois zonder geld en zonder kinderen is strikt genomen geen bourgeois meer, daar heeft hij geen enkele aanspraak meer op, en als een bourgeois geen bourgeois is, is hij ook geen mens.

Dat aloude, sublieme, eenvoudige gebaar waarmee mijn vader zijn portemonnee pakte. Ik kan me niet heugen dat hij ooit ook maar één keer nee heeft gezegd. Op z'n hoogst een sceptisch lachje, een zweem van sarcasme vergezeld van de trots dat hij zich hoe dan ook altijd *van zijn plicht kon kwijten.* Dat hij klaarstond met geld op zak, rolletjes verse bankbiljetten, om te voorzien in alle behoeften van ons, van onze moeder, van iedereen thuis die geld nodig had. Altijd klaar om 'geld op te hoesten'. Ze leken onuitputtelijk, voor ons kinderen, die dubbelgevouwen biljetten in de achterzak van zijn broek, in stapeltjes met een geel elastiekje erom, of veilig opgeborgen achter de brede rug (god weet waarom juist dat boek) van de *Geschiedenis van Engeland* van Trevelyan, zoals ik een paar pagina's geleden al schreef, wat trouwens een boek van mij was, dat had ik voor mijn veertiende verjaardag gekregen. Wie zou het tegenwoordig wagen een jochie van veertien Trevelyan te geven, in plaats van een PlayStation, al was het nog zo'n verlegen studiebol, zonder dat hij het tegen zijn kop gesmeten kreeg zodra het was uitgepakt...? Wie weet wat ze dachten, wat mijn ouders van mij verwachtten toen ze mij dat veeleisende cadeau gaven. Ik las Trevelyans verhaal van de eerste tot de laatste bladzijde zonder dat ik zelf eigenlijk begreep waarom: misschien wel de beste manier om het te lezen. De Rozenoorlogen raakten me diep in mijn hart en grepen me bij de keel, en de talloze Hendriken omsingelden dreigend en bloederig mijn kamer. Hoe dan ook, nadat het een boek was geweest werd het de safe van ons huis, de schatkist. Het geld werd in het midden van het boek gestoken, ergens in de buurt van het Buskruitverraad. Als je een paar bankbiljetten opnam las je onwillekeurig hoe Guy Fawkes werd opgehangen en gevierendeeld. *'Remember remember/ the Fifth of November...'* Het geld dat ons ter beschikking stond bleek toch niet zo onuitputtelijk als we dachten, en ik heb het idee dat het tijdens de laatste jaren van mijn vaders leven steeds minder werd, vanaf een gegeven moment keerde de cyclus zich om – toen ging er voortaan meer geld uit dan er binnenkwam. Een tendens die na zijn dood werd versneld.

Met de oude benamingen, lire, pond, peseta, voelde je het fysieke gewicht van het geld, een buidel vol munten die wordt opengemaakt en weer dichtgeknoopt. Ophoesten, een heel fysiek woord.

Het middenklassengezin is per definitie gedoemd uiteen te vallen. Hoezeer het ook zijn taak en zijn trots is om weerstand te bieden aan de tijd en de ontwrichtende impulsen, om zich zowel intern als naar de buitenwereld toe solide en beschermend te tonen, het ligt ook in zijn aard om te verbrokkelen: het is een organisme dat strijdt tegen de ziekte die in zijn genen zit. Stukje bij beetje verliest het zijn flexibiliteit, het verstijft, en ook al lijkt het er eerst nog tegen bestand, in werkelijkheid is het fragiel, kwetsbaar geworden: het verval is begonnen. Dat lijden kan gepaard gaan met heroïsche of lachwekkende, vertederende of groteske accenten en voorvallen, en het verloop van de ziekte kan zo langzaam zijn dat die niet eens wordt opgemerkt, wordt aangezien voor volledige gezondheid en stilletjes wordt doorgegeven aan de volgende generatie, waardoor de kinderen van een zeer gerespecteerde familie, als het hun beurt is om een gezin te stichten, allerlei onsamenhangende, rampzalige relaties in het leven roepen. Van die kinderen met witte kniekousjes en pagekopjes, en een verstandige moeder die op bewonderenswaardige wijze de stroom afgedankte kleren bestierde, welnu, juist dat soort kinderen blijkt later vaak onaangepast te zijn, ze weigeren en masse het gelukkige model aangereikt door hun ouders, of ze produceren er een pathetische imitatie van.

Hoofdstuk IV

Vandaag, 3 juli 2008, werd ik gebeld met de vraag of ik het onderwerp wilde zijn van een literaire quiz op de radio: mijn naam zou dan het 'goede antwoord' zijn, en de luisteraars zouden in de loop van de uitzending aanwijzingen krijgen over mijn boeken, in het begin nogal vage en dan langzaam steeds onthullendere. Ik heb nee gezegd. Mijn officiële reden is dat ik niet van cultuurquizzen hou, en dat is ook zo, daar hou ik niet van.

De werkelijke reden is dat ik bang was dat niemand mijn naam zou raden.

Ik zou willen dat mijn faam als schrijver groot genoeg was om te zorgen dat er een straat in mijn stad naar me vernoemd werd, desnoods een smal straatje, zolang het maar niet zo'n nieuwe weg in een buitenwijk wordt, nee, het liefst wil ik dat mijn naam een andere naam vervangt, bijvoorbeeld dat de naam 'Via Edoardo Albinati' wordt gegeven aan het straatje dat nu de Via Nino Oxilia heet, een kleine zijstraat van de Viale Parioli in Rome, waar mijn oma altijd sokken kocht bij een van de marktkramen, die ze mij dan cadeau deed nadat ze ze had ingepakt in een tasje van Schostal, de beroemde winkel in ondermode aan de Via del Corso. De laden van haar dressoir lagen namelijk vol met tasjes van Schostal en andere zaken zoals Frette en Caccetta, netjes opgevouwen en opgestapeld, kenmerk van een generatie die de verpakking van een cadeau even belangrijk vond als de inhoud. Ik ontdekte het een keer met Kerstmis, toen de sokken die ze me had gegeven veel te groot bleken en ik tegen mijn oma zei: 'Maakt niet uit', en dat ik ze wel zou gaan ruilen bij Schostal, maar zij griste het cadeau uit mijn handen, 'Nee, ik ga wel, ik ga wel...', 'Ach nee, oma, helemaal naar de Via del Corso... Geef maar, toe, ik regel het wel', maar ze wilde het pakje niet loslaten, 'Hou op, ik zei toch dat ik het zou doen!', ze werd nerveus, en uiteindelijk moest ze het opbiechten.

'Nou, eh, weet je... ze komen niet van Schostal.'

‘Hoezo niet?’

‘Nou, eh...’

Ik liet het tasje los. En toen vertelde ze de waarheid, wat voor iemand als mijn oma betekende dat ze heel diep door het stof moest. De waarheid hou je uit fatsoen áltijd voor jezelf. Vanbinnen moest ik lachen, trots op haar vondst. Dat dekselse oudje. Natuurlijk, het respectabele beeld van een Turijnse neergestreken in de Parioli dat ze had willen ophouden met de truc van het Schostal-tasje was nu geschonden door de onthulling (stel je voor: die marktkraampjes aan de Via Oxilia! die tegenwoordig zijn overgenomen door de Singalezen, of trouwens, ze zijn er helemaal niet meer, er is daar geen markt meer, alleen nog een uitverkoop van dvd’s), maar op zich was het wel een goed idee, sterker nog, met die list verwierf ze bewondering. Omdat het geld haar niet op de rug groeide bespaarde ze op de aanschaf, om die vervolgens te omgeven met decorum, wat dan ook niets anders is dan een omhulsel: de mooie goudkleurige tasjes van de winkel in het centrum, en dat allemaal voor een imago van... verfijndheid.

Op zich is daar niets mis mee.

Bovendien waren die sokken helemaal niet van inferieure kwaliteit. Ik heb ze nu nog in de la liggen, ze zijn gigantisch, beige, maat 46.

Nino Oxilia sneuvelde bij de slag om Caporetto, nog geen dertig jaar oud. Hij schreef komedies en maakte films toen de filmwereld nog in de kinderschoenen stond. In zijn soldatenplunje zaten gedichten, die postuum zijn uitgebracht in de bundel *Gli orti* (*De moestuin*). Hij wordt beschouwd als een genie. Dus tja, daar zou mijn naamplaatje mooi een jaartje of honderd kunnen hangen, ongeveer net zo lang als dat van Oxilia, en daarna kan ik dan weer worden vervangen door een andere prominente man.

Ook al worden de welgestelden woonachtig in de wijk Parioli en in het QT over het algemeen beschouwd als schatrijke types, het waren voor het merendeel waardige exemplaren van de middenklasse.

Het is waar dat ze een bijna ziekelijke voorliefde hadden voor dure merken, maar ze hadden een bijna even sterke voorliefde voor imitaties, waarmee je zo de helft kunt besparen.

Problemen binnen gezinnen ontstaan in gelijke mate door wat er wordt gezegd en door wat er wordt verzwegen. Het schijnt dat drie generaties volstaan om een psychose te 'creëren'. Bij mij thuis ging men vooral op het tweede vlak de fout in: dankzij een hardnekkige en werkelijk bewonderenswaardige toepassing van de discretie, het understatement, de kiesheid opgestuwd tot een soevereine en bijna mystieke mate van onverschilligheid jegens de eigen en andermans drama's, een talent tot zelfcontrole dat alleen kon stukgaan door een ongelukje, zoals een condoom tijdens de geslachtsgemeenschap, zijn er gevallen van zeer sterke onaangepastheid uit voortgekomen... Maar de familieroman is per definitie neurotisch, en neurotisch is ook degene die hem schrijft, gebruikmakend van het hele familiealbum vol met de goeden en de slechten en de middelmatigen, de sleutelscènes, en de behoefte aan betekenis die zo kenmerkend is voor iemand die denkt dat hij die binnen handbereik heeft.

Het bourgeois gezin bestond vroeger niet alleen uit de familieleden maar ook uit knechten, chauffeurs, strijksters en bedienden. Misschien vertegenwoordigden de huishoudelijke hulpen het gezin nog wel meer dan hun werkgevers, zij verschaften het continuïteit.

Mijn moeder ging speciaal naar de dorpen om ze uit te kiezen. Eén keer ging ze helemaal naar Sardinië en op haar terugkeer had ze niet één, maar twee Sardische meisjes bij zich, klein en donker, bijna identiek, Saveria en Filomena, kortweg Mena, ik denk dat het zusjes waren, die me flink op mijn donder gaven toen ze merkten dat ik hen door het sleutelgat had bespied terwijl ze in bad gingen, in zo'n klein badje waar je je zittend in kon wassen, maar zij waren zo tenger dat ze er samen in pasten, een van hen geknield op de verhoging. Ik weet niet welke fout ik had gemaakt zodat ik werd betrapt, misschien moest ik hoesten. Wat had ik graag gewild dat dat sleutelgat wat groter was! Ik zag weinig, maar genoeg om te leren hoe vrouwen gebouwd waren, de plukjes haar, waarvan ze er ieder drie hadden, dus zes plukjes haar waar het water uit droop terwijl Saveria en Mena zich om beurten omdraaiden om zich te laten besproeien, de voorkant en de rug, de een hield de douchekop vast en de ander zeepte haar plukjes in terwijl ze met de spons van het ene naar het andere ging, hard wrijvend, alsof ze ze moest lostrekken, moest uitrukken. Ik snap nog steeds niet hoe het mogelijk was dat ze mijn ademhaling konden horen boven dat stromende water uit.

Bij ons in huis woonden, aten, sliepen en werkten ze als volwaardige leden van het gezin, tot dat recht werd ingetrokken door hun ontslag. Behalve voor huishoudelijke taken diende de aanwezigheid van personeel ook voor de vorming van het imago van waardigheid en aanzien: bijvoorbeeld de kokkin, de strijkster, de chauffeur.

Juist om die reden hadden we ook maar een paar maanden lang een echtpaar in dienst. Vanaf het begin was duidelijk dat de man overbodig was, hij had in huis niets te doen, en buitenshuis ook niet omdat mijn vader geen chauffeur nodig had en onze school om de hoek lag, dus hij hoefde ons niet te brengen of te halen. De paar keer dat ik die gedistingeerde heer met grijs haar voor het hek van het SLM op me zag staan wachten, in een eerbiedige houding, schaamde ik me zo vreselijk dat ik mijn ouders vroeg om hem alsjeblieft niet meer te sturen.

(Het *a priori* van huishoudelijk personeel: de lage arbeidskosten. Het *a posteriori*: het veelvoud aan familiefuncties die ze vervullen.)

Van de gesprekken tussen welgestelde dames herinner ik me dat een van hun favoriete onderwerpen het huishoudelijk personeel was. En voor wie zich personeel kan veroorloven, is dat tegenwoordig nog steeds zo. Bepaalde dames hebben er plezier in om, wanneer ze met hun vriendinnen kletsen, alle merkwaardige of absurde trekjes van hun bedienden te beschrijven, of ze praten er zelfs over alsof ze hun grootste vijanden zijn, met wie ze door een tragische samenloop van omstandigheden onder hetzelfde dak wonen. Anderen zijn weer overdreven gehecht aan hun dienstmeid, die ze graag mogen aanduiden als een 'parel', een 'engel', een 'redder in nood', een 'gouden meid', werkelijk 'onvervangbaar', en ze zijn zo op haar gebrand dat niemand het moet wagen haar te 'jatten' – alsof het om een halsketting of een paar oorbellen gaat.

Toen ik hen als kind zo hoorde kletsen, kreeg ik het idee dat 'de wisseling van de garderobe' wel de ergste klus ter wereld moest zijn, wanneer de kasten opnieuw werden ingeruimd vanwege de seizoenswissel. Die leidden zij namelijk als ware het een militaire campagne. En ik vroeg me af: waarom is de koningin bij het schaken het sterkste stuk? En hoe komt het dan dat je de partij wint door die niksnut, die half gehandicapte koning, schaak te zetten? Waarom is de koningin superieur, maar regeert ze niet?

Italië was een heel aparte vorm van een matriarchaat, waarbij de vrouwen buitenshuis weinig tot niets te zeggen hadden.

Het andere favoriete gespreksonderwerp, en het doel waarvoor er zo vaak boosaardige praatjes door elkaar liepen, was de nauwkeurige maatschappelijke indeling van de buren en kennissen, waarbij kritisch werd gekeken naar indicatoren als: taalgebruik, kleding, onderwijs, de kinderen, de woning. Deze uitvoerige beschrijving en catalogisering, die in niets onderdeed voor die van een achttiende-eeuwse botanicus bezig met het in kaart brengen van de vegetatie op een pas ontdekt tropisch eiland, bleek echter nogal willekeurig, provisorisch, omdat sociale rollen in tegenstelling tot biologische soorten onderhevig zijn aan voortdurende en soms razendsnelle wijzigingen, en de plek in het schema waarop de afzonderlijke individuen werden ingedeeld, evenals de gezinnen en de groepen, moest voortdurend worden bijgewerkt aan de hand van steeds nieuwe gegevens die continu vergaard moesten worden: nieuwtjes, roddels, geheimen die waren uitgekomen, insinuaties, indiscreties, onthullingen.

De goede naam, anonimiteit, praatjes en distinctie: tussen die vier hoekpunten werd lange tijd het generatiespel binnen de gegoede families gespeeld. De volwassenen deden er alles aan om onopvallend te blijven, om hun (vaak uitgesproken) persoonlijkheid onder te dompelen in het beroep dat ze uitoefenden, in hun rol binnen het gezin, in het specifieke aanzien van het milieu waartoe ze behoorden, en dat hield dan ook in dat ze een hardnekkige discretie betrachtten rondom de bronnen van hun welvaart, rondom hun inkomen en hun vermogen, dat tot uiting kwam door auto's en huizen en villa's en reizen, maar nooit pronkerig, opschepperig, integendeel, bijna verscholen bij wijze van spreken, ze werden altijd in de schaduw gehouden. Vandaar de pracht van bepaalde vakantiebestemmingen, waar de mooiste villa's bijna niet te zien zijn, gebouwd in een dicht bos of tussen de pijnbomen, zodat je juist door die verscholenheid wel kunt raden hoe vermogend de bewoners moeten zijn; terwijl bij de jongere generatie juist hun enorme drang om zich te onderscheiden in staat zou zijn om de meest onbezonnen dingen te verzinnen.

Het hoogtepunt van het gezinsleven is de maaltijd. Dat is de voornaamste en vaak de enige gelegenheid waarbij de gezinsleden bij elkaar komen. Daar waar de gewoonte om samen te eten verdwijnt, vanwege verschillende behoeften of desinteresse of wederzijdse ergernis, of omdat iemand met het excuus van zijn tijdschema dat misschien maar twintig minuten afwijkt zijn eten haastig naar binnen werkt, wellicht staand, uit de hand, in de keuken, aan de salontafel, verschanst in zijn eigen kamer ineengedoken op bed, om maar te ontkomen aan gênante gemeenschappelijke tafelsessies, dan bestaat het gezin alleen nog maar formeel, op papier, dan woont men alleen in hetzelfde huis zoals uitwonende studenten. De duur van een maaltijd is omgekeerd evenredig aan de stevigheid van de band tussen de tafelgenoten. Haast is de slechtste aanwijzing. Al het andere, al het andere kun je prima in je eentje doen, los van elkaar, het is normaal om in je eentje te douchen, te bellen, te studeren, te roken, tv te kijken, en je kunt ook gerust in jezelf praten – maar eten hoor je samen te doen. Waarom? Omdat het zo is, punt uit. Het is het fundamentele ritueel van samenzijn: onder het eten wordt er informatie uitgewisseld, wordt de dag doorgenomen, wordt er gesproken over te maken plannen en te nemen beslissingen, worden er al dan niet belangrijke nieuwtjes aangekondigd, kun je de anderen jennen of aan het lachen maken of hun nieuwsgierigheid prikkelen of ze kwaad maken, wordt er overlegd over het lot van het jonge vogeltje dat uit het nest is gevallen, want als dat vanavond nog steeds niks gegeten heeft gaat het zeker dood, daar in die met watten bekleedde Stan Smith-schoenendoos – en dat alles terwijl men de honger stilt. Het is de plek en de tijd (voor het merendeel extra tijd) waar de ouders nog wat minieme educatieve taken kunnen verrichten. Het bewijs van die pedagogische functie van de maaltijd is dat in mijn tijd gefrustreerde ouders (lees: mijn moeder), niet langer in staat hun taak uit te oefenen op de belangrijke thema's, hun opvoeding richtten op de formele kanten van het tafelen, de handen gewassen, de ellebogen tegen je lichaam aan, niet drinken onder het kauwen, niet boeren alsjeblieft. Een doel van ondergeschikt belang, de tafeletiquette, maar in elk geval concreet. De uitbranders als gevolg van slechte manieren aan tafel leken dan ook objectiever, al waren ze voor ons die ze ondergingen even vervelend, ze kwamen over als abstracte tirades over de gebruikelijke waarden als eerlijkheid, oprechtheid en hygiëne (waar mijn moeder altijd stuk voor stuk van beweerde dat ze 'vooropstonden'). Een verdere bevestiging van deze functie van de gezamenlijke maaltijd is de gênante houding van de kinderen van tegenwoordig die aan tafel zitten te slurpen en te smakken, een teken dat hun ouders het hebben opgegeven om hun zelfs maar het dunste laagje fatsoen aan te leren, als surrogaat van de echte opvoeding.

En waarom? Omdat ze zich ervan bewust zijn dat ze zelf zijn opgevoed met hypocriete formaliteiten, hebben ze ervoor gekozen die opzet niet te herhalen bij hun eigen kinderen, hetzij uit oprechtheid, hetzij gewoon uit luiheid. Met andere woorden: als ik mijn zoon of dochter niet onomwonden kan uitleggen wat het goede is (ook omdat ik dat op mijn veertigste zelf nog steeds niet weet, of er niet meer zo zeker van ben...), wat heeft het dan voor zin om ze erop te wijzen dat je je glas niet aan je lippen zet voordat je die hebt schoongeveegd met je servet?

Hoe het ook zij, toen wij klein waren (maar niets eens meer zo heel klein) aten mijn broer en ik niet samen met onze ouders, maar aan een laag tafeltje, op twee plastic stoeltjes.

Ook de moordenaars over wier misdrijf ik zo meteen ga vertellen gaan 's avonds naar huis om bij hun ouders te eten. Om ze niet ongerust te maken. In de pauzes tussen de mishandelingen die ze hun slachtoffers toebrengen zitten ze voor de tv te lunchen. Dat doet althans één van hen. Ik weet niet meer in welke Russische roman het was (misschien *De familie Golovljov*?) dat de regel werd gehuldigd dat de samowar voortdurend moest pruttelen, en de mensen in huis vijf keer per dag hun knieën onder de tafel schoven – of misschien wel vaker, gezien de grote hoeveelheden tussendoortjes, early dinners, snacks en lekkernijen die voorbijkwamen, het was een en al kommers knabbelen en beboteren. Ik hoef er niet aan toe te voegen dat dit qua eetgewoontes zo hechte gezin uit elkaar zal vallen – een blijkbaar onontkoombaar lot van gezinnen in romans. De groep die in de eerste akte ten tonele verschijnt, zal ontwricht raken nog voor het doek van de derde akte is gevallen, zo luidt de narratieve wet. Ik herhaal: elke familieroman is het verhaal van een neurose. De wanhopige behoefte aan betekenis, zo kenmerkend voor de roman, triomfeert in de conclusies die wij trekken over ons verleden, waarmee we een fantastisch alibi verschaffen voor alles wat er gebeurd is, maar ook voor alles wat nog staat te gebeuren; in wezen is de literatuur een soort levensverzekering, zodat je je pogingen zult staken om een nieuw leven op te bouwen, om een betere of dapperdere ik te worden, waarom zou ik dat willen als ik de literatuur heb om me te vervangen, de romans, ach, de romans, dagdromen zijn het, werelden ontsproten aan de 'fantasie' (hoeveel inkt is er niet vergoten ter ere van de 'fantasie', een deugd die je vrijwel niet aantreft bij mensen van enig belang), en dit of dat personage kan mij voortaan prima vervangen, welja, ik schuif hem gewoon naar voren in mijn plaats, hij redt zich wel, en dan kan ik me drukken. Zo wordt het labiele, onnozele masker van het karakter gekneed en opgezet, van 'mijn' karakter, een hoop banaliteiten bijeengehouden in een chronologische volgorde. Er wordt wel gezegd dat de literatuur het leven uitbreidt, uitvergroot, en dankzij de fantasie het aantal mogelijke levenspaden vermenigvuldigt, alsof ons leven wordt aangevuld met de levens van de romanfiguren over wie we hebben gelezen, tot ze een soort schimmenleger vormen dat tot alles in staat is, dat alles kan vervangen...

De fantasiewerelden worden tevoorschijn getoverd tijdens congressen bedoeld om scholieren zo ver te krijgen dat ze eens een boek lezen.

Maar misschien is het grootste belang van romans, hun fundamentele of wellicht enige bestaansreden, dat er werelden in voortleven die al zijn weggevaagd. Of waarmee dat weldra zal gebeuren. Alleen al om die reden zijn realistische romans te verkiezen boven puur verzonnen verhalen – als die überhaupt bestaan – aangezien de wereld van die laatste categorie nooit bestaan heeft en dus ook niet kan verdwijnen, die is onverwoestbaar, wat misschien qua duurzaamheid wel een voordeel lijkt, maar in feite berooft het de leeservaring daarmee van die hartverscheurende schittering die een verdwijnend universum uitstraalt.

Het ware *wonderbaarlijke* is wat er niet meer is.

Elke grote roman wordt onbegrijpelijk.

En het is die bijkomende onbegrijpelijkheid waardoor we er helemaal in opgaan.

Hoofdstuk v

Wat zullen we nog meer met ze doen?

Niks.

We hebben al alles met ze gedaan wat we konden doen.

Van een varken wordt niks weggegooid.

Ze worden koud.

Ik kan niets meer verzinnen.

Ze zijn nergens meer goed voor.

Ik vind ze afstotelijk.

Afstotelijk waren ze daarvoor ook al.

Nou, dat is niet waar. Ze zien er best leuk uit.

Nu niet meer.

Eerst ook al niet.

We hebben ze niet meegenomen omdat ze zo mooi waren.

Er lopen er duizenden van rond. Het barst in Rome van dit soort meiden.

Daarom zijn ze ook prima, omdat er nog een heleboel dezelfde rondlopen. We zijn nog lang niet klaar. We kunnen het morgen weer opnieuw doen.

Van voren af aan.

Van voren af aan?!

Heb je daar geen zin in?

Ik geloof niet dat ik ze zo heel erg leuk vind.

Wie niet, deze twee?

Vrouwen. Vrouwen in het algemeen.

Nou en, wees blij dat je ze niet zo leuk vindt.

Als we ze leuk vonden, zouden we niet zo met ze omgaan.

We gaan zo met ze om omdat we dat leuk vinden.

Als we ze niet leuk zouden vinden, gingen we ook niet naar ze op zoek...

We gaan niet naar ze op zoek; we jagen op ze.

Wat is het verschil?

Als ik ze zo zie krijg ik zin om ze te wurgen.

Dat heb je vandaag gedaan.

Waarom wil je ze wurgen?

Om ze het zwijgen op te leggen.

Maar ook al zwijgen ze, dan is het nog net alsof ze praten.

Ze klagen. Of ze zijn arrogant. Arrogant en zeurderig.

En dom!

Heel dom.

Allemaal?

Allemaal. Ken jij er soms een die dat niet is?

Hmm... je moeder?

Mijn moeder? Mijn moeder is niet dom, mijn moeder is achterlijk.

Als ze dat zou horen!

Dat hoort ze heus wel. Ik zeg het gewoon, wat denk je dan, ik zeg het haar rechtuit.

Jij bent echt een klootzak, zeg!

Sorry hoor, maar wat zeg jij dan tegen haar?

'Je bent een zielig wijf. Een hoer. Een achterlijke trut.'

Zeg jij tegen je moeder dat ze een hoer is? Dat geloof ik niet.

Dat geloof ik ook niet.

Ja, oké, dat zeg ik ook niet hardop tegen haar. Maar ik maak het haar wel duidelijk, hoor, ik maak haar duidelijk dat ik dat denk.

Dat je wat denkt?

O jee.

Wat is er?

Ik heb een opgeblazen gevoel... En als ik een opgeblazen gevoel heb, sta ik op uitbarsten.

Hoofdstuk VI

Vrijwel alle gezinnen zijn tegenwoordig bourgeois gezinnen geworden, het model heeft zich als een virus verspreid. Zonder dat het werkelijke inkomen ertoe doet is elk gezin nu in de ruimste zin van het woord bourgeois, of eigenlijk is het initiatief op zich om een gezin te stichten, te bestieren en te behouden typisch bourgeois, evenals de eventuele manieren om het te ontbinden.

Hoe dan ook is het puur de duur van de huwelijksband die synoniem is met het welslagen ervan. Als de relatie standhoudt was het een goede keus, als het niet standhoudt was het geen goede keus. Voor het volbrengen van de bijbehorende plichten, wat die dan ook mogen zijn, heeft een huwelijk vele jaren nodig; en verificaties, time-outs en returns, latentieperiodes, gewoontes, seizoenen die zich herhalen, de trage constructie van een verleden, eindeloze variaties op een dierbaar thema, obstakels, ziektes, genezingen – kortom, diachronie. En trouw, niet in de zin van exclusiviteit, maar van volharding. Als iemand toevallig geluk nastreeft zal hij geduld moeten hebben, moeten wachten, niet dat hij in de tussentijd ongelukkig is, dat bedoel ik niet, maar hij kan zich pas na enige tijd bewust worden van zijn geluk, dat wil zeggen, van hoe gelukkig hij wel is geweest. Ongelukkigheid daarentegen kun je meteen verifiëren, die hoef je niet te decanteren: die is er, hier en nu. De tijd verleent met terugwerkende kracht glans aan dingen, terwijl het moment zelf schrijnend veel pijn kan doen. Maar tegenwoordig willen mensen, of nee, eisen mensen dat ze gelukkig zijn, daar hebben we nú recht op, niet op een dag ergens in de toekomst, wanneer we terugkijkend zien...

Geen ander onderwerp dan het gezin kan zoveel venijn ontketenen bij schrijvers, denkers en ideologen: alsof ze er nog een appeltje mee te schillen hebben. Alsof ze door ertegen tekeer te gaan, in algemene zin, wraak nemen op hun eigen familie. De ideologische aanvallen zijn doortrokken van een min of meer verholen autobiografisch tintje. Geen andere thematiek is zo geschikt om het taalgebruik te verzuren: tegen vaders, moeders, echtelieden, broers en zussen en zelfs tegen de kinderen, ja, ook de kinderen; er wordt maar weinig gesproken over de haat van vaders jegens hun kinderen, men geeft liever stem aan de meer voor de hand liggende opstand van kinderen tegen hun vaders, ook al is de mythe van Kronos een heel stuk ouder dan die van Oedipus.

De moderne tijd berust op deze uitstorting van wraakgevoelens en op de legitimering ervan, wanneer het recht om de aangrenzende generatie van kant te maken wordt omgekeerd: ooit waren het de vaders die de onbetwistbare macht hadden over leven en dood van hun kinderen ('Vader het smart ons minder als wij weten/ Dat wij u hiertoe dienen; neem veeleer/ Ons schamel vlees!' zo hebben zij gekreten), maar vanaf de tijd van de revoluties klinkt juist het tegenovergestelde als heilig, en zijn het de kinderen die het recht hebben zich van hun vaders te ontdoen. Maar bovenal is het specifiek het gezin als structuur dat minachting en ironie oproept bij de publicisten. Romanciers, filosofen, psychoanalytici, ze roepen er altijd om het hardst toe op om de abstracte principes en concrete tekortkomingen waarop het gezin stoelt te bespotten, en binnen een paar eeuwen zijn ze erin geslaagd, met de kracht van hun argumenten maar meer nog met de kracht van hun stijl (over het algemeen druipend van wreedheid, ironie, subtiliteit maar vooral rancune), om een duizenden jaren oude lofprijzing van de deugden en sereniteit van het beruchte instituut omver te werpen. De beerput, zogezegd, moest worden opengetrokken, en er is sinds de Romantiek misschien niet één belangrijk boek of verhaal verschenen dat niet klinkt als een heel nauwkeurig *J'accuse*. Het absolute meesterwerk in dat genre is *De gedaanteverwisseling* van Kafka, het verhaal over een jongeman die in een kakkerlak verandert, al zou de gedachte kunnen postvatten dat hij vóór die transformatie ook al een kakkerlak was, alleen al vanwege het feit dat hij in het bedompte nest van een kleinburgerlijk gezin woonde. Het verhaal begint wanneer de metamorfose al heeft plaatsgevonden, maar het proces ernaartoe is blijkbaar al heel lang bezig geweest. Een geniale zet dat Kafka niet schreef wat eraan voorafging en gewoon zo begon, want het is toch al allemaal duidelijk.

We horen met handen en voeten bij onze eigen tijd; ook al wijzen we die af, we zijn er onderdeel van. We zijn het specifieke product, het exclusieve eigendom van een tijd, en die koestert ons zorgvuldig.

In de periode waarin dit verhaal zich afspeelt stond het bourgeois gezin nog overeind, ook al was de campagne om het af te schaffen al een heel eind onderweg. De dood van het gezin werd aangekondigd als onvermijdelijk en gepredikt als terecht. De beste manier om een instituut af te breken is om met objectief veronderstelde indicatoren vast te stellen dat het in vergevorderde staat van crisis verkeert. Een lichaam dat al in verre staat van ontbinding is kan niet worden geconserveerd – tenzij je de verrotting en de stank wilt behouden. In de vorm van sociologische en statistische constateringen worden de processen die men bestudeert versneld. Aangezien de term 'dood' misschien wat melodramatisch zou klinken, en een zweem van verdriet of berouw oproept vanwege het verlies, want niemand wordt graag geconfronteerd met lijken, temeer daar er nog miljoenen van dat soort lijken van gezinnen rondliepen, gebruikte men liever de eufemistische term 'achterhaald'. Voor een historisch-klinische blik was het gezin *achterhaald*. En tegen iets wat achterhaald is valt weinig te doen, het heeft geen zin om je daartegen te verzetten: als je zwart-wittelevisie, je niet-platte scherm, je mobiele telefoon waar je geen foto's mee kunt maken of niks, en je pc met weinig geheugen 'achterhaald' zijn, zit er niets anders op dan ze te vervangen. De oude modellen zullen trouwens snel genoeg van de markt worden gehaald, dus zelfs als iemand het leuk zou vinden om niet met de mode mee te gaan, zou hij ze niet eens meer kunnen krijgen. En laten we wel wezen, er is niets zo irritant en snobistisch als dergelijke koppigheid. Wanneer zich een nieuwigheid aandient met een duidelijk profiel en aanwijsbare auteurs, dan kun je je daar nog tegen verzetten en die bestrijden; maar wanneer de nieuwigheid wordt gepresenteerd als een onpersoonlijke, onafwendbare kracht, dan is het alsof je al in de ban ervan bent, dat wil zeggen, dan heb je de keuze al gemaakt zonder dat je het in de gaten had, of eigenlijk is het zo dat wij dan zijn gekozen, opgeroepen, bevolen. We leven al een hele tijd als slaapwandelaars in een situatie waar nu eindelijk iemand ons de ogen voor opent. We passen ons onontkoombaar aan, aan iets wat ons allemaal als een vloedgolf overspoelt. Als je de afgelopen eeuw als een krantenpagina zou lezen, wemelt die van de rouwadvertenties. 'Tot ons grote verdriet...' of met een nauwelijks verholen zucht van opluchting wordt kond gedaan van: de dood van de literatuur, de dood van de roman, het failliet van de cinema, het opdrogen van de olievoorraden, het verval van normen en waarden, de ondergang van het communisme, het einde van de wereld... Waarom zou dan niet ook het gezin ten dode opgeschreven zijn?

Mijn allereerste tentamen op de universiteit, een paar maanden na het DvdC, ging precies hierover: de kritiek op het gezin. Het was meen ik het vak moraalfilosofie: onder die paraplu werden colleges over de meest uiteenlopende onderwerpen gegeven, van de flowerpower tot het taalgebruik van schizofrenen. Er werd veel onderzoek gedaan naar schizofrenen in die tijd, ze waren zeer geliefd, bijna vereerd: in hun koortsachtige brein huisde een revolutionaire formule. Ik had mijn studieprogramma aangepast en een aantal filosofievakken aan de kant geschoven waarin Plato of Leibniz op het programma stonden, want die hadden we al uitvoerig besproken met frater Gildo en ze leken me weinig actueel vergeleken bij de namen die werden aangekondigd in de cursus moraalfilosofie: stuk voor stuk aanhangers van de zogenaamde antipsychiatriebeweging, die het er allemaal over eens waren dat het ongemakkelijke, verdorven, discriminerende, ziekelijke en improductieve instituut dat het gezin vormde afgeschaft moest worden. Stamvader was de beroemde Ronald Laing, de auteur van *Het verdeelde zelf* en van *Knots*, boeken die ik 's ochtends ging lezen op het gras van de Piazza di Siena in het park Villa Borghese. Ik onderstreepte de tekst aandachtig. Een groot deel van mijn jeugdige belangstelling besteedde ik aan zaken die toen in de mode waren: Zuid-Amerikaanse literatuur, progressieve rock, conceptuele kunst... Jammer genoeg kan ik tegenwoordig geen actuele stromingen meer vinden waarmee ik me kan associëren, wat misschien betekent dat ik mijn interesse in het bestaan aan het verliezen ben. Ik herinner me de fantastische sound van tijdgeest in die boeken alsof het nummers van Pink Floyd waren: bijvoorbeeld Cooper, de legendarische David Cooper, die zich verontschuldigde omdat hij in zijn geschriften van die archaïsche, conservatieve woorden als 'vader' en 'moeder' moest gebruiken. Het idee dat zij de vertegenwoordigers van een onderhuids, machtig repressief apparaat waren. Ouders: nuttige idioten of welwillende beulen. Het verlangen naar moederschap retorisch en leugenachtig; het vaderinstinct autoritair. Of het idee dat gekken verschoppelingen waren die de bourgeoisie (verdomd, daar heb je haar weer!) uit de weg had geruimd door inrichtingen te bouwen en ze daarin op te sluiten, om zich vervolgens ongestoord op haar zaken te kunnen richten. Wie het vergaren van kapitaal in de weg staat wordt geïnterneerd. Wie zijn kont tegen de krib gooit, wordt aan de kant geschoven. Wie de gezinsvrede verstoort wordt opgepakt en opgesloten: dat is wat 'de zorg' inhoudt. Ja, in die tijd heerste het idee dat er alleen naar vrede werd verlangd door de profiteurs, de onderdrukkers, en dat het sowieso iets hypocriets had, een verzoenend masker dat alleen maar werd gedragen om de eigen belangen beter te kunnen behartigen. Ik was principieel tegen die vrede en ik verachtte de vredestichters, of beter gezegd, die beschouwde ik als een stelletje gladjanussen, zoals degenen op het Giulio Cesare die ons bij een vechtpartij uit elkaar haalden met hun verstandige woorden (flikker toch op met je gulden middenweg, een van die jongens is minister geworden en ik sta hier nog steeds aan gedetineerden uit te leggen wat het lijdend voorwerp en het handelend voorwerp oftewel de agens is... grappig hè? De *agens*, 'de dief is gevangengenomen *door de politie*'...).

Gezinnen waren verderfelijke organismen, pasgeboren kinderen werden opgezadeld met de naam van een dode. Een last die je moest meezeulen. Bij het doopsel werden een levende en een dode met elkaar verbonden – net zoals de nazi's deden voordat ze de joden in de Donau gooiden, en het ijzerdraad was dan de familietraditie... die kon ook de pot op, als ze die traditie hadden willen respecteren, had ik nu Gervaso geheten! Maar goed dat mijn ouders enige clementie toonden, maar goed dat de mensen in het albinogeslacht waar ik van afstam zo onzeker waren over hun karma dat ze zelf een andere voornaam kozen, een neef van mijn opa was bij het bevolkingsregister ingeschreven als Mario (een heel normale naam toch?) maar wilde voortaan Luigi genoemd worden, waarom in vredesnaam?!

Bij je geboorte al aan een dode gekoppeld worden. Vervolgens hebben de ouders tijdens de opvoeding honderd keer liever een volgzame zombie dan een levendig kind: een in wezen doods kind krijgt alle lof toegezwaaid, het levendige wordt in de hoek gezet. 'Er bestaan geen stoute kinderen... sommige kinderen zijn gewoon niet lekker!' zo luidde de reclameslogan van een laxeertablet 'met een zoete pruimensmaak'. Stoutheid als moreel concept was om te lachen, en het tegenovergestelde daarvan, de braafheid, werd al helemaal bespot. De stouterds werden verheerlijkt. Gerehabiliteerd. Openlijk geprezen. Toen ik jong was zijn er een heleboel dingen gebeurd, met mij en met iedereen. Dingen om te ervaren, of om in te geloven, of om tegen te strijden.

Zoals in elk revolutionair tijdperk werd de lof der schanddaad bezongen.

Bij dat eerste tentamen leerde ik een jongen kennen die het tentamen cum laude had gehaald. Ons gesprek begon met mijn banale vraag: 'Studeer je filosofie?' en eindigde kort daarna.

'Ja, maar ik ben slechts zijdelings geïnteresseerd in de filosofie. Ik wil eigenlijk psychiater worden, al staat die term me tegen.'

'Welke term?'

'Psychiater.'

'Hoezo, hoe noem jij het dan?'

'Ik geef het geen naam. Als je dingen of individuen een naam geeft, doe je ze geweld aan.'

'Doe je ze... *geweld aan*?!'

Het duurzame succes van het gezin is vooral te danken aan het feit dat er geen goede alternatieven zijn. Net als het puzzelblad *Settimana Enigmistica* is het talloze keren geïmiteerd, maar ondanks alles blijft het beter overeind dan de rest, dat wil zeggen dan surrogaten, parodieën of toepassingen op een andere schaal van dezelfde principes met alle voor- en nadelen van dien. Als het gezin wordt afgeschaft, zullen de problemen nog steeds onverminderd de kop opsteken, en vaak zonder ook maar van de voordelen te kunnen profiteren, of anders de nieuwe door de afschaffing ontstane problemen. De verbeeldingskracht van filosofen en politici, van radicale hervormers en abolitionisten heeft in de gunstigste gevallen geleid tot een collectivisering – in eerste instantie misschien vreugdevol maar later onveranderlijk geforceerd en onnatuurlijk – van de functies die van oudsher door het echtpaar werden vervuld: liefde, seks, verantwoordelijkheid voor en opvoeding van de kinderen, het doorgeven van vaardigheden, enzovoort.

De wereld van de gegoede burgerij is altijd een microkosmos, en vertegenwoordigt dus de hele kosmos. En daar komt dan mijn wijk om de hoek kijken, het Quartiere Trieste, het QT, een universum in miniatuur: homogeen, egaal, zonder uitsteeksels, zonder spelonken om in te schuilen want het is zelf een schuilplaats: en hoe kun je je verstoppen *als je al op een verstopplek zit*? Hoe kun je je van de anderen losmaken als die samen met jou zitten weggedoken? In het halfduister waar de dingen niet onzichtbaar maar ook niet echt zichtbaar zijn...

Het is het syndroom van mensen die zich een gevangene van hun eigen lijfwachten voelen: ze moeten hem beschermen, maar eigenlijk belegeren ze hem. Hoe vaak heb ik vrouwen niet horen klagen over de aanwezigheid in huis van hun huishoudelijke hulp! 'Ik doe het nog honderd keer liever zelf dan dat zij me steeds voor de voeten loopt!' terwijl ze het misschien tweeënhalve dag zonder haar zouden uithouden, vandaar dus dat ze inderdaad een zucht van verlichting slaken zodra de hulp de deur uit gaat op haar vrije dag, maar net zo goed wanneer ze 's avonds weer de sleutel in het slot horen.

Ze voelen zich óf plotseling in de steek gelaten, óf plotseling gestoord.

Ook in het QT was iedereen geobsedeerd door veiligheid. Men had er alles aan gedaan om zich te verzekeren van een rustig, kalm leventje, welke opwindende nieuwigheden men zich daarvoor ook moest ontzeggen. Het bestaan was zorgvuldig gepolijst, ontdaan van alle oneffenheden die zowel voor problemen als voor vreugde konden zorgen – weg, alles gladstrijken. De gebeden waren verhoord. Toen ik werd geboren, was de oorlog elf jaar voorbij. De mensen wilden onder geen beding terugvallen in de ontberingen en ongemakken van die armoedige, gevaarlijke tijden. De wijk had zich een bepaald imago van welstand aangemeten en ademde een sfeer van welzijn; in de *palazzine* rondom Parco Nemorense, de *villini* aan de Via Arno en de Via Reno en in de grote woongebouwen aan de Viale Eritrea was de aanvoer voelbaar van vers geld dat het statige omhulsel volpompte met het benodigde element om werkelijk respectabel te worden. Ja, want eerlijkheid, een goede naam, beschaafdheid en werk tellen allemaal tot op zekere hoogte, maar vanaf die hoogte is er geld nodig. En daaraan was eindelijk geen gebrek meer, net zomin als aan ham op tafel en kroonluchters en een tv voor de imitatieleren fauteuils, popelend om te worden vervangen door een kleurentoestel, een enkeling had er zelfs al een en die kon genieten van de weergaloze 'testuitzendingen', 's ochtends en 's middags. Ik ging speciaal om die te zien naar het huis van degene die nu mijn boekhouder is, Riccardo Modiano, samen met Lodoli, Barnetta, Pilu, Puca en Rummo, om drie uur zaten we voor de grote, zwarte Philco-tv...

In 1975 begint de Rai met regelmatige testuitzendingen in kleur, met een speciale programmering, die twee keer per dag werden uitgezonden op vaste tijdstippen, van 10.00-11.00 uur en van 15.00-16.00 uur. En dat jarenlang. Onbedoeld zijn die testuitzendingen deel gaan uitmaken van onze televisiegeschiedenis; het is eigenlijk ongelooflijk dat zo'n programma, dat puur bedoeld was om met de techniek te experimenteren, met een verontrustende vrouwenstem buiten beeld die met vaste tussenpozen 'testuitzending' herhaalde, zo'n enorm succes heeft kunnen oogsten, en dan vooral bij degenen die toen jong waren. De opzet van die experimenten was als volgt: na een paar minuten met een beeld van gekleurde verticale strepen en een constant hoog piepgeluid, begon het eerste gedeelte, dat bestond uit een opeenvolging van stilstaande beelden. Op de warme klanken van de Sonate voor violen nr. 3 in D-majeur van Gioacchino Rossini verschenen de volgende beelden:

- *elegante blonde vrouw in een jarenzestigkeuken;*
- *kind te midden van zijn speelgoed, met een indianentooi op;*
- *een anthurium met een rode bloem en een groen blad;*
- *brunette die zich opmaakt, met lippenstift en parfumflesje duidelijk in beeld;*
- *meisje met tennisracket en bal, gezien vanaf de andere kant van het net.*

Na het eerste gedeelte volgden enige minuten met het nieuwe testbeeld in kleur, daarna begon het tweede gedeelte dat bestond uit een reeks bewegende beelden:

- *een vrouw die boodschappen heeft gedaan en gaat koken, in een gezellige huiselijke sfeer begeleid door een verfijnd, ontspannend muziekje;*
- *atelier waar schilders met verschillende technieken werken: aquarel, olieverf, collage, houtskool. De muzikale omlijsting is het Adagio van het Concert in re mineur voor hobo en orkest op. 9 nr. 2 van Albinoni;*
- *een stoffenverkoper die aan twee prachtige meisjes, een met lang blond haar, de ander met oosterse trekken en een pagekopje, een hele serie satijnen coupons laat zien. Ook in dit geval is de muzikale omlijsting van een zeldzame schoonheid: de Nocturne in mi bémol majeur op. 9 nr. 2 van Frédéric Chopin;*
- *hetzelfde oosterse meisje wandelt in een park in Rome en bewondert de veelkleurige bloemen. Soundtrack: de aangrijpende dialoog tussen Engelse hoorn en dwarsfluit uit de Ouverture van* Guillaume Tell *van Gioacchino Rossini;*
- *opname in de dierentuin van Rome, op de klanken van de Ouverture van* De stelende ekster *van Gioacchino Rossini.*

Na weer een kort intermezzo met het testbeeld van Philips kwam tot besluit het derde gedeelte van de testuitzending, waarin dezelfde beelden als in het eerste gedeelte werden herhaald, maar dan met barokmuziek op de achtergrond. Er waren heel wat mensen in die tijd die de testuitzendingen dagelijks volgden, sommigen keken zelfs twee keer per dag en namen de soundtrack op. Het groeiende verlangen naar kleur, de opwinding over een ophanden zijnde hightech toekomst, de prachtige muziek, de bekoorlijke beelden, de details met het mooiste kleureneffect vakkundig benadrukt in de beelden en de voortdurende verwondering van de vele kijkers die nog een zwart-wittelevisie hadden vormen de verklaring waarom die testuitzendingen zo in de smaak vielen.

Het zou een lage streek zijn, als van een scenarist die de scènes in de montage parallel laat lopen, om te zeggen dat wij daar in vervoering naar fleurige bloemen zaten te kijken terwijl er een paar honderd meter verderop verkrachtingen plaatsvonden en moorden werden beraamd, door mensen die we 's ochtends nog op school hadden gezien, of met wie we ons hadden staan verdringen voor een stuk pizza.

Die obsessie met veiligheid. Juist nu we het achter de rug hebben, de ellende en de ontberingen (want het gevoel dat in die tijd in het QT overheerste was dat we aan de economische malaise waren ontsnapt, wat nou rijk en meedogenloos, er woonden daar voor het merendeel mensen die pas sinds een paar jaar de broekriem wat losser konden maken, wat geld opzij konden leggen, zich eindelijk veilig konden voelen), juist nu vallen we weer terug, of nee, niet terug, want dit soort dreiging was nooit eerder voorgekomen.

Hoofdstuk VII

Wat het bourgeois universum zijn exclusieve waarde verleent is alleen maar een toverspreuk, waarvan het effect zomaar kan verdwijnen, heel plotseling, zoals het waas voor je ogen optrekt wanneer je het tegengif inneemt en je blik ineens meedogenloos helder wordt. Neem bijvoorbeeld de Via Archimede, de Via Vigna Clara of de Via Vigna Stelluti: een aaneenrijging van 'voorname' appartementencomplexen waar niets voornaams aan is behalve dat wat ze verkrijgen door de classificering in zones die makelaarskantoren hanteren; onroerend goed dat als 'prestigieus' wordt omschreven maar in werkelijkheid geen enkel prestige uitstraalt, luxueuze residenties waaraan het enige luxueuze is dat de vertrekken wat groter zijn dan die van een arbeiderswoning... Zo kan het universum van de middenklasse ineens worden gezien, wanneer er een scheur ontstaat in de sluier van het verbale decorum, door de troosteloze blik van iemand die het zou willen ontvluchten, en er zelfs van begint te dromen dat hij zou willen ruilen met degenen die hem benijden, om een paar treetjes af te dalen, alleen om... alleen om... Maar daarvoor ontbreken hem de energie, en de moed, en de werkelijke drang.

Niks ervan! Niet eens voor de grap mag je doen alsof je arm bent.

Niets maakt het gezinshoofd zo razend als een zoon die erbij loopt als een zwerver, zo'n uitdossing van neparmoede is ten eerste vol-kómen smakeloos en het brengt ook nog eens ongeluk omdat het verwijst naar een eventuele rampzalige verdrijving uit de Hof van Eden, iets wat helaas niet volledig valt uit te sluiten als het familiebedrijf ineens bergafwaarts zou gaan. Zelfs Eva, de naakte zondares, huilt van teleurstelling wanneer ze het aardse paradijs moet verlaten, als een dame die wordt gedwongen haar fraaie appartement vaarwel te zeggen, ze streelt nog een laatste keer de planten en de bloemen op de ruime balkons met uitzicht, het penthouse onder de prijs verkocht om de schulden af te kunnen betalen.

Wanneer we de sociale ladder beklimmen merken we hoe snel je gewend raakt aan luxe en comfort, en hoe onverdraaglijk het dan is, bijna onmenselijk, om die te moeten opgeven. Er werken onbedwingbare krachten in op onze zintuigen en ze veranderen die juist door de gewenning: als je een paar maanden op een ergonomisch matras hebt geslapen of in een Mercedes hebt gereden, voelt ieder ander oppervlak waar je rug op steunt hard als steen. Terwijl de toename van welzijn als natuurlijk wordt ervaren, en men zich er soms niet eens meer van bewust is, wordt het tegenovergestelde ervaren als een straf, letterlijk als een vernedering.

Wie armlastig is geweest en dat nu gelukkig niet meer is, zal de rest van zijn leven bang zijn om opnieuw in armoede te vervallen. Het is een soort terugkerende nachtmerrie, en als het geen echte angst is, dan neemt het wel de vorm aan van een doffe, impliciete dreiging vanuit de meest uiteenlopende hoeken: de staat, de regering, de beurs, de banken, inbrekers, oplichters, de Chinezen, verkwistende familieleden en lummelende kinderen...

Ook al was de echte armoede in het QT uitgeroeid ten tijde van dit verhaal, net als de pokken en polio, er resteerde nog wel een soort genetisch spoor van, latent aanwezig maar klaar om actief te worden en de angst weer aan te wakkeren dat de armoede erger en akeliger dan ooit zou terugkeren. Opgelapte kleren dragen, in een ijskoud huis wonen, of helemaal geen huis hebben...

In het QT kwam het zelden voor dat je mensen tegenkwam die zo diep waren gezakt, maar om daar voorbeelden van te vinden hoefde je maar een wandelingetje te maken naar bijvoorbeeld de Via di Pietralata (op minder dan een kilometer van mijn huis), waar toen nog allemaal krotten stonden. Ook al kwam je in de privésfeer geen armoede tegen, in de collectieve ruimte was die altijd onaangenaam dichtbij. De bewoners van het QT hadden drie manieren om daarmee om te gaan: medelijden met de armen tonen en hen helpen, op hen neerkijken of hen negeren. Oftewel: liefdadigheid (over het algemeen op katholieke leest), arrogantie of onverschilligheid. U mag raden welke optie het meest werd toegepast.

Het echt grote gevaar was dus niet schande, maar armoede, die op zich al schandelijk was; niet het verlies van je goede naam maar het verlies van je welgesteldheid. De grootste gruwel: arm zijn, het opnieuw worden voor wie het al geweest was, het worden voor wie het nog nooit geweest was. Maar in de tijd dat dit verhaal zich afspeelt was het, ondanks de oliecrisis en het instorten van de wereldeconomie en de politieke strijd in Italië die bloedig begon te worden, een tamelijk zeldzame mogelijkheid, het kwam nauwelijks voor dat een middenklassengezin in het maatschappelijke monopolyspel terug naar Start werd gestuurd, een lot dat tegenwoordig de Europese middenklasse in haar totaliteit boven het hoofd hangt. De angst om onder de armoedegrens of zelfs onder het bestaansniveau te zakken was destijds niet meer dan een boze droom, een bizarre obsessie, terwijl die voor de huidige generaties wel degelijk met de dag concreter wordt. Een kwarteeuw voor het einde van het millennium leefden Italië en Europa en het Westen – ook al werden ze gekweld door terugkerende crisisperiodes van, naar later zou blijken, bescheiden omvang – nog steeds op de naoorlogse expansieve golf, door de loonindexering bleef de koopkracht op peil en er zou nog een dikke twintig jaar volgen van rijkdom en verkwisting, van roekeloze welstand, met speculatiebubbels die soms hier en daar uit elkaar spatten... Maar het was niet het verval waarin we nu verkeren.

De middenklasse, die zich graag laat voorstaan op haar nuchterheid en volwassen kijk op het leven, bedaard, bescheiden, wars van uitspattingen, heeft in werkelijkheid een nogal kinderlijk, puberaal trekje, nors, prikkelbaar, naïef, namelijk dat ze de regels die ze zichzelf heeft opgelegd in twijfel trekt. Het is helemaal niet waar dat ze altijd zo gehoorzaam is. Zeker, aan de ene kant heeft de middenklasse een krampachtige behoefte aan veiligheid, maar aan de andere kant doet ze al het mogelijke om zich te onttrekken aan de orde die haar zo geruststelt. De onvoorwaardelijke adhesie aan het model vereist, als een soort geldigheidstest van systeem waar men voor heeft gekozen, dat het herhaaldelijk op de proef wordt gesteld, zoals je met je knokkels op een voorwerp tikt om te kijken of het stevig genoeg is voordat je tot aankoop overgaat. Als het voorwerp de kracht van onze proef doorstaat, zijn we gerustgesteld; net zoals pubers zich ook pas echt gerustgesteld voelen wanneer volwassenen ferm op hun provocerende gedrag reageren. De orde die in twijfel wordt getrokken moet hoe dan ook worden afgebroken en vervolgens op een andere manier weer opgebouwd, ter bekrachtiging van de eigen persoonlijkheid en om de eigen onafhankelijkheid te bewijzen. Vaak zal die reconstructie na afloop van de hele procedure vrijwel identiek blijken te zijn aan de voorheen betwiste orde, maar waar het om gaat is dat die orde in elk geval voor even is omgezet in wanorde. Zich conformeren en niet gehoorzamen, zich conformeren en zich onderscheiden, zich voegen en protesteren, gehoorzamen en zich verzetten, het is een onophoudelijke beweging zoals het hart dat maar blijft pompen, totdat het bloed stopt en de tegenstelling ophoudt. 'Een gewelddadige orde is wanorde,' beaamt de dichter, en 'een grote wanorde is ook een orde'. Dat onophoudelijke hervormen doet denken aan kunststromingen, hoe iemands stijl een originele kruising is tussen traditie en afstappen van de traditie. Het kan niet het een of het ander zijn, het is noodgedwongen allebei.

Het is overigens een feit dat eenieder die als beschaafd en vriendelijk bekendstaat, in staat kan blijken tot gedragingen die precies hetzelfde zijn als die van zijn verre voorouders, namelijk vijandig en wreed.

Je kunt de saaie sleur en de lange duur van studie, werk en huishouden afwijzen en op zoek gaan naar een snellere manier om 'in één klap' de resultaten van die tijdrovende procedures te verwerven: om dus geld, seks, een gerieflijk leven en aanzien te krijgen. Wat de weldenkende mens er ook van zegt, hoezeer die het ook afkeurt, de misdaad is enorm bevorderend voor je maatschappelijk aanzien, en voor dat doel wordt die dan ook beoefend: om respect te krijgen. Macht en rijkdom genereren respect; kracht genereert respect; geweld, uitgeoefend of als dreiging, dwingt respect af, want respect is een sentiment dat in wezen niet veel verschilt van eerbiedige vrees, dat in elk geval tot een bepaalde afstand dwingt. *Inboezemen*: afdwingen, doordrukken, erop hameren, met geweld forceren...

De aartsvijanden van het gezin zijn: op de eerste plaats tandsteen (een aanwezige dreiging, als barbaren die aan de grenzen van het rijk staan), dus cariës en een slechte adem, zweetplekken, de stinkende voeten en gympen van pubers, roos, overtollig lichaamshaar – zeg maar het uitschot, de restsnippers van de intieme delen, het afval van de onophoudelijke arbeid van het lichaam, details waarvan reclameboodschappen voortdurend benadrukken hoe walgelijk ze zijn, om de gezinsleden te waarschuwen zodra ze hun neus buiten de deur steken.

O wee als die details niet meteen worden rechtgezet met een van de correctiemiddelen die er te koop zijn.

Hoofdstuk VIII

Heb je zin in een ijsje?

Een ijsje?

Ja, een hoorntje.

Nee, ik hoef niet.

Wil je liever een bakje?

Ja, kom op, dat wil je wel.

Van mij hoeft het niet, maar oké, als jullie dat zo graag willen gaan we een ijsje halen.

Mij maakt het niet uit.

En waar?

Gewoon dezelfde plek.

En dat is?

Gewoon. Gewoon dezelfde plek. Waar we altijd ijs halen.

Ja, dat snap ik, maar welke dan?

Die op het plein.

Ja, die op het plein.

O, die.

Heb je nu nog steeds zin in een ijsje?

Ik? Ik hoefde er sowieso geen. Dat zei ik toch?

En dus...

We gaan toch gewoon.

Ik heb een opgeblazen gevoel. En als ik een opgeblazen gevoel heb, sta ik op uitbarsten.

Hoofdstuk IX

Gezinnen, ik haat jullie. Ach ja, beste lezer, als u dit onderwerp beu bent, ga dan maar alvast door naar het volgende, het hoofdstuk waar alles om draait. Ik snap het best, ik vergeef het u en ik hoop dat u het mij ook wilt vergeven. Ik ben zelfs een beetje jaloers op u. Alleen ook wel jammer, want misschien zou het toch wel de moeite waard zijn geweest om nog een paar extra gedachtesprongen te maken (die overigens niet uit mijn eigen koker komen, ik heb in dit boek alleen de gist toegevoegd). Maar u kunt deze pagina's natuurlijk ook bewaren voor later, en er op een later moment, als u het boek uit hebt, op terugkomen, of toch doorgaan, doorgaan, en als u zich verveelt, als u het niets vindt, u een beetje laten kwellen.

Het is een probleem dat geen stem heeft. Het heeft geen gestalte, geen vorm. Er heerst iets onnoemelijk slechts in de kern van het gezinsleven, een geheim dat niet per se onbetamelijke of stuitende details hoeft te bevatten (misbruikte kinderen, mishandelde moeders, twijfelachtige vaderschappen, gestolen erfenissen, vreselijke leugens...), want het is juist die dagelijkse gang van zaken, al is die heerlijk kalm, die het raadsel vormt. Kalmte is niet minder ondoorgrondelijk dan een gruweldaad, integendeel, misschien juist meer. Een gruweldaad kan naar de oppervlakte komen en tot uitbarsting komen waardoor er een bekentenis of een beschuldiging volgt, of een wraakactie, maar de kalmte vormt juist zelf dat rustige oppervlak, licht deinend... Hoe kan dat ooit uit zichzelf tot uitbarsting komen?

Er is geen ontkomen aan de huiselijke kalmte.

De slachtoffers van de kalmte vertonen zeer kenmerkende verschijnselen. Lusteloosheid, weinig levenslust, een onrust die nergens op gericht is, zwaarmoedigheid die zelden op een echte crisis uitdraait, maar trouwens ook gelukzaligheid, tevredenheid en sereniteit, wat zeggen die nou eigenlijk, en tegen wie? Wie zit er te wachten op zo'n ongrijpbaar verhaal, wie zal er iets van begrijpen, en wie zal er als hij het al begrijpt niet zo'n diepe afgunst voelen dat die omslaat in haat of in minachting (alsof iemand die zich sereen voelt dat alleen maar is omdat hij snel tevreden is, omdat hij de vredigheid op een koopje heeft kunnen krijgen)? Of, andersom geredeneerd, als het al zo is dat hij diezelfde gelukzaligheid ervaart, waarom zou hij dan aandacht moeten schenken aan datgene wat hij al heeft?

Het is helemaal niet waar dat het geluk hetzelfde is bij alle gelukkige gezinnen, zoals de openingszin van de beroemde roman luidt: misschien komt dat gevoel van uniformiteit doordat dergelijke situaties, die in werkelijkheid allemaal van elkaar verschillen, zoveel desinteresse wekken dat ze uiteindelijk allemaal hetzelfde lijken.

Van mijn leeftijdgenoten ken ik bijna niemand wiens jeugdherinneringen geen depressieve moeder bevatten, ten prooi aan een onverklaarbare migraine, onderworpen aan slaapkuren of andere behandelingen, een moeder die niet uit bed wil komen of niet haar kamer wil verlaten tijdens de lange, donkere wintermiddagen. Een moeder met een welgevormde buste, diep zuchtend alsof ze opium inhaleert, terwijl er dampkringels opstijgen van de theekopjes die ze in de woonkamer nuttigt met haar schoonmoeder of vriendinnen die zijn langsgekomen. Als je hun fotoalbum doorbladert stralen die vaak beeldschone, elegante jongedames een onbedwingbare droefheid uit, met hun opgemaakte ogen staren ze naar de grijze zee, of naar het silhouet van de Alpen, mooie momenten die echter statisch overkomen, te smartelijk, bijna pijnlijk eigenlijk, ook al zijn de foto's genomen op vakantie, en heus niet in de oorlog. Hun kapsels lijken op elkaar.

Aan welk publiek kun je laten zien hoe mooi je zilverwerk blinkt, wie zal het opvallen dat er geen stof ligt op dressoirs en schappen? Vroeger waren dat de grote scharen verwanten als tantes, oma's, nichten, van wie tegenwoordig zowel het aantal als de toeloop is afgenomen, hun oordeel is steeds minder dwingend geworden, en veel gasten zouden diep in hun hart niets liever willen dan ook die laatste verplichte bezoekjes af te schaffen. Kerst, verjaardagen, communiefeesten en vormsels. Wie doet er nog het vormsel tegenwoordig? En wat is het resultaat? Dat het zilverwerk weggestopt blijft in een oude koffer ergens in een berghok, als gestolen waar (wat het in zekere zin ook is...), de meubels vol vette vingers, slecht gestreken overhemden, plastic bestek, de kinderen zijn halve wilden en de mensen zijn gefrustreerder dan ooit, vooral de vrouwen, want dat restant aan huishoudelijke taken dat nog moet worden uitgevoerd naast het werk buitenshuis, dat ze hebben veroverd als een recht in plaats van dat ze het hebben afgewezen als een straf, zal hoe dan ook op hen neerkomen.

In gezinnen waar de moeder niets anders deed dan voor de kinderen zorgen, viel zij zodra die wat groter werden zowel emotioneel als praktisch in een zwart gat. Waar moest ze zich nu aan wijden? De beste manier om haar bezig te blijven houden is dus om haar ongenoegen te bezorgen, haar 's nachts wakker te laten liggen, haar veel verdriet te doen. Net als lastige kinderen hebben ook de daders van het misdrijf dat werd gepleegd in een villa op een rotskust hun families een hoop kopzorgen bezorgd, vanaf de leeftijd waarop je daar normaal gesproken al mee bent opgehouden. De moeder die de villa gaat schoonmaken na de martelingen, zoals na afloop van een verjaarspartijtje, de vader van een van de anderen die cipiers omkoopt. Serieus, die ouders hebben heel wat extra tijd gemaakt en konden de rest van hun leven voor hun kroost blijven zorgen: zakgeld geven en facturen betalen, bankrekeningen openen, functionarissen omkopen, experts inhuren, documenten produceren, bezorgd naar het buitenland bellen, net als ouders die hun kinderen 's zomers naar Oxford sturen voor een taalcursus Engels.

Hoe kon je vooruitkomen in de wereld? De beste manier was om naar de instructies van je ouders te luisteren: zij hadden de juiste recepten. Die hoefde je maar toe te passen. Maar toen begon het allemaal steeds sneller te gaan in de wereld. Langzaam maar zeker werd hun competentie twijfelachtig, hun ervaringen en voorkeuren gingen niet met de tijd mee. Hun kinderen kampten, ook als ze gehoorzaam waren, met de vraag of ze de inmiddels vrijwel niet meer bruikbare (technische en morele) ideeën die ze door hun ouders kregen aangereikt moesten aannemen, of de recentere ideeën die openlijk tegenstrijdig waren met de eerste. Van hun kant beseften alerte ouders tot hun ongenoegen dat hun kennis aan betekenis had ingeboet: ook al klonk een deel daarvan op de keper beschouwd nog juist, je kon ze met goed fatsoen niet meer aan je kinderen doorgeven. Alsof je ze een aardrijkskundeproefwerk laat leren met een atlas waarin nog de grenzen staan aangegeven van 1989, van 1939 of van 1914. Alle ouders werden ineens negentiende-eeuws. Ze werden met een harde duw teruggeworpen in de tijd, in de armen van hun grootouders. Zo bevonden (en bevinden) ze zich in de positie van een immigrant wiens kinderen de taal en de gebruiken van het land waar ze wonen veel beter kennen. Ze werden chronische buitenstaanders, die hooguit een meewarig lachje konden krijgen. Het gevolg is dat een goede ouder, op tragische, absurde en tegelijkertijd hartverscheurend liefdevolle wijze, moet afzien van het doorgeven van zijn idealen en gedragingen (waarop hij zijn hele leven heeft gebaseerd) om te voorkomen dat zijn kinderen ook buitenstaanders worden. Zijn ideeën blijven alleen voor hemzelf gelden, hij zal ze tot zijn dood blijven koesteren, maar hij kan ze niet openlijk belijden of overbrengen. Van ouders wordt kortom vereist, als ze goede ouders willen zijn, dat ze zich niet langer als ouders gedragen. Het zij zo, als mijn gezond verstand en mijn vaderlijke liefde daarom vragen, dan zal ik ermee stoppen mijn lessen te geven over een materie waar ik niet meer zoveel verstand van heb: het leven. Dat denkt de goede ouder, die zich inmiddels zo klein heeft gemaakt dat hij bijna aan de horizon verdwijnt. Maar let wel, zwakke ouders moeten niet worden geïnterpreteerd als onbeduidende ouders, want het zijn juist de zwakheden van de anderen, naast die van onszelf, die altijd bepalend blijken in het leven. Terwijl de kinderen eerst waren onderworpen aan de kracht, zijn ze nu afhankelijk van de zwakte. Een leiband van zijde is even lastig te verbreken als een leiband van staal. Vanaf de periode waarin zich dit verhaal afspeelt begon zich een onverbiddelijke wet af te tekenen, die de nieuwe verhouding tussen ouders en kinderen bepaalde: minder prestige = meer genegenheid. Minder autoriteit = meer liefde. Talloze vaders en moeders moeten hebben gedacht: nou, oké, als ik toch niet geloofd of gevreesd of gerespecteerd kan worden, moet ik maar zorgen dat ik in elk geval word bemind. Ik zal niets doen dat de liefde die mijn kinderen voor me koesteren op het spel kan zetten. Laat ik mezelf als voorbeeld nemen. Veel, ik zou zeggen vrijwel alle fouten die ik tijdens de opvoeding van mijn kinderen heb gemaakt, zijn te wijten aan die krampachtige, wat laffe behoefte aan genegenheid, aan het feit dat ik mijn onaangename plichten als ouder verzaakte om me te verzekeren van de erkentelijkheid, welwillendheid en sympathie van mijn kinderen. 'Ik ben in wezen wel een goede vader... Het bewijs is dat ze van me houden.' De vader dus als een soort toegeeflijke opa, of een begripvolle oudere broer, want in feite onverantwoordelijke.

De verhouding tussen generaties veranderde van een systeem van wederzijdse rechten en plichten in een sentimenteel chantagespel.

Mijn generatie zat ertussenin: aan de ene kant een tanende maar nog altijd autoritaire invloed van de ouders, geenszins van plan iets van hun bevoegdheden af te staan, en aan de andere kant de groeiende invloed uitgeoefend door de mode, de markt van voorkeuren en gedragingen, het consumeren als enige manier om in contact te komen met de wereld. Misschien waren wij in die overgangsperiode wat vrijer, omdat de nieuwe goden zich nog niet stevig hadden geïnstalleerd op de leeggekomen tronen van de gevluchte goden – of misschien waren wij de slaven van twee bazen en niet van maar één, zoals de generatie voor ons, die nog geheel was onderworpen aan de familie, en zoals de generatie na ons, geheel onder het juk van het marktmechanisme. Wij hadden geen erkende autoriteit of we waren dubbel geknecht. Dat is precies waar dit boek over gaat, om de cruciale vraag: hoe vrij waren wij? En vrij *van wat*? Vrij *om wat te doen*? Velen van ons hebben nog de restanten meegemaakt van het ouderwetse familietoezicht, vermengd met of afgewisseld met een toegeeflijkheid die nog het resultaat was van duidelijke overtuigingen van de ouders en niet te wijten was aan pure uitputting, het opraken van hun geestelijke energie of bekrompen gewoontes. Als je vandaag de dag modern en open wilt zijn naar je de kinderen, hoef je ze alleen maar hun gang te laten gaan en klaar ben je. Wat ik wil zeggen is dat in die tijd de vrijheid nog een prijs had, en geen restmateriaal was, geen neveneffect. De vrijheid werd veroverd door er hard aan te trekken, of werd toegekend met pionierende openingen, door hervormers die trots waren dat ze de verandering in gang hadden gezet. Dus of de ouders het nu koppig bij het oude wilden houden of juist meer vrijheid wilden introduceren in het gezin, ze moesten een bewuste investering doen en er heel wat overtuigingskracht bij gebruiken. Er bestond geen enkele vastomlijnde tendens waarop ze konden bouwen. De pijlen van de moraal schoten alle kanten op – als een windroos. Tegenwoordig daarentegen is de vrijheid te vergelijken met zo'n breed strand aan de Atlantische Oceaan, bij eb, wanneer het zand vol ligt met rommel, en jij die vlakte voor je ziet liggen zonder dat je er iets voor hebt gedaan, en je er ook niets tegen zult kunnen doen wanneer de zee hem weer komt opeisen.

Een autoriteit die niet arbitrair en repressief wil zijn, moet gebaseerd zijn op redelijkheid en genegenheid, maar daarmee wordt wel het hele principe van autoriteit onderuitgehaald.

Het op zich logische idee dat redelijkheid automatisch leidt tot consensus en instemming van iedereen is tamelijk naïef.

Mijn generatie dreef de spot met het woord en het concept gehoorzaamheid.

Gehoorzamen was iets voor sukkels, lafbekken, zielenpieten.

Wat eeuwenlang als een waardevolle deugd was beschouwd, en nog steeds zo werd voorgesteld, was voor ons een vernederende praktijk.

We walgden ervan dat we vroeg of laat in militaire dienst zouden moeten.

Daar, in de kazerne, zouden we gedwongen zijn om te gehóórzamen.

Nutteloze opdrachten en bevelen, zoals het verplaatsen van zandzakken van de ene naar de andere kant van de binnenplaats, maakten het concept duidelijk.

Er was niets onrechtvaardiger dan een bevel.

Elk gebiedend woord verdiende een weerwoord.

We vereerden en aanbaden mensen die in opstand kwamen: rebellen, revolutionairen, anarchisten, dienstweigeraars, bandieten, *cangaceiros*, mensen die niet door de knieën gaan en niet het hoofd buigen.

Maar wij bogen het wel.

Wij gehoorzaamden.

Wij gehoorzaamden, op school, thuis, de zaterdag met vrienden, maar ook de ongeschreven regels, die daarom niet minder dwingend waren.

Ik, die mezelf beschouw als een onafhankelijk type en daar onzinnig trots op ben, heb eerlijk gezegd mijn hele leven niets anders gedaan dan gehoorzamen aan de regels die als een onzichtbaar maar sterk spinnenweb om me heen werden gesponnen, sterker nog, op sommige momenten greep ik me eraan vast, zoals je je vastklemt aan een vangnet, of misschien was ik zelf de spin die ze spon, die regels, ik maakte ze en liep eroverheen, ze beschermden me, als ik ze in acht nam, en als ik ze had kapotgescheurd was ik de diepte in gestort.

Maar wat keken we intussen neer op die gehoorzamende meute! Soldaten, monniken, ambtenaren, lakeien, slaven (die in werkelijkheid bijna altijd ongehoorzaam zijn).

Een kort bibliografisch onderzoekje leert dat de term 'gehoorzaamheid' uitsluitend voorkomt in religieuze publicaties. Men gehoorzaamt, of beter gezegd men dient te gehoorzamen, aan God, en aan de autoriteiten die hem op aarde vertegenwoordigen. De Kerk is het laatste aardse bolwerk dat nog serieus gehoorzaamheid durft te eisen.

De bourgeois opvoeding bestond niet zozeer in het gehoorzamen aan anderen, als wel aan jezelf, aan regels die je jezelf oplegt. Die leer je weliswaar in het gezin waarin je opgroeit, maar daarna blijf je ze in acht nemen en uiteindelijk verkondig je ze zelf ook omdat je ervan overtuigd bent geraakt dat er geen betere zijn, er valt niet veel in te brengen tegen deze regels, tegen het feit dat er geen hogere beschaving bestaat dan die welke tot doel heeft onaangename momenten tot het minimum te beperken, en die jezelf en anderen te besparen. Schelden, geeuwen, verwijzingen naar ontlasting en urine, arrogantie, onbeschoftheid, overlast. Wat dat betreft kan hinderlijk gedrag nog dramatischer zijn dan werkelijke wandaden, aangezien je dat, zoals de etiquette leert, herhaaldelijk en dagelijks kunt ondergaan, waarbij het telkens weer een kleine irritatie veroorzaakt die echter samen met alle andere enorme proporties aanneemt, net zoals kleine deugden uiteindelijk gunstiger zijn dan grote, puur omdat die veel vaker worden uitgeoefend dan de grote. Als je constant door muggen wordt gestoken is dat statistisch gezien veel irritanter dan een onwaarschijnlijke leeuwenbeet, dus grijpen we naar de insectenverdelger in plaats van naar de karabijn. Aantal wint van gewicht. Op die wijze stelregel is de bourgeois opvoeding gebaseerd, en dus moet niemand erover klagen dat die zich voornamelijk met kleinigheden bezighoudt; het is de wereld van de muggen en horzels, niet van de tijgers en leeuwen, want die kom je toch nooit tegen in het dagelijks leven. We worden elke dag opgebeld door lastposten, niet door moordenaars. Hoe vaak krijgt iemand in het moderne middenklassenleven de kans om moed te tonen? Moed is een deugd die alleen in zeldzame, uitzonderlijke gevallen wordt toegepast. Van vrijwel alle mensen die ik ken (en dat geldt ook voor mezelf) zou ik echt niet kunnen zeggen of ze moedig of laf zijn, aangezien ik ze nooit serieus op de proef gesteld heb zien worden, dus kan ik alleen maar gissen, ik moet me een dramatisch scenario voor de geest halen waarin werkelijk van hen zou worden geëist te laten zien wie ze zijn en waartoe ze in staat zijn, en daarop de gedragingen projecteren die ze in heel wat minder doorslaggevende omstandigheden hebben vertoond, zoals het dagelijks leven ons die voorschotelt. Je moet je gebeurtenissen voor de geest halen die in het normale bestaan uitgesloten of in elk geval erg onwaarschijnlijk zijn. Terwijl een man vroeger behoorlijk wat lef moest hebben om van Rome naar Tivoli te reizen, of om een rivier over te steken of een bos in te trekken, kan tegenwoordig alleen iemand die het slachtoffer wordt van wel heel ongelukkige omstandigheden erachter komen hoe dapper hij daadwerkelijk is, en er zijn mensen die daar hun hele leven lang nooit achter komen. Die zullen zichzelf nooit kennen. De term en het concept 'moed' zijn dus teruggedrongen tot een bereik dat vrijwel alleen fictie beslaat, ze worden van papier-maché, net als het piratenschip in de film *Il corsaro nero*, of ze worden afgedaan in metaforen als: 'Zij heeft nogal lef dat ze in zo'n jurk rondloopt!', of ze worden afgebakend tot een zeer specifiek terrein, al komt het, vreselijk genoeg, veel voor, namelijk de manier waarop sommige mensen met hun ziekte omgaan, die wordt gezien als een vijand die moet worden bestreden, des te slinkser omdat hij vanbinnen zit, terwijl in dat geval woorden als standvastigheid en geduld misschien toepasselijker zouden zijn. Daar waar het leven ons geen gelegenheden lijkt te verschaffen om ons op de proef te stellen, reproduceren we dergelijke situaties in vitro, kunstmatig, of we gaan er speciaal naar op zoek door hangend aan een elastisch koord in een ravijn te springen en dergelijke.

Iemand weet dus zelf niet of hij al dan niet moedig is, en hij zal er zelf nog het meest van staan te kijken wanneer hij heldhaftig optreedt in een noodgeval. Naderhand kijkt hij vol verbazing om zich heen. Was ik dat die in het water is gesprongen...? Die dat stuk onbehouwen en zijn vrienden lik op stuk heeft gegeven...? Zo, dat heb ik hem mooi geflikt... Hij komt er ineens achter dat hij onverschrokken en dapper is, en misschien popelt hij om deugden nog een keer te kunnen inzetten en die zindering nog eens te voelen, die impulsieve drang, alleen weet hij niet goed hoe of waar, zodat er niets anders op zit dan zelf de omstandigheden te creëren, waarbij hij risico's moet nemen of iemand anders in gevaar brengt. Moed is moeilijk te onderscheiden van onbezonnenheid, zelfverminking of pure stompzinnigheid, de grenzen zijn onduidelijk. Een dun vleugje waanzin kleeft aan elke onderneming die anders moeilijk volbracht zou kunnen worden; het is wat anders als waanzin de enige drijfveer is. Dat verklaart ook waarom riskante ondernemingen prima kunnen worden verricht door volslagen idioten, en waarom van bepaalde gewelddadige groeperingen de leider vaak een regelrechte psychopaat is, die een gebrek aan zelfbeheersing heeft en dus wel durft te doen waar anderen aarzelen. Ik heb me vaak afgevraagd of iemand zonder natuurlijke remmingen een handicap heeft of juist een superieur wezen is, of hij iets tekortkomt of juist iets extra's heeft vergeleken met anderen. Er schuilt een bijzondere grootsheid maar ook iets enorm treurigs in wanneer iemand nergens voor terugdeinst, voor geen enkele daad, geen enkel plan. Door altijd alles te wagen kunnen iemands gedachten steeds meer aangescherpt worden, zodat ze steeds verder zoeven tot ze uiteindelijk in een soort vaagheid terechtkomen; als de conventionele grenzen eenmaal overschreden zijn, wordt het lastig om andere grenzen te bepalen die niet ook weer overschreden kunnen worden, dan begeef je je in een eindeloos gebied van *uitvoerbaarheid*, elk nieuw initiatief is meteen alweer achterhaald en daarom is men genoodzaakt alle mentale en fysieke excessen telkens weer te versterken, je moet dingen doen, zeggen of denken die bovenmenselijk, grotesk, gruwelijk, glorieus en laaghartig zijn, maar nooit voldoende, nooit voldoende gruwelijk en glorieus. En dat is precies wat een held is. Dat is wat hem drijft. Zijn vermogen om redding en geweld te brengen is onuitputtelijk, tot op een punt dat die twee gelijkwaardig zijn: zoals de speerpunt van Achilles die verwondt en vervolgens heelt.

De burgerlijke moraal gaat niet over grootse gebeurtenissen en dus ook niet over de karaktereigenschappen die nodig zijn om deze het hoofd te bieden. Het gezegde luidt: Naar de markt ga je met kleingeld, niet met baren goud. Moed komt kortom niet aan bod in de handleiding van de middenklasse. Beleefdheid daarentegen wel, een deugd die natuurlijk veel minder opzienbarend is, en welgemanierdheid, discretie, de gewoontes die we talloze keren per dag aanwenden, dat allemaal wel. Die hebben betrekking op zo veel meer mensen om ons heen, en wel zo veelvuldig, dat ze ons bestaan en dat van hen volledig beïnvloeden. Zonder zou het leven pure barbaarsheid zijn. Een onbeschoft of onvriendelijk persoon heeft talloze gelegenheden om ons het leven zuur te maken, terwijl een echt boosaardig iemand er maar heel weinig heeft, al zouden zijn handelingen een heel wat ernstiger en pijnlijker effect op ons hebben. Hij kan ons weliswaar veel kwaad doen, maar zolang we die zeldzame gelegenheden maar vermijden zijn we veilig. In het QT leken geen leeuwen op de loer te liggen om iemand te verslinden, en die konden er ook niet zijn. En dus deed men er alles aan om de muggen in bedwang te houden. De opvoeding was gebaseerd op bagatelliseren, verzachten en uniformiseren. In conversaties dienden vulgariteiten te worden vermeden, dat spreekt voor zich, maar ook onderwerpen waardoor iemand te zeer verhit kon raken, en die te diep gingen of te gevoelig lagen. (Conversatie dient dan ook niet om met elkaar in de clinch te raken, maar om elkaar gerust te stellen dat je tot dezelfde groep behoort.) Je mocht niet wijzen naar mensen over wie je het had en al helemaal niet spotten met hen die lichamelijke gebreken hadden. Aan tafel mocht je niet geeuwen of fluiten of zingen of krabben of jezelf uitrekken. Van de schaal met eten, die vanzelf voorbijkwam zonder dat je erom vroeg, schepte je met mate op en daarna gaf je hem weer door. Goede manieren behelsden zowel wat je hoorde te doen als wat je niet hoorde te doen, wanneer te spreken maar vooral wanneer te zwijgen. De lijst met woorden en zinnen die je niet hoorde te zeggen varieerde van gezin tot gezin. Bij mij thuis werd het zelfs als onbeschoft beschouwd om '*che schifo*' ('gadver') te zeggen, en het was dan ook een opluchting toen we tijdens een reis met onze ouders ontdekten dat er een renaissancevilla bestond met de naam Palazzo Schifanoia; we bezochten de villa, hij was prachtig. Sindsdien had het geen zin meer ons zo'n beschaafd woord te verbieden.

Die tamelijk strenge opvoeding leidde stap voor stap naar haar eigen omkering, dat wil zeggen naar een tegenopvoeding die enkel was gebaseerd op boeren en scheten, op vuilbekkerij die werd uitgeoefend op eigenzinnige, fantasievolle wijze, en verder op obscene gebaren, vunzige, godslasterlijke rijmpjes, obsceniteiten en vloeken; die laatste waren tamelijk zeldzaam, maar werden vol wellust verkend op de patersschool.

Ik herinner me een jongen van de middenschool, Puca, die vloekte nadat hij ter communie was gegaan. Eerst stond hij in de rij om de hostie in ontvangst te nemen, dan liep hij met trage, berouwvolle stappen terug, knielde in de kerkbank neer met de hostie in zijn mond en dan hoorde ik hem een vloek prevelen, met gebogen hoofd, de handen gevouwen, geen idee waarom, wat hij daar zo leuk aan vond...

Op school deed er elke dag wel een nieuw godslasterlijk geintje de ronde.

De Grand Prix van Golgota is verreden: als eerste eindigde Jezus in zijn Barabbam, op de tweede plaats Judas in zijn Matra Dito, derde klassering was voor Pontius Pilotus.

(Brabham was de beroemde Formule 1-renstal opgericht door topcoureur Jack Brabham; Matra was een Franse autofabrikant die ook racewagens bouwde, waarmee in 1969 het kampioenschap werd behaald. 'Matra Dito' klinkt als '*mi ha tradito*': hij heeft me verraden.)

We schepten er kortom lol in om alles te verminken waarvan ons was geleerd dat het goed of heilig of fatsoenlijk was: de goede manieren, te beginnen bij ons taalgebruik. Op school lieten we ons gaan met een allesomvattende vulgariteit.

Ken je de wet van Gay-Lussac?
Kontneuken gaat van krik-krak
En ken je de regel van Spranger?
Van kontneuken wordt een griet niet zwanger

De godin Kali kon enorm raaskallen
ze at alleen maar rijst
en ze kakte nasiballen

Eb en vloed horen bij de zee
en bezorgen Sandokan diarree

Hoofdstuk x

Op 30 september 1975 tegen elf uur 's avonds ziet een bewoner van de Viale Pola 5 (tweehonderd meter van waar ik woon) door zijn raam hoe twee jongens een Fiat 127 manoeuvreren op een parkeerplek op het privéweggetje bij zijn flat, waarna ze uit de auto stappen, driftig staan te praten en dan weglopen.

Later, in het holst van de nacht, wordt hij gewekt door zijn moeder die zegt dat ze buiten kabaal heeft gehoord; hij loopt opnieuw naar het raam en ziet dat de kofferbak van de Fiat 127 beweegt, alsof er van binnenuit tegen het deksel wordt geslagen door iemand die opgesloten zit.

Eerst belt hij de carabinieri, dan gaat hij naar buiten en loopt naar het voertuig.

Hij vraagt wie daarin zit.

Een meisjesstem antwoordt: 'De ontvoerders van Bulgari hebben me hierin gestopt... ik ben gewond en naast me ligt een dode.' En dan: 'Doe open, ik kan niet meer...'

Intussen is er een andere bewoner van het gebouw naar buiten gekomen.

'Niet weggaan, ze zijn nog steeds in de buurt!'

Even later arriveren de carabinieri. Ze breken de kofferbak open waaruit het gejammer en hulpgeroep afkomstig zijn.

Vooraan in de kofferbak lag een log voorwerp dat in een plaid gewikkeld was, en daarachter, tegen de achterbank aan geperst, het gewonde, kreunende meisje. Het kostte de carabinieri moeite om haar te verstaan en om haar uit de auto te halen, halfnaakt en onder het bloed. Pas toen ze bijna helemaal uit de achterbak was, drong tot hen door dat er nog een meisje in die kofferbak lag; dat het logge voorwerp in de plaid het naakte, levenloze lichaam van een ander meisje was. Ze tilden het lijk uit de auto en legden het op het asfalt, nadat ze het hadden ontdaan van het cellofaan dat de moordenaars eromheen hadden gewikkeld om het te vervoeren.

Twee van hen werden direct opgepakt. Ze liepen door de wijk en konden geen duidelijke reden geven waarom ze zo laat nog op straat waren. Vanuit de Viale Pola gezien woonden ze bij wijze van spreken om de hoek, de een in de Via Capodistria, een parallelstraat die eveneens op de Via Nomentana uitkwam, en de ander in de Via Tolmino. Toevallig werd de een aangehouden voor het huis van de ander, waar de carabinieri hadden aangebeld bij zijn vader, die volgens de papieren de eigenaar van de Fiat 127 was. Ze vroegen waar zijn zoon was, en die was uiteraard niet thuis, maar toen ze weggingen konden ze nota bene op de binnenplaats van het huis in de Via Capodistria de handlanger van de zoon in de kraag vatten.

De ander werd ook weer daar in de buurt gesignaleerd door een nachtwaker op zijn ronde. Toen de jongen om opheldering werd gevraagd, sloeg hij op de vlucht, waarna de nachtwaker een paar keer in de lucht schoot om de aandacht van zijn collega-agenten te trekken, waar het QT inmiddels van krioelde na de vondst van de twee meisjes in de kofferbak. De achtervolging duurde lang en de agent kon haast niet meer, zodat hij hijgend tegen de voortvluchtige riep: ‘Sta stil of ik schiet!’ De jongen gaf zich over en ging tegen een muur staan, al net zo uitgeput. Terwijl de agent met getrokken wapen naar hem toe liep zei de jongen: ‘Ik heb die meisjes niet vermoord!’

De derde betrokkene van het delict zal nooit worden gepakt.

De gebeurtenis is op zich tamelijk eenvoudig, maar tegelijkertijd gecompliceerd, niet zo simpel om even na te vertellen, ook omdat er behalve de twee slachtoffers en de drie daders nog behoorlijk wat bijrolspelers waren die een voor een of soms met z’n tweeën tamelijk willekeurig ten tonele verschijnen en weer verdwijnen, zonder dat ooit echt duidelijk wordt wat de reden is van hun rol, en vooral ook van hun verplaatsingen, want als je die zou natekenen op een plattegrond met het QT als middelpunt zou die hele kaart zwart zien van de lijnen. Alleen al het komen en gaan in die ene nacht, van 30 september op 1 oktober 1975, in de Viale Pola (een mooi schaduwrijk straatje waar *viale* een veel te groot woord voor is, want het is maar één rijstrook breed, en tot op dat moment stond het alleen bekend vanwege de grootste particuliere universiteit van Rome die langs een flink deel ervan lag), verraadt een verbijsterende hoeveelheid bewegingen, vergelijkbaar met de uitslagen van een seismograaf. In diezelfde smalle straat woonden ook twee van die bijrolspelers, die aanvankelijk ook in het onderzoek werden meegenomen, werden ondervraagd, enzovoort. Verder is het eerlijk gezegd lastig om bij het verslaan van deze gebeurtenis aan te geven waar het precies begint en waar het eindigt. Ik zal dan ook mijn toevlucht nemen tot inkortingen, weglatingen en vereenvoudigingen.

We doen dan ook een kleine stap terug, naar vijf dagen eerder, donderdag 25 september, wanneer twee meisjes voor bioscoop Empire (aan de Viale Regina Margherita, de zuidgrens van het QT) een lift krijgen van een jongen die zegt dat hij Carlo heet, al is dat niet waar, want zijn echte naam is Gian Pietro. Hij is zo aardig ze naar station Termini te brengen, waar ze de metro naar de wijk EUR kunnen nemen. Van die twee meisjes zal er slechts één, die met de krullen, D.C., halfdood in de kofferbak van de Fiat 127 belanden; en van degene die zich Carlo noemt (dezelfde leerling die de bril van mijn klasgenoot Marco Lodoli doormidden had gebroken), zal na zijn arrestatie vanwege het delict blijken dat hij daar niet bij betrokken was. Kortom, van de drie personen met wie de hele toestand begint zal er maar één in de villa belanden die zo beroemd is geworden door de gruwelverhalen in de kranten.

Twee dagen later, op zaterdag 27 september, belt de jongen die zich voordeed als Carlo op naar D.C. en stelt hij voor om samen af te spreken op een plek die zo typisch en kenmerkend is voor die jaren dat hij in films en tv-series is vereeuwigd, terwijl ik niet zou durven zweren dat die plek tegenwoordig nog zo populair en drukbezocht is. Hij bevindt zich op een uitloper van de EUR, aan de rand van de stad of eigenlijk in veel opzichten al buiten de stad, waar je de nabijheid van de zee ademt en het licht anders is, schoner, doorwaaider; het is een watertoren die 'il Fungo' wordt genoemd omdat de bovenkant uitloopt in een grote ring, die inderdaad veel weg heeft van de hoed van een paddenstoel, en daar is een restaurant met uitzicht gevestigd. Een kleine voorloper, maar niettemin indrukwekkend en voor die tijd sensationeel, van de beroemde Landmark Tower in Las Vegas, de toren die in de film *Mars Attacks!* wordt opgeblazen door de aliens.

Il Fungo was van oudsher het trefpunt voor echte fascisten en de wannabe-fascisten of degenen die alleen vanwege hun taalgebruik en houding aan die omschrijving voldeden, en daarnaast voor mensen die er afspraken met vrienden om vervolgens samen naar het strand van Ostia te gaan.

Op het afspraakje verscheen D.C. niet met dezelfde vriendin als twee dagen eerder, Nadia, want die had al iets anders (ze was met twee vriendinnen naar het attractiepark van de EUR), maar met een ander meisje, een vervangster zeg maar, de onfortuinlijke R.L. wier dode lichaam op het asfalt van de Viale Pola zou belanden; terwijl 'Carlo' (ik herhaal nog maar eens, wellicht ten overvloede, dat het niet mijn initiatief is om zijn naam hier te veranderen, uit voorzorg, maar dat hij zelf van begin af aan een valse naam verschafte, en het zou hem niet meevallen om de politie uit te leggen waarom: 'Dat zei ik zomaar, ik had er niet echt een reden voor...') kwam aanzetten met een jongen die ik Subdued zal noemen en met Angelo, die zich kennelijk toevallig bij de twee had aangesloten toen hij de zogenaamde Carlo tegenkwam op de Piazzale delle Muse. Na een halfuurtje kletsen in de Fungo maakten ze een nieuwe afspraak voor de maandag daarop, voor bioscoop Ambassade, ook in de buurt van de EUR, en aangezien de jongens inmiddels met z'n drieën zijn beloven de meisjes, om een even aantal te maken, dat ze ook Nadia, de vriendin van bioscoop Empire, weer mee zullen vragen.

Die maandag moet 'Carlo' echter studeren met een studiegenoot van de universiteit, en daarna naar een college Analyse, dus hij laat verstek gaan op de afspraak waar Angelo en Subdued wel naartoe gaan, en dan blijkt dat de meisjes ook met z'n tweeën zijn, dezelfde als in de Fungo waren, aangezien Nadia er ook deze keer niet bij is, ze is niet zo lekker. Nadia ontkomt dus twee keer aan een gruwelijk lot, de eerste keer omdat ze met haar vriendinnen zat te gillen in de achtbaan van het Lunapark, en de tweede keer vanwege buikpijn. 'Carlo' blijft in de marge van de hele gebeurtenis, ook al blijft hij er hier en daar nog mee verweven, want diezelfde maandagavond 29 september (een datum die een paar jaar daarvoor nog onsterfelijk was gemaakt door de band Equipe 84, als de titel van hun eerste grote hit, een nummer geschreven door Lucio Battisti), heeft hij – terwijl de twee meisjes al gevangenzitten in de villa van de Monte Circeo (maar dat weet 'Carlo' niet...) – een ontmoeting met een van de moordenaars, Subdued, die even naar Rome is teruggekeerd, en samen gaan ze naar de derde, de Legionair, die op dat moment nog niet rechtstreeks bij het misdrijf betrokken is, en die zegt dat hij moe is en geen zin heeft om uit te gaan. De volgende dag is het voor 'Carlo' weer hetzelfde liedje, dat wil zeggen studeren-college-studeren (geen waterdicht alibi, maar niettemin overtuigend), maar wie treft hij die avond rond middernacht voor Bar Rocci tussen de Via Nomentana en de Via di Santa Costanza? Juist, Angelo. Die is lopend. 'Carlo' pikt hem op en samen rijden ze een paar uur rond, zonder dat zijn vriend en klasgenoot zinspeelt op het feit dat hij net is teruggekomen uit het gebied van de Monte Circeo met twee meisjes in de kofferbak, in cellofaan gewikkeld. De jongens gaan eerst hun honger stillen bij de bar van het station op de Piazza Euclide, waar ze een paar broodjes eten, daarna gaan ze een blik werpen op de prostituees langs de Via Veneto, en vervolgens naar de Viale Pola, waar Angelo wil aanbellen bij de vriend bij wiens huis ze een paar uur eerder de Fiat 127 hebben geparkeerd, maar 'Carlo' praat hem dat uit zijn hoofd. En zo is het mogelijk dat degene die de eerste draai aan de slinger heeft gegeven en de motor van de ontvoering en de moord in gang heeft gezet, en die in de verschillende fases ervan alle drie de ontvoerders/moordenaars persoonlijk heeft getroffen, er met een schoon strafblad van afkomt.

1 oktober 1975. Zodra het licht wordt begint het rechercheonderzoek naar die mysterieuze plek waar de twee meisjes zo gruwelijk mishandeld zijn. De fragmentarische aanwijzingen van D.C. ('We waren dicht bij de Strada Statale Pontina... links was een hotel met een rood uithangbord... we namen een weg die niet helemaal geasfalteerd was...') bieden de carabinieri toch voldoende houvast om buiten Rome te gaan zoeken, nog voorbij Latina, in het gebied rond de Monte Circeo. Vooral de afgelegen zones worden urenlang uitgekamd, en tegen vier uur 's middags vindt men nabij Punta Rossa een villa die overeenkomt met de beschrijvingen van de overlevende. Een terrasdeur staat wijd open, maar er zijn geen braaksporen. Dan gaan ze naar binnen. Het huis is ondersteboven gehaald, in de woonkamer zijn sporen van bloed te zien, en van onhandige pogingen die uit te wissen; er zitten vooral veel spetters op de muur achter het telefoon-

toestel. De rechercheurs zijn pas een paar minuten in de villa, bezig met het verzamelen van bewijzen van de misdaden die er hebben plaatsgevonden (in het vonnis zullen ze worden opgesomd als: moord en poging tot moord, met als verzwarende omstandigheden de duidelijke intentie om sporen uit te wissen, het verwerpelijke motief, de mishandelingen en de wreedheid, de weerloosheid van slachtoffers, misbruik van vertrouwen; verder ontvoering en verkrachting; en ten slotte illegaal wapenbezit en -gebruik), wanneer de eigenares en haar zoon de villa komen binnenvallen, respectievelijk de moeder en de broer van de Legionair. Ze verklaren beiden dat ze die ochtend in dagblad *Il Messaggero* het bericht hebben gelezen van de misdaad die in de Circeo is gepleegd, maar dat dat niet de reden is waarom ze haastig uit Rome zijn vertrokken om juist daarnaartoe te komen. 'Ik moest het huis nog opruimen,' beweert de vrouw; ze hadden het huis rommelig achtergelaten nadat ze er het vorige weekend waren geweest.

De moeder van de Legionair verklaart ook dat ze op weg naar de Circeo wel wat ongerust was geworden toen ze was gestopt om nog een andere krant te kopen, de *Momento-Sera*, waarin ze een foto van Angelo zag staan naast het bericht over 'een ernstig geweldsmisdrijf in de Circeo'; toen bekroop haar de gedachte dat haar zoon misschien wel de sleutels van hun huis aan Angelo had uitgeleend, hoewel ze hem uitdrukkelijk hadden verboden met dat figuur om te gaan.

Ook haar andere zoon, die dus overijld met zijn moeder mee was gekomen, gaf toe dat er een 'lichte twijfel' in hem was opgekomen, met de drang om zich ervan te verzekeren 'dat alles in orde was' in het huis.

Of ze nu dachten dat hun vakantiehuis volmaakt in orde was of niet, het is onmogelijk dat de moeder en de broer van de Legionair die ochtend ook maar één artikel over het delict hadden gelezen. Het delict was daarvoor namelijk veel te laat in de nacht ontdekt, toen *Il Messaggero* al lang en breed van de persen was gerold en klaarlag om naar de kiosken te worden vervoerd. Tja, dat zijn de tegenstrijdige verklaringen, de nervositeit en de gestamelde argumenten van mensen die niet hadden verwacht dat ze met een verhoor te maken zouden krijgen en dus niet de tijd hebben gehad om hun handelingen op een logische wijze aan elkaar te breien. Beiden ontkenden hardnekkig dat ze de voortvluchtige jongen aan de telefoon hadden gehad of wisten waar hij zich bevond, en de politie zou sindsdien altijd naar hem op zoek blijven.

Maar laten we opnieuw een paar dagen terug in de tijd gaan, naar die beruchte maandag 29 september 1975, voor bioscoop Ambassade. Het zou een normaal afspraakje van een paar jongens en meiden moeten zijn. Maar omdat het dat niet is, slaan we al het 'Wat zullen we doen?', 'Waar gaan we heen?', 'Naar de film?', het misleidende voorstel 'Laten we naar Lavinio gaan, naar het huis van Carlo, die komt later ook nog' maar meteen over en gaan we direct door naar de villa in het natuurgebied Monte Circeo. Het huis is afgelegen en zo moeilijk te vinden dat de jongeren in de auto onderweg een paar keer moeten stoppen om de weg te vragen.

Ze kwamen rond zes uur 's middags aan, en de meisjes hadden beloofd dat ze niet te laat thuis zouden zijn. Angelo deed de deur open met een sleutel waarvan hij deed alsof hij die bij het hek had gevonden. Ze wisten niet meteen wegwijs in het huis; hoewel ze er al eerder waren geweest, konden ze de lichtknoppen niet direct vinden. De eerste avances volgden, maar de meisjes weigerden zich uit te kleden. Ze zeiden dat ze nog maagd waren, en dat ze terug naar huis wilden. Daarop trok een van de twee jongens een pistool en riep dreigend: 'Wij zijn van de Marsigliesi-bende! De hele politie zit achter ons aan!' en hij voegde eraan toe dat ze weldra gezelschap zouden krijgen van hun baas, Jacques, een vreselijk iemand. De meiden bleven er doodsbang op aandringen dat ze zouden worden teruggebracht naar Rome. Daarop grepen de jongens hen vast en duwden ze een badkamer in waarvan ze de deur op slot draaiden.

Niet veel later reed degene die ik Subdued noem terug naar Rome omdat hij bij zijn ouders zou gaan eten, en daarna reed hij nog wat rond met zijn vrienden, in het QT en de Piazzale delle Muse, zoals ik daarnet al vertelde, voordat hij weer terugreed naar de villa in de Circeo. Intussen had Angelo tegen de meisjes gezegd dat zijn vriend even was gaan slapen. Hij haalde R.L. uit de badkamer en bracht haar volkomen naakt terug, waarna hij D.C. vroeg om de badkamer uit te komen, terwijl hij R.L. daar weer opsloot. Hij sleepte het meisje naar een slaapkamer en bedreigde haar: 'Als je schreeuwt, sla ik je in elkaar.' Het meisje moest zich uitkleden en Angelo dwong haar zijn geslacht in haar mond te nemen. In die situatie vertelde hij haar, om haar schrik aan te jagen of volgens hemzelf om een sfeer van wederzijds vertrouwen te creëren, de leugen dat hij had meegedaan aan de ontvoering van juwelier Giovanni Bulgari, een paar maanden daarvoor.

In haar verklaringen aan de rechercheurs vertelde het meisje dat het overleefd had dat de avond in dezelfde teneur verderging. Het was rond één uur, of misschien nog later, Subdued was inmiddels terug uit Rome.

'Angelo kwam weer de badkamer in. Hij verzekerde ons dat hij ons zou laten gaan, maar daarna zei hij dat hij ons misschien zou moeten vermoorden als Jacques dat wilde. Die vriend van Angelo was er ook bij. Ze dwongen me zijn penis in mijn mond te nemen. Hij werd boos, hij zei dat ik helemaal nergens goed voor was. Even later zeiden ze dat ik mijn vriendin moest halen. "We moeten toch in elk geval een van de twee ontmaagden." We smeekten ze om ons te laten gaan en zij maar lachen, ze hielden ons voor de gek.'

Daarna stopte Subdued zijn geslacht in de mond van R.L. en beloofde hij Angelo dat hij haar zou ontmaagden. Angelo zat intussen D.C. te betasten maar zei dat hij het niet kon opbrengen om haar te ontmaagden.

Ze sloten de twee meisjes weer op in de badkamer, naakt, tot aan de ochtend. Na een kort dutje gingen de jongens tegen zonsopgang de auto buiten het hek van de villa zetten, bang dat de tuinman misschien zou komen en die auto zou zien. R.L. bleef maar gillen en jammeren en Subdued bedreigde de meisjes vloekend met zijn riem en riep: 'Koppen dicht of ik maak jullie af', terwijl Angelo zijn pistool op hen gericht hield. De meisjes werden van de ene badkamer naar de andere verplaatst, nog altijd naakt, en uiteindelijk werden ze weer in de eerste badkamer gestopt. Tot aan de middag van dinsdag 30 september ging het zo verder in de villa in de Circeo, of beter gezegd bleef het daarop hangen, en werden alleen maar steeds dezelfde korte scènes herhaald: de jongens bedreigden de ontvoerde meisjes, haalden hen om beurten uit de badkamer, een van de jongens dwong een van de meisjes zijn geslacht in haar mond te nemen, de meisjes smeekten, de telefoon rinkelde. Subdued meende dat het ergste wat ze gedaan hadden niet was dat ze handtastelijk waren geweest en de meisjes tot orale seks hadden gedwongen, maar dat ze hen in de badkamer hadden opgesloten. Daardoor werd het kidnapping. Maar ze moesten wel wachten op de komst van Jacques. Intussen veroorzaakten de meisjes, opgesloten in de badkamer, een ongelukje...

Het ongelukje was dat de kraan van de wastafel op de een of andere manier kapot was gegaan. In dat soort vakantiehuizen worden installaties weinig gebruikt waardoor ze snel verslechteren: leidingen verroesten, leertjes verbrokkelen. Het water spoot uit de dolgedraaide kraan en de badkamervloer stond blank. De jongens waren woest en sloegen erop los. Daarna brachten ze de gegijzelden, nog altijd onder bedreiging van een pistool, naar een andere badkamer, ook weer een zonder ramen.

Toen werd rond een uur of vier 's middags de patstelling doorbroken door de aankomst vanuit Rome van de zogenaamde Jacques uit Marseille. De toekomstige Legionair. Jacques nam direct de leiding over de situatie. Hij praatte met de meisjes (zonder enig Frans accent, zoals duidelijk moge zijn), hij stelde hen gerust en legde hun uit dat hun niets meer zou overkomen als ze zouden zweren hun mond te houden over wat er tot dan toe was gebeurd. 'Als jullie niet met mij naar bed willen, zal ik niet aandringen.' Maar daarna zei hij dat de meisjes met elkaar moesten vrijen, in zijn bijzijn. Hij dwong ze elkaar te kussen en te strelen. Toen koos hij R.L. uit en nam haar mee naar een kamer. Angelo hield het andere meisje bij zich en probeerde haar opnieuw te penetreren. Hij stortte zich op haar en duwde een kussen op haar gezicht, terwijl Subdued haar begon te schoppen. D.C. gilde van de pijn en de angst, en hoezeer Angelo ook zijn best deed en met zijn geslacht tegen het hare aanwreef en zijn pik vastpakte om een erectie te krijgen, het lukte hem niet bij haar naar binnen te dringen. Woedend zei hij tegen zijn handlanger dat hij het dan maar moest doen, maar Subdued weigerde. 'Deze wil ik niet.'

Vanuit de kamer waar Jacques zich had opgesloten, hoorden ze het andere meisje gillen. Subdued dacht dat Jacques haar aan het ontmaagden was; hij deed de deur open en zag R.L. op het bed liggen met Jacques boven op haar. Allebei naakt. Het meisje gilde van de pijn. Subdued deed de deur weer dicht.

Toen R.L. uit de slaapkamer kwam zaten haar dijen onder het bloed. Ze was versuft, stond te wankelen op haar benen. 'Mag ik me even wassen?' vroeg ze mat. Jacques, volkomen naakt, beval D.C. dat ze mee moest komen, ze gingen het zojuist misbruikte meisje naar de bovenverdieping brengen. Tegen D.C. deed hij aardig, hij kuste haar en zei dat ze zich geen zorgen hoefde te maken, dat ze hen naar huis zouden brengen nadat ze hen in slaap hadden gebracht. Buiten werd het inmiddels donker. Niet dat iemand in de villa daar iets van merkte, want de luiken waren vanaf de vorige middag steeds dicht gebleven.

De Legionair haalde een aantal ampullen tevoorschijn. Hij had ook een tourniquet en een injectienaald. Hij nam D.C. weer mee naar de benedenverdieping, opende het doosje met de ampullen, brak er vier open boven een asbak die werd gevuld met een rode vloeistof, hij zoog de vloeistof op in de naald en injecteerde die in de arm van het meisje. Daarna ging hij naar boven om hetzelfde te doen bij het andere meisje, dat op de bovenverdieping zat opgesloten. Hij kwam weer naar beneden en gaf D.C. een tweede injectie omdat de eerste geen enkel effect had gehad. Wat voor effect had het moeten hebben? Moest het spul haar in slaap brengen? Haar dood veroorzaken? Hij ging weer terug naar de bovenverdieping. Intussen zat Angelo wat met de tourniquet te spelen en zei: 'Je moest eens weten hoeveel mensen ik hiermee al gewurgd heb.'

De twee jongens die beneden zijn beginnen zich aan te kleden. Ze lieten D.C. een broek aantrekken. Na nog meer mishandelingen, vergelijkbaar met de voorgaande, verloor D.C. het bewustzijn. De twee maakten van de gelegenheid gebruik om wat op te ruimen en het laagje water in de badkamer op te dweilen. Maar toen ze terugkwamen in de woonkamer zagen ze dat het meisje was bijgekomen en de hoorn van de telefoon in haar hand had. Ze had het alarmnummer

113 gebeld. 'Hallo, ze zijn bezig me te vermoorden...' Subdued dook op haar af, rukte de hoorn uit haar hand, hing hem op en gaf haar een trap in haar gezicht. Haar bloed spatte op de muur achter de telefoon. Het meisje stond op en probeerde naar de achterdeur te rennen, die open was blijven staan, maar Subdued was haar voor en sloeg haar met een voorwerp dat hij in de tuin had gevonden op haar hoofd en op verschillende andere plekken van haar lichaam. Dat voorwerp was een knuppel met ijzerbeslag. De Legionair kwam weer naar beneden en zei dat ze snel andere telefoonnummers moesten draaien zodat het laatst gekozen nummer vanuit de villa niet kon worden getraceerd. De anderen volgden zijn raad meteen op. Toen haalde Angelo de riem uit zijn broek en sloeg die om de hals van D.C. Hij sleepte haar het hele huis door. En zij maar gillen. 'Als je blijft gillen, wurg ik je.' Natuurlijk bleef ze gillen en Angelo bleef trekken, en maar trekken, totdat de riem knapte. Toen gaf hij haar een klap met de kolf van het pistool, terwijl Subdued haar bleef slaan met de knuppel met ijzerbeslag.

Op de bovenverdieping van de vakantievilla werd R.L. verdronken in de badkuip. Behalve de bewijzen die bij de autopsie in haar luchtwegen werden aangetroffen (schuim, emfyseem veroorzaakt door pulmonale hypertensie, puntbloedingen in de longen – typische kenmerken van een verdrinkingsdood in plaats van een langzame verstikking), zouden ook de blauwe plekken en de zwellingen op haar gezicht verklaard kunnen worden doordat haar hoofd herhaaldelijk gewelddadig onder water werd geduwd in het bad.

Een van de meisjes was dus al dood voordat de groep aan de terugreis naar Rome begon. Het andere meisje gaf geen teken van leven meer. Ze hadden haar zoveel en zo lang geslagen en getrapt dat ze uitgeput waren. Subdued schopte haar nog een laatste keer om te zien of ze dood of levend was. Tegenover de ondervragers zou hij later beweren dat hij haar nog wel een beetje zag bewegen. Ze verloor veel bloed. Om zich niet vuil te maken rolden Angelo en Subdued haar lichaam in cellofaan, maar het werd te glibberig, ze glipte uit hun handen, zodat ze het lichaam weer op de grond legden en in een plaid wikkelden. Ze droegen het naar de kofferbak van de Fiat 127, die ze nu weer in de tuin van de villa hadden gezet, legden haar erin en deden de klep op slot, met de sleutels er nog in. Als bewijs voor het feit dat ze meenden dat ze nog leefde verklaarde Subdued later tegenover zijn ondervragers dat hij zijn hond wel vaker in een dichte kofferbak had vervoerd, als hij met zijn vader ging jagen in Manziana, en dus wist dat er genoeg zuurstof zou binnenkomen. Daarna gingen ze terug naar binnen om nog even snel te poetsen en het bloed met een dweil van de grond en de muren weg te vegen. De Legionair droeg in zijn eentje het levenloze lichaam van R.L. naar de auto en stopte het in de kofferbak. Ze vertrokken met twee auto's, de Fiat 127 van Subdued, met de meisjes in de kofferbak, en de gele Mini Minor van de Legionair, alias Jacques uit Marseille. Tot aan Rome reed Angelo met hem mee. Onderweg kocht hij nog een paar blikjes Coca-Cola. Vervolgens, toen ze al bijna bij de Viale Pola waren, stapte Angelo over in de Fiat 127.

Tijdens de terugreis probeerde het nog levende meisje haar vriendin wakker te porren met haar elleboog, maar die reageerde niet. Tegen haar aan geperst in de donkere kofferbak snapte D.C. niet eens aan welke kant het hoofd en de voeten van R.L. lagen. Maar ze snapte wel dat ze dood was. Hoe dan ook zei ze niets tegen haar uit angst dat de jongens het zouden merken. Ze hoorde een van de twee zeggen: 'Ach, wat liggen die twee braaf te slapen...' en later: 'Stil! Een beetje respect voor de doden.'

De versie die Angelo van het DvdC heeft verschaft is warrig, dromerig, maar wel vol details, voorzien met opmerkingen en duidingen van echte of ingebeelde gemoedstoestanden. Behalve dat hij naar alle waarschijnlijkheid een heleboel leugens vertelt aan de ondervragers, bekent Angelo ook onbekommerd alle leugens die hij aan de meisjes heeft verteld. Maar misschien liegt hij ook wanneer hij die leugens opbiecht. Het zijn zeg maar leugens in het kwadraat. Niet alleen de leugens die nodig waren om de meisjes in de val te lokken; maar tijdens de langdurige vrijheidsberoving verzint hij een heleboel verhalen, verfraaiingen, hij houdt ervan menselijke relaties te overdrijven, om te keren en te romantiseren, waarbij hij momenten van intimiteit en bijna naïviteit introduceert die zijn personage kleur geven. Zijn stem-

mingswisselingen zijn abrupt. Het moment dat de gijzeling echt op gang komt beschrijft Angelo alsof er onbeheersbare krachten in hem aan het werk waren die zijn geweten overstemden. 'Ik had er niet bij stilgestaan dat onze vriendschap over zou zijn doordat we de meisjes in de badkamer hadden opgesloten en dat er ineens geen dialoog meer mogelijk zou zijn.' Dialoog? Dialoog?! *(Ach, dat woord dat zo hoog in het vaandel stond bij de paters en op de patersschool waar hij en ik tot het jaar ervoor nog op hadden gezeten...) De dialoog was onverhoopt verbroken, en dat vond hij jammer. Subdued had er nog wel even bij stilgestaan dat ze een misdrijf aan het begaan waren, maar Angelo niet; dus hij gunt zijn vriend geen tijd om te aarzelen en erover na te denken, hij duwt hij de meisjes in de badkamer en draait de deur met de sleutel op slot.*

Vanaf dat moment wordt hij de hele nacht geplaagd door allerlei zorgen. 'Ik zag mijn moeder huilend voor me. Elke keer als ik laat thuiskwam was de hele familie in rep in roer van bezorgdheid.' 'Ik had gezegd dat ze mijn vader moesten laten weten dat ik bij een vriend bleef slapen in zijn villa in de Circeo omdat we de volgende ochtend naar de Amerikaanse markt in Latina zouden gaan', een markt waar je spotgoedkoop zo goed als nieuwe overhemden en spijkerbroeken kon krijgen, maar dan moest je er wel heel vroeg bij zijn. Als hij 's ochtends vroeg in zijn blootje de badkamerdeur opendoet, en daar de twee doodsbange, naakte meisjes weer aantreft die hem op hun knieën smeken om te worden vrijgelaten, rechtvaardigt hij zichzelf met de smoes dat hij ze niet kan helpen omdat er in de tussentijd een paar andere voortvluchtigen zijn aangekomen, op de bovenverdieping van de villa, en dat zij niet mogen weten dat er gijzelaars zijn, anders zijn ze pas echt de pineut. 'Toen kreeg ik wel het idee dat de meisjes mijn verhalen niet meer geloofden.'

Maar de aaneenrijging van leugens en verzinsels was al vanaf het begin in gang gezet. Nog afgezien van het verhaal van de Marsigliesibende en de ontvoering van Bulgari; als de meisjes de eerste keer smeken om naar huis te worden gebracht omdat ze anders te laat komen en niet weten wat ze tegen hun ouders moeten zeggen, stelt Angelo voor dat ze hun een smoes vertellen, namelijk dat ze onder dwang door een stel misdadigers in een auto moesten stappen en werden meegenomen naar een pijnboombos. Hij raadt hun dus aan om een verhaal op te hangen dat een ijzingwekkende kopie is van de waarheid: alsof het niet hemzelf en Subdued betreft, verzint hij een stel brute ontvoerders om de meisjes uit hun lastige parket te helpen. Hij speelt op hun gevoel door te vertellen dat zijn moeder van verdriet is gestorven in de periode dat hij in Marseille in de gevangenis zat. Hij wordt nerveus omdat de telefoon van de villa maar blijft rinkelen, misschien zijn het de ouders van de Legionair, of is het de Legionair zelf, om hun te laten weten dat zijn ouders onderweg zijn. Hoe dan ook beter om niet op te nemen. Hij vraagt 'op gekscherende toon' aan de twee meisjes om seks met elkaar te hebben; dat idee bedenkt hij omdat R.L. hem, zoals hij beweert, heeft toevertrouwd dat ze een zwak heeft voor meisjes en voor D.C. in het bijzonder. Ondanks alle spanningen en zorgen dringt ook nog het besef tot hem door dat hij vannacht niet thuis zal komen, waardoor zijn ouders ongerust zullen zijn: 'Maar ja, nu ik er eenmaal was wilde ik het er ook goed van nemen.'

Dat hij niet erg rationeel handelt komt doordat hij heel wat slaap tekortkomt. Hij trekt zich voortdurend terug om een dutje te doen. Hij zegt dat niet hij dat pistool had, maar zijn handlanger, al trekt hij dat vervolgens zelf weer in twijfel: 'Ik weet niet waar hij dat pistool vandaan had, en of hij dat zo aan me verteld heeft of dat ik het me heb ingebeeld. Soms verbeeld ik me dingen die ik voor waar aanzie, en die hebben ook betrekking op een hoger plan, op mijn emoties.' Angelo geeft dan ook aan dat hij erg emotioneel en gevoelig is: hij is het einde van zijn getroebleerde relatie met een meisje van wie hij hield nooit helemaal te boven gekomen, evenmin als 'de instorting van zijn politieke idealen'. Hij ziet overal spoken, hij is angstig, gespannen. Maar vervolgens dreigt hij D.C.: 'Nu ga ik je ontmaagden', en zijn vriend doet er een schepje bovenop, maar alleen om haar een beetje bang te maken: 'Nee, nu ga ik je ontmaagden met een bezemsteel.' Na de komst van Jacques lijkt Angelo's spanning wat te zakken en plaats te maken voor desinteresse jegens de epiloog van een verhaal dat al veel te lang duurt. Er zijn nog wel enkele details die hem opvallen: de telefoonhoorn die uit de handen van D.C. vliegt wanneer Subdued haar slaat, de hond die Subdued in de kofferbak meenam 'naar Manziana', het beeld van het bebloede gezicht van D.C. nadat ze in elkaar geschopt is. Hij is bijna hoffelijk wanneer hij het meisje vraagt of ze liever in slaap gebracht wil worden door een injectie 'of liever door een klap tegen je kop?' Wanneer de Mini van de Legionair op de Via Pontina even stopt, 'precies voor een politiebureau', en Angelo uitstapt om wat blikjes cola te kopen, vergeet hij het wisselgeld van de barman aan te nemen. 'Ik weet zeker dat de mensen in die bar zagen hoe ik eraan toe was, ik was helemaal in de war, en ze keken naar me.' Hij voelt alle ogen op zich gericht.

Eenmaal terug in Rome zijn zijn gangen in de paar uur tijdens de nacht van 30 september op 1 oktober te druk en onsamenhangend om na te kunnen vertellen zonder in de war te raken. Angelo dwaalt rond als een robot, hongerig en uitgeput, hij komt een paar keer terug in de Viale Pola, de laatste keer zonder dat hij zelfs maar in de gaten heeft dat er al carabinieri staan op de plek waar ze de Fiat 127 hebben geparkeerd, hij is alleen maar op zoek naar een fonteintje om zijn gezicht te wassen, 'want ik had barstende koppijn'.

Hoofdstuk XI

Ach ja, goede manieren. Ze stonden garant voor een flinke besparing van tijd en mentale energie: wanneer je ze in acht nam werden nutteloze twijfels en aarzelingen weggevaagd. Niets is zo verontrustend als de onzekerheid over wat je hoort te doen en te zeggen, en als het besef dat jouw mening maar door weinig mensen wordt gedeeld.

(Hetzelfde geldt voor sléchte manieren.)

Je aanpassen kost hoe dan ook minder moeite dan je onderscheiden. En ook al willen we allemaal graag als non-conformist worden beschouwd, een objectieve berekening zou ons uitwijzen dat we het de meeste keren dat we ons hebben afgezet tegen de gewoontes van de meerderheid mis hadden. Dan wilden we ons zo graag onderscheiden dat we van het rechte pad af werden geleid; alleen om niet de anderen na te praten terwijl zij de waarheid spraken, zwoeren we liever bij het onware.

De drie pedagogische pijlers waren: overreding, bedreiging, bestraffing. Al waren het eigenlijk meer stadia dan pijlers. Als de eerste werkte, was het niet nodig de andere toe te passen. Als de eerste twee volstonden, bleef de laatste ongebruikt. Maar als iemand na de (redelijke) argumenten en de (overdreven) dreigementen nog steeds niet voor rede vatbaar was, dan moest hij gestraft worden. Een afdoende traktaat over straffen is nog niet geschreven, want in die tijd waren er geen deugdelijke, probate straffen meer voorhanden die als vanzelfsprekend werden toegepast, zoals de roede of het zonder eten naar bed, terwijl die van de moderne pedagogie zich nog in de experimentele fase bevonden. Wij zijn opgegroeid in die tussenperiode waarin alles was toegelaten, en waarin je bij voor het overige vergelijkbare gezinnen voor hetzelfde vergrijp (een slecht cijfer voor wiskunde, een leugen of diefstal) in het ene gezin huisarrest als straf kreeg, in het andere je zakgeld werd ingehouden of je niet mocht uitgaan in het weekend, je in een derde je dure cadeaus of je lievelingseten een poosje op je buik kon schrijven, en je bij het vierde klappen kreeg of verbaal gekleineerd werd ('Je bent een zielige sukkel, een imbeciel'), terwijl het ook mogelijk was dat je alleen maar de belofte 'Ik zal het niet meer doen' werd ontlokt en dat daarmee de kous af was. Deze algemene maatregelen, waar de ouders zo'n beetje lukraak uit kozen, konden naar believen worden aangevuld met wat meer persoonlijke sancties.

Het opmerkelijkste geval was dat van een schrijver die, aangezien hij op ideologische gronden had besloten zijn dochter niet meer te straffen, voortaan zichzelf strafte. Hij ging in de deuropening van haar slaapkamer staan, keek haar recht aan en benoemde op moedeloze maar kille toon haar wandaden ('Jij rookt hasjiesj, dat weet ik, terwijl ik je nog zo gevraagd heb om dat niet te doen...'), en dan begon hij met zijn hoofd tegen de deurstijl te beuken. Beng, beng, beng, langzaam, beng-beng-BENG! – steeds harder.

Intussen mompelde hij: 'Ik kan er niets tegen doen. Maar weet dat je me zo wel heel veel pijn doet...'

En weer een paar kopstoten.

Ik heb gelezen dat het in Engeland tot de achttiende eeuw gebruikelijk was om een adellijke spruit te koppelen aan een boerenzoon van dezelfde leeftijd, die als een soort dubbelganger fungeerde. Tussen de twee ontstond een band van gelijkwaardigheid: de eerste mocht geen lijfstraffen ondergaan, dus wanneer hij een streek had uitgehaald kreeg de tweede in zijn plaats zweepslagen. Die werd dan ook *whipping boy* genoemd. Had de rijke jongen in de keuken jam gejat? Dan werd de arme geslagen, en wat was het idee erachter? Dat de rijke jongen, ook al had hij zelf geen klappen gekregen, zich schuldig en bedroefd zou voelen vanwege de slaag die de arme had gekregen. In het geval dat ik hierboven beschreef fungeerde de vader als whipping boy voor zijn dochter: hij pijnigde zichzelf in plaats van haar. Het was een treurige vertoning, maar de straf bereikte wel het doel om de schuldige te kwellen, in dit geval het meisje, want zij ging zich steeds vreemder gedragen en draaide uiteindelijk helemaal door.

Op de middenschool had ik een klasgenoot die met zijn achternaam Venanzio heette, een van de weinigen op het SLM die het voor elkaar kreeg te blijven zitten, en die daarom naar een andere school ging. Bij hem thuis gebruikten zijn ouderwetse ouders nog meedogenloos het pak slaag, om het minste of geringste, totdat die gewoonte een merkwaardig incident veroorzaakte.

Hij zal een jaar of twaalf zijn geweest toen zijn moeder, woest omdat hij buiten had gespeeld in plaats van dat hij zijn huiswerk had gemaakt, hem weer eens een klap verkocht, de zoveelste in een lange reeks, niet heel hard maar wel goed gemikt. Waar? Op zijn billen. Eeuwenlang is de corrigerende manie van onderwijzers en ouders afgereageerd op de billen. En Venanzio's moeder had zo'n beproefde techniek dat ze met gemak alle kinderen van de wijk in een lange rij achter elkaar billenkoek had kunnen geven. Het punt was alleen dat Venanzio die middag met ons op straat rotjes had verzameld (die daar nog lagen van oudejaarsavond), en op het moment dat zijn moeder hem raakte zat de achterzak van zijn broek er nog vol mee.

Miccette worden ze in Rome genoemd, die rotjes van vier of vijf centimeter lang die met twintig stuks aan elkaar zijn gebonden door één lont: als die wordt aangestoken ontploffen ze snel achter elkaar, met een groot kabaal. Venanzio had er wel een stuk of honderd in zijn zak gepropt, maar zijn moeder lette niet op die uitpuilende broekzak, ze had niet eens de tijd om die op te merken want zodra ze de deur voor mijn vriendje opendeed en hij naar binnen kwam, stapte ze opzij om hem erlangs te laten en sloeg hem zonder iets te zeggen met de vlakke hand op zijn kont.

Het was de hardste oplawaai van de geschiedenis. Door de wrijving ontploften alle rotjes tegelijk en Venanzio werd als een vuurpijl naar voren geschoten, met een spectaculaire steekvlam waarbij niet alleen de hand van zijn moeder verbrandde maar ook hijzelf. Het kostte hem drie weken in het ziekenhuis, en daarna nog maanden van zalfjes en verbanden om de brandwond te helen, die ongeneeslijk leek, alsof de absurde manier waarop hij was veroorzaakt een negatief effect had op de littekenvorming, en Venanzio hield er een naar aandenken aan over op de zijkant van zijn bil, een soort stempel ter grootte van een theeschoteltje, dat hij aan zee wel eens liet zien door het elastiek van zijn zwembroek omlaag te trekken. De huid was daar wit en pezig.

Over dat litteken zei hij spottend maar ook bijna droevig dat het eerlijker was geweest als het de vorm van zijn moeders hand had aangenomen.

Die moeder was overigens zo geschrokken dat ze nooit meer met haar handen zwaaide, of met welk ander correctiemiddel ook, en niemand in huis durfde de jongen ook nog maar het minste standje te geven, waardoor hij dus weliswaar gewond maar ook gelukkig en wild opgroeide. Zijn gedrag riep hooguit wat gemompel op, maar nooit een strafmaatregel.

Toen hij ouder was, en de herinnering aan het drama langzaam vervaagde, vatte zijn vader weer de moed om hem een uitbrander te geven, of misschien kwam het doordat die vader met de jaren steeds opvliegender was geworden. Wat hem het meest opwond was Venanzio's houding aan tafel, die inderdaad nogal onderuitgezakt was, en aangezien hij een dun baardje had laten staan zat dat altijd onder de saus wanneer hij at. Zijn vader keek hem vol verachting aan.

Uiteindelijk kon hij er niet meer tegen en foeterde hij hem uit in het bijzijn van moeder en de andere kinderen.

'Venanzio, je bent *een varken*!' Hij stond vol walging op en smeet zijn servet op tafel.

'Een vies-vuil-var-ken,' scandeerde hij. Maar toen bedacht hij zich.

'Ach nee... wat zeg ik nou, een varken is een núttig dier... en jij bent ONGEDIERTE!'

Het is duidelijk dat je ook zonder de fatsoensregels te overtreden iemand aan het mes kunt rijgen. De etiquette raadt ons af om aan tafel je nagels schoon te maken of op de grond spugen, en adviseert om de buurman niet te storen tijdens zijn middagdutje, maar zegt niets over steekpartijen en heeft daar dus ook geen sanctie voor. Dus denk erom dat je iemand niet wakker maakt met je keiharde muziek, maar je mag hem gerust om zeep helpen... Zoals ik ruimschoots heb ervaren door mijn contacten in de gevangenis kunnen mensen heel galante moordenaars zijn, hoffelijke wurgers, vormelijke killers zelfs. Het is waar dat in die gevallen niet de goede manieren op het spel staan, maar de tien geboden. Maar misschien is het geen toeval dat daar waar men zich toespitst op de uiterlijke aspecten, op de formele randen van de omgang, er in de kern een leegte overblijft. Men gaat er nogal naïef van uit dat die leegte vanzelf wordt opgevuld met de meest voor de hand liggende morele principes: niet doden, niet stelen. Ik heb mijn kinderen er heel wat keren op aangesproken dat ze met vieze handen aan tafel kwamen en gezegd dat ze die als de wiedeweerga moesten gaan wassen, maar ik heb het nooit nodig gevonden om ze uit te leggen dat ze niemand mogen vermoorden. Het leek me overbodig, bijna schandelijk om dat uit te leggen aan de kindergeest, ook omdat ik altijd het idee heb gehad dat kinderen een heel zuiver moreel kompas hebben en wat dat betreft een stuk onbuigzamer zijn dan volwassenen. Een kind zal niet gauw een compromis accepteren over wat goed of slecht is, waar volwassenen juist wel vaak voor kiezen. Het kind wil geen onduidelijkheid, geen grijs gebied. Volgens mij is het Bijbelse gebod 'Maar je ja zij ja en je nee zij nee' (Mattheus 5:33-37) geïnspireerd op het standvastige kind, trouwens, de hele verkondiging van Jezus heeft iets kinderlijk pietluttigs, wordt gekenmerkt door een zeer infantiele onverzettelijkheid. Het fanatisme van de onschuld, het zuivere oog, de mond der waarheid. De farizeeërs daarentegen, die zijn pas wijs, volwassen. En ook Pontius Pilatus, met zijn halve maatregelen, zoals de geseling, dat was toch eigenlijk best een acceptabel compromis, of niet?

Nee.

Daarom acht men het nutteloos om tijd te verdoen met het uitleggen van de fundamentele zaken en concentreert men zich op de details, daarin specialiseert men zich. Het is hetzelfde wat tegenwoordig gebeurt op scholen waar ze niet meer het algemene programma volgen maar waar uiterst minutieuze plaatselijke onderzoekjes worden gedaan, over een bepaald thema, waarbij ze wandpanelen maken, creatieve teksten uitwerken, zodat de kinderen aan het eind van de basisschool geen idee hebben waar Brescia of de Donau liggen, maar wel alles weten over een bepaalde biologische boerderij waar ze naar op excursie zijn geweest.

Iets zegt me dat ten minste een van de moordenaars keurig aan de familiedis zat, met zijn ellebogen netjes boven de tafel...

Zo'n delict als ik hiervoor beknopt beschreef was ongekend voor het QT, en als zodanig had het ook geïsoleerd in het bewustzijn van de bewoners moeten blijven zitten, zo ver stond het af van hun mentaliteit en hun gemeenschappelijke ervaring. Weldoordachtheid, zorgvuldigheid, nijverheid, voorzichtigheid, fatsoen: dat had allemaal toch niets met zo'n monsterlijke daad te maken? Bepaalde dingen gebeuren nou eenmaal niet bij fatsoenlijke mensen. Hoe ernstiger en zeldzamer de overtreding, hoe meer je zou verwachten dat de burgers zich rechtschapen voelen en er een cordon sanitaire omheen vormen om het isoleren. Het bondgenootschap tussen de eerlijke burgers is het enige positieve gevolg van de misdaad. De morele verontwaardiging die het mogelijk maakt de geschonden waarden te herbepalen, die als fundamenteel te erkennen en ze collectief te verdedigen. Maar zo ging het absoluut niet. Dit delict verenigde de inwoners van het QT helemaal niet in een gezamenlijk gevoel, het maakte ze doodsbang en argwanend ten opzichte van elkaar. Ze begonnen zelfs aan zichzelf te twijfelen, en dat is wel de ergste tweespalt die er is. Wanneer ze de krantenberichten lazen meenden ze een verborgen afwijking bij zichzelf te ontwaren, een demon die tekeerging in het fundament van hun manier van leven, zoals wanneer je in een diepe put kijkt en je onderin, donker en vaag, je eigen spiegelbeeld ziet deinen. In plaats van dat de plaag onschadelijk werd gemaakt door de morele onwrikbaarheid, werd iedereen er juist door geïnfecteerd en werd de totale onzekerheid verspreid over *wie wat* had gedaan en *waarom*, en over wie überhaupt tot zoiets in staat was, ertoe bereid, klaar om toe te slaan, in elk huis, in elke straat, in elke schoolklas of vriendengroep of familie, het delict vermenigvuldigde zich met een brekingseffect waardoor het eindeloos mogelijk werd, want de componenten waaruit het was opgebouwd waren volkomen normaal en overal beschikbaar – jongens en meisjes, een auto en een vakantiehuis, een rinkelende telefoon, plastic zakken, studieboeken, spijkerbroeken, ijsjes. Er was helemaal geen uitzonderlijk scenario nodig, en er waren ook geen dringende redenen of een bepaalde samenloop van omstandigheden nodig, je hoefde kortom helemaal geen misdadiger te zijn om een dergelijke misdaad te begaan. Misdaad was gratuit, misdaad was voor pure amateurs, dat wil zeggen binnen íéders bereik. Gemakkelijk, uitvoerbaar, iedereen kon er de dader of het slachtoffer van zijn. De verontwaardiging van de allereerste dagen maakte plaats voor een nieuw, huiveringwekkend besef: namelijk de ontdekking dat de marges ter preventie van en beveiliging tegen een dergelijk misdrijf veel kleiner waren dan aangenomen, sterker nog, dat die marges *helemaal niet bestonden*. Die hadden nooit bestaan. Het had geen zin om nog langer verbaasd en verontwaardigd te doen: het was de praktische burgergeest zelf die de vuile was buitenhing, zoals wanneer een eerlijke boekhouder de cijfers doorspit en nog eens goed narekent, en zo het bedrog ontdekt. Er was maar een klein beetje gezond verstand voor nodig geweest om te beseffen dat een heel leven uitsluitend gebaseerd op gezond verstand geen enkele garantie bood, sterker nog, daardoor waren uiteindelijk de deuren wijd opengezet voor dat waartegen ze gebarricadeerd hadden moeten worden: voor het redeloze, het krankzinnige. Puur afgrijzen. Een banale misrekening aan het begin waardoor ook alle volgende berekeningen niet meer klopten. Doordat men ervan uitging dat men zich immuniseerde tegen het kwaad door zich er nooit aan bloot te stellen, en zelfs niet te erkennen dat het in de verte mogelijk zou zijn, had zich een uiterst zwak organisme ontwikkeld, afgestompt, niet in staat te reageren op dingen die het niet kende. Daarom waren er ineens geen veilige plekken of omgevingen meer (of beter gezegd, die waren er nooit geweest), en de plekken die als zodanig waren beschouwd bleken nu potentieel het gevaarlijkst.

Er ontstond een enorme consternatie onder alle ouders die hun kinderen naar dezelfde school hadden gestuurd als de moordenaars, die tot dan toe was beschouwd als een extra veilige omgeving binnen een toch al beschermende wijk als het QT. Maar in plaats van dat ouders hun kinderen voor het kwaad hadden behoed, hadden ze hen er middenin gegooid. Om hen te beschermen tegen besmetting hadden ze hen opgesloten tussen de melaatsen. Het soort paniek dat uitbreekt door zo'n openbaring komt naar buiten als het zogenaamde 'koude zweet'. De innerlijke onrust die geen uitweg vindt uit zich in verstarring en ijzige rillingen waardoor de slapen vochtig worden en de rug kletsnat wordt. Alles wat tot dan toe is gedaan, gezegd of geloofd, blijkt ineens niet waar. En er kan geen enkele actie worden ondernomen, je kunt niet in de aanval en je kunt je niet verdedigen, elke betekenis vervliegt. Het is niet langer een retorische uitdrukking om te zeggen dat de tijd stilstaat.

Er wordt wel verteld dat Afrikaanse dorpen 's nachts tot aan de deuren van de huizen worden belegerd door de geest van de wildernis. Alsof de savanne met het vallen van de duisternis weer bezit neemt van hetgeen de mens haar bij daglicht heeft ontnomen in de veronderstelling dat hij haar voorgoed heeft veroverd. De menselijke ruimte trekt zich terug, sluit zich binnen op en laat de rest achter, overgeleverd aan duistere, dreigende krachten. Hetzelfde gebeurde in het QT. Alleen binnenshuis was men veilig, in de eetkamers waar de regels heersten van het gezinsleven met zijn kalme regelmaat, gewiegd door het gezoem van de koelkast en het gejengel van de radio, alsof niets de rust kon verstoren; eten maken, slapen, leren, de was, de rituelen en de onschuldige ruzietjes aan tafel tussen de generaties. Let wel, het thuisleven was niet gevrijwaard van dramatische gebeurtenissen, maar die zorgden er niet voor dat het hele systeem onderuitgehaald werd. Het overlijden van een vader of een heroïneverslaafde dochter is niet genoeg om een hele samenleving te laten instorten, want die bleef in het QT, net als overigens op een heleboel andere plekken ter wereld, ongestoord doorgaan met haar ontwikkeling of verval, maar zo traag en met zulke subtiele veranderingen dat er meerdere generaties nodig zijn om die te registreren en de betekenis ervan te vatten. Binnenshuis was dus alles opgeheven, 'daar heerste de stille rust van een aquarium'. Maar de ruimte tussen de appartementencomplexen bleek te wemelen van de hinderlagen. Een windvlaag volstond om de geldende regels, en zelfs het besef dat daar ooit een wet had geheerst, uit te wissen. Direct buiten de huiselijke omgeving konden de boomrijke straten, de pleinen en open plekken van het QT, die qua fatsoen en anonimiteit overeenkomen met de huiselijke interieurs, zomaar ineens zo woest worden als een canyon. Er kon zich ineens een kille wind, misschien alleen een rilling, een vreemde schaduw voordoen in het panorama dat in alle andere opzichten zo vertrouwd bleef, in zijn alledaagse voorkomen zonder enig gevaar: Bar Tortuga, de pasfotoautomaat, de scooters voor het Giulio Cesare, snelbus 38 die voorbij stuift naar de Piazza Istria.

In een loopgraaf weet je dat je elk moment kunt sterven, daarvoor ben je daar, je bent er op de juiste plek en de juiste tijd om een kogel tussen je ogen te krijgen, maar de mensen die in het QT werden vermoord hadden er geen flauw idee van dat het hun laatste dag zou zijn toen ze in de bus stapten, de hond uitlieten, de voordeur openden, leunend tegen een auto een sigaret rookten; en velen van hen hadden niet eens door dat ze werden vermoord. Er was geen enkele reden om het te zien aankomen, geen enkele voorbode, het was een normale dag.

Op de plattegrond wordt het QT ten westen begrensd door de Via Salaria, ten zuiden door de Viale Regina Margherita, ten oosten door de Via Nomentana en ten noorden door de rivier de Aniene. Maar de echte grenzen van de wijk werden gemarkeerd zoals een generaal die van de stad Sparta aangaf: Sparta is tot waar ik mijn lans kan werpen.

Dus pas op, want geduld, verdraagzaamheid, discretie en bedachtzaamheid kunnen elk moment diametraal omslaan naar het tegenovergestelde, sterker nog, vaak zijn het niet meer dan paradoxale uitingen van hun antoniem: kalmte is alleen maar omgekeerde razernij, tolerantie is een toneelstukje van agressie, de overheersing die we onszelf opleggen is niet minder meedogenloos dan die welke we anderen zouden opleggen als we de kans kregen, fatsoen is een masker dat wordt opgedaan voor een gezicht verwrongen door obscene verlangens, en als je daar goed naar zou kijken, zou je zien hoe die trekken daarvan op duivelse wijze aan het licht komen. Wat een kolkende razernij zit daarachter, wat een magma zindert er onder die vredige bovenlaag! Geweld openbaart zich in zijn dreigendste vorm juist als onderdrukt geweld. Deugden dragen de fijne sporen in zich van het delirium waaruit ze zijn ontstaan en dat ze op elk moment kan terugroepen, zich weer eigen kan maken. Schaamte komt voort uit de zonde, en vertoont er dus ook gelijkenis mee zoals een zoon met zijn vader. Nuchterheid, terughoudendheid en zelfbeheersing, die de belangrijkste burgerlijke bijdragen aan het moreel besef vormen, vergroten de innerlijke kloof dankzij welke je in staat wordt gesteld jezelf te observeren en te beoordelen alsof je veilig op de andere kant staat, aan de overkant van het ravijn, maar als je gedwongen wordt het opnieuw over te steken, je vastklampend aan een bungelend touw, dan wordt de schommeling op dat punt heel wijd, de snelheid duizelingwekkend, en als je ook maar even je greep laat verslappen stort je de diepte in.

Ineens dacht iedereen in het QT dus hetzelfde, maar zonder het hardop te zeggen, ze durfden zich niet te openen, integendeel, ze barricadeerden zich achter hun eigen twijfel. Ze vochten liever in hun eentje tegen het niets, en dat leidt er uiteindelijk toe dat men het omarmt. Er bestaat geen heftiger conformisme dan dat welk enkel tot uiting komt in afgezonderde, bedekte vormen, wanneer iedereen hetzelfde denkt maar er niet over praat. Wanneer iedereen in gedachte dezelfde god vervloekt. Ik denk dat er in deze wijk nog nooit zo weinig met elkaar gepraat is als toen na het DvdC; tussen vaders en zoons, tussen echtelieden, tussen de seksen was een vreemde nonchalance ontstaan; eenieder had redenen kunnen vinden om ieder ander verwijten te maken, het recht om elkaar bijna lukraak iets voor de voeten te werpen, wetend dat je hoe dan ook altijd wel iets zou raken (als jongere, als oudere, als man of vrouw en als gewone burger was je er hoe dan ook bij betrokken en had je een schuld goed te maken), dus was het voor iedereen beter om te zwijgen, en dan uiteindelijk zou het zelfs lastig zijn geweest om te bepalen waaróver je het dan precies moest hebben, het onderwerp onttrok zich aan een analyse. Uit vrees om er iets uit te flappen, een detail dat vervolgens tegen je kon worden gebruikt, hield je je mond zelfs tegen degenen die je vertrouwde; juist zij zouden immers wel eens de meest geduchte aanklagers kunnen worden. In wezen was elk aspect van het leven al bezwarend bewijs, genoeg om je te laten veroordelen. Aspecten die op het eerste oog positief lijken kunnen bijvoorbeeld zeer bezwarende aanwijzingen blijken te zijn. Als je een eerlijke, hardwerkende vader was, werd je beschuldigd van onachtzaamheid. Als je in een rijke familie getrouwd was en een onbezorgd leventje leidde, was het nog erger. En dan hebben we het nog niet over je bankrekening, of relaxte vakanties met het gezin, allemaal uitingen van fatsoen die omsloegen in verpletterende bewijsstukken. Een respectabel voorkomen verhulde zeker weten nare verrassingen. En dus werd voor het gemak algauw weer het conventionele masker van de verontwaardiging en de massale afwijzing opgezet. Het probleem werd opgeschort omdat het zo gruwelijk was, de verklaringen van afgrijzen werden ritueel en afstandelijk, alsof men het had over een onheil dat uit de hemel was komen neervallen, of een ziekte, een aardbeving. 'Hoe is het mogelijk dat zulke nette jongens...' De korst groeide weer dicht.

Andere mensen gaan altijd voor: binnen de gezinnen heerste de norm dat je dingen deed 'voor andere mensen' en niet 'voor jezelf'.

Je moet andere mensen respecteren en hun eer aandoen, ze niet beledigen, hun een luisterend oor bieden, beleefd zijn, ze waar mogelijk tevredenstellen. Eigenlijk is wat er van je vereist wordt alleen maar een uiterlijk eerbetoon: een minimum aan etiquette om de dagelijkse gang van zaken een beetje soepel te laten verlopen. Misschien is dat uitgesproken formalisme wel het minst domme aspect van de burgerlijke moraal, want dat vereist nooit dat je volledig achter alles staat wat je zegt of doet, maar waarborgt juist altijd een zekere innerlijke vrijheid, ook al komt deze marge er in feite op neer dat je het een kunt zeggen terwijl je iets anders denkt. Dat je zeg maar zelf niet eens gelooft in je eigen woorden. De vrijheid valt dus samen met de schaduw waaronder de hypocrisie haar ware gevoelens verschuilt, het is precies die halfdonkere ruimte, ambigu, zonder overtuiging. De luwte van de schijnheiligheid. Hier wordt de virtuele identiteit van de burgerlijke en de christelijke moraal gespleten. De burgerlijke moraal leek enkel een kopie van de christelijke, maar blijkt autonoom te opereren wanneer hij koppig blijft opkomen voor de uiterlijke schijn, voor de huichelarij, wat indruist tegen de totale overgave die Jezus van zijn volgelingen eist. Het uitgangspunt is van puur praktische aard: stel dat ik me heel goed gedraag, maar dat ik het simuleer, uiteindelijk gaat het er dan alleen om of ik me goed gedraag of niet, los van het feit of het oprecht is of niet, of het uit overtuiging is of gespeeld. Je kunt er zelfs wel een beetje trots op zijn wanneer je je aanpast aan de algemene denkwijze en daarnaar handelt terwijl je het daar helemaal niet mee eens bent. Als elk correct gedrag kunstmatig is, kan de burgerij dat terecht van iedereen verlangen: ook al ben je niet echt goed, dan moet je toch maar doen alsóf je het wel bent. Precies: alsóf. Niemand kan het kind dat 's avonds bij opa en oma aan tafel zit te geeuwen opleggen om zich niet te vervelen (onmogelijk!), maar men kan wel eisen dat het 'beleefd' een hand voor de mond houdt wanneer het geeuwt. Het is het enige zinnige verzoek dat hem kan worden gedaan... Doe maar alsóf...

Wat een haat kan de waarheid veroorzaken! Door een geheim daarentegen kunnen mensen zich licht en vrij voelen, niet alleen degenen die het koesteren, maar vooral degenen die er niets van weten. 'Nee, laat maar, ik wil er niets van weten' is de toverspreuk van hen die vrij willen blijven.

Het probleem met de waarheid is: moet je haar vertellen of niet.

Hoofdstuk XII

Cicero: 'Bestaat er iets heiligers en respectabelers dan het huis van een burger?' 'Zijn onderdak is onschendbaar.' Ik meen dat het Jünger was die ons er wat explicieter op wees dat de onschendbaarheid van de eigen woning geen abstract recht is dat door juristen is uitgewerkt, maar daarentegen voortkomt uit een heel concreet archaïsch gegeven: dat van de man die met een bijl voor zijn deur staat om zijn huis en kinderen te verdedigen. Probeer daar maar eens binnen te komen. Dat is pas de échte onschendbaarheid: als je zonder toestemming die drempel over gaat word je afgeslacht. De Vikingen waren niet al te zachtzinnig. Welnu, de hedendaagse burger zal niet gauw 's nachts de toegang tot zijn appartement bewaken, maar wanneer hij de deur achter zich dichtdoet, al dan niet geblindeerd, nou, dan kan hij gerust in zijn onderbroek tv gaan kijken en dan hebben zelfs de koning of de paus niet het recht om binnen te komen.

Zo is het idee van 'privacy' ontstaan.

De cultus van de afscheiding: van de vertrekken en suite in een adellijke villa, zonder enige discretie omdat je door die kamers heen moest lopen om van de ene naar de andere kant van de woning te komen, en waarin alles plaatsvindt – van ontwaken tot aankleden, van maaltijden tot zaken tot gesprekken – voor de ogen van een heleboel mensen, voor het merendeel huishoudelijk personeel (vandaar ook dat het kabinet werd uitgevonden, waar je even alleen kon zijn of in afzondering met iemand), tot de gangen in de burgerwoning waar alle vertrekken links en rechts aan liggen.

De mythe van de *gesloten deur.*

Het enige wat door de gesloten deur kwam waren de geluiden.

Platen, föhns, gelach.

Muziekinstrumenten.

En dan seksgeluiden: de seks tussen de ouders; de seks van de kinderen, alleen of met een ander.

Gedenkwaardig is het verhaal dat ik hoorde van een meisje dat ik op het Giulio Cesare had leren kennen, over haar eerste seksuele ervaringen toen ze een jaar of zestien was. Het was destijds normaal om eerst een paar vriendjes te hebben waarmee je zoende en elkaar min of meer intiem betastte, en dan kwam de juiste jongen met wie je naar bed ging. En als het niet de *juiste jongen* was, was het wel het *juiste moment* om het te doen, rondom die leeftijd dus, een jaar of zestien, zeventien, de een wat eerder en de ander wat later, afhankelijk van vele factoren. De meisjes van mijn generatie zijn de eerste Italiaanse meisjes die *allemaal* hun maagdelijkheid zijn kwijtgeraakt voor hun trouwen. Dat deden ze omdat ze het wilden, omdat ze ernaar verlangden, omdat hun vriendje zo aandrong of uit imitatiegedrag. Het onderscheid viel weg tussen makkelijke meisjes en fatsoenlijke meisjes, zoals de jongens van de voorgaande generaties hen hadden ingedeeld, die net als Alberto Sordi in zijn films op vakantie moesten naar Zweden om bereidwillige meisjes tegen te komen (destijds noemde men ze 'ongeremd'), of anders moesten betalen. De jongens van mijn leeftijd hoefden alleen maar wat geduld of geluk te hebben om een meisje te treffen dat al geëmancipeerd was, of bijna. Op de middelbare school was er een scheidslijn tussen de meisjes die 'het al gedaan hadden' en zij die het 'nog niet' gedaan hadden, maar dat was slechts een kwestie van tijd. Van sommige wist je alles al, van andere kon je het aanvoelen. Maar zolang ik op het SLM zat kreeg ik daar allemaal maar weinig van mee.

De eerste keer dat Linda het met haar vriendje deed, was in haar bed; haar vader was op zijn werk en haar oudere zus zat op haar eigen kamer. In de overtuiging dat niemand haar controleerde stak Linda na de geslachtsdaad een sigaret op, naakt op haar rug met haar benen omhoog tegen de muur in een zeer cinematografische pose die zo op de poster had gekund van een film over de seksuele revolutie, misschien om zich te laten bewonderen door haar vriendje of misschien omdat het eenpersoonsbed wat krap was voor twee. Toen kwam ineens zonder te kloppen of enige andere waarschuwing haar vader, die net thuis was van zijn werk, haar kamer binnenvallen en hij aanschouwde het tafereel: hij kon zijn verbijstering maar nauwelijks verhullen.

Het stel in bed verstijfde en dacht er niet eens aan om zich te bedekken.

En de vader stamelde met schrille, geërgerde stem: 'Maar Linda toch... sinds wanneer róók jij?'

En hij smeet de deur weer dicht.

Bij mij thuis moest je altijd aankloppen op een gesloten deur voordat je naar binnen ging. *Altijd eerst kloppen.* En niet alleen op de deur van onze ouders; ook de kinderen hadden recht op dat teken van respect. Zelfs als kinderen onderling betrachtten wij dezelfde discretie. Het was verboden om je deur op slot te doen, dat wel, want privacy mocht niet belemmeren dat iemand te hulp werd geschoten wanneer hij zich niet lekker voelde, in de badkamer bijvoorbeeld. Vroeger hing er een bel bij het bad waaraan je kon trekken als je onwel werd. Die angst is op mij overgeslagen. Het bad wordt een plek waarin je kunt verdrinken of geëlektrocuteerd kunt worden. De beslagen tegels glinsteren onheilspellend. In het te warme water is het alsof je polsen al zijn doorgesneden.

Het aanzien van de burgerwoning werd afgemeten aan de diversiteit van de vertrekken: hal, voorkamer, zitkamer, woonkamer, eetkamer, studeerkamer, bibliotheek, kantoor, pantry, strijkkamer... De scheidsmuren bepaalden de functies en vergrootten de privacy van alle handelingen in het huiselijk leven, lezen, eten, telefoneren, bezoek ontvangen, rusten, koken, levensmiddelen en kleren opbergen – en wanneer er nu oude appartementen worden verbouwd doet men dan ook niets anders dan scheidswanden afbreken.

Verbergen en pronken zijn de twee polen waartussen het huiselijk leven van de burger heen en weer schommelt, waarbij de onaangename zaken worden verhuld en de prestigieuze worden benadrukt. En dan zijn er kostbare spullen die worden opgeborgen om ze bij speciale gelegenheden te kunnen tonen, als sieraden. Ze zijn ontworpen om mee te pronken, maar liggen het merendeel van de tijd opgeborgen in foedralen, brandkasten of verstopplekken, veilig voor inbrekers, om bij speciale gelegenheden voor de dag te komen.

In zijn kenmerkendste vorm, inmiddels zo goed als uitgestorven, straalde het burgerlijk leven meer licht uit dan warmte. Het moest tot in de puntjes glimmend schoon zijn. Vandaar de obsessie met het boenen van marmer, email en metalen; het poetsen van zilverwerk dat in het dagelijks leven bijna nooit werd gebruikt, en alleen van die schittering genieten op het moment dat de lade per ongeluk werd opengetrokken; de regelrechte cultus van het parket, geboend en gepolijst tot het die donkere glans kreeg.

Het couvert en het porseleinen servies voor belangrijke dagen werden bewaard in bergruimtes, verstopplaatsen, kisten en kistjes, rommelhokken, kasten achter slot en grendel. In een huis van fatsoenlijke mensen waren de geheime opbergplekken, de afgesloten vakken werkelijk niet te tellen...

(Nooit goed begrepen wat ze bedoelden met 'pantry'... waarom dat zo heette...)

Altijd twijfelend of men zijn welvaart moest verhullen of juist laten zien, dus deed men vaak maar allebei tegelijk.

Niemand in Italië vindt het prettig om zijn inkomsten kenbaar te maken, die houdt men verborgen voor anderen en zo mogelijk ook voor de overheid, terwijl men de aanwijzingen ervan wel gretig rondstrooit.

Alleen hun vermogen belemmert de burgerij om het communisme te omarmen, wat een logische uitkomst zou zijn van de maatschappelijke afgunst. De vreugde van de burgerij schuilt in het gevoel van contrast: je wilt bezitten wat anderen niet hebben en waar ze je dus om benijden. Appartementen, kleren, auto's, en vrouwen, echtgenotes of minnaressen geselecteerd als een stuk zilverwerk, een schilderij, een wandtapijt of een kostbaar meubel.

Men verkrijgt een effect van voornaamheid door middel van stilistische verfraaiingen: meubels, gordijnen, tapijten, souvenirs, kostbare of extravagante voorwerpen. Een mooie ladekast die op de juiste plek wordt neergezet kan een saaie woonkamer cachet geven. Er zijn woningen waar alles draait om de totem van een antiek dressoir. En dan heb je het type inrichting waarbij de muren vol hangen met Afrikaanse maskers, of waar in de hoeken, diep en donker als een oerwoud, allemaal varens en ficussen staan die een weeïge geur verspreiden. De bewoonsters zijn vaak elegante dames vol weemoed naar de exotische landschappen waaruit die voorwerpen zijn meegenomen, als eerbetoon aan de esthetische wet van de verplaatsing. Het lijkt of het leven hen benauwt, en hun bijna altijd blauwe of groene ogen, die glimmend afsteken bij hun ook 's winters gebruinde huid, kijken verder dan Italië, over bergketens en oceanen. Het echte leven is eigenlijk ergens anders en die mooie huizen vol weelderige begonia's zijn in zekere mate een compensatie voor het feit dat ze daarvan hebben afgezien. Er bestaat geen ascetischer wezen dan de welgestelde dame. De mogelijke alternatieven voor het bestaan dat ze daadwerkelijk leiden, heel luxe maar ook heel, heel saai, stralen als een aureool om hun gezicht en verschaffen dat soms een magische glans. Terwijl de mannen uit hetzelfde milieu vooral hun successen met elkaar vergelijken, zijn hun vrouwen meer bezig om respectieve ontzeggingen te vergelijken. De een heeft haar carrière opgezegd ten gunste van die van haar man of om hem niet jaloers te maken, de ander heeft ervan afgezien om kinderen te krijgen of om er meer of minder te krijgen dan ze er uiteindelijk heeft, er zijn vrouwen die hebben afgezien van hun grote liefde, en die inspanning om hun emotie levend te begraven in hun hart verleent hun een treurige schoonheid.

Vreugde en welzijn gaan niet samen, want vreugde bestaat juist uit de overgang van een toestand van onvrede naar een toestand van welzijn.

En dan is er nog de verzamelwoede: schilderijen, boeken, pijpen, antieke wapens, porselein, of iemand die zijn eigen verleden verzamelt, een hele trits vazen, flessen, muziekinstrumenten, hoofddeksels, foto's... die stuk voor stuk herinneren aan een bepaalde gebeurtenis, een bepaalde periode... of aan een reis, daar opgehangen, aan de muur, als een icoon.

Het huis is de plek waar de sporen neerslaan van een voortdurend leven, de tekenen van de continuïteit van het bestaan. De woning, en het wonen, geven het gevoel dat je iets hebt en dat je dat later ook nog zult hebben. Gisteren, vandaag, morgen, híér was ik, ben ik en zal ik zijn. Zowel wanneer er dramatische gebeurtenissen plaatsvinden als wanneer het stof van onze dagelijkse bezigheden langzaam neerdwarrelt gaat er niets boven een huis om een zweem van betekenis te geven en je identiteit bijeen te houden. Vooral tegenwoordig, nu de elementen van herkenning zijn vervaagd, is je huis nog vrijwel het enige wat overblijft om tegen anderen (en tegen jezelf) te zeggen wie je bent, soms wie je bent geweest, wat je wilt, wat je leuk vindt en wat niet. En hoeveel geld je verdient. En zo zal er dus nooit een eind komen aan de klassenstrijd; zij het niet in de vorm van een treffen tussen tegengestelde sociale reuzen zoals in een manifest van Majakovski – de arbeiders in een overall tegenover de dikke kapitalist in rokkostuum – maar versplinterd in talloze kleinere, lokale conflicten, minder explosief, vaak tussen maatschappelijke groepen die veel met elkaar gemeen hebben, qua inkomen of woonplek – zoveel dat ze niet uit elkaar te houden zijn. Het is de logica van de *dogfight*. Die zie je niet alleen terug bij de bestormingen van zigeunerkampen, maar in wat minder wrede of spectaculaire vorm ook binnen het veelkleurige geheel van de burgerij. De klassenstrijd wordt een klasseringsstrijd. Aan de veranderlijke horizon van de sociale relaties waarin de behaalde posities voortdurend onder druk staan, blijft de woning daar stevig staan, als teken van *stabiliteit*, continuïteit, zekerheid – al gaan die in feite maar hooguit twee generaties mee. Alleen al de kinderen die in ruime bourgeois appartementen zijn opgegroeid, moesten toen ze volwassen werden en trouwden emigreren naar kleinere huizen, of naar minder prestigieuze wijken.

Van Parioli naar Talenti, van Prati naar Torpignattara.

Het is de wiskundige wet van de deling.

Voor sommigen begonnen de gouden bergen al op te raken in de jaren zeventig en tachtig. De kinderen van ondernemers die in weelde opgroeiden gingen ervan uit dat hun vergulde deel een onveranderlijke horizon was, maar op een goede dag werden ze wakker geschud door de herwaardering.

Voor de burger is ook zijn woning magisch. De symbolen daarvan zijn niet minder symbolisch alleen omdat ze tot een alledaags universum behoren. Bepaalde voorwerpen of ruimtes hebben een speciale kracht. Andere zijn zo verboden als de boom der kennis van goed en kwaad. Bepaalde drempels mogen niet overschreden worden, op straffe van verdoemenis, bepaalde sleutels worden nooit omgedraaid behalve door de sjamaan die de rechthebbende is. In de film *Il marito* (*De echtgenoot*) neemt Alberto Sordi zijn bruidje mee naar hun nieuwe woning, in de periferie, eigenlijk bijna op het platteland zelfs, maar toch heel betamelijk, en trots toont hij haar een klein terras waar ze in alle beslotenheid samen zullen kunnen genieten, maar zijn schoonmoeder tekent meteen met een krijtje de lijnen op de vloer van het appartementje dat daar voor haar en haar andere dochter moet worden gebouwd. Ze schrijft 'Ida's kamer' en 'Mijn kamer' in de plattegrond. En wat doet Sordi wanneer hij dat project ontdekt? Hij zet de waterslang erop en wist alles uit. 'Wat denkt die ouwe taart wel niet...! Pff! Wat was jij dan van plan, hm? Daar maak ik effe korte metten mee...'

Het zijn twee toverkunsten, de ene met krijt, de andere met water, de eerste evocatief, de tweede regelrecht exorcisme.

Een huis bouwen, kopen of zelfs huren is een ingrijpende gebeurtenis. En aangezien huren tegenwoordig minder gebruikelijk is, net zoals nieuwbouw, en kopen een helse onderneming, steekt de burger zijn geld en vrije tijd, zijn verwachtingen en zijn smaak nu liever in een verbouwing: van een stal, een hooizolder, een boerderij, een hoeve, een *trullo* in Puglia, een *dammuso* op Sicilië, een bouwval buiten de stad die als vakantiehuis kan dienen.

Er bestaan mensen die het QT bewieroken: vaak zijn ze er opgegroeid en moesten ze er op een gegeven moment weg, en nu dromen ze ervan om er ooit terug te keren, ook al zijn de huizenprijzen intussen exorbitant hoog geworden. Zoals de Latijnse dichters tekeergingen tegen het chaotische, corrupte leven in Rome en als contrast de rust van een kleine boerderij op het platteland verheerlijkten, zo loven de bewierokers van het QT de wijk ten opzichte van het oude centrum van de stad – dat natuurlijk mooi is, schitterend, uniek op de wereld enzovoort, maar ook luidruchtig, smerig, vol met verkeer en tafeltjes van bars en restaurants en met toeristen en de diverse nachtbrakers die de pleinen verlevendigen met ruzies waarbij met flessen wordt gesmeten of met kussengevechten, allemaal zaken waar de aanbidders van het QT, liefhebbers van straatjes die om negen uur 's avonds al uitgestorven zijn, een bloedhekel aan hebben.

Toch heerst ook hier in het QT de wijdverbreide Romeinse verloedering. Overvolle afvalcontainers die nooit worden geleegd. Auto's die rustig dubbel of driedubbel staan geparkeerd. Mensen die hun hond uitlaten en hem vlak voor een huisdeur met trillende dijen zijn behoefte laten doen, mensen die testritten maken met minimotoren of andere radiografisch bestuurbare apparaten die ze zelf in hun garagebox hebben geknutseld (let wel: dat zijn geen jongeren, maar vijftigers), en dan nog de taggers of graffiti-artiesten, oftewel die lummels die de muren volkladden met hun monotone krabbels en die door een of andere oud-kunstacademiestudent of een voormalig afgevaardigde van de Heropgerichte Communistische Partij (waarom toch? waarom? *waarom heb ik op jullie gestemd?*) hardnekkig wordt verdedigd als 'artistieke uiting' of als symptoom van het 'onbehagen van jongeren'.

Het is mij niet duidelijk waarom graffiti op de muren een uiting van het onbehagen van jongeren zou moeten zijn, dan kun je net zo goed zeggen dat het laten schijten van je hond op de stoep een uiting van het onbehagen van ouderen is.

Op het eerste gezicht geven noch je kleren noch de auto die je rijdt noch het taalgebruik dat je bezigt tegenwoordig een indicatie van de sociale klasse waartoe je behoort. Alles is vloeibaar, vaag. Mij overkomt het wel eens dat mensen me door mijn slonzige kleding aanzien voor een zwerver. Dat zie ik aan hoe ze naar me kijken, hoe ze tegen me praten... Maar vervolgens zijn een colbertje en een scheerbeurt genoeg om te worden opgewaardeerd. Het zijn wankele, tijdelijke indrukken.

De woning was misschien nog de laatste onmiskenbare manier om een stijl te definiëren, een bourgeois esthetiek die in gedragingen, manier van kleden en praten en zelfs politieke oriëntatie (met de uitvinding van de zogenoemde 'linkse bourgeoisie') vrijwel volledig afstand had gedaan van de cultus der onderscheiding die toch minstens twee eeuwen lang in acht was genomen. De nieuwe bourgeois generatie van die tijd (mijn generatie) werd geboren onder het teken van de witte kousen en de blauwe sandalen met een zool van echt leder, en groeide binnen een paar jaar uit tot haveloos, informeel, promiscue, vrijgevochten, grofgebekt en smerig.

Het enige waar mijn vader benieuwd naar was wanneer ik bij een vriendje thuis was geweest om huiswerk te maken of voor een verjaardagsfeestje, was: 'Wat voor huis hebben ze?' en dan wist ik nooit wat ik moest zeggen.

'Wat voor huis hebben ze?'

'Eh... het is... wel mooi... jawel!', want op je twaalfde ben je niet bepaald onder de indruk van drie badkamers, en ga je ook niet door het appartement lopen snuffelen op zoek naar de strijkkamer. Ik kon niet weten dat die vraag voor mijn vader gelijkstond aan het vragen naar het beroep of het inkomen van mijn vriend, en in de plaats kwam van de vroegere snobistische vraag: 'Is hij van goede komaf?'

Allemaal dingen die ik pas veel later heb begrepen... Pas toen ik al over de dertig was en zelf een verbouwing liet doen vernam ik de betekenis van suggestieve termen als 'wintertuin', wat natuurlijk een serre is, maar wat mij altijd had doen denken aan iets uit een Russische roman, een regieaanwijzing van Tsjechov, een poëtische uitdrukking zoals rozen die buiten hun seizoen bloeien, '*late roses filled with early snow*', of het strand in de winter, 'een concept waar de geest geen rekening mee houdt'.

Misschien was het enige aspect van een huis dat voor ons het verschil maakte een zwembad. Wauw, een zwembad. Wie een zwembad had, privé of met het hele wooncomplex samen, had ook een heleboel vrienden, en niet allemaal geheel belangeloos. Tegen mei beginnen ze, in juni worden ze aangewakkerd en in juli en augustus triomferen de vriendschappelijke gevoelens jegens degenen die over een zwembad beschikken.

Het was aan de rand van een zwembad op de Via Appennini 34 (waar ik toegang toe had gekregen via ik weet niet meer welk contact) dat net met water was gevuld voor het seizoen, dat ik op een mooie junidag mijn oog liet vallen op een tenger blond meisje: ze lag in haar eentje op haar buik te lezen, met haar voeten in de lucht. Op het eerste gezicht herkende ik haar niet, en ook niet op het tweede en derde gezicht, maar toen zei iemand dat het Leda Arbus was, de zus van mijn klasgenoot. Wat? Leda Arbus? Zeker weten. Haar verschoten bikini was bijna niet te onderscheiden van haar bleke huid. Met haar ene hand veegde ze haar haren naar achteren, zodat ze niet weer over haar schouder zouden vallen, de andere hield ze onder haar kin, haar elleboog op het beton steunend. Het zag er heel ongemakkelijk uit.

Toen ik haar bij Arbus thuis had gezien, had ze uiteraard kleren aan. Nu was ze bijna naakt. De confrontatie onthutste me. Daarom ging ik niet naar haar toe, ik negeerde haar bewust.

De bourgeoisie wil het leven het liefst met u aanspreken, de betrekkingen formeel houden zonder de afstand ooit een centimeter te verkleinen, zich verhouden tot een wereld bevolkt door functies en geesten, professionele figuren en gestaltes, wezens met een titel maar zonder naam. Ook bloedvergieten en verraad en ziektes zou ze het liefst met u aanspreken, en de dood zou ze willen vragen: 'Neem me niet kwalijk, heb nog wat geduld alstublieft, zou u zo vriendelijk kunnen zijn om terug te komen over zeg een paar jaar, of over tien jaar als het kan?' Koste wat kost de distantie bewaren, en al klinkt die ernstig of sarcastisch, verlegen of arrogant, ze ontstaat hoe dan ook uit de noodzaak om duistere machten onder de duim te houden, besmetting te voorkomen, om ze te steriliseren, af te laten koelen. En als iemand dan toch bij de voornaam wordt genoemd, is dat omdat daarmee een sociale afstand wordt aangegeven wanneer men een ondergeschikte aanspreekt (de groenteman heet Luigi, Bartolo of Natale, de werkster wier achternaam nog nooit is uitgesproken is en blijft Amalia, alleen Amalia, of Aurora, Rosi, Bice, Corazón, Tanja, Svetlana...). Mijn vader was enkel 'de Ingenieur'. 'Ingenieur' was zijn roepnaam geworden, daarmee werd hij van alle andere mensen onderscheiden, en toen hij stierf dachten de meeste mensen bij de begrafenis in de Sant'Agnese 'de Ingenieur is dood', oftewel Ing. Carlo, alias Carlo Ingenieur, net als 'Chance the Gardener' in de film *Being There*, en ze zeiden ontroerd tegen me: 'Ach, de Ingenieur was zo'n geweldige man...' En ik was zo naïef geweest om hem in de overlijdensadvertentie alleen maar Carlo Albinati te noemen, waarbij ik dat Ing. vergat, o jee, wat was mijn oma toen pissig! Ze zei dat we de nagedachtenis van mijn vader bezoedeld hadden. Zonder de mantel van dat Ing. was hij vast naakt en beschaamd opgestegen naar de hemel.

De bourgeoisie wil aan de ene kant erkenning van de samenleving door te streven naar 'distinctie' als referentiewaarde, en aan de andere kant wil ze zich ervan distantiëren door een onoverbrugbare kloof te creëren. In de spreektaal uit zich dat in de negatieve zegswijze

‘Waag het niet...’ Hij moet het niet wagen zich ermee te bemoeien. Dat moet hij eens wagen. Waag het niet om zo te doen – zo te praten, zo’n toon tegen mij aan te slaan...

Om de dunne lijn te overschrijden en binnen te treden in andermans territorium, huis, zaakjes (waarvoor tegenwoordig de zwakke term ‘privacy’ wordt gebruikt) moet er dan ook toestemming worden verkregen, en de brave bourgeois verleent die uiterst spaarzaam en argwanend. Normaal gesproken verschanst hij zich achter die lijn. Het idee van de façade, het zogenoemde ‘decorum’, is veel meer dan uiterlijke schijn, het betekent dat niemand het recht heeft om op te dringen voorbij dat onberispelijke voorkomen. Zelfs de bourgeois zelf voelt zich niet gerechtigd om binnen te dringen in zijn eigen onschendbare gedachten, om zogezegd indiscreet te zijn ten opzichte van zichzelf. Het masker dient niet zozeer als vermomming als wel als *bescherming*. Het dient niet om te misleiden, dat wil zeggen om te doen alsof men iemand anders is, maar om niet te laten weten wie men werkelijk is. Naar buiten toe zal alleen de economische positie spreken, en zoals bekend heeft geld geen persoonlijkheid, geld liegt niet maar zegt ook niet de waarheid, geld zegt helemaal niets, en dat is ook de reden waarom de leden van de middenklasse vaak inwisselbaar lijken, anoniem, net zoals de inwoners van het QT dat waren en nu nog zijn.

Discretie betekent afzien van informatie. Niet dieper op iets ingaan, geen vragen stellen, niet meer willen weten dan wat de ander je bewust besluit te vertellen, en soms zelfs niet eens dat willen weten. Nee, ik wil er niets over horen. Schat, zeg er alsjeblieft niets meer over. Woorden zijn overbodig... De fijngevoeligheid waarmee men zich buiten de persoonlijke ruimte van een naaste houdt kan soms grenzen aan onverschilligheid, wat overigens ook het gevoel is dat men vaak bereikt nadat men ellende en ontberingen heeft doorstaan. Als ik mijn nieuwsgierigheid naar de ander volledig opoffer, als ik me aanwen om die steevast de kop in te drukken, dan is de kans groot dat mijn belangstelling voor diegene stukje bij beetje afneemt. Diens leven, opgesloten in zijn intiemste gedachten, zal buiten mijn bereik glijden. Als er nooit iets wordt gevraagd valt er uiteindelijk ook niets meer te zeggen. Wie gewend is niets te vragen, antwoordt ook niet. Bovendien lijkt die discretie misschien te zijn ingegeven door het verlangen de ander geen pijn te doen, hem niet te kwetsen, maar welbeschouwd dient ze juist om zichzelf niet te kwetsen. Men beschermt zichzelf tegen mogelijk onaangename waarheden. Wie discreet is, behoedt zichzelf dan ook voor een heleboel problemen en teleurstellingen, terwijl een indiscreet persoon altijd het risico loopt betrokken te raken en meegesleept te worden in ellende. Je kunt ook indiscreet en respectloos zijn tegenover jezelf, wanneer je uit onbezonnenheid of eerlijkheid te openhartig dingen vertelt die anderen eigenlijk beter niet over je zouden kunnen weten. Dat is misschien nog wel een grotere en dommere zonde: de opdringerigheid van mensen die je per se alles willen vertellen.

Doorgaans kennen we te veel waarde toe aan de blikken die op ons gericht zijn. Uit onzekerheid of ijdelheid gaan we ervan uit dat anderen niets beters te doen hebben dan ons de hele dag maar observeren en beoordelen, hoewel we meestal vrij onopgemerkt blijven. Al die navelstaarderige verwachtingen, zenuwen en zorgen die je voelt wanneer je een volle zaal binnenkomt en alle ogen op je gericht weet, staan normaal gesproken niet in verhouding met de belangstelling die je daadwerkelijk opwekt.

Hoofdstuk XIII

Er is iets merkwaardigs met de bourgeoisie.

Als je de geschiedenis bestudeert lijkt het net of die klasse voortdurend ontstaat.

Elk nieuw tijdperk luidt namelijk de opkomst van de bourgeoisie in.

In de tijd van keizer Augustus schijnt de bourgeoisie al in opkomst te zijn geweest. In de Middeleeuwen, zo bevestigen historici, ontstond de bourgeoisie, in de Renaissance werd ze opnieuw geboren, de achttiende eeuw was de eeuw van de bourgeoisie, de negentiende eeuw idem, dus nou ja, die bourgeoisie was constant bezig op te komen, met de ellebogen te werken, op de voorgrond tredend met haar waarden en haar belangen...

(In de gevangenis waar ik lesgeef beweerde een leerling van me, die bij de Rode Brigades heeft gezeten, dat de bourgeoisie al in het stenen tijdperk het proletariaat uitbuitte – daar in die grotten.)

De bourgeoisie roept de meeste haat en minachting op onder de leden van de andere klassen, en dat is begrijpelijk; pas echt opmerkelijk is de diepgaande haat die in eigen kring wordt aangewakkerd: de felste tirades tegen de burgerlijke mentaliteit zijn bedacht, geschreven en tijdens bijeenkomsten, scheldkanonnades en demonstraties uitgesproken door de leden van de bourgeoisie. Misschien omdat zij als eersten teleurgesteld of afkerig zijn van het welzijn dat ze zelf veroveren. Dat is een bijzonder, maar niet per se tegenstrijdig aspect van juist dat onverzadigbare en vurige verlangen om hogerop te komen. Wanneer mensen rijker worden zouden ze eigenlijk ook gelukkiger moeten zijn, maar dan ondervinden ze juist een vreemde terugslag waardoor ze gaan neerkijken op wat ze eerst begeerden. Aangezien er grenzen zijn aan de mate van zelfbedrog kunnen ze, wanneer ze eenmaal hebben verkregen wat ze met hart en ziel verlangden en ervan overtuigd zijn dat ze ook precies dat en niets anders wilden, een diepe teleurstelling ervaren die psychologische, metafysische of simpelweg chronologische oorzaken heeft, aangezien verlangens bijna altijd pas lange tijd nadat ze zijn geformuleerd worden vervuld, dat wil zeggen te laat: we kunnen ons pas veroorloven om iets wat we heel graag wilden aan te schaffen wanneer het niet meer zo heel belangrijk of prestigieus is om het te hebben, en anderen het al minder exclusief hebben gemaakt. Als alle vrouwen al een bontjas hebben, de hype van de jaren zeventig, dan zal de dame die er geen heeft het gevoel hebben dat ze iets mist, terwijl degene die er wel een heeft er helemaal geen plezier aan beleeft.

Vaak begeren we dingen die niet binnen ons bereik liggen. Ze zullen binnen ons bereik komen wanneer ze niet meer zo begerenswaardig zijn.

Hoe hoger het opleidingsniveau, hoe groter de ontevredenheid. Hoe groter de welvaart, hoe meer de onvoldaanheid naar de keel stijgt.

Kortom, iemand die materiële goederen vergaart, kan er later teleurgesteld door raken, en ze uiteindelijk zelfs verachten of verwerpen. En wanneer die verachting niet bij hemzelf opkomt, dan misschien later bij zijn kinderen. We worden heen en weer geslingerd tussen de vurige drang naar bezit en de min of meer strenge veroordeling van de perverse effecten die juist die verrijking heeft gesorteerd: op onszelf, op het landschap, op de natie, op de aarde. Iedereen wil het beter hebben, maar tegelijkertijd klaagt iedereen erover dat we het beter hebben, aangezien het grotere comfort van alles met zich mee heeft gebracht: extreem individualisme, amoraliteit, innerlijke leegte, consumptiedwang, het verlies van waarden, teloorgang van de gemeenschapszin, smaakvervlakking, vervuiling, een zouteloos leven, een onvoldaanheid die misschien nog wel groter is dan voorheen. De goederen waar men eerst naar verlangde en die men vervolgens verkreeg, ten koste van grote inspanningen en nog grotere compromissen, lijken ineens onbeduidend, afstotelijk, verwerpelijk. In Amerikaanse films komt de rijke manager die een leven aan de top leidt ineens tot het besef hoe nep zijn bestaan is. De aanval van Hollywood komt altijd vanuit het hart van Hollywood. Want, pas op, het is de cultuur zelf die zowel de drang naar bezit als de grootste kritiek daarop produceert, soms zijn het juist de mensen die zwemmen in het geld die verklaren te walgen van geld: en dat is dan niet, of niet alleen, schijnheilig. Wellicht zijn aantrekkingskracht en weerzin twee bewegingen van dezelfde levensimpuls, die bestaat in krampachtige spanningen. Het idee dat welvaart een zwakke vlam is die het leven niet verwarmt zit dieper dan we kunnen toegeven aan datgene wat in wezen het klassieke vals bewustzijn lijkt te zijn: we denken het een en doen intussen het tegenovergestelde. Die tegenstelling heeft het burgerlijk geweten vanaf het begin gevormd, en het is een koud kunstje om de normen en waarden daarvan belachelijk te maken, wat dan ook al eeuwenlang wordt gedaan door schrijvers, kunstenaars, zangers en singer-songwriters, profeten en religieuze leiders, moralisten, satirici, evenals vele sprekers en politici van links maar nog vaker van rechts, die om een hele menigte op te hitsen genoeg hebben aan drie zinnen van een tirade tegen de ondeugden en de tegenstrijdigheden en de zwakheden van de bourgeoisie... die kruideniersmentaliteit... die lafheid, dat geld verdienen over de rug van anderen... de hypocriete bekrompenheid... de beroemde leuze 'strijders tegen kooplui'...

ach oude kleinburgerij
hoe nietig je ook mag zijn
ik weet niet wat je het meeste oproept: pijn,
woede, afkeer, of chagrijn

De burgerij is al van oudsher haar eigen favoriete mikpunt. Zelfs het lemma in de encyclopedie (een cultureel instituut dat is bedacht door de burgergeest), waarvan je zou verwachten dat het neutraal van toon was, ademt een zweem van ironie, of zelfs nauwverholen verachting.

Hier komt het.

Mentale en emotionele kenmerken: onwilligheid, afkeer, jaloezie, vijandigheid, ongevoeligheid, kleingeestigheid. Een sceptisch, weifelachtig, achterdochtig, krenterig, hebzuchtig, angstig persoon.

Zijn enige interesse: zakendoen, opkopen van grond en vastgoed, die doorverkopen, lucratieve ondernemingen oprichten, uitblinken in zijn vak, carrière maken bij het openbaar bestuur zodat hij zich voor eens en voor altijd kan onttrekken aan zijn sociale minderwaardigheid tegenover de adel en de rijken, en de kloof tot het plebs kan vergroten. Kooplui, bankiers, rechtsgeleerden en notarissen, zakenlieden, juristen.

Ziet af van idealen en ridderlijke gevoelens.

Fundamenteel laïcisme vermengd met religieus conservatisme. Godsdienstig vuur, indien aanwezig, op een laag pitje: de zogenaamde zondagsbidders.

Diep vanbinnen heeft de burger altijd iets tegen religie gehad, ook al onderwierp hij zich er formeel wel aan. Vanaf een gegeven moment zag hij de kerk alleen nog als bondgenoot omdat hij die beschouwde als het laatste bolwerk van de bedreigde tradities. Aangezien de burger gewend is om elk aspect dat hem aangaat ter discussie te stellen (zaken, wetten, rechten, onderwijs), vraagt hij uiteindelijk ook rekenschap aan het geloof dat hij voorheen zonder morren beleed. Hij 'opent een geschil met God', bij wijze van spreken, hij spant een zaak tegen hem aan en vraagt Hem om verantwoording van Zijn handelwijze, hij schuift zijn redenering naar God toe als een pion op een schaakbord. Hij heeft de neiging een eigen doctrine te ontwikkelen en die te kneden naar zijn eigen behoeften. Hij onderwerpt zich niet aan het gebod der nederigheid; gewend aan de weldoordachte berekening van zijn voordelen, walgt hij van het idee dat een almachtige voorzienigheid hem zou domineren. En zo is zijn laatste mogelijkheid om nog iets van een religieuze levenshouding te bewaren dat hij voor zichzelf een christendom op maat bedenkt zonder dood, zonder voorzienigheid, zonder zonde en zonder godsdienst.

De burger is in theorie tegen geld, maar in de praktijk is hij eraan verslingerd. Over geld praat je niet, dat maak je. Verlangend naar rijkdom maar ook naar ledigheid en gemak. Hij is geïnteresseerd in openbare functies, maar veracht politiek gekonkel.

De burger is nooit onwetend genoeg om echt gelukkig te kunnen zijn. Naarmate met de jaren zijn krachten afnemen en zijn toekomstperspectieven inkrimpen, neemt zijn ontgoocheling exponentieel toe. Het leven is voorbij en maar weinigen kunnen zeggen dat ze het echt geleefd hebben. Als hoeder van een ambivalente notie van stabiliteit en continuïteit (die inderdaad botst met dat andere uitgangspunt, dat van de maatschappelijke vooruitgang) zou hij een eind willen maken aan de onzekerheid die het leven beheerst. Maar als dat gebeurt, dat wil zeggen als hij daadwerkelijk een financiële buffer weet op te bouwen, dan slaat meteen de verveling toe, de monotonie, want genoegen en plezier komen nu eenmaal voort uit onregelmatigheid, uit onvoorziene omstandigheden. Dat is het wrange mechanisme dat de wet van het verlangen stuurt. Je kunt neerploffen op de welvaart als op een stoel, maar dan krijg je meteen pijn en tintelingen in je achterste. En het is ook zo dat de financiële zekerheid, aangenomen dat die permanent is, je hoe dan ook niet beschermt tegen andere ellende die voortdurend op de loer ligt, ziekte, je eigen dood of die van je dierbaren – gebeurtenissen die ook de rijkste zakenman of de topadvocaat plotseling overvallen. Sterker nog, als je bepaalde Bijbelse parabels moet geloven zijn juist zij degenen tegen wie het lot tekeergaat, juist op de welvaart daalt de exemplarische hand Gods neer, opdat iedereen weer beseft wat de werkelijke waarde is van aardse zaken. Geld, succes, schoonheid, de geneugten van het vlees, grootspraak – allemaal tot stof vergaan. Grootbezitters die in één nacht van al hun eigendommen worden ontdaan, handelaren getroffen door een vreselijke schurft of verblind door vogelpoep, opulente herbergiers opgeslokt door een aardbeving, ministers die hun functie verliezen en nog voor de avond valt op het schavot belanden.

En de burger is daarop gespitst. Hij is nooit onbekommerd, want het noodlot kan hem elk moment treffen.

Dus onder een laagje optimistisch vernis dat de burger voor het fatsoen draagt, zoals een schoon overhemd en een pantalon met een vouw erin, moet hij op het ergste voorbereid zijn ('Het ergste moet nog komen, het ergste staat voor de deur, het is alleen een kwestie van tijd...'). In de burgerlijke manier van denken is het vergankelijke onverdraaglijk. En aangezien álles vergankelijk is, vindt hij uiteindelijk ook álles onverdraaglijk. Dan rest hem niets anders dan zijn dromen, zijn illusies. Iemand die nergens in gelooft gaat uiteindelijk geloven in de meest bizarre sprookjes. De mythe van de continuïteit, die de aristocratie door de eeuwen heen heeft geconstrueerd en aangehangen, wordt als een drug in de aderen van de bourgeoisie geïnjecteerd. Een paar generaties en een gerenoveerde bouwval zijn genoeg om de illusie te hebben dat ze een heel geslacht hebben gesticht. Dat ze zich hebben geworteld door zich te verzekeren van de rente van herinneringen en handelingen die langzaam maar zeker verzegeld zullen worden door de tijd. Ook al zal de bourgeois telkens wanneer hij zijn mond opendoet de soevereiniteit van pragmatisme en gezond verstand roemen, er is niemand die zozeer in symbolen gelooft en zich er zo aan vastklampt als hij op kritieke momenten: vergeleken met hem zijn de adel en het plebs werkelijk onuitstaanbaar realistisch.

In feite is de bourgeois per definitie gedoemd tot ongelukkigheid: zijn moraal staat dan wel positief tegenover het vergaren van rijkdom en prestige, maar kan geen vreugde schenken aan wie dat ook dóét. Als de vergaarde middelen beantwoorden aan de beoogde doelen leidt dat zelden tot groot enthousiasme. Op het *Portret van Giovanni Arnolfini en zijn vrouw* lijkt het echtpaar niet te barsten van geluk. En afgezien van een weldoorvoede of arrogante blik krijgen we van schilderijen van dit soort voorname mensen en dit soort welgestelde paren altijd de indruk van een niet te onderdrukken levensangst. Het tijdperk van de bezorgdheid was dus al veel, veel langer geleden aangebroken.

ach oude kleinburgerij...
hoe nietig je ook mag zijn...

Gekweld door haar eigen verstandigheid zou de bourgeoisie zich daar het liefst van verlossen door die het hoofd uit te schudden of te slaan, en soms laat ze zich verleiden door externe krachten waarin ze spontane vreugde, intuïtiviteit en energie meent te herkennen, aangezien ze daar zelf niet toe in staat is, ze niet in staat is te begrijpen wat ze nu eigenlijk wil, wat ze nu echt verlángt. Nu het idee van verlossing is uitgesteld tot het einde van de wereld, evenals de droom om ware vrijheid te verkrijgen, is de bourgeoisie in de tussentijd verplicht om voortdurend nauwgezet te zijn, om eindeloos veel kleinigheden serieus te nemen en af te wegen voor het geval ze er iets bruikbaars uit kan halen. Het beginsel van het persoonlijke gewin zorgt ervoor dat er meer menselijke contacten zijn, alleen worden die al meteen verpest. De hoeveelheid dingen die moeten worden afgemeten gaat elke maat te boven. Terwijl de adel over het algemeen niets deed maar toch vrolijk *actief* was in zijn passies, is de bourgeoisie *reactief* – niets van wat ze doet is autonoom, belangeloos, spontaan, origineel – zelfs uitspattingen niet. Alles in de bourgeois ontstaat als reactie op iets anders, als antwoord, als wraak of weerwoord, herstel, tegenbod, onderhandeling. Hij kan alleen dingen als deugdzaam beschouwen die hem in de gelegenheid stellen tot maximale productiviteit; de rest telt niet, of erger nog, is een luxe, om een persoon te zijn met zijn impulsen en gebreken wordt pure verspilling; elke inefficiëntie, elke verspilling moet in diskrediet gebracht worden. Zelfs de gezondheid dient ergens toe, bepaald voedsel is goed voor je, kennis levert wat op, schoonheid komt van pas, luxe verleent prestige, bergen zijn goed tegen de stress.

sei contenta se un ladro muore
se arrestano una puttana
se la parrocchia del Sacro Cuore
acquista una nuova campana

je bent blij met de dood van een dief
met de arrestatie van een tippelende lellebel
en ook als de parochie van het Heilig Hart
de aanschaf doet van een nieuwe kerkbel

Dat zong Claudio Lolli in 1972 en wij zongen dat sombere antiburgerlijke lied met de plaat mee. Met de verdwaasde overtuiging van iemand die is gegrepen door de muziek; een gevoelsdrager die elke inhoud kan overbrengen.

Perfect gekozen was het rijm lellebel-kerkbel, dat staat voor het grootst mogelijke contrast tussen de respectieve moralen, de libertaire, transgressieve moraal van de prostituee en de vrome, wrokkige moraal van een schijnheilige katholieke tante. In romantisch opzicht is het logisch dat onze voorkeur uitgaat naar de eerste, in liedjes en gedichten wint de hoer het met gemak van de keurige dame, net zoals de bandiet en de rebel geen spaan heel laten van de kantoorklerk. Bij een ballade over een bankier kun je je niks voorstellen, behalve dan als parodie. Die krenterige, conformistische, fatsoenlijke tantes die volgens het conservatieve gedachtegoed voor de vooruitgang hebben gezorgd in Italië, zijn alleen goed voor een karikatuur, ongeacht of die wreed of welwillend is, want het zijn hoe dan ook types die het niet waard zijn om serieus te worden genomen. In de literatuur is fatsoen dan ook hoogst onfatsoenlijk. Je kunt er hooguit de draak mee steken.

Sinds de bourgeoisie in de literatuur is binnengedrongen, wordt ze alleen maar afgezeken, en terecht lijkt me, want ze heeft de fraaie hoofdpersonen van weleer uit het zadel gewipt, helden en heldinnen, musketiers en prinsessen; die hoogstaande types zijn vervangen door gretige *social climbers*, gouvernantes, apothekers en depressieve employés. Lapzwansen dus eigenlijk. Het is opmerkelijk hoezeer juist de schrijvers die dit soort onaantrekkelijke figuren vrije toegang hebben verschaft tot de kunst hen zelf vanuit het diepst van hun hart haten en verachten, ook al kunnen ze zich met hen identificeren: het is alsof ze zichzelf haten en de roman hun uitlaatklep vormt, een wanhopige coming-out. Ja, ik ben bekrompen, afgunstig, zonder adellijke titels, maar toch wil ik prinselijk zijn en ook als zodanig geliefd zijn. Dat verdien ik, al was het maar omdat ik zo eerlijk ben om toe te geven dat ik het niet verdien. Doordat bijna alle schrijvers parvenu's zijn, die zich aan de modderpoel van hun sociale achtergrond hebben onttrokken met een wilskrachtige, esthetiserende en altijd een beetje wanhopige daad van zelfbevestiging; net als baron Von Münchhausen die zichzelf aan zijn eigen vlecht uit een moeras trok, en net als de valse devote Tartuffe die zich een positie verschafte op basis van alleen maar mooie woorden, weten ze heel goed dat ze liegen, maar ze zijn zo verknocht aan hun leugens dat ze er zelf in gaan geloven, en dat de goedgelovigheid waarmee ze die vertellen bijna ontroerend wordt. De oerzonde wordt weggewassen door de kunst. Het is puur exorcisme. Wie de maatschappelijke ladder is op geklommen blaast het stof van zijn afkomst weg van zijn schoenen, wie al welgesteld is zal daarvoor boete doen door zich aan te sluiten bij bewegingen die zijn ondergang prediken.

De burger bepaalt zijn eigen investituur en overhandigt die ook aan zichzelf. Hij is ertoe veroordeeld regels te vormen uit de volmaakte afwezigheid van regels, en zonder kruiwagens of hoge connecties. Daarom is de seculiere moraal wankel. Die inherente zwakte verhult de burger met agressie. Wie alles zelf moet opknappen moet wel sarcastisch, minachtend doen. Als de burger daarentegen, grotendeels omdat hij niet genoeg tijd kan besteden aan de ideale uitwerking, bijvoorbeeld in de periode van de hoogconjunctuur en de grote winsten, wanneer hij niets anders kan doen dan geld vergaren – als de burger er in dat geval dus genoegen mee neemt om een geërfde, traditionele moraal te ontvangen, zij het wel als een voorlopige, tijdelijke moraal (bijvoorbeeld de katholieke), dan zal hij die onvermijdelijk verdraaien. Zijn sceptische adem werkt verstijvend. Van een roerige, mystieke godsdienst wordt het katholicisme droog en praktisch. De indringende, misselijkmakende rottingslucht die opstijgt van het martelaarsvlees wordt weggevaagd door een bries van vlijt... en onder opoffering verstaat men hooguit toewijding aan het werk en huishoudelijke zuinigheid. Gesteriliseerd en verinnerlijkt, zodat het geen schandaal kan veroorzaken met al te gewaagde getuigenissen; elke onbetamelijke opwelling geamputeerd, het aandeel bijgeloof verlaagd, maar niet helemaal weggevaagd, zodat in elk geval de volkse rangen zich kunnen blijven laven aan de bron van mysteries, verschijningen en bloedende beelden. Zo was het katholicisme uiteindelijk geschikt voor zijn nieuwe functie. Het volstond om de betekenis van bepaalde symbolen aan te passen: bijvoorbeeld de vervloeking van het geld, waarover de Heer zich vanaf het allereerste begin op niet mis te verstane wijze had uitgelaten. Zo ging het enkele eeuwen lang, en het werkte wonderwel: de katholieke ziel en de burgerlijke geest gingen hand in hand en speelden elkaars spelletje mee; misschien meende de Kerk de situatie te kunnen beheersen met die soort realpolitik die haar tot op de dag van vandaag vooruit heeft geholpen, bestaande uit onbevooroordeelde bondgenootschappen met haar felste tegenstanders, die ze gebruikte teneinde hen onschadelijk te maken, met het oog op de triomf die haar wacht: maar in plaats daarvan is de godsdienst juist flink uitgezogen, en toen er alleen nog maar een hinderlijk restje van over was, werd hij aan de kant geschoven, eerst door de bourgeoisie (juist die!), en vervolgens door iedereen. Het werkte niet meer, de 'stuwende kracht' van de godsdienst was op. En het was hoe dan ook te ouderwets, en dwingend, wemelend van de obstakels en vol voorschriften, al waren die nog zo afgezwakt en verzacht en uitgehold.

Tegenwoordig is het christendom in Europa een uitzonderlijke praktijk van een minderheid, en op plekken waar het niet zo is, waar het niet accepteert dat het zo is, daar bestaat het gewoon niet, daar is het verdwenen van de horizon van het dagelijks leven. Ook al verlangt het er vurig naar om weer wat warm bloed te laten rondcirkelen, het kan zich niet de luxe permitteren om fanatiek te zijn, gezien de slinkse concurrentie die ze op dat gebied krijgt van andere soorten religieus radicalisme, dus moet het zich altijd maar weer buigen, voorzichtig zijn, tandenknarsend tolerant zijn, schijnheilig verzoenend, terwijl iedereen heel goed snapt dat er geen geloof kan bestaan dat is gebaseerd op zulke zwakke, algemene sentimenten. (Dat is wat zo onvergeeflijk is aan de islam tegenwoordig: dat men een geloof heeft en cultiveert zoals men dat in het Westen allang niet meer heeft en cultiveert. Dát en niets anders veroorzaakt de vrees en de afkeer, maar ook een zweem van afgunst bij de westerlingen.) Mensen hebben God niet echt nodig om voor een rood verkeerslicht te stoppen, belasting te betalen en hun blikje bij het gescheiden afval te gooien (o jee, misschien in Italië wel, wij worden in het gareel gehouden door de angst om te branden in de hel; maar in Zweden, of in Zwitserland?). Alles spant samen om religie af te schaffen als een ouderwetse uitspatting, of haar te vervangen door een minder zware last. Het geloof is waanzin, een vuur dat afneemt en vervolgens uitdooft als het wordt gevoed met de droge hosties van de redelijkheid. Dingen die aantoonbaar zijn stellen weinig voor.

Bovendien is er een clausule van het contract waarmee het christendom zich heeft overgeleverd aan het burgerdom, waarin het die benoemde als zijn universele procurator of agent, wat op den duur nadelig blijkt: ik bedoel die ruil waarmee het christendom Europa opgaf om de rest van de wereld te kunnen veroveren in het kielzog van de imperialistische vloten. Dat was het onderpand, de uitwisseling. Welnu, dat contract is nagekomen, Europa is verloren, ik denk voor altijd, wat alleen al blijkt uit het feit dat de wetgevers zich generen om het christendom te noemen als een van hun voornaamste inspiratiebronnen: de Grieken natuurlijk, en de Romeinen, en de verlichters ook, maar Christus, die toch als eerste zei dat alle mensen gelijk zijn, die niet. Maar ja, ook al heeft Europa Jezus de rug toe gekeerd, Jezus blijft met handen en voeten gebonden aan Europa, als een gijzelaar die noodgedwongen gaat waar zijn ontvoerders gaan.

Als het christendom voor de bourgeoisie niets anders kon zijn dan een praktisch aangenomen tijdelijke moraal, terwijl het zich er toch zo hardnekkig en langdurig aan heeft vastgeklampt, dan komt dat doordat de bourgeoisie in de tussentijd niet in staat is gebleken een andere moraal te introduceren. Ondanks alle inspanningen, ook van de briljantste geesten, is het nooit verder weten te komen dan wat algemene uitspraken en abstracte formuleringen. Toen de christelijke ethiek wegviel, bleef men simpelweg zonder zitten, en was men gedwongen stukjes van andere religieuze of morele gedragscodes aan elkaar te naaien, flarden liberalisme of socialisme, die we in evenredige verhoudingen vertegenwoordigd zien in de politieke commissies die bevoegd zijn de discussie te voeren over: euthanasie, kunstmatige inseminatie, geboortebeperking, gezinsvorming. En patchwork kan misschien best fungeren als model voor een maatschappij, maar beslist niet voor de algemene ethiek die heerst over die maatschappij.

Op exact dezelfde manier – van de ene op de andere dag, alsof ze er voorheen niet in had geloofd, en het nooit tot middelpunt van haar normen en waardenstelsel had gemaakt – heeft de middenklasse de patriottische retoriek aan de kant geschoven die ze meer dan honderd jaar en een paar wereldoorlogen lang had gekoesterd, waarvoor men was opgemarcheerd onder luid gejuich en gewapper met baretten, maar die nu plotseling is vervangen door een pacifisme stoelend op dezelfde egoïstische waarden als de ideologie die werd afgedankt. Vandaag de dag wapperen vele regenboogvlaggen om dezelfde redenen waarom slechts enkele decennia geleden nog de nationale driekleur wapperde: de regelrechte verdediging van de eigen belangen, of in elk geval de belangen die men terecht of onterecht als zodanig beschouwt. Oorlog, daar 'hebben we niks meer mee', terwijl we er voorheen wel 'iets mee hadden', en we dus ook oorlog voerden, terecht of onterecht, dat doet er niet toe. Er bestaan dan ook helemaal geen goede of foute oorlogen, er bestaan alleen oorlogen die worden gewonnen of verloren. Hoe dan ook, daar willen we niets meer van weten. Hou ons erbuiten, alsjeblieft. Eerst leek het alsof onze belangen met bloed moesten worden verdedigd, tegenwoordig lijkt het erop dat ze juist worden geschaad als er bloed wordt vergoten, vooral van onschuldigen. Vrede. Vrede. Laat ons in vrede leven. En hoe is het dan afgelopen met dat woord waar iedereen de mond en het hart van vol had, 'Vaderland', waarmee is de leegte daarvan opgevuld? Of waren die woorden zelf soms geen leegte, alleen maar een naam, verbale idolen om het leven bijeen te houden? Als God en Vaderland er niet meer zijn om het vocabulaire van de middenklasse te verwarmen, zal dat uiteindelijk verkillen en verschrompelen als het dorre blad van de dichter. Als men niet in het bezit is van of niet wordt bezeten door enige retoriek, is men met stomheid geslagen. Ik zeg niet zonder ideeën, maar letterlijk stil, verstomd. Andere bevliegingen zoals de Cultuur, het Communisme, zijn te vluchtig van aard gebleken, en bovendien staan ze mijlenver verwijderd van de intentie waarmee de bourgeoisie haar lange strijd is aangegaan, terwijl Geld alleen niet voldoende legitimatie biedt, en ook geen zelflegitimatie. Ook al vormt dat het enige doel waarvoor men leeft, tja, dan nog durft niemand dat ooit hardop te zeggen, 'Ik denk alleen maar aan geld' is een uitspraak die kan worden gedaan als je dronken bent of als uitdaging of om te laten zien hoe cynisch je bent of terwijl je jezelf op de borst slaat op het hoogtepunt van een zelfbeschuldiging, maar zou onhoudbaar zijn als het serieus en op nuchtere toon werd gezegd, dan houdt het geen stand, Geld op zich is geen waarde, of misschien ook wel, maar het kan in elk geval op alle manieren gespendeerd worden behalve als een waarde, dus als Geld niet kan worden gespendeerd is het niet langer wat het is, dan spreekt het zijn eigen natuur tegen, dan vervliegt het, kortom, het Geld is er wel maar je kunt het er niet over hebben, het is een middel en geen onderwerp, en het is dan ook zo dat naarmate iemand rijker is, hij er minder over praat; Geld, dat heb je, en dat verzwijg je, alleen wie er weinig van heeft praat erover.

In Italië bestond één uitzondering op deze regel, namelijk iemand die over niets anders sprak dan over zijn Geld, obsessief, en hoewel hij de rijkste was, en nog is, sprak hij erover alsof hij op de eerste plaats zichzelf ervan moest verzekeren dat hij het bezat, alsof hij er met zijn tong aan moest voelen, en zoals men vroeger, om zich ervan te vergewissen dat het er nog was, de handen onder het matras stak om het spaargeld te betasten, zo doopt hij zijn tong in zijn geld, elke keer dat hij duidelijk moet maken wie hij is praat hij over zijn geld. Dat ritueel heeft bijna iets schrijnends, zoals dat van Fagin in *Oliver Twist*, die zijn schat tevoorschijn haalt uit het gat in de muur om hem te bewonderen.

Bijna alles wat die figuur beweerde, op elk gebied en in elke sector, ook al waren ze ver verwijderd van die van het Geld, werd altijd afgesloten en verzegeld met de bezwering: 'En neem dat maar aan van iemand zoals ik, want ik heb bergen geld verdiend!' Sommige mensen beweren dat het zich voortdurend beroepen op Geld te wijten is aan zijn ongeneeslijke angst voor de dood. Anderen gooien het op de wraak van de parvenu, die zich nog altijd moet revancheren op degenen die hij in rijkdom heeft geëvenaard en ingehaald. Weer anderen menen dat hij er voortdurend op wijst om de medemens te prikkelen tot bewondering voor hem en tot het verlangen om zich met hem te identificeren, aangezien Geld, zo menen zij, tegenwoordig nog de enige maatstaf is voor de Italianen. Nog weer anderen zeggen dat het kopieergedrag is van de manier van doen van Amerikaanse ondernemers, die geen valse bescheidenheid kennen en ongegeneerd hun rijkdommen opsommen: 'Vorig jaar ging het niet zo geweldig, toen heb ik máár 35 miljoen dollar verdiend...', al betwijfel ik of die daar net zo op hameren, net zoals ik betwijfel of een gepensioneerde die maar net het einde van de maand haalt er werkelijk toe kan worden gedreven zich te identificeren met een man die ervan geniet om zo schaamteloos te pochen over zijn rijkdommen, en diegene te bewonderen in plaats van hem te haten. Ik zou me kapot ergeren als iemand de hele dag tegen me zei: 'Kijk mij eens, neem mij maar als voorbeeld...!', zoals die vent doet. Hoezo als voorbeeld, *van wat*? Geniet gewoon van je miljoenen en hou je kop, mompelt het chagrijnige oudje dat in mijn hart schuilt, en waarin ik binnenkort ook lichamelijk zal veranderen, zwaaiend met mijn stok. Het is nu eenmaal niet zo dat andermans fortuin onze beste gevoelens, sympathie of welwillendheid naar boven haalt... integendeel.

En dan zijn er nog weer anderen die op deze ongelooflijk succesvolle ondernemer en politicus de theorie hebben gebaseerd dat hij in feite staat voor de gemiddelde Italiaan tot in de zoveelste macht, een soort Italiaan in het kwadraat dus, de som en vermenigvuldiging van kwaliteiten en tekortkomingen maar vooral van gemeenschappelijke kenmerken die noch goed noch slecht zijn, en die het Italiaanse karakter vormen: een soort turbo-Italiaan zeg maar, om de term te gebruiken waarmee tijdens de oorlog in Joegoslavië de felste nationalisten van de verschillende etnische groepen werden aangeduid: turbo-Serviërs en turbo-Kroaten. Deze kerel zou dan dus een turbo-Italiaan zijn, een uitvergrote projectie van het beeld dat de Italianen graag van zichzelf geven, compleet met walgelijke gewoontes maar ook met onmiskenbare, soms zelfs enthousiasmerende deugden. Deze mening wordt dan verkondigd op de licht afkerige, meewarige toon waarop Italianen gewoonlijk over hun land praten. Tja, wat wil je, mensen, zo is de Italiaan nu eenmaal... niks aan te doen. Lui en vlijtig, wijs en hersenloos, sceptisch en fanatiek, lijdend aan een minderwaardigheidscomplex en grootheidswaan tegelijk, en dat amfibische karakter leent zich kennelijk wonderwel voor de experimenten van politici en de vurige oefeningen van moralisten, waarvoor hij diep vanbinnen toch ongevoelig blijft. Laat ze maar schrijven wat ze willen. Het schandaal van zijn beweeglijkheid en veelzijdigheid kan niet worden gesaneerd door fondsen van verontwaardigd proza of lakens van beschaafde poëzie. Overigens, wanneer een nationaal bewustzijn vrijwel volledig is gebaseerd op retorische proclamaties en kristallisaties van legendarische figuren als heiligen en bandieten, kan het met één steen kapot worden gesmeten, en als de glas-in-loodramen die de heldendaden ervan bezingen eenmaal aan diggelen zijn, stort het prompt in de duisternis van het gebrek aan identiteit. Dan is vaagheid nog het enige alternatief van de leugen. Óf de Italiaan is een heuse halve mythe, óf hij bestaat helemaal niet. Hij wordt verheerlijkt of hij wordt gelyncht. Zelfs onze bourgeoisie moet op de knieën worden gesmeekt of ze zich alsjeblieft wil gedragen als een bourgeoisie, in elk geval een beetje, verdorie, net als in de rest van de beschaafde wereld, waarvoor we altijd een diepe afgunst vermengd met verachting koesteren, zoals de knecht zich voelt ten opzichte van zijn domme meester. Het is onmogelijk om ons op hetzelfde niveau te stellen als anderen, wij hebben altijd een speciaal lot, een suprematie om over te pochen of een schande om te verbergen. De filantroop blijkt een pedofiel, de held die iedereen aanbad heeft de offerbus opengebroken, en daarmee werd het gevoel bevestigd dat hun eerste imago was gevormd dankzij een truc, een slimme misleiding. Theater dus, toneel, en dat verklaart ook de hardnekkige liefde voor melodrama, niet als kunstgenre maar als sociale houding.

Keer op keer, en vaak dankzij hun illustere landgenoten, worden de Italianen uitgejouwd omdat ze geen Fransen zijn, of Engelsen of Scandinaviërs, maar dus Italianen. Al een eeuw voordat het desbetreffende personage ten tonele verscheen, die grote konkelaar, werden de Italianen ervan beticht dat ze het Gouden Kalf aanbaden. Dat ze hun ziel hadden verkocht. Welke ziel? Hoeveel zielen hebben we eigenlijk? We hadden nog geen enkele identiteit verworven of men klaagde al dat we die waren kwijtgeraakt.

En dat is precies het punt. Misschien is die figuur, wiens voor de hand liggende naam ik niet noem, de enige bourgeois die zo schaamteloos is geweest om zonder aarzeling en zonder terughoudendheid zijn rancune te manifesteren. En zijn onuitsprekelijke ambities: een grenzeloze eerzucht. Ik ben in staat tot, ik ben opgewassen tegen, ik bezit, ik kan álles. Ik kan kopen *wat ik maar wil*. Ik ben vriend en vader. Of zoals een bekende komiek het zei: op een bruiloft wil hij de bruidegom zijn, en op een begrafenis de dode. De honderden moppen die over hem de ronde doen, waarin de draak wordt gestoken met zijn megalomanie en zijn drang om Napoleon, Jezus Christus of, in het ergste geval, de paus te zijn (met de naam Pio Tutto; '*piglio tutto*' – 'ik pak alles') liggen niet bezijden de waarheid. In hem zie je de maximale manifestatie van de hoogmoed die kenmerkend is voor een tijdperk dat alle barrières heeft opgeheven, waarin iedereen het heilige recht heeft om álles te ambiëren. De bourgeoisie heeft of helemaal geen ambities, of ze manifesteert die op rampzalige wijze. In een wereld verdeeld in kasten werden er strikte taken en toekomstbeelden toegewezen aan het leven van individuen, waaraan onmogelijk viel te ontkomen, en grootsheid werd juist afgelezen uit de wijze waarop men de opgelegde rol aanvaardde, wat die dan ook inhield. In de huidige wereld zijn de banden zo verslapt dat men, tot zijn ontzetting of tot zijn mateloze vreugde, zich kan inbeelden dat men helemaal geen vastgelegd lot heeft, geen enkele vooraf bepaalde grens. Men kan zich dus nooit tevredenstellen met wat men heeft bereikt, en de grens tussen middelmaat en glorie wordt zo vaag dat die twee continu met elkaar worden verwisseld en men noodgedwongen de lat hoger moet leggen uit angst dat men te laag gemikt heeft. Vandaar de knagende angst dat men niet de juiste weg heeft genomen, zowel in de zin dat men het verkeerde doel heeft gekozen als in de zin dat de route ernaartoe verkeerd was of dat men niet het juiste tempo heeft om anderen voor te zijn en te voorkomen dat zij zich er meester van maken en ons buitensluiten. Terwijl de eerste fout een existentiële twijfel verraadt, zijn de tweede en derde misschien nog wel vernederender, omdat we dan merken dat we op onze weg links en rechts worden ingehaald door concurrenten die vaardiger, getalenteerder of gewetenlozer zijn. Doordat niets meer onbereikbaar is voor wie dan ook (althans in theorie), zal elk behaald doel frustrerend blijken omdat het meteen teniet kan worden gedaan door alweer een nieuwe geweldige prestatie.

Op die lijn bleef eigenlijk alleen seks over. Seks is de nieuwe grens waarnaar de globale verzadiging en verkwanseling oprukken; en het was dan ook seks, een virtueel ononderbroken bacchanaal, het was die euforische braspartij om werkelijk álles integraal te kunnen bezitten, van de intieme delen van jonge meisjes verkleed als verpleegster tot de geamuseerde geest van disgenoten die de orgies bijwoonden, het was geen toeval dat juist seks stond voor het triomfantelijke hoogtepunt en het begin van de neergang van die bourgeois topper waarover ik het eerder had. Het is een fysiologische curve: de ultieme aanwending, de extreme conversie van geld kan niets anders zijn dan de handeling om het lichaam te kopen, om lichamen te kopen, om de lichamelijke dimensie weer aan te schaffen waaruit het geld ontspringt, waar het vandaan komt, om weer vlees te worden. Van de primitieve kracht van de hand die slaat of maait tot de ronde curve van twee billen die uit elkaar gaan om de kut en de anus te tonen. Alles keert daarnaar terug. En wel door het maken van deze keuze – noodgedwongen beginnen te verouderen en sterven. Het is niet langer economie of politiek, het is fysiologie.

Maar zal de bourgeoisie er ooit in kunnen slagen om volledig pornografisch te worden?

Hoofdstuk XIV

Dit zijn dus de opeenvolgende fases geweest: van de hoogste ethiek waarbij iemand altijd bereid is zich op te offeren, via de moraal van opofferingsgezindheid voor een zaak die als rationeel juist wordt beschouwd, via de weigering jezelf op te offeren voor een zaak die je als rationeel onjuist beschouwt, tot de principiële weigering om je voor wat dan ook op te offeren. Ik wil niet zeggen dat elk van die houdingen niet een bepaalde mate van waarheid en gelijk bevat, en ook niet dat het onmogelijk zou zijn om met de ethiek van de voorgaande fase te overleven in de daaropvolgende.

Luistert u nog naar me? Ja? Of bent u moe? Wilt u het boek wegleggen en gaan slapen, het teruggeven aan degene die het u cadeau heeft gedaan, het geld terugvragen aan de boekhandelaar? Nou, dat spijt me dan. Voor mij is het al te laat, maar voor u niet. Het is misschien een idee om een paar hoofdstukken over te slaan en direct door te gaan naar deel vijf, getiteld *Collectief M.* Ja, gewoon M, van de film *M – Eine Stadt sucht einen Mörder.* Dan ga ik nog even door met het onder de loep nemen van de middenklasse. Wie weet lukt het me de kleine insecten te vinden waarnaar ik op zoek was. De beet daarvan heeft verrassende gevolgen. Ik ben er zelf door gebeten, en besmet, en dat drijft me tot dit obsessieve onderzoek.

Als iemand zegt 'Stop!', dan ga ik door.

De ernstigste dreiging voor de middenklasse komt niet van onderen, zoals ze altijd heeft gedacht, maar vanuit haar eigen vernieuwingsgezindheid. Juist daarom bestaat er een deel van de middenklasse dat aartsconservatief is, dat zich met de nagels blijft vastklampen aan haar gewoontes om niet te worden weggesleurd door de snelheid waarmee de wereld beweegt nadat die is voortgeduwd door het andere deel. De wereld draait door, wervelt, en al wervelend schiet ze iedereen weg die zich niet op tijd heeft vastgegrepen, of dat is tenminste het angstige gevoel waarvoor men beschutting zoekt door haastig houvasten te bouwen die de schijn van continuïteit en traditie geven. Het vermogen, ogenschijnlijk het enige waarvoor de bourgeoisie bereid is te vechten, als het moet zelfs tegen de eigen familieleden, is het symbool of het equivalent van alles wat moet worden beschermd tegen de aantasting, dat wil zeggen het hele leven met zijn waarden en zijn betekenis, dat al even labiel en bedreigd lijkt. De gevaren die het kapitaal dagelijks loopt geven aan hoe precair al het andere is: en de successen of mislukkingen van zakendeals reiken veel verder dan alleen het financiële resultaat, waardoor ze dan ook groots worden gevierd of juist zware deceptie veroorzaken, aangezien het de enige indicatoren zijn om vast te stellen of men wel of niet de goede kant op gaat. Niet dat de middenklassenburgers zo bekrompen zijn dat ze alleen maar aan geld denken, maar naar welke parameters zouden ze zich anders moeten meten? Hun hart is net als dat van iedereen vol verlangens, warrige dromen, broze of enorm romantische idealen. Maar geld blijft de beoordelingsmaatstaf. De bewonderenswaardige, moeizame inspanningen waarmee ze zich vaak proberen te verlossen van de dictatuur van het economisch principe (bijvoorbeeld door de weg van de culturele revanche te gaan, exposities en concerten te bezoeken, zich te ontpoppen tot verzamelaars of mecenassen, hoeders van smaak en stijl) bevestigen alleen maar het primaat van dat principe en de bijna onweerstaanbare aantrekkingskracht daarvan, ik zeg 'bijna' omdat het wel degelijk mogelijk is zich ervan los te maken, puur op wilskracht of door een uitgesproken psychologische neiging – zeg maar gerust een perversie. Ik moet bekennen dat ik me over het algemeen wel solidair voelde met die ouderwetse ondernemers, ambtenaren of industriëlen, die huiverden bij het idee dat ze in een van hun kinderen artistieke neigingen zouden zien opkomen: dat beschouwden ze onvermijdelijk als een ontaarding, een verraad of erger nog als de hooghartige pretentie om te laten zien dat je moreel gezien je ouders oversteeg. Dus jij wordt liever dirigent dan dat je de wolfabriek overneemt? Nou, complimenten, dan vind je jezelf zeker beter dan mij... Het anti-intellectualisme heeft iets gezonds, bijna naïefs, wezenlijks, een soort intuïtief realisme dat oog heeft voor de hendels waarmee de wereld wordt voortbewogen en die ook zonder aarzelen vastgrijpt. Met dezelfde nuchterheid waarmee het met geld omgaat. Logisch dus dat rijken zich zorgen maken wanneer een van hun kinderen blijk geeft van een roeping die hem zal verwijderen van het utiliteitsprincipe, ook al zou hij in zijn nieuwe rol roem en succes kunnen oogsten. Hoe beroemd ook, hij zou altijd een ondergeschikte, decoratieve rol spelen.

De intelligentsia: het gedomineerde deel van de dominante klasse.

Dat is het hem. Je laten meeslepen door het sublieme van een pianorecital zal helaas niet je ziel behoeden voor de erfzonde, het is eerder een teken dat de vlam van het lijden voor die zonde nooit zal uitdoven. De liefde voor schoonheid komt vaak voort uit het onvermogen die voort te brengen. Of zelfs maar te begrijpen. Er bestaat geen gedachtegoed dat meedogenlozer bourgeois is dan het marxistische, in de versie die elk fenomeen reduceert en terugbrengt tot de financiële dimensie. Determinisme leidt tot meer determinisme, net zoals geld leidt tot meer geld. Wat wordt aangeklaagd of ontmaskerd, is juist daarom succesvol. Het is zoals het noodlot in Griekse tragedies: hoe meer je je daartegen verzet, hoe onontkoombaarder en reusachtiger het wordt. De theorie van Marx is burgerlijk gedachtegoed ontdaan van de hypocriete buitenkant, en die brute ontkleding is de reden waarom sommige bladzijden ervan zo helder en humoristisch lijken, en ook de reden waarom ze tegenwoordig aan de kant zijn geschoven – nog los van het feit dat ze op politiek vlak hebben gefaald. Te cynisch, te zeer geniaal versimpelend om geloofwaardig over te komen. Ontdaan van zijn ideologische en esthetische versieringen wordt het belang van het financiële aspect werkelijk grotesk, of het glijdt af naar het jodenmopje zoals dat over winkelier Isaak die op zijn sterfbed ligt, inmiddels vrijwel blind, en zijn kinderen bij zich roept: 'David, ben je er?' 'Ja vader, ik ben er.' 'En jij Rebekka, ben je er? En Sarah en Mirjam? En Daniël?' 'Ja, vader, we zijn er.' 'En Benjamin? Waar is mijn kleine Benjamin?' 'Ik ben er ook, we zijn allemaal hier bij u.' 'O ja, zijn jullie allemaal hier? Maar *wie let er dan verdorie op de winkel*?!?'

Het sleutelwoord is 'oplettendheid', wat wil zeggen dat de middenstand overal op let, hij heeft ogen voor het bewaken, berekenen, wegen en vergelijken van álles.

Net als Gods oog waakt de financiële geest over elke materiële en geestelijke activiteit, turend en beoordelend van bovenaf, of beter gezegd van onderaf, aangezien die geest ten grondslag ligt aan elk initiatief of idee. Ook het onmeetbare en het sublieme kunnen worden gekwantificeerd, door bijvoorbeeld de waarde van een schilderij te berekenen, de huidige prijstaxatie met het oog op de toekomstige. Een kunstverzamelaar is een vrijwel volmaakt symbool voor deze bijna mystieke overgave aan de verschijning van het esthetische, dat zonder aarzelen wordt verbonden met de berekening van het gemak. Zal het een goede investering zijn? Terwijl het ene oog in vervoering naar de overweldigende schoonheid staart, neemt het andere oog de prijslijst door. En het mooie is dat je daar niet scheel van gaat kijken, nee, het esthetische en het financiële oog *kijken in feite dezelfde kant op.* En op die parallelle rails beweegt de bourgeois identiteit, altijd in balans en gespannen om niet te ver uiteen te gaan. Die identiteit wordt bijeengehouden dankzij *ijver* en *toewijding.* Ze heeft niets van de aristocratische arrogantie, noch van de volkse spontaniteit, maar is wel in staat om die allebei te veinzen, en om zo nodig datgene wat haar niet toebehoort functioneel toe te passen, of dat nu stijl of onwetendheid is. Het is kortom een *samengestelde* identiteit, en als zodanig moet die voortdurend worden getest en aangepast. Hoe ver kan ik komen met de middelen die ik heb? Hoe kan ik efficiëntere middelen inzetten om nog meer middelen te verkrijgen dan die waarover ik nu beschik? Als het doel voor eens en altijd vast zou staan, zou men de uitdaging kunnen aangaan of er bij voorbaat van af kunnen zien: het probleem is alleen dat de middenklasse nooit expliciet kenbaar maakt wat haar doel is, bijvoorbeeld persoonlijke verrijking, want als ze dat zou doen, zou ze alle waardigheid verliezen, alleen al ten opzichte van zichzelf, maar ze kan ook niet accepteren om te verklaren dat ze tevreden is met hoe het gaat, want dan geef je in feite toe dat je jezelf geen enkel doel stelt, en waar leef je dan eigenlijk voor? Tussen het dreigende gevoel van nutteloosheid en het verhullen van je onzegbare doelen bevindt zich het hele scala aan existentiële oplossingen. Natuurlijk blijft het minimale doel het veiligstellen van een bepaalde status, het behouden van een traditie; ook al is het lastig vol te houden dat een vakantievilla aan zee in Ansedonia op zichzelf een stevige traditie vormt; als dat huis vanwege financiële problemen verkocht moet worden, kan dat een flinke klap betekenen die sommigen nooit te boven komen. Net zoals het voor mijn oude oma een klap was toen ze van de chique Parioli moest verhuizen naar de rand van de wijk Vigna Clara, naar een huurflatje dat de helft zo groot was als het vorige.

Kijk, om die behoudende mentaliteit te begrijpen moet je je een voortdurende staat van beleg voorstellen...

Van de artistieke uitingen die worden ingezet om zich te onderscheiden spelen vooral de beeldende kunsten en de muziek een grote rol, meer dan de literatuur; waarom is dat?

Als ik decorbouwer was en de opdracht kreeg om een interieur van de hogere middenklasse in de jaren zeventig te reproduceren, zou ik wel weten welke werken ik aan de muren moest hangen. De beeldende kunst leent zich natuurlijk uitstekend om de esthetische en economische functie met elkaar te verbinden; terwijl muziek aan de andere kant de ideale kunstvorm is omdat daarmee de ambitie wordt verwezenlijkt om maximale afstand te scheppen tussen jezelf en materiële verplichtingen. De hang naar de pure artistieke vorm en het belangeloze genieten daarvan zou dan dus niets meer zijn dan een sociale neiging: de wereld van het moeten zo ver mogelijk verwijderen, zich verlossen van het utiliteitsprincipe en daartegenover de vorm, de ziel en de schoonheid zetten. Maximale winst halen uit de nutteloosheid van Beethoven. Wat wel bewijst dat pure belangeloosheid niet bestaat of onuitvoerbaar is.

Redeneringen, redeneringen, redeneringen... Wat heb je eraan?

Als de redeneringen zijn opgebruikt blijft alleen de profetie over, net zoals de welgestelde jongeling die uit hoogmoed of idealisme of luiheid de wegen naar een beroep of het ondernemerschap heeft afgesloten niets anders rest dan kunstenaar te worden – acteur, schrijver, muzikant. Aangezien hij niet kan produceren, zal hij moeten creëren; zonder talent voor meetbare hoeveelheden zal hij zich genoodzaakt zien de eindeloosheid in te stappen. Ik weet van sommige mensen dat ze alle wegen naar rijkdom en eer wagenwijd voor zich open hadden liggen, als ze zich maar met een beetje nederigheid hadden toegelegd op het vertrouwd raken met cijfers, als een eerlijke groenteboer die met potlood op een blocnote met ruitjespapier de rekening opstelt;

maar nee hoor, die fatsoenlijke optie vonden ze minderwaardig, ze haalden hun neus op voor het vooruitzicht om zich bezig te houden met tastbare zaken en al het gepietlut daaromheen – en in hun arrogante puurheid begonnen ze filmrecensies te schrijven voor kranten waarvan ze financieel manager of adviseur hadden kunnen en moeten zijn, waarvan ze in de raad van bestuur hadden moeten zitten als ze niet in de ban waren geraakt van zo'n onnozele drang naar iets intellectueels. Te verwaand om leiding te geven wilden ze zich liever onderwerpen en van onderaf commentaar leveren.

Realisme is het bittere medicijn dat de burgerlijke geest zo gedurfd en brutaal heeft toegediend om de wereld te genezen. De wereld is niet genezen dankzij dat vaccin, maar het probleem is dat ook de bourgeois zelf het niet heeft geslikt zonder een vies gezicht te trekken. De wrange smaak van de redenering in stelregels, in die van Machiavelli tot die van Kraus, is de eerste keren wel enthousiasmerend voor mensen die deze opvolgen, die smaak is als een donderslag, een frisse wind in de door spookjes bedorven lucht, maar op den duur kan hij verstikkend zijn en wanhopig maken. Het radicaal realisme heeft beslist veel verdiensten maar is ook weinig aantrekkelijk en lastig vol te houden, het impliceert een bepaalde existentiële monotonie, een onwrikbare manier van denken, waardoor zelfs de nuchterste ziel op een gegeven moment wel eens zijn hoofd zou willen vullen met wolken en dromen, gewoon voor de verandering, om zijn vlijmscherpe blik op de wereld even te kunnen ontspannen en even ergens anders te zijn met zijn gedachten. Waar dan ook, als het maar búiten de realiteit is. Bovendien kan de meedogenloze kennis van iemands grenzen zowel stimulerend zijn als frustrerend, het kan een wijze, vruchtbare werkhouding opleveren maar ook totale moedeloosheid. Iemand die zich een kogel door zijn kop jaagt is op zijn manier een realist, in veel opzichten is zelfmoord de meest realistische daad die iemand kan verrichten – en blijven leven juist een illusie, bedrog. Dus als we allemaal realisten waren...

Uiteindelijk zijn mensen niet alleen bang voor de toekomst, maar zelfs voor het verleden. Als de angst voortkomt uit onzekerheid, is het op een bepaald moment in het leven niet onverstandig om ook eens kritisch te kijken naar wat geweest is, naar de betekenis die je kunt geven aan wat je al gedaan hebt, misschien nog meer dan naar wat nog moet komen. Men is bang voor het verleden alsof het ons plotseling kan overvallen, ons in verwarring kan brengen. Net als in de duistere krochten van een droom schuilen er ook in het verleden waarheden die ons flink van streek kunnen maken. Hoe dan ook wordt bij al die overwegingen vol sentimenten die het hart in beroering brengen en het water doen kolken van de rivier die kalm binnen haar vastgestelde oevers zou moeten stromen, nooit het heden in beschouwing genomen, dat wil zeggen de enige tijd die we daadwerkelijk beleven, en die dus merkwaardigerwijs wordt veronachtzaamd. Er is niets mysterieuzer dan het heden, en we zijn nergens zo blind voor als voor datgene wat recht voor onze neus gebeurt. We wenden onze blik af van de wond van het heden.

De middenklasse voedt zich met droefheid en vrees; ze ziet gemiste kansen en verbroken tradities achter zich, en donkere wolken die zich samenpakken aan de horizon. Zelfs in rustige periodes, waarin niets dramatisch de orde van de dag verstoort, klinkt haar rituele gejammer, haar neurotische gezeur, in de tweeledige vorm van enerzijds een constatering van het objectieve verval van gebruiken (de wereld is verloederd, de vroegere eerlijkheid verdwenen, de kinderen zijn slecht opgevoed en dom, de obers onbeholpen) en anderzijds de aankondiging van naderend onheil (recessie, uitputting van spaargeld, onbevredigende huwelijken van erfgenamen, lichamelijke en geestelijke aftakeling). Terwijl men de illusie heeft dat het bestaan volledig maakbaar is en men het in alle aspecten in zijn eigen voordeel kan bijsturen, als een schip waarvan men de zeilen kan draaien zodat het niet alleen voordeel heeft van de gunstige wind maar ook van de tegenwind om op koers te blijven, wordt de middenklasse voortdurend getergd door onzekerheid; indien niet reëel, dan mentaal, en indien niet psychologisch, dan daadwerkelijk, net zoals nu, in crisistijd. Onzekerheid is de poel waarin haar neurotische vitaliteit krioelt, onzekerheid is de stimulans, de pijnprikkel, de doorn die mensen dwingt zich levend te voelen ook wanneer de primaire doelen behaald lijken te zijn, en tevens de secundaire, en geleidelijk aan ook alle andere. Zonder die vrees zou de beschaving niet toenemen, zou er misschien überhaupt geen vooruitgang zijn.

De koortsachtige schommelingen van de beurs geven die wisselvalligheid goed weer: men verlaat zich erop maar zou zich er tegelijkertijd tegen willen behoeden. De vraag die investeerders, vooral kleine en middelgrote, steevast aan hun consulent stellen is tamelijk paradoxaal: Laat me alsjeblieft speculeren zonder dat ik me druk hoef te maken, zet al mijn spaargeld in maar doe er geen aanslag op, gok zonder te gokken, kortom, ik wil riskeren zonder risico's, oké? Het is als de Kerk van Christus zonder Christus in de roman *Wise Blood*. O, zo'n kerk zou echt perfect zijn, zonder die lastige gekruisigde man aan de muur! Het vermogen om de berekening te maken die dient om een ramp te voorkomen komt voort uit voorgaande rampspoed, uit een initieel drama, vergelijkbaar met de erfzonde bij het geloof. Sterker nog, je zou kunnen stellen dat de ster van de redelijkheid onder bescherming waarvan de burgerklasse besloot haar opmars te maken, niets anders is dan een restvorm van angst, toegespitste angst, verdund en gesystematiseerd, die waakt over gevaren en onverwachte gebeurtenissen die het bestaan bedreigen. De stem van de rede is niets anders dan gestructureerde paniek. Het is in wezen een verdedigingsmechanisme en bevat een even grote mate van agressie als andere sentimenten, liefde of woede of wraaklust, die in de mens huizen en hem bezielen. Hij leert de vlaag van angst te bekoelen door die in heldere wetten om te zetten, maar ook die bekoeling op zich is een instinct, niet anders dan dat van insecten die doen alsof ze dood zijn om te ontkomen aan insecteneters. Het is om elk bezwaar jegens haar handelen te ondervangen dat de rede een onpersoonlijke, objectieve, werktuiglijke toestand simuleert. Het gezond verstand dat uit haar redeneringen blijkt lijkt misschien een neutraal, onbevooroordeeld instrument van logische controle, maar komt voort uit diezelfde innerlijke paniek. De rede komt als het ware vóór de rede, want ook zij stamt uit het hart of de onderbuik, uit de borst, de ingewanden, en haar honger om alles te domineren is enkel een overblijfsel en een bewijs van haar lichamelijkheid. Als ze werkelijk abstract en superieur en puur en onverschillig was, waarom zou ze dan steeds zo verwoed voor zichzelf opkomen? Ze ontwikkelt zich om zichzelf te verdedigen en om uiteindelijk te overwinnen. Als je op de vlucht bent is je vermogen om in te schatten hoe breed een kloof is niet minder belangrijk dan de spierkracht om de sprong te kunnen maken. Van de nauwkeurigheid van die inschatting hangt je leven af.

Het gezond verstand is dus op zich een grote mythe, die de pretentie heeft gecultiveerd om naam te maken als de antimythe die in staat is om de leugenachtigheid aan te tonen van alle andere mythes, religies, hallucinaties, sprookjes, gewoontes, kiemen van zekerheden die verankerd zijn geraakt in denkpatronen en wetten. Ontstaan uit onzekerheid, precies zoals de geloofsovertuigingen die het beweert uit te bannen, verzwakt het en begint het af te nemen naarmate men zich zekerder voelt, wanneer er genoeg garanties lijken te zijn, in periodes dat het gevaar is geweken, wanneer de middenklasse dus in weelde belandt en dissident van zichzelf wordt doordat ze de voorzorgsmaatregelen die haar beschermden niet langer opvolgt.

De dreiging van mogelijk gevaar kan op den duur minder schadelijk blijken dan de oppervlakkige euforie veroorzaakt door het idee dat het gevaar is opgeheven. Met andere woorden, als de middenklasse in vrees leeft, heeft ze een beter leven, of misschien zal ze een wat slechter leven hebben maar ze zal in elk geval meer zichzelf zijn, en in haar terechte of onterechte angst zal ze minder last hebben van identiteitsproblemen. Onder stress blijkt haar weerstandsvermogen werkelijk optimaal. Ik zou wat dat betreft talloze voorbeelden kunnen noemen uit het leven van mijn oma, een bourgeois dame die het fascisme, zwangerschappen, oorlog, relatieve armoede en relatieve welvaart, een dwaze echtgenoot en een zoon die zich op een motor doodreed heeft doorstaan terwijl ze altijd dezelfde bleef, onberispelijk, nooit ook maar een moment afweek van haar stijl, en de creatie daarvan en haar eed om daar trouw aan te blijven kostten haar enorme offers, bovenmenselijke inspanningen, glimmend geboende vloeren, poederdoos, bontjas, zwart hoedje, Paglieri-parfum, koffie bij Parnaso en diner bij Caminetto. Daarin komt de ware aard van de middenklasse tot uiting, in haar onuitroeibare formalisme, haar schijnheiligheid die nooit afneemt en die geweldig redeloos wordt in slechte tijden: de tafel dekken met dubbel bestek en extra glazen ook als er niets te eten is. De honger, maar niet die melodramatische, droevige van het gewone volk; de honger van de bourgeoisie is een bewonderenswaardig, steriel en schril spektakel. Niet wanhopen, zelfs niet als je doodgaat. De schijn ophouden, koppig de schijn ophouden, altijd de schijn ophouden.

Maar als de middenklasse ineens stopt met zich opofferen – met sparen, zwoegen, zwijgen, de stippenstropdas omdoen, op zondag petitfours halen en het ingepakte pakketje met je pink door de lus van het lint naar huis dragen – dan wordt haar gemopper ongenietbaar en ontpopt ze zich paradoxaal genoeg als opstandig en anarchistisch. Als ze de rust die ze altijd ambieerde al bereikt heeft, voelt die nu ineens als een keurslijf. Ze wordt lusteloos, onverschillig, prikkelbaar. Ze waant zich oppermachtig maar is tegelijkertijd geagiteerd vanwege haar machteloosheid. Ze eist genoegdoening voor vermeend aangedaan onrecht. Ze voelt zich geteisterd en zint op wraak. Ze is de zelfbeheersing en de zielige schijnheiligheid beu die altijd de pijlers hebben gevormd van haar manier van zijn, haar manier van zorgvuldig het huishouden bestieren, goede koopjes doen, gerechten en pastasaus invriezen die om de zoveel tijd moeten worden genuttigd, een beetje alsof het hele leven in de vriezer is gedaan. De middenklasse komt in opstand tegen de verering van de monotonie die zij zelf heeft uitgevonden. Ze zou het liefst bommen in treinen gaan leggen, en dat gaat ze dan ook doen. Uiteindelijk is ze zelfs in staat politieagenten te vermoorden, die tot dan toe de aanbeden hoeders van haar rust waren. Ze maakt zichzelf kapot met drugs, cynisme en ongebreidelde financiële risico's. Ze introduceert slobberige joggingbroeken in haar garderobe. Ze krijgt de neiging anders te gaan stemmen dan ze altijd heeft gedaan, of helemaal niet meer te gaan stemmen. Ze gehoorzaamt niet meer. Aan wie niet? Aan zichzelf. Fatsoen, arbeidsethos, reputatie, waardigheid, ze gooit alles overboord, al heeft ze daar meteen al spijt van omdat ze ter vervanging van haar afgedankte kleren niets heeft wat haar na een eerste oppervlakkige interesse werkelijk overtuigt, noch yoga, noch boeddhisme, noch vrijwilligerswerk, noch toegeeflijkheid ten opzichte van haar kinderen die zich alleen maar tegen haarzelf keert waardoor er om de zoveel tijd een scène losbarst van ongekende strengheid, al is die dan te laat en nutteloos, noch af en toe blowen of daar juist mee stoppen, noch pilates of een cursus buikdansen 's avonds. Het lijkt kortom alsof ze zelf nooit weet waaróm ze zich zo gedraagt. Ze heeft zo vaak horen hameren op de hypocrisie van haar waarden en normen, familiale en sociale conventies, lege formaliteiten en schijnheiligheid dat ze het niet voor elkaar krijgt om nieuwe aan te nemen die niet nog kunstmatiger zijn dan de voorgaande. Want wanneer je onderwaterfotograaf wordt in plaats van notaris, zoals je vader had gewild, is dat helemaal geen stap voorwaarts als die keuze precies zoals vroeger alleen maar wordt gemaakt om je te onderscheiden. Om de aloude redenen dus. Voorheen geloofde men misschien niet echt in wat men deed, maar bleef men eraan vasthouden, omdat herhaalde handelingen alleen al heilig worden juist doordat ze met regelmaat worden uitgevoerd, dagelijks, zonder enige behoefte aan of toevoeging van een geloof; maar nu moet men wel geloven, moet men écht geloven in wat men doet, en daarvoor is de middenklasse eerlijk gezegd niet geschikt. Een geloof, een waar geloof, zou alleen maar echt kunnen worden omhelsd door zich over te geven aan de waanzin, door in te storten, net zoals een leegstaand huis wordt overwoekerd door onkruid. De zelfbeheersing en het maskeren van gevoelens waren natuurlijk hypocriet, maar ze gingen in elk geval een richting op, ze hadden een doel dat men kon delen, los van de karakters van afzonderlijke individuen, als een merkteken, het toebehoren aan een klasse: consequent blijven, je beschermen achter een schild van discretie, een façade waar niemand zich voorbij mocht wagen, maar dan met zoveel overgave dat die façade uiteindelijk samenviel met de diepst verholen inhoud van je zijn; of dat men volkomen zou vergeten dat er achter die façade nog iets bestond, en niet langer zou eisen dat er een betekenis schuilt achter houdingen, poses, gewoontes, voorschriften, grenzen. Volledig één met de uiterlijke schijn, waaraan ze was opgeofferd – en dus behoed. Behoed tegen zichzelf. 'Protect me from what I want.'

Als de voelsprieten van een slak trekken verlangens zich terug wanneer ze in aanraking komen met de werkelijkheid; en als ze eenmaal zijn teruggetrokken, of misschien wel tien keer, of honderd, dan steken ze niet meer de kop op. Er moet een orde opdoemen uit het meest chaotische beeld, uit het angstaanjagendste, verwarrendste verschijnsel. Toch slaat in het kleine kompas van waakzaamheid en redelijkheid de naald prompt om wanneer het langs magnetische velden komt, langs verborgen of vergeten grondlagen, en men ontdekt dat het helemaal niet moeilijk is om diep in de ziel al dat opgekropte geweld terug te vinden dat daar liefdevol is gekoesterd en opgewarmd, juist doordat het zo lang werd onderdrukt. In dat donkere nest, dat warme holletje, worden onzegbare sentimenten veel beter geconserveerd dan de sentimenten die blootstaan aan slijtage doordat ze dagelijks worden geuit. En als men eenmaal de sprong heeft gewaagd en van kamp is gewisseld, kan de aangeleerde discipline net zo goed worden toegepast in het andere veld, de waarden werken ook de andere kant op: bankbediende en bankovervaller gehoorzamen allebei, vervullen hun plicht, zijn trouw aan de afspraak. Ook het kwaad heeft zijn stringente logica en dwingende leefregels. De misdaad is even plausibel als een deugdzaam leven. Het is een perfecte organisatie, als ze een beetje hun best doen. Ook in de misdaad kunnen mensen ijverig, vlijtig, nauwgezet, onbevooroordeeld zijn...

Meer in het algemeen gezegd: wanneer er een dijk wordt gebouwd en die breekt plotseling door, is de schade die door de kracht van het water wordt veroorzaakt veel ernstiger dan wanneer men dat geleidelijk had laten stromen. Een identiteit die is opgebouwd uit regels, daar kun je tot op zekere hoogte voor instaan, en als het niet lukt je ziel enige orde op te leggen, dan kun je die orde elders zoeken en laten blijken aan de buitenkant, dat was de deal, de sublieme conventie van de middenklasse: aangezien je ziel niet erg waardig is, kun je maar beter zorgen dat je (keurig gestreken) pantalon en je (goed gepoetste) schoenen dat wel zijn. De rest kun je verbergen, maar je schoenen niet. Het waren dan ook de schoenen waar men zich lange tijd enorm druk over maakte; die waren als een doorslaggevend inzicht, een element waarin een lot samenkwam, zoals het vinden van een baan, trouwen, gerespecteerd worden door de gemeenschap; en de vraag 'Zie ik er toonbaar uit?' was misschien wel de treurigste en meest cruciale die men zichzelf kon stellen, in alle oprechtheid. Mijn oma bijvoorbeeld vroeg het zich af met een zweem van trots vermengd met wanhoop in haar zorgvuldig opgemaakte ogen, vooral toen ze bejaard was geworden en haar wandeling langs de meedogenloze blikken van de dames in de wijk een riskant ritueel was geworden, een gok die steeds dichter bij het breekpunt kwam, waarna er geen weg meer terug zou zijn, elke keer kon de laatste zijn aangezien haar reputatie als mooie dame van stand dag in, dag uit op het spel werd gezet door het onbetamelijke oprukken van de ouderdom. Vreselijk, vreselijk. Tot ze op een dag besloot niet meer naar buiten te gaan, en toen ging ze ook echt niet meer naar buiten, ze zette nooit meer een stap buiten de deur. Ze ging nooit meer 's middags koffiedrinken met haar zwarte hoedje en haar bontjas.

Mijn handen, zei ze, die zien er echt niet meer uit, en ze voelde aan de opgezwollen aderen.

Hoofdstuk XV

De fases van dit proces liepen ook weer heel logisch in elkaar over. In het begin is er alleen de strijd, een zware strijd om de suprematie. Hiervoor wordt het christelijk gebod om jezelf op te offeren voor anderen aangepast tot jezelf opofferen voor jezelf: dat is de puriteinse moraal die als hoogst haalbaar model van leven het non-leven voorstelt. Dan blijft er dus niets anders over dan anderen op te offeren. Mensenhaters beginnen altijd met zelfverachting en breiden die haat vervolgens uit over anderen, maar in wezen is het een veralgemenisering van dezelfde verachting. Daarom moet je oppassen voor mensen die zeggen: 'Ik ben hard voor mezelf, dus mag ik ook hard zijn tegen anderen.' Iemand die streng is geweest voor zichzelf zou juist moeten hebben geleerd om toegeeflijk te zijn jegens anderen.

Door het tentoonspreiden van een opofferingsgezinde moraal wist de middenklasse elke beschuldiging van egoïsme van de hand te wijzen, aangezien de zelfverrijking plaatsvond in ruil voor een totale verzakelijking. De burgergeest getuigde van een zwaarmoedige scherpte waarmee hij zichzelf naar beneden haalde, zichzelf klein maakte achter het schild van middelmatige eigenschappen als bescheidenheid en spaarzaamheid. Gehuld in het harnas van een sobere, anonieme ethiek wilde hij zich beschermen tegen zowel de afkeuring van moralisten als zijn innerlijke onrust. Maar dat laatste blijkt onuitroeibaar, inherent aan de burgergeest, die nu de eeuwenlange strijd eenmaal gewonnen is alleen nog maar bezig is tegen zichzelf te vechten. In de loop van een oorlog die heel wat gewelddadiger was dan deze normaliter wordt gepresenteerd binnen de gouden lijst van de Mensenrechten, heeft de bourgeoisie de adel afgemaakt, die aan het eind van zijn Latijn was, en een paar eeuwen later heeft ze zich ook ontdaan van het proletariaat, dat was bewapend met een gênante ideologie die haperde, waardoor het proletariaat uiteindelijk weerloos en onbeduidend was, in elk geval in het Westen. In de landen waar een paar jaar geleden nog wel de hoogdravende dictatuur van het proletariaat heerste, klinkt tegenwoordig niet één stem die voor de onderdrukten opkomt en is de macht rechtstreeks overgegaan in handen van gewiekste zakenlieden. Het was een doctrine die door haar eigen agressie uiteindelijk niet meer bij machte was zich te verdedigen. Een revolutionair apparaat heeft een teer mechanisme; je moet de motor continu laten draaien, want als hij afslaat krijgt niemand hem meer aan de praat. Het ancien régime en het communisme zijn beide ingestort onder het gewicht van de ontoereikendheid. De wet van de grote getallen en de wijdverbreide, veelvormige aanpassingsbereidheid hebben de middenklasse gelijk gegeven.

En toch blijft het spook van de onzekerheid haar maar achtervolgen en kwellen. Eigenlijk heeft ze niet het recht zich erover te beklagen, aangezien die onzekerheid is ontstaan of in elk geval versterkt door de dynamiek die zij zelf heeft geïntroduceerd in de samenleving, terwijl de andere sociale klassen die als onveranderlijk beschouwden. Wat kan de middenklasse eraan doen dat ze de meest behoudende en tegelijkertijd de vooruitstrevendste component van de maatschappij is?

Goede smaak houdt in dat je de grootst mogelijke afstand schept tussen jezelf en je materiële basisbehoeften, waarmee je aangeeft hoe ver je af staat van de primaire noden en van degenen die vanwege hun maatschappelijke positie juist aan niets anders denken. De enige dingen die mooi, waardig of elegant zijn, zijn dan ook overbodige dingen, waarvan het enige belang is dat ze aantonen dat men er geen belang bij heeft. In theorie kan alleen datgene bevredigend zijn wat geen enkele behoefte bevredigt: al het andere is ‘vulgair’. Het is vulgair om iets te verlangen, het is vulgair om om hulp te vragen, het is vulgair om je druk te maken, het is vulgair om de ober te roepen, het is vulgair om de rekening te controleren, het is vulgair om haastig te eten, net zoals het vulgair is om met open mond te eten... het is vulgair om ‘aangenaam’ en ‘smakelijk eten’ te zeggen. Gedistingeerde mensen hebben instinctief een hekel aan vulgaire mensen. Ze gruwelen ervan. Het kan echter gebeuren dat men om zich te ontdoen van elk vermoeden dat men afhankelijk is van een behoefte uiteindelijk verslaafd raakt aan een andere, namelijk de behoefte om zich te onderscheiden: de eeuwige veroordeling om zich superieur te tonen. De bourgeoisie van elk niveau manifesteert een onbeschrijflijke weerzin tegenover de stijl die wordt geuit door het niveau van net een treetje onder haar. De beste manier om je eigen identiteit te onderstrepen is door middel van walging en fobieën. Kapsels, kleding, meubels, smaken en voorkeuren op het gebied van film, muziek, eten, uitspraak van de taal, het wordt allemaal stelselmatig gekarikaturiseerd, bespot en vies gevonden; men zet zich veel meer af ten opzichte van datgene waarmee men misschien zomaar verward zou kunnen worden binnen de bourgeoisie zelf, tussen de verschillende fracties die er deel van uitmaken, dan ten opzichte van sociale lagen die veel verder van haar af staan. De hogere burger, vooral die met culturele tradities of ambities, veracht met hart en ziel de stijl van de lagere burger maar niet per se die van het volk, waarvoor hij juist wel sympathie of zelfs bewondering kan koesteren (kijk maar naar de wat karikaturale 'patserige' manier van doen van bepaalde personen uit de hogere bevolkingslagen...). Hij kan zich er wellicht fysiek door bedreigd voelen, zoals een industrieel in zijn Jaguar door zijn stakende arbeiders voor de fabriek (ja, ja, ik geef toe, dat is nogal een verouderd beeld, van minstens dertig jaar geleden...), maar hij loopt in elk geval niet het gevaar besmet te worden door hun stijl. Zelfs in noodgevallen mag dat onderscheid niet afnemen: een chique dame zou na een verkeersongeluk desnoods bebloed uit het wrak tevoorschijn mogen komen, maar niet met verkreukelde kleren, net zoals de dames die zelfmoord pleegden door uit het raam van hun herenhuis te springen vlak van tevoren nog even de zoom van hun rok met een veiligheidsspeld bijeenhielden om te voorkomen dat ze, als ze eenmaal te pletter waren gevallen op het asfalt, in een onbetamelijke toestand zouden worden aangetroffen.

Trouwens, hoe je je moet kleden en hoe je je huis moet inrichten krijg je niet op school geleerd. Elementen van een interieurstijl die waarschijnlijk niet meer bestaat, met de kenmerkende sfeer van winterse middagen, gevormd door piano-oefeningen, telkens herhaald en onderbroken en dan weer herhaald, de geur van jasmijnthee, het zoemen van de föhn nadat je om beurten in bad was geweest en het geklaag van degene die het met koud water moest doen... Platenspelers die achter gesloten deuren klinken, aangrenzende maar strikt gescheiden werelden, de afzondering van de kinderslaapkamers, van het gefluister aan de telefoon in vaders werkkamer, van de keuken waar een norse of vrolijk neuriënde huishoudster de saus voor het stoofvlees klaarmaakt: allemaal heel dicht op elkaar en toch lichtjaren van elkaar verwijderd. Peterselie, olie, knoflook, broodkruim, kappertjes, ansjovis... snipperen, persen, zeven.

Tja, maar zonder personeel en zonder een bepaald aantal kinderen die in eeuwige strijd zijn om het gebruik van het telefoontoestel vervliegt die sfeer, dan verdampt hij uit de hermetische houder die het gezinsappartement vormt.

Goede smaak is heilig, ideeën zijn profaan.

Wat distinctie betreft gaat het vooral om wat het oog ziet. 'Je ziet zo dat...' Je ziet zo dat... het een keurig meisje is, het een jongen van een goede familie is... Je ziet zo dat... haar man goede zaken doet. Je ziet zo dat... hij op een van de beste scholen heeft gezeten. De tekens van prestige zijn op de eerste plaats visueel: aan de kleinste details herkent men iemands status. Die noodzaak om zich te tonen en om gezien te worden conflicteert echter met een andere hoeksteen van de bourgeois stijl, namelijk de terughoudendheid en discretie waarin het idee van onschendbare intimiteit volledig tot uiting komt. Maar hoe zorg je dat die ontoegankelijkheid voor anderen toegankelijk wordt en daarmee erkend wordt? Hoe kun je schaamteloos je schaamte etaleren? Bestaat er zoiets als brutale discretie? Hoe meer het individualisme wordt benadrukt, hoe meer behoefte het heeft aan erkenning van anderen. Helaas kunnen de zogenaamde tekenen van distinctie slechts armzalige tekenen van een gebrek aan distinctie blijken te zijn. Je hoeft ze maar te tonen. Zodra je ermee te koop loopt, verliezen ze hun waarde, als een magneet die zijn aantrekkingskracht verliest.

Ik geef een voorbeeld. De beste vriendin van mijn moeder, Vicki, was zeer elegant, en haar verfijndheid bleek uit alles aan haar en om haar heen, als goudpoeder waarmee ze was bestrooid. Ze was vormgeefster en kostuumontwerpster in het theater, haar woning schitterde van de voorwerpen, stoffen, lampen, kleuren. Volgens mijn moeder had niemand een garderobe zoals zij, zo geraffineerd en tegelijkertijd eenvoudig, perfect en strak als je maar kon vragen van de kleermakers in die tijd. Vicki bevestigde op dwingende wijze haar voorkeuren.

Maar toen werden er cysten gevonden in haar hersens.

Ze werd drie keer geopereerd, in Italië en in het buitenland, en ze overleefde het. Toch was ze daarna anders. Dat wil zeggen, geestelijk en lichamelijk kon ze nog alles – ze kon praten, logisch nadenken, ze was nog even zelfstandig als voorheen. Maar ze was *vulgair* geworden. Jawel, het is ongelooflijk, maar ze had totaal geen smaak meer. Ze kocht snuisterijen en borduurde sierkleedjes. Ze kleedde zich als een twintig jaar jongere winkeljuffrouw. Ze was slonzig of overdreven. Meerdere keren renden ze haar achterna als ze het huis verliet met een gaatjesshirt en een spijkerbroek waarvan de pijpen in laarzen met omhoogwijzende neuzen staken. Over haar haren, die vroeger drie keer per maand werden gewatergolfd, droeg ze nu een wollen mutsje met pompons dat groezelig werd en beroemd in de wijk, maar ze weigerde het af te doen. Ze had een dikke laag kersrode lippenstift op haar mond en zware hangers in haar oren. Ze gaf haar meubels weg en verving ze door pompeuze designontwerpen die ze chiquer vond; zo werd de oude eettafel ingewisseld voor een grote glasplaat die steunde op een kruis van chromen buizen. Het was niet per se verkeerd wat ze deed, nee, het was erger: ze was gewoon haar gevoel voor esthetiek kwijtgeraakt, waar vroeger juist haar hele leven om draaide.

En daarom, alleen daarom, ook al was ze op alle andere vlakken heel redelijk en bleek ze nog volkomen helder, kregen haar kinderen het voor elkaar haar handelingsonbekwaam te laten verklaren. Ze was zesenvijftig. Het verlies van haar stijl, haar slonzige manier van kleden en leven, volstonden als bewijs 'dat ze niet meer zichzelf was'. En de rechtbank die dat vonnis wees had gelijk. Vicki was een andere persoon geworden, een onbekende.

Goede smaak is heilig
ideeën zijn profaan.
Het lichaam is heilig
de geest is profaan.
De vrouw is heilig
de man is profaan.
De man is een beest
de vrouw is een kunstwerk!

Waardigheid houdt dus vooral in dat je weerstand biedt, je beheerst, niet toegeeft aan je vulgaire of gevaarlijke neigingen. Dat kan betekenen dat als de dijken eenmaal zijn doorgebroken, er geen bodem meer is, er geen grenzen meer zijn aan de handeling die geniet van de woeste blijdschap om te zijn verlost... en uit macht der gewoonte ongehinderd dezelfde loop blijft volgen. Naar het niets. Van streng conformisme naar totale ontaarding is maar één stap, al is het geen kleine. Verder moeten we niet vergeten dat gruwelijke daden van machtsmisbruik, die weliswaar de vrijheid van degene die ze ondergaat op pijnlijke wijze inperken, de vrijheid van degene die ze begaat juist de vrije loop laten. Dat soort wandaden staan dus tegelijkertijd voor het toppunt van onderdrukking en voor het toppunt van vrijheid, voor repressie en ongeremdheid. Het is zinloos om je tegen dit idee te verzetten: verkrachting en moord zijn bevrijdend, gezien vanuit degene die ze pleegt. De perfecte wisselwerking tussen die twee uitersten wordt bereikt wanneer degene die onderdrukt werd door het geweld dat op zijn beurt aanwendt om zich te verlossen: het genot van degene die plotseling stopt met gehoorzamen, alles over zich heen laten komen, zich inhouden en geduldig zijn – en ineens ontploft. Denk maar aan de verheerlijking van dat thema in al die wraakfilms, waarvan *Straw Dogs* nog altijd de stamvader is, waarin de leraar, de fatsoenlijke man die het slachtoffer is geweest van mishandeling, plotseling de situatie omkeert door zich te bedienen van hetzelfde geweld dat tegen hem is gebruikt, maar dan wel vertienvoudigd vanwege zijn frustratie en vindingrijkheid. Boosaardige energie die verborgen lag onder het goed fatsoen.

We kunnen dus wel stellen, als troost voor het centrale thema van dit boek: waarom zou onze bourgeoisie, zo hunkerend, zo verlangend naar erkenning, in vredesnaam geen criminelen kunnen voortbrengen? Misschien doet ze dat op een controversiëlere manier of met een hogere dosis wroeging, terwijl de lagere milieus ze voortbrengen zonder erbij na te denken. Bewuster = schuldiger.

Er is geen land waar misdadigers zo worden bewonderd als in Italië, zo vertroeteld, beklaagd of gemythologiseerd... ten voorbeeld genomen, geïmiteerd... zowel wanneer ze *zich van hun schuld verlossen* als wanneer ze *zich niet van hun schuld verlossen*. In het eerste geval worden ze bewonderd omdat ze een moedige innerlijke strijd hebben afgerond, in het tweede geval omdat ze hebben bewezen stoer en puur te zijn. Inkeer of vastberadenheid... houdingen die allebei mededogen of sympathie kunnen opleveren, en een levensloop die sowieso veel interessanter is dan die van zomaar een brave burger of een huisvrouw. Hoe vaak heb ik niet volkomen keurige mensen horen opscheppen dat ze vriendschap hadden gesloten met een moordenaar, en dan waren ze echt verrukt, werkelijk enthousiast, net als de supporter die een handtekening krijgt van de voetballer, of het meisje dat een tv-ster ontmoet. En als je dan enige twijfels uitte over de zin, of in elk geval de kiesheid van een dergelijke vriendschap, bereikte je het tegenovergestelde effect, namelijk dat je die alleen maar verstevigde.

Jazeker, er is geen land als Italië waar men zo meeleeft met de dader van een of ander misdrijf, zo opgewonden om hem raakt, zich zo voor hem mobiliseert of zoveel rechtvaardiging voor hem vindt, al moet men daarvoor alles recht praten wat krom is. Er is in Italië geen crimineel, een gewone of politieke, geen verkrachter of terrorist, eersterangs of tweederangs (mits hij omgang had met de eersterangs en ongedwongen met hun namen kan strooien), die niet net als Silvio Pellico zijn autobiografie heeft gedicteerd. Zijn eigen versie van de feiten, waarachtiger dan de waarheid. Of anders heeft hij wel een detective of thriller geschreven waarbij hij uit zijn eigen ervaringen kan putten als het gaat om de technische details van de moord, zoals patroonhulzen, sledes en grendels die haperen. Men gruwt van Amerika met die maniakale wapencultus, waar een brugklasser die zijn huiswerk niet heeft gemaakt de school kan binnenlopen en zijn medescholieren kan neermaaien met een uzi, maar bij ons, te midden van zoveel types die alleen met woorden agressief zijn en al die zachtaardige, ongevaarlijke mensen, weten de zeldzame figuren die daadwerkelijk met een browning overweg kunnen een ontzagwekkend of zelfs legendarisch imago te verwerven. Er verstrijken een paar jaar na het misdrijf en hup, daar heb je al de film, een serie en een boek met het waargebeurde verhaal, die de taak op zich nemen om de gebeurtenissen op te hemelen nadat de tv al zijn duit in het zakje had gedaan met extra uitzendingen, debatten, achtergronden en live bekentenissen, waarin de bloedige gebeurtenissen tot vervelens toe werden herkauwd.

Hoofdstuk XVI

Het is niet hun kut die te nauw is, maar hun hoofd!
Het is het hoofd van vrouwen
dat moet worden verruimd... Er is karakter nodig
en niks geen medelijden, om hun dat duidelijk te maken.
Wanneer ze eindelijk over de schreef zijn gegaan
krijg je alles van ze gedaan.
En als er eentje doodgaat, wordt ze vervangen.

Ik heb gestreden, ik heb gewonnen, met wortel en tak
elk gevoel in mijn hart uitgeroeid
dat mijn wil in de weg zou kunnen staan.
Maar als de wil niet langer wordt geleid
door het gevoel, en aan niets meer is gehouden
of gebonden, wat kan het dan willen?
Dan kan het alleen nog door zichzelf worden geleid
dan zal het enkel nog pure wil zijn, de wil om te willen
die de dingen overmeestert
alleen om zich er weer van te ontdoen
kort nadat hij ze heeft veroverd, alleen om ze te vernietigen
en om op die manier de wil intact, actief
en immer onbevredigd te houden
gezuiverd van individuele gevoelens.

Het ware geluk, het grote onbeschrijflijke geluk
om je boven iedereen verheven te voelen, en te zijn,
door de wetten te overschrijden waaraan anderen
zich gebonden hebben om te respecteren...

dat opperste geluk gekend te hebben geeft het recht
om anders te zijn dan zij, om niet op hun manier te denken

om hen niet te respecteren, en hen naar believen te mogen misbruiken.

Je ontrukt een groter genoegen
aan iemand die je haat
dan aan iemand die van je houdt.

Hoofdstuk XVII

De gretigheid waarmee de bourgeoisie streeft naar welvaart wordt alleen geëvenaard door de enorme angst dat zij de kans heeft gemist die te bereiken. Verdomme, ik heb geen huis gekocht toen ze zo goedkoop waren, ik aarzelde of ik aandelen zou aankopen toen de beurs aantrok en deed het uiteindelijk pas net een week voor de Argentijnse crisis, de overname van Parmalat, de instorting van de Amerikaanse huizenmarkt, enzovoort. Altijd in de verleiding, gekweld door twijfel, door speculaties, of het de moeite waard is om het zaad van haar wispelturige ambities ergens anders te zaaien, op een veiliger plek, in vruchtbaarder bodem. In vroeger tijden, toen de mens zich hield aan de onpersoonlijke rol die het lot of de stam hem had toegewezen, kon hij zichzelf tenminste nog af en toe vergeten, maar in de veranderlijke wereld van de bourgeois komt het zelden voor dat iemand zoveel stabiliteit en continuïteit weet te creëren dat hij zich daarin kan verliezen: het individu met zijn grillen en aspiraties steekt voortdurend de kop op. Zelfs de voornamen van mensen, die vroeger werden overgeërfd binnen een familie, worden tegenwoordig op willekeurig, vergankelijke wijze toegewezen, omdat er maar weinig van het verleden de moeite waard wordt geacht om door te geven aan de kinderen, en ook al blijft die behoefte soms wel bestaan doordat men bijzonder gehecht is aan een of ander souvenir of meubelstuk of familiegebruik zoals de kerstdagen of de vakanties gezamenlijk doorbrengen op een bepaalde plek (die intussen, in elk geval in Italië, daar kun je bijna zeker van uitgaan, is verpest door illegale woningbouw en massatoerisme, wat het verblijf bitter en de vergelijkingen weemoedig maakt) heeft die volharding iets zwaks en absurds, als een manie, een tic, waarvan een beetje gezond verstand zou zeggen dat je het beter kunt laten varen, wellicht om het dan naderhand te kunnen betreuren.

De burger wordt overmand door twijfel. Altijd. De aanschaf van een auto, of een telefoon of een computer, wordt een kwelling, meer dan voor iemand die weinig geld heeft of iemand die juist heel veel geld heeft. Meteen na de aanschaf, al zodra hij de showroom of de winkel uit loopt, denkt hij: Ik heb het verkeerde product gekocht, of: Ik heb het te duur gekocht, of: Ik heb het nu gekocht in plaats van op het nieuwe model te wachten, ik heb het gekocht maar straks vindt niemand hem mooi, of vind ik hem zelf niet mooi, heb ik hem eigenlijk niet nodig, dus waarom heb ik hem dan gekocht? Maar hij gaat niet terug. Hij gaat niet terug omdat hij zijn fout niet wil erkennen, nog eens bevestigen. Op het vlak van smaak en cultuur komt dat nog veel vaker voor. Neem theatervoorstellingen. Zodra de burger een kaartje heeft gekocht, voelt hij zich verplicht om er ook gebruik van te maken, al is het met tegenzin. Het idee dat hij zijn geld verspild heeft kan hij niet verdragen, dan gaat hij zich nog liever twee uur zitten vervelen. En dus komt het erop neer dat hij er twee keer voor moet boeten. De curve van de menselijke geneugten loopt nooit gelijk op met die van de financiële kosten. Stel dat een man op aandringen van zijn vrouw of zijn vrienden naar een concert gaat, laten we zeggen een klassiek concert, waarvoor hij een heel duur kaartje heeft gekocht omdat het een beroemde dirigent of een grote virtuoos is, en er bijna geen kaartjes meer te vinden zijn, of stel dat hij een abonnement neemt voor een hele cyclus concerten, of voor een theaterseizoen, alleen al omdat hij door naar de opera of naar toneel te gaan aan anderen en vooral ook aan zichzelf kan bewijzen dat hij iets cultureel relevants doet dat hem als persoon tot eer strekt, ook al heeft hij in werkelijkheid totaal geen verstand van muziek of theater en vindt hij het alleen maar doodsaai, nou, ook diegene zal twee keer lijden, de eerste keer door de prijs voor het kaartje of het abonnement op te hoesten, en de tweede keer door voorstellingen bij te wonen waar hij niks aan vindt maar waar hij nu eenmaal dik voor betaald heeft. Paradoxaal genoeg kan hij aan die dubbele kwelling alsnog genoegen beleven, een pijnlijk, extatisch, tegenstrijdig genoegen, omdat de burger nu twee keer gedwongen wordt om uit zijn rol te stappen, namelijk om zijn gierigheid én zijn innerlijke gemopper te overwinnen. Als hij daadwerkelijk het financiële principe zou toepassen waarvan wordt beweerd dat zijn klasse er al vanaf de Middeleeuwen op gefundeerd is, en die in de handboeken wordt voorgesteld als haar voornaamste leefregel, dan zou hij moeten zorgen dat hij geen geld uitgeeft om te lijden in plaats van zich te amuseren, en als hij zich dan echt niet kan amuseren, dat hij zich dan in elk geval gratis verveelt, zoals gebeurt wanneer hij een slecht toneelstuk bijwoont waar hij echter wel vrijkaartjes voor heeft gekregen, zodat hij bij zichzelf kan zeggen: 'Stel je voor dat ik hiervoor had betaald!' Hij ergert zich dood aan het idee om geld te hebben verspeeld, en daarom liegt hij liever tegen zichzelf en zegt dat hij tevreden is. Het mooie is dat hij daar soms nog oprecht van overtuigd is ook, omdat hij de beroering die hij in zijn hart voelt vanwege zijn ongenoegen aanziet voor kunstzinnige inspiratie. Die verwisseling zal een blijvende vorm aannemen, zodat hij ontroerd kan raken door de herinnering aan een reis langs kunststeden en kastelen die hij destijds heel saai vond, en met weemoed terugdenkt aan plaatsen en gebeurtenissen die hem destijds teleurstelden.

Het beeld van het krenterige utilitarisme van de middenklasse is dus ook een fabeltje; en dat de burger zich altijd laat leiden door een kille berekening van zijn eigen voordeel is een van de verzinsels van de theorie. Even onzinnig is het idee dat concurrentie mensen zou aanzetten om zich te verbeteren en dat hoe dan ook de besten beloond zouden worden; het kan ook zijn dat als er weinig concurrentie is, het individu de sociale vergelijking nog wel aandurft en gemotiveerd is voor de confrontatie, terwijl hij als er te veel anderen zijn met wie hij zich moet meten, die ook te veel op hem lijken qua persoonlijke eigenschappen, talent, succes, uiteindelijk steeds slechter zal gaan presteren, zowel op zakelijk als op menselijk vlak. We hebben instinctief de neiging om onszelf niet te vergelijken met degenen die zich op precies dezelfde sociale positie bevinden, maar juist met degenen die *minstens één treetje hoger staan dan wij*. Dat is een natuurlijke neiging, vaak vernederend, die zo af en toe wordt gecompenseerd door de troostende neiging om ons te meten met degenen die *een treetje onder ons staan*. Maar de frustratie van de eerste neiging zal nooit helemaal worden opgeheven door de opluchting die de tweede teweegbrengt.

(Weet je nog? Met kerst, toen de kinderen met alle lichten uit op volgorde van leeftijd op een rij werden gezet, met het jongste neefje vooraan, en dan achter de kinderen de volwassenen en oma als hekkensluiter, en iedereen zo'n sterretje vasthield dat vonkjes verspreidt en schrik en

verwondering veroorzaakt omdat ze je hand niet branden maar alleen aangenaam prikkelen, en waar je mee door de lucht kunt zwieren zodat je lichtgevende slierten ziet die nog lang op je netvlies blijven zitten, met het probleem dat als eindelijk het sterretje van de laatste in de rij aan was, die van de kleinsten alweer bijna opgebrand waren, al bijna uitgingen, gauw, allemaal opschieten, dan lopen we zingend de donkere kamer vol cadeautjes in, gauw! voordat de sterretjes uitdoven...)

Hoofdstuk XVIII

Zich onderwerpen en overheersen. Deze twee instincten, die globaal genomen kenmerkend zijn voor respectievelijk de lagere klasse en de bovenklasse, kan de middenklasse allebei koesteren, tegelijkertijd en met dezelfde intensiteit. Deze tegenstelling wordt veroorzaakt door die sociale wet die voor iedereen geldt maar die in de middenklasse bijna pathologisch voelbaar is (alsof de wet speciaal voor haar is ontworpen), waardoor we genoodzaakt zijn om ons te onderwerpen aan conventies maar tegelijkertijd om ons ervan te onderscheiden, om niet in de anonimiteit te belanden. Gehoorzamen, zich voegen, zich conformeren – autonoom zijn, eruit springen, zich onderscheiden. Het burgerlijke instituut bij uitstek, dat waarin de middenklasse haar meest klassieke uiting heeft gevonden, met al het plechtige, ridicule, wrede en meelijwekkende dat je maar in een menselijke relatie kunt stoppen, namelijk het huwelijk, leent zich voor het vervullen van deze dubbelfunctie, en zo komt het dat men na het stichten van een nieuw gezin weer uit elkaar gaat, onafhankelijkheid verwerft – terwijl men zich tegelijkertijd aanpast, in sommige gevallen zelfs berúst in de hoogst mogelijke conventionaliteit. We kennen het allemaal, die emotioneel-financiële vorm van kortsluiting, dat paradoxale smeltpunt tussen verder onverenigbare instanties, voortgebracht door de seksualiteit met als resultaat dat die om zeep wordt geholpen, hét moment van individualisering van zichzelf en de ander (alleen jij, alleen jij bestaat voor mij, en alleen naast jou ben ik mezelf) dat onverbiddelijk verzandt in de meest voor de hand liggende riedel van bruidslijst, schoonouders, de sleur van het avondeten, dat stomme spelletje van trouw-overspel, astronomische rekeningen, de beugel van de kinderen, het bestek dat niet meer bijpassend is, het stijfsel voor het tweepersoons beddengoed, waar gaan we op vakantie, zeg jij het maar, mij maakt het niks uit – kortom dat sublieme en eentonige heen-en-weergeschipper in het leven. Met een en dezelfde handeling redt men zich het vege lijf en pleegt men zelfmoord. Dat er een aangeboren behoefte bestaat aan deze aanpassing wordt wel bewezen door het feit dat zelfs homoseksuelen, die er tot voor kort van waren uitgesloten of beter gezegd vrijgesteld, tegenwoordig dat recht opeisen om 'net als iedereen te zijn'.

Het bourgeois huwelijk is dus een koord dat tussen twee bergtoppen is gespannen en waar je overheen moet lopen zonder ooit naar beneden te kijken: aan de ene kant bevindt zich het sociaal utilitarisme volgens de klassieke opvatting, aan de andere kant het streven naar seksuele samensmelting van de moderne, romantische wereld. Het huwelijk moet het praktisch nut en de hartstocht verenigen. En welbeschouwd is het misschien wel het enige instituut dat in de overgang van de oude tijd, waarin het werd beschouwd als een noodzakelijk maar puur pragmatisch ritueel, naar de moderne tijd, waarin juist de vrije keuze van geliefden wordt bejubeld... is het misschien wel het enige initiatief dat niet in de loop der tijd is ontheiligd en puur nog voor het praktisch nut wordt aangewend, zoals met alle andere menselijke uitingsvormen is gebeurd, kunst, politiek, arbeid, maar juist is gespiritualiseerd, geïdealiseerd... Het is de introductie van dat heilige 'recht op geluk' dat het huwelijk heeft gesaboteerd. Door de eis dat je gelukkig moet zijn werd het onverdraaglijk als je dat niet was, of niet langer was. Doordat het huwelijk alleen nog maar op de emoties werd gebaseerd, die even opwindend als grillig zijn, is het in gevaar gebracht en is de noodzaak ervan afgebrokkeld. Als ik niet meer van mijn man hou, geeft de oprechtheid van mijn verlangen me het recht om hem te vervangen. Tegenwoordig wordt een feeks niet langer getemd, maar gewoon gedumpt.

Het besluit om een burgerlijk bestaan op te bouwen loopt soms vooruit op de concrete realisatie (met wie ga je het opbouwen, waar, welk beroep ga je uitoefenen, enzovoort), het presenteert zich als een soort principeplan met nog allemaal lege plekken die moeten worden opgevuld, maar soms zijn het juist de details, de basisvoorwaarden of de uitgangspunten (een verloofde die popelt om je vrouw te worden, een appartement in de familie dat vrij moest komen en dan eindelijk inderdaad vrijkomt, de praktijk van vader die moet worden overgenomen...) die de overgang dicteren van een losbandig studentenleventje naar een rigide burgerleven: kinderen – kantoor – Duitse auto – zakelijke etentjes – uitgestippelde vakanties – kanker aan de baarmoederhals of de prostaat. Ineens zit je er middenin op je dertigste, veertigste, vijftigste.

De verandering is heel geleidelijk gegaan – en toen ineens, van de ene op de andere dag, een lawine.

And you may find yourself
behind the wheel of a large automobile...
And you may find yourself
in a beautiful house, with a beautiful wife...
And you may ask yourself
well... how did I get here?

Er is natuurlijk niets burgerlijkers dan het zich onttrekken aan burgerlijke conventies, zodat vanaf een bepaalde mate acceptatie of weigering moreel gezien op hetzelfde neerkomen. Opstandigheid en verzet zijn niet altijd een teken van vastberadenheid; omgekeerd kan het een zeer moedige, bijna heroïsche daad zijn om de omstandigheden te accepteren zoals ze zijn. Het is duidelijk dat iemand die zich altijd hoe dan ook wil onderscheiden bang is dat hij nauwelijks herkenbaar zal zijn wanneer hij niet zijn toevlucht neemt tot afwijkende stellingnames en het vertoon van excentriek, opmerkelijk gedrag. Verstandige personen daarentegen kunnen besluiten het masker van conformistisch gedrag op te zetten en daar zonder discussie in mee te gaan, waardoor ze wél een marge van ongeschonden innerlijke vrijheid bewaren.

Ook al etaleert de middenklasse doorgaans een zeer strenge decaloog bestaande uit een hele reeks waarden die in acht moeten worden genomen, ze kan zich toch niet afdoende herkennen in een model waarin haar sociale beperkingen worden vastgelegd. Zelfs de 'moraal van de oude tantes' verschaft er geen die permanent is, en sterker nog, als de bourgeoisie zich serieus strikt aan de voorschriften had gehouden die ze zelf als haar merkteken beschouwt (spaarzaamheid, bedachtzaamheid, enzovoort), dan was ze nooit een stap vooruitgekomen, en bevond ze zich nu nog steeds op dezelfde plek als eerst, namelijk in de Middeleeuwen. Zij is kortom de klasse die vooruitgang boekt door zichzelf te verloochenen, die zich definieert door zich tegen te spreken. Misschien komt het daardoor, zoals een van haar beroemdste lofzangers beweert, dat juist deze klasse de meeste raakvlakken en de meeste overeenkomsten heeft met het hele menselijk ras.

Als we een prototype mens de ruimte in zouden moeten sturen voor een ontmoeting met buitenaardse wezens, dan zouden we een accountant moeten sturen, eventueel samen met een schoolrector.

Hoofdstuk XIX

Wat nu volgt schrijf ik met het QT in gedachten.

De middenklasse is een combinatie van:

– een grijs gebied aan mensen die onverschillig staan tegenover bijna alles, tegenover genoegens, ideeën, gevaren, impulsen, tragedies, zelfs tegenover geld, kortom, tegenover het leven zelf; als slakken teruggetrokken in hun doorschijnende huisjes lijkt het alsof het ze maar net lukt om met ingehouden adem weerstand te bieden aan de druk van de buitenwereld; de minste verandering zou hun pijn en schaamte bezorgen, zelfs al was die ten goede; ze zijn bang om te worden ontdekt en veroordeeld vanwege hun afstandelijkheid, maar in feite zijn zij juist degenen die de wereld veroordelen, want hun onverschillige houding is misschien nog wel meedogenlozer dan een openlijke aanklacht; ze geven om niemand en niemand geeft om hen;

– hedonisten die luxe en overvloed nastreven en alleen maar leven om anderen de ogen uit te kunnen steken met hun kleren, horloges, sieraden en een stijl die al van veraf opvalt;

– goede vaders en moeders die hun vermogen zonder ermee te pronken beheren als een geschenk dat moet worden gekoesterd en niet verkwist, waardoor ze alle gezinsleden verzekeren van een welvaart die zo bestendig en bescheiden is dat die op den duur bijna niet meer opvalt, wat vervolgens tot niet geringe misverstanden kan leiden, zoals het idee dat het gezin arm is omdat er nooit de luxegoederen worden aangeschaft die anderen wel bezitten en tentoonspreiden;

– degenen die maar net boven de armoedegrens leven, wat tegenwoordig een steeds grotere groep wordt, geobsedeerd door bezuinigingen en dus genoodzaakt om de dagelijkse bezigheden te wegen in termen van uitgaven en om elke afzonderlijke dag in een maandrooster te passen, zodat een bioscoopbezoek, een kop koffie in de bar en de sportkrant allemaal balansposten worden.

Ongeacht tot welk type hij behoort, een lid van de middenklasse voelt zich door niemand vertegenwoordigd, noch door een instituut, noch door een politieke partij, noch door een vakbond of een krant, en hier, in de stad van de paus, al helemaal niet door de katholieke kerk. Rechtstreekse betrokkenheid bij politieke activiteiten wordt met enige argwaan of zelfs afkeuring bekeken, ook omdat men denkt (en niet geheel ten onrechte) dat dat het terrein is waarop de slechtste eigenschappen van de mens naar boven komen.

Die nuchtere instelling heeft de bewoners van deze stad er al vaak voor behoed om al te fanatieke of onbuigzame standpunten in te nemen.

De kerstlunch met *capitone*, een grote koude paling, zeg maar gerust een slang, gegarneerd met plakjes gekookt ei – de kusjes bij het afscheid nemen op de behaarde wangen van oude vrouwtjes – het opbiechten van je kinderzonden, vrijwel te verwaarlozen trouwens, aan een onbekende die zich achter een tralievenster verbergt: de macht van sociale conventies is zo dwingend dat we zelfs de vervelendste of onbegrijpelijkste dingen gewoon aanvaarden, de betovering van onze onderdanigheid. Hoe willekeuriger de regel, hoe strikter hij dient te worden gerespecteerd en gehoorzaamd. Vroeger was het voortdurend onderworpen zijn aan willekeur de kern van de opvoeding, een soort vorming in etappes van absurditeit. Dit verklaart onder andere de bizarre volgzaamheid waarmee hele generaties mannen zich naar de slachtbank hebben laten leiden in oorlogen om het bezit van een paar vierkante kilometer struikgewas, en omgekeerd toont het ook glashelder aan dat niets zo absurd is dat het niet kan worden geloofd, dus dat mensen oneindig kneedbaar zijn, en dus dat wij in staat zijn om ongelooflijke sprongen te maken terwijl we toch niet tegen onze aard in gaan, en dus dat het gerechtvaardigd is argwaan te koesteren jegens élke aard omdat die de kiem kan bevatten van een karakter dat diametraal tegengesteld is aan het ogenschijnlijke, en dat dus élke conventie, ook die welke is overgehouden aan de onschuldigste spreuk die een oma altijd te berde bracht, op elk moment kan omslaan in het tegenovergestelde.

Jezelf onderscheiden is niet zo moeilijk, het probleem is alleen dat de onderscheidende kenmerken die je aan de ene kant afzonderen van de algemene smaak, je aan de andere kant juist weer toevoegen aan een kleinere kring, waarbinnen de mensen wel erg veel op elkaar lijken. Doordat ze over dezelfde kwaliteiten beschikken en dezelfde eigenaardigheden koesteren, zijn de leden van die club bijna onderling inwisselbaar. Dat is het lot van kleine groepen, van keurkorpsen, die door de selectie in sterke mate afwijken van de rest, maar binnen de groep net zozeer homogeen zijn. Bij de wisseling van de wacht zal een peloton *corazzieri*, de officiële Italiaanse erewacht, beslist indruk maken op de voorbijgangers vanwege hun buitengewone lengte en hun gepluimde helmen, maar diezelfde voorbijgangers zouden er vervolgens moeite mee hebben de nieuwe wachters te onderscheiden van degenen die ze hebben afgelost: ze lijken allemaal eender. Het is tamelijk frustrerend om te moeten knokken voor het privilege om exclusief te kunnen omgaan met mensen van dezelfde rang, om er uiteindelijk achter te komen dat je ze heel saai vindt, en ook juist daarom.

We hebben het over die klasse die, in feite, streeft naar het bezit van datgene wat in werkelijkheid slechts een klein deel van de klasse bezit. Iemands sociaal milieu wordt dus niet zozeer afgemeten aan de bezittingen of titels die hij heeft, als wel aan het streven daarnaar. Hoe vuriger dat verlangen, hoe meer hij erbij hoort. Sterven van jaloezie om iets is eigenlijk nog meer typisch bourgeois dan het te bezitten. Dat eerder emotionele dan economische kenmerk heeft ervoor gezorgd dat, volgens sommigen, het proletariaat in de strikte zin in Italië is verdwenen niet omdat het zich heeft ontworsteld aan de armoede, maar op het moment dat het dezelfde aspiraties en frustraties kreeg als de middenklasse. Aangezien verlangen negen van de tien keer uitloopt op frustratie, zou het beter zijn om bij sociologisch onderzoek te kijken naar de curve van een 'impotentietax' (laten we het zo maar noemen). Dus om niet te registreren welke daadwerkelijke aanschaffingen individuen en gezinnen zich kunnen veroorloven, maar welke ze nastreven, ook al liggen die buiten hun financiële bereik. Alles waarvan men terecht of onterecht het idee heeft dat het hun wordt *ontnomen*. Volgens die nieuwe berekening *zijn* we voornamelijk wat we *ontberen* om te zijn wie we zijn. We bestaan in ons deficit. Er is vrijwel geen familie waarbinnen niet alle leden zich het slachtoffer voelen van wreed onrecht en uitbuiting door hun bloedverwanten.

Of ze denken dat ze heel veel hebben gedaan maar dat anderen de vruchten zullen plukken van hun inspanningen. Je moet hard werken om het recht op ledigheid te verwerven, maar aangezien de fases van dat proces niet synchroon kunnen lopen, spreiden ze zich uit over meerdere generaties, zodat het de vader was die zich kapotwerkt zodat zijn kinderen tot twaalf uur in bed kunnen blijven liggen.

Men werkt vandaag om morgen te kunnen luieren. Geld vergaren staat gelijk aan tijd vergaren. Generaties volgen elkaar op in afwisselende golven van verharding en verslapping.

Maar het gevoel van impotentie heeft niet alleen betrekking op gefrustreerde ambities, de zucht naar rijkdom. Het kan veel wijder en dieper gaan, tot het elk aspect van het leven omvat en zelfs verder reikt dan het leven zelf. Het is alsof de teleurstelling veroorzaakt door het besef dat men geen invloed heeft op het wezen der dingen wordt afgereageerd in de bijna maniakale inspanning om in elk geval de uiterlijke vorm ervan te bepalen. Vandaar die cultus van de façade, de esthetische drang, de noodzaak om 'de schijn op te houden', koste wat kost. Als ouders de controle over hun losgeslagen pubers kwijtraken en niet meer weten wat er in hen omgaat, zullen ze zich vastbijten in hoe ze erbij lopen, dat ze schone kleren dragen en niet vloeken. Zo ging het althans dertig jaar geleden, tegenwoordig vloeken de zonen van die zonen en vooral de dochters van die dochters als bootwerkers, terwijl ze maar zelden op de vingers worden getikt. De frustratie van toegeeflijke ouders die te wijten is aan het feit dat ze nooit een macht hebben willen of kunnen uitvoeren die in de vorm van de educatieve noodzaak – voor de bestwil van de kinderen dus – toch ook nog een goed gevoel opleverde. Niet zozeer in de zin van de traditionele autoritaire aanpak, maar eerder als de kunst om de chaos binnen de perken te houden, en die in elk geval van de buitenkant te kunnen beïnvloeden.

Als je niet meer in hun hoofd kunt doordringen, dwing je ze om naar de kapper te gaan.

Wanneer je uiteindelijke doelen onbereikbaar zijn, moet je afbuigen naar tussenliggende doelen. Vaak zijn de waarden waarop wordt gemikt zo hoog en ver verwijderd dat men sowieso moet afbuigen naar de belangrijkste facetten die van belang waren om ze te bereiken; vandaar dat men, omdat de ambitie tot maatschappelijk prestige, of tot geluk, nooit volledig waargemaakt kan worden, zich meestal richt op *geld*. Zo ontstaat er een spinnenweb aan tussendoelen, gedeeltelijke successen en particuliere belangen waarachter datgene schuilgaat wat men beschouwde als het enige wat de moeite waard was om voor te leven. Men verplaatst zich naar het midden; doordat men de eindbestemming mist, blijft men hangen in de beweging, in de overgang.

Same as it ever was...
Same as it ever was...
Same as it ever was...
Same as it ever was...

Dit sociale model heeft een duidelijk equivalent op het esthetische vlak, volgens welk iemands natuurlijke voorliefdes, eigenaardigheden en passies moeten worden opgeofferd en omgekneed zodat ze aansluiten bij een hoger plan: in het leven van de bourgeois is dat dus zijn werk en gezin – voor de creatieve geest zijn kunstwerk. Individuele impulsen moeten 'ten dienste worden gesteld' van een doel dat deze impulsen realiseert maar tegelijkertijd overstijgt. In die zin is ook het huwelijk, op zijn manier, een kunstwerk – een wonderbaarlijke psychologische en sociale schepping. Het weemoedige bourgeois estheticisme snakt aan de ene kant simpelweg naar vitaliteit, en aan de andere kant deinst het daar juist voor terug of wil het die beteugelen met het onderricht van goede manieren, met het ascetisme van het afzien, net zoals een kunstenaar die, te midden van vele keuzes en verleidingen, om tot de kern van zijn werk te komen flink moet stileren en van alles moet weggooien, hele pagina's tekst, schetsen, soms eersteklas materiaal. Ook al worden de bourgeois en de kunstenaar over het algemeen als tegenpolen beschouwd, ze blijken toch heel wat gemeen te hebben, in elk geval wat betreft hun pragmatische, cynische kijk op het leven. Zo zullen een kunstenaar en een echtgenoot die bewust bezig zijn, zeg maar, niet pretenderen dat ze recht hebben op persoonlijk geluk, dat is niet het doel dat ze moeten dienen: ze staan veel meer ten dienste van hun schepping dan dat hun schepping ten dienste van hen staat. En dan moet die burger ook nog eens een dubbele inspanning verrichten, aangezien om verschillende merkwaardige redenen elk verhaal, elk avontuur waarbij hij betrokken is (amoureus, echtelijk, zelfs commercieel) al bij voorbaat een verhaal van aftakeling is. Het is altijd *De dood in Venetië*. Wanneer hij succes heeft en rijk wordt, betekent zijn opmars alleen maar een voorbode van een gedeeltelijke of totale ondergang. Het evenwicht dat hij met zoveel moeite heeft bereikt gaat al meteen weer verloren. De harmonie wordt meteen bedreigd, aangetast. Terwijl de burger flink lijkt te worstelen om zijn omstandigheden te verbeteren, is hij al net zo hard bezig om te proberen de harmonie te herstellen die hij tot op dat moment had. Terwijl hij onverbiddelijk op de toekomst afstevent, heeft hij zijn blik strak gericht op een verleden dat hij niet kan plaatsen. Waar is het verleden van een bourgeois, waar ligt dat precies? Het leven moet worden afgelost, getransformeerd, zo nodig op zijn kop gezet of van richting veranderd: de levenskunst bij uitstek is het banale om te vormen tot iets verhevens, en het verhevene tot iets vertrouwds. De orde die voortkomt uit die reeks pijnlijke censuurhandelingen zal uiteindelijk veel groter, complexer en florerender zijn dan de toch ook immense mogelijkheden die zijn geschrapt.

Ook in hun innerlijke tegenstrijdigheden lijken de bourgeois en de kunstenaar op elkaar: ze verenigen behoedzaamheid en durf, systematiek en chaos, ze scharrelen dag in, dag uit wat centen bij elkaar, geduldig, tot ze ineens, als dieven, hun slag slaan en grote rijkdommen binnenhalen. Maar zonder al dat harde, dagelijkse voorwerk zou het ze nooit lukken zo'n slag te slaan, zo'n deal te sluiten, zo'n geniale inval te volgen. Oefening baart kunst. En daarbij zetten ze allebei niet alleen hun deugden in, wat terecht en logisch is, maar ook hun ondeugden. Hun dierbare slechte gewoontes. Juist uit hun boosaardige impulsen, die ze op de juiste manier kanaliseren, weten ze de kracht voor vernieuwing te putten. Net als een rancuneuze bourgeois of een geslepen handelaar vindt ook een kunstenaar de kracht om zichzelf en zijn concurrenten te overstijgen dankzij de middelen van zijn kwaadaardige kant, die zijn verbeeldingskracht stimuleren. Donkere lagen die sprankelen van de inspiratie. De grondstoffen die bewerkt moeten worden. Angst, jaloezie, wanhoop, wroeging, perversie, en zelfs schande, al die bronnen ontgint de kunstenaar om de inhoud van zijn werk te verkrijgen, en vooral ook de nodige energie om dat vorm te geven. Hij zou niet zonder zijn ondeugden kunnen, waardoor hij zichzelf steeds beter leert kennen en in de hand leert houden. Ook de kunstenaar wil zich onderscheiden, net als de burger, en misschien nog wel meer. Zozeer dat zijn verlangen naar erkenning een obsessie wordt. Met bitter cynisme beschouwt hij de resultaten die hij tot dan toe geboekt heeft. Als hij vijftig exemplaren van zijn boek heeft verkocht, zou hij willen dat hij er eenenvijftig van verkocht had. Heeft hij er vijfhonderdduizend verkocht, dan zou hij er evengoed nog eentje meer verkocht willen hebben. Anders is het ellende, doffe ellende. Maar het gaat daarbij niet om geld. Het is geen puur financiële obsessie, die verkoopcijfers zijn alleen maar de toegankelijkste vorm waarin die zich kan uiten. Zo eenvoudig dat je algauw het misverstand krijgt: 'Die denkt alleen maar aan geld.' En dat geldt trouwens ook voor iemand uit de middenklasse. De bourgeois en de kunstenaar worden geplaagd door dezelfde drang. Rondstruinen, wroeten, grasduinen, overal hun neus in steken, snuffelen, het leven ruiken en er hun tanden in zetten of ervoor vluchten. Wanneer de kunstenaar een beeldje de lucht in steekt en laat zien aan een publiek bestaande uit collega's die het deze keer niet hebben ontvangen, is dat een gebaar van dankbaarheid en tegelijkertijd van wraak. Kijk, stelletje klootzakken, bedankt, bedankt, ik heb alles aan jullie te danken, I love you. De ziekelijke zucht naar geld die sommige kunstenaars treft kan alleen maar verklaard worden uit een onmetelijk wraakgevoel.

De kunstenaar is een eeuwige speculant. Hij wordt over het algemeen afgeschilderd als een verstrooide geldverspiller die niet eens zelf kan koffiezetten of zijn geldzaken kan regelen, en misschien is dat ook wel zo op bepaalde terreinen die buiten zijn domein vallen, maar daarbinnen is hij een ondernemer die gewetenloos zijn kaarten uitspeelt. En bij dat gokspel kunnen zijn intiemste, gevoeligste of pijnlijkste kanten, zijn diepste zielenroerselen niet gespaard worden. Een kunstenaar die die naam waardig is, speculeert op alles: op de ervaringen van anderen en die van hemzelf, op zijn meest intieme verdriet en op zijn geheime liefdes. Hij moet elk drama benutten en omzetten in een kunstwerk, dat is zijn mandaat. Dat is zijn inzet, zijn investering. Hij kan zijn broer die zelfmoord gepleegd heeft niet laten rusten, evenmin als de jonge dienstmeid die stierf aan de tering, of zijn te vroeg gestorven zoontje dat in de koude, zwarte grond ligt, of zijn vader die een koets bestuurde voordat hij werd vermoord. Terwijl de dichter met hete tranen hun eeuwige rust in het graf bezingt, wekt hij die doden weer tot leven. Hij brengt ze weer tot leven om ze vervolgens opnieuw dood te laten gaan, als in een vloek voor spoken. Zijn drang om alles op papier te zetten is groter dan zijn discretie, net zoals voor de bourgeois de drang om rijkdommen te vergaren. Er is geen andere weg voor hen, anders zou het leven geen zin hebben. Het kapitaal van een kunstenaar wordt gevormd door zijn werken, en zijn doel is die zowel in aantal als in waarde te laten toenemen. Net zoals de bourgeoisie toen die eindelijk het grootgrondbezit van de adel in handen wist te krijgen, profiteert de kunstenaar van wat onontgonnen op de bodem van de collectieve ziel lag. Hij legt ongezonde moerassen droog en maakt ze met zijn werk vruchtbaar en begaanbaar. Dankzij de kunstenaars van de twintigste eeuw kunnen we nu reizen door de kronkels van de psyche, en dankzij de bourgeoisie ook over de autobanen van de aarde.

Om een boek te schrijven of een kunstwerk te voltooien is wrok alleen niet voldoende drijfveer, maar het kan wel van pas komen. Het functioneert als prikkel, als stimulans, als reservoir om energie uit te putten wanneer die op rationeel vlak afneemt. Het is nogal kleingeestig als wrok de enige motivatie of inhoud van het werk vormt (zoals vaak voorkomt bij moralistische en satirische schrijvers, vooral wanneer ze werken in dat format dat door kranten en tijdschriften wordt gevraagd en ze dagelijks een doelwit moeten verzinnen om hun frustraties op te botvieren), maar wanneer het alleen maar de nodige energie levert blijkt het zeer vruchtbaar. Een essentieel viaticum; net als de proviand en medicijnen die voor een reis worden ingeslagen. Wrok is op zichzelf afkeurenswaardig, maar wordt op den duur een belangrijke morele bron. Vooral als het erom gaat vol te houden en het werk af te maken, waarbij er zware inspanningen verricht worden die op geen enkele manier te rechtvaardigen lijken, zelfs niet in de ogen van de maker zelf, laat staan voor anderen. Een man die opgesloten op zijn kamer in zichzelf zit te praten (dat is tenslotte waar schrijven op neerkomt), een ander die maandenlang met zijn penseel in de weer is, dergelijke types zullen niet veel begrip krijgen van mensen die juist gedreven worden door een voor de hand liggender of minder egoïstisch nut. Aangezien het kunstwerk geen andere reden heeft dan zichzelf, wordt de maker ervan gedreven door een impuls die niet alleen creatief is maar ook destructief. Anders zou het niet genoeg zijn. De agressie in de opwelling geeft en vraagt geen rekenschap. Je hebt zin om je handen te gebruiken, om schoon schip te maken, om het duur betaald te zetten. Maar wie zet je het betaald? Dat is vaak onduidelijk, en dat is dan ook een ander kenmerk van wrok: het gaat tekeer en woedt en foetert *tegen wie dan ook.* De kunstenaar legt ook zijn verrotte, verachtelijke kanten in het werk. Je hoeft ze maar aan te boren en door te sluizen in de richting van het kunstwerk. Haat moet productief zijn, anders kun je net zo goed liefhebben. Het geheime verlangen om wraak te nemen op de wereld of in elk geval om genoegdoening te krijgen van degenen die op je neerkeken of je niet eens zagen staan, kan de nobelste ziel nog verhitten, de bourgeois/schrijver wordt gedreven door zijn rancuneuze component. Een ware aristocraat zou zich nooit kapotwerken om een roman te voltooien.

Ach ja, smaak. Iemands smaak is meer onderscheidend dan zijn mening. Smaak is een onuitwisbaar merkteken van het individu, zonder dat je diens principes hoeft te doorgronden. Een prent aan de muur of de keuze van een restaurant laten elke geloofsbelijdenis achter zich. Onze eigenliefde wordt meer gekrenkt door iemands afkeuring van onze voorkeuren dan van onze overtuigingen, aangezien die eerste veel meer deel uitmaken van ons persoon en dat veel intiemer en exacter karakteriseren dan de tweede. Je kunt gemakkelijk van gedachte veranderen, terwijl je maar zelden een stijl verwerft of kwijtraakt. In de periode waarin dit verhaal zich afspeelt vond een weldenkende vader het minder erg dat zijn dochter communistisch was dan dat ze erbij liep als een zigeunerin, met klompen en gebloemde lange rokken. In het leven van een zichzelf respecterend gezin zijn de woede-uitbarstingen over kleren memorabel. Sommige verboden die puur op uiterlijk zijn gericht ('Zo ga jij nergens heen!') zijn even neurotisch bindend als morele geboden, niet stelen, niet liegen, haal die make-up van je gezicht, kijk, dan worden mensen pas echt autoritair, als het over smaak gaat. Bij ons thuis hadden we dat soort problemen niet, maar ik weet nog wel heel goed dat mijn elfjarige zusje, het braafste meisje van de wereld, vroeg of ze met haar klasgenootjes naar een hotel mocht gaan waar de acteur logeerde die destijds op tv het personage Sandokan speelde. Sandokan, de piraat uit Maleisië. Ze wilden alleen maar voor het hotel op hem wachten en om een handtekening vragen. Dat was alles, een handtekening. Wát zeg je?! Geen sprake van. Wat denk je wel niet? Hoe haal je het in je hoofd. Ben je gek geworden? De weigering van mijn moeder was meer dan verontwaardigd, verbijsterd gewoon. Maar mijn zusje, dat nooit om iets vroeg, echt nooit, bleef toch nog even vragen om die toestemming, die immers niets zou hebben voorgesteld, ze smeekte, jammerde, barstte in tranen uit, op haar beurt ook ongelovig dat haar iets werd verboden waar haar vriendinnetjes zonder grote problemen toestemming voor kregen, waarom mag ik als enige niet gaan? Waarom *ik niet en de anderen wel*? Ze bleef er de hele dag over dreinen en huilde tranen met tuiten. Het verbod bleef van kracht en het tijdstip waarop ze zouden postvatten voor het hotel waar de Tijger van Mompracem verbleef brak aan en verstreek, met de plechtige tragiek van alle bijzondere kansen die zich nooit meer zullen voordoen; de hele affaire werd verdrongen als een soort schande binnen het gezin, en begraven, ook al bleven wij broers haar er nog jarenlang mee pesten, zo nu en dan barstten we als mijn zus een kamer in kwam onaangekondigd in koor uit: *Sandokaahaaan... Sandokaahaaan...*

Ik kan me niet herinneren of haar ooit is uitgelegd waarom het niet mocht. Afgezien van dooddoeners als 'Vergeet het maar', 'Zoiets doe je niet', 'Zoiets doe je gewoon niet', 'Hoe kom je erop!' hoefden ouders geen verklaring te geven voor een dergelijke weigering, en dat zouden ze trouwens ook niet gekund hebben. Ik denk dat het argument impliciet was en dat ook moest blijven: ooit zou mijn zus het zelf wel begrijpen en dan zou ze zich kunnen vinden in de strenge houding van mijn moeder, die het overigens, dat weet ik zeker, net zo verdrietig vond als zij, maar nu eenmaal onmogelijk van haar principes kon afwijken. Mijn moeder en mijn zus Alessandra hadden allebei heel veel verdriet om niets, maar het was wel een rotsvast niets. Onwrikbaar, niet te omzeilen. Een kwestie van smaak.

Dan zal ik dus maar zeggen waarom het niet mocht.

Omdat urenlang buiten op straat staan wachten op een tv-ster voor een handtekening niet alleen heel stom is, nee, veel erger nog... het is *iets voor een dienstmeid.*

Oké, dienstmeiden bestaan niet meer, of ze noemen zich niet meer zo, en ze lezen geen fotoromans en dienstmeidenromans meer, en intussen zijn dienstmeidenromans trouwens de ruggengraat van de fictie en uitgeverijreeksen geworden met een heel scala aan titels in de tweede persoon, vaak gebiedende wijs: *Laat me je bekijken, Neem me, Vergeet me, Verroer je niet, Neem me mee, Grijp me vast, Leg me neer, Hou me vast, Luister naar me,* enzovoort.

Bourgeois deugden hebben een economisch karakter, ze houden eerder de kwantiteit bij dan dat ze de kwaliteit benadrukken. Het zijn efficiënte deugden: scherpzinnigheid, een vooruitziende blik, zuinigheid... en verder punctualiteit, behoedzaamheid, voorzichtigheid, matigheid, eerlijkheid. Ik bestempel eerlijkheid als een uitsluitend economische deugd wanneer er geen ander talent voor nodig is om in acht te worden genomen. Het is zeker niet afkeurenswaardig, laat dat duidelijk zijn, maar het zou vanzelfsprekend moeten zijn, net zoals het juiste wisselgeld teruggeven aan een klant.

Wanneer eerlijkheid echter andere menselijke eigenschappen vergt, als ze bijvoorbeeld vergezeld gaat van moed bij het niet versluieren van een lastige waarheid of bij het weigeren van compromissen die tegen je eigen overtuiging indruisen, of van de moed om toe te geven dat je fout zat, dan pas treedt de eerlijkheid toe tot de rangen van de omringende kwaliteiten.

Rancune kan aan de ene kant je eigen eerlijkheid versterken doordat je je verontwaardiging uit over mensen die er duidelijk andere waarden op na houden en daardoor grotere voordelen hebben behaald dan jijzelf (bij ons thuis werden die aangeduid met het ouderwetse *mascalzoni,* 'schurken'), maar anderzijds kan het ook tot kopieergedrag leiden. *If you can't fight them, join them.* Dat fluistert het gevoel van onmacht in je oor wanneer je op de maatschappelijke ladder wordt ingehaald door iemand met mindere capaciteiten dan jij. Het is lastig om onbevooroordeeld te blijven bij dergelijke schandalen. We willen dat de daders gestraft worden en tegelijkertijd benijden we ze, en zijn we geneigd ook datgene te doen waarvan ons geweten ons zegt dat het verwerpelijk is, of liever nog willen we de voordelen daarvan verkrijgen zonder ons te hoeven verlagen. Rijk worden zonder te stelen, zeg maar, mooie vrouwen hebben zonder ze te hoeven omkopen of betalen. Zodat we onschuldig blijven. Zonder straf verdwijnt op den duur ook de schuld. Hoe geweldig zou dat zijn, Pinokkio's luilekkerland zonder de ezelsoren? De bourgeois cultus dat alles legaal moet zijn staat altijd op het punt om volledig te worden omgekeerd, zo sterk is de druk van de rancune die de middenklasse ervaart. De ideale gelijkheid waar de jaloezie naar streeft maakt de onevenwichtigheden alleen maar groter, in plaats van ze op te heffen. We staan los van iedereen maar willen wel hetzelfde zijn als iedereen. Juist die nivellering leidt tot de comparatieve houding en daarmee tot haat en nijd over de kleinste details: als er geen immense kapitalen, kastelen en koetsen zijn om je over op te vreten, richt de jaloezie (en het verlangen naar zelfbevestiging) zich op een paar laarzen. Misschien gold dat nog meer in de tijd toen ik jong was – tegenwoordig kun je door de overdadige consumptiemaatschappij haast niet meer op het uiterlijk afgaan, wat mensen kopen is niet langer een duidelijk teken van hun sociale klasse. Het is bedrieglijk geworden. De aanwijzingen van rijkdom zijn twijfelachtig, de bezittingen die status verlenen toegankelijk en onderling inwisselbaar. Een mobieltje van 500 euro lijkt binnen ieders bereik te liggen, en zelfs in een Lamborghini hoeft niet per se een rijke erfgenaam achter het stuur te zitten. Het klinkt misschien raar, maar onze afgunst is niet gericht op gigantische kapitalen, zoals die van grote zakenlieden. We kunnen ons amper indenken hoe het echt is om Bill Gates te zijn, dat gaat ons voorstellingsvermogen te boven. Nee, we zijn eerder jaloers om iets wat bijna binnen ons bereik ligt. We zijn jaloers om iets waarvan we vinden dat we er het volste recht op hebben. We zijn jaloers op onze gelijke, niet op iemand die van ons verschilt. Qua eigenschappen, leeftijd, klasse of afkomst.

Ik ben nooit jaloers geweest op Gianni Agnelli of zijn kleinkinderen.

Maar op wie ben ik dan wél jaloers geweest?

Als het bovenstaande klopt, dan is de literaire wereld wel de burgerlijkste van allemaal! Ook hier is de uitgangssituatie weer die van een veronderstelde gelijkheid en schijnbare homogeniteit qua middelen en doelen. Een deeltjesfysicus, een financieel analist of een orkestdirigent zijn vanwege hun specialistische kennis onbereikbaar, je zou alleen al twintig jaar moeten studeren om een zinnig gesprek met ze te kunnen voeren; maar wat is ervoor nodig om schrijver te zijn? Aangezien we allemaal in staat zijn om een paar woorden op papier te zetten (een enkeling heeft er beslist meer talent voor, maar dat is bijzaak) zou in theorie iedereen een bestseller kunnen schrijven, wat trouwens helemaal niet waar is, maar het is in elk geval niet ondenkbaar en het is hypothetisch mogelijk. Een ander kenmerk van rancune is de compulsieve dwang: een 'boosaardig gepieker' dat nooit tot rust komt en dat zich eerst op een specifiek persoon richt en zich vervolgens uitbreidt over de hele wereld. Toen Susanna Tamaro een jaar of twintig geleden een overweldigend succes had (het werd tijd ook: de eerste bestseller van mijn g-g-generatie!) was de ontzetting enorm onder de andere schrijvers van haar leeftijd, en dan met name de schrijfsters. Voor hun gevoel was Susanna heel dichtbij, heel vergelijkbaar, precies hetzelfde eigenlijk, dus hoe kon dit? Ik schrijf toch ook heel gevoelig? Ik heb toch zeker ook een oma? Ik krijg het ook heus wel voor elkaar om mijn lezers een traantje te laten wegpinken, hoor! Dat leken ze te denken, tussen hun minzame lachjes door. We stonden eigenlijk allemaal op het niveau van *De stem van je hart*, zeg maar, en sommigen meenden zelfs dat ze nog hoger stonden.

Een samenleving van gelijken creëert te hooggespannen, grenzeloze verlangens. En veel, heel veel leedvermaak.

We kunnen wel zeggen dat welvaart ontevredenheid genereert, in plaats van die weg te nemen. Net zoals volgens Tocqueville voor de Fransen gold ten tijde van de revolutie, wordt de positie van de bourgeois alleen maar onverdraaglijker naarmate die verbetert. De ontevredenheid over de aangeschafte goederen groeit naarmate het aantal daarvan toeneemt. Bij het beklimmen van de maatschappelijke ladder wordt pijnlijk duidelijk dat er nog ontelbaar veel aan te schaffen is. Het lijkt logisch te veronderstellen dat elke zoektocht, elke *queeste* begint vanuit een toestand van totale ontbering. Maar dat is niet zo: het begint eerder vanuit een incompleet bezit. En dat geldt feitelijk voor elk bezit. Dus hoe groter het bezit, des te groter is ook het gevoel dat er iets ontbreekt, als de schaduw die het lichaam volgt. Wie veel bezit, ontbeert ook veel. De kleine deugden, de zoete ironieën van het leven, de gematigde, rustige geneugten, de mythe van de knusse huiselijkheid, de moraal van de soberheid en Ariosto's *parva sed apta mihi*, 'klein maar passend voor mij', zijn niet meer dan een kuise dekmantel, of eigenlijk het tegengif dat de bourgeois Jekyll uit alle macht probeert te brouwen om de Hyde die in zijn laboratorium tekeergaat tot bedaren te brengen. Die vasthoudende moraal weet de grootste rancune onder zijn brave oppervlak te beteugelen.

Wat op het eerste oog een onoverbrugbare tegenstelling lijkt, is in werkelijkheid een volmaakt consistente beweging van systole en diastole die zich weliswaar uit via tegengestelde fenomenen maar als één geheel moet worden gezien: aan de ene kant het verlangen naar anonimiteit, aan de andere kant de mateloze drang naar zelfbevestiging.

Dat welvaart het gevoel van onvrede vergroot zie je omgekeerd terug bij bepaalde archaïsche samenlevingen, waar men als de eerste levensbehoeften bevredigd zijn, voedsel en onderdak, verder niets meer kan bedenken. Er is geen enkele specifieke behoefte die de concurrentie tussen individuen of families aanwakkert. Men leeft zonder eisen te stellen. De samenleving blijft ongewijzigd als er geen rancune is die kan aanzetten tot het nemen van initiatieven. Rancune is de grootste vijand van luiheid. Het is bijna altijd rancune waardoor ondernemende mensen in beweging komen: ondernemers, reizigers, kooplui, politici. Pas als men er van buitenaf op gewezen wordt (door de tv, door buitenlanders, enzovoort) begint men redenen voor onvrede te voelen of gaat men meer verlangen dan alleen een maaltijd en een bed. Ik weet nog wat iemand tegen me zei toen ik op reis was door enkele afgelegen dorpjes ten zuiden van Kandahar, in Afghanistan: 'Als je hier weet te overleven, beste vriend, is het leven zorgeloos.'

Rancune is een emotie, maar ook een gedachte van reactieve, en dus sociale en politieke, aard: het ontwikkelt zich alleen als reactie op de omgeving, in het contact met anderen, en dwingt de persoon die er het slachtoffer van is om een negatieve ervaring te herbeleven, of eigenlijk was dat helemaal geen negatieve ervaring maar werd die wel beleefd als zodanig, als onrecht. Hoe dichter de persoon of de situatie die er de oorzaak van is bij ons staat, vlak voor onze neus zeg maar (een buurman, een collega, een belediging op de werkplek of een privilege verleend aan mama's of papa's lievelingetje, waardoor de theoretische gelijkheid tussen de kinderen wordt verpest), hoe intenser de rancuneuze gevoelens. Gezinnen en kantoren waar men schouder aan schouder samenleeft volgens hiërarchieën die stilzwijgend in twijfel worden getrokken, vormen de ideale broedplaats voor deze bitterheid, die overigens ook, laten we dat niet vergeten, kan voortkomen uit een authentiek verlangen naar rechtvaardigheid. Tenslotte hebben de broers van de verloren zoon, net als de arbeiders in de wijngaard, uit het Bijbelverhaal, die de hele dag hebben gezwoegd, groot gelijk dat ze pissig zijn wanneer er eentje pas op het laatste moment aankomt en toch de hele beloning krijgt. Het opmerkelijkste kenmerk van rancune is echter dat hij niet openlijk wordt getoond. Hij wordt onderdrukt of verhuld of ergens diep in de ziel begraven, waar hij in stilte wordt uitgebroed tot wraaklust. Als hij aan de oppervlakte zou komen, zou hij vervliegen. Maar hij mag of kan niet getoond worden. Dat wordt verhinderd door de schroom of het fatsoen. Men zou het liefst willen reageren op een belediging, maar het antwoord wordt uitgesteld, opgeschort, zowel uit angst als uit zelfbeheersing (vaak wordt het eerste aangezien voor het tweede), dus blijft men braaf, stilletjes wachten tot het juiste moment daar is, het mes wordt wel tienduizend keer gescherpt en geslepen, de wraakplannen worden zo vaak overdacht dat ze steeds gedetailleerder en volmaakter worden, totdat er zoveel tijd is verstreken dat een antwoord niet meer mogelijk is, of dat de geadresseerde niet eens meer zou snappen waar het over ging. In dat geval wordt de gekoesterde rancune losgekoppeld van het individu dat er als eerste aanleiding toe gaf en verspreidt hij zich als een olievlek over meerdere mensen en dingen. Dan heeft men niet langer alleen een hekel aan die ene arts die een verkeerde diagnose heeft gesteld, maar aan de hele medische stand: incompetente dieven, moordenaars, blaaskaken. Men is niet meer alleen jaloers op die hielenlikker die promotie heeft gekregen op kantoor, maar op iedereen die het ver schopt in het leven, op welke manier dan ook, en ook degenen die er hard voor gewerkt hebben worden als oneerlijk en hypocriet bestempeld. Men koestert geen rancune jegens die ene buurman in het gemeenschappelijke woongebouw die zijn aandeel in de verwarmingskosten niet heeft betaald, maar jegens alle bewoners van het gebouw, of van de hele wijk: sterker nog, jegens de hele mensheid, alleen maar criminelen, en als er een fatsoenlijke rechtspraak bestond zouden die het plein op gesleept moeten worden en in het openbaar gestraft moeten worden met pijnlijke, vernederende straffen. Ik heb in mijn hoofd een fantasievolle reeks folteringen die zouden moeten worden toegebracht aan bepaalde personen, van die dingen die werden gedaan in de slag bij de Caudijnse Passen; of anders zou ik het net zo aanpakken als Michael Douglas in *Falling Down*, waarin hij die gestreste zakenman is die op een goede dag een machinegeweer pakt en zijn rekeningen gaat vereffenen, waarbij hij iedereen zijn verdiende loon geeft; maar pas op, ook in dat geval wreekt Douglas het onrecht niet alleen op degenen die het hem hebben aangedaan, maar op hele categorieën mensen die hij tijdens zijn waanzinnige tocht door Los Angeles tegenkomt: rijke golfers, neonazi's, politieagenten, Latijns-Amerikaanse macho's, inhalige winkeliers, enzovoort.

Zijn frustratie heeft zulke hoogten bereikt dat die door iedereen wordt getriggerd: als niemand zonder zonde is, verdienen we hoe dan ook allemaal straf. De zweep van de wreker komt neer op de hele samenleving en spaart zelfs de geselaar zelf niet, die zichzelf niet minder kan haten dan hij de anderen haat. Sterker nog, het feit dat hij zichzelf als een ellendeling beschouwt kan hem helpen zijn gevoelens te ervaren als uiteindelijk toch eerlijk en zelfs nobel. Misschien is het u wel eens opgevallen hoe bepaalde beroepshaters (zoals bijvoorbeeld de schrijver Thomas Bernhard) instemming en zelfs bewondering oogsten, of een soort ethische vergunning voor hun boosaardigheid, aangezien hij die op de eerste plaats tegen zichzelf richt; doordat hij zichzelf dus al vanaf het begin aanduidt als een gemeen, verdorven, ellendig, miezerig figuur – maar wel zo eerlijk dat hij er gewoon voor uitkomt.

Het enige goede, doeltreffende wat de vendetta oplevert, theoretisch gezien tenminste, is het afreageren van negatieve driften. Op het moment van de actie zouden die moeten opbranden, verdwijnen. Maar als je door je eigen zwakheid of door de sociale conventies gedwongen bent om onrecht gelaten te accepteren en de bittere pil die de jaloezie je opdient met een glimlach te slikken, zal de onuitgevoerde wraakactie transformeren tot een ware innerlijke kwelling. De rancuneuze mens is niet meer zichzelf, hij leeft niet meer zijn eigen leven maar bestaat alleen maar ten dienste van dat van anderen. Hij beluistert, bekijkt, bespiedt en registreert zo gevoelig als de naald van een geigerteller elke minieme wijziging in andermans status. En dan vergelijkt hij. Hij vergelijkt de resultaten, de successen en mislukkingen, de cilinderinhoud van de auto's die voor de deur staan. Er bestaat geen aandachtiger introspectieve, spionerende, onderzoekende geest dan die van de bourgeoisie, die dan ook niet geheel toevallig de psyche en de bijbehorende instrumenten om die te doorvorsen heeft uitgevonden. Niet in staat tot de soevereine onverschilligheid van de aristocraat, is de bourgeois altijd alert en waakzaam, hij houdt alles in de gaten. Hij vraagt zich dingen af en onderzoekt. Ik heb nooit begrepen waarom de beroemdste roman over de Italiaanse gegoede burgerij, *De onverschilligen* van Alberto Moravia, juist die titel heeft gekregen. Misschien was die bedoeld om, met het kenmerkende moralisme van elke jonge schrijver, een ondeugd te stigmatiseren die hij als afkeurenswaardig beschouwde, namelijk die dat men geen authentieke gevoelens en genegenheid meer voelde? Maar was het maar zo dat onverschilligheid de zonde van de gegoede burgerij was, als dat zou kunnen! Was het maar zo dat de bourgeois inderdaad het leven langs zich heen liet glijden, zoals heiligen en dieren dat doen... Integendeel, er bestaat juist geen alerter wezen dan hij. Zijn hele bestaan staat in het teken van een onophoudelijke verificatie en vergelijking tussen zichzelf en anderen. Een klein detail kan al het verschil maken ten voor- of ten nadele. De bourgeois staat vast in zo'n cirkel van Leonardo da Vinci, met zijn armen en benen wijd, maar dan met jasje-dasje. De vergelijking met concurrenten beslaat eindeloos veel verschillende voorwerpen en details, zodat als men zich in één aspect inferieur voelt of dat ook is, men dat met andere aspecten weer kan opheffen. Stel dat je bijvoorbeeld een lelijke of ontrouwe of irritante vrouw hebt, of alle drie tegelijk, dan kun je dat eventueel compenseren met luxe huizen en vakanties, het afsluiten van contracten, kinderen op vooraanstaande universiteiten, zeilboten die beter laveren dan andere. Inrichting, auto's, sportieve activiteiten, bankrekeningen, afkoopregelingen en emolumenten, volheid en kleur van het haar op je hoofd, frequentie van geslachtsverkeer, vrienden op hoge posities en uitnodigingen voor etentjes, vierkante meters en cilinderinhoud: er zijn ontelbaar veel graadmeters die je status bepalen. Tegen die prijs is geluk absoluut niet haalbaar; het bescheiden surrogaat daarvan is tevredenheid; frustratie de vrijwel eeuwige en bijna universele toestand van het bourgeois leven. In veel periodes in de geschiedenis (inclusief de huidige), in elke conjunctuur, is het de middenklasse die zich meer dan alle andere klassen teleurgesteld en gestraft voelt: of omdat ze er niet in slaagt haar omstandigheden te verbeteren, of omdat ze merkt dat die in gevaar komen. Het kille hart van de gegoede burger raakt alleen verhit wanneer hij zich in tijden van voorspoed buitengesloten voelt van de verdeling van de rijkdom, of wanneer hij in tijden van tegenspoed wellicht een treetje lager moet stappen, of zelfs in de diepte dreigt te storten. Hij wordt gekweld en vernederd door de gedachte aan het verliezen van een verworven voordeel, of aan het mislopen van de kans om te profiteren van nieuwe voordelen die aan de horizon opdoemen ('Hoe is het goddomme mogelijk dat ik de enige ben die geen cent verdiend heeft op de beurs?' is het zelfverwijt dat talloze mensen zich maakten toen de speculatieve zeepbel eenmaal uit elkaar was gespat, en dan hebben we het nog niet eens over degenen die er te laat in waren gestapt, voor wie de aankoop van technologie-aandelen of obligaties van groei-economieën die in plaats van te groeien juist ineens in totale anarchie vervielen, is verworden tot een groteske nachtmerrie waarbij in een paar weken tijd het spaargeld van twintig jaar in rook opging...). Het identiteitsprobleem van de bourgeois is per definitie onoplosbaar. Zijn behoefte zich te onderscheiden gaat verder dan puur zijn biologisch bestaan. In zware tijden moet hij dat met hand en tand verdedigen, maar hij zal zich er nooit toe verlagen om zijn overleving als zijn enige doel te beschouwen, het zou vernederend en onbetamelijk zijn om net als de armen te moeten worstelen voor eten en onderdak.

Politiek gezien steunt hij eenieder die belooft dat de kloof met de lagere klassen op z'n minst ongewijzigd blijft; om het risico te bezweren dat hij achteruit zou moeten op het maatschappelijke schaakbord is hij bereid om zijn volledige, enthousiaste steun te geven aan allesbehalve pacifistische avonturen, dus om zijn sobere nuchterheid te verloochenen en te verruilen voor een even blind als dodelijk fanatisme vergeleken waarbij de razernij van het volk en de sansculotten verbleekt; terwijl dat laatste in hevige steekvlammen ontvonkt maar vaak van korte duur is, brandt het arglistige vuur van de bourgeois rancune langdurig, gevoed vanuit de tank van frustraties; en bij gebrek aan stevige garanties ter bescherming van zijn status is hij bereid zich tevreden te stellen met een minimum aan symbolische beloningen. Natuurlijk kan een roman zich er nooit toe beperken slechts één sociale klasse te portretteren, ook al wordt dat wel verkondigd als bedoeling of narratieve horizon, zie *Madame Bovary* of *Anna Karenina*, die niet toevallig als hoofdpersonen vrouwen hebben die nog meer dan de mannen volledig, zonder reserve, bijna als een opoffering, alsof ze erin zijn ingetreden, toebehoren aan hun respectieve klassen; en in hun lot als slachtoffers onthullen ze het radicale karakter daarvan. Terwijl de mannen opklimmen, omlaag tuimelen, rijkdommen vergaren en verliezen in één nacht, proberen hun lot te bepalen met een messteek, als gloeiende vuurpijlen in de nacht door het sociale panorama schieten en daarbij de door de conventies gegraven loopgraven verlichten; en ze in meer of mindere mate allemaal Barry Lyndons en Bel-Ami's en Lucien de Rubempré's en Graven van Montecristo zijn, teruggekeerd om zich te wreken, blijven de vrouwen enkel *figées* op het martelrad van een achternaam, en nadat ze met de arts uit de provincie zijn getrouwd kunnen ze alleen nog maar dromen van enige afleiding. Het lijkt misschien romantisch om te dromen en zich illusies te maken, maar er is niets zo voorspelbaar en voor de hand liggend als dromen. Om de leegte op te vullen verplaatst men zich volledig in het leven van een ander, of van anderen, of in het eigen leven van vroeger, wanneer men bang is dat men datgene wat er nog van rest niet meer volledig zal kunnen benutten. Te laat, te laat... In sommige gevallen wordt de kwellende vergelijking gemaakt met de eigen jeugd, geïdealiseerd en benijd in zijn schittering of bezaaid met spijtgevoelens vanwege de gemiste kansen, vaak vanwege het gebrek aan schaamteloosheid om ervan te profiteren toen ze zich voordeden. Uit goed fatsoen dus. Dat je met de paplepel is ingegoten. Je kunt jezelf wel voor je kop slaan dat je een morele code in acht hebt genomen waaraan je je in het merendeel van de gevallen alleen maar hield uit zwakheid, dat wil zeggen uit het gebrek aan lef om de dingen te doen die deze moraal afkeurt. Ik was te gereserveerd, te eerlijk in een wereld vol graaiers, dat is de eeuwige wroeging van de welopgevoede. Ik heb mijn eigenbelang nooit vooropgesteld, en wat is het resultaat: dat anderen het ver hebben geschopt en ik niet. Wie zal dat offer van mij erkennen? Er is misschien geen intenser en duurzamer sentiment dan de verbittering van de bourgeois die zich niet kan uitleven, dat nooit heeft gekund en ook nooit zal kunnen. Zijn vrouw en kinderen begrijpen die inspanning van hem maar zelden, sterker nog, die merken ze niet eens op. En dat maakt het des te bespottelijker. Hoe zouden ze dankbaar of vol bewondering kunnen zijn voor iets wat op zich onzichtbaar of onverklaarbaar blijft? Het geheim van een man die niets anders doet dan zich inhouden, zich beteugelen, dreigt uiteindelijk inderdaad geen sporen na te laten. Waren we maar in staat om de andere wang toe te keren zonder dat de belediging die we geslikt hebben ergens in ons binnenste blijft zitten rotten! Dat sublieme en controversiële morele voorschrift transformeert bijna altijd in: nu laat ik het nog over me heen komen, maar op een dag zal ik het je betaald zetten. Of beter: zal ik het júllie betaald zetten. Een opschorting dus; en de uitbreiding van de geplande wraakactie over een hele groep mensen door wie men werkelijk of denkbeeldig onrecht is aangedaan.

Daarom heb ik dus het idee dat de titel *De onverschilligen*, hoe formidabel ook, als het ware los van het boek staat, als die als doel had de middenklasse weer te geven. Misschien had het beter *De ontevredenen* kunnen heten.

Hoofdstuk xx

Zoals ik al verteld heb, was mijn oma woedend (vanbinnen, stilletjes, om vervolgens pas jaren later uit te barsten en het ons voor de voeten te werpen...) omdat er in de overlijdensadvertentie van mijn vader 'Carlo Albinati' stond en niet 'Ing. Carlo Albinati'. Dat Ing. maakte voor haar het hele verschil, in dat Ing. lag de betekenis van een heel leven (ik kan haar eigenlijk geen ongelijk geven), en dat we dat niet voor de naam van de overledene hadden opgenomen was als een schending van zijn stoffelijk overschot.

Die overlijdensadvertentie had ik geschreven. Ik heb geen van mijn zoons Carlo genoemd, juist omdat ik het lastig zou hebben gevonden om niet steeds dat onvermijdelijke Ing. ervoor te zetten.

Op vergelijkbare wijze gaat de inventieve opwelling – die noodgedwongen moet breken met geërfde tradities om nieuwe wegen te kunnen inslaan, gericht op winst maken, en daarom vaak grenzend aan de illegaliteit – hand in hand met behoedzaamheid, eerlijkheid, gehechtheid aan vaste gewoontes, de angst voor vernieuwing. Vaak zijn die twee uitersten fases of generaties van een ontwikkeling, ze volgen op elkaar, eerst komen de avonturiers en dan de boekhouders, eerst degenen die een imperium opbouwen en dan degenen die het besturen en consolideren. En daarna komen dan degenen die alles verkwisten.

In Italië, waar de antropologische kneedbaarheid ontzagwekkend is, zijn drie generaties al voldoende om de cyclus te vervolmaken. Tot in de uiterlijke kenmerken zien we de metamorfose terug die gepaard gaat met de economische, of er zelfs aan voorafgaat.

Behalve dat ze elkaar chronologisch opvolgen, behoren de twee tegengestelde mentaliteiten in wezen tot twee verschillende soorten middenklasse: aan de ene kant de ondernemers (industriëlen, aannemers, enzovoort), die per definitie graag risico's nemen, en aan de andere kant de ambtenaren, die eveneens per definitie graag risico's vermijden.

De bevestiging van een kwantitatieve notie van de wereld, en vervolgens de technische vertaling in een virtueel oneindige productie van consumptiegoederen, ook die weer ingeschat op hun economische waarde, heeft de bourgeois manier van denken stukje bij beetje een onbetwistbare waardigheid verleend, waardoor de middenklasse – evenals de leden van de hogere en lagere klassen, die zich eraan hebben moeten aanpassen – overtuigd is geraakt van de universele overvloed en praktische en morele superioriteit van haar levensstijl. De formule daarvan luidt: alles moet berekend worden op basis van functies en doelen. Alles moet worden gecontroleerd, gewaarborgd, geregeld en doorberekend volgens economische principes. De aarde, de hemel, de liefde, de lucht, de handelingen, de relikwieën van het verleden, de opeenvolging der dagen, zelfs tijdverdrijf en vermaak moeten rendabel blijven, anders zijn ze nutteloos. Een lap grond die niet wordt bebouwd, is nutteloos, een huis dat niet wordt verhuurd is nutteloos, en verkeerde asset allocatie is nog nuttelozer. Een vakantie waarvan je niet gebruind terugkomt, of niet met een portfolio aan seksuele geneugten en bezichtigde monumenten, is een schande. Het hele leven heeft iets weg van een abonnement op de sportschool of het zwembad: je moet het er wel uit halen. Van elk initiatief worden nauwkeurig de kosten en de baten afgewogen. Je eet een bepaald voedingsmiddel omdat het 'gezond is', je verricht een lichamelijke activiteit omdat die 'versterkt' of 'ontspant'. Het pure plezier om te rennen en te springen wordt vervangen door de maniakale zorg voor het lichaam, alsof het een apparaat is dat geregeld een servicebeurt nodig heeft. Zelfs de onbeantwoorde liefde, die in de Klassieke Oudheid vanzelfsprekend bij de eros hoorde, de essentie van de hartstocht, en fataal gevolg van de wispelturigheid van een of andere god, is pas in de bourgeois wereld (waarvan de Romantiek de nobele weerslag is) verworden tot een tragische, bespottelijke kwestie, omdat men daar niet kan verdragen dat enigerlei investering niets oplevert. Dat die niet rendabel is, zeg maar, of dat de opbrengst lager is dan verwacht. Op korte termijn in de vorm van een neukpartij, op lange termijn in de vorm van een huwelijk, de investering op het gebied van de liefde moet hoe dan ook rendabel zijn, moet succes hebben, anders is ze een vergissing of dwaasheid. De ongelukkige liefde leidt tot droefheid, vergelijkbaar met die na een slechte zakendeal. Het gevoel van verlies gaat gepaard met het bittere besef van de eigen onbekwaamheid of ongeschiktheid, net als wanneer je een bakje aardbeien koopt en bij thuiskomst ontdekt dat de onderste verrot zijn, of obligaties die gedoemd zijn in waarde te zakken, producten die niet werken of huizen die onder water staan. Het zou kortom mogelijk zijn geweest, ook in de liefde, om met een aandachtiger inschatting betere keuzes te maken, op tijd te stoppen of juist meer te durven, zich met hart en ziel in het erotische avontuur te storten (want als er één tekortkoming is waar de bourgeois zichzelf maar wat graag telkens weer zelfvoldaan van beschuldigt, is het wel zijn kilheid, of erger nog zelfs, zijn lauwheid; dat zijn hart verstrooid is, dat het niet sneller gaat kloppen; de nuchterheid dus, de gelaten onmacht van iemand die niet voluit leeft, als een held, maar ook niet op de nulgraad van de asceet, alles op halve toeren).

Hoe de bourgeois zich ook gedraagt, met kil opportunisme of met opgewonden elan, hij heeft vaak de twijfel dat hij verkeerd heeft gehandeld, dat hij de alternatieven niet goed genoeg heeft bekeken, dat hij een te groot risico heeft genomen of zichzelf in de vingers heeft gesneden door zijn kaarten onhandig uit te spelen, omdat zijn kwaliteiten zijn slechtste ondeugden zijn. 'Hoe kwam ik erbij om dat te doen?' en 'Waarom heb ik me nou zo in de nesten gewerkt?' zijn misschien wel de kenmerkendste zinnetjes van zijn repertoire van onvrede. Niet in staat zichzelf te herkennen in een lot, is hij overtuigd dat hij dat eindeloos kan blijven bijsturen, corrigeren, herzien, aanpassen op basis van bijgewerkte berekeningen, schavend aan zijn bestaan alsof het een kapsel is, een financiële wet, de extra opties van een nieuwe auto, een illegaal bouwproject, zo'n cadeautje waarvan wordt gezegd 'Als je het niet mooi vindt kun je het nog ruilen'. Het leven zoals het is ervaart hij hoe dan ook als benauwend. Of het nu uit allemaal hoogtepunten bestaat of wordt geleefd onder de kap van een monotone troosteloosheid, het komt nooit overeen met wat hij gepland had, ook omdat dat plan door de voortdurende uitbreidingen en aanpassingen inmiddels onleesbaar is geworden. Neem bijvoorbeeld het plan om rijk te worden. Niets mis mee, het is een gerechtvaardigd en heel duidelijk verlangen. Maar aangezien rijkdom geen grenzen kent, weet ik niet wanneer ik kan stoppen en zeggen: Kijk, ik heb mijn plan verwezenlijkt. Is het zo genoeg? Vrijwel nooit. Een miljoen of een miljard kan altijd nog worden aangevuld met een eenheid. Net als bij een gokverslaafde, of een roofovervaller die zichzelf bij elke overval voorhoudt: 'Dit is de laatste en dan stop ik ermee', zijn ook de doelen die de bourgeois zich stelt nooit een afgerond geheel. Telkens weer verkondigt hij vergeefs dat hij tevreden zal zijn zodra hij die heeft bereikt. Hij hoeft maar om zich heen te kijken: misschien hebben anderen die vergelijkbaar zijn met hem wel betere resultaten behaald, of in kortere tijd. De vergelijkingsdrift is onverbiddelijk. Heb jij een mooi huis gekocht? Dan kun je er gif op innemen dat er altijd wel weer een kennis is die een nog mooier huis koopt, of hetzelfde, maar dan voor veel minder geld.

Als homo's op een naaktstrand, en als pinguïns op de klippen van Antarctica, zo kijken gegoede burgers voortdurend om zich heen, naar links en naar rechts, om te controleren wat de anderen doen. Je weet maar nooit. Er zijn altijd aantrekkelijke kansen die je niet wilt missen en gevaren die je moet omzeilen. Zelfs de ambtenaar met zijn vaste baan en zijn tot op de komma uitgerekende salarisstrookje, met belastingaftrek en gratificaties, kan nog het gevoel hebben dat hij een speelbal van het lot is of het slachtoffer van even zonneklaar als slinks onrecht, kolossaal in zijn schijnbare onbeduidendheid, van slechte bureauverlichting tot niet worden gevraagd voor het voetbaltoernooi van de zaak. Op dezelfde manier geniet hij van de kleinste overwinningen en steken onder water. Als er een zaak van vermeende pesterijen op het werk voor het gerecht dient, zit de rechter vaak met zijn handen in het haar: hij moet bewijsstukken onderzoeken die op gevallen van extreme wreedheid kunnen duiden, maar net zo goed zeepbellen kunnen blijken die de door vergelijkingsdrift gekwelde geest tevoorschijn heeft getoverd.

De continue pijn van het idee dat hij het slachtoffer is van onrecht (of van het feit dat hij dat ook echt ís), hem aangedaan door afwisselend de overheid, zijn superieuren en zijn collega's, zijn familieleden, zijn echtgenote, de concurrentie, de misdaad, wordt aangevuld en vermengd met het genoegen om te fantaseren over wraakacties. Een verrukkelijk verlangen, de fantasie waarin hij zich voorstelt dat hij het onrecht dubbel en dwars betaald zal zetten aan degene die het hem heeft aangedaan, kan het leven van de bourgeois aangenaam verwarmen, net als het brandend vuurtje in de open haard van zijn vakantiehuisje in het weekend, en het langzaam maar zeker verhitten. De ziel kan zich er zelfs aan branden. Het hart van de bourgeois is zo diep als een afgrond, vandaar dat zijn gevoelens niet aan de oppervlakte komen. In de duistere spelonken ervan verbergen zich hartstochten waarvan je het bestaan niet zou bevroeden, net als van die monsters die in diepzeetroggen blijken te leven.

Je kunt niet zeggen dat iets niet bestaat alleen omdat je het nog nooit hebt gezien.

Langdurig laat de bourgeois het allemaal over zich heen komen, de brutaliteiten, de kleine treiterijen, de lachwekkende oneerlijkheden, want zo is hij opgevoed en zo zal hij op zijn beurt ook zijn nageslacht opvoeden; maar diep in zijn hart beraamt en overdenkt hij, proeft en geniet hij alvast van *de vendetta*. Er zal helemaal geen geldige reden voor nodig zijn om die uiteindelijk te ontketenen, integendeel; de revanche van de bourgeois barst bijna nooit los na een grove krenking, zoals dat gaat bij vetes in de lagere klassen. De bourgeois wil zich met zijn vendetta in één klap revancheren voor alles en iedereen, en niet voor één specifieke situatie tegen één specifiek iemand. Het overdraagbare en allesomvattende karakter van verlangen naar wraak van de bourgeois betreft het hele leven en zou het liefst een leger aan tegenstanders uitschakelen, waarvan degenen die daadwerkelijk getroffen worden slechts een voorbeeld zijn. Het zijn 'zij' die moeten boeten. De bourgeois vendetta is het krankzinnige antwoord op talloze provocaties die zich in de loop der tijd hebben opgehoopt: het kan bij de tiende uitbarsten, bij de honderdste, bij de duizendste, of het kan nooit tot een uitbarsting komen en altijd verborgen blijven achter de beschutting van het jasje-dasje, nooit gelenigd. Die derde persoon meervoud, 'zij', verenigt vele gezworen vijanden: de armen, de rijke stinkerds, inhalige familieleden, verkeersagenten, de bureaucratie...

Het is trouwens helemaal niet waar dat de bourgeois een leugenaar is. Hooguit is hij hypocriet. Hij heeft er meer aanleg voor de waarheid te verhullen dan om leugens te verzinnen, en die capaciteit kan zo nodig altijd worden uitgelegd als iets positiefs, dat wil zeggen als beleefdheid, als voorbeeld voor een wereld die leefbaarder, meer geordend en hartelijker is, waarin onaangename waarheden naar de achtergrond zijn verdwenen, uit het zicht verdreven. (De materiële tegenhanger van deze psychologische attitude zijn de rommelhokken, bergruimtes en inloopkasten van middenklassenappartementen, die ook nu nog altijd kreetjes van bewondering ontlokken aan dames die op visite zijn – handige plekken waar alle spullen die geen vaste plek in huis hebben uit het zicht kunnen worden gehouden.) Niets brengt meer ontzetting teweeg dan een vorm die niet in een bepaald kader te plaatsen is. Het niet-plaatsbare is de ware verstekeling in elk huis en elk leven van de gegoede burgerij. Dat kan een jurk zijn, een roeisimulator, een imbeciele neef, een zoetsappig boek, de foto van een overleden minnaar, een sieraad dat nooit is teruggegeven aan degene van wie het geleend was. De bourgeois neemt alleen zijn toevlucht tot een leugen in geval van nood, wanneer hij in het nauw wordt gedreven en ter plekke iets moet verzinnen, wat tegen zijn natuur in gaat. Dat lukt soms wel en soms niet, maar het feit dat het hem soms goed afgaat wil nog niet zeggen dat hij een leugenaar is in de algemene zin van het woord. De kunst om een solide alibi te verzinnen is eerder een langdurig vlechtwerk dat jaren in beslag kan nemen, en dat met de tijd enkele aspecten van zijn oorspronkelijke karakter wat doffer maakt en andere juist laat stralen.

Ook al denken we heel pienter te zijn, en in staat om de leugens van anderen wel te doorzien, in werkelijkheid laten we ons vaak en graag beetnemen; aan dat bedrog ligt niet zozeer domheid als wel beleefdheid ten grondslag. We willen graag *overtuigen*, maar misschien willen we nog veel liever *overtuigd worden.* Overtuigd worden van wat goed en juist is, maar ook van wat dat helemaal niet is: overtuigd van iets wat niet waar is lijkt ons hoe dan ook beter dan onzeker of nergens van overtuigd zijn.

Als het waar is dat de samenleving gebaseerd is op de veronderstelling dat haar leden onderling de waarheid spreken, maar als het daarnaast ook waar is dat ze de helft van de keren liegen, dan wil dat zeggen dat wij hoe dan ook en uit principe liever willen gelóven, geloven in dat wat we met een beetje gezond verstand zouden herkennen als onwaar. Met andere woorden, we vinden het pijnlijker om de leugens van een naaste door te prikken dan ons naïeve vertrouwen in hem te blijven houden.

Het gevolg is dat iemand die per se iemands leugens aan de kaak wil stellen, uiteindelijk niet de erkenning maar eerder de ergernis, de ontsteltenis van de maatschappij verwerft. Iets wat bewezen onwaar is wil men liever de kenmerken van de waarheid verlenen, zodat het ertoe bijdraagt de sociale cohesie intact te houden. Wat volgens de logica onwaar is, kan waar zijn volgens het geweten.

Wie strikt is opgevoed met het idee dat iedereen altijd de waarheid spreekt, dus niet alleen met het idee dat iedereen de waarheid *moet spreken* maar dat iedereen dat ook *daadwerkelijk doet*, en dus heeft geleerd om *uit principe* altijd iedereen te geloven, in volledig vertrouwen, kan wanneer hij ontdekt dat dat niet zo is, dat dat niet altíjd zo is, of eigenlijk bijna nóóit zo is, in één keer de meest argwanende, sceptische persoon van de wereld worden. Aangezien hij nooit eerder zoiets heeft ondervonden, krijgt hij ineens het duizelingwekkende gevoel dat iederéén liegt, dat iedereen niets anders doet dan liegen – tegen hém liegen. Die openbaring kan zo meedogenloos zijn, en tegelijkertijd zo bespottelijk (je voelt je immers een enorme sufferd) dat het tot het andere uiterste kan leiden. Terwijl diegene eerst alles geloofde en iedereen zonder onderscheid zijn vertrouwen schonk (wat een flinke besparing van geestelijke energie oplevert: anderen wantrouwen om ze te kunnen ontmaskeren is namelijk een heel vermoeiende bezigheid, een voortdurend afwegen van veronderstellingen, een interpretatieslag die nooit tot een resultaat leidt waar je zeker van kunt zijn), gelooft nu niets en niemand meer. Nooit meer. De wereld hangt van leugens aan elkaar.

Als de goedgelovigheid instort, is er één iemand die er als eerste aan gaat, die ik als eerste niet meer vertrouw, en dat ben ik zelf. Ik zeg tegen mezelf: Ha, mij neem je niet meer te grazen. Mij hou je niet meer voor de gek met je verzinsels. Mij betover je niet meer met je hartkloppingen. Over het algemeen gelooft men dat het onmogelijk is emoties te vervalsen, dat wil zeggen, men gaat ervan uit dat emoties per definitie oprecht en authentiek zijn; hoe zou je immers kunnen doen alsof je vóélt? Haat, liefde, verdriet, dankbaarheid...

Maar ik ben er juist van overtuigd dat niets zo gemakkelijk te vervalsen is als emoties, niets waardoor je erger bedrogen wordt. Eigenlijk weten we nooit precies wát we voelen, ja, we voelen natuurlijk wel íéts, we hebben het gevoel dat we hevig in verwarring zijn, maar ook dat is in feite niet zo zeker.

Maar nu moeten we weer terug naar het onderwerp geld. Op de vraag 'hoeveel' mag iemand alleen maar antwoorden met 'veel'. (Het antwoord 'weinig' is ondenkbaar, dat zou een blamage zijn.) Zelfs wanneer we niet langer verlangen naar de spullen waarvoor we het geld nodig hadden, blijft geld ook op zichzelf begerenswaardig.

Geld heeft het onrustbarende kenmerk dat het een pure, eindeloze *mogelijkheid* is, een tegenwaarde door middel waarvan alle dingen van de wereld elkaar kruisen en zich met de andere verenigen. Het is een abstracte plek waar een veelheid aan heterogene of onbereikbare voorwerpen en prikkels bijeenkomen. Tegelijkertijd vergroot geld de kans op contact met verschillende dingen en mensen (reizen, hotels, auto's, kunst, technologische gadgets, kleding, wijnen, stijlen...) maar bespaart het ons de verplichting dat contact uit te diepen. Terwijl het lijkt alsof geld dat contact binnen handbereik brengt, vormt het juist een bescherming tegen de nabijheid van het leven en de wereld. Geld fungeert als stuwende kracht maar ook als stootkussen, het fungeert als trekhaak maar ook als buffer ten opzichte van de werkelijkheid. Op een gegeven moment kun je je er altijd aan onttrekken. Wie veel geld bezit weet tegelijkertijd meer en minder dingen dan iemand die weinig geld bezit. De rijke is op de Laccadiven in India geweest, maar heeft geen idee waar de buitenwijken Tor Tre Teste of Casalotti liggen. Hij kan een privévliegtuig besturen, maar op het busstation weet hij de weg niet.

(Eerlijk gezegd waren de vermogende mensen die ik heb gekend op alle terreinen bedrevener dan ik, van gastronomie tot economie, van antiek tot paardrijden, van schilderkunst tot haute couture tot alpinisme tot seks. Misschien had ik alleen over literatuur mijn zegje kunnen doen; maar met een betoog over Kierkegaard kun je geen indruk maken op een ander, of hem eronder lullen... En ik moet trouwens ook nog toegeven dat ze, in elk geval de laatste tijd, meer boeken hadden gelezen en veel meer films hadden gezien dan ik, dus ook wat dat betreft waren ze beter op de hoogte! Ze kenden meer mensen, hadden meer vrienden, hadden wijdvertakte interesses en hobby's, bezaten verzamelingen, hadden overal gereisd, en wisten honderd keer zoveel over wijn en wijngaarden, paarden en honden, auto's, stoffen, helikopters, stropdassen, kazen, tijdschriften, cocktails, restaurants in New York, boten en vrouwen als ik, die me vergeleken met hen maar een provinciaaltje voelde. Ze konden koken, skiën, squashen, speelden backgammon, yahtzee en mahjong.)

In miniatuur begreep ik dat allemaal, ik begreep het leven, het werk, de contacten, ik begreep Milaan, ik begreep mezelf en anderen, toen ik op een avond, vele jaren geleden, werd uitgenodigd voor een diner met journalisten of mensen uit de uitgeverswereld, of misschien behoorden ze tot een andere, vergelijkbare beroepscategorie, dat weet ik na dertig jaar niet meer precies; maar ik weet nog wel dat het slimme types waren, ondernemend, best sympathiek. Ik was meegenomen door een vriendin van me met de wat mondaine bedoeling 'Ik wil ze aan je voorstellen', misschien zou het me van pas komen als ik met ze kennismaakte. Waarvoor? Voor mijn carrière.

Welke? Mijn literaire carrière, die nog maar net was begonnen.

Helaas werkt zo'n bedoeling bij mij maar zelden en is er bijna nooit iets interessants voortgekomen uit gearrangeerde ontmoetingen, terwijl ik juist door toevalligheden, door vluchtige, spontane ontmoetingen de zegeningen van mijn leven heb ontvangen.

Nog altijd herinner ik me maar één ding van die avond in dat trendy restaurant in Milaan, niet wie de nieuwe mensen waren met wie ik dineerde, die geen deel van mijn leven zijn gaan of blijven uitmaken, net zomin als ik deel ben gaan uitmaken van het hunne, en die nu waarschijnlijk nog prestigieuzere posities bekleden dan die welke ze toen ze jong waren al bekleedden, maar ik herinner me nog heel goed een detail dat plaatsvond tegen het einde van het diner, toen ik nog niet erg actief had deelgenomen aan de conversatie en een van de disgenoten hoorde zeggen dat hij een groot zeilliefhebber was, zelf een boot bezat en vaak de zee op ging, en ik een poging deed om ook nog even in de stroom van het gesprek te komen, al was het maar om mijn vriendin een beetje een plezier te doen die 'me heel graag wilde voorstellen' enzovoort, en die bijna de hoop had opgegeven dat ik een klik had met haar vrienden, dus flapte ik er iets uit van 'O, ja, ik ben ook dol op zeilen... als kind deed ik mee aan wedstrijden in een Flying Dutchman... ik heb zelfs een keer schipbreuk geleden...', en ik vertelde een paar anekdotes. Iedereen die wel eens op zee heeft gezeild, al was het maar één zomer, heeft er daar wel een paar van, daar hoef je geen groot zeiler voor te zijn: prachtige baaitjes, verlies van het anker, vreselijke stormwinden, gieken tegen je hoofd, een man overboord, een kapotte radio, een mooie meid in de boot die naast je ligt aangemeerd, en ga zo maar door. Het enthousiasme dat ik voor het zeilen toonde stond niet helemaal in verhouding met mijn praktijkervaring, ik overdreef een beetje, maar als ik niet overdrijf, als ik het niet aandik, als ik het belang van wat dan ook niet versterk met opgewonden woorden, dan heb ik het idee dat niets van belang is.

En daar hield ik dan toch maar mooi een zeiluitnodiging aan over.

'Nou, als je het leuk vindt zou je een keer met ons mee kunnen gaan?'

'Zeker, dat zou geweldig zijn,' antwoordde ik met ietwat geforceerd enthousiasme, maar toch oprecht, want het idee om even weg te zijn uit Milaan, waar ik destijds een groot deel van mijn tijd doorbracht, en naar Ligurië te gaan om de winterse zee te trotseren, de ijskoude spetters, de zwarte golven, in het gezelschap van mensen die echt bedreven en fanatiek waren, dat prikkelde me, dat prikkelde me echt, wat een geweldige kans, die mocht ik niet laten liggen, en mijn vriendin glimlachte voldaan alsof haar plannetje om me bij haar kennissen te introduceren eindelijk functioneerde, ook al leidde het niet direct tot het opstellen van een of andere werkovereenkomst of de vraag of ik een bijdrage kon leveren aan kranten of tijdschriften, en hield ik er tot nu toe alleen maar een tochtje op zee aan over, maar goed, van het een komt het ander, nieuwe contacten leveren weer nieuwe kansen op, er zijn mensen in dit land die president van iets zijn geworden terwijl het allemaal was begonnen aan een pingpongtafel. Welnu, mijn enthousiaste aanvaarding van het aanbod om een dag mee te varen werd met een brede glimlach ontvangen; alleen toen de man die me had uitgenodigd, of bij wie ik om eerlijk te zijn *mezelf had uitgenodigd*, zijn agenda pakte om een datum te prikken, bleek dat de eerste dag dat hij kon (zelf kon ik altíjd, meteen de volgende dag, of aanstaande zaterdag of de week daarna...), tamelijk ver weg was, zijn weekenden zaten nogal vol...

'Zeg, wat dacht je van 13 maart? Zou je dan kunnen?' vroeg hij me met zijn slepende Milanese accent, waarbij de klinkers enorm werden uitgerekt.

Hij had me uitgenodigd voor half maart.

Het was november.

De komende vier maanden had hij dus elk weekend al volgepland.

Ik zei niettemin ja.

Als mensen de hele wereld tot hun beschikking hebben, zonder grenzen en zonder repercussies, bestaat het gevaar dat ze een gevoel van almacht ontwikkelen, waarbij alle handelingen, ook gewelddadige, tot het uiterste kunnen worden doorgevoerd, waarna de dader zich weer ongeschonden kan terugtrekken. Gespeend, maar nog altijd maagd. Klaar om het nogmaals te proberen. Als een geweldig elastiek kan een beetje geld je in de meest intense ervaringen droppen, maar je ook weer terugtrekken voordat de consequenties voelbaar worden. Je zou dus het idee kunnen krijgen dat je vrij bent om bijna alles te doen, of letterlijk alles. Het geld zou je zelfs moeten beschermen als je van een duikplank in een leeg zwembad springt, als een luchtkussen.

Heerlijk om rijk en tomeloos te zijn.

Dat verklaart in elk geval ten dele het karakter van de jonge hoofdrolspelers van dit verhaal in de tijd waarin het zich afspeelt. Aan de ene kant waren die jongens geboren in een gespreid bedje, zoals men dat vroeger zei: vertroeteld door het gezin, privéschool, buitenlandse kindermeisjes. Beschermd tegen alle gevaren, met allerlei voorzorgsmaatregelen zodat ze zich niet zouden bezeren aan de miniemste ongemakken van het leven. En dankzij die wonderbaarlijke immuniteit konden ze tot aan het andere uiterste gaan, naar het gevaar en het geweld, in de overtuiging dat ze er toch weer goed van af zouden komen. Elke nieuwe provocatie verbreedde de horizon van hun vrijheid, markeerde weer een verder punt. Zo ver dat ze, eenmaal terug op de basis, in de veilige verstopplekken van hun woningen in het QT, *overtuigd waren dat ze onaantastbaar waren voor de gevolgen van hun handelingen. Sterker nog, dat die handelingen überhaupt, van nature, helemaal geen gevolgen konden hebben.*

Ze groeiden op met de innerlijke overtuiging dat ze overal recht op hadden.

DEEL VIJF

Collectief M

Hoofdstuk 1

De wandeling. Ja! Laten we eens een móóie wandeling gaan maken. Hoezo, bestaan er ook lelijke dan?

Tja, die wandeling voor het eten. Niets was voor mij als jongen zo onbegrijpelijk als die wandeling van mijn ouders, in de periode dat mijn vader moest herstellen van zijn hartinfarct; rond vijf uur 's avonds, in de zomer later, ging het stel (en heus geen bejaard stel, ze waren veel jonger dan ik nu! Mijn moeder was nog een schoonheid... En er waren ook geen honden die moesten worden uitgelaten...) dan ook de deur uit om door de wijk te lopen – drie kwartier, een uurtje. Wat heeft dat voor zin, vroeg ik me af, dat gedwaal door de straatjes van het QT, bij hetzelfde kruispunt afslaan, langs lage flats die van de begane grond tot de washokken op het dakterras talloze keren keurend zijn bekeken met het professionele oog van de ingenieur, en de klimop, de hekken, de balkonnetjes met ijzeren balustrades, de plechtige entrees die de gebouwen prestige verlenen... Op een gegeven moment tijdens de wandeling was het alsof de twee zich ineens realiseerden dat ze te ver waren afgedwaald en dat het tijd was om de terugtocht te aanvaarden, dan sloegen ze een paar keer de hoek om en namen een parallelweg, zodat ze niet dezelfde weg terug hoefden te nemen, waarna ze ten slotte weer aankwamen op de basis, voor de laatste deur van de licht omhoogvoerende Via Tarvisio – mijn vader ietwat buiten adem en de verdiende avondmaaltijd bijna op tafel. Waarom doen ze dat? Wat zouden ze ooit ontdekt hebben tijdens die route? Los van de gezondheidsmaatregel voor de hartpatiënt, waardoor de oefening iets treurigs kreeg, zag ik er de reden niet van in. Misschien was het bedoeld om de band tussen mijn ouders te verstevigen, misschien praatten ze met elkaar terwijl ze arm in arm liepen, trouwens, dat is wel zeker; het was een gewoonte in de wijk, een blijk van genegenheid voor het QT.

Gisteren, 17 januari 2007, heb ik wat huisraad, twee koffers en mijn pc verhuisd en sinds vannacht slaap ik in een appartement op de begane grond in de Via Tolmino, tegenover het huis waar een ex-leerling van het SLM vroeger woonde, Angelo, die drie dagen geleden door de rechtbank is veroordeeld vanwege de moord op twee vrouwen, moeder en dochter. Ik zat in de klas bij zijn jongere broer, Salvatore. Op deze datum ben ik na meer dan twintig jaar weer in het QT komen wonen. Op tv toonden ze close-ups van een schrikbarend dikker geworden Angelo, met zoals altijd een lachje terwijl zijn bolle ogen ronddwaalden zonder ooit te blijven rusten op een van de aanwezigen in de rechtszaal; in de kranten zijn al even cynische verklaringen verschenen, over het feit dat de twee slachtoffers niet hadden ingezien wat een 'sentimenteel type' hij in feite was, en dat die twee stakkers 'niet wisten hoe ze met hem om moesten gaan', anders 'had het best anders kunnen aflopen', oftewel niet met een dubbele moord. Als de herinneringen uit mijn puberteit kloppen, was het inderdaad precies de flat aan de overkant, waarvan de symmetrische voorgevel onlangs moet zijn geschilderd in twee verschillende soorten geel, de ene kant tegen het roze aan, de andere kant eerder groenig. Door de ramen zie ik auto's rijden, naar beide kanten door de Via Tolmino, of afslaan bij de kruising met de omhoogvoerende Via Gradisca, een motorrijder die profiteert van de rechte, lege weg om eens flink gas te geven. Echt een vredige weg, de Via Tolmino. Altijd geweest.

Ook mijn gemoed is na heel wat stormachtige maanden weer sereen. Of niet echt sereen, maar in pauzestand. De ideale omstandigheden dus om te proberen erachter te komen wat er zo speciaal is aan deze wijk, die op het eerste gezicht zo anoniem overkomt. Wat mijn ouders vonden aan het eind van hun wandelingen in de late namiddag. En waarom er juist hier, in het QT, in die jaren een concentratie was van zo'n groot aantal zinloze moorden, politieke aanslagen en hinderlagen, moorden met voorbedachten rade en per vergissing, achtervolgingen, represailles. Vanuit alle wijken in Rome kwamen strijdlustige jongeren van verschillende sociale lagen en politieke ideologieën op dit front bijeen. Je zou haast zeggen dat zo'n plek juist vanwege zijn neutraliteit perfect was om elkaar te treffen. En om moorden te plegen.

Over enkele van deze straten waar aan weerszijden om en om bomen staan, bijvoorbeeld de Via Volsinio of de Via Benaco, hangt de eeuwige schaduw van nooit gesnoeide kruinen, die zijn doorgegroeid tot ze in de hoogte bij elkaar kwamen en een bladerdek vormden, waar je hartje zomer heerlijk met je scooter onderdoor kon scheuren – zulke begroeiing komt overigens wel meer voor in Rome, waar de bomen van de stedelijke inrichting aan hun lot worden overgelaten als in een magisch woud, zozeer dat ze monsterlijke vormen en afmetingen kunnen aannemen waar je de rillingen van krijgt, totdat het uur U aanbreekt en die bomen, als om ze te straffen voor hun weelderigheid, worden gesnoeid en teruggebracht tot stompjes, misschien omdat men denkt dat het karwei daarmee 'voor eens en voor altijd' geklaard is, of ze worden met een of ander zwak botanisch smoesje helemaal omgezaagd, een initiatief dat overduidelijk riekt naar een wraakactie. De plantsoenendienst gaat intimiderend tekeer, zoals de politie van een onderdrukkend regime, en op een goede dag is zo'n groene tunnel ineens verdwenen en zijn de straten weer naakt, ontbloot onder de zon die ze al in geen jaren gezien hadden, en dan, goh, moet je kijken!, ontdekt men de bleke façades van de gebouwen en zelfs ramen in die façades met balustrades en versieringen in jugendstil waarvan niemand het bestaan vermoedde, de bewoners durfden nooit door die ramen te kijken, ze waren al die jaren in hun appartementen gejaagd door de dreigend woekerende takken. Wat een kracht, de natuur... totdat de kettingzaag van de gemeentelijke boemannen in de tegenaanval gaat.

Nadat die zijn langs geweest prijken er twee rijen stompen op de trottoirs. Het zijn de twee uiterste manifestaties van verwaarlozing in Rome: of men doet niets, of het is een slachtpartij.

Gisteravond deed zich ook zo'n surreëel effect voor in de Via Benaco, toen ik daar wandelde met mijn handen op de rug, peinzend wie ik in de volgende scène zou opvoeren en hoe ik diegene vorm zou geven; ik was intussen die groene tunnel in gekuierd, en toen ik omhoogkeek besefte ik dat ik in dat beroemde schilderij van Magritte stond: onder het bladergewelf was het al laat op de avond, de ontstoken straatlantaarns wierpen hun schaduwen, een donkere stilte als in een provinciestadje – terwijl je daarboven, door de takken heen, nog een lichte, heldere glimp opving van de door zwaluwen doorkliefde hemel boven Rome.

Hoog in de lucht was het nog dag.

Op de grond was het diep in de nacht.

Een beetje net zoals in dit verhaal. Gescheiden door een lijn waar uitersten elkaar raken, ook al is het hetzelfde schilderij, en ook hetzelfde moment. Zelfs de hoofdpersonen zijn dezelfde, die zowel in het donker als bij daglicht hun handelingen verrichten. Ja, het lijkt wel alsof juist dat licht het donker veroorzaakt, alsof het met dat schijnsel het donker voortbrengt, en ik weet zeker dat die onzinnigheid toch iets zinnigs heeft, ja, dat juist vanuit het welzijn het onwel-zijn voortkomt. Ik kan het niet vinden, ik kan het niet in mijn eentje vinden, ik heb hulp nodig van mijn geheugen en mijn fantasie. Men zou kunnen zeggen: wat voor hulp zoek je dan, van wie zoek je dan hulp? Je blijft toch zelf degene die herinneringen ophaalt en dingen verzint? Maar dat geheugen en die fantasie zijn niet van mij, dat ben ík niet echt, de krachten komen me te hulp maar even vaak laten ze me in de steek. Als ze echt van mij waren zouden ze me wel gehoorzamen, toch? Als een hand die het glas vastpakt. Pak dat glas, hand, en de hand pakt het. Breng het naar mijn mond. Kantel het...

Een slok water voor de dorst.

Wat het geheugen en de verbeelding betreft moet ik maar hopen dat ze komen opdagen, en ik kan nergens op rekenen, ze vallen niet te manipuleren. Ik krijg het vermoeden dat het niet twee verschillende krachten zijn, geheugen en fantasie, maar een en dezelfde, dat de woorden uit dezelfde bron komen en waar noch onwaar zijn, authentiek noch verzonnen; dat de stem die vertelt en redeneert een en dezelfde is, en dat ik er alleen maar naar moet luisteren. Vol vertrouwen.

Precies hetzelfde geldt voor de tragedie: de keerzijde laten zien van de dingen, de plekken, de personen, een realiteit onthullen die als onmogelijk werd beschouwd, maar die juist de mogelijkheid van een andere realiteit is. Dezelfde scène wordt op slag een duistere, verontrustende wereld, ook al is het een getrouwe weergave van de wereld die we kenden en die dan wellicht niet al te feestelijk was, maar in elk geval onschuldig leek. Die wereld blijft onveranderd, maar dan omgekeerd. Zo kon het dus dat mijn wijk na het eerste delict, het DvdC, van de ene op de andere dag een antiwijk werd, de onheilspellende schim van de wijk die het voorheen was. Niemand had ooit in de gaten gehad dat hij op de rand van een moeras woonde: keurige gebouwen, balkonnetjes met bloemen, palmbomen die uitsteken boven de omheiningsmuren begroeid met oosterse wingerd, mensen op straat die elkaar groeten als ze elkaar tegenkomen... Allemaal ineens donker en bevend, onrustige schimmen, bleke silhouetten op het zwart van het stilstaande water. De beelden van het QT waren nog hetzelfde, maar dan in een loodgrijze tint en geraakt door de trilling van de weerkaatsing op het water, die irreëel is ondanks dat ze met maniakale precisie de realiteit weergeeft, misschien wel met overdreven precisie, zoals maniakken en inderdaad, krankzinnigen dat kunnen, wanneer ze hun pantomime opvoeren en ze worden verraden door die subtiele, ijzingwekkende trilling die hun verder perfecte imitaties verpest. Iets wat te vergelijken is met een zonsverduistering, een ontkleurde, ontblote werkelijkheid, een onbetrouwbare wereld: dat is waarin het QT na het delict binnen een paar dagen veranderde.

Op de Corso Trieste zijn de portiers die in de deuropening verschijnen om een emmer leeg te gooien nu niet meer afkomstig uit de regio de Marken, zoals toen, maar uit Sri Lanka; ze hebben een breed, mak gezicht met een glanzende kuif erboven, gele ogen en een pokdalige huid. Het water in de emmers vuil van de travertijnen trappen.

Veel van de huizen achter het Giulio Cesare, aan de smalle laantjes die tot een oerwoud zijn verworden door de weelderige bomen en planten, lijken half verlaten. De luiken gesloten, de tuintjes volgegooid met puin...

De flatgebouwen.

Over het algemeen tellen ze vijf verdiepingen en zijn ze heel dicht tegen elkaar aan gebouwd. Ik heb ze wel eens horen omschrijven als ‘dozen met deksel’: dat deksel bestaat dan uit de ophogingen waardoor de wasplaatsen en gezamenlijke ruimtes op het dak zijn omgetoverd tot bewoonbare appartementen. De oude gemeenschappelijke dakterrassen waar vroeger de betonnen zonneschermen prijkten zijn nu bezaaid met illegaal gebouwde muren en ramen, alsnog bewoonbaar verklaard door opeenvolgende golven van generale bouwpardons. Als je omhoogkijkt zie je nog altijd het profiel van de hokjes voor de waterbakken en de wasplaatsen in de muren van de penthouses waardoor ze zijn opgeslokt.

Het exterieur is waardig. Ingetogen stijl, goed materiaalgebruik en verder geen poespas. Geen gewaagde bouwideeën, het zogenoemde aanzien wordt vrijwel altijd met sierelementen verkregen, of met schaaleffecten: de monumentale ambitie van sommige gebouwen en villa's uit zich bijvoorbeeld in een enorme voordeur aan de straatkant, zo groot dat die boven de vloer van de eerste verdieping uit komt. Dat soort gevallen van grandeur zijn kenmerkend voor het QT, en op hun manier vertederend. Wanneer ik erlangs loop, over de Corso Trieste, en een bewonderende blik werp op die zuilen, zo'n grote, donkere hal die toegang geeft tot een al met al toch bescheiden gebouw, dan denk ik aan de inspanning, ja, aan de inspanning die is gedaan om zich te onderscheiden: het spel van uitsteeksels en inkepingen in de voorgevel, het obsessieve patroon van balkons en dakterrassen dat de ontwerpers dwingt tot een afmattende variatie op een zo beperkt thema, en verder het gebruik van min of meer kostbare en passende materialen. Op de voorgevels wordt de bakstenen muur speels afgewisseld met travertijn en pleisterwerk.

Dat alles omdat het *palazzina*, oftewel het lage flatgebouw, weliswaar wijdverbreid is maar tegelijkertijd zo'n amorf bouwmodel dat je het niet eens duidelijk kunt omschrijven. In de architectuurhandboeken die ik heb geraadpleegd komt het niet voor. Zeer fortuinlijk daarentegen is de daarvan afgeleide *palazzinaro*, de (vaak dubieuze) projectontwikkelaar, zonder wie het sociale landschap van Rome incompleet en in veel opzichten onverklaarbaar zou zijn gebleven. Maar dat hoofdstuk wil ik niet openen. Ik ben zelf de zoon van een 'palazzinaro'.

Ik wandel, wandel, en ik kijk rond, ik wandel, en ik denk na.

Het is waar, alle inventiviteit zit aan de buitenkant, niet in de vorm. Het zijn puur grafische bedenksels, ze staan tot de architectuur zoals de illustratie staat tot de schilderkunst...

Via Sabazio, Via Topino, Via Sebino, Via Taro... Zo gracieus, waarbij de verschillende etages op pseudogebeeldhouwde wijze worden aangegeven, met sierlijsten van blaadjes en bloemen... De balkons in een omgekeerde klokvorm, zo minuscuul dat er nauwelijks één persoon op past... En verder terrasjes, boogjes, Latijnse inscripties, mozaïeken. Rondom de Piazza Verbano is de versiering aangebracht op bouwwerken die anders een te volks karakter zouden hebben... en naar binnen glurend zie ik de binnenplaatsen van de gebouwen, goedverzorgd, uitgestorven... de strenge regels van de bewonersvereniging verbieden de kinderen om achter elkaar aan te rennen tussen de palmbomen en de geparkeerde fietsen en scooters, je mag er niet voetballen.

Fatsoenlijke woningen voor de kantoorwerkers, daar komt de modernisering van Rome op neer.

Terwijl de lagere klassen een huis nodig hebben ter beschutting tegen guur weer, ziet de middenklasse het als een sociale promotie en erkenning: het QT is hun beloning. In het ene geval is het een alternatief voor een hutje, in het andere geval dient het ervoor dat iemand (portier, kapper, postbode, gemeentelijke bode, loopjongen van de kruidenier) zal zeggen: 'Accountant Filacchioni/landmeter Pedetta/professor Sacripante... die woont daar', in dat palazzina met die sierlijsten om de ramen en die jugendstil druiplijst.

Ik kijk naar die weelderige balkonnetjes: bedoeld om de voorgevel op te luisteren, een ritme te geven. Dat is dan in formele zin. In existentiële zin zijn ze bedoeld om een sigaretje te roken, nu dat binnenshuis niet meer mag.

Vroeger waren de balkons van herenhuizen niet bedoeld om in de frisse lucht of in de zon te vertoeven: men had geen enkele behoefte aan de buitenlucht. De buitenlucht was ordinair, de opening een zwakte, een spleet waardoor vreemden en vijanden konden binnendringen tot in het hart van het gebouw. Het balkon was de plek waar de heer naar het volk keek, of beter gezegd, waar hij zich aan het volk vertoonde. Iets van die geslotenheid jegens de buitenwereld, en van die representatieve vertoning, zie je nog altijd bij bepaalde villa's of palazzine, waarvan de ramen opmerkelijk veel kleiner zijn dan je zou verwachten of dan de afmetingen van het gebouw zouden toestaan, alsof men niet te veel contact met de wereld wilde.

Het is goed toeven, bínnen, het is goed toeven *waar je bent.*

In Rome heerst de traditie van de zwaarte als synoniem van soliditeit. De stad Rome is conservatief, of misschien alleen maar lui, ze doet moeilijk afstand van haar gebruiken en gewoontes, niet omdat ze daar zo aan gehecht is, maar omdat ze niet de psychische tol van de verandering wil betalen, omdat ze sceptisch staat tegenover nieuwigheden. Veranderen is zinloos of bedrieglijk. Je bent niet bang voor het nieuwe, nee joh, dat vind je eerder bespottelijk, je neemt het niet serieus. De lethargische wet van de Romeinse inwoners wordt gerespecteerd, maar beslist niet omdat die vereerd zou worden.

Bij eeuwenoude gebouwen was het de plompe hoek die soliditeit verschafte.

Hier in het QT daarentegen raakte het idee van het balkon als kwaliteitskenmerk van het appartement in zwang. Eenvoudige maar elegante sierelementen. Prestige, decorum, waardigheid: maar daarboven heerst het thema van het compromis. Ja, het compromis is de ware code waarmee je de levenshouding, de ziel van het QT kunt ontcijferen: het is juist in de geest van het compromis dat deze wijk in tachtig jaar tijd is opgebouwd, van de eerste villa tot de laatste flat. Vergelijkbaar met de bewoners, in sociaal opzicht, zijn de gebouwen die hen herbergen het resultaat van eclecticisme: door allerlei verschillende elementen met elkaar te combineren is er een specifieke stijl ontstaan. Precies op dit moment, nu ik omlaag loop door de Via Adige, sta ik voor een palazzina dat voldoet aan al die criteria: deftig, beschaafd, verfraaid door alle mogelijke stijlen en de monumentale versiering teruggebracht tot huiselijke schaal: klassiek timpaan, barokke medaillons, en de eveneens barokke sierrand waarmee de etages worden aangegeven. Elk raam heeft een apart gevormde omlijsting en een balkonnetje, waarop net één persoon kan staan, misschien twee als ze zich smal maken.

Andere gebouwen daarentegen doen niet eens een poging tot verlichting, in geen van hun onderdelen, ze willen geen enkele decoratie. Die zijn gesloten, streng. Travertijn op de begane grond, baksteen op de rest van de voorgevel: een teken van de wens om stevig op de grond te blijven staan (stavast, houd je positie!).

In de Via Gradisca staat een palazzina met een extern trappenhuis aan de voorkant, dat zou kunnen doorgaan voor een torentje, maar dan van glas: het is niet gemaakt om van binnen naar buiten te kijken, maar lijkt eerder bedoeld om van buiten naar binnen te kijken. 's Nachts kijk ik vanuit mijn huis naar dat torentje, het is indrukwekkend om te zien, helemaal verlicht, recht, slank, net een ruimteschip in een oude sf-film. Nu ik erlangs loop ben ik nog steeds vol bewondering.

Via Gradisca, linksaf naar de Via Tolmino, dan rechtsaf naar de Via Bolzano...

En dan sta ik eindelijk voor het SLM.

Gebouwd als een modern fort, de muren afwisselend beton en baksteen in bedekte, neutrale tinten, met een vuurrode streep die onder de rijen ramen loopt. Bij elk gebouw is een torentje dat erbovenuit steekt en waarin het trapportaal zich bevindt. En vier grote schoolpleinen waarop de grote ramen van de klaslokalen uitkijken: een gemeenschappelijk plein voor de kerk, verder een achter het gebouw van de basisschool, een voor de pauzes van de leerlingen van de middenschool en een voor die van het lyceum, die vroeger met elkaar verbonden waren, ook al was het niet de bedoeling dat de leerlingen zich mengden, niet voor schooltijd, niet na schooltijd en niet tijdens de pauze, nooit mensen, nooit! Want vermengingen zijn weliswaar stimulerend, maar ook heel, heel gevaarlijk. Anders zouden de oudere leerlingen misschien misbruik kunnen maken van de kleintjes. Het door elkaar husselen van generaties en seksen, ouderen en jongeren, mannen en vrouwen, jongens en meisjes, oudere pubers met jongere tieners en kinderen, dat is een risico. Als je erbij stilstaat is het leven zelf eigenlijk ook vreselijk riskant, met al die besmettingen en infecties, contacten, uitwisselingen. Er wordt voortdurend over de hekken geklommen, en de schapen verdwalen of worden verslonden. Als alles rustig op zijn eigen plek zou blijven, was het leven veel rustiger. Maar dan gebeurt het evengoed: de schapen blijven mak in hun kooi, en dan dringt de wolf naar binnen. Dus tja, wat is dan het nut van die orde? Alleen om het bloedbad uit te stellen? Is die orde nodig om te zeggen: we hebben ons best gedaan, alsof het vanaf het begin alleen maar een kwestie van pietluttigheid was, en al die verboden en voorzorgsmaatregelen en sancties alleen bedoeld waren om preventief het geweten te sussen?

Misschien dat daarom de onthutsend mooie moeders van de jongetjes van de basisschool buiten het hek op hun kroost moesten wachten: het SLM was een aparte wereld en daarbinnen probeerden andere aparte werelden met elkaar in contact te komen. De speelplaats achter de basisschool was de meest afgezonderde, ondoordringbare; klein en overvol, want je had destijds heel grote klassen. Vijf jaar van mijn leven heb ik doorgebracht op dat schoolplein. Daarna drie op het plein van de middenschool en vier op dat van het lyceum.

Ja, het is een modern fort, het SLM. Het moderne schuilt in de combinatie van materialen, in de horizontale herhalingen van de rijen ramen, beton en baksteen, neutrale en felle kleuren, grijs, beige, rood... de verhouding tussen volle en lege oppervlakken, metselwerk en glas. De leegste, meest open muren zijn op de schoolpleinen gericht, terwijl de muren aan de straatkant dicht, bijna blind zijn. De strengheid moet aan de buitenwereld getoond worden, dat volstaat. Aan de binnenkant daarentegen moet een uitwisseling van blikken mogelijk zijn tussen degenen die in de klas zitten en degenen die op het plein rennen en spelen...

In mijn tijd werd er op school nog altijd het kinderboek *Cuore* (*Hart*) van Edmondo De Amicis gelezen, als een roman en tegelijkertijd een ethisch handboek, ruim tachtig jaar nadat het was geschreven. Perfect om een heel schooljaar in beslag te nemen, aangezien het zo ook is ingedeeld (geweldige vondst!). Later is die decennialange gewoonte uitgestorven; ik denk dat mijn kinderen niet eens weten waar je het over hebt als je begint over Garrone, Franti, Bottini of Derossi of over de kleine Lombardische uitkijk of de Florentijnse klerk. Het boek is al minstens dertig jaar uit het zicht verdwenen. Nu vraag ik me af: zou het kunnen dat wij meer gemeen hadden met die eindnegentiende-eeuwse kinderen dan dat onze kinderen gemeen hebben met ons? Want als een jongere van tegenwoordig dat boek zou lezen zou hij het niet alleen saai en gedateerd vinden, maar ook onbegrijpelijk.

Ik heb het net herlezen. Nou, fantastisch, de structuur is fantastisch, en heel spitsvondig.

Dat gezegd hebbende is het ook zo dat ik nooit een ander boek heb gelezen dat zo wemelt van de tegenslagen, ellende, het ongeluk en de fysieke misvormingen, bochels, rachitis, verminkten, doofstommen, tbc-patiënten, weduwen en wezen, en ook al koester ik geen enkele twijfel dat dit een getrouwe of zelfs optimistische weergave is van de toenmalige maatschappij, ik heb toch het idee dat al dat onheil op deze bladzijden is verzameld en ingedikt om het ideaal van het menselijk verzet tegen rampspoed nog eens extra te versterken. (Ook dit is een uitstekend idee.)

Misschien is het kenmerkende ervan, wat we tegenwoordig niet meer kennen, dat het een universum beschrijft waarin het meest verheven en meest intense en meest, laten we het zo ook maar noemen, viriele sentiment dat iemand kan koesteren *de achting* is. Ja, de achting, iemand achten, achting hebben, achting genieten.

In de tijd dat ik op school zat bestond dat ietwat ouderwetse sentiment nog, voordat het ten onder ging in het absurde.

Hoe dan ook, het is het enige boek van de Italiaanse literatuur, en misschien wel van de literatuur in het algemeen, waarvan je er altijd bij moet zeggen dat het een boek is, het wordt altijd aangeduid als 'het boek *Cuore*'.

Op een gegeven moment in dit boek wordt er een advies gegeven dat me trof, en dat iedereen ter harte zou moeten nemen:

Bestudeer je eigen wijk goed, bestudeer de straten, de kruispunten, de mensen die er wonen, prent die hele litanie aan straten vernoemd naar rivieren en steden goed in je hoofd, want mocht je ooit ver weg verzeild raken, dan is het fijn als je dat stratenplan duidelijk in je hoofd hebt zitten.

Hoofdstuk 11

Er was niet veel vertier, in het QT. Er was eigenlijk nérgens veel vertier, eerlijk gezegd.

Uitlaten van scooters demonteren, en weer monteren nadat je ze had schoongemaakt, voor de spiegel je borstspieren aanspannen, pingpongen tegen een helft van een tafeltennistafel die rechtop was gezet, of met z'n vieren om de tafel heen rennen in een spel waarvan ik nu niet meer weet of het 'op z'n Amerikaans' of 'op z'n Duits' werd genoemd (hoe dan ook geen van beide logisch verklaarbare benamingen), dat erin bestond dat je het balletje moest raken wanneer het jouw beurt was, het batje op tafel leggen en naar de andere kant rennen, net op tijd om daar het batje op te pakken dat een ander daar had neergelegd en het balletje dat in de tussentijd koortsachtig heen en weer was geslagen door de andere drie spelers, lachend en hijgend, zo proberen terug te slaan dat je tegenstanders het nooit zouden kunnen halen, met een laffe dropshot; en verder 'Slet!' schreeuwen tegen een non, en plaatjes sparen, of flessen, of vlaggetjes.

Zoveel was er niet te doen... O ja, vieze boekjes (de term 'pornoboekjes' was te specifiek).

Dat waren zo'n beetje de voornaamste vormen van vertier voor de jongelui van het QT voordat drugs en politiek geweld opgang maakten.

Onze opvoeding werd compleet gemaakt met plaatjes, niet alleen voetbalplaatjes, zoals je zou denken op basis van de oppervlakkige beelden die dat tijdperk hebben vervlakt tot alleen zangers of voetballers, maar alle plaatjes die de zogenaamde algemene ontwikkeling bestreken, met verzamelingen van alle landen ter wereld, belangrijke figuren uit de geschiedenis, van generaals tot wetenschappers tot kunstenaars, verzamelingen van legers en schepen en vliegtuigen, dieren, de continenten, het heelal, natuurverschijnselen...

Ik herinner me het Noorderlicht, de jacht op het uiterst zeldzame plaatje van het Noorderlicht, de lichtende draperieën die in de Arctische hemel hingen, het onderwerp van duizelingwekkende ruilvoorstellen, 10, 20 of zelfs 50 plaatjes (nutteloze, zeer veel voorkomende dubbelen...) voor één Noorderlicht. En dan had je nog de verzamelingen met records. Grootste lengte, snelheid, gewicht. Die registreerden we en werkten we bij met een ware verering voor degenen die ze hadden gevestigd. En de records werden op hun beurt ook weer stof voor records, waarbij de meest obsessieve en wijsneuzige nerd aan de leiding ging, die het hele *Guinness Book of Records* uit zijn hoofd kende, de kleinste dwerg, de oudste Chinees, de duikboot die het diepste ging, ook al was er vervolgens die andere duikboot die hem amper een maand later versloeg door nog twee meter dieper te gaan, en dan de in mach gemeten snelheid van supersonische vliegtuigen, het aantal olympische gouden medailles gewonnen door zwemmer Mark Spitz (9) en het aantal keren dat motorcoureur Giacomo Agostini wereldkampioen werd (15) en het aantal keren dat hij een grand prix won (123)... Al die dingen waren stof voor interessante weetjes en legendevorming, en als je die twee samenvoegt krijg je een bijzondere vorm van devotie.

Ja, devotie is het juiste woord om die vorm van puberaal fanatisme te omschrijven.

We fantaseerden eindeloos met elkaar over feiten betreffende de lengte van haaien en de snelheidsrecords die te land en ter zee waren gevestigd door helse machines waarvan de inzittenden verpulverd aan hun eind waren gekomen bij spectaculaire ongelukken. En dan begonnen we de namen van de slachtoffers op te noemen, te beginnen bij die van de Formule 1-coureurs. Ik weet nog dat ik een keer, misschien toen ik op de middenschool zat, een schoolagenda had die was geïnspireerd op de wereld van het autoracen, met de foto's en prestaties van de verschillende coureurs uit die tijd. Toen ik geslaagd was voor het lyceum en bezig was mijn kamer te ontdoen van een hele berg paperassen van school, vond ik die agenda terug, die we altijd personaliseerden door er foto's in te plakken, hem met stiften in verschillende kleuren te versieren en er allerlei kreten op te schrijven, en uiteraard gingen we op dezelfde manier te werk met de agenda's van klasgenoten, totdat die boekjes wel drie of vier vingers dik waren. Maar goed, toen ik door die oude 'Formule 1' bladerde, realiseerde ik me dat de coureurs die daarin voorkwamen állemaal dood waren. Toen ik de agenda kocht waren het allemaal snelheidsduivels, breed glimlachend op de foto's; een paar raceseizoenen en een paar schooljaren verder was er niet één meer over. De sterfgevallen die me het meest raakten waren die van Jim Clark, Lorenzo Bandini, Jochen Rindt, die postuum de wereldtitel won met Lotus nadat hij in Monza was gecrasht, en de knappe François Cevert.

Van Lorenzo Bandini weet ik nog dat ze hem niet meteen te hulp schoten terwijl hij levend verbrandde in zijn Ferrari, bij de haven van Monte Carlo – een stad die ik verafschuw. 'Van alle plekken ter wereld is dit die waar het gevoel van verbondenheid tussen mensen het minst voelbaar is.'

O ja, en ik wil er nog een naam aan toevoegen, die van Graham Hill, die geweldige coureur met zijn beroemde snor, die niet in een auto omkwam maar in een vliegtuig. De Piper die hij bestuurde botste vanwege de mist tegen een boom terwijl hij over een golfbaan vloog.

Plaatjesverzamelingen waren encyclopedieën voor het volk. Op die van voetballers stonden ook gegevens over hun gewicht, lengte en het aantal doelpunten, gescoord of geïncasseerd, van eerlijke profs als Cereser, Pizzaballa of Battisodo. De lijst namen van wielrenners daarentegen leerde je 's zomers aan zee, van die voor de helft transparante plastic balletjes waarin hun gezichten verzegeld zaten, die je met je middelvinger vooruit schoot over een baan die was getrokken door iemand aan zijn enkels door het vochtige zand te slepen, liefst iemand met een dikke kont zodat de baan mooi breed werd en de bochten parabolisch, zodat de balletjes niet uit de baan vlogen.

Nadat de plaatjes waren geruild of waren gewonnen bij verschillende spelletjes en weddenschappen, werd er langdurig gediscussieerd over de waarachtigheid van de onderschriften, dus of de krokodil van de Ganges écht zeven meter lang zou kunnen worden, en of de coureur die met zijn Thunderbolt over het zoutmeer was gereden echt één minuut nadat hij het record had verbroken was omgekomen bij de explosie van zijn raket op wielen...

Een onderwerp dat destijds zeer populair was: de ruimte. De verovering van de ruimte. Het meest wijdverbreide volksepos dat een hoogtepunt bereikt met de landing op de maan en waarvan de neergang precies samenvalt met het verhaal dat in dit boek wordt verteld. Wanneer kwam het befaamde Apolloprogramma, dat achttien ruimtemissies uitvoerde, ten einde? In 1975.

En verder dus, zoals ik al zei, de geïllustreerde tijdschriften, de vieze blaadjes, seksblaadjes, in kleur, met foto's of tekeningen of strips. De gedetailleerde beschrijvingen van seksuele handelingen en mishandelingen verschaften de benodigde proteïnen voor de groei van de nerds. Die blaadjes! Bestaan ze nog? Of zijn ze de nek omgedraaid door het internet, net als al het andere? Maar misschien is het niet zo gemakkelijk om online te gaan wanneer je tijdens je pauze van het wachtlopen op een brits ligt, en er zal toch nog wel ergens een militair zijn, of een geile huisconciërge, een nachtwaker die de tijd moet doden – ik bedoel maar, in de werkplaatsen van bandencentra hangen nog steeds kalenders met blote meiden. Tijdschriften had je destijds met betrekking tot allerlei onderwerpen: oorlog, western, erotiek, misdaad, en ook politiek, ze besloegen dus het hele scala aan interesses dat een jongen kon hebben, van superhelden tot auto's tot de naakte tieten van Duitse serveersters tot de perversiteiten van vampiers tot het vervaardigen van molotovcocktails, dezelfde onderwerpen die in andere formats diezelfde jongens zouden blijven interesseren (of beter: obsederen) ook als ze eenmaal waren opgegroeid, eenmaal volwassen. Ja, ik weet het, ik heb het steeds over jongens en mannen alsof alleen zij bestaan, en vrouwen niet meer zijn dan foto's afgedrukt op papier van erbarmelijke kwaliteit, alsof ze op dat poreuze papier tot leven komen met als doel te worden uitgekleed en mishandeld door monsters, zombies, buitenaardse wezens, gangsters, gemaskerde mannen, zoals je op de omslagen van die blaadjes zag. Maar ja, het was dan ook zo dat de asymmetrische gebouwen van het SLM uitsluitend werden bevolkt door jongens en mannen.

Misschien bestaan die blaadjes niet meer, evenmin als een heleboel andere dingen die hun functie hebben verloren, zoals de herenhoed, de jukebox, de kinderencyclopedie, de wekker, de oceaanstomer. Dingen die wellicht onze weemoed verdienen, of toch in elk geval een vermelding, vaak alleen dat laatste. Hartverscheurend en absurd was het lot van de Italiaanse oceaanstomers, met dat onmiskenbare silhouet, de Michelangelo en de Raffaello, te water gelaten toen die manier van reizen al aan populariteit inboette en het passagiersvervoer over zee het einde naderde. Zelf had ik als kind het voorrecht om een van die twee, ik weet niet meer welke (ze vormden een tweeling, de 'tweeling der zee'...) een paar dagen voor de tewaterlating te mogen bezoeken omdat een excentrieke oom van me die in Genua woonde zich voordeed als scheepsinspecteur en me stiekem mee aan boord nam. Echt waar, het was een van de mooiste ervaringen van mijn leven. Ik had nog nooit zoiets grandioos, luxueus, moderns, opwindends gezien. Er kwam geen einde aan. Totdat, nadat we de oceaanstomer van onder tot boven hadden bekeken, over de talloze dekken en bij de ontzagwekkende schoorstenen (eventuele belangstellenden kunnen de beelden uit die tijd opzoeken...), een of andere officier ons onverklaarbare heen-en-weergeloop opmerkte, ons bij zich riep en mijn oom ontmaskerde, waarna we door de matrozen naar de loopbrug werden gebracht en het schip moesten verlaten.

Hoofdstuk III

Dat ik het nu een aantal bladzijden lang over het fascisme ga hebben, is vooral omdat enkele van de hoofdpersonen van dit boek fascisten waren, net zoals de hele wijk destijds grotendeels fascistisch was, en ook omdat de fascisten, al vormden ze een minderheid en al hadden ze nogal tegenstrijdige houdingen, op hun manier exemplarisch waren voor de periode waarover ik het heb, net zoals hun linkse tegenstanders; sterker nog, ze waren dat op een nog opmerkelijkere en interessantere, namelijk anachronistische manier. Hun onsamenhangende respons tegen de nieuwe tijd, die over de hele wereld werd ingeluid door linkse bewegingen, werd uiteindelijk juist karakteristiek voor diezelfde tijden waartegen ze gericht was, en werd bijna een vast kenmerk daarvan. Aan de ene kant was die respons gericht tegen die nieuwe tijden, maar tegelijkertijd nam ze vaak en graag de vormen van die nieuwe tijden aan om die vervolgens om te keren, te vervormen en erger te maken, tot ze zelfs nog radicaler waren. Dat is te wijten aan de natuurlijke dubbelheid van het fascisme: dat omvat namelijk zowel repressie als onaangepastheid, zowel wet als overtreding, zowel het verlangen om te behouden als het kinderlijke genoegen om te verspillen, te verkwisten, de net gebouwde zandkastelen te verwoesten... de verheerlijking van het bevel verenigd met een ongekende anarchie. Puur als aspiratie is het fascisme de virtuele plek van het absolute, grenzeloze genot, pervers en daardoor onmogelijk, en daardoor hopeloos, en daardoor valt het uiteindelijk samen met de strengste onderdrukking van het genot. Het heimelijke ideaal is de ongeremdste losbandigheid, de concrete uitvoering daarvan is dwingende controle, uitgeoefend op elke afwijking. Net zoals bij een verwrongen spiegelbeeld de normaliter verborgen, onzichtbare kenmerken aan het licht komen, zie je ook juist bij het fascisme, zo hardnekkig, residuaal, maar telkens opnieuw opbloeiend, het duidelijkst het tegenstrijdige karakter naar voren komen van de tijd waarin dit verhaal zich afspeelt.

Het grootste probleem van het fascisme is dat je nooit fascistisch genóég bent. Je zou altijd nóg fascistischer kunnen zijn, fascistischer dan Mussolini, nazistischer dan Hitler. Er is een soort drang die niet kan worden bevredigd, een grens die telkens opschuift. Zoals elke mystiek is ook de fascistische mystiek bodemloos. Er is altijd wel iemand die je kan verwijten dat je te slap bent, wel totalitair maar niet helemaal, vol trouw en vertrouwen maar niet blindelings, maar half onverschrokken, en als er niet zo iemand is, dan gaat de innerlijke fascist die iedere fascist in zich heeft wel uit zichzelf tekeer.

Op de akker waar de bittere vruchten van de bespotting welig tieren, concentreert het fascisme zich puur op het aanscherpen van het gevoel van nietigheid, de nietigheid van elk individu tegenover de potentiële statuur van de held, en met het cultiveren van een minachtende houding tegenover eenieder die niet meedeed aan die overtuiging, eenieder die er niet in geloofde of het niet eens snapte. De volgelingen voelden zich dus van begin af aan veroordeeld tot een steriel martelaarschap, waar ze uiteindelijk geen enkele erkenning voor zouden krijgen, en dat hoe dan ook oneindig minder voorstelde vergeleken bij dat van de figuren die ze als voorbeeld namen en vereerden, de oude Romeinen, de middeleeuwse ridders, de Vikingen, de patriotten... terwijl de andersdenkenden altijd alleen maar het voorwerp van minachting zouden blijven, omdat ze niet in staat waren de diepgang, de onmetelijkheid van het fascistische geloof te doorgronden, een blind geloof, en een geloof juist omdat het blind was, blind omdat het een geloof was, diep en donker als een bodemloze put, waarin je je kon laten vallen, vallen, vallen.

Het wezenlijke misnoegen van het fascisme, de weltschmerz, de fundamentele bitterheid en zwartgalligheid, ontstaan en slepen zich voort vanuit dat permanente tekortschieten ten opzichte van de voorbeelden, de hyperbolische motto's: maar wie is er ooit zo mannelijk? zo onversaagd? zo redeloos? zo vurig? zo meedogenloos? wie zal ooit nazistisch genoeg kunnen zijn, gezien het feit dat de nazi alle denkbare monsterlijkheden overschrijdt? Er bestaat geen daad die excessief, ondoordacht, wreed, obsceen, megalomaan, arbitrair of ridderlijk genoeg is om aan deze behoefte te voldoen, en volledig kan beantwoorden aan die roep. Men is te klein en verzandt vrijwel meteen in laag gedrag.

Men wordt verachtelijk omdat het niet gelukt is gróóts verachtelijk te zijn. De enige bescherming tegen die onvervulde hoop is de waanzin. Bommen plaatsen, je te pletter rijden met je motor of jezelf kapotmaken met heroïne, moorden, verwoesten, jezelf doodschieten. Op weg gegaan om koene ridders zoals Parcival te worden, en binnen de kortste keren omgeturnd tot criminelen, en dan ook nog eens waardeloze criminelen. De statuur van de held blijft een luchtspiegeling, een kolossale schaduw, en zonder dat ze daar ooit ook maar een centimeter dichterbij zijn gekomen, hebben ze intussen wel alle ondeugden en excessen, de pocherigheid en laagheid daarvan overgenomen en tot karikatuur gemaakt. Als vlooien op een dood paard.

De bevredigende cultus van de vernietiging: het leven schittert in volle glans op het moment dat andermans bestaan wordt afgebroken of dat men zonder aarzeling accepteert dat dat met het eigen bestaan gebeurt. Sterven om onsterfelijk te worden dankzij de verheerlijking der doden: dat is de horizon, de pure fascistische mystiek, versterkt door talloze voorbeelden in de geschiedenis en de literatuur. De opoffering verdient getuigenis, verdient te worden geïllustreerd, te worden gevierd met herdenkingen, zodat ze een voorbeeldfunctie krijgt. In de fascistische verbeelding zijn de overleden helden altijd aanwezig, meer aanwezig dan de levenden. Om dat te begrijpen hoef je zelfs vandaag de dag alleen maar een wandeling door het QT te maken en de teksten op de muren te lezen, de posters te bekijken...

Legionairs, labarums, lofzangen, oproepen: het QT is één grote herdenkingsplaats voor gevallenen.

Op die affiches hebben ze het over wolven en slaven, over lafaards en trouw, over dood en edel bloed: ze kopiëren het taalgebruik van oude gedichten uit het noorden van Europa, van *Beowulf* en de *Edda* tot het *Nibelungenlied*.

Wat kan hun worden toegekend? Een bepaalde grafische smaak, stilering, soms de keuze voor doeltreffende slogans of titels (zoals die van het beruchte Franse tijdschrift *Je suis partout*, dat kan wedijveren met de beste artistieke avant-garde van de twintigste eeuw).

Hun credo kon worden samengevat in één korte zin: 'Leve de dood!' Voor hen was het willekeurig doden, in het wilde weg, zonder reden of hooguit een futiele, ongegrond en tegelijk onbetwistbaar, zelfs nog bedwelmender dan doelen treffen die met een vastomlijnd politiek oogmerk waren gekozen. Sterker nog, het politieke oogmerk was juist dat ze geen enkel oogmerk hadden, dat ze altijd op het randje van het gratuite zaten, want het is in het gratuite van de opoffering (uitgevoerd of ondergaan, dat komt zowat op hetzelfde neer) dat de energie ervan tot uiting komt: het geen rekenschap hoeven geven van je daden, omdat die daden soeverein zijn, onbetwistbaar inderdaad, verlost en ontsmet van de lepra der redenering. Hun kenmerkendste beweegreden, de wraakactie, koos vrijwel nooit de directe verantwoordelijken van de wandaden die moesten worden vergeld. Elke daad werd gerechtvaardigd door het simpele feit dat hij werd verricht, en elke willekeurige verrichting was hoe dan ook te verkiezen boven nietsdoen. Slagen of falen waren gelijkwaardig. WAARTOE DIENT EEN ZWAARD ALS HET IN DE SCHEDE BLIJFT? WAARTOE DIENT HET ALS HET NIET WORDT BEVLEKT MET BLOED? Als geweld en dood bestaan (en die bestaan zonder enige twijfel), waarom zou je dan niet een preliminair recht uitoefenen om die toe te dienen, ook al stel je je daarmee bloot aan het risico om ze zelf te moeten ondergaan?

Het specifieke van het fascisme is dat het, zoals men van bepaalde ziektes zegt, aspecifiek is; het specifieke zit hem dus niet in de inhoud van de ideologie, maar in het feit dat er een handeling en identiteit omheen wordt gebouwd. Het gaat niet om datgene waarin je gelooft, maar om het feit op zich dat je erin gelooft, de absolute overtuiging niet van iets, maar van het feit dat je ervan overtuigd bent. Je bent overtuigd van je eigen overtuiging, je hebt geloof in je eigen geloof. Het credo van de fascist is geen doctrine of vastomlijnd politiek programma, want een programma is voor *morgen* terwijl de strijd *vandaag* is. Je kunt je dus gedragen en je kunt denken of praten als een fascist, ook zonder dat je dat bent. Juist omdat dat credo een geestesgesteldheid zonder specifieke inhoud is, of juist vol met allerlei willekeurige inhoud die duidelijk tegenstrijdig is met alle andere inhoud, en daardoor lastig te weerleggen en af te zweren. Je kunt hooguit de overtuiging als zodanig afzweren, maar niet omdat de inhoud ervan nep is gebleken, aangezien de inhoud ontbrak of hooguit inwisselbaar was, revolutionaire met reactionaire krachten, opkomen voor de burgerij met neerslaan van de burgerij, verheerlijking van het verleden én gerichtheid op de toekomst, en ga zo maar door (een fundamenteel verschil tussen het communisme, dat wel een doctrine heeft, en een behoorlijk inhoudrijke ook, hoe onafgewerkt of nep je die ook mag vinden, en het fascisme).

Hoezeer het fascisme zich verzet tegen een definitie bemerk je al meteen wanneer je er zinnen over wilt formuleren die aan de ene kant geen jubelende slogans zijn, en aan de andere kant ook geen beledigingen en beschimpingen.

Het fascisme vertegenwoordigt dan ook juist het dilemma van de onvertegenwoordigbaarheid; misschien is dat de reden dat het zichzelf altijd al graag presenteerde in gezonde, integere vormen...

Interessant is verder ook de brutaliteit, de opmerkelijke brutaliteit waarmee fascisten verkondigen dat ze handelen in naam van de *onrechtvaardigheid*. Het is helemaal niet zo dat alle politieke regimes beweren dat ze rechtvaardig handelen, dat ze de maatschappij willen hervormen om de beste omstandigheden te verkrijgen voor wie er woont; integendeel, hier wordt onomwonden gestreden om een *onrechtvaardiger* maatschappij te stichten, zo onrechtvaardig mogelijk, en die strijd maakt men tot een erezaak.

Kenmerken van fascisten in die jaren:

Een voorliefde voor slangen: pythons houden, of een kaaiman, in de badkuip

Puntlaarzen

De hamer van Thor

Rugby, Tolkien (voordat de films werden gemaakt), de Graal (vóór *De Da Vinci Code*).

(Een van hen werd beroemd doordat hij Odin aanriep toen hij door de politie werd gearresteerd en in elkaar werd geslagen tot de dood erop volgde.)

Rechts en links zijn niet symmetrisch. In een samenleving als die van Italië hebben ze, anders dan je zou denken, vrijwel altijd een minderheid gevormd. Alleen door hun opzichtige aanwezigheid onder jongeren leken ze sterker, maar dat is in de politiek maar zelden of heel kortstondig hetzelfde als het ook echt zijn.

De politieke formule van extreemrechts in de jaren zeventig is: extreemlinks (dat wil zeggen politieke agressie, revolutionaire drang) – humanisme = pure subversiviteit.

Nee, er is geen symmetrie. Extreemrechts heeft zich altijd superieur gevoeld aan de traditionele verdeling tussen rechts en links (de zogenoemde derde positie: NOCH USA NOCH USSR was een tekst die je vaak zag op de muren van het QT). Noch rechts noch links, of juist rechts en links samen, zoals de definitie van het nationaalsocialisme nota bene zelf uitdrukt.

Waardoor werden ze bezield? Kameraadschap, haat jegens de democraten, de mythe van de individuele moed, minachting voor de vijand, verheerlijking van geweld en de dood, trots en wanhoop omdat ze een minderheid vormden.

Het is moeilijk om de vijand niet als een misdadiger te beschouwen. Reptielen, ratten, kakkerlakken, woestelingen, duivels, beesten, apen: daarmee wordt de figuur van de vijand vergeleken. 'Een fascist is geen mens, een slang is nog menselijker dan een fascist,' verklaarde de Venezolaanse president Chávez hartstochtelijk, waarmee hij veel bijval kreeg.

Terwijl de radicale impuls van het historisch fascisme nog werd afgeremd door het noodzakelijke compromis met de monarchie en de kerk om te kunnen regeren, werd het neofascisme daar niet door belemmerd, en konden de aanhangers ervan dan ook een zuivere opruiende droom koesteren, zonder haken en ogen. Maar opnieuw deed de historische realiteit hun de das om. De meest extremistische politieke daad vertegenwoordigde uiteindelijk juist het tegenovergestelde. De militanten vermoordden mensen in de overtuiging dat ze middeleeuwse ridders waren, maar in feite fungeerden ze hooguit als bewakers van de gevestigde orde. Wat een paradox!

Extreemlinkse terroristen en extreemrechtse terroristen. De eerste groep wilde de dictatuur van het proletariaat, en heeft al het mogelijke gedaan om die nachtmerrie bewaarheid te laten worden; dat is ze niet gelukt, het zij zo. Maar de tweede groep? Wat wilde die? Het is niet duidelijk welk plan of utopie de extreemrechtse terroristen in gedachten hadden, als er al ooit iets is geweest, en dan bedoel ik de ideeën die niet werden gemanipuleerd door geheime diensten.

Doordrongen van de heldenmythe gingen ze erop uit om te moorden en lieten ze zich vermoorden of werden ze tot levenslang veroordeeld om op te komen voor het toekomstige recht van de dames in de chique wijk Collina Fleming om dubbel te kunnen parkeren. Ze legden bommen op pleinen om die geverfde blondines in staat te stellen aan aquarobics te doen. Ze verdedigden met hand en tand de status quo. De tennisclub in de wijk Parioli en de *Maurizio Costanzo Show* op tv. Zodat de communisten daar niet aan konden komen. Daarvoor bliezen ze treinen en banken op.

Vandaar de retoriek van het 'ooit zullen jullie ons dankbaar zijn'. Wij zijn in de gevangenis beland om jullie te behoeden voor de communisten. We beschermden niet zozeer de democratische staat (die we verachtten) maar de staat-der-dingen.

Behalve de erfenis van het historisch fascisme, is er ook veel van de anarchistische school (en verder terug van het christelijke rigorisme) te herkennen in de verachting voor gevaar en dood die neofascisten tentoonspreiden. Hun kenmerkende sombere toon was inherent aan de aard van de ideologie, maar werd meer nog veroorzaakt door het besef van de nederlaag, die dan ook een opoffering vereist die, anders dan de christelijke, zonder enige hoop is, doel op zich, steriel.

Onlangs zag ik op tv een van die moordenaars terug, nadat hij een jaar of dertig in de gevangenis had doorgebracht. In het interview over zijn wederwaardigheden sprak hij over heldendom en het streven naar een mooie dood. Ik heb geen reden om te betwijfelen of hij oprecht was, dat wil zeggen, werkelijk overtuigd van wat hij beweerde. Eerlijk gezegd waren de door die politieke groeperingen gepleegde moorden altijd overvallen op weerloze of onvoorbereide personen die in het gezicht werden geschoten, en voordat ze begrepen door wie en waarom al dood waren. Ze werden bij hun voornaam geroepen om ze zich te laten omdraaien, zodat de schutter ook zeker wist dat het de juiste persoon was. Wanneer je iemand in zijn gezicht schiet, ben je bezig hem te vermoorden, maar bovenal ben je bezig hem *uit te wissen*. De ontmoeting met de ander bestaat uit de waarneming van zijn gezicht, uit de wederzijdse erkenning van een menselijkheid, maar die optie wordt meteen uitgewist wanneer je zijn gelaatstrekken tot moes schiet met een pantserkogel op het moment dat zijn ogen de jouwe kruisen. Eerst heb je een anonieme schim voor je, en nadat je hebt geschoten is er níémand meer: dat gezicht, dat leven zijn al opgezogen in het niets, dus je kunt gewoon weglopen.

Hun doel was de vrede te veranderen in een onaangenaam misverstand, een betekenisloos interval. Een lauw bad waarin de held ligt te weken. Tegen dat verslapte, vreedzame beeld – de strijd, de uitdaging, verharden, doordrijven, provoceren... De vijand bevindt zich op elk terrein en moet uit het hol worden gedreven: in de politiek het liberalisme (zelfs de communisten zijn respectabeler, bijna bewonderenswaardig, omdat ook zij tegen de liberalen strijden), in het onderwijs de laksheid, in de literatuur het petrarkisme, in zeden en gewoontes de nichterigheid – dat zijn de vijanden. Het is de bedoeling dat de oorlog, en de mythische figuur daarvan, de strijder, in vredestijd worden ingezet. Het is de bedoeling dat de vrede wordt geschonden, want die is alleen maar goed voor de handel; dat de vrede wordt bevrucht. De oorlogssituatie moet eindeloos worden gerekt.

Fanatiek steunden ze elke daad die in staat was het individu te breken. Ze dachten dat er door dat breken iets nieuws en superieurs uit zou komen, iets authentieks, wild en puur. Dat idee was al naïef in beginsel, ruw in de uitwerking, schadelijk in de gevolgen. Ze grepen alles aan, wat dan ook, alles wat kon dienen om een barst te veroorzaken in de schil van de normaalheid, de conventionele identiteit, kortom, de gewoontes die de mens vervlakken en afstompen, terwijl die juist moet worden wakker geschud, goedschiks of kwaadschiks: dat kon worden bewerkstelligd met boksen, met drugs, met klappen, met gebeden, met pistoolschoten, met de sportschool, met koorzang, met marslopen, met zomerkampen, wat dan ook. Maar daarna moest datzelfde grondig vermorzelde individu zich weer herstellen, versterken, discipline krijgen; nadat het op mystieke wijze was opgelost in het niets, moest het zichzelf zien te hervinden. 'Niets kan heel zijn wat niet verscheurd is geweest...'

Het beste moment om zo'n rekrutering/training/indoctrinatie te verrichten, was tussen de veertien en zeventien jaar. Dan heb ik het wel over destijds; tegenwoordig zou dat te laat zijn, of misschien nutteloos, een puber heeft eindeloos veel afleiding en het is veel lastiger om zijn energie te sturen, ik bedoel, om die in een fanatieke, exclusieve richting te sturen. Een huidige puber kan ontzettend blind zijn, maar vrijwel nooit volledig blind: hij kan worden verleid en bedrogen, zeker, maar dan door een heleboel dingen tegelijkertijd, en zelden door maar één ding alleen. In de duisternis van zijn grot flakkeren een heleboel nietszeggende, bedrieglijke vlammetjes en vuurtjes, maar het komt zelden voor dat daardoor in één keer het krachtige lichtbaken van een vermeende waarheid ontstoken wordt. Dat lijkt me maar beter zo. En daarbij heb ik het ook nu weer alleen over jongens, ja, over jongens, over die arme jongens die er zo erbarmelijk aan toe zijn, puur vanwege het feit dat ze van mannelijke kunne zijn en dus onbenullig trots en gehecht aan hun ellende. Ik hoop dat de lezeressen van dit boek me die monotonie zullen vergeven, als ze in elk geval in de personages die deze bladzijden bevolken iets zullen herkennen van hun vaders, broers, vrienden, zoons, en van die mannen op wie ze toevallig verliefd zijn geworden en die hun leven hebben bezaaid met onzekerheid. Een vrouw denkt dat ze een betrouwbare vesting heeft gevonden, maar dan blijkt het toch een hutje met muren van vloeipapier te zijn, of misschien was het een kasteel, jawel, maar dan een toverkasteel, zo een waarvan de muren verdwijnen zodra je je omdraait.

Terwijl ik deelnam aan de politieke bijeenkomsten in de Via Spontini, waar altijd een paar communistische broeders buiten op wacht stonden tegen eventuele aanvallen van fascisten, viel me op hoe elke wending van het betoog gepaard ging met een radicalisering ervan. De draad van de redenering werd steeds afgebroken en dan weer hernomen vanaf een punt dat nog meer macho was, precies zoals in een pokerronde waarbij elke speler over de ander heen moet bieden, en de pot dus steeds groter en groter wordt. Een verbaal risico wordt zelden geassocieerd met een werkelijk risico, en daardoor kunnen sommige mensen zichzelf ruïneren zonder dat ze het in de gaten hebben. Ze zetten steeds hoger in, ten prooi aan de duizelingwekkende trance, terwijl ze de realiteit totaal uit het oog verliezen. Meer, nog meer. Alleen vanwege de bedwelming van dat eindeloze opschroeven. Een barst kon worden veroorzaakt door een minachtende opmerking, door een belediging of een verwensing, of door een paradox die het bijna altijd won van de tot dan toe geopperde argumenten. Hoe? Dankzij de tegenstrijdigheid, want daardoor werd de gesprekspartner op het verkeerde been gezet en was die in elk geval tijdelijk uitgeschakeld en kon hij geen kant op. Door van het verbale niveau naar een ander niveau te springen creëer je een afgrond waarin je gesprekspartner die jou eerst nog prima kon volgen, en je op de hielen zat, ineens instort, juist omdat hij zo dicht achter je zat. Dat is de beste manier om je tegenstander de mond te snoeren: van de hak op de tak springen, hem aanvallen op een vlak of een onderwerp dat er niets toe doet, van het rationele niveau overspringen naar het emotionele of fysieke niveau, waar niets tegenin te brengen valt. De logica verpulvert als ze wordt besmet met haat of hartstocht of absurditeit, van het feit dat ze voorzichtig aanwezig was blijft alleen nog een wirwar van asslierten op de grond achter, als het net van Loki. In een discussie kun je op een theorie reageren met een andere theorie, op een mentaal salvo met een adequaat antwoord, en zo kan het eindeloos doorgaan, zolang er niet iemand is die de balans verstoort. Die op de proppen komt met de waanzin, het pistool, de absurde vragen, de stoten onder de gordel, de geniale inval, de lasterpraatjes, de lage streken.

Superieur aan de filosoof die redeneert (Hamlet) is de filosoof die niet redeneert (Nijinsky).

Hoofdstuk IV

Ik zit kopieën door te bladeren van een interview uit 1987 met een andere criminele ex-leerling van het SLM, die Cubo genoemd werd; een interview dat hij gaf tijdens zijn gevangenschap in Frankrijk, in afwachting van zijn uitlevering aan Italië.

Het klapstuk van de criminele carrière van Cubo, die we ook vroeger al zo noemden vanwege zijn massieve lichaamsbouw, is nog altijd zijn ontsnapping uit de Rebibbia-gevangenis in Rome op 23 november 1986, waarna hij twintig dagen voortvluchtig was tot hij in Parijs weer werd gepakt. Er was een helikopter geland binnen de strafinrichting, op het voetbalveld, tijdens een wedstrijd, en Cubo en een Franse misdadiger klommen er snel in terwijl hun handlangers in de helikopter op de wachttorens schoten, om de bewakers tegen te houden. Het was een traumahelikopter, die inclusief piloot was gekaapt bij het San Camillo-ziekenhuis. Cubo vertelt dat zijn celgenoot met hen mee probeerde te komen, hij hing aan de helikopter, maar Cubo trapte net zolang tot hij losliet. 'Als ik hem aan boord had gelaten, was ik geen goede vriend van hem geweest.' De celgenoot hoefde nog maar een paar jaar en zou dan sowieso vrijkomen, het zou dom zijn om alles te verpesten door te ontsnappen. 'Dat ligt anders bij mij en mijn kameraad, wij hebben levenslang.' Cubo weet dan nog niet dat hij niet veel tijd meer in de gevangenis zal doorbrengen. Tien jaar later zal hij in Florence dood gevonden worden, kennelijk door een overdosis. Hij hield zich daar schuil onder de valse naam Davide D'Olivia, geboren te Los Angeles. In werkelijkheid was hij de oudste zoon van een portier van Hotel Plaza, leerling aan het SLM, met een jongere broer die ook op het SLM zat, met wie ik bevriend was en die ik me herinner als een zachtaardige, sympathieke jongen, tamelijk goed in tafeltennis. We speelden samen in het dubbeltoernooi dat werd gehouden tijdens de wintersportweek van het SLM, in Lavarone in de Dolomieten.

Er bestaan enkele opmerkelijke toevalligheden tussen de spectaculaire ontsnapping van mijn voormalige schoolgenoot en gebeurtenissen in mijn leven, kleine gebeurtenissen weliswaar, maar toch veelbetekenend vanwege iets, iets wat me ontgaat en wat tijdens het schrijven van dit boek wordt vervlochten zonder dat ik er een verklaring voor heb. Bijvoorbeeld het feit dat ik voor het eerst voet in een gevangenis heb gezet (een plek waar ik jarenlang zou komen en waar ik nu nog werk) juist in de Rebibbia-strafinrichting, enkele dagen na die opzienbarende ontsnapping per helikopter, en mijn gevangenisdoop is dan ook gekenmerkt gebleven door het beeld van de wachttorentjes waarvan het kogelwerend glas bestand was gebleven tegen de lugerpistoolkogels, en alleen gebarsten was rondom de inslagpunten van het salvo.

En nog vreemder is het dat ik, nog maar een maand geleden, een directe getuige van die ontsnapping heb ontmoet. Het is Alfredo Rocchi, landmeter van beroep, die in opdracht van mij bezig is wijs te worden uit de aloude warboel bij het kadaster van Rome. Veroorzaakt door verdelingen die god weet wanneer hebben plaatsgevonden blijkt er een 'erfoverblijfsel' (precies, zo definieert hij het) te bestaan van circa vijf vierkante meter in de wijk Talenti, waarvan ik voor vijftig procent eigenaar blijk te zijn samen met mijn neef, en ik kom er maar niet van af, ik kom er niet uit: de zaak sleept zich nu al eindeloos voort, ik krijg nog altijd twee keer per jaar een rekening van de medehuiseigenaren voor zevenenhalve euro, en ik ben onderhand zelf een overblijfsel, dus ik denk dat dat stukje binnenplaats in Talenti uiteindelijk zal worden verdeeld onder mijn erfgenamen, die dan ieder nauwelijks meer dan een halve vierkante meter zullen ontvangen, als Rocchi geen eind weet te maken aan deze situatie dankzij zijn connecties bij het kadaster. Volgens mij bestaat er geen andere reden dan telepathie voor het feit dat ik de vorige keer dat ik Rocchi zag, en we de papierwinkel probeerden te doorgronden, tegen hem begon te praten over die beroemde ontsnapping van Cubo. Misschien had ik net verteld dat ik daar werk, in de penitentiaire inrichting... en ineens klaarde Rocchi op, en verscheen er een schittering in zijn intelligente blauwe ogen, van dat blauw dat alleen bepaalde Romeinen kunnen hebben.

'Zal ik eens wat vertellen? Ik heb die helikopter gezien. Ik was daar, toen die aan kwam vliegen...'

‘Wat?’ vroeg ik verbluft, ‘zat jij ook in de gevangenis?’

‘In de gevangenis? Welnee, ik was pas dertien.’

‘Ach, natuurlijk, sorry.’

‘Maakt niet uit... Het was na school, ik was aan het voetballen op het veld van Giardinetti...’

‘Bedoel je de wijk Giardinetti, daar aan de Via Casilina? Kom je daarvandaan?’

‘Ja, geboren en getogen.’

‘En hoe heette jouw club?’

‘Real Giardinetti.’

‘Real net als Real Madrid...’

‘Precies. En er was ook een Atletico Giardinetti.’

‘Ha, geweldig! In Giardinetti, kun je nagaan.’

‘We speelden dan ook de derby van Giardinetti op dat moment... en toen kwam ineens die helikopter boven ons vliegen. We dachten dat die van de politie was. Er hing iemand uit het raam met een mitrailleur, hij zwaaide dat we aan de kant moesten. Denk je eens in, we waren jonge jongens! Aan de ene kant waren we bang, aan de andere kant vonden we het reuze interessant... Totdat hij midden op het veld landde, met een enorme stofwolk, en toen stapten die gewapende kerels uit...’

Die oude, aangestampte voetbalveldjes in de buitenwijken.

Cubo bevestigt dat de voortvluchtigen, toen ze eenmaal waren weggevlogen van de gevangenis, als het ware verdwaalden in de hemel boven Rome. ‘Van bovenaf ziet alles er anders uit, alles lijkt op elkaar, we konden de plek die we van tevoren hadden bedacht niet vinden.’ Dan ziet hij de enige vorm waarvan je ook van bovenaf meteen weet wat het is. Rechthoekig. ‘Daar, daar’, en hij wijst naar een voetbalveld, ‘Landen!’ roept hij tegen de piloot. De jongetjes in sportbroekjes en shirts rennen ervandoor. De helikopter landt. De voortvluchtigen houden met hun wapens in de aanslag een paar auto’s aan, en weg.

Het interview met Cubo is gelardeerd met veelzeggende koppen, en zo geschreven dat je een portret krijgt van een arrogante maar toch ook bijna sympathieke druktemaker. Een pocherige, charmante misdadiger. Na zijn ontsnapping stijgt het vrijheidsgevoel hem bijna naar het hoofd. ‘Ik ben te slim voor de smeris, dat zijn geen echte tegenstanders voor mij... En al die rechters die me wilden ondervragen, die over mijn rug een graantje wilden meepikken... Al die deuren, hekken, verboden, poef, alles weg.'

Zijn korte onderduikperiode eindigt met een inval door de Franse politie. Zijn twee metgezellen gooien hun wapens op de grond en geven zich over, en wat denkt hij? 'Nee, verdomme, niet zo. Wat zal ik doen? Mijn pistool laden en eervol eindigen? Maar dan maken ze die twee daar af als duiven... Schiet dan jezelf maar dood, vuile lafbek. Waar wacht je op? Ik richt het pistool op mijn borst, één tel, een eeuwigheid. Toen hoorde ik schreeuwen: "Geef je over, gooi je wapens weg!" Nog meer traangas, ze gaan de deur laten springen. Nou ja! Beter een levende hond dan een dode leeuw...'

En hij geeft zich ook over.

Ik blijf maar bladeren in 'Moge de kracht met mij zijn', het interview dat mijn voormalige schoolgenoot bijna twintig jaar geleden gaf aan het blad *Panorama*. Met de accentueerstift markeer ik een paar alinea's, waarin hij een interessant onderscheid maakt tussen agressie en kracht, wat in zijn voordeel uitpakt. Het eerstgenoemde is hem vreemd, dat is zinloos en gratuit, terwijl het tweede wel een doel kan hebben. Welk doel? Zelfverdediging tegen het eerste. En wie oefent er dan agressie uit? Dat doen de instituten. Het klinkt als een anarchistisch pamflet. Maar tegelijkertijd is Cubo iemand die verklaart dat hij gelooft in orde, in discipline: 'God, Vaderland en Familie schreef ik altijd met een hoofdletter, dat waren voor mij geen ouderwetse woorden, maar echte woorden met betekenis.' Europa moest zich verenigen tegen het rode gevaar. Hij zat als paratroeper in Pisa, en dat was echt geweldig, 'de sprongen, de patrouilles, de schoten, de marsen, ik vond alles mooi, de geur van je uitrusting, het geweer op je brits. Ik hoefde helemaal niet zo nodig naar huis als ik verlof had. Ik wilde daar blijven, bij de para's, voor altijd.' Maar toen werd hij uit het korps gezet: bij een onderzoek was zijn strafblad aan het licht gekomen, ook al was hij bij het proces vrijgesproken en waren zijn kleinere vergrijpen kwijtgescholden. Dan (na een mislukte poging als verkoper van tegels en sanitair) meldt hij zich aan bij het Vreemdelingenlegioen in het Fort Saint-Nicolas in Marseille, maar ook daar wordt hij ondanks zijn hervonden enthousiasme voor 'de britsen, de uniformen, de geuren, de stormbanen' al na een paar maanden weggestuurd. Een gewone baan hebben zoals iedereen, met pak en stropdas sanitair aan de man brengen, dat kan hij echt niet opbrengen. Hij snuffelt aan elke zaak en brandhaard waar hij de kans zou hebben een uniform te dragen: Zuid-Afrika, Libië... Israël of de PLO, dat maakt voor hem geen verschil. 'Dat was het echte leven: een goed wapen, iets warms, een paar goede schoenen... Ik had een eenvoudige soldaat willen zijn, maar ze wilden me niet', en hij bouwt een identiteit op als een soort huursoldaat. Maar soldaten zonder leger worden bandieten; dat weet Cubo maar al te goed.

Dus compenseerde hij de oorlog die hij was misgelopen met tamelijk klassieke criminele activiteiten. Toen hij dood werd gevonden, werd hij gezocht voor misdrijven die niet bepaald glorieus te noemen zijn: kidnapping van een kind, overval op een juwelier, de moord op een agent van de terrorismebestrijding.

Ik herinner me de foto's in de krant van zijn eerste aanhouding, in Ponza, in zijn zwembroek... Ik kon het niet geloven...

Verderop zal er een levensloop aan bod komen die op veel punten overeenkomsten vertoont met die van Cubo, als ik het heb over de derde dader van het DvdC, die ik dan ook heb aangeduid als 'de Legionair': extreemrechts, jeugdcriminaliteit, voortvluchtigheid, het Vreemdelingenlegioen, heroïne en ten slotte een raadselachtige dood door overdosis.

'Ik ben een kind van een tijdperk zonder medailles, zonder helden, zonder zaken om in te geloven en voor te strijden.'

Hoofdstuk V

Een tijd geleden werd ik door een tijdschrift uitgenodigd om een bijdrage te leveren aan een speciaal nummer waarvoor iedereen drie sleutelwoorden van de linkse politiek moest geven, en uitleggen waarom hij zich links voelde en voor die woorden had gekozen. Dat ze ook mij daarvoor vroegen hield in dat ze er als vanzelfsprekend van uitgingen dat ik links was; sterker nog, ik stel me voor dat alle intellectuelen, schrijvers, regisseurs enzovoort de vraag gesteld kregen met dezelfde impliciete aanname: het spreekt voor zich dat jij links bent, ook al ben je misschien ontgoocheld, sceptisch, ook al sta je niet meer op de barricades, ook al...

Nadat ik erover had nagedacht, niet heel lang om eerlijk te zijn, besloot ik de uitnodiging af te slaan.

Ik geneerde me.

Alle linkse woorden die me te binnen schoten hadden net zo goed aangezien kunnen worden voor rechtse woorden.

Neem bijvoorbeeld 'vrijheid', of 'moed'.

En verder 'minderheid', waar ik oprecht aan gehecht ben.

Maar ik ben er helemaal niet zeker van of dat een links woord is.

Welke kleur kun je aan dat woord geven?

In de politieke wereld waar ik als jongen in leefde, en in grote steden zoals de mijne, was het zonder meer rechts dat een minderheid vormde. Dat was zo'n beetje overal zo onder scholieren, op scholen, in Italië, zelfs in Rome, dat nooit een stad is geweest met een grote socialistische of communistische traditie.

Rechts zijn wilde zeggen dat je overal een minderheid vormde, behalve in bepaalde wijken, op bepaalde scholen, en een daarvan was het SLM.

Het SLM was onvermijdelijk een rechtse school, dus als je daar links was wilde dat zeggen dat je tegen de stroom in ging, dat je je wilde onderscheiden, of dat je je ideeën bijna in de beslotenheid van een clandestiene sekte cultiveerde, zoals de aanbidders van de godin Kali, de Thugs.

Ja, wij linkse jongens op het SLM voelden ons als Thugs.

Wat een verrukkelijke paradox: communisten op een school van paters! In een wijk van fascisten! Die keuze had iets snobistisch, iets pretentieus.

Het kwam er dus op neer dat onze manier van links-zijn en onze redenen daarvoor in wezen rechts waren, of in elk geval gericht waren op die waarden en sentimenten die doordat links ze verachtte (ik noem er maar één: moed, bijvoorbeeld die van de huurling Fabrizio Quattrocchi in Irak toen hij vlak voordat zijn ontvoerders hem vermoordden de beroemde uitspraak deed: 'Nu zal ik jullie laten zien hoe een Italiaan sterft', die, letterlijk genomen, in die vreselijke context, naar mijn idee de raadselachtigste en interessantste uitspraak is die in jaren is gedaan door een landgenoot), doordat links ze steeds ridiculiseerde, op alle niveaus maar vooral op het intellectuele en journalistieke vlak, het alleenrecht van rechts werden.

Tussen twee haakjes, hoe *sterft* een Italiaan dan? Als hij zich al onderscheidt vanwege zijn manier van leven, zal hij dan ook een heel eigen manier van sterven hebben?

Wij, de kleine groep leerlingen op het SLM die zich onderscheidde vanwege onze linkse oriëntatie, waren trots op ons geringe aantal, we maakten er een religie van, en een reden te meer voor de juistheid van onze stellingen, klein maar fijn, klein maar slim, zo'n klein groepje dat we allemaal in de woonkamer bij mij thuis pasten, waar we bij elkaar kwamen om te discussiëren over de aloude vraag: wat te doen?

Dat is namelijk niet alleen de vraag van revolutionairen, maar op de eerste plaats die van elke willekeurige puber.

Ik zou ze het liefst stuk voor stuk willen opnoemen, die jonge communisten van het SLM, begin jaren zeventig, maar ik zal me tot vier van hen beperken:

Folinea
Falà
Marco Lodoli
Angelo Pettirossi

Folinea en Falà zaten niet bij mij, maar in de bètaklas.

Ik weet niet meer hoe ze met hun voornaam heetten, juist omdat we ze altijd bij hun achternaam noemden.

Folinea was mager maar atletisch gebouwd, met brede schouders en pezige o-benen, en hij was juniorenkampioen in zijn specialisatie, de 110 meter horden, maar daar was hij mee gestopt 'omdat de sfeer te competitief was', en toen hij zijn baard liet groeien werd die tot ons aller verbazing heel vol, donker met iets rossigs, zoals die van een houthakker in Oregon of een van die hippies die je voor het podium op Woodstock ziet dansen. Hij praatte weinig en knikte bedaard als anderen iets beweerden, of hij schudde zijn hoofd, terwijl hij aan zijn kin voelde onder zijn volle baard, en zo kwamen we te weten wat hij dacht.

Hij wilde later vrachtwagenchauffeur worden.

Ik weet niet of zijn familie hem zijn gang heeft laten gaan.

Falà was een intellectueler type, met een rond brilletje voor zijn kille blauwe ogen die geen enkele emotie verrieden, behalve een bepaald ongeduld om de grootschalige politieke plannen die de sociale structuur van de wereld zouden omverwerpen zo snel mogelijk gerealiseerd te zien. Met beperktere, meer specifieke onderwerpen kon hij niets, dan nam hij een gelaten, verveelde houding aan.

Folinea was sympathiek en Falà beslist niet, maar ze waren allebei serieuze jongens. Bloedserieus. Toen ik Falà een keer, puur om het ijs te breken voordat we aan onze politieke discussies begonnen, vroeg wat zijn favoriete roman was, antwoordde hij:

'Romans? Nooit van mijn leven een gelezen.'

'Waarom niet?'

'Ik wil mijn tijd niet verdoen.'

'En wat lees jij dan?'

'Non-fictie.'

Welke non-fictieboeken Falà las? Gek, maar ik herinner me die titels precies, of in elk geval een aantal ervan, misschien omdat ik ze een voor een van hem leende om ze zelf ook te lezen, terwijl Falà dan bijna elke dag heel bezorgd vroeg wanneer hij ze terugkreeg.

Plechanov, *De historisch-materialistische visie op de geschiedenis*

Feuerbach, *Het wezen van het christendom*

Engels, *Over het woningprobleem*
Georges Sorel, *Reflecties op geweld*
Saint-Just, *Vrijheid, gelijkheid en de broederschap van Kaïn en Abel*
Pavlov, *Voorwaardelijke reflexen*
(Pas toen ik het uit had vroeg ik me af wat dat laatste boek met de andere te maken had, en of het misschien alleen op de planken van mijn vriend was beland omdat de auteur een Rus was.)

Met die onderwerpen scherpte Falà zijn geest en beschermde die tegen de ledige verleidingen van de roman.

'Waar gaan die romans dan eigenlijk over?' vroeg hij me eens. En inderdaad, van een non-fictieboek kun je zeggen waarover het gaat, een bepaald onderwerp dat je al dan niet interesseert, maar hoe kun je van een roman zeggen of die interessant is, het lezen waard, je kunt wel aangeven of het een goed boek is of niet, maar het verhaal en de plot kunnen nooit worden gepresenteerd als onderwerpen die an sich de aandacht verdienen. De situatie van Siciliaanse vissers? Het leven van de bourgeoisie in Triëst in het eerste kwart van de twintigste eeuw of die van het proletariaat in het naoorlogse Rome? Als ze zo gepresenteerd werden zouden romans niets aantrekkelijks hebben. En in Falà's argeloze vraag zat dan ook een andere vraag versleuteld, veel diepzinniger en nog veel moeilijker te beantwoorden: 'Waarom zou je een roman lezen?', de vraag die schittert in de ogen van middelbare scholieren wanneer hun leraar, of eigenlijk vaker hun lerarés Italiaans, hun de gebruikelijke lijst met titels en personages voorhoudt: Zeno, Mattia Pascal, *De baron in de bomen*, hooguit verrijkt met wat dingen die zijn opgevist uit de actualiteit van de bestsellerlijst of uit thematische subsectoren – de roman over werknemers met tijdelijke contracten, die over de camorra, over Auschwitz, enzovoort – in het kader van een of ander lovenswaardig leesbevorderingsproject – maar inderdaad, waarom zou je een roman lezen? Om er wat van te leren? Voor je plezier? Om indirect andermans avonturen te beleven? Of misschien om beter inzicht te krijgen in dingen die ook jezelf zijn overkomen? Omdat we te verlegen zijn om diezelfde dingen te vertellen of op te biechten? Om alleen te kunnen zijn?

Ik kon Falà geen antwoord verschaffen, geen antwoord dat recht deed aan de objectieve ernst waarmee hij de vraag had gesteld, en als ik nu zou moeten kiezen uit de antwoorden die vaak gegeven worden, zou ik misschien zeggen: 'Om de tijd te verdrijven.' Misschien is dat de voornaamste reden dat mensen romans lezen, of in elk geval dat ik ze gelezen heb. De tijd verdrijven leek me altijd een lastige onderneming, op zijn manier edel, juist vanwege die moeilijkheid. En voor mij was iedereen een held die voor dat doel een middel of instrument heeft uitgevonden, iedereen die in staat is geweest teksten en praktijken te bedenken, spellen en disciplines, berekeningen en listen, valstrikken en verleidingen en oefeningen, meditaties en apparaten, voorstellingen en speeltjes om de tijd mee te verdoen, te laten verstrijken. Zonder de uitvindingen van deze lieden zou de tijd blokkeren, vast blijven zitten, opbollen en uit elkaar barsten. Maar die beste Falà was er helemaal niet in geïnteresseerd om 'de tijd te verdrijven'. Om die te laten stromen als het water van een rivier. Hij wilde de tijd liever vastpakken en ombuigen, erop hameren tot de tijd een bruikbare vorm had, tot het een wapen was zeg maar, net als een smid die de harpoen hardt die bestemd is om de walvis te doorboren.

Alles wat Falà las maakte deel uit van een vijfjarenplan waarin geen ruimte was voor vermaak. Het maakte geen verschil of het zaterdag was of de dag des Heren, je bewustwording neemt nooit vrij en gunt zich geen vakantie. Vermaak was voor Falà niet zozeer een zonde als wel een onbegrijpelijk zielenroersel, absoluut niet begerenswaardig. Waarom zou je, terwijl je nog zoveel realiteit voor je had om te leren kennen en meten, al die uitgestrekte prairies aan realiteit die zowat voor onze ogen lagen te kronkelen van verlangen om te worden bezeten door onze analyses – waarom zou je die ontvluchten met verzonnen verhalen zoals in romans? Als je bedacht dat je bijna niets wist van de wereld, waarom zou je die dan toch al willen ontvluchten? Kennis over iets wat je niet uit de eerste hand kende, bijvoorbeeld de situatie van arbeiders, kon je verwerven door het te bestuderen, maar dan ook echt bestuderen, niet zoals het op school werd gedaan, dat was alleen maar tijdverspilling en diende eerder om het bewustzijn te vertroebelen, daarom had Falà niets met school, die verachtte hij; behalve als een repressief instituut zag hij de school als een doortrapte afleidingsmanoeuvre bedoeld om de jongeren zonder dat ze het zelf in de gaten hadden vanuit de donkere krochten van de familiale onwetendheid door te leiden naar de uitzichtloze tunnel van het arbeidsleven, naar de gedwongen toestand van uitbuiter of uitgebuite. Vrije tijd was de kwelling van die periode. Iets waar je obsessief mee bezig bleef in je hoofd en dat zelfs je keuze voor de zaterdagavond kon beïnvloeden: met vrienden uitgaan of thuisblijven om te lezen, je voor te bereiden, je te informeren? Je te informeren over de realiteit door die grondig te vermijden?

Een ideologische kwelling. Toen ik eindexamen deed, aan het lyceum Giulio Cesare, was de eerste vraag van het filosofie-examen: 'Beschrijf wat Karl Marx' opvatting van vrije tijd is.' Tegenwoordig zou ik daar geen antwoord meer op kunnen geven, maar toen wel. Tegenwoordig zou een dergelijke vraag niet eens bedacht worden, toen wel. Veel van de dingen die ik op mijn achttiende wist of deed zijn verloren gegaan. Kortgeleden kwam ik een oud boekje tegen met allemaal testvragen waarmee je je IQ kon bepalen. Het stamde uit die tijd, en op de laatste bladzijde stonden met potlood de scores geschreven van degenen die de test hadden gedaan, waaronder die van mijn vader, een scherpe geest, en de mijne. Ik deed de test nog een keer, en nu haalde ik zo'n twintig punten minder dan destijds. Op de top van zijn mentale kunnen, wanneer een jongen bijna van school af gaat, staat hij op het hoogste punt van de curve, en van daaruit beziet hij de wereld: misschien begrijpt hij die niet, maar hij ziet hem wel, heel helder, tot aan de grenzen, en zijn blik zal nooit meer zo helder zijn als op dat moment. (NB: bij de scores in dit boekje stond ook die van Arbus...)

Maar goed, ook al was Falà enkel een middelbare scholier, en dan ook nog eens aan een school van de paters, hij onttrok zich wel aan de uitbuiting door Plechanov te lezen in plaats van Hemingway, zodat hij zijn vrije tijd benutte om zich voor te bereiden op het systeem dat hem die tijd alleen maar gunde om hem rustig te houden, en in gecontroleerde doses de voetbalwedstrijd, de reis door Italië, de discotheken en de korte rokjes toediende.

Ik heb altijd vanuit de verte bewondering gekoesterd voor mensen die op lijden reageren door er nog meer lijden aan toe te voegen, en geen enkele troost accepteren. Ik bewonder ze, ook al begrijp ik ze niet. Zo bewonderde ik ook Folinea en Falà, zonder ze te begrijpen. Ze leken me heel seriéús. Dus was ik, die romans las, blijkbaar niet serieus. Tegenwoordig lees ik minder romans dan toen, maar toch ben ik er niet in geslaagd voor eens en voor altijd seriéús te worden. Kennelijk volstaat één leven niet. En het volstaat ook niet om chagrijnig te zijn.

We waren niet met veel, maar wel goed, wij communisten van het SLM. Of misschien niet met veel en ook niet heel goed.

Het verhaal van een andere linkse rakker van het SLM, Marco Lodoli, was aantrekkelijker dan dat van Folinea en Falà, want zijn vader Renzo was een echte fascist, en dat was Marco zelf tot zijn veertiende ook geweest, onder de invloed van zijn vader, die hem een flinke dosis veteranenromantiek had meegegeven. De jonge Lodoli was ervan overtuigd dat hij door zijn ideeën vroeg of laat met de rug tegen de muur zou komen te staan, met een blinddoek voor de ogen en een kogel in zijn voorhoofd, gefusilleerd zoals die collaborerende schrijvers die in die periode werden herontdekt en herwaardeerd, ook dankzij de sentimentele, prachtige film *Le Feu follet* van Louis Malle. Daarna kwam er een eind aan die blinde onschuld en begonnen de politieke tegenstellingen tussen vader en zoon, die culmineerden op de avond dat de oude Lodoli op theatrale wijze een exemplaar van de autobiografie van Malcolm X, dat Marco en ik bij boekhandel Feltrinelli in de Via del Babuino hadden gekocht (of gejat, dat weet ik niet meer zeker), kapotscheurde en in de vuilnisbak gooide. Een ongebruikelijke handeling voor die oude veteraan, normaliter een beschaafd, zachtaardig man, maar kennelijk kon hij niet verdragen dat in zijn huis die tekst werd geïntroduceerd, die kenmerkend was voor de ideologische emancipatie van zijn zoon. Deze exemplaire straf was dan ook weinig doeltreffend: een boek kapotmaken zal hooguit juist versterkend werken op het geloof van de bezitter, zijn overtuiging dat hij gelijk heeft en zijn instinct om weerstand te bieden. Het maffe was dat Lodoli (een slungelige jongen met een bril en een soort kroezend afrokapsel) vanaf dat moment ook fysiek het prototype werd van de linkse, alternatieve leerling op het SLM, zeer opvallend vanwege zijn rafelige kleren en eigenlijk wel degene om eruit te pikken als iemand op het idee kwam om hem een lesje te leren en duidelijk te maken dat er voor het communisme geen voedingsbodem was op het SLM. Hij werd het ideale doelwit.

Angelo Pettirossi was een geweldige drummer en platenverzamelaar. Dankzij hem maakte ik kennis met Soft Machine. Nu is hij cardioloog.

Je kapsel telde, je kleding was van doorslaggevend belang, nou en of. Een paar puntschoenen of een schoudertas hebben in de jaren zeventig het lot bezegeld van heel wat jongelui in de wijk. De mode had er niets mee te maken, de mode bestond niet, het waren allemaal *uniformen*, en als zodanig werden ze ook gedragen. Een van onze favoriete filmscènes uit die tijd was het begin van *Electra Glide in Blue*, de motorrijder die zich aankleedt: details van leer, verchroomde gespen waarmee de bescherming wordt vastgeklikt; en verder *Taxi Driver* wanneer De Niro zijn laarzen insmeert met vet dat hij boven een vlam heeft gesmolten. Met een paar Camperos-laarzen aan stapte je in een bepaalde wereld. 'Vermoord om een paar laarzen' klinkt als een krantenkop, maar het was heus geen toevallig noodlot. De wijk waarin het SLM lag fungeerde als schakel tussen twee tegengestelde werelden, het was een bestreden terrein, het ideale strijdveld want de fascisten waren daar echt vertegenwoordigd, en hun schaduw wierp zich over de door bomen omzoomde, door de Corso Trieste gevormde as.

Op een avond ging ik naar een concert van Alan Stivell in het park van Villa Torlonia, en de helft van het publiek was bijna op de vuist met de andere helft gegaan omdat dat Keltische gejammer met recht door beide partijen kon worden geclaimd.

Destijds werd het folk genoemd, tegenwoordig heet het etnische muziek, het idee is duidelijk.

Ik was getuige van een vergelijkbaar fenomeen tijdens de vertoning van de film *if...* van Lindsay Anderson: tegen het einde van de film hebben de leerlingen zich op het dak van de kostschool verschanst en als ze op de rector schieten probeert hij hen vriendelijk over te halen eraf te komen: 'Kom naar beneden, jongens... wij... wij *begrijpen jullie.*' Op het moment dat hij een kogel in zijn voorhoofd kreeg, juichten de fascisten en de communisten in de filmclub om het hardst. We sprongen allemaal overeind.

Onze hunkering naar geweld was tastbaar, vloeibaar, geweld was de lijm die de discussies bijeenhield, was de achtergrond waartegen de figuren zich bewogen, zoals het landschap met bomen en bergen op Renaissanceschilderijen. Tijdens een bijeenkomst in een bar, op een middag van schoolse verveeldheid, kon zomaar worden besloten om iemand te vermoorden, daarvoor hoefde je geen verstokte criminelen te zijn. En aan goede redenen geen gebrek, er was altijd wel een vendetta uit te voeren, een appeltje te schillen, een rekening die al jaren op vereffening wachtte, een balans van onrecht en beledigingen die moest worden rechtgezet. Er was altijd wel gerechtigheid die haastig moest worden gedaan. Het is ongelooflijk hoezeer woorden elk willekeurig plan kunnen steunen, kunnen vormgeven; er heeft eens iemand gezegd dat woorden zo zwaar wegen als stenen of lood maar dat is niet waar, woorden zijn vederlicht en ongrijpbaar, als ze gewicht en massa hadden zouden ze nooit zo ongedwongen met leven en dood kunnen omgaan, maar ze vliegen en dansen en flitsen juist om de extreemste zaken. Ze zijn vlug, vlugger nog dan ideeën, en vroeg of laat ontdoen ze zich daar dan ook van. Ze worden gelanceerd door het vuur van de redenering, maar daarna vervolgen ze eenzaam hun baan door de leegte tussen de sterren. Van paradox naar paradox zouden ze een punt moeten bereiken waar men niet overheen wil, het zou genoeg moeten zijn om te luisteren naar wat er eigenlijk gezegd wordt om niet verder te durven gaan, een punt waarop zelfs de gewaagdste of agressiefste ideeën tot een halt komen... Maar dan hebben de woorden al te veel vaart gekregen en slepen ze de ideeën met zich mee, overschrijden ze alle grenzen. Dan stromen ze als vanzelf uit de mond en komen ze op plekken waar het verstand zich niet waagt, uit schaamte of angst. Woorden zeggen het onzegbare. Het is een bijna poëtisch innerlijk mechanisme, verbale venijnigheid is een bijzondere vorm van welsprekendheid. Veel politieke betogen of artikelen of slogans zijn uitzinniger dan het waanzinnigste gedicht, schaamtelozer dan welke literaire avant-garde dan ook, extatischer dan een mystieke trance. Als je ze na jaren nog eens leest zijn ze echt heftig, maar op dat moment maakten ze weinig indruk. Eenmaal gesmeerd met de olie van de woorden gaan ze van start, en er is geen barbaarse of criminele of gruwelijke of simpelweg idiote daad die daardoor niet kan worden gerechtvaardigd, en zelfs verheerlijkt. Daarin schuilt het ware automatisme gepredikt door de surrealisten, echt niet in de onschuldige gedichten van Éluard of Desnos. Moord wordt een verheven daad van menselijkheid, uitroeiing een opruimactie, stokslagen worden nuttig en gezond, een bloedbad wordt een volmaakte geometrie, tegenstanders worden ratten, insecten, wormen, schoften.

Ik schreef het zo'n honderd pagina's terug ook al: romans leven van datgene wat niet meer bestaat, wat verdwenen is of weldra zal verdwijnen. Manieren waarop mensen praten, liefhebben, zich kleden, vechten en zoenen; en gebouwen, erfgoederen, kwinkslagen, straten, banden en giletjes, pistolen, kapsels – verzegeld in een doorzichtig barnsteen dat je tegen het licht in kunt bekijken. Ook al speelt een roman zich af in de huidige wereld of zelfs in een mogelijke toekomst, hij ontstaat altijd al half begraven, net gebouwd is hij al een hartverscheurende ruïne, een raadselachtig legaat, een dode stad die enkel tot leven komt gedurende de even exclusieve als bedrieglijke tijd dat hij wordt gelezen: alles wat erin voorkomt is hoe dan ook gedoemd te verdwijnen. Alles. De materialen devalueren razendsnel, ze vallen uiteen als stoffen, in tegenstelling tot de eeuwigdurende, onsterfelijke materialen waaruit de lyrische poëzie en de epiek, de tragedie en de filosofie bestaan.

De lezer beleeft de vernietiging van een organisme dat zich opmaakt om in het niets te verdwijnen. Wanneer het ondergaat en verbleekt, nadat het voor onze ogen levend en kloppend is geweest. Het prachtige dat de roman ons biedt is dus datgene wat altijd op het punt staat te eindigen.

Wat betreft dingen die daarentegen bestemd zijn om voort te duren, dingen die een lot hebben en zich verzetten tegen de handelingen van de tijd: daar houden andere kunstvormen zich mee bezig.

Ik had geen directe ervaring met fascisten, op eentje na, namelijk mijn opa, maar diens onstuimige persoon wil ik hier en nu niet bespreken.

Waar het me nu alleen om gaat is dat mijn opa jarenlang elke middag bij ons thuiskwam.

Hij en mijn lieve oma kwamen tegen vijf uur en bleven dan totdat papa van zijn werk kwam, tot voor het avondeten.

Terwijl mama en oma zaten te kletsen of theedronken of kaartspeelden, ging opa telefoneren, hij voerde mysterieuze, lange en vaak opgewonden gesprekken, waarvan wij de boze klanken opvingen door de glazen deur die hij had dichtgedaan.

Dat was een zinloze poging tot discretie.

Ons enige telefoontoestel bevond zich zoals in veel burgerlijke appartementen, en in de tijd voordat het zo'n belangrijke rol innam in het gezinsleven dat mensen er op meerdere plekken een hadden, in een halletje tussen het toilet, de keuken en de eetkamer, zodat je noodgedwongen staand moest telefoneren in die doorgang, en het dus hield bij korte, zakelijke gesprekken – maar wanneer mijn opa ging telefoneren, meteen een paar minuten nadat hij was binnengekomen, sloot hij zich op achter die tussendeur zodat we niet naar de keuken konden, want niemand durfde hem te storen door daarlangs te lopen.

Dus stonden we in de gang te wachten tot hij had opgehangen om in de keuken wat te gaan eten, en door het gebloemde glas van de deur zagen we zijn druk gebarende gestalte, donker in het verlichte halletje, zwaaiend met zijn vrije hand maar ook met de hand waarin hij de hoorn had, en we hoorden zijn woede-uitbarstingen waarvan we nooit hebben geweten waardoor die veroorzaakt werden.

Wie belde hij toch steeds?

Met wat voor zaken hield hij zich bezig en waarom eindigden de gesprekken zo vaak met de hoorn op het apparaat gesmeten?

Van zijn razernij kregen we veel tekenen, maar geen enkele verklaring, nooit.

Van zijn gefrustreerde pogingen om zakelijk zijn slag te slaan restte uiteindelijk enkel nog, ergens in een berghok, een stuk cellofaan dat je op het tv-scherm moest plakken en dat dan de indruk moest geven dat je een kleuren-tv had, in de tijd dat heel Italië alleen nog in zwart-wit keek.

Het werkte aardig bij landschappen, aangezien het bovenste deel blauw was en het onderste deel groen.

Met opnames in close-up van acteurs of presentatrices was het een stuk minder.

Af en toe kwam mijn opa in het gezelschap van stokoude heren met lugubere lange zwarte jassen, met wie hij dan in de salon ging zitten smoezen.

Wij bleven in de woonkamer tv-kijken, in zwart-wit, wat ons in die tijd geen grote handicap leek, terwijl we ons afvroegen wie die gasten waren, van wie sommigen een kunsthand of een ooglapje hadden, net zoals de veteranen die we zagen wandelen rondom de instelling voor oorlogsinvaliden tegenover ons huis. Wanneer mijn vader thuiskwam van kantoor werden zijn geduld en vriendelijkheid danig op de proef gesteld omdat mijn opa, in plaats van hem te smeren, hem per se wilde voorstellen aan zijn metgezellen, van wie hij er een aanduidde als 'de generaal'.

Hoewel hij moe en uitgehongerd was ging mijn vader bij hem in de salon zitten. Het onderhoud kon een paar minuten duren, of zich voortslepen tot het al etenstijd geweest was.

Op een keer kwam de generaal bij ons thuis vergezeld van een jongeman met een zwart jasje en coltrui.

Mijn broer en ik waren denk ik elf en dertien destijds, we waren nog praktisch kinderen, maar niettemin werd die donkere, ernstige en al volwassen jongen van de oude partijfunctionaris gescheiden en om hiërarchische redenen naar mijn kamer gedirigeerd, 'om bij de jongens te zitten', aldus mijn opa.

Eenmaal in mijn kamer keek hij geïnteresseerd om zich heen naar de meubels, de posters aan de muren en de boeken op de planken, waarvan hij met zijn hoofd opzij de titels las.

Af en toe pakte hij er een tussenuit en bladerde het door.

Het leek hem niet zozeer om het boek zelf te gaan, als wel om te kijken of er iets tussen de bladzijden verborgen zat.

Zo controleerde hij de drie grote wandplanken; toen trok hij zijn jasje uit, dat hij zorgvuldig opvouwde en over de rugleuning van de stoel hing, ging in het hoekje op mijn bed zitten, in een uiterst ongemakkelijke houding, en begon ons vragen te stellen.

Hij praatte met een gezwollen stem, als iemand die voortdurend zijn best moet doen om zich te beheersen, hij sprak op lage, ernstige toon, met een Noord-Italiaans accent, en scandeerde elk woord zonder een spier van zijn gezicht te verroeren, waarbij hij ons diep in de ogen aanstaarde, eerst mij en daarna mijn broer, alsof hij daarin onze geheimen wilde aflezen en wilde verifiëren of we wel de waarheid spraken.

Maar dan niet de waarheid die overeenkomt met de feiten, nee, meer dan dat.

Hij wilde weten op welke school we zaten, wat onze hobby's waren, welke sporten we deden, hoe vaak per week en waarom juist die sporten.

En toen vroeg hij of we onze keuze hadden gemaakt.

Welke keuze? dacht ik.

Ik voelde me ongemakkelijk door die ondervraging, net zoals ik me had gevoeld tijdens de doorzoeking van mijn boeken.

Terwijl ik me probeerde te onttrekken aan de onderzoekende blik van die onbekende, en het aan mijn broertje overliet om zijn vragen argeloos te beantwoorden, viel mijn blik op dat opgevouwen jasje, en zag ik dat er op de kraag een onderscheidingsteken zat gespeld, zo blinkend dat ik niet snapte dat ik het niet eerder gezien had.

Het was een schild met een kruis erop, waarvan de punten zich openden in de vorm van een pijl.

De jongeman prees mijn broer om zijn antwoorden over het voetballen en turnen.

'Sporten is gezond,' zei hij met gebalde vuist, '...maar sporten alleen is niet genoeg!' en hij opende zijn hand en gaf mijn broer een aai in zijn nek met een soort klopje op het eind, waarop mijn broer glimlachte, minder wantrouwend dan ik.

Terwijl hij die bewegingen maakte, de eerste sinds hij op mijn bed had plaatsgenomen in die stijve houding waardoor het leek of hij niet zat maar op zijn dijen zweefde, zag je de strakke zwarte coltrui, waardoor hij tot dan toe mager of zelfs gracieus had geleken, bij zijn borst en armen opbollen.

Eigenlijk waren we geen van beiden bijzonder sportief, maar aangezien de onbekende er zoveel waarde aan hechtte had mijn broer Riccardo hem een leugentje om bestwil verteld.

'En jij, heb jij je keuze al gemaakt?' herhaalde de jongeman op geheimzinnige toon.

Hij toonde ons zijn handen, de knokkels dik als walnoten, twee of drie vingers die niet meer recht konden.

Toen vertelde hij ons over zijn gevechten, op een kille, minachtende toon, begeesterd en afstandelijk tegelijk, alsof de gewelddadige taferelen voor de zoveelste keer werden afgespeeld op een scherm achter in zijn hoofd, en hij moest beslissen welke fotogrammen hij in zijn verslag zou monteren.

Hij sprak kort en bondig, zo bondig dat hij bijna niet te volgen was, doordat hij ons van zijn verhalen alleen de inleiding presenteerde, of juist de over het algemeen bloedige afloop, waaruit hij dan één abstracte, onbetwistbare zin haalde.

'Maar daar hebben ze spijt van gekregen... nou en of, gruwelijk spijt... want ook al ben je met tien tegen een, dat wil nog niet zeggen dat je al gewonnen hebt!'

Vanwege zijn weglatingen en leemtes moesten we hem wel vragen stellen om er meer van te weten te komen, en op dat moment trok hij heel berekenend een somber, afstandelijk gezicht en gaf hij niet thuis.

'Nee, daar zijn jullie te jong voor, sommige dingen kun je maar beter nog niet weten... maar daar komen jullie nog wel achter, hoor, daar komen jullie vanzelf wel achter... *en snel genoeg*!' Hij schudde zijn hoofd.

De principes waarmee hij zijn verhalen doorspekte waren opgebouwd rond de woorden 'moed', 'eer', 'trouw', 'strijd' en 'dood', maar toch vooral 'eer', dat voortdurend terugkwam en zich aan de andere paarde als een soort vaste waarde van zijn betoog: 'Van een man rest slechts zijn eervolle strijd.' 'Wie de dood verkiest boven de schande redt zijn eer.' 'De eer beperkt zich er niet toe om alleen maar te doen wat is toegestaan.' 'Ik wil liever de eer dienen dan het geld.' Allemaal verwezen ze naar een dramatisch moment waarop hij had moeten kiezen, had moeten kiezen tussen drie moeilijke opties, had moeten kiezen aan welke kant hij stond, zonder aarzelingen. En hij had zijn keuze gemaakt. Voor iemand als hij begon er elke ochtend bij het wakker worden een gevecht. En om dat aan te gaan was er geen andere manier dan uit extreme bronnen te putten. 'Zelfs als ik me 's ochtends sta te scheren vraag ik me af of het misschien de laatste keer zal zijn.' Hij wilde dat zijn verhalen vooral indruk op ons maakten door de *disbalans*. De tegenstanders die bestreden moesten worden waren altijd met twee of drie keer zoveel man, of veel massiever gebouwd, of ze beschikten over een betere logistiek. Ze hadden zwaardere knuppels en stokken, kranten die beter verkocht werden, politieke steun, geldelijke bijdragen, een wijdverbreid netwerk. Maar ze waren vooral met meer, altijd met meer, een menselijke massa. Die terugkerende, chronische disbalans van krachten werd echter gecompenseerd door de deugden die de kern van zijn aforismen vormden, zoals ik al zei: moed, eer, trouw, doodsverachting, want die konden de voor de hand liggende uitslag van de gevechten omkeren, sterker nog, als je hem zo hoorde kreeg je bijna een beetje medelijden met die hele horde machteloze vijanden die ondanks dat ze op papier superieur waren in de pan gehakt werden. En hoe het ook eindigde, het was altijd roemrijk: als zijn kant won uiteraard, maar ook als ze verloren, want een nederlaag tegen een overweldigende, valse macht was hoe dan ook een vorm van morele overwinning, die tot in de wijde omtrek des te feller schitterde, als een vuur boven op een berg. De nederlaag werd opvallend verheerlijkt, en bekleed met edelmoedigheid door een reconstructie der feiten die leek te zijn gericht op het moment dat de held zou worden verraden, omsingeld en verwond, maar daarbij wel de vijand zou meeslepen in zijn val, en hem moreel zou onderwerpen, triomferend over diens vulgariteit en middelmaat. Het trof me hoezeer de dingen die hij vertelde overeenkwamen met de uitzonderlijke militaire geschiedenis van Italië zoals wij die nog leerden op school, een en al daden van individueel heldendom tegen oppermachtige legers. Ze lieten die beginnen vanaf de oude Romeinen, of eerder nog zelfs, vanaf de slag bij Thermopylae, en eenmaal op dreef kwamen ze uit bij die kinderhelden die stenen of krukken of handgranaten gooiden naar goedbewapende soldaten, of ongewapend onder tanks door kropen of een torpedo bereden om vijandelijke schepen te laten exploderen of zich de lucht in lieten vliegen om de invasie van hun stad te beletten of weerstand boden in de sneeuw tegen legers die tien keer zo talrijk waren. Altijd waren het wanhopigen, martelaren, een patrouille der verlorenen, opstandelingen tegen het lot. Zozeer dat ik me uiteindelijk, overmand door emotie, toch begon af te vragen: Maar hebben wij Italianen dan werkelijk nooit een oorlog weten te winnen gewoon *omdat ons leger het sterkste was*? Het kan toch niet waar zijn dat ze altijd maar vertrouwden op een heldhaftig gebaar dat op een plaquette kon worden overgeleverd nadat degene die dat gebaar had gemaakt er het leven bij had gelaten?

Zo kroop er een zweem van achterdocht in mijn huivering.

Nog afgezien van zijn redenen om ons zo'n krijgshaftig beeld van het leven voor te schotelen, die alleen maar in het ongewisse konden blijven, schuilde er iets in de woorden, de gebaren en de glazige blik van onze gast dat me verbijsterde. Alsof zijn inspanning, zijn onophoudelijke gedrevenheid al alle energie had opgebruikt en hij geen flintertje meer overhad om nog te kunnen genieten van het resultaat dat hij met die inspanning had verkregen. In zijn berekende, bombastische woorden klonk nooit, werkelijk nooit ook maar iets van vreugde door. Alles leek alleen maar opoffering te kosten, en de opoffering leek alleen maar een onheilspellend schijnsel te werpen op een platgebrand landschap. Immers, als de strijd een waarde op zich is, waarom zou het tegenovergestelde daarvan dan geen waarde op zich zijn? De kalmte, de overgave, de vlucht of de tederheid? En als het hoogste wat je na afloop van de strijd kunt bereiken het behoud is van wat er daarvoor al was, van de onwankelbare positie die je al vanaf het begin had ingenomen (obsessie van trouw, gehechtheid aan waarden), wordt de strijd dan niet een schijnbeweging, een voorwendsel, of in feite zelfs een tijdverdrijf?

Op die leeftijd begon ik met een mesje het oppervlak van de waarden af te krabben. Eigenlijk deed ik dat als kind al, het was mijn favoriete spelletje. Een verguld laagje krijg je er makkelijk af.

Op een keer werd hij achtervolgd en omsingeld, en geslagen met ijzeren staven. Omdat hij zijn hoofd moest beschermen kon hij zijn pistool niet uit zijn zak halen, en toen hij dat uiteindelijk toch deed waren zijn handen inmiddels gebroken, waardoor hij zijn vinger niet achter de trekker kon krijgen. Maar zodra zijn belagers het wapen in zijn handen zagen, stopten ze en maakten zich uit de voeten.

Hij zei dat hij het jammer vond dat hij niet had kunnen schieten, anders had hij toch in elk geval een van die lui neergelegd.

'Maar achteraf is het maar goed ook.'

Mijn broer vroeg of hij zijn pistool bij zich had.

‘Laat ’m eens zien?’

Glimlachend antwoordde hij dat hij het vandaag niet bij zich had, nee.

‘Het heeft toch geen zin. Als ze me echt koud willen maken, kunnen ze dat zo doen.’

En hij gaf mijn broer weer een energiek klopje in de nek.

‘Ik zou er niet eens iets van merken. En uiteindelijk maakt dat ook niet uit.’

Allemaal holle frasen.

Hij moest autoriteit uitstralen, want de autoriteit was zijn religie.

Door die zwarte coltrui leek hij net een priester.

Hij glimlachte nooit en zijn preek intimideerde ons zonder ons te overtuigen.

Toen hij wegging noemde hij ons ‘kameraden’.

Hoofdstuk VI

Alle jaren concentreren zich in één jaar, de hele twintigste eeuw en een flink stuk van de eenentwintigste worden samengebald, aangekondigd, opgestapeld, verschuilen zich, zijn aanwezig en zetten zich voor schut in het jaar 1975. Dat jaar laat een hele reeks jaren in de houding springen, laat ze struikelen. Niets draagt zoveel bij aan het voortschrijden van de tijd, en dus aan het vastzetten van bepaalde beelden in je hoofd, als mishandelingen en excessen. Alleen mishandeling is gedenkwaardig. De tijd zet zich uit en balanceert op een punt waar bundels voorwaarden en gevolgen bijeenkomen. Een dwarrelend stof van gebeurtenissen daalt neer op dat gestolde beeld, als sneeuw op het landschap in een glazen bol.

Ik wil ermee zeggen dat niet alleen de dingen die van 1 januari tot 31 december van dat jaar gebeurden neerdwarrelden op 1975, maar tegelijkertijd daarmee ook alle gebeurtenissen waarvan onze ouders getuige waren geweest toen zij jong waren en ook andere gebeurtenissen die nog moesten plaatsvinden, en zelfs de dingen die wij misschien ooit nog eens vaag zouden kunnen aanschouwen met onze druipoogjes, als stokoude bejaarden met een gebalsemde ziel en vervangen organen. Elke generatie zou gereserveerde plaatsen op de eerste rij moeten hebben om te kunnen zeggen: 'Die tijd, die tijd van toen, die tijd van toen was míjn tijd, en van niemand anders.' Blijf er met je tengels van af. Maar zo werkt het nu eenmaal niet. De tijd is van iedereen. En hij manifesteert zich op elk afzonderlijk moment in al zijn stiptheid en volledigheid; waren we maar in staat om te begrijpen dat in één enkel punt van de tijd alles wordt samengebald en onthuld! Waren we daar nú maar toe in staat!

Vóór de jaren zeventig van de twintigste eeuw was er niets interessants op de wereld geweest. Geen gebeurtenis die het vermelden waard was. De Egyptenaren en de Maya's en de talloze oorlogen van de Romeinen en keizer Frederik Barbarossa en Magellaan en de bom op Hiroshima of de mens op de maan bieden bitter weinig dat is opgewassen tegen dat spectaculaire decennium, dat axiale jaar, waar onze kleine banen omheen cirkelen.

Ik wil een voorbeeld noemen dat iedereen vrij is te beoordelen vanuit het oogpunt dat hij verkiest; een experiment dat behalve ik (en mijn leeftijdgenoten) ook mijn zoon Leone als protagonist heeft, een pientere, nieuwsgierige jongen, net zoals ik dat op zijn leeftijd was, of meer nog misschien. Leone en zijn leeftijdgenoten dus. Ik heb Leo gevraagd een zo compleet en nauwkeurig mogelijke lijst te maken van alle films die hij heeft gezien in het afgelopen jaar, 2012. En dan bedoel ik nieuwe films, in de bioscoop gezien door een kaartje te kopen, en niet op tv. Die lijst zet ik hier naast mijn eigen lijst van de films die ik heb gezien toen ik net zo oud was als hij nu, namelijk achttien, in 1975. Misschien heb ik er nog meer gezien, maar de films die ik hieronder noem in elk geval zeker. In sommige gevallen zou ik zelfs de bioscoop kunnen noemen waar ze werden vertoond.

Films die mijn zoon Leone heeft gezien in 2012, op zijn achttiende:

The Avengers (Whedon)
Snow White and the Huntsman (Sanders)
The Hobbit Part 1 (Jackson)
Ted (MacFarlane)
Skyfall (Mendes)
The Dark Knight Returns (Nolan)
Moonrise Kingdom (Anderson)
Men in Black 3 (Sonnenfeld)
Seven Psychopaths (McDonagh)
The Raven (McTeigue)
The Dictator (Charles)

Films die ik heb gezien als achttienjarige, in 1975:

Barry Lyndon (Kubrick)
Three Days of the Condor (Pollack)
Picnic at Hanging Rock (Weir)
Amici miei (Monicelli)
The Passenger (Antonioni)
Dersoe Oezala (Kurosawa)

Night Moves (Penn)
Nashville (Altman)
Dog Day Afternoon (Lumet)
C'eravamo tanto amati (Scola)
Phantom of the Paradise (De Palma)
Chinatown (Polanski)
Jeder für sich und Gott gegen alle (Herzog)
The Conversation (Coppola)
Love and Death (Allen)
Lenny (Fosse)
Alice Doesn't Live Here Anymore (Scorsese)
The Man Who Would Be King (Huston)
French Connection II (Frankenheimer)
Im Lauf der Zeit (Wenders)
The Sunshine Boys (Ross)
A Slave of Love (Mikhalkov)
The Texas Chain Saw Massacre (Hooper)
Contes Immoraux (Borowczyk)
Shampoo (Ashby)
Il sospetto (Maselli)
Cría cuervos (Saura)
One Flew Over the Cuckoo's Nest (Forman)
Die verlorene Ehre der Katharina Blum (Schlöndorff en Von Trotta)
L'histoire d'Adèle H. (Truffaut)
The Longest Yard (Aldrich)
Profumo di donna (Risi)
Bring Me the Head of Alfredo Garcia (Peckinpah)
Profondo rosso (Argento)
The Front Page (Wilder)
Tommy (Russell)
Young Frankenstein (Brooks)
Fantozzi (Salce)
Jaws (Spielberg)

NB: het staat buiten kijf dat wij vaak naar de film gingen, veel vaker dan tegenwoordig gebruikelijk is. Het was niet alleen de meest klassieke vorm van vermaak (niet dat er veel andere vormen waren), films kijken, véél films kijken, álle films kijken, werd beschouwd als integraal onderdeel van de vorming van elke nieuwsgierige jongen of meid, evenals platen beluisteren en tijdschriften en stripboeken lezen; sterker nog, het vormde in die tijd het wezenlijkste onderdeel ervan. Film was destijds nog de kunstvorm van de eeuw, die de hele twintigste eeuw achter zich aan sleepte als een titaan die zijn voeten schrap zet op de zeebodem om een oceaanstomer met panne vooruit te trekken. Wat heeft die kunstvorm een korte cyclus gehad! Even kort als de eeuw zelf. Maar wat bij onze respectieve lijstjes vooral in het oog springt is niet zozeer de vraag, als wel het aanbod: dat wil zeggen, de kwantiteit en de kwaliteit van de films die een jongere destijds kon gaan zien. En dan te bedenken dat de glorietijd van de bioscoopfilm toen al voorbij was, theoretisch gezien was het tegen het einde ervan.

Tweede NB: in de lijst van mijn zoon komt niet één Italiaanse film voor.

Een term die destijds in politieke betogen werd gebruikt, was 'de lasnaad'. Misschien vanwege de metalige suggestie en het idee dat er vonken van afstraalden. Het deed denken aan een werkplaats, maar had ook iets oorlogszuchtigs, als een krijgsjargon. Tactiek en strategie, toepassing en uitvoering van bevelen. Zowel het marxisme als de fascistische retoriek was dol op staal.

Er werden lasnaden voorgesteld, voorzien, gewenst tussen materiele belangen, tussen rivaliserende groepen, tussen concepten, tussen commandoniveaus, tussen stellingen over de literatuur en over de revolutie.

Gedurende minstens een decennium, waarvan deze gebeurtenis precies halverwege het hoogtepunt vormde, werd Italië omhuld door de rook van samenzweringen. Geheime intriges, staatsgrepen die werden beraamd of afgebroken en ingetrokken, mysterieuze ontploffingen, aanslagen, delicten en represailles, gezonde en verwrongen geheime diensten uit binnen- en buitenland, dreigbrieven, moorden, spionage, subversieve plannen, verraad, hinderlagen en complotten pakten als een dikke wolk samen boven het land, je zag geen hand voor ogen meer, en ik weet zeker dat de beste manier om daarmee om te gaan was om je er niks van aan te trekken, zoals wij pubers deden, terwijl de volwassenen zich de hersens pijnigden over waarom een bepaalde bom zou zijn ontploft en wie die daar had neergelegd op bevel van wie. Voor degene die niet met bloed besmeurd werd, die niet schoot of werd beschoten, niet met een ijzeren staaf sloeg of werd geslagen, waren het fantastische jaren. En leek die van rook doortrokken lucht glashelder.

In die tijd kon ik onmogelijk praten over die tijd. Ik zat er tot aan mijn nek in. De nederlagen deden me verstommen, de veroveringen verrukten me: beide toestanden maken alle commentaar overbodig.

1975 was het jaar van de regionale verkiezingen; mag ik zo vrij zijn te zeggen dat het de meest gevreesde verkiezingen waren in Italië sinds 1948, de verkiezingen waar het meest naar uitgekeken werd? Ja, dat mag ik zeggen, en ook al zou het niet waar zijn, het zouden sowieso de belangrijkste uit de geschiedenis worden omdat het de eerste keer was dat ik ging stemmen. De eerste keer dat achttienjarigen gingen stemmen, en dat was op het nippertje, want slechts een paar weken voor de verkiezingen werd de meerderjarige leeftijd verlaagd van eenentwintig naar achttien jaar en waren wij van de ene op de andere dag meerderjarig. Op school werd het effect voelbaar door een niet te verwaarlozen detail, namelijk dat we onze afwezigheidsbriefjes voortaan zelf konden ondertekenen in plaats van dat we ze door onze ouders moesten laten tekenen, voorzien van een geldige reden. Die briefjes hadden helemaal afgeschaft moeten worden voor ons achttienjarigen, wat hadden die formuleringen nog voor zin, 'gezondheidsredenen', 'familieredenen'? De leden van het Collectief M aan het Giulio Cesare maakten meteen van de gelegenheid gebruik door in dat vakje van hun schoolboekje provocerende maar realistische zinnen te schrijven, zoals: 'Ik had niet zo heel veel zin, dus ben ik maar in bed blijven liggen', of: 'Wegens hevige neerslag', 'Omdat het een prachtige voorjaarsdag beloofde te worden', en daaronder hun eigen handtekening, om ijverig te laten zien aan de leraar van het eerste uur, die helemaal geen zin had om een principediscussie te beginnen waarbij hij zou worden uitgelachen door de hele klas, en masse, door het Collectief M als één man, zodat hij alleen maar akte nam van die fratsen en mompelend de naam van de zelfgerechtvaardigde leerling overschreef in het klassenboek.

Wat de leraren van toen niet allemaal hebben laten passeren, zowel de paters als de niet-paters! Hoe vaak negeerden ze niet de meest vergaande provocaties, omdat ze begrepen dat weerstand bieden, zich schrap zetten betekende dat ze niet met de tijd meegingen, dat ze zich belachelijk maakten, dat ze 'een bekeuring voor te hard rijden gaven in de Indy 500' (de beroemde grap uit *Apocalypse Now*, de film die kort daarna zou uitkomen).

Met dien verstande dat de oude formulering 'familieredenen' nog altijd een heerlijke aantrekkingskracht had en aangenaam bruikbaar was om eendaagse absenties te rechtvaardigen, die absenties die dan ook geen andere verklaring hebben dan weinig zin om uit bed te komen. Een mysterieuze formulering, een allesomvattende reden! Het lijkt alsof in Italië de 'familiereden' de enige is om elke gedraging of tekortkoming te rechtvaardigen, van absentie tot corruptie, tot belastingontduiking tot vendetta.

Maar om terug te komen op de verkiezingen: dat jaar moest het jaar van de communisten worden. De Partito Comunista was verreweg de grootste partij in Turijn, Napels, Venetië, in Emilia en in Toscane. In sommige steden stemde twee derde van de bevolking op de communisten. Ze vergaarden zelfs bijval in de klassen waarvan het historisch communisme had verklaard ze te willen neerslaan, misschien omdat deze klassen er onbewust naar verlangden bij te dragen aan hun eigen vernietiging en eindelijk verlost te worden van dat stempel waarvoor ze op eerdere momenten in de geschiedenis alles op alles hadden gezet om het te verwerven. Er was een bourgeoisie die met hand en tand de verkregen voorrechten verdedigde, en er was een bourgeoisie die strijd voerde, in elk geval in woorden, tegen het regime dat deze tot dan toe had beschermd, gekoesterd, verwend, geknuffeld. Deze twee tegengestelde bourgeois instellingen zouden weldra tot een vereffening komen. En die vereffening moest worden gevormd door deze verkiezingen. Ik praatte, ging om, discussieerde, sloot vriendschap, bedreef de liefde en ging naar de bioscoop met vrijwel uitsluitend communisten. Van verschillende soorten en gradaties, de een authentiek, de ander wat minder en de derde beslist geveinsd, maar hoe dan ook allemaal rooie rakkers, van de PCI, van de FGCI, van Lotta Continua, van Manifesto, van de PSIUP, marxistisch-leninisten, anarchistisch-communisten (zoals wij van het Collectief M onszelf noemden), loslopende honden van de extraparlementaire wereld, trotskisten, aanhangers van de Eerste, de Tweede, de Derde en de Vierde Internationale, socialisten die nog linkser waren dan de communisten, en een hoeveelheid zogenoemde *gruppettari* wier politiek activisme was gebaseerd op bewegingen die ik onmogelijk zou kunnen opsommen, zo veelvuldig waren de afscheidingen en hergroeperingen en uittredingen en opsplitsingen, en na afloop had je dan steeds extremere, sektarischer formaties. De enige die ik noem vanwege de exemplarische naam, en omdat de zus van mijn eerste vriendinnetje die aanhing, was de groep Servire il popolo ('Het volk dienen'). Ook ik was in alle opzichten communist, dat was ik ook al was ik het misschien niet, ook al was ik het misschien eerder nooit geweest en zou ik het later ook nooit meer zijn, ik was het hoewel het gedachtegoed van het communisme me destijds even weinig overtuigde als het tegenwoordig doet, namelijk vrijwel niet, en de praktijken me zelfs van afschuw vervulden, zozeer dat ik mezelf beslist eerder een anticommunist zou kunnen noemen dan een communist. Maar hoe is het mogelijk dat een anticommunist zich communist noemt en zo handelt en stemt en zelfs vecht, maar dan ook oprecht, vol overtuiging, tja, daarvan vraag ik me nu af: hoe was dat mogelijk? Mijn enige reddingsboei en de enige manier om aan die tegenstrijdigheid te ontkomen was hoe dan ook om mezelf neer te zetten als tegen Stalin, want die beschouwde ik toen al en daarna ook altijd als een crimineel, een van de ergste die er ooit op aarde hebben rondgelopen, dus tegen de stalinisten, en op die manier wist ik een waardige niche voor mezelf te creëren in die oceaan van bloedige gebeurtenissen en gedragingen. Hoe dan ook weet ik nu al dat ik, in hoeveel bochten en redeneringen ik me ook wring, nooit een verklaring en rechtvaardiging zal vinden voor de tegenstrijdigheid die me nog altijd bezielt, ook nu ik niet meer politiek actief ben, ook nu ik zelfs niet meer ga stemmen; toch neem ik door die tegenstrijdigheid de ene keer de houding aan van een zuiver liberale gentleman, en voel ik bij andere gelegenheden de behoefte om een onverzoenlijke, kille marxist te zijn. Een gedesillusioneerde lofprijzer van de status quo die elk moment kan omslaan in een evenzeer gedesillusioneerde analist van de uitbuiting van de mens door de mens. Dat kan toch niet? Maar het kan wel. Ik besta immers, dat is zeker. En ik schommel heen en weer. En volgens mij ben ik echt niet de enige.

Misschien wordt dat schommelen veroorzaakt door mijn werk als schrijver, waardoor ik telkens een andere positie inneem, verschillende oogpunten om de zaken te aanschouwen. Dat is een bijeffect van dit vak. Of misschien heb ik dit vak juist gekozen om mezelf de luxe van het schommelen te gunnen, om daaraan tegemoet te komen en me nu eens in te leven in de ene, dan weer in de andere persoon, de andere gedachte...

Eet ananas
kauw maar fazant
je laatste uur breekt aan,
burgerklant!

Toen ik in mijn tijd als scholier, en later als student, actief was, zij het met vele twijfels, in datgene wat destijds werd gedefinieerd als 'extraparlementair links', of beter gezegd toen ik aan die kant stond, want echt actief kon je me niet noemen, werd ik getroffen door al die leiders en hun adjudanten en door hun houding, geënt op modellen van historische revolutionairen, maar dan op studentenniveau, aangevuld met een vleugje, zeg maar, van iets wat kenmerkend was voor die periode, en wat er niet kon zijn in de tijd van de Russische Revolutie of van de Italiaanse partizanen. Bijna allemaal gedroegen ze zich als onverbiddelijke uitvoerders van een politiek mandaat dat zij door de geschiedenis in handen hadden gekregen. Ze waren op een gekunstelde manier minachtend en meedogenloos, en dan vooral meedogenloos *in woorden*. Ik zal een van hen beschrijven.

Lang, knap, dun, wijkend haar en een volle blonde snor. Fascinerend, gemeen. Een en al minachting. Duldde geen tegenspraak. Geen tegenspraak dulden is misschien wel het voornaamste kenmerk van revolutionairen van elk niveau. De laatste keer dat ik hem zag, ik bedoel dat ik hem in actie zag, op straat (tegenwoordig verschijnt hij op tv om cynische commentaren te geven bij actuele gebeurtenissen: hij is oud en rimpelig en glimlacht veel vaker dan toen, altijd een en al charme), was tijdens de demonstratie waarbij de studente Giorgiana Masi werd gedood, op 12 mei 1977. Hij had een automatisch geweer onder zijn overjas. Hij rende heen en weer over de Lungotevere, en in plaats van het te verbergen toonde zijn wapperende overjas juist overduidelijk die handzame, onnauwkeurige Beretta die ook gebruikt wordt door het Italiaanse leger. Een paar jaar later zou ik het zelf ook aanleggen tijdens mijn militaire opleiding in Taranto, en salvo's afvuren op een drijvend doelwit in zee op vijftig meter uit de kust. Ik weet niet wie tegenwoordig slechter is, degene die van idee veranderd is of degene die er nog altijd hetzelfde over denkt.

Afgezien van enkele echte intellectuelen, een paar erudieten zelfs, en wat ongeschoolde arbeiders, visten de extremistische ideologieën van die tijd hun militanten uit een semi-intelligentsia: studenten en autodidacten, semi-intellectuelen, de geschoolden van de jaren zeventig, mensen die onwetend waren maar niet helemaal, of ontwikkeld maar met enorme lacunes, bijvoorbeeld gespecialiseerd in een sector als 'Keltische mythes' en voor de rest gespeend van enige kennis, en dat was misschien wel de meest instabiele, gevaarlijke soort, die van de *onwetenden die wel eens een boek hebben gelezen*, en toen die paar boeken in die leegte vielen veroorzaakten ze een hoop kabaal. Dan kon je beter de totale onwetendheid hebben, die was veel beter, een stuk minder schadelijk, zij het inmiddels zeldzaam... Feit is dat sommige boeken keihard aankomen op een zwakke geest, of op angstige, hunkerende geesten, te zeer hunkerend naar waarheden. En zo veroorzaken ze fanatische bevliegingen, genereren ze even onwrikbare als ongefundeerde overtuigingen, stimuleren ze rampzalige zekerheden. In plaats van het bewustzijn te verruimen, laten ze het krimpen rondom een kern van wonderbaarlijke antwoorden...

Tegenwoordig is het in om te vragen: welk boek heeft je leven veranderd? Nou, ik ben echt bang dat de mensen wier leven werkelijk veranderd is door één boek, door dat ene boek, wellicht gewoon niet zoveel andere boeken hebben gelezen. En de kans is groot dat dat ene boek nou net *Mein Kampf* is.

De tijd en de gebruiken waren zo rommelig en heftig dat het zelfs in de kleinste dagelijkse dingen en in spelletjes, in onbenullige meningsverschillen, in de gedachten en plannen van scholieren, onveranderlijk zowat op vermoorden uitdraaide. Jazeker, op elimineren, liquideren, koud maken, of een lesje leren dat gezien de gebruikte middelen het laatste zou kunnen zijn. Die kans was er altijd, was altijd aanwezig, naast het geklets en de normale activiteiten zoals voetballen of kruiswoordpuzzels maken. Een groep leerlingen kwam bij een van de schoolgenoten thuis bijeen om te discussiëren over politieke onderwerpen, niets meer of anders dan de typische middag waarop een werkstuk werd voorbereid over de Cubaanse revolutie of het Russische futurisme, en nadat ze wat lekkers hadden genomen maakten ze plannen om een journalist dood te schieten. In plaats van zich druk te maken over de gebroken verzen van Majakovski of over de prijs van rietsuiker, maakten ze in een halfuurtje afspraken voor een moord. Uit summiere, met viltstift geschreven lijstjes haalden ze de onderling tamelijk inwisselbare namen van de personen die het kennelijk verdienden van het leven beroofd te worden. De redenen daarvoor leken vanzelfsprekend, en een eventuele redenering leidde er in een paar eenvoudige stappen naartoe: elk obstakel dat op de weg werd aangetroffen moest worden opgeruimd, en als dat obstakel een mens was, moest die dus worden opgeruimd. Die opruiming zou een voorbeeldfunctie krijgen, als waarschuwing voor eenieder die het in zijn hoofd zou halen om ergens tussen te komen. Dat alles moest overkomen als een onvermijdelijke politieke gevolgtrekking. Hoe minder tijd er verstreek tussen de veroordeling en de uitvoering, hoe groter het voorbeeldeffect, tot het bijna leek of de represaille automatisch plaatsvond: als je een artikel publiceert kun je al de volgende ochtend verwachten dat je wordt neergeschoten bij de bushalte, of zodra je in de auto bent gestapt, nog voordat je de sleutel hebt omgedraaid in het contactslot.

Er waren destijds op elk menselijk terrein twee tegengestelde ideeën die lijnrecht tegenover elkaar stonden, maar bijna niemand was zo koppig om zich definitief aan een van beide zijden te scharen, terwijl bijna iedereen ze uiteindelijk vermengde of afwisselde, al naargelang de situatie. Deze tegengestelde theorieën kon je als volgt samenvatten: 'De weg naar het geluk ligt in een terugkeer naar de natuur' en 'De weg die het lijden beperkt ligt in het overstijgen van de natuur'. De twee vooraanstaande filosofen die deze denkwijzen hadden geformuleerd, hadden respectievelijk tweeënhalve en drieënhalve eeuw eerder geleefd, dus hun ideeën hadden er een hele tijd over gedaan om tot de beslissende slag te komen, zou je zeggen, met een volmaakt evenwichtige krachtenverdeling. In de tussentijd was de natuur al op hol geslagen, waren de bossen en wateren vergiftigd geraakt en aan het sterven, maar de volgelingen hadden toch al van alles geprobeerd om er weer mee in harmonie te komen, door naakt te gaan lopen, midden in de bossen te gaan wonen, te paren als konijnen, de onwetendheid en de argeloosheid en de ploeg te herwaarderen juist terwijl de technologie zich er inmiddels op toelegde om de vitale functies van het ene na het andere orgaan te transplanteren en het merendeel van de mensheid in een omgeving woonde waar geen grassprietje meer groeide dat niet kunstmatig was geteeld, elke paddenstoel kwam uit de kwekerij en elke kip uit de legbatterij, een omgeving omringd door een hoge barrière van virtuele beelden.

Die beide doctrines trotseerden elkaar terwijl ze in volle bloei waren en tegelijkertijd op het toppunt van hun crisis, koortsig, gehard, stuiptrekkend...

Wat vroeger zonder discussie werd uitgevoerd, moet tegenwoordig worden besproken, genegotieerd en ingetrokken wanneer de onderhandeling mislukt. De regels zijn grillig, ze veranderen voortdurend en kruisen elkaar, bestaan naast elkaar, neem bijvoorbeeld de regels in de liefde: wij vertellen elkaar alles, we hebben allebei ons eigen leven, als je me bedriegt ga ik bij je weg, dan maak ik me van kant, neuk met wie je wilt, zolang je maar niemand op de mond zoent. Hoe werd die liefdesmoraal gevormd? Door middel van songteksten, reclamespotjes, clichés uit de psychoanalyse, die de plaats innamen van een strijdlustige religie van alledag met haar decaloog en haar geboden – dat wil zeggen, verlangens – en die net zozeer gehoorzaamheid eisten als de geloofsartikelen van een nieuw fundamentalisme. Min of meer hetzelfde gebeurde met de politiek en de moraal. Ikzelf bijvoorbeeld ben opgevoed met een even dwingend als onzeker, wankel moreel besef, en ik heb altijd moeten wachten op die golf van wroeging om zeker te weten dat het verkeerd was wat ik had gedaan. Helaas bestaat er geen equivalent gevoel dat me bevestigt dat ik het juiste heb gedaan. En wat was de plek bij uitstek van deze tweeslachtigheid? Het gezin. Een kruispunt van periodes en stijlen, gefragmenteerd en gereconstrueerd, de zetel van tederheid en woede en onverschilligheid, eigenlijk gewoon een hotel (jawel, dat is het, dat ís het!) waar reizigers van verschillende leeftijden verblijven.

Tot dan toe was dit de rolverdeling geweest:
de man zorgt voor brood op de plank
de vrouw smeert er boter op
de kinderen eten het op. Mijn brood
werd niet door mijn moeder gesmeerd
maar door betaalde juffrouwen, kindermeisjes
huishoudsters: en als het af en toe eens
wel mijn moeder was die het deed
in eigen persoon, dan was dat
een speciale gelegenheid, een grootse
en onvoorwaardelijke blijk van liefde.

Lichaamsstraffen waren uitgesloten, en sancties van economische aard ('Je krijgt deze week geen zakgeld') werden vulgair geacht, net zoals verboden als contraproductief of onuitvoerbaar werden beschouwd ('Die scooter, daar blijf je van af, die blijft een maand in de garage staan': o ja, en als je zoon er dan toch op reed, stiekem, hoe moest je dan reageren zonder je toevlucht te nemen tot de inmiddels afgeschafte straffen? Eenmaal neergeslagen kan het ancien régime niet zomaar op commando herrijzen... eenmaal afgeschaft kun je de horigheid niet weer eventjes invoeren, zo nu en dan, om de dag...), ouders hadden weinig bewegingsruimte om hun kinderen te straffen – zonder nu inhoudelijk in te gaan op welke tekortkomingen het waren waarvoor die jongelui een straf verdienden, want dat is weer een hoofdstuk apart. Men wist niet meer wat goed of fout was, of beter gezegd, wat in het algemeen werd beschouwd als *absoluut* goed of *absoluut* fout. De heilige school van de dialoog bepaalde dat er over elk afzonderlijk punt van het samenleven en de gebruiken, elke zogenoemde waarde of plicht of elk principe onderhandeld kon worden;

maar wanneer er na afloop van die beschaafde onderhandelingen geen overeenstemming werd bereikt, geen regeling werd gevonden waardoor een straf overbodig werd, welke moest er dan worden toegepast en hoe, en vooral ook: in naam van wat, aangezien de straf op zich strijdig was met de route die was afgelegd om daar te komen? Het vertrouwde, eeuwenoude gebruik van berisping en straf moest weer helemaal vanaf de grond worden opgebouwd, maar in plaats van een stevig, samenhangend nieuw complex werd het een eclectische mengelmoes van verschillende pedagogische stijlen, oude repressieve adagia vermengd met liberale slogans, luide uitbranders en scènes, af en toe een klap, voornamelijk uitgedeeld uit onmacht en geïncasseerd als persoonlijke belediging zonder enige educatieve waarde, en tranen van niet alleen de kinderen maar ook van de ouders aan het eind van hun Latijn. De kille toepassing van een straf werd vervangen door een algehele stress. Toen de mensen niet meer wisten wat ze moesten doen en wie dat zou moeten doen, aangezien de vaders inmiddels terugdeinsden voor datgene wat tot dan toe werd beschouwd als een privilege maar ook als een plicht, de uitoefening van de straffende macht waarop zij duizenden jaren lang het alleenrecht hadden gehad, werd er een nieuwe houding geïntroduceerd in de geschiedenis van de familierelaties, namelijk de onverschilligheid, men wilde zich niet bemoeien met, niet oordelen over en dus ook geen straf geven voor het gedrag van de kinderen, sterker nog, men wilde hen niet eens kennen en bleef bewust in het ongewisse, zich beperkend tot een beleid van *laissez faire, laissez passer* dat vertaald in huiselijk jargon stond voor 'Doe vooral waar je zin in hebt', soms uitgebreid tot een 'zolang ik er maar geen gezeik mee krijg', equivalent van het vage voorschrift 'Zorg in godsnaam dat je geen problemen veroorzaakt die zo groot zijn dat er ellende van komt'. Zoals ik al zei, afgezien van enkele wel heel hardnekkig ouderwetse gezinnen, en een paar andere die juist zo progressief waren dat ze een soort wooncommune vormden, overheerste in het merendeel van de gezinnen een mengeling, een soort patchwork van regels, gewoontes, verboden en verplichtingen van verschillende herkomst, telkens verkleurend en voortdurend in transformatie, zodat wat de ene dag verboden was een week later wel toegestaan kon worden, en dan gedurende enkele weken, totdat het opnieuw verboden werd, of het gold wel voor een zoon maar bijvoorbeeld niet voor een dochter... Sommige ouders meenden te hebben ontdekt dat het doeltreffender was als ze een gekwelde, misnoegde houding aannamen tegenover hun kinderen, terwijl ze niets of bijna niets zeiden om die houding te verklaren, dan dat ze openlijk uiting gaven aan hun woede...

In die tijd vermengde de bevlogenheid om de traditie tot het uiterste te verdedigen zich met de bevlogenheid om de traditie juist van zich af te schudden: overigens wordt alleen die laatste als opwindend en euforiserend beschouwd, een onbedwingbare golf die zwelt en zwelt, tot hij de oude staat der dingen omverwerpt. Maar in feite was ook de bevlogenheid van de conservatieven en de kwezels hartstochtelijk, een intense reactie, een oergevoel... dat veel meer werd gevoed door verlangen dan door realiteit. Nee, de realiteit die interesseerde werkelijk níémand. Het was niet zo dat je aan de ene kant de (uitzinnige) idealisten had en aan de andere kant de (voorzichtige) realisten: iedereen was even uitzinnig. En bij demonstraties op straat, waarbij je zou denken dat de gemeenschapszin, de collectieve geest overheerste, streed iedereen in feite voor zichzelf, schreeuwde en marcheerde iedereen voor zichzelf, bevangen door een vuur van vrijheid, door een geëxalteerde koorts van het ego dat hunkerde naar zijn onafhankelijkheid, zijn genot. Zelfs degenen die met weemoed terugdachten aan de orde en de autoriteit werden geraakt door de heftige koorts om het individuele initiatief koste wat kost te laten zegevieren – in hun eigen en andermans leven. Iedereen kon zich de luxe permitteren om verlangens te hebben, maar deze individuele verlangens werden versterkt door de gemeenschappelijke handeling. Men maakte volop misbruik, net zo gemakkelijk van zichzelf als van anderen. Ieder trotseerde in zijn eentje het duizelingwekkende risico van 'zijn eigen manier van leven'.

In zijn eentje, maar toch ook samen met vele anderen, hoog meegevoerd op een collectieve golf.

In het jaar waarin de voornaamste gebeurtenis plaatsvond waar dit boek om draait, werd de maximale concentratie van ongelijktijdigheid in gelijktijdigheid bereikt, om de geniale termen bedacht door geschiedfilosoof Ernst Bloch te gebruiken, dat wil zeggen de miraculeuze gelijktijdige aanwezigheid en samenkomst in het huidige moment van grote brokken verleden, die teruggingen tot de naoorlogse jaren, en een even groot stuk toekomst, minstens tot aan de millenniumwisseling. In slechts één jaar werd een halve eeuw samengeperst, zodanig dat een observator zijn blik ongelooflijk ver achteruit of vooruit kon werpen, waarbij hij een nooit eerder ervaren gevoel van continuïteit en van een breekpunt ervoer. De tijd had zich verlengd, waarbij die een zeer ruime boog besloeg, en zich vervolgens plotseling had samengeperst, platgedrukt, zoals je ziet in de doorsnede van die rotsen waarin de opeenvolgende lagen verschillend gekleurde lijnen vormen.

Na het vuurwerk tijdens de beroemde jaarwisseling van het jaar 2000 ontspande de tijd en volgden de dingen elkaar weer op in hun daadwerkelijke ritme; de gebeurtenissen die niet over die oud en nieuw heen gebuiteld waren, al was het maar een stukje, gleden terug langs de steile helling van het voorbije millennium, en de toekomst begon weer haar profetieën te spuien.

Het leken claims die voortkwamen uit de moeilijke levensomstandigheden, maar ze waren juist de vrucht van een in elk geval gedeeltelijke verlossing daarvan. De studentenbeweging is daarvan het levende bewijs. Dat een zo grote bevolkingsgroep zich kon wijden aan het bestrijden van de gevestigde orde betekende dat die groep zich in wezen, dat wil zeggen juist in die omstandigheden van studeren in plaats van werken, had verlost van de noodzaak om in zijn eigen onderhoud te voorzien, want daarmee was de voorgaande generatie belast. De gevestigde orde waartegen de studentenbeweging zich verzette was dan ook de eerste in de geschiedenis van de mens die zodanige vrije ruimtes had gecreëerd, op de eerste plaats de bevrijding van het voorzien in levensbehoeften, dat die het verzet *faciliteerde* in plaats van het te *belemmeren*. Terwijl het in het verleden zo was dat opstandelingen zich in kleine, clandestiene groepjes verzetten tegen repressieve regimes, en hun strijd vrijwel altijd eindigde met de galg of de kogel, streed de massale studentenbeweging in de welvarende landen tegen een systeem en een model van leven dat degenen die ertegen protesteerden in staat had gesteld op hun zestiende of hun achttiende of hun twintigste nog in de schoolbanken of de collegezalen te zitten in plaats van zich uit te sloven in een fabriek of op het land. (In Italië was de volgende stap, als radicale oplossing voor deze tegenstrijdigheid, om in bepaalde opzichten terug in de tijd te gaan, dertig jaar of honderd jaar of zelfs anderhalve eeuw terug in de tijd, dat wil zeggen naar het oude gebruik van de clandestiene groepen, met de gewapende strijd. De studentenbeweging als zodanig, verzwakt door haar eigen ongerijmde status en door het feit dat ze al te lang een verzadigde, onstabiele mengeling had ingeademd van claims op vrijheid en genot aan de ene kant, en gewelddadige praktijken en autoritaire aspiraties aan de andere kant, viel uiteen en gaf het stokje door aan paramilitaire avant-gardes die zich inspireerden op de Carboneria, het vroegere geheime genootschap dat de eenheid van Italië nastreefde, op de nihilisten of op de formaties van de partizanen. En prompt kreeg je ook weer, na een decennium van betrekkelijke tolerantie, de repressieve reactie van politie en justitie, deze keer de keiharde, onverbiddelijke, negentiende-eeuwse repressie die recht op het doel afgaat en er niet voor terugschrikt om bloed te vergieten, met één verschil: in plaats van aan de galg belandden de rebellen die levend gepakt werden levenslang in de gevangenis. En zo kwam het dat deze vermeende revolutie binnen een paar jaar strandde.)

Het probleem verrees toen mensen de dingen die ze tot dan toe alleen maar hadden gedacht of gezegd ineens ook gingen dóén. Men begon de dreigende leuzen ook ten uitvoer te brengen. Het was het einde van de hypocrisie en het begin van de ondergang. De structuur was niet bestand tegen de klap van de waarheid, terwijl die structuur juist was gebouwd als bescherming tegen die waarheid; en zodoende werd het algauw onvermijdelijk dat men met weemoed terugdacht aan de oude hiëroglifische wereld, waarvan de ondoorgrondelijke, bizarre regels vele generaties lang zo goed en zo kwaad als het ging hadden standgehouden, juist omdat ze elke ongemakkelijke waarheid rigoureus hadden afgewezen.

Wat was het dat we zochten? Wat was het waar iedereen destijds naar zocht en, heb ik het idee, nog altijd naar zoekt, waar iedereen maar naar blijft zoeken? Afgezien van rechtvaardigheid, een zo algemeen idee dat je er alle kanten mee op kunt, denk ik dat elk individu uit alle macht op zoek was naar: Erkenning, Acceptatie, Welwillendheid, Goedkeuring, Emancipatie.

En de vraag 'Wie ben ik en wat doe ik op deze wereld?' eiste niet alleen een antwoord, maar verlangde op de eerste plaats naar een luisterend oor, wilde serieus worden genomen door iemand, een vriend, twee vrienden, klasgenoten, een meisje, een pastoor of een dokter, of wie er ook maar opnam wanneer er een willekeurig telefoonnummer werd gedraaid. Wie niet één van die figuren vond omdat hij nog verlegener en stekeliger was dan een cactus, of nog veeleisender dan een Engelse lord, richtte diezelfde vraag uiteindelijk tot een boek, of in het duister van bepaalde filmclubs aan een film in zwart-wit, bijvoorbeeld *L'Atalante* of *De dag des oordeels* of *The Killing* of *Der müde Tod* of *Pierrot le fou* of *Wilde aardbeien* of *The Lost Weekend* of *O Dragão da Maldade contra o Santo Guerreiro* (maar die was in kleur) of *I pugni in tasca* of *De roden en de witten* of *Il bidone* of *The Loneliness of the Long Distance Runner.*

Maar wacht eens. Er was wel ooit een periode. Die ene. De periode van de Saturnaliën. Het Gouden Tijdperk. Er was een periode in de Oudheid waarin er geen verboden of straffen bestonden, en ook geen wetten, of als die er al waren, werden ze zonder probleem omzeild of overtreden. Een tijd waarin de sociale verschillen waren afgeschaft, niet in de realiteit, maar in woorden, bedreigingen en dromen. Dat is al iets, al heel wat zelfs. Wat je makkelijk kunt zeggen, wordt ook gezegd. Het onverdraaglijke trotseer je met woorden, als er geen andere manier is. Het was een primitieve tijd waarin je gemakkelijk je leven kon verliezen en het je ook gemakkelijk kon toe-eigenen, je meester maken van dat leven waarvan ze zeiden dat het al van jou was, maar dat was niet zo, en de enige manier om het terug te nemen was met geweld. Je moest je leven met geweld terugnemen. Kracht was van levensbelang. Het is niet zo dat er geen straffen meer bestonden, maar in plaats van ze te ondergaan, was jij degene die het recht had verworven om ze toe te kennen aan degenen die ze verdienden. Wie besliste dat? Wie waren de schuldigen? En waaraan? Dat besloot jij, met je vier makkers. Gewoon vanaf het thuishonk. Tijdens een vergadering. De gelegenheidsrechtbanken bloeiden. Die velden vonnissen en voltrokken ze. Soms waren het doodvonnissen. Af en toe verstreken er hooguit een paar seconden tussen het vonnis en de voltrekking, dus dan hoorde de berechte persoon zijn vonnis op hetzelfde moment dat het werd voltrokken. Van een gelukzalig ontbreken van wetten draaide het zo uit op een overmaat eraan. Iedereen berechtte iedereen. En iedereen veroordeelde iedereen. Het was een openluchtrechtbank. De staat nam de touwtjes weer in handen en berechtte iedereen die het had gewaagd in zijn plaats recht te spreken. Er kwam een exponentiële toename van gevangennemingen, vonnissen, veroordelingen, levenslange gevangenisstraffen, executies, voorbeeldstraffen en represailles. 'Straf er één om er honderd op te voeden.'

Hoofdstuk VII

Het probleem met je leeftijdgenoten is dat je die je hele leven met je meesleept. Het is niet zo dat iemand sneller of langzamer oud wordt dan jij, waardoor je die van je af kunt schudden; niks ervan, als iemand op je vijftiende je leeftijdgenoot is, dan zal hij dat op je vijftigste of zestigste nog steeds zijn. Van de schoolbank tot de pensioengerechtigde leeftijd blijven de afstanden ongewijzigd. En dat is absurd en vreselijk. Wat je ook doet om je te onderscheiden, in het bevolkingsregister blijf je allemaal bij elkaar, de klokken lopen gelijk. Je kunt naar de Zuidzee vertrekken, slavenhandelaar worden, van geslacht veranderen, zes keer trouwen of pastoor worden, maar je leeftijdgenoten volgen je, lopen naast je of wachten je om de hoek op met hun gezicht vol gelijktijdige rimpels. Intussen kan de kloof in alle opzichten van het leven gigantisch zijn geworden: de een is nu miljardair, de ander heeft geen geld voor eten, of staat in de kranten vanwege een moord, vanwege corruptie, omdat hij of zij minister is geworden of de Gouden Palm heeft gewonnen in Cannes, en dan nog staan er altijd onzichtbaar alle klasgenoten naast, net als op de jaarlijkse klassenfoto. Natuurlijk kan het voorkomen dat iemand uit de pas raakt, langs de rand van de baan terechtkomt en ziek wordt of zelfs doodgaat, maar dat is enkel een bevestiging van het feit dat de anderen blijven voortmarcheren op dezelfde lijn, waardoor ze van opzij gezien één iemand lijken.

Vroeger werd dat onontkoombare behoren tot een generatie gemarkeerd door oorlogen: de oorlogen waar je samen met je leeftijdgenoten in had gevochten of waaraan je net was ontkomen, en ook die je met een heldere kinderblik had aanschouwd. Hele lichtingen hebben elkaar herkend bij de onregelmatige lichtflitsen van een bombardement. Ik meen dat het Heinrich Böll was die (in alle ernst) grapte over de te verwachten crisis voor grafsteenproducenten in Duitsland vanaf halverwege de jaren tachtig, dat wil zeggen wanneer die generatie Duitsers die in de Tweede Wereldoorlog al was weggemaaid had moeten gaan sterven van ouderdom. Een miljoen begrafenissen minder: een ontbrekende schakel, een gapend gat in de gelederen van de tijd. En verder doorgevoerd een flink werkloosheidscijfer onder de marmerwerkers. De doden liepen arm in arm met hun weinige nog levende leeftijdgenoten. In de afgelopen halve eeuw heeft men uit macht der gewoonte het idee gehouden dat de lijnen van de generaties langs de breuklijn van oorlogsgebeurtenissen getrokken horen te worden. Bij gebrek aan echte oorlogen in het Westen werden er suggestieve surrogaten gevonden: de studentenopstand van 1968, en daarna in sommige landen het tijdperk van het terrorisme (de 'loden jaren'), dat wil zeggen gebeurtenissen van grote weerklank die, hoewel maar een klein deel van de bevolking er rechtstreeks door getroffen werd, degenen die eraan deelnamen het gevoel gaven dat ze in een verbindende tijd leefden, vooral wanneer die tijd achter de rug zou zijn en hoe dan ook zou worden betreurd. Belangrijke data op basis waarvan er een 'voor' en een 'na' kon worden geteld en verteld. Vandaar dat de *sessantottini*, zoals de opstandelingen van 1968 worden genoemd, het onmiskenbare kruis dragen van de typische pseudo-oorlogsveteraan; in de trend van de onhandige slogan 'Het waren geweldige jaren'. Tjonge, voor hen moet het pas echt lastig zijn geweest om die hele meute leeftijdgenoten van zich af te schudden! Om dat eendere geboortejaar weg te krabben waardoor ze steeds maar op dezelfde lijn werden voortgeduwd, zoals het harkje van de croupier de fiches over het groene doek schuift, ook al waren hun levens onvoorstelbaar ver uiteengelopen: de een was staatssecretaris van Landbouwbeleid geworden, de ander tv-presentator, de derde zat in de bak; maar ze werden verenigd door hun wallen en hun oude grijs geworden kuif, die getuigden van een tijdperk dat ze terecht of onterecht als heroïsch hadden beschouwd.

Ik vraag me wel eens af welke impact we hebben gehad op de wereld of, om niet te overdrijven, op Italië, op de stad, op de wijk, op ons werk, in onze vriendenkring – er moet toch wel een omgeving zijn waarin mijn bestaan een indruk heeft achtergelaten, positief of negatief, een spoor... En dan de jaren zeventig, waar ik op mijn dertiende in ging en op mijn drieëntwintigste uit kwam, beslissende jaren, wat hebben die voor goeds gebracht? En dan bedoel ik goeds voor iedereen, niet alleen voor die ene tiener en later jongeman?

Het is niet waar dat gevoelens en dromen altijd subjectief zijn. Er bestaan ook objectieve gevoelens en dromen, vooral de collectieve. Wat verliezen we als we in een bepaald jaar geboren worden in plaats van, ik zeg niet een hele generatie, maar slechts drie of vier jaar eerder of later dan ons eigenlijke geboortejaar? Of wat winnen we er juist mee? In welke gebeurtenissen komen we ongemerkt terecht, of waar botsen we juist tegenaan, en welk moment was dat: het juiste of het verkeerde? Worden we door de golf van de moderniteit ingehaald en overspoeld, of juist opgetild naar een hoger plan als we precies de juiste leeftijd hebben om erop mee te liften, niet te jong en argeloos maar ook niet te volwassen en al af, ontgoocheld?

Mijn vader, geboren in 1926, was te jong om in de oorlog te vechten, en daarna belandde hij, in de bloei van zijn leven, midden in de economische boom die daaruit volgde. Ikzelf (Rome, 1956) had in theorie net als velen mijn zakken kunnen vullen tijdens de twintig jaar dat het opnieuw voor de wind ging, van 1980 tot 2000, toen ik even oud was als mijn vader toen hij de zijne vulde, maar het wonder heeft zich niet herhaald. Waarom niet? Wellicht om twee essentiële redenen: de eerste is dat de familiezakken al zo vol zaten dat ik geen sterke behoefte voelde om ze bij te vullen, en daarbij zaten ze ook weer niet zo uitzónderlijk vol als die van een echte rijkaard, van een rentenier of een industrieel, waardoor ik gedreven zou worden om te wedijveren als grootverdiener, of verplicht zou zijn een financieel imperium voort te zetten. Maar zo was het niet. Ik had kortom als kroost geen enkele verplichting, zoals anderen die kunnen hebben zowel tegenover de armoede als tegenover de rijkdom – tegenover het eerste om zich eruit te verlossen, tegenover het tweede om die te behouden en te vergroten. Mijn keuzes werden niet gestuurd door op te heffen misère of uit te breiden prestige. Vandaar dat ik koos voor een non-beroep, een non-carrière.

En vanuit het oogpunt van de literaire generatie? Ik denk erover na... en dan krijg ik een ingeving, het zou best eens kunnen dat geen enkele belangrijke Italiaanse schrijver halverwege de eeuw is geboren, zodat hij tegen de vijftig liep toen zijn eeuw ten einde kwam. Niemand, in achthonderd jaar Italiaanse literatuur... Maar dat kan toch eigenlijk niet waar zijn?

Die boeiende gedachte bekruipt me terwijl ik lesgeef in de gevangenis (precies), en ik brand van verlangen om het meteen te checken, dus zet ik mijn gedetineerde leerlingen aan het werk met een oefening ontleden, en terwijl zij zich de hersens breken ga ik in een oude geschiedenis van de Italiaanse literatuur zitten bladeren om mijn hypothese te verifiëren.

Kijk aan, Manzoni, natuurlijk, 1785... Ludovico Ariosto, 1474... Parini, 1729... Dante, Petrarca, Boccaccio en Leopardi, die zijn bekend... en Moravia, Montale... Ungaretti, Calvino, Fenoglio, Dino Campana, Foscolo, die hoef ik niet te controleren... Eens kijken naar degenen van wie ik minder zeker ben. Guinizzelli: tussen 1230 en 1240. Machiavelli: 1469. Dan misschien Giovan Battista Marino... precies een eeuw later, 1569. Giambattista Vico: 1668. Pirandello: 1867. Ze waren dertig of jonger toen hun eeuwwisseling kwam.

...Galilei? 1564. Guicciardini? 1483... Nievo, 1831. Carducci, 1808. Goldoni, 1707...

Hm, misschien de schrijver van *Pinokkio*, Carlo Collodi, ik heb geen flauw idee wanneer die geboren is... maar nee, hij was van 1826. Ik dacht van later.

Verwoed blader ik door de geschiedenis van de Italiaanse literatuur, ik sla op goed geluk hier en daar een bladzijde open.

Giovanni Battista Guarini... 1538. Jacopone da Todi... 1232. Luigi Settembrini, 1813. Ruzante, 1496, met een vraagteken.

Ik ga bewust op zoek naar bepaalde namen.

Metastasio? 1698.

Pico della Mirandola? 1463.

Lapo Gianni... onbekend wanneer hij werd geboren en wanneer hij stierf.

Pietro Pomponazzi? 1462.

Verdomme, ik vind er niet één die in de jaren vijftig is geboren, van welke eeuw dan ook!

Tussen al die patriotten, veelschrijvers, sonnetschrijvers, verhalenvertellers, niet één!

Ja, Savonarola zou kunnen, maar telt die wel als schrijver?

En de kleinere namen: Arrigo Boito (1842), Guido Gozzano (1883), Grazia Deledda (zo'n kleine naam is dat trouwens niet, hij heeft de Nobelprijs gewonnen), 1871... Carlo Gozzi (1720)... Misschien Aleardo Aleardi... die staat er niet in (later thuis zal ik hem googelen: 1812).

Van de grote namen komt alleen Tasso (Sorrento, 11 maart 1544) er in de buurt, en misschien is het geen toeval dat hij door dat tussen twee eeuwen hangen gek is geworden.. en Italo Svevo, 1861, valt op het nippertje buiten het decennium dat ik zoek, maar hij is een aparte, geïsoleerde, onbegrepen schrijver... hij heeft moeten wachten tot hij oud was, een oud mannetje, voordat hij...

Eindelijk vind ik mijn man: het is Pascoli. Giovanni Pascoli, geboren te San Mauro di Romagna op 31 december 1855! Een eeuw en een jaar voor mij.

(En eventueel ook Marco Polo: Venetië, 15 september 1254.)

Het was lastig te voorspellen wat er voor goeds of slechts kon voortkomen uit een generatie die is opgegroeid met onbenullige liedjes als 'Tipitipitipso col calipso', 'Precipitevolissimevolmente', 'Quel motivetto che mi piace tanto', 'Simpatica sei tu', 'Il tango delle capinere', 'Violino tzigano', 'Ma le gambe', 'Ho un sassolino nella scarpa, ahi!', 'Abat-jour', en het ontmoedigende 'Venti chilometri al giorno' van Nicola Arigliano.

Maar goed, op dit punt in het nieuwe millennium mag je er toch van uitgaan dat we het beste en het slechtste van die generatie wel al gezien hebben.

De geschiedenis (zowel in narratieve als in historische zin) begint hoe dan ook aan een school van de paters aan de Via Nomentana, die destijds tamelijk aan de rand van de stad lag aangezien een paar minuten rijden verderop, als je het bewoonde eiland Montesacro achter je had gelaten, het platteland begon. De Via Nomentana, omzoomd door pijnbomen en dus altijd in de schaduw, een donker lint dat werd gevolgd, kronkelend tussen zonovergoten velden, met hellingen en afdalingen, wanneer een bepaald aantal leerlingen van de katholieke school 's woensdagsmiddags, of 's maandags, of dinsdags, of donderdags, afhankelijk van de leeftijd en het leerjaar, om halfdrie met een schoolbus naar de sportvelden werd gebracht om een paar uur lichamelijke activiteit te doen. Onder lichamelijke activiteit verstond men voornamelijk achter elkaar aan rennen over velden van rood stof, waardoor daar wolken van opdwarrelden die de renners het zicht benam, op zoek naar een oude bal van droog, hard leer die meestal, als hij werd gevonden, meteen weer naar de andere kant van het veld werd geschopt. Behalve een paar goede pingelaars, die hem een paar tellen bij hun voeten hielden, zorgden de anderen, inclusief ondergetekende, dat ze zich zo snel mogelijk van de bal ontdeden met een harde, hoge trap naar voren, net als bij rugby. Het spel van tegenwoordig, bestaande uit een web van passes over en weer, was ons onbekend.

Toen ik dat oude vragenboekje *Test jezelf* terugvond, waarin ik op de laatste bladzijde de scores had geschreven, controleerde ik de gapende kloof die er bestond tussen mij en Arbus. Ik had een IQ van 118 behaald, Arbus 27 punten meer dan ik, dus een IQ van 145. En wat had hij gedaan met die extra punten van hem? Niks bijzonders, heb ik het idee. Had ik zijn naam ooit in de krant gelezen, of in een gespecialiseerd tijdschrift? Wat had hij uitgevonden, waarin had hij zich onderscheiden? Als je toch al intelligent bent, hoef je misschien niet nog intelligenter te worden. Dat overschot lijkt speciaal te zijn gemaakt om onderweg te verliezen. En trouwens: wat heb ík dan bereikt, met mijn score?

Intelligentie dient nergens toe. Daar ben ik wel van overtuigd geraakt nadat ik mijn hele leven heb moeten aanhoren hoe intelligent ik wel niet ben. De ware betekenis van die bewering, die de ene keer vol genegenheid klonk, de andere keer vol bewondering, afgunst, liefde, medelijden, spot of zelfs haat, schuilde in een 'maar', op dat tegenstellend voegwoord leunde de hele betekenis, waardoor de zin bleef hangen en werd beladen met onduidelijkheid, 'Je bent intelligent, maar...', '...alleen jammer dat...', waar diegene dan op de plaats van de puntjes van alles kon zetten: alleen jammer dat je zo lui bent, zo kil, zo wisselvallig, arrogant, verwend, je geen ballen hebt, je je tijd verdoet, je je laat leven, je niet weet wat je met die intelligentie aan moet, je haar niet kunt overbrengen, delen, toepassen, focussen, schenken, die verdomde intelligentie van jou...! Godsamme, steek die intelligentie van je maar in je reet! Nou, als dat allemaal geldt voor mij, of in elk geval gedeeltelijk, terwijl ik maar een halve drop-out ben, kun je nagaan hoe het voor Arbus gold!

Over een onbegrepen genie gesproken.

Zijn intelligentie werd hem niet nagegeven, maar ten laste gelegd. Hij werd er van 's ochtends tot 's avonds van beschuldigd dat hij intelligent was. Wat voor schoolresultaten hij ook haalde, de leraren lieten hem niet met rust en beweerden altijd maar dat hij beter kon, nog beter, veel beter. 'Iemand met jouw hersens, kom op...!?' Zijn moeder leek geen waardering te hebben voor zijn gave, zo overvloedig maar nutteloos, aangezien die niet gepaard ging met fundamentele deugden als schoonheid en charme. De paar keer dat hij schoorvoetend zijn mond opendeed, waren zijn klasgenoten eventjes verbijsterd, maar algauw konden ze niet wachten tot hij weer stil zou zijn omdat de dingen die hij zei meteen aangaven hoe pover en dom het was wat zij zelf hadden gezegd en gedacht: zijn uitspraken brachten dus verbazing teweeg, of werden in het geheel niet begrepen, deden anderen verstommen of maakten ze aan het lachen, wat nu eenmaal de instinctieve reacties zijn tegenover elke vorm van grootsheid. Of het nu bewonderend of spottend was, de manier waarop wij klasgenoten reageerden nadat Arbus zijn zegje had gedaan kwam altijd neer op: 'De bolleboos heeft gesproken!'

'Maar wat moet ik dan doen, met een hamer op mijn kop slaan zodat de anderen zich minder dom voelen?'

Over IQ gesproken: ik weet niet meer of ik het in de voorgaande pagina's al over hem heb gehad, misschien terloops, maar we hadden een achterlijke klasgenoot, echt achterlijk, dat was Crasta, bijgenaamd Kraus, of de Luiaard, die het vermelden waard is. Terwijl hij naar de leraar zat te luisteren was hij altijd bezig zijn oor schoon te maken met de dop van zijn bic-balpen. Hij gebruikte eerst de punt van de dop, en daarna het dunnere gedeelte waarmee je de pen aan je borstzak kon klemmen, om het hardnekkiger oorsmeer te verwijderen. Het was een smerige bezigheid. En op een dag, toen Kraus met die dop in zijn oor zat te draaien, bleef de pen op de een of andere manier in zijn oor steken, eerst helemaal, daarna alleen de dop, en die kwam er niet meer uit, hoe hard er ook aan werd getrokken, met het risico hem pijn te doen. Dus moest hij naar de eerste hulp worden gebracht.

Niemand besteedde ooit aandacht aan Kraus, maar juist door dat leven waar niets bijzonders of interessants aan was stelde God ons voor een probleem, voor een onoplosbaar raadsel. Wie was Kraus? Waarom was hij op de wereld? Het raadsel van Kraus bleef ook bestaan juist omdat dus niemand de moeite nam om het aan te pakken, te verklaren; niemand was geïnteresseerd in de oplossing, en onze klasgenoot leek zo anoniem en onbeduidend, zijn persoonlijkheid zo zwak en oppervlakkig, dat het tijdverspilling zou zijn geweest om zelfs maar te veronderstellen dat er iets diepers onder verborgen zat waarnaar we op zoek moesten gaan.

Nou ja, zijn leven zal vast wel een betekenis hebben, maar zo op het eerste oog zie je die niet. Hij is nietszeggend, als een worm of een steen op je pad, waarvan je niet weet of je hem zult platstampen of wegschoppen of laten liggen, dat maakt toch geen verschil, het betekent niets, het is zinloos om ertegen tekeer te gaan of er medelijden mee te hebben... Maar de Schepper kent aan elk onderdeel van het universum, zelfs het miezerigste deeltje, heel veel belang toe, en blaast het elke dag weer zijn levenskracht in opdat het blijft bestaan, dus als hij voor Kraus zo'n enorme inspanning verrichtte, had hij ons ook duidelijk moeten zeggen dat dit ook gewoon een jongen was net als wij allemaal, en dus niet een steen of een insect of een weet ik wat.

Hoofdstuk VIII

Onze leraar Italiaans op het SLM, Giovanni Vilfredo Cosmo, was een geval apart. Hij was lang, slungelig, ietwat kromgebogen, en droeg dikke rode truien en geruite jasjes. Op zijn verrimpelde gezicht zat altijd een glimlach, of beter gezegd een grijns, die aan niets in het bijzonder te wijten leek te zijn, behalve aan zijn bovenmatige gebit, vergeeld door het roken, waar zijn dikke lippen maar amper omheen pasten, net als bij een populaire acteur uit die tijd, Warren Oates, die na diverse bijrollen de hoofdrol speelde in de uiterst gewelddadige, waanzinnige western *Bring Me the Head of Alfredo Garcia*. Afgezien van die cynische grimas, en zonder ooit zijn ware gevoelens te tonen, sterker nog, die verhulde hij, die verschanste hij achter zijn encyclopedische kennis, wekte Cosmo de indruk dat hij de draak stak met de paters en met ons leerlingen, met zowel zijn leken-collega's als de religieuze, en ook met zichzelf. Hij liet die opgewekt sceptische houding nooit varen en was de enige die het zich kon veroorloven zich ook zo te gedragen tegenover de rector, op wiens binnenkomst in de klas voor de rituele uitbranders of het uitdelen van de rapporten hij gewoonlijk reageerde met veel buigingen en zwier, zoals een hoveling wanneer de Zonnekoning voorbijkomt. 'Jongens, willen jullie een passende ontvangst geven aan de man die zowel in fysiek als in symbolisch opzicht de belichaming is van de macht die over ons allen heerst. Sta op, sta op!' en dan kwamen wij al even plechtig overeind, maar wel met een lachje om onze mond. 'Kijk uit met die grapjes, meneer... die snappen zij niet,' antwoordde de rector gevleid, maar ook een beetje geïntimideerd en verontrust door Cosmo. Ironie is een dubbelsnijdend zwaard en in zijn bijzijn besefte de rector dat hij daar niet het alleenrecht op had. 'Allemachtig, ik ben bloedserieus!' vervolgde onze leraar zijn woordenstrijd. 'Dat zijn we hier allemaal, toch?' en intussen gaf hij ons met een gebaar, als een dirigent, het teken om weer gaan zitten. Het enige wat hij echt serieus benaderde was zijn vak, namelijk dat van lyceumleraar, hoezeer iedereen zich ook maar bleef verbazen en zich afvragen hoe het mogelijk was dat zo'n briljante man in loondienst op een particuliere school was beland, in plaats van een leerstoel aan een of andere universiteit of een andere prestigieuze functie te bekleden. Dat hij met die hersens van hem zijn tijd verdeed met verhalen over Arcadia vertellen aan een stel chagrijnige rijkeluiszoontjes, en met het in rode balpen corrigeren van de verwrongen grammatica waarin zij hun opstellen hadden geschreven over een dagje aan zee of over Graaf Ugolino: 'De zondaar staakte zijn barbaarse eten...' Al dertig jaar lang deed hij niets anders dan die onsterfelijke woorden opdreunen en becommentariëren voor een wisselend, maar hoe dan ook onwaardig publiek. Hij was nooit een stap verder gegaan; waarom niet? Wat had hem tegengehouden, vastgeklonken daar aan het SLM, als Robinson Crusoe aan dat eiland van hem? Ik moet wel zeggen dat hij er zelf eerlijk gezegd helemaal niet ontevreden over leek, of gefrustreerd. Het gerucht ging dat de paters hem gezien zijn waarde en zijn duidelijke faam, die de school glans verleenden, een bijna dubbel zo hoog salaris betaalden als de andere docenten. Bovendien stonden ze hem toe zijn lessen allemaal aan het begin van de week te concentreren, zodat hij de rest van de tijd vrij was om met zijn Lamborghini alle jazzconcerten af te gaan, want daar was hij een van de grootste en meest gewaardeerde kenners van. Hij bezat dan ook een van de meest complete en waardevolle platencollecties in dat genre, en hij moet ook een uitstekende percussionist zijn geweest, een onvermoeibare ritmische machine, voordat de artrose hem de drumstokken uit handen nam, de handen die daarna nog hooguit in staat waren de flinterdunne bladzijden van een oude editie van *De goddelijke komedie* om te slaan, die bijna uit elkaar viel na al die jarenlange lessen. Steeds dezelfde lessen. Het vederlichte, gouden gewicht van de literatuur. Het ritueel van de zich repeterende schooljaren. Er waren ook mensen die stiekem zinspeelden op een ernstige gebeurtenis die had plaatsgevonden toen Cosmo nog jong was, en die hem er zogezegd toe had gedreven zich terug te trekken uit de wereld, vergelijkbaar met Padre Cristoforo in Manzoni's *De verloofden*; alleen had hij zich in plaats van in een klooster opgesloten in het modernistische fort gevormd door het SLM, en zich verlaagd tot de rol van anonieme lyceumleraar, gevrijwaard van de verleiding een briljante literaire of academische carrière te ondernemen. Behalve over jazz had hij nooit een regel willen schrijven, voor zover men wist of voor zover die was gepubliceerd; en evenmin was ooit duidelijk geworden wat de vreselijke jeugdzonde was waar Cosmo voor wilde boeten.

Ik heb heel veel aan hem te danken, té veel. Dat ik boeken schrijf heb ik aan hem te danken, en volgens mij is de kans groot dat dezelfde bewering geldt voor de andere schrijver die onze klas heeft voortgebracht, Marco Lodoli. Weliswaar hadden we al een passie in ons toen we Cosmo als leraar kregen in de eerste klas van het lyceum, maar pas door de kennismaking met hem vond die passie de benodigde erkenning en voeding. De boekenkasten die thuis hele schrootjeswanden besloegen raakten ineens bezield, ze kwamen tot leven, en Cosmo zorgde ervoor dat talloze titels tot bloei kwamen op een manier die onze ouders beslist niet in gedachten hadden gehad toen ze de verzameling samenstelden die ze beschouwden als de noodzakelijke uitrusting voor de woning van een ondernemersgezin (mijn vader en die van Lodoli waren allebei ingenieur), aangezien het hun vooral ging om het esthetische effect, de in leer gebonden ruggen, de in één keer aangeschafte prestigieuze collecties klassiekers die keurig op volgorde hele planken in beslag namen. Niets is zo sterk en visueel bevredigend als een hele reeks van de Loeb Classical Library. Voor Arbus lagen de zaken een beetje anders. Hij had zelf al een briljante academicus in huis, althans theoretisch gezien, aangezien zijn vader er bijna nooit was. De muziek, de pianospelende zus en al het andere completeerden het intellectuele plaatje. En daarbij, zoals ik al een paar keer heb aangegeven, zou Arbus niet snel voor iemands charmes bezwijken. Voor die van een mens van vlees en bloed, bedoel ik. En het staat buiten kijf dat een leraar zijn onderricht geeft via zijn charme, met zijn charme als leidraad van impulsen: de charme van wat hij zegt, van zijn ogen die door de klas dwalen op zoek naar andere ogen, van de ongedwongen gebaren waarmee hij een lezing of een uitleg gepaard laat gaan, en verder het timbre van zijn stem. Cosmo had eerlijk gezegd niet zo'n heel mooie stem, integendeel; zijn stem kwam van achter uit zijn keel en klonk af en toe schel, opgewonden, als de roep van een steenuil, om vervolgens weer af te dalen naar zware, lage klanken, die de ramen bijna deden trillen in hun sponningen. Misschien waren het juist die zo theatrale voortdurende schommeling en die zo wisselende dynamiek waardoor we geboeid naar zijn lessen bleven luisteren, of nou ja, laat ik voor mezelf spreken, want andere klasgenoten zoals Scarnicchi, die niet voor niets de Marmot werd genoemd, lagen tijdens de lessen van Cosmo net zo goed te slapen als tijdens die van De Laurentiis of frater Gildo, en net zoals ze zouden hebben gedaan bij Gas & Svampa als ze daar niet wakker waren gehouden door de stokslagen. Arbus was extreem tekstueel ingesteld, hij luisterde naar de stellingen en dacht erover na, en al het andere liet hij vallen, ongevoelig voor de pantomime en de verleiding. Alsof hij ongedeerd door de hoepel van de emoties sprong om rechtstreeks tot de kern van de concepten te komen. En hij erkende dat inderdaad veel van de gedachten die meneer Cosmo formuleerde interessant waren en het verdienden te worden geverifieerd en uitgediept. Maar hij raakte er beslist niet door *in vervoering.* En alles wat gewoonlijk onder de noemer 'persoonlijke mening' viel liet hij direct vallen. Arbus verafschuwde 'persoonlijke meningen', en dan vooral die van leraren. Dat had hij alleen aan mij toevertrouwd. 'Moeten wij hier zitten aanhoren wat hij wel of niet mooi vindt?' zei hij terwijl hij zijn brillenglazen schoonveegde met de onderkant van zijn overhemd die hij uit zijn broek had getrokken. 'En trouwens, wat wil dat eigenlijk zeggen, mooi of lelijk, waar of niet waar? Als het zo wordt uitgelegd, of beter gezegd niet uitgelegd, wil het weinig zeggen, dan zijn het alleen maar loze praatjes en geen lessen, gewoon uitspraken van een individu dat zo zijn eigen problemen heeft.' Hij dacht aan de emotionele tirades van die arme De Laurentiis, aan de monologen van Mister Golgota, aan de wat hysterische, geïrriteerde herhalingen van frater Gildo, die wanneer een van ons, voor de zekerheid of om te pesten, zijn hand opstak en zei dat een bepaalde passage hem niet duidelijk was, niets anders kon dan alle woorden die hij al had gezegd nog eens duidelijk te scanderen, zonder er ook maar een komma aan te veranderen, precies zoals een leerling zou doen die een passage van het boek uit zijn hoofd heeft geleerd.

Maar Cosmo wist dat die pietluttigheid van Arbus niet zomaar betweterigheid was, maar een vastomlijnd cognitief systeem. En op een keer probeerde hij hem uit te leggen dat de literatuur zich juist door haar specifieke aard aan dat systeem onttrok. Wie die besprak of interpreteerde, kon niet zijn toevlucht nemen tot bepaalde vaststaande wetten, zodat je onwillekeurig op het vlak van de verafschuwde 'meningen' bleef. Het was iets veranderlijks, iets wisselends, niet volledig verifieerbaar.

'En zal ik je eens wat zeggen, Arbus? Of jij een bepaald gedicht wel of niet mooi vindt kan niemand van tevoren bepalen, en hij kan je er ook niet toe verplichten of het beletten. Niemand kan dat genoegen belemmeren of dat ongenoegen veranderen in iets anders dat geen vals bewustzijn is. Snap je dat, Arbus? En hebben jullie dat ook allemaal begrepen, luiwammesen?'

Zo noemde hij ons vaak, luiwammesen.

Een heerlijk ouderwetse term, tegenwoordig.

Ik moet bekennen dat die uitspraak die Cosmo rond 1973 deed pas ongeveer in 2013 tot me is doorgedrongen, tamelijk recent dus, namelijk sinds ik niet alleen meen te hebben begrepen wat de ware betekenis van de term 'vals bewustzijn' in het algemeen is, maar ook dat ik heb ontdekt wat míjn valse bewustzijn is, waar zich dat bevindt, wat er zeg maar in mijzelf zo onherroepelijk *vals* is omdat het is gegenereerd door de drang datgene op te vullen wat dus juist alleen maar kan worden opgevuld dankzij een leugen. Het gaat niet om de literatuur, die is alleen maar een exempel of een toepassingsgebied van deze werkwijze: het is de handschoen die de hand bedekt, niet de hand zelf, het is een prachtige kunstmatige hand, gemaakt van gelooide huiden die vakkundig in elkaar genaaid zijn zodat ze zich naar een ideale hand vormen. Niet de literatuur staat hier op het spel, maar al onze ervaringen, aangenaam of opwindend of vernederend of pijnlijk...

Ik weet niet of Arbus het toen begrepen had. Misschien had hij het meteen door omdat zijn wonderbaarlijke intelligentie in staat was een paradox op te nemen, of misschien dwaalt hij nog steeds blind voor dat besef door de wereld (waar hij zich ook bevindt: *O, brother, where art thou?*). Gevangene van zijn eigen beperkingen, opgesteld door een geest die te krachtig is om zich over te geven, om zich te laten overrompelen door overbodige elementen. Plezier is altijd overbodig, kinderlijk, en dus onaanvaardbaar. Cosmo's wijsheid schuilde dan ook beslist niet in zijn voor een lyceumleraar overmatige eruditie, maar in het feit dat hij had aanvaard de wapens neer te leggen. Om zijn harnas af te doen; dat van het sarcasme dat hij zo vaak beoefende, maar niet zo vaak dat het hem onmenselijk maakte. In dat opzicht (maar alleen in dat opzicht, let wel) had hij wel wat weg van Courbet, de pornografische schilder die mijn gymleraar was aan het lyceum Giulio Cesare.

Ik denk dat elk van ons wel een Cosmo heeft getroffen in zijn leven, in de geijkte gedaante van leraar, of van trainer, oom, pokeraar, reiziger, manicure, straatmuzikant, therapeut, grote broer (ook al is hij wellicht jonger), en dat die van doorslaggevende invloed is geweest, in positieve of negatieve zin. De Cosmo van dienst is nergens verantwoordelijk voor, behalve dat hij ervoor heeft gezorgd dat we werden wat we waren.

Hoofdstuk IX

Ik werd me meer bewust van dat alles toen ik naar een andere school ging. Er werd me verteld dat Cosmo een sarcastische opmerking had gemaakt over mijn besluit. 'Geweldig, die Albinati! Wat een gigántische stommiteit.' Ik heb geen idee of er onder die haastige, wrange en in sommige opzichten onweerlegbare sneer misschien ook een beetje teleurstelling verborgen zat, aangezien de leraar in één keer twee van zijn beste leerlingen was kwijtgeraakt: een ware discipel, namelijk ondergetekende, en het veelzijdig genie Arbus, die je nou niet bepaald zijn volgeling kon noemen, maar het was in elk geval beter om hem in de klas te hebben dan jongens als de Luiaard of de verwrongen d'Avenia of van die eeuwige rebellen als Chiodi en Jervi. Wat mijn hyperbegaafde klasgenoot betreft kon Cosmo echter nog begrip opbrengen voor zijn drang om voortijdig van school te gaan, om die voor hem vernederende cyclus zo snel mogelijk af te sluiten. Mijn initiatief daarentegen was controversiëler en kon worden gezien als verraad, een afzwering. En wel juist ten opzichte van hem. Tenslotte was het Cosmo wie ik de rug toekeerde, niet de paters en de heilige mis en het zwembad of Gas & Svampa. Cosmo was de maestro die ik loochende. En daarvoor had ik een gevoelig moment gekozen, ik vertrok op het hoogtepunt: Cosmo had de eerste twee jaar van mijn lyceumcarrière de motoren laten warmdraaien, wachtend tot hij zich op de moderne schrijvers kon storten, die meer verwant waren met ons, wanneer het literatuurprogramma pas echt boeiend zou worden voor een aspirant-alleslezer zoals ik, van Leopardi tot de romantici tot aan de giftige bloemen van Baudelaire en de surrealisten... En net op dat moment liet ik hem in de steek. Maar misschien kon het hem eigenlijk niet veel schelen: hij had vóór mij ook al pientere leerlingen gehad en die zou hij na mij ook weer krijgen. In de tussentijd had hij nog Lodoli om het over poëzie te hebben, Rummo met zijn onwrikbare ernst als jonge gelovige, de miniaturistische ijver van

Zipoli, de opgewektheid van Modiano, de tics van Picchiatello om onder controle te houden en nog wat andere leerlingen om waardig naar het einde te begeleiden. Dat is de rol die Cosmo voor zichzelf had gekozen: de veerman.

Jammer dat de aantekeningen die ik op school heb gemaakt verloren zijn gegaan. Vooral die bewonderenswaardige samenvattende schemaatjes van filosofie en Italiaans waarmee we ons beschermden, als achter de schilden van een Romeinse testudo-formatie, om het eindexamen te trotseren: we rukten compact op, maaiden de ene na de andere schrijver neer en lieten hem achter ons; Schleiermacher, Jacobi, Fichte, Schelling, Hegel, Feuerbach...

Geruite proefwerkblaadjes wemelend van noties en begrippen, vol en zwaar als honingraten. De vertakkingen van de accolades die zich vermenigvuldigden om trechterdiagrammen te vormen.

Die diagrammen werden afgestaan aan de meisjes op het Giulio Cesare die het jaar na ons eindexamen deden. Ze werden mee verkocht tussen de overvloedig onderstreepte bladzijden van de handboeken bij tweedehandsboekenkramen.

Maar een paar jaar geleden dook er toch iets op uit het tweede deel van Sapegno's *Overzicht van de geschiedenis der Italiaanse literatuur*, teruggevonden in een berghok dat moest worden ontruimd na een sterfgeval, vier blaadjes die uit het midden van een schrift waren losgemaakt en dubbelgevouwen, met aantekeningen die niet haastig waren gemaakt maar zorgvuldig overgeschreven, in het handschrift dat ik als tiener had: helemaal naar rechts hellend, zich forcerend om regelmatig te zijn en een karakter uit te drukken. Toen ik ze overlas werd me duidelijk dat het aantekeningen waren die Arbus had gemaakt tijdens Cosmo's lessen over Machiavelli, en die hij daarna aan mij had gegeven zodat ik ze kon overschrijven.

De kop in blokletters, eveneens bijna vijfenveertig graden hellend, luidde *DE HEERSER*.

Het viel niet mee om op het eerste gezicht, en zonder iets te controleren, te doorgronden welke van die genummerde concepten uit de oorspronkelijke tekst afkomstig waren en welke daarentegen Cosmo's ideeën waren, en zelfs of Arbus er nog iets van zichzelf bij had gezet tijdens de uitwerking. Zoals bij sprookjes die aan kinderen worden verteld: daarvan worden de concepten telkens anders geformuleerd, totdat het niet meer dezelfde concepten zijn en de herkomst ervan onduidelijk is. Ze worden *algemeen*. Nu ik ze hieronder kopieer, veertig jaar later, bezwijk ik onwillekeurig voor de verleiding om ze aan te passen en er iets van mezelf aan toe te voegen, een tiental regels hier en daar, maar wel met een specifieke reden: het kan zijn dat het mijn indruk is omdat ik er tot aan mijn nek in zit, maar sommige observaties van Machiavelli/Cosmo/Arbus doen denken aan het delict dat het uitgangspunt voor dit boek was.

1. Wanneer je eenmaal iemand krenkt, kun je het maar beter meteen goed doen; want voor een lichte krenking zal hij nog wraak kunnen nemen, voor een ernstige of dodelijke niet. Bij het DvdC (zoals overigens ook bij veel andere delicten) kun je alleen door de slachtoffers te elimineren, alleen door ze 'uit te doven' (dat is de welsprekende term die Mach. bezigt), voorkomen dat je door hen wordt vervolgd. De dood maakt het voor degene wie onrecht is aangedaan onmogelijk om dat te vergelden. Zoals Stalin zei nadat hij opdracht had gegeven iemand te elimineren: 'Geen man, geen probleem.'

2. Het is beslist niet waar dat de tijd alles heelt; integendeel, in het merendeel van de gevallen maakt de tijd nog meer kapot.

3. Het natuurlijke verlangen van elke mens is om terrein te winnen, niet te verliezen, om vooruit te gaan, niet achteruit; om te groeien, niet te vervallen. Bezit is het duidelijke doel van iedereen; de manieren om dat te bereiken variëren. Er zijn echter dingen en ook mensen waarvan je je maar op één manier kunt verzekeren (of het idee kunt hebben dat je je ervan verzekert) dat je hen bezit: door ze te vernietigen. Zoals de verspillers in de *Hel* van Dante, die hun patrimonium bejubelen door het te verspillen, zijn ze pas overheersers wanneer ze dat feitelijk niet langer zijn. De vernietiging wordt voor hen een radicale vorm van bezit. Het is enkel een nog ruwere variant van de beroemde uitspraak van Wilde: Ieder mens doodt datgene wat hij liefheeft. Ieder mens bezit wat hij vernietigt, oftewel, een man is alleen rijk aan datgene wat hij verspilt en verwoest.

3b. Je bezit alleen wat je op elk gewenst moment en om elke willekeurige gril vrij bent te spenderen, doneren, vervreemden, vernietigen. Elke beperking van de willekeur van die keuzes en handelingen is een beperking van het authentieke bezit.

4. Het kapitaal overleeft de vader. Het bewijst hoe duurzaam een bloedlegaat is. Mensen treuren dan ook heviger om het verlies daarvan dan om het verlies van de ouder.

5. De liefde is afhankelijk van degene die liefheeft; angst van degene die deze inboezemt. Het eerste kan niet door ons worden opgewekt; het tweede wel. Iemand bang laten worden is gemakkelijker dan iemand verliefd laten worden.

6. Cheiron, de onderwijzer, is half mens, half paard. Waarom heeft de onderwijzer die dierlijke helft?

7. Wat je diep vanbinnen bent, kun je niet veranderen; wat je alleen maar lijkt, kun je zo nodig transformeren, wijzigen, aanpassen, wanneer de situatie dat vereist.

7b. Echt zijn wat je lijkt kan riskant of zelfs schadelijk blijken.

8. Er is meer leven, meer haat, meer wraaklust dan je zou vermoeden als je kijkt naar het 'kalme' en 'vreedzame' menselijke bestaan: onder die korst krioelt het van de heftige, onzinnige, smerige verlangens.

9. Je moet net als een boogschutter verder weg mikken dan het doel dat je wilt raken.

10. Het is gemakkelijk om de massa's te overtuigen, moeilijker om ze vast te houden in die overtuiging.

11. Sommigen treffen geen struikelblokken op hun pad, alleen omdat ze eroverheen vliegen.

12. Zoals bepaalde ziektes, die gemakkelijk te genezen zouden zijn wanneer ze nog moeilijk te ontdekken zijn, en later wel gemakkelijk te diagnosticeren zijn maar dan onmogelijk meer genezen kunnen worden. (Ongeneeslijke tegenstelling tussen kennen en handelen.)

13. Aangezien filosofen en paters dat niet kunnen, is het aan kunstenaars om 'goed te spreken over het kwaad'. ('Zo men van het kwaad iets goeds mag zeggen'.)

14. Gewelddaden moeten allemaal tegelijk gepleegd worden; vriendelijkheden beetje bij beetje.

15. Het is gemakkelijk om een vriend van het volk te worden als dat niets anders eist dan niet te worden onderdrukt; het is gemakkelijk het volk te onderdrukken wanneer je het de indruk geeft dat je het niet onderdrukt.

16. Zonden bestaan; maar dat zijn nooit de zonden waarvan men zichzelf beschuldigt.

16b. Men beschuldigt zichzelf graag van welke zonde dan ook, behalve van die men werkelijk begaan heeft.

17. Tijdrovende aankopen, plotselinge verliezen.

18. Omdat zij betrekking heeft op onzichtbare entiteiten, en juist omdat zij diep verborgen zit en zelden is te verifiëren, is van alle menselijke eigenschappen die van de religiositeit de meest externe en gemakkelijk te simuleren; vandaar dat die ook hypocriet dreigt over te komen wanneer ze authentiek is. En vandaar dat men als vanzelf wantrouwen koestert jegens priesters in het algemeen en jegens vurige katholieken.

19. Het dragen van een wapen is bevredigend. Een wapen verhoogt het bewustzijn en vergroot de fysieke en mentale dimensies van degene die het hanteert. Het vermenigvuldigt diens mogelijkheden. Hij kan ineens rijk worden, gevreesd en geëerd zijn, rechtzetten wat hem

ongelijk voorkomt, bereiken wat ver weg is, een punt zetten achter verhalen die zich al te lang voortslepen en rekeningen vereffenen. Wie vuurwapens heeft gehanteerd, heeft sensaties ervaren waar de ongewapende mens zich niet eens een voorstelling bij kan maken.

20. Haat wordt zowel gegenereerd door slechte daden, wat voor zich spreekt, als door goede daden, beweert Machiavelli. Aan de andere kant van het spectrum, concludeer ik, verwerft men erkenning en liefde zowel wanneer men het goede doet als het kwade. Ja, zo is het, zelfs door kwaad te doen wordt men liefgehad, misschien zelfs nog inniger en dieper. We zijn dan ook buitengemeen dankbaar jegens hen die onze vijanden kwaad berokkenen. En soms zijn we ook dankbaar aan degene die onszelf rechtstreeks pijn doet. Bedankt! Bedankt dat je ons hebt mishandeld, vernederd, geketend, onderworpen, verlaagd. Als dat nu eens niet zou worden beschouwd als een pathologie maar als een normale toestand van de menselijke geest, hoeveel ogenschijnlijk onverklaarbare gedragingen zouden er dan niet zonneklaar worden!

21. Het schokkende is niet zozeer het sterven, als wel de manier waarop iemand sterft.

22. Men verzint een vijand om te bestrijden, te verslaan, en groots te worden, of zich zo te voelen.

23. Wapens zijn alleen heilig wanneer men daarin de laatste hoop legt.

24. Als iedereen je in je gezicht de waarheid begint te vertellen, wil dat zeggen dat je niet meer gerespecteerd wordt.

25. In Italië is nooit gebrek aan het materiaal dat moet worden vormgegeven, integendeel, dat is er in overvloed. Het zou eeuwen duren om dat allemaal te verwerken, alle problemen ervan het hoofd te bieden. De ellende is dat het merendeel van dat materiaal al een vorm heeft, en van inferieure kwaliteit is; en de rest van het materiaal is nog vormloos en zo afzichtelijk van zichzelf dat men bang is om er vorm

aan te geven. Daarom hebben schrijvers het uiteindelijk nergens over; of als ze het er wel over hebben, stijgen ze nooit uit boven het niveau van gebabbel. Ze hebben niet het lef om het vormloze vorm te geven; en wat ze al onhandig uitgedrukt aantreffen in het cliché, laten ze liever zoals het is, of hooguit versterken ze het. De enige bijdrage van schrijvers is een overmaat aan formele felheid, die het vrijwel nooit waagt tot de kern te komen. En intussen blijft de berg aan materiaal maar groeien en groeien...

Hoofdstuk x

'Zie je dit rood?' vroeg Cosmo, terwijl hij zijn eeuwige trui tussen twee vingers vastpakte. 'Nou, ze waren ervan overtuigd dat ik er zo over dacht. Daarom werd ik gevreesd en gerespecteerd. Ze hadden er geen bal van begrepen. Maar de onduidelijkheid kwam mij en hun goed uit. Ik behield mijn olympische afstand tot de rest, en zij konden de wereld laten zien hoe open ze waren, hoe liberaal, dat ze een communistische leraar in hun gelederen hadden. Communistisch, maar wel ontzettend goed. Zonder de term "communistisch" openlijk te gebruiken, ging het SLM er prat op dat ze een linkse docent hadden als tegenwicht voor de rechtse collega's. Dat hebben we ook zien gebeuren bij de grote burgerlijke kranten: die plaatsten op de derde pagina de artikelen van wat schrijvers die hevig tekeergingen tegen het burgerlijke systeem. Feit is dat het anticommunisme in Italië het altijd moeilijk heeft gehad, want diep vanbinnen heeft zo'n beetje iedereen wel bewondering voor de communisten, ook degenen die hen vrezen of haten. Ze hebben dus handig gebruikgemaakt van mijn jeugdzonden om een niet-bestaand personage te verzinnen, Cosmo de Rooie. Ruimdenkendheid is over het algemeen zo schaars dat je maar een halve originele gedachte hoeft te formuleren, of zelfs maar een kwart, om te worden aangezien voor een revolutionaire intellectueel. Naar die maatstaven zouden Plato, Nietzsche en Leopardi ook zijn aangezien voor communisten. Intelligentie op zich is al revolutionair. Daarom vind ik het niet erg dat ze het verkeerde idee over mij houden. Het betekent dat ze me respecteren, dat ze bang voor me zijn en me waardevol achten. Het docentenkorps van een school is als een voetbalteam: elke positie moet worden ingevuld. Hier aan het SLM ben ik ingedeeld als de linkervleugelspits, bliksemsnel, excentriek, onvoorspelbaar. Maar dat is ook juist wat hun indeling van me eist. Het katholicisme heeft behoefte aan compleetheid, het moet alle tegenpolen opnemen, bijeen scharen, de kring sluiten. Omhelzen, altijd maar omhelzen. Het krachtigste symbool daarvan is de zuilengalerij voor de Sint-Pieter. En ik met mijn rode trui ben gemakkelijk herkenbaar op dat gigantische plein... Daar heb je hem! Ja, daar heb je hem, zeggen ze, de communist! En ze heffen een gezang aan uit dankbaarheid.'

Hij is anders, en dus is hij iemand *zoals wij*... hij is een *van ons*...

Dit openbaarde Cosmo aan me in een droom die ik ongeveer een maand geleden heb gehad. Misschien werd die droom veroorzaakt doordat ik met dit boek bezig ben, door de geheugeninspanning die uitmondt in zijdelingse verzinsels. Ik geloof niet dat Cosmo in werkelijkheid ooit zo expliciet heeft gesproken, of in elk geval niet tegen mij. Misschien dacht hij dit soort dingen niet eens. In mijn droom zaten we in een roeibootje, hij en ik, midden op een vulkanisch meer met steile, beboste hellingen, misschien het Meer van Nemi. Ik zat voorin te roeien en hij zat intussen te redeneren, te vertellen, op achteloze toon. Op een gegeven moment merkte ik dat er een laagje water achter in de boot stond. 'Maak je geen zorgen,' zei hij, 'we kunnen altijd nog gaan lopen.' Hoezo lopen? dacht ik, over het water lopen, net als Jezus? En ik barstte in lachen uit. Alsof hij mij gedachte had gelezen knikte Cosmo, waarbij hij zijn gele tanden ontblootte in een brede grijns à la Warren Oates, en deze keer was die beslist niet cynisch maar vriendelijk, ietwat melancholisch. Van de oever van het meer klonk het geruis van de rietpluimen. Er woei een licht briesje. De boot zonk steeds verder en ik zat inmiddels tot aan mijn ellebogen in het water, de dollen zaten onder water, de roeispanen voor vier vijfde ondergedompeld. 'Jeruzalem! Jeruzalem!' riep Cosmo, wijzend naar de kant. 'Waar? Waar?' 'Daarginds.' Maar ik zag alleen maar een hutje waar visnetten voor waren opgehangen, die heen en weer wiegden in de avondbries. Hij trok zijn trui uit, omdat hij besefte dat ik het zo wel koud zou krijgen, en hij zei: 'Trek jij die maar aan. Hij zal je vast goed passen.'

'En wat doet u dan, meneer?'

'Ik doe wat ik altijd heb gedaan.'

Meer vraag je niet aan een man die zijn taak verricht. In de sneeuw of in de wind of te paard of op een racebaan waar de wagens langs je heen zoeven. 'Ik doe wat ik altijd heb gedaan.' O ja, wat dan? Wat heb je altijd gedaan, Cosmo? Waarom heb je dat nooit duidelijk gezegd?

Waarom heb je dat niet in elk geval stiekem tegen mij gezegd, je favoriete leerling? En bewonderenswaardig is degene die het goede onopgemerkt doet, zonder zich erop te beroemen, maar op die manier zal hij nooit iemand iets leren. Je zou hem moeten zien, hem imiteren, van hem leren. Discretie veroorzaakt vroeg of laat de ondergang van het discrete. Cosmo's rode trui paste me inderdaad precies. Hij hield me warm, ook al was hij inmiddels doorweekt. Hij hielp me te blijven drijven, ook toen het al donker was en ik de rivier niet meer zag, noch de boot, noch de leraar.

Hoofdstuk XI

Er bestond een bepaald type geestelijk of spiritueel fascist, iemand die meent de werkelijkheid te kunnen smeden met zijn wilskracht. Met zijn vastberadenheid. Smeden, ja, 'smeden' is precies het goede werkwoord: het geeft het idee van de zeer hoge temperatuur, van de hamerslagen, van de vonkenregen waarmee een weerbarstig materiaal naar believen wordt gebogen. De voorbeelden zijn van Romeinse leest, zoals de legendarische Gaius Mucius Scaevola, of van oosterse leest, zoals de vechtsportmeester die hele stapels bakstenen doormidden breekt met zijn voorhoofd, of stevig met zijn voeten op de grond blijft staan terwijl ze hem met zeven man proberen weg te duwen.

Bij ons in de klas zat er zo een, nog in de beginnersfase.

Ferrazza was een wat verwijfd dik ventje, met sproeten op zijn neus en een slissende r, waardoor die klonk als een v. Zijn fascisme bestond in een adoratie voor de ware man, en de ware man is wat hij vastberaden besluit te zijn, punt uit. Vastberadenheid en discipline. Er zijn geen beperkingen waardoor zijn wil zich laat belemmeren wanneer hij wordt gedreven door een authentieke, kalme, hardnekkige innerlijke kracht. Alle gevoelens konden worden onderdrukt: het hangt puur en alleen van onszelf af of we genieten of lijden, domineren of gedomineerd worden. Vandaar dat Ferrazza in januari naar school kwam met alleen een overhemd aan. Alleen een dun overhemd van veelkleurige zijde, altijd hetzelfde. Hij had geen jas aan, en ook geen trui. Om te zorgen dat iedereen zijn onverstoorbaarheid opmerkte, zijn volmaakte onverschilligheid jegens de futiele conventies die al die sukkels 'winter' of 'lente' noemen, stond hij met zijn armen over elkaar, in zijn overhemd, roerloos midden op het speelplein waar alle andere jongens, ook al waren ze dik ingepakt, zich bewogen om warm te worden en met hun handen op hun dijen sloegen. Maar hij: niks, onverstoorbaar, een klein lachje, en dat lachje was een en al minachting. Als iemand hem vroeg: 'Man, Ferrazza, heb jij het niet wat te frisjes in je overhemd?', dan antwoordde hij neerbuigend: '*Fv*isjes? *Fv*isjes, ik? Waa*v*om zou ik?' en zijn lachje maakte plaats voor een ernstige uitdrukking. 'Kan zijn dat jíj het koud hebt, maa*v* ik niet.'

'Ferrazza, ik heb het koud omdat het ook koud ís...'

Ferrazza schudde zijn hoofd.

Die stomme materialisten, dacht hij, wanneer zullen ze hun lesje nou eens leren? Wanneer zullen ze hun oogkleppen nou eens af doen?

'Nee, jij hebt het koud doo*v*dat... doo*v*dat je dénkt dat je het koud hebt, doo*v*dat je het koud wílt hebben,' antwoordde hij met een geduld dat hem werd ingegeven door zijn spirituele medelijden. 'Je ziet de ande*v*en met hun dikke jas, je weet dat het winte*v* is, en daa*v*doo*v* geloof je dat het te*v*écht is om het koud te hebben... niet omdat je de kou we*v*kelijk voelt. Jij past je aan aan wat de massa denkt, ste*v*ke*v* nog... aan wat de massa van je ve*v*langt dat je denkt.'

'Massa? Over welke massa heb je het?'

Ferrazza haalde zijn schouders op.

'Het zal wel. Misschien heb je gelijk, Ferrazza. Maar vandaag is het echt *verdomd koud*.'

Arbus en ik meden hem, want we vonden hem zielig. Behalve maar te hameren op zijn filosofie van de onverstoorbaarheid en de spirituele controle kon hij helemaal niets, hij was in bijna alle vakken slecht, hij was flut met voetballen en hij zwom als een houten pop, ook omdat hij er altijd op stond die onderling zo verschillende proeven aan te gaan met exact dezelfde instelling van een samoerai, een starre, plechtige samoerai. Als hij aan slag was met volleyen sloeg hij de bal meestal keihard tegen het plafond van de gymzaal.

Bijna niemand kon hem uitstaan, maar toch was hij ervan overtuigd dat hij er zelf met zijn magnetisme voor zorgde dat hij de anderen afwees en op afstand hield. En wee degene die daar grapjes over maakte. 'Doo*v* nabijheid wo*v*dt iede*v*een vulgai*v*. Imme*v*s... *alleen op afstand kun je een ste*v *voo*v *mij zijn*,' mocht hij graag beweren, op mysterieuze toon.

Hij gedroeg zich als een sjamaan of een dictator. Hij meende dat hij alles wat hij maar wilde kon oproepen met alleen de kracht van zijn geest. Hij verklaarde dat hij in staat was zijn zelfbeheersing te bewaren in elke situatie, ook als het kritiek werd. Bovendien doofde hij elke passie en emotie in zichzelf, met een simpele daad van wilskracht. Dat was kameraad Ferrazza.

Ferrazza kreeg zijn moment van glorie toen hij een opstel voor Italiaans inleverde waarin hij beweerde dat de grootste man uit de geschiedenis ADOLF HITLER was geweest. Onze leraar Cosmo las het en sloeg hem er recht mee in zijn gezicht.

Hoofdstuk XII

Over de algemene politiek van die tijd kunnen we kort zijn. Bij de regionale verkiezingen van 1974 daalden de stemmen voor de Democrazia Cristiana terwijl die voor de communisten stegen en stegen... totdat ze elkaar bijna raakten; het scheelde nog maar een paar procent. Het zag ernaar uit dat de DC weldra zou worden ingehaald, het jaar erna zouden de landelijke verkiezingen zijn. De DC had na de oorlog onafgebroken geregeerd, en nu zou dan eindelijk de ommekeer plaatsvinden. Wat zouden de communisten doen als ze aan de macht kwamen? Pajetta, Longo, Natta, Ingrao, Berlinguer, Amendola. Misschien wisten ze het zelf ook niet eens precies. Het waren de oude communisten met de kolbak op die de Roemeense en Bulgaarse dictators drie keer op de wang kusten, en die 's zomers op vakantie gingen naar de Zwarte Zee, maar tegelijkertijd waren het democraten die al jaren in het parlement hadden gezeten... Achter hen tekende zich het spook en de mythe van de USSR af.

Mijn vader zat in de woonkamer met de aardrijkskundige atlas van De Agostini-Novara opengeslagen op tafel de breedtegraden en seizoenstemperaturen van Canada te bestuderen, met het plan om daarheen te vertrekken voordat de communisten aan het roer zouden komen. Er was haast geboden, alles moest binnen een paar maanden geregeld worden. 'Waar zij aan de macht zijn gekomen, goedschiks of kwaadschiks, zijn ze niet meer weggegaan... En we weten welke methodes ze hanteren.' Canada was gigantisch en vrijwel onbewoond. Het hele gezin zou emigreren, behalve ik, die in Italië zou blijven om 'te genieten' van de dictatuur van de communisten. Een winter lang duurde die zoektocht naar een land om naar te ontsnappen, naar een stad die minder kil en vijandig was. Pa was achtenveertig: hij bedacht een plan om zich van zijn zaken te ontdoen, om alles te verkopen, al was het met verlies. Daarna werd het project stilzwijgend opzijgezet, misschien voelde hij zich te oud om opnieuw te beginnen, en waren wij te zeer verknocht aan Rome, of was het rode spook toch niet zo dreigend en overheerste er een vreemd fatalisme. Tegelijkertijd verbreidde zich met de angst het bewustzijn dat die inhaalslag toch niet zo onvermijdelijk was, verre van. De beroemde en afkeurenswaardige slogan 'Laten we onze neus dichtknijpen en DC stemmen' werd bedacht, en mijn vader en moeder gehoorzaamden aan die oproep, zij die altijd voor de Liberalen of de Republikeinen hadden gestemd, stemden op de DC om het communistische gevaar tegen te gaan. Opnieuw werd het schild met het kruis geheven tegen de vijand uit het oosten. Bij de verkiezingen van 1975 (toen ook ik dankzij de nieuwe wet voor het eerst ging stemmen, zoals ik al heb verteld: op de extreemlinkse partij Democrazia Proletaria) groeiden beide partijen, maar de DC kreeg een stoot waardoor ze terugkwamen op bijna 40 procent, dankzij de stemmen die als een barrière waren opgericht door mensen als mijn ouders, en liet de communisten achter zich. Vier procentpunten, een zucht van verlichting. In die tijd stemde vrijwel iedereen in Italië op de christendemocraten of op de communisten, zonder dat ze zelf christendemocraat of communist waren. Wie zijn geld wilde beschermen stemde uiteraard tégen de communisten, maar ook allerlei mensen die wel geld hadden, weinig of veel, stemden vóór de communisten, bevangen door een soort veranderingsroes, of door een drang tot zelfkastijding, alsof ze hun rijkdom onrechtvaardig vonden, al wekten ze bijna de indruk dat ze hoopten uiteindelijk niet te winnen; of dat als ze wonnen de dingen wel zouden veranderen, ja, maar niet *te veel*. De grondlegger van het communisme had vastgesteld dat de bourgeoisie geen bestaansrecht heeft als deze niet de gegeven sociale verhoudingen omverwerpt, en dat werd weer eens bevestigd door de komst van een communistische burgerij die nu nog altijd bestaat, hoe gehavend en ontmoedigd ook. De kleine, de midden- en de hoge burgerij, en de intellectuele, bleek alomtegenwoordig, ze kon even hartstochtelijke zowel vóór haar eigen belangen strijden als tégen haar eigen belangen.

Dat gold allemaal met betrekking tot de politiek van partijen, het parlement, de verkiezingen, enzovoort. Onder jongeren was alles rechtlijniger. Je was rechts of links. Rechts of links, punt. Je kon je onmogelijk onttrekken aan die keuze, die zich op ieder niveau deed gelden, niet alleen in iemands politieke standpunten, waarover men heel gewichtig deed, ook al werden ze na een korte introductie vaak in het midden gelaten, maar meer nog in iemands taalgebruik, de manier van kleden, de vorm van de schoenen, de haardracht, het soort school en in het model of de kleur van de scooter waarmee hij naar school ging, en in zijn voorkeuren op het gebied van muziek en film, rechts of links, rechts of links vereisten een duidelijke, zeg maar definitieve keuze. Ik ken maar heel weinig mensen die sterk genoeg waren om zich te onttrekken aan deze twee tegenpolen, of misschien was het enkel misantropie of onaangepastheid van hun kant, geen idee, of een desinteresse voor het leven zelf, want het leven van een jongere draaide in die tijd alleen daarom. Ik ben niet een van diegenen. Niet dat ik er spijt van heb of me ervoor schaam dat ik een kant heb gekozen, absoluut niet, en dat ik me er niet voor schaam komt niet doordat ik ervan overtuigd ben dat ik in elk geval de goede kant gekozen had – het blijft een open kwestie en het zou zomaar kunnen (zoals trouwens in elk conflict) dat beide strijdende partijen ongelijk hadden – maar vooral doordat ik pas veel later ben gaan beseffen dat het echte dilemma van die jaren niet was aan welke kant je moest strijden, maar of je moest strijden ja of nee.

Tegenwoordig beweert men tamelijk hypocriet dat het ware probleem ook niet dat was, maar vooral de kwestie van de middelen waarmee de strijd geleverd werd: bijvoorbeeld, wel geweld gebruiken of niet? Als je geweld hebt gebruikt was de strijd verkeerd, als je daarentegen vreedzame middelen gebruikte was de strijd (dezelfde strijd!) goed. Tja. Alsof het geweld een extra accessoire was, mistlampen of een navigatiesysteem, waarvan je zelf kunt bepalen of je het eventueel aanzet wanneer het moment daar is, of dat je het helemaal nooit wilt gebruiken. Als men geweld beschouwt als enkel een instrument, een wapen, dat wordt opgegraven of juist wordt neergelegd, verheldert men daarmee nooit de betekenis, en maakt men het eigenlijk altijd mogelijk, nabij, men kan het altijd weer tevoorschijn halen aangezien het niets te maken heeft met de essentie van de ideeën waarvoor het wordt gebruikt. Volgens pacifisten worden die ideeën bevuild door geweld, volgens anderen worden ze er tastbaarder door, en dat is ook de reden dat er aan dezelfde demonstraties voor dezelfde ideeën demonstranten meedoen die zich laten slaan en anderen die zelf slaan, de eersten hebben een gat in hun hoofd en de anderen slaan alles kapot – volmaakt reflectief en complementair. Geweld is helaas niet iets wat je kunt weghalen of naar believen kunt toevoegen, als een specerij, geweld is er gewoon, en je zou de ideeën alleen maar wat beter hoeven te bestuderen om te ontdekken dat het daarvan geen vreemd element is maar een essentieel onderdeel, zelfs als men het weigert en het en masse afwijst. De overtuiging dat het slechts een middel is, een technisch middel, is kenmerkend voor hen die er in feite van dromen het te elimineren, zoals er in de loop der eeuwen vele barbaarse gebruiken zijn afgeschaft, en zo hun ideaal gezuiverd en onschuldig en immuun voor kritiek te tonen. Vaak blijft bij deze mensen het geweld wel bestaan in de vorm van een extreme, onstuitbare verbale felheid, een *rabiës* die naar boven komt tijdens discussies: bezeten blik, schelle of verstikte stem, lippen strakgetrokken over de tanden (dat wat gelaatkundigen zouden kunnen aanduiden als een 'grimlach', en wat duidt op een vlaag van angst of woede). Aan de andere kant zijn er ook mensen die van plan zijn zonder scrupules geweld te gebruiken zolang men het nodig acht, om het vervolgens van de ene op de andere dag af te zweren wanneer de vooropgestelde doelen zijn bereikt; en ten slotte zijn er mensen die genieten van wat het op dat moment geeft: opwinding, roes, spel.

Andere mensen onderwerpen aan jouw wil – dat verschaft een immens genoegen. Andere mensen dwingen of overreden (die twee dingen zijn ook weer niet zo heel verschillend...) om te handelen zoals het mij belieft, voor mijn genoegen – en tegen dat van henzelf. Met alle middelen hun verzet overwinnen. *Met alle middelen.*

In de politiek is de tegenstander degene tegen wie je tekeergaat, niet andersom. Op het moment dat je naar iemand uithaalt, wordt diegene automatisch een tegenstander. Tegenstanders kunnen dus bij elke willekeurige gelegenheid worden geschapen, en de ene kan op elk moment worden vervangen door een of meerdere anderen, door ze af te wisselen of bij elkaar te voegen.

Trouwens, als het geweld op zich alleen maar een middel is, met welk specifiek doel wordt het dan aangewend? Wat wil men ermee bereiken? Bijna niemand is in staat een antwoord te formuleren dat niet vaag blijft. Het doel is bijna altijd onduidelijk of algemeen terwijl het concrete geweld hier en nu plaatsvindt – klappen, verwondingen, sterfgevallen.

(Tussen twee haakjes: wat was bij het DvdC het ware doel van het gebruik van geweld? Wat was er dat niet met andere middelen kon worden bereikt?)

Als het geweld daarentegen een doel op zich is, het enige ware oogmerk van de handeling, op welk niveau kan dat dan als voldaan worden beschouwd? In welk stadium van lijden van het slachtoffer, aangezien er in theorie altijd nog een volgend stadium is? Met de dood van het slachtoffer? Is het geweld met de dood bevredigd, als het ware voltooid? Maar met de dood van het slachtoffer wordt het geweld *beëindigd*, en het is helemaal niet zeker dat het daarom ook volledig is afgereageerd. In zekere zin zou je kunnen zeggen dat de dood in plaats van een voltooiing eerder een obstakel is, een belemmering, het voornaamste tegengif tégen het geweld, de meest verbeten tegenstander, die wanneer ze intreedt het geweld vermoordt, samen met het slachtoffer ervan. Als genieten het doel is van het geweld, is de dood het onaangenaamste ongelukje dat kan gebeuren, het einde van het lijden van het slachtoffer, en diegene smeekt daar dan ook om, om maar verlost te zijn. Misschien was dat wat de advocaten van het DvdC bedoelden met 'onvoorziene dood'? Wilden ze zeggen dat hun cliënten nooit en te nimmer doelbewust een eind zouden hebben gemaakt aan hun vermaak? Het zou kunnen dat de moordenaar niets verlangt van zijn slachtoffers.

Intussen werd ons thuis altijd geleerd om te bagatelliseren.

Altijd.

Normaliseren.

'Niks aan de hand.'

'Nee, alstublieft, doet u geen moeite.'

'Het is geen enkel probleem voor mij.'

'Stel je voor.'

'Moet je nagaan.' (*Rare uitdrukking, dat 'moet je nagaan'; wat wil dat eigenlijk zeggen?*)

'Kom ik misschien ongelegen?'

'Zoals u wilt.'

'Het is niets, alleen een glaasje water graag.' (*Ook als je net door een vrachtwagen bent aangereden.*)

'Het gaat wel over.'

'Laat maar gaan.'

'Laat maar zitten.'

Drink rustig, eet met je mond dicht, niet aan één stuk door praten, niet in het wilde weg praten, ga rechtop zitten, goed kauwen, ga op tijd naar bed, ruim je speelgoed op.

Respectabel, acceptabel, serieus, discreet, betrouwbaar, geduldig, in al zijn uitingsvormen moet de burger de handrem erop houden. Alleen dankzij een hardnekkige zelfbeheersing verwerft hij respect, oftewel datgene wat vroeger juist werd verworven door controleverlies, ongeremdheid, door gewelddadige of waanzinnige handelingen. De ergernis die bij iemand uit de bovenklasse een onmiddellijke reactie oproept, blijft bij de bourgeois sudderen, verteert zijn ziel en durft maar zelden tot uiting te komen. De zeldzame gelegenheden dat hij zijn hart kan luchten: een plotselinge huilbui, de vloekende vader aan de familiedis, oorvijgen, scheldpartijen op familieleden tijdens het samenzijn met de feestdagen.

Het zit zo: we hebben zoveel en zulke sterke zelfopgelegde grenzen waardoor onze vrijheid in wat we doen en zeggen wordt ingeperkt, dat die eigenlijk alleen nog tot uiting kan komen via uitbarstingen, dronkenschap, een zenuwinzinking; oftewel door zich uiteindelijk niet in haar ware gedaante te laten zien maar als een karikatuur van zichzelf. Dus wordt het huilen, kwijlen, schoppen, jammeren. Eventueel aanvallen, moorden. Als de burgerman zich ook maar even laat verslappen, wat zelden gebeurt, stort hij in, dan zakt hij regelrecht de diepte in en verliest alle terughoudendheid die hij in de loop der tijd zo moeizaam heeft opgebouwd, en waarvan nu plotseling duidelijk wordt hoe gekunsteld die was. Zijn gedrag is dan ook gedoemd om zich voor te doen in twee uitersten: het ene normaal en onverstoorbaar, het andere excessief en agressief. Geen van beide gedragingen is authentiek, laat dat duidelijk zijn, ook niet dat van de ruziezoeker, een houding die als reactie wordt opgeroepen en die eveneens ontstaat als een plotselinge barst in de inspanning om zich te beheersen. Met andere woorden: de burger is genoodzaakt om zich nooit natuurlijk te gedragen, om nooit ook maar één moment van waarheid te kennen. Hij leeft als een vreemd voorwerp ondergedompeld in de realiteit, als een splinter in de huid. Ook al is hij een kei in introspectie, soms gefaciliteerd met behulp van dure psychotherapeuten, hij heeft geen flauw idee wie hij werkelijk is, en vooral ook niet *waartoe hij in staat is*. Aangezien hij tijdens een bevlieging niet echt zichzelf is, geven zelfs die aanvallen niet echt iets bloot. Zolang hij niet te veel menselijke schade heeft aangericht tijdens dat uitstapje uit zijn respectabele imago, kan hij er nog op zijn tenen naar terugkeren, zoals een overspelige in het halfduister weer in het echtelijk bed kruipt en liefdevol zijn slapende vrouw streelt, haar bijna ontroerd aanschouwt.

Aangezien de burger niet in staat is zich volledig over te geven aan de vendetta, of om aan één stuk door slecht te zijn, concentreert hij al zijn slechtheid en kiest toevallige, symbolische doelwitten om die op af te reageren, of anders delegeert hij de uitvoering ervan aan professionals of aan zijn dommere broeders.

Velen van hen die stelselmatig geweld hebben toegepast, behouden ook nadat ze het hebben afgezworen, of nadat ze er alleen maar mee zijn gestopt, een soort heimelijke trots; soms schudden ze hun hoofd alsof ze inmiddels te wijs zijn om begraven waarheden op te graven, al spreken die wat henzelf betreft nog altijd voor zich; en ook al kijken ze er meestal wel voor uit om er expliciet over te zijn, ze wekken toch de indruk dat ze aanspraak maken op de authenticiteit van hun vroegere keuzes, op hun oprechtheid voor het aanschijn van een wettelijke wereld waarin geweld over het algemeen wordt gestigmatiseerd of gecamoufleerd, terwijl die wereld daar feitelijk zelf op gefundeerd is. Op onderdrukking, machtsmisbruik van de sterkeren jegens de zwakkeren. Dat weet toch iedereen?

Met hun uiterst basale gedragingen (aframmelingen, ontvoeringen, aanslagen, moorden) deden zij eigenlijk niets anders dan de gewelddadige aard van menselijke en sociale relaties blootleggen, en de verborgen kant ervan aan het licht brengen. Zoals alle profeten wordt hun verweten dat ze een excessieve, ongemakkelijke waarheid hebben verkondigd, en worden ze afgewezen omdat ze die in de praktijk hebben gebracht. In plaats van de gebruikelijke hypocriete praatjes, in plaats van die vernederende compromissen, hebben zij gewoon doorgepakt en de concrete feiten laten spreken. En er bestaat niets concreters dan een Walther. Als je daarmee oog in oog staat stellen die praatjes niks meer voor. Bovendien zijn de pistolen waarvan zij zo ruimdenkend gebruik hebben gemaakt dezelfde als de wapens waarmee dagelijks de op machtsmisbruik gebaseerde maatschappij wordt verdedigd. In dat exclusieve opzicht zijn bandieten en beveiligingsagenten met elkaar vergelijkbaar. Er wordt dus kond gedaan van een paradoxale logische samenhang bij hen die misdaden begaan, alsof zij een oprechter, intenser leven leiden. Geweld geeft het bestaan een krachtige zet. Intensiteit is het enige tegengif tegen de burgerlijke vlakheid, intensiteit is waar iedereen naar smacht, en als het kwaad de enige manier is om daaraan te komen, als het kwaad de enige optie is om niet het gevoel te hebben dat je verslagen bent en medeplichtig aan dat systeem... met het gevaar dat je wordt vernietigd, wat kan het schelen... alle bedenkingen wegvagen, geen scrupules meer hebben...

Ze zouden tot elke daad bereid zijn, om de kalme poel van het QT maar in beroering te brengen.

Wie de verhelderende deugd van het geweld praktiseert meent dat hij een zuiverder lucht inademt. Een ijzeren staaf of een kogel maken een eind aan het gebabbel en laten eindelijk zien wie er ballen heeft en wie niet, wie een trillende hand heeft, wie alleen maar een grote mond had. Automatische wapens brengen een hele filosofie met zich mee...

Alleen iemand die heeft gedood weet wat de onherroepelijke daad inhoudt.

'Het is alsof het leven van de hele soort, onsterfelijk juist omdat die wordt aangedreven door het voortdurend sterven van de individuen die er deel van uitmaken, op een allesoverheersende wijze naar boven komt dankzij het gebruik van geweld.'

Ook al is de middenklasse dus van nature voorzichtig en gematigd, stil en vol terughoudendheid, af en toe komt ze toch tot uitbarsting. Dan gebruikt ze gewelddadige manieren om gehoord te worden, om tegen de wereld te zeggen: 'Ik besta.' En dat is dan een woeste verkondiging. Wee degene die haar wreedheid onderschat, vraag dat maar aan de lompe, opschepperige Engelse plattelandsbewoners die een voor een worden afgemaakt door de zachtaardige Dustin Hoffman in *Straw Dogs*.

Dit is geloof ik al de derde of vierde keer tijdens het schrijven van dit boek dat ik moet denken aan de films van Sam Peckinpah en met name *Straw Dogs*, uit 1971. Als een constant gezoem, een obsessie. En dat is voornamelijk te wijten aan een beroemde, controversiële scène, waarin de Engelsman zijn ex – de blondine die nu getrouwd is met Dustin Hoffman (Susan George, o, wat vond ik haar opwindend!) – alleen aantreft in huis, hij blijft wat om haar heen hangen en rukt haar dan de kleren van het lijf, letterlijk, hij verscheurt haar peignoir, T-shirt en katoenen slipje; hij geeft haar een klap omdat ze tegenstribbelt en neukt haar dan op de bank, op brute wijze, maar het is niet duidelijk of het wel echt seksueel geweld is, want na haar aanvankelijke protest lijkt ze toch ook wel te genieten van de agressieve coïtus met die knappe vent, vergeleken bij wie de kleine nerd die haar Amerikaanse echtgenoot is volkomen het onderspit lijkt te delven (tot aan de epische slotscène...), ze geeft zich snikkend van genot en dankbaarheid aan hem over, waardoor je je afvraagt of wat we zojuist gezien hebben nu een verkrachting was, of een bevestiging van de stelling dat vrouwen altijd eerst moeilijk doen maar het vervolgens juist heerlijk vinden. Of komt het doordat die vent nu eenmaal haar ex-vriendje is, en zij zijn oude vlam, wat wil zeggen dat als je ooit iets met een vrouw hebt gehad, je haar altijd nog mag neuken, ook jaren nadat jullie uit elkaar zijn gegaan, vanwege een recht dat je voor eens en voor altijd hebt verworven, en als zij weigert is dat alleen maar aanstellerig verzet waar je met een klap een eind aan maakt, en het is terecht dat je haar slaat want uiteindelijk geniet zij er nog meer van dan jij, tenminste als je die film mag geloven.

Wat in elk geval zeker een verkrachting is, is wat even later, terwijl de vrouw van de wiskundige nog met vochtige ogen van genot op de bank ligt, op haar vermoeide lichaam wordt verricht door een kameraad van de eerste verkrachter, heel wat grimmiger, een onguur type met een vuurwapen, waarmee hij hen beiden bedreigt om ervoor te zorgen dat zijn vriend aan de kant gaat om plaats voor hem te maken, hij draait de vrouw op haar buik en neemt haar van achteren, en zij gilt, maar de ander doet niets.

Dat is wat ik in de bioscoop zag; toen de film later op tv werd vertoond was er in die scène geknipt omdat hij te schokkend was, en stopte hij vlak voor de sodomie.

Intussen is de stuntelige wiskundige alleen achtergelaten op de hei, schietend op fazanten terwijl hij er niet één weet te raken.

Sommige van de beroemdste experts op het gebied van geweld beweren dat er geen bloeddorstiger geweld bestaat dan dat van de gegoede burger. Geen enkele revolutie was zo wreed als die welke werden geleid door intellectuelen van bourgeois afkomst en opleiding (bijvoorbeeld Pol Pot). De bourgeois wordt wreed, gaat tekeer. Hij wendt zijn ijver aan om zo veel mogelijk kwaad te doen. Hij houdt van grenzen, maar o wee als hij ze zelf overschrijdt. Een bourgeois met bloeddoorlopen ogen is het gevaarlijkste beest dat er is, echt waar, een knuffelhond die verandert in een dobermann. Ineens komt hij tot leven en valt aan. Aangevallen worden door een bourgeois is alsof je wordt verscheurd door een knuffelhond. Ik heb al heel wat keren geprobeerd me een voorstelling te maken van de verbijstering van die twee meisjes, toen die zo keurige nieuwe vrienden van hen ineens van toon veranderden, en een ander licht in de ogen kregen.

In welke (hallucinaire) mate, in welke (symbolische) zin hadden dat en andere delicten die deze bende gepleegd had het kenmerk van de *vendetta*? Waarvoor wilden ze wraak nemen met hun ontvoeringen en mishandelingen? In naam van wie verrichtten ze die represaille? Had iemand hun ertoe opdracht gegeven, hen gelegitimeerd? Of hadden ze het idee dat iemand hun de opdracht gaf, en zagen ze zichzelf als zijn uitvoerders, zijn voorvechters? Is het mogelijk iemand opdracht te geven tot een delict of aan te zetten tot vele delicten zonder dat je dat ooit openlijk doet? Bestaan er bevelen die niet eens hoeven te worden gegeven maar evengoed worden uitgevoerd? En waarom voelden ze zo'n sterke drang om hun slachtoffers te verlagen, te vernederen? Om ze te ontwijden, zoals bij etnische oorlogen wordt gedaan, om de identiteit van de vijand te vernietigen? In welk opzicht waren die meisjes 'de vijand'?

Ze namen hun maagdelijkheid. In de tijd waarin deze gebeurtenissen zich afspeelden was dat nog een kostbaar bezit, al raakte dat juist in die jaren nogal omstreden. De penetratie, een snelle daad vooral als die bruut wordt uitgevoerd (net zoals een kip de nek omdraaien), is een plotselinge schending van een deel van het vrouwelijk lichaam dat men terecht of onterecht als heilig beschouwt, en dat daarmee juist het meest bevuilde en bezoedelde wordt. Wat heel is wordt verscheurd, wat puur is besmeurd met viezigheid.

Jarenlang heeft links niets anders gedaan dan spotten met en lachen om de angst en de wrok van een bevolking van weerlozen die letterlijk is overgeleverd aan haar aanvallers; men stak de draak met het oude vrouwtje dat een geblindeerde deur laat installeren en zich daarachter opsluit met een veiligheidsslot uit angst voor de Albanezen... Degenen die belast zijn met die systematische lastertaak van links zijn talloze schrijvers van satirische stukjes en columns. Alsof het maatschappelijke probleem in feite dat oude vrouwtje is, dat aan de schandpaal moet worden genageld, niet de Albanezen, die in de gevangenis moeten worden gezet. Nou ja, die eerste oplossing is in elk geval een stuk gemakkelijker en minder geldverslindend geweest.

Maar is het nou werkelijk zo afkeurenswaardig dat onze burgers het voor alles belangrijk vinden om in vrede te leven en te sterven? Wat is er zo walgelijk aan die weliswaar weinig romantische, maar in wezen begrijpelijke wens? Waarom heeft een brave burger niet het recht om te eisen dat zijn legitieme belangen zwaarder tellen dan die van een misdadiger?

De beroemde theoreticus van het geweld schrijft dan ook dat de eerlijke man de uitstekende eis heeft om zich niet te laten afmaken met het excuus dat hij eerlijk is...

Ik zei het al eerder: 'burgerlijk' is een woord waar bijna alle auteurs, inclusief ikzelf, moeite mee hebben om het uit te spreken of op te schrijven zonder een zweem van minachting, een licht spottende grijns.

Ons uitzonderlijke vermogen om met onze geest dramatische scènes te bedenken, voortbordurend op een minieme aanwijzing van gevaar, wordt ons betaald gezet met permanente angst. Het bespottelijke aspect van die nachtmerrie is dat die helemaal niet bewaarheid hoeft te worden om ons paniek te bezorgen: het wachten zelf is de bron van de angst. De mens is waarschijnlijk het angstigste schepsel van de schepping, en van alle mensen zijn de burgers het angstigst. De angst vergezelt hen elke minuut van de dag en de nacht. Op basis van een beperkt vooruitzicht tot lichamelijk lijden, veroorzaakt door materiële behoeften die merendeels bevredigd zijn, bezit hij een vrijwel eindeloos vermogen tot mentaal lijden. De reële dreigingen vult hij aan met de dreigingen die zijn onvermoeibare geest aan de lopende band produceert, en die laatste bezorgen hem evenveel pijn als messteken, of meer nog, want dat hypothetische lemmet blijft maar boven hem zwaaien en op hem insteken, steken, net als in *Psycho*. De ontelbare doorboringen van de angst, het wachten op het lijden zijn bijna nog pijnlijker dan het lijden zelf wanneer het daadwerkelijk komt. Ongerustheid, bezorgdheid, vrees, schrik, verontrusting, argwaan: het beeld dat men heeft van het gelukzalige leven van de middenklasse dat rustig voortkabbelt als een beekje is een pure mythe. De burger is bezorgd om zichzelf, om zijn gezinsleden, om bezittingen en spaargeld waarvan hij niet het idee heeft dat hij er voorgoed van verzekerd is, om de maatschappelijke orde en om zijn eigen morele en psychische evenwicht, dat wil zeggen de beide symmetrische gezichten van de veiligheid, die helaas van te veel factoren afhangt, en geen daarvan kan worden aangemerkt als levenslang gegarandeerd. Hij voelt zich bedreigd van buitenaf en van binnenuit, door hen die er slechter aan toe zijn maar ook door hen die er beter aan toe zijn dan hij. Machtigen en armoedzaaiers plegen met alle mogelijke, verborgen en overduidelijke, wapens een aanval op de veiligheid, de respectabiliteit, het fortuin en zelfs op het leven van het weerloze exemplaar uit de middenklasse: hij wordt evenzeer beroofd door de staat als door inbrekers en telefoonaanbieders en verzekeringsmaatschappijen. De hoge prijzen en de beursschommelingen, de illegale immigranten en de drugsdealers, en ook de leden van deze klasse zelf, spannen allemaal samen tegen de andere leden – en dus zijn advocaten, dokters, tandartsen en notarissen alleen maar bezig complotten te smeden om de burger het leven zuur te maken. Gerechtelijke bevelen en belastingaanslagen verpesten dat leven via de postbode. De burger vreest de eenzaamheid evenzeer als de massa, hij is net zo bang om aan zijn lot te worden overgelaten als om te worden bestookt, in zijn gedachten en in zijn bezittingen, of nee, misschien is die laatste angst nog wel de sterkste en de oudste, men is bang voor het vreemde zoals voor de slangen en wilde beesten waar onze voorouders tegen vochten om hun grotten te beschermen. Die angst moet koste wat kost worden bezworen. De doeltreffendste optie tegen die angst is misschien niet vechten of op de vlucht slaan, maar doen alsof je dood bent. In steen veranderen, je camoufleren met beton, jezelf uitvlakken. Elke emotionele reactie onderdrukken tot je het hart van een fakir hebt. Dat had altijd gewerkt. Er waren mensen die een voortreffelijk leven leidden alsof ze dood waren, ze liepen rond, tekenden cheques, keken tv, reden in een Fiat 1100, bezochten de bioscoop of het voetbalstadion en gingen zelfs dood, uiteindelijk, ook al waren ze allang overleden. Alleen een vervroegde dood kon een fatsoenlijk leven mogelijk maken. Dat is in wezen ook wat filosofieën en religies beweren.

Maar na het DvdC was het ineens anders, toen groeide er in het QT een nieuw sentiment, de algemene bezorgdheid over de zin van het bestaan, het draadje vrees dat het leven van de middenklasse insnoert transformeerde zich tot beklemming, een verslindend gevoel dat zich niet laat ontcijferen of neutraliseren. Tot dan toe had de dood zich alleen maar in de wijk vertoond in de vorm van ouderdom en ziekte, of bij de schaarse verkeersongelukken; nu werd het ineens een wijdverbreide mogelijkheid, even tastbaar als abstract, altijd aan de orde van de dag, waarvan niemand zich gevrijwaard kon voelen omdat er geen specifieke reden voor was. Een gewelddadig lot dat niet langer in de geschiedenis van een individu geschreven staat, maar dat boven iedereen hing. Toen die schaduw eenmaal kronkelend de wijk in was gekomen, trok hij niet meer weg. In een per definitie 'rustige' omgeving was het onmogelijk om de risico's in te schatten. Op basis van welke elementen kon iemand die voorzien? Wat waren de riskante straten, welke personen kon je beter mijden, welke gedragingen waren af te raden? Op het eerste gezicht gold dat nérgens voor. Álles leek onschuldig en dodelijk tegelijk. Alles leende zich voor een dubbele interpretatie. De zenuwen gesloopt door de keren dat er vals alarm was. Alleen al door het piepen van een verroeste windwijzer, het harde geluid van een motor die gestart werd, het knallen van een uitlaat brak er paniek uit. Dankzij dat ongekende delict had men ontdekt dat er onder het voorkomen van een welgestelde jongen een moordenaar kon schuilgaan, en er geen manier was om hem bij voorbaat aan te duiden. Kortom, 'ze zijn onder ons', 'ze zijn net als wij'. Dus wat doet iemand dan instinctief? Hij sluit zich stevig op in zijn huis, maar in plaats van zich daar te ontspannen wordt hij onderworpen aan de gewelddadige propaganda van de tv. Wanneer je jezelf in je huis barricadeert neemt de angst exponentieel toe. Dat is wat veel inwoners van het QT overkwam, vooral die van middelbare leeftijd. 's Avonds na het eten een wandeling maken door straatjes als de Via Gradisca of de Via delle Isole was plotseling angstaanjagender dan je in een oerwoud wagen. Stel je voor dat je een stel jongens zou tegenkomen. Ze zouden je zomaar kunnen neerschieten, of juist gewoon doorlopen, al pratend over hun proefwerk Latijn, zonder acht op jou te slaan, omdat ze in wezen maar onschuldige jochies waren die een pizza gingen eten, en helemaal geen hinderlaag. Wie kon het met zekerheid weten? Het zenuwslopendste was nog wel dat je altijd hoe dan ook afhankelijk was van wat de anderen zouden doen. Je was overgeleverd aan de anderen, ten prooi aan hun driften, hun stemmingen. Men had zelfs niets meer aan de beproefde burgerlijke therapie van het 'niet denken maar doen': om minder ruimte te laten voor angstige gedachten werd het bewustzijn volgestouwd met praktische dingen, werd het beneveld door werk. Het werk is altijd het rad geweest waaraan de burger zichzelf vastklonk om zich als martelaar op te werpen in de ogen van zijn naaste, zodat hij diens respect verwierf en hem tegelijkertijd op afstand hield.

Er heerste voortaan een uitgaansverbod in het QT, dat wil zeggen een uitzonderingstoestand waarin de simpelste, onschuldigste handelingen verboden worden terwijl de gruwelijke daden gemeengoed zijn. Een uitgaansverbod is vóór alles een gemoedstoestand.

Het stomste wat ik in die tijd gedaan heb, is het volgende: ik reed met mijn vriendin op de Vespa rond door de wijk, zij reed en ik zat achterop, met een waterpistool in mijn hand.

Het pistool had de vorm van het olifantje Dombo en kon schieten door de slurf. We reden langzaam langs de trottoirs en wanneer we een voetganger zagen die met de rug naar ons toe liep haalden we hem nog langzamer in en schoten op hem. Ik mikte met gestrekte arm en raakte hem met een scheut water in het gezicht. De trekker kon een behoorlijke straal oppompen. Als het doelwit te ver weg was voor een precisieschot vuurde ik een salvo af. Sommigen merkten onze aanval niet tijdig op en raakten doorweekt zonder dat ze hadden gemerkt hoe het kwam. Anderen daarentegen merkten de schim achter hen op, keken om, beseften dat ze werden beschoten en gedurende de fractie van een seconde voor het schot tekende zich op hun gezicht een mengeling van verbijstering en ongeloof af, een volkomen idiote uitdrukking, ook omdat ze niet meteen beseften dat het een waterpistool was. Weliswaar een waterpistool met de flaporen en de slurf van Dombo, oké, maar het was nog altijd een uitgestrekte arm die een wapen richtte, zoals men op zoveel zwart-witfoto's had kunnen zien, te beginnen bij die oudste, beroemdste foto die aan het begin van dat decennium in Genua was genomen, op 26 maart 1971, tijdens een roofoverval gepleegd door de Gruppo XXII Ottobre, waarop twee militanten op een Lambretta te zien zijn, en degene die achterop zit schiet een loopjongen dood (hij heette Alessandro Floris) omdat die zich had verzet toen ze de tas met geld uit zijn handen wilden rukken.

Dat was het begin geweest van een lang bloedspoor, en wie daar nieuwsgierig naar is kan het op eigen houtje terugvolgen.

Op dat moment vroegen de mond en de opengesperde ogen van de voorbijganger alleen maar 'Waarom? Waarom ík?' Voor de rest was zijn blik uitdrukkingsloos. Dan kwam de waterstraal in zijn gezicht.

We vulden Dombo bij onder een fonteintje en daar gingen we weer. Vreemd dat we nooit bekenden tegenkwamen, het leek net of het QT was bevolkt door figuranten die heen en weer liepen over het trottoir. Vlak nadat we ze hadden beschoten, zodra ze van de schrik bekomen waren, werden ze woedend, ze schreeuwden ons de ergste scheldwoorden na, een enkeling begon ons zelfs achterna te rennen, waarop we lachend wegscheurden, zwaaiend met het speeltje dat hen had getroffen, maar het merendeel van onze slachtoffers bleef roerloos staan, verdwaasd, en drijfnat.

Eén keer, in de Via Tolmino, zagen we een gearmd stel aan komen lopen, dat we niet in de rug schoten, een glimlachend, goedgekleed echtpaar, twee oude mensen die beseften dat ze het nog goed hebben samen, ondanks alles, dit is het leven, voor het avondeten een fijne gezonde wandeling maken arm in arm met je man. Ik had het pistool bijna leeg toen ik die twee onverhoopte doelwitten daar vlakbij zag lopen, een paar meter van ons af, en ik wilde het op hen leegspuiten, ik boog opzij met mijn arm gestrekt en richtte het op hen, terwijl ik tegen mijn vriendin riep: 'Remmen! Remmen!', en toen zagen ze ons en gebeurde er iets opmerkelijks, de man zakte op zijn knieën, zijn vrouw met zich meeslepend, die hij stevig vast bleef klemmen, en zij vouwde smekend haar handen: 'Nee, alsjeblieft, nee! We hebben niks gedaan!' De man leek gelaten, of op het punt flauw te vallen, terwijl zijn vrouw gilde op een toon die door merg en been ging. Mijn vriendin draaide zich naar me om met een grimas onder haar lippenstift waarvan me niet duidelijk was of die plezier of ontzetting uitdrukte. Ik had het schot al in de loop gepompt en was vastbesloten het karwei zonder bedenkingen af te maken. Mijn vinger drukte meerdere keren de trekker in. Ik mikte alleen op de man, die elk moment het bewustzijn kon verliezen, en ik bracht hem weer bij zijn positieven met drie straaltjes tegen zijn voorhoofd en zijn bril. De vrouw bleef gespaard.

Hoofdstuk XIII

Het DvdC zou zich zeg maar tot het QT kunnen verhouden zoals het nazisme zich verhield tot het rustige, kunstzinnige Duitsland, het Duitsland van de met vlaggen versierde dorpjes en de picknicks op het gras, van de Bremer stadsmuzikanten en de plotseling onheilspellende sprookjes. Het lijkt misschien het exacte tegendeel, maar het is de neerslag ervan. De methode waarmee een varken wordt gekeeld kan ook nog van pas komen nadat het gegil van het beest dat ondersteboven aan de haak hangt is weggeëbd en zijn bloed helemaal in de emmer is gedropen; het mes schittert ook nog na de transformatie van het kadaver tot worstjes en speklapjes die smaak moeten geven aan de hartige zondagse tussendoortjes; het ligt daar op het aanrecht, klaar voor gebruik, glanzend, vlijmscherp, en elke keer weer echoot er een gil door de mooie vallei met zijn bloemen. Die echo wordt niet voor de grap gemaakt door de wandelaars, maar is het hartverscheurende bewijs van alweer een verdwijning. Het QT was speciaal gebouwd om tegelijkertijd kalmte, slaperigheid en minachting te wekken. Alles in die wijk leek 'zo klein en zo verscholen', te beginnen bij de kleine huizen met hun tuintjes achter het lyceum Giulio Cesare, behangen met blauweregen en geraniums. Lage palazzine, boompjes, balkonnetjes, hondjes, brommertjes, barretjes, gepensioneerden, werknemers, oorlogsinvaliden... pizzaatjes, broodjes... Er was zoveel middelmaat dat het de ultieme woede en straf opwekte. En wie ergert zich nog het meest aan die valse vredigheid? Juist: God zelf. Hij heeft geen Sodom en Gomorra nodig om verontwaardigd te zijn. Dat is de prijs die betaald wordt voor de enig mogelijke vredigheid (in de realiteit en niet die in je dromen). Vredigheid is altíjd zo hypocriet als de rust die in het QT heerste. Een begerenswaardige misleiding, onderschreven door iemand wie een laars in zijn gezicht geplant krijgt. Als hij niet werd bedreigd, zou hij niet tekenen. Alleen de oorlog is oprecht. Wanneer er geen onwaardige compromissen meer worden geaccepteerd. Nadat die ene gebeurtenis had plaatsgevonden, kwam de hele diplomatie van het QT in beweging om voor de zoveelste keer de overdreven reacties af te remmen en de obstakels vlak te strijken, maar het was te laat, het gezond verstand kon het niet meer opbrengen om te sussen, te ontkennen, te bagatelliseren, te omzeilen, te zwijgen, een oogje dicht te knijpen of allebei, te ontwijken, glad te strijken, eroverheen te praten...

Er was zoveel stof onder het tapijt geveegd dat zich daar een hele berg had gevormd en daarbovenop begon de tafel te wiebelen, de kandelaren vielen om, de meubels rolden omlaag en de berg kleine wandaden stortte in.

Een rijpe beschaving verkeert in de ideale toestand om te breken. Zodra de beschaving af is begint die te verrotten. De 'kalmte' van het QT verhulde de ontwikkeling van de agressie, of beter gezegd wakkerde die aan en voedde haar, zoals een vuurtje gemakkelijk wordt aangestoken met goed gedroogd kastanjehout, als vanzelf, bijna vreugdevol, lijkt het wel. Binnen een paar uur na het delict zou de brand vele hectares Quartiere Trieste in de as leggen.

De paters van hun kant deden hun best om de schade beperkt te houden. Ze beten op hun tanden en droegen het kruis terwijl ze door de pers werden bestookt met lasterlijke benamingen, zoals OnzeLieve-Heer in zijn gezicht werd gespuugd tijdens zijn beklimming van Golgota. Hier, pak aan! Religieuze leraren die verkrachters kweken, geldbeluste paters bereid om een oogje dicht te knijpen voor hun sadistische scholieren...

Na een lange overpeinzing, die in werkelijkheid maar een tiende van een seconde duurde, alsof ze in een oogopslag de enige mogelijke waarheid zagen, kozen ze uit alle metaforen die beschikbaar waren als de sleutel voor een gebeurtenis die anders onverklaarbaar was, die van de *rotte appels* – maar dan appels die altijd al rot waren, die rot waren geboren, al van kleins af aan rot waren, het was immers niet aanvaardbaar dat ze zouden zijn gaan rotten tijdens hun verblijf in de schoolmand. Die voormalige leerlingen moesten wel psychopathische gekken zijn. Dat was de verklaring. In plaats van leraren hadden die eigenlijk artsen en bewakers nodig gehad. En die kregen ze ook. Gekte biedt een rechtvaardiging voor alles.

Die misdaad was van het zeldzame of buitengewone soort waarbij degene die hem pleegt niet alleen wordt onderworpen aan de wetten die hij heeft overtreden, maar bij wijze van spreken de hele wet als zodanig moet ondergaan, de wet in zijn angstaanjagende compleetheid, de Wet, zeg maar. Een fonkelende kolos, die zich als hij eenmaal op gang komt niet meer druk maakt om het afwegen van de precieze feiten en de individuele schuld, maar zich laat zien in zijn verpletterende immensiteit. De weerslag breidde zich uit voorbij de directe kring van de criminelen en de slachtoffers en het justitiële apparaat dat ermee aan de slag ging om de enorme schending die was veroorzaakt recht te zetten. Want in plaats van te helen werd het gat alleen maar groter. Het bestraffen van de daders was absoluut niet genoeg om het te vullen, al waren ze levend verbrand. De hele gemeenschap werd erdoor getroffen, werd meegezogen in de maalstroom, waardoor er een behoefte ontwaakte, sterker nog, een hunkering naar een offer waarbij vergeleken de levenslange gevangenisstraffen en de verontwaardigde termen waarmee die werden opgelegd niets voorstelden. In eerste instantie zou je kunnen denken dat de kwaadaardigheid een hele tijd bevredigd zou zijn na een delict dat zo gruwelijk was dat het de hele voorraad had opgebruikt. Statistisch gezien hadden er minstens twintig rustige jaren moeten verstrijken in het QT. Geen diefstal of ruzie of misbruik meer, er zou zelfs geen enkele klap meer uitgedeeld moeten worden in die rouwmoedige gemeenschap. Maar het was pas het begin, de eerste in een hele reeks plagen die een voor een neerdaalden, alsof de pot waar ze in zaten kapot was gegaan, en het was niet duidelijk of het geweld dat zich vanaf dat moment in het QT ontketende een misdadige crescendo van ongekende delicten was, of daarentegen deel uitmaakte van de straf voor het aanvankelijke misdrijf, er zeg maar de bijkomende straf voor was. Het is lastig te doorgronden, voor degene die het leed ondergaat, of het hem wordt aangedaan vanuit de kwade of de goede hoek. Er zijn namelijk momenten waarop wet en wetsovertreding akelig veel gemeen hebben. Misschien kon de reeks moorden alleen een betekenis krijgen als die werd opgenomen in een apocalyptische visie, in een collectieve ceremonie van boetedoening of in een offerande aan de hemel. Elke dood betekende een offer, en elk kwaad werd gerechtvaardigd 'aangezien het een verheffend spektakel voor een god was'.

Er is sprake van een wet, en die wordt streng toegepast, ook al weet niemand wat die betekent, zelfs niet de uitvoerders ervan, die dan ook – wanneer zij zelf op hun beurt voor de rechters staan, nadat ze zich die rol onrechtmatig hadden toegeëigend – wat labiele, vage redenen zullen mompelen voor hun moorden; je hoeft maar enkele zinnen te citeren uit hun verklaringen tijdens de processen: motiveringen die nog geen vuistslag kunnen rechtvaardigen, laat staan een reeks moorden. Ze lijken niet zozeer berouwvol als wel stomverbaasd over de onbenulligheden die uit hun mond komen. Een nietszeggend spraakballonnetje. 'Waarom hebben jullie hem vermoord?' 'Omdat... het tijd werd om een signaal af te geven.' 'We moesten duidelijk maken dat we er nog waren.' 'We konden niet werkloos toekijken.' Dus vermoorden ze de eerste de beste die ze tegenkomen. Een politieagent, een willekeurig iemand van een andere politieke kleur, of ook iemand van dezelfde politieke kleur die zich wellicht rare ideeën in het hoofd had gehaald. Er hoeft maar een vermoeden te zijn, een zweem van een vermoeden – en hij is ten dode opgeschreven. Wanneer de ratio zo ver te zoeken is, blijkt de pure kracht van de wet die hen tot de moord heeft gedreven. Ze zijn niet eens zo zeldzaam, de fases waarin er wetten heersen die niemand begrijpt, maar die wel moeten worden gehoorzaamd, waarin er bevelen worden opgevolgd die niemand heeft gegeven, maar die wel gebiedend klinken; ook al zijn het beslist geen tijden van anarchie, je zou eerder kunnen zeggen dat het gerechtelijk apparaat in die periodes op volle toeren draait, de burgers worden overspoeld door maatregelen, verboden, restricties en bevelen, even talrijk als onderling tegenstrijdig, en dus blijkt het onvermijdelijk dat men zal worden gestraft, wat men ook doet of niet doet: de staat voert speciale wetten in, en intussen passen de moordenaars een macht over leven en dood toe in hun reizende rechtbanken, waar de processen nog niet begonnen zijn of de jury heeft het vonnis al uitgevaardigd, altijd hetzelfde, 'Dood!', dus wat had het dan voor zin om een proces te beginnen? De onderdrukking is op elk moment van de dag voelbaar, en men is zich bewust van de overgangen tussen de ene jurisdictie en de andere: op kantoor gehoorzaam ik aan de bureaucratische jurisdictie, thuis aan die van mijn familie. De sociale ruimte en die van de wijk valt onder weer een andere wet, en ik bega een vergissing door die niet te erkennen. Als ik me 's avonds in de straten achter het Giulio Cesare waag, heb ik niet in de gaten dat ik die wet overtreed door het overschrijden van een grens.

Macht begint altijd als absoluut en wordt pas later gematigd, getemperd door krachten die hem beletten naar believen de dood toe te dienen: wanneer de macht dus wordt gevraagd naar het motief van zijn handelen. Dat wordt dan gevraagd door iemand die op zijn beurt ook minstens een beetje macht moet hebben, de macht om die eis te stellen – een simpel 'waarom?' is natuurlijk niet genoeg om dat af te dwingen.

De macht over een ontvoerd meisje wordt uitgeoefend ook wanneer die niet wordt uitgeoefend. 'Ik kán je vermoorden' is die uitoefening op het hoogste niveau. 'Ik kan je vermoorden als ik wil.' 'Ik ben in zekere zin bezig je te vermoorden, ook al ben ik dat niet aan het doen, ik ben je nóg niet aan het vermoorden.' De macht om te doden, het kunnen doden zijn in alle opzichten gelijk aan het doden zelf. Net zoals in vroeger tijden een bandiet werd beschouwd als 'al dood', een lijk dat moest worden geïnd, een dead man walking, zo is ook het slachtoffer van de ontvoering al vanaf het begin vermoord. In dit soort gevallen verliest de plechtige uitdrukking 'macht over leven en dood' trouwens haar betekenis: de enige effectieve macht die men kan uitoefenen is die over de dood, het leven is immers al gegeven en kan alleen maar worden afgenomen, weggerukt. Dat ligt buiten het terrein van de moordenaar. Iemand die niet onze vader of moeder is heeft dus alleen maar de macht om ons te doden; en als we eenmaal geboren zijn, wordt in feite ook de macht van onze ouders gelimiteerd tot de macht om ons te doden. Nadat ze ons op de wereld hebben gezet kunnen ze ons er alleen nog maar van weghalen. In de eerste levensjaren verlenen ze ons talloze keren gratie.

De enige macht waaraan we altijd zijn onderworpen is dus die om ter dood te worden gebracht; en degene die zich de macht heeft toegeëigend kan de dood dus toebrengen of ervan afzien. Misschien is dat de reden waarom de terroristen (vooral in de fase dat ze in politiek opzicht niets meer voor elkaar kregen, en ze langzamerhand hun grip op de werkelijkheid verloren) hun macht bevestigden *door te moorden*. De enige wapens die ze hadden waren dodelijke. Van het eindeloze, graduele scala aan initiatieven restte hun alleen nog maar de ultieme daad, de koninklijke essentie van de macht; ze waren als stervenden genoodzaakt om zich te laven aan de laatste druppels nectar en ambrozijn, begiftigd met een even fatale als residuale macht. In hun kleine parlementjes tuurden ze vanuit de hoogte naar hun toekomstige slachtoffers, maar ze konden het leven van de mensen op geen enkele manier raken, behalve door hen te vermoorden. Ze waren op het punt aanbeland dat ze minder invloed hadden dan een wethouder van toerisme heeft in een kustplaatsje, of een verkeersagent met zijn bekeuringenboekje, of een heler van gestolen auto's; dat ze minder charisma hadden dan een rector aan een middelbare school of dan een kleine dealer, en dat ze minder invloed uitoefenden op het dagelijks leven van de mensen dan de portier van een groot woongebouw – maar ter compensatie veroordeelden ze wie ze maar wilden ter dood. De zinloosheid en het aantal van de moordaanslagen nam toe, omgekeerd evenredig met het gewicht dat eraan werd toegekend. Er zijn nooit zoveel moordslachtoffers geweest als toen de gewapende groepen niets meer voorstelden. De ongelimiteerde autorisatie tot doden werd hun juist verleend door dat verminderde gewicht en door het voortduren van een mythe volgens welke je met geweld het lot een duw in de rug kunt geven.

En dan is er ook nog de blijdschap vanwege het (misschien maar voor even) ongestraft wegkomen. Bij voortvluchtigen, bij degenen die nog steeds niet zijn gepakt, ondanks dat er op hen gejaagd wordt, overheerst behalve de onrust ook de opwinding om op vrije voeten te zijn – een zeer paradoxale vorm van vrijheid.

In democratische landen zijn de mensen helemaal niet zo vrij om te doen wat ze willen, in het geheel niet zelfs. De banden van de regels beknellen elke afzonderlijke handeling, vooral in de steden; de autoriteiten hebben besloten waar je mag lopen, hoeveel tijd je ergens mag parkeren, hoe lang je naar een schilderij mag kijken en vanaf welke afstand, of je in zee mag zwemmen, hoeveel je betaalt om je te verplaatsen, hoeveel gram drugs je mag kopen, waar je de as van je vader mag uitstrooien en waar die van jezelf. Elke ademtocht van het stadsleven is gereglementeerd door tabellen, de borden verbieden, de getekende lijnen scheiden, en intussen leggen de videocamera's alles vast; te midden van bekeuringen, betaaltermijnen, vaste lasten, afwisselende dagen, openingstijden, toegangscontroles.

Je bent niet vrij om wat dan ook te doen zonder een speciale vergunning, een visum, een vignet, een kaartje, een wachtwoord, een ticket, een keycord, een coupon, een pasje, een magneetstrip; en die moet je continu verlengen omdat hij verloopt, hij is bijna verlopen, daar heb je het, hij is al verlopen, en dan moet je weer van voren af aan beginnen. Je bent altijd onwettig, ook al doe je er elke dag alles aan om de wet te gehoorzamen. In de hal van je huis liggen hoge stapels ongeopende enveloppen met kennisgevingen van verkeersovertredingen en vorderingen en herinneringen. Op de oneven dagen rijden de auto's met een even kenteken rond, maar ze kunnen alleen aan de rechterkant van de weg parkeren, mits ze een katalysator hebben, tussen 13.00 en 18.00 uur. Je wordt overal in de gaten gehouden. De reglementen overlappen elkaar, als aanplakbiljetten die over elkaar heen worden geplakt, en terwijl je gewoon wat zit te niksen op een bankje in het plantsoen ben je in werkelijkheid bezig te gehoorzamen aan minstens een tiental voorschriften die in elkaar gevat zitten als Chinese doosjes.

De enige uitzondering: zwervers, en criminelen. Zolang ze niet in de gevangenis belanden zijn criminelen de enige vrije mensen van onze maatschappij. Of in elk geval degenen die roekeloos proberen, daarbij vaak het onderspit delvend, om hun vrijheid op te leggen en uit te oefenen ten koste van anderen, alsof ze hun eigen wet uitmaken, wat nooit echt kan, want iets wat voor maar één individu geldt kan nooit een wet genoemd worden. De wet moet om zo genoemd te worden een heleboel mensen onderdrukken, maar feitelijk onderdrukt hij alleen degenen die hem respecteren, en dus komt het erop neer dat die twee keer onderdrukt worden, geplet tussen twee machten: aan de ene kant de staat aan wiens vaak onsamenhangende wetten ze gehoorzamen, aan de andere kant de kleine en grote criminelen die hun hun eigen wet opleggen. En dan hebben we het nog niet eens over de organisaties die onderhand net zo zijn als SPECTRE: banken, telefoonbedrijven en verzekeringsmaatschappijen, verschanst in hun glazen gebouwen en afgeschermd door telefoonnummers waar nooit iemand opneemt, gestructureerd met kenmerken van ondoordringbare geheimzinnigheid en onpersoonlijkheid die ze hebben overgenomen van het staatsapparaat en maffiaorganisaties.

De gewone burger betaalt altijd minstens twee keer zijn bijdrage. En dan wordt hij ook nog eens dubbel of driedubbel door de belastingdienst aangeslagen.

(Hm, eens kijken hoe het in mijn geval zit... Huis leeggeroofd, auto en scooters gejat of vernield, een onbepaald aantal digitale apparaten en telefoons gejat van mijn kinderen, zodat ik nieuwe voor ze moest kopen, en ook tassen 'waar alles in zat', dat wil zeggen papieren, geld, huissleutels... om alleen maar de meest significante items te noemen: ja, ik denk dat ik de afgelopen jaren een even hoog bedrag aan de criminaliteit heb overgemaakt als ik aan de staat heb betaald aan heffingen en geldboetes. Van geen van beide instituten heb ik ooit geld teruggekregen. Maar de staat verleent me in elk geval wel nog enkele diensten, zij het onregelmatig.)

De grootste kalmte bij het nemen van iemands leven tref je bij hen wie het weinig kan schelen of ze hun eigen leven zullen behouden. Die houding wordt soms aangeduid als moed. In het hart van helden heerst minachting voor gevaar. Als er een verlangen naar lijden en dood is, wordt dat bevredigd door anderen leed te bezorgen. De moordenaar verschaft de dood in afwachting van het moment dat hij die zelf zal ondergaan.

Vrienden van de Dood, vrienden in de Dood. In de brieven die Angelo en zijn handlanger uitwisselden na het DvdC proef je heel sterk, ziekelijk, de aanwezigheid van die band met het Negatieve.

Het schouwspel van de dood wordt niet geboden aan degene die sterft, maar aan degene die hem overleeft. In de eerste plaats aan de moordenaars, natuurlijk, die van de voorpremière mogen genieten, maar ook aan onbekenden. Voordat hij het toneel verlaat, levert de moordenaar de lijken van de slachtoffers aan hen over. Daarna heeft hij er, zogezegd, 'niks meer mee te maken', hij kan zich met andere dingen bezighouden. De boodschap is verstuurd en ze zal er even over doen, maar vroeg of laat komt ze hoe dan ook aan. De betekenis van de dood van de twee meisjes (ja, twee: de daders hielden het meisje dat nog leefde voor dood) werd ter ontcijfering toevertrouwd aan het publiek. Dat werd de werkelijke uitdaging van die hele geschiedenis. Moordenaars versus maatschappij: dat bleek de interessante crux, de verkrachte en vermoorde meisjes deden er in feite niet zoveel toe, zij vormden de korte zijde van de driehoek, en dat was zowel het overlevende meisje meteen duidelijk, dat zolang ze nog leefde niets anders kon dan over haar eenzame machteloosheid stamelen, als de mensen die voor haar opkwamen – de verontwaardigde publieke opinie, de feministen, de commentatoren in de kranten. Velen haastten zich te lijden en te beschuldigen in haar plaats, in haar naam, in de wetenschap dat het persoonlijk lijden natuurlijk enorm was, maar hoe dan ook in het niet viel bij het collectieve drama georkestreerd door dat schandelijke delict. Wat hadden de moordenaars willen zeggen? Bijna niets tegen hun slachtoffers, ontzettend veel tegen alle anderen. Maar wát dan?

Feit is dat niemand aandacht heeft voor slachtoffers die geen appeal hebben. Ik vind het pijnlijk om te zeggen, maar het is zo. Hun jeugdige leeftijd, hun sociale afkomst, hun onaantrekkelijkheid en hun naïviteit dienen ter illustratie van de wreedheid van degenen die hen zo gewelddadig behandelden, maar zijn op zichzelf totaal niet interessant. Het zijn uitgangspunten die de aandacht ombuigen naar de kwelgeesten. Negentig procent van alle aandacht die de gebeurtenis wekte ging naar de moordenaars.

Hoofdstuk XIV

Het was niet moeilijk om te doden.

Het was niet moeilijk om iemand te vinden om te doden.

Het was niet moeilijk om een goede reden te vinden om iemand te doden.

Een willekeurige reden. Dat was totaal niet moeilijk.

Het verschil tussen een klein kind en een adolescent is dat de eerste kan fantaseren om iemand te doden, en de tweede het kan dóén. Een puber merkt ineens dat hij het in zijn macht heeft gewelddadige maar tot dan toe nu eenmaal onschadelijke fantasieën werkelijk uit te voeren. Die nooit eerder ervaren macht verleent een nieuwe betekenis aan de emotie van de haat. Zijn impulsen zijn dodelijk geworden. Ook die zijn zeg maar meerderjarig geworden. De vernietiging van de ander, waar hij zo lang over gepeinsd heeft, zo lang dat het een soort troostend deuntje werd (*ik maak hem dood... ik maak hem dood... ik maak hem dood*), verlaat de wereld van de sprookjes en wordt een concrete mogelijkheid. Eindelijk krijgt de kinderlijke wreedheid de instrumenten om zich uit te leven.

Gewelddadige houdingen kunnen te wijten zijn aan het onvermogen om zich aan te passen, om compromissen te sluiten, om een beetje hypocrisie aan te wenden bij het oplossen van conflicten. Net als schizofrenen zijn ook pubers vaak niet in staat een compromis te accepteren over wat waar is en wat niet waar is, over wat goed of slecht is, hun moraal weigert alle redelijkheid of provisorische oplossingen. Zich laten behandelen, problemen gladstrijken, het niet nog erger maken, de tegenstellingen niet verergeren, dat is voor hen allemaal hypocriet gedrag.

(Zo was Arbus bijvoorbeeld. Onbuigbaar. Zijn hoongelach overstemde elke poging tot verzoening...)

Maar wie zou in alle eerlijkheid nog kunnen zeggen wat de gedachten van een puber waren? De intieme, diepere gedachten? Wij voelden ons niet echt, maar gemaakt van leegte, van lucht, we hadden geen enkele consistentie, we hadden geen huis, want dat waarin we woonden was het huis van onze ouders, we waren geen kind meer maar ook nog niet volwassen, niemand vond ons leuk, niemand wilde ons, niemand zocht ons. We hadden het gevoel dat meisjes daarentegen wel heel geliefd waren, hun ouders verwenden hen, de leraren op school legden hen in de watten, nooit gehoord van een meisje dat moest blijven zitten, een meisje met drie vieren werd geholpen, 'want ze gaat door een moeilijke periode', een jongen met twee vijven wezen ze af, 'want hij heeft het hele jaar geen bal gedaan'.

We hadden geen flauw idee wat we zouden worden en dat interesseerde ons ook niet, het maakte ons niks uit, we waren toch niemand.

Het enige wat echt leek, was wat we fout deden. Dat telde wel degelijk. Dan schrok iedereen op slag wakker. Dan merkten ze ons op en werden we ineens belangrijk.

Geweld brengt gedragingen tot leven die echt lijken omdat ze negatieve gevolgen oproepen. Positiviteit is vluchtiger, die valt pas veel later op en niemand neemt haar echt in aanmerking; negativiteit roept onmiddellijke antwoorden op, duidelijke reacties. Woede en verdriet zijn tastbaar. Als er niets gebeurt nadat we ergens langs zijn gekomen, als alles precies hetzelfde blijft, wil dat zeggen dat wij niets zijn. Om ervoor te zorgen dat jij mijn afwezigheid opmerkt ben ik tot alles bereid, het kan me totaal niet schelen om als een klootzak te worden beschouwd. Duizend keer beter een klootzak dan onopgemerkt blijven.

Wanneer je levend bent en een dode naast je hebt, spring je eruit. Jij kunt nog alle dingen die hij niet meer kan. Een mens die kassiewijle is, is geen mens meer, die is niets meer. De levende is er altijd beter aan toe dan de dode.

Vanuit het oogpunt van het individueel nut is het een nadeel om heel agressief, opvallend agressief te zijn. Een agressie die nooit gaat liggen roept in de omgeving reacties op van een grotere intensiteit dan die welke een enkel individu kan opbrengen, hoe strijdlustig hij ook is. De levensverhalen van de daders van het DvdC vertellen ons dat hun misdaden hun een ellendig leven hebben opgeleverd, een aaneenschakeling van gevangenissen en onderduiking. Ze hebben niet met hun leven betaald, maar ze hebben hun leven in elk geval wel verspeeld. In ruil voor wat?

Een van hen is op zijn veertigste door heroïne aan zijn einde gekomen nadat hij had gediend in het Vreemdelingenlegioen, een ander was ontsnapt, toen weer opgepakt, vervolgens vrijgekomen en daarna weer definitief in de bak beland nadat hij opnieuw had gemoord.

Het is duidelijk dat ze zeg maar tégen hun eigen belangen in hebben gehandeld, waarbij ze niet alleen het leven van anderen verwoestten, waar ze weinig belang aan hechtten, maar ook het leven waarvan je toch mag verwachten dat het hun na aan het hart lag, dat van henzelf.

Welk vreemd soort übermensch-idee drijft iemand ertoe een onmenselijk leven te leiden? Wie kwaad berokkent doet dat omdat hij meent dat hij daar zelf in het verleden slachtoffer van is geworden, of hij voorziet dat hij het weldra zelf zal moeten ondergaan. Hij denkt dat hij al op voorhand is gestraft voor de zonden die hij begaat. Wie heeft geleden wil zich wreken, wie nog niet heeft geleden wil als eerste schieten. Je ziet zelden iemand die diep in zijn hart echt overtuigd is dat hij ongestraft zal blijven, terwijl er heel veel zijn die, zij het op indirecte wijze, vandaag terugdoen wat hun gisteren is aangedaan. Helaas treft de wraakactie bijna nooit de werkelijke daders van het onrecht, maar meestal hun onschuldige gelijken. Vergelding is altijd onnauwkeurig en overdrachtelijk, het onrecht vaak denkbeeldig.

Het geweld wordt ontketend door een eindeloze hoeveelheid redenen, en om één duister motief. Voor het DvdC zou je een paginalange lijst van factoren kunnen opstellen. Waardeverlies, roedelgedrag, meerderwaardigheidscomplex, fanatisme, wijdverbreid geweld, ideologische minachting, sociopathie, wraakzucht. Alleen kon je in Rome destijds wel tienduizend mensen vinden in min of meer dezelfde omstandigheden als Angelo & Co., alleen al op onze school golden voor zo'n beetje iedereen dezelfde uitgangspunten, dus hadden we dan allemaal moordenaars moeten worden?

Menselijke wreedheid wordt maar zelden uitgeleefd in één opwelling, in één ogenblik, in één 'uitbarsting van oncontroleerbare drift'. Integendeel, er komt vooral planning en berekening bij kijken. Het

DvdC is daar een volmaakt voorbeeld van: ook al waren de plannen die de moordenaars hadden uitgewerkt nog zo in elkaar geflanst, tegenstrijdig, klungelig of gewoon idioot, dat doet niets af aan de methodische geest ervan. Ook al is die methode van jou krankzinnig, het is en blijft een methode. Als je de brute aspecten van de werkwijze van de folteraar buiten beschouwing laat, handelt hij altijd nauwgezet, met Chinese precisie, en juist die kilheid in combinatie met die zogenoemd beestachtige daden is zo verbijsterend.

Om iemand te ontvoeren moet je zijn gangen nagaan, zijn gewoontes, je moet een plan uitwerken en ten uitvoer brengen. Hoewel de Italiaanse kranten het met hun typische moraliserende, verontwaardigdge stijl graag hebben over 'blinde beestachtigheid', komt het maar zelden voor dat beestachtigheid echt *blind* is. Integendeel, die heeft overal ogen en een vooruitziende blik, en wordt juist versterkt door het berekenende, het vooruitplannen, en zelfs door de voorzichtigheid, eigenschappen die niet bij het instinct horen, maar bij het verstand. Niks geen plotselinge ingeving dus. Voor bepaalde mishandelingen moet je je hersens pijnigen om ze te kunnen bedenken, en koelbloedig genoeg zijn om ze in de praktijk te kunnen brengen. Wat nou blindheid: je hebt de nauwkeurigheid van een chirurg nodig, het geduld van een sluipschutter. Het vergt creativiteit en toewijding om nieuwe manieren te bedenken waarop je je naaste kunt vernietigen. De ergste wandaden worden in feite gepleegd met een vrijwel volledig gebrek aan emoties, in de totale rust van een geluiddichte kamer.

In een film die juist dat jaar uitkwam, en die ik me nog beeld voor beeld voor de geest kan halen, speelde Max von Sydow een huurmoordenaar. Hij bleef uiterst beheerst terwijl hij zijn moorden pleegde, daarom werd hij er ook voor ingehuurd. In zijn vrije tijd beschilderde hij loden soldaatjes.

Beestachtigheid: zelden is het gebruik van een term zo misplaatst geweest. Wat wij als beestachtig omschrijven bij de mens heeft niets vergelijkbaars bij beesten, integendeel juist, het is een puur menselijke eigenschap, dus wanneer de mens zich gedraagt op de manier die we gewoonlijk aanduiden met 'beestachtig', zouden we beter kunnen zeggen dat hij zich op een zeer menselijke manier heeft gedragen.

Wanneer ik het over de rede heb, bedoel ik het vermogen om de vreselijkste fouten te maken en daar een motivering voor te geven. De rede heeft weinig te maken met intelligentie, die zich dan ook vrijwel volledig in het instinct bevindt. De plannen die worden uitgewerkt door de rede van moordenaars zijn haast altijd absurde hersenspinsels, maar dat neemt niet weg dat er een methode zit in die waanzin. Zo heb ik die beroemde ets van Francisco de Goya altijd geïnterpreteerd: het is niet de slaap van de rede die monsters voortbrengt, maar de *droom* van de rede (het Castiliaanse *el sueño* betekent beide). Dat wil zeggen niet het onderdrukken van de rede, maar zijn ideeën, zijn plannen.

In werkelijkheid bestaat er geen enkele *rede* volgens welke het DvdC zich heeft kunnen voordoen; noch de handelingen van de beulen, noch die van de slachtoffers dragen ertoe bij om de gang van zaken te verhelderen als een logische oorzaak-gevolgsituatie in het licht van de doelstellingen. Die doelstellingen ontbreken juist volledig, en al vanaf het begin. Wat wilden die meisjes precíés? Wat het ook was: vriendschap, plezier, een verzetje, voor mijn part een ondeugend verzetje, of misschien verkering? Maar wat al helemaal niet te begrijpen is: wat wilden Angelo en zijn handlangers? Wilden ze datgene wat ze uiteindelijk hebben gekregen? En wat was dat dan?

Er wordt helemaal niets verklaard door de theorie van het per ongeluk te ver gaan, van het feestje 'dat uit de hand liep', 'met foute afloop' (zoals de verdediging schaamteloos te berde bracht), van een onstuimig spelletje met onvoorzien resultaat.

Die situatie werd niet veroorzaakt door een specifieke oorzaak of door een reeks oorzaken; en evenmin geloof ik dat die was gepland zoals ze zich uiteindelijk ontwikkelde, zo onsamenhangend en onlogisch was het komen en gaan van de organisatoren; je zou alleen kunnen stellen dat die situatie op een gegeven moment ontstond, dat die dingen gebeurden, het besluit dat in die villa aan zee werd genomen was niet om die dingen zus en zo te laten gebeuren, maar er werd besloten om erin mee te gaan, om ze te laten gebeuren, om ze letterlijk *uit te voeren* en om ze, eenmaal terechtgekomen in die op zijn manier onstuitbare consequentie dan ook maar af te ronden (wat ondanks de acrobatische argumentaties van de verdediging alle andere mogelijkheden behalve de dood van de meisjes uitsloot). Wat er gebeurde in die villa in de Circeo toont op niet mis te verstane wijze dat wanneer alles mogelijk is, alles ook onvermijdelijk zal plaatsvinden.

(Als je het kúnt doen, dan móét je het ook doen, dan *heb je het recht* om het te doen.)

Die manier van redeneren en handelen valt niet te reproduceren, omdat er geen enkele logica in zit. Die gehoorzaamt aan geen enkele syntaxis, ook niet aan de primitiefste. Het is onmogelijk een plan af te leiden uit de verwarde opeenstapeling van handelingen die plaatsvonden in die villa en daarna, zelfs niet als je de chronologische volgorde ervan verandert, in de veronderstelling dat de onderdelen van de geschiedenis in de verkeerde volgorde zijn gezet. Niets, er is geen oplossing voor het raadsel. Eenmaal ten tonele verschenen maakt het geweld zich los van de redenen die het daar hadden gebracht. Net zoals de Rode Dood in het beroemde verhaal van Poe, ook daarvoor geldt: eenmaal binnen is binnen, en dan is er geen masker meer nodig.

Hoofdstuk XV

Vandaag, zondag, te laat voor de mis bij het SLM, loop ik door de Via Parenzo langs de schoolmuur, waar mijn vader ooit overheen sprong en door de velden zwierf, zodat hij aan een razzia ontkwam, dezelfde muur waar onze Angelo, zoals ik ergens heb gelezen, een molotovcocktail tegenaan smeet als wraak voor een slecht cijfer, al zou het kunnen dat dit van de vele min of meer legendarische anekdotes over zijn slechtheid, waarvan een groot deel door hemzelf werd gecultiveerd, een nepverhaal is, het klopt overigens wel dat er langs die muur dingen werden verbrand, en ik heb zelf ook deelgenomen aan dat soort acties, namelijk de verbranding van de agenda's na afloop van het schooljaar. Op de laatste schooldag gooiden we meteen als we uit school kwamen onze agenda's op een hoop tegen de omheiningsmuur, sprenkelden er benzine overheen en staken ze in de fik, en dan pas was de school echt afgelopen. Met die brandstapel lieten we een jaar van ons leven achter ons, en de jongens die hun agenda's verbrandden (een Jacovitti-agenda, een *Peanuts*-agenda, een autosportagenda, een *B.C.*-agenda, enzovoort) waren zowel degenen die het goed deden op school, zoals ik, als de domoren die zenuwachtig de uitslagen afwachtten om te weten of ze over waren of dat ze in augustus nog inhaalproefwerken moesten doen, en zo ja voor hoeveel en welke vakken; dat maakte geen verschil, de blijdschap was bij iedereen even groot, en wanneer de vlammen hoog oplaaiden en er zich een zwarte rookpluim en een verstikkende stank door de lucht verspreidden, voerden wij een soort dans op, waarmee we de vlammen opriepen nog hoger op te laaien, zoals Jimi Hendrix wanneer hij zijn gitaar in brand stak. Ik weet niet, misschien had die ceremonie iets gewelddadigs en nazistisch, omdat ze deed denken aan de beroemde verbranding van verboden boeken, of misschien was het meer een indiaans of anarchistisch of hippie-zuiveringsritueel, maar het was hoe dan ook geweldig om die bladzijden vol huiswerk en te leren hoofdstukken in lichterlaaie te zien, al die genoteerde paginanummers en oefeningen en overhoringen en herhaalopdrachten en werkstukken. Zelden heb ik zo'n blijdschap ervaren.

Ze zeggen dat een individu om niet te bezwijken onder de last van zijn verleden alle restanten daarvan zou moeten verbranden: dorre paperassen, allang ongeldige documenten, oude kranten; of gewoon naar een brandende kaars zou moeten kijken, kalm kijken naar de was die wordt verteerd.

En diep ademhalen.

Een lege zondag. Net zo leeg als deze wijk, waar de eerste dertig jaar van mijn leven zich hebben afgespeeld.

Alles lijkt rustig, vredig, wat al te vredig zelfs, gefixeerd in een tijdloze middelmaat. Het perfecte toneel om werkelijk niets te laten gebeuren.

Daarom vraag ik me ook af waarom dit alles hier gebeurd is, waarom in deze wijk van Rome en niet ergens anders. Hoe kan het dat er rondom de Piazza Istria en langs de door bomen omzoomde as van de Corso Trieste zo vaak en zo graag moorden werden gepleegd? Misschien werd het juist doordat het een wijk zonder kenmerkende identiteit was tot het ideale veld, een soort neutraal terrein waar kon worden geëxperimenteerd met wat het maximale niveau van politiek geweld is dat kan worden gebruikt zonder dat het uitmondt in een heuse burgeroorlog. Want wat de oud-strijders er ook van zeggen om hun misdaden te rechtvaardigen, die ze weten aan 'die tijd' of 'het toenmalige klimaat', een oorlog was het niet in de jaren zeventig in Italië. Het was absoluut geen oorlog. Het zou interessant zijn om te achterhalen waarom zij er zelf zo van overtuigd waren dat het dat wel was: ze waren er echt van overtuigd, en ze hadden geen gebrek aan woorden om die illusie op te bouwen. De oorlog woedde in hun hoofd. Kun je iets als oorlog bestempelen dat alleen maar als zodanig wordt erkend door degenen die erin vechten, en niet door de rest van de bevolking? Gaat alleen degene die de oorlog verklaart over de betekenis, de vorm en de bedoeling van die oorlog? Maar het is wel zo dat die oorlog, verzonnen door zijn strijders, talloze doden heeft opgeleverd, en die hadden niet allemaal ingestemd om eraan mee te doen, sterker nog, sommigen van hen wisten niet eens dat ze zich moesten verdedigen, er was geen zichtbare loopgraaf uitgegraven midden in de Corso Trieste, die mensen waren met hun eigen dingen bezig, ze kwamen thuis van hun werk, of ze gingen even de krant kopen zoals die heren met hun mooie grijze haar onder de geruite baret die ik vanochtend met kalme tred door de wijk zag lopen, en het kwam geen moment bij hen op dat ze terdoodveroordeelden waren. Rome was tenslotte geen Sarajevo. Het is lastig om de schoten van een sluipschutter te ontwijken wanneer je niet weet dat je onder schot ligt en terwijl je nietsvermoedend de Pálstraat van de *lotta armata* oversteekt in het vizier belandt van iemand die wereldoorlogje speelt.

Ook al was het nog zo'n gevaarlijke periode, ook al had ik zelf vanwege mijn voorkomen (bepaalde haardracht, schoenen, tas en vriendin, die op haar beurt ook weer bepaalde schoenen, tas en rok had, enzovoort) een mogelijk doelwit kunnen zijn voor het politiek geweld van de andere kant, ik ben nooit ook maar één moment bang geweest in het QT. Ik heb me daar in tien jaar tijd nooit zo onveilig gevoeld als in de tien minuten dat ik 's nachts in Brooklyn van het metrostation naar huis moest lopen.

Het QT werd in zijn middentwintigste-eeuwse nietszeggendheid het ideale territorium voor snelle liquidaties. Tussen die anonieme gebouwen kon het geweld dat zich verre hield van wijken met een opvallender stedenbouwkundig en sociaal karakter met ongekende wreedheid losbarsten. Uitgestrekt als een gedemilitariseerde zonde, een niemandsland tussen de wijken die destijds de periferie vormden (Tufello, Talenti) en de plekken waar de vroegere Romeinse burgerij altijd graag vertoefde (Pinciano, Parioli), werd het Quartiere Trieste gebruikt als een buffer of als jachtgebied, dat elke nacht als een mini-Polen werd opgedeeld onder de bezetters. Ook tegenwoordig nog wordt de typische jonge Romeinse fascist aangeduid als 'pariolino', oftewel 'iemand uit de wijk Parioli', wat destijds klonk als een Romeins equivalent van 'sanbabilino', de benaming van de jonge Milanese fascisten, naar hun bolwerk, de Piazza San Babila. Zelfs de daders van het delict waar dit boek om draait zijn altijd aangeduid als 'pariolini', ook al kwamen ze geen van drieën uit de wijk Parioli – gek hè – maar woonden ze in het QT en beantwoordden ze ook helemaal aan de kenmerken van die wijk. Zoals al werd opgemerkt door de schrijver Giorgio Montefoschi, die al decennialang de lof van de Parioli bezingt, was die wijk weliswaar welgesteld en daardoor tamelijk conservatief, maar in feite helemaal niet zo ontzettend fascistisch, niet in oorsprong, noch in plaatselijke gebruiken, integendeel, het was juist het solide bourgeois karakter dat de wijk had ingeënt tegen het nihilisme van het *viva la muerte!* Het bewijs daarvan vind je in het feit dat de fascistische relschoppers niet kozen voor het ware centrum van de wijk, het historische hart, namelijk de Piazza Ungheria, maar zich hadden verschanst bij de randen van de wijk, die veel minder duidelijk het stempel droegen van de burgerlijke respectabiliteit en beheersing; dat wil zeggen, zoals bekend, naar de tamelijk sombere Piazza Euclide, voorpost van het niets, en naar het half verwilderde Piazzale delle Muse, dat een grindplantsoen was, uitkijkend op de vlakte met de sportvelden, in de buurt van de Fontana dell'Acqua Acetosa en de rivier. En dat daar nu nog steeds ligt als herinnering aan de perifere ligging van de wijk Parioli, voor wie het idee mocht hebben dat het feit dat hij daar woont hem het recht geeft om zich de koning van Rome te voelen. De relschoppers vestigden graag hun hoofdkwartier in dat soort randgebieden, grenzend aan het niets, op dat soort onbeduidende platforms, om van daaruit hun aanvallen te lanceren; ze zouden het nooit gewaagd hebben om hun bivak op te slaan in het beschaafde gebied van de Piazza Ungheria. Dat was té beschaafd.

Het is een interessante eigenschap van de twintigste eeuw, die nadrukkelijke voorkeur voor plekken zonder geschiedenis, voor anonimiteit, inwisselbaarheid, morele onverschilligheid, de grauwheid van de geschoren schedel, de leegheid, de argwaan jegens cultuur, de afasie, kortom: die kille passie voor het niets. Die zelfopgelegde penitentie van de twintigste eeuw, van de kubisten via de concentratiekampen tot Samuel Beckett, kan alleen maar werken als er schoon schip is gemaakt. De ontmenselijking is niet zozeer het resultaat van een proces als wel het uitgangspunt: vreemdeling, nietszeggende, nutteloze, kleurloze, untermensch, onderontwikkelde, gedevolueerde, *arbeiter*, muzelman, robotmens, cyborg, stuk body-art, kloon, stoffelijk overschot, fossiel, uitwerpsel, kakkerlak, moordenaar zonder reden en *rebel without a cause*... dat is de volmaakte hoofdpersoon, de held die is gesmeed in de werkplaats van de afgelopen eeuw. Elk restje menselijkheid belemmert het stromen van de geest en vertraagt de handeling, door zich te ontdoen van die menselijke last wordt men sneller, lichter, automatischer. Men spant de vinger gemakkelijker om een trekker als men niet blijft steken achter blokkades van emoties en overpeinzingen. Ik was er destijds net als iedereen van overtuigd dat het de haat was die deze daden dicteerde, maar de haat fungeert alleen maar als eerste aanzet en dient nooit te worden losgekoppeld van het gezond verstand, dat deze haat kan temperen door vaak theoretische oorzaken in overeenstemming te brengen met concrete gevolgen. Hoe sterk de haat ook is, op zichzelf is die niet voldoende om tot het uiterste te gaan. Zolang het om een vechtpartij gaat komt de adrenaline van pas, maar als je iemand moet vermoorden heb je veel meer aan onverschilligheid, neutraliteit. De onpersoonlijkheid die niet wordt belemmerd door de remmingen van het karakter. Ware killers zijn kil, net zoals verleiders kil moeten zijn. Haat zou de eerste groep alleen maar belemmeren, net zoals liefde de tweede groep zou belemmeren. Misschien is dat de reden waarom het QT het favoriete speelveld was van het politieke geweld: omdat het precies als een speelveld leeg was, niet belast met herinneringen. Het bood geen enkel cultureel of historisch verzet, het bezat of claimde geen enkele traditie. Discreet, stil, niet mooi en niet lelijk, zonder de esthetische betovering van het centrum van Rome en zonder de verhitte retoriek van de arbeiderswijken. Alleen maar een rasterwerk van residentiële straatjes met bomen. Een sportveld zeg maar, een boksring, een wedstrijdmat, een schaakbord voor achtervolgingen en hinderlagen. Ik durf te stellen dat de arme slachtoffers in de Via del Giuba en de Via Montebuono en de Piazza Trento en de Piazza Dalmazia en de Piazza Gondar nooit zo zouden zijn geliquideerd voor het Colosseum of op de Piazza Navona, maar ook niet in een achterbuurt als Mandrione of een dorpje als Tor Lupara.

Dat is de explosieve vorm van het kalme,
monotone leven, de leegte die de vlam
aantrekt en in zich opslokt...

Aan de Corso Trieste schittert een enorm vierkant gebouw, onmiskenbaar uit de fascistische tijd, verzwaard met een naoorlogse aanbouw waarbij het voorplein werd afgesloten en er boven de zuilengalerij een nieuw gedeelte van drie verdiepingen verscheen; dat zie je aan het verstoorde ritme van de ramen in de voorgevel, die verspringen bij het stuk dat is aangebouwd. Er waren meer klaslokalen nodig, het aantal leerlingen was flink gestegen. Dat gebouw is het openbare lyceum Giulio Cesare.

Toen ik in 1974 op het Giulio Cesare kwam, waarde daar nog steeds de levende legende genaamd meneer Razzitti rond. Hij was een gevreesde wiskundeleraar. Tot mijn grote pech ook míjn leraar, en ik kan wel zeggen dat hij zijn faam niet verloochende. Dat jaar maakte hij ons op alle mogelijke manieren het leven zuur, waarbij hij zijn vakken, wis- en natuurkunde, die hij overigens heel goed onderwees, gebruikte als instrumenten van een pijnlijke initiatie. De leerling moest een continue, zinloze kwelling ondergaan, en moest leren die te verdragen zonder zich over te geven en zonder zich te verzetten, zoals Richard Harris wanneer ze zijn borst met pinnen doorboren en hij aan touwen in de lucht wordt gehesen in *A Man Called Horse*, een matige film die dankzij deze wrede scène geschiedenis had gemaakt. Die honderd meter filmband rechtvaardigen zes rollen vol saaiheid.

Het zegt al genoeg dat Razzitti elke leerling van onze klas 5a M had gekoppeld aan een Napolitaanse speelkaart, en als hij begon met overhoren ging hij niet de namenlijst na, maar schudde hij de kaarten en liet een meisje een kaart aanwijzen; dan trok hij hem tergend langzaam tevoorschijn en smeet hem op zijn lessenaar.

Ik was de aas van knuppels.

De getrokken kaart moest naar voren komen. Diens achternaam of identiteit bestonden niet meer. Die hadden in feite nooit bestaan. Net als in *Alice in Wonderland* waren wij daadwerkelijk kaarten, arme speelkaarten bij wie zodra ze een fout maakten zomaar de kop kon worden afgehakt, of eigenlijk hoefde je niet eens een fout te maken, wij waren op zich al bij voorbaat een fout. De willekeur waarmee we werden overhoord was een voorrecht van de onweerlegbare macht, die geen rekening houdt met enige logica of rechtvaardigheid. Het is zo omdat het zo is, punt uit.

Misschien dat de associatie van Razzitti met die film over de blanke man die een indiaan wordt bij me opkwam door het voorval dat hem legendarisch had gemaakt, in 1968, toen naar verluidt de studenten in opstand hem aan zijn voeten hadden vastgepakt en hem uit een raam hadden laten bungelen. Maar terwijl ze bezig waren met dat intimiderende geintje, dat moest staan voor de afschaffing van de gehate autoriteit belichaamd door de meest gevreesde leraar van de school, ging de schoolbel voor het einde van de les en het begin van de volgende les, en dat was nou juist een les van Razzitti, waarin al wekenlang een natuurkundeproefwerk gepland stond, zodat de leerlingen zich haastten om de leraar uit zijn ongemakkelijke onderstebovenhouding te halen, ze brachten hem in veiligheid en zetten hem weer met beide benen op de grond, en toen was hij, terwijl hij zijn stropdas en kleren met enkele nauwkeurige handelingen rechttrok en het pakje sigaretten nam dat gelukkig niet uit zijn zak was gevallen tijdens de defenestratie, meteen begonnen de vragen van het natuurkundeproefwerk te dicteren, voor de vuist weg, met zijn schorre stem vol minachting, alsof hij al bij voorbaat de mogelijkheid uitsloot dat er ook maar één leerling in die klas was die het proefwerk tot een goed einde zou weten te brengen. Hij stak de sigaret van het merk MS in zijn mond en begon met zijn nerveuze geijsbeer door de klas. En intussen zaten dezelfde leerlingen die hem uit het raam hadden gehangen braaf over hun tafel gebogen te schrijven, nu weer doodsbang voor hem, voor zijn charisma.

Razzitti was een kettingroker, en hij rookte de sigaretten helemaal op tot aan het filter, eraan zuigend met een woeste, neurotische gretigheid. Mocht iemand zich een fysiek beeld van hem willen vormen, dan kan ik zeggen dat ik bij het zien van *The Shining* versteld stond van de ongelooflijke gelijkenis van de barkeeper van het Overlook Hotel – die Jack Nicholson van drank voorziet tijdens zijn hallucinaties, en die zelf ook een hallucinatie is – met de wiskundeleraar van het Giulio Cesare. Hetzelfde lachje, dezelfde ingevallen wangen onder dezelfde Aziatische jukbeenderen en hetzelfde achterovergekamde haar.

Het voorval van Razzitti's defenestratie + natuurkundeproefwerk was me op de eerste schooldag verteld door mijn nieuwe klasgenoten, zodat me meteen duidelijk was bij welke leraar ik was terechtgekomen.

Dat was kortom de manier waarop je in het QT een combinatie zag van conventionaliteit en waardigheid aan de ene en anarchie aan de andere kant. Ongelooflijk, maar toch kon het. De leerlingen die bereid zijn hun leraren uit het raam te gooien zijn bang voor een slecht cijfer. Hoe moeilijk het ook voor te stellen is als een unitaire beweging, dezelfde jochies die hun handen hadden vuilgemaakt aan aframmelingen kwamen 's avonds thuis en wasten hun handen voor ze aan tafel gingen om mama's groentesoep te eten, en haar verwijten over zich heen te laten komen, 'Niet zo smakken', 'Soep is niet om op te slurpen'. De algemene gewoontes bleven grotendeels die van oudsher, bescheiden, een beetje bekrompen, voorzichtig, allemaal geënt op de stijl die wordt uitgedrukt met het woord 'fatsoenlijk'. Leven, praten, verdienen, kleden, het moest allemaal 'fatsoenlijk'. Wat wil dat zeggen, fatsoenlijk? Tot op welke diepte kan dat concept doordringen en iemands karakter beïnvloeden, het bestendigen of verpesten? Toen ik klein was, en mijn moeder voor zichzelf mooie schoenen kocht, te mooie, te dure, en vooral ook te veel schoenen, in een zaak in de Via Bellinzona die niet voor niets Follie genaamd was, maakte ik mijn afkeuring jegens die overbodige uitgaven duidelijk kenbaar en zei ik wijsneuzig tegen haar dat mijn vrouw, als ik later getrouwd was, zich wel 'fatsoenlijk' zou mogen kleden, maar meer niet – dat wil zeggen, geen schoenen van Follie of hooguit één paar, voor belangrijke gelegenheden, niet zo'n hele verzameling als die van mijn moeder, die in mijn ogen een soort Imelda Marcos was. Maar mijn vader, dolverliefd op mama, vond het fijn om haar te bedelven onder de cadeautjes.

Het was overigens altijd mijn moeder die ons waarschuwde tegen verspilling: 'Het geld groeit jullie vader niet op de rug.'

Wij hielden mijn moeder altijd voor de gek wanneer ze predikte:

'Eerlijkheid staat voorop.'

'Reinheid staat voorop.'

'Vriendelijkheid staat voorop.'

'Onderwijs staat voorop.'

Kom op, mama, hoeveel dingen staan er wel niet voorop?

Maar misschien had ik dat al verteld.

Het QT was een aquarium. De ogenschijnlijke kalmte van de kleine tradities, het stille verzet tegen de veranderingen die binnensijpelden in de gezinnen en de scholen, de neiging om steeds dezelfde onwrikbare handelingen te herhalen, zoals de zondagse gebakjes van Pasticceria Marinari of Romoli en het kappersbezoek. Heel plotseling werd dat gladde oppervlak in beroering gebracht door een vlaag van zinloos geweld. Het moment ervoor had je nog durven zweren dat er niets kon gebeuren, niets bijzonders. Als een van de geheimzinnigste voorvallen herinner ik me een proletarische onteigening die plaatsvond bij een zaak in vrijetijdskleding net boven de Piazza Verbano. De eigenaar heette Paris en hij was een van de jeanspioniers in Rome, net zoals Bartocci in de Via Castellini; Paris was na de oorlog begonnen met een kraam, vervolgens had hij een winkel geopend in de buurt van de Piazza Vescovio, en daarna hij had verder uitgebreid met Paris 2 in de Via di Villa Ada.

De proletarische onteigening was een ideologische plundering die zich in de jaren zeventig verbreidde en die de spectaculairste uitschieter vormde van andere, meer serieuze en systematische protesten zoals het kraken van woningen, het eigenmachtig verlagen van huurprijzen en vaste lasten. Het kwam erop neer dat ze massaal een winkel binnengingen en alles meenamen wat ze te pakken konden krijgen, zonder een bepaalde methode, zodat iedereen naar buiten rende met zijn armen vol spullen, vaak lukraak meegegrist, soms zorgvuldig uitgezocht op de tafels en schappen. Zelden hoefden de demonstranten geweld te gebruiken, zowel dankzij hun grote meerderheid als dankzij de verbijstering van het winkelpersoneel, dat niet de kans kreeg om in verzet te komen (en dat in veel gevallen sowieso niet gedaan zou hebben omdat ze min of meer expliciet solidair waren met de onteigenaars), als door de snelheid van de actie, die dan ook maar één tot maximaal drie minuten duurde. Ik ga hier niet de doctrine uitleggen volgens welke het geen diefstal of roofoverval was maar onteigening, dus een legitieme, zij het haastige daad. Proletarische legaliteit gericht op de herverdeling van het inkomen. Zowel effectief als symbolisch. Al aan het begin van het volgende decennium hoorde je nooit meer iets over proletarische onteigeningen – zelfs de term op zich raakte in onbruik, behalve in ironische zin, als 'proletarisch winkelen'; diefstal werd weer het voorrecht van dieven, en privébezit een onaantastbaar begrip – totdat ze weer sporadisch de kop opstaken op initiatief van linkse bolwerken en antiglobaliseringsgroepen, gericht tegen grote winkelcentra, waar het gevoel dat er een wettelijke bezitter van de goederen is, een individu in vlees en bloed van wie je dingen kunt stelen of terugpakken al bij voorbaat nihil is, aangezien het voor het merendeel gaat om anonieme winkelketens van multinationals, en als je de nieuwsberichten zo leest krijg je het idee dat het meest begeerde doelwit van de onteigeningen wordt gevormd door plasma-tv's. De bestorming van de ovens zoals in *De verloofden*, maar dan dus de ovens van Sony, zeg maar. Maar destijds in de jaren zeventig bestond er wel degelijk een winkeleigenaar, hij heette Paris en hij had zich kapotgewerkt om zijn kleine fortuin te vergaren. Ik ben van plan een keer naar zijn winkel te gaan en hem te laten vertellen hoe het destijds precies ging.

Op het Giulio Cesare trad ik toe tot het anarchistisch-communistisch Collectief M, vernoemd naar de klas waar ze mij in hadden gezet, 5a M, dat wil zeggen de laatste klas in alfabetische volgorde en beschouwd als het Alcatraz van het lyceum, gedecimeerd doordat een groot deel van de leerlingen was blijven zitten of van school gegaan. Dat was de reden waarom ook ik daar was beland, als afval van de school van de paters, wat me tot een waar stuk menselijk uitschot maakte. Maar voor ons leden van het collectief deed die letter vooral denken aan de film *M – Eine Stadt sucht einen Mörder*, want die moordenaar was onze negatieve held, voornamelijk vanwege twee scènes uit de meesterlijke film van Fritz Lang, een met die ballon die wegvliegt uit de hand van het meisje en tegen de elektriciteitsmast belandt, en de scène waarin hoofdrolspeler Peter Lorre in de spiegel kijkt, of in een winkelruit, dat weet ik niet meer precies, en ziet dat hij die vervloekte letter op zijn rug heeft staan. De M van *Mörder*. Wij voelden ons ook zo. Die verontrustende hoofdletter van het 'Collectief M' was het kenmerk dat ons niet alleen onderscheidde van de fascisten en de zwakke katholieke jongens van het politieke midden (een daarvan, die opviel door zijn baardje à la Abraham Lincoln, was de latere minister van de republiek en Europees commissaris Franco Frattini) – die links en rechts klappen kregen in hun hardnekkige poging om tussenbeide te komen en de strijdende partijen met elkaar te verzoenen – maar waardoor we ook principieel anders waren dan de overige klasgenoten, die rondcirkelden om de gebruikelijke politieke formaties: Lotta Continua, FGCI, Manifesto, plus een paar socialisten die zich vaak links van alle anderen bevonden – interessant fenomeen als je bedenkt waar ze uiteindelijk terecht zijn gekomen. Wij van het Collectief M waren een kleine sekte van etterbakken. Halsstarrig en spottend. Stompzinnig trouw aan het negativisme. Als abstracte schilders waren we op zoek naar zuivere vormen, ontdaan van enig nut. Pure provocaties dus. Toen er verkiezingen werden uitgeschreven voor de leerlingenvertegenwoordigers, de eerste in de geschiedenis van de Italiaanse scholen, was onze verkiezingsslogan 'Wij defeceren in de stembussen' (let op het werkwoord dat we gebruikten in plaats van het gangbare 'schijten'): spottend in onze onaangenaamheid, geraffineerd in onze vulgariteit. Een onverklaarbare stupiditeit moest onze initiatieven kenmerken, zodat degenen die er getuige of het mikpunt van waren niet wisten of het een grap was of juist heel serieus, zoals die keer dat we de rectorskamer bestormden om te protesteren tegen een conciërge.

Wat had die dan voor ergs gedaan?

Niets, hij was alleen onbelééfd geweest.

'Dit kan zo niet doorgaan! Kappen nou! Dit gaat te ver! Er moet iets tegen gedaan worden! Cestra (*zo heette de conciërge*), Cestra... die is onbeschóft!'

'Wat bedoelen jullie precies?'

'Nou, Cestra die geeft ons altijd *een droge bokking*!!'

Kijk, de enige reden voor onze aanval op de rectorskamer was om met grote ogen die onzinnige kreet te kunnen schreeuwen: CESTRA... DIE GEEFT ONS ALTIJD EEN DROGE BOKKING!

Het surreële beeld van iemand die een ander een droge vis overhandigt.

Die obsessie met de vissenwereld, in dit geval met palingen, had ons ertoe gebracht te weigeren mee te gaan met het schoolreisje aan het eind van het jaar, tenzij het als bestemming de visbassins van Comacchio zou hebben. Waarom? Waarom juist Comacchio, van alle plaatsen in Italië? Wat was er in Comacchio dat ons zo bijzonder aantrok? Niets. Behalve het idee dat niemand daar ooit naartoe ging. Florence, Pompeji, natuurlijk... het paleis van Caserta, de Piazza del Palio in Siena... maar wij zeiden: Of we gaan naar Comacchio, of we gaan niet. En uiteindelijk gingen we inderdaad niet. Geen enkele leraar accepteerde onze voorwaarden en we bleven thuis, we waren de enige klas van het hele lyceum die niet op stap ging. Comacchio was een abstracte naam, een begrip dat we op school geleerd hadden, net als de boraxproductie uit stoomuitbarstingen in Larderello, de Cogne-hoogovens, de rivier de Liri en de bauxietmijnen. Alle landen van de wereld hebben bauxiet in de grond zitten. Als je in het aardrijkskundeboek bij de gegevens van een Afrikaans of Zuid-Amerikaans land de natuurlijke bronnen bekeek, stond bauxiet er geheid tussen. Guano was ook zoiets. Zo wist je bij een overhoring altijd iets te antwoorden, en geen enkele leraar durfde je tegen te spreken. Landen als Suriname, of Rhodesië, dat later Zimbabwe ging heten, of Nieuw-Guinea of het eiland Bali waren voornamelijk rijk aan bauxiet en ze exporteerden tonnen guano. De hele wereldeconomie steunde op die twee pijlers: guano en bauxiet.

Mijn vader wilde me een keer aantonen dat communisme en anarchie niet te verenigen zijn. Het was een van de weinige politieke discussies die ik ooit met hem heb gehad, een van de zeldzame discussies überhaupt. Communisme en anarchie kunnen niet samengaan, sterker nog, het zijn historische vijanden, en hij gaf me het voorbeeld van de Spaanse Burgeroorlog, waarin de communisten duizenden anarchisten liquideerden. Het communisme regeert met ijzeren hand, de communistische staat bepaalt het leven en de denkwijze van de individuen, zei mijn vader, dat is het tegenovergestelde van libertair...

Maar ik had daar geen oren naar en bleef trots op mijn activisme bij Collectief M, ook omdat ik vanbinnen een bepaalde afstand bewaarde, en nu nog, een soort mentale en emotionele reserve die me er beslist niet van weerhoudt om mee te doen aan gemeenschappelijke initiatieven, maar me wel altijd een beetje naar de rand drijft, waar je van hoofdrolspeler meer toeschouwer wordt. Ik weet niet hoe ik het moet uitleggen: het is alsof ik een dubbelrol speel, me zowel aan de binnenkant als aan de buitenkant bevind, ergens in geloof en er tegelijkertijd niet in geloof. Dat is de rode draad in mijn leven. Zodoende kon ik mezelf zowel anarchist als communist noemen en toch nog een flink deel van mezelf leeg houden. De tegenstelling bestond niet zozeer tussen de ideologieën als wel binnen in mij, en in plaats van er een oplossing voor te zoeken, koesterde ik die juist. Ik leefde in die ruimte, in die aarzeling. Zo is het altijd geweest, ook op de momenten dat ik enorm betrokken was, voelde ik altijd dat er íéts was wat me wegvoerde. Mijn blik werd glazig, naar buiten gericht. De volledige, onvoorwaardelijke adhesie aan iets stuurt je rechtstreeks naar het paradijs, of naar de hel. Ik was en ben nog steeds meer iemand van het voorgeborchte. Redeneren kon ik alleen maar met mitsen en maren – met talloze maren. Ik voelde me aangetrokken tot het communisme en de anarchie (wie heeft zich er nooit toe aangetrokken gevoeld, al was het maar gedurende korte tijd in zijn leven? Wie bezit er zo'n helderziend realisme?), maar ik was niet in staat ze me volledig eigen te maken, en ik verdedigde ze alleen maar tegen de kritiek van mijn vader uit strijdlust, niet omdat ik overtuigd was van zijn ongelijk. Vaak kies je partij uit verzet tegen het andere, niet alleen omdat je anderen nadoet. Dus hoewel ik, ondanks mijn aarzelingen, naar volle tevredenheid passief bleef in mijn aansluiting bij mijn klasgenoten en hun linkse idealen, wist ik heel wat verontwaardiging en moed te vergaren in mijn verdediging van diezelfde idealen (die ik me pas op dat moment helemaal toe-eigende) tegen de scherpe kritiek van mijn vader. Ik realiseerde me algauw dat de opvoeding die ik van de paters had gekregen zich goed voor dat doel leende; en dat de manier waarop ik mijn mening uitte wanneer ik een concept afbrak of verdedigde op religieuze leest geschoeid is. Die neemt als vanzelf de vorm aan van een preek of een weerlegging. Dat ervoer ik op bijeenkomsten, tijdens bezettingen, wanneer ik een megafoon aan mijn mond zette: wanneer je in het openbaar spreekt wordt je stem een extern iets, alsof die door een ander wordt beheerst. Je hebt een gemeenschap voor je die erom vraagt te worden beïnvloed, en verlost, in zekere zin. Maar die stelt je ook voor veel obstakels, waarvan sommige moeten worden verpulverd, andere omzeild, weer andere genegeerd. Je moet een resultaat zien te bereiken, koste wat kost, terwijl je je blindelings tussen de argumenten door beweegt. En wat is dat resultaat? Overreding. Als je dat eenmaal hebt bereikt, doet de retoriek verder het werk en hoef je die alleen maar te laten stromen. Die kan je echt ver meevoeren, tot je zelfs dingen beweert waarvan je helemaal niet zo overtuigd bent, die nooit bij je zouden opkomen als je je mond dichthield. Ik vraag me af of het extremisme meer wordt gevoed door de maniakale en wraakzuchtige gedachten van een individu, of door de opgewonden betogen van een menigte.

Iets wat geen overtuiging wekt, kan wel nieuwsgierigheid wekken.

En trouwens, waarom zouden wij van het Collectief M ons níét zowel communistisch als anarchistisch kunnen verklaren? Tenslotte hoeven twee zaken die beide absurd zijn niet onderling te conflicteren. De ene droom sluit andere dromen niet uit. Sterker nog, vaak omsluiten ze elkaar. Een politieke doctrine met honderden miljoenen volgelingen aanduiden als een droom is beperkend, of klinkt als een romantische rechtvaardiging van het falen ervan. De misdaden die in naam daarvan zijn gepleegd worden verzwegen of geïrriteerd afgedaan met een paar woorden, of zelfs opgeëist om de moed te loven van degenen die niet aarzelden ze te plegen, puur om vorm te geven aan hun idealen – ten opzichte waarvan de daden altijd worden verlaagd tot het niveau van betreurenswaardige incidenten. Idealisme stopt nu eenmaal niet voor bepaalde gegevens en voor cijfers, voor de boekhouding van de gevangenen, de gedeporteerden. Maar het was zo'n prachtige droom! Wij geloofden erin en we geloven er nog steeds in, ondanks alles! De overtuiging breekt elk argument. Dromen bezitten een miraculeuze continuïteit die alle tegenstrijdigheden vereffent. De paren van schijnbare tegenstellingen geven meer blijk van hun innige band dan van hun onderlinge verschil.

Het sprookje verdedigt zich door elke tegenwerping en aanvechting ook af te doen als een sprookje. De gepleegde wreedheden en gewelddadigheden zijn ongelooflijk, en dat wil dus zeggen dat ze niet geloofwaardig zijn, dat ze verzonnen zijn. Tegen de overlevenden van de concentratiekampen wordt vaak protesterend gezegd dat het te erg was wat hun is overkomen, te overdreven, alsof die overmaat aan onmenselijkheid hun schuld was. 'Als je het niet kunt geloven, denk je maar dat het een sprookje is,' luidt een cynisch gezegde van de Russische onderwereld, geciteerd door Varlam Sjalamov. Terwijl ik je je laatste stuk brood afpak of je naakt in de sneeuw laat staan, moet je maar denken dat het enkel een nare droom is, waaruit je vroeg of laat zult ontwaken.

In het jaar dat ik geboren ben, 1956, tevens het geboortejaar van Miguel Bosé en van de Hongaarse revolutie, werden de leerlingen van het Giulio Cesare maar beperkte mogelijkheden geboden om uiting te geven aan hun rebelse inborst. Ik zal hier een voorval beschrijven, precies zoals het mij is verteld door een directe getuige die in dat jaar eindexamen deed, dat staat voor de meest vergaande overschrijding van de schooldiscipline die kon worden geduld door het Italiaanse schoolwezen van de jaren vijftig.

Terwijl de filosofieleraar hardop voorlas uit het boek op zijn lessenaar, met zijn bril op het puntje van zijn neus en zijn hoofd gebogen, tilden de leerlingen hun tafeltje op en zetten het wat naar voren, zonder ook maar het minste geluid te maken, en hetzelfde deden ze met hun stoel, oppassend dat ze de poten niet over de vloer lieten schuren, daarna weer een paar centimeter naar voren, en dan weer een stukje. De hele klas schoof met bijna onmerkbare rukjes op naar de lessenaar, zodat de leraar toen hij na het lezen opkeek omringd werd door de tafeltjes, plotseling heel dichtbij, terwijl de leerlingen hem aankeken. Er was dus een soort stilzwijgende overeenstemming waardoor hij niets zei en de leerlingen deden alsof er niets aan de hand was, zodat de leraar na wat uitleg verderging met het voorlezen van het fragment van Hegel of Benedetto Croce, en dan begonnen de leerlingen als een golf die omslaat aan hun langzame terugtocht, met kleine stapjes of hupjes gingen ze achteruit met hun tafeltjes, tot ze weer op hun oorspronkelijke plek waren. De leraar kon dat met een korte blik constateren en gewoon doorgaan met zijn uitleg. Het schoolbankengetij steeg en daalde drie of vier keer tijdens de les, en dat alles zonder dat het verloop ervan in het minst verstoord werd en de doeltreffendheid ervan al helemaal niet, aangezien de leerlingen uiteindelijk goed voorbereid bleken.

De jongeren verkneukelden zich over hun dapperheid en het plezier dat dit onschuldige spelletje hun had opgeleverd. Lachen zeg.

Jarenlang heb ik het idee gehad dat het een sociaal experiment betrof, of een gezelschapsspel. Enkele hogere machten – waarvan de catastrofale kracht nooit zou kunnen worden ontketend in een direct, frontaal conflict, omdat dat zou leiden tot de totale vernietiging van beide tegenstanders en de rest van de wereld (zoals aan het einde der tijden zal gebeuren met de Ragnarok, de ondergang van de goden in de noordse mythologie) – komen overeen hun treffen op kleinere schaal te reproduceren, op neutraal terrein en volgens vereenvoudigde regels, gebruikmakend van figuranten die zich daar niet of slechts gedeeltelijk van bewust zijn, en die denken dat ze hun eigen leven leiden en autonome keuzes maken, en dientengevolge strijden, lijden, ware tranen plengen en uiteindelijk bezwijken, zonder te beseffen dat ze pionnen of poppetjes zijn die door anderen worden verschoven. In de internationale politiek wordt dit conflict 'dogfight' genoemd: in plaats van zelf te vechten, laten we onze honden vechten. De politiek van de VS en de USSR. Zo'n afspraak tussen oppermachten heeft iets bespottelijks maar tegelijkertijd dramatisch, want in de omgeving waar het treffen plaatsvindt is de strijd authentiek, is de oorlog toch echt een oorlog: begrensde omgeving, totale oorlog. Misschien is het maar in één wijk, maar daar is het dan ook wel echt raak. Voor de jongens van de Pálstraat staat een steen die wordt gegooid gelijk aan de lancering van een kernraket. Vaak is de felheid van de beide partijen omgekeerd evenredig aan de omvang van het conflict. Er worden werkelijk waar moorden gepleegd om níéts, om een lijn die met krijt op straat is getrokken, ter verdediging van een luchtspiegeling, een woord. Zoals bij bepaalde kleinere literaire prijzen: weinig prestige, onbeduidend prijzengeld, maar toch is juist daar de concurrentie onder de genomineerden moordend, en heus niet in ruil voor een koninkrijk. Ik zweer dat ik in zulke hachelijke situaties getuige ben geweest van de ellendigste daden van de mensheid, juist omdat ze volkomen zinloos waren, onbegrijpelijk als je bedenkt dat het om zoiets onbeduidends ging. De winst remt de driften af, weet ze in zekere zin te temmen, terwijl de leemte ze juist aanspoort. Als er bijna niets concreets op het spel staat, wordt het gevecht des te heviger. Wie tegenwoordig op tv nog steeds hardnekkig die mantra volhoudt dat 'geweld niets te maken heeft met sport', heeft weinig begrepen van zowel geweld als sport. Tijdens een potje kaarten in de kroeg kon het hele scala aan politieke daden worden gelezen, verraad, hinderlagen, erger nog dan aan een hof of in een parlement, en de werkelijke redenen waarom mensen 'verhufteren'. De hele kwestie wordt nog cynischer als je vervolgens bedenkt dat er helemaal geen spelers zijn die deze pionnen verschuiven, kortom, dat er helemaal geen oppermachten bestaan, als een voetbaltoernooi tussen nationale teams die helemaal niet corresponderen met een bepaalde natie. Er is geen vaderland, geen volkslied waar ze voor strijden. De shirtkleuren worden lukraak toegewezen. Dan is er niet langer het excuus dat men wordt gemanipuleerd. De marionetten zullen zich houterig blijven bewegen, niet omdat er iemand is die hen onzichtbaar bestuurt, maar omdat ze nu eenmaal van nature houterig zijn. Het was een experiment, maar dan als doel op zich, zonder een wetenschapper die de resultaten vervolgens controleerde. Zonder toepassingen. Buiten de omheining waar de honden elkaar naar het leven staan bevinden zich helemaal geen baasjes, niemand wedt op jou of op mij, we zijn uiteindelijk op de proef gesteld, we hebben gewonnen of verloren, maar afgezien daarvan gebeurt er verder niets. Het leek de miniatuurversie van een heroïsch leven: de verliefdheden en uitzinnigheden en fysieke duels en het oversteken van snelstromende rivieren met onze paarden die een Ciao of een Vespa 50 waren, de meedogenloosheid en de achteloosheid waarmee de gevallenen vielen en waarmee de overlevenden tegenwoordig arts en notaris zijn, het bedrog en de valstrikken en de verrassingen en de wederwaardigheden leken uitdagingen van het lot waar de goden van bovenaf naar keken, omlaag turend vanaf de wolken, zoals in de Oudheid. Ze hadden lol om onze waanzin, maar onze waanzin weerspiegelde die van henzelf, dat was de verborgen betekenis. Alsof wij jongeren van het QT waren aangewezen om een rol te spelen in *De laatste dagen van de mensheid*, de versnelde film van een ideologiecursus, napoleontische veldslagen die werden uitgevochten tussen de Via Panaro en de Via Topino, exodussen en aftochten, allerlei dokter Zjivago's aan de Piazza Istria, een toneelgezelschap van scholieren, kortom, die ineens de Betekenis van het Leven staan te spelen terwijl ze zelf nog helemaal niets hebben beleefd: vol enthousiasme en vol haperingen, en vol van die zo bloedserieuze kracht van de onvolwassenheid. Zo heb ik voor mezelf geprobeerd te verklaren hoe het kan dat er in zo'n korte tijd zoveel razernij werd ontketend in zo'n beperkte ruimte en op zo'n nietszeggende plek als mijn wijk: met het idee dus dat het een marionettentheater of een laboratorium was.

Een proefdier dat doodgaat, gaat echt dood, ook al heeft het zijn ziekte bij wijze van experiment geïnjecteerd gekregen.

Dus nee, het was het echte leven met zijn gebaande paden.

Hoofdstuk XVI

Er is een plein in het QT, of beter gezegd een rotonde, waar je vroeger de bioscoop Triomphe had en nu een McDonald's, die de verbinding vormt met het zogenoemde Quartiere Africano, de 'Afrikaanse buurt'. Sommige mensen beschouwen het Quartiere Africano als integraal onderdeel van het Quartiere Trieste, in elk geval in bestuurlijk opzicht, aangezien het kantoor van de 2e deelgemeente van Rome, waar je je ID-kaart moet aanvragen, zich daar bevindt, aan de Piazza Gimma, midden in het raster van straten met exotische namen als Giarabub, Galla en Sidama, Migiurtinia, Amba Alagi, Gadames, en ook omdat het van oudsher het winkelgebied van het QT is, waar je een Swatch of een roman of een broek kunt kopen; de puristen daarentegen, laten we ze zo maar noemen, de fundamentalisten van het QT, wijzen die uitgebreide territoriale interpretatie van de hand en zijn ervan overtuigd dat het Quartiere Trieste één ding is en het Quartiere Africano een ander. Maar degenen die er zo over denken moeten dan eens stilstaan bij een andere geopolitieke paradox. Het is weliswaar zo dat de verkeersassen van het Quartiere Africano – die in de richting van de periferie gaan en waarlangs grote huurkazernes liggen die inderdaad weinig gemeen hebben met kleinere en mooiere palazzi – de namen Viale Eritrea, Viale Libia, Via Asmara en Viale Somalia dragen, dus vernoemd zijn naar de Italiaanse kolonies waarvan alweer een hele tijd geleden afscheid is genomen, maar vergeet daarnaast niet dat het QT zelf vroeger de naam Quartiere Italia droeg (als ik me niet vergis wordt de wijk nog zo genoemd in die formidabele scène van *La dolce vita* waarin de vader van Marcello, op dienstreis in Rome, avances maakt naar een vriendin van zijn zoon en bijna iets met haar krijgt, maar dan wordt hij ineens ziek... o, briljant! ongekend briljant! briljant degene die deze scène heeft bedacht en voor zich zag, degene die hem schreef, die hem draaide en monteerde, briljant degenen die hem acteerden en nasynchroniseerden!), en de geschiedenis van de twintigste eeuw heeft ervoor gezorgd dat de namen van de straten en het voornaamste plein van deze verdomde wijk, die Quartiere Italia gedoopt werd en synoniem staat voor Italiaansheid, verwijzen naar plaatsen, regio's, bergketens en meren waarvan vele zich tegenwoordig níét in Italië bevinden, die niet langer Italiaans zijn, nadat ze dat gedurende een krappe kwarteeuw wel geweest waren, precies in het interval tussen een gewonnen oorlog en een verloren oorlog.

Hoe dan ook, of het erbij hoort of niet, de Piazza Annibaliano is een van de symbolische plekken van het QT en het is geen toeval dat juist op dat plein tegenwoordig het wanstaltige nieuwe metrostation prijkt dat u verderop in dit verhaal nog aan zult treffen.

En het was daar, aan de Piazza Annibaliano, op de vijfde verdieping van het gebouw waarin tegenwoordig de hele dag door Big Macs en Crispy Bacons worden bereid en verorberd, waar Maldonado woonde en waar in de woonkamer bij hem thuis een interessant, opmerkelijk cultureel project was ontstaan. Sommigen noemden het een sekte.

De leider van de sekte heette dus Maldonado, George Ares Maldonado. Ik zou niet weten waarom hij een Engelse en een Griekse voornaam had, gevolgd door een Spaanse achternaam, maar ze vormden zo'n volmaakt rijtje dat je haast ging denken dat hij twee ervan zelf had verzonnen om de enige echte te vergezellen. Hij was een kleine, zenuwachtige jongen, met een rond metalen brilletje, uitstekende jukbeenderen en lippen en een breed voorhoofd waar al wat rimpels in zaten. Hij had een beetje spleetogen, zoals Lenin, of in elk geval als een revolutionair. En net als een revolutionair praatte hij op felle, strenge toon. Hij viel anderen in de rede met een snerend lachje, op hen neerkijkend vanuit een wijsheid waar hij vooral niet mee te koop liep en die als het ware voor eens en voor altijd was vastgesteld, in een vroegere periode die even vaag als geconcentreerd was, aangezien hij pas twintig jaar was, en hoeveel van die jaren hij ook boven de boeken mocht hebben doorgebracht, het leek onmogelijk dat hij in zo'n kort tijdsbestek zoveel wijsheid had vergaard achter dat spierwitte voorhoofd van hem, en in die nerveuze bolle ogen die heen en weer flitsten achter zijn metaalomrande brillenglazen.

Hij zat nog in het laatste jaar van het lyceum, op het Giulio Cesare, dat hij trouwens een heel slechte school vond, toen hij een filosofisch/

wetenschappelijk/literair tijdschrift oprichtte, dat zich echter ook bezighield met theologie en politiek, of politieke theologie (vraag me niet wat die term precies inhoudt, maar zo omschreef Maldonado wel eens het voornaamste interesseveld van het blad) met de naam *Encefalon*. Op het omslag stond onder de titel de geheimzinnige, polemische tekst ALS IK GLIMLACH WIL DAT ZEGGEN DAT IK KWAAD BEN. De titel en ondertitel waren allebei geschreven in een dunne lijn die in zijn geheel een hersenpan uitbeeldde. Deze benadering, zo gebaseerd op de fysiologie, op de neurologie, was bewust provocerend.

Trouwens, alles wat Maldonado zei, deed en schreef was provocerend. Zijn artistieke proclamaties waren provocerend, en zijn zwarte hoge schoenen tot boven de enkels, met twaalf vetergaatjes, die deden denken aan orthopedisch schoeisel en toch op hun manier iets elegants hadden, die waren ook provocerend, en altijd glimmend, aangezien Maldonado ze elke dag invette met peperdure Engelse crèmes en ze urenlang borstelde en boende. Dat was een van de weinige onderwerpen waar Maldonado graag en uitgebreid over praatte: schoensmeer, Meltonian, Kiwi, Lincoln, crèmes, lak en was voor op leer.

Tot welke soort provocaties behoorde die van de glanzend gepoetste, hoog dichtgeveterde schoenen, aan wie was die gericht? Dat wisten we niet, we snapten het niet, maar het trof ons wel. Of in elk geval, het trof mij, want als het om zuivere verbeelding gaat kom ik niet zover, en rechtstreekse ervaring met dingen en mensen heb ik naar mijn idee ook niet zoveel, nu nog voel ik me ongemakkelijk bij een heleboel situaties en voorwerpen en gebeurtenissen die voor anderen vanzelfsprekend zijn en die op mij overkomen als iets totaal nieuws, een sensationele ontdekking, iets waarvan ik het bestaan niet eens vermoedde; vandaar dat ik zo tussen mijn zestiende en negentiende de ideale persoon was om in de ban te raken van iemand als Maldonado, beïnvloed te worden door zijn charisma en onthutst door zijn eigenaardigheden. Juist datgene wat ik niet begreep fascineerde me en veroverde me, en pas nu realiseer ik me dat iemand die aantrekkingskracht op anderen wil uitoefenen moet zorgen dat hij nooit volledig begrijpelijk is, hij moet zich nooit verlagen tot duidelijkheid, zich kortom nooit *blootgeven*. Die techniek gebruikte Maldonado, hij strooide met vage toespelingen. In zijn schaarse redevoeringen vermengde hij heel banale uitspraken met andere die, ondoorgrondelijk en raadselachtig als ze waren, konden worden aangezien voor profetieën. Als dingen ons begrip te boven gaan zijn we genoodzaakt er een geheime betekenis achter te zoeken, en hoe hardnekkiger we daarnaar zoeken, des te meer die zich verstopt en wegduikt, en des te dwingender ze wordt.

Nou, zo ongeveer functioneerde *Encefalon*. In minstens de helft van de gepubliceerde artikelen, gedichten en essays, had Maldonado (die onder verschillende pseudoniemen de auteur van alle rubrieken was) met diabolisch geduld de betekenis versleuteld tot die vrijwel onbegrijpelijk was, en vervolgens was het de taak aan de lezers zoals ik om ze te ontcijferen. Ik moet zeggen dat ik veel heb gehad aan die cursus interpreteren en vertalen, al was het maar omdat ik daardoor gewend raakte aan het idee dat begrip een bijna fysieke inspanning vereist, een aanhoudende, herhaalde inspanning, die vooral moet worden verricht wanneer er maar mondjesmaat resultaat wordt bereikt: vroeg of laat zal de schrijn opengaan, zal het deksel eraf gaan, en zal de opgeborgen betekenis daar fonkelen als een schat, of een melodietje laten horen, als een speeldoos. Het lezen van elk afzonderlijk artikel in *Encefalon* kostte ontzettend veel moeite, ook al was het maar een paar paginaatjes lang, en zelfs na tweede of derde lezing was je er nog niet uit. Alleen iemand die ermee had ingestemd om onder dat Caudijnse juk door te gaan kon zichzelf intelligent noemen.

Het eerste nummer, van januari 1975, heb ik hier voor me liggen. Zestien pagina's verkregen door acht normale stencilblaadjes dubbel te vouwen en in het midden vast te nieten.

De inhoudsopgave bevat:

- een redactioneel stuk waarin Maldonado (als hij tenminste degene was die schuilging achter het pseudoniem Arimane, maar dat was hij zeker) een naderende ommekeer aankondigde, een grote historische omwenteling, zo enorm dat er geen menselijke taal bestaat om die te beschrijven;
- het verslag in verzen van een pelgrimage naar het kasteel van Fumone, waar paus Celestinus v in afzondering zat, door zes redacteuren van het tijdschrift;
- enkele vertaalde teksten van Lucretius en Gottfried Benn;

– een verhandeling over Chinese ideogrammen die te maken hebben met de concepten ruil, winst en woeker;
– een kunstzinnige compositie in collagevorm, waarin allerlei dingen elkaar overlapten, een partituur van de componist Buxtehude, afbeeldingen van karaffen, aambeelden, dieren vol versieringen voor een offerceremonie, en enkele regels geschreven in een beverig handschrift, misschien het originele handschrift van Hölderlin nadat hij zijn verstand was kwijtgeraakt: *Aus Höhen glänzt der Tag, des Abends Leben/ Ist der Betrachtung auch des innern Sinns gegeben*;
– een essay met als voornaamste onderwerpen: de strijd van het droge tegen het vochtige, van het vuur tegen het water; het vuur dat omhoog reikt; het water dat omlaag stort.

Ik was niet uitgenodigd voor de ceremonie. Maar de deelname werd me ook niet ontzegd. Ik was een buitenstaander, maar niet zo een die de deur in het gezicht krijgt als hij naar binnen probeert te komen of die eruit wordt gezet als men ontdekt dat hij niet gelooft, zoals een ongelovige uit een moskee. Het is het oude verhaal, zoals ik al eerder vertelde: zwevend tussen afstandelijkheid en betrokkenheid hing ik rond groepen, gebeurtenissen, situaties, kringen, teams, facties, ceremonies, initiatieven en feesten waarbij mijn rol totaal niet duidelijk was. Was ik lid? observator? sympathisant? getuige? spion? partycrasher? indringer? eregast? Nooit dicht genoeg bij de kern van de zaak, maar er ook niet vreemd aan, of in elk geval niet helemaal, binnen maar toch buiten, zeg maar, buiten maar bijna binnen...

Politiek, werk, literaire wereld, gezin/gezinnen, mondaine milieus, vakantie: op geen enkele plaats was ik ooit echt *op mijn plek* – terwijl ik er toch zoveel heb beroerd, besnuffeld, geproefd, omvaren; ik heb er met zoveel geflirt, al was het maar voor een dag of een maand, en zoveel hebben er met mij geflirt!

Tai chi chuan, vegetariërs, de Russische taal en het Castiliaans, humanitaire organisaties, monarchistische kringen, links terrorisme, literaire salons, overvallers, zeilers, psychiaters, priesters, filosofen, neoklassieke dichters, vluchtelingen, krantenredacties, filmsets, opnamestudio's, stedenbouwkunde, volksbuurten, milieugroeperingen, luxe... Ik heb al die plekken en categorieën en activiteiten doorkruist zonder er echt deel van uit te maken, als een gast, met mijn koffers alweer gepakt om te vertrekken, of beter gezegd, niet eens uitgepakt na mijn aankomst. Wat voor anderen een waarde was, een geloof, een discipline, een plicht, een vervloeking, een baan, een manier om zich te verrijken of verarmen, was voor mij enkel een curiositeit. Nooit ben ik binnengedrongen tot een 'inner circle', nooit heeft iemand met zekerheid van mij kunnen beweren: 'Hij is een van ons!', en als dat al gebeurde, dan vergiste diegene zich, misschien door mijn schuld, omdat ik hem reden had gegeven dat te geloven. Op geen enkele plek, niet in een klaslokaal, niet in de gang van een uitgeverij, in de coulisse van een toneel, zelfs niet aan de familiedis, heb ik gepretendeerd te zeggen: 'Hier ben ik thuis.' Maar tegelijkertijd en zonder twijfel was ik daar, en ik was het, niet iemand anders, en ik had er iets te doen, en ik praatte en handelde soms zelfs intiemer en treffender dan zij die daadwerkelijk en altijd al op die plekken woonden, dan zij die konden zeggen dat ze die beroepen echt uitoefenden, sterker nog, dat ze die beroepen wáren. Ik ben in mijn leven heel wat vaker *ontvangen* dan *afgewezen*, maar het leidde uiteindelijk altijd tot teleurstelling bij degene die de deur voor me had geopend, hopend op mijn aansluiting, mijn inschrijving of bekering, in de illusie dus dat ik voorgoed zou blijven. Ik heb nooit collega's gehad, noch kameraden, noch makkers, afgezien van mijn schoolmakkers. En misschien is dat dan ook de reden dat ik het over de schooltijd heb.

Goed, ik werd dus op indirecte wijze uitgenodigd voor de ceremonie, ook al maakte ik geen deel uit van de redactie van *Encefalon*, sterker nog, om eerlijk te zijn vond ik veel van de ideeën die het tijdschrift propageerde belachelijk, kinderachtig of simpelweg fout, de gedichten bijna allemaal lelijk en sommige op het gênante af, de artikelen onbegrijpelijk, en de illustraties bizar, al waren ze soms wel suggestief (terwijl tekstuele onbegrijpelijkheid me alleen maar irriteert, kan die van afbeeldingen soms wel fascinerend zijn). Het was Numa Palmieri, bijgenaamd 'Peterselie', leerling aan het Giulio Cesare net als Maldonado zelf, de jongste en misschien de minst intolerante en minst fanatieke van de redacteuren van *Encefalon*, die me opriep met een hoe dan ook bot en raadselachtig telefoontje: 'Het is vannacht om drie uur, bij de Stoel van de Duivel.'

‘De Stoel van de Duivel’. De lezer moet zich niet laten misleiden door de naam van die plek, die niets satanisch heeft, of ja, eigenlijk ook wel, en in vroeger tijden, toen het bouwwerk midden op het platteland verrees, en de reiziger over de Via Nomentana het van veraf zag staan, toen kon het inderdaad heel onheilspellend overkomen. In de duisternis van de nacht zag je het schijnsel van de vuurtjes die waren aangestoken door mensen die er hun toevlucht hadden gezocht; en daaraan dankt het zijn helse bijnaam. Nu ligt het besloten op een pleintje omringd door lelijke jarenvijftigflats. Het is een Romeinse ruïne, een bouwwerk van twee verdiepingen waarvan één hele gevel is ingestort, terwijl er van de bovenverdieping maar één wand overeind is gebleven, zodat die hele aangetaste hoop stenen (een meter of acht hoog? misschien meer) nu inderdaad de vorm van een stoel heeft gekregen, ja, een reusachtige stoel: gebouwd door een titanische timmerman voor een gigantisch wezen. Het is het vreemdste, vuilste en naargeestigste monument van het QT, dat eromheen is gegroeid en het bijna heeft verstikt: als je op dat pleintje aankomt heb je in eerste instantie niet door wat die steenmassa daar is, het zou een gebombardeerd, afgebrand huis kunnen zijn, met die zwartgeblakerde raampjes en ontbrekende muren. De Stoel van de Duivel is een treffende benaming die het in de volksmond heeft gekregen. Ik heb nooit geweten wat het oorspronkelijk was, en ik denk dat niemand van de mensen die er in de buurt wonen dat weet. Destijds was het niet omheind, tegenwoordig staat er wel een hek omheen.

Ik had de wekker gezet. Altijd vreemd wanneer in het holst van de nacht de wekker afgaat en je pas een paar uur geslapen hebt. Om kwart voor drie was ik er. Het was koud, er was niemand te bekennen. Zelfs de celebranten waren er niet. Ik dook zo ver mogelijk weg in de duffelse jas die ik het seizoen ervoor bij Paris had gekocht. Ik deed de capuchon op, waarvan de ruwe wol aan mijn oren prikte. Nadat ik een tijdje had staan wachten op de hoek van de Via Homs, ging ik op weg naar de Stoel. Het was er pikdonker...

Zoals ik al zei stond er destijds geen hek omheen en konden niet alleen katten het betreden, maar ook mensen. Vanbinnen was het donker. Als kind had ik een keer gezien dat er welig, vochtig gras in groeide en iets wat deed denken aan tropische varens, maar nu zag ik tot mijn verbazing dat alle begroeiing was weg geschoffeld, en dat zelfs de teelaarde die zich vormt door de verrotting was weggehaald van de vloer, die schoon en droog leek in het zwakke licht van de straatlantaarns dat door de drie raamopeningen scheen. Wie had dat gedaan? Wie had de Stoel van de Duivel opgeknapt? Het was uitgesloten dat dit het werk was van de gemeentelijke plantsoenendienst of de medewerkers van de onderhoudsdienst voor archeologische sites, want die zijn in Rome zo rijk gezaaid dat ze zich, afgezien van de gebruikelijke toeristische pronkstukken – Colosseum, Forum, Pantheon (en niet eens allemaal, denk maar aan het half verwaarloosde Mausoleum van Augustus), vrijwel allemaal in een staat van volledige troosteloosheid bevinden, onder een afdakje van golfplaten en met een afgebladderd bordje met uitleg ervoor.

Even stellig viel uit te sluiten dat er een of ander wijkcomité of goedbedoelende vereniging actief was. Het idee van een gemeenschap die zich belangeloos inzet voor het algemeen welzijn, al is dat nog zo'n klein, vastomlijnd welzijn, was in Rome een vrijwel onbekend fenomeen, en daarop vormt het QT, dat zich erop laat voorstaan zo'n keurig nette wijk te zijn, geen uitzondering. Gemeenschappelijke activiteiten, het zogenaamde goede voorbeeld, het buurtinitiatief, die komen in deze stad nauwelijks voor. Als ze er al zijn, ontstaan ze vaak met een bijbedoeling. Iedereen bemoeit zich voor zover mogelijk alleen met zijn eigen zaken, en dat is al eeuwenlang zo. Gemeenschappelijke initiatieven waren het terrein van priesters, en verder wel eens van een sportclub en de voetbalverenigingen met hun supportersaanhang, de voornaamste of exclusieve bezitters van een gemeenschapszin.

Ja, een tijdlang had je natuurlijk wel de politieke groeperingen, maar hun belangrijkste initiatieven waren demonstratief, sensationeel, spectaculair en gewelddadig, bedoeld om te intimideren of te verheerlijken, met de luidruchtige uitbarstingen van bijeenkomsten, betogingen, protestmarsen, enorme menigten; tienduizend of honderdduizend of een miljoen mensen bijeengekomen om te protesteren, janken, vechten, liederen te zingen en slogans te brullen – ja, nou en of, de grote mensenmassa's, die had je wel – in naam van grote idealen. Maar wat je zelden ziet is een groepje van tien personen verenigd door een klein doel: een plantsoen in de periferie schoonhouden, of levensmiddelen die bijna over de datum zijn uitdelen aan mensen die honger hebben. Niet dat er geen Romeinen zijn die dat hebben gedaan of dat nu doen, of die bereid zijn dat te doen (als iemand het hun maar zou vragen), maar dat is, hoe zal ik het zeggen, een geïmporteerd, exotisch gebruik, dat weinig gemeen heeft met het karakter van de stad waar niemand iets voor een ander doet, maar ook niet verwacht dat een ander iets voor hem doet; en waar men zelfs weinig voor zichzelf doet. De wanprestaties van de politieke macht en de openbare overheid zijn zo verreikend en diepgaand dat ze in andere steden een volksopstand zouden veroorzaken, maar in Rome niet, want de Romeinen verwachten en eisen bijna niets van de bestuurders die over hen regeren, en zij op hun beurt verwachten niets van de burgers. Een mooi voorbeeld: wanneer het sneeuwt (wat eens in de twintig jaar gebeurt) is het verrassend om te zien dat niemand een vinger uitsteekt en iedereen het witte wonder alleen maar aanschouwt, eerst met verbazing, dan met vreugde, dan met verveling en uiteindelijk met ergernis (het hele scala aan emoties binnen een tijdsbestek van acht of twaalf uur, hooguit een dag), wanneer de stad door ongemakken en ongelukken bezwijkt. Je ziet niemand, maar dan ook werkelijk niemand, die gaat sneeuw scheppen, al was het maar voor zijn eigen huis of om de straten in elk geval een beetje begaanbaar te maken: de burgers wachten passief af tot de autoriteiten het regelen, en de autoriteiten verwachten hooghartig dat de burgers het op zich nemen. Wie al een poging doet trekt zich na een paar willekeurige scheppen terug in de warmte van thuis of kantoor. Daar verschanst hij zich, zeg maar, totdat de ellende voorbij zal gaan en de sneeuw, bij het eerste zuchtje sirocco, zal smelten...

In de Stoel van de Duivel voelde ik me thuis. Niets passender voor mij dan die edele, bouwvallige ruïne omringd door haveloze flats. Dat vervallen monument ademde een sfeer van *samenzijn* en *tegenstelling* die zowel iets subliems als bespottelijks had, een dicht aureool van mysterie dat zich uiteindelijk zou onthullen als een volkomen gebrek aan mysterie, kortom, het monument bevatte alle aspecten die mij destijds aantrokken en die me mijn hele leven zouden aantrekken, en die me ook nu nog een duizelingwekkende vreugde en droefheid van zinloze overpeinzingen bezorgen. De kracht die uitging van die nutteloze, sinistere steenhoop midden op een anoniem pleintje van het QT stelde me op mijn gemak. Dat was mijn tijd, ja, zo was het, en dat waren mijn ruimtes.

Maar was het ook de juiste plek voor de redacteuren van *Encefalon*? Nou en of.

Ik zag ze eindelijk aankomen, stipt op tijd, om klokslag drie uur 's nachts. Ze kwamen achter elkaar naar beneden lopen door de Via Scire, donker, zwijgend, als de schurken in het Sandokan-avontuur *Het Mysterie van de Zwarte Jungle*, of nee, in plaats van omlaag te lopen leken ze eerder te *glijden*. Ze waren met een man of tien en voorop herkende ik, ingepakt in een mantel, Maldonado. Ik herkende hem aan de glinstering van zijn metalen brilletje. Ieder van hen droeg een zak op de rug, zodat ze kromgebogen onder de last omlaagkwamen door de Via Scire. De rij werd gesloten door een tengerder figuur. Ik voelde dat ik een buitenstaander was toen ze een voor een de Stoel van de Duivel in kwamen en de zakken op de grond zetten. Afgezien van de tengere figuur met zijn kap, die me zojuist was opgevallen, was ik namelijk de enige die niets op zijn rug had gedragen.

En toch was ik, juist ik, de buitenstaander, degene tot wie Maldonado het woord richtte.

'Ben je er klaar voor?'

Ik knikte, al wist ik niet voor wat.

Van de anderen kende ik er drie: eentje had net als ik op het SLM gezeten, alleen in een andere klas, met de tweede had ik gevoetbald, en ik vond het dan ook vreemd hem nu terug te zien zonder sportbroek, maar in passende kleding voor de ceremonie; de derde was Numa Palmieri, die in *Encefalon* een essay had gepubliceerd waarvan de bondige, vreemde beginzin me altijd is bijgebleven: 'De schreeuw desoriënteert het gehoor.'

Ik was er klaar voor. Ik brandde van nieuwsgierigheid, zij het doorspekt met scepsis. In wezen wil scepsis stiekem alleen maar ontkracht worden door een of ander wonder, dus het vermindert de verwachtingen niet, nee, het verhoogt ze alleen maar. Het creëert een vruchtbare bodem voor een openbaring.

Na de aanvankelijke verwarring voelde ik me geprivilegieerd. De jongens van *Encefalon* beschouwden me als een soort waardevolle gijzelaar, als prinsen die werden grootgebracht aan het hof van een vijandelijke vorst, opdat ze zouden kennismaken met de pracht en praal ervan en die in gedachten zouden houden, voorgoed bevreesd door zijn macht. Misschien had Maldonado me daarom laten oproepen voor de ceremonie: zodat ik voor eens en voor altijd nota zou nemen van de diepgang van hun zoektocht, en de spirituele superioriteit ervan vergeleken met de akkefietjes waar wij overige, zij het enigszins gecultiveerde inwoners van het QT ons mee bezighielden: politiek, literatuur, films, desnoods scooters of tennis, of anders de liefde, en daarna weer de politiek, dat wil zeggen een futiel treffen tussen geideologiseerde groepjes, terwijl zij zich wijdden aan de interpretatie van duizend jaar oude fenomenen, van metafysische stromingen die de eeuwen blootlegden alsof het doorzichtig velijnpapier was: historische bewegingen, grote tradities. Ja, ik was er klaar voor. Ik was er altijd klaar voor geweest. Als een hardloper die al zijn hele leven in de startblokken staat. Maldonado gebaarde naar zijn metgezellen dat ze de zakken moesten leegmaken. Ik besloot niet te vragen of ze hulp nodig hadden, in het besef dat ik het ritueel misschien zou bederven. Ze kieperden de inhoud dan ook niet zomaar om, op de stenen vloer van de Stoel van de Duivel, maar haalden de dingen die erin zaten er een voor een uit.

Het waren stukken hout. Grote takken en korte twijgjes van zo'n tien, twintig centimeter, die ze uit de zakken haalden en op een grote rode doek neerlegden die Maldonado op de grond had uitgespreid. Dat was dus de opbolling die ik onder zijn mantel had gezien.

Peterselie zag mijn belangstelling voor die takken en gaf me er een: blijkbaar waren mijn handen niet zo onzuiver dat ik er niet aan mocht komen. Ik pakte het takje aan: het was wit en vederlicht, en het geurde. Ik heb geen talent om geuren te onderscheiden, ik weet alleen of iets lekker of vies ruikt. Maar de geur van dat takje was zoet en indringend, en toen de celebranten de doek hadden vol gelegd met een hele hoop lichte, dorre takken die wit oplichtten in het donker, verspreidde die geur zich werkelijk sterk en bedwelmend, het had iets oosters. Pas jaren later zou ik me die geur herinneren en herkennen als een klassieke essence uit de parfumerie: het was sandelhout, waar hadden ze dat in vredesnaam vandaan gehaald? En hoe kon het dat die takken zo droog en licht waren?

Nadat ze alle takken zorgvuldig op de rode doek hadden gelegd, gingen de anderen een stap naar achteren en lieten ze het aan Maldonado over om de brandstapel te vormen. Ik had het idee dat iedereen de adem inhield terwijl mijn schoolgenoot het hout schikte. Ik moet zeggen dat ook ik instinctief langzamer ging ademen, alsof ik bang was dat de tintelende lucht geluid zou kunnen maken wanneer die mijn neusgaten binnenkwam, en daarmee de ceremonie kon verstoren. Geknield op de rand van de doek rangschikte Maldonado het geurige hout stukje voor stukje, en maakte zo een bijzonder bouwsel op de vloer van de Stoel van de Duivel.

Op een vierkante basis bouwde hij vier wanden van vervlochten takken, die op de hoeken op elkaar steunden. Boven op die stevige onderkant van ongeveer een meter hoog legde hij de langere takken, als een soort deksel op de door de vloer en de wanden van gevlochten takken gevormde kubus. Geen idee hoe het mogelijk was dat dit precisieklusje, dat minstens een halfuur in beslag nam zonder dat iemand een kik gaf, zo'n stevig bouwsel opleverde; er rolde nog geen twijgje sandelhout omlaag. Maldonado stapelde het hout met een zorg die ik nooit had aangetroffen in zijn normale handelingen en toespraken, die altijd bruusk en arrogant waren; maar nu hij deze opmerkelijke stapel brandhout maakte, met die zoete, indringende geur, bleek mijn klasgenoot onvermoede kwaliteiten te bezitten. Toen ik naar hem keek, en ook toen ik naderhand terugdacht aan wat ik had geleerd terwijl ik naar hem keek, begreep ik dat in ieder van ons ergens het exacte tegendeel schuilt van het karakter dat ons normaal gesproken leidt en waarmee anderen ons identificeren – niet onterecht overigens, want dat is het karakter dat negenennegentig procent van onze gedachten en handelingen stuurt. Wat ik wil zeggen is: wij zijn ook wat we *niet zijn*, oftewel dat het spirituele geheel waaruit we zijn samengesteld, als een chemische formule, een piepkleine hoeveelheid elementen bevat die het tegenovergestelde zijn van de dominante elementen, zodat een lui iemand ook een minieme (en meestal ongebruikte of vrijwel onbekende) dosis tomeloze ondernemingslust heeft; in een sensueel type schuilt ook een kille, kuise kant en zelfs het meest belangeloze karakter kan zich plotseling gierig tonen, terwijl een lafaard zich moedig kan gedragen, al is het maar als reactie... als reactie op wat? Op zichzelf, haast om zichzelf te verloochenen, en verbazing te wekken bij degenen die het gebruikelijke gedrag van hem verwachtten. Eindeloos veel bronnen zitten in ons binnenste verborgen, diep weggezonken, die het beeld van ons menszijn completeren met net een andere penseelstreek dan alle andere waarmee het geschilderd was.

Maldonado leek me nu ver verwijderd van de betweterige, minachtende jongen die ik kende. Zijn handen bleven maar bezig de wittige takjes te verplaatsen van de doek naar dat merkwaardige bouwsel, met een onbekende gratie en precisie. Zou hij dit al eerder gedaan hebben? Welke ervaring had hem die ceremoniële nauwkeurigheid opgeleverd? Eigenlijk wist ik maar heel weinig van de activiteiten van *Encefalon*, behalve dat ik zeker wist dat die twaalf of zestien paginaatjes, in het midden aan elkaar gehecht met twee nietjes, het resultaat waren van eindeloze discussies, wilsuitingen en suggesties. Op dat armoedige, poreuze papier bezonken de dromen en frustraties, de ingevingen, de gevoelens van hoop en grootheidswaan van eenieder die op zijn twintigste bij de literaire wereld wil horen, door die na te jagen, binnen te dringen, de rituelen ervan op te voeren en net te doen alsof men die wereld domineert. Het automatisme van de hoogmoed brengt beresterke monsters voort, en die monsters brengen zo'n zinloze, arrogante onderneming in beweging als het oprichten van een literair tijdschrift en het voortzetten ervan.

Na nog een paar ceremoniële, nauwkeurige handelingen van Maldonado werd me eindelijk duidelijk welke vorm de door hem opgebouwde brandstapel had gekregen. Het was een zetel, een troon. Van opzij leek het net een schaalmodel van de Stoel van de Duivel waarin we ons bevonden... Een schrijn van ongeveer één meter tachtig hoog, met lange, brede armleuningen waardoor hij er plechtig en stevig uitzag. Hij leek zo goed en solide gebouwd te zijn dat je de neiging kreeg erop te gaan zitten. Voor welke koning was deze troon bestemd, die met zoveel geduld en ijver was gebouwd? Daar zouden we weldra achter komen.

Eén lucifer volstond.

Echt waar, ik heb het met mijn eigen ogen gezien, één enkele lucifer volstond.

Maldonado hield het vlammetje bij een van de takken die de basis van de troon vormden, en nog voordat de lucifer tussen zijn vingers was gedoofd klom het vuur al omhoog langs de zijkant van de troon, en breidde het zich horizontaal uit over de onderkant.

Het was een heldere, pure vlam, die alleen maar uit licht leek te bestaan, en het geluid waarmee het vergezeld ging was niet het gebruikelijke geknetter van brandend hout maar een ademtocht, een luchtvlaag die, ik weet niet hoe ik het anders moet zeggen, een soort koelte verleende aan die brandstapel, aan die zo felle vlammen, alsof ze ijskoud zouden hebben aangevoeld als je ze had kunnen aanraken. Ik had nog nooit een vuur gezien dat zich zo razendsnel uitbreidde, en dat zou ik ook later nooit meer meemaken: nog geen twintig tellen nadat Maldonado zijn lucifer had afgestreken stond de hele troon in lichterlaaie. Op dat moment verscheen er een nieuwe figuur ten tonele. Hij had een touw bij zich, daar maakte hij een paar knopen in, trok ze strak aan en gooide het touw toen in het vuur.

Onder de kap van de figuur die als laatste in de Stoel van de Duivel was gekomen herkende ik op een gegeven moment, toen het gezicht even werd verlicht door het schijnsel, het lichte, fijne gelaat van Leda, de zus van Arbus.

Van Numa Palmieri hoorde ik later dat de kappen die de ingewijden van *Encefalon* droegen waren vervaardigd uit één coupon stof, in een bijzondere snit geknipt en geknoopt. Dat was omdat er moest worden voldaan aan een eeuwenoude rituele voorwaarde, symbool van integriteit: 'dat hun kleren geen naden hebben'.

Als woorden vergelijkbaar zijn met vuur
Is ieder woord dat wordt gezegd een belofte.

Dat was de enige keer dat ik deelnam aan een initiatief van *Encefalon.* De maand daarna gingen vier van hen op een voettocht naar Venetië, in plaats van naar een kasteel in Trentino, voor een ontmoeting met de vrouw van Ezra Pound, of zijn dochter. Van die pelgrimage heb ik nooit het definitieve verslag gekregen. Iets vergelijkbaars heeft regisseur Werner Herzog eens gedaan, zoals hij beschreef in het gedenkwaardige boek *Over een voettocht door de kou*, toen hij van München naar Parijs liep om een zieke vriendin te redden. Herzog deed er eenentwintig dagen over, Maldonado en de anderen van *Encefalon* volgens mij korter. De berichten hierover zijn vaag, want er bestaan geen schriftelijke getuigenissen van die doorkruising van Italië, of die hebben mij in elk geval niet bereikt. *Encefalon* stopte met publiceren nadat er met onregelmatige intervallen zes nummers waren verschenen. Ik bezat ze allemaal, maar vijf ervan zijn kwijtgeraakt bij een verhuizing, en in de Nationale Bibliotheek zijn ze niet te vinden, misschien omdat het tijdschrift niet officieel stond geregistreerd als periodiek. Alleen het eerste nummer heb ik nog. Een paar van de vroegere redacteuren ben ik in de loop van mijn leven nog toevallig tegengekomen. Een van hen toen ik mijn salaris van school ging ophalen, dat me destijds werd uitgekeerd in een bankfiliaal in de wijk Montesacro: hij werkte daar als financieel adviseur, hij herkende me en was heel vriendelijk, hij vroeg of ik misschien belangstelling had om daar een rekening te openen, zodat mijn salaris daar rechtstreeks op gestort zou worden, en zodat hij me persoonlijk kon adviseren over de aanschaf van interessante financiële producten. Misschien omdat hij meende dat ik verbluft was om hem aan te treffen als bankemployé (terwijl daar niets mis mee is, volgens mij), vertelde hij dat hij nog altijd pianospeelde, alsof de muziek een soort rechtvaardigende, verlossende factor was.

Een ander redactielid van *Encefalon*, die Numa, die door iedereen Peterselie werd genoemd, kwam ik tegen bij een ouderavond met de leraren aan het lyceum waar mijn dochter naar school gaat. Ik was degene die hem herkende, hij was niets veranderd na meer dan dertig jaar – wat zeg ik, bijna veertig jaar. Mager, gladde wangen, een innemende glimlach, een ietsje grijzende lok haar tot bijna in zijn ogen, een schelle stem met een onderdrukt Romeins accent dat toch hoorbaar bleef, zoals je wel vaker hoort bij intellectuelen, ook de verfijnde.

'Numa...?'

'Ja? Kent u mij? Uw gezicht komt me inderdaad bekend voor, maar...'

'Er is sindsdien al heel wat water naar de zee gestroomd.'

Ik weet niet waarom ik met dat gezegde op de proppen kwam. Ik viste in de linguïstische bronnen van de gêne.

'Ik... ik ben Edoardo... ken je me nog?'

Nog voordat ik mijn achternaam helemaal had uitgesproken spreidde Palmieri zijn armen en pakten we elkaar vast in een omhelzing die veel warmer en steviger was dan onze band destijds was geweest. Maar zo was de oude Peterselie van het Giulio Cesare: hartelijk, aandachtig, oprecht aardig tegen iedereen, en dat verklaarde waarom de alomtegenwoordigheid die hem die bijnaam had opgeleverd werd gewaardeerd in plaats van dat ze irriteerde, en waarom hij in wezen volledig geaccepteerd werd, zelfs in de groep van Maldonado, het kleine kringetje van eeuwige lyceumscholieren die hun neus ophaalden voor de rest van de wereld. Feit is dat Palmieri meer had gelezen dan al zijn makkers bij elkaar, ook omdat ze hem stuk voor stuk beïnvloed hadden en hij hun suggesties om bepaalde 'noodzakelijke' boeken, 'doorslaggevende' onderwerpen en auteurs te bestuderen, had opgevat als bevelen. Als hij een informeel babbeltje had gehad, was hij de dag erna al in de boekhandel of de bibliotheek om zich de teksten te verschaffen waarnaar iemand terloops had verwezen door achteloos wat titels te noemen. Het resultaat was dat zijn ontwikkeling zogezegd steunde op de som van die van de anderen, en doordat hij in zijn hoofd zoveel planken had gevuld, had zich daar een enorme bibliotheek gevormd. Vandaar dat Palmieri de enige van *Encefalon* was die open, weifelend, vol vraagtekens en kortom onzeker bleef over wat hij nu werkelijk moest denken en geloven. Door zijn nieuwsgierigheid en zijn verwarring mocht iedereen hem graag.

Hij complimenteerde me met de boeken die ik had gepubliceerd.

'O, dank je. Dus je hebt ze gelezen...?'

Peterselie geneerde zich geenszins en ergerde zich evenmin aan mijn vraag. Hij wilde meteen aantonen dat hij oprecht was door heel nauwkeurige details aan te dragen, en enkele passages te citeren die hij zich blijkbaar nog beter herinnerde dan degene die ze had geschreven. 'Ja, echt heel interessant wanneer je zegt... wacht even... "Het is niet gemakkelijk een waargebeurd verhaal te transformeren tot een waarachtig verhaal"... dat vond ik heel treffend!'

O ja? Ik ben altijd verbaasd wanneer mijn boeken in het middelpunt van de aandacht staan: niet omdat ik denk dat ze die niet verdienen, maar wanneer ik ideeën en verhalen terug hoor die ik blijkbaar heb bedacht, komen ze heel algemeen op me over, alsof ze niet aan mij toe te schrijven zijn, misschien best interessant, maar geschreven of gezegd door iemand anders.

'Nou, bedankt,' is het maximale dat ik wist uit te brengen.

'Geen dank. Het was me een genoegen... en een eer.' Met zo'n naam als de zijne kon Numa het zich permitteren om zo'n plechtige term te bezigen. Hij permitteerde het zich tegen mij, en dat was nog eens een extra eer. 'Ja, nou en of: jij hebt immers onze eer hooggehouden.' De eer *van wie*? Van het lyceum Giulio Cesare, waar we maar een jaar samen op hadden gezeten? Van de generatie geboren in de tweede helft van de jaren vijftig? Of vond Palmieri dat ik deel uitmaakte van het stelsel dat om *Encefalon* draaide, zij het dan als een van de meest perifere sterren? Zeg maar eerder een meteoor dan een planeet met een eigen baan?

Maar toen de complimentjes achter de rug waren, vond hij het nodig om op het aloude verschil te wijzen. De kloof die nog altijd bestond tussen de literatuur die ik produceerde, net als vele anderen, al was die van redelijke kwaliteit, en de literatuur die werd voorgestaan door Maldonado en consorten van *Encefalon*, die zichzelf neerzette als 'de literatuur voorbij', als 'overschrijding' daarvan. Maar dat zei hij met een begripvol, vriendelijk lachje. 'Tja, het is natuurlijk niet het genre dat ik gewoonlijk lees, of dat ik zelf zou schrijven, maar toch, de moeite waard... moedig.' Ik weet uit ervaring dat als ze tegen je zeggen dat je boek 'moedig' is, dat je 'moedig bent geweest', dit meestal wil zeggen dat het een miskleun is, dat je je doel hebt gemist: moed is dan ook een eufemisme, en staat voor prijzenswaardige mislukking. Maar ik vertrok geen spier en incasseerde het als een zoveelste compliment.

'En jij, ook nog altijd bezig?' vroeg ik. Ik bedoelde: met schrijven. Door zijn affiliatie en eruditie was Peterselie bedreven in elke literaire vorm, van poëzie tot filosofische essays, van aforismen tot kritisch proza, maar als jongeman had hij zich vooral gespecialiseerd in een tussenvorm van al die genres, een modus die enkele sarcastische *Encefalon*-lasteraars omschreven als 'orakelend'. Precies: 'De schreeuw desoriënteert het gehoor.'

'O nee, natúúrlijk niet,' antwoordde Numa zachtjes, met een raadselachtige glimlach. Hij schreef niet meer, natúúrlijk. Dat kon erop duiden dat hij zonder spijt een punt had gezet achter het literaire experiment, zoals je je schooltijd of de universiteit of je sportcarrière beëindigt, behorend tot een bepaalde periode van het leven die niet naar believen kan worden verlengd; of anders zinspeelde hij misschien op de 'overschrijding' van de literatuur op zich zoals die werd gepropageerd door *Encefalon*, op de historische ommekeer, waarna het nogal kinderlijk, arrogant en naïef was om hardnekkig verzen te blijven dicteren of verhalen te verzinnen, zoals meerdere denkers ook al na Auschwitz en de atoombom hadden beweerd. Natúúrlijk schreef Peterselie niet meer. Maar hij kocht wel andermans boeken en die las hij, en te oordelen naar de opmerkingen die hij over de mijne had gemaakt, zou ik zeggen dat hij ze ook begreep. Zijn intelligentie en nieuwsgierigheid waren niet uitgedoofd, natúúrlijk niet.

'Ik zit in de landbouwsector. Ik hou me bezig met zaaizaad. Misschien weet je het niet, of niet meer, maar dat heb ik gestudeerd aan de universiteit.'

'Landbouwkunde?'

Peterselie knikte trots. Hij reisde vaak naar Afrika voor zijn werk. Pff, net als Rimbaud, sneerde ik bij mezelf, die daar zijn ijlende gedichten aan de wilgen hing en zich toelegde op de handel in wapens en slaven.

Ter opheldering van de reden waarom we die middag waren bijeengekomen vroeg ik: 'En hier op school, heb je...?'

'Mijn dochter. Zestien jaar.'

'Ach! Ik heb ook een dochter.'

'Echt? In welke klas zit ze?'

'In welke klas zit de jouwe?'

'Nee, jij moet het eerst zeggen.'

We wisselden gegevens uit over gezin en school. We klaagden wat, maar gewoon om wat te zeggen, over de gebruikelijke onderwerpen: de schijnheilige rectrix, een onaandachtige leraar, te veel huiswerk, of te weinig, enzovoort. Maar het was duidelijk dat Numa popelde om het over zijn favoriete onderwerp te hebben, dus kwam ik erop terug.

'En je dochter, Numa...? Vertel eens, ben je blij met haar?'

Blij? Hij was een gelukkig man.

'Nou, ja hoor, we hebben geboft,' antwoordde hij met stralende ogen. Dat hij de tijd van de *Encefalon* en de in harmonicavorm gerangschikte verzen te boven was gekomen, was vast en zeker te danken aan die liefde, die zestien jaar nadat zijn dochter ter wereld was gekomen nog steeds groter leek te worden. O ja, liefde is de ommekeer, liefde is de weg, liefde is het enige wat je nodig hebt, net zoals de titel van dat beroemde nummer luidt. En de liefde van een vader voor zijn dochter, die slaat alles.

'Ze bezorgt ons weinig problemen... ze is een serieuze meid... en ze studeert de cello.'

'Wat een *stella*!' ontglipte me, een uiting van genegenheid voor meisjes die mijn oma altijd bezigde, soms nog op z'n Noord-Italiaans verlengd tot *stellassa*. Geen idee waarom dat op dat moment over mijn lippen kwam, in plaats van dat ik 'Goed zeg!' of 'Wat geweldig!' zei, maar Peterselie stond paf, want dat was precies zoals zijn geliefde dochter heette: Stella.

Ik bedacht dat het vast niet een naam was die in de familie zat, maar een eerbetoon aan de godin Isjtar, die immers een ster als symbool heeft. En ik bedacht dat het leven een en al herhaling en toeval is.

Ik denk na over het lot van dichters die op een gegeven moment zijn gestopt met schrijven en publiceren; en ik ga ze een voor een af...

Eentje leidt een zeer verfijnd oosters restaurant, een ander heeft zich teruggetrokken in het huis van zijn ouders, die intussen zijn overleden, in de buurt van Tricase in Salento, en verdient de kost door de bovenverdieping van zijn villa aan zee te verhuren. Weer een ander, die als jongeman heel goed en veelbelovend was, ik durf wel te stellen geniaal, van hem wordt gezegd dat hij nog altijd schrijft, prachtige dingen, maar dat hij ze aan niemand laat lezen. Dat wil hij niet. Dat interesseert hem niet.

Van Maldonado heb ik gehoord dat hij in 2012 is overleden. Hij was al lang ziek. De vaste uitdrukking om te zeggen dat iemand kanker heeft. Het nieuws deed me terugdenken aan een ochtend die ik doorbracht in het gemeentekantoor, op de Piazza Gimma, waarover ik het had aan het begin van dit hoofdstuk; met mijn nummertje in de hand wachtte ik tot ik aan de beurt was bij het loket om mijn verlopen ID-kaart te laten vernieuwen. Het zal een jaar of vier, vijf geleden zijn. Voordat Maldonado stierf in elk geval. Omdat ik voorzag dat er een lange rij zou zijn, had ik een boek meegenomen; ik keek naar het lichtgevende display, dat aangaf dat er negen burgers voor mij aan de beurt waren, en berekende dat ik zo'n twintig minuten zou moeten wachten, uitgaande van een constante, regelmatige verwerking van de rij – wat uiteindelijk nooit gebeurt, óf omdat ze een halfuur bezig zijn met één ingewikkelde procedure, óf omdat de nummertjes ineens razendsnel voorbijschieten met een piepje, 122... 123... 124... 125, het teken dat iemand herhaaldelijk op het knopje van de automaat had gedrukt en een heleboel nummertjes had getrokken, om er vervolgens van af te zien en te vertrekken. Ik ging zitten en binnen een paar tellen zat ik aandachtig te lezen, verzonken in het boek.

Hoe vaak ergerde hij zich niet aan zijn eigen starheid, die hem belette zich uit te rekken tot hij de eenvoudigste gevoelens kon aanraken, hem aangeboden door de blik van iemand die hem nog niet kende.

Hij kon zich onmogelijk bevrijden van de obsessies en de emoties die hem bezaten en hem zo in beslag namen dat ze zijn andere gedachten vermorzelden of vervingen, als zwak en nutteloos, zozeer dat er zelfs dagen waren dat hij aan het eind ervan, wanneer hij zich erop betrapte dat hij bijna automatisch de gebeurtenissen van die dag doornam terwijl hij naar bed ging, en vervolgens vergeefs probeerde de slaap te vatten, het idee had dat hij niets anders had beleefd dan die koortsachtige, monotone opwinding...

Ik zat misschien net een minuut te lezen of ik moest er al mee stoppen, alsof ik verzadigd was; ik keek op van mijn boek en wreef in mijn ogen. Ik wist niet zeker of ik wat ik had gelezen wel goed had begrepen, en zoals me vaak overkomt verwarde ik de gedachten die ik op papier had aangetroffen met mijn eigen gedachten, die ik al eens had gedacht of nog zou denken.

Een 'koortsachtige, monotone opwinding'... was dat eigenlijk niet hetzelfde als wat ik al zolang ik me kon heugen ervoer? En wat anders ervoer ik ook nu, daar, in die wachtruimte? Met een nerveuze beweging stak ik mijn hand in mijn jaszak om het nummertje te zoeken dat ik daar net in had gestopt. Het zat er niet. In de andere zak ook niet. Ik ging staan om in mijn broekzakken te zoeken, in de rechter voelde ik iets wat het bonnetje van een kop koffie bleek te zijn, en toen vond ik in de linker eindelijk het nummertje, ik controleerde het nog eens, het was nog steeds 129, alsof ik ineens twijfelde of ik de cijfers in de verkeerde volgorde had gelezen, misschien was het 192, ach wat, het was echt 129, en op dat moment gaf een versterkt carillongeluid aan dat op het display nummer 121 was verschenen, ik kon weer gaan zitten. Maar voor de zekerheid, en om niet nog eens zo gênant al mijn zakken te hoeven afzoeken, hield ik het nummertje in mijn hand, en bedacht dat ik het kon gebruiken als boekenlegger. Ik begon weer te lezen, ook al ergerde ik me aan een schorre, onaangename stem achter me. Iemand die in een mobiele telefoon zat te praten en te lachen, zonder zich er druk om te maken dat hij anderen stoorde. Ik probeerde die stem te negeren en las verder. Pas nu, op mijn vijftigste, heb ik enigszins vat gekregen op dingen die mijn illustere collega's ongedwongen bedachten en opschreven toen ze twee-, drieëntwintig waren: sprankelende, geestdriftige concepten, verbluffend vloeiende verbindingen, duidelijk afgetekende beelden.

Ik koester me nog steeds in het kinderlijke verlangen dat alle onverenigbaarheden zich plotseling met elkaar kunnen verzoenen; de onverenigbaarheden die ik heel sterk in mezelf voel, en die tussen mij en anderen, tot nu toe onoverkomelijk... En aangezien die droom zodra hij opkomt weer verdwijnt, voel ik mij de ongelukkigste persoon ter wereld, en het is natuurlijk overdreven dat ik me zo voel en dat ook laat blijken aan mijn naasten, het is overdreven dat ik mezelf zo kwel, en daarin schuilt mijn voornaamste ijdelheid: omdat ik heel goed weet dat de zienswijzen van mensen te zeer uiteenlopen om die afwijking op te heffen, maar ik die zienswijzen toch hevig in mijn binnenste voel steken als doorns...

De irritantste doorn was op dat moment echter de stem van die persoon achter me. Hij bleef maar in zijn telefoon praten, met zijn harde, schorre stem, blijkbaar liet hij zijn gesprekspartner amper ruimte om te reageren, behalve als hij even ademhaalde. Het was gewoon een monoloog. En dan ook nog eens een behoorlijk opgewonden monoloog, want zijn uitroepen en lachsalvo's brachten alle wachtenden aan het deinen, ook mij. In dat soort wachtruimtes staan de rijen stoelen met de ruggen tegen elkaar aan, en telkens als de onbekende in lachen uitbarstte deinde ik mee. In plaats van me om te draaien en er wat van te zeggen stond ik geërgerd op om ergens anders te gaan zitten, en op dat moment meende ik de oude avant-gardist van *Encefalon* te herkennen in de ineengedoken gestalte van die lastpost, al zag ik hem alleen van achteren. Ik had al het idee gehad dat zijn stem en die cynische lach me bekend voorkwamen... Maar de bevestiging dat hij het inderdaad was kreeg ik toen ik om hem heen liep. Hij zag mij niet, hij ging helemaal op in zijn telefoongesprek. Hij had dun, lang haar, een gelig gezicht en een slecht gebit dat hij ontblootte wanneer hij al bij voorbaat begon te lachen om zijn eigen sarcastische grapjes.

'Sukkels! Hahaha! Het zijn gewoon zielige sukkels! Daar moet je medelijden mee hebben...!'

'Haha, dat een intellectueel zo stom kan zijn...!!'

'Er is altijd een oplossing binnen handbereik, altijd, vergeet dat niet...!'

Ook al was zijn fysieke voorkomen dat van een fossiel vergeleken bij het oorspronkelijke dier, ja, toch meen ik dat die hinderlijke klant van het gemeentekantoor Maldonado was, George Ares Maldonado, een van de briljantste geesten die ik in het eerste deel van mijn leven heb gekend, een der helderste sterren van het QT. Zijn ogen puilden nu nog meer uit, en de enige aspecten aan hem die onveranderd waren gebleven, waren zijn orthopedisch aandoende schoenen, glanzend gepoetst, en zijn ronde brillenglazen.

Over Maldonado (hij ruste in vrede) wil ik alleen nog dit laatste vertellen: hij stuurde de medewerkers van zijn tijdschrift naar de Galleria d'Arte Moderna met de opdracht om zich te concentreren op een bepaald schilderij (*Innerlijk landschap, 10.30 uur* van Julius Evola) en binnen dat schilderij op een bepaald, specifiek punt, omdat hij ervan overtuigd was dat die vorm en die kleur het vermogen hadden hun geest te beïnvloeden; om die bijvoorbeeld te genezen van het individualisme. Peterselie beweert dat die methode bij hem werkte.

DEEL ZES

De cutaway

Hoofdstuk 1

Ik heb in mijn leven maar één fascistische vriend gehad, dat wil zeggen, eentje met wie ik bevriend ben geraakt terwijl ik wist dat hij fascist was, en niet ondánks dat hij dat was, maar misschien wel juist omdát hij dat was. Hij was fascist van top tot teen en tot in zijn haarwortels – een prachtige zwarte bos haar had hij trouwens, lang en sluik.

Hij was groot en charmant, zoals je je voorstelt dat een acteur eruit hoort te zien, maar ook een beetje onbeholpen, tenminste dat idee had ik, want die lichte gêne waarmee hij zijn armen en benen bewoog verleende hem nog iets extra fascinerends. Hij was Milanees, in de tijd dat de jonge fascisten uit Milaan totaal andere eigenschappen hadden dan de Romeinse, die over het algemeen wat onbehouwener waren. Zijn fascisme stoelde op een esthetische leest, resulterend en culminerend in het geritualiseerde geweld van de vechtkunst, waar mijn vriend een topper in was, maar dan echt op hoog niveau, heel hoog, misschien was hij zelfs wel Italiaans kampioen in zijn categorie.

Mijn vriendschap met hem behoorde tot dat karakteristieke soort waarvan ik niet weet of ze tegenwoordig nog bestaat, in die specifieke vorm, namelijk een contact dat zich strikt, uitsluitend beperkte tot de zomervakanties. Massimiliano was dan ook een vriend 'van zee', zoals we destijds zeiden, wat niet alleen de band met een Milanees verklaarde, maar ook de tijdelijke opschorting van de wederzijdse vooroordelen die de ontwikkeling van een vriendschap zouden hebben belemmerd als we in dezelfde stad hadden gewoond, en bovendien die heel speciale tussenfase die ontstaat tijdens de vakantie, wanneer de avonturen en emoties die je beleeft alleen voor een bepaalde periode gelden, zeg maar, want in september verdwijnen ze, dan worden ze overspoeld, als een strand door de vloed, of ze gaan in winterslaap om pas het jaar erna weer te ontwaken, volgens een seizoensritme dat in elk geval tot je achttiende de natuurlijke indeling van je bestaan vormt.

Juist in die gouden onderbreking, versuft door krekels en schitteringen op het water, ontstond mijn vriendschap, of nee, laat ik eerlijk zijn, mijn adoratie voor die superknappe Milanese karateka met de scherpe tong en het perfecte gebit. Hoewel enkele belangrijke kanten van mij (mijn Romeinse kant, die sceptisch was, mijn linkse kant, die egalitair was, mijn logisch denkende kant, die geen retoriek verdroeg) argwanend bleven jegens hem en zich soms ergerden aan zijn theorieën en zijn verhalen die altijd aan het absurde grensden, zowel qua inhoud als wat betreft zijn overdreven manier van vertellen, met die grijns van hem, stelde ik me voor het grootste deel enthousiast naar hem open, bereid of zelfs verlangend om zijn bullshit aan te horen en bewonderend te kijken naar de verboden trappen die hij zonder waarschuwing in de lucht uitvoerde terwijl hij rondwervelde door de tuin van zijn villa in Punta Ala, en letterlijk betoverd wanneer hij zich, als om tegenwicht te bieden aan zijn agressieve hobby en krachtsvertoon, op verrassende en zeer gevoelige wijze wijdde aan de andere discipline waar hij aanleg voor had: de klassieke gitaar.

Massimiliano had een paar schitterende instrumenten, glimmend geboend en altijd gestemd, een Ramírez zoals die van de grote Segovia, zijn grote held, en een tweede gitaar die speciaal voor hem was gemaakt door een gitaarbouwer in Cremona, rood en glimmend met donkere strepen, van palissanderhout: misschien was de hele gitaar gemaakt van dat hout met de geheimzinnige naam, of misschien alleen de afwerking. ‘Kijk, ze heeft een cutaway,’ legde Max uit, wijzend naar de holte in de klankkast waardoor je gemakkelijker de hoge fretten kon spelen. ‘Ze is mijn misvormde... mijn kleine misvormde...’ zei hij, terwijl hij haar rondingen streelde en besloot met: ‘...bij Zeus!’, zijn favoriete uitroep.

‘Maar hoe kun je karate en gitaar spelen combineren? Is dat niet funest voor je handen?’

Max had inderdaad allemaal eelt op zijn knokkels, alsof hij echt niks anders deed dan plankjes doormidden slaan met een rituele kreet en een droge knal, zoals op tv wel werd getoond als een toonbeeld van de duivelse combinatie van kracht + techniek + concentratie, en dus, zeg maar gerust, de kwintessens en het hoogste doel van de zoektocht van de ware fascist, de strijdbare fascist, de krijgshaftige fascist, kortom van iemand zoals Max was en zoals hij ook per se wilde zijn. Hij had diezelfde maniakale discipline toegepast in zijn gitaarstudie, net zolang tot hij virtuoos was. Zijn handen waren dus in staat alles kapot te slaan, net zoals in de films van Bruce Lee, maar ook om uiterst gevoelige klanken te ontlokken aan zijn 'misvormde', de asymmetrisch gevormde gitaar. Vanwege die 'cutaway' had de vorm wel wat weg van een elektrische gitaar. Maar o wee als je hem vroeg: 'Heb je ook wel eens een elektrische gitaar gehad?', een even banale als begrijpelijke vraag onder zeventienjarigen, maar dat vond Max erger dan dat je hem in zijn gezicht spuwde. Daar hij echter een meester der zelfbeheersing was, wist hij zijn reactie te beperken tot enkel een licht teleurgestelde grimas. Het was geen minachting, eerder verbazing, de oprechte verbazing dat iemand als ik, slim en verstandig, in de valstrik van de mode was getrapt, in de beerput van de algemene smaak, van de jeugdelijke naïviteit, zoals de eerste de beste boerenpummel dus, die naar rock en popmuziek luistert... en die als hij over gitaren hoort praten in zijn onnozelheid denkt aan een Gibson of een Stratocaster.

Nou, hij was niet de eerste en hij zou ook niet de laatste zijn die zo over mij dacht. In de loop der tijd is me nog heel wat keren het medeleven ten deel gevallen van mensen die dachten dat ik nog één stapje miste, slechts één stapje verwijderd was van de verlichting, de verlossing: Wat, hoe is het mogelijk dat juist jij, intelligent en nieuwsgierig als je bent, *dit niet snapt*? Hoe is het mogelijk dat je daar niet bij kunt? Ik was altijd net één stap verwijderd van de beslissende beweging waarmee de schellen me van de ogen zouden vallen.

Wie waren diegenen dan die hoopten dat ik me zou bekeren, die me het liefst hadden opgenomen in de rangen van hun kleine leger? Nou, dat was dus inderdaad Massimiliano, de gitaar spelende karateka, en verder een esoterische intellectueel (Maldonado), een paar onbuigzame filosofen, politieke activisten van verschillende stromingen, en misschien een enkele priester. Mensen die hun best deden om de glanzende lak van de onrustige jongen weg te krabben; maar daaronder zat niks, of in elk geval niet wat zij dachten dat er zat. Ik heb ze allemaal gedesillusioneerd, sterker nog, ik heb ze eerst verblind, toen geïllusioneerd, vervolgens gedesillusioneerd en ten slotte geëludeerd, in die volgorde.

Misschien dacht Max aanvankelijk dat hij in mij zijn evenknie had ontmoet, een gelijke, een zielsverwant, ook omdat er daar in Punta Ala, in een willekeurige zomer van de jaren zeventig, volop oude en jonge fascisten waren, maar dan vooral die klassieke rijkeluiszoontjes met hun polokraag rechtovereind, die alleen maar vloekten op die luilakken van arbeiders die altijd maar in staking waren, en verder blondines met een goddelijk lichaam die het hoog in de bol hadden, maar niemand die zoals Max zijn privilege koesterde in de overtuiging dat hij afkomstig was uit een hogere orde, het maatschappelijke equivalent van een kosmische hiërarchie. Max was verbijsterd over het feit dat iemand zoals ik, die zichzelf vanaf de eerste ontmoeting had aangeduid als 'communist', zodat het maar duidelijk was, zoveel affiniteit had met en zelfs dol was op die dandyachtige, aristocratische côté die destijds het exclusieve voorrecht was van rechts, à la Pierre Drieu la Rochelle, omringd door uitspraken vol effectbejag zoals die van Jacques Rigaut ('*Chaque Rolls-Royce que je rencontre prolonge ma vie d'un quart d'heure*'), het fragiele, zelfdestructieve fanatisme, het negatieve bewustzijn... En een paar jaar later zou hij mij tot zijn vreugde gebogen zien zitten over het werk van Nietzsche en dat van Heidegger... Niet zo verwonderlijk dus dat mijn vriend met het virtuoze talent voor luchttrappen en tokkels in de waan verkeerde dat er achter mijn ideologische statement ('Ik? Ik ben *communist*') een heimelijk geloof in het tegenovergestelde schuilde, terwijl dat geloof langdurig werd ontkend door degene die het zonder dat hij het zelf wist koesterde; door mij dus, bij Zeus!

Dus toen ik hem vroeg of hij ooit een elektrische gitaar had gehad, boog hij zich zonder iets te zeggen over zijn Ramírez en begon het droevigste gitaarstuk te spelen dat ik ooit heb gehoord.

Na een paar trage, enkele tonen, los van elkaar, kwam er een aanhoudend arpeggio. De melodie was moeilijk te duiden omdat ze zozeer werd omhuld, bijna gesmoord door de trillende begeleiding. Het stuk was speciaal geschreven om iemand een brok in de keel te bezorgen, en dat was precies het effect dat het op mij had. Er zat iets hartverscheurends in die klanken die elkaar keer op keer krampachtig opvolgden; het ging weg, kwam weer dichtbij en werd indringender, steeds indringender, en dan ging het weer verder weg, ook al bood dat geen enkele verlichting. Ik luisterde ademloos terwijl Max dat stuk speelde: er werd nergens een pauze ingelast. Het stuk voelde eindeloos, al duurde het maar een paar minuten. *Una Limosna por el Amor de Dios.*

Ik herinner me ook nog precies de dag waarop mijn vriendschap met Max ten einde kwam. Dat was niet toen hij probeerde de staart van zijn kat af te hakken met een houw van zijn katana, want dat lukte hem toch niet, Melville (zo heette de kat) was sneller en het lange samoeraizwaard zwiepte vergeefs door de lucht, of het zou kunnen dat Max hem expres miste maar mij wilde doen geloven dat hij het had geprobeerd. Om me te plagen, om me te laten gruwelen... Die arme Melville! Het was maar net goed gegaan, hoe dan ook een kwestie van millimeters, van honderdsten van een seconde.

Het was niet toen ik zijn moeder zag wandelen met een sjaaltje om haar hoofd, een grote zwarte zonnebril, een glas wodka in de hand, in een wijd uitlopende witte broek, zongebruind, wankelend, een verwoeste vijfendertigjarige, huilend, met dikke tranen die onder haar vuistgrote brillenglazen uit rolden, terwijl Max maar één woord uit zijn in een kille, onverschillige grimas vertrokken mond liet glippen, 'slet', meer niet, 'vuile slet, bij Zeus!', waarmee zijn commentaar veranderde in een vergelijking tussen zijn moeder en alle andere vrouwen van de wereld. Zou zij meer of minder sletterig zijn dan een ander? Eerlijk gezegd waren er in dat vakantieoord voor welgestelden wel meer vrouwen zoals de moeder van Max, heel wat. Schoonheden met hun haar in een paardenstaart, elegante of ordinaire pumps met hoge hakken, grote ogen die eeuwig en neurotisch op zoek waren naar iets, kleren, geld, seks, psychofarmaca, cocktails, een oase van rust of iemand die hen zou losrukken uit die verslavingen om hen ergens anders neer te smijten; en vooral ook gebruind, zeer gebruind, gebruind aan de buitenkant maar ook, als het ware, ónder hun huid, in de diepere lagen daarvan, bijna tot op het bot, gebruind dankzij buigbare spiegeltjes die ze geduldig onder hun kin hielden, verkregen als gratis gadget bij een vrouwenblad (of misschien vergis ik me nu, dat van die in cellofaan verpakte cadeautjes bij tijdschriften is een mode die pas jaren later zou beginnen).

'Het schijnsel der zinkende zon glinsterde/ op die mooie pijpgrage gezichtjes', hoorde ik een dichterlijke strandmeester in Punta Ala eens mompelen terwijl hij de parasols van de strandtent dichtklapte aan het eind van de dag, en voor onze ogen, olieachtig en verblindend, de gouden plas van de zonsondergang dobberde, en de silhouetten voorbijkwamen van vrouwen die tot aan hun middel door het water liepen, parallel aan het strand, om slankere dijen te krijgen; en ze zijn me altijd bijgebleven, die vrouwen en die bevlogen woorden van de strandmeester, al weet ik niet helemaal zeker of het niet nu pas is, precies op dit moment, dat er in mijn hoofd spontaan elflettergrepige verzen worden gevormd... 'Het schijnsel der zinkende zon glinsterde...'

De tranen die zonder reden en zonder oponthoud uit de groene ogen van de moeder van Max stroomden, en de druppels die kleefden aan het glas dat ze tussen haar gelakte nagels klemde, en de vulgaire woorden die haar zoon aan haar adres mompelde terwijl hij arpeggio's van Barrios en Llobet speelde, dreven me niet naar de rand van dat gezin dat zichtbaar verwoest was door het gebrek aan idealen of doordat hun idealen te verheven en abstract waren, en dus onbereikbaar, en dus onherroepelijk gedoemd om te falen en te worden verraden, daarbij ruim baan biedend aan de meest abjecte gedragingen; integendeel, ik voelde me daardoor juist nog meer betrokken bij Massimiliano, hechter bevriend, dieper verbonden met hem: datgene wat afstand schiep tussen ons, tja, dat bracht me juist nader tot hem.

Overigens was het zo dat hij, bekend met mijn politieke overtuigingen, hoe zwakjes ik die ook verkondigde en verdedigde, ook toenadering zocht tot mij (een tamelijk wijdverbreide houding onder rechtse activisten, die van oudsher lijden aan een soort paradoxale afgunst en bewondering voor de mythes, symbolen, rituelen, helden, gebruiken, uitvindingen en, om het in één woord te zeggen, voor het *succes*, in elk geval bij de jeugd, van links – ik herinner me dat een van hun leiders me een keer opbiechtte dat het mooiste politieke strijdlied, en dat zei hij met pijn in zijn hart, naar zijn mening het communistische 'Bandiera Rossa' was – omdat rechts, ondanks alle inspanningen, nooit iets soortgelijks had weten te bedenken, een lied dat even sterk en strijdlustig was en van het hele volk...), Max toonde zich welwillend en nieuwsgierig jegens de ideeën en vernieuwingen die werden geïntroduceerd dankzij de linkse bewegingen – want ja, het was natuurlijk zonder enige twijfel aan links te danken dat de meisjes nu zonder beha rondliepen en dat we behoorlijk wat vrijheid genoten, want als het aan de traditionalisten van zijn eigen politieke richting had gelegen, zaten we nu nog steeds met die gesteven kraagjes en met verlovingen waarbij de toekomstige schoonouders een glaasje likeur aanboden.

Met andere woorden, dat onze generatie het ervan kon nemen om vervolgens door Max' kameraden te schande te worden gemaakt, dat was alleen mogelijk gemaakt door zijn tegenstanders, en dat wist Max maar al te goed.

Daarom vertelde hij me dan ook over de keren dat hij zich in het andere kamp had gewaagd, als een agent op missie om de geheimen van de vijand te achterhalen, als een infiltrant die de gedragingen en de bewegingen van de tegenstander zo hartstochtelijk en ijverig bestudeert dat hij ze uiteindelijk tot in de puntjes kent, ze min of meer bewust bewondert en ze zelfs in de praktijk brengt of dat in elk geval zou willen...

Memorabel was het verslag over zijn deelname aan het Re Nudo Festival in het Parco Lambro, in het jaar voordat dit verhaal zich afspeelde, een zogenaamde 'jongerenbijeenkomst' die een nieuw tijdperk inluidde omdat het misschien wel de eerste was waarbij radicale politieke bewegingen, de nieuwe seksuele moraal en drugs samensmolten: het eerste festival in Italië waar mensen elkaar konden ontmoeten, drugs gebruikten, neukten, naar muziek luisterden en zelf musiceerden met gitaren, fluiten, tamboerijnen, bongo's, en de macht aan de kaak stelde, en dat *allemaal in één keer*.

'Er stonden tenten... tenten... heel veel tenten... in de ene tent met allemaal naakte mensen werd er gemasseerd, in een andere werd yoga gedaan, allemaal op hun kop... en dan had je groepjes die bij een kampvuur zaten, ze probeerden iets te roosteren waaruit vet in het vuur droop, worstjes geloof ik, op spiesen gestoken... maar die werden nooit gaar, of ze verbrandden... en tafels vol schalen met macrobiotisch eten, ja, heel smerig allemaal, bij Zeus... en groepen die improvisatietheater deden, heel gênant, met graatmagere jongens met ontbloot bovenlijf en een strikje om en beschilderde gezichten, en de meiden ook halfbloot, met bungelende tieten. En dan het podium met van die langharige types die als een gek stonden te spelen... en continu politieke oproepen door de megafoon, en kramen waar je petities kon tekenen tegen dit of dat... en debatten, verkoop van braadworstjes, mensen die in een kring dansten... en meiden, o ja, meiden...

Meiden met een kort rokje van gaaskatoen aan, om hun middel gebonden met een riem, die je aankeken met hun met kajal omrande ogen en hun rokje optilden en lieten rondzwieren zodat je hun kut kon zien, waarmee ze je uitnodigden om ze te neuken. Ja, echt waar. Alsof het nog niet expliciet genoeg was om zich zo te laten zien waren er ook nog bij die je met hun vinger wenkten, "Kom hier", "Kom even hier, bij mij"... een heleboel tamelijk lelijke of zozo, maar sommige waren wel knap en een paar zelfs echt mooi... en die leken het meest ongedwongen, ze lagen op een strandmatje in het stof, en die hebben volgens mij in drie dagen festival ieder met minstens tien jongens geneukt, of meer nog, twintig, dertig? Sommigen trokken zich terug in een tentje, anderen lieten zich gewoon in de openlucht bestijgen, van voren en van achteren, waar iedereen het kon zien, ze waren toch half versuft van de slaap of de drugs, en het was donker... maar ik zweer je dat ik ze gezien heb, bij Zeus, zeker weten, en niet alleen gezien! In het donker hadden ze witte dijen...'

Max beweerde dat hij er drie geneukt had op die avond dat hij naar het Parco Lambro was gegaan, dat hij steeds ín hen was klaargekomen, zij hadden gezegd 'Kom maar in me klaar', en ze genoten ervan, of beter gezegd, ze genoten van het feit dat ze geneukt werden, maar niet dat ze heel erg genoten terwíjl ze het deden, eigenlijk, ze genoten niet echt, nooit, en dat was dan ook niet de reden waarom ze zich lieten neuken. 'Maar waarom dan?' vroeg ik, opgewonden en nieuwsgierig tegelijk, en ook jaloers, omdat Max was geweest waar ik had moeten zijn; hij, de tempelier, de kruisvaarder, had zich vol minachting en arrogantie op het vijandelijke terrein begeven om de trouweloze meiden te neuken.

'Hoe moet ik dat weten? Om zich vrij te voelen, denk ik. Dat kun jij mij beter uitleggen, niet?'

'Mwah... misschien omdat jij zo'n mooie jongen bent, Max.'

Hij zette grote ogen op.

'Ik, mooi... wat een onzin!' reageerde Max blozend, want ondanks dat hij knap was en kon bogen op het lijf van een atleet en de mythologie van de übermensch was hij timide en had hij er moeite mee als hij een complimentje kreeg. En als het dan ook nog eens een jongen is die een andere jongen een compliment geeft... dat is altijd verdacht. Max deed alsof hij me met een draaiende trap wilde raken, maar op een paar centimeter van mijn keel stopte hij de beweging.

'Die grieten lieten zich door iedereen neuken, man. Bij Zeus!'

Toen ging hij naar binnen om zijn zwaard te pakken. Het was alsof hij de schoonheid wilde laten zien die hij met woorden ontkende; hij trok zijn shirt uit en begon midden in de tuin manoeuvres te maken. Hij had echt een volmaakt lichaam, ik keek gefascineerd toe. En terwijl hij rondwervelde en de lucht doorsneed met horizontale en verticale houwen van het zwaard, dat hij bruusk stilhield nadat hij denkbeeldige handen en armen had afgehakt, danste Max' lange, sluike haar om zijn hoofd.

Wat me uiteindelijk van Max is bijgebleven, is het idee van de leermeester. Van de leermeesters die hij had gehad en aan wie hij was toegewijd, en van de leermeester die hij toen al had willen zijn, nog geen achttien jaar oud, want dat was voor hem het allerbelangrijkste, de overdracht van een bepaalde kennis, maar dan alleen aan iemand die het verdiende, aan iemand die zich waardig toonde om de kennis in ontvangst te nemen. Bij Zeus. Misschien was dat de reden dat onze vriendschap niet kon voortduren: ik was zo verstrooid dat zijn geschenken aan mij niet besteed waren. Ik herinner me hem met zijn gitaar, in die zo harmonische houding waardoor je het idee krijgt dat de bespeler een eenheid vormt met zijn instrument, wat ik altijd heb benijd: een kunstmatige verlenging van je lichaam hanteren die zowel een aanvulling is van dat lichaam als laat zien waartoe het wérkelijk in staat is, net zoals op oude portretten – een speer, een penseel, een perkamentrol, een verrekijker, of zelfs maar een simpele spade, zolang die de handeling maar betekenis verleent en haar de moeite waard maakt. O, ik heb in die paar zomerweken zoveel lessen gekregen van mijn vriend de gitaar spelende fascist!

'Weet je wat een *rasgueado* is, Edoardo?'

‘Nee… maar ik wil het graag horen… alsjeblieft.’

Dan maakte hij zijn rechterhand los met een geleidelijke beweging, waarbij hij zijn vingers een voor een waaierend op de snaren zette, steeds sneller achter elkaar, elke vinger moest apart een snaar raken, vijf korte tikjes, inderdaad zoals een waaier die zich opent.

Om te verifiëren wat Max me veertig jaar geleden vertelde heb ik een filmpje bekeken over het Festival in het Parco Lambro. En ja, inderdaad, behoorlijk maf. De beschrijvingen van Max zijn getrouw waar het gaat om de uitzonderlijke magerte van de bezoekers: de graatmagere jongens met ontbloot bovenlijf, met strakke spijkerbroeken hoog om de heupen, hun beharing geconcentreerd op hun hoofd en hun gezicht, en op hun weinig ontwikkelde borstkas alleen in het midden een plukje; de meiden daarentegen dragen allemaal een spijkerbroek die laag op de taille zit en daarbij een piepklein bovenstukje van een bikini, driehoekige lapjes stof. Ze wekken allemaal de indruk dat ze honger hebben, dat eten het voornaamste probleem is op die bijeenkomst. En er is dan ook een scène waarin je mensen van de organisatie ziet rondlopen met ijzeren staven om de diepvrieskippen terug te halen die iemand heeft gejat (pardon: *onteigend*) om ze bij de kramen te kunnen verkopen.

Naakt dansen doen bijna alleen de jongens; daarnaast is er wel een meisje met heel lang rood haar, heel opvallend, totaal buiten zinnen, die niet zozeer danst als wel staat te deinen, te wankelen, waarbij ze haar kleine, puntige borsten maar een heel klein beetje laat wiebelen. In de scènes van collectieve naaktheid is het opmerkelijk dat het bijna alleen maar meisjes met een bleke huid zijn die zich uitkleden, terwijl de jongens donker zijn, met een zwart woud van schaamhaar waaruit een bleke, verschrompelde penis hangt…

En dan een gelige hond die rondzwerft tussen de mensen die op de grond liggen of zitten.

Een heleboel tuinbroeken, vaak met niets eronder – de tuinbroek is misschien wel het enige kledingstuk dat, behalve door monteurs, tankstationhouders en de beroemde tv-kok Giorgione, door iedereen voorgoed is afgedankt en nooit meer in de mode zal komen, godzijdank.

Wat betreft het vrouwelijk lichaam en hoezeer dat in de loop der jaren lijkt te zijn veranderd, moest ik bij het zien van die documentaire over het Festival in het Parco Lambro denken aan een leerzame dialoog die ik een paar weken geleden opving in de Via di Santa Costanza, tussen twee kantoorbeambten die in de lunchpauze een boterham aten.

EERSTE BEAMBTE: Is het jou ook opgevallen dat vrouwen vroeger haren op hun kut hadden, en dat hun tieten kleiner en slapper waren, maar wel met grotere tepels?

TWEEDE BEAMBTE: Ach wat... Dat is alleen maar wat pornosites je laten zien. Vrouwen zien er nog precies zo uit als dertig jaar geleden, alleen het beeld dat we van ze hebben is anders. Ze scheren hun kut kaal, anders hadden ze er ook haren op. En die tepels worden met Photoshop puntig gemaakt, terwijl de tieten worden opgeblazen.

EERSTE BEAMBTE: Ik had gehoord dat het met de voeding te maken had.

TWEEDE BEAMBTE: Dat wat met de voeding te maken heeft?

EERSTE BEAMBTE: Het feit dat de meiden tegenwoordig dikkere tieten hebben. Een cupmaat groter, zeggen ze.

Bij het horen van hun gesprek dacht ik na over diezelfde vraag: tja, inderdaad, het zou kunnen dat die tweede, verstandige beambte gelijk had met zijn bewering dat het puur cosmetische en technologische effecten zijn, maar, zoals de eerste opmerkte, het is ook zo dat je bij het zien van die beelden uit de jaren zeventig het idee krijgt dat dat westerse ras van mannen en vrouwen, jongens en meiden, met die specifieke kenmerken, is uitgestorven. Is verdwenen, niet meer bestaat. Los van de details of de grillen die de mode dicteert, zijn het hun lichamen, hun gezichten, hun haren, hun kleuren die niet meer bestaan, zelfs hun zongebruindheid of hun witheid is niet meer hetzelfde als nu, en die beelden, die toch maar van een paar decennia geleden zijn, staan nu verder van ons af dan daguerreotypes uit de negentiende eeuw.

Hoe dan ook, in dat filmpje over het Festival in het Parco Lambro zag ik geen spoor van de verleidsters in korte rokjes waarvan Max beweerde dat hij ze had geneukt.

Maar goed, waarom was er nu een eind gekomen aan onze vriendschap? Dat zal ik zo meteen vertellen. Maar eerst even een intermezzo.

Hoofdstuk 11

Ik hield twee vingers in haar kut, tot ik er rimpelige vingertoppen van kreeg, net zoals wanneer je te lang in een warm bad hebt gezeten.

Ik bracht een hele augustusmaand door met een of twee vingers in de kut van mijn meisje, mijn eerste meisje, dat wil zeggen, het meisje aan wie ik had gevraagd of ze mijn meisje wilde zijn, en zij had ja gezegd.

De Olympische Spelen waren aan de gang, en 's middags lagen we op de bank tv te kijken samen met andere jongens en meisjes, en ook kinderen, en intussen hield ik mijn wijs- en middelvinger in haar kut totdat de huid van mijn vingertoppen week werd.

Wat zocht ik in haar?

Wat verwachtte zij van die penetratie die de eerste keer misschien nog opwindend of interessant was geweest vanwege de nieuwigheid?

Af en toe bewoog ik mijn vingers een beetje.

Alsof ik wilde verifiëren of er veranderingen waren.

Binnen en buiten, zo diep als ik kon.

Of ik deed mijn vingers uit elkaar als een schaar, en dan voelde ik dat de vochtige wanden door de druk ook uiteengingen, maar niet veel, ze boden weerstand.

Ik weet helemaal niet zeker of zij dat wel prettig vond, en als ik mijn blik even losmaakte van het scherm en naar haar keek, zag ik dat de grote zwarte ogen waarmee ze naar de tv staarde glommen, de dikke lippen van haar mond een beetje uit elkaar, en dat haar tanden, die een beetje vooruitstaken zoals die van een konijn, eveneens glommen, maar dat was nu eenmaal de normale uitdrukking van mijn meisje, iets vaags, iets vaag verbaasds, moeilijk te zeggen, misschien stond het volledig los van de vingers die ik op dat moment in haar gestoken hield.

Het was een verkenning waarvan ik geen idee had waar die toe zou leiden.

Om te voorkomen dat de kinderen die naast ons zaten zouden

opmerken wat we aan het doen waren (nu ik er weer aan denk weet ik zeker dat ze het maar al te goed opmerkten, als je bedenkt hoe lang het duurde, ze moesten het wel doorhebben, of misschien zagen ze het zelfs) had zij een truitje of een badlaken over haar schoot liggen, waaronder mijn hand ongestoord te werk ging, tussen haar magere, zongebruinde vijftienjarige dijen. Het sprak voor zich dat die stof daar alleen maar om die reden lag, om mijn manoeuvres te maskeren, want waarom zou je die daar anders neerleggen?

Een tweede slimmigheidje was dat ze haar dijen dichtklemde, met de knieën tegen elkaar, waardoor de toegang eigenlijk onmogelijk was en de anderen dus ook de optie zouden moeten verwerpen dat ik het überhaupt probeerde, maar het lukte me evengoed, met een onnatuurlijke verdraaiing van mijn arm en mijn pols.

Dan probeerde ik wel om haar dunne, wat gebogen dijen in elk geval een beetje uit elkaar te duwen, omdat mijn omgedraaide pols na een tijdje pijn begon te doen, maar zij hield koppig vol: de vingers erin oké, maar wel met dichtgeklemde dijen.

Ze schaamde zich om haar benen uit elkaar te doen, daarvoor hoefde ik maar te kijken naar haar profiel, zogenaamd in beslag genomen door de olympische verrichtingen, dat rood kleurde op de enige wang die ik zag. Ik kan wel zeggen dat ik een hele zomer lang alleen maar en profil naar haar heb gekeken, alsof ze een Egyptische was, waar ze trouwens ook echt op leek, met langwerpige, zwart omrande ogen, een scherpe neus, vooruitstekende rode lippen, of misschien een Babylonische, de koningin Semiramis van de Monti Parioli.

Schaamde ze zich voor mij? Vanwege mij? Was ze bang voor de reactie van de anderen?

Maar de anderen besteedden er geen aandacht aan en volgden zonder zich te laten afleiden de wedstrijden hoogspringen, waarbij je voor het eerst deelnemers zag, of misschien maar eentje, de pionier van de nieuwe techniek, die probeerde ruggelings over de lat heen te komen, door zich na de laatste passen van de aanloop om te draaien en de beslissende afzet achterstevoren te doen.

Het was een onnatuurlijke beweging, net als die van ons.

Wat was de beloning voor onze inspanning, welke medaille wachtte ons?

Het was onderzoeken, experimenteren.

We wisten geen van tweeën wat we wilden bereiken, maar het was ons op de een of andere manier duidelijk dat er overgangsfases moesten zijn, opeenvolgende niveaus, je kon natuurlijk niet op het vlak van het zoenen blijven, en ook die zoenen zelf konden trouwens weer worden onderverdeeld in een rangorde afhankelijk van hoe diep de een zijn tong in de mond van de ander stak, maar aangezien er een fysieke grens is die een tong niet kan overschrijden, zowel vanwege de beperkte lengte als vanwege het feit dat degene die andermans tong in zijn mond ontvangt zou kunnen stikken, ga je na de verkenning van de mond op ontdekkingstocht naar andere delen van het lichaam.

Voor jongens is de hiërarchie en de daaruit volgende procedure tamelijk eenvoudig: na de lippen van het meisje komen de borsten, de borsten die je moet bevoelen, indrukken, wegen, eerst door een bloesje of een truitje heen en daarna (een treetje hoger) met je handen daaronder gestoken, vervolgens (weer een treetje) de laatste barrière, de beha, waarvan je de cups omhoogschoof zodat ze hun inhoud lieten hupsen, of anders probeerde je hem blindelings los te haken (een operatie waarvan iedereen weet hoe ingewikkeld die kan zijn, en die dus vaak gepaard gaat met gêne of een hysterisch gegiechel van beide partijen, of van een ongeduldig zuchten, 'Laat maar, ik doe het wel') of anders stak je gewoon je hand tussen de stof en de huid.

Er bestaat wellicht geen andere sensatie die zo nieuw is en tegelijkertijd zo vertrouwd, van lang geleden, oeroud, die een jongen tijdens zijn verkenningstocht kan ervaren, als wanneer hij op de vorm van de vrouwelijke boezem stuit; en ik heb me er vaak over verwonderd, en soms heb ik het ook razend nieuwsgierig gevraagd aan de direct betrokkenen, vele jaren nadat ze hun boezem voor het eerst hadden laten aanraken, hoe zij het op datzelfde moment ervoeren wanneer er een hand naar hun borsten toe kwam om die te bevoelen. Het woord 'bevoelen' bevindt zich halverwege tussen de neutraliteit van het medisch onderzoek en een juist regelrecht obsceen gebruik, dat van de schunnige mop, van de middelbareschoolpraatjes, wat de handeling reduceert tot een onkies rondtasten, zoals sommige vrouwen me ook hebben bevestigd dat ze het hebben ervaren in de tijd dat ze jong of piepjong waren, wanneer onervaren minnaars menen dat ze zich moeten uitsloven op het lichaam van de ander om uiting te geven aan opwinding, belangstelling, waardering, en om zichzelf te bewijzen dat ze weten hoe het moet, dat het de moeite waard is om het te doen, dat nu het moment is gekomen om het te doen en dat ze het dus ook zullen doen. En dus worden die borsten platgeknepen, samengedrukt, omhoog of naar voren getrokken, gemasseerd en gekneed als een materiaal dat men in vorm probeert te krijgen alsof het er zelf geen heeft.

Een combinatie van onhandigheid en arrogantie!

Ach ja, als iedereen alles vanaf het begin wist, zouden we ons een hoop misverstanden besparen, maar dan zou je ook nooit dat enige ware, sublieme genoegen van het leven ervaren: het verwerven van kennis, de overgang tussen de gelukzalige toestand van onwetendheid naar de onzuivere van het bewustzijn.

Het klinkt als een degradatie, en dat is het ook, maar op het moment dat die overgang plaatsvindt veroorzaakt hij een onvergelijkelijk genot, ook al kan dat het volgende moment wegzakken in teleurstelling en ongemak.

Een borst aanraken of voelen dat je borst wordt aangeraakt, niet alleen de eerste keer, maar ook de tweede, de derde, de honderdste, en zelfs de duizendste keer dat je een borst aanraakt of voelt dat een borst wordt aangeraakt die nooit eerder is aangeraakt, of dezelfde borst maar dan door andere handen, of door dezelfde handen en ook dezelfde borst die in de loop der jaren van vorm is veranderd, welnu, dat is telkens weer een unieke, niet te evenaren ervaring.

De vrouwen die me dingen toevertrouwden, vertelden altijd alleen maar over gevoelens die neerkwamen op genot of ergernis.

'Ik heb het altijd fijn gevonden als ze werden aangeraakt.' 'Hij kon er niks van, hij kneep me, het deed pijn.' 'Het is lekker om handen te voelen die ze vasthouden, die ze omhullen...'

Of ze gaven me aanwijzingen, of deden specifieke verzoeken.

'Trek aan mijn tepels. Hard. Harder!'

'Nee, alsjeblieft niet mijn tepels.' 'Waarom niet?' 'Ze zijn heel gevoelig.'

'Kijk, niet zó, maar zó.'

Vaak werden de tegenstrijdige aanwijzingen gegeven door dezelfde persoon, afhankelijk van het moment.

Wat mij betreft schuilde het aangename er juist in dat ik het deed, dat ik het eenvoudigweg deed, dat ik het eenvoudigweg kon doen, dat ik me realiseerde dat ik het aan het doen was, dat er een pad was geopend, dat er een ceremonie was begonnen en ik daar deel van uitmaakte, *ik werd ertoe geïnitieerd*, dat ik tegen mezelf kon zeggen: 'Zie je? Je bent bezig aan de tieten van een meisje te voelen. Dat is wat er gebeurt', of nog beter: 'Een meisje laat haar tieten aanraken door jou, door jou, niet door een ander, die handen zijn van jou.'

Ja, want volgens de destijds heersende mentaliteit déden meisjes zelf nooit iets, ze líéten alleen dingen doen.

De nette meisjes tenminste, de zogenaamde nette meisjes, van wie ik het idee heb dat ze de overgrote meerderheid uitmaakten van de Italiaanse meisjes van alle lagen van de bevolking (inclusief bijvoorbeeld de beide slachtoffers van het DvdC, en de meisjes die bij mij op het Giulio Cesare zaten, en de dochters van vrienden van mijn ouders, en mijn nichtjes... enzovoort). Er werden wel verhalen verteld, maar dan gaat het dus echt om legendarische uitzonderingen, over meisjes die ongelooflijk vrij en ondernemend waren, die 'alles zelf deden', die zelf het initiatief namen om te voelen, bewegen, likken, zuigen.

...in die tijd bestonden ze nog gewoon
meiden die je niet verder lieten gaan dan hun dijen
en het topje van hun tepels...

(Nadat ik haar een aantal jaren niet had gezien kwam ik dat meisje weer tegen, inmiddels een volwassen vrouw, op een bruiloft. Er is een leeftijd waarop je leeftijdgenoten beginnen met trouwen. Ik had in de tussentijd zo mijn ervaringen opgedaan, en ik neem aan zij ook. Misschien was ze zelfs al getrouwd en was ze in het gezelschap van haar man, dat weet ik niet meer precies. Op het bruiloftsfeest, tegen het einde van de maaltijd, begonnen mensen van stoel te wisselen, ze gingen nu eens hier zitten en dan eens daar om met andere mensen te kletsen, en gedurende een minuut of tien zaten zij en ik naast elkaar. Onze benen raakten elkaar per ongeluk aan. Misschien kwam het doordat ik al behoorlijk dronken was, maar ik kon het niet laten om onder de tafel een hand uit te steken en bij haar tussen de dijen te laten glijden, haar rok op te tillen, haar slipje aan de kant te schuiven en twee vingers in haar kut te steken, die net als tien jaar eerder, de laatste keer dat ik hem had gevoeld, heel vochtig was. Zij sperde haar ogen wijd open, toen wendde ze haar hoofd af en begon een gesprek met de tafelgenoot aan de andere kant naast haar; intussen spreidde ze onder de tafel haar dijen, kantelde haar bekken naar voren zodat ik dieper bij haar naar binnen kon, en pakte mijn hand vast om er zeker van te zijn dat ik die niet zou terugtrekken. Kennelijk had ook zij al behoorlijk wat gedronken.)

Hoofdstuk III

De zomer erna trok ik een maand lang naar Griekenland. Na thuiskomst, doodmoe, bruinverbrand, geld op, gruwelijke hitte in de stad, die destijds altijd volkomen leegliep met Ferragosto, half augustus, ging ik zoals elke verwende jongen naar mijn ouders aan zee. Een paar dagen lang deed ik niets anders dan eten en slapen, met tussendoor af en toe een duik. Ik sliep twaalf uur per dag. Het was de tweede helft van augustus – de periode waarin de zomer een ommekeer maakt en ineens afneemt, niet omdat het minder warm weer wordt maar omdat je uit een bepaalde trilling in de lucht en uit de blik van mensen, vooral als ze onder de twintig zijn, kunt opmaken dat de zaken, alle zaken, hard op weg zijn naar hun einde – toen ik ineens weer aan Max moest denken. O ja, Max. De in nevelen gehulde Milanese fascist. De klassiek gitarist. Vechtsportkampioen. Vreemd dat ik niet eerder aan mijn knappe vriend had gedacht, met wie ik de voorgaande zomer zulke intense momenten van intimiteit had beleefd dat ik het idee kreeg dat er, zoals dat in de roddelbladen heet, 'iets meer dan alleen vriendschap' bestond tussen ons. Enkele van die momenten heb ik in het eerste hoofdstuk proberen te beschrijven en ik hoop dat een beetje is overgekomen dat, in elk geval van mijn kant, de vonk bijna was overgeslagen. Tijdens het winterseizoen echter hadden we, ieder in zijn eigen stad, alsof we niet eens in hetzelfde land woonden, elkaar nooit gebeld of geschreven: ik was het briefje met zijn adres en telefoonnummers, zowel in Punta Ala als in Milaan, vrijwel meteen kwijtgeraakt, en hij had ook geen contact met mij opgenomen, wat ik trouwens ook helemaal niet verwachtte.

De zomer was destijds een vrijzone, en het leek onmogelijk of onbezonnen om die op andere momenten in het jaar te reproduceren, als een ritueel dat op een bepaald moment en op een specifieke plek moet plaatsvinden, anders zou het heiligschennis zijn. Afstanden waren toen niet zoals nu boordevol, wemelend van de contactmomenten, waar trouwens ook niemand behoefte aan had:

wij ervoeren de afstand als onvermijdelijk, niet te overbruggen, en daarom op zijn manier prachtig.

En trouwens, ook al was ik zijn adres en telefoonnummer niet kwijtgeraakt, wat had ik dan in hemelsnaam moeten zeggen aan de telefoon of in een brief? Wat had ik hem kunnen vertellen over mezelf of over hem kunnen vragen? ‘Gaat het goed met karate?’ (Of was het taekwondo?) ‘Heb je genoeg getraind?’ ‘Ben je er nog steeds van overtuigd dat het fascisme je enige levensdoel is, in plaats van ons gedeelde verleden?’ En bijvoorbeeld: ‘Heb je met iemand gevochten? Heb je hem het ziekenhuis in geslagen?’ Dat soort vragen zou ik nooit durven formuleren, of ik zou het niet interessant hebben gevonden om de antwoorden erop te lezen. Niet geschreven door Max, in elk geval. Ik heb er geen enkel bewijs van, maar ik weet eigenlijk wel zeker dat hij niet goed kon schrijven, of dat hij het beschouwde als een verachtelijke activiteit, iets voor niksnutten of tienermeisjes; corresponderen bedoel ik, het ‘hoe is het?’, al die prietpraat. En misschien ook wel het schrijven in het algemeen, de opeenhoping van woorden, vergeleken met de actie en natuurlijk met de muziek – die gelukzalige muziek is superieur aan alles. In het stapeltje brieven dat ik nog overheb uit de jaren van mijn adolescentie tot mijn studententijd vind ik berichten en liefdesverklaringen, of betogen met als onderwerp de literatuur, ideeënvorming, zelfs polemieken. Afgezien van enkele brieven van mijn moeder, die me vroeg hoe het met me ging tijdens mijn dienstplicht, gaat de rest over de liefde of over boeken, dus dat waren de onderwerpen die ons na aan het hart lagen... en hoe had ik die ooit kunnen delen met Max? Met Max, dat toppunt van pure, minachtende lichamelijkheid, op zijn manier edel juist omdat hij geen enkel communicatief talent had?

Dus besloot ik naar Punta Ala te gaan om hem op te zoeken.

De lange, bijna kaarsrechte straat die afsplitst van de provinciale weg naar Follonica en zich door het pijnbos dringt tot aan Punta Ala, heb ik altijd zingend afgelegd op mijn scooter. Maar dan in mijn hoofd, met mijn mond dicht, zodat ik er geen muggen in zou krijgen.

Eerst vergiste ik me in het huis. Die villa’s tussen de bomen lijken allemaal op elkaar. Het feit dat ik na een jaar al niet meer de plek herkende waar ik zoveel middagen en avonden had doorgebracht, bezorgde me een rilling. Het leek erop te duiden dat verhalen en herinneringen geen fundament hebben: als zelfs een huis dat al niet heeft, en op verschillende plekken in het pijnbos opduikt en weer verdwijnt, waarop zijn gevoelens dan gebaseerd, bijvoorbeeld vriendschap? En het plezier dat je daaraan beleeft? Verward reed ik verschillende keren heen en weer over de weg waaraan ik meende dat de villa van Max moest liggen. De straat was verlaten, evenals de huizen, ook omdat iedereen op dat tijdstip, zes uur 's avonds, alweer terug was naar het strand. Ik overwoog daarheen te gaan om Max te zoeken, met de aanname dat hij en zijn moeder altijd naar dezelfde strandtent gingen, en zelfs altijd dezelfde parasol huurden. Ik moest erin geloven, ik moest vertrouwen hebben dat de dingen zich precies zo herhaalden.

Terwijl ik over het strand liep zaten mijn schoenen meteen vol zand. Bij de vloedlijn aangekomen drentelde ik wat heen en weer. De indruk waar ik het daarnet over had, dat de zomer ten einde was, verdwenen ook al was augustus nog lang niet voorbij, trof me bij wijze van spreken vol in mijn gezicht. Misschien kwam het door die laagstaande zon, reusachtig, rood, warm, maar ook weemoedig en kwetsbaar, alsof hij op het punt stond te verdwijnen zonder enige zekerheid dat hij weer op zou komen, maar in elk geval bij het weggaan met een golf van licht het hele strand wilde uitwissen. Net als de badgasten waarvan het strand krioelde, en degenen die in het oliegladde water dobberden, opmerkelijk roerloos, onbeweeglijk, niemand die zwom, niemand die dook, werd ik verblind door die reflectie. Er was geen zuchtje wind en alles leek definitief, maar ook tijdelijk in die onwerkelijke verstardheid. Nu alweer afgelopen. Vreemd dat dat beeld, overbelicht en zonder geluid, veruit de levendigste herinnering is die ik aan die zomer heb overgehouden: die hele, geweldige reis naar Griekenland met mijn vriendin en al die zuilen, orakels, ruïnes, de zee die eindeloos veel onvergetelijker was, hebben lang niet zo'n sterk spoor in me achtergelaten. Dat moment duurde te lang. Ik weet niet waarom, maar het voelde ondraaglijk; zo erg dat ik moest blijven staan, onverklaarbaar hijgend, met mijn armen langs mijn lijf, en mijn zoektocht naar de parasol van Massimiliano en zijn moeder moest staken. Het zou nooit meer worden zoals het was geweest, dat werd me akelig duidelijk, en ik raakte doordrongen van een pijn die me naar adem zou doen happen als ik beter had begrepen waar die vandaan kwam.

Nu begrijp ik dat wel, nu begrijp ik het heel goed, en nu ben ik dan ook gebroken.

Terug in het pijnbos, bij een kruispunt, besefte ik ineens dat ik eerder de verkeerde weg had genomen. De villa van Max bevond zich aan de vrijwel identieke parallelweg wat verder het bos in. Fantasie was niet het sterkste punt van degene die dat vermaarde oord van vakantiehuizen had ontworpen, net zoals richtingsgevoel niet mijn sterkste punt was. En inderdaad, daar had je het huis van mijn vriend, waar het altijd was geweest. Een langwerpig, laag gebouw, onderbroken door bijna onopvallende nissen hier en daar in de voorgevel, met grote glazen schuifdeuren, een uitrolbaar zonnescherm, witgeverfde houten stoelen op het gazon waar ik luisterde hoe Max gitaar speelde of vertelde over zijn gevechten, nog een enkele pijnboom ter herinnering aan het feit dat daar tot voor een paar jaar alleen nog maar bomen waren en verder niets. Het idee was geweest om op te gaan in de natuur, om zich daarin te verstoppen; maar nooit was een camouflage zo geslaagd terwijl men toch zijn toevlucht had genomen tot elementen die diametraal tegenovergesteld waren aan wat ze hoorden te imiteren.

Niet zelden vond je in de tuin gaten veroorzaakt door het wroeten van een everzwijn.

Springend over het gazon kwam Melville me tegemoet, de grijze kat waarbij Max een keer net had gedaan alsof hij zijn staart afhakte. Hij leek me dikker dan een jaar daarvoor, en wanhopig. Hij wreef langs mijn benen, maar toen ik me bukte om hem te aaien vluchtte hij naar het bos. In plaats van dat ik er blij van werd, bezorgde de aanblik van de kat me een naar gevoel. Niets is meer zoals het was, herhaalde ik bij mezelf. De groene bogen en de hemel werden weerspiegeld in de ramen, maar een van de schuifdeuren stond open, je kon naar binnen kijken, ik wilde Max vinden, hem omhelzen. ‘Is daar iemand?’ riep ik. ‘Kan ik binnenkomen?’ Het was gênant geweest om naar binnen te gaan en zijn moeder in bikini aan te treffen, met haar gebruikelijke verdwaasde blik. Maar toen merkte ik dat er een andere auto dan die van hen op de oprit stond, met een kentekenplaat uit Florence. 'Max, ben je daar?' riep ik weer. Er klonk muziek in huis. Niet de gebruikelijke compositie voor klassieke gitaar, maar een klaaglijke stem uit de radio.

Sylvia's mother says... Sylvia's happy...
So why don't you leave her alone?

Ik kende het nummer, ook al had ik nooit geweten van wie het was. In plaats van de moeder van mijn vriend verscheen er een magere, keurige dame, met een vragende blik op haar gezicht. Ze droogde haar handen af aan een schort dat ze gauw losknoopte en van haar hals haalde alsof ze zich wilde verontschuldigen voor het feit dat ik haar in haar huishoudelijke beslommeringen aantrof. 'Ik was in de keuken, ik hoorde het niet...'

'Ik zocht Massimiliano... Massimiliano, ja...' en ik besefte dat ik de achternaam van mijn vriend niet meer wist. Nee, hoe was het mogelijk. Ik was hem vergeten. Niets is meer zoals het was. 'Ik ben een vriend...' En het was pas een jaar geleden. 'Een vriend uit Rome', alsof het preciseren van de stad waar ik vandaan kwam me zou verzekeren van de ontvangst die werd voorbehouden aan een reiziger, een uitgeputte pelgrim die een ellenlange reis had ondernomen om daar te komen. 'O, tja, sorry, die zijn aan het begin van de maand vertrokken,' zei de vrouw vriendelijk, 'maar ga gerust even zitten, als je wilt...' en ze wees naar de vouwstoelen op het gazon. Ze waren blijkbaar pas overgeschilderd, want de witte verf glinsterde tegen het glanzende groen van het gras. Toen ze me zo verbijsterd zag, werd de vrouw steeds gastvrijer, en als in een Amerikaanse tv-serie vroeg ze of ik een glas citroenlimonade wilde. Intussen klonk de stem die het lied zong huilerig, steeds radelozer.

And the operator says 'Forty cents more... for the next three minutes...'

De vrouw ging naar binnen en zette de radio uit.

'Ze moesten plotseling weg. Ze zeiden niet waarom, tenminste, ik weet het niet. Misschien mijn man, als hij terugkomt... Ze hadden het voor juli en augustus gehuurd, net als elk jaar, en vooraf betaald! Maar we zullen er wel voor zorgen dat we ze in elk geval augustus terugbetalen, want daar hebben ze niet van kunnen genieten...'

Dus het was niet hun eigen huis, ze huurden het, bedacht ik verbijsterd. En toch had Max me elk voorwerp in de villa laten zien en het verhaal erachter verteld: dat van de oude geweren die op de schoorsteenmantel hingen, verzameld door zijn vader tijdens zijn reizen naar het buitenland, en dan die schommelstoel, de originele hangmat van de Royal Navy, het mes dat was beschadigd door de tanden van een baviaan, de schilderijen die zijn moeder had geschilderd voordat ze haar verstand had beneveld... Stillevens, best mooi, moet ik zeggen, met kiezelsteentjes, kaarsen, kettingen, flessen. Ik zocht ze aan de muren met mijn blik, maar ze hingen er niet.

'We waren eigenlijk niet van plan om te komen, maar ja, het huis stond leeg...'

De eigenares gaf me een glas dat ze volschonk uit een karaf limonade vol rinkelende ijsblokjes.

'Ik ga nooit naar zee. Ik haat zonnebaden. Dat is slecht voor je huid. Maar mijn man houdt van vissen. Misschien komt volgende week onze dochter ook hierheen, ze is getrouwd en woont in Frankrijk.'

Er zat geen suiker in de citroenlimonade. Ik dronk een paar slokken en was van plan zo weer te gaan. 'Jammer, het was nu al vijf of zes jaar op rij dat ze... ze leken eraan gehecht. Wij komen hier alleen maar 's winters. Dan is het heerlijk hoor, in de winter... dan is er niemand. Sommige mensen houden niet van die eenzaamheid...'

'Zeg, maar hoe zit het dan met de kat?'

'O jeetje... Ja, die kat.'

'Melville.'

'Melville, ja, arm beest... Wat een naam, hè, hoe verzinnen ze het? Terwijl er zoveel namen zijn om uit te kiezen. Ik zeg: arm beest, al is hij niet echt dol op gezelschap, tenminste niet bij ons. Maar ja, we konden hem toch moeilijk laten verhongeren?'

Max en zijn moeder hadden plotsklaps moeten vertrekken, de kat was nergens te vinden. Hij was in het pijnbos verdwenen. Ze waren genoodzaakt hem achter te laten. Toen de huiseigenaren waren gekomen om het huis weer in bezit te nemen zagen ze hem ronddwalen, en zodra ze de deur opendeden schoot hij naar binnen. En sindsdien was hij niet meer weggegaan.

Ach, die citroenlimonade zonder suiker! Ik dronk er wel drie glazen van. De vrouw des huizes had zin in een praatje. Doordat ze er blijkbaar zo van genoot om met mij te praten stelde ik me voor dat ze geen kinderen had, maar toen herinnerde ik me de dochter die zou komen vanuit Frankrijk. De getrouwde dochter. Dan was het een zoon die ze miste, of wie dan ook voor wie het de moeite waard was al die citroenen uit te persen. Een zoon wiens dorst ze kon lessen, naar wie ze kon kijken terwijl hij een schoon shirt aantrekt, die ze kon berispen vanwege iets onbenulligs, een zoon die ze een taak kon geven als 'Het kattenvoer is op, wil jij dat voor me gaan halen? Ik ben zo moe vandaag...', in de wetenschap dat hij zal protesteren, maar dat hij het uiteindelijk toch zal doen. Ik heb me altijd gaarne geleend voor dat soort instantadopties. Eigenlijk wachtte ik op haar man, om met hem te kunnen praten. In de tussentijd zou ik met alle plezier blikjes voor Melville gaan kopen. Maar blijkbaar was het visuitje al afgelopen, want de heer des huizes kwam thuis. Mijn gedachten, die waren afgedwaald van Max, keerden nu weer bij hem terug.

Hij stelde zich formeel voor met zijn achternaam, alsof ik een volwassene was. 'Marinucci', en hij gaf me zijn vrije hand. In de andere droeg hij een plastic emmer.

Marinucci was dik, met een opgeblazen buik en benen. Hij droeg een verschoten linnen pet, een geruit overhemd dat openhing op zijn borst en een bril met een losse zonnebril op het montuur geklemd, zo een die je omhoog en omlaag kunt klappen, die je in de jaren zeventig volop zag en nu bijna nooit meer.

'Hoe oud ben je?' vroeg hij me bruusk. Ik vertelde het. Blijkbaar oordeelde hij dat het de juiste leeftijd was om zich van man tot man met me te verhouden. Hij pakte me bij de arm. 'Ada, leg jij deze even in de koelkast?' en hij overhandigde haar de emmer. Pas toen keek ik: er zaten drie vissen in. Ik weet niet waarom ik me dat zo goed herinner, maar ik ben hoe dan ook zeker van wat ik nu zeg, veertig jaar later: er zaten drie vissen in, en een ervan spartelde nog. De helderste beelden zijn vaak van die zijdelingse.

'Ik moet je iets vertellen.'

'Ja?'

'Ik vind dat jij het hoort te weten, als je een vriend van die jongen bent. Mijn vrouw wilde ik er liever buiten laten. Ze is nogal gevoelig. Als ze hoort over zoiets, wat dan ook nog eens in ons huis is gebeurd, dan is haar vakantie verpest. En de mijne dus ook.'

Hij sprak met een zwaar Toscaans accent, dat mij altijd nogal grof in de oren heeft geklonken.

Ja, grof, ondanks al die literatuur en al het water dat onder die oude bruggen door is gegaan; of misschien is het wel juist die oorspronkelijke grofheid, van manieren en concepten, die de literatuur die daaruit voortkomt krachtig heeft gemaakt, wie zal het zeggen.

'Ik werd gebeld door die zoon, dat ze weggingen. Volgens mij zijn ze 's nachts vertrokken. Ze hadden slecht nieuws gekregen over zijn vader. Die was in Zwitserland, ziek. Ja, echt ziek dus. Hij had zich daar in het ziekenhuis laten opnemen zonder iets te zeggen, niet tegen zijn vrouw en niet tegen zijn zoon, maar ineens ging zijn toestand achteruit. Zodra ze dat nieuws hoorde, deed mevrouw Vera een zelfmoordpoging.'

'Wat, een zelfmoordpoging? En hoe weet u dat dan?'

'Dat vertelde Max. Nou ja, hij vertelde het me eigenlijk niet echt, maar het was me wel duidelijk.'

En hij keek me veelzeggend aan.

'Ik ben ge*hh*e Hen*h*ie niet!' zei hij met die typisch Toscaanse *h* in plaats van de *k*.

Ik schudde mijn hoofd, om te laten weten dat ik hem daar ook niet voor aanzag.

'Maar die jongen heeft heel goed gereageerd! Die vriend van jou. Wie weet wat *een ander* in zijn plaats had gedaan...'

Ik dacht dat Marinucci met die hypothetische ander wellicht op mij doelde. Nou, ik zou vast en zeker in paniek zijn geraakt: je vader die ergens op sterven ligt en je moeder die zich van kant probeert te maken. Ik vroeg hoe ze het had gedaan. Hij keek me aan met een laatdunkende grijns en barstte bijna in lachen uit.

'Hoe denk je dat ze het gedaan heeft? Met een hoop pillen, nogal wiedes!'

Ik dacht terug aan Vera, de moeder van Max. Ik kon haar niet los zien van de zomerkleren die ze zo opzichtig, naïef en schaamteloos droeg, als op een modeshow, of beter gezegd als op de glanzende foto's in de magazines, die gebaren en bewegingen die spontaan moeten lijken reproduceren in onwaarachtige poses, bijvoorbeeld een groet, een sprong van blijdschap, de hand als een klep boven de ogen, de knieën optrekken tegen de borst, door de haren wrijven, peinzend voor zich uit staren; en evenmin kon ik me haar blik herinneren die schuilging achter haar grote donkere zonnebrillen met een rood of wit montuur, die over de randen van haar mooie driehoekige gezicht uitstaken waardoor het kromp tot het gezichtje van een meisje dat voor de spiegel van de toilettafel met de accessoires van haar moeder speelt. Ze droeg ze ook binnenshuis, die zonnebrillen, die deden denken aan de facetogen van een vlieg onder de microscoop, ook tijdens het koken of wanneer ze op de bank in een tijdschrift lag te lezen, en haar houten klompje liet wiebelen doordat ze een voor een haar gelakte teennagels bewoog, van de grote tot de kleine teen. Haar ogen kreeg ik maar een paar keer te zien: en ze waren enorm, ijdel en rusteloos, smaragdgroen maar met een zwart rondje om de iris, zoals die van een roofdier in de avonturenromans die ik tot een paar jaar daarvoor achter elkaar had verslonden, waarin dus sprake was van reusachtige panters, van schitterende smaragden en robijnen bewaakt door moordlustige sektes in ondergrondse tempels. Maar op dat moment zag ik ze niet voor me, ik herinnerde ze me niet, en dat kwam door een beklemming, vergelijkbaar met de hare. Ik was van slag door het nieuws. Wat ik wel voor me zag, waren haar kleren. De bloesjes van verkreukeld gaaskatoen. De shorts. En verder de sjaaltjes om haar hoofd, de zware halskettingen, de bandjes van bontgekleurde bloemenjurkjes op haar gebruinde schouders, haar gebruinde rug, haar decolleté dat bezaaid bleek met sproetjes, Max' moeder was namelijk blond, met een lichte huid, maar dan het soort lichte huid dat in de zon bruin kleurt tot hij een soort verguld, olieachtig leer wordt. Nu ik haar op die manier beschrijf zou dat de indruk kunnen wekken dat ze haar best deed om verleidelijk en charmant te zijn, mooi als ze was en praktisch naakt afgezien van de paar centimeters flinterdunne stof, de haakjes, de ineengehaakte ringen van haar lijfje, de overdreven ceinturen om haar middel; maar zo was het niet, dat vertoon vond als het ware plaats in het niets, was voor niemands ogen bestemd. Max was een andere mening toegedaan en wist zeker dat zijn moeder een minnaar had, of meerdere minnaars, een heleboel, daar aan zee, en in Milaan. Dat had hij meerdere keren tegen me gezegd en dat bevestigde hij met de scheldwoorden die hij binnensmonds aan haar voorbehield. Ik gruwelde van dat idee en weigerde het te geloven, sterker nog, ik kon er niet eens over nadenken. Mijn geest sloeg bij voorbaat op tilt, alsof die de taak kreeg om een bovenmenselijke inspanning te verrichten, of om de meest voor de hand liggende logica te weerleggen, zoals de som dat twee plus twee vier is en ook niks anders kan zijn. De moeder van Max kon niet ontrouw zijn aan haar man, die ik overigens nooit had ontmoet, het kon gewoon niet, punt uit. Overspel was een concept dat mijn intellectuele bereik te boven ging. De eerste keer dat ik *Anna Karenina* las, toen ik in dienst zat, begreep ik er dan ook niets van, dat wil zeggen, ik begreep niet waar de roman over ging: ik begreep letterlijk niet *waar het probleem hem in zat.*

Hoe dan ook, de hypothese dat het allemaal waar was leek mij heel wat meer te verontrusten en te schokken dan haar zoon.

Volgens mij was Max ook daarom fascist. Wacht even, ik bedoel niet dat hij fascist was omdat zijn moeder overspelig was, maar omdat hij het feit dat zij dat was kalmpjes en verbitterd kon constateren en accepteren, er meer dan zeker van kon zijn, van het feit dus dat zij haar man bedroog, om de simpele reden dat er geen enkele kans bestond dat ze hem níét bedroog. Dat zijn moeder een slet was, stond voor hem vast. In die soort schunnige clichés die doorgaan voor moppen, wordt altijd beweerd dat Italiaanse mannen ervan overtuigd zijn dat alle vrouwen sletten zijn, behalve hun moeder. Ze denken dat alleen zij een heilige is. Nou, daar is niets van waar; ik bedoel, er is niets van waar dat ze dat zouden denken. Misschien zeggen ze het wel, hardop en tegen zichzelf, maar diep vanbinnen geloven ze er niets van. Integendeel, de slechte mening die Italiaanse mannen hebben (of hadden) over de respectabiliteit van vrouwen hebben ze gevormd op basis van hun eigen moeder. Die mening komt met haar overeen. Uit jaloezie of wrok. Tenslotte is je moedertje die slet die je haar borst weigerde. Niet altijd, maar soms wel, heel grillig, wat nog erger is, dat doet nog meer pijn. Jongen, als er één vrouw op de wereld is over wier trouw je twijfels moet koesteren, is het wel je moeder...

Max verachtte die van hem, hij verachtte haar onrustbarende schoonheid, haar zwakte, haar waanzin. De manier waarop ze zich kleedde ('als een slet'), de cocktails die ze dronk, de vele tranen die ze plengde. Als ze minder rijk was geweest, of als ze lelijk was geweest, had haar zoon begrip voor haar kunnen opbrengen; maar zoals de dichter Gioacomo Noventa al schreef is het lastig om medelijden te hebben met mooie vrouwen, daarvoor moet je bijzonder intelligent en gevoelig zijn, terwijl Max zijn gevoeligheid eerst had verpletterd met een karateslag, en die vervolgens volledig had verzameld op zijn vingertoppen waarmee hij zijn Cremonese met cutaway streelde. Ook daarom was hij fascistisch. Geen enkele illusie meer hebben omtrent het leven, omtrent de wereld, die enkel wordt bevolkt door wolven en varkens, en vervolgens je fanatieke geloof in iets te koesteren als een kasplantje, je geloof in iets wat in staat is je buiten die wereld te brengen, om die wereld uit te wissen, die modderpoel droog te leggen. Zijn moeder wás die modderpoel. Ik zag haar voor me terwijl ze de pillen even verwoed uitkotste als ze ze had geslikt... en terwijl haar zoon haar uitfoetert voordat hij haar in de auto laadt, samen met het beetje bagage dat hij bijeen heeft weten te grissen. Laat staan dat hij Melville nog kon gaan zoeken. En dan de rit door de nacht, naar Milaan, en naar Zwitserland...

Het zou niet meer worden zoals vroeger. Natuurlijk. Dat is een ontroerende, onbenullige uitspraak die je op elk willekeurig moment van het leven kunt toepassen.

Maar toen was de twijfel zelfs nog sterker, die schudde me van top tot teen door elkaar.

Het zou nooit meer worden zoals vroeger.

Maar misschien, en dat is mijn vermoeden, waren ze dat vroeger ook al niet, misschien waren ze vroeger niet geweest zoals ze later niet meer zouden worden: oftewel, simpel gezegd, misschien waren die dingen *nooit zo geweest.*

Marinucci wilde me laten zien hoe je de geweren die boven de haard hingen moest laden. Het voor de tijd waarin ze waren geproduceerd ingenieuze systeem. Alles was aanwezig, in die geweren: chemie, natuurkunde, goudsmederij, kunst, industrie, moed, expertise, precisie, het instinct om te doden. Hij haalde ze van de muur af, liet me voelen hoe zwaar ze waren, laadde ze, richtte ze omhoog, ontlaadde ze en hing ze weer aan de muur. Misschien miste ook hij een zoon op wie hij wat technische of morele noties zou kunnen overdragen. Het was geen toeval dat hun dochter met een Fransman was getrouwd, en minstens vijf of zes departementen, en meerdere bergketens, tussen haar nieuwe gezin en het oude had geplaatst. Vergeefs trachtte mevrouw Marinucci voor die avond een vervanging van dat gezin te creëren door me uit te nodigen voor het avondeten. Het liet niet lang meer op zich wachten, er steeg al een geur van olijfolie en rozemarijn op uit de keuken. Maar als jongen hield ik niet van vis.

Hoofdstuk IV

Destijds ging alles veel sneller. Tegenwoordig duurt alles langer, het leven duurt langer, de jeugd duurt langer, men krijgt laat kinderen, vrouwen van vijftig laten hun borsten zien en die zijn nog steeds adembenemend. Er komt geen einde aan de dingen, zelfs oorlogen zijn eeuwigdurend, slepend, net zoals in de Middeleeuwen. Er is ruimte en tijd tussen twee gebeurtenissen.

Ik denk aan de muziek van die tijd, en ik zal wat voorbeelden noemen.

Voorbeeld A
1969: *In the Court of the Crimson King*
1970: *In the Wake of Poseidon*
1970: *Lizard*
1971: *Island*
1973: *Larks Tongues in Aspic*

Voorbeeld B
1970: *Trespass*
1971: *Nursery Cryme*
1972: *Foxtrot*
1973: *Selling England by the Pound*
1974: *The Lamb Lies Down on Broadway*

Voorbeeld C
1970: *Atom Heart Mother*
1971: *Meddle*
1972: *Obscured by Clouds*
1973: *The Dark Side of the Moon*
1975: *Wish You Were Here*

Kijk, alles werd in vier of vijf jaar tijd aangevangen en beëindigd, van de ontdekking tot het verval, in een hels, koortsachtig tempo, we telden de maanden, de weken af tot er een plaat zou uitkomen.

Te laat, helemaal verhit arriveerde ik bij de ingang van de Piper, er was iets aan de hand geweest... er was thuis iets aan de hand geweest... ik weet niet meer wat het was, er was kennelijk iets gebeurd thuis, iets in de familie, waardoor ik te laat was... Waarschijnlijk iets onbenulligs, een kleinigheid, maar juist aan kleinigheden wordt in een gezin het grootste belang gehecht, dat worden kwesties van leven of dood. Zoals wanneer je wordt gewaarschuwd: 'Dit is de laatste keer dat ik het zeg.' Ruim je kamer op, haal je helm weg uit de hal, breng de waterpomptang (de boor, de nijptang, het trapje) terug naar de portier, het zijn bijna altijd dingen die al maanden niet op hun plek liggen en die moeten worden opgeruimd, na talloze verzoeken, het is de druppel die de emmer doet overlopen, ineens is het geduld op... En dat gebeurt geregeld net op het moment dat je weg wilt gaan, je staat al in de deuropening en dan word je teruggeroepen.

Daarom ging ik er altijd stilletjes vandoor, zonder iets te zeggen, om te voorkomen dat ik oproepen en waarschuwingen zou krijgen die 'voor de laatste keer' werden herhaald.

Voordat de band Genesis wereldberoemd werd, hadden ze hun eerste succes in Italië. Om de een of andere reden werden ze in Engeland genegeerd, maar bij ons hadden ze al een hele schare fans, al na twee elpees, of eigenlijk drie, maar die eerste wordt in veel discografieën overgeslagen, die telt niemand mee, ook de muzikanten zelf zijn die vergeten of hebben hem verloochend. Ook ik beschouw *Trespass*, wat feitelijk hun tweede album is, als het beginpunt van hun geschiedenis, en in die tijd was net *Nursery Cryme* verschenen, een meesterwerk dat ik, zonder dollen, minstens honderd keer zal hebben beluisterd, en alleen al de track 'The Musical Box' wel dubbel zo vaak.

Dat nummer vertelt een verhaal dat ik nooit helemaal heb kunnen vatten, maar ik heb nu geen zin om de tekst erbij te zoeken en die te bestuderen, ik neem genoegen met de restjes die mijn geheugen aan me overlevert om te concluderen wat ik vanaf de eerste beluistering had begrepen, namelijk dat het om een verkrachting gaat. Verkrachting ja, volgens mij gaat het daarover... In het nummer van Genesis, een sprookje (een donker sprookje, maar dat zijn in feite alle sprookjes), gaat het om een meisje dat wordt verkracht door een pop op een springveer, of door iemand die, net als een pop op een springveer, plotseling uit zijn muziekdoos komt, hij springt ineens tevoorschijn – the Old King Cole.

She's a lady...
She is mine...
Oh, brush back your hair...
And let me get to know your face

En na een heleboel arpeggio's en fluitriedels...

Brush back your hair...
And let me get to know your flesh

Je vlees, oftewel je lichaam.

Why don't you touch me
Touch me, touch me, touch me, touch me, touch me... NOW!
NOW, NOW, NOW, NOW!

In een daverend crescendo.

Dat alles liep ik mis doordat ik te laat aankwam bij de Piper Club, de beroemde discotheek in de Via Tagliamento, beroemd geworden door talloze filmpjes en foto's, maar in die tijd was het de plek geworden voor concerten van cultbands (ik zag er bijvoorbeeld Soft Machine optreden, en Amazing Blondel). Arbus stond er met een begrafenisgezicht, zijn normale gezicht dus: de draperie van lang, zwart vet haar hing zoals gewoonlijk om zijn uitdrukkingsloze gezicht.

Te laat, geen kaartjes meer.

'Ik sta hier al een uur,' zei hij, op zijn gebruikelijke toon waarmee hij een feit vaststelde dat op zich geen enkel verwijt inhield. Aangezien ik me al volop had geëxcuseerd voor het feit dat ik te laat was, vroeg ik waarom hij dan niet alvast twee kaartjes had gekocht, aangezien hij er al was toen er nog wel kaartjes waren.

'Ik had niet genoeg geld.'

Opnieuw een onweerlegbaar argument.

'Nou, dan had je toch op z'n minst een kaartje voor jezelf kunnen kopen en naar binnen kunnen gaan.'

Hij schudde zijn hoofd alsof die hypothese indruiste tegen alle principes die de aarde om de zon deden draaien. Arbus was te letterlijk, te star om bij het eerste waanzinnige concert van Genesis in Rome naar binnen te gaan zonder zijn vriend. Dat hoefde hij niet eens met zoveel woorden uit te leggen, het was me duidelijk aan de manier waarop hij zwakjes zijn bleke gezicht schudde. Wat voor hem bedoeld was als een proeve van trouw, het bewijs hoe onwrikbaar Arbus' vriendschap voor mij was, daar was ik helemaal niet blij mee. Nu had ik niet alleen door mijn eigen schuld Peter Gabriel, Mike Rutherford, Tony Banks, Steve Hackett en Phil Collins niet kunnen zien optreden, maar was het ook nog eens mijn schuld dat Arbus ze was misgelopen. Ik was ontstemd, teleurgesteld, ongelovig, het werd me koud om het hart, en zonder nog iets te zeggen staarde ik naar de afgesloten deur van de Piper, in de idiote illusie (dubbel zo idioot door het volle besef dat dat nooit zou gebeuren, niet over tien minuten, niet over een halfuur, niet morgen, nooit niet...) dat die deur ineens zou worden opengesperd door een uitsmijter met de aankondiging: 'Er kunnen er nog tien bij', of vijf, of maar twee, en dat Arbus en ik dan die twee gelukkigen waren.

Dat gebeurde niet. Naar alle waarschijnlijkheid begon Genesis kort daarna te spelen, of misschien waren ze al bezig. Ik had het idee dat ik de trillingen voelde. Misschien was het de opzwepende intro van 'The Knife', of het begin van het nog niet uitgebrachte 'Watcher of the Skies' dat een paar maanden daarna al gedenkwaardig zou worden. Terwijl ik onzegbare pijnen uitstond en minstens zeven verschillende emoties – woede, jaloezie, schaamte, zin om zelfmoord te plegen, radeloosheid, fatalisme en wroeging – in mijn binnenste rond woelden, zei Arbus: 'Maakt niet uit', hij stak zijn handen in zijn jaszakken en voegde er enkel nog aan toe: 'Ik ga naar huis.'

In een tijdperk zonder mobiele telefoons en elektronisch betalen waren de keuzes helder, de fouten onomkeerbaar.

Hij was degene geweest die Genesis had ontdekt en aan mij had laten horen. Hij had de platen gekocht (*Trespass*, dat middeleeuws aandoet, al vanaf de coverhoes die door een mes wordt doorboord), hij had ze op cassettebandjes gezet en die aan mij gegeven zodat ik Genesis goedkoop kon beluisteren. Hij was ook degene die – met een zo maniakale zorg dat die niet kon worden toegeschreven aan enkel zijn genegenheid voor mij, maar meer aan zijn abstracte liefde voor orde en perfectie – op het gevouwen kartonnetje, dat aan de binnenkant van de transparante hoes van het bandje zat, de titels van de nummers had overgeschreven, plus de namen van de groepsleden en de instrumenten die ze bespeelden, waarbij hij het lettertype imiteerde dat op de lp-hoezen werd gebruikt, dat deed denken aan dat van een schrijfmachine. Geen idee of Arbus net zo baalde van dat gemiste concert als ik, of hij er nu nog aan terugdenkt. Ik weet wel dat hij binnen een paar jaar zijn interesse in popmuziek verloor en zich weer uitsluitend aan de klassieke muziek wijdde, om die te spelen, beluisteren, analyseren en begrijpen zoals het mijzelf nooit gelukt is: te ingewikkeld voor mijn geest, en te diepzinnig voor mijn ziel.

Ik denk dat het hem geen zak kon schelen. Binnen de kortste keren was zijn hoofd alweer andere dingen aan het verwerken, en waarschijnlijk heeft hij nooit meer ook maar een seconde gedacht aan de Piper en aan het uur dat hij daar voor de deur op mij stond te wachten, op de stoep in de Via Tagliamento.

Om te begrijpen uit wat voor taalmoeras wij ons uit alle macht hebben proberen los te trekken, hoef je alleen maar te denken aan het proza dat zich daarmee bezighield en dat wij van 's ochtends tot 's avonds verslonden vanaf de bladzijden van het popblad uit de jaren zeventig en tachtig getiteld *Ciao 2001* (lachwekkend, achteraf, dat futuristische jaartal) of dat we als een spons opzogen uit radiodocumentaires met titels als 'Robert Fripp is een verdomde gitaarchirurg' of 'Opnieuw Rick Wakeman die als een tovenaar zijn weelderige geluidstapijten uitrolt' of bijvoorbeeld 'Ik ben atheïstisch, maar Billy Cobham is God'.

Alles in het universum wordt ineens glashelder...

Het was... het was schitterend.

Ik wil er keer op keer naar blijven luisteren, jarenlang.

Mijn ogen veranderen in water...

...Die raadselachtige plaat van King Crimson, met die cover bezaaid met felgekleurde allegorieën, heb ik voorgoed op mijn netvlies gebrand staan.

Toen ik zestien was, gingen we bij de radio zitten en luisterden we naar dat soort dingen. We zetten een plaat op die we vanaf de eerste track beluisterden, *helemaal.* Geen afleiding, geen mobieltjes om voortdurend op te kijken. De lp was de enige technologie om muziek te luisteren, het was lastig om een paar groeven over te slaan, dan riskeerde je een kras te maken op de plaat. Dus luisterden we complete albums, veertig minuten muziek, van begin tot eind, eerst kant A en dan kant B, inclusief de lang uitgesponnen instrumentale gedeeltes... En heel vaak achter elkaar.

Mijn leeftijdgenoten van overal ter wereld schrijven nu:

Recuerdo que salía del colegio e iba a casa corriendo a escucharlo a todo volumen. [Ik weet nog dat ik na school altijd meteen keihard die plaat draaide.]

Ik luisterde ernaar toen ik op de middelbare school zat, tijdens het huiswerk maken, en – raar maar waar! – ik kon me er beter door concentreren.

I remember when i was 17 or 18 years and i was smoked and i put music something like this, Tarkus! It was real estyle of the life!

Free Hand van Gentle Giant; *Close to the Edge* van Yes; die fantastische Jethro Tull-song 'Look into the Sun'; die wanhopige kreet 'Nobody needs to discover me!' in 'Looking for Someone'; 'Book of Saturday', dat me nog altijd kippenvel bezorgt; 'Manticore' van de lp *Tarkus*; 'Hello Hello' van Caravan; 'Celestial Terrestrial Commuters' van Mahavishnu Orchestra, waarvan de drummer echt God is; 'Killer' (van het album *H to He, Who Am the Only One*); *The Least We Can Do Is Wave to Each Other*; *The Inner Mounting Flame*; de mellotron...

'Looking for Someone' is mooier om te fluiten en te neuriën, die klaaglijke melodie, die pauzes – mooier dan de plaat te beluisteren...

Hoe meer mensen genieten, hoe analytischer ze zijn ingesteld. Het is geen toeval dat juist maniakken het toppunt vormen; dat zijn mensen die zich volledig op het onderwerp storten om elk detail eruit te persen, en maar genieten, ze genieten juist van die eindeloze analyse. De wijnkenner, de melomaan en de voetbalcommentator ontleden het door hen bestudeerde element in losse fotogrammen, fonemen, schakels, geuren, gevoelens, en dan herbeleven ze het keer op keer, aan de montagetafel laten ze het telkens weer opnieuw voorbijkomen, ze ruiken, proeven en spugen het weer uit. Ze balanceren op het randje van de waanzin, maar er bestaat geen genot als het niet in elk geval een beetje in de buurt komt van de waanzin, en dreigt over het randje te gaan. Wie zich daarvan wijselijk op afstand houdt, geniet niet. Elke wijsheid is gebaseerd op het afzweren van genot.

(Kijk, zo luisterden Arbus en ik dus naar die platen. Ik zou zeggen, niet zozeer als gelovigen of priesters, maar eerder als wetenschappers in een laboratorium. Herhalen is de manier om een experiment betekenis te geven, heel vaak herhalen totdat het wordt bekrachtigd, en dat is ook precies wat wij deden met platen, we luisterden een hele middag lang telkens weer naar dezelfde plaat, en het was indrukwekkend hoe we bij elke beluistering telkens weer iets aparts opmerkten. Ik kende die melodieën en arrangementen inmiddels vanbuiten, maar toch zette je telkens als je ze weer beluisterde nog een stap voorwaarts. Een stap voorwaarts qua wat? Qua inzicht.)

Je zou willen zeggen dat genot iets natuurlijks is, iets instinctiefs, spontaans... Maar niets is juist zo kunstmatig, dat wil zeggen zo geconstrueerd, zo bewerkt. Genot is cumulatief en comparatief, en het is dan ook juist cumulerend en vergelijkend dat het aan intensiteit wint, gradueel. Het is onzin wat sommige mensen beweren, dat meer inzicht de schok van de ontdekking afstompt, tot gewenning leidt, onverschillig maakt; ach wat, misschien wanneer je oud bent (al moet ik persoonlijk zeggen dat mijn gevoeligheid in de loop der jaren alleen maar is verhevigd, bijna koortsachtig geworden; de opgedane ervaringen maken alles dieper en perverser...), maar wanneer je jong bent dreigt dat gevaar beslist niet, integendeel, wanneer je jong bent voel je het knagen van een ware honger naar inzicht, naar toename, want zonder inzicht, zonder herhaling, zonder aandacht, zonder toewijding, is er niks. Niks. Niks geen genot, geen zoetheid, geen verovering, geen heldendom.

We waren als twee sponzen die de vloeistof van de muziek, de woorden en de beelden absorbeerden, ze zogen zich vol en werden uitgeknepen om zich vervolgens weer vol te zuigen, ondergedompeld in de oceaan der onbekende dingen.

Hoofdstuk v

Ach, wat mis ik Arbus!

Toen hij eenmaal niet meer bij ons op school zat, schonk het feit dat ik nu de intelligentste was me geen grote voldoening. En bovendien was ik dat niet, ze zeiden dat ik het was, en af en toe dacht ik zelf ook dat ik het was, maar altijd meer *in potentie* dan dat ik het werkelijk waarmaakte. Ik ben en blijf mijn hele leven gedoemd om geroemd te worden niet vanwege de dingen die ik heb gedaan, maar die ik *had kunnen doen*. Het boek dat ik had kunnen schrijven, niet de boeken die ik heb geschreven. Men verwijst naar mijn veronderstelde intelligentie als naar een vermogen dat niet naar behoren is geïnvesteerd. En intussen raakt het versnipperd, devalueert het... Daarom klinken die complimenten tegelijkertijd als verwijten.

Weet je wel wat jij niet allemaal had kunnen doen, met die hersens van jou?

En wat heb je uiteindelijk gedaan? Geen zak.

Daarna vertrok ook ik van het SLM.

Net als mijn dierbare vriend Arbus had ik stellig de indruk dat ik er niets leerde. Maar goed, dan had ik in elk geval, zoals de rector had geadviseerd, nog iets kunnen leren door meer te weten te komen over mijn naasten, mijn leraren, mijn klasgenoten, ja, ik had iets kunnen leren van hen, inzicht kunnen krijgen in hun leven... in hun gedachten en behoeften...

Het ware probleem was dat ik geen karakter had. Ik wist toen nog niet wat dat was, een karakter. Toen ik het te weten kwam, probeerde ik er een te construeren, met behulp van stukjes film die ik had gezien en boeken die ik had gelezen, en indrukwekkende uitspraken van de weinige mensen om me heen; types die een paar jaar ouder waren dan ik, mijn stoere neef, onbereikbare of tweedehands helden. Alles wat ik destijds belachelijk en idioot vond, vind ik tegenwoordig mooi en waardig. En andersom.

De paradox van scholen is dat er te snel te veel ingewikkelde dingen worden onderwezen, dingen die niets te maken hebben met de realiteit van degene die ze leert op het moment dat hij ze leert. En toch is dat het enige juiste moment om ze te leren, wanneer je er nog niets van begrijpt. Op je vijftiende leer je over de metafysica van de liefde, over Dantes *donna angelicata*, 'de vrouw als engel', over Guido Guinizelli's *Al cor gentile rempaira sempre amore*, 'Naar een nobel hart keert de liefde altijd terug', terwijl je op die leeftijd nog geen flauw benul hebt wat dat allemaal is, wat liefde is, laat staan de uiterste afgeleiden ervan, gedestilleerd door middeleeuwse dichters op het randje van de waanzin, na razend ingewikkelde abstracties die eeuwenlang gepeins hebben gekost en duizenden kilometers zenuwstelsel hebben aangetast. En wat het verschil is tussen substantie en accidenten: de substantie waarover je niets kunt zeggen, en ook niets kunt weten, die je op geen enkele manier kunt definiëren, anders zou het al geen substantie meer zijn...

Aan de ene kant heb je die onhaalbare concepten, die zelfs de beste leraar niet binnen jouw bereik zal kunnen krijgen omdat hij ze zelf niet eens binnen zijn bereik heeft, en hij er ook mee worstelt – en aan de andere kant heb je jou.

De formule waar we destijds helemaal gek van werden was: 'Het zijn is, en het niet-zijn is niet.' Was getekend: Parmenides. Ja, laten we hem nog maar eens herhalen: 'Het zijn is... en het niet-zijn is niet'... Echt waar?! Wat een ontdekking. Dus dat is de filosofie? Dat wat is, is, dat wat niet is, is niet. 'Het zijn is en het niet-zijn is niet.' O ja, en als mijn opa vijf ballen had gehad was hij een flipperkast geweest; zet dat ook maar in jullie handboek. Het zijn is... het niet-zijn is niet: en om zo'n open deur in te trappen was er een groot denker nodig? Het vak filosofie was dus niks anders dan een mengelmoes van onbegrijpelijke concepten en onthutsende banaliteiten, en door het idee dat iemand de geschiedenis in ging en wij tweeduizendvijfhonderd jaar later nog steeds zaten te piekeren over een uitspraak die niet veel anders klonk dan 'die hond is geen kat', en dat we die kul dan ook nog eens beschouwden als de kwintessens van de antieke wijsbegeerte, moesten we de filosofie wel beschouwen als puur bedrog, en de beroemde, zo bewierookte oude Grieken als een achterlijk stelletje. De ellende was dat ze dus inderdaad met dat soort dingen begonnen; dat waren de onderwerpen van de allereerste lessen in een nieuw vak dat aan ons werd gepresenteerd als de kunst van het redeneren, de schat van de menselijke wijsheid, kortom, de intelligentie in haar puurste vorm: en al meteen op de eerste bladzijden stuitten we op mysterieuze personages, van wie ons maar een paar half afgebroken zinnen restten, die beweerden dat alles vuur is, nee, dat alles water is, dat alles getal is, dat pijlen onbeweeglijk in de lucht hangen en dat atomen recht omlaagvallen maar op een gegeven moment van richting veranderen, god mag weten waarom. Het *clinamen*: is er iets denkbaar dat minder te maken heeft en oprecht verder weg staat van de ervaring en het gezond verstand van een vijftienjarige jongen? Wat kan het *apeiron* voor hem betekenen, en hij voor het *apeiron*? Het heeft geen zin om zoals gewoonlijk de leraren hiervan de schuld te geven, geen enkele goede leraar is in staat iets in gewone taal uit te leggen wat zich van nature niet laat vereenvoudigen. Orakels zijn niet gemaakt om te worden verklaard, wat zouden het anders voor orakels zijn? Een lastig concept blijft lastig, anders zou het een wassen neus zijn. Het is juist andersom... Een leraar die eerlijk is zou aan zijn leerlingen moeten toegeven dat hij machteloos staat tegenover die ontoegankelijke concepten, en in plaats van te verhullen of te bagatelliseren zou hij de nadruk moeten leggen op de complexiteit ervan, op de stevigheid van de knoop, en niet met een of ander foefje doen alsof hij die kan ontwarren... Hoe meer je die concepten verklaart en uitdiept, hoe meer je merkt dat ze ongrijpbaar worden. En dan hebben we het nog niet eens over de Italiaanse literatuur, die bij het einde begint, die reeds volwassen geboren wordt, een baby met een monsterlijk ontwikkeld hoofd, met moeilijkheidsgraden die omgekeerd evenredig zijn aan de leeftijd van degene die ze bestudeert. Vandaar dat die literatuur tijdens het schooltraject haar lezers vrijwel nooit op hetzelfde intellectuele niveau treft. De lezer groeit langzaam maar zeker op, en de literatuur of poëzie takelt af. Op een gegeven moment snijden de twee lijnen elkaar en kan de leerling zelfs volwassener worden dan de stof die hij bestudeert, volwassener bijvoorbeeld dan al die treurige *fan-*

ciullini die over alles klagen, waarover je in gedichten leest, of dan die kabaalmakers van futuristen met hun bangklangdingelombomkom, boem paukenslag, bonke bonke bonke, scréééééééechchching. Maar in het begin van je schoolcarrière is de literatuur dus echt lastig. Het is alsof je zweminstructeur je al bij de eerste les de hoge duikplank op duwt om een zweefsprong met dubbele schroef uit te voeren. En dat komt dan niet doordat de instructeur te veeleisend is. Terwijl ik nu nog naar adem zit te happen als ik bepaalde verzen van Dante lees, probeer ik me voor te stellen hoe het moet zijn geweest om die als vijftienjarige te trotseren... Maar ik kan me niet meer voor de geest halen hoe dat was.

Dingen leren en dingen begrijpen gaan bijna nooit hand in hand: lange tijd leer je zonder te begrijpen, en als je vervolgens begint te begrijpen is het al te laat om nog te leren. Dat is ook een reden waarom studeren noodzakelijkerwijs gepaard moet gaan met een zekere dosis dwang.

Met gebeden is het net zo: eerst moet je ze leren, en telkens herhalen, herhalen, ze uit je hoofd opzeggen, talloze keren, alsof het een muziekje is en de woorden er niet toe doen; daarna, misschien pas jaren later, ga je begrijpen wat ze wilden zeggen en dringt tot je door dat wat jij al die tijd mompelde een betekenis had. Of geen betekenis had. Of je stopt er gewoon mee. Religie is gebaseerd op traditionele gebruiken die mensen vanaf hun kindertijd hebben uitgevoerd zonder dat de betekenis ervan ter discussie werd gesteld, of dat de betekenis ervan ooit werd doorgrond: dat was helemaal niet nodig. De betekenis zou een obstakel hebben gevormd. Terwijl men tegenwoordig eist dat iemand in God gelooft en God verklaart, en hij *dan pas* een kerk mag betreden, omdat zijn komst anders tegenstrijdig zou zijn, ging men vroeger uit gewoonte naar de kerk, en misschien kwam er dan wel een dag dat je ook nog ging geloven. Wanneer er een eind komt aan de gewoonte – die een basisvoorwaarde van de ervaring is –, wordt de ervaring zelf ook minder. Alleen wie stukje bij beetje vertrouwd raakt met iets zal zich er uiteindelijk mee kunnen identificeren. Je begint met bidden, dan ontmoet je God, je begint met marcheren en zingen, en uiteindelijk ga je van je vaderland houden, dat is de grondslag van religieuze en maatschappelijke rituelen. Tegenwoordig verlangt men dat alles onmiddellijk zijn bestaansrecht geeft, men duldt geen tijd of pauze meer tussen het leren en het begrijpen: die moeten samenvallen, alles moet vanaf het begin duidelijk zijn, ruimte voor verveling of raadselachtigheid is er niet.

Ook nu ik volwassen ben en helaas niets nieuws meer leer, al heb ik soms wel het idee dat ik iets begin te begrijpen van wat ik eigenlijk al wist maar niet kon begrijpen, blijven concepten en heel veel kwesties buiten mijn bereik. Ik ben wel op de hoogte van die ideeën, maar begrijp ze niet. Ik zou ze zelfs aan anderen kunnen onderwijzen terwijl ik er zelfs niets van begrepen heb. Misschien moet ik eerst oud worden om tot ze door te dringen, om ze tot mij te laten doordringen, als een straal die een licht en transparant geworden stof doorboort. Ik stel me de geest van een bejaarde voor als een mager, doorschijnend, droog, ruw, broos iets, vergelijkbaar met zijn huid die met de ouderdom dunner is geworden. Een stof die rafelig is geworden door het vele wassen. Op het laatst zal de gedachte, wanneer die door deze dorre kamer glijdt zonder nog op obstakels te stuiten, de geest voorgoed onstoffelijk maken, met een zucht en een vleugje as. Dat is dan *de dood*. Maar tot het zover is blijf ik met verwondering en een gevoel van idiotie reageren op veel van de noties die ik in mijn jeugd heb geleerd (om ze vervolgens weer snel aan de kant te zetten), toen ik zowel meegaand als sceptisch was, meer geneigd te gehoorzamen dan om me echt te laten overtuigen. Ik voel wel aan dat die concepten een verborgen grandeur hebben, maar tot nu toe vat ik toch vooral het absurde ervan. Neem nou die mythe van de grot. Is het werkelijk denkbaar dat mensen in die grot alsmaar heen en weer lopen met figuren op hun hoofd, als de silhouetten van beren tijdens een boogschietwedstrijd, en dat puur en alleen om andere mensen voor de gek te houden die als worsten liggen vastgebonden in een grot, starend naar een rotswand? En die mensen in die grot, dat zouden wíj dan zijn?

De ware, volmaakte religieuze school zou eigenlijk alleen maar een KOSTSCHOOL kunnen zijn. Een allesomvattend instituut dat elk aspect van het biologische en mentale bestaan voor zijn rekening neemt. Het feit dat de leerlingen op een normale school een paar uur nadat ze zijn binnengekomen alweer worden geretourneerd aan hun familie en de buitenwereld vormt een onderbreking van het educatieve werk, dat veel complexer en delicater is dan een reeks lessen van acht tot een. Alles wat 's ochtends is opgebouwd wordt elke avond alweer afgebroken en verijdeld. Ik heb het daarbij niet over de onderwerpen die we in de klas behandelden, nee, die horen sowieso vergeten te worden, die tellen alleen op het moment dat het intellect van de jongere eraan ruikt, ze vastgrijpt of afwijst, want in wezen zijn ze inwisselbaar, of het nu wiskunde is of scheikunde of tekenen, het zijn voorwendselen, zeg maar, stimuli, prikkels, een doorn hoeft niet in je vlees te blijven steken als die alleen maar nodig was om je te wekken uit je coma van onverschilligheid. Een prik en weg, je kunt weer gaan, klaar, naar huis. Nee, ik heb het over dat werk van langzame overtuiging, die haast onmerkbare metamorfose die alleen kan worden bewerkstelligd door een lange, nutteloze tijd, een ware gevangenschap, het gebrek aan uitvoerbare of gedroomde alternatieven, de afschaffing van het concept 'wachten' op zich, en dus van de hoop, wat dus resulteert in, eindelijk, de pure vertwijfeling.

De term 'hersenspoeling' wil niet zeggen dat de hersens eventjes worden ondergedompeld en dan weer tevoorschijn worden gehaald. De geest moet weken, langdurig marineren in het zoute water van de religieuze opvoeding, die moet erin worden gezet en dan vergeten, dag en nacht, een heleboel nachten en een heleboel dagen, totdat hij er helemaal van is doordrenkt, en dan zal hij die kenmerkende geur niet meer kwijtraken, die zurige, medicijnachtige geur, een mengeling van zweet, natte wol, aftershave, een tegelijkertijd hopeloos kinderlijke geur, die wordt uitgewasemd door priesters van alle leeftijden en door de pausen, van Paulus VI tot aan Ratzinger, inclusief de aartsbisschop van Kraków, dat weet ik zeker – ook al is het me niet gelukt, terwijl ik om vier uur 's ochtends in de rij was gaan staan om bij zijn stoffelijk overschot te komen om het zelf te verifiëren. Misschien. Misschien. Twaalfhonderd keer misschien. Misschien ligt het wezen van de gelovige dan in het suffe wachten, in de dode momenten, en vindt die hersenspoeling dus plaats terwijl er niets plaatsvindt, misschien is dat het moment dat je iets leert, in de tussenpauzes, misschien leer je iets of misschien vergeet je iets, dat 'misschien' is verplicht, er bestaat niets twijfelachtigers en onzekerders dan de toenadering tot God, want die kan zich ook juist manifesteren als een verwijdering, zodat je voor de zoveelste keer genaaid bent.

De ontreddering die tot nieuwe inzichten leidt, het toevallig iets vinden wat altijd een herontdekking is, een herkennen, een op je schreden terugkeren, jezelf tegenspreken, je hoofd naar achteren draaien zodat het een draai van 180 graden en vervolgens van 360 graden maakt, afwachten of deze blindelingse pogingen iets opleveren.

Als iemand zodra hij zich een beetje inspant meteen wordt ontheven, ontzet, onthaald, als iemand zodra de kerkklok klinkt vrij is om het wijwater dat hij in zijn mond had uit te spugen, wat heeft het dan voor zin gehad om het hem toe te dienen? Als een ritueel halverwege wordt afgebroken blijven mensen maar half onsterfelijk, en het is de angst voor het eeuwige waardoor we zeggen: 'Hier laten we het bij voor vandaag.' Een school is dan ook een aaneenrijging van dat soort 'Zo is het wel genoeg', 'Nu gaan we naar huis'. Naar huis, naar huis. Daarom zou een kostschool beter zijn.

Wanneer je met z'n tweeën bent, wie mag dan beslissen wie Batman is en wie Robin?

Hieronder staan uitspraken van Arbus. De eerste keer dat ik ze hoorde wist ik niet wat ze betekenden. Ze zijn woord voor woord in mijn herinnering blijven zitten.

'Iedereen is wel geestig op zijn manier. Alleen ik niet. Maar ik kan dan weer wel de waarheid zeggen, dus ik kan doen wat anderen niet doen.'

'Het heeft geen zin om aan mijn klasgenoten te vertellen wat ik denk, want ze lachen overal om.'

In plaats van te antwoorden op de geintjes van onze klasgenoten, begon Arbus vaak te knarsetanden, met zijn mond dicht, net zoals de dwerg Hop-Frog in een van de griezeligste verhalen van Edgar Allan Poe; het leek alsof hij zijn tanden sleep om de grapjas te kunnen bijten, maar tegelijkertijd glinsterden zijn ogen achter zijn eeuwig vette brillenglazen, want hij was helemaal niet kwaad, hij dacht alleen snel, zoals gewoonlijk, en met wat ze bij schaken aanduiden als 'zoekdiepte' had hij al vooruitgedacht naar de volgende vijf of zes geintjes die op het eerste zouden kunnen volgen als hij er niet de voorkeur aan had gegeven zijn mond te houden, en dus inderdaad te knarsetanden.

Ik kan dan ook niet zeggen dat Arbus een sympathieke jongen was, in de normale betekenis van het woord. Telkens wanneer hij door wat hij deed of zei sympathiek dreigde over te komen, kon je erop rekenen dat hij er nog een onaangename of ongemakkelijke draai aan gaf, waarmee hij de positieve indruk alsnog de nek om wist te draaien,

Doordat hij zich zo ongekunsteld gedroeg liet hij anderen nooit de last voelen van zijn intellectuele vermogens; en als dat toch per ongeluk gebeurde, staakte Arbus de uiteenzetting van zijn ideeën al snel, omdat zijn superieure intelligentie geen nadruk behoefde, en bracht hij het gesprek met een paar vergezochte grapjes terug op de onderwerpen waar jongens van zijn leeftijd zich meestal mee bezighouden: leraren, voetbal, hoe saai school is...

Hallo, spreek ik met huize Beethoven?

Nee-nee-nee-nééé́é! (*op de melodie van de Vijfde*)

Hallo, spreek ik met huize Mozart?

Wilt u ons potverdorie niet storen/ Kijk maar in de Gouden Gids... (*op de melodie van op. K550, Molto Allegro*)

Tam pax tam pons! (*Latijn voor* 'Zo de vrede, zo de brug')

Op zijn gezicht domineerde de onzekerheid. Hij was ondoorgrondelijk, ofwel omdat hij er zelf niet zeker van was hoe hij zich voelde, vrolijk dan wel chagrijnig, ofwel omdat de anderen daarover twijfelden. Zijn gezicht had iets ongrijpbaars, ik heb het eerlijk gezegd nooit echt kwaad gezien, of blij, of angstig. Het enige waarin hij zichzelf duidelijk manifesteerde, was zijn lach. De lach van Arbus was welluidend en ijzingwekkend, een explosie, en als hij lachte (vaak om een reden die ons ontging) gooide hij zijn hoofd achterover, met wijd open mond, waardoor hij de boog van zijn bovenkiezen liet zien, die hij normaal alleen gebruikte om te tandenknarsen; wanneer hij zo lachte leek hij in plaats van de kwetsbare bebrilde nerd die hij eigenlijk was meer op een kozak, een onverschrokken ruiter op de Aziatische steppes.

Voor Arbus en mij was praten een tastbare vorm van denken. Hij gaf zijn mening met enkele laconieke uitspraken, die vaak moeilijk te delen waren juist omdat ze zo zwart-wit waren, en ik had een hoop gebabbel nodig om bepaalde concepten helder te krijgen, zelfs de meest basale, alsof de overbodige woorden hielpen om een bepaalde richting in te gaan, zonder te weten of dat de juiste was, puur om maar uit de impasse te geraken. Zo is het nog altijd, voor mij. Ik moet bekennen dat ik altijd eerst ergens over moet praten of schrijven voordat ik weet hoe ik erover denk, en ook daarna heb ik nog het idee dat ik eigenlijk een andere mening ben toegedaan (maar ja, welke dan?); of dat ik die mening nog moet preciseren, uitwerken; of dat ik het enkel zei omdat ik die mening in een boek had gelezen of van iemand anders had opgevangen, en ik die dus alleen maar opdreunde zoals je doet bij een overhoring op school, waarbij je van al je geestelijke vermogens alleen maar je geheugen aanspreekt.

Die onvrede dreef me ertoe, nadat ik mijn zegje had gedaan, om in mezelf door te blijven redeneren, om te proberen te achterhalen waar ik nou echt van overtuigd was, wat ik kortom zou durven zwéren. Met betrekking tot het leven, school, klasgenoten, politiek, muziek, voetbal, ja inderdaad, zelfs met betrekking tot een onderwerp als voetbal heb ik nooit het gevoel gehad dat de dingen die ik zei overeenkwamen met de dingen die ik theoretisch dacht. Je onuitgesproken gedachte lijkt namelijk te veel op een emotie, een wens. Wat zou het immers voor mening zijn om te beweren dat ik dat ene háát, en dat ik dat andere bewónder, en dat ik weer iets anders maar sáái vind? Ik heb dus over de paters, het kapitalisme, de literatuur, de wet of de beste opstelling om geen pak slaag te krijgen van Juventus nooit een duidelijke mening gehad, maar altijd geschommeld tussen vage stellingen, die ik voedde met meerdere argumenten die geen van alle doorslaggevend waren. Arbus daarentegen wekte de indruk dat hij zijn ideeën al in zijn hoofd gevormd had voordat hij er uiting aan gaf, en dat hij die niet zou veranderen uit grilligheid of onzekerheid of vanwege de vergeefse zoektocht naar iets persoonlijks, zoals mij overkwam, maar alleen als hij werd geconfronteerd met geldiger argumenten. De ideeën bleven niet aan zijn persoon kleven, integendeel, ze maakten zich moeiteloos van hem los.

Bij Arbus thuis zouden nog vreemde dingen gebeuren. Toen wij bij elkaar in de klas kwamen, in de eerste klas van de middenschool, waren die nog onzichtbaar. Dat is een periode van rust die een paar jaar duurt, wanneer de kinderen nog te klein zijn zowel om hun vaders gedrag te imiteren als om over hem te oordelen.

Op sommige grauwe dagen, waarop de regen ijskoud en gestaag met bakken uit de lucht kwam, als om het ongelijk te bewijzen van mensen die beweren dat het in Rome in elk jaargetijde 'mooi weer is', leek het onmogelijk om iets serieus, iets positiefs of ook zelfs maar iets leuks aan te vangen, zodat onze enige ambitie was om die middag om te krijgen en hem zo pijnloos mogelijk te elimineren totdat het etenstijd was. Feit is namelijk dat het heel koud kan zijn in Rome en dat de verwarmingsinstallaties van de huizen daar niet op berekend zijn, een paar oude radiatoren die maar half warm worden. Winterse zaterdagen die om vijf uur 's middags eindigden met een gordijn van ijzige zwarte regen. Het was op zo'n middag dat Arbus me over zijn vader vertelde.

Wat was de materie die werd bestudeerd en onderwezen door de vader van mijn vriend, professor Lodovico Arbus? Een materie die het midden hield tussen de grammatica, de logica, de mathematica en de filosofie. Het schijnt dat hij werd bewonderd en gerespecteerd aan de universiteit, zijn studenten vereerden hem. Maar vaak bleef het werk van vaders verscholen achter een sluier van vaagheid, verborgen achter een kwalificatie als hoogleraar of advocaat of ingenieur, die niet veel zei over wat ze daadwerkelijk deden elke dag, als ze van huis weg waren...

Voor vrijwel ieder van ons gold dat we een afstandelijk contact met onze vader hadden, of een contact dat gevoed werd door nerveuze opwinding die was gebaseerd op ontzag en bewondering, aangezien je vader degene was die de kost verdiende, informeerde naar je toekomst en je genegenheid schonk op voorwaarde dat je liet blijken dat je die verdiende door goed je best te doen – terwijl onze moeders ons hun genegenheid altijd en hoe dan ook schonken. Maar in die levensfase, waarin de meer of minder gouden kinderjaren voorbij waren, was het logisch dat we ons voortaan meer maten met hen, de volwassen mannen, onze vaders. Het tijdperk van de onvoorwaardelijke liefde, de knuffels en tussendoortjes (Eleonora Rummo gaf ons rosettabroodjes gevuld met boter die recht uit de koelkast kwam, zonder die uit te smeren; de boter zou vanzelf zacht worden terwijl we het broodje opwarmden in onze handen), dat tijdperk gedomineerd door welwillende vrouwenfiguren liep ten einde, en aan de horizon verscheen een indrukwekkend en tegelijkertijd onhandig silhouet, betreurenswaardig voorbeeldig, dat ons zou dwingen onze hersens te gebruiken, onze ogen de kost te geven, ambities waar te maken, elkaar te observeren en uit te dagen – en niet meer alleen als spel. Vrijwel niemand van ons had zijn vader ooit op zijn werk gezien. We wisten dat hij hard werkte en dat hij goed was, ongetwijfeld de beste op zijn terrein, maar toch zag vrijwel niemand hem ooit met eigen ogen werken; we waren er hooguit getuige van hoe hij 's ochtends het huis verliet om op weg te gaan naar het kantoor, de praktijk, de bouwplaats, de kliniek, de studio, en hoe hij 's avonds weer thuiskwam. Doordat we nooit een directe getuigenis hadden van wat onze vaders op hun werk deden, begonnen sommigen van ons (ik bijvoorbeeld) te fantaseren over zijn bezigheden, anderen verloren hun interesse in hem, weer anderen haatten hem vanwege zijn afstandelijkheid of adoreerden hem vanwege zijn succes, dat puur bleek uit de schittering van vleiende woorden en geld. Mijn vader praatte hooguit vijf minuten per dag met me, en in die vijf minuten uitte hij, tenzij hij echt heel kwaad was (vanwege iets op zijn werk) of juist heel vrolijk (ik zou niet weten waarom), geen specifieke emotie. Maar ik vond het wel best zo.

(Men zegt dat elke gemiste ervaring een gat veroorzaakt, en dat dat gat zich vult met demonen.)

Los van enkele gevallen van een mythische of gemythologiseerde vader, of een extreem strenge vader die de oorzaak was van een onherroepelijke breuk, vrees ik dat voor degenen van mijn generatie geldt dat ze weinig te melden hebben over hun vader. We snappen en weten weinig van hem. Ook degenen die hun vader mythologiseren weten weinig van hem, ook al is dat kleine beetje wel positief. Het lijkt wel of velen van ons dezelfde vader hebben gehad; een vader in standaardformaat, een uitwisselbare vader, een kruising van alle beschikbare vaders, maar hoe dan ook nog altijd een schim, een vreemde.

Gedeeltelijk nog een tiran, en dus gevreesd, maar grotendeels ook een mislukte tiran, waardoor hij tegelijkertijd het onderwerp van wrok als van medelijden was; in onze ogen was hij al een oude man, op zijn veertigste; een man die zich ongemakkelijk en misplaatst voelde in zijn eigen huis, dat zijn vrouw bestierde zonder enige concessies te doen, terwijl hij zijn best deed om zich er zo veel mogelijk verre van te houden vanwege zijn werk; een man die eeuwig gespannen was en niet in staat met zijn emoties om te gaan, die hij toch ook moest hebben, maar alleen om ze te onderdrukken; herinnerd door enkele zeldzame uitbarstingen van blinde woede, en door de liefdevolle houding waartoe hij af en toe totaal onverwachts in staat bleek te zijn.

Later zouden de mannen in drie categorieën te verdelen zijn: degenen die vrouwen verdriet doen; de tweede groep, die vrouwen troosten voor het verdriet dat de eerste groep hun heeft berokkend; en ten slotte degenen die liefst zo min mogelijk met vrouwen van doen willen hebben.

Lodovico Arbus behoorde tot zowel de eerste als de derde categorie.

Toen Arbus eens op zoek was naar lijm, of een schaar, had hij in de onderste la van het bureau van zijn vader een verzameling pornografische foto's gevonden. Het ging echter niet om de gebruikelijke naakte vrouwen, maar om jongens.

Vervolgens ging hij op zoek naar meer foto's, en die vond hij in de boeken van zijn vader.

Hoofdstuk VI

Lezen? Lézen? Ik lás geen boeken, ik verslond ze, verpulverde ze. Ik slurpte alles op, zonder ook maar een kruimeltje betekenis over te laten, ook maar een regel die niet was uitgeperst. Vaak begreep ik er niet veel van, of helemaal niets, maar dan vermaalde ik het onbegrijpelijke, zo, klaar, door met het volgende boek. Alleen Arbus was net zo fanatiek als ik, zij het, ook in dat opzicht, methodischer. We sloten ons een keer een weekend op (misschien waren het de laatste dagen van de paasvakantie, of misschien het lange weekend van Allerzielen; als je alleen maar binnen zit lijken alle seizoenen op elkaar) in het buitenhuisje van zijn vader. Huisje is een groot woord. Het stond midden op een volkomen lege vlakte, afgezien van een paar fruitbomen. Je kon er niet eens rondwandelen, als je dat zou willen, het gras lag vol droge en verse uitwerpselen, de schapen verorberden en besmeurden alles, ze stonden aan één stuk door te grazen en te schijten. Maar in dat hutje waar de vader van Arbus de essentiële werken over de recursieve constructies binnen de taalkunde had geschreven (en, zoals we pas later te weten zouden komen, waar hij van tijd tot tijd zijn minnaars mee naartoe nam), zonder tv, zonder verwarming, waar je water uit de put moest halen om je te wassen, hadden wij het prima naar onze zin, want we hadden een stuk of twaalf boeken meegenomen en in minder dan tweeënzeventig uur lazen we die allemaal uit. Stuk voor stuk. We gingen zelfs zo snel dat we de laatste dag niets meer te lezen hadden, en daarom vertrokken we. Als ik er een uit had legde ik die boven op de stapel waarvan Arbus hem even later zou pakken, en hij deed hetzelfde met de boeken die hij had gelezen. Geen enkel commentaar, we lazen en meer niet. Ik geloof dat er wel een soort gezoem te horen was, als van een elektriciteitscentrale. Twee jongens in een slaapzak op bed liggend die het ene na het andere boek verslinden. De enige afwisseling tijdens zo'n leesmarathon was een halfuurtje naar buiten en om de beurt penalty's schieten, de een schoot en de ander stopte de bal, of beter gezegd: stopte de bal maar af en toe, Arbus vrijwel nooit, tussen de palen in de vorm van twee boompjes boordevol eeuwig onrijpe kaki's, ofwel omdat de bal over vloog, of omdat de keeper hem niet kon houden en hij hem dertig meter verderop moest gaan halen, hinkstapspringend tussen de mest. Een uur voordat de bus terug naar Rome zou vertrekken waren alle boeken uit. De laatste waren twee dunnetjes, toneelteksten uit de reeks Teatro Einaudi: *Le Rhinocéros* van Eugène Ionesco en *Look Back in Anger* van John Osborne, en daar deden we per stuk een halfuurtje, drie kwartier over. We hadden ze te lezen gekregen van Cosmo, onze leraar Cosmo. Het was als puur citroensap drinken.

Ik herinner me de keer, misschien toen we veertien waren, in het eerste jaar van het gymnasium, dat Arbus zijn rechterpols verzwikte. De enige keer dat ik hem hoorde jammeren, en als ik me niet vergis ook hoorde huilen, terwijl hij zijn pols vasthield alsof die gebroken was. Zijn moeder masseerde de pols met een verwarmende balsem, verbond hem vakkundig en gaf hem een mitella. Twee weken lang werd mijn vriend met alle zorg omringd, zowel thuis als op school. 'Doet het nog pijn?' 'Zal ik het vlees voor je snijden?' 'Geef maar, ik draag je boeken wel.' Maar eigenlijk had Arbus helemaal niks, hij wilde gewoon aandacht en door zijn moeder verzorgd worden. Dat biechtte hij me een jaar later op; en het was een van de weinige dingen die hij me toevertrouwde in onze jeugd. Een andere vertrouwelijkheid was de gedetailleerde beschrijving van een droom. Dat gebeurde in de periode dat hij had ontdekt dat dromen een verborgen betekenis hebben, en die probeerde hij toen volhardend zelf te achterhalen, of hij vroeg aan mij waar het volgens mij op zou kunnen duiden.

'Ik heb gedroomd dat ik van huis wegging. Mijn moeder stond in de deuropening met een schort voor. In werkelijkheid heeft ze nog nooit van haar leven een schort gedragen. Terwijl ze met haar handen in dat schort stond te wringen smeekte ze me om niet weg te gaan. Ik reageerde niet en keerde haar de rug toe, of beter gezegd, ik *keerde me op mijn hielen*, en ik liep over een lange weg omlaag zonder naar haar smeekbedes te luisteren. Ik hoorde dat ze me met verstikte stem bleef roepen. Toen ik onder aan de weg was, hoorde ik haar verbolgen mompelen: "Nou, zak dan maar in de stront!", en ik snapte niet hoe ik haar van zo'n afstand nog steeds kon horen. Ik was inmiddels weggegaan, een nieuw leven begonnen, maar ik wist niet of ik daar blij of bedroefd om was. Het eerste wat er gebeurde in dat nieuwe leven was dat ik een vrouw ontmoette. Ze was veel ouder dan ik. Ze zei dat ik bij haar in de auto moest stappen zodat ze me mee naar huis zou nemen. Ik nam haar aanbod graag aan. Maar ze leek verward, ze wist niet waar ze was, ze reed verkeerd en ik begon me te ergeren. Hoe kun je nou zelf niet weten waar je woont? dacht ik, en ik zei dat ik wilde uitstappen. Maar zij zei plotseling streng, bijna gemeen, dat dat niet mocht. "Nee, ik laat je niet uitstappen", maar ze stopte wel langs de kant van de weg alsof ze me wilde uitnodigen om het te proberen, zeg maar, ze daagde me uit. Ik probeerde het portier open te maken maar het zat op slot. "En nu moet je me kussen," zei de vrouw. Ik bekeek haar nu pas goed: ze was mooi, zwaar opgemaakt, een jaar of dertig, maar ze had een waanzinnige blik in haar ogen. Zonder verdere discussie kuste ik haar, en ik had het gevoel dat ze smolt, ze werd helemaal week, bijna vloeibaar, en het was een onaangenaam gevoel, haar mond was warm en slap... en haar gezicht, en haar hele lichaam waren week en vormeloos. Ik voelde aan haar borsten om te controleren of die ook week waren...

Wat er daarna gebeurde in mijn droom weet ik niet, maar ineens lag ik met haar te vrijen. Ik weet niet hoe we op dat punt zijn gekomen en hoe dat mogelijk is. Ik weet alleen dat zij het niet wil, ze gilt dat ze het niet wil. "Hou op, hou op! Ik ben nog maagd!" roept ze wanhopig, waarop ik zou willen uitleggen dat ik zelf ook nog maagd ben, maar in plaats daarvan zeg ik op dreigende toon: "Dat doet er niet toe! Ik doe het wel voor! Ik ben de baas!" Ze probeert zich los te worstelen maar ik hou haar tegen. Het gekke is dat ik haar weliswaar met geweld in bedwang hou, maar dat het me eigenlijk helemaal geen kracht kost, ik hoef haar niet vast te binden of te slaan, maar nog gekker is dat ik terwijl ik met haar vrij met mijn rug naar haar toe gedraaid ben, alsof ik haar niet wil zien. Ik weet niet hoe het kan, maar ik heb haar verkracht terwijl ik met mijn rug naar haar toe gedraaid was... en haar hoorde jammeren. Ik heb niks gezien van onze geslachtsdelen, ik wist niet eens waar die waren. Het was afschuwelijk.'

Ter afsluiting zou ik wil zeggen dat er nooit zo'n zuinig iemand heeft bestaan als Arbus. Zelfs vergeleken bij Zipoli, onze klasgenoot die voor alle vakken één enkel schrift gebruikte. Voor zichzelf vroeg Arbus niet meer van de wereld dan voldoende voedsel om overeind te blijven, twee broeken en een trui om zich te kleden, boeken om te lezen en een bril. Geen pleziertjes, geen braspartijen, nooit enige uitspatting. Tenminste, dat dachten wij.

Hoofdstuk VII

Arbus had het al op eigen houtje ontdekt, maar met een voor die tijd zeldzame en voorbeeldige daad maakte zijn vader zijn homoseksualiteit bekend via een openbare aankondiging. Zonder dat iemand hem ertoe had aangespoord, schreef hij een ingezonden brief naar de meest gelezen avondkrant van Rome. Iedereen las het bericht vol verbijstering, het werd overgenomen door andere dagbladen en het opende, zoals men het destijds noemde, een 'debat' over het thema. En dat thema was niet specifiek homoseksualiteit, er waren immers altijd lesbiennes en homo's geweest, als zodanig onderscheiden en vervolgens geparodieerd, gediscrimineerd, geknuffeld, in elkaar geslagen of beschouwd als 'heel grappig' of 'heel gevoelig', al naargelang de situatie. Maar ze werden ook aan hun lot overgelaten, juist omdat ze overduidelijk anders waren. Naar mijn persoonlijke mening waren ze destijds veel vrijer dan tegenwoordig, maar misschien geldt dat voor iedereen. Opmerkelijk fenomeen is dat, vrijheid: in theorie is de vrijheid toegenomen, maar in de praktijk van alledag juist ingekrompen. In die tijd had je heel wat homoseksuelen die een belangrijke functie bekleedden in de wereld van de cultuur; schrijvers, regisseurs, kunstcritici, enzovoort. De overdracht van kennis en creativiteit had altijd zo gewerkt, zonder haperingen. Maar de zaak van Lodovico Arbus, die eveneens tot die wereld behoorde, zij het als academicus in plaats van kunstenaar, was controversiëler: dit was namelijk de zaak van een getrouwde man met kinderen die nu hij op de helft van zijn leven was onthulde dat hij homoseksueel was, en dat diep vanbinnen ook altijd geweest was; en hij nam zich voor om zich vanaf dat moment naar zijn ware aard te gedragen, zonder die nog te forceren of verhullen. Vrouw en kinderen waren het resultaat van een opoffering of een vergissing. De verklaring van professor Arbus deed de algemene opinie op haar grondvesten schudden en riep een heel scala aan reacties op, waarvan iedereen zich wel een voorstelling kan maken zonder dat ik ze hier hoef op te sommen. Wie die jaren heeft meegemaakt kan het zelf wel bedenken, wie die jaren niet heeft meegemaakt omdat hij nog te jong was of nog niet geboren, zou zijn tijd maar verdoen met het bestuderen van gebruiken die zo onverhoeds zijn uitgestorven dat je het idee zou krijgen dat ze werkelijk uit de lucht waren gegrepen. Niettemin wil ik twee tegengestelde reacties noemen, buiten het puur seksuele aspect: sommigen beschouwden Lodovico Arbus als een eerlijk, moedig man, en sommigen als een laffe egoïst. Er werd hem oprechtheid toebedeeld omdat hij uit de kast was gekomen, of er werd hem hypocrisie verweten omdat hij zich tot dan toe verscholen had gehouden. Het probleem van het dubbelleven begint dan ook wanneer er een eind aan komt. Dan kan elk van de twee partijen worden opgeëist ten koste van de andere.

Lodovico Arbus verliet de woning in Montesacro en nam alleen maar wat kleren, documenten en persoonlijke bezittingen mee. Korte tijd later ontstond er een brand in het appartement waardoor het half verwoest werd, inclusief de bibliotheek van de professor en de slaapkamer van mijn klasgenoot en zijn zus Leda, die gelukkig goed wegkwamen: zij logeerde die nacht bij een vriendin, Arbus werd wakker door de rook en wist zichzelf en zijn moeder Ilaria in veiligheid te brengen. De oorzaak werd nooit opgehelderd. Normaal gesproken stikken mensen in hun slaap. Misschien sliep Arbus nooit heel diep. Zijn brein schakelde zichzelf zelfs tijdens het slapen niet uit. Ilaria Arbus kwam alle rampspoed maar moeilijk te boven. Men ging er als vanzelfsprekend van uit dat zij op de hoogte was van de werkelijke geaardheid van haar man. Daarom regende het ook aan haar adres beschuldigingen van hypocrisie en stilzwijgende retorische vragen als 'Hoe heeft ze het kunnen dulden...?' '...dat er vlak voor haar neus...?'

Ik schreef dat Arbus al op de hoogte was van de ware aard van de professor. Ik geloof niet dat het hem iets kon schelen dat hij was verwekt door een man die terwijl hij zijn moeder bezat fantaseerde dat hij een gespierde jongen in zijn armen had. Door de zaadlozing die eruit volgde was hij evengoed ter wereld gekomen, en hetzelfde kan gezegd worden van zijn mooie zus. Twee onherroepelijke gebeurtenissen waarvan het zinloos was om ze te beoordelen of becommentariëren. Ik had hem een keer een theorie uiteen horen zetten, die terugvoerde tot de Oudheid, over het vaderschap als een wind die zijn sporen in het wilde weg verspreidt. Dat deed hij in de klas tijdens de godsdienstles, waarbij hij ontzetting had gewekt, en de perverse belangstelling van Mister Golgota, die er meteen van profiteerde door er een christelijke draai aan te geven: die wind was namelijk God. Een gewijde wind. De Heilige Geest.

En waarschijnlijk nam hij evenmin aanstoot aan het dubbelleven dat zijn vader had geleid, los van het feit of Lodovico's geliefden mannelijk of vrouwelijk waren, een secundair gegeven in het licht van de eed van trouw tussen echtgenoten. Mijn vriend had nooit amoureuze neigingen in welke richting dan ook getoond, en hij stond neutraal tegenover die van anderen. Het enige wat hem volgens mij pijn deed was het feit dat de professor de woning van het gezin had verlaten, dat zijn hoed niet meer in de hal hing, zijn leren tas niet meer op de uitgezakte fauteuil naast zijn bureau stond, dat hij niet meer door de muur de stem van zijn vader hoorde terwijl hij aan de telefoon sprak met zijn assistenten en hun op monotone, bedaarde toon instructies gaf, zinnen die werden onderbroken door stiltes waarin de professor luisterde wat zijn gesprekspartners zeiden, zich beperkend tot wat instemmend gemompel – misschien was dat waar mijn vriend om treurde. Het toonde aan dat zijn vader wel in staat was om aandacht te schenken.

Enkele eigendommen van Lodovico Arbus waren echter wel in het huis achtergebleven, hetzij door de haastige verhuizing, of omdat ze de professor niet interesseerden, of daarentegen omdat het juist zijn bedoeling was dat ze op hun plek bleven, als waren ze de testamentaire nalatenschap van het gezinsleven waarvan hij voorgoed afscheid had genomen. Een daarvan was een vreemd voorwerp waaraan hij voorheen zeer gehecht leek te zijn, en dat hij cadeau had gekregen, tenminste, zo beweerde hij, na afloop van een congres in Oslo. Het was een soort fantasiedier uit licht hout gesneden, een kruising tussen een beer en een walrus, zo'n veertig centimeter hoog, glad, praktisch zonder ledematen. Afgaand op zijn grote rij tanden was het onduidelijk of hij grappig was of gemeen, een demon die je leven met een eeuwenoude toverspreuk kon nemen. Tijdens telefoongesprekken had de professor altijd een hand op de kop van dat dier liggen. En dan streelde hij het en gaf het liefdevolle klopjes.

Nu prijkte het dier in de verlaten werkkamer alsof hij de exclusieve bewoner ervan was. Een van de weinige keren dat ik bij hem thuiskwam nadat zijn vader was vertrokken, had ik het idee dat Arbus dat beeldje vol haat aanstaarde.

Maar daarna werden al die dingen en fantasieën door de brand in de as gelegd.

Hoofdstuk VIII

Of ik er zelf ervaring mee heb?

Ja.

Ja en nee.

Het was in een hotel in Barcelona, jaren geleden.

De man was hartelijk, zachtaardig, en kalend.

Ik was jong en knap.

We hadden meteen een klik.

Het gebeurde tijdens zo'n bijeenkomst van schrijvers uit verschillende landen die voor een paar dagen waren uitgenodigd.

Met z'n tweeën lachten we en maakten we grapjes over onze collega's en allerlei andere dingen.

Als je Engels praat wordt het gesprekstempo opgevoerd.

Diep in de nacht, na het gebruikelijke drankgelag, vroeg hij of ik meeging naar zijn kamer.

We gingen naar boven.

Tapijt op de vloer, gedempte, wat wankele voetstappen, die hele rij identieke deuren...

Om nog even door te kletsen.

We gingen op de bank zitten en dronken drie of vier flesjes uit de minibar.

We moesten weer lachen om die, en die, en die...

We stonden er versteld van hoe vertrouwd het voelde.

We begrepen elkaar in alles.

Toen werd hij ernstig, hij boog zich naar me toe en kuste me, en ik aanvaardde zijn kus.

Ik weet niet waaróm ik die aanvaardde.

Kan ik zeggen dat ik het wel had verwacht?

Ja, ik had het wel verwacht.

Ik had misschien niet precies dát verwacht, maar ik verwachtte wel iets, een poging.

Hij had een ruwe tong.

Hij hield zijn hand achter mijn nek en ik legde mijn hand ook achter zijn nek, waar hij nog een beetje dun haar had.

Ik schreef net dat ik wel had verwacht dat we elkaar zouden kussen, maar pas op dat moment realiseerde ik me dat ik een man zat te kussen.

Niet een vrouw maar een man.

Precies, een man en niet een vrouw.

Een man die ik niet eens aantrekkelijk vond.

Waarom kuste ik hem dan?

(Later zou ik me die vraag nog meerdere keren stellen.)

Ik trok me terug uit de kus.

Hij wilde zijn lippen weer naar de mijne brengen, en ik deed iets wat een meisje een keer bij mij had gedaan omdat ze niet wilde dat ik haar kuste: zonder mijn hoofd weg te halen schoof ik mijn rechterhand met de palm naar buiten tussen zijn mond en de mijne.

Met een beetje goede wil is zo'n barrière gemakkelijk te overwinnen, ontmoedigend en opwindend tegelijk.

Het was hem niet duidelijk of ik hem afwees omdat ik hem niet aantrekkelijk vond, niet aantrekkelijk genoeg om te blijven kussen en een stap verder te gaan.

Dus als de schrijver die ik in Barcelona had leren kennen een knappe man was geweest die ik aantrekkelijk vond, was ik dan wel doorgegaan met kussen?

Zou ik verder zijn gegaan? Diep vanbinnen bedacht ik dat ik niet op hem viel, maar dat ik eigenlijk überhaupt niet op mannen viel.

Ja, ik was gewoon in de war.

Ik vergiste me.

Ik val gewoon niet op mannen, of ze nu knap of lelijk zijn.

Die gedachte herhaalde ik voor mezelf.

Maar ik zei het niet tegen hem.

Misschien zou het voor hem beter zijn geweest om dat te weten, dat het niet aan hem lag, maar toch zei ik het niet.

Hij was teleurgesteld, maar hij bleef vriendelijk.

Vrijwel meteen staakte hij zijn avances en verving ze door een uitnodiging, die klonk als een smeekbede, of meer nog als een jammerklacht: blijf dan sowieso hier bij mij slapen vannacht.

Waar dan?

Hier, bij mij in bed, ik zal je echt niet aanraken. Dat zweer ik je...

Zijn smekende stem trilde van verlangen en eindelijk zag ik hem voor wat hij werkelijk was.

Een typische Engelse homo van middelbare leeftijd.

Oprecht homo en terecht opgewonden.

Zo was de situatie, en ik had het zover laten komen.

Ik had het eerder kunnen afkappen.

Dus wat was ik dan?

Wat wilde ik?

Als ik niet homo was, wat wilde ik dan?

Ik zei nee tegen hem.

Wil je niet?

Ik kan niet.

Absoluut niet, dacht ik.

Een kwartier later verliet ik zijn kamer.

Met een idioot lachje om mijn mond.

Maar eerlijk gezegd was het wel al gebeurd, één keer, ver daarvoor.

Toen ik nog jong was, toen ik jong en naïef was.

Hoofdstuk IX

Wat was het dat hen ertoe dreef? Was het de wellust? Was het de wellust die zich in de stad over alles uitspreidt, nauwelijks te onderscheiden van vriendschap, van zaken, van afgunst, van moord, van autoraces – o, maar het was ook geen wellust meer, eerder het krankzinnige verlangen naar avonturen – maar ook dat niet, het was geen drang naar avontuur – het was de instorting van het luchtkasteel dat uit de hemel viel omdat het van te zware wolken was gemaakt, het was de wraakengel door God gezonden om ons te straffen, het was de waanzin der engelen, de verwoesting die geen moment rust vindt, die niet kan stoppen, die moet straffen, moet straffen voor de zonden zodra die worden ontdekt, of de onschuld omzetten in zonde om deze te kunnen bestraffen. Ja, dat was de wellust.

Angelo, 'engel': hoe toepasselijk kan een naam zijn. Je denkt dat het een goede engel zal zijn, een beschermengel, tot wie je kunt bidden voor het slapengaan; door een pervers misverstand – misschien ontstaan door het bekende beeld van die wezentjes die op religieuze schilderijen rondfladderen, zonder te weten dat het gaat om de verchristelijkte versie van de heidense amoretten, en dus dat die putto's met hun krullenbollen sekssymbolen zijn – zeggen mensen wanneer er dramatisch genoeg een kind overlijdt, of meerdere tegelijk (zoals een paar jaar geleden toen er een kleuterschool instortte) als troost dat ze nu engeltjes zijn geworden en vanuit de hemel naar ons kijken; daar worden zelfs herdenkingsspandoeken van gemaakt voor in het stadion; en men vergeet daarbij het bestraffende gezicht van die gevleugelde demon, de wraakengel die op aarde neerdaalt, en Michaël met zijn vlammend zwaard die onze voorouders uit het paradijs verjaagt, en alle andere keren dat de engel ons wanhoop en dood heeft gebracht, in plaats van ons daarvoor te troosten. In werkelijkheid is de engel een uitvoerder, puur een verlengstuk van

Gods wil, een weerkaatsing van zijn licht, vaak angstaanjagend. In ons geval is Angelo dus een toepasselijke naam.

De hoofdrolspelers van het DvdC koesterden een sterk gevoel van vriendschap, broederschap, kameraadschap. Ze waren er klaar voor om samen de opmars te weerstaan. De opmars van wie? De communisten. Overal zagen ze communisten, zelfs hun vurig katholieke ouders werden aangezien voor onbewuste communisten. Dat is nogal wat, wanneer een gezin een kind opvoedt met bepaalde waarden, en zich niet kan voorstellen dat het kind die waarden zal gebruiken als het doelwit waar het zijn dartpijltjes op richt.

Trouwens, toen het principe van broederschap werd omarmd, vergat men voor het gemak de grondslag, als defensief en offensief bondgenootschap, oftewel, in wezen, als onderscheid tussen 'wij' en 'zij'. De universele broederschap is een oxymoron, oftewel een abstractie met de tegengestelde betekenis van hoe groepen mensen feitelijk gestructureerd worden; in de werkelijke wereld zijn er heel wat soorten broederschap, en die zijn voortdurend in conflict met elkaar; dat is immers hun bestaansreden: de eigen broeders verdedigen. Niet voor niets hebben dichters en schrijvers ons geleerd dat het gevoel van broederschap voornamelijk ontstaat in oorlogstijd, aan het front, in de loopgraaf: ja, je broeders zijn je strijdmakkers, degenen voor wie je je bloed zou vergieten...

Men zou dus kunnen denken dat de hoogste vorm van vijandschap bestaat tussen groepen mannen die met elkaar in conflict zijn. Maar dat is niet zo: tussen mannelijke hordes die elkaar naar het leven staan (neem bijvoorbeeld de hooligans van verschillende voetbalclubs) zijn de overeenkomsten hoe dan ook honderd keer zo groot als de verschillen. En vaak is er dan ook wederzijdse erkenning in een soort onderlinge twistzieke verhouding – wanneer er een voetbalvandaal omkomt, en die van de andere clubs hem eren. Er is pas echt een groot verschil tussen een horde mannen en de vrouwen; en heviger nog is het verschil tussen een horde mannen en één vrouw. Ongelijkheid van soort en aantal. De maximale asymmetrie. De punten die het verst uit elkaar liggen, de tegenovergestelde kleuren van het spectrum.

En laten we daar ook nog maar het verschil in rijkdom aan toevoegen.

Een groep mannen en één enkele vrouw, of beter gezegd: één geïsoleerde vrouw. Het is de elementaire, doeltreffende techniek van een drijfjacht binnen een kudde: de prooi wordt bepaald, uit de vele mogelijke, en vervolgens van de kudde af gedreven met een reeks bewegingen, waarna ze ineens alleen overblijft. Een andere optie is wachten tot zij op eigen initiatief weggaat uit de drukke, bewaakte plekken; op dat fatale tijdstip, dat plaatselijke moment dat het einde van het werk of het vermaak markeert, en dat voor een onbegeleide vrouw het toppunt van verontrusting betekent in het stadse leven: de nacht, het donker, het vertrek uit het café, uit de sportschool, de terugkeer naar huis, het verlaten straatje, de bushalte, de slecht verlichte hal... Allemaal gevaren en dreigingen waarvoor het aanbod van een comfortabele lift door glimlachende personen een oplossing lijkt.

Dat er in het geval van DvdC niet één maar twee prooien waren, is te wijten aan het feit dat één meisje in haar eentje niet zo gauw vol vertrouwen op de uitnodiging van de jongens zou zijn ingegaan. Het was dus een slimme zet van hun kant, en zo sloegen ze een dubbelslag.

Om rond te slenteren op zoek naar meisjes die je zou kunnen verkrachten moet je beschikken over veel vrije tijd, en groepsverkrachters zijn dan ook over het algemeen jongeren, werklozen, niksnutten, kleine en middelgrote criminelen, in het buitenland gestationeerde soldaten, illegalen, allerhande asocialen, kortom, types die niet weten wat ze met hun tijd aan moeten. Daar kunnen we dus ook wel studenten aan toevoegen, die leiden dat typische Italiaanse studentenleventje dat inhoudt, of in elk geval inhield in de tijd dat dit verhaal zich afspeelt (ikzelf was er een volmaakt voorbeeld van), dat je heel af en toe naar college gaat en vervolgens thuis keihard gaat zitten blokken voor een of ander belangrijk tentamen, Pathologische anatomie of Handelsrecht. Vrije tijd is de plaag van de man zonder doel, of de man met doelen die te ver weg in de toekomst liggen, waardoor hij zich in de tussentijd andere doelen wil stellen.

Goed. Waar hebben al die lanterfanters het de hele dag over met hun vrienden? Over vrouwen en seks. Wat hebben ze in hun hoofd? Ze willen genoegdoening voor het feit dat zij daar maar zitten te niksen. Geef ze een mes in de hand en wijs hen erop dat negenennegentig procent van de bevolking om hen heen machteloos is, en dat de helft van die bevolking bestaat uit vrouwen. Wat denk je dat er dan in hun hoofd opkomt? Waar zullen ze beginnen?

Het DvdC kan worden gecategoriseerd onder de zogenaamde 'recreatieve moorden', die je dus in staat stellen een zaterdag met vrienden door te brengen, of een heel weekend. Op sommige plekken ter wereld lijkt het wel de favoriete bezigheid tijdens vakanties: met een hoop drank en drugs in het lijf met z'n allen een meisje ontvoeren en je daarmee vermaken tot je er genoeg van hebt, of totdat zij dood is.

Tijdens die sessies vindt er een ceremonie van homoseksuele initiatie plaats die erin bestaat dat je je pik tevoorschijn haalt en aan andere mannen laat zien, waarna je die in dezelfde vrouw steekt als waar zij die van hen ook al in hebben gestoken.

'Met vrienden samen een meisje delen.' Een homoseksueel contact tot stand gebracht via een derde lichaam.

Zoals in de *Marseillaise* duidelijk wordt gezegd, of beter: luidkeels wordt gezongen, komt de waarde van de broederschap maximaal tot uiting wanneer het erom gaat iemand te doden, wanneer men zich *verenigt* om diens bloed te vergieten: het is het onreine bloed van de vijand dat het verbond van de broederschap verstevigt. Het is het bloed van de overspelige vrouw dat degenen die haar met z'n allen hebben gestenigd met elkaar verbindt.

Bloedbroeders ben je wanneer je door dezelfde vrouw bent voortgebracht, of wanneer je samen dezelfde vrouw doodt.

Door samen een vrouw aan te vallen, onttrekken mannen zich, in elk geval tijdelijk, aan hun onderlinge agressie. De vrouw ondergaat het geweld dat de mannen anders tegen elkaar zouden uitoefenen, maar dat nu in medeplichtigheid wordt gegoten. De man raakt met zijn agressie het spoor bijster: door vrouwen te molesteren vergeet hij hoezeer hij zelf wordt gemolesteerd en onderworpen door de andere mannen.

De seksuele band waardoor de verantwoordelijken van een verkrachting onderling verbonden zijn, is heel wat sterker dan de band die hen bindt met hun slachtoffer, sterker nog, je kunt wel stellen dat een groepsverkrachting wordt gepleegd met als doel die eerstgenoemde band te verstevigen en de tweede volledig te verbreken. Er zijn ook niet-gewelddadige versies van diezelfde broederschap, waarbij de wellust alleen heel even wordt gefocust op een vrouwelijke figuur, om vervolgens terug te kaatsen naar degenen die haar hebben geprojecteerd: bij een stripteasevoorstelling zijn de mannelijke toeschouwers meer met elkaar in contact dan met de meisjes die zich uitkleden. Afgezien van gemimede uitwisselingen met obscene gebaren blijven de beide seksen gescheiden, in volmaakte eenzaamheid, ieder met hun eigen emoties.

Samen dezelfde vrouw verkrachten is een manier om in de buurt te komen van de pik van je maten, om die te zien en indirect aan te raken, soppend in het zaad van je vrienden binnen het lichaam van die vrouw.

Het is een verbondenheid gevormd door raadselachtige krachten, 'waaraan het zoet toegeven is, ook wanneer je pijn voelt of veroorzaakt'. Vandaar de mythe, of nee, de betovering van de vriendschap; het gewijde mysterie van de vriendschap wordt afgezet tegen de vanzelfsprekendheid van andere relaties, familiebanden voorop. Normaal gesproken wordt er in families geen prijs gesteld op overdreven emoties die verwarring scheppen in de banden die nu eenmaal een vaststaand gegeven zijn, zonder keuzemogelijkheid. Het feit dat mijn moeder mijn moeder is kan nooit bewust gekozen zijn, en evenmin herroepen of ongedaan gemaakt worden. De enige band die ongedaan gemaakt kan worden is die met je partner, maar je kunt niet stoppen met zoon of broer of zus of moeder te zijn. Dat soort banden zijn heel benauwend: niet alleen Lenin of Goebbels, maar ook Jezus moedigt ons aan ze door te snijden.

De nieuwe verbintenis wordt daarentegen gesmeed door iets wat zich buiten de verbintenis zelf bevindt, de samenvoeging van gelijkgestemde zielen en lichamen richt zich op iets in de verte wat vereerd wordt, een god, een leider, een ideaal, een leermeester, of met evenveel kracht op iets wat gehaat wordt, een vijand die bestreden moet worden. In zo'n mannelijke eenheid bestaat geen enkele persoonlijke terughoudendheid en wordt er evenmin enig tegenwicht geopperd tegen de initiatieven van de groep, er is alleen maar bijval. In een dergelijke verbintenis zijn alle gevallen extreem, en als ze dat niet zijn, worden ze wel geëxtremiseerd. Trouw, het belangrijkste surrogaat van liefde.

Hoe hechter een groep van binnenuit is, hoe meer de leden ervan bereid zijn hun strijdlust te richten op hen die er geen deel van uitmaken.

Het verlangen van een man om met een vrouw te paren is een seksueel verlangen, maar zijn verlangen om zich te groeperen met mannen is net zo seksueel en net zo sterk. Soms kunnen de twee soorten verlangen met elkaar worden verwisseld of samenvloeien. Het vrouwelijke element wordt daardoor volkomen vreemd, het onderwerp van verlangen en van vijandigheid, allebei even verhit.

Laten we ons eens een viriel universum voorstellen dat zich omsingeld voelt door vijandelijke krachten – of nee, die bevinden zich al in ons midden, ze zijn al binnengedrongen. De vijand is een prikkende vlek, die door de sociale stof heen dringt als een vloeistof. De besmetting ermee wordt verspreid door vrouwen, door buitenlanders, door joden, door homo's. Wat is er zo gevaarlijk aan die categorieën? Waardoor wordt hun dreiging gevormd? In feite wordt die gevormd door de wellust. Door hun potentiële seksuele wanorde. Maar het is wel diezelfde seksuele drang die de sektarische groepering van het fascisme verenigt.

Gisteren nog, toen ik een wandeling maakte rondom het onder Mussolini gebouwde Stadio dei Marmi, bij het Foro Italico, werd ik me daarvan bewust toen ik die zestig marmeren beelden van naakte sporters in één blik omvatte.

Als je ze een voor een bekijkt hebben die beelden misschien niets homoseksueels; maar het is juist die parade, die hele kring van reuzen die een soort viriele betovering schept. Je raakt onder de indruk van die gespierde kerels. Verlangen is altijd misplaatst, zowel heteroseksueel als homoseksueel verlangen: dat laatste is alleen opvallender, spectaculairder, net zoals het mannelijk naakt dat is vergeleken met het vrouwelijk naakt. Als dat eenmaal duidelijk is, gaat het erom het verlangen samen te ballen in plaats van het te laten versnipperen. Versnippering is gevaarlijk.

In de periode waarover ik hier schrijf lieten rechtse jongens dwangmatig een cluster van onzekere verlangens, razernijen, angsten en opwellingen samenkomen in de richting van één monolithisch ideaal, het fascisme, dat echter juist bestond uit die stukken die in het heetst van de strijd waren samengeperst en versmolten; voor linkse jongens daarentegen, die voor het merendeel niet serieus dachten dat de intrede van een dictatuur van het proletariaat ophanden was in het Westen, was het communisme een preliminair en algemeen ideaal van rechtvaardigheid, op de achtergrond waarvan ze veel directere dromen wilden waarmaken, zoals loskomen van de familie, muziek, neuken, ruimte geven aan driften, stuk voor stuk zowel vreugdevol als profijtelijk als dodelijk. Een bevrijdend ideaal, terwijl dat een andere inspanning vergde. Vurig energie verkwisten of juist vurig energie ophopen: dat was de terminologie waarmee vroeger links en rechts werden aangeduid.

Wat opvalt is niet zozeer de homoseksuele lading van het fascisme, als wel de venijnigheid waarmee die lading wordt ontkend en onderdrukt. De geërgerde verheerlijking van de viriliteit en de daaruit volgende minachting voor alles wat vrouwelijk is hebben de neiging een uitsluitend mannelijk universum te scheppen: dat is iets wat zelfs Goebbels zich bezorgd realiseerde!

Een masculiene maatschappij, gevormd door gelijken zoals alleen mannen ambiëren te zijn, waarin geen plaats is voor individualistische of familiale drijfveren gedicteerd door vrouwelijke behoeften in naam van een collectiviteit die de man-vrouwrelatie overstijgt: de staat is ideaal, mannelijk, spiritueel; het gezin is biologisch, vrouwelijk, materieel. Dat gold ook inderdaad voor de goede soldaat in het oude Griekenland: hij was hetero voor de familie en homo voor het vaderland. De geslachtsdaad niet om zich aan de ander te wijden, maar om daarna even van diegene af te zijn; een klusje dat geklaard moet worden voordat je terugkeert naar de enige echte mannelijke handeling, de zoektocht naar roem.

In het idee heldendom op zich schuilt een impliciet homoseksueel model, al wordt dat expliciet ontkend en zelfs verafschuwd.

Het overduidelijke maar onbruikbare bewijs zou juist liggen in het feit dat veel vooraanstaande mannen homoseksueel waren, wat aantoont dat alleen een grootmoedige geest in staat is bepaalde taboes te overwinnen; die mannen waren dus niet groots omdat ze hun energie sublimeerden dankzij het taboe, maar omdat ze het taboe dankzij hun energie overwonnen. Alleen ware helden van het denken en de kunst of de handeling kunnen dat. Vandaar dat ook de held in wezen homoseksueel is: een glorieuze flikker die triomfeert over de middelmaat en de conventies, over de claustrofobische inhibities van een maatschappij van halfmannen en halfvrouwen.

Sommige biologen hebben verkrachting uitgelegd als de ultieme strategie van verliezers, die als ze geen geweld zouden gebruiken buiten de boot zouden vallen in de race om hun genetische erfenis door te geven.

Andere geleerden zagen het als een opmerkelijke manier van mannen om onderling te communiceren: om een vriendschap te sluiten of een wedstrijd te beginnen of, zoals gezegd, ter camouflage van een homoseksueel contact dat wordt beleefd via een tussenpersoon, of zelfs, zie het geval van oorlogsverkrachtingen, om nog eens duidelijk te bevestigen wie er gewonnen heeft, door zich de lichamen van de vrouwen van de verliezers toe te eigenen. Aan hen, de verslagen mannen, is de boodschap die de verkrachting inhoudt gericht, en het vrouwenlichaam is alleen maar de context of het middel.

Zelden begrijpt men hoe authentiek en sterk de behoefte van mannen is om genegenheid en liefde van andere mannen te ontvangen, en hoezeer die onbevredigde behoefte vervolgens bruut wordt afgewend op vrouwen; net zo bruut als machogedrag ten koste van vrouwen, dat uitsluitend plaatsvindt met als doel om respect en bewondering te verwerven van de mannen van wie men geen liefde heeft kunnen krijgen.

Mannen verbinden zich met elkaar op twee manieren: ofwel uit affiniteit en onbeantwoorde liefde, ofwel na een aanvankelijke rivaliteit, waardoor de vriendschapsband ertoe dient de mate van agressie te beperken door die naar buiten te richten. Jij doet mij geen pijn en ik doe jou geen pijn, desnoods kunnen we samen anderen pijn doen, dat is de impliciete regel in elke bende. Die zogenaamde broederschap komt voort uit de fusie van die twee elementen, liefde en agressie, afgeketst door degenen die daar het voorwerp van waren en vervolgens opnieuw gekanaliseerd in de politieke handeling, in oorlog, in allerhande positieve of negatieve idealen, in de misdaad. Dat is de manier die mannen hebben om mannen het hof te maken. Ook wanneer ze met een vrouw flirten, denken ze aan het effect dat het op andere mannen zal hebben wanneer hun verovering zal slagen of falen.

Vergeleken met de complexiteit van vrouwen lijkt het mannelijke universum eenvoudiger en voorspelbaarder. Daarom krijgen ze soms zin om het gedoe met de andere sekse te laten zitten en zich terug te trekken in de geruststellende gemeenschap van hun gelijken: dan begrijp je elkaar tenminste, je steunt elkaar, of je hebt in elk geval dezelfde gevoelens. Er ontstaan minder illusies, minder misverstanden.

De homoseksuele adempauze, de afspraak van non-agressie in een mannelijke groep, vereist dat de vijandigheid naar buiten wordt gericht, op specifieke groepen mannen en op vrouwen, alle vrouwen. Die overeenkomst kan ook worden gedefinieerd als vriendschap, en ze ligt aan de basis van veel mannelijke gemeenschappen, inclusief de literaire, daarvoor hoef je alleen maar te denken aan de Italiaanse schrijvers van de twintigste eeuw en aan hun vrijwel exclusief homosociale omgeving, met een bijna religieuze verheerlijking van 'vrienden', minachting voor vrouwen of juist de geformaliseerde verheerlijking van hen, en agressie jegens groepen tegenstanders. In briefwisselingen bezigen ze onder elkaar hyperbolische termen van bewondering en toewijding die zelfs de jonkvrouwen van de hoofse liefde niet ten deel vielen.

Je krijgt dus de indruk dat de overvloedige verheerlijking van vrienden en de mythe van de vriendschap die worden bezongen in de Italiaanse literatuur (waarbij men zich voortdurend beroept, weemoedig of geestdriftig of wraakzuchtig, op metgezellen, op geestelijke broeders, op makkers en kameraden met wie je samen artistieke bewegingen en groepen en stromingen in het leven hebt geroepen), evenals de nooit volledig onderzochte band tussen de zogenaamde leermeester en zijn pupil, staan voor een niet eens al te zeer verbloemde vorm van een seksuele relatie, gesublimeerd en vertaald in minder laakbare gedragingen.

De mannelijke initiatierite impliceert pijn en eenzaamheid: om tot de groep te worden toegelaten moet de jongen bewijzen dat hij ongemak en lijden niet alleen kan verdragen, maar ook bereid is die anderen te berokkenen. Wie? De vijand. En wie anders zou de vijand van een mannengroep kunnen zijn dan andere mannengroepen, die een bepaald territorium betwisten, of anders, veel algemener, vrouwen? Alle vrouwen? De eerstgenoemden zijn concrete tegenstanders, de laatstgenoemden symbolische. Vrouwen ontregelen met hun uitdagende aanwezigheid zowel het leven in de werkelijkheid van mannelijke groepen, op straat, op school, in discotheken, als het leven in hun dromen en verbeelding: er is namelijk geen plek ter wereld die meer wordt geteisterd door vrouwen dan het hoofd van iemand die deel uitmaakt van een jeugdbende. En het is een teken van grote onzekerheid dat een jongen ermee instemt zich te onderwerpen aan moeizame, pijnlijke proeven, of dat hij zich bereid toont wrede handelingen te verrichten alleen om zijn mannelijkheid bevestigd te zien en officieel te worden uitgeroepen tot 'man'.

Wanneer mensen zich verenigen, komt hun agressie in grotere mate naar buiten. Het komt namelijk zelden voor dat geweld een puur individuele factor is. De redenen om een misdaad te begaan zijn bijna altijd naar buiten gericht. Men wil wraak nemen op anderen, of hun aandacht trekken, of je wacht op hun goedkeuring. Of vaak is men ook genoodzaakt hen te imiteren. Het is terecht dat het individu de maateenheid is waarmee wordt geteld en waaraan verantwoordelijkheid, schuld en straffen worden toegekend, maar in feite hebben vrijwel alle misdrijven een collectieve basis: de oorsprong en het doel liggen in een groep. Dat geldt des te meer voor het DvdC.

Elkaar beschermen, met elkaar vechten. Er hoeft helemaal geen eed te worden afgelegd, want ieder voor zich weet diep vanbinnen dat dat de basis van de vriendschap is. Buiten de vriendschap is het koud en gevaarlijk. Vrienden hebben betekent dat je een schild hebt. Af en toe zelfs een zwaard. Wie geen vrienden heeft, is weerloos. Als je daarentegen onder vriendschap verstaat dat je mensen kent met wie je kunt babbelen op een cocktailparty, oké, dat is ook een vorm van menselijk contact, maar dat biedt bitter weinig bescherming, en als het erop aankomt zul je er alleen voor staan.

Zoals sommigen de theorie aanhangen dat de biologische reden waarom mannen oorlog voeren ligt in hun instinct om te beschermen wat hun het dierbaarst is, 'vrouwen en kinderen, landerijen en idealen', zo zou je ook kunnen beweren dat ze oorlog voeren om de vrouwen, de kinderen, de landerijen en de idealen van hun tegenstanders te onteigenen of vernietigen. Ze vechten nooit voor zichzelf, puur en alleen voor zichzelf, maar altijd om wat ze als hun eigendom beschouwen te verdedigen, en om andermans eigendom te verwerven of kapot te maken. Je moet niet alleen proberen je tegenstander te doden, nee, je moet zijn vrouw inpikken, zijn hut platbranden, zijn kudde roven en hem ten slotte dwingen zijn principes te verloochenen. Pas dan is hij echt verslagen.

Als de Griek niet in staat was het harnas af te pakken en de concubines mee te nemen, zou hij geen enkele drijfveer hebben om de Trojaan uit te dagen...

De gebeurtenis kan als voltooid worden beschouwd wanneer er een overwinning of een nederlaag uit volgt: de agressieve drang houdt op wanneer de prooi wordt gedood of weet te vluchten. De kalmte waarmee de jongens van het DvdC voor hun huis parkeren en een ijsje gaan halen, laat geen twijfel bestaan over het feit dat ze ervan overtuigd waren dat ze beide meisjes van kant hadden gemaakt. Dat er twee lijken in de kofferbak lagen.

Ik heb erover nagedacht wat er zou zijn gebeurd als het echt zo was geweest, als de meisjes allebéí dood waren geweest. Hoe het dan verder zou zijn gegaan. Waarschijnlijk hebben de verdachten voor de rechtbank antwoord gegeven op dat soort vragen. Maar de verdediging stoelde, in elk geval in het eerste stadium van het proces, op hun overtuiging dat de meisjes nog leefden. Dus wat waren ze daarna dan van plan, diezelfde nacht nog of de volgende ochtend? Hadden ze hen dan vrijgelaten?

Kameraadschap en klasgenoten. Ik denk aan Giampiero Parboni Arquati, oftewel de befaamde 'Carlo', die zich op het laatste moment terugtrok, waarmee zijn leven als door een wonder werd behoed voor de verwoesting, in die paar tellen, in de tijdspanne van een telefoontje en vanwege een beslissing die hij wiebelend op zijn hielen nam, staand, in de krappe gang waar het telefoontoestel vroeger hing. Als je een paar graden afwijkt van de koers die Angelo en Subdued volgen, kom je uiteindelijk op een totaal andere plek uit dan degenen met wie je eerst zij aan zij reisde. Net zoals je je bij het berekenen van een wiskundeprobleem maar één eenheid hoeft te vergissen om er bij de uitkomst gigantisch naast te zitten, zo zorgde ook een minieme afwijking ervoor dat het lot van vele mensen werd veranderd, inclusief dat van de slachtoffers, want je weet niet of het hun hetzelfde was vergaan als het team van de ontvoerders anders was geweest. Misschien hadden ze het dan wel allebei overleefd, of misschien waren ze allebei dood geweest. Het gebeurt vaak dat iemand alleen door een vergissing blijft leven.

Ik wil het voorbeeld noemen van een andere klasgenoot van Angelo, genaamd Damiano Sovena. Damiano was een jongen met blond haar en sproeten. Destijds leek hij groot en stevig, zij het minder groot dan de befaamde Cubo, en later zou hij American football gaan spelen. Hoe lang en sterk mannen zijn, en hoe oud ze overkomen, daar hebben zelfs de mensen die hen goed kennen en hen dagelijks zien moeite mee: hun echtgenotes geven hun dan ook doodleuk een overhemd van twee maten te groot, hun kinderen noemen hen oud terwijl ze pas veertig zijn. En ik heb die Damiano dus ook al zo'n veertig jaar niet meer gezien. Het was vreemd dat iemand zoals hij zowel sympathie als angst kon wekken, zowel tegelijkertijd als direct achter elkaar. Hij was altijd vrolijk, extravert, joviaal, maar dan ineens werd die vrolijkheid van hem zo expansief dat ze botheid werd. Zijn vriendschappelijkheid kon uitmonden in agressief gedrag, als hij je omhelsde kwam je niet meer los en dan ging hij steeds harder knijpen, alsof hij je wilde wurgen. Zijn aanstekelijke lach klonk ineens dreigend. Net zoals bij het personage dat werd gespeeld door Joe Pesci in *Goodfellas* had je nooit door of zijn grapjes welwillend waren of de voorbode van een uitbarsting.

Op een keer waren we met de bus op weg naar de sportvelden, en hij stond in het gangpad te grappen en te lachen met een paar jongere leerlingen, uit de eerste of tweede klas gymnasium, die hun voetbaltenue al aanhadden. Het was destijds de gewoonte om als outfit het shirt van de clubs uit de Serie A te dragen, alleen niet het shirt dat ze tijdens de competitie droegen, maar het meer ongebruikelijke shirt dat tijdens bekerwedstrijden werd gedragen, waaronder dat van Inter, dat wit was met blauw-zwarte kraag en manchetten, en er liep een band schuin over de borst, ook blauw-zwart natuurlijk, van de linkerschouder naar de rechterheup. Die voetbaltenues waren zo mooi en felbegeerd dat het helemaal niks uitmaakte of ze wel van de club waren waar jij voor was (het zou trouwens ook onmogelijk zijn geweest om elf jongens bij elkaar te krijgen die allemaal voor dezelfde club waren) en je had toen nog niet dat fervente clubgevoel dat je tegenwoordig hebt: iemand die zo'n shirt droeg was er hoe dan ook trots op.

Meedeinend wanneer de bus over een hobbel reed stond Damiano dus tussen een groep jochies die dat geliefde shirt droegen, spiksplinternieuw, en op zijn bekende grappende, overdreven toon gaf hij hun complimentjes: echt mooi, dat bekershirt van Inter. Toen wilde hij de stof voelen, en hij vroeg een van de jongetjes om overeind te komen van zijn plek en te gaan staan, maar het jongetje gehoorzaamde niet snel genoeg, zodat Damiano hem nog altijd grinnikend bij zijn shirt vastgreep en hem omhoogtrok, met zo'n ruwe beweging dat de kraag scheurde. 'O, sorry hoor!' zei hij, maar in plaats van dat hij het doodsbange voetballertje losliet, bleef hij hem aan zijn kraag vasthouden en begon kalm, bijna methodisch, de blauw-zwarte band die schuin op het voorpand gestikt zat los te trekken, alleen duurde dat nogal lang want het zat stevig vastgenaaid, waardoor Damiano het op een gegeven moment beu werd en de band er in één ruk af trok, waardoor het hele shirt kapotscheurde.

Het jongetje begon te huilen. Damiano pakte zijn kin vast en tilde zijn gezicht lichtjes op: 'Rustig maar... maak je geen zorgen. Ik koop een nieuw shirt voor je.'

Ik heb nooit meer iets van hem vernomen, behalve dat hij een paar jaar later gewond is geraakt, kennelijk, door revolverschoten, op de Piazza Euclide.

Van de drie daders van het DvdC gaat het in dit boek vrijwel alleen maar over Angelo. De tweede dader was een psychopaat zonder morele remmingen. De derde een natural born killer.

We volgen hen van hun slechte gedrag op school tot aan de ontvoering en de moord: progressieve schaalvergroting en criminele uitbreiding van het 'kattenkwaad uithalen'. Het zijn egoïstische, impulsieve, leugenachtige jongens, die geneigd zijn gewoon te pakken waar ze zin in hebben zonder zich er druk om te maken of ze daar al dan niet recht op hebben. Ze kunnen agressief worden als ze worden belemmerd, maar ook als ze geen obstakels tegenkomen. Ze maken zich niet erg druk om de gevolgen van hun gedrag. Afkeuring of eventuele straffen kunnen hen niet van tevoren afschrikken en ook niet corrigeren nadat ze hun misdaden begaan hebben. In plaats van dat een straf ontmoedigend werkt lijkt het voor hen juist een beloning te zijn, of ze blijven er onverschillig onder, het kan hooguit hun rancune verergeren. Ze staan niet zozeer principieel vijandig tegenover hun naasten, nee, ze lijken volkomen ongevoelig voor hen, ze kunnen hun nauwelijks een bepaalde identiteit toekennen, evenmin als ideeën, gevoelens of rechten, terwijl hun pijn hun niet aangaat, ook al hebben zij die zelf veroorzaakt. Anders dan ware sadisten genieten ze niet rechtstreeks van andermans lijden, maar zien ze dat als een 'losstaand iets', een neveneffect. Ze hebben de neiging om onpersoonlijk te handelen, en het kwaad dat ze berokkenen beschouwen ze als een natuurlijk, onvermijdelijk gegeven dat geen uitleg behoeft. Andere mensen betekenen immers zo weinig voor ze, waarom zouden ze dan wroeging moeten voelen over het kwaad dat ze hun aandoen? Hooguit wat verbazing en een tikkeltje ergernis wanneer ze vaststellen hoe overdreven de anderen protesteren, jammeren, genoegdoening eisen. Lijden komt op hen altijd over als ongepast, luidruchtig en buitensporig. Bezorgdheid en spijt kunnen alleen voortkomen uit de eigenschap dat je je met iemand kunt vereenzelvigen, uit een voorstellingsvermogen en inlevingsvermogen dat zij niet bezitten. Waarschijnlijk kunnen zij in de bioscoop maar moeilijk begrijpen waarom de andere toeschouwers zo bang zijn of huilen of meeleven met de verhalen die ze op het scherm voorbij zien komen, en dat zij zich daar dus dood vervelen of hooguit moeten lachen om al dat sentimentele gedoe. De relatie oorzaak-gevolg hebben ze verbannen uit hun manier van redeneren. Ze leven met als enige doel om succesvol te zijn. Ze hebben het idee dat de wereld volledig tot hun beschikking staat: niets is onmogelijk, niets verboden. Je kunt doen wat je wilt. Aangezien ze zich niet geliefd voelen, zijn ze ook niet bang om iemands genegenheid te verliezen ten gevolge van hun negatieve gedrag. Zowel achter als voor hen is er sprake van een gapende leegte. Waarachtigheid laat hen koud, onverschillig. Ze hebben weinig belangstelling voor eerlijk zijn en zien amper in wat er nou eigenlijk voor verschil is met niet eerlijk zijn. En maar zelden, hoogstzelden, voelen ze zich ergens schuldig over.

Aanvankelijk leek het DvdC onbegrijpelijk, zo enorm was de reikwijdte en zo ondoorgrondelijk de ware oorzaak, maar stukje bij beetje begon men het te snappen, begon het vertrouwd te voelen en vooral ook passend bij de tijdgeest. De afschuwelijke misdaad werd in al zijn onovertroffen gruwel verwerkt en verteerd, en daardoor beschouwd als een gebeurtenis die helemaal niet zo buitengewoon was, maar meer in de lijn der verwachting lag: je kon je er zowel over verbazen dat het niet eerder gebeurd was, als dat het niet vaker voorkwam. Zoals bij elk ritueel kon je ervan uitgaan dat de klassieke opzet (bevoorrechte jongens die onbemiddelde meisjes mishandelen, rijke jongens tegen arme meiden) zou worden herbeleefd, herhaald, geïmiteerd. Als de ene zaak eenmaal is gesloten en de schuldige is vastgezet, is er daarbuiten altijd weer een ander die klaarstaat om toe te slaan, want de redenen waarom de misdaad is gepleegd zijn nog steeds geldig, en dus is de zaak in zekere zin nog steeds open, het kan zich opnieuw voordoen, er kan altijd weer een identieke of vergelijkbare zaak komen, en dan weer een, en weer een... En dat is des te reëler wanneer het een zaak van zinloos geweld betreft, zoals het DvdC dan ook was. Hoe moet je immers de oorzaken van een gebeurtenis weghalen om te voorkomen dat die zich nogmaals zal voordoen, als er eigenlijk geen echte motieven zijn? Hoe kun je dan preventieve maatregelen nemen? Hoe zinlozer het kwaad is, hoe langer het standhoudt. Je kunt er nooit op rekenen dat het zich niet zal herhalen. Integendeel, de herhaling lijkt juist inherent aan de aard ervan: iets wat nergens op gebaseerd is kun je niet herroepen of intrekken.

Het DvdC is niet alleen een product van de tijdgeest, maar ook een producent – van tijdgeest, ja, van geschiedenis, van concepten, van gebruiken. Na die gebeurtenis is niets gebleven zoals het was. In zekere zin had men het zien aankomen, men verwachtte dat zoiets zou kunnen gebeuren, ook al had men dit niet verwacht en was de logica ver te zoeken, men wist in die tijd wel heel goed dat er ondenkbare dingen zouden gebeuren: men wist het dus zonder te weten wát er dan zou gaan gebeuren. Men gaat uit van de ergste dingen, de meest absurde, ongehoorde dingen: letterlijk gezien verwacht men dus dat datgene gebeurt wat men niet had verwacht. De werkelijkheid en de toekomst zijn onvoorspelbaar. Misschien zijn ze dat altijd geweest en zullen ze dat ook altijd zijn, maar ik heb op de een of andere manier het idee dat ze in 1975 *nog onvoorspelbaarder waren.*

(Het Italiaanse woord voor verkrachting, *stupro,* heeft dezelfde stam als het woord *stupore,* verbijstering: het is iets wat verwarring veroorzaakt, iets wat je niet hebt zien aankomen...)

Hoofdstuk x

Het DvdC is opgebouwd als een sprookje, en heeft ook de bedrieglijke eenvoud van een sprookje. Twee meisjes worden naar een huis in het bos gelokt...

Een reeks toevalligheden stuurt de overgang van de ene fase naar de volgende, bijna als een kettingreactie.

De sessies met het seksueel misbruik zijn gebaseerd op het kenmerkende principe van de geïntensifieerde herhaling, net als in De tondeldoos *van Hans Christian Andersen, waarbij de enge honden die de schat bewaken steeds grotere ogen hebben, steeds grotere – eerst zo groot als schoteltjes, dan als molenstenen, dan als de Ronde Toren van Kopenhagen; zo wordt ook het geweld met gradaties verhoogd, om het weerstandsvermogen van het slachtoffer op de proef te stellen; diens lichaam wordt getest als een motor op een proefbank, dooreengeschud en geslagen, platgedrukt, uitgerekt. De abstracte drang van de folteraar die door middel van zijn slachtoffer wil doordringen tot het punt waarop dat het verzet staakt: het lichaam gekneusd, gewond, opengereten alsof daarbinnen iets te ontdekken viel.*

De toevlucht tot geweld en het ritueel van de onderwerping kunnen, hoe hardvochtig ze ook zijn, onderdeel zijn van een spel dat vroeg of laat zal eindigen, waarbij de spelers uit de schoenen van de bruut of de slavin stappen en iedereen naar huis gaat – maar nee, dit is ernst. Alleen de dood verlost de daad van die onbenullige seksuele glans, van het idee dat het een toneelstukje is, een weerzinwekkende schermutseling. Bij een groepsverkrachting is er op een gegeven moment een pauze waarin de daders niet meer weten wat ze moeten doen: ze kunnen niet terug, maar ze kunnen ook niet op dezelfde manier doorgaan. De seksuele bevrediging, als dat tenminste was waarnaar ze op zoek waren, bereik je in een paar tellen – en dan?

Tijdens het DvdC waren er een paar van dit soort intervallen die lang duurden, en waarin de situatie stagneerde. Alles stond als het ware even stil. Net als in een sprookje.

Een uitgestelde dood, steeds maar weer. De folteringen die de slachtoffers van het DvdC achtereenvolgens werden aangedaan wekken de illusie dat het gepijnigde lichaam hoe dan ook telkens weer weet te verrijzen, na elke klap.

En dan is er een soort pseudodood... kijk... misschien is het zover... Gedurende een paar lange ogenblikken stopt het lichaam met ademen... maar dan ademt het weer. De borst gaat weer op en neer, uit de neus komen belletjes lucht en bloed. Het is bovennatuurlijk. De stokslagen, de injecties met smerige vloeistoffen, het hoofd dat tegen scherpe randen werd geslagen hebben geen effect gehad. De dood komt niet, dus blijven ze tekeergaan. Uiteindelijk komt het overlijden bijna onverwacht, waardoor de groteske bewering van de moordenaars een tikkeltje geloofwaardiger wordt, die namelijk in hun verklaringen tijdens rechtszittingen en in hun bezwaren meerdere keren beweren dat ze dachten dat die meisjes daar in die kofferbak *nog leefden*. In zekere zin kan het waar zijn dat ze dat dachten, in het licht van hun algehele delirium: als de meisjes niet waren doodgegaan na al die mishandelingen, dan zóúden ze ook wel niet meer doodgaan. Voor de duidelijkheid: niet omdat de jongens niet van plan waren ze te doden. Wel degelijk! Ze deden hun uiterste best om hen te doden, maar toen de meisjes uiteindelijk echt dood waren (of beter gezegd: een van hen was dood en de ander deed alsof ze dood was), was het inmiddels even onwaarschijnlijk geworden dat ze zouden doodgaan als dat ze zouden blijven leven. In dat repeterende spel gaat niemand echt dood, er kan niemand doodgaan. De coyote zal voor de honderdste keer tevoorschijn komen uit de afgrond waarin hij is gestort.

Gehavend, maar lévend.

Tussen het echte lijk en de schijndode die vanuit de kofferbak begint te schreeuwen bestaat geen verschil meer. Je zou kunnen zeggen, zoals in de bekende paradox van Schrödinger, dat ze *tegelijkertijd levend en dood zijn*.

Het verschil zit hem in een waarschijnlijkheidsindex. De moorddadigheid is naïef, alsof er geen consequenties aan verbonden zijn. Bestaat er trouwens iets kinderlijkers dan je auto met de slachtoffers erin parkeren en dan een ijsje gaan halen? Een íjsje? Met twee lijken in de kofferbak? Het enige geval dat nog onwaarschijnlijker zou zijn, is wanneer je denkt dat ze nog *leven* – zoals de verdachten beweerden; maar ook in dat geval, ook al heb je twee met bloed besmeurde, zieltogende meisjes in je kofferbak liggen – kom, we halen een ijsje. Even iets lekkers. Van de vele benamingen die in de media werden verspreid, en die grimmig spreekwoordelijk zijn geworden, lijkt geen enkele term zo goed bij de hoofdpersonen van dit uitstapje te passen als 'snoepmaatjes'. Dat geeft ironisch uitdrukking aan een mix van wat vulgaire opgewektheid, vriendschap, onvolwassenheid – en wreedheid. En dan de lekkere trek, de zin in 'iets zoets', net zoals uitgelaten jochies kregen na een potje voetbal, die in reclamespotjes naar hun moeder renden om iets lekkers te vragen. Wanneer Angelo jaren later opnieuw aan het moorden zal slaan, zal hij weer evenveel zorg besteden aan het bereiden van de broodjes waarmee hij zich zal verkwikken als aan het uit de weg ruimen van een moeder en haar dochter. En het is waar, broodjes maken is een kunst op zich. Zonde om ze te verspillen als je ze eenmaal hebt verpakt. Over een andere beroemde moordenaar werd gezegd dat hij, nadat hij twee jongeren had vermoord, 'hun hamburgers had opgegeten'. Later werd vastgesteld dat het om appelgebak ging. Mede daarom werd hij ter dood veroordeeld.

Ik zie een beroemde scène voor me, waarin met de punt van een mes een naam wordt gekerfd in de borst van een meisje. Het bloed spuit uit elke letter. Een beeld uit de film *The Last House on the Left*, waar ik telkens weer op zal terugkomen.

Twee meisjes in een kofferbak opsluiten, dat was drie jaar vóór het DvdC ook al gedaan door de maniakken in *The Last House on the Left*: zo vervoerden ze de verkrachte meisjes van de stad naar het platteland, van New York naar Connecticut – terwijl Angelo en zijn handlanger hen juist terugbrachten naar de stad, van de Circeo naar Rome. Ik word al jaren gekweld, geobsedeerd door die film, net zoals de makers ervan en de acteurs er langdurig door geobsedeerd zijn gebleven. Een betere titel was geweest *De seksmisdaad van de eeuw*, of *De nacht van de wraak*. Aanvankelijk was het bedacht en geschreven als een pornofilm, maar toen bemerkte iemand dat de seksscènes overbodig waren, en die aanwijzing bleek dramatisch juist, want wanneer erotiek en geweld gecombineerd worden om een opwindende mengeling te verkrijgen, fungeert het eerste als detonator en wordt vervolgens overbodig, terwijl het tweede genoeg heeft aan zichzelf. Dat heeft meer logica en narratieve samenhang. Een opeenvolging van seksuele verrichtingen roept verveling op.

Net zoals bij het DvdC was het uitgangspunt al meer dan voldoende om een set te erotiseren die bestemd was om foltering en dood te herbergen: twee mooie meisjes, zonder begeleiding (een van hen wordt net die dag zeventien, en haar vader en moeder zijn een taart voor haar aan het bakken met haar naam erop, Mary, en hartjes van glazuur), twee mooie meisjes, helemaal alleen, in de greep van een bende ontaarde types. Wat zouden ze met hen kunnen doen? Hen aanranden, je gedachten snellen naar dat voorspelbare gevolg. Seksueel misbruik dobbert rondom elk meisje dat speelt dat ze onafhankelijk, autonoom is. De straf treft zowel het naïeve als het ondeugende meisje. Dus wanneer de meisjes in de val lopen, krijgt de kijker als vanzelf de neiging om te zeggen: 'Jullie hadden het er zelf naar gemaakt.' Maar dan krijgt het verhaal een andere koers: de verkrachting is enkel een obligate passage van het verhaal, en niet eens zo heel obligaat, de daders voeren die bijna tegen hun zin uit...

Ik zag de film samen met mijn vader in bioscoop Empire, op een middag in augustus, ze hadden daar airco. We zaten met z'n drieën in de zaal, mijn vader en ik en een derde toeschouwer, die na afloop van de vertoning, toen de lichten weer aangingen, langs ons heen liep naar de uitgang en ons met opgetrokken wenkbrauwen verzekerde: 'Eind goed, al goed.' Een paar tellen daarvoor had de pa van het gefolterde, vermoorde meisje met een kettingzaag de romp van de verkrachter opengezaagd, waarbij hij bloed spetterde op de sheriff die pas in de allerlaatste scène was komen aanzetten en nog had geschreeuwd: 'Nee, dokter, *niet doen!*'

De regisseur van de film mocht in zijn jeugd geen films en toneelstukken zien, niet naar muziek luisteren en niet gokken. Dit was dus het resultaat van die puriteinse opvoeding.

Het was in die jaren dat de liefdesgeneratie plaatsmaakte voor de haatgeneratie.

Eerst is er de mythe van de seksuele bevrijding: een feest waarbij iedereen de liefde bedrijft met iedereen. Het is een ballet gedanst door naakte lichamen in een soort slow motion, alsof ze zich onder water bevinden. Het libido impregneert en doordrenkt de stijfste houdingen, de strengste en strakste kapsels vallen los in weke lokken, golvend op de rug. Alles stroomt, pulseert, vloeit, verspreidt zich, als de gekleurde vlekken in psychedelische filmpjes. Daarna stolt het beeld van de seksualiteit, het kleurt donker, met het voorwendsel om het dichter bij een primitieve, roofzuchtige oorsprong te brengen, en de meest onzegbare verlangens van zowel man als vrouw te onthullen. Het geweld doet zijn intrede, maar op dat punt blijken de rollen omgedraaid te zijn: het is niet de seks die gruwelijker wordt, nee, het is juist het geweld dat een seksueel tintje krijgt. De criminele handelingen van de jongens van het DvdC konden niet als enige doel zelfverrijking of politieke vergelding hebben, nee, hun uiting moest zinlozer zijn, grilliger, zonder rekening te houden met de opbrengst, en daarom ook opwindender. In feite levert verkrachting dan ook haast niets op. Het is een gemakkelijk misdrijf, maar met een zeer laag rendement: je verkrijgt op een gejaagde en erotisch gezien weinig bevredigende manier hetzelfde als waar je voor tienduizend lire in alle rust van had kunnen genieten bij iemand die het voor haar beroep deed, langs de Viale di Tor di Quinto. Kennelijk is dát dus niet het iets waarnaar men op zoek is. Dat íéts is niet het genot. Dat íéts is de dood.

Ook de pornografische filmindustrie kreeg die nieuwe prikkel mee, en werd overspoeld door dood en verderf. In plaats van de klassieke sloeries die op een springveermatras lagen te genieten van hun minnaars, kreeg je nu tengere meisjes die werden gemarteld langs een sloot op het platteland. Ze werden niet verkracht, maar er werden messen en geweerlopen in hen gestoken, ze kregen brandwonden, werden gekeeld. Verkrachting als zodanig was inmiddels van secundair belang, men had begrepen dat het seksuele aspect volledig ondergeschikt was aan het uitleven van bloeddorst. Het was dat laatste dat aantrekkingskracht had, dat opwinding veroorzaakte. De onderwerping, de bestraffing van de zwakkere. De kastijding die elke willekeurige vrouw toekwam om elke willekeurige reden, of ze nu mooi of lelijk was, jong of oud. Wanneer je de volledige, totale beschikking hebt over het lichaam van een ander kun je je er niet toe beperken het alleen maar te gebruiken voor erotische spelletjes. Geen gehannes met genitaliën, zoals een stel tieners dat net komt kijken. De seksuele impuls heeft een beperkt bereik en is van beperkte duur, en moet dus worden aangevuld met verdere proeven van dominantie. Bovendien kan die seksuele impuls binnen een paar tellen over zijn, en dan komt de ernst van het gebeurde naar boven, en om daar betekenis aan te geven moet je doorgaan tot het einde. Dan wordt de begeerte erop gericht om er een eind aan te maken. Tijdens een verkrachting komt hoe dan ook altijd de optie naar boven, als die niet al van tevoren was gepland, om het slachtoffer uit de weg te ruimen.

Het was voor een achttienjarige in die tijd helemaal niet uitzonderlijk dat hij getuige was geweest van talloze scènes waarin vrouwen werden ontvoerd en misbruikt, gemarteld en uiteindelijk vermoord. Waar? In de bioscoop.

Hoofdstuk XI

In die jaren was er een groeiende vraag naar de dood. Werkelijk toegepast, of als vermaak. In de bioscoop zat je gebiologeerd te kijken naar het schouwspel van de dood. We zagen vrouwen die op alle mogelijke manieren werden vermoord: met een gasbrander, een gloeiende ijzerstaaf, een vleeshamer, een boormachine, dildo's, kokend water, scharen van een kreeft, vergiftigd sperma; en natuurlijk een scheermes, het goeie ouwe open scheermes van de barbier dat ironisch 'veiligheidsmes' werd genoemd, waarbij het mesje in het handvat kon worden geklapt; kapotte flessen, glasplaten die omlaag stortten, telefoonkabels en vioolsnaren, spades, pickels, hamers, beitels, zagen, haken, spiesen, tangen, scharen, speren...

Meisjes worden gekeeld, verdronken in een aquarium, verslonden door kannibalen of haaien of piranha's, met een bijl bewerkt, gespiesd, gewurgd, ontweid, onthoofd... gebeten, in stukken gehakt en in de koelkast gelegd... Ze worden met een scalpel verminkt of opengesneden, gereduceerd tot proefpersonen, laboratoriumuitslagen...

Hun moordenaar laat hen geen moment uit het oog.

En geen enkel milieu werd gevrijwaard voor de besmetting, ook de hoge bomen van de samenleving werden erdoor geraakt: in één film wordt met een bijl de arm afgehakt van de actrice die later met onze premier zal trouwen, in een andere (of nee, in een lange beestachtige reeks films) laat de vrouw van de beminnelijkste presentator van het katholiek geënte tv-journaal zich neuken door een paard. Bijna niemand ontkomt aan de epidemie.

Het aardige Duitse meisje dat je een pul bier aanreikt biedt zich in een erotische thriller op een bank aan de moordenaar aan, met haar benen wijd: ja, zij, die lieflijke plattelandsdeerne, blijkt ineens een trillend naakt lijf.

Het is die ambiguïteit, die onduidelijke rolverdeling die de twijfel zaait dat er geen vrijzones bestaan, dat niemand echt integer is, geen enkel individu immuun voor de perversie, dat je geen enkele gebeurtenis bij voorbaat kunt uitsluiten, dat er geen mensen zijn 'voor wie je je hand in het vuur zou steken'. 'Hij zou zoiets nooit doen.' 'Hij denkt alleen maar aan zijn gezin en zijn studie.' 'Hij is een respectabele persoon, van hoog intellectueel niveau, hij zou nooit de opdrachtgever van een moord kunnen zijn...' Elk meisje, ook het meest preutse, heeft wel een stiekeme, obscene fantasie. Het onschuldige, het naieve, het zachtaardige, het terughoudende, het waardige of gewoon het anonieme kan in een flits pervers en crimineel blijken te zijn, verfoeilijk. Daar is helemaal geen omkering voor nodig, sterker nog, je zou kunnen zeggen dat juist die naïviteit pervers is. In potentie zijn alle kinderen door de duivel bezeten, alle maagden loopse teven, alle studentes nymfomaan, en alle jongens met een v-hals-pullover verhulde moordenaars, om nog maar niet te spreken over de dames uit de hogere klassen, wier wellust en wreedheid onvoorstelbaar zijn, of over hun grijzende echtgenoten: impotente, verdorven saters.

Juist omdat de bourgeois ogenschijnlijk onberispelijk is, cultiveert hij meer dan wie ook op hypocriete wijze zijn enorme perversie, die vrijwel altijd voortkomt uit een seksuele neurose. Die beheerst en omarmt hij, die leidt hij om of houdt hij in bedwang zolang als hij kan. In elk rustig individu kan een ongeremde, geobsedeerde identiteit schuilen. Dat weten we nooit van tevoren. We kunnen het niet bij voorbaat uitsluiten. Niemand is bij voorbaat veilig. Er is alleen maar een iets hardere prikkel nodig om het sociale masker te laten vallen. De koorts kan eenieder aansteken, of nee, de koorts is al in zijn lijf, aan het incuberen. De gewone mensen zijn zich niet bewust van wat zijn werkelijke verlangens zijn: hij wil platbranden en plunderen, hij wil gewelddadig genot en het hoofd van zijn tegenstander. 'Niets is zoeter dan de vrouw of de dochter van een verslagen vijand in je armen hebben liggen, terwijl de vlammen oplaaien van wat ooit zijn huis was...' Elke achterbuurtjongen is in potentie bereid om over een of ander met afval bezaaid terrein de jacht in te zetten op weerloze tienermeisjes, die stiekem zullen genieten van het geweld dat hun wordt aangedaan. In het licht van dat opmerkelijke beginsel worden noch individuen, noch functies gespaard. Elke leraar aan een middelbare school kan een gluurder zijn die opgewonden wordt door naar de billen van zijn vrouwelijke – of mannelijke – leerlingen te kijken wanneer ze na een overhoring teruglopen naar hun plek. Hoe respectabeler het beroep – onderwijzers, prelaten, artsen, senatoren... – hoe groter de kans dat daarachter ongestoord een maniak bezig is.

Of nee, mijn hemel, laat het niet waar zijn! Dat kan niet waar zijn, en dat gebeurt nooit. Of bijna nooit. God wil niet dat het onderscheid tussen goed en slecht vervaagt. Maar inmiddels is de twijfel gezaaid, en die overspoelt de grenzen.

De jaren zeventig worden gemarkeerd door de besmetting. De onzekerheid sijpelt onder de voordeur het huis binnen, doordrenkt de vezels, als een onuitwisbare vlek. Seksueel geweld, politiek geweld, bendegeweld, ontvoeringen, martelingen, getuigen in koelen bloede uit de weg geruimd.

Toch zeggen de statistieken dat, afgezien van uitschieters vanwege enkele specifieke misdrijven, het misdaadcijfer wel hoog was, maar niet veel anders dan in andere periodes. Het onrustbarende was dat die misdrijven niet werden gepleegd door geboren criminelen, zoals criminoloog Lombroso ze definieerde, maar door mensen die boven verdenking verheven waren.

Na het DvdC zou elke bezorgde moeder haar zoon onderzoekend aankijken om te achterhalen of ook in hem 'het monster' schuilde. Waaraan kun je merken of je zoon verkracht en moordt? Wanneer hij 's avonds thuiskomt, hoe begroet hij dan zijn ouders, hoe eet hij zijn groentesoep, stinkt hij naar rook en heeft hij wallen onder zijn ogen, grote pupillen, trillen zijn handen? Lacht hij zonder reden, is hij onhandelbaar? Moeders brachten heel veel tijd door met het doorgronden van minieme aanwijzingen. Je kon gemakkelijk de fout in gaan, door sporen te overdrijven of te onderschatten. Slechts een sprankje van het echte leven van pubers filtert door via wat ze doen en zeggen. Als je al radeloos of razend genoeg bent om directe vragen te stellen, krijg je daar vrijwel nooit antwoord op; pubers sluiten zich af als een egel. Ze spelen in toenemende mate een toneelstukje. Gebruik je drugs, heb je seks, met wie, wat hou je voor me verborgen, waar ben je mee bezig, met wat voor types ga je om, wat doe je 's avonds, waarom kom je zo laat thuis?

Ik heb onlangs een boekje gelezen over het seksleven van hedendaagse Italiaanse pubers, gebaseerd op 'echte' interviews, waarbij de namen van de geïnterviewden waren veranderd: ik betwijfel of ouders überhaupt hun dochterlief of zoonlief hadden kunnen herkennen in die pornografische portretten.

Pornografie voor de massa, met een lage drempel, foto's en filmpjes op mobiele telefoons, het beeldmateriaal op internet, het lijkt of vandaag de dag alle poriën zijn dichtgeslibd door de seksuele verstopping. En toch was het juist ten tijde van het DvdC dat volgens sommige mensen de 'maximale erotisering van het systeem' werd bereikt. Niet langer het individu, maar de hele maatschappij 'ziet naakt', om de sekskomedie *Vedo nudo* (*I See Naked*) met Nino Manfredi te parafraseren.

Geweld van bezittende klassen en volks geweld: wie houdt meer van verkrachten, de rijken of de armen? De vraag waart rond in de surreële debatten die na het DvdC plaatsvinden. In feite is iedereen, ik herhaal: iedereen, in potentie toeschouwer of vertolker van het geweld, hetzij als slachtoffer, hetzij als dader. En hoe dan ook verlangt en eist iedereen voor zichzelf grotere vrijheidsmarges, de soevereine zeggenschap over zijn eigen leven en vaak ook over dat van anderen, ofwel omdat hij gewend is die macht uit te oefenen, ofwel omdat hij er juist altijd van buitengesloten is. In de bezittende klassen drijft de vertrouwdheid met macht mensen ertoe zich datgene wat men verlangt met spontane arrogantie toe te eigenen, terwijl in de arme klassen bruutheid wordt gezien als de enige manier om aan je trekken te komen: een snellere weg, riskant maar doeltreffend. Geld en seks moet je roven, anders blijven ze buiten je bereik. De macht die je niet bezit of die je niet erft dankzij je klasse, die bouw je zelf op met je vuisten en je pistool.

Al die seks, al dat geweld konden al die tijd worden gerechtvaardigd als reactie tegen de burgerlijke hypocrisie, het conformisme, de stupiditeit van de consumptie- en televisiewereld. De regisseurs van porno- en horrorfilms ontmaskerden de fatsoensmentaliteit door het publiek te dwingen in hun eigen afgrond te kijken, die wemelde van dezelfde obsceniteiten en gewelddadigheden – met moeite onderdrukt – als die welke op het scherm te zien waren. Tegenover het kwezelige moralisme werd een nog strenger contramoralisme gezet. Het maakte allemaal deel uit van het syndroom van de 'aanklacht'. Je kunt je niet verstoppen voor de schijnwerper van de aanklacht. Als je weigert te kijken naar gruwelijkheden of smeerlapperij, wil dat zeggen dat je een hypocriet bent of dat je zelf ook iets te verbergen hebt wat al even smerig of afschuwelijk is. Ik meen eens te hebben gelezen dat de haken die in de borsten van een vrouw werden gestoken in een kannibalenfilm bedoeld waren als een vorm van intellectueel verzet tegen Mike Bongiorno (voor wie hem niet heeft gekend: hij was decennialang presentator van populaire tv-quizzen). Tja, nou ja, het zou kunnen. We worden in elk geval wel omsingeld door monsters, monsters hier en monsters daar, en behalve dat ze ons laten schrikken willen die monsters ons ook nog een lesje savoir-vivre geven. Elke daad van zinloos geweld, zelfs de weerzinwekkendste, kan worden omgedoopt tot een daad van moedig verzet tegen het conformisme, elke barbaarsheid wordt een schreeuwende aanklacht tegen de barbaarsheid zelf of tegen andere, nog ergere barbaarsheden die de samenleving naarstig tracht te verhullen, en die de onverschrokken regisseur daarentegen aan het licht heeft durven brengen. Waar de logica het polemisch instrument bij uitstek is, functioneert de paradoxale logica nog beter, en heftiger; daardoor is de vloeker dus in werkelijkheid de meest gelovige, de overspelige de zuiverste vrouw, en is de lafaard dapper, want hij heeft het lef om op te biechten dat hij laf is. Een film over nazistische orgies is tegen het nazisme. Zo sla je twee vliegen in één klap: je prikkelt de onzegbare lusten door een naakte blondine te laten zien die wordt verkracht, terwijl je tegelijkertijd de slechtheid van de verkrachters veroordeelt, enzovoort, enzovoort. Een educatief doel kan worden geclaimd als omlijsting van elk walgelijk beeld. In wezen is een daad van verdorvenheid een open biecht dat de man verdorven is en dat hij telkens als hij ademhaalt op zijn borst moet slaan. Eerlijk is dus degene die toegeeft dat hij oneerlijk is. Al sinds mijn kindertijd heb ik het gevoel dat het gezond verstand binnenstebuiten wordt gekeerd als een handschoen, en zelf heb ik dat kunstje ook geleerd, het komt vaak van pas, en waar zou ik dat geleerd hebben? Op de patersschool.

Ja, oké, ik ben me er ook van bewust dat 'het kwaad in ieder van ons huist'. En sinds ik in een gevangenis werk (dat wil zeggen, sinds twintig jaar) ben ik me steeds meer gaan realiseren hoe vaag het onderscheid tussen goed en kwaad is, of beter gezegd, niet het onderscheid op zich, dat is naar mijn mening nog steeds kraakhelder, maar de definitieve en onherroepelijke toewijzing van een bepaald individu aan een van de velden die deze grens deelt en tegelijkertijd verenigt. Met andere woorden, ik ben me gaan realiseren hoe gemakkelijk het is die grens te overschrijden. Doordat het onvermijdelijk is, door zwakte, in een opwelling, door nieuwsgierigheid, onwetendheid, angst of brutaliteit, imitatie, uitdaging en nog talloze andere reden die op hun beurt als goed of slecht kunnen worden beschouwd. In ons wetboek is namelijk voorzien dat een slechte daad in sommige gevallen kan worden gepleegd vanuit een goede beweegreden. En dat net zoals je een grens in de ene richting kunt overschrijden, je hem ook in de andere richting kunt oversteken. Van het goede naar het slechte, en van het slechte naar het goede. Heen en weer. Maar wat ik echt walgelijk vind, is die op katholieke leest stoelende mentaliteit waarbij iemand gedwongen is om zichzelf te beschuldigen terwijl de gemene daden door een ander zijn begaan. 'Ja! Ja! Ook ik zou ertoe in staat zijn... ook ik ben ervoor verantwoordelijk!' Wat een steriele, zelfgenoegzame bekentenis, zeg! We zijn allemaal verantwoordelijk, ammehoela! Het spijt me dat ik de grote leermeester moet tegenspreken, maar het is gewoon niet waar dat iemand die de splinter in het oog van de ander ziet altijd een balk in zijn eigen oog heeft. En laten we er ook eens bij stilstaan dat we in Italië zijn, en waar die moraal van 'we zijn allemaal schuldig' met als logisch gevolg 'en dus allemaal onschuldig' ons heeft gebracht. In dit land geeft de schitterende slogan 'Wie zonder zonde is, enzovoort enzovoort' de schuldigen het gevoel dat ze anderen de les mogen lezen. Van de honderden delinquenten die ik in de gevangenis heb leren kennen, gaven ze vrijwel allemaal toe dat ze schuldig waren, en was het niet aan de misdaad die hun werd toegeschreven, dan wel aan een andere; maar waar ze allemaal van overtuigd waren, was: 'Degenen die vrij rondlopen zijn erger dan wij.' Alsof ze wilden zeggen dat de hele wereld crimineel is en zij de enigen zijn die moeten boeten. De bestraffing is een loterij, het is toeval dat die de een ten deel valt en niet de ander. Zelden of nooit wordt er een echte onschuldige getroffen; volgens deze zienswijze bestaan er immers geen onschuldigen.

Maar terug naar de gruwelijke filmbeelden. Die veroordelen heel arglistig de dingen die ze intussen zelf laten zien. Ze hypnotiseren een publiek dat heen en weer wordt geslingerd tussen angst en begeerte, fascisme, religie, verlangen naar wraak en orgie en wroeging. Die dingen gaan hand in hand. Onlosmakelijk.

Ik herinner me een oude meneer die me aan de hand meenam naar de kerk, en daar neerknielde, en zijn handen voor zijn gezicht hield en op zijn ogen drukte alsof hij alleen maar kon bidden wanneer hij zich verstopte, en zichzelf verblindde, ten prooi aan een soort afgrijzen, en zo bleef hij een uur lang zitten, wachtend tot hij zou worden verpulverd of gered. Uit zijn jaszak stak een rol pornoblaadjes. Ik was een jaar of tien. Mijn koude, heldere kinderblik was geschokt en gefascineerd door die meneer die om vergiffenis vroeg met een jas vol blote vrouwen aan. Ik word al mijn hele leven achtervolgd door blote vrouwen. Net zoals mijn opa door ze werd achtervolgd.

I Am Curious (Yellow), Zweedse film uit 1967. Degene die dit boek schrijft was destijds tien jaar... en hij is nooit bekomen van het zien van die filmposter, zijn fantasie is daar blijven steken, als een pijl in een boomstam, en is nooit verder ontwikkeld – of was het misschien de filmposter van *Il primo premio si chiama Irene* (*De hoofdprijs heet Irene*)?

Interessant om de lijst met titels te bekijken van de films die verschenen in het jaar van het DvdC.

Neem bijvoorbeeld *Fango bollente* (*Savage Three*). Plot: 'Drie ogenschijnlijk rustige mannen, terneergeslagen door hun monotone werk en hun teleurstellende privéleven, ontpoppen zich tot sadistische criminelen.'

Of de film van Mario Mercier, *La papesse* (de Italiaanse titel was *De erotische rites van hogepriesteres Jesial*), eveneens uit dat fatale jaar 1975. Het ongelukkige hoofdpersonage van die film krijgt de volgende rampspoed te verduren: tijdens een heksensabbat wordt ze verkracht door een man verkleed als gladiator, opgesloten in een stal, gebrandmerkt, besprenkeld met hanenbloed, opnieuw misbruikt door een andere ingewijde, wiens sperma in een kelk wordt opgevangen en vervolgens opgedronken door de priesteres, en daarna wordt ze 'levend ingemetseld in een grot (waar ze krankzinnig uit zal komen, nadat ze heeft gedroomd dat ze werd verkracht door een weerzinwekkende man-gier) en ten slotte verscheurd door een hond'. Als je het daarmee vergelijkt werden de meisjes die bij het DvdC het slachtoffer waren keurig behandeld. Een jaar later verscheen er een film waarin 'een man eerst alle tanden uittrekt bij een arme vrouw, om zich te laten pijpen, en dan scheert hij haar haren af, doorboort haar schedel met een Black & Decker en proeft van haar hersens via een rietje' (ik citeer uit het zeer ruim gedocumenteerde boek *Sex and violence* van Curti en La Selva). De jaren zeventig zouden een filmografie vormen waarvan de meest geruststellende titel was *Geweld tegen een maagd in het land van de levende doden* (zoals de Italiaanse titel luidt van de Franse film *Le frisson des vampires* van Jean Rollin, 1971).

Ranzig, schurend, onhoudbaar, walgelijk, en ook onsamenhangend, bezeten, afgeraffeld, ontspoord, verrot – uiteraard bedoeld als positieve oordelen over dit soort films. Het is de perfecte verbintenis die prikkelt en schokt: seks oké, geweld oké, maar seks en geweld samen zijn even buitensporig als opwindend – de seks uitwisselbaar met de dood.

Maar waarom heb ik het hier over films? Nee, niet omdat die het slechte voorbeeld geven en tot kopieergedrag leiden, maar omdat de ideeënmachine van films zo werkt. Terwijl film de kunstvorm is met de grootste wanverhouding tussen wat mogelijk is en wat werkelijk gerealiseerd wordt, zoals Buñuel beweerde, doet diezelfde pijnlijke en groteske wanverhouding zich voor in de seks, waar tussen fantasie en werkelijke beleving een gapende afgrond bestaat, en in sommige gevallen is dat misschien maar goed ook, want de ongebreideldheid van die fantasieën zou degene die ze ten uitvoer brengt wel eens in gevaar kunnen brengen. Wee dus degene die deze twee niveaus op één lijn wil brengen. Als fantasieën werkelijkheid zouden worden, zouden de monsters van *Forbidden Planet* ontketend worden. De erotische verbeelding is dommig, triviaal en gewelddadig, seks een stremmingsmiddel waarbinnen de meest bizarre, woeste driften zijn gestold. Op het eerste gezicht zou je denken dat alles kan worden gereduceerd tot de obsessie om te naaien, of genaaid te worden, maar in die obsessie schuilt maar zelden een uitsluitend seksueel verlangen – dat kan worden bevredigd door de basale bewegingen van de coïtus. In het merendeel van de gevallen fungeert seks daarentegen als een jargon dat wordt gebruikt om uiting te geven aan andere verlangens en angsten. Om die te versimpelen en ze beter communiceerbaar te maken, ook al worden ze daardoor nog mysterieuzer. Elk jargon kan het onderwerp dat het betreft verduidelijken, maar tegelijkertijd maskeren, versluieren.

Toen we zestien of zeventien waren ging ik met Lodoli en Arbus naar de filmhuizen, waar we keken naar *Viva la muerte*, *El Topo*, de immorele sprookjes van Borowczyk. In die tijd was net *L'ultimo treno della notte* van Aldo Lado uitgekomen, die in de *Corriere della Sera* werd omschreven als 'van middelmatige kwaliteit' en die tegenwoordig wordt beschouwd als een klassieker in het Rape & Revenge-genre: schurken in een trein die verkrachten en moorden, maar dan op hun wraakgodin stuiten.

Ook in die jaren had je de meest productieve van alle sexploitationfilmmakers, door kenners vereerd als een maestro, Jesús Franco, die films afleverde met titels als:

Le journal intime d'une nymphomane
Les exploits érotiques de Maciste dans l'Atlantide
Plaisir à trois (zeer losjes gebaseerd op *La Philosophie dans le boudoir* van de markies de Sade)
Mais qui donc a violé Linda?
Les possedées du diable
Shining Sex
Frauengefängnis

Er zijn maar liefst drie films gebaseerd op het DvdC: *Roma, l'altra faccia della violenza* (*Rome: The Other Side of Violence*) van Marino Girolami, *I violenti di Roma bene* (*Terror in Rome*) van Sergio Grieco en Massimo Felisatti, *I ragazzi della Roma violenta* (*The Children of Violent Rome*) van Renato Savino. Slechts één ervan heb ik gezien.

Alles wordt uiteindelijk vermalen door de pornografie. Seks is de ingang en de uitgang; daartussenin heb je de wereld. Er is niets wat ertoe doet, behalve als schakel. Alles draait om oversteken, doorboren, besmetten en oplossen. Niemand is geïnteresseerd in seks als zodanig, hij wordt gebruikt voor een overgang, sommigen gebruiken hem om zo dicht mogelijk bij de waarheid te komen, anderen bij de dood, als de dood de enige waarheid is, de enige rode draad van het leven en dus strikt genomen niet eens de dood is, dat kan het niet zijn want de dood bestaat niet, die kan niet in de eerste persoon worden vastgesteld, en al die seriemoordenaars zijn dan ook vergeefs op zoek, ze zetten alles op alles om door anderen te vermoorden de dood te ervaren, een stukje dood te proeven – die magic mushroom, dat toverdrankje – ware het niet dat doden niet hetzelfde is als doodgaan, o nee, het is veel gemakkelijker dan doodgaan, en bedrieglijker, repetitiever, je raakt er meteen aan verslaafd. Van moorden leert iemand niets, na de eerste moord zullen de volgende alleen maar *in diminuendo* zijn. Die vervallen algauw in alledaagsheid. Seks is een kortetermijnoplossing die vroeg of laat wordt afgedankt omdat ze monotoon is, niet erg opwindend. Zelfs verkrachting, wat het destillaat van puur geweld vormt in die volmaakte mengeling van brute toe-eigening, vernedering en genot, zelfs verkrachting wordt gereduceerd tot enkel een tijdverdrijf, een half opgelost kruiswoordraadsel, iets voor figuren die niks beters te doen hebben, voor portiers in een wachthokje. Veel erotiserender is de dood, dat is gewoon zo. Het extreme geweld van de seksuele handeling vlakt uiteindelijk alle verdere verlangens uit, behalve dat naar de dood; maar hoe wrang ook, eenmaal geconfronteerd met het lijk verdwijnt de erotiek op slag, het is net als met alcohol, de gewelddadigheid is eerst opwindend maar daarna deprimerend. Eros is een lafbek, hij knijpt ertussenuit zodra hij de stank van de dood begint te ruiken.

In wezen is verkrachting een daad van extreem realisme. Precies zoals moord, die kan worden beschouwd als bewijs van de sterfelijkheid van het individu, uitgevoerd ten behoeve van de naïevelingen en ongelovigen die weigeren daarbij stil te staan. De slachtoffers leren de les op het moment dat ze er zelf niets meer aan hebben, omdat ze dan doodgaan, net zoals Martin Eden overkomt in de roman van Jack London, een van onze favoriete boeken toen we jong waren, met dat indrukwekkende einde. Open je ogen, arme sukkel, en sluit ze voorgoed. Daarom tref je bij sommige moordenaars iets filosofisch aan; in hun delirium een zweem van wijsheid; hun abjecte werk is omgeven door een aureool; ze zijn ervan overtuigd dat ze een bepaalde masterclass geven omdat zij de dood goed kennen en dat ze, zeg maar, oprecht zijn, oprechter dan veel anderen, de enige oprechte mensen, omdat zij de negatieve wortels van het leven durven te laten zien door het verstrijken ervan abrupt te versnellen. Wat zeur je nou? Je moet sowieso een keer dood, toch? *Nou, ga dan dood!* Ga nu dood! En doe niet zo moeilijk. *Kom op... laat je vermoorden!* (de Italiaanse versie van Clint Eastwoods 'Go ahead, make my day!'). Wat een hypocrisie of onnozelheid, vinden de moordenaars, van mensen die zich aan het leven vastklampen. En die van geen doodgaan willen weten. Zoals waarschijnlijk ook gold voor R.L., een hardleers meisje. Een beroemde adellijke moordenaar uit de Renaissance klaagde terwijl hij zijn tegenstander afmaakte met de hulp van een huurmoordenaar dat het slachtoffer zich maar niet liet doden. Hij verzocht hem of hij zo vriendelijk wilde zijn dat onnozele verzet te staken. Vaak gaat de moordenaar zeer nauwgezet te werk, ijverig, als een leerling die zijn huiswerk maakt. Hij is de beste van de klas, wat de dood betreft. En aangezien de dood de enige onbetwistbare zekerheid is... de enige aanname waarover niet valt te twisten... levert hun dat dus mooi een 9 voor filosofie op. O, die fatalistische glans in bepaalde interviews met moordenaars, het aura dat hen omgeeft...

Seksueel geweld brengt een simpele boodschap over. Die is gericht op vrouwen. Het enige wat hun gevraagd wordt is een greintje gezond verstand, een beetje oprechtheid tegenover zichzelf. Vrouwen, wees eerlijk. Geef nou eens toe dat jullie domme sletten zijn, erken het toch. Dat weten jullie zelf maar al te goed. En jullie weten ook dat het sinds mensenheugenis jullie lot is om te worden overmand. De verkrachter eist dat de vunzige zinnetjes die een man tijdens het vrijen tegen de vrouw prevelt om haar op te winden worden gerespecteerd als absolute wetten, en hij verliest zijn geduld als zijn slachtoffer die vanzelfsprekendheid hardnekkig blijft ontkennen. Hij slaat haar en martelt haar als ze zich verzet, niet omdat ze zich verzet tegen hem maar vanwege haar verzet tegen een algemeen principe, tegen een gegeven feit; sterker nog, volgens die gedachtegang zou je kunnen zeggen dat de vrouw zich niet verzet tegen de verkrachter, maar tegen zichzelf.

Verkrachters en seriemoordenaars beschouwen zichzelf op hun manier als opvoedkundigen, als pedagogen van het laatste uur, die hun les geven aan recalcitrante studentes. Hun missie ten opzichte van vrouwen is dat ze hen willen verlossen uit hun onwetendheid, of beter gezegd uit hun aanstellerige naïviteit. 'Je zult zien dat je het fijn vindt', terwijl het slachtoffer wordt vastgebonden met haar armen en benen wijd, dezelfde soort belofte of aanmoediging die sportinstructeurs en muziekleraren hun beginnende leerlingen geven: ontzetting en vernedering of zelfs lijden zijn onvermijdelijke fases in elk leerproces. De les moet vastberaden worden benadrukt. Vrouwen moeten het per se fijn vinden. Uitzonderingen worden niet geduld. De onderwerping van de vrouw schuilt in die soort van verplichting tot genieten. Als ze met woorden en gebaren lijkt te weigeren, wordt er een beroep gedaan op haar onzegbare begeerte. Ze wil het, ze heeft het altijd gewild. *She's gotta have it.* Als ze het niet wil, komt dat op hetzelfde neer.

Het geweld wordt op de een of andere manier geëist door de vrouw zelf, de wreedheid geaccepteerd als onderdeel van een rollenspel, de vrouwelijke seksualiteit gezien als onverzadigbaar en dus per definitie schuldig.

De op één na meest voorkomende uitspraak tijdens verkrachtingen is: 'Je hebt het zelf uitgelokt.'

Het pedagogische aspect zou dus moeten worden bevestigd door het genoegen dat het slachtoffer toont na de aanvankelijke dwang. Er zijn bepaalde middeleeuwse ballades waarin een ridder in een veld een boerinnetje tegenkomt, haar eerst met woorden en daarna met geweld overweldigd, haar bezit, ondanks haar protesten, en er vervolgens op zijn paard vandoor gaat terwijl het meisje hem uitvoerig bedankt. De ondankbaarheid van het slachtoffer dat juist ook naderhand nog blijft jammeren en huilen, moet derhalve extra worden bestraft.

Op dat soort liederen en gedichten is de westerse beschaving gebouwd.

Het genot tijdens onderwerping. Seks is het terrein waarop wanverhouding het meest gewaardeerd wordt. Een gelijkwaardige behandeling levert geen enkele opwinding op. In bed domineert het perverse genoegen van de asymmetrie. Bij een verkrachting is die totaal. Op die manier gereduceerd en versimpeld onthult de seksuele daad zijn opdringerige en onderwerpende oorsprong. Zoals vaak het geval is met uitersten werpt zoiets extreems als verkrachting licht op de relatie tussen de seksen. Juist door de uitzonderlijke voorbeelden kun je het beste een regel destilleren, een tendens ontwaren.

Goed, in elke relatie tussen mannen en vrouwen, tussen elke man en elke vrouw, is er sprake van verkrachting. Ook daar waar geen enkele dwang aan de orde is geweest; zelfs daar waar liefde en tederheid heerst, bestaat er ook verkrachting. Verkrachting is het versimpelde model van de relatie tussen de seksen, ligt aan de basis van elke relatie, van elke afzonderlijke copulatie, die niet per se gewelddadig hoeft te zijn. De schending van het innerlijke, verborgen wezen van een individu vindt hoe dan ook plaats tijdens de geslachtsdaad, en als dat niet gebeurt is de daad vergeefs, als er geen gat wordt geslagen, je je bewustzijn niet even kwijt bent, als het leven niet in twijfel wordt getrokken door degene die de daad verricht, dan is er eigenlijk helemaal niets gebeurd.

Zo wordt verkrachting de vergaarbak voor alle soorten geweld; de trechter waarin allerlei soorten misbruik terechtkomen, gekanaliseerd en getransformeerd in seks. Overigens was seks al in die tijd, en tegenwoordig nog meer, het meest wijdverbreide ruilmiddel, de wereldtaal, de tegenwaarde waaraan elke menselijke communicatie en relatie wordt afgemeten. Sex for Money, Money for Sex, Sex for Food, enzovoort. Seks wordt langzamerhand het vervangingsmiddel voor geld, dat dat op zijn beurt al was voor alle anderen dingen. We zien de seksualisering van de samenleving, van werk, beelden, eten, kleding, vrije tijd, religie en van niet-seksuele verlangens.

Bij verkrachting is het genot niets anders dan macht, maar de macht heeft inmiddels geen andere manier meer om zich te manifesteren dan via het genot. De macht moet noodgedwongen zo communiceren. Als de macht zich niet kan uiten door iemand de kop af te hakken, zit er niets anders op dan aanzien verwerven door te erotiseren.

Wij leven dus in een verkrachtingsmaatschappij. Vijandigheid, roofzucht en kracht vinden een seksuele uiting. Seks is de taal, niet het ding. Seks is de manier van willen, niet het gewenste object. Door middel van seks wordt elke aandrift verbogen: wraakzuchtig, claimend, exhibitionistisch, qua identiteit. Middelbare scholieren verkrachten een meisje uit hun klas en filmen het met hun mobiel. Vrijheid gezien als de mogelijkheid om schade te berokkenen. Vrijheid = delict. Een volledige zelfverwezenlijking kan alleen maar plaatsvinden als je bereid bent misbruik te maken van anderen, en ook in staat bent het te dóén. Het ik valt volledig samen met de potentie. (En alleen zo'n huichelaar als Nietzsche krijgt het voor elkaar om *niet één keer* het woord 'seks' te noemen, oftewel een van de meest voor de hand liggende manifestaties daarvan, in de zeshonderd verhitte bladzijden van zijn *Wille zur Macht*.)

Iemand heeft de moeite genomen om het hele scala aan situaties op te sommen waarin de gewelddadige seksuele onderwerping van de vrouw wordt voorgesteld en gepropageerd. Als een vrouw wordt gezien als object of handelswaar; als ze wordt afgebeeld als slavin die aan elk verzoek moet voldoen; als ze geniet van haar vernedering; als ze wordt vastgebonden, verwond, verminkt met als doel haarzelf of anderen genot te verschaffen; als enig deel van haar lichaam wordt geïsoleerd en geëxposeerd los van haar persoon; als ze wordt gepenetreerd door voorwerpen of dieren; of wordt opgenomen in een onterend scenario en wordt beledigd, gefolterd, besmeurd en aan het bloeden wordt gebracht teneinde opwinding te veroorzaken.

In sommige opzichten was het in het QT alsof we nog in de Middeleeuwen leefden. Een citadel met torens, beschermd binnen de ommuring, een keur aan ondernemers, middenstanders en ambtenaren met een bekrompen mentaliteit, die boven alles bang waren voor ordeloosheid en elke mogelijke onmatigheid die de uitvoering van hun zaken zou kunnen verstoren. Goed bewaarde geheimen, een rustig leven. En een jeugd met weinig afleiding. Na schooltijd, of nadat je urenlang had zitten blokken voor de zware tentamens van de Technische Hogeschool, van geneeskunde of rechten, met wat lekkers en een beker melk voor je neergezet door de huishoudster, was er bijna niets te doen in de wijk, 'geen enkele vorm van organisatie om de haantjes bezig te houden, zodat ze niet anders konden dan zich te vermaken met vulgaire grapjes, verdovende middelen en rokkenjagen'. Daarnaast was er nog het politiek activisme, dat destijds werd voltrokken tijdens ideologische sessies of paramilitaire activiteiten als patrouilles, piketwachten, ordediensten, parades, boksen. Niet zozeer bedoeld als uitlaatklep, als wel om de veer te spannen. Sport en lichamelijke activiteiten waren geconcentreerd in de beslotenheid van kleine sportscholen in souterrains, waar men spieren kweekte om ze na de inspanning te voelen kloppen.

Als er een strenge moraal heerst, gaan jongeren daartegenin om hun onderdrukte energie de vrije loop te laten; als de moraal toegeeflijk is, lijkt alles geoorloofd. Het is dus juist dat rustige leven dat zijn eigen tegenpool voortbrengt, het is de kalm stromende rivier die draaikolken produceert waarin mensen verdrinken. De verveling. Niets is zo vruchtbaar als de verveling. Geniale ontdekkingen, meesterwerken, krankzinnige stunts en misdaden komen voort uit verveling. Zelfverminking en verkwisting.

In een van die films geïnspireerd op het DvdC zitten de hoofdpersonen, die worden omschreven als 'rijkeluiszoontjes met een Jaguar op zoek naar een prooi', verveeld te kletsen bij Bar Tortuga, tegenover het lyceum Giulio Cesare. De bar van de fascisten.

'We moeten iets doen...'

'...altijd dezelfde koppen...'

'...altijd dezelfde dingen...!'

Ik heb hem op dvd gekeken op eerste kerstdag. De dag erna, op tweede kerstdag, zag ik *Non violentate Jennifer* (*Je kunt Jennifer beter niet verkrachten*), waarvan de originele titel luidt *I Spit on Your Grave*. In de jaren zeventig waren veel Italiaanse filmtitels negatieve imperatieven: *Non aprite quella porta* (*Doe niet die deur open*; *The Texas Chainsaw Massacre*), *Non profanate il sonno dei morti* (*Stoor de doden niet in hun slaap*; *Let Sleeping Corpses Lie*), *Non si sevizia un paperino* (*Martel geen kuikentje*; *Don't Torture a Duckling*)... en dat is de meest raadselachtige van allemaal, want waar is dat kuikentje in de film? Wie is dat?

Een opmerkelijke, grove film, *I Spit on Your Grave*. Jennifer wordt herhaaldelijk verkracht door een groep van vier rotzakken, van wie er eentje echt achterlijk is, maar ze overleeft de kwellingen en neemt wraak door hen een voor een te verleiden en te vermoorden; als eerste de dorpsgek, eigenlijk de minst schuldige, die door het meisje wordt opgehangen terwijl hij met haar de liefde bedrijft, en misschien wel voor het eerst van zijn leven een orgasme krijgt. Zijn genotvolle gekreun verandert in doodsgereutel wanneer het touw wordt opgetrokken en hij aan de boom komt te hangen.

Tijdens een van de vertoningen in Amerika riep het publiek: 'That was a good one!', na de eerste verkrachting die het meisje onderging. Bij de tweede verkrachting: 'That'll show her!', en na de derde: 'I've seen some good ones, but this is the best.' Bij de scène waarin de drie mannen proberen de achterlijke te dwingen om Jennifer ook te verkrachten, zat het publiek aanmoedigingen te schreeuwen.

'There is no reason to see this movie except to be entertained by the sight of sadism and suffering,' schreef een recensent.

Het publiek (voornamelijk bestaande uit mannen, maar niet uitsluitend) had een latente criminele inslag. Die werd gewekt door de vertoningen van het misbruik.

Onder een repressieve moraal leeft de man in een toestand van voortdurende seksuele misère. Dat moge duidelijk zijn. Maar de bevrijde man is er nog erger aan toe. Hij wordt uiteindelijk geketend door zijn eigen vrijheid, door zijn driften die voorheen werden afgekeurd, door de vele verleidingen, door de wet van de begeerte die bevrediging eist; slaaf van de eindeloze mogelijkheden die zijn bevrijde leven hem biedt, en die hij bij gebrek aan remmingen op de een of andere manier verplícht is te grijpen, anders is hij een arme stakker. Hij moet zich per se wáármaken, en dat betekent gebruikmaken van elke gelegenheid die al dan niet wordt geboden; profijt trekken, profiteren, dat is het gebod van de vrije wereld. Eeuwig verdwaasd door de variëteit van het erotische aanbod, en weliswaar werd hij erdoor gekweld toen zijn driften werden onderdrukt, maar nu ze dat niet langer zijn jammert hij, helemaal van streek, in de greep van ongeremde verlangens die onbevredigd blijven. Individualisme en consumptie-ideologie betekenen voor hem maar één ding: dat de hele wereld neukbaar is. En dus moet worden geneukt.

Helaas is niemand tegen die grandioze taak opgewassen.

Een beroemde sportschool uit die tijd bevond zich recht tegenover ons huis. Ik heb het er al over gehad in het hoofdstuk over mijn gymnastiekleraren. Een paar maanden lang ging ik er samen met Arbus naartoe, met het idee dat we dan gehard zouden worden – qua buikspieren, armen, voornemens. Het idee was verkeerd, maar de plek was goed. De kille verlichting en het gepiep van de geplastificeerde vloer banden elke twijfel uit dat we daar voor ons plezier waren. Wat nou vermaak: sportscholen concentreren, comprimeren, het zijn zoemende accumulatoren zoals de tl-lampen aan het plafond. In plaats van dat de energie er verloren gaat wordt die opgehoopt, en blijft het seriële plezier binnen in het lichaam, de rush van het bloed dat door je spieren wordt gepompt maakt je duizelig. Werktuiglijke bewegingen die automatisch twintig of dertig keer worden herhaald.

De sportschool was beroemd vanwege de eigenaar en instructeur, wiens schorre aanmoedigingen de uitvoering van de oefeningen begeleidde, die bijna allemaal waren gebaseerd op inspannende, pijnlijke push-ups. Maar je moest volhouden, niet opgeven. Zijn kreten waren vergelijkbaar met die van mariniers: overdreven hard, hij schreeuwde tot hij geen stem meer over had.

Wat je het vaakst hoorde weerklinken was 'De man is een beest!!!', herinnert u zich die nog? En ook die instructeur, de mythische, behaarde Gabriele Ontani uit deel twee? Volgens Ontani was de man een beest en dus moest hij lijden. Om wat te bereiken? Een volmaakt lichaam?

NEE, het lijden was het doel op zich.

'Hup... hup... hup... hup... kom op... kom op... kom op... kom op... kom op, ga door, hup, hup! Ga door! Hup! Hup! Hup!' schreeuwde Ontani hees terwijl hij het tempo van de push-ups opschroefde, en dan besloot hij: 'De man... is... een beest!!!'

Die leus was het teken dat we mochten stoppen, vol opluchting, en we masseerden onze spieren die op de pijngrens waren beland. Weet u ook nog de bepaling die zijn concept aanvulde, waardoor het wat zachter en raadselachtiger werd, en minder beslist: 'De man is een beest... de vrouw... is *een kunstwerk*!'

Daarmee was de betekenis rond. Dat was het geheim en onze veroordeling: we waren beesten die in contact zouden komen met kunstwerken. Buiten de sportschool (waar de sporttijden voor mannen en vrouwen strikt gescheiden waren, in die tijd liepen de seksen nog niet door elkaar, pas later werden de sportschoolhouders slim en de sportpakjes hoog opgesneden), buiten de tatami wemelde het van de kunstwerken die popelden om ons te ontmoeten en zich door ons te laten bewonderen. Maar, bedacht ik, hoe kan een beest nou paren met een kunstwerk?

De twijfel sloeg toe: Het zal toch niet zo zijn dat...

Ontani's slogan verried een onoverbrugbare kloof tussen mannen en vrouwen.

Hoofdstuk XII

Naaktheid heeft te maken met de dood. Ze heeft altijd te maken met de dood. Meer dan een vertrekpunt, van je geboorte, het adamskostuum, is ze een aankomst. Het eindpunt. De ontbloting is nooit een spontane actie, maar het gevolg van een bruuske, krampachtige, onthullende beweging; zelfs wie zich uitkleedt om te gaan slapen herbeleeft het dramatische aspect dat elke ontbloting heeft, ook die welke elke avond plaatsvindt in een badkamer of slaapkamer.

Wat zagen de moordenaars van het DvdC, wat zagen ze toen ze de meisjes zagen die zij hadden uitgekleed? Wat was daarónder, wat was er onder hun ogen, wat was er nog onder die naaktheid die eigenlijk niets meer zou moeten verhullen? Twee aantrekkelijke lichamen? Twee slachtoffers van misbruik wier naaktheid alleen maar de meest expliciete manier was om aan te geven dat ze weerloos waren? Het eerste wat men doet met een gevangene om hem duidelijk te maken dat hij in de greep van zijn bewakers is: hem uitkleden. Waren die meisjes dus als gevangenen in een concentratiekamp, zoals in de verbeeldingswereld die hun ontvoerders het meest na aan het hart lag? (Uit de stroming van de sadonazistische pornografie.) Het naakte lichaam van een meisje werpt een vraagstuk op dat niet haarzelf betreft, maar degene die naar haar kijkt. Over het hoe en waarom hij naar haar kijkt. Als er geen erotische bedoeling is, wordt die aanblik onhoudbaar. Dus als die bedoeling er niet was, moest ze bijna noodgedwongen worden gecreëerd. En vervolgens moet je je handen uitsteken, naar het lichaam van het meisje of dat van jezelf, je moet je meester maken van het vlees zodat de anders onhoudbare aanblik van de naaktheid wordt omgezet naar een concrete handeling, het liefst bruusk, heftig, hinderlijk, zoals wanneer iemand in zijn eigen arm knijpt of zich met een speld prikt om te verifiëren of hij wakker is. Naar een naakt meisje kijken is alsof je haar dood ziet, alsof je naar haar kijkt terwijl ze al dood is, terwijl ze vermóórd is. Verstikt, zonder adem te halen, bleek, aan haar lot overgelaten, slap, zo komt een naakt meisje bijna altijd over op foto's, welke dan ook, van pornografische tot artistieke of huiselijke; ze is altijd Ophelia, meegevoerd door de stroom van de beek waarin ze is verdronken: misschien is dat de reden waarom degene die hen vastlegt soms probeert het doodse aspect van hun naaktheid te verhelpen door deze kunstmatig te verhitten middels de vulgaire poses en gemaakte lachjes die de obscene handelingen vergezellen, met de naïeve bedoeling om wat levendigheid te verschaffen aan die lichamen die rijp lijken voor het mortuarium, aan die billen, die borsten, aan die buik besmeurd met sperma dat ook al meteen koud wordt. Ondanks de inspanningen van het erotische proza en de erotische fotografie zal een naakt lichaam nooit *tot leven komen*...

Wat moet een man doen met een naakt vrouwenlichaam als het niet een onderwerp van liefde is, of van aandacht, van bescherming, van aantrekkingskracht en zelfs niet van verdoemenis?

Een man kan op vier manieren over het vrouwelijk lichaam beschikken: hij betaalt de vrouw voor haar diensten, hij bekijkt haar naakt of aangekleed op foto's en filmpjes, hij verleidt haar of ontvoert haar. Tussen deze vier gebruikswijzen, die elkaars alternatief lijken, bestaan in feite subtiele verbanden (veel meer dan het gezond verstand bereid is toe te geven) en tussenvormen en soms zelfs overlappingen, vooral tussen de laatste twee, verleiding en ontvoering, gebaseerd op een andere toepassing van macht, of beter gezegd, op een toepassing van verschillende soorten macht, in het eerste geval psychologisch en beschouwd als volkomen geoorloofd (ook wanneer die dominant is over degene die deze ondergaat), in het tweede geval fysiek, wat in alle gevallen wordt beschouwd als ongeoorloofd en daarom ook verboden is en wordt bestraft. Daarentegen voorzien de eerste twee manieren in een puur financiële investering. Een man moet dus geld en energie spenderen om aan zijn trekken te komen, in verschillende maten en volgens protocollen die variëren van behoedzame investering via galanterie tot verkrachting, waarbij af en toe ook liefde wordt aangestipt, al kan die ook worden aangewend als loper om een willekeurige deur te openen.

Vroeger had je als vijfde mogelijkheid nog het huwelijk. Als je met een vrouw trouwde en haar mee naar huis nam, was je ervan verzekerd dat je vrijelijk kon beschikken over het goed dat haar lichaam vormde, alsof het je exclusieve eigendom was – maar tegenwoordig is dat niet meer zo en moet de echtgenoot elke keer van voren af aan beginnen met het verwerven van de instemming die vroeger permanent gegarandeerd was, voorgoed, vanaf je trouwdag, als een onbeperkt recht op eigendom waarvan je elk moment onvoorwaardelijk kon genieten. In het traditionele huwelijk gingen transacties, misbruik en roof hand in hand, zonder dat ze met elkaar in tegenspraak waren, op feitelijk zowel als symbolisch niveau. Een zesde mogelijkheid, tegenwoordig vergemakkelijkt door de manier waarop de huidige jeugd zich amuseert, en die zou kunnen worden omschreven als niet alleen verleidend of ontvoerend maar meer overhalend, bestaat in het afbreken van alle belemmeringen voor seksuele instemming, gebruikmakend van een mix die in wisselende doseringen bestaat uit instant-hofmakerij, psycho-fysieke dwang en gebruik van middelen als alcohol en drugs. Deze moderne manier wordt gesteund door een massale sociale conditionering, zo sterk als een ideologie en wijdverbreid als een reclamecampagne, volgens welke meisjes geacht worden hun lichaam seksueel beschikbaar te stellen. Daardoor lijkt de zogenaamde seksuele vrijheid dus meer op seksuele onderdrukking, geherformuleerd volgens nieuwe normen die zelfs nog dwingender zijn. Wat vroeger verboden was, is nu niet alleen geoorloofd, maar verplicht. Het pornografische gebruik van het vrouwenlichaam dat tot enige jaren geleden nog het onderwerp was van een commerciële transactie, wordt tegenwoordig gratis verschaft, eveneens gehoorzamend aan datzelfde dictaat, in de vorm van amateurvideo's en compromitterende foto's. De verspreiding van beelden van vrouwen in alle leeftijden die zich uitkleden en seks hebben maakt inmiddels deel uit van een liefdesritueel waaraan ze zich bijna onmogelijk kunnen onttrekken, aangezien het hoort bij de uitrusting van dat lichaam dat blijkbaar volledig en onherroepelijk belangeloos ter beschikking moet worden gesteld aan eenieder.

In de praktijk werkt het zo, ook al probeert de wet naarstig om het bezit van het virtuele vrouwenlichaam te beperken, dat niet minder waardevol is dan het fysieke en evenzeer wordt uitgebuit. Overgewaardeerd, tot onderwerp gemaakt van perverse nieuwsgierigheid, van obsessieve aandacht, tot in de anatomische details ontleed door de keurende blikken, ontbloot en omkleed met verlangen – en tegelijkertijd gedevalueerd, gereduceerd tot een inwisselbaar niets, tot een larve, een wittige veeg op het scherm met rozige knoppen en een donker driehoekje en rode lippen. Geld, charme, fysieke kracht, emotionele chantage, pornografie die meer opwinding veroorzaakt dan lenigt, de verplichting om zich altijd en hoe dan ook te onderwerpen aan de begeerte, gevangenneming, roddels, machtsmisbruik: wie kan er zo hypocriet zijn om niet te zien dat mannen uiteindelijk altijd op dezelfde manier te werk gaan om het lichaam van een vrouw te kunnen krijgen, verspreid over varianten die meer of minder ridderlijk of bruut zijn, romantisch, geformaliseerd of vluchtig – zoals men zegt: 'goedschiks of kwaadschiks'? Als dat ook maar een beetje waar is (net zoveel als de bewering dat het helemáál waar is fout is), hoe kunnen we dan iets aan te merken hebben op degenen die overhaaste conclusies trekken, en dus hun toevlucht nemen tot de heftige manieren? En dus alles pakken wat ze willen? De hele wereld moedigt hen daartoe aan.

Het naakte lichaam betwist de suprematie van het gezicht, en vlakt die uit. Een naakt lichaam is dan ook zonder hoofd; een lichaam dat zich ontbloot of wordt ontbloot is op slag zonder hoofd; en als het dan ook nog eens met geweld wordt uitgekleed, verdwijnt het gezicht nog voordat het lichaam helemaal zonder kleren is. Daarom hebben vrouwen die in pornografische standjes worden gefotografeerd of gefilmd terwijl ze zich anaal laten nemen of meerdere pikken vasthouden, altijd moeite om een passende gezichtsuitdrukking aan te nemen. Want die is er in feite niet, die bestaat niet, het gezicht zelf bestaat niet eens en het zou beter zijn om dat met een grafisch effect te vervagen of weg te snijden, of om het te maskeren, een kap erover te doen; dat verklaart dus waarom de meisjes nu eens schaapachtig glimlachen, dan weer gemaakt geil hun lippen aflikken, nu eens een bange of pijnlijke blik hebben vanwege de gigantische geslachtsdelen die zich dreigend boven of in hen bevinden, of anders juist uitdrukkingsloos blijven: eerlijk gezegd hebben ze geen idee hoe ze hun gezicht moeten houden, want terwijl de rest van hun lichaam zichtbaar is, onverhuld, wijd open, gespreid, opengesperd, geldt voor hun gezicht op dat moment dat het *niet bestaat.*

Wanneer het lijk van een man wordt gevonden is dat bijna altijd gekleed, en wanneer dat van een vrouw wordt gevonden is dat meestal naakt. En als de vrouw al toevallig kleren aanheeft, krijg je het idee dat ze eerst is uitgekleed en daarna, nadat ze was vermoord, weer aangekleed. Het lichaam van een vrouw moet per definitie naakt zijn, en dat van een vermoorde vrouw is nog naakter; wat verklapt hoe ze is gestorven en waarom. Ontbloot en vermoord, vermoord en ontbloot. Die twee handelingen blijken onlosmakelijk met elkaar verbonden, sterker nog, ze vallen bijna samen, zozeer dat je het idee zou krijgen dat elke keer wanneer de kleren van een vrouw worden uitgedaan, ze letterlijk of figuurlijk meer kans loopt om aan haar eind te komen. Het is een soort inleiding op het onderwerp. Alleen in de vernietigingskampen waren zowel mannen als vrouwen in groten getale naakt. In reclamespotjes, of in films, of in de mode, en tegenwoordig zelfs in de opera, is het een vrouwenlichaam dat wordt ontbloot – wat bevestigt dat je aan het begin en het eind van alle verhalen, boven aan de ladder van verlangens, in de prikkel en het doel van elke aanschaf, ten grondslag aan elke verleiding of gewelddaad, een naakte vrouw vindt, of delen van haar lichaam: haar tepels, heupen, ogen, billen.

We vinden de naaktheid terug op drie beslissende momenten: geboorte, geslachtsdaad en dood. Het dode lichaam is naakt, ook al is het gewikkeld in een lijkwade of in de kleding waarmee het wordt begraven. De dood zelf is niet anders dan een finale vorm van naaktheid, een gruwelijk antwoord op de naaktheid van de geboorte. Toen de mens werd verjaagd uit het paradijs en met geweld de wereld in werd geduwd, zal de naaktheid haar glans en onschuld kwijtgeraakt zijn, en een dramatisch tintje hebben gekregen, zogezegd, omrand zijn door de dood. Daarom, misschien wel alleen daarom, is de naaktheid obsceen, en dus verboden. Het naturalisme en het nudisme zijn naïeve of hypocriete pogingen om terug te keren naar die inmiddels onbereikbare oorsprong en die schaduw uit te wissen, veinzend dat er helemaal geen geheim en geen schaamte is, dat dat gedoe met kleren aantrekken alleen maar een domme conventie is...

Behalve het mortuarium is een andere plek waar je vrouwen zonder kleren aantreft het museum. Hangend aan de muur of staand in de gang of liggend in een lome pose heb je daar talloze blote meisjes. Sommige beeldschoon en aantrekkelijk, andere wat meelijwekkend tenger, en weer andere corpulent, geschilderd om heel veel ruimte in te nemen met hun roze vlees.

En het is niet waar dat we eraan gewend zijn. Het is niet waar dat we er totaal ongevoelig voor zijn geworden door de visuele en verbale storm die al minstens veertig jaar onophoudelijk woedt. Het doet nog steeds iets met je (met mij wel tenminste), niet alleen de aanblik, maar ook alleen al het auditieve contact met zinnen die frasen bevatten als 'een *naakt* meisje' of 'de man was *naakt*', 'tot ze *naakt* was', 'de *naakte* lichamen lagen...' of 'ze lagen *naakt* op het zand'.

En zelfs de onschuldige naaktheid van kinderen treft je oog en prikkelt je fantasie, en gevoelens van bewondering, opwinding, walging, ontzetting en verbazing vermengen zich in één flits wanneer onverwachts of gehoopt de naaktheid van een lichaam verschijnt, ongeacht geslacht of leeftijd.

Naakt: in dat ene woordje 'verliest mijn nutteloze hoofd zijn bezinning'.

Hoofdstuk XIII

De geschokte reacties van gegoede families wanneer ze berichten vernemen van nieuwe misdrijven die hun zoons hebben begaan: 'O nee, hij heeft het weer gedaan, daar gaan we weer!' Om zich vervolgens vast te klampen aan een eeuwenoude overtuiging: 'Met geld is alles te regelen...'

Dat geld is dan nodig om goede advocaten te betalen, om de slachtoffers om te kopen, om aangifte te voorkomen: al sinds mensenheugenis kan een bemiddelde bruut de mildheid of zelfs de medeplichtigheid van de rechters genieten. Dat eeuwenoude principe kantelde plotseling in de jaren waarin dit verhaal zich afspeelt, en grotendeels juist vanwege dít verhaal. De voornaamste rol hierin werd gespeeld door de kranten, die toen nog de dienst uitmaakten wat betreft het ophemelen of aan het kruis nagelen van publieke figuren, en wisten hoe ze een nieuwsfeit sensationeel moesten maken, profiterend van de gewelddadige, perverse inhoud ervan en tegelijkertijd verontwaardiging veinzend bij hun veroordeling ervan, waarmee ze zowel mannen als vrouwen lokten die als bijen op de honing afkwamen, de mannen gefascineerd, de vrouwen gechoqueerd. Het DvdC zorgde in één klap voor overeenstemming tussen reactionairen en progressieven. Tot dan toe was verkrachting bestraft binnen een systeem dat aarzelde tussen strengheid en vrijwel totale tolerantie. De rechters leken te twijfelen. Maar toen sloeg het privilege in één keer om in een nadeel.

In de perscampagne die het delict volgde en het proces versloeg, telde dan ook niet zozeer de zwaarte van het seksuele conflict (mannen tegen vrouwen) als wel die van het klassenconflict (rijk tegen arm). De publieke opinie kwam in beroering door de sociale afkomst van de moordenaars. Een kleinburgerlijke opstand verzette zich tegen de vermeende geprivilegieerden, maar in feite was de revolte tegen zichzelf gericht. En door de dood van een van beide slachtoffers werd de zaak pas groot. *Die specifieke* dood: de afgelegen villa aan zee, de kofferbak. Want eigenlijk ging het altijd al zo in de traditionele rechtspraktijk: maar zelden was er een verkrachting bestraft waarbij het slachtoffer niet ernstig verwond of vermoord was. Alleen de zware verwonding of dood van de getroffen vrouw schudde het geweten plotseling wakker en stimuleerde de rechtbanken om de gepleegde misdaad zelfs met de doodstraf te bestraffen. Dat was echter een zaak waarbij de zwaarste misdaad, de moord, uiteindelijk het seksueel geweld opslorpte en maskeerde. Tegenover het macabere bewijs van het lijk vergat men dat dat lichaam voordat het werd vermoord ook nog was geschonden. De verkrachting werd onbelangrijk. In deze zaak echter werden het seksueel geweld en het uitvloeien daarvan in puur geweld, in marteling en ten slotte moord, in hun gezamenlijkheid beschouwd, als een gruwelijk samenhangend en logisch traject, waarbij de premissen zich ontrolden tot aan het resultaat, en het versterkten, het werkelijk onverdraaglijk maakten voor het geweten van iedereen – onderzoekers, familieleden, rechters, juryleden, en de openbare opinie.

Eeuwenlang was verkrachting beschouwd volgens een zwaarteschaal gerelateerd aan de stand, de klasse waartoe de verkrachter en het slachtoffer behoorden. Wanneer de heer des huizes zich vergreep aan het dienstmeisje werd dat hooguit veroordeeld met een geldboete, terwijl een zwerver die zich vergreep aan een meisje uit een gegoede familie de galg kon krijgen, alsof het misdrijf dat bestraft diende te worden op de eerste plaats de aanval op de sociale hiërarchie inhield. Dat paradigma werd op slag omgekeerd, op de golf van de politieke wraakacties in die jaren, en door een soort wedervergelding veranderde het in juist het tegenovergestelde, aldus geformuleerd: een vergrijp is veel erger en verachtelijker wanneer 'welgestelden' het 'meisjes van het volk' aandoen. De sociale afkomst van de schuldigen, die hen tot dan toe had beschermd tegen zware consequenties van hun daden, en hen wellicht ook deze keer had kunnen vrijwaren (goede advocaten, transacties, een behoorlijke schadeloosstelling voor de getroffen partij, kortom de oude les die ik eerder al noemde, 'met geld is alles te regelen'), veranderde nu ineens in een verzwarende omstandigheid. Het waren geen losgeslagen jongens meer, maar wrede moordenaars. In het criminele jargon: er was een dode bij gevallen. Een vrouwelijke dode nog wel. Een arm meisje, dood. En daarmee werd het oude pact weggevaagd volgens welk de klasse van de dader en die van het slachtoffer vergoelijkend werkten. Dat pact werd volledig op zijn kop gezet. De sociale klasse van de verkrachters maakte hen nu juist nog gruwelijker, monsterlijker en meer verantwoordelijk, want ze konden zich niet eens beroepen op de verzachtende omstandigheden van onwetendheid of een laag milieu: niks, ze hadden geen excuus. Aldus verwerden de berichten over de misdaad in sociale pamfletten: en als je de media de kans geeft om zulke sappige ingrediënten te vermengen...

Het was onvermijdelijk dat het zou gebeuren. Sociale inferioriteit is altijd een van de ideale omstandigheden geweest voor onderdrukking, en de verantwoordelijken van het DvdC deden niets anders dan voortborduren op een eeuwenoude minachting voor de zwakkeren. Ze beschouwden zichzelf als onaantastbaar. En ze beschouwden de meisjes als een eigendom waarover ze naar believen konden beschikken. Ze hadden zich alleen in het tijdperk vergist, minstens een paar eeuwen. Je kunt over onze tijd zeggen wat je wilt, maar hij verschaft de zwakkeren in elk geval wel de instrumenten om hun recht te halen. In de wet worden objectieve grenzen aangereikt tegen de heerschappij. Alleen de wet kan naderhand tegenwicht bieden aan de ongelijkheid die de verkrachting mogelijk heeft gemaakt: ongelijkheid in leeftijd, ervaring, maatschappelijke positie, functie, aantal en fysieke kracht. Het is bewezen dat slachtoffers niet worden misbruikt omdat ze extra aantrekkelijk zijn, maar omdat ze weerloos zijn. Het bewijs dat verkrachtingen niets te maken hebben met de seksuele uitbundigheid van degenen die deze plegen of ondergaan, ligt in het feit dat veel verkrachters impotent zijn en hun slachtoffers gespeend van fysieke aantrekkelijkheid; nietszeggende meisjes, vrouwen van gevorderde leeftijd of met weinig erotische uitstraling, die niets doen waardoor ze uitdagend overkomen. Een verkrachter heeft vaak een piepkleine penis. Dat is niet waarop zijn macht is gebaseerd, en als surrogaat voor die penis kunnen sowieso stokken en verschillende gereedschappen gebruikt worden, als fysiek voorwerp en als symbool van onderdrukking.

Het verloop van de verkrachting is voorspelbaar; volgens een eeuwenoude traditie is die zelfs onvermijdelijk zodra een geïsoleerd, onbeschermd meisje ten prooi valt aan een man of meerdere mannen. Herderinnetjes met hun kudde, ganzenhoedsters, wasmeisjes, net geen kind meer, die van het ene naar het andere dorp lopen om eten of kleding te gaan brengen, dienstmaagden en huishoudsters zijn altijd al het doelwit van misbruikers geweest. In de oude Franse chansons waarnaar ik al eerder verwees wordt het verloop smeuïg verteld. Onvermijdelijke dingen klinken vaak luchtig, onbekommerd. Een ridder ziet een herderinnetje, gaat naar haar toe, legt haar op het gras, doet haar hemd omhoog waarmee hij haar witte vlees en stevige borst ontbloot, en ondanks haar smeken en bidden neemt hij behalve zijn eigen genot ook de maagdelijkheid van de herderin. Dan rijdt hij weg op zijn ros, zonder haast, misschien nadat hij haar een zijden ceintuur of een ander cadeautje heeft gegeven. In de bourgeois setting veranderen de hoofdpersonen, in plaats van boerinnen krijgen we dan studentes, winkelmeisjes, secretaresses, telefonistes; en ook de omgeving verandert: stedelijk of voorstedelijk in plaats van landelijk.

Het ware raadsel van het DvdC is niet de identiteit van de moordenaars, want daarop hebben de media zich volop gestort; het zwarte gat bij dat delict is de identiteit van de slachtoffers. Het feit dat ze 'gewone meisjes' waren is wel de meest mysterieuze, raadselachtigste omschrijving: wat wil dat zeggen, 'gewoon'? Het lezen van de kranten in de dagen na het DvdC leidde tot grote consternatie bij het merendeel van de Italiaanse gezinnen, die van de ene op de andere dag ontdekten dat hun lieve zonen zomaar verkrachters zouden kunnen zijn, en dat hun dochters elke keer konden worden gegrepen door maniakken wanneer ze 's middags op stap gingen 'met vrienden'. Welke vrienden? En *waarnaartoe*? Om wát te doen? De vragen waren kwellend, en bleven onbeantwoord. Het gevaar was overal. Meteen over de drempel van de voordeur ontvouwde zich een onbekend terrein. Tot die tijd had men het idee gehad dat ze dat terrein kenden, maar de straten en pleinen bleken niemandsland.

Het verhaal over de handelingen van de moordenaars, elke dag aangevuld met nieuwe details, even bijkomstig als afgrijselijk, brak ineens elk moreel besef. De pers buitte het perverse element van het verhaal uit (geschonden onschuld, seks, bloed, welgesteldheid) om lezers te trekken, en kastijdde hen vervolgens met moralistische tirades die op hun beurt niets anders deden dan de perversie weer aanwakkeren. Wanneer je de rotte plek naar de oppervlakte haalt, al is het met nog zo'n nobele bedoeling, namelijk om je ervan te zuiveren, is het bijna onmogelijk om er niet door te worden aangetast. Door hem aan te geven en aan het licht te brengen erken je in zekere mate de onontkoombaarheid ervan. Het kadaver wordt opgegraven en de ingewanden bederven de lucht. De authentieke hang naar de waarheid kan niet los worden gezien van een ongezonde hartstocht voor de ontdekkingen daarvan, hoe obsceen die ook blijken te zijn. Om er meer over te weten te komen moet je dus bereid zijn juist die morele regels in naam waarvan je je hebt voorgenomen onderzoek te doen zelf aan je laars te lappen.

Vanuit dat oogpunt was het DvdC een schandaal, een waar schandaal. Zo een waarbij dat wat aan het licht is gebracht onmiskenbaar wordt verdraaid. De dingen die werden onthuld gaven anderen de gelegenheid om in dezelfde fouten te vervallen. In plaats van te behoeden vóór, moedigde het juist aan tót. Het schandaal fungeerde tegelijkertijd als waarschuwing tegen het onthulde kwaad, maar impliciet zette het ook aan om hetzelfde te doen, met de kracht van het slechte voorbeeld, door te suggereren dat de wereld nu toch eenmaal was aangetast en er niet meer viel te ontkomen aan de verrotting en het geweld. Of je was er het slachtoffer van, of je was er verantwoordelijk voor (de slogan 'We zijn allemaal verantwoordelijk', op aloude katholieke leest stoelend, heeft een ongelooflijk succes gehad in Italië, en de schade berokkend waarover ik het al eerder heb gehad: terwijl er verantwoording wordt geëist voor open of verborgen zonden, worden die tegelijkertijd aangelengd in een soort algemene, collectieve zonde, die al even collectief kan worden kwijtgescholden), of je was allebei tegelijk, dader en slachtoffer, wat leidt tot een soort generaal pardon. De gruwel werd met woorden gestigmatiseerd, maar daarmee ook toegankelijk, voor iedereen binnen handbereik. Een schandaal is nooit heilzaam, het kan nooit de verloren deugd herstellen, die overigens ook denkbeeldig is gebleken, aangezien de ziekte zich al verspreid had voordat de plaag tot uitbarsting kwam.

Het is terecht dat de waarheid niet wordt verhuld, maar als de waarheid verrot is infecteert ze iedereen die ervan op de hoogte wordt gesteld.

De onschuld was voorgoed bedorven. Als er ooit een onschuld had bestaan.

Niemand is verder van de dood
dan twee willekeurige meisjes van achttien
maar tegelijkertijd is niemand er dichter bij
en geschikter voor de rol van het slachtoffer: ja,
zo is het, geschikt voor de dood, fittest for death.
Hun onrijpheid maakt hen tot een zoetere vrucht
nog wat groen maar klaar om zich los te maken van de tak.
Hun val zal gepaard gaan met een plof
die tot in de verte te horen zal zijn
veel rampzaliger en dramatischer dan die zou zijn
als hij te wijten was aan een natuurlijke rijping.

Ze waren niet voorbereid op de dood. Het was niet hun seizoen.
Ze hadden nog niet de laatste biecht afgegeven, hoe groot of klein
de zonden ook waren die ze hadden begaan tijdens hun korte
leven.
Het staat niet op het programma van een middaguitje
om verdronken in een badkuip te eindigen
na urenlange folteringen. Untimely death.
De enige troostende gedachte is dat een individu
niet meer pijn en ellende kan ervaren dan tot een bepaalde grens
en daaroverheen wordt hij ofwel vernietigd, ofwel gevoelloos.
Dat is de ironische constatering die Dante doet ten opzichte
van de centaur Cacus, gedood door Hercules met honderd
knuppelslagen, waarvan hij hooguit de eerste tien voelde.

Als Abel in Genesis, die daarin vrijwel uitsluitend figureert om te worden gedood door Kaïn, zo spelen de twee meisjes een rol in het DvdC. Alle aandacht wordt op de dader gericht, in plaats van op het slachtoffer. Wat de Bijbel interesseert is het drama van de schurk, zijn kwelling, zijn vlucht, de manier waarop hij zal worden bestraft en tegelijkertijd behoed voor de bestraffing. Nadat hij is vermoord verdwijnt de zachtaardige Abel van het toneel. Dat is over het algemeen het probleem van de slachtoffers: geen enkele acteur van formaat zou het accepteren om een personage te spelen dat na een kwartier uit de film verdwijnt. Het schijnt dat de naam Abel op zich in het Hebreeuws 'het niets' betekent. Waren de twee meisjes van het DvdC het niets? En betekent het feit dat ik in dit boek weinig of niets over hen schrijf dat ik al even onrechtvaardig ben als die anonieme opsteller die door biblisten wordt aangeduid met de letter 'J'?

Seksuele misdrijven creëren een perverse medeplichtigheid waardoor eenieder die ermee te maken heeft wordt aangestoken. De eerste die ermee wordt besmet is het slachtoffer, betrokken bij het onwaardige gedrag, wat haar er vaak toe drijft het ondergane geweld stil te houden, om niet onder de schande te hoeven lijden. Dan strekt het zich uit over de families van de daders en de slachtoffers, die zijn tekortgeschoten qua opvoeding, afremming of bescherming, en aan de directe of indirecte getuigen ervan, die elk een stukje verantwoordelijkheid dragen; en als we het concept getuige uitbreiden over iedereen die het nieuws over de daad heeft vernomen, via kranten en tv, of via die andere mediavormen waaronder boeken vallen maar vooral ook films (verkrachting is meer geschikt voor visuele reconstructie dan voor verbale beschrijving), dan kan de mate van morele betrokkenheid van een verkrachting uiteindelijk de complete gemeenschap aangaan. Je hoeft de krant maar open te slaan om deel uit te gaan maken van die verdorven samenleving.

Zolang verkrachting werd beschouwd als een misdaad tegen de moraal en niet tegen de persoon, was het onvermijdelijk dat het slachtoffer samen met de dader werd geassocieerd in datzelfde aura van schande. Je wordt niet alleen onzuiver door de daden die je pleegt, maar ook door de daden die je ondergaat, als een pestlijder die de ziekte zijns ondanks heeft opgelopen, hij is er een onschuldig slachtoffer van, maar toch roept hij dezelfde afkeer op.

Het privéleven en de verborgen gedachten van zoons en dochters werden een ondoordringbare jungle. Dat waren ze voor die tijd ook al, maar afgezien van een paar uitzonderlijke gevallen hadden ouders niet het idee dat ze zich daar al te veel zorgen over hoefden te maken. Zolang de kinderen maar niet bleven zitten op school en niet te veel schuttingtaal bezigden; de rest hoorde er gewoon bij. Nu echter konden achter die normale façade de gekste dingen verborgen zitten. Sterker nog, juist het normale werd ineens gevreesd, kalmte was een slecht teken. Wie weet zaten die kinderen daar op hun kamer iets vreselijks te beramen: verkrachtingen, overvallen. Of misschien zaten ze alleen maar een Latijnse tekst te vertalen. Het schijnt dat sommige slachtoffers die werden vermoord door politieke terroristen zijn uitgekozen tijdens een middagje vergaderen dat niet veel meer om het lijf had dan een overleg over welke bioscoop te bezoeken. Dan werd er besloten wie ze een lesje zouden leren door zijn benen te breken, wie ze zouden elimineren, op wie ze zouden schieten. En als je geen moordenaar was, kon je altijd het slachtoffer worden. Alle meisjes waren een potentiële prooi nu de 'brave jongens' niet meer te vertrouwen waren. Sommigen beweerden dat er een antropologische mutatie aan de gang was, anderen dat de overheersingsdrang van de middenklasse geen belemmeringen meer vond in de hypocriete tegengewichten van het fatsoen en de goede naam.

En dan de crisis van het gezin. Ach jee! Geen enkel argument is wellicht zo vaak aangeroepen als verklaring voor de meest uiteenlopende fenomenen als de 'crisis van het gezin'...

Dat gevoel bleef tot op het paranoïde af toenemen in de jaren daarna, toen het politiek geweld zelfs aan de voordeur plaatsvond, en vaak ook nog in huis. Brandende benzine die onder de voordeur door sijpelt. Het trappenhuis waar tegenstanders worden nagejaagd en afgemaakt. Lijken languit op de trap, spetters hersenweefsel op het pleisterwerk. De beelden toonden nooit open, weidse velden, maar altijd hekjes van gemeenschappelijke woongebouwen, scootergarages, muurtjes, parkeerplaatsen, bushaltes, ingangen van huurkazernes, smalle trottoirs, putdeksels, autoportieren en kapotgeschoten raampjes waardoor je de moordslachtoffers half bekneld tegen het stuur zag liggen. De kunstleren stoel van een Fiat 750 was niet langer een comfortabele, vertrouwde plek.

Terwijl de ontvoeringen van personen slechts een rijke minderheid bang maakten, en de misdaden van de maffia en camorra destijds nog alleen in Zuid-Italië plaatsvonden, kon het politieke geweld overal toeslaan en iedereen treffen: je kon de lucht in vliegen in de trein, in een bankfiliaal, op het station; ze konden je de schedel inslaan vanwege het kapsel dat daaromheen zat, of vanwege de snit van je schoudertas, en als je een zoon in huis had die in politiek geïnteresseerd was – en dat waren destijds zo'n beetje alle jongeren, aangezien het onmogelijk was om neutraal te blijven – dan waren de avonden dat hij niet thuiskwam gruwelijk, en werd de mogelijkheid levensgroot dat hij was neergestoken, van zijn scooter geduwd, tegen zijn hoofd getrapt.

De neergang van het traditionele gezin was waarschijnlijk niet de oorzaak, maar maakte het wel mogelijk dat er gewelddadig uiting werd gegeven aan problemen die voorheen binnenshuis bleven en in stilte implodeerden, waarbij ze veel minder ophef veroorzaakten of zelfs volledig onzichtbaar bleven. In het verleden waren heel wat welgestelde mannen eraan begonnen en eraan gewend geraakt om hun seksuele driften binnen de huiselijke sfeer uit te leven. Dat waren de zogenoemde 'amours ancillaires', een opmerkelijke, gewoontegetrouwe combinatie van seksueel misbruik, de plichten van het huishoudelijk personeel tegenover hun werkgevers, de hiërarchische relaties, de verwaterde vorm van prostitutie verhuld als arbeidsrelatie, allemaal praktijken waarvoor ze je tegenwoordig rechtstreeks de bak in zouden gooien. Lange tijd werden die beschouwd als een acceptabele oplossing, of zelfs een bron van huiselijke stabiliteit, aangezien ze riskantere, oncontroleerbare avonturen voorkwamen. Met de drastische inkrimping van de woningen en het dienstpersoneel, en de versterking van de rechten ook van meisjes uit de lagere milieus, rest de man om zijn libido binnenshuis te botvieren alleen nog maar zijn echtgenote, mits zij nog een attractieve optie is, en helaas voor hem kan de echtgenote hem tegenwoordig vierkant afwijzen. Alweer een deur die wordt dichtgeslagen. Vroeger kon je in je eigen huis naar hartenlust misbruik plegen, tegenwoordig moet je daarvoor de straat op. Het eerste fenomeen was minder geruchtmakend dan het tweede. Het tweede blijkt gewelddadiger dan het eerste.

Hoofdstuk XIV

Een journaliste die bereid was me te helpen, Carmela G., heeft enkele verslagen van verhoren van Angelo uit eind 1993 en begin 1994 kunnen lezen. Ze kon er geen kopie van maken, maar ze alleen doornemen en op haar mobiele telefoon inspreken wat ze dacht dat interessant zou zijn voor mij. De opgewonden toon van haar stem kan ik hier niet reproduceren. Wanneer je het materiaal terugluistert, begrijp je dat het vaak een tekst is van Angelo in de eerste persoon; andere keren wordt er in de verslagen over hem en zijn handlangers gesproken in de derde persoon; weer andere keren is het Carmela die vertelt en samenvat wat ze leest, of die een opmerking toevoegt (die heb ik hieronder cursief weergegeven). Ik zou niet kunnen zeggen hoeveel van Angelo's beweringen waar zijn, of voor waar zijn aangenomen door de leiders van het onderzoek. Ik schat in maar weinig. Veel van de namen die in het verhoor worden genoemd zal ik hoe dan ook veranderen, verhullen, weglaten of vervangen door kruisjes, om ellende te voorkomen. Behalve de ondervraagde komen ook zijn handlangers bij het DvdC vaak ter sprake, die ik hiervoor de Legionair en Subdued heb genoemd: de volledige reden voor die eerste bijnaam zal verderop worden verklaard, de tweede heb ik gekozen op basis van de strategie van de verdediging tijdens het proces voor het DvdC. Die wilde de cliënt namelijk laten doorgaan voor een jongen die door zijn twee maten werd opgehitst, overdonderd, bijna gedwongen om met hen mee te doen, een klassieke figuur in verkrachtingszaken, zozeer dat we hem steevast terugzien in elke film die erover gemaakt wordt: de zwakke, de aarzelende. Persoonlijk betwijfel ik of de echte persoon zo was. Maar in een boek paste die bijnaam wel. Misschien zal iemand me wijzen op de verontrustende overeenkomst met een bekend kledingmerk voor meiden: prachtige jurkjes, shorts, topjes, shirts. En dan is er nog Cubo.

...eerst was ik een aanhanger van de Avanguardia Nazionale, en begin 1971 werd ik bij het Fronte Nazionale gevraagd door Dalmazio

Rosa, die mijn leraar was op het SLM en de zoon van majoor Rosa, aanhanger van de Republiek van Salò, een van de aangeklaagden voor de staatsgreep, de coup-Borghese.

...ik werd behandeld als een soort wonderkind (ik was pas zestien) en ik vond die samenzweerderige sfeer spannend.

De vergaderingen van het Fronte werden gehouden in de Via Angela Merici en in de Via Tolmino, maar dan niet bij het kantoor van de MSI, maar op een geheime plek in hetzelfde gebouw als waar de ambassade van Taiwan zat.

...contacten met Nuova Europa, Fronte Studentesco, Lotta di Popolo...

...handel in valse dollars en cocaïne... en wapenhandel met de Legionair in Bordighera. De wapens lagen in hutkoffers in de kelder van een villa (later geïdentificeerd als Villa Donegali) die van een SS-officier was geweest.

...leden van het Fronte hadden de moord gepleegd op XXX, boekhouder van het Fronte, die in december 1969 samen met zijn hond was verdronken en in een put gegooid in Ammazzalasino (*wordt hier het riviertje Rio Affogalasino bedoeld??*), waarschijnlijk omdat hij op het punt stond om onthullingen te doen over de aanslagen van 12 december (Piazza Fontana) waarover hij zijn afschuw had uitgesproken.

Heftig dat ze zo plichtsgetrouw zijn, dat ze tot alles bereid zijn, tot alles in staat...

Drugs werden opgeslagen op het landgoed van XXX in Colonna, waar ik het bewerkte en versneed. Er was nog een andere jongen van onze school betrokken, Scataglini, die toen in klas 5a bèta B zat (in dezelfde klas als Cassio Majuri), en zijn vader had een apotheek in de Via Rovereto. Scataglini verschafte me lactose om de heroïne te versnijden. Hij had een appartement in Casal Palocco dat we gebruikten als opslagplaats voor de heroïne die al versneden was.

Angelo vormt samen met Subdued, de Legionair en Cubo een cel van de Uova del Drago ('Drakeneieren'), een organisatie verrezen uit de as van de Tweede Wereldoorlog die verbinding legde tussen groepen activisten die klaarstonden om in actie te komen voor antidemocratische en anticommunistische doeleinden. De organisatie Uova del Drago zou verantwoordelijk zijn voor nog vier moorden, nogal vaag en onsamenhangend beschreven door Angelo, drie gepleegd door Subdued, namelijk de moord op een man met een strafblad, Carletto xxx; de moord op een Romeinse hoteleigenaar, en de moord op een niet nader omschreven persoon tijdens een niet nader omschreven overval, terwijl Angelo vastzit (*maar als hij vastzat voor de gebeurtenissen bij de Circeo, hoe kon het dan dat Subdued er wel bij was? Ach ja, het gaat om zijn detentie van vóór het DvdC...*), en een laatste moord gepleegd in Mantua in de zomer van 1975, volgens Angelo's bewering gepleegd door de Legionair samen met anderen, op iemand met een strafblad vanwege zijn pogingen een fascistische dame af te persen die banden had met het Fronte Nazionale en die eigenares was van een fabriek waar het bekende spel mikado met die houten stokjes werd geproduceerd.

...ze huren een appartement in de buurt van de Piazzale delle Province waar een cursus over het gebruik van explosieven plaatsvindt, gegeven door een voormalig officier van de OAS (Organisation de l'Armée Secrète) en een zeer serieuze Toscaan die met zijn aktetas aankwam, zijn verhaal hield en weer vertrok, die later werd geïdentificeerd als Mario Tuti, nadat er een foto van hem in de kranten was gepubliceerd vanwege de dubbele moord in Empoli. Een van zijn lessen ging over het activeren van een explosief met een gewone afstandsbediening voor een automatische poort.

Verhoor van 16 december 1993. Het gaat over de periode dat Angelo voortvluchtig was, van zijn ontsnapping uit de gevangenis van Alessandria op 26 augustus 1993 tot aan zijn arrestatie in Parijs twintig dagen later. Het was alleen in juridisch opzicht, en niet in de traditionele zin van het woord, een ontsnapping: Angelo was namelijk niet teruggekeerd in de gevangenis van Alessandria na een verlof.

Hij beweert dat hij in Parijs is geweest, en in Brussel, Antwerpen, Londen, Barcelona... en dat hij contacten heeft gehad met Armeense bankiers en criminelen uit het Midden-Oosten. Hij bezoekt wedkantoren, dealers, de bende van Magliana (*hoe kan het anders!!*).

Bij zijn verblijf in Londen registreert hij zich met de naam van een klasgenoot.

Verder, eens kijken wat hij nog meer zegt… o, kijk:

…ik wilde mensen in Sarajevo helpen, ik maakte drieduizend mark over naar een stel smokkelaars om een meisje het land uit te krijgen dat me had geschreven of ik haar wilde redden…

…ik had twee grote overvallen gepland, een in Londen en een in Biella, maar die zijn niet doorgegaan…

Toen ik niet terugging naar de gevangenis had ik alleen maar een paar miljoen lire die ik van mijn ouders had gekregen, plus een bedrag in buitenlandse valuta ter waarde van zo'n 100 miljoen lire, afkomstig van twee geheime rekeningen, een in Zwitserland en een in Oostenrijk.

Op 30 augustus 1993 belt Angelo vanuit Londen naar Subdued, of beter gezegd, hij laat zich door hem opbellen in een telefooncel in de buurt van de Ferrari-dealer in Kensington. 'Wat heb je me nou geflikt? Heb je me verraden?'

Er waren ook ijzige momenten…

Toen vroeg Sub of ik naar hem toe kwam in Zuid-Amerika, en hij beloofde dat hij me de helft van zijn geld zou geven zodat ik in Brazilië plastische chirurgie aan mijn gezicht kon laten doen en daarna in Argentinië kon gaan wonen. Ik zat op zwart zaad. Ik had geld nodig, wapens, en documenten. Subdued zei dat hij in Goa zat, in India, op een spirituele retraite. Het was niet duidelijk waarvandaan hij nou echt belde… (*voor de volledigheid: Subdued was uit de gevangenis van San Gimignano ontsnapt nadat hij vijf of zes jaar had gezeten voor het DvdC. Nadat hij twee jaar voortvluchtig was geweest was hij opnieuw gearresteerd in Buenos Aires. In afwachting van zijn uitlevering had hij opnieuw weten te ontsnappen uit het ziekenhuis waar hij lag vanwege hepatitis, in 1985. In 1994 werd hij door Interpol aangehouden in Panama en uitgeleverd aan Italië. Sinds 2009 is hij op vrije voeten*).

Of ik had naar Hongkong kunnen gaan onder de bescherming van een heel machtige speelhaleigenaar...

Of een andere mogelijkheid was Mexico, in Tijuana...

Maar of dat concrete opties waren? Dat was me niet duidelijk.

Ik wil volledige medewerking verschaffen om mijn geloofwaardigheid te garanderen... Daarom laat ik alle terughoudendheid varen en zal ik alles tot in detail vertellen... Ik heb besloten om open kaart te spelen over mijn doen en laten.

Cubo en ik hebben dertien jaar lang bij elkaar op school gezeten, samen met hem heb ik twee overvallen en een moord gepleegd.

...overval wapenverzamelaar in de Via Panama in Rome, 30 oktober 1973. Angelo, de Legionair en Cubo verkrijgen informatie van een vriend van de zoon van de wapenverzamelaar. Tijdens het proces werd Angelo vrijgesproken omdat de Legionair alle verantwoordelijkheid op zich nam en werd veroordeeld tot vijf jaar. Het drietal ging gewapend het appartement binnen met de smoes dat ze een boek kwamen terugbrengen voor de zoon van de handelaar. In huis waren de echtgenote en twee huishoudelijke hulpen, van wie er een Filipijns was. We waren gewapend en hadden ons gezicht onbedekt toen we aanbelden, maar voordat er werd opengedaan deden we onze capuchon op. We stalen wapens en sieraden, waaronder een kaliber 22 long rifle dat jaren later (in 1977) in een plastic zak werd teruggevonden op de Piazza Augusto Imperatore, vlak na de moord op Giorgiana Masi (*??*) en een MP40-pistoolmitrailleur... die herkende ik als de mijne.

...overval Via Nomentana 1974 waarbij juwelier xxx gewond raakt.

...bankoverval Via Nomentana/Via XXI Aprile: behalve de gebruikelijke Angelo en Cubo is ook Renatino de Pedis erbij (*...Bende van Magliana, het proces-verbaal preciseert: overleden*) en Spezzaferro (uit Tufello). Angelo gewapend met uzi. 20 miljoen lire is de buit.

Herfst '74, overval in Avezzano (juwelier) gepleegd door Subdued en iemand met een strafblad genaamd 'Capone'.

In oktober of november ’74 beramen Cubo en Subdued samen met twee figuren uit de wijk Cinecittà de uiteindelijk mislukte ontvoering van Axxx voor een nonnenkostschool. Ze hebben een stationcar met dubbele bodem waarin ze hun gijzelaar kunnen verstoppen. Het meisje wist zich echter los te rukken toen ze haar probeerden vast te grijpen, en vluchtte tussen de meisjes van het internaat.

...(*het is een eentonige opsomming...*) zoveelste overval postkantoor in de wijk Tiburtino, juni-juli ’75, het vaste stel plus twee anderen. Angelo doet niet mee maar hij krijgt wel een deel van de buit (30-40 miljoen lire) omdat hij de wapens heeft verschaft: twee 357 Magnums, een MP40-pistoolmitrailleur, twee RCSM35-handgranaten.

...verkrachting A.B. en L.C.: Angelo wordt gearresteerd. Terwijl hij in de gevangenis zit, in de winter van ’75, overval op een woekeraar.

...bankoverval bij de markthallen in Bologna tussen januari en juni ’75... gepleegd door Subdued en Cubo terwijl Angelo in de gevangenis zit, als hij eruit komt krijgt hij 4 of 5 miljoen lire.

In de zomer van ’75 overval op postkantoor in Marina di San Nicola: de gebruikelijke groep van vier. Na de overval trekken ze zich terug in de villa van een jongen die bij hen op het SLM zat, waar later de ontvoerde Ezio Matacchioni zou worden vastgehouden en vrijgelaten.

...bankoverval in Lacona (Circeo) eind augustus ’75... die overval heb ik zelf beraamd... ik stond op de uitkijk en was bewapend met een Israëlisch Galil-geweer en een Colt 38. Opbrengst: 50 miljoen lire.

Cubo, de Legionair en Subdued ontvoeren in september ’75 de zoon van aannemer Francisci. De gijzelaar zit vijf dagen in de villa in de Circeo en er wordt een losgeld betaald van 300 miljoen lire. Ik kreeg 20 miljoen, ook al had ik er niet aan meegedaan.

Eliminatie van de voortvluchtige Amilcare Di Benedetto omdat hij een streek geleverd had vanwege een akkefietje. Ik heb hem zelf vermoord in een boerderij in de buurt van Riccione, twee schoten met een kaliber 38, het lijk werd in een zeildoek gerold en overgebracht naar de garage van de villa van xxx (*eveneens een schoolgenoot van het SLM, zoals uit de klassenboeken blijkt...*) en daarna naar een motorboot, ook van xxx, en waarschijnlijk in zee gegooid.

Het geld dat hij had vergaard ging voordat hij werd vastgezet wegens verkrachting over in de handen van drie 'schone' vrienden, onder wie de hierboven genoemde xxx, die het bedrag in lucratieve investeringsfondsen stak. (Hij woonde destijds in Locarno, met Zwitsers staatsburgerschap.)

Na het DvdC maakte de Legionair gebruik van de hulp van Cubo om voortvluchtig te blijven. Met z'n tweeën probeerden ze een overval te plegen op de vestiging van Italgas in de buurt van de Piazza Barberini, die mislukte, want nadat ze de bewakers onschadelijk hadden gemaakt en waren begonnen met een thermische lans de brandkast te doorboren, die misschien wel 600 miljoen lire bevatte, kwam er zoveel rook vrij dat ze het moesten opgeven. Dit verhaal werd ons verteld door Cubo zelf op de dag dat hij in Ponza werd opgepakt, en op doortocht in de gevangenis van Latina kwam, waar wij zaten. Cubo was gearresteerd voor de ontvoering van Matacchioni.

De Fantastic Four beramen in de zomer van '75 de ontvoering van Fxxx Sxxx, dochter van de eigenaar van een beursgenoteerd bedrijf (*welk dan?!*) woonachtig in de Via della Carminuccia (*bedoelen ze misschien de Via della Camilluccia...?*).

Terwijl we in de Circeo bezig waren met de voorbereiding van dit 'werk' hadden we Ezio Matacchioni leren kennen, die ons voorstelde om hem te ontvoeren en een miljard lire losgeld te vragen, die zijn oom in Zwitserland had weggestopt vanwege een faillietverklaring. We gingen er niet op in omdat we de ontvoering van Fxxx Sxxx aan het voorbereiden waren; maar toen ik in de krant las dat Matacchioni inderdaad ontvoerd was, dacht ik dat het een gevolg was van dat plan, ook al had Cubo me, ook weer tijdens zijn korte verblijf in de gevangenis van Latina, verteld dat de ontvoering tegen de wil van Matacchioni had plaatsgevonden en dat hij nogal hardhandig was aangepakt. Later dook Cubo onder en de Legionair ging naar Zweden en naar Argentinië.

Toen de Legionair werd gearresteerd vanwege de overval in de Via Panama werd mij beloofd dat ik een ontmoeting zou krijgen met een hoge pief van de geheime dienst. Ik wilde de Legionair helpen maar het leek me gevaarlijk voor mij om een geheim agent te ontmoeten, omdat ik de overval ook echt gepleegd had, dus stuurde ik in mijn plaats mijn goede vriend xxx (*een van de namen die Angelo het vaakst noemt, die het DvdC rakelings gemist heeft, het was puur toeval dat hij daar niet aan meedeed, omdat hij 'moest leren'*) die werd meegenomen naar de villa van Frank Coppola in Ardea... Die man zei dat hij agent van de geheime dienst was en net als wij fascist, xxx wist zeker dat hij hem al eens eerder had ontmoet bij minister xxx thuis, een vriend van zijn familie, maar toen de geheim agent de namen hoorde van de rechters die onderzoek deden naar de Legionair zei hij dat die niet benaderbaar waren omdat ze te eerlijk waren en er heel andere ideeën op na hielden dan rechts.

...tijdens zijn onderduikperiode was de Legionair in elk geval in 1977 zeker in Italië, toen hij deelnam aan de ontvoering van Stefano Scarozza, uit Rome.

...de advocaat die mij en Subdued verdedigde tijdens het hoger beroep vanwege het DvdC (1980) bracht ons nieuws van de Legionair, met wie hij contact had. Hij ontmoette hem bijvoorbeeld in de Viale Libia in het gezelschap van twee fascisten. Sub en ik, twee heethoofden, waren kwaad op de Legionair, we zaten daar in de bak en voelden ons in de steek gelaten door hem, we werden gelyncht door de communisten en de feministen tijdens demonstraties, en hij ondernam geen enkele represaille. Maar de advocaat zei dat de Legionair wel degelijk druk bezig was, en hij zinspeelde op de dood van Giorgiana Masi. Toen ook Subdued was ontsnapt uit de gevangenis van San Gimignano, liet hij me weten hoe zwaar het leven als voortvluchtige was, en dat de Legionair ons eigenlijk niet eens zo heel slecht behandeld had...

Hier, dit verhaal klinkt wel interessant...

Cassio Majuri zat op het SLM, een paar jaar ouder dan wij, van een heel rijke familie, en ook hij was fascist. Hij ging op vakantie aan de Côte d'Azur en in de Versilia, en tijdens die reizen had hij contact met de onderwereld van Marseille en met fascistische groepen. Hij bracht grote hoeveelheden heroïne naar hun bestemming en was betrokken bij acties van de extremistische groep genaamd La Catena, bestaande uit ex-activisten van de OAS. Majuri viel in ongenade: hij gedroeg zich dominant, had het hoog in de bol vanwege de heroïne die hij vanuit Frankrijk importeerde, en tijdens een levering ontdekte ik een keer dat er uit elk zakje een bepaalde hoeveelheid ontbrak. In politiek opzicht gedroeg hij zich niet langer als een goede fascist, hij was zelfs bevriend met een paar communisten en er werd beweerd dat hij een aantal brieven uit Frankrijk met lijsten van activisten had moeten bezorgen maar dat niet had gedaan, en ze had verstopt om zichzelf te beschermen. Op een avond in Bar Tortuga namen enkele leiders mij en Sub apart en zeiden dat Majuri niet meer te vertrouwen was, dat we koste wat kost het materiaal dat hij bezat moesten zien te vinden, en dat er daarna een definitieve oplossing moest komen. Ze besloten hun preek tegen Majuri met de woorden: Die moet een kogel door zijn kop krijgen. De druppel die de emmer deed overlopen was toen Majuri met zijn Mini Minor voor het kantoor van het Fronte Studentesco in de Via Tagliamento stopte, en provocerend rondkeek zonder een woord te zeggen, en toen met piepende banden wegreed. Diezelfde avond vroegen de leiders, onder wie Dxxx, aan ons om een definitieve oplossing voor het probleem te vinden, wat geen expliciet verzoek was om hem te vermoorden, maar zo interpreteerden wij het wel. Sub zorgde dat hij weer wat vriendschappelijker omging met Majuri om zijn vertrouwen te winnen, maar intussen had hij samen met Cubo en mij al besloten dat we tot het uiterste zouden gaan. We waren net zeventien, maar heel vastberaden. Toen ik een keer bij Cassio thuiskwam stelde ik vast dat er dikke muren waren die geen geluid doorlieten. Subdued en Cubo wisten een sleutelbos van hem te jatten, zodat ze in zijn afwezigheid het huis konden doorzoeken naar de brieven, maar het enige interessante wat ze vonden was een plaat van Bob Dylan met een briefje erin dat Majuri had geschreven. Er stond iets van: 'Jullie hadden me niet alleen moeten laten', en misschien was het alleen maar de vertaling van een regel uit een nummer, maar het kon van pas komen om een zelfmoord te simuleren. Op zondag kwamen wij leerlingen van het SLM meestal bij elkaar voor de school, waar de 'beatmis' werd gehouden. Bij een van die gelegenheden zat Majuri opmerkingen te maken over de zus van een leerling van het SLM (*de naam van het meisje is onleesbaar gemaakt in het proces-verbaal, misschien omdat ze destijds minderjarig was, we zullen haar voor het gemak Perdita noemen, zoals het personage van Shakespeare...*). Angelo bedacht dat ze dat meisje konden gebruiken om Majuri in de val te lokken. Sub en Cubo gingen hem het voorstel doen van een groepsverkrachting, die bij hem thuis moest plaatsvinden, en hij vond het een goed idee en voegde eraan toe dat ze geen wapens hoefden mee te nemen om het meisje te bedreigen omdat hij al een dubbelloopsgeweer had. Op de afgesproken avond ging Angelo haar ophalen, Perdita had thuis gezegd dat ze bij een nichtje in de Via Fogliano ging slapen, en het tweetal begaf zich naar de afspraak met de anderen aan de Piazza Verbano...

Subdued en Cubo waren gewapend met pistolen met demper en hadden Perdita een Colt 38 gegeven, maar eigenlijk vooral om haar erbij te betrekken, zodat ze het gevoel zou hebben dat ze een van hen was. Toen gingen ze naar het huis van Majuri...

Majuri lag al in bed, naakt, klaar voor de verkrachting, zijn vrienden hadden nog even het scenario gespeeld dat Majuri verwachtte na de binnenkomst van het meisje, maar toen had Sub het geweer van Majuri aangelegd, de loop op zijn borst gericht en afgevuurd. Niemand had het schot gehoord of hen gezien toen ze ervandoor gingen. Destijds werd de zaak afgedaan als zelfmoord, en de familie deed er alles aan om mogelijke ophef de kop in te drukken en geen ruimte te bieden voor andere hypotheses, maar in fascistische kringen wist iedereen dat Majuri was vermoord, en Dxxx zelf vroeg een keer aan Angelo: 'Wat hebben jullie nou gedaan, hebben jullie hem koud gemaakt?'...

...en ik antwoordde dat we gewoon hadden gedaan wat er gedaan moest worden, en hij zei dat je zo'n kwestie niet zomaar even gauw kon regelen en dat je daar veel beter over na moest denken. Een paar maanden later waren we bij het kantoor van Lotta di Popolo bezig om een represaille te plannen tegen een groep anarchisten. Ik vertelde over het gesprek met Dxxx en zei: 'Die vent is echt een idioot', en mijn vrienden zeiden dat als er ooit iets naar buiten zou komen wat suggereerde dat de zaak-Majuri geen zelfmoord maar moord was geweest, dat we dan ook Dxxx uit de weg zouden moeten ruimen. Perdita was geschokt na de dood van Majuri, en toen Subdued, xxx en ik een paar maanden later een vriendin van haar verkrachtten, Gxxx Pxxx, die op de Via Cortina d'Ampezzo 3xxx woont en besloot geen aangifte te doen, kreeg Perdita een zenuwinzinking en begon ze dingen rond te vertellen, allemaal dingen die ik bij mijn vrienden probeerde te bagatelliseren omdat ik bang was dat ze zouden besluiten haar ook uit de weg te ruimen.

Angelo beweert bovendien dat hij contacten heeft gehad met de rechtse terrorist Giusva Fioravanti, met de CIA, met Licio Gelli van de P2, met Libanezen, Syriërs, met Turkse en Armeense terroristen...

Hij schept op over zijn contacten met Roberto Calvi (*de bankier die hangend onder de Blackfriars Bridge in Londen werd aangetroffen, in juni 1982*), hij doet de schuldinvordering voor de maffia.

Concluderend: de beschuldigingen en zelfbeschuldigingen van Angelo zijn niet erg geloofwaardig omdat de verwijzingen naar gebeurtenissen en personen 'ogenschijnlijk vol details zijn, maar in feite door niemand zijn geverifieerd of onmogelijk te verifiëren zijn' en geen enkele aanwijzing bevatten waardoor het vrijwel zeker is, of in elk geval waarschijnlijk, dat de informatie afkomstig is van iemand die daadwerkelijk heeft deelgenomen aan de criminele daden, want die kan Angelo ook hebben vernomen 'via talloze andere kanalen'.

Voor wie het geduld heeft gehad om dit verwarde, verbijsterende verslag helemaal tot hier te lezen, zal ik nog enkele fragmenten invoegen uit een interview dat Angelo in 2001 heeft gegeven, en uit een paar andere opmerkelijke, veelzeggende documenten.

Volgens de journaliste die hem interviewde heeft Angelo niet meer 'die kille blik van een robot' die hij ten tijde van het DvdC had.

En dit is dan ook wat hij over zichzelf onthult: 'Mijn liefde voor geweld ging pas over dankzij mijn liefde voor andere mensen, pas toen ik inzag hoe mooi het is om mens onder de mensen te zijn.' Als jongen was hij met zijn bende van schoolgenoten bezig met overvallen plegen, 'we deden er soms wel vier in de week'. En dit is zijn verklaring voor die jeugdige uitspattingen: 'We hadden het gevoel dat we onkwetsbare en onverslaanbare ridders waren die oorlog voerden tegen de wereld... Het bestaan is een charge, een hevige, wanhopige aanval waarbij je je paard tot het uiterste drijft om vijanden en obstakels omver te werpen.' Ten slotte het gebruikelijke riedeltje (dat ik maar al te goed ken) van de rehabilitatie: 'In de gevangenis heb ik de tijd gehad om te lezen, te studeren, na te denken...'

De sociaal-pedagogische medewerkers in de gevangenis van Campobasso hebben hem begrepen:

'Angelo heeft constructief gewerkt als notulist. Hij heeft belangstellend deelgenomen aan cursussen literatuur en Engels, aan drie theaterprojecten, aan twee informaticacursussen...' Bovendien 'heeft hij een natuurlijke aanleg voor poëzie'.

Angelo heeft de laatste jaren van zijn gevangenschap het hoofd geboden 'met een soort positieve probleemaanpak, waarbij hij zijn eigen misstappen uit het verleden een plek heeft gegeven. Hij heeft zijn hoge begaafdheid ingezet om aan zichzelf te werken...'

Vandaar dat men 'een aanbeveling doet voor vrijheidsverruimende maatregelen teneinde de positieve, vruchtbare band met Città Futura te verstevigen'.

(Città Futura is de organisatie in Campobasso waar Angelo werkzaam is als counselor voor jongeren met onaangepast gedrag wanneer hij twee vrouwen vermoordt, moeder en dochter, door wurging, in april 2005.)

In het verslag van juli 2004 van de gevangenis van Palermo, dat eraan had bijgedragen om hem gedeeltelijke bewegingsvrijheid toe te kennen tijdens zijn detentie, valt onder andere te lezen:

‘Angelo is iemand die we sociaal nuttig kunnen inzetten... gespecialiseerd in de behandeling van alcoholisten en de integratie van Romakinderen, met specifieke aandacht voor de re-integratie op school... Hij toont zich beschikbaar en staat open voor een diepgravende, serieuze dialoog... Hij laat merken oprecht spijt te hebben... Het lijkt er dan ook op dat hij een psychologisch proces doormaakt van boetedoening en herstel van de aangerichte schade en ellende...’

Uit een grafologisch onderzoek komen de volgende observaties naar boven, die in schril contrast staan met de voorgaande:

- tendens om zichzelf telkens weer dezelfde dingen voor te nemen, met stereotiepe gedragingen;
- onvermogen om zijn gemoedstoestand te uiten, waardoor de persoon zijn agressie pathologisch inhoudt met het risico dat het uiteindelijk hevig tot uitbarsting komt;
- weinig affectieve en relationele betrokkenheid;
- om iets te voelen heeft de persoon sterke, zelfs perverse emoties nodig;
- constante en hardnekkige neiging om steeds dezelfde kenmerkende houding te vertonen van iemand die ‘nergens voor terugdeinst’.

Hoofdstuk XV

De kaap Monte Circeo is, net als veel plaatsen in Italië overigens, per vergissing een vakantieoord geworden. Bijna zonder dat men stilstond bij de dreiging die ervan uitging. Eerlijk gezegd is het een angstaanjagende, mythologische, lugubere plek. Een enorme magnetische rots. Indianenkerkhof waar iemand een villa op bouwt. Wanneer je over het strand van Sabaudia wandelt in de richting van die zwarte uitstulping, daar helemaal achteraan, waar het strand eindigt tegen een rots, kun je kilometers lopen terwijl de berg voortdurend hetzelfde blijft, ver weg, tot je hem ineens verticaal boven je uit ziet torenen, een donker massief, groen, maar dat groen is zwarter dan inkt. Alleen hier besef je dat een delict als dit nooit gepleegd had kunnen worden in Rome, dat te oppervlakkig is en te lui, maar juist heeft plaatsgevonden bij de Circeo, plaats van het gruwelijke en bovennatuurlijke.

Al jaren neem ik me voor om eens te gaan kijken bij het huis van het DvdC. Ik blijf aarzelen, uitstellen. Ik betwijfel of het wel zin heeft, of die pietluttigheid wel zin heeft, bedoel ik, om te kunnen zeggen 'Ik ben er geweest', 'Ik heb het gezien'. Ik heb meer aan de rechtstreekse ervaring wanneer die onbewust is, toevallig... en mijn ogen zien beter wanneer ze niet verplicht zijn te observeren. Dus vandaag heb ik definitief besloten: ik ga niet. Ik ga er niet naartoe. Ik heb Tano, de zoon van F., die daar al sinds zijn kindertijd naar zee gaat, gevraagd of hij het huis namens mij wil bezoeken en er een verslag van wil maken. Hieronder zijn aantekeningen.

Donderdag

Het was zes uur 's avonds.

In de Circeo kun je wel zeggen dat je op dat tijdstip al bijna alles hebt gedaan wat er te doen is. 's Ochtends word je wakker, ontbijt, op de rotsen tot twee uur, eten, opnieuw naar zee, en als je dan moe bent ga je terug naar het huis, douchen, schaken, eten en naar bed.

Hooguit ga je van de rotsen omlaagspringen bij La Gabbianella of Le Batterie, maar bij de twintigste sprong is er niks meer over van de adrenaline bij de eerste sprong en doe je het alleen nog omdat je niks beters te doen hebt.

Maar gisteren was het anders. Om zes uur besloten we namelijk onze dagelijkse routine te doorbreken.

Carlo, Bernardo, Lavinia en ik besloten te gaan kijken naar *het huis*. Ja, het huis van de Circeo.

Al sinds onze kindertijd horen we de verhalen over de Circeo, over de *monsters van de Circeo*, over alle verschrikkelijke dingen die in dat huis zijn gebeurd, maar we durfden er nooit naartoe te gaan.

Dat heeft niks te maken met hoe het eruitziet; het is gewoon een huis als alle andere. Het is niet ver van het huis waar ik al mijn hele leven naartoe ga in de zomer, en juist doordat het zo dichtbij is heb ik me er altijd verre van gehouden...

We gingen op pad, de aanwijzingen volgend. Het zijn vreemde tekens, twee rode omcirkelde letters I. Na een wandeling van tien minuten waren we er: twee grote rode letters I vertelden ons dat we op de juiste plek waren. Na een korte aarzeling lopen we het zandpad op dat naar het hek leidt, en ineens zien we het.

Het zwarte hek in de vorm van tentakels van een reuzeninktvis doet je trillen op je benen. Maar het huis zelf heeft niks engs, het is niet verwaarloosd, maar juist goed bijgehouden. De luiken zijn dicht, maar de tuinlampen die aan zijn doen vermoeden dat er tot voor kort iemand is geweest die weldra terug zal komen. Zonder aarzelen klim ik over het hek, de anderen volgen me. Carlo haalt zijn hand open aan het verroeste hek.

Eenmaal in de tuin lopen we een rondje om het huis heen: we hebben het gevoel dat we in een film van de Goonies spelen, vier vrienden die een huis binnendringen waar vijfendertig jaar eerder een moord is gepleegd...

Het is geen mooie villa, een klein huis met één verdieping en uitzicht op zee, niks bijzonders. Rondslingerend kinderspeelgoed in de tuin. Nadat we een rondje hebben gelopen, blijven we op het terras staan om het adembenemende uitzicht op de Pontijnse Eilanden te bewonderen, maar toen beseften we dat de eigenaren elk moment konden terugkomen en dat het niet slim was om nog langer te blijven. We waren gealarmeerd door een pakje sigaretten op de tafel in de woonkamer, dat we door het raam zagen: ze zijn vast alleen even boodschappen doen, we moeten maken dat we hier wegkomen!

Op de terugweg vroegen we ons af wie de nieuwe eigenaren in vredesnaam konden zijn. Er wordt gezegd dat het Duitsers zijn. Wie wil er nou in een huis wonen waar zoiets is gebeurd?

Het was niet zo eng als ik had gedacht. Toen ik klein was kreeg ik al nachtmerries van het idee om erlangs te komen, langs het *huis van de Circeo*, en in mijn fantasie was het monsterlijk, net als in een horrorfilm, maar nu snap ik dat als je over iets vreselijks hoort praten zonder dat je het zelf ooit gezien hebt, je het gevaar loopt er nog banger voor te worden omdat je fantasie veel verder gaat.

Het huis van de Circeo is niet eng, maar dat is nu pas tot me doorgedrongen.

Vrijdag 13

De weg ernaartoe is verlaten. Dat is altijd zo. Een kronkelige weg vol gaten hoog boven zee. Bij het blauwgroene hek zit de bewaker van dienst, niet erg streng, volkomen lusteloos. Het asfalt verandert in grind en de begroeiing wordt dichter. Aan de linkerkant geen huizen meer, maar verwilderde paadjes die uitkomen op Le Batterie: natuurlijke rotsplateaus van verschillende hoogten waarvan je in zee kunt springen. De kunstmatige verhogingen in de weg zijn bedoeld om de auto's af te remmen, maar die zijn nergens te bekennen, en als er al een komt verdwijnt die meteen in een stofwolk.

Zondag

Ik herinner me de exacte plek. Vanaf daar ging de berg de hoofdrol spelen, dan begon je de zwaarte ervan te voelen... De zee was niet meer te zien. De weg slingerde steil omhoog in scherpe, blinde bochten. Daar lag het Huis. Vlak bij de berg. Daar bevond je je in een soort niemandsland tussen berg en zee, twee natuurkrachten die bijeenkomen maar die niet met elkaar in harmonie kunnen komen. Je voelde daar een krachtige energie, angstaanjagend en aangenaam tegelijk...

Toch is de Circeo voor mij een oase van rust, ik kom er alleen 's zomers, meestal tegen het einde, om van de laatste warme dagen te genieten. Goed eten, drinken en slapen. Verder niks. Ik voel me er afgezonderd, ik zie er niemand, ik ben een jonge kluizenaar die rust zoekt na zijn zomerse avonturen op reis over de hele wereld. Lezen, films kijken, schaken en puzzelen... Ik vermaak me, en misschien verveel ik me ook wel. Je adrenaline bereikt d'r piek wanneer je van La Gabbianella af springt en wanneer je Pictionary speelt.

Het drama dat daar zo dichtbij is gebeurd hangt er altijd in de lucht. De mensen die er op bezoek komen informeren graag waar die beroemde villa is om er te gaan kijken en het een beetje in hun broek te doen, misschien om niet alleen maar saai te zitten kaarten, maar ik ga er liever niet heen. Ik vind het eng, dat huis. Toen ik klein was gingen mijn oudere nichtjes er 's nachts naartoe en dan vertelden ze dat ze vreemde schimmen hadden gezien, en geluiden uit het hiernamaals hadden gehoord. Het was een beetje je initiatie tot de Circeo om 's nachts dat huis binnen te dringen, maar ikzelf heb het nooit gedaan. Ik ben er alleen maar overdag naartoe gaan, op afstand gehouden door de angst voor het onbekende en door de duisternis van maanloze nachten.

Ik zit op de rotsen te kaarten en muziek te luisteren, dan ga ik zwemmen en doe wat push-ups, sjouw weer naar huis over die eenennegentig treden waar nooit een eind aan komt, eet een pizza calzone met mozzarella, rauwe ham en cherrytomaatjes, een lekker ijsje en een dutje voor de tv. Als er vrienden komen kunnen we wat gaan drinken op het dakterras, gezellig wat bijkletsen, even je zorgen vergeten. Maar als je je blik een beetje omhoog verplaatst krijg je de rillingen van het onheilspellende silhouet van het huis, nu het bezit van Duitsers die te nuchter zijn om het eng te vinden. Dan krijgen angstaanjagende gedachten de overhand, je probeert aan iets anders te denken maar dat is moeilijk, je leest wat bladzijden zonder dat je je aandacht erbij kunt houden, je geest is in beslag genomen. Weer een nachtmerrie vannacht? Dat hoop ik niet. Dus voordat ik ga slapen denk ik aan de suikerbollen van de plaatselijke banketbakkerij Casa del Dolce, die morgenochtend in de keuken op me wachten.

DEEL ZEVEN

Vergeltungswaffe

Hoofdstuk 1

De bel ging.

De bel van de voordeur ging.

Er drukte iemand op de bel bij de voordeur...

Ik schrok op, kwam achter mijn bureau vandaan en ging opendoen.

Het was een kleine priester met een oprecht gezicht, keurig gekamd rood haar, een open blik, een Noord-Italiaanse tongval, die de huizen afging om de paaszegen te geven.

Die plichtpleging brengt me altijd in verlegenheid en ik probeer haar dan ook te vermijden als het even kan, door te zorgen dat ik niet thuis ben op het tijdstip dat ongeveer een week van tevoren wordt aangegeven bij het portiershokje. Deze keer had ik er geen erg in gehad.

De priester vroeg zachtjes: 'Mag ik binnenkomen?', en ik vond geen enkele reden om nee te zeggen. We bleven echter wel in de hal staan. 'Ik ben pastoor Edoardo, aangenaam.' Verbijstering: pastoor Edoardo. Ik had nog nooit gehoord van een pastoor die net zo heette als ik, dat klinkt... dat klinkt vreemd... Vreemder dan Jeremia of Rechabeam.

Hij vroeg wie er nog meer in huis woonde, en of die overige bewoners ook aanwezig waren.

'Nee. Ik woon alleen.'

Spijtig genoeg!

'Ik begrijp het. Maar ook mensen alleen kunnen geluk en sereniteit vinden. Laten we daarom samen bidden, en het Onzevader inzetten', en hij spreidde zijn armen met de handpalmen omhooggericht, terwijl ik mijn handen vouwde met de vingers vervlochten, ook al vrees ik dat dat allang niet meer zo gedaan wordt. Misschien bidt niemand tegenwoordig nog zo, behalve een paar oude vrouwtjes. Ik voelde me ineens een klein kind en ik boog mijn hoofd, bang dat ik de woorden niet meer zou weten, waarna ik het alleen maar mee mompelde, terwijl pastoor Edoardo de woorden en de zinnen duidelijk articuleerde.

Na het Onzevader zegende de priester het huis door links en rechts wijwater rond te sprenkelen, dat wil zeggen, in de richting van de kast waarop de Treccani-encyclopedie staat die eerst van mijn opa was en toen van mijn vader en nu van mij, en vervolgens in de richting van een paar lege wijndozen die daar stonden opgestapeld om naar de papiercontainer te worden gebracht.

Ik verkeerde in verwarring en was tegelijkertijd blij dat het wijwater mijn huis bereikt had, op het juiste moment. Misschien is het altijd het juiste moment en is er nooit een verkeerd moment.

Pastoor Edoardo rommelde in zijn zwartleren aktetas. Hij gaf me een blaadje met het programma van de paasvieringen in de parochie. Aangezien hij me daar nog nooit gezien had, dacht hij misschien dat ik een niet-praktiserende gelovige was, of een luie christen, of een verloren schaap of misschien iemand die sinds kort in de wijk was komen wonen, of een atheïst; en ik was geen van die dingen en tegelijkertijd was ik al die dingen bij elkaar. Ik verwachtte dat hij me op dat moment een bijdrage zou vragen voor de zegening, maar dat deed hij niet, wat me verwonderde en wat ik op prijs stelde, terwijl ik bedacht dat ik het dan zelf in elk geval moest opperen. Ik voelde aan mijn rechterachterzak waar ik altijd opgevouwen bankbiljetten in heb zitten, aangezien ik nooit een portemonnee heb gehad. Ik weet niet of de priester mijn gebaar opmerkte en me wilde tegenhouden, of dat hij echt haast had, maar hij pakte mijn andere hand vast en zei: 'Ik loop vreselijk achter, dus ik moet ervandoor', waarna hij zich nog eens verontschuldigde voor het ongewone tijdstip waarop hij bij mij aan de deur was gekomen.

O ja, het was al tien voor halfnegen 's avonds, etenstijd.

Hij klikte de gesp van zijn tas dicht en nam afscheid zoals iemand dat beroepsmatig zou hebben gedaan, een arts bijvoorbeeld die op huisbezoek was geweest.

Zodra hij weg was liep ik terug naar mijn computer en sloot de elkaar overlappende vensters van de pornosites waarop ik had zitten surfen toen de bel was gegaan. Daarna zette ik de pc uit.

Op Goede Vrijdag werkte ik aan een scenario. Het was een verhaal over een koning die na de dood van zijn jonge vrouw op het rampzalige, totaal verwrongen idee komt om met zijn zus te trouwen: 'vlees van zijn vlees, adem van zijn adem'. Het meisje, genaamd Penta, walgt van het incestueuze voorstel en weigert. Maar de koning geeft het niet op. Hij wil haar per se tot de zijne maken...

'Als je je niet bezwaard voelt door je eer als man, laat je dan in elk geval tegenhouden in naam van de genegenheid die ons sinds onze kindertijd bindt.'

'Penta, dat is nou juist waar ik elke nacht van droom. En daarom verlang ik ook naar je. Eindelijk zouden we weer samenkomen, net zoals toen we klein waren... samen spelen, ons vermaken in hetzelfde bed... Alleen dan dichter bij elkaar... iets dichter bij elkaar... ín elkaar, dat is het enige verschil.'

Nadat hij voor de zoveelste keer is afgewezen, laat de koning Penta in de gevangenis opsluiten, in zo'n onderaardse cel genaamd 'oubliëtte' (angstaanjagende naam) met alleen een opening in het plafond waardoor een sliertje licht binnenvalt en waardoor men het eten voor de gevangene laat zakken. Omdat Penta's broer zich het meest, bijna ziekelijk, voelt aangetrokken tot haar handen, vraagt het meisje, om niet meer begeerlijk te zijn, een bediende om haar handen af te hakken...

's Avonds keek ik op tv naar de laatste aflevering van het tweede seizoen van een serie die in Atlantic City gesitueerd is, ten tijde van de drooglegging, met corrupte politici en gangsters in opkomst. Hoewel de serie barstte van het integraal naakt en wrede scènes, was er heel veel zorg aan de opbouw van het verhaal besteed, met fantastische acteurs en dialogen, kortom, zo'n jaloersmakend commercieel product dat geweldig is gefilmd en geacteerd. Maar die laatste aflevering is een bloedbad. Ze proberen de hoofdrolspeler te vermoorden, Steve Buscemi, zonder succes, en dan komen andere gangsters hem helpen en wordt het een ware slachting. De mitrailleurs vlammen in de nacht. Mensen worden opengereten of in het gezicht geschoten. Een veteraan uit de Eerste Wereldoorlog, wiens gezicht half bedekt is vanwege een gruwelijke verminking, dringt een bordeel binnen en vermoordt zeven mensen om er een jongetje weg te halen dat daar wordt vastgehouden door de heroïneverslaafde oma, die een paar afleveringen daarvoor haar minnaar had vermoord, die ze speciaal had uitgekozen omdat hij precies op haar overleden zoon leek, door hem in de badkuip te verdrinken nadat ze met hem had geneukt en hem een overdosis had toegediend. De echte slechterik van dit tweede seizoen, die we in de voorgaande afleveringen allerlei wreedheden hadden zien begaan (onder meer het met meerdere schepslagen onthoofden van een man die tot aan zijn nek in het zand was begraven, omdat hij een lading whisky in zee had laten vallen), sterft door een messteek in zijn rug terwijl hij op het strand staat te pissen.

Zo vierde ik mijn Goede Vrijdag. Met een heleboel bloed. Nepbloed. Op de derde dag, eerste paasdag, wilde ik naar de mis van pastoor Edoardo gaan, maar doordat ik me in de tijd vergiste (de zomertijd was ingegaan) liep ik die mis.

Er verstreek een jaar waarin ik aan dit boek schreef, en toen kwam Pasen er weer aan, een late Pasen, het was bijna eind april. Niemand snapt waarom Pasen zo door het voorjaar heen en weer zwerft.

Ongeveer een week voor Pasen verscheen opnieuw pastoor Edoardo aan de deur, tegen halfacht 's avonds, een tijdstip dat de deur van het complex beneden al dicht is, dus als er dan iemand bij je voordeur aanbelt wil dat zeggen dat hij al in het gebouw was, dat iemand hem al heeft binnengelaten, zoals gebeurt met Jehova's getuigen, mensen die langs de deuren gaan om een mobiele provider aan te prijzen en de vrijwilligers van Unicef. Toen ik het knappe, eerlijke gezicht van pastoor Edoardo zag, besefte ik ineens dat er een jaar voorbij was, er was *een jaar* voorbijgevlogen (mijn god, en wat heb ik al die tijd gedaan?).

'Goedenavond, meneer, ik ben hier voor de paaszegen, mag ik binnenkomen?'

'Natuurlijk, kom binnen,' zei ik terwijl ik opzijstapte, blij met zijn komst. We bleven in de hal staan, net als de keer ervoor. Ondanks zijn pastorale missie leek hij zich ongemakkelijk te voelen bij zijn eigen initiatief. Ongemakkelijker dan ik, de ontvanger ervan. Ik had het gevoel dat hij zich mij niet herinnerde, terwijl onze ontmoeting van het jaar ervoor mij nog helder voor de geest stond; al kan ik niet echt zeggen dat ik me door dat bezoek, al had het me op dat moment nog zo geraakt, had laten aanmoedigen om naar zijn parochie te gaan; ik ging wel eens naar de Sant'Agnese, maar dan alleen naar het barretje in dat prachtige complex, tussen de catacomben, de jeu-de-boulesclub, de basketbalveldjes, onder de bomen, met wat tafeltjes vol bejaarden die in het accent van hun geboortestreek over politiek praten of die zitten te kaarten, en dan de beleefde oude uitbater met zijn blauwe ogen.

De enige keer dat ik in de Sant'Agnese een mis had bijgewoond, was voor de begrafenis van mijn vader, vele jaren geleden...

(Die flarden liturgie die je meepikt wanneer je een kerk bezoekt en dan ontdekt dat er een mis gaande is, zodat je gauw even gaat zitten op een van de achterste banken, die tellen niet mee...)

Maar naar de mis van pastoor Edoardo was ik in elk geval nooit geweest.

Hoe oud zou hij zijn? vroeg ik me af. Vijfendertig? Hij ziet eruit als een student, ook al is zijn haar al grijs... of van dat asblond, zo teer en verkleurd dat het grijs lijkt.

As, dat is dof, licht, koud, maar tegelijk een teken dat er wel vuur is geweest.

Had hij vorig jaar eigenlijk geen rood haar? Zou ik dan zo in de war zijn? Of zou hij zo plotseling verouderd zijn?

'Als u wilt, kan ik u de zegen geven.'

'Ik...'

'Alleen als u het wilt... zegt u het maar...'

'Ik... ik ben niet gelovig, pastoor. Maar misschien...'

Het was mijzelf ook niet duidelijk of dat 'misschien' betrekking had op mijn bewering dat ik niet in God geloofde, waar ik dan ook inderdaad niet helemaal van overtuigd ben. Daarom vraag ik me ook af of je tegelijkertijd kunt beweren dat je niet gelooft, maar ook dat je niet echt gelooft dat je niet gelooft, ik bedoel dat je er niet van overtuigd bent dat God bestaat, maar ook niet dat hij níét bestaat: ik heb het niet over het feit op zich, of Hij wel of niet bestaat, maar alleen over het feit of ik wel of niet in hem geloof.

Dat is de vraag. Geloof ik ja of nee?

Pastoor Edoardo glimlachte, vertederd door het gebrek aan zelfverzekerdheid waarmee ik mijn atheïsme had verkondigd.

'Als u het niet wilt hoeft het niet, hoor,' zei de priester, 'even goede vrienden...'

'Zegt u het maar, pastoor...'

'Wat?'

Ik wilde dat... ik wilde dat hij zou zeggen... ik wilde dat hij voor mij zou beslissen of mijn appartement wel of niet gezegend moest worden. Als er iets gedaan moet worden, is het toch immers genoeg dat degene die het doet er zelf in gelooft?

'Ik bedoel... als u denkt dat het zin heeft... ik bedoel, het huis van een ongelovige zegenen... laten we het dan maar doen. Maar u moet zelf zeggen of het wel kan... Misschien is het wel absurd.'

'Absurd?'

Op het moment dat pastoor Edoardo me die vraag stelde was zijn blik, dat durf ik gerust te zeggen, *engelachtig*. Echt waar, ik had het idee dat hij de eerste goede, oprechte, eerlijke, eenvoudige persoon was die ik in jaren was tegengekomen, zonder schaduwkant, zonder bijbedoelingen, zelfs zonder die lichte schijnheiligheid die altijd als een indringend en ietwat misselijkmakend parfum hangt rond mensen die zich *exclusief* inzetten voor wat het beste is. Voor wat het beste is voor anderen.

'Woont er behalve u nog iemand in dit huis?'

Ik schudde mijn hoofd. Een jaar eerder had hij me precies dezelfde vraag gesteld. Misschien dacht de pastoor dat ik troost zocht vanwege mijn eenzaamheid, en misschien was dat ook wel de betekenis van mijn hoofdschudden zonder iets te zeggen. Ik was in de war en onder de indruk van die engelachtige aanwezigheid. Ik kon het bijna niet verdragen om zo dicht bij een deugdzaam iemand te zijn, ik was erdoor gebiologeerd.

'Mijn kinderen komen wel eens langs, maar niet zo heel vaak...' zei ik, om duidelijk te maken dat ik niet als een kluizenaar leefde, 'af en toe een vriend... en mijn vriendin...'

Ik bedacht dat met die laatste informatie mijn portret als slechte christen wel compleet was. Maar ik weet ook donders goed dat dit juist het type is waar de goede priesters, de goede pastoors naar op zoek zijn, daar zijn ze dol op, om het zo maar te zeggen. Kon pastoor Edoardo een uitzondering vormen? Ja, dat kon hij. Hij zei dan ook niets, niet om me naar de goede kant te trekken, en ook niet om me te laten waar ik was.

Hij glimlachte vriendelijk.

'Weet u, een huis heeft hoe dan ook een eigen karakter... en weerspiegelt dat van degene die er woont. Het ademt dezelfde geest...'

'Nou ja, voor mij is het één pot nat, of ik nu hier woon of ergens anders.'

'Hoe bedoelt u?'

'Ik voel me hier te gast.'

De kleine priester keek me verbaasd aan.

Misschien dacht hij dat ik er zo slecht aan toe was dat ik van dit onverwachte bezoek wilde profiteren door een appel op hem te doen, te verzoeken om hulp. Misschien dacht hij dat het normaal was voor iemand zoals hij om in de eenzaamheid van zijn roeping te leven, maar niet voor iemand als ik, die helemaal geen roeping had. Waarom woonden die kinderen en die vriendin dan niet bij mij? Tja, inderdaad, waarom niet? Dat vroeg ik mezelf ook af. Waar zou dat door komen?

En waarom zegt die man tegen mij, dacht mijn geestelijke naamgenoot misschien, waarom zegt hij tegen me dat hij zich in zijn eigen huis te gast voelt, dat hij zich in alle huizen waar hij gewoond heeft te gast heeft gevoeld?

'Vreemd,' zei hij, 'het klinkt haast alsof u nergens aan gehecht bent... Dat is heel vreemd... en volgens mij is het ook niet zo.'

'Nee, dat is inderdaad niet zo,' antwoordde ik, opnieuw hoofdschuddend.

Er verscheen een klein lachje op zijn gezicht.

'Hoe dan ook, dit huis heeft wel meerdere bewoners... maar dan incidentéle bewoners, zoals u het zegt...'

'Ja, ja... incidentele bewoners.' Een perfecte omschrijving.

Toen riep ik in een opwelling van enthousiasme dat het toch wel zin had om het huis te zegenen, want ook al kon ik die zegen misschien niet rechtstreeks ontvangen, dan kwam hij toch wel bij iemand terecht, al was het maar iemand die voor een paar uur naar deze plek kwam waar ik woonde als een gepensioneerde partijfunctionaris, of een verstrooide professor die zo in beslag wordt genomen door zijn abstracte onderzoek dat andere mensen geen zin hadden om met hem samen te leven.

'Dus u wilt dat we dit huis zegenen?' vroeg pastoor Edoardo met die rituele vraag die al voor het stellen beantwoord is, maar die net als bij het huwelijk toch moet worden gesteld, en heel duidelijk wordt geformuleerd...

'Ja, dat wil ik,' zei ik en ik vond het echt fijn dat hij het deed, dat hij me zegende. Een zegening, dat had deze plek nodig, ja, een *zegening.*

Uit zijn dunne tas, die hij tot dan toe strak onder zijn oksel had gehouden, als een kantoorbeambte die documenten meeneemt van het ene naar het andere bureau, haalde pastoor Edoardo de benodigdheden tevoorschijn: een vel papier waarop een oude afbeelding gedrukt was, dat hij aan mij overhandigde, en de wijwaterkwast. Daarna richtte hij zijn blik op een hoek van mijn hal, tussen het roodfluwelen fauteuiltje en het massieve meubel met de Treccani, sloeg een kruisteken en zei plechtig: 'In de naam van de Vader, de Zoon... en de Heilige Geest', met die korte pauze voordat het derde ontzagwekkende mystieke personage werd genoemd. Ik weet niet of het kwam omdat hij zo dicht bij me stond, vlak naast me, of vanwege die formule – ik zou me verachtelijk gevoeld hebben als ik die hem in zijn eentje had laten uitspreken –, of door dat kruisteken, dat tegenwoordig vrijwel alleen nog wordt geslagen door voetballers die het veld op komen om een vermoeide of geblesseerde ploeggenoot te vervangen, maar ook ik sloeg dat kruisteken, met weidse gebaren, en mompelde 'In de naam van de Vader, de Zoon... en de Heilige Geest', met een halve tel vertraging op de andere Edoardo.

And the three men I admire most
The Father, Son and the Holy Ghost
They caught the last train to the coast
The day... the music died...

'Weet u, ik heet ook Edoardo...' zei ik toen de pastoor klaar was.

'Ach, echt waar?!' Misschien herinnerde hij zich mij, van zijn bezoek van vorig jaar. Hij wees naar het blaadje, dat ik van mijn rechterhand naar de linker had overgebracht om het kruisteken te kunnen slaan, en dat ik nog steeds een beetje onbeholpen vasthad, alsof ik op verdere instructies wachtte. 'Hierop staan de aanvangstijden van de bijeenkomsten ter voorbereiding op Pasen... en natuurlijk ook van de paasvieringen.'

'O ja... dank u...' en ik keek naar het blaadje, draaide het om: op de achterkant stonden een gebed en alle informatie.

'Nou, eh... ik denk dat ik wel kom... ik bedoel, dan zien we elkaar... bij een van deze...' zei ik, en aan de ene kant wilde ik er ook echt wel naartoe gaan, meedoen, maar aan de andere kant wilde ik ook weer niet te veel beloven, net als wanneer ik word uitgenodigd voor een culturele manifestatie, een boekpresentatie of een expositie. 'Als ik kan, als ik dan in de stad ben... dan kom ik zeker.' 'Dan probeer ik langs te komen...'

Met de verrukkelijke vlijt van een seminarist, die me vertederde, opperde pastoor Edoardo consciëntieus, nog steeds wijzend naar het blaadje, naar een regel in blokletters: '...Hoe dan ook, stel dat er iets verandert, of voor de zekerheid, kunt u het beste even de website van de parochie checken.'

Natuurlijk, de website...

'Dat zal ik zeker doen.'

Iets zei me dat ik niet zou gaan.

En inderdaad, ik breng alle dagen voor Pasen als een zombie door, Goede Vrijdag gaat aan me voorbij zonder dat ik het in de gaten heb, ondanks de talloze films over Jezus op tv, en als het eindelijk zondag wordt en het ophoudt met regenen, ga ik niet naar een van de vieringen die op het blaadje staan aangegeven, maar pak ik de auto en ga ik de stad uit, ik neem de snelweg richting L'Aquila, neem de afslag bij Lunghezza en rij ter hoogte van Corcolle verder over de Via Polense en daarna over die prachtige weg die naar Poli leidt, over een bergrug langs groene ravijnen.

Ongeveer tussen kilometerpaaltje 26 en 28 staan zoals altijd, ook vandaag op paaszondag, de Afrikaanse prostituees langs de weg, met hun strakke, fleurige outfits. Meestal draaien ze hun ronde billen naar de weg en degenen die daaroverheen rijden, en elke keer als er een auto voorbijkomt, en vooral wanneer die langzaam genoeg rijdt om te menen dat er een potentiële klant achter het stuur zit, tillen ze hun jurkje op ('s winters daarentegen trekken ze hun legging omlaag), buigen zich voorover en schudden met hun blote billen naar de automobilist. Sommigen doen dat op het ritme van een dans die ze al een beetje op de plaats aan het doen waren voordat de auto bij hen kwam en die ze ook nog blijven doen als hij alweer weg is; andere prostituees staan stil, met hun rug naar de weg toe, druk pratend in hun telefoon, zij bukken zich en brengen hun enorme zwarte kont alleen maar in beweging wanneer ze het idee hebben dat de automobilist die zal kunnen waarderen, zeg een meter of vijftig voordat het voertuig hen passeert, en daarna, dat zie je in het achteruitkijkspiegeltje als je er eenmaal voorbij bent, gaan ze meteen weer rechtop staan, terwijl hun billen nog wat nadeinen. Die beweging heet 'twerken', heb ik onlangs ontdekt, en is een uitnodiging tot penetratie van achteren. Los van de specifieke positie dacht ik dat de Afrikaanse prostituees zich om twee redenen op die manier aan hun klanten aanbieden, een positieve en een negatieve reden, namelijk dat ze het lichaamsdeel willen tonen dat objectief het allermooiste is, werkelijk verbazingwekkend zelfs, bijna onwerkelijk qua vorm, volume en elasticiteit, en tegelijkertijd het minst aantrekkelijke willen verhullen, want hun gezicht is lelijk, echt oerlelijk, daarvan zou iedereen de lust vergaan. Maar goed, ik ben het dus gewend om over die betoverende, verlaten weg te rijden terwijl je om de honderd, tweehonderd meter de verbluffende blote billen van Afrikaanse vrouwen ziet, die bijna allemaal klein van gestalte zijn in hun rode of paarse jurkjes en met hun omlaaggetrokken leggings.

Maar vandaag, op paaszondag 2012, merk ik een verschil op.

Er is iets veranderd, voorgoed of misschien alleen voor deze viering, deze speciale feestdag. De prostituees die in groten getale aanwezig zijn langs de Via Polense, alsof het in onze contreien gebruikelijk is om zo het feest te vieren (even snel een wippie voordat je naar huis gaat voor de paasbrunch waarbij je het lam zult delen met je familieleden, je kinderen of je vrienden), staan nu niet van de weg afgewend, nee, ze staan naar de weg toe gekeerd, en al die dames in hun strakke blote jurkjes kijken naar de passerende automobilisten, wat er eerlijk gezegd maar een paar zijn, en dan maken ze een nieuw, ander gebaar, dat me pas opvalt als ik er twee, drie voorbij ben gereden: ze trekken hun jurk een stukje omhoog en bewegen hun bekken dan niet heen en weer, om de seksuele daad te imiteren, maar zijwaarts, heupwiegend. Zoals gewoonlijk dragen ze geen ondergoed, en wat ze deze keer willen laten zien is hun kut, maar doordat ik er niet op voorbereid was zie ik het niet zo goed, en kan ik het pas na een tijdje onderscheiden: zwart schaamhaar op gitzwarte huid. Ik neem wat gas terug en bekijk ze nu aandachtig, en daardoor denken zij dat ik geïnteresseerd ben en dat ik de mogelijkheid van een geslachtsdaad overweeg. Het eerste is waar, het tweede niet. Nu ga ik dertig kilometer per uur in plaats van zeventig, de meisjes hebben alle tijd om mijn trage tempo op te merken en te zien dat er een man alleen in de auto zit, dus zetten ze stuk voor stuk zelfverzekerd hun vulgaire dans in, waarbij ze al heupwiegend hun kut laten zien. Een paar van hen wijzen er zelfs naar, alsof de boodschap niet al duidelijk genoeg was. Pas als ik er een stuk of tien voorbij ben gereden dringt er nog een nieuwigheid tot me door: blijkbaar is er onlangs een wisseling van de wacht geweest, want deze meisjes, in elk geval degenen bij wie ik tijd genoeg had om niet alleen tussen de benen te kijken, zijn minder lelijk, sommigen hebben eigenlijk best een leuk gezicht, al wordt dat door hun vulgaire handeling naar de achtergrond verdreven.

Terwijl ik naar Poli reed, rammelde er in de kofferbak een kist met een set veel te grote steeksleutels. Die had ik online gekocht bij de uitverkoop van een beroemd gereedschapsmerk, maar ik had me bij de bestelling vergist, of zij hadden zich vergist, want in plaats van een gewone huis-tuin-en-keukenset steeksleutels, dat wil zeggen van maat 8 tot 16, had ik vier lange, zware chroomvanadium steeksleutels opgestuurd gekregen, een van maat 24, een van 26, een van 28 en een van 30, die bijna een halve meter lang was, en voor mij alleen dienst kon doen als wapen; daarom had ik ook bedacht hem mee te nemen naar het buitenhuisje om hem onder het bed te leggen voor het geval er een inbreker zou zijn. Ik had hem een paar keer door de lucht laten zwiepen, van boven naar onder, en gedacht aan het effect dat het zou hebben op de schedel van politieke tegenstanders.

Dat zijn dingen van veertig jaar geleden, maar voor mij toch nog vertrouwd, wat bewijst dat ik oud ben maar ook dat die protestmanifestaties op straat echt iets buitengewoons en angstaanjagends waren.

Toen ik tweeëntwintig was, had ik een kortstondige, voor mij té kortstondige relatie met een meisje, een prachtige blondine, dat zich Lou liet noemen, naar Lou Salomé, of misschien had ik die intellectuele verwijzing zelf verzonnen en was het gewoon haar koosnaampje; dat zal altijd een raadsel blijven, want haar echte naam ben ik nooit te weten gekomen, en die Lou, die drie uur nadat we elkaar hadden leren kennen bij me in bed dook en me in een van de weinige pauzes in die nacht die we al vrijend doorbrachten, toen ik haar schattige neusje streelde dat echter wel een ontsiering had in het midden, een klein verhoging die niet natuurlijk leek, zonder dat ik er iets over gevraagd had een beetje schaamteloos antwoordde (ik zou de dagen daarna nog ontdekken hoe schaamteloos ze was, wat op zich prima is voor één nachtje, ware het niet dat onze ontmoeting vergezeld was gegaan van haar volkomen gratuite 'Ik hou van je', 'Ik hou van je' terwijl we lagen te neuken, waardoor ik was gaan geloven dat er ik weet niet wat zou kunnen opbloeien tussen ons, terwijl het vanaf het begin duidelijk had moeten zijn dat het voor haar alleen maar het zoveelste avontuurtje was, een nacht als zovele, aangezien ik haar een keer aan de telefoon had horen vertellen dat een vriendin van haar tijdens een liftvakantie met zeven mannen had geneukt, zeven verschillende mannen, in zeven dagen, elke dag een, of misschien meer dan een als ze op andere dagen van de week rust had genomen), maar goed, terwijl ik haar neusje streelde glimlachte ze spottend naar me en zei: 'Je ziet het, hè? Ze hebben het niet goed gehecht, daar in het Niguarda-ziekenhuis,' zei ze, 'en ik was ook zo stom...' Ik stond op het punt om te zeggen dat ze helemaal niet stom was, ik vind je heel intelligent en ook heel mooi enzovoort, maar ze was me voor en zei met een cynische grijns waarmee ze zich ouder wilde voordoen dan haar achttien jaar: 'Ach ja, ik wou die klootzak even laten zien dat ik wel raad wist met die steeksleutel...', en ze maakte het gebaar alsof ze met de Hazet 38 rondzwiepte. Ik bedacht meteen dat ze met dat korte blonde haar inderdaad deed denken aan een middeleeuwse ridder, een vrouwelijke strijder zoals in heldendichten, Jeanne d'Arc die zwaaiend met haar zwaard de aanval leidt, met op haar gezicht dezelfde fanatieke, minachtende blik als de kleine, onverschrokken Lou op dat moment had, en ik vroeg me af wie die klootzak was geweest die haar lef in twijfel had getrokken.

Na die ene nacht bleef ik vergeefs contact zoeken met Lou, ik belde haar op of liep 's avonds langs haar huis. Ik ging ook een keer naar binnen, maar toen waren haar ouders thuis en aangezien het bijna etenstijd was vroegen ze of ik bleef eten, en zo zag ik het schaamteloze meisje op wie ik zo dol was dat ik haar met Jeanne d'Arc vergeleek ineens in een huishoudelijke rol, terwijl ze haar moeder hielp om crostini met mozzarella en ham te maken voor het avondeten, waarop ik de uitnodiging beleefd afsloeg. Een andere keer belde ik via de intercom aan en werd er opengedaan, maar toen ik boven kwam bleek Lou niet thuis en trof ik een vriendin van haar aan die languit op de vloer lag te tekenen met een opgezwollen gezicht omdat ze de avond ervoor op het strand van Feniglia had geslapen, met de capuchon van haar K-way zo strak mogelijk dichtgeknoopt, maar niet strak genoeg om te voorkomen dat de muggen zich tegoed deden aan het onbedekt gebleven deel van haar gezicht, tussen haar wenkbrauwen en haar mond. Op grote vellen perskarton krabbelde ze erotische schetsen die ik tamelijk lelijk vond, al moet ik toegeven dat ik er niet zo heel veel aandacht aan kon schenken omdat ik was afgeleid door haar gezicht dat onder de bultjes zat en door haar boezem, die ik in zijn geheel kon zien door de wijde halsopening van haar hemdje: twee bleke kegels met een roze punt. 'Komt Lou nog terug?' vroeg ik. 'Misschien,' antwoordde ze, en ze bleef maar grote pikken op het karton kliederen. Er was verder niemand in huis. Door die vluchtige indrukken ging ik ervan uit dat zij het meisje moest zijn dat met zeven mannen had geneukt in zeven dagen, maar dat hoefde helemaal niet zo te zijn: dat soort meisjes kwam toen best veel voor. De klootzak uit Milaan daarentegen was een ex van Lou, zo kwam ik later te weten, hoofd van de knokploeg van een politieke actiegroep. Hij had heel wat koppen ingeslagen met een Hazet 38.

Lou heb ik nooit meer gezien. Of jawel. Ze kwam een keer op de Piazza Istria voorbij stuiven op een grote motor. Ze droeg een kort jurkje van wit gaas. Haar benen waren zongebruind en ze had pumps aan.

Al die dingen zag ik of dacht ik of herinnerde ik me terwijl ik over de weg naar Poli reed, op paaszondag; het gerammel van de veel te grote steeksleutels, de hersenmaterie die naar buiten puilt uit een ingeslagen schedel, het frêle blonde geslacht van Lou en het gitzwarte dat de Afrikaanse vrouwen bleven toe wapperen met de zoom van hun rokje, waarmee ze, zoals het werd genoemd door een dichter uit die tijd (een tijd van avant-garde, een tijd van extremisme, van tragische en vermakelijke gebeurtenissen), 'het beest laten luchten' (Victor Cavallo, R.I.P.).

Hoofdstuk 11

Als men de opvatting huldigt dat geweld een puur mannelijke aangelegenheid is, dan is het ook een van de belangrijkste indicatoren van viriliteit. Het werd heel vaak ingezet bij groepen jongeren, vooral als die politiek getint waren: zowel bij links als bij rechts gold dat wie zijn vuisten liet zien werd bewonderd door de jongens en aanbeden door de meiden. Geweld maakte alles eenvoudiger, het was een grove maar duidelijke sleutel om de werkelijkheid te interpreteren, net als de beruchte Hazet-steeksleutels dat waren...

Deze machocultuur brengt een aantal problemen met zich mee. Het voornaamste is dat als de voorbeelden overdreven worden gemasculiniseerd en de helden worden opgetild tot een bijna parodistisch niveau van agressie, de meeste normale mannen daar niet tegenop kunnen. Dan vormt de categorie echte kerels dus een minieme minderheid.

Een tweede probleem van de zogenaamd viriele eigenschappen is dat die, al zou het Hercules zelf zijn die zich ervan bedient, vroeg of laat uitmonden in misbruik, in excessen. Rationaliteit slaat om in onverschilligheid, kalmte in onmededeelzaamheid, bondigheid in afasie, kracht in destructiviteit, onafhankelijkheid in isolement. Dat je een ruggengraat hebt betekent dan dat je niet flexibel bent. Dan blijkt viriliteit alles bij elkaar een vorm van ongevoeligheid. Met dezelfde vermogens die hem in staat stellen op heroïsche wijze monsters te verslaan en de mensheid van heel wat gesels te bevrijden, kan Hercules vrouwen en kinderen afslachten. Waarom? Het lijkt wel of het geweld, als het eenmaal is losgebarsten, niet meer in staat is om onderscheid te maken.

Het lijkt er trouwens op dat mannen zich pas echt verwant voelen met andere mannen wanneer ze in gevecht zijn. In het gezamenlijke vuur van de strijd. Wat mankeert er dan aan vrede? Zijn we er wel helemaal zeker van dat de sport, oftewel het meest wijdverbreide surrogaat voor het gevecht, volstaat om voldoende kameraadschap op te bouwen, of in elk geval niet dreigt dat te laten opgaan in het bereiken van middelmatige doelen – de beker op de plank achter de bar, naast de flessen met kruidenbitters?

Bestaan er equivalenten van oorlog? Het politiek activisme? De scouting? Zich inzetten voor een zaak? De bokssport? De criminaliteit?

Geweld is beslist niet synoniem met kracht. Het kan wel een aspect of een projectie van kracht zijn. Vaak zijn gewelddadige mensen eigenlijk heel zwak, en het geweld dat ze tentoonspreiden is hun overdreven reactie en een soort compensatie voor hun zwakte. Alsof ze bang zijn dat ze, zodra ze hun militante houding laten varen, ophouden te bestaan. De man die dreigt te verdwijnen wanneer zijn woede wegebt, afneemt... Ik kan wel stellen dat ik hetzelfde heb zien gebeuren in de gevangenis: mannen die zich constant stoer moeten voordoen, want als dat agressieve beeld ook maar even zou afzwakken, zou ineens alle moeite die ze hebben gedaan om dat beeld te scheppen en in andermans ogen geloofwaardig te maken voor niets zijn geweest.

Geweld was lange tijd de beste en snelste methode voor een man om de wereld te laten zien hoe macho hij was. Op de vuist gaan, iemand uitdagen voor een duel, enzovoort. Er is echter een groot verschil, een onverwachte kloof, tussen vroeger tijden en tegenwoordig: mannen vierden hun agressie bot op elkaar, omdat ze een in twijfel getrokken hiërarchie moesten versterken; maar hun suprematie over vrouwen bleef onomstreden. Toen ook die in twijfel werd getrokken, werd het geweld afgewend van de rivalen en vrijwel volledig op de nieuwe bron van wanorde gericht.

Sommige mannen zorgen dat vrouwen hun gehoorzamen door ze te onderwerpen; andere proberen het wel maar krijgen het niet voor elkaar, weer anderen laten zich domineren omdat ze het niet kunnen voorkomen, of zelfs omdat ze ervan genieten. De mannen die vrouwen vermoorden behoren tot al die categorieën: ze doden vrouwen omdat ze hen domineren, of ze doden hen omdat het ze niet lukt hen te domineren, of ze doden hen omdat ze er genoeg van hebben om zich gedomineerd te voelen.

Het is een van de schrilste paradoxen van het DvdC: de enige manier om twee onschuldige meisjes de baas te worden was ze koud te maken.

Terwijl er maar een klein deel van de mannen in staat is om vrouwen echt te onderwerpen en met hen te doen wat ze willen, zijn er wel een heleboel die dat graag zouden willen, of die indirect voordeel hebben van de brute overheersing die de eerste groep uitoefent. Sociologen noemen dit verschijnsel 'patriarchaal dividend', waardoor ook ik, zonder dat ik persoonlijk misbruik maak van welke vrouw dan ook, toch mijn kleine aandeel incasseer in de macht die elke man ten deel valt, dankzij de onderwerping van vrouwen die anderen uitoefenen; dankzij de onderschikking die anderen hebben geschapen. Simpel gezegd: ik hoef helemaal geen geweld uit te oefenen tegen vrouwen, want er is al iemand anders die dat voor iedereen doet, dat wil zeggen, die voorziet erin het oppressieve regime te installeren dat de individuele man wel kan hekelen, maar waar hij wel degelijk van meeprofiteert.

Slechts weinigen gedragen zich als 'echte mannen', dat wil zeggen door vrouwen ruw te behandelen, hen tot gehoorzaamheid te dwingen, hun te laten zien wie er de baas is, maar alle andere mannen, die hun mond houden, of die zelfs met hypocriete woorden de bruutheid van de eerstgenoemden gispen, profiteren van de gegarandeerde rente qua positie die het initiatief van de eerstgenoemden oplevert. Iets vergelijkbaars zien we in de relatie tussen de pacifistische westerse maatschappijen en de gewapende minderheden die de privileges daarvan verdedigen aan de randen van de wereld, vaak onder het mom van vredesmissies: de eersten zijn vaak verontwaardigd over de oorlogszuchtigheid van de tweeden, zonder dat ze willen toegeven, door naïviteit of door een slecht geweten, dat de tweede groep feitelijk de belangen van de eerste beschermt.

Het is trouwens moeilijk voor te stellen dat zo'n wijdvertakte, alomtegenwoordige ongelijkheid zoals die tussen de seksen kan voortduren zonder het gebruik van geweld. Geen officieel, institutioneel geweld, maar sluw, onopvallend, potentieel; op een laag pitje maar wel systematisch, een soort guerrilla, stukje bij beetje... De onderdrukking kan zelfs nog groter zijn dan die van de expliciete overheersing uitgeoefend door mannen in traditionele samenlevingen. Het is een regime dat voortdurend bedreigd wordt: als er een stabiele hiërarchie heerste tussen de seksen, zou het niet nodig zijn om voortdurend intimiderend gedrag te vertonen. En dat geeft maar aan dat er helemaal niets 'natuurlijks' aan is...

(Een hiërarchie die erkend en gerespecteerd wordt zal conflicten tussen individuen niet aanscherpen, maar juist tot een minimum reduceren.)

In de tijd waarin dit verhaal zich afspeelt werd de eis tot onafhankelijkheid van vrouwen ervaren als een barst in de sociale fundamenten, waartegen onmiddellijk maatregelen moesten worden getroffen die geen uitstel duldden.

Sommige mensen hadden het idee dat de mannen zich overgaven. Niet allemaal, maar een flink aantal, misschien wel de meerderheid. Moe, uitgeput, in de verdediging. Ze deden te veel concessies aan de eisen van vrouwen. Ze verslapten, bliezen de aftocht zonder te durven protesteren. Er was iemand nodig die hun weer moed zou inspreken, die de opstandige dames en activistes voor vrouwenrechten een lesje zouden leren. Daarmee zouden ze een dienst bewijzen aan het hele mannelijke geslacht dat in een crisis verkeerde, zodat dus ook degenen ervan zouden profiteren die geen vinger hadden durven uitsteken tegen de schreeuwende vloed aan vrouwelijke eisen, die slappelingen die zich telkens weer de grond in zouden laten trappen, elke dag meer, door alle vrouwen, te beginnen bij hun eigen vrouw. Er waren, kortom, mannen nodig die de verantwoordelijkheid op zich namen om 'het vuile werk' op te knappen, namens degenen die dat afwezen of er niets van wilden weten. Vrijkorpsen gevormd door ongeregelde troepen, bereid om guerrillatechnieken en brute demonstratieve daden toe te passen, waarvan degenen die er niet rechtstreeks bij betrokken waren gemakkelijk afstand konden doen, met woorden; net zoals gebeurt in die politieke bewegingen waarbij een partij die op legaal niveau opereert en het heersende regime erkent feitelijk gepaard gaat met een illegale structuur die de gewelddadige initiatieven uitvoert, zodat de officiële partij zich daarvan kan distantiëren en ze met woorden kan veroordelen, terwijl eigenlijk die twee versies van dezelfde politiek, een parlementaire en een terroristische, zij aan zij optrekken. Een van beide kanten onderhandelt, terwijl de andere kant aanslagen pleegt en saboteert. De ene kant onderneemt in het geniep de dingen die de andere publiekelijk zal stigmatiseren.

De demonstratieve daad bij uitstek is de represaille.

Die tegenaanval op de bevrijding van vrouwen moest in beweging komen voordat de zaken te ver zouden voeren. Voordat het te laat zou zijn. Alleen wás het toen al te laat. En zo bleven de twee trajecten zich ieder voor zich ontwikkelen: de vrouwen bleven zich emanciperen, en sommige mannen bleven geweld uitoefenen om dat te verhinderen, waarbij ze op symbolische wijze bepaalde vrouwen straften volgens de regel die terroristische groeperingen in die jaren toepasten: Straf er één om er honderd op te voeden. Straf één vrouw om er honderd op te voeden.

Volgens een grillige historische wet is het zo dat de meest revolutionaire experimenten, een breuk, een omwenteling, een bijzondere vernieuwing, bijna nooit plaatsvinden in de meest geavanceerde, beschaafde landen, waar de vooruitgang heeft plaatsgevonden in een geleidelijk, constant proces, maar juist in landen waar nog archaïsche structuren en gebruiken gelden. Wanneer die de druk voelen van de drang naar vernieuwing, of er plotseling mee in aanraking komen, zoals de lava van een vulkaan die ineens in ijskoud water stort, vormen ze een dodelijk mengsel en veroorzaken ze spectaculaire reacties, explosies, impulsen, beroering, waarbij totaal nieuwe vormen ontstaan die ogenblikkelijk stollen. In geavanceerde landen trotseren het nieuwe en het oude elkaar met een radicalisme en een felheid die elders niet voorkomen, omdat ze allebei 'te' zijn: het oude is te oud, het nieuwe te nieuw, en eerlijk gezegd zouden ze geen van beide geschikt zijn voor de tijd van nú, en de wankelheid van beide stellingnames drijft mensen ertoe de meest meedogenloze middelen te gebruiken om hun positie te verdedigen en te versterken. Uiteindelijk kan het zijn dat het nieuwe wordt gesmoord in bloed, of dat de traditie wordt uitgeroeid alsof die nooit had bestaan, maar voordat een van die twee oplossingen gerealiseerd wordt zullen we vele monsterlijke, hybride kristallisaties zien waarin beide aspecten zijn vervlochten en samengeperst, zoals in vulkanisch rotsgesteente. Tegen de achtergrond van grote omwentelingen, die zo lang kunnen duren als het menselijke equivalent van een geologisch tijdperk, waarin complete samenlevingen kunnen verdwijnen en nieuwe kunnen opkomen, blijven de individuele gevallen zichtbaar die symbool staan voor deze botsing in de verschuivingen van de tijd; persoonlijke verhalen zijn de edelstenen die in de aardlagen zitten vervat. Zo kan één dag een heel tijdperk bevatten.

Als we het DvdC vanuit dat oogpunt zouden willen beschouwen, is het dan ook niet meer dan een marginaal voorbeeld van represaille dat plaatsvond in het kader van een universele oorlog, aan een front van weinig belang, in een land en een samenleving met ouderwetse gewoontes vergeleken met andere landen in het westerse blok, maar waar juist daarom radicale experimenten plaatsvonden op het vlak van de politiek, de moraal, de godsdienst, de verhouding tussen de seksen, waaruit het land uiteindelijk van top tot teen veranderd tevoorschijn zou komen. Het enige wat veertig jaar lang vrijwel onveranderd zou blijven, namelijk tot aan de huidige crisis, was de economische structuur, wat het nodige zegt over die politieke kant die in elk geval op papier in de verandering van de economische inrichting de sleutel zag om de rest van de samenleving te reformeren: te weten de linkse politiek. Die viel het paradoxale lot ten deel dat ze een zeer krachtige invloed heeft uitgeoefend op bijna alle aspecten van de Italiaanse maatschappij, en heeft bijgedragen aan de transformatie, sterker nog, de omverwerping daarvan: gewoontes, taalgebruik, muziek, kleding, geloof, eros, filmstijlen, maar intussen het enige aspect waarvan ze beweerden het te willen afschaffen ongemoeid lieten.

Zo was de duopolie georganiseerd: de christendemocraten hadden de politieke en economische macht, en links heerste over al het overige, dat wil zeggen de filmwereld, de literatuur, leraren, schilders, humor, culturele programma's op tv – al die dingen die de grondlegger van het communisme vol verachting zou hebben aangeduid als 'de bovenbouw'.

Tijdens de openlijke vijandigheden tegen de vrouwenemancipatie had elke bemiddelingspoging van de diplomatie gefaald en restte degenen die terugverlangden naar de vroegere orde niets anders dan een openlijke, totale oorlog tussen de seksen, met de traditionele bijkomstigheden van vergeldingsmaatregelen en intimidaties als voorbeeldfunctie. Ongeveer een kwarteeuw voor het einde van het tweede millennium nam iemand een drastisch besluit: géén concessies. Hetzelfde wat in de politiek gebeurde: de radicalisering van het conflict. In het toenmalige Italië kwam vrijwel geen onenigheid voor die draaide om nationaliteit of ras of religie: de strijd was toegespitst, en daardoor ook des te heviger, op het front van de klassen en de seksen. Het DvdC vond plaats kort nadat de eerste voorstellen waren gedaan voor het afschaffen van strafvermindering wegens eerwraak uit het Wetboek van Strafrecht (uiteindelijk zou de clausule pas in 1981 geschrapt worden!), in het jaar na het referendum over echtscheiding en in hetzelfde jaar als de hervorming van het familierecht – wat op het gebied van gewoontes gelijkstond aan de afschaffing van de lijfeigenschap.

Het waren de jaren waarin het belang van seks (erover praten, er aanspraak op maken, er wel of niet aan doen, in verzet komen tegen de wetten die er eeuwenlang over hadden geheerst of die juist hardnekkig verdedigen, er een symbool van bevrijding of onderdrukking van maken) mateloos groeide. In een land als Italië kwam de klap in één keer, terwijl in andere westerse landen de veranderingen geleidelijk waren geweest, en de mensen stukje bij beetje hadden kunnen wennen aan die nieuwe obsessie.

Nergens anders dan in Italië kon zo'n geloofwaardige, nauwkeurige film over seks worden gemaakt, in de verstrooide vorm van een komedie, als *Vedo nudo* (internationale titel *I See Naked*).

Sommige maatschappelijke posities vrezen zodra ze in gevaar worden gebracht, bij de minste druk of kritiek, in één keer in te storten, op te houden te bestaan, gezien het feit dat ze bij voorbaat elke mogelijkheid tot transformatie uitsluiten. Vandaar dat toen de vrouwenemancipatie eenmaal op gang was gekomen, veel mannen dachten dat er maar één mogelijkheid was: namelijk de vrouw te blijven onderdrukken, maar dan nog feller. Als de heerschappij over de vrouw een essentieel onderdeel van de mannelijkheid is, kan de man die dus niet wijzigen of er helemaal van afzien: dat zou geen abdicatie zijn, maar regelrechte zelfmoord. Als de man ervan zou afzien om die heerschappij uit te oefenen wordt hij nutteloos, bijzaak, doelloos, een soort dar; zodra hij ophoudt met het overheersen en onderdrukken van vrouwen stort de man in een afgrond van onzekerheid en eenzaamheid, waarin hij beseft dat hij overbodig is, marginaal ten opzichte van de continuïteit van het bestaan dat wordt belichaamd door de vrouw: een biologische tussenfase, een bizarre zijsprong, waarvan de functie rap afneemt. Meteen nadat hij zijn greep heeft laten verslappen begint zijn aftakeling, net zoals een groot roofdier dat zijn klauwen kwijtraakt en tam wordt direct wordt overmand door de dieren waar het gewoonlijk op joeg. Een statistische wet zegt dat een verzwakte man kwetsbaarder is dan de gemiddelde vrouw. Een man die ziek is, of werkloos, impotent, gescheiden met een verbod om zijn kinderen te zien of in elk geval met de grootste problemen om ze te kunnen zien, en met maandelijkse alimentatiecheques die hem naar de rand van het bankroet drijven, depressief, verward, gekoeioneerd op zijn werk, komt fragieler over dan welke vrouw ook. Als mannen zich eenmaal op dat hellend vlak bevinden zijn ze reddeloos verloren, want ze zijn er minder goed in dan vrouwen om problemen het hoofd te bieden: gewend als ze zijn om hun eigen materiële voortbestaan aan anderen over te laten, niet in staat om voor anderen te zorgen, maar al helemaal niet voor zichzelf.

Wanneer je je baan verliest, produceer je geen testosteron meer.

Geplaagd door de nachtmerrie van dat vooruitzicht meenden sommigen dat je moest volharden tegen vrouwen, zonder compromis. Verzetten. Ja, verzetten, verzetten: en voor degenen die enorm gehecht zijn aan die term, en deze beschouwen als een synoniem van vooruitgang terwijl het evengoed een synoniem van instandhouding kan zijn, of zelfs van behoudendheid, wil ik erop wijzen dat het ook 'verzet' is als iemand weigert een privilege op te geven.

Als er een eind komt aan segregatie zijn er altijd paradoxale gevolgen. Doordat vrouwen werden buitengesloten, in aparte klassen werden gezet en in al hun persoonlijke bewegingen in de gaten werden gehouden, waren de vrouwen tot op zekere hoogte beschermd tegen de mannen; toen ze er voortaan bij hoorden, nam het risico toe dat er misbruik van ze zou worden gemaakt. Door de seksuele bevrijding, die ten gunste van hen was bedoeld, werden ze uiteindelijk overgeleverd aan de mannelijke onderdrukkingsgeest. In een vrijere samenleving met minder restricties groeide het aantal bedreigingen en gevaren.

Zolang fysieke kracht doorslaggevend was voor de overleving heeft de man de vrouw onderworpen. Toen dat niet meer zo was, begonnen de vrouwen zich te emanciperen, maar de mannen bleven hun fysieke suprematie gebruiken in een poging hen tegen te houden: als algemene theorie en als hardhandige praktijk. Het is een vergeefse poging, maar toch gaat men ermee door: fysieke kracht blijft dreigend, ook nadat die als misdadig is aangemerkt. De samenleving doet haar best om geweld te stigmatiseren, maar uitbannen lukt gewoon niet. Dus rest de kracht niets anders dan zich te specialiseren in mishandeling: anders zou er niets anders te doen blijven dan wat fysieke arbeid en het hamsterrad van de sportschool. De kracht is nutteloos, achterhaald, zelfs een beetje lachwekkend in zijn pretentie dat hij nog wel wat voorstelt, dat hij staat voor iets waar je prat op gaat, waar je gezag aan ontleent. Hij manifesteert zich in parodistische vorm in de gespierde figuren van bodybuilders, wier lijf een soort archeologisch museum der kracht is, de expositie van hun gebalsemde figuur bedoeld om verbazing te wekken. Het is één ding om op een everzwijn of een leeuw te moeten jagen, het is iets anders om een tv-programma te presenteren of les te geven aan de universiteit. In het eerste geval zijn de nadelen van het vrouw-zijn aanzienlijk, in het tweede nihil.

Hoofdstuk III

Trouwens, wat hadden de 'fatsoenlijke' jongens van het DvdC moeten doen met volkse meisjes die echter geen prostituees waren, maar zelf ook 'fatsoenlijk'? Ze konden niet hun portemonnee trekken, maar ze konden hen ook niet uitnodigen voor een etentje met hun ouders. De kaders ontbraken voor zowel een betaalde verhouding als voor traditionele hofmakerij. Ze veinsden het tweede alleen maar uit tactische overwegingen, het klassenverschil negerend, sterker nog, ervan profiterend om de meisjes in de val te lokken. Wanneer in het contact tussen mannen en vrouwen de modaliteit van het nut en die van de belangeloze liefde zijn uitgesloten, ontstaat de neiging dat contact door middel van geweld alsnog te verlevendigen. Geweld geeft een anders leeg contact betekenis. Het staat voor een ontsnapping aan de steriliteit. Zinloos geweld doorbreekt de loomheid van duffe, ijdele nachten. Na wat gebabbel dat alleen diende om de meiden aan de haak te slaan, kun je je afvragen wat de jongens en de meiden van het DvdC elkaar nog meer te vertellen zouden hebben gehad?

Het werkt zoals in een soort eindeloze militaire dienst: je wordt tijdens en na de ontgroening zo geterroriseerd en mishandeld door de 'oude poep' dat je alleen maar kunt verlangen naar het moment dat jij zelf kunt beginnen met terroriseren en mishandelen. Het meest geoliede overbrengingsmechanisme is dat van het machtsmisbruik: om dat draaglijk te maken identificeer ik me met degene die het me aandoet en bereid ik me erop voor om zijn plaats in te nemen. Vroeger werd de vaderrol, de mannelijke rol, de rol van de autoriteit in het algemeen volgens dat script overgedragen. Ten tijde van ons verhaal was die gang van zaken aan een hevige crisis onderhevig; er werd aan vaders stoelpoten gezaagd, maar zijn autoriteit was beslist nog niet verdwenen; het is bekend dat een sociale wet verstart wanneer die een dreiging voelt of zelfs het idee heeft dat de ondergang nadert; dan wordt deze nog onbuigzamer toegepast, omdat men meent op die manier de neergang ervan te kunnen stoppen en het tij te kunnen keren. Op het moment dat de blanke suprematie aan de kaak wordt gesteld ontstaat de Ku-Klux-Klan. De hoofdrolspelers van het DvdC zou je kunnen zien als leden van een soort KKK die het niet gemunt had op negers (daarvan waren er nog maar weinig in Italië) maar op vrouwen, de helft van de bevolking. *Woman is the nigger of the world.*

Simpele manieren om een hiërarchie te bewerkstelligen onder mannen – stoerdoenerij, arrogantie, races met de auto of op de motor, bierdrinkwedstrijden, uitspattingen met drugs, van de rotsen duiken, stenen van viaducten gooien, rellen tegen de politie buiten het stadion. Het vermogen maar vooral ook de bereidheid om geweld te gebruiken zijn altijd geschikte indicatoren geweest om leiders te selecteren, vanaf de steentijd tot in elk geval Achilles, maar ook nog daarna. Wat nu alleen maar wanorde brengt in de maatschappij, droeg er juist aan bij dat die bijeengehouden werd in de tijd dat de overleving ervan werd gegarandeerd door gewelddadige activiteiten als jagen en oorlog voeren. Destijds was agressief zijn een soort maatschappelijke dienstverlening.

De primitieve jager die diep in elke man rust is dus een stakker die vrijwel niks te doen heeft. Die al sinds mensenheugenis in de WW zit. Hij zit te duimendraaien zonder te weten hoe hij zijn natuurlijke portie agressie, reuk, weerstand en imponerend voorkomen moet aanwenden. En hij weet ook niet wat hij aan moet met zijn wreedheid, zijn meedogenloosheid, want die zitten er nog steeds, klaar voor gebruik ook al worden ze nooit ingezet: hij kan er hooguit mee spelen in zijn vrije tijd. De gewelddadigheid die vroeger diende voor zijn overleving en die van zijn gemeenschap is er nu nog enkel ter vermaak. Hij verkwist dat kostbare talent met zijn hobby's, en als hij er op de een of andere manier voordeel uit wil halen rest hem geen andere weg dan die van de criminaliteit. Wanneer er eindelijk een oorlog uitbarst, dan is dat een kans om zijn agressie aan te wenden zonder te worden gestraft, sterker nog, dan valt hem aanmoediging en dankbaarheid ten deel van degenen in wier naam er wordt gestreden, en dus treffen we in de frontlinies gewone criminelen en voetbalhooligans aan, degenen die zich zeg maar in vredestijd waren blijven trainen. In het voormalige Joegoslavië bijvoorbeeld stonden ze in de rij om in dienst te gaan. Een manier om afkeuring om te zetten in achting.

Als hij wil overleven in een wereld die inmiddels vijandig staat tegenover de uitingen van wreedheid die ze voorheen bewonderde, moet de archetypische jager zijn overmaat aan geweld omzetten in boosaardigheid, zijn fysieke wreedheid in mentale wreedheid, en zijn jachtdrift ombuigen tegen zijn gelijken zodat die lucratief wordt, niet langer voor de hele gemeenschap maar alleen voor hemzelf. In plaats van op herten jaagt hij op vrouwen of apothekers of geldkoeriers. Of asielzoekers. Zijn killerinstinct laat hij los op squashbanen en in tv-debatten. Hij maakt zijn tegenstander af met dossiers in plaats van zijn knots te gebruiken. Zijn oorlog is bijna altijd individueel.

Welke ervaring vervangt tegenwoordig de gewoonte om de schedel van je vijand in te slaan en diens vrouw en dochters te verkrachten? Is het mogelijk die handeling gewoon te wissen uit het atavistische geheugen, of moet die hoe dan ook worden vervangen, gesublimeerd, moet er een surrogaat voor in de plaats komen? In welke richting worden de krachten gekanaliseerd die vroeger dienden voor de jacht op grote beesten of op andere mensen?

In de natuur zijn de mannetjes toegerust op het gebruik van geweld om te kunnen paren, of in elk geval om ritueel aan te tonen dat ze daartoe in staat zijn. Dankzij hun biologische erfenis kunnen ze daar meteen op teruggrijpen als het nodig is. Het geweld maakt impliciet deel uit van de coïtus, net zoals de zucht naar dood is vervlochten met de levensdrift. De seksuele drang wekt agressie op ten opzichte van rivalen die de paring dwarsbomen, en soms ook ten opzichte van het betwiste individu zelf. Aangezien er bij een verkrachting echter geen rivalen zijn – of als die er wel waren, zijn ze overwonnen, of hebben ze zich verenigd in plaats van te wedijveren, zodat ze een groep vormen die eensgezind opereert – wordt in dat geval alle agressie tegen het slachtoffer gericht. Dat wordt overspoeld door geweld, waarvan in elk geval een deel oorspronkelijk niet voor haar bestemd was, maar voor andere mannen. In het merendeel van de gevallen is verkrachting een jachtpartij die eigenlijk te vroeg eindigt, met de vrijwel onmiddellijke vangst van de prooi, waardoor de jager gefrustreerd raakt omdat hij nog alle energie kwijt moet die was opgewekt voor de achtervolging en voor het ontwijken van eventuele gevaren. De verkrachting is een misdaad van een bespottelijke eenvoud die de misdadiger begaat terwijl hij nog op het toppunt van zijn fysieke kracht, zijn energie en zijn kwaadaardigheid is. De risico's voor zijn eigen veiligheid zijn vrijwel nihil, het gevecht met de tegenstander is kort. Het is een ongelijke strijd. Er is zoveel adrenaline in zijn bloed gepompt dat hij er toch iets mee zal moeten. Om tot bedaren te komen kan hij alleen maar tekeergaan.

Ik heb het al gezegd, maar ik herhaal het. Het doel van seksueel geweld zou zijn dat iemand zich met kracht verzekert van wat hij niet kan of wil verkrijgen met beleefdheid, charme, gevoeligheid, of met een geldbedrag. De bevrediging wordt via andere wegen bereikt, met het vertoon van kracht, de vernedering van het slachtoffer, de gewelddadigheid als doel op zichzelf, de toepassing van datgene wat men beschouwt als een rechtvaardige straf voor een vrouw, voor déze vrouw en tegelijkertijd voor álle vrouwen: de coïtus is bijzaak, van secundair belang wanneer die zelfs onuitvoerbaar is omdat de verkrachter feitelijk impotent is; in dat geval wordt de geslachtsdaad vervangen door allerlei mishandelingen. Dan wordt de vrouw gepenetreerd met kopieën van het haperende lichaamsdeel.

Voor sommigen is verkrachting niet een van de mogelijke vormen van de ontmoeting tussen man en vrouw, maar het wezen ervan, de essentie, geworteld in de geschiedenis, in de mythologie, in de metafysische configuratie van de relatie tussen de seksen. Degenen die het zo zien, die er zo over denken, min of meer helder van geest, zijn mannen die zich aan beide uitersten van de samenleving bevinden: of zeer erudiete geleerden, of woestelingen. De eerste groep denkt er veel over na, de tweede groep totaal niet. Die kortsluiting tussen hen die theorieën vormen over geweld en hen die het geweld praktiseren, is een terugkerend fenomeen in de twintigste-eeuwse cultuur. Wie beweert dat de hoge cultuur volkomen losstaat van wat gewone mensen denken en doen, vooral in de onderste lagen van de bevolking, staat er niet bij stil hoe vaak en graag geleerden zich erop hebben toegelegd om met een breed scala aan redeneringen, onderzoeken, bronnen en bewijzen te bevestigen wat de meest drastische handelwijzen en de grofste overtuigingen waren. Paradoxaal genoeg staat deze doctrine over verkrachting als basis van de man-vrouwrelatie ook centraal in enkele theorieën van het onverzettelijkste feminisme.

Bepaalde radicale stellingen kunnen tegelijkertijd een openbaring, een vanzelfsprekendheid en een wassen neus zijn. Feministische denksters kunnen uitermate geniaal, maar ook bezeten overkomen. Niets is minder een daad van liefde en niets is meer een daad van agressieve toe-eigening dan een man die een vrouw neukt. Niets is minder een instrument van genot en niets is meer een symbool van onderdrukking als de penis. Niets is minder een uiting van genegenheid en niets is meer een blijk van overheersing dan de traditionele man-vrouwrelatie. En ga zo maar door. Het is een integraal onderdeel van elk radicaal jargon om gebruik te maken van paradoxen, even brute als suggestieve vereenvoudigingen, waardoor mensen in eerste instantie beledigd worden, vervolgens verleid, zodat ze oprecht en waarachtig overkomen; en ten slotte wordt men erdoor teleurgesteld. De verborgen waarheid die na de ontmaskering wordt onthuld blijkt alleen maar een zoveelste masker.

De gemene deler zit hem in de perceptie van een absoluut, onherroepelijk vrouwelijk anders-zijn, bijna alsof vrouwen tot een andere soort behoren (dat is wat wordt aangeduid als 'pseudosoortvorming').

De huivering die macht veroorzaakt, is ongeëvenaard. Seksuele dominantie is een primair of secundair aspect daarvan, een symbool, het meest klassieke voorbeeld of de karikatuur ervan. Seks is dus alleen maar het terrein of het jargon waarmee de dominantie wordt geïllustreerd. Kijk aan de andere kant ook maar naar de masochist, het is niet zozeer het lijden dat genot schenkt, als wel de onderwerping. Een baas hebben, dat is het verrukkelijke, bijna poëtische gevoel...

Mannen die meerdere vrouwen hebben vermoord, zijn maar tot op zekere hoogte in seks geïnteresseerd. Aangezien seks meestal slechts een tussenstation is op de reis van het slachtoffer naar de dood, kan men daar ook haastig doorheen razen zonder te stoppen. Zoals een bezienswaardigheid op een toeristische route die men bewaart om haar in de toekomst misschien nog eens te bezoeken. Als een man een vrouw in zijn greep heeft, bijvoorbeeld tijdens een roofoverval, is daarbij altijd de optie om haar te verkrachten inbegrepen: ook al gaat het eigenlijk om een ander doel, sieraden en geld, het is puur het feit dat andermans lichaam beschikbaar is gekomen, dankzij de dreiging met wapens, dat de man ertoe drijft om zijn lusten te botvieren door het te mishandelen en verkrachten. De heer des huizes wordt alleen maar afgerost, maar de vrouwen in zijn huis kunnen beide behandelingen verwachten. Het is alsof de misdadigers hun machtsmisbruik volledig willen benutten: de financiële doelstelling van hun onderneming wordt even opzijgeschoven om nog wat extra bonussen te kunnen bemachtigen. Er moet een paralogisme bestaan volgens welk mensen het moeilijk vinden om zich niet uit te leven op weerlozen. Aangezien het regelmatig gebeurt en het door talloze studies is bevestigd, kunnen we wel aannemen dat zodra iemand de mogelijkheid heeft een ander kwaad te doen, hij dat ook zal doen (denk aan het verhaal van de ring van Gyges). Niet altijd, maar meestal wel; niet iedereen, maar in elk geval in de meeste gevallen. Het is dus niet het *verlangen* naar kwaad, maar puur de *mogelijkheid* waardoor het wordt ontketend. En de gewenning.

Voor sommigen wordt het normaal om geweld te gebruiken als instrument om te krijgen wat ze willen, of dat nu gaat om spullen of geld of macht of seksuele bevrediging. Als je die gewoonte eenmaal hebt aangenomen, wordt het lastig om het 'pakken wat je pakken kan' te doorbreken.

Bij het DvdC is het strikt seksuele geweld van beperkte duur; de rest bestaat uit mishandelingen die te maken hebben met de ontvoering, bedoeld om het gevoel van de overheersing die de ontvoerders over hun slachtoffers uitoefenen zo veel mogelijk te versterken.

De meisjes die de uitnodiging van de jongens accepteren beseffen niet dat ze daardoor meespelen in een spel. De regels van dat spel zijn niet duidelijk, maar de sancties voor wie die regels overtreedt zijn keihard. Het is als de zoektocht naar de vijfde hoek van de kamer: de kamer is vierkant, er bestaat geen vijfde hoek, maar als je hem niet vindt word je afgeranseld door de bewakers. Waar is de vijfde hoek? Zie je hem niet? Fout. En weer een pak slaag. Dat vertellen de overlevenden uit de gevangenkampen in de Sovjet-Unie. Met de meisjes van het DvdC gebeurt hetzelfde: ze zitten inmiddels in het spel, ze zitten er middenin, en van binnenuit is alles onbegrijpelijk. Er gebeuren dingen, maar die zijn onbegrijpelijk. Zodra ze in de auto zijn gestapt is dat het startsein, het spel is begonnen. Op het eind kost het hun hun leven. Maar wat had ervoor kunnen zorgen dat ze gespaard werden? Dat weet niemand. Zelfs hun ontvoerders weten het niet. Vanaf het begin alles weigeren? Zich willoos overleveren? Op de een of andere manier weerstand bieden? Smeken? Wat is de juiste zet, als het al zo is dat de ene zet beter is dan de andere? Dat het geen doorsnee afspraakje tussen jongens en meisjes is, moet hun al meteen duidelijk zijn geweest, en ook geen roekeloos avontuur, en al helemaal geen kidnapping voor losgeld zoals die in die tijd plaatsvonden. Zij hebben geen geld. Maar wat hebben ze dan wel, waar kunnen ze op inzetten, wat kunnen ze verliezen? Hun maagdelijkheid, oké, maar als die eenmaal is genomen rest alleen nog hun leven. Ze hebben niets anders waarvoor ze aan de tafel kunnen plaatsnemen, ze zijn gaan zitten en ze kunnen niet meer opstaan. Bij het spel waaraan de meisjes deelnemen is niets van tevoren vastgesteld, het doel noch de spelregels, noch het spelplezier, niets behalve wat er op het spel staat: hun leven. (Naderhand werd duidelijk dat ook het leven van hun ontvoerders op het spel werd gezet, in elk geval een flink stuk daarvan: dat hadden de jongens zelf ook niet door, misschien dachten zij dat ze de spelleiders waren en geen deelnemers...)

Maar zo is de sociopaat, ongevoelig voor pijn: hij verdraagt, ondergaat en bezorgt pijn terwijl hij er volledig onverschillig onder blijft; 'Is dit alles?' lijkt hij te willen zeggen. Hij kan er lol in hebben, of veinzen dat hij er lol in heeft, puur om tegendraads te zijn. Hij wil zich vrij voelen van de conventionele beperkingen (goed, kwaad, juist en verkeerd) waardoor andere mensen geconditioneerd worden.

Het concept van straf zoals dat algemeen wordt gezien, impliceert een schuld waarbij de kastijding de juridische consequentie zou moeten zijn. Het feit dat er een straf is geeft aan dat er ook een schuld was: die zit erin vervat. Daaruit volgt dat elke keer dat iemand een lesje krijgt, er ook een reden voor moet zijn. Anders zou het allemaal zinloos zijn, en het menselijk verstand wankelt als dingen zinloos zijn. Als de gebeurtenissen geen reden geven, creëert de geest die uit het niets. Vaak is het dus de straf zelf die de schuld fabriceert waarop hij gebaseerd zou moeten zijn. Het concrete, tastbare feit dat vrouwen geweld ondergaan wordt juist de motivering voor waarom ze het ondergaan. De reden voor de straf bestaat in de straf zelf: dat is wel het hoogst mogelijke realisme. De vrouwelijke zwakheid fungeert tegelijkertijd als schuld en als omstandigheid van de straf: het is zowel het *waarom* als het *hoe*.

De bestraffing van een vrouw vormt uiteindelijk de beloning voor de man. Als de man viriel is, wordt hij beloond. Is hij impotent, dan wordt de vrouw gestraft. Dan wordt ze gestraft voor haar machteloosheid om zich te verzetten tegen de straf. Iemand die zich niet kan verzetten tegen een straf, verdient deze alleen al daarom. Dus aangezien de vrouw fysiek zwakker is dan de man, moet ze gestraft worden juist omdat ze zwakker is, en dat is al een schuld op zich waar ze voor moet boeten; in de tweede plaats ook omdat ze zich doordat ze zwakker is niet zal kunnen verdedigen tegen de straf. De bestraffing is een mechanisme dat uit zichzelf in werking treedt en vervolgens op zoek gaat naar een schuld, en men kan er zeker van zijn dat die ook gevonden zal worden, nou en of, niemand behalve Jezus en Maria zijn daarvan gevrijwaard. Het is nog nooit voorgekomen dat de zwakkere het voor elkaar krijgt de sterkere te straffen, terwijl het tegenovergestelde voortdurend voorkomt, tenzij de zwakke op zijn beurt wordt beschermd door een sterke (model: *De zeven samoerai*). De beloning voor de sterkste bestaat er dus uit dat hij de zwakste naar believen kan straffen. Vanuit dat oogpunt gezien kan het 'Keer de andere wang toe' van Jezus ineens een heel wat minder paradoxaal en revolutionair voorschrift blijken te zijn dan het in eerste instantie lijkt, sterker nog, een realistische aanpassing aan de wereld zoals die is, van bijna confuciaanse snit: verdraag het geweld dat je wordt aangedaan zonder dat je de illusie hebt om het te kunnen terugdoen, want jij blijft sowieso degene die het onderspit delft. Als je een klap hebt gekregen, bereid je er dan maar op voor dat je er nog een krijgt, en daarna nog een: naderhand zal iemand die heel wat krachtiger is dan jij er wel voor zorgen dat de rekeningen vereffend worden in het hiernamaals. En het is geen toeval dat het voorschrift ook eeuwenlang precies zó is geïnterpreteerd.

Wanneer het om puur geweld gaat, waarbij seks alleen maar wordt gebruikt als uitingsmiddel, worden vrouwen er het slachtoffer van om een heel banale reden, zo mogelijk nog lafhartiger dan die welke wordt ingegeven door seksuele wellust, namelijk omdat hun aanvaller niet sterk genoeg is om een vechtpartij met krachtiger slachtoffers aan te gaan. Dan worden vrouwen alleen gekozen omdat ze minder fysieke weerstand bieden. Van sommige verkrachters of seriemoordenaars kan wel gesteld worden dat ze vrouwen verkrachtten en vermoordden alleen omdat ze bij negen van de tien mannen het onderspit zouden hebben gedolven. In het geval van Angelo is dat overduidelijk. Een groot deel van de haat die hij koesterde jegens het vrouwelijk geslacht kwam voort uit zijn minachting voor hun fysieke inferioriteit, voor het gemak waarmee ze konden worden overmeesterd.

Uit lafheid of uit sluwheid (die hebben vaak dezelfde oorsprong) kiest men ervoor het geweld te richten op hen die het minst in staat zijn zich ertegen te verdedigen. Dat uitblijven van verdediging zorgt er op zijn beurt voor dat het geweld wordt verhevigd. Er is niets zo stimulerend voor geweld als de zwakheid van degene die het ondergaat.

Als er vervolgens een aarzeling ontstaat en verschillende impulsen om voorrang strijden, zal altijd die impuls de overhand krijgen welke leidt tot pijnigen, verwonden, doden. In plaats van een vrouw te verkrachten zal de aanvaller haar liever neersteken. Ook als zij zich niet heeft verzet. Dat is dan ook vrijwel nooit de reden waarom het geweld losbarst. Integendeel, het geweld wordt des te heviger toegepast op meegaande slachtoffers. Als iemand zich overgeeft is dat geen garantie dat haar geen kwaad zal worden gedaan, zoals een tamelijk wijdverbreid fabeltje wil doen geloven, integendeel, het kan een stimulans zijn voor nog meer wreedheid. Iemand die zich slaafs gedraagt versterkt de impuls om haar te mishandelen, en rechtvaardigt dat in zekere zin ook, omdat die houding het bewijs verschaft dat de straf die ze ondergaat toch niet zo heel onverdiend is. De totale ontmenselijking van het slachtoffer verschaft de dader vervolgens weer redenen om diegene te vernederen.

Er bestaat trouwens geen enkel spel dat niet in een straf voorziet; een seksueel spel bevat logischerwijs ook seksuele straffen. Daarom bestaan erotische fantasieën vaak uit een kastijding. De eerste vorm van ontvoering is die in een droom. Men fantaseert dat men iemand ontvoert of dat men wordt ontvoerd. En men is zich er wel van bewust dat er iets verkeerd is aan een verkrachting, dat daar een fout in schuilt, maar die fout wordt gezocht aan de kant van het slachtoffer. Wie zwicht, wie zich gewonnen geeft, kun je kwalijk nemen dat ze zwicht, dat ze zich gewonnen geeft. Het onrecht dat het slachtoffer ondergaat wordt met haar vereenzelvigd, het wordt het slachtoffer toebedeeld, aangerekend zelfs. Er zijn eindeloos veel variaties in de toegepaste bestraffing, al naargelang de vrouwen erover fantaseren, ernaar hunkeren, het verdienen, erom vragen, er behoefte aan hebben, eronder lijden of ervan genieten. Er is een theorie die beweert dat vrouwen geen moraal hebben omdat ze niet bang zijn voor castratie. Om hen te straffen moeten er dus grotere of pijnlijkere straffen worden toegediend, aangezien ze blijkbaar niet in staat zijn de wet te herkennen die ze hebben geschonden om de straf te verdienen. Misschien moet het vonnis zelf in de huid van de veroordeelde worden gekerfd, zoals in het beroemde verhaal van Kafka.

Het werkt net zoals de wedervergelding in de *Hel* van Dante. Als zij niet wil, en blijft volhouden dat ze niet wil, dient de seks om haar te straffen; als ze daarentegen wel wil, als ze nog meer wil, als ze er maar geen genoeg van krijgt (*she just can't get enough*), dan wordt ze gestraft door haar een dodelijke dosis toe te dienen van datgene waar ze naar verlangde. Een dreigement als: 'Geef hier dat ding of ik ram het in je reet!' geeft wel aan dat seks het eerste is wat in mensen opkomt om iemand te tuchtigen. Als het dan ook nog eens om een vrouw gaat, wordt het concept al duidelijker en preciezer, wordt de bestraffing passend. De redenen kunnen uiteenlopend zijn, maar de manier waarop is standaard.

Als een meisje aanstellerig doet, wordt ze door verkrachting ontmaskerd.

Als een meisje nuffig is, als ze zich weigert te geven of zich juist aan te veel mannen geeft, wordt ze door de verkrachting weer in het gareel gebracht. Als ze graag alleen is, of dol is op amusement, of op boeken en concerten, of als ze in haar eentje rondloopt met de illusie dat ze onafhankelijk, autonoom is, of als ze te veeleisend is omdat ze liefde en begrip eist, dan maakt de verkrachting haar duidelijk waar ze de fout in gaat. Als een meisje een lesje verdient, staat de verkrachting altijd paraat.

Met de zogenaamde seksuele bevrijding kwam men erachter dat de dichters hadden gelogen. Eeuwenlang. Allemaal, of bijna allemaal. Verlangen vrouwen naar romantiek? Verlangen ze naar liefde, zuivere, eeuwige liefde? Nee, vrouwen willen genieten. Ze willen keihard neuken. Ze eisen seks net zoals mannen seks eisen. Niet meer en niet minder. De seksuele emancipatie van de vrouwen en het opeisen van hun recht op genot leidden tot dezelfde conclusies als die vrouwenhaters van alle tijden al hadden getrokken, namelijk dat het helemaal geen kokette Katinka's zijn, maar gore sloeries, net zoals alle mannen smeerlappen zijn. Veel vrouwenhaters hadden het idee dat ze ineens juist door hun tegenstandsters volop gesteund werden.

Daar komt bij dat ook lelijke vrouwen willen neuken. Het klinkt misschien nogal grof, maar dat geldt in zekere mate voor elke revelatie. Hoe grover, hoe indringender. De hypothetische link tussen de schoonheid van een vrouw en haar seksuele beschikbaarheid of bedrevenheid bestaat alleen in het hoofd van bepaalde mannen van wie we wel kunnen stellen dat ze óf naïef zijn, óf puur op uiterlijk gericht, óf hopeloos romantisch, óf overdreven ambitieus – en ikzelf was dat misschien wel allemaal tegelijk. Ik beging een denkfout door wellust toe te schrijven aan de meisjes die juist wellust bij mij opriepen, waardoor ik onderwerp en lijdend voorwerp met elkaar verwarde. Dat was een vergissing waar ik met brute wijsheid op werd gewezen door een bevriende schilder, Rodolfo Cecafumo, toen hij me uitfoeterde omdat ik geen aandacht schonk aan een onaanzienlijk meisje dat duidelijk interesse in mij had getoond, terwijl ik me koppig bleef richten op haar knappe vriendin, die mij echter helemaal niet leuk vond. Het lelijke meisje, Maria Elisa, smachtte naar mij, terwijl de knappe Cristina onverschillig bleef. Hoe uit die impasse te geraken? Cecafumo nam zijn toevlucht tot een uiterste argument, zoals filosofen doen met hun dialectiek. 'Je moet niet steeds denken dat Maria Elisa lelijk is. Denk liever aan hoe geweldig ze je zou pijpen. Zo werkt het meestal met onooglijke types: ze weten dat ze niet in de smaak vallen en daarom doen ze hun best om de kloof te overbruggen door heel goed te leren pijpen.' Ik zou niet weten of die theorie waar is, ik heb te weinig data verzameld om statistische conclusies te kunnen trekken. Voor mij was het hoe dan ook onmogelijk om Maria Elisa's fysieke voorkomen en haar vermeende vaardigheid los van elkaar te zien, zodat ik functioneel zou kunnen profiteren van dat laatste, en ik wilde liever doorgaan met me laten negeren door Cristina, smachtend naar haar, 's nachts van haar dromend en vergeefs de sporen volgend die ze door de stad zaaide.

Ook niet onbelangrijk: de penisnijd die centraal staat in de theorieën van de psychoanalyse wordt niet ervaren door vrouwen, maar door mannen. Die hebben weliswaar zelf een penis, maar toch zijn ze jaloers omdat ze een andere willen, een gedroomde penis, een grotere, sterkere, die natuurlijk onverzadigbaar is, een toverstok die alle deuren opent en niet alleen die tussen de benen van een vrouw... Die hun problemen oplost, geld verschaft, dieven en vijanden op afstand houdt, die succes garandeert. Elke man droomt ervan om te zijn uitgerust met zo'n fantastisch orgaan. De processie van fallusaanbidders is eindeloos lang. In de pornografische mythologie lijkt de mannelijke seksdrive onvermoeibaar: een brute kracht die zich door niets en niemand laat indammen en die alle obstakels op zijn weg omverwerpt: moraal, fatsoen, vrouwelijke tegenzin, het strafrecht, de haalbaarheid van zijn eigen acties, totdat hij zijn seksuele spanning heeft geloosd, al weet hij die overigens nooit helemaal te lozen...

Toch is er in de echte wereld niets zo precair als dat enorme verlangen naar seks, het moet voortdurend worden aangemoedigd, gestimuleerd, gesteund, geholpen, gekoesterd met een veelheid aan woorden, beelden, chemische substanties en complexe ceremonies, anders ebt het weg. Om het minste of geringste komt deze oorlogsmachine tot stilstand, doordat de onbedwingbare drang die deze in beweging had gezet in rook oplost.

In de pornografie worden in essentie de twee manieren opgevoerd waarop mannen in contact komen met vrouwen: begeerte en conflict. De lichamen spelen aantrekkingskracht en agressie, soms los van elkaar, vaak gecombineerd. Wanneer er alleen geweld aan te pas komt, blijkt de seksuele context slechts een voorwendsel, en verwordt die tot enkel decor voor de dramatisering, hoe onafgewerkt dan ook, aangezien de slachtoffers vrouwen zijn en het publiek voornamelijk mannelijk is. Er wordt een algemeen geaccepteerde opzet weergegeven, want het doel is om seksueel te prikkelen. Eenmaal geseksualiseerd wordt het geweld aantrekkelijk. Men vraagt zich niet langer af wat de zin ervan is en laat zich er alleen maar door opwinden. De wisselwerking tussen seks en porno wordt plotseling omgekeerd: men raakt niet opgewonden door het tweede om het eerste te kunnen uitvoeren, maar men beoefent het eerste om het tweede na te bootsen.

Hoofdstuk IV

Het moet maar eens gezegd worden, of opnieuw gezegd worden. Wanneer er te lang wordt gedebatteerd over een bepaald dilemma, dan wil dat misschien wel zeggen dat het een vals dilemma is, en dat het echte probleem en de eventuele oplossing elders liggen. Het origineelste en langdurigste politieke discours van de twintigste eeuw is het feminisme, veel meer dan de algemene links-rechtstegenstelling die vaak wordt ingezet door machtsgroepen die bezig zijn om hun hegemonie uit te breiden, zich te profileren. Het feminisme heeft het leven veranderd van hen die erin geloofden en erin meegingen, van hen die er niet in meegingen, maar vooral ook van hen die zich ertegen verzet hebben: als de draaikolken veroorzaakt door een rivier die tegen een brugpijler botst duwen ze niet met de stroming mee, maar ertegenin, en in plaats van het voorwerp dat ze hebben vastgegrepen naar de oever te laten drijven, trekken ze het onder water. Bij de interessantste fenomenen van elk tijdperk horen dan ook juist die voorbeelden van weerstand, de terugslagen, de tegendruk, de achterhaalde ideeën, de golven van reacties, die zelfs nog meer kracht kunnen krijgen dan die van de verandering waardoor ze werden opgeroepen. Op de plek waar de tijdbreuklijnen tegen elkaar botsen en wrijven, waardoor er hoge pieken en diepe dalen worden veroorzaakt, ontstaat er een toestand van verwarring waarbij de betekenis die men aan iets toekent onzeker wordt, en de schittering van een zonsondergang kan worden aangezien voor die van de dageraad. De voornaamste politieke stroming van de twintigste eeuw is dan ook niet het communisme, dat midden in de negentiende eeuw ontstond, en evenmin het reactionaire gekonkel dat ertegen streed door zich er min of meer mee te vermengen. En al helemaal niet het kapitalisme, waarvan de wortels nog veel verder teruggaan.

De meest vernieuwende politieke beweging van de afgelopen honderd jaar, en tevens de meest dramatisch actuele, is die van de vrouwenbevrijding.

Als we ietsje beter kijken, wordt duidelijk dat de maatschappijen waarin sterk de roep om gelijkheid tussen de seksen klinkt en waarin de status van vrouwen er daadwerkelijk op vooruitgaat, dezelfde zijn als die waar vertoon van masculiniteit weliswaar zeldzamer is, maar dan wel met geweld op de spits wordt gedreven om nadruk te leggen op het overgebleven verschil, en te voorkomen dat dat nog kleiner wordt. Wanneer er ineens van onderaf aan de grondvesten van hiërarchieën wordt geschud, reageren die door strenger te worden, en maakt de gematigdheid die ze tentoonspreidden toen hun heerschappij onbetwist was plaats voor gewetenloos en zelfs terroristisch gebruik van welk middel dan ook. Zo ging het ook anderhalve eeuw geleden met de arbeidersbeweging. Zolang de arbeiders zich koest hielden was het helemaal niet nodig geweest om op ze te schieten. Het verschil is dat de represailles tegen de vrouwenbeweging afzonderlijke individuen treffen, en dat op elk moment en op elke plek kunnen doen. Thuis, op straat, overdag, 's nachts, op de werkplek en op plaatsen van vermaak. Er hoeft geen fabriek te worden ontruimd of een plein te worden bestormd met de cavalerie. Het doelwit van de represaille, namelijk een weerloze vrouw alleen, kun je overal vinden. In elk huis en daarbuiten.

In plaats van als een buitengewone, uitzonderlijke, pathologische gebeurtenis kan verkrachting wel gezien worden als een van de niet al te talrijke manieren van interactie tussen mannen en vrouwen: een 'conventioneel' contact. Tegen de theorie van de aandrift getuigt het feit dat minstens driekwart van de verkrachters de gewelddaad die ze gaan plegen van tevoren plant. En dat dat geweld ligt ingebed in de kern van de relatie tussen mannen en vrouwen bewijst een ander gegeven, namelijk dat bijna de helft van alle vermoorde vrouwen is gedood door haar echtgenoot of partner, of door iemand die dat voorheen geweest was en niet kon accepteren dat hij het niet meer was.

Behalve de voorbeelden die uitvoerig behandeld worden in dit boek, wil ik alleen nog het voorbeeld noemen van de moord op een veertienjarig meisje door een groep jongens onder leiding van een meerderjarige (een zekere Erra, van wie zelfs zijn naam al aangaf dat het helemaal fout zou gaan met hem) in Leno, provincie Brescia, in 2002.

Ze wilden haar voor straf verkrachten omdat ze hun avances had afgewezen, ze hadden het op haar gemunt, hadden haar bestookt met sms'jes, en uiteindelijk lokten ze haar naar een afgelegen boerenhoeve met het smoesje dat ze pasgeboren poesjes aan haar wilden laten zien.

Het boek dat u nu leest gaat dus over een marginaal voorval binnen dat conflict, binnen die langdurige bevrijdingsoorlog die voorlopig nog lang niet lijkt te zullen eindigen met de overwinning van een der strijdende partijen; het is een voorval waarbij er sprake is van *vergelding*. Ik weet dat ik nogal obsessief zal overkomen terwijl ik het erover heb, en mezelf zal herhalen, maar ik stel me zo voor dat dezelfde ziekelijke nieuwsgierigheid zindert in het hoofd van degene die deze bladzijden leest. Om die te kunnen schrijven heb ik meters boeken en een overdaad aan waargebeurde zaken gelezen: vanaf hier tot aan het einde van deel zeven zal bijna elke alinea daar het aftreksel van zijn. Wie er echter genoeg van heeft, en liever terugkeert naar de avonturen van Arbus & Co. (dat begrijp ik best, dat zou ik zelf ook liever willen...), kan beter even een vluchtige blik werpen op de hoofdstukken VIII tot XII (en misschien ook op XXIV, over Angelo, dat heel kort is, en op XVIII, met het verhaal over een Duits meisje, Bettina, en over de strijd die we samen leverden tegen haar maagdelijkheid) en vervolgens snel doorgaan naar deel acht van dit boek, 'De bekentenissen', waarin veel personages terugkeren die we al zijn tegengekomen: Jervi, meneer Cosmo, Leda Arbus, en uiteraard ook haar geweldige broer.

Wanneer er een crisis uitbreekt in een sociale orde gebaseerd op een sudderend maar wijdverbreid, allesomvattend en vrij algemeen geaccepteerd geweld, zoals dat van de dominantie van de man over de vrouw, dan kunnen er als reactie daarop voorvallen van extreem geweld losbarsten die fungeren als regelrechte vergeldingsmaatregelen. Het latente geweld wordt gecondenseerd en gekanaliseerd in de richting van afzonderlijke individuen, met een soort voorbeeldfunctie, al is dat misschien alleen maar verzonnen of een voorwendsel, maar het wordt wel als zodanig beleefd. Dergelijke interventies zijn bedoeld om de gaten die in het systeem zijn geslagen te dichten. Ze zijn bedoeld om de crisis te verhullen met spectaculaire daden die een voorbeeld stellen, maar intussen leggen ze juist de nadruk op de crisis. Het geweld dat het systeem bijeen zou moeten houden door te voorkomen dat het afbrokkelt, draagt juist bij aan de verdwijning van dat systeem. De represaille bereikt bijna nooit het effect dat alles weer wordt zoals het was, dat de orde die er voor de crisis heerste wordt hersteld, maar versnelt juist het uiteenvallen daarvan.

De meest eenvoudige, primaire, directe en tegelijkertijd symbolische manier die een man heeft om een vrouw te verslaan, is om haar seksueel te onderwerpen. Wanneer die openingszet is gedaan, en zijn dominantie op die manier is gefundeerd en verzekerd, kan hij die voortzetten en uitbreiden op het sociale en economische vlak, in de vorm van uitbuiting, discriminatie, segregatie. Destijds hadden de strijdlustigste feministen een theorie uitgewerkt die interessant was juist vanwege het radicalisme, namelijk dat de seksuele onderdrukking ten opzichte van vrouwen dé vorm van onderdrukking bij uitstek was, het oergeweld, het uitbuitingsmodel waar alle andere van waren afgeleid: oorlog, klassenonderdrukking, autoritarisme, racisme. De seksualiteit is het terrein waarop de machtsposities worden uitgewerkt die op andere terreinen zullen worden ingezet; het is niet het erotisch taalgebruik dat het oorlogsjargon beïnvloedt, maar andersom.

De oorlogen die worden uitgevochten tussen steden, tussen naties, tussen sociale klassen, tussen corporaties en economische concurrenten kunnen worden onderbroken door periodes van zo niet vrede, dan toch in elk geval wapenstilstand of schijnbare rust; de oorlog tussen de seksen is daarentegen nog nooit ook maar één moment opgeschort. Die wordt al honderdduizenden jaren dagelijks uitgevochten op elk niveau, van de grot tot de tent tot koninklijke paleizen, bij vrijwel elke gelegenheid van het leven: bij de geboorte, onder het eten, wanneer men trouwt, terwijl men staat en terwijl men ligt, op de markt, op school, in bed, in de keuken, tijdens het schrijven en schilderen maar ook tijdens het bidden en offeren. En verder ook in rechtszalen en binnen de gelederen van het leger, en ook wanneer die uiteenvallen en zich rennend verspreiden door de straten van een dorpje dat moet worden geplunderd. Die oorlog gunt niemand ooit rust. Toch slaat men er vaak geen acht op, het is een oorlog die niet wordt opgemerkt of geregistreerd omdat hij zich beperkt tot een specifiek aspect, tot een secundair gevolg van de andere oorlogen die wél met data en al in de geschiedenisboeken belanden. Binnen elk conflict is altijd een subhoofdstuk gewijd aan de oorlog tegen vrouwen, aan de specifieke behandeling die voor hen is gereserveerd, een soort oorlog binnen de oorlog, waarin de mannen van beide partijen ineens bondgenoten zijn, of in elk geval eensgezind over één punt: degene die wint verkracht de vrouwen van degene die heeft verloren, en als de resultaten van de strijd wisselend zijn, doen ze het een beetje om en om. In de Bijbel en in de bordelen van Bangkok, op tv en in de kerken en moskeeën en synagogen, aan de familiedis of in de aanval van dansende spermatozoïden in een baarmoeder is een permanent, onherstelbaar conflict aan de gang, ook al lijken traktaten en wapenstilstanden vaste punten te markeren, erkende en verworven veroveringen, nieuwe beperkingen die worden opgelegd aan de overmacht van de ene sekse op de andere, of van individuen op andere individuen, inclusief die van hetzelfde geslacht, want de resultaten van de oorlog tussen de seksen reflecteren ook op de hiërarchieën binnen beide seksen: een man zal afhankelijk van zijn vermogen om vrouwen te onderwerpen ook andere mannen onderwerpen. Terwijl de vrouw die op haar beurt mannen vangt in plaats van zichzelf te laten vangen een bijzondere status verwerft en een uitzonderlijke vorm van respect vermengd met begeerte krijgt toebedeeld. Het is dan ook opmerkelijk dat wanneer een vrouw aanzien verwerft op basis van haar verleidingscapaciteiten (zoals bijvoorbeeld gebeurt bij actrices, enorme beauty's, femmes fatales; wat de succesvolste vrouwen van de twintigste eeuw waren), dit onderhevig is aan een soort dubbele moraal: ze oogst meer bewondering naarmate ze moreel gezien discutabel is.

Het is onduidelijk of dit nu een koude oorlog is of een warme, want deze bestaat wel uit talloze voorvallen, zowel tamelijk onschuldige schermutselingen als zeer ernstige misdaden.

Het is een oorlog waarin behoorlijk wat bloed wordt vergoten bij afzonderlijke gebeurtenissen, die juist daardoor als voorbeeld dienen.

En dan gaat het altijd om het bloed van vrouwen. Er zijn weliswaar veel vrouwen die een man laten bloeden, figuurlijk gezien, maar er zijn ook aardig wat mannen die een vrouw letterlijk laten bloeden, namelijk hun vrouw of vriendin die niets meer van hen wil weten, of hun ex-vrouw, of een overspelige vrouw, of ook wel een vrouw die ze begeren maar die nee heeft gezegd, of een vrouw die oké heeft gezegd zonder te beseffen dat ze dat tegen een sadist zei, of een vrouw die wordt ontvoerd en vervolgens vermoord op het hoogtepunt van een seksuele geweldaad; en dan beperken we ons nog alleen tot de moorden, ook al wordt de grootste plas bloed misschien wel gevormd door het bloed dat druppel na druppel omlaag druipt van de gezichten van vrouwen die binnenshuis worden mishandeld, door hun man of een familielid. Hun bloed beïnvloedt met een constante stroom de statistieken van deze sudderende wereldoorlog. Of misschien is het eerder een guerrilla, zij het wereldwijd, met als opvallend kenmerk dat de guerrillastrijders degenen zijn die de macht hebben, en niet degenen die daartegen strijden. Ze vertegenwoordigen een soort gewapende avant-garde van de macht. Het bloed dat wordt vergoten is te wijdverspreid over het hele gebied om een gevechtslinie te kunnen ontwaren, integendeel, de ellende is dat de strijders vrijwel nooit worden gescheiden door een grens, door een loopgraaf, door een muur of prikkeldraad. Vandaar dat er ook nooit een beslissende slag zal plaatsvinden.

Ach, die wijven zijn het gewend om te bloeden...

De eerste culturele bijeenkomst waaraan ik deelnam was de stichting van een kunstgalerie in Rome. Het moet in 1978 geweest zijn. De oprichters waren enkele schilders, die er het meeste belang bij hadden om een galerie te openen waar ze konden exposeren, en samen met hen dichters en schrijvers, plus nog wat figuren van diverse pluimage die altijd in het artistieke wereldje rondhangen en van wie je je ook als je ze al jaren kent nog steeds afvraagt wat ze nou precíés doen in het leven: maar zulk soort types zijn nog kenmerkender voor dat milieu dan degenen die zelf schrijven of schilderen. Onder die kunstenaars waren er verschillende die later in dit verhaal nog zullen terugkeren: Giuseppe Salvatori, Felice Levini, Santo Spatola, Capaccio, Cecafumo, Pizzi Cannella... De galerie werd vernoemd naar het straatje in de wijk Monti waaraan ze lag, de Via Sant'Agata dei Goti. De H. Agatha werd onze heldin en beschermvrouw, zoals ze dat ook al was voor de klokkengieters: de reden daarvoor was dat toen tijdens haar foltering haar beide borsten werden afgesneden en op een dienblad werden gelegd, ze vanwege hun prille, perfecte vorm deden denken aan twee klokken, twee kleine klokken van vlees.

Dat is misschien wel het volmaaktste prototype van marteling dat is uitgevoerd op het vrouwelijk lichaam.

Het is lastig om het zonder vrouwen te willen stellen, heel lastig. Alleen kleine sektarische gemeenschappen slagen daarin. Het is moeilijk voor mannen om van vrouwen af te zien, en dat niet alleen om seksuele redenen, maar vanwege de onvervangbare rol die ze vervullen als bemiddelaars in conflicten; en vanwege het kostbare feit dat ze hoe dan ook de laagste laag van de samenleving vertegenwoordigen. Vrouwen zijn dan ook de uitgebuiten van de uitgebuiten. De armste mannen accepteren dat ze niets voorstellen mits er iemand is die nog minder voorstelt dan zij, namelijk hun vrouwen. Daarom zijn het ook de arme mannen die de grootste vrees koesteren voor de vrouwenemancipatie: als ze worden gepasseerd, zouden ze ineens daadwerkelijk op het laagste treetje van de maatschappelijke ladder staan. Dit is het enige punt waarop de belangen van mannen van verschillende klassen paradoxaal genoeg kunnen samenvloeien: elke sociale orde is oké, zolang er uiteindelijk nog maar iemand overblijft om te onderwerpen. De traditionalistische samenlevingen, waarin vrouwen totaal geen rechten hebben, steunen op dat principe. Daar zijn de vrouwen dus voor nodig, om de sloeberigste mannen nog het gevoel te geven dat ze de baas zijn over iets of iemand. Rijke mannen lukt het soms om rijke vrouwen te onderdrukken, terwijl het ze geen enkele moeite kost om arme mannen en arme vrouwen te onderdrukken. Die laatste twee categorieën worden evenzeer onderdrukt door rijke vrouwen. De arme mannen kunnen alleen maar de arme vrouwen onderdrukken, terwijl die laatste groep niemand kan onderdrukken (hooguit hun kinderen, maar niet voor lang, en tegenwoordig lukt zelfs dat niet meer). Zo nu en dan lukt het arme mannen om misbruik te maken van rijke vrouwen, met behulp van geweld, door ze te beroven of te verkrachten. Dat doen de arme mannen trouwens ook met arme vrouwen, het enige verschil is dat de buit dan armzaliger is. Rijke mannen en rijke vrouwen kunnen elkaar wederzijds onderdrukken, bijvoorbeeld door de partner het leven zuur te maken in een ellendig huwelijk, of met een peperdure vechtscheiding. Wanneer een rijke man een arme vrouw verkracht ligt dat in de aard van de sociale orde, net als wanneer een arme man een rijke vrouw verkracht; verkrachtingen binnen een en dezelfde sociale klasse maken deel uit van de machtsdynamiek tussen de seksen, niet tussen de klassen.

Verkrachting als toe-eigening (ik maak de vrouw die ik verkracht tot de mijne) of als vandalisme (ik verkracht de vrouw die aan een ander toebehoort): het betreft hoe dan ook een conflict rondom het bezit van iets, men wil het voor zichzelf hebben of men wil het een ander ontnemen. De bevrediging van dat laatstgenoemde instinct bezorgt sommigen een nog groter genoegen: je geniet er niet zozeer van dat je zelf iets krijgt, nee, je geniet juist van het idee dat je het van nu af aan onmogelijk hebt gemaakt dat anderen er nog van zullen genieten. Op veel plekken ter wereld is een verkrachte vrouw gedoemd tot marginalisering: haar identiteit is haar ontnomen, dus kan ze die ook nooit meer aan iemand anders geven.

Verkrachting is een basisproduct zoals meel, zout, lijm of zoutzuur. Mannen die zich gefrustreerd en impotent voelen maken gebruik van gewelddadige seks om hun mannelijkheid op te eisen, en mannen die juist wel macht hebben gebruiken gewelddadige seks als een zoveelste bekrachtiging van die macht. Zij die weinig gekregen hebben en verwaarloosd zijn, ontwikkelen een behoefte aan zelfbevestiging die ze te allen tijde willen vervullen, desnoods met geweld; zij die veel hebben gekregen en verwend zijn geraakt door de overvloed staan erop dat hun privilege koste wat kost wordt gecontinueerd en zijn bereid geweld te gebruiken om dat te bevestigen. De eerste groep is wraakzuchtig om wat ze niet hebben, de tweede groep om te pronken met wat ze hebben. Degenen die worden vernederd en verwaarloosd zijn niet gevaarlijker of minder gevaarlijk dan degenen die zijn overladen met aandacht. De moordenaars van het DvdC hadden bitter weinig redenen om die twee meisjes te verkrachten en te vermoorden.

De psychologie van de moordenaar is de psychologie van *eenieder.*

Zo'n persoonlijkheid is helemaal niet bijzonder, integendeel, die is best algemeen, denk aan eigenschappen als cynisch, manipulatief, egocentrisch, geen last hebben van schuldgevoel, alleen aan het heden denken, die zijn vrij algemeen en corresponderen met een soort mens waar niets uitzonderlijks aan is, sterker nog, het is juist een doorsnee man, een regelrechte pijler van de huidige samenleving. Hij kan echt iedereen zijn, je collega op kantoor, een bankbediende, een student rechten of techniek, de man die aan het tafeltje naast je in het restaurant zit of achter je in de bioscoop. Niet een monster dat je van mijlenver herkent, zoals een enge reus of een weerwolf, maar een willekeurig, anoniem individu. Zo onbeduidend dat hij volkomen onopgemerkt blijft. Misschien wel een buurman die zelfs aardig leek, of in elk geval onschuldig, of die nooit opviel. Als de zaken er zo voor staan, kun je je daar niet tegen beschermen, en dat is ook juist het enge… En niet alleen vrouwen vinden het eng, maar ook mannen, want als het monster eigenlijk een heel gewoon iemand is, zijn ze gedwongen met enige bezorgdheid in de spiegel te kijken.

Tegenover het kleine aantal daadwerkelijke moordenaars staat een veelheid aan 'salonmisdadigers' die hun slachtoffers alleen in gedachten aanranden en wurgen. Vaak zelfs zonder dat ze zich er zelf van bewust zijn dat ze dit soort fantasieën koesteren.

Velen hebben er moeite mee te erkennen dat ze iets alleen maar bezitten omdat datzelfde aan anderen wordt onthouden; dat ze alleen maar genot kunnen ervaren op voorwaarde dat een ander lijdt. Het is een wiskundige wet: als hier overvloed is, moet daar schaarste zijn. Alles wat we hebben, hebben we iemand ontnomen, en ontnemen we ook op dit moment aan iemand. Het amusement van het ene deel van de mensheid is grotendeels mogelijk gemaakt door het lijden en de ellende van het resterende deel. Over het algemeen wordt die ellende uit het zicht gehouden van degene die geniet: het privilege bestaat nou juist in het vermogen om degenen wier lijden jouw genot mogelijk maakt op afstand te houden: exclusieve clubs en villa's worden speciaal gebouwd om die twee categorieën mensen te scheiden, zodat de grootste groep erbuiten blijft en de meer gefortuneerde wordt omsloten door onneembare barrières. Seksueel misbruik daarentegen brengt de persoon die geniet op wrede wijze in contact met degene die lijdt, om het genot van de eerste te garanderen. Degene die sterker is geworden door het privilege zit samen met degene die erdoor is verzwakt verstrikt in een gedwongen omhelzing. In tegenstelling tot bijvoorbeeld kinderarbeid, waarbij kinderen aan de andere kant van de wereld de ene leren bal na de andere in elkaar naaien terwijl wij intussen een balletje trappen bij het sportcomplex langs de Tiber, is er bij verkrachting geen enkele afscherming of afstand. Van alle vormen van machtsmisbruik is dit de meest directe.

Hoofdstuk v

Laten we dus aannemen dat ze dachten dat de meisjes dood waren. Als een van hen niet per ongeluk nog in leven was geweest en op het deksel van de kofferbak was gaan bonzen, wat zouden ze dan met de lichamen hebben gedaan, hoe zouden ze zich ervan ontdaan hebben? Het is niet gemakkelijk om twee lijken te laten verdwijnen. Zelfs maffiosi hebben daar zo hun problemen mee en moeten hun toevlucht nemen tot procedures uit horrorfilms. Maar stel dat het ze gelukt was, dat ze ermee waren weggekomen en dat men nooit iets zou hebben vernomen van het DvdC, dat er helemaal geen DvdC bestaan zou hebben, waarbij de villa aan zee weer netjes aan kant was en de twee meisjes vermist zoals zovele anderen (in datzelfde jaar verdwenen er vijfentwintig van wie nooit meer iets is vernomen), zou het daarmee dan afgelopen zijn geweest, of zouden de jongens het vroeg of laat nog eens geprobeerd hebben, zouden ze ermee door zijn gegaan om meisjes te ontvoeren en verkrachten en uiteindelijk vermoorden (aangezien ze er toch al twee hadden koud gemaakt konden ze ze net zo goed allemaal om zeep helpen, telkens weer, als je die weg eenmaal bent ingeslagen is het lastig om daarop terug te komen) en zouden ze dan de keer daarna zijn betrapt, of die dáárna? Na hoeveel keren zouden ze betrapt zijn? Aangezien ze ook nog eens zo onbezonnen en brutaal waren dat ze overal sporen nalieten zonder zich er druk om te maken, alsof ze er zeker van waren dat ze er toch wel mee zouden wegkomen, of juist wilden dat ze zouden worden gepakt. Op zich zou ik die hypothese van straffeloosheid kunnen, en misschien wel moeten, uitwerken. De data vooruitschuiven. Fantaseren hoe ze een langere carrière als seksuele misdadigers en moordzuchtige maniakken zouden hebben opgebouwd. Maar de werkelijke gebeurtenissen zijn al meer dan voldoende.

Als op het hoogtepunt van een Grieks of Bijbels drama niet de eigen broer of de eigen vader of de eigen moeder wordt gedood, dan gaat men wel de hort op om die van anderen te vermoorden. Wanneer het huiselijk geweld is afgewend, richt de moordzuchtige impuls zich naar buiten, naar de *vijand*. Als we geen eigen vrouw hebben om te vermoorden, of als die ons inmiddels zo onverschillig laat dat we jegens haar niet eens meer het verlangen voelen om haar te doden, om haar te bezitten en te doden, om haar te doden om niet meer verplicht te zijn haar te bezitten, welnu, dan zijn er daarbuiten nog talloze vrouwen op wie je je kunt afreageren. Het zou me helemaal niets verbazen als een van de hoofdrolspelers van het DvdC met de gedachte had rondgelopen om in plaats van de meisjes die ze meenamen naar de Circeo zijn eigen moeder te vermoorden. Ik zou eens moeten nagaan of ze ook zussen hadden.

Zelfs wanneer geweld zich afspeelt op een afgezonderde plek, en er verder niemand bij is behalve degene die het uitvoert en degene die het ondergaat, heeft het toch altijd een demonstratief karakter. Het wordt neergezet als een soort statement, of nee, het verklaart zichzelf, het verklaart zich terwijl het wordt uitgevoerd. De paradoxale les van het geweld is gericht op het slachtoffer en tegelijkertijd op iedereen die er naderhand van op de hoogte zal raken: op de vrouwen, ik hoef niet uit te leggen waarom, maar met hen ook op de mannelijke familieleden, vaders, broers, echtgenoten, die zijn tekortgeschoten in hun beschermende en bewakende taak, en vervolgens ook op de andere mannen om ze te laten zien dat je bij vrouwen ook recht op je doel kunt afgaan. Er gaat niets boven geweld om een these te poneren, een theorie te illustreren, een recht te bekrachtigen. Een voorbeeld te stellen. Dat is wat in de Middeleeuwen een exempel inhield, een strafvoorbeeld dat schrik inboezemt.

Ik kopieer hier enkele aantekeningen die Arbus had geschreven op het titelblad van het filosofieboek dat eerst van hem was, maar dat ik kreeg omdat hij een jaar oversloeg. Ik heb het nog altijd, het valt helemaal uit elkaar, en ik blader er nog wel eens in om iets over een auteur te herlezen; het is het *Handboek geschiedenis van de filosofie voor gebruik op scholen* van die oude smeuïge Eustachio Lammana. Arbus' handschrift is piepklein en nauwkeurig. Ik weet niet of het zijn eigen gedachten waren of dat hij ze van een of andere filosoof had geleend; en ik weet ook niet of dat zoveel uitmaakt.

Alles wat een verandering teweegbrengt, is gewelddadig.
Niets wat gewelddadig is, is van duurzame aard.
De gewelddadige verandering verwoest aan de ene kant, en creëert aan de andere kant.
De gewelddadige verandering weet nooit van tevoren wat er gecreëerd wordt.
Wat angstaanjagend en weerzinwekkend is, hoeft niet per se onecht te zijn.
De waarheid is dat vaak wel.

Nu ik deze apodictische beweringen herlees, veertig jaar geleden geschreven door een jongen van zeventien, bekruipt me de gedachte dat ze, hoe ruw en categorisch ook, in elk geval veel interessanter zijn dan al dat gewauwel dat je tegenwoordig elke avond op tv hoort van volwassen mannen. Ik krijg het idee dat dit is waar de zogenaamde 'politieke correctheid' voor staat: bij voorbaat afwijzen dat de waarheid onaangenaam en pijnlijk kan zijn, en om aan dat gevaar te ontkomen schuilen in de schaduw van een troostende leugen. De manieren om de realiteit aan te passen door deze af te stemmen op een visie waarin conflicten óf niet bestaan, óf hoe dan ook kunnen worden gesust, zijn in wezen retorisch van aard, het is een kwestie van taalgebruik en aandachtige selectie en herschikking van de feiten die worden aangeregen in de redenering, zodat er telkens wanneer men voor een onaangename of impopulaire waarheid dreigt te komen staan, de mogelijkheid is om uit te wijken... Wanneer die zigzagbeweging werkelijk onhoudbaar wordt en de tegenstrijdigheden of kletspraatjes duidelijk aan het licht komen, beroept men zich op het onvervreemdbare recht om die te produceren. Als leugens eenmaal ontmaskerd zijn, kunnen ze altijd nog worden hergebruikt als utopieën of nobele idealen. Het protest tegen hen die aanhoudend blijven roepen om de waarheid in plaats van een fabeltje, wordt dan: 'Maar jullie kunnen ons nooit verhinderen om te dromen...!' 'Het is jullie schuld dat alles altijd bij het oude blijft!' Tegenover dat uiterste argument vervalt elke mogelijkheid tot kritiek, dan is het verder nutteloos om te preciseren 'Nee, zo is het niet', want dat weten ze zelf ook heel goed, dat het niet zo is. Het is niet zo, ja, en? Misschien zal het ooit wél zo zijn!

('Ja, en?' is de toverspreuk waarop geen weerwoord mogelijk is.

Als de geleerden in de Middeleeuwen die hadden gekend, zou hij hun uitstekend van pas zijn gekomen tijdens theologische disputen. Het is iets minder agressief en grimmig dan het Amerikaanse 'So what?', maar wel ontwapenend, omgeven door een filosofisch aura. 'Ja, en?' geeft in twee kleine woordjes aan dat het geen zin heeft om moeilijk te doen. Dat kritiek en tegenwerpingen kinderachtig zijn. De actrice F.V. vertelde dat ze een hekje had moeten laten plaatsen aan de achterkant van de tuin bij haar huis aan het Meer van Trevignano, waar een kleine steiger was, omdat er dagelijks mensen aanmeerden en zich doodleuk met kleedjes, broodjes en flessen in haar tuin installeerden om te gaan picknicken. Zij is een oude dame die alleen woont, maar toen het voor de zoveelste keer gebeurde verzamelde ze al haar kracht om de tuin helemaal door te lopen en met haar onmiskenbare krakerige stem tegen de indringers te zeggen: 'Sor-ry, maar dit is mijn pri-vé-ter-rein...'

De dagjesmensen keken haar verbijsterd aan, het servet al onder hun kin geknoopt: 'Ja, en??')

De represaille tegen weerloze vrouwen, wier enige schuld is dat ze juist dat zijn, zwak, jammerend, zeurderig, walgelijk kwetsbaar, het waard om te worden onderworpen juist omdat ze *toch al* onderworpen zijn (onderdrukking is altijd de bevestiging van een onderdrukking), is ook een reactief en gewelddadig protest tegen het moedermonopolie tijdens de kindertijd. Dat wil zeggen, de tijd dat de vrouwelijke figuur die nu zo zwak lijkt juist oppermachtig was. Een ware godin. Als je eraan terugdenkt was die verzorgende monopoliepositie zoet, teder, liefdevol, het onderwerp van eindeloze weemoed... maar op een gegeven moment wil je je er ook ineens van losrukken. Juist de liefde als zodanig wordt dan onderwerp van verachting. Sommigen kunnen dat alleen dankzij een brute daad, anders zijn ze bang dat ze vast blijven zitten in dat mierzoete wereldje, vastgezogen in die brij met de geur van melk. Dat is de geërgerde beet in de borst. Door die te mishandelen maken ze zich los van de figuur die de belangrijkste jaren van hun leven heeft gedomineerd. Ze wreken zich op hun moeder door de oorsprong van andere vrouwen te verwoesten, de enige die ze sparen is degene uit wie ze zelf zijn voortgekomen, en soms die niet eens. Uiteindelijk kwamen ze immers allemaal voort uit een slet.

Wanneer ze zover zijn dat ze hun eigen moeder voor slet uitmaken, dan kan de vorming voltooid worden genoemd. Dan is de cirkel rond.

In het begin zijn er alleen maar vrouwen, of er is alleen één vrouw. Daarna wordt er uit die vrouw een andere vrouw geboren, of er wordt een man geboren, maar die moet, om als man op de wereld te komen, zorgen dat hij anders is dan zijn moeder, hij moet een stap zijwaarts doen, een speciale inspanning verrichten, een daad van wilskracht, anders zouden vrouwen altijd alleen maar vrouwen voortbrengen, wat ook logisch zou zijn. Om een man te worden is het dus niet genoeg om uit de buik van je moeder te komen. Je moet die buik loochenen, doen alsof die oorsprong wordt uitgewist, alsof je uit niets geboren bent.

Niet alleen ontsnappen aan de moederschoot, maar die ook straffen. De ongelooflijke wrok die mannen koesteren jegens het vrouwelijk geslacht...

Een moeder heeft twee borsten, een goede en een kwade. De ene geeft je melk en de andere weigert dat. De ene is bevredigend, de andere frustrerend. Op een gegeven moment echter besef je dat het een en dezelfde borst is, die je de ene keer voedt en de volgende keer laat smachten. De frustratie ontstaat dan ook uit het genot dat je hebt ervaren, en dat je vervolgens opnieuw verwacht te ervaren, terwijl het je dan wordt ontzegd. Het is je moeder zelf die zich zo gedraagt, niet alleen haar borst. Een en dezelfde persoon kan dus zowel onderwerp van liefde en dankbaarheid zijn, als van wrok en woede: in beide toestanden is de andere impliciet. Voldoening veronderstelt frustratie, en de frustratie ontstaat omdat je voldoening hebt gekend.

Al vanaf dat we melk uit de moederborst zogen zijn we gewend om liefde, behoefte en woede te uiten als een onontwarbaar geheel. Liefde is maar nauwelijks te onderscheiden van de andere gemoedstoestanden, die bestaat niet in pure vorm en uit zich door middel van gevoelens die worden beschouwd als het tegendeel ervan, zoals haat en agressie, verdriet, schuldgevoel, minachting.

Wraak nemen voor de valse beloftes van het vrouwelijk lichaam. Ja, wraak nemen is het juiste woord. Van alle vrouwen die op straat voorbijkomen lijkt het of hun lichaam praat, je uitnodigt om het vast te grijpen, het zijn de afzonderlijke onderdelen van dat lichaam, de borsten, de billen, de benen, de lippen, die je grote geneugten beloven, een feestelijke, ongeremde ontvangst... Ja, en dan? Wat gebeurt er dan? Dan gebeurt er níéts. Die vrouwen en meiden vol aantrekkelijkheden, wie het geen enkele moeite zou kosten om jou een klein stukje van hun lichaam te gunnen, we hebben het tenslotte maar om een paar vierkante centimeter, voor tien minuutjes, of vijf minuutjes zou zelfs al genoeg zijn, maar wat doen zij? Niets, ze doen niets, ze lopen gewoon door... Ze lopen weg, ze verdwijnen voorgoed, zijn alleen met hun eigen ding bezig. Ze trekken zich niets van jou aan, misschien zijn ze zich niet eens bewust van de beloftes die ze hebben gezaaid. En hetzelfde geldt voor winkeljuffrouwen, middelbareschoolmeisjes, motorrijdsters, zonaanbidsters, onderwijzeressen, advocaten in mantelpakjes...

(Tja, terwijl vrijwel alles bij mij alleen maar onverschilligheid oproept, apathie, kan dat niet worden gezegd van de aanwezigheid van een vrouw. Dan is er een soort ontwaken, een ontwaken van iets, niet noodzakelijkerwijs aangenaam, integendeel...

Verstijven in het bijzijn van een vrouw, als reactie op haar fysieke nabijheid of zelfs alleen maar haar mentale nabijheid. Dat eerste zou je met enige behoedzaamheid nog kunnen voorkomen, het tweede helaas niet.

Het was niet alleen vrees en het was niet alleen opwinding, maar het effect was hetzelfde, dan voelde ik namelijk dat ik versteende, dat mijn ademhaling stokte, dat mijn stem in mijn keel bleef steken, dat mijn geslacht hard werd, dat ik bevroor...)

Voor sommige mannen is de hypothese onaanvaardbaar dat vrouwen zich onttrekken aan hun lot, namelijk om te worden bezeten. Als ze dat doen, worden ze vermoord. Verkracht en dan vermoord. Door hen te verkrachten zorgt de man er in zekere zin voor dat de vrouwen weer vrouw worden, hij bezorgt hun weer het privilege van het vrouw-zijn. De man zelf op zijn beurt is pas nadat hij een vrouw vermoord heeft in staat om haar aantrekkelijkheid te erkennen: denk aan Achilles met Penthesilea. De dood van een onwillige vrouw brengt haar terug naar de vrouwelijkheid waaraan ze zich wilde onttrekken.

Vermoorden is een extreme manier om je iemand toe te eigenen. Het is in beginsel een daad om iets te verwerven. Als ik iemand begeer, kan ik diegene volledig de mijne maken door hem het leven te ontnemen. Dan ben ik de laatste die hem heeft gehad, en in die radicale vorm ook de enige. Ik ontneem alle anderen voorgoed het recht dat ik kan uitoefenen, en dat is het vereiste voor een volledig bezit. Een vrouw verkrachten is niet genoeg om je meester van haar te maken: alleen dankzij haar dood wordt puur vruchtgebruik gecombineerd met volledig eigendom. Men komt pas in bezit van haar volledige persoon wanneer zij ophoudt te bestaan. Van het lijk.

Dat verklaart waarom zoveel ex-mannen of ex-partners hun vrouw vermoorden. Wanneer zij weigert bij hem terug te komen, of zelfs alleen met hem te vrijen, rest hun niets anders dan haar te vermoorden.

De moordende verkrachter verwoest datgene waarvan hij zich meester wilde maken. Zijn misdrijf is een combinatie van geweld en beroving, en vermengt vijandigheid jegens het onderwerp en het begeren van datzelfde onderwerp. Je zou kunnen denken dat hij zich meester wil maken van een vrouw om haar te vernietigen. Maar het is waarschijnlijker dat hij haar vernietigt omdat hij haar alleen zo kan bezitten.

Mannen vermoorden een vrouw dus om zich van haar te ontdoen, of om haar terug te krijgen.

Hoofdstuk VI

Asymmetrie I

Bij het DvdC kwam men alles te weten over de moordenaars, tot en met hun merk tennisschoenen aan toe; terwijl men van de slachtoffers, afgezien van het algemene, herhaaldelijk benadrukte feit van hun bescheiden sociale achtergrond, niets te weten kwam.

Asymmetrie II

Algemene wet: vaak denken we dat anderen van ons denken wat wij in feite van hen denken. De grammaticale personen worden met elkaar verward: degene die het voorwerp van verlangen is wordt aangezien voor het onderwerp ervan. Op die manier kan iemand zichzelf wijsmaken dat een vrouw, vanwege het feit dat ze begeerd wordt, op haar beurt ook begeerte voelt, en dat het verlangen om te worden bezeten vanuit haar komt. Neem mij! lijkt de vrouw te zeggen tegen degene die haar staat aan te staren met de drang om haar te nemen. Vandaar dat men de neiging heeft een mooie vrouw seksuele bereidwilligheid toe te kennen: aangezien ze *aantrekkelijk* is, stelt men zich voor dat ze *zich aangetrokken voelt.*

Asymmetrie III

Als je streeft naar gelijkheid, gelijke rechten en plichten, kun je seks beter vergeten. Daar kun je dan niks mee. Het is beslist een achtenswaardig uitgangspunt, gelijkheid – maar in seks is het onzin. Bij seks is alles asymmetrisch. Scheef, uit balans. Alles eindigt altijd in de min, in verspilling, in een overdadig faillissement. Bij seksuele contacten heerst naar volle tevredenheid het onrecht – zolang je maar niet te maken krijgt met het Wetboek van Strafrecht.

De slaaf zijn van andermans lichaam, of de meester ervan.

De seksuele huivering van de onrechtvaardigheid komt voort, met een omkering van termen, uit de onrechtvaardige huivering van de seksualiteit.

Slechts enkele uitverkoren geesten op deze wereld zijn in staat om te genieten van het egalitarisme. Een absoluut gelijktrekken van omstandigheden doet terstond alle begeerte verdwijnen. Ja, misschien een heilige, een denker die dol is op pure abstracties... Alle anderen daarentegen genieten minstens evenveel van de ongelijkheid als dat ze eronder lijden: ze haten het maar verlangen er ook naar om in ongelijkheid te zijn, om in ongelijkheid te verblijven, in elk geval tijdelijk slaaf of meester van iets of iemand, en ze scheppen er niet alleen genoegen in als ze de bovenste positie innemen. Ook de onderworpene kan genieten van de dominantie die hem overheerst, sterker nog, misschien is het beeld van de onderworpene wel het waarachtigste als je het genot zou willen afbeelden: zo'n voorstelling maken grenst aan het onmogelijke, zelfs voor de grootste kunstenaar, die dan ook noodgedwongen zijn toevlucht neemt tot metaforen. Daarvan is de verliefde het treffendste voorbeeld, en zo heb je ook de acoliet, de gelovige, de supporter, het kind met zijn moeder, de volgeling met zijn meester: allemaal figuren die dankbaarheid tonen jegens degene die boven hen uittorent en hen beschijnt met zijn kracht; en vol vertrouwen geven ze zich over aan het genot dat daaruit voortvloeit, zonder voorbehoud, zonder bezwaar. Als in een warme regenbui in augustus...

Het is onwaarschijnlijk dat gelijkheid en evenwicht worden bereikt door met iemand naar bed te gaan. Ik vraag me af wat iemand die daarnaar verlangt nou werkelijk verlangt. Als diegene vijftig procent van de aandelen in handen wil hebben, als hij vijftig procent van de winst opeist, dan moet hij een bedrijf starten. Maar zelfs de meest nauwgezette boekhouder met zijn bril op het puntje van zijn neus zou er moeite mee hebben om vast te leggen wat de baten en de kosten zijn, wíé er verdient en wát diegene verdient, en om de eindbalans van een geslachtsdaad op te maken: die berekeningen zouden hoe dan ook altijd op nul uitkomen. Bij seks houdt uiteindelijk níémand iets over, behalve een voorproefje van zijn eigen ondergang. Sprankjes, flitsen ondergang. De enige momenten die het waard zijn om te beleven zijn die van de overgave, het verlies, het grenzeloze bezit en de zinloosheid, van het nuttig en stompzinnig slaaf zijn van andermans lichaam, ook al krijg je er geen ene moer voor terug.

Asymmetrie IV

Het evenwicht zou pas hersteld worden wanneer vrouwen meisjes zouden baren en mannen jongens. Maar ze worden beiden uit een vrouw geboren. Het is onbegrijpelijk dat twee kampen eeuwig met elkaar in conflict blijven terwijl het ene kamp is geboren en ook altijd geboren zal blijven worden uit het andere, en voor zijn voortbestaan dus ook altijd van het andere kamp afhankelijk zal blijven.

Hoofdstuk VII

Een pik is een even ongevoelig werktuig als een hamer. Bij een verkrachting kan die dan ook worden vervangen door voorwerpen die hetzelfde doel bereiken: vernederen en laten lijden. Net zoals men bij seks waar beiden mee instemmen plaatsvervangende voorwerpen kan aanwenden om genot te verschaffen en te ontvangen, zo worden er bij een verkrachting flessen of stokken of bezemstelen (uit enkele oorlogsgetuigenissen: granaten, houwitserkogels, en op plekken waar een overschot aan heidenen was ook kruisbeelden) gebruikt om lijden te verschaffen. In die gevallen worden deze handelingen alleen als seksueel geweld aangemerkt omdat ze bepaalde delen van het lichaam betreffen. Bij het DvdC werd gebruikgemaakt van een asbak, en een krik.

(In sommige politieregio's staan er op het voorbedrukte formulier dat bij een aangifte van seksueel geweld moet worden ingevuld hokjes die kunnen worden aangekruist bij teksten als 'Inbrengen van objecten in vagina' en 'Inbrengen van objecten in anus'.)

Iemand kan zich pas de baas over iets noemen als hij vrij is het te vernietigen. Net als bij de legendarische potlatch-bijeenkomsten in de verhalen van antropologen, waarbij rivaliserende stamhoofden zo veel mogelijk verkwistten, bereid om alles wat ze bezitten te vernietigen, wordt de opperste rijkdom pas vastgesteld op het moment dat die wordt verwoest. De baas hoeft aan niemand verantwoording af te leggen over wat hij bezit, en dat bewijst hij onder andere door er net zo gemakkelijk vrijwillig afstand van te doen.

Hij verkwist, verbrast, verpest, hij schaft aan puur om het aangeschafte terstond te kunnen vernietigen; dat is het ware genot van het bezitten: zich ontdoen van datgene wat hij zich zojuist heeft toegeëigend. Beide momenten zijn aangenaam en bruut: met geweld wordt er vergaard, dan wordt de buit woest verkwanseld, de prooi verslonden, een verdeling gemaakt van de goederen, sieraden, slavinnen, paarden, levensmiddelen, gedekte tafels, Indiase bruiden, ontvoerde meisjes, gevangenen over de kling gejaagd, bruggen opgeblazen met trotyl, de net voltooide legpuzzel expres overhoopgehaald en teruggebracht tot chaos, het geld uit de gekraakte kluis dat regelrecht naar drugs en hoeren gaat. Twee momenten in het metabolisme van de macht, aanschaffen en zich ontdoen, roven om te verspillen... Het is een soort feest, banket, schranspartij, een huis dat in brand wordt gestoken om van het schouwspel te genieten. *Tout doit disparaître!* klinkt de nihilistische slogan bij de Parijse uitverkoop: men wordt niet zozeer uitgenodigd om te kopen, maar eigenlijk om weg te vagen, te liquideren, te elimineren... Dat is immers ook de betekenis van het woord *consumeren*? Weg, weg, alles weg. Ook datgene waar je van houdt, waar je meer dan alles van houdt.

De pathologie is de sleutel om inzicht te krijgen in de fysiologie. Hoe een organisme functioneert begrijp je pas wanneer het ophoudt te functioneren. En hetzelfde geldt voor de geest: pas op het moment dat die uiteenvalt, steken laat vallen of doordraait en vergeefs werkt, dan snap je hoe hij in elkaar zit. De uitzonderingstoestand is de enige die ons iets interessants duidelijk maakt. Maar je hoeft helemaal niet te verzanden in een pathologie om het verband tussen seksualiteit en verwoesting op te merken, enkel gescheiden door een dun vlies of in het geheel niet gescheiden. Lijden, verlangen, haat, aantrekkingskracht, genot... die doen zich zelden strak afgezonderd voor, en al helemaal niet tijdens de geslachtsdaad, sterker nog, juist doordat ze met elkaar vervlochten worden, wordt een gebeurtenis verwezenlijkt die anders onverklaarbaar of grotesk zou zijn. Men onderwerpt zich aan praktijken die, als je er met enige afstand naar zou kijken, buiten die hele ceremonie om, gewoon lachwekkend of smerig zouden zijn; in houdingen die ongelooflijk agressief zijn, als twee beesten die elkaar te lijf gaan. De fenomenologie van Lucretius in *De Rerum Natura* wordt nog altijd als schokkend ervaren omdat die op rauwe maar openhartige wijze de woeste razernij van minnaars laat zien: over de juistheid van deze beschrijving kan geen twijfel bestaan.

Quod petiere, premunt arte faciuntque dolorem
corporis et dentes inlidunt saepe labellis
osculaque adfigunt, quia non est pura voluptas
et stimuli subsunt, qui instigant laedere id ipsum,
quod cumque est, rabies unde illaec germina surgunt.

Hun geliefde drukken ze tegen zich aan, wat behoorlijk
pijn doet, ze bijten tijdens het zoenen met hun tanden
in elkaars lippen omdat hun genot geen zuiver genot is
en geheime prikkels hen dwingen juist dat te verwonden,
wat het ook is, dat in hen de kiemen van waanzin opwekt.

Net zoals men de liefde kan overslaan bij de seksuele daad, kan men ook de daad zelf overslaan en meteen doorgaan naar wreedheid, naar de destructieve razernij die in de daad besloten ligt en die eigenlijk alleen nog maar tevoorschijn hoefde te worden gehaald, te worden gezuiverd en blootgelegd, zonder nog tijd te verspillen met dat genitale gedoe, met dat vermaak voor opgewonden tieners. In wezen is seks alleen maar een slijmerige afdwaling, een futiel tijdverdrijf, misschien een excuus om even afleiding te hebben van het huiswerk. Een manier om wat aan te rotzooien, zeg maar. Maar als het doel is om een lichaam te penetreren, gaat dat dan niet beter met een mes? Zodat je dat lichaam op elke gewenste plek kunt openen? Het sadisme zou weinig interessants hebben als het niet diende om dat verborgen element aan het licht te brengen. Om een eind te maken aan het sensuele getreuzel, de emotieve dubbelzinnigheid op te heffen. Het gaat erom dat je iemand pijn wilt doen, punt. Geen gedraai meer. Als de gewelddadige implicaties van seks eenmaal zijn blootgelegd en alle sentimentele gruis ervan is weggepoetst, liggen ze klaar als stalen voorwerpen, glanzend, eenvoudig, koud, scherp; en het is niet zo dat de sadist die zelf heeft meegenomen in een speciaal koffertje: ze lagen er altijd al. Gewoon daar, naast het bed. Het gereedschap van het lijden ligt binnen ieders bereik. Het bed leent zich voor rusten, lezen, voor de liefde, voor dromen, voor immobilisatie, voor marteling. Andermans pijn prikkelt de sadist niet alleen omdat hij nu eenmaal sadist is, maar omdat hij, aangezien hij tegelijkertijd masochist is, zich vereenzelvigt met zijn slachtoffer en geniet van diens pijn. Hij geniet dubbel: van de pijn die hij toedient en de pijn die hij, via een derde, zichzelf toedient.

Ik heb *De Kreutzersonate* van Tolstoj meerdere keren gelezen en ik snap het nog steeds niet, of beter gezegd, ik snap niet of ik het snap. En als ik het wel snap, dan weet ik niet in hoeverre ik het eens ben met de auteur, en of ik zelf ooit in mijn leven heb ervaren wat de auteur zo nauwgezet beschrijft: de afkeer tegen de geslachtsdaad, de walging veroorzaakt door de geslachtsdaad, dat wil zeggen de daad die we het liefst van alles willen verrichten en die toch, volgens Tolstoj, oorzaak is van de diepste weerzin.

Als er een vorm van seksueel contact is waarin deze weerzin volledig tot uiting komt, is het wel de verkrachting. Maar pas op, die afkeer betreft niet alleen het slachtoffer, maar vooral ook de verkrachter. Uit zijn gewelddaad spreekt geen aantrekkingskracht jegens het lichaam dat hij zich met geweld toe-eigent, maar eerder een paradoxale afkeer. Zo verraadt zijn verlangen zijn kenmerkende destructieve oorsprong: doordat hij zich aangetrokken voelt tot iets wat hij tegelijkertijd onsmakelijk vindt, wil hij dat woedend wegvagen. Als reactie op de vernedering dat hij zich gecharmeerd voelt, en dus in zekere zin gestrikt en gedomineerd door iets weerzinwekkends, zal hij het mishandelen en kapotmaken. Voor een verkrachter is er niks prachtigs aan het lichaam van een vrouw, integendeel, het is een riool, en hij heeft het gevoel dat hij erin wegzakt. Haar genitaliën zijn walgelijk, haar kreunende mond is walgelijk, haar lippen boven en onder zijn walgelijk, haar borsten zijn weerzinwekkend week, haar tranen besmettelijk...

Dat verklaart de zinloze wreedheid die vaak gepaard gaat met seksueel geweld, wanneer de verkrachter zich toch al heeft verzekerd van het bereiken van zijn minimale of ogenschijnlijke doel, namelijk het slachtoffer dwingen tot de coïtus: als dat het ware doel van de verkrachting was, waarvoor dienen dan de klappen, de sigaretten uitgedrukt op de huid, de objecten die in de vagina en de anus worden gestoken, de steeds erger wordende mishandelingen die tot de dood kunnen leiden?

Hij haat zijn drang om het te doen, hij haat dat hij het doet, hij haat degene met wie hij het doet, degene die verplicht is het te doen, terwijl hij het doet en nadat hij het gedaan heeft, hij haat het lichaam dat de oorzaak en tegelijkertijd het doel van zijn ontaarding is, hij haat zichzelf: de optelsom van al die haat is verpletterend.

Misschien weet ik hiermee een van de paradoxale aannames van *De Kreutzersonate* te doorgronden, namelijk dat de enige manier om vrouwen níét te vermoorden is niet langer met ze naar bed te gaan: door de kans op contact uit te sluiten en daarmee de kans op wrijving tussen de seksen, de oorsprong van de wederzijdse afkeer en de aandrijving van een geweld dat anders niet te stoppen zou zijn. De kuisheid die de oude Tolstoj predikt heeft hij overigens zelf nooit in praktijk gebracht. Ik ben er absoluut niet zeker van dat dit recept in de echte wereld zou werken, in plaats van op papier of in geloften of gebeden ('...en leid ons niet in bekoring...'), niet alleen omdat zelfs de bepleiter ervan het niet kon opbrengen het toe te passen, en hij zich er enkel toe beperkte de schadelijke gevolgen te beschrijven die anders zouden optreden. Echtgenoten die hun vrouw seksueel onderdrukken, of die de verdorven neiging daartoe koesterden om er enig genot aan te kunnen ontlenen, mannen die hun vrouw en zichzelf perverteren om een drang te bevredigen die maar van korte duur is, maar die kort daarna weer des te sterker zal terugkeren. Er zal nooit vrijheid en gelijkheid tussen man en vrouw kunnen bestaan als de seks ertussenin staat... Misschien had de oude Russische schrijver wel gelijk, maar ja...

Een blind, woest verlangen, niet op iets specifieks gericht, het verlangen naar een vrouw, maar niet een bepaalde vrouw, een willekeurige vrouw, het lichaam van een willekeurige vrouw, het naakte lichaam van een vrouw, een naakt deel van het lichaam van een willekeurige vrouw... een hypnotiserend en mysterieus detail, zoals alleen details dat kunnen zijn, uitvergroot onder een loep, het dichtbije, korrelige beeld van een stukje anatomie dat verstopt zit tussen de dijen, onder de oksels, in de kieren waar de ledematen bijeenkomen en vouwen, slijmvliezen, membranen vormen, iets wat vochtig glinstert... wat uitsteekt, uit het lichaam tevoorschijn komt... of wat er een diepe opening in graaft, als een kloof.

Zelfs in de meest incidentele ontmoeting schuilt een intense ervaring, redeloos wanhopig, als een gevecht tussen beesten in een donker bos. Een hevig schokken, een gespannen drang, de kilste onverschilligheid jegens de persoon, de rechten, de vermogens van het individu, geen enkel respect voor grenzen, een wraakzuchtige verbittering zodra de bevrediging bereikt is, vaak gevolgd door walging en een nieuwe drang, die om ergens anders te zijn; afstomping, eenzaamheid of het weemoedige verlangen daarnaar.

Zodra de opwinding uitdooft, verschijnen animositeit, vijandigheid en kilheid ten tonele.

De geslachtsdaad heeft alleen al door de manier van bewegen akelig veel weg van een moord: een man die een vrouw penetreert lijkt een vergelijkbare relatie te bewerkstelligen als die er tussen een moordenaar en zijn slachtoffer bestaat. Vanwege die vergelijkbare beweging kunnen de twee wel eens met elkaar worden verward of verwisseld. De suggestie kan een krachtige invloed hebben op iemand met een laag of verzwakt intellect, en vooral op iemand die geen emoties als tederheid of liefde kent. Die gevoelens zorgen ervoor dat mensen terugdeinzen voor die duivelse gelijkenis, nadat ze haar geconstateerd hebben. Maar als iemand deze emoties niet ervaart, ze werkelijk niet ervaart, dan wordt de coïtus gereduceerd tot de kille chirurgische bezigheid, alsof die plaatsvindt onder de felle lampen van een operatiekamer of een mortuarium.

...en de paring was oorspronkelijk niet de aangename samenvoeging van de beide seksen, maar een daad van agressie die de vrouw onderging omdat ze zwakker was dan de man. Pas na lange tijd, na eeuwen of millennia, begint die brute omhelzing haar duidelijk aanvallende karakter te verliezen en wordt ze op prijs gesteld door de vrouw, naarmate de beweging zich van het uitsluitend blinde beuken van de man in de buurt van de vrouwelijke geslachtsorganen uitbreidt over het volledige oppervlak van het vrouwelijk lichaam, en de pijnlijke stoten veranderen in strelingen, heeft de penetratie niet langer die agressieve bedoeling. Maar een spoor van die primitieve aanval, de worsteling en de overweldiging zal als een onbewuste herinnering altijd aanwezig blijven in de samenkomst tussen man en vrouw, hoe teder ook.

Bij het uit de weg ruimen van vrouwen, onzuiver vanwege hun aard of vanwege hun kleding, worden mannen gedreven door een enorme obsessie voor puurheid. Ze beginnen bij prostituees, die vaak het eerste slachtoffer zijn en in een bepaald opzicht ideaal voor mannen die zo'n obsessie koesteren, maar vervolgens strekken ze hun moraliserende edict uit over alle vrouwen, van alle rangen en standen, want die kunnen hoe dan ook worden gezien als prostituees, feitelijke, potentiële, of zelfs onbewuste prostituees, die dus zelf nog niet weten dat ze het zijn, puur en alleen omdat ze tot het vrouwelijk geslacht behoren.

Een cynisch gezegde luidt dat de beste manier die een vrouw heeft om een verkrachting te voorkomen is deze te accepteren. Vanuit een logisch-beschrijvend oogpunt gezien zou instemming inderdaad de macht hebben om de agressie op slag op te heffen: als er geen dwang meer is, kan er immers ook geen sprake meer zijn van verkrachting? Ongeacht of die spitsvondigheid raak of misplaatst is, klopt er sowieso niets van. In het absurde geval dat de vrouw inderdaad zou besluiten om in te stemmen, als gevolg van een dergelijke redenering, zou de verkrachter het er zelf op slag niet meer mee eens zijn. Wat hij zoekt in de coïtus is juist die overweldiging, de coïtus is namelijk niet het middel om een doel te bereiken, maar het doel zelf. Het zou geen enkele zin hebben om hem dat doel via een list te ontnemen, sterker nog, in de meeste gevallen zou dat zijn woede alleen maar groter maken. Dat soort types hebben weinig oog voor paradoxen en zijn geen lezers van Oscar Wilde. De logica volgens welke men om diefstal te voorkomen alleen maar vrijwillig zijn bezittingen aan de dief hoeft te overhandigen, functioneert alleen bij colleges filosofie, dezelfde colleges waar wordt gedoceerd dat pijlen stilhangen in de lucht, dat een fatsoenlijk mens enkel om niet te liegen de moordenaar moet wijzen waar zijn slachtoffer verstopt zit, dat dood zijn te prefereren is boven levend zijn of dat die twee een en hetzelfde zijn, dat een barbier zichzelf niet kan scheren, dat ik niet kan beweren dat ik lieg, dat niet alle niet-zwarte dingen niet-raven zijn, dat als ik alle onderdelen van mijn auto vervang, ik me moet afvragen of dat nog wel mijn auto is, dat een ezel nog liever verhongert dan te kiezen tussen twee identieke schelven hooi, enzovoort. Hoeveel weegt een baksteen die een kilo plus een halve baksteen weegt? Pff, alleen Polyphemos was zo dom om te geloven dat Niemand zijn vijand was. Dat soort logische, absurde redeneringen zijn me dierbaar omdat ze me rechtstreeks terugvoeren naar de schoolbanken. Wij joegen onvermoeibaar, vol overgave op tegenstellingen... en op geheime betekenissen die schuilgingen onder de banaalste zaken. Ik herinner me de immense voldoening die ik ervoer toen ik kennismaakte met Freud. Ineens vermenigvuldigde de wereld zich, onder alle dingen lag weer iets anders, en daaronder weer iets anders...

Ik hoef er niet bij te zeggen dat Arbus degene was die hem bij mij introduceerde.

Die hele wildgroei aan paralogismen is te danken aan de aparte status van seksueel geweld als misdrijf. Verkrachting is namelijk de enige misdaad die om gestalte te krijgen van het slachtoffer vereist dat het zich verzet. Doet het slachtoffer dat niet, dan is het op slag geen misdaad meer. Bij een poging tot moord daarentegen zal niemand zijn vraagtekens zetten, ook niet als degene die deze ondergaat geen weerstand heeft geboden.

Dus resoluut afzien van de sentimentele, zoete versies van de samenkomst tussen man en vrouw, al die aanstellerij, aangetast door het zoeken naar wederzijds genot of verrot door de conventie van eeuwigdurende verlovingen en pseudo-echtelijk samenwonen en compromissen alleen om wat kruimels te bemachtigen. En in plaats van al dat slappe gedoe gewoon de verkrachting. De daders van het DvdC waren alleen maar recht op de kern afgegaan. Anderen draaiden eromheen, zij hadden het heft in handen genomen. Het lemmet was diep doorgedrongen in de boter van de regeltjes, de familietradities, de schoolse hypocrisieën gebaseerd op studeren, intelligentie, fatsoen, medewerking, persoonlijke rijping, God, Onze-Lieve-Vrouw, enzovoort, allemaal prachtige dingen die daar enkel waren neergezet om een doodsimpele waarheid te verbergen, namelijk dat iemand die iets wil hebben het gewoon moet pakken – mits hij daar sterk genoeg voor is. Al die kletspraat diende alleen maar om lafbekken te ontmoedigen, om mensen in de war te brengen over wat de doelen en de middelen waren, waarbij de doelen werden afgekeurd en van de middelen alleen de geoorloofde werden uitgekozen, waarvan bekend is dat ze minder effectief zijn. Met geweld, een beetje geweld of een heleboel geweld tegelijk, werden de dingen weer duidelijk op een rijtje gezet. Geweld is onmiddellijke, concrete macht, de rest is enkel kletspraat van priesters, van grieten...

Een vreemde vrouw is een enge put.
Als een rover, zo ligt zij op de loer
en maakt onder de mensen velen trouweloos.

Hoofdstuk VIII

Er bestaan twee tegenovergestelde manieren om het vrouwelijk lichaam af te wijzen: door het kuis op afstand te houden, of door zich er met geweld aan te vergrijpen. In beide gevallen verkiest de man een zekerder, in feite mannelijker seksbeleving boven intimiteit met de vrouw. Hij kan zich er niet toe verlagen om met vrouwen om te gaan langs de weg die zij hebben uitgekozen. Als de man akkoord zou gaan met de regels van de hofmakerij, de verleiding, het frivole liefdesspel, raakt hij verwijfd: de brute gedragingen van de kuisheid en de verkrachting daarentegen houden zijn mannelijkheid intact.

De echte man zou ongevoelig of onverschillig moeten staan tegenover genot. Dat is iets voor losbandige types, of voor wijven, net als emoties. De bekendste mannen van de wereld stelden dat liefde iets voor kamermeisjes is. Als de essentie van het vrouwelijk organisme schuilt in de pathetische kracht van de vrouw, in haar buitengewone vermogen om genot en pijn te voelen, kan een gewetenloze man zich storten op het onderzoeken van de kloof tussen die twee uiterste sensaties, en het lichaam van een vrouw gebruiken als laboratorium: als hij het een niet kan of wil bewerkstelligen, kan hij altijd voor het tweede gaan. Als een vrouw onverzadigbaar is als het om genot gaat, zal ze ook onverzadigbaar zijn als het om pijn gaat. Juist door haar ontvankelijke aard staat ze daarvoor open.

De maagdelijke meisjes die worden mishandeld en vermoord wordt een pijn berokkend die ze normaal gesproken alleen bij een bevalling zouden hoeven doorstaan; daarvoor in de plaats wordt hun een spottend, steriel lijden aangedaan.

Kuisheid – seksuele promiscuïteit zonder emotionele betrokkenheid – verkrachting: deze drie totaal verschillende houdingen ten opzichte van vrouwen worden verbonden door een dunne draad, al was het maar het feit dat ze alle drie het probleem van de intimiteit met een vrouw oplossen. Hoe? Door het weg te vagen. De intimiteit wordt opgeheven, bij voorbaat afgewezen, binnen de beoefening van seks of door zich daarbuiten te houden. In hun verhouding tot het vrouwelijke hebben de kuise man, de rokkenjager en de verkrachter veel meer onderlinge raakvlakken dan verschillen. Alleen degenen die zich in het tussengebied bevinden zitten in de nesten; bijvoorbeeld de getrouwde man. Die is wel genoodzaakt om een relatie aan te gaan, want waar is hij anders voor getrouwd? Als zelfs hij niet in staat is een relatie op te bouwen met zijn eega, dan wil dat zeggen dat die intimiteit puur een mythe is, het zoveelste verzinsel van de Romantiek en de fanatieke dichters van die stroming. Wie zich daar verre van houdt (priesters, homo's, casanova's, hoerenlopers, verkrachters) blijft die onmogelijkheid voortdurend vaststellen en tegenmaatregelen nemen. (Het vrouwelijk lichaam afgewezen door degene die het begeert, die het mishandelt, die het weigert.) Kuisheid is een aparte vorm van seksueel geweld, is misschien wel de meest geraffineerde vorm van lichamelijke kwelling. Geraffineerd omdat er geen bloedvergieten bij komt kijken en omdat het individu het zichzelf aandoet, uit vrije wil, wat naar onze morele maatstaven altijd iets heroïsch heeft, en het respect verdient dat wordt toegekend aan hen die zich opofferen. De waardering voor het moeilijke vergeleken met het gemakkelijke. Discipline.

Een tijdje geleden was ik bij de abdij van Fossanova met mijn dochter, die aan liefdesverdriet leed. Het was een middag eind augustus, om drie uur, er was geen mens, op de deur van de kerk hing het bordje OPEN maar de deur zat dicht. We liepen om de abdij heen. Mijn dochter was bedroefd, gekweld. Ik probeerde haar op te beuren, maar zonder veel te zeggen, ik had niet veel te zeggen, want er is niets onverklaarbaarders dan de emoties die zij ervoer, en die ook ik indirect ervoer, en bijna niets wat ze kan verlichten. De zogenaamde 'verstandige adviezen' hebben nog minder zin. Er werd ons verteld dat de abdij om vier uur zou opengaan, en aangezien we nog niet hadden geluncht bestelden we wat te eten bij een kraampje dat in tegenstelling tot de abdij gesloten leek maar juist open was. Het was niet warm, er trokken snelle wolken door de hemel, voortgejaagd door de wind, en de grote bomen ruisten: deze lekkernij kon de ellende in elk geval een beetje verzachten. Maar het mooie gezichtje van mijn dochter bleef treurig, en haar hoofd vol sombere gedachten.

Tegen halfvier begon het drukker te worden. Er kwamen verschillende stellen toeristen die net als wij moesten wachten tot de abdij weer open zou gaan, en daarna verscheen er om de hoek van het abdijcomplex een hele rij jonge paters, stukje bij beetje, onder wie velen met een fototoestel om hun hals. We telden er uiteindelijk een stuk of tien, in groepjes van twee of drie: ze verzamelden zich en gingen toen weer uiteen terwijl ze om de kloosterkerk heen liepen, foto's maakten, zachtjes kletsten. Door hun uiterlijk en door de woorden die ik hier en daar opving begreep ik dat het Amerikanen waren; in de leeftijd tussen de achttien en de vijfentwintig, afgezien van een paar jongens die wat ouder waren en een soort decaan van rond de vijftig. Ze waren allemaal mager in hun zwarte tuniek en met hun asblonde of rossige of kastanjekleurige haar dat kortgeknipt was, maar niet te kort, ik zou zeggen: geknipt door een goede, nauwgezette kapper. Een van hen, die heel jong was en qua gezicht en lichaam niet veel verschilde van een meisje, was al kalende, zijn ragfijne, engelachtige haar gedoemd om uit te vallen, zijn grote lichte ogen ver uit elkaar, zoals op een orthodoxe icoon. Een jonge Sint-Paulus, bedacht ik, of Aleksej Karamazov, Aljosja, misschien heel zwak of misschien heel sterk, wie zal het zeggen. De tijd zou het leren.

'Zie je dat, Margherita, wat voor leven zij hebben? Hoe anders dat is? Een paar eeuwen geleden zou je je er nog iets bij kunnen voorstellen, toen iedereen een andere lotsbestemming had. Een roeping of een beroep of alleen al het feit dat je een bepaalde naam droeg leidde je in een bepaalde richting. De levens van mensen waren niet met elkaar te vergelijken. Er waren talloze uniformen die men nooit uittrok. Een matroos, een geldwisselaar, een soldaat, een prins, een priester, die levens hadden vrijwel niets met elkaar gemeen. Destijds kon iemand twintig jaar van huis wegblijven, en dan was daar niets vreemds aan. Tegenwoordig zijn dit soort types nog de enigen die anders zijn, die een uniform dragen. En ze hebben er zelf voor gekozen. Een leven als vrijgezel, zonder gezin, maar toch absoluut niet vrij. En als het per ongeluk begint te lijken op het leven van anderen, dan is het voorbij.

Als ze trouw blijven aan hun gelofte zullen ze nooit een vrouw hebben, nooit kinderen krijgen. Dan zullen ze zich nooit in een situatie bevinden zoals jij en ik nu, een vader en een dochter die samen een uitstapje maken. Ze zullen altijd onder elkaar zijn, en weldra zullen ze niet jong meer zijn, en de enigen met wie ze verder in contact komen zijn dan de mensen die hun hun problemen komen vertellen, die komen biechten, of bidden, of hun baby's laten dopen. Ze kunnen hen helpen en hun raad geven, en hen zelfs liefhebben, maar ze kunnen hen nooit zoenen of aanraken, en als ze dat doen zijn ze smeerlappen. Ze zullen hun hele leven in een eenpersoonsbed slapen. Denk je eens in! Hun hele leven!'

Ik voelde dat ik ontroerd raakte tijdens het praten. En ik was een en al medeleven, en bewondering voor die jonge paters, die ik ook nog eens mooi vond, mooi om te zien. Mijn dochter keek me aan omdat ze niet snapte waarom ik na zo lang zwijgen, of alleen wat troostende en bezwerende zinnetjes tegen haar, nu ineens zo welsprekend was, geïnspireerd door de kuisheid van die jonge Amerikaanse priesters. Haar ogen bekeken me een beetje verbaasd, maar ook waren ze, sinds ik haar met de auto was gaan afhalen en haar had weggehaald van de plek van haar sentimentele kwelling, voor het eerst afgeleid van het middelpunt van haar lijden. Het was alsof ik tegen haar zei dat dat lijden in feite een voorrecht was als je het vergeleek met de emotionele steriliteit die deze jongens in habijt werd opgelegd, van wie er heel goed eentje de vriend van mijn dochter zou kunnen zijn, de ideale vriend... Sterker nog, bedacht ik, was het maar zo dat een van die brave, serieuze Amerikaanse jongens haar koos, was het maar zo dat zij vrij was om verliefd te worden op een van die jongens die, zo fantaseerde ik verder, vast en zeker intelligent en aardig en waarschijnlijk heel liefdevol is...

Zo'n jongen zou ik met alle plezier samen met haar uitnodigen voor het eten, om met hem te praten en hem te horen praten. Maar dan moest hij wel echt zo zijn, zo anders dan zijn leeftijdgenoten, maar tegelijkertijd precies zoals alle vrije jongens op de wereld. En dat is onmogelijk.

Ik zat zo ongeveer een minuut te fantaseren, dromerig, over een stel dat werd gevormd door mijn dochter en een van die jongens in habijt.

Maar zij was niet vrij, en die jongens waren dat ook niet.

Ik heb het zo'n achthonderd pagina's geleden ook al geschreven, maar ik schrijf het hier nog een keer: op de hoofdrolspelers van het DvdC zien we in uiterst verhevigde vorm in paroxismale termen het probleem geprojecteerd van de zuiver mannelijke identiteit van het SLM, van de leraren, zowel de religieuze als de niet-religieuze, en van de leerlingen. Tijdens de lesuren was het daar werkelijk de berg Athos.

De enige vrouw die op het SLM geen indringster was, was de maagd Maria.

Dat vrouwen tijdens en na het proces een enorme haat koesterden jegens die daders, lijkt me logisch. Maar de haat en verachting die normale mannen uitten ten opzichte van die smeerlappen, ik weet niet, die was ergens niet echt overtuigend, het was een soort exorcisme, een middel om zichzelf *buiten* een gebeurtenis te plaatsen waar ze, zonder dat ze zelf doorhadden hoe en waarom, toch *middenin* zaten, ze waren betrokken, ze werden zowat verhoord, vanwege de aanwezigheid van een verontrustende seksuele achtergrond of bijbedoeling die met vurige woorden werd afgewezen zodat die niet naar de voorgrond zou treden en ook de identiteit en medeplichtigheid zou onthullen van hen die de mond vol hadden over voorbeeldstraffen, over de doodstraf (de roep om castratie was destijds nog niet in de mode). Men deed alleen moeite om dingen weg te duwen die dichtbij kwamen, te dichtbij. Je zou natuurlijk kunnen denken dat veel van de mannen die het hardst riepen bang waren dat hun eigen zussen of dochters hetzelfde lot ten deel zou kunnen vallen als de meisjes van de Circeo, maar hun felheid leek niet preventief te zijn of voort te komen uit empathische vereenzelviging met het lijden van de slachtoffers... Het betrof eerder een heel andere, nogal gevaarlijke vereenzelviging, die vol weerzin moest worden verworpen als ze ooit de kop op zou steken, namelijk die met de moordenaars. Het idee om iets met hen gemeen te hebben, om ook maar één cel van dezelfde tumor met hen te delen... alsof het DvdC op de een of andere bijzondere manier besmettelijk was onder mannen... Dus ging men van de wreedheid van de misdaad over op de wreedheid van de straf die men de daders toewenste, waar dus ook een identieke, ziekelijke seksuele kant aan zat. Het uitleven van driften is niet veel slechter dan het onderdrukken ervan, vooral niet als daar luidkeels om gevraagd wordt. De geselaar van de sadist kan zelf ook een sadist blijken te zijn, tenzij de zweep die hij heft is voorzien van het merkteken der rechtschapenheid. Zo diende de haat dus ter maskering van een wezenlijke medeplichtigheid, al werd die nog zo verdrongen of juist omgekeerd beleefd, als weerzin. De verkrachtingsfantasie weerklonk in al die verontwaardigde stukken in de kranten: hoe meer de daad werd verafschuwd, hoe meer hij werd verheerlijkt. De daders van het DvdC werden omhooggestuwd door de spreekkoren die hun ondergang eisten. Seksuele delicten voeden dat soort paradoxale ketens waarin, door een verdraaiing zoals die van een möbiusband, twee tegengestelde zijden zonder onderbreking in elkaar overlopen. Behalve de unanieme veroordeling wakkeren ze ook een maniakale belangstelling aan voor de details die in de verslagen opvallen door het even verontwaardigde als opgewonden taalgebruik: 'Het arme meisje werd twee dagen lang aan één stuk door misbruikt...'

Seksmaniakken vormen een risico voor vrouwen en kinderen, maar indirect ook voor de rechtschapen mannen: namelijk dat er onvermoede neigingen bij hen aan het licht komen. Daarom moeten juist zij om het hardst en met de meeste verontwaardiging tekeergaan tegen die gestoorde types: om te laten zien dat zij er zelf niet door besmet zijn.

Verontwaardiging is een sentiment dat dingen eerder verhult dan openbaart. Er valt een sluier over het gezicht van de verontwaardigde, waardoor hij de dingen niet meer helder kan zien en anderen hem ook niet meer helder kunnen zien. Hij heeft de neiging om dingen als afwijkend te beschouwen die in de meeste gevallen juist normaal zijn, en dus behoorlijk vreeswekkend. Op droeve toon haast hij zich te distantiëren van dingen die hem vaak akelig vertrouwd zijn, en de passie waarmee hij moord en brand schreeuwt verraadt zijn angst dat iemand zou kunnen denken dat hij erbij betrokken is. In plaats van naar de bron van het schandaal te gaan om de kern zo goed mogelijk te leren begrijpen, trekt hij zich er vol afschuw van terug. Hij vindt juist niets zo eng als begrip, want begrip impliceert betrokkenheid. Zijn pogingen tot exorcisme slagen er vrijwel nooit in de duivel te verjagen, juist omdat die daarbij wordt beschouwd als een indringer en niet veeleer als iemand die al van oudsher in onze geest en ons huis verblijft. Met verontwaardiging krijg je maar weinig voor elkaar en het levert ook weinig op, afgezien van een tijdelijke opluchting, het vluchtige genoegen dat je het gelijk aan jouw kant hebt staan, wat wel een van de meest bedrieglijke en infantiele genoegens is die een mens kan ervaren.

Mannen kunnen dus dezelfde agressieve drift vertonen bij zowel het aanvallen van vrouwen als bij het beschermen van hen tegen andermans agressie: daartussenin staan de vrouwen, ten prooi aan de tirannie van zowel hun belagers als hun beschermers, sterker nog, het komt vaak voor dat die laatste groep het meest verbeten is. Hun oppressieve bescherming is namelijk continu en reëel, terwijl het gevaar dat van de eerste groep komt onregelmatig en hypothetisch is. Het kan gebeuren (een machiavellistisch lesje) dat de beschermer zich uiteindelijk ontpopt als agressor.

Sommige mannen beschouwen zichzelf als goden die het recht hebben om de vrouwen van de aarde te pakken, gewoon door omlaag te reiken en ze te grijpen zoals Zeus en zijn broer Hades deden, en zoals Apollo ook meerdere keren vergeefs probeerde (bij mijn weten de enige god die faalde bij een verkrachting: een mislukte aanrander die zich misschien wel daarom toelegt op de kunsten, dat wil zeggen activiteiten waarin hij leert zijn frustraties ten volle te benutten); andere mannen daarentegen plaatsen zichzelf op een zo laag niveau dat ze het onmogelijk achten dat een vrouw zich vrijwillig aan hen zou geven. Bang dat hun seksuele avances hoe dan ook gedoemd zijn te mislukken, voelen ze zich gerechtvaardigd om die kracht bij te zetten. Al met al wordt geweld dus toegepast door mannen die het gevoel hebben dat ze te hoog of te laag staan ten opzichte van vrouwen; maar in feite zie je in de hele cultuurgeschiedenis dat de vrouw óf heel hoog (soms) óf heel laag (vaak) is geplaatst ten opzichte van de man, en nooit op hetzelfde niveau. Een sublieme variant van vrouwenhaat is dan ook die uit ridderverhalen, waarin de vrouw op een mystiek, transcendent voetstuk wordt geplaatst, waardoor ze bijna even onuitstaanbaar is als in haar verlaagde versie als zondares en duivelse verleidster, of als heks, of als object om te bezitten. In diezelfde hoofse, minstrelende literatuur stelt men zich dan ook ten dienste van respectabele jonkvrouwen met een engelachtige houding, die hun vazal dwingen om talloze vernederingen te ondergaan; maar diezelfde aan liefde onderworpen ridders vergrijpen zich intussen wel aan herderinnetjes, ganzenhoedsters, reizigsters – met een gemiddelde leeftijd van twaalf jaar. Ridderlijkheid is dan ook het presentabele gezicht van bruutheid; het is een uiterlijke vorm om onrechtmatigheden goed te maken, en de meest hoffelijke manier om die te verhullen. Een flinke, retorische vergoeding, zeg maar. Het zou goed kunnen dat de hoofse dichters het hele verhaal van begin af aan uit hun duim hebben gezogen, en dat de zo bewierookte onderwerping van de ridder aan de jonkvrouw van zijn hart nooit heeft bestaan. De ridder hield zich vooral bezig met het ontmaagden van boerenmeisjes die hij heel alleen aantrof op de paden van het platteland: een activiteit die troubadours en hofdichters op dromerige, schertsende wijze bezongen in hun ballades. De muziek vergeeft, die vergeeft álles, die vergeeft altíjd. De gezwollen rivier van liefdespoëzie stroomde voort, ongehinderd door enige connectie met de realiteit, en in die vrijheid schuilde het mooie en het leugenachtige ervan.

Ik herhaal: in tegenstelling tot andere misdaden is verkrachting geen uiting van een meningsverschil, een protest tegen de norm en de traditie. Nee, verkrachting is juist een bevestiging daarvan. Een blinde, absolute bevestiging. Voor het geval dat iemand de norm was vergeten, wordt die telkens weer geïllustreerd in de daad die met geweld wordt opgelegd. Elke keer dat er een verkrachting plaatsvindt, wordt er een principe gestaafd. De verkrachting dient namelijk om een bepaalde orde te verdedigen, die van de heerschappij van de man over de vrouw, of om die te herstellen voor het geval de vrouw het in haar hoofd zou halen deze heerschappij ter discussie te stellen. Traditiegetrouw zijn vrouwen het gewend om te worden geknecht door een instrumentele macht; of om betaald te worden, of aangerand, of verleid, of uitgehuwelijkt, of verliefd te worden (dat wil zeggen: overmeesterd door de liefde). Geld, slaag, familieautoriteit, charme en als laatste de hartstocht, dat zijn de krachten die staan opgesteld om een vrouw de zeggenschap over haar lichaam te ontnemen. Juist de hoofse liefde is verzonnen door een groep schrijvers die koortsachtig op zoek was naar een rechtvaardiging, waarbij ze een ogenschijnlijk nobeler en onweerstaanbaarder element inbrachten voor het feit dat een vrouw haar principes opzij zou zetten om te zwichten voor seksuele avances. Niet voor niets was de tweede helft van de Romantiek erop gericht om dat fabeltje dat in de eerste helft was gecreëerd op pijnlijke wijze door te prikken.

Hoofdstuk IX

Een gewelddadige dood kan worden veroorzaakt door de wrede speling van het lot, of door de toepassing van een menselijke wet; in beide gevallen is men het slachtoffer van een hogere macht, maar het is één ding om te worden vermoord, en het is iets anders om te *worden terechtgesteld*. In het eerste geval *sterft* iemand alleen maar, in het tweede geval *doet hij boete*. Dan is het een soort uitoefening van een recht. Het slachtofferschap van een misdrijf als het DvdC kan beide aspecten aannemen, hoe paradoxaal dat ook moge klinken: de slachtoffers ondergaan het schandelijkste misbruik, maar dat wil zich in zekere zin voordoen als een daad van gerechtigheid, dat wil zeggen als de uitvoering van een vonnis dat erop gericht is het evenwicht te herstellen: dat is namelijk zonder meer het doel van het recht. Natuurlijk, de gerechtigheid die criminelen doen is een verwrongen gerechtigheid, maar dat neemt niet weg dat zij werkelijk kunnen handelen alsof ze een vonnis uitvoeren. Ik heb het elders ook al gezegd: het zal vast een innerlijke impuls zijn, of een onacceptabel excuus, of een spookbeeld of pure wartaal, maar hoe dan ook hebben ze het idee dat ze in wezen iets góéds doen. Het komt trouwens maar zelden voor dat zelfs de gruwelijkste misdaad niet ergens een flintertje gerechtigheid bevat, daadwerkelijk of vermeend. Ieder van ons, behalve Jezus, verdient het wel een beetje om te sterven, al was het maar vanwege het feit dat we ter wereld zijn gekomen, wat als onvermijdelijk gevolg de dood heeft, waarmee we boete doen voor de zonden begaan door andere mannen en andere vrouwen, zonder dat die voor de eeuwigheid op ons zullen rusten. We zijn nog steeds bezig dat gedoe met die appel te vereffenen... Maar serieus, zoals Plato meende: we zijn allemaal broeders en zusters en dus, of we dat leuk vinden of niet, medeverantwoordelijk. De zonde besmet niet alleen de schuldigen maar ook de onschuldigen

Waarvoor moesten de meisjes van het DvdC boeten? Voor wier zonden, afgezien uiteraard van die van de hoofddaders? Het lijkt ongeloof lijk hoe de slachtoffers moeten boeten voor het kwaad dat is gedaan niet *door hen*, maar *op hen*: maar toch is ook dat een paradoxale vorm van schuld. Afgezien van wat lichte zonden waaraan ze wellicht schuldig konden zijn, werden die meisjes belast met het vermeende onrecht waarvan alle andere vrouwen beticht kunnen worden, plus het daadwerkelijke onrecht dat hun moordenaars hebben begaan. Het zou veel moeilijker zijn om kwaad te doen als de daders terwijl ze het deden niet in de overtuiging verkeerden dat ze in elk geval een kruimel, ja, een kruimel gerechtigheid toepasten... Veel daders van zware delicten mogen zichzelf graag presenteren als slachtoffers, als iemand '*more sinned against than sinning*', dus iemand die meer onrecht heeft geleden dan hij zelf heeft aangedaan. En soms is dat ook waar, of het is alleen waar als je rekening houdt met de ervaren pijn in plaats van het werkelijke leed. Een reeks kleine maar continue vernederingen waaraan iemand wordt onderworpen kan bijvoorbeeld worden ervaren als een eindeloze marteling; en daarop kan men overdreven reageren, zelfs door een moord te plegen, wat dan een gepaste maatregel lijkt, een niet zo heel ernstig delict of zelfs geen delict maar een daad van gerechtigheid, waarbij met één pistoolschot en een kortstondig lijden een eind is gemaakt aan een eindeloze kwelling. Sommige van de onrechtmatigheden waarop deze criminelen hebben gereageerd zijn reëel, maar veel ervan ook ingegeven door paranoia. Sommige treiterijen of gewelddadigheden die ze beweren te hebben ondergaan bestaan alleen maar in hun eigen hoofd...

Deze soort verwrongen juridische redenering wordt toegepast op alle vormen van misdaad, van inbraak tot ontvoering en van oplichting tot moord; bij verkrachting blijft de gedachte vaak impliciet, wat niet wil zeggen dat deze er niet is. Namelijk dat het ontvoeren, verkrachten en zelfs vermoorden dient om onrecht goed te maken en om de gerechtigheid te herstellen; dat die brute daden in feite gepaste sancties zijn, de daders rechters en de slachtoffers de veroordeelden wier procesgang zich razendsnel heeft voltrokken, zonder behandelingsfase of pleidooi of hoger beroep, meteen op het moment dat de trekker werd overgehaald of de handen om de hals werden geklemd. Niemand ter wereld krijgt het voor elkaar om sommige misdadigers de intuïtieve overtuiging dat hun slachtoffers het absoluut 'verdiend hebben' uit het hoofd te praten. En waren het nou alleen nog maar de misdadigers die er zo over denken! Hoe gruwelijker het misdrijf, hoe meer deze logica de kop op dreigt te steken in zelfs de meest bedaarde geesten ('het is hun verdiende loon'), zoals op grote schaal gebeurde na 9/11 en op nog veel grotere schaal na de Holocaust ('Tja, als het zo gegaan is zullen ze het wel verdiend hebben'), misschien omdat mensen weigeren te denken dat er zoveel bloed wordt vergoten en zoveel leed berokkend zonder dat er enige reden voor is. Als het gebeurt, wil dat zeggen dat er wel een reden moet zijn. 'Ze hebben erom gevraagd.' In het geval van verkrachting is die logica zelfs nog dwingender. De meiden en vrouwen hebben er zelf om gevraagd, en daarom zijn ze (terecht, of in elk geval een beetje terecht) gestraft. 'Ze had er echt zelf om gevraagd...' En let wel, dat is niet alleen de gedachtegang van de verkrachters: het is een wijdverbreide mening, wellicht soms schoorvoetend geuit, van vele buitenstaanders, en niet alleen mannen. Welnu, waarvoor moesten de meisjes D.C. en R.L. dan boeten, voor welke zonden, en begaan door wie? Want dat is een stuk minder helder, maar toch even evident als de schuld van degenen die hen hebben verkracht.

In de manier waarop de kranten seksuele misdrijven behandelden was het altijd impliciet dat de slachtoffers in meer of mindere mate verantwoordelijk waren voor het gebeurde, voor het geweld dat hun was aangedaan en zelfs voor hun dood. Ofwel omdat ze het hadden uitgelokt, ofwel omdat ze niet genoeg voorzorgsmaatregelen hadden genomen om het te voorkomen, te veel risico's hadden genomen, geen rekening hadden gehouden met, in de waan waren dat. Ook waar geen vooringenomenheid tegen vrouwen heerst, komt de schuld haast ongemerkt bij hen terecht en glijdt deze van de figuur van de aanvaller naar die van het slachtoffer. Wat men onderzoekt en analyseert is het gedrag van die laatste. Hoe was ze gekleed? Wat deed ze daar? Waarom luisterde ze naar hem, waarom accepteerde ze zijn uitnodiging/lift/voorstel? Waarom heeft ze zich niet heviger verzet, enzovoort. Deze argumenten, die vroeger expliciet werden geopperd en nu, in een tijdperk van pseudocorrectheid, tussen de regels door klinken als gemurmel in plaats van als duidelijke beweringen, zijn de gedachtecellen die zich vermenigvuldigen rondom de kern van de verkrachting, waardoor alle protagonisten met elkaar verbonden worden, zowel de daders als de slachtoffers, en als die eersten niet toevallig zijn, zullen die laatstgenoemden dat ook wel niet zijn. Ook daarop wordt het principe van de verantwoordelijkheid toegepast: als de slachtoffers er niet waren geweest en zich niet zo aanmatigend of provocerend of naïef of dom hadden gedragen, zou het misdrijf niet zijn gebeurd, of zou het een ander zijn overkomen. Van alle misdaden is vleselijk geweld de daad waarvan men het minst verdraagt dat er geen verklaring voor is, de daad waarvoor men des te verbetener de redenen benadrukt, ook omdat het redenen zijn die voor de hand lijken te liggen, de oorzaak-gevolgrelatie springt onmiddellijk in het oog, en als het gevolg het door de verkrachter uitgevoerde geweld is, dan moet de oorzaak wel de vrouw zijn. De redenering is: als je een biefstuk onbeheerd achterlaat, moet je niet klagen als de hond hem opschrokt.

Talloze vrouwen overtreffen het merendeel van de mannen qua opleiding, karakter, intelligentie, ervaring; en op basis van die kwaliteiten zijn ze in staat de mannen in bedwang te houden. De slachtoffers van het DvdC waren echter dubbel of wel driedubbel in het nadeel ten opzichte van hun ontvoerders, qua fysieke kracht, leeftijd, sociale achtergrond, opleiding, en qua aantal. En tel daar ook nog maar boosaardigheid bij. In bedekte termen, zoals het bijna altijd gaat, werd de meisjes verweten dat ze zichzelf hadden overgeleverd aan de handen van hun kwelgeesten, waardoor ze zich op zijn zachtst gezegd hadden bezondigd aan naïviteit. Dat is nogal een vergezocht bezwaar, geopperd tegen de slachtoffers die in eerste instantie inderdaad een bereidwillige, vriendschappelijke houding hadden getoond ten opzichte van de verkrachters en waren ingegaan op hun uitnodigingen, hun aanbod van een lift met de auto. Het is opmerkelijk hoe de algemene opinie het altijd weer voor elkaar krijgt om de slachtoffers met terugwerkende kracht, en met enige voldoening, een gebrek aan behoedzaamheid voor de voeten te werpen, waardoor ze in zekere mate medeverantwoordelijk worden voor de ellende die hun te wachten stond. Men haast zich om in hun gedrag te speuren naar fouten die het mogelijk maken hen in elk geval medeplichtigheid aan te wrijven. Het idee dat ze volkomen onschuldig waren zou namelijk niet te verdragen zijn. Daar zou niemand tegen kunnen. Schuldigen zijn altijd beter te accepteren dan onschuldigen. Welbeschouwd beschikken alle hoofdrolspelers van het DvdC, daders zowel als slachtoffers, over een flinke dosis onbezonnenheid. Een vooruitziende blik hebben was beslist niet een van hun talenten. Als we vervolgens ook nog eens kijken naar de gedragingen van de moordenaars nadat ze hun wandaden hadden begaan en waren teruggereden naar de stad, zou je haast wel moeten concluderen dat het absoluut geen kwade genieën waren, maar een stelletje idiote stomkoppen.

Ze denken dat ze zo slim zijn dat ze nooit in handen van de politie zullen vallen. Of ze weten het wel, maar ze zijn er niet bang voor, het boeit ze niet, wat kan het verrekken, we zien wel.

Was het maar zo dat het alleen maar stomkoppen waren! Stomkoppen hebben niet genoeg verbeelding en initiatief om de dingen te bedenken die zij ten uitvoer brachten. Deze jongens waren eerder de dodelijke combinatie van idiotie en kwaadaardigheid die mensen echt gevaarlijk maakt. Ze waren dom genoeg om geen angst en afkeer te ervaren ten opzichte van wat ze wilden gaan doen, maar wel net pienter genoeg om een plan op te stellen, hoe krukkig ook. Ze waren zo brutaal om te denken dat ze nooit van z'n leven zouden worden gepakt. Hun domheid maakte hen ongevoelig, hun kwaadaardigheid arrogant en wreed. Het is dezelfde combinatie die we op hoog niveau aantreffen bij Satan. Het licht van zijn geest is de oorzaak van zijn blindheid, zijn blik raakt verwrongen, wordt grimmig. De satanische manier van werken vergt een bepaalde sluwheid van middelen en hardheid van doel. Ze konden overigens best goed leren, op het lyceum en later aan de universiteit, ze behaalden redelijke cijfers. Ze studeerden hard voor een examen. Er zijn ook mensen die beweren dat Angelo zelfs hyperintelligent was, dat hij een genie was, zij het dan een genie van het kwaad – maar die mensen zien de krankzinnige glinstering in zijn blik aan voor het licht van ware intelligentie. De hardnekkige vergissing die mensen maken als ze de grote blauwe ogen zien van de inmiddels op leeftijd zijnde misdadiger, net zulke bolle ogen als die van een tekenfilmpersonage dat een spook of een monster heeft gezien zodat van schrik zijn ogen uit de kassen schieten, is dat ze die waanzinnige blik aanzien voor een teken van tegenwoordigheid van geest, terwijl het eerder een teken is van een afwezige geest, want die ogen zien niets bijzonders, niets verborgens of niets extra's, en er is vooral ook helemaal niets te zien ín die ogen; groot als ze zijn hebben ze geen diepte, ze kennen geen reflectie, en dat is toch het wezen van het denken. Ze zien eruit alsof ze nerveus zijn opengesperd en gefocust op het heden, zoals de ogen van een rusteloze vogel onophoudelijk ronddraaien om een prooi te spotten of te voorkomen dat hij dat zelf wordt. Een continue waakzaamheid die niets toevoegt aan het bewustzijn, sterker nog, dat wordt erdoor vernauwd, wordt enkel nog een pure nerveuze trilling. Weemoed, droefheid, ontgoocheling, blijdschap, die om tot ontwikkeling en tot uiting te kunnen komen een emotionele ruimte nodig hebben die groot en diep genoeg is om het verleden en de toekomst erin te laten samenleven, komen niet in dat bewustzijn voor.

Een andere leer die wordt geopperd, is die van de chaoszaaiers. Het kwaad bevorderen door het te onthullen, de duistere kant van de dingen aan het licht brengen: dat is de taak van deze zendelingen. Met een profetische nauwgezetheid houden zij zich bezig met verkrachten en wurgen, opdat de mens vooral niet achteloos voorbij zal gaan aan of geen oog zal hebben voor het gewelddadige karakter dat in hen huist. Moordenaars zijn in die optiek de vroedvrouwen van het kwaad; hun functie is nachtmerries tevoorschijn halen die diep in ons bewustzijn liggen.

Diep begraven in het hart van de schepping, en bijna vergeten, rust de kern waar het om draait, namelijk de chaos. De chaos is in elk geval als kiem of als vonk in elke levensvorm aanwezig, tot in de kleinste haarvaten, zodat hij onherkenbaar is, onzichtbaar. Maar hij is er wel. Zijn aanwezigheid en zijn afwezigheid zijn een en hetzelfde. De afwezigheid van de chaos is altijd aanwezig, altijd op de loer, in alles wat is. Elke orde blijft bijna als een wonder overeind staan op de afgrond van de wanorde, op de rand van de instorting. Het lichaam van elk afzonderlijk individu, de persoonlijke toekomst zowel als die van een hele samenleving, zijn grandioze, precaire bouwwerken waarin de chaos sluimert, als een slapende cel. Maar wanneer die ontwaakt, wordt algauw het hele organisme erdoor besmet en begint het af te brokkelen. Of ze zich ervan bewust zijn of niet, de vertegenwoordigers van het kwaad zijn dus die individuen die dat proces door middel van hun misdrijven in gang zetten, zij brengen de chaos aan het licht en geven hem weer zijn soevereine rol. Wanneer zij langs zijn geweest, zijn de linies niet langer gesloten, is het fundament verdwenen, het huis ingestort, staan de bronnen droog. 'De chaos heerst.' Door een kind of een weerloos meisje te vermoorden tikken zij op de ader om die wat groter en zichtbaarder te maken. Die ader is de chaos.

...de zomer zal vol razernij zijn
er zullen mannen met twee gezichten komen
de geploegde akkers zullen niet gemaaid worden
de vrouwen zullen hoorns dragen...

Trouwens, als vernietiging de eerste en meest voor de hand liggende natuurwet is, is moord eigenlijk geen misdaad maar gewoon een artikel van die wet.

Hoofdstuk x

In *De weg naar Oxiana* schrijft Robert Byron over enkele gigantische monumenten: 'Zolang de bergen bestaan, zullen de rotsfanaten die deze dingen in opdracht gaven, onvermijdelijk in de herinnering blijven voortleven – en dat wisten ze. [...] Het enige wat ze wensen is aandacht, en die krijgen ze, als een kind, of als Hitler, door zich domweg op te dringen.'

Ja, aandacht. Aandacht krijgen. Niet om een psychologische verklaring te zoeken (ook al was het de juiste weg, hij zou al te veel platgetreden zijn...), maar als we de wreedheid en de onbezonnenheid van de moordenaars niet als één geheel bekijken, zullen we nooit iets begrijpen van de onsamenhangende opeenvolging van hun handelingen, die hen van het net gepleegde misdrijf rechtstreeks naar hun arrestatie leiden. Roekeloosheid? Domheid? Onverschilligheid voor de gevolgen van hun daden? Bij een zo infame misdaad kun je niet uitsluiten dat hij mede is gepleegd uit het stiekeme verlangen om te worden betrapt. Anders is het niet te verklaren. Niemand is zo dom dat hij zich op die manier gedraagt. Domheid kan dus niet de verklaring zijn, of in elk geval niet de enige, domheid volstaat niet, het is wel noodzakelijk maar niet genoeg. We moeten veronderstellen dat degene die zich in zo'n onzinnige onderneming stort (we laten de moraal en de emoties hier buiten beschouwing en kijken even alleen naar de logistiek), dat doet met het doel om alle aandacht op zich te vestigen, van de politie, de families, de pers, de hele wereld. In plaats van zijn sporen uit te wissen zaait hij ze her en der duidelijk in het zicht, hij legt ze op een plek waar iedereen ze kan opmerken. Aandacht: misschien is dat het sleutelwoord. Die eisten de jongens van het DvdC ook tijdens hun schooltijd al op, met hun voortdurende provocaties, waarvan de paters besloten hadden er niet op te reageren; er werden dus geen sancties opgelegd, de paters deden bijna alsof ze lucht waren, in de overtuiging dat je de provocateurs alleen maar hun zin zou geven als je hen serieus nam. Zo meenden de paters dat ze hen in een vacuüm lieten vallen, dat ze hen stukje bij beetje zouden laten uitdoven, door hun dus juist die zuurstof van de aandacht te ontnemen. Dat is de denkschool van de tempering, van de berekenende passiviteit, en volgens deze school is er geen betere tactiek om iemand die zich raar gedraagt of die ruzie zoekt te laten ophouden, dan geen acht op hem te slaan, hem te negeren, hem de rug toe te keren of je schouders op te halen ten teken dat je helemaal niet onder de indruk bent: gewoon niet reageren dus. Een dergelijke wijsheid, die wijdverbreid is in de katholieke wereld en ook daarbuiten, kan misschien wel zorgen dat je een stellingenoorlog wint, maar heeft zelden effect wanneer de agressie die op je wordt losgelaten is geconcentreerd in plotselinge uitbarstingen. Ik vertrouw die mensen niet die zeggen dat als je onder het zwemmen een haai tegenkomt, je alleen maar onbeweeglijk moet blijven, niets moet doen, en dat je dan niets zal overkomen. (Ook al heb ook ik er veel te vaak voor gekozen om niet te reageren, om degene die me provoceerde of beledigde niet zijn zin te geven...)

Die methode bleek niet doeltreffend. Toen er nauwelijks op hen werd gelet, en ze het zelfs niet waard werden geacht om te worden gestraft, richtten ze hun schreeuw om aandacht hogerop. Wie niet stevig wordt tegengesproken, trekt zich dat aan. Hallo, ik ben toch geen geestverschijning, geen marionet, ik wil serieus genomen worden, ik zal jullie eens laten zien waartoe ik in staat ben, en dat is wel even wat anders dan die schoolse streken! Let maar eens op. Ze deden wat een ontgoochelde reiziger als Robert Byron toeschrijft aan de Achaemenidische koningen, namelijk zich opdringen, zich domweg opdringen. Ze eisen de aandacht op en die krijgen ze ook, 'als een kind, of als Hitler', namelijk heel brutaal. Onbeschoftheid wordt opgemerkt en onthouden: daar kan men niet langer lichtvaardig over doen. Niets maakt meer indruk dan wreedheid. Het is echter wel zo dat de indruk in de zachte was van de publieke opinie de neiging heeft te smelten en weer onopvallend te worden zodra die wordt verhit en omgevormd door nieuwe reuring, door volgende schandalen of gruwelen of gemeenheden, dingen die onvoorstelbaar worden genoemd maar dat helemaal niet zijn, gezien het feit dat ze blijven gebeuren, elke dag weer, elk jaar weer herhalen ze zich, doen ze zich weer voor, gebeuren ze opnieuw, ja, wat dat betreft wordt het eens tijd dat we ons voor eens en voor altijd een voorstelling maken van het onvoorstelbare in plaats van telkens weer verbaasd en geschokt te reageren, en dan weer, en dan weer, steeds weer van voren af aan. Als uitzonderingen duizend keer voorkomen zijn het geen uitzonderingen meer, dan vormen ze een flink stuk realiteit. De uitzonderingspositie doet zich dan ook elk moment en in elke omstandigheid voor, die vormt eigenlijk het normale patroon, je zou zelfs zeggen het vertrouwde, het huiselijke. De gruwel bestaat en is dagelijkse kost. De waanzin is aan de orde van de dag in het leven van elk individu. De waanzin is in ons, in onze broers en zussen, in onze ouders en onze kinderen en onze kennissen, en nog veel duidelijker in onze eega's, om het nog maar niet te hebben over die gestoorde vrienden van ons, alleen manifesteert die waanzin zich de ene keer opvallender dan de andere keer, soms graaft hij zich in, dan weer komt hij tot uitbarsting, hij kan verlammend of agressief werken, en de agressie op haar beurt kan zich weer richten op anderen of, als een kromme pijl, op degene zelf die haar uitstraalt. Is iemand die tegen zichzelf tekeergaat minder afkeurenswaardig dan iemand die dat doet tegen zijn naaste?

Gisteren nog hoorde ik over een man die ogenschijnlijk heel normaal leek, een joviale, doorsnee man, die zich het beheer over het geld van zijn vrouw had laten toevertrouwen en vervolgens alles erdoorheen joeg, zonder dat zij iets in de gaten had, en pas toen hij op het punt stond om te worden betrapt, vlak voordat ze op een cruise zouden gaan waarvan zijn vrouw dacht dat hij de tickets netjes had gereserveerd en betaald, besloot hij om niet zijn leugens op te biechten – namelijk dat er geen tickets waren voor die cruise, en dat hij eerlijk gezegd met een andere vrouw had afgesproken om eveneens de volgende dag op een andere cruise te gaan, aangezien hij met het laatste geld een tweemaster had afgehuurd, klaar om uit te varen, met bemanning en proviand voor twee weken en champagne in het ijs – maar sloot hij zich in de badkamer op, terwijl zijn vrouw op de slaapkamer bezig was hun koffers in te pakken, en heeft hij zich de keel doorgesneden. Precies ja, *de keel doorgesneden.* Terwijl ik die zin schrijf kan ik me niet bedwingen om tussen 'keel' en 'doorgesneden' mijn vingers van het toetsenbord te halen en naar mijn hals te brengen. En om te slikken.

Het onvoorspelbare is dus maar al te voorspelbaar: men weet niet wie het zal overkomen, maar het zal iemand overkomen. Geen enkele uitslag kan worden uitgesloten. Niets is ooit vanzelfsprekend. De toekomst kan op *n* verschillende manieren worden geschreven. Drie jongens uit gegoede families (of vier jongens, of zes, dat maakt niet uit, het is puur toeval dat hun vrienden niet in deze zaak verzeild zijn geraakt) ontvoeren twee meisjes en mishandelen ze tot de dood erop volgt, en in plaats van die twee meisjes hadden het net zo goed twee andere kunnen zijn.

Toch zullen uiteindelijk Xerxes of Dzjengis Khan of Hitler tot in de eeuwen herinnerd blijven, en de daders van het DvdC niet. Dit boek van mij kan helaas niet tippen aan de monumentale graftombes die de fanatische koningen voor zichzelf in de rotsen lieten uithakken om te worden herinnerd. Maar ik zal mijn best doen. Om te zorgen dat er naar me wordt geluisterd ben ook ik genoodzaakt om me, hoe afkeurenswaardig ook, 'domweg op te dringen'.

Vaak worden mensen betrapt vanwege een technische fout die voor of na het delict wordt gemaakt.

Op een dag, jaren geleden, in de cel van de Rebibbia-gevangenis waar de lessen worden gegeven, stonden tijdens een rookpauze (het equivalent van het speelkwartier) een paar van mijn leerlingen tegen de tralies geleund naar buiten te kijken, naar de binnenplaats waar familiebezoeken worden gehouden; toen wenkten ze mij, ze wilden me iemand aanwijzen. Ik liep naar het raam.

'Zie je die daar?'

Ja, die zag ik.

'Dat zijn de ergste', en ze trokken een gezicht.

Ik stond aan het begin van mijn carrière als gevangenisleraar (als je dat zo kunt noemen, gezien het feit dat ik twintig jaar later nog net zover ben), en nam dus aan dat de gedetineerde op wie mijn leerlingen doelden zich had bezondigd aan een schandelijke misdaad, en dat was ook zo, want in weerwil van zijn onschuldige uiterlijk ging het om een ontvoerder. Voor mij is ontvoering wel een van de weerzinwekkendste misdaden die er zijn. Pijnlijk wanneer men die tracht te bedekken met een sluier van sociale revanche (het is gemunt op de rijken, enzovoort). En is het DvdC niet ook op de eerste plaats een wederrechtelijke vrijheidsberoving, al werd het naderhand vooral bekend als een delict van seksueel geweld en moord?

Hoe dan ook, het was niet om morele of juridische redenen dat mijn leerlingen die ene gedetineerde verachtten. Ik was nog te naïef om te snappen dat hun negatieve oordeel ('Dat zijn de ergste') van uitsluitend technische aard was. In discussies over misdrijven en over de zin van straffen wordt de term 'fout' te vaak gemaakt om het gepleegde delict aan te duiden, alsof dat puur moreel van aard zou zijn, een misstap, een afdwaling van het rechte pad: hoe vervaagd ook, onze katholieke opvoeding dreigt onduidelijkheid te scheppen door dat woord te belasten met een betekenis die al te dicht in de buurt komt van de traditionele betekenis van 'zonde'. Daardoor vergeet men dus dat mensen in het merendeel van de gevallen in de bak belanden vanwege een fout van praktische, logische, technische aard, namelijk omdat ze sporen hebben achtergelaten, niet doorhadden dat ze werden gevolgd, omdat ze hun mond voorbij hebben gepraat, omdat ze tijdens hun vlucht de ene weg kozen in plaats van de andere, zoals die ene geest in *De Louteringsberg* zo spijtig over zichzelf zegt: Ach, als ik de andere kant op was gegaan, zou ik nu nog onder de mensen leven! Veel misdadigers doelen dus op de eerste plaats op een fout in concrete zin: dat ene telefoontje, geen voorzorgsmaatregelen genomen, rondparaderen met een hoop poen, een vrouw gaan opzoeken, een misrekening maken, aanwijzingen in het rond zaaien, een afspraak maken op een verkeerde plek of tijdstip of die laten doorschemeren... Zodat je daar uiteindelijk wordt opgewacht door de carabinieri met hun machinepistolen in de aanslag.

Zoiets was ook het geval met de gedetineerde over wie mijn leerlingen het hadden. Ze vertelden me het verhaal, of beter gezegd, de beslissende anekdote, die gruwelijk en absurd tegelijk was.

Hij had een winkelier ontvoerd en die hield hij gegijzeld op het platteland, met handboeien vastgeketend aan een boom. De ontvoerder gaf zijn gevangene maar weinig te eten, ik weet niet meer of dat was omdat het niet anders kon, omdat hij vaak weg moest of uit harteloosheid. De gijzelaar verzwakte zienderogen.

'En raad eens wat er toen gebeurde?' Ik schudde mijn hoofd, ongerust over het lot van de uitgehongerde gijzelaar.

'Nou, doordat hij hem zowat niks te eten gaf... werd die vent heel mager... er bleef niks van hem over...' en ineens grijnsde de verteller, hoofdschuddend van ergernis om zo'n klungelige ontvoering, terwijl de ander alleen maar een gebaar maakte: hij hield wijsvinger en duim als een rondje om zijn pols en trok zijn hand ertussenuit...

'Op het laatst was hij zo mager dat hij zich kon losmaken uit de handboeien, en toen ging hij ervandoor!'

Ook ik moest onwillekeurig lachen over de rug van die onnozele ontvoerder. Dom of onmenselijk, of allebei?

De moraal is dat je je gijzelaars goed te eten moet geven, al was het maar om te voorkomen dat ze, eenmaal graatmager, de benen nemen.

Het DvdC is niet alleen een strijd van mannen die ernaar verlangen hun onzekere identiteit te verhullen door wrede handelingen te verrichten met weerloze vrouwen; niet alleen een afreageren van gefrustreerde rijke jongelui ten koste van armen die moeten boeten voor de zonde van hun sociale inferioriteit, maar vooral ook een afstraffing van zwakheid, zowel lichamelijk als geestelijk. Afgezien van arm en vrouwelijk zijn de meisjes van het DvdC op de eerste plaats zwak, en ze zijn uiteraard zwak juist omdat ze vrouwelijk en van lage komaf zijn. Door hen te mishandelen verberg je je eigen zwakheid, die spijker je aan een kruis dat je door anderen laat dragen. Een loser is de grootste bullebak wanneer hij zich in het bijzijn bevindt van mensen die nog zwakker zijn dan hij, en die kiest hij dan ook uit categorieën die bij voorbaat in het nadeel zijn: argeloze maagden van een bescheiden achtergrond, misschien de enige wezens die nog zwakker waren dan de moordenaars, al werden die door de pers langdurig en overhaast gepresenteerd als een groep oppermachtige blauwbaarden, vrijwel onoverwinnelijke en duivels geniale persoonlijkheden, terwijl het in werkelijkheid een stelletje neurotische idioten was, die op een andere school dan het SLM geen schijn van kans hadden gehad.

Tja, maar hoe werden die opmerkelijke individuen dan beschouwd door de paters van het SLM? Wat dachten onze moderne, liberale paters van hun openlijke fascisme, en wat dachten die jonge fascisten van de paters? Ach, laat maar. Voor een fascist is een pater de ideale man om te verachten en af te kraken, dat is niet eens een mens maar een untermensch, een mietje in habijt, een malloot met een rok aan die op zijn borst de beeltenis draagt van die beroemde gekruisigde acrobaat, die schooier die ging prediken in de woestijn, met zijn hypocriete goedheid of, erger nog, zijn oprechte goedheid.

(De voorgaande zin heb ik opgebouwd met behulp van termen die ik heb vernomen uit de mond van de jongens van het DvdC en hun klasgenoten, en ook, meer grappig dan blasfemisch bedoeld, van andere leerlingen aan het SLM. Ikzelf heb vergelijkbare dingen gedacht en gezegd. Ook al vond ik de mannen met rokken niet alleen maar lachwekkend, maar ergens ook wel een beetje fascinerend, nieuwsgierig makend; en meer dan eens, vooral op de lagere school, wanneer de jonge onderwijzers met ons speelden op de binnenplaats en die rok lieten wapperen en er de bal onder verstopten, zodat we ons om hun benen verdrongen en als gekken stonden te trappen om die bal weer tevoorschijn te laten komen, stelde ik me voor dat ook ik ooit dat habijt zou dragen. En die gedachte bezorgde me een aangenaam warm gevoel.)

Kletspraat en tijdverspilling – daartegen zijn moorden een zeer valide argument. Ze maken korte metten met het geleuter. Vaak is het een ultieme plichtpleging. Wie een moord pleegt, ik zei het al eerder, is ervan overtuigd dat hij een opdracht uitvoert die enkel vage vormen had of slechts een verbale hint was: 'Die vent bezorgt ons een hoop gezeik,' merkt de boss op – en hup, zij gaan er al op af om hem te vermoorden. Zo tonen ze hun ijver, en dat ze niet terugschrikken voor extreme oplossingen. Als de trekker eenmaal is overgehaald kun je niet meer terug. Dat is het enige moment waarop het zin heeft te praten over een 'voldongen feit': andere dingen zijn nooit helemaal voldongen, maar de dood is dat wel.

De mythe van de handeling als doel op zich, zonder enig ander oogmerk dan de pure zelfbevestiging van het bestaan, culmineert in het moment dat diegene accepteert om niet langer te bestaan als individu: de uiterste en misschien enige waarde van het leven valt samen met de dood. Door het risico daarop niet alleen te aanvaarden, maar zelfs op te zoeken, door dat risico bewust aan te gaan. Door de eventualiteit, de waarschijnlijkheid, de kans of zelfs de zekerheid ervan te erkennen. Vandaar het aureool dat hangt om bergbeklimmers, toreadors, acrobaten, Formule 1-coureurs en alle anderen die zichzelf in gevaar brengen om een reden die niet is terug te brengen tot gezond verstand, die meer te maken heeft met verlangen en emotie dan met noodzaak en wijsheid. In dat geval wordt de dood van een ander slechts een tussenstop op de zoektocht naar de eigen dood. Wanneer je mikt op je eigen zelfvernietiging, is de dood van anderen een bijkomstigheid die weinig voorstelt.

Bij het DvdC voerde dat bijkomstige aspect de boventoon, de drang naar de dood richtte zich op andere lichamen. Nu de heroïsche weg was afgesloten, die de protagonisten van het delict zoals alle rechtse extremisten in die tijd hevig begeerden vanuit een pervers ideologisch standpunt, restten hun enkel de onrechtmatige uitbreidingen daarvan, de supplementen, de parafernalia, zoals daar zijn wreedheid, willekeur, onverschilligheid jegens andermans dood: in plaats van te lijden te láten lijden, in plaats van te sterven te láten sterven. Het is bepaald niet hetzelfde, maar de sensaties die het hun oplevert zijn vergelijkbaar.

Als kinderen die met de dood experimenteren door beestjes dood te maken, en bij het zien van hun doodsstrijd iets van hun eigen sterven proeven.

Hun repertoire wemelde van de uitdrukkingen als: 'jezelf helemaal kapotmaken', 'op de dood afstevenen', 'jezelf trainen om te sterven'.

Een held is hij die de noodzakelijke moed en waanzin heeft om werkelijk te doen waar anderen alleen maar van dromen, waar ze stiekem over fantaseren, of wat ze maar gedeeltelijk of op kleine schaal realiseren. En dat omvat uiteraard de grote ondernemingen, de gedurfde projecten voor het goede doel, de roem, de triomf, de nobelste opoffering, maar ook de gruwelijkste misdaden die het bewustzijn kan bedenken, en die de held op zich neemt om ten uitvoer te brengen, door ze naar boven te laten komen uit de duistere spelonken waar de redelijkheid ze had weggestopt en waar de lafheid voorkwam dat ze in de praktijk werden gebracht. Dezelfde kracht waarvan de held zich bedient voor zijn meest verheven doelen, gebruikt hij om zijn duivelse dromen en driften op te wekken. Die zou hij trouwens ook niet kunnen ontwijken, aangezien juist dat de taak is die hij op zich heeft genomen: de gigantische veelheid aan zaken die de mens niet uitspreekt en niet uitvoert, die durft de held juist wel te verklaren en te verrichten, hij maakt ze akelig reëel, en dat doet hij nooit op persoonlijke titel maar altijd ook in naam van degenen die zich ertoe beperkt hadden deze zaken alleen maar te suggereren, te wensen of te vrezen. Hij is de verwezenlijking van de collectieve nachtmerrie, hij is de perfecte machine uit de film *Forbidden Planet*. Een versterkt menselijk hart. Het gedrag van de held is beslist niet het gevolg van een grillige eigen wil, maar is steevast een uiting van een groepsgevoel dat zijn voorvechter heeft gevonden. Zijn toverformule.

De jongens van het DvdC waren het exacte tegendeel van helden, maar die vereerden ze wel. Zoals christenen die Jezus vereren maar juist het tegenovergestelde doen van wat hij deed. Ik ben er langzaam maar zeker van overtuigd geraakt dat dat is wat verering inhoudt: ergens met hart en ziel voor gaan, het op een ideale plek zetten, in de hoogte, heel hoog, en het dan van je afschudden, zodat je je handen vrij hebt. De tweekamerige geest herbergt aan de ene kant de theorie en aan de andere kant de praktijk. Die zijn niet zozeer in tegenspraak als wel bondgenoten, in die zin dat ze elk hun eigen gang gaan zonder zich te bemoeien met wat de ander uitvreet. Zo kunnen eer en schande naast elkaar bestaan, trouw en schoftenstreken. De held neemt alleen genoegen met de dood: de ultieme voldoening zou zijn eigen dood moeten zijn – luisterrijk, glorieus – maar intussen geniet hij van die van zijn vijanden, door hun doodsstrijd krijgt hij een voorproefje van wat hemzelf te wachten staat. Het humanisme en het utilitarisme beschouwen dat als een misdaad, of erger nog, als zinloosheid. Maar als zinloosheid juist is wat we nastreven, dan lijkt het gedrag van de jongens van het DvdC ineens wel zinnig. Als het zo is dat excessieve handelingen, die de grenzen van het betamelijke volledig overschrijden of wegvagen, een uitzonderlijke glans verlenen aan degene die ze verricht, dan moet dat het doel zijn geweest van de daders van het DvdC – ook al haalden ze dat doel uiteindelijk niet – en blijkt daaruit een eigen logica die elke andere logica overstijgt.

Geweld is een wispelturige god, blind en verblindend. Ware, pure strijdlust veroorzaakt een bloedbad onder vriend en vijand. Die maakt geen onderscheid tussen tegenstanders, maar verwoest ze alleen maar; en pas tijdens het verwoesten doopt hij ze tot tegenstanders. Hij gooit elke orde omver, inclusief die van de strijd, hij kent geen tactiek, desnoods kan hij niet strijden juist vanwege die overmaat aan dodelijke kracht. Integrale strijdlust heeft geen doel, geen vaderland, geen regels en streven. Zoals bepaalde archaïsche strijders die in legendes worden beschreven, die zo woest tekeergingen, zonder onderscheid des persoons, dat niemand meer wist aan welke kant ze stonden. Ze stonden aan de kant van de dood, van de verwoesting als zodanig. Hun heroïsche individualisme sloot elke gemeenschapszin uit, en daarmee het deel uitmaken en zich onderdeel voelen van het ene in plaats van het andere leger. Het verlangen om te schitteren maakt dat hij zijn metgezellen evenzeer verslaat als zijn tegenstanders, hij gehoorzaamt aan geen enkele logica behalve de verwrongen logica van de overdadigheid en de verspilling.

Zoals in de woorden van een oude Franse ridder: ik raak niet voldaan door drinken of eten, ik ben pas tevreden als ik het gejammer hoor van een gevangen meisje, en het bloed uit haar witte huid zie spuiten, en tussen haar dijen mijn zaad vermengd met dat van mijn metgezellen zie druipen, en haar uiteindelijk dood zie liggen met een houten staak die uit haar slaap steekt. Er is geen groter genoegen dan de aanblik van een maagdelijk lichaam gemarteld tijdens een gewijd tafereel, zoals bij het aanschouwen van schilderijen in de kerk, met stervende heiligen die in stukken zijn gereten, slachtpartijen, de gratuite offerande van het lijden. In deze hallucinerende, krankzinnige wereld bestaat het maximale genot voor een man erin om te kunnen beschikken over een naakte vrouw die met een touw aan het plafond hangt.

Dat is dus de reden van het 'betrapt willen worden'... De strijdlust in pure vorm streeft in feite geen enkel doel na, behalve om in de schijnwerpers te willen staan; de strijdlust verschaft geen genot, winst of nut; levert geen meesterwerk op, maar vernietigt er juist heel wat. De strijdlust is dus zinloos, en daarmee moeilijk te verklaren. Je kunt ook zeggen, in dezelfde denktrant: *Alles wat verklaarbaar is, is zonder waarde.*

Het doelwit is nog altijd het nuttigheidsdenken. Als er alleen belang wordt gehecht aan handelingen die doel op zich zijn, die geen praktisch nut hebben, die niets opleveren behalve de roem of roemloosheid van wie ze verricht, als je ervan uitgaat dat alleen het nutteloze nobel is, dan is de volgende stap van de redenering dat niet alleen het nutteloze nobel is, maar zelfs het schadelijke. De daad van opperste vrijheid, en dus van schoonheid en dus van ware superioriteit, want ontdaan van de verplichting om een positief resultaat te bereiken, zal dan ook de negatieve daad zijn: de daad van iemand die zinloos kwaad berokkent. Redeloos en doelloos.

Hoofdstuk XI

Het levensverhaal van de Legionair komt in dit boek niet aan bod. Hij komt het boek binnen met het DvdC en gaat er daarna meteen weer uit, als een slang die door een gat in de muur kruipt. Wie zin heeft kan zelf verder onderzoek doen naar dit personage dat minstens zo interessant is als Angelo, maar een stuk mysterieuzer, en als het ware 'hypothetischer', te beginnen met zijn uiterlijk, want er zijn alleen de foto's die op zijn achttiende van hem zijn genomen, en verder de daarop gebaseerde compositietekeningen van de verschillende politieafdelingen, van hoe hij er op oudere leeftijd uit zou kunnen zien, besnord, bebrild, bebaard.

De obsessieve welbespraaktheid, het verbale en later criminele activisme van de ene dader, Angelo, vinden hun uiterste tegenhanger in de slinkse, zwijgende schim van de voortvluchtige Legionair, de zogenaamde meneer Jacques, de man over wie niets zeker is, behalve zijn boosaardigheid. Ik wil zijn strafblad hier niet bespreken, het enige spoor van zijn wederwaardigheden dat ik wil benoemen is dat van zijn dood (of hij werkelijk is overleden of niet, dat is nog steeds onderwerp van verhitte discussie in heel wat Italiaanse tv-programma's), en van zijn begrafenis.

Op het grondgebied van Marokko, tegenover de Spaanse kust, aan de Middellandse Zee, bevinden zich twee vestingsteden die Spaanse exclaves zijn. De ene is Ceuta, recht tegenover Gibraltar, de andere Melilla, bijna vierhonderd kilometer meer naar het oosten. Daar, op de begraafplaats van Melilla, bevindt zich het graf van een voormalige soldaat van de *Tercio de Armada*, het Spaanse Vreemdelingenlegioen, wiens naam Massimo Testa de Andrés was. Op de foto die werd genomen bij zijn inlijving werd hij herkend als een van de daders van het DvdC, degene die nooit gepakt was. Hoewel op het met symbolen van het legioen versierde kruis de datum 11 april 1994 prijkt, was het lijk van Massimo Testa door de Spaanse politie gevonden op 9 september 1994, in een armzalig flatje, en het overlijden, door een overdosis heroïne, was gedateerd op ongeveer een week daarvoor. Het lichaam, in staat van ontbinding, lag op de buik balancerend op een krukje, met een arm die omlaag bungelde en met de kin in de la van het nachtkastje. Hij droeg alleen een onderbroek. Op de rechterarm drie tatoeages: een pijl die twee harten doorboort, een schorpioen en de tekst 'Amor Madre'. Onder een van de knieën stak de spuit die de dodelijke dosis moest hebben geïnjecteerd.

De eenkamerflat waar Testa woonde was armoedig en kaal. Boven het bed hing een vlag met het portret van Bob Marley in de omtrek van Afrika, en in de onderste hoeken een marihuanablad en een leeuw doorboord met een zwaard. Op de leunstoel lag een kaffiya.

Op de rand van het bed lagen meer injectiespuiten, nog in de verpakking.

Massimo Testa de Andrés bleek in 1993 te zijn ontslagen uit het Vreemdelingenlegioen. In het militair hospitaal, waar hij na een collaps was beland, had hij de artsen verteld van zijn heroïneverslaving.

Elf jaar later, in november 2005, werd het graf in Melilla geopend en werden er een dijbeen en een kuitbeen uit gehaald om genetisch onderzoek op te doen en zo te achterhalen of Massimo Testa inderdaad een alias was van Angelo's mededader die na het DvdC was gevlucht en nooit was opgepakt. Het dijbeen reisde terug naar Italië met de forensisch arts en de officier van justitie die waren gekomen om de opgraving bij te wonen. De vingerafdrukken die door de Spaanse politie waren afgenomen toen het lijk was aangetroffen correspondeerden inderdaad met de vingerafdrukken die de politie van Rome had opgeslagen na het DvdC; en ook het DNA-onderzoek leverde een positieve uitslag op. Een opmerkelijk detail is dat het skelet gewikkeld in een plaid in de kist lag, dezelfde plaid die zich in het appartement van Testa bevond, en tussen de plooien van die deken werd ook nog de injectiespuit van zijn laatste shot gevonden; alsof lijk, plaid en spuit in allerijl, of juist plechtig, bij elkaar waren gevoegd voor de begrafenis, als ware het een grafgift.

Zoals ik al zei is de Legionair geen onderwerp in dit boek, misschien omdat hij te zeer omgeven wordt door vermoedens, tegenstrijdigheden, onderzoeken en tegenonderzoeken, hypothetische borderline.

Ik zal proberen te schetsen hoe raadselachtig hij is door hier enkele door de rechercheurs onderschepte telefoongesprekken weer te geven, waarin niet de directe protagonisten aan het woord zijn, maar twee bijrolspelers, die echter wel heel dicht bij de familie van de Legionair stonden, zo dichtbij dat je gerust zou kunnen stellen dat ze er deel van uitmaken, zij het niet qua bloedverwantschap, maar qua vertrouwdheid: het waren namelijk twee oude huishoudsters, van wie de een in dienst was bij de moeder van de Legionair, en de ander gepensioneerd nadat ze jarenlang werkzaam was geweest bij zijn tante. Het zijn Severa Acutillo, vijfenzestig jaar, en Adelina Porru, van in de tachtig. Alle vaste telefoontoestellen en mobiele telefoons van familieleden en bekenden werden dertig jaar na het DvdC afgetapt, om informatie te verkrijgen die nuttig kon zijn voor het oppakken van de voortvluchtige, of om eens en voor altijd vast te stellen of hij daadwerkelijk dood was en daar in Melilla begraven lag onder de naam Massimo Testa de Andrés. Deze extracten zijn te danken aan maanden van afluisteren en geduldig ontcijferen. Door een ongelooflijk toeval, dat eigenlijk haast te toevallig lijkt, vindt het ene onderschepte gesprek plaats net een paar dagen voor de dubbele moord die Angelo in april 2005 pleegde in Campobasso, en het andere gesprek ongeveer een maand daarna.

Dertig jaar na dato wordt het net van het DvdC omhooggehaald, en brengt het lichamen en zaken naar boven die eigenlijk niets met elkaar te maken zouden moeten hebben, maar die door dat net bijeen worden gehaald en aan het licht worden gebracht.

Het eerste onderschepte telefoongesprek, op de vaste telefoon van de moeder van de Legionair.

Hallo! Spreek ik met Adelina?

Ja.

Ik bel je voor ik de deur uit ga, want ik weet niet hoe laat ik terugkom... Heb je het gisteren gezien... heb je het programma gezien...?

Welk programma?

Dat programma op tv.

Nee. Of ja, ik was aan het kijken, maar toen...

Het ging over dat hele verhaal van de jongen... de zoon van mevrouw.

Wie bedoel je, Leo?

Hoezo Leo, Adelì... ik bedoel de zoon van mijn mevrouw, niet van jouw mevrouw... die jongen die... Kom nou, Adelì... het werd van begin tot eind verteld... hoe ze het deden, wat ze deden...

Meen je dat nou?

Ja, zeker weten!

Oké, maar die jongen heeft niet één dag in de gevangenis gezeten...

Precies... daarom zijn ze ook overal naar hem op zoek, en ze twijfelen of... maar goed, dat vertellen ze volgende week.

Wat vertellen ze dan?

Ja, nee, dat kunnen ze nog niet vertellen.

Maar hoezo, kunnen ze hem niet vinden?

Wat?

Severa, ik bedoel, kunnen ze hem niet vinden?

Nee, ze kunnen hem niet vinden. En ze kunnen wel zoeken... ze kunnen zoeken tot ze een ons wegen! Hij is dood!

Dood...?

Dood.

Hoezo dood? Wie? Hij? Meen je dat nou?

Jazeker. Maar de familie wilde niet dat het bekend zou worden.

Weet je zeker dat hij dood is?

Hoe moet ik dat zeker weten? Ze hebben het nooit rechtstreeks tegen mij gezegd. Maar ik heb ze wel tegen elkaar horen zeggen: Hij is toch dood?

Dan ís hij dus ook dood.

Zijn moeder laat altijd een mis voor hem opdragen. Ter nagedachtenis.

Dat is helemaal nieuw voor me.

Ik weet het al een jaar of wat.

Dus hij is al een hele tijd dood?

Een paar jaar, ja, zeker wel.

En waar was hij dan? Waar is hij nu begraven?

Ik weet niet. Hij was in Spanje... misschien daar.

En intussen zijn ze nog steeds naar hem op zoek...?

Ze zoeken hem, maar ze vinden hem niet. Volgende week maandag komt er weer een aflevering. Misschien vertellen ze het dan.

Hopelijk.

Heb je het einde van de uitzending gezien?

Ik... ik niet, ik was moe op het laatst, het was al tien uur geweest, toen lag ik al te slapen, sorry...

O, jammer. Ze vertelden het hele verhaal, van begin tot eind. En ze lieten ook een foto van hem zien.

O ja? Het was echt een boef, die jongen.

Ja, zeg dat wel, een boef.

Maar hij was ook knap.

Knap, hij? Een knappe jongen, ja. Dat klopt, ja.

Tweede telefoongesprek, hetzelfde vaste nummer. (Tussen het eerste en het tweede telefoongesprek heeft Angelo zijn nieuwe delict gepleegd en is hij weer gearresteerd: de kranten staan vol artikelen over die misdaad, uiteraard wordt het verhaal van het DvdC weer opgerakeld en daarmee ook dat van de Legionair, die inmiddels al dertig jaar voortvluchtig is. Er wordt aandacht aan besteed door een tv-programma dat speciaal gericht is op het zoeken naar vermiste personen.)

En gisteravond, dat heb je toch wel gezien, mag ik hopen!

Ja, nu heb ik alles gezien. We hebben het allemaal gezien.

Goeie genade, zeg... Ik heb het ook helemaal gezien.

En zijn foto stond in de krant.

En op het journaal, op het journaal... daar hadden ze het over hem... maar ik heb weggezapt... Ze vertelden wat hij had gedaan.

Ja, ze hadden het over hem en over die andere die ze nu weer in de gevangenis hebben gezet.

Ze hebben nu al twee uitzendingen over hem gemaakt.

Meer dan twee! Drie! Maar ik heb er twee van gezien.

Drie, zeg ik je. Ze hadden het van begin tot eind over hem.

Moet je je voorstellen hoe het voor mevrouw was toen ze dat zag. O, mamma mia...

Om hem te zien...

Ook die foto's...

Ja, maar Severa... er is niks van waar dat hij dood is. Het is één grote leugen.

Hoezo, wie heeft dat tegen jou gezegd?

Dat hij niet dood is?

Wie heeft tegen jou gezegd dat hij niet dood is?

Dat hij dood was, dat heb ik horen zeggen...

Ja, natuurlijk heb je dat gehoord, Adè, dat heb je van mij gehoord! Weet je dat niet meer? Dat heb ík je verteld, jeetjemina!

Ja, ja... dat zal best... maar er is niks van waar dat hij dood is. Ze hebben hem gezien... ze hebben hem zien rondlopen... In december hebben ze hem zien wandelen, daar, op die ene plek... in het programma!

Maar misschien was het iemand die op hem lijkt!

Nee, nee... die vrouw wist echt heel zeker dat hij het was... Wat nou dood, die jongen is gewoon in Rome...

Nou ja, maar degene die zegt dat hij in Rome is, is dat meisje dat...

Nee, ze zei echt dat hij nu... en dat weet iedereen, dat hij in Rome is... Hij is aan zee, in de buurt van Anzio, geloof ik. Anzio.

Dat is gelogen.

Hoezo gelogen, kom op, Adelì!

Zeg, Severa!

Adelina!

Hé!

Ik zeg het je, hoor! Ik zeg je dat ik het weet! Zijn nicht is er ook naartoe gegaan. Naar Spanje!

Waar is ze naartoe gegaan?

Naar Spanje!

Hoezo, wie is er naar Spanje gegaan?

Nou, dat zeg ik net: zijn nicht.

Niet zijn moeder?

Nee, zijn moeder niet. Ze hebben zijn nicht gestuurd.

Om naar hem te kijken.

Om naar het graf te kijken.

En was hij echt in Spanje?

Ja, in Spanje, maar zijn naam stond niet op de grafsteen.

Tja, logisch, hij kon natuurlijk niet zijn eigen naam houden.

Tuurlijk, tuurlijk.

Maar sorry hoor, waarom zeggen ze dat dan niet?

Zolang zijn moeder leeft zeggen ze dat niet.

Zolang zij leeft?

Ja. Zolang zij leeft niet.

Waarom niet?

Weet ik het. Dat hebben ze zo besloten.

Maar het zou beter zijn als ze het wel zeggen. Nu worden ze er hun hele leven door achtervolgd.

Hun hele leven, ja. Wat doe je eraan?

Ook voor de regering, die blijft maar naar hem op zoek.

De regering, tja. Die kunnen het beter laten rusten.

Waar zijn ze nu nog naar op zoek?

Ik weet niet, het zal wel de wet zijn.

En nu moet zij, arme ziel...

Ze staan er nu allemaal, bij hun voor de deur, heb je dat gezien? Ook met camera's... Maar zij heeft de deur niet opengedaan.

Dat geloof ik.

En ze neemt ook de telefoon niet op...

Ik geloof je.

Echt waar, een vreselijke tijd.

Nou en of, arme ziel. Ze kan beter weggaan.

Sinds die misdadiger weer rondloopt, zijn ze ook weer naar hem op zoek gegaan.

Maar die zit nu toch weer in de gevangenis?

Jawel, maar toch hebben ze het hele verhaal weer opgerakeld.

Tja, dankzij... Elke keer dat ze over die ene beginnen... beginnen ze ook weer over die andere.

Nu is dat oude verhaal weer helemaal in het nieuws.

Oké, maar dat hij dood zou zijn... ik weet niet... maar goed, als je zegt dat zijn nicht hem gezien heeft...

Of ze hem gezien heeft weet ik niet, hij was al begraven, maar... ik kan het niet zweren.

Ach ja... het zal wel zijn zoals jij zegt, Sevé... Ik kan het niet in twijfel trekken... als jij dat gehoord hebt... toch?

Ik zei het je: zijn moeder laat de mis voor hem opdragen. De dodenmis.

Dat wil niet zeggen...

Nou, wat wil het anders zeggen?

Ach nee, nee, ik wil het heus niet in twijfel trekken...

Eerst liet ze de mis hier opdragen zodat de nonnen er niet achter kwamen... Later ging ze naar de nonnen, 'Dan laat ik de mis ook voor hem opdragen'. Wat betekent dat volgens jou?

Adelina, ik wil jouw woord niet in twijfel trekken, maar...

Mijn woord is evenveel waard als het jouwe. En het is hoe dan ook geheim. Ze wilden niet dat iemand het te weten kwam.

Tja, tja... maar ze hadden het beter wel kunnen zeggen, als je ziet wat een problemen ze nu hebben!

Ja, die nicht zegt ook: Laten we het gewoon zeggen, dan zijn we ervan af. Laten we hopen. Nu maar afwachten. Afwachten tot ze dood is.

Als ze met dat probleem zitten...

Wanneer zijn moeder doodgaat zeggen ze het misschien wel.

En dan hoeven ze niet meer naar hem te zoeken.

Ze kunnen net zolang blijven zoeken als ze willen... Ze vinden hem toch niet.

Ja, wat maakt hem het uit dat ze naar hem zoeken?

Maar, ik zeg, zijn ze ook écht naar hem op zoek? Ik bedoel, echt serieus? Want als ze serieus naar hem zouden zoeken, dan hadden ze hem toch allang gevonden?

Ben je nog niet overtuigd, Sevé?

Dat ze hem niet hebben gevonden, wil zeggen dat ze niet hebben gezocht.

Maar hij ging steeds naar een andere plek...

Ja, ze hebben hem nu eens hier gezien en dan weer daar... Hij is gezien in Rome, hij is gezien in Venezuela...

In het begin was hij in Rome, toch?

Daarna hebben ze hem in Afrika gezien, op wel honderd andere plekken... dat wil zeggen dat hij niet lang op één plek durfde te blijven.

Maar van wie kreeg die jongen dan zijn geld?

Dat kreeg hij vast en zeker opgestuurd van zijn moeder.

Wist zij waar haar zoon was?

Dat bedoel ik. Maar als hij zijn hele leven de dandy heeft uitgehangen, van wie kreeg hij dat geld dan?

Van haar.

Dus wist zij waar hij was.

Natuurlijk. Maar wij niet. Dat heeft nooit iemand geweten. Hoewel, misschien...

Misschien wat...?

Niks, Adè, ik zei zomaar wat.

Nou goed, het is intussen al laat.

Nou goed.

Laten we maar gaan slapen, Sevé.

Mamma mia! Ja, het is tijd. Doe iedereen de groeten.

Jij ook, doei.

Ja, doei.

Hoofdstuk XII

Luister. Luister je naar me? Misschien is het zinloos om verwoed te zoeken naar een psychologische verklaring; misschien is het zinloos om het onmenselijke te willen afbakenen en herleiden binnen menselijke ziektebeelden, binnen de uiterste marges daarvan. We hebben hier te maken met gedrag dat niet is te verklaren door de kindertijd, door de opvoeding, en ook niet door een afwijking in de hersenen... Het is bijna beledigend om die laatjes daarvoor te doorzoeken, echt beledigend. We zouden het woord 'monster' meer letterlijk moeten nemen, en niet alleen als metafoor.

Wanneer je schrijft over iemand als Angelo Izzo, zou je verwachten dat je als voordeel hebt dat je, in elk geval in Italië, geen tijd hoeft te verdoen met uitleggen wie hij is en wat hij heeft gedaan. Dertig jaar geleden was dat natuurlijk sowieso niet nodig, toen stond zijn naam nog met vurige letters in het Italiaanse bewustzijn gekerfd en vlamde nog het brandende zwaard van de aartsengel die hem had verjaagd uit de samenleving, en ook een jaar of tien geleden, toen hij met zijn gestoorde kop opnieuw op de voorpagina's stond, vanwege een misdrijf dat misschien nog wel gruwelijker was dan het eerste, maar ons toch al verbleekt voorkwam, vaag, als een absurde replica (de context was absurd, absurd dat Angelo weer onder de mensen kwam, dat was wat ons het meeste trof), als een spook dat weer opdoemt in een huis waarvan de bewoners meenden dat ze er voorgoed van verlost waren; als een oude acteur die toch weer een comeback maakt met zijn vaste nummer. 'O, nee! Alweer!' Daarom vraag ik me nu toch af of ik het niet nog een keer opnieuw moet uitleggen vanaf het begin. Maar dan niet al te uitgebreid.

Tussen het DvdC van 1975 en Angelo's nieuwe delict in 2005 ligt een overvloed aan overtollige informatie.

Na het eerste misdrijf had iedereen het over hem, zijn naam

klonk overal, zijn naam werd een synoniem van boosaardigheid, die was beroemd, lag op ieders lippen. Na het tweede delict, na de aanvankelijke ophef over zijn terugkeer in de samenvatting voor het journaal, met de vijf belangrijkste nieuwsfeiten van die avond, waarna hij werd gedelegeerd naar de misdaadrubrieken, was er op het moment dat hij opnieuw werd veroordeeld niemand die hem opzocht, niemand had het meer over hem, zijn naam verdween uit het directe vocabulaire van de mensen (het vocabulaire dat in de loop der jaren termen heeft zien komen en gaan als 'bijslaapster', 'tsunami', 'hipster', 'draaikont', 'watjekouw', 'recyclen', enzovoort), zouden de mensen er nu misschien moeite mee hebben meteen te begrijpen om wie het ging wanneer ze zijn naam vluchtig zouden horen of lezen, om daarna te zeggen: 'Ach ja, natuurlijk... hij... die van de *Circeo*', waarmee ze dus verwijzen naar zijn eerste delict, dat waardoor hij beroemd is geworden, terwijl het tweede hem juist heeft veroordeeld tot de vergetelheid – en ook ik schrijf in feite met dat doel, niet om die naam te laten voortduren, maar om hem te begraven. Dat is eigenlijk de taak van al het schrijven: uitwissen, verbranden, achter je laten, terwijl iedereen tegenwoordig juist het tegendeel probeert te bewijzen, namelijk dat men schrijft om te bewaren, behouden, herinneren...

Ons vermogen tot geschoktheid is beperkt, het kan niet twee keer met betrekking tot hetzelfde onderwerp geactiveerd worden, de eerste keer wordt het er enorm door geprikkeld, de tweede keer wordt alles geregistreerd en gearchiveerd, en richt het zich vervolgens op iets anders. Geconfronteerd met de herhaling van een monsterachtige gebeurtenis, treedt er bij de toeschouwer een merkwaardige onverschilligheid op...

Vandaar dat niemand meer aandacht aan hem besteedde, afgezien van een gestoord mens dat zelfs met hem wilde trouwen.

...van schaamte of spijt van wat hij had gedaan
werd nooit een spoor gevonden...

En dan was er de farce van Angelo die 'psychiatrisch counselor' wordt (trouwens, ook de beroemde seriemoordenaar Ted Bundy was dat).

Dat betekent dus dat men een hardnekkige neiging heeft om perverselingen de kans te geven zich te bemoeien met hun slachtoffers – minderjarigen, zwakke en hulpbehoevende mensen. Iemand hoeft maar een beetje charismatisch te zijn om mensen het idee te geven dat hij de ideale figuur is om anderen te helpen. Zo is er ook het geval van de zogenaamde goeroe van Prato, bijgenaamd 'de Profeet', die twintig jaar lang financiering ontving van de regio Toscane om minderjarigen op te vangen in een gemeenschap waarvan al vanaf het begin was ontdekt dat ze er werden misbruikt, en dat de Profeet al heel wat veroordelingen op zijn naam had staan, maar toch bleef de kinderrechter hem maar minderjarigen toevertrouwen. Die hij dan weer kon misbruiken.

Ik denk terug aan die nogal vreemde Kerstmis, die ik doorbracht met het op dvd bekijken van de film *I ragazzi della Roma violenta* (1976, *De jongeren van het gewelddadige Rome*), die was geïnspireerd op het DvdC. De film begint als een soort onderzoek naar criminaliteit, met voorbijgangers die worden geïnterviewd en om de doodstraf roepen. Dat is tamelijk realistisch, want als je de steekproef van straatinterviews mag geloven is negentig procent van de Italianen voor de doodstraf, voor fusilleren en voor ophanging.

De welgestelde jongens blijven tot vervelens toe in de bar hangen.

En ook dat is realistisch, want verveling leidt tot misdaad.

En om zich van dat taedium vitae te verlossen gaan ze hun bestaan wat opleuken met wrede daden.

Wie nooit iets anders heeft meegemaakt dan veiligheid, rust en comfort, hunkert naar gevaar, uitdagingen en geweld.

Hoofdstuk XIII

Misdaden dienen als tegenwicht voor de ondraaglijke last van de deugdzaamheid; hoe zwaarder de misdaden, hoe groter hun nut en voorbeeldfunctie, opdat de wereld in evenwicht blijft en niet wegzakt in de afgrond van de goedheid. Volgens die economie is een licht misdrijf, dat dus niet al te veel afwijkt van de deugd, helemaal nergens goed voor. Het is zinloos om daarvan te dromen, zinloos zelfs om dat te plegen.

Van wie is de denkwijze die ik hierboven heb geparafraseerd?

Zal ik eens zomaar een episode van hem citeren, door op goed geluk een van zijn boeken open te slaan?

Komt-ie. De ongelukkige protagoniste krijgt een hostie tegen haar kontgat gedrukt, die een monnik bij haar naar binnen stoot door sodomie te bedrijven, zodat hij al vloekend geniet 'op het lichaam zelf van zijn Verlosser', dat hij bespuit met 'de onzuivere scheuten van de stroom van zijn obsceniteit'.

Wie heeft die blasfemische episode bedacht en opgeschreven? En zelfs gepraktiseerd, zoals sommigen beweren? Is dat nog een vraag?

De eerste keer dat ik Sade las was toen ik in het militair hospitaal van Taranto verbleef, waar ik vergeefs wachtte tot ik werd afgekeurd. De ochtenden en middagen vergleden leeg en warm.

Ik wist dat de markies als 'goddelijk' werd gedefinieerd en dat de surrealisten hem aanbaden, maar de boeken die ik mocht lenen van de kunstacademiestudent die naast me lag bestonden uit ellenlange, monotone tirades over natuurfilosofie doorspekt met reizen in Frankrijk en met seksuele mishandelingen waarvan ik niet eens snapte hoe ze precies in hun werk gingen, zo minutieus en acrobatisch waren ze, met ineenstrengelingen, neerknielingen en opstapelingen van lichamen in houdingen die je je moeilijk voor de geest kon halen, net als bij de beschrijvingen in yogahandboeken, van het soort 'Hij gaat schrijlings op mij zitten, met zijn hoofd naar mijn rug gericht, en hij dwingt me mijn benen wijd te doen...', enzovoort. Tussen de voorvallen van seksueel misbruik in hielden de geleerde folteraars hele verhandelingen over de Natuur, er werd veel gesproken over de natuur, natuurlijke driften, natuurwetten, het ging over de natuur en over organen, met redeneringen die strikt rationeel en dus volkomen krankzinnig waren, zoals de rede altijd is wanneer die wordt gezuiverd en verlost van gevoelens. Bovendien werd op elke bladzijde de loftrompet geblazen van de bevonden, gebeitelde, gekristalliseerde orde der dingen, volgens welke het is vastgesteld dat de zwakkere zich buigt naar de wensen en verlangens van de sterkere, altijd, zo is het altijd geweest en zo zal het altijd zijn. Het zal best, maar als het zo'n vaststaand feit is, waarom zou je daar dan zo op blijven hameren?

Te midden van al die bladzijden vol virtuoze en dus doodsaaie perversie werd ik getroffen door één subtielere waarheid die me bijbleef. Namelijk dat pijn oprecht en authentiek is, dat het even onmogelijk is die te vermijden als vergeefs om hem te simuleren of voor te wenden. Acute pijn is een krachtig, duidelijk gevoel. Het gevoel van genot daarentegen is twijfelachtig en hoe dan ook van beperkte duur: je kunt niet al te lang achter elkaar genieten, maar je kunt wel heel goed veinzen dat je geniet. Van iemand die aan mishandelingen wordt onderworpen, daarentegen, is er geen enkele twijfel dat hij lijdt; en zijn lijden kent geen grenzen, qua intensiteit en duur, afgezien van de grenzen aan de volharding van degene die het lijden toebrengt.

En er was nog iets wat ik op dat moment ineens begreep, en wat met terugwerkende kracht licht wierp op het DvdC: de perverseling wordt niet geprikkeld door de schoonheid van een vrouw, maar door de wandaden die er op haar lichaam worden gepleegd. En dus door iets wat niets meer te maken heeft met seks, maar met de overheersing als zodanig, op elk terrein, op elk niveau: oftewel, hoe misdadiger de macht, hoe meer degene die die uitoefent erdoor geprikkeld wordt en ervan geniet.

Vandaar dus de volgende sadiaanse principes:

Wreedheid is enkel pure energie.

De man die geniet van een vrouw die is gekaapt van haar man of haar familie ervaart veel meer genot dan de man die op legitieme wijze van zijn echtgenote geniet.

Van een prikkel tot seksueel genot onthult het misdrijf zich langzaam maar zeker als een genot op zichzelf, superieur zelfs aan seksueel genot, waarvan het zich losmaakt en autonoom wordt.

Een meisje ontvoeren is dus al een genot op zich, en niet alleen met het oog op het genot dat het misbruik van haar zal opleveren.

(Dat is denk ik de meest intense rilling geweest die de jongens van het DvdC over hun rug voelden gaan: toen de meisjes op hun voorstel ingingen en bij hen in de auto stapten.)

Hoe groter het vertrouwen, hoe meer wellust men ervaart wanneer men dat schendt.

(Zij dachten dan ook dat ze vrij en geautoriseerd waren om alle regels aan hun laars te lappen, alle conventies, schaamte, mededogen, de angst voor straffen; dat zijn allemaal alleen maar 'ketenen voor sukkels'. Mensen die zich gebonden voelen door dit soort regels zijn gewoon zwak en angstig. Egoïsme is de enige niet-hypocriete vorm van handelen. In het kader van het individuele genot is, net als in die van de algemene economie die de wereld bestuurt, het lijden van een enkeling irrelevant. Wie niet tot alles bereid is om te verkrijgen wat hem van pas komt of wat hem genot verschaft, is een bange schijterd.)

Wroeging? Dat is niks anders dan het gemompel van een ziel die te slap is om dat het zwijgen op te leggen.

Je kunt alleen spijt hebben van iets wat je bij uitzondering of zelden doet; om de spijtgevoelens op te heffen hoef je dus alleen maar datgene wat die oproept heel vaak te herhalen, zo vaak mogelijk, totdat het een gewoonte wordt, een gewenning aan het delict. Bij het derde of vierde achtereenvolgende misdrijf is het schuldgevoel al minder, bij het vijfde of zesde zal het weg zijn.

Niet alleen in het praktiseren, maar vooral ook in het prediken van geweld, terreur en misbruik als het hoogste doel van de man schuilt altijd een sterke pedagogische ambitie, die het terrein wil ontdoen van de dubbelzinnigheden en clichés waarin de naïevelingen, de behoudenden, de hypocrieten, de sukkels verstrikt zitten, wie dan ook nodig een lesje moet worden geleerd. De lezer, die zich als hij van mannelijke kunne is zou kunnen of moeten identificeren met de diverse monseigneurs en edellieden, en samen met hen zou moeten genieten van hun erotische wandaden, bevindt zich eerder in een positie die vergelijkbaar is met die van de misbruikte meisjes: er wordt hem continu geweld aangedaan en daardoor leert hij. Hij leert dat het nastreven van de vrijheid van een individu inhoudt dat er een tweede individu wordt onderworpen: de radicale vrijheid van de een kan alleen concreet worden in de radicale onderwerping van de ander, als twee feiten die elkaar aanvullen, twee passende dominosteentjes.

Het komt maar zelden voor dat een verkrachting niet dit ietwat filosofische, ietwat pedagogische aspect in zich heeft. Stichtelijk, verklarend, op haar manier, als een spoedcursus in verloedering en ontaarding. Zodat men snel leert te accepteren dat juist verloedering en ontaarding, en niet orde en vrede, de hoekstenen van de samenleving zijn.

Op een keer vroeg ik aan onze leraar Cosmo wat hij van de markies de Sade vond.

'Sade als de apostel van de vrijheid? Dat kan alleen maar het idee zijn van een stelletje rukkers zoals de surrealisten.'

Een aspect dat niet nieuw was, maar dat me trof vanwege de venijnigheid, was de hetze tegen het christendom. Daarover had ik al gelezen bij de aanhangers van de Verlichting, onder wier gelederen Sade zich op de keper beschouwd schaarde, en bij Nietzsche, met een heel andere intensiteit, maar ook met zijn typisch Duitse ernst. Sade daarentegen handelt het af op een laatdunkende, voltairiaanse toon. Jezus: een oplichter. De apostelen: bedrieglijke lijkenpikkers. Hun profeet schrijft niets, gezien zijn onwetendheid; hij zegt weinig, gezien zijn domheid; hij handelt nog minder, gezien zijn zwakheid. Maar wanneer schurken van zijn slag gehoor vinden, is hun succes gegarandeerd; de leugen verspreidt zich sneller en breder dan de waarheid: dat is de geschiedenis van alle fouten in alle tijden.

En dan heb je ten slotte nog die middelmatige, banale roman over zijn leven als oplichter, genaamd het evangelie.

Van de zogenoemde *lustmoord* verdwijnt de *lust* en blijft alleen de *moord* over. Dan is moord niet langer de tragische afloop, maar het substituut van de coïtus. De seksuele fase wordt overgeslagen, aangezien die toch maar een smoes was (het overduidelijke bewijs daarvan is het delict dat Angelo in 2005 pleegde). Als het doel niet seksueel is, als het niet gaat om het verlangen naar lichamelijk genot, is de opwinding om het gewelddadig nemen van een vrouw onveranderlijk, ongeacht of de vrouw jong of oud is, mooi of lelijk, verleidelijk of onwillig, dat maakt niks uit, net zoals het niks uitmaakt of je haar neemt of vermoordt. Het kan zijn dat iemand bij het wurgen van een vrouw meer erotische bevrediging ervaart dan wanneer hij zich aftrekt, of meer bij het aftrekken nadat hij haar heeft gewurgd dan tijdens de penetratie terwijl ze nog leefde. Het genot schuilt in allerlei onvermoede plekken op het traject en op het lichaam.

Men denkt altijd dat de verkrachter hunkert naar seksuele gemeenschap, dat hij daar zo naar verlangt dat hij alle regels overtreedt om die maar te krijgen; maar in werkelijkheid walgt hij van die handeling, die ziet hij als iets smerigs, verwerpelijks, dus waarom zou hij die niet vervangen door een even afkeurenswaardige handeling? Kwellen in plaats van copuleren. Of die twee combineren in één handeling. De coïtus is een opmerkelijk repliceerbare en *vervangbare* daad. We zijn eeuwig bezig met de zoektocht naar equivalenten ervan. De een vindt dat in het vergaren en pronken met geld en met kleren, of met auto's, de ander in macht, weer een ander in de kunst of in het geweld, die zowel een surrogaat als een troost kunnen zijn: men krijgt toegang tot seks door middel van deze vervangers, men gaat met iemand naar bed nadat men indruk op diegene heeft gemaakt met het tonen van de eigenschappen die met seks te maken hebben, op de eerste plaats macht. Er zijn ook mensen die de vervangers van seks daarentegen vinden in zelfopoffering en altruïsme, of in perversie, dat wil zeggen door de coïtus zodanig te vervalsen dat deze alleen nog maar uitvoerbaar is in de vorm van onderwerping, krenking, kastijding, bevestiging van de eigen potentie of het uitschakelen van de buitenwereld. De coïtus is een tamelijk eenvoudige en over het algemeen repetitieve handeling, net zoals eten en slapen, die zich als zodanig voor elke mogelijke verandering leent, en veelvuldig gecamoufleerd voorkomt, of overgebracht in andere normale handelingen en situaties. Behalve voor playboys (mijn excuses voor het anachronisme, ik weet dat er geen playboys meer bestaan of dat ze niet meer zo worden genoemd, maar ik ken er geen moderne term voor) en voor vrouwelijke en mannelijke prostituees en pornosterren, beslaat de coïtus een beperkt gedeelte van de tijd van een mens, bijna absurd klein, een paar minuten per dag, of per maand, of nog minder... en dus is die ook veel meer aanwezig in de vervangende handelingen dan in de daadwerkelijke.

Hij waart als een spook rond in het leven van alledag, maar neemt slechts zelden vaste vorm aan. Voorbereidende handelingen, vervangende handelingen: negenennegentig op de honderd keer beperken we ons enkel daartoe.

In denkbeeldige vorm was de coïtus wel aanwezig in het hoofd van ons jongens.

Het seksuele spel bestaat uit pantomimes. Komedies, kluchten, scènes, gewijde voorstellingen, intermezzo's, grappige voorvallen, duistere tragedies, *De Orestie, Romeo and Juliet, A Streetcar Named Desire, No Sex Please: We're British, Le Cocu magnifique, Senso/Roes der zinnen, No Trifling with Love, The War of the Roses, The Mandrake, Othello...* Puur theater. Verkleedpartijen. Verraad. Vrouwen verkleed als mannen. Mannen veranderd in beesten. *The Dresser. The Servant. The Maids. Macbeth.* Begeerte en machteloosheid en wraak. Fantasieën over moord, zelfmoord, uitzinnige, romantische fantasieën. *The Queen of Sheba* en *Vlad the Impaler: The True Life of Dracula. The Death of Procris. The Man Who Couldn't Love, The Man Who Knew Too Much, The Man Who Loved Women, The French Lieutenant's Woman, De vrouw die tweemaal leefde, The Sign of Venus, Gentlemen Prefer Blondes. Last Tango in Paris* en elders. Alleen in die vormen, gecodeerd als toneelstuk en film en roman, is men in staat uiting te geven aan enkele van de verhaallijnen van die zo ingewikkelde kluwen. Wie kan beweren dat hij zijn eigen seksuele leven volledig heeft blootgegeven? Alles wat hij heeft gedaan, en wat hij heeft verlangd om te doen, heeft gedroomd, gepoogd, gevreesd? In het spectrum van een normaal leven, en zelfs in dat van een kuis leven, komt meer passie en obsceniteit voor dat in elke *Emmanuelle*

+ *Werther* + *Portnoy* + *Wuthering Heights* + het verzameld werk van Henry Miller, Bukowski, Erica Jong en Tinto Brass. Het bestrijkt een eindeloos terrein, zelfs het individu dat daar thuis is kent het niet helemaal. De meest gedurfde bekentenis of de ongeremdste vondst in een roman zullen nooit in staat zijn die integraal bloot te geven. Vandaar dat kunstenaars (blinde Tiresiassen met verlepte borsten) zich over een van die lijnen ontfermen en die reconstrueren door hem uit de kluwen te trekken. Ze weten alles en hebben alles voorvoeld of gezien, maar ze vertellen slechts een klein deel.

De eenvoudigste van die lijnen is de verkrachting.

Welke inspanning er ook wordt geleverd, men blijft altijd aan deze kant van de streep, of men weet de andere kant van de streep te bereiken op programmatische, hyperbolische, exponentiële wijze, denk bijvoorbeeld aan de pornografie. Om een eindeloos terrein te bestrijken markeert men dat zoals het kadaster dat doet, door een perversie-handboek op te stellen dat zich tot de realiteit van het seksuele leven van een individu verhoudt als een grammaticaboek tot de taal die dat individu spreekt.

Dwang is een onmisbare schakel in het concept van geslachtsverkeer en mogelijke genot daarbij: ook waar helemaal geen geweld is vast te stellen, is er alleen genot geweest omdat er een tijdelijke heerschappij was ingesteld, omdat er iets onwettigs is gedaan, omdat er dwang is uitgeoefend, omdat er een wil is bezweken. Die wil kan ook voor zichzelf zijn bezweken. Het verlies van waardigheid is een voorwaarde voor genot.

Hoofdstuk XIV

Verkrachting staat te midden van de seks zoals de boom der kennis van goed en kwaad midden in de Hof van Eden staat. Het is niet toegestaan je ogen erop te richten en ernaar te kijken; als je de vrucht ervan zou proeven, zou op slag de werkelijke aard van alles eromheen onthuld worden. Van de seks vertegenwoordigt verkrachting het onzegbare geheim dat, eenmaal in alle openbaarheid, de wereld naar beneden haalt doordat de relatie tussen mannen en vrouwen, tussen mens en natuur, voor altijd wordt verpest.

Voorwerpen en personen hebben voor ons de waarde die onze verbeelding eraan toekent: dat geldt voor liefde, vriendschap, trouw, maar ook voor verachtelijke ideeën en fantasieën. Vandaar dus dat een persoon, de waardigheid van diens leven en de integriteit van diens lichaam geen enkel belang meer hebben vergeleken bij het genot dat we kunnen ervaren wanneer we overwegen om die persoon te mishandelen. Normaal gesproken is het een grote stap van de fantasie naar de verwezenlijking van die fantasie, zo groot dat bijna niemand die ooit van z'n leven zet, ook al kun je, als je er nog eens goed naar kijkt, tot de slotsom komen dat het eigenlijk een dilemma is dat best gemakkelijk te overbruggen is, zoals wel blijkt uit het DvdC; in feite is er niets zo gemakkelijk uit te voeren als de ontvoering en verkrachting van een meisje door een groep mannen, een dergelijke misdaad vereist een minieme inspanning en het gevaar dat het met zich meebrengt voor de persoonlijke veiligheid is te verwaarlozen, als je het vergelijkt met het gevaar dat je loopt wanneer je een geldtransportwagen overvalt.

Hoe men ook denkt over wat een verkrachting oplevert – heel wat moeilijker vast te stellen dan bij een roofoverval, waarbij de buit tastbaar is –, het uitvoeren van een verkrachting kost vrijwel niets. Het is juist die minimale krachtinspanning die mensen het idee geeft dat het eigenlijk niet echt een misdrijf is: waarom zou een daad die je zo achteloos kunt uitvoeren strafbaar moeten zijn? Een daad waarvoor geen enkele verdediging paraat is? Het is bijna zoiets als een portemonnee op straat vinden: kan het werkelijk als diefstal worden beschouwd wanneer je die in je zak stopt? Zo voelt het ook wanneer iemand een vrouw neemt. Als we er eenmaal van uitgaan dat haar wil van secundair belang is, of juist bestaat om te worden overschreden, wat let iemand dan nog? Het is een daad die geen belemmeringen kent, dus zal die daad dan niet geoorloofd zijn? Waar zijn de tralies, de geblindeerde deuren, de alarmsystemen, de honden en de wapens die normaliter als bewaking worden ingesteld voor datgene wat zou kunnen worden geschonden door criminelen?

Een vrouw die alleen is aanvallen, dat kan iedereen. Een paradoxaal gevolg van de vrouwenemancipatie is dat, aangezien het vanzelfsprekend werd dat de vrouw recht had op bewegingsvrijheid, en dat zij daar altijd en overal gebruik van kon maken, dit leidde tot verlaging of opheffing van de beschermingsregels die waren ingesteld door de traditionele opvattingen: een repressief systeem van voorzorgs- en controlemaatregelen over vrouwen dat, ook al was het grotendeels ineffectief, door het inperken van hun bewegingsvrijheid het aantal gelegenheden waarbij ze gevaar liepen verkleinde. Uiteindelijk werden vrouwen dus kwetsbaarder dan voorheen; en dat zijn ze nu nog altijd, ondanks dat ze nu veel beter beseffen dat ze er in hun eentje voor staan.

Die periode in de jaren zeventig was dus een riskante en onzekere periode waarin de oude sociale beschermingsvormen waren uitgehold, de ouderwetse voorzorgsmaatregelen bij het vuilnis waren gezet en de cultuur van de zelfbescherming nog niet wijdverbreid was.

Twintig jaar eerder hadden de jongens van het DvdC het wel kunnen vergeten om twee meisjes ergens mee naartoe te nemen zonder dat ze daarvoor eerst door de strenge familiekeuring hoefden te komen. Twintig jaar later zou het dodelijke uitstapje zijn belemmerd door vele twijfels en zouden er de technologische middelen beschikbaar zijn geweest om de ouders op de hoogte te brengen van de riskante onvoorziene omstandigheid. De verkrachting en moord zouden evengoed mogelijk zijn geweest, natuurlijk, maar niet op die manier. Daarom heb ik het gevoel dat ik aan de ene kant een eeuwenoud verhaal vertel dat zich eindeloos blijft herhalen, maar aan de andere kant ook dat het die ene keer gebeurde op de enig mogelijke manier, gedicteerd door de tijd.

Een vrouw die in haar eentje is aanvallen, dat kan iedereen. En de erotische verbeelding draait vaak om dat idee, om het verloop van de verkrachting, waar talloze actieve of passieve fantasieën omheen worden geborduurd: het is het onderwerp van een eindeloos scala aan variaties, er is misschien geen mens ter wereld die niet ooit heeft gefantaseerd dat hij of zij daarin een hoofdrol speelde als verkrachter of verkrachte, er is geen erotische lectuur die uiteindelijk niet draait om een verkrachting, als fantasie, droom, nachtmerrie, angst of onuitgesproken verlangen.

Met name de vrouwelijke schaamstreek kan worden gezien als provocerend – niet dat die erotische impulsen uitlokt; eerder geërgerde, agressieve reacties. Het is de tegenstrijdigheid ervan, dat vormeloze, onuitgesproken voorkomen, dat iets oproept wat vaak een woeste nieuwsgierigheid is, een verbijstering die uitmondt in verwerping (en het is geen toeval dat in het vulgaire Italiaanse taalgebruik als een van de synoniemen om het vrouwelijke geslacht aan te duiden het beeld wordt gebruikt van een dier dat dezelfde soort reacties oproept: *la topa*, de rat. Sommige mensen beweren dat de angst die wordt ingegeven door zo'n klein dier te wijten is aan het plotselinge opduiken, aan de donkere kleur en de grillige bewegingen ervan...).

Het vrouwelijk geslacht zit daar weggedoken onder enkele lagen stof, anoniem, donker, maar als het ware altijd voelbaar aanwezig, altijd waarneembaar in zijn verstopplek tussen de dijen, een extra gat vlak bij het gat dat iedereen heeft, ook mannen. Er zijn mensen die gek worden bij de gedachte aan dat gat, maar er zijn ook mensen die gek worden alleen al bij de gedachte dat die uitgelubberde spleet zou moeten worden geëerd, gerespecteerd, dat je de bezitter ervan zou moeten omringen met alle egards, dat je per se toestemming zou moeten vragen om erin te mogen binnendringen, dat vrouwen dat niemendalletje zo hooghartig bewaken alsof het hun speciale gave is terwijl ze er juist allemaal een hebben, en allemaal dezelfde, in dat opzicht zijn alle vrouwen hetzelfde en allemaal arrogant omdat ze dat niemendal hebben en het kunnen tonen of verbergen, het kunnen beloven of ontzeggen aan mannen die er hoteldebotel van raken, en ermee instemmen om zich te onderwerpen aan een stel stomme regels en voorwaarden, terwijl een paar klappen zouden volstaan om...

Dat is dus de reden waarom dat geslachtsdeel moet worden gestraft, vanwege zijn onuitstaanbare aanmatiging en vanwege zijn nog schaamtelozere exhibitionisme, wanneer het zich opent en het verboden innerlijk, de glibberige kanalen van het lichaam blootgeeft; daarom moet het worden geforceerd, opengebroken, doorboord, weggesneden. Het lijkt toch al op een wond, dus dan moet het dat ook maar echt worden. Degene die het schendt lijkt er iets in te zoeken dat er niet is, zoals inbrekers soms doen die alles kapotsmijten in een huis waar niets te halen bleek te zijn; de geërgerde verbijstering tegenover het geslachtsdeel van een vrouw is misschien te vergelijken met dat wat Titus moet hebben ervaren toen hij was doorgedrongen tot de Grote Tempel van Jeruzalem: die bleek leeg. Er was daarbinnen níéts, geen god en geen geest, geen goud of edelstenen, geen standbeeld, helemaal niets. Niets om te vereren of te plunderen. Dus waarvoor had hij dan gevochten? Wanneer de verkrachter tot dit besef komt, kan hij werkelijk alle rede verliezen, als hij tot op dat moment tenminste al geleid werd door een soort praktische rede gericht op het verkrijgen van wat hij verlangde; op het moment dat hij ontdekt dat het geslachtsdeel van de vrouw niet het luilekkerland is waarvoor het waard was een misdaad te plegen om erbinnen te kunnen komen, richt zijn razernij zich op datgene *wat er is*, wat uitsteekt, wat je kunt vastgrijpen en verpletteren en waar je aan kunt trekken, waar je tegen tekeer kunt gaan, dus het gezicht, de haren, de borsten, de billen, de delicate of vlezige en hoe dan ook weerloze, en daarom ook provocerende, vrouwelijke vormen. Hetzelfde anatomische deel dat voor de minnaar een bron van opwinding is, is dat ook voor de sadist; alleen gaat het dan om een woeste, verontwaardigde opwinding: in plaats van dat deel te bewonderen wordt het verafschuwd, in plaats van het te verheerlijken en te liefkozen wordt het als vijandig beschouwd. Er is niet veel verschil, neurologisch gezien, in hoe de opwinding begint, maar er is een enorm verschil tussen de mogelijke uitkomsten ervan, de mogelijke gevolgen en conclusies. De zenuwen die tot het uiterste gespannen zijn geven de aanzet tot analoge, maar volkomen uiteenlopende handelingen. In plaats van de borsten te strelen wordt erin geknepen of aan geschud, in plaats van de billen een licht tikje te geven worden ze gegeseld. De handen die zich uitstrekken naar een vrouwenlichaam zijn altijd een en al tederheid of agressie. In wankel evenwicht. Het blijft altijd ambigu. Zelfs de aanbidder die het meest gericht is op het genot van zijn geliefde kan fantaseren dat hij dat genot verhoogt door zijn toevlucht te nemen tot wreedheid. Zelfs de vrouw die haar lichaam volkomen ongedwongen heeft overgeleverd aan de attenties van haar minnaar kan bekropen worden door het vermoeden dat hij op het toppunt van die aangename liefkozingen een stap verder zal gaan, zich zal ontpoppen tot een andere man die haar dwingt tot het aannemen van houdingen of het ondergaan van praktijken die onaangenaam of pijnlijk zijn, dat hij haar zal slaan of zijn handen om haar hals zal knijpen... of haar zal vastzetten in een houding waaruit zij zich alleen maar kan bevrijden door zijn obsessie te bevredigen. En soms volstaat ook dat niet, en dan heeft het weinig zin om te protesteren of te smeken. Onderwerping is altijd latent in een liefdesrelatie, ze bestaat ook wanneer die onderwerping niet bestaat, daarvoor hoeft het gewicht van het gebaar maar één gram verplaatst te worden en de bedoeling ervan net een paar graden verschoven, zodat een streling verandert in een klap. Zij die nooit de twijfel hebben ervaren dat ze balanceerden tussen het een en het ander mogen zich gelukkig prijzen; ook al missen ze in hun geluk dan misschien de fundamentele ervaring van de ambiguïteit van de liefde, de donkere kant ervan, die impliciete strijd die zich onder de mantel der liefde afspeelt, wanneer lichamen zich verenigen en in elkaar versmelten maar in feite nog altijd in gevecht zijn. Dus laat staan wanneer er helemaal geen liefde is! Wanneer het spel van begin af aan wordt geleid door bedrog en haat. Verkrachting is enkel een dogmatische, unilaterale, létterlijke interpretatie van een van de mogelijke betekenissen, die de ambiguïteit wegvaagt door de coïtus een simpele, duidelijke significatie te verschaffen. De feministen van het eerste uur en de verkrachters van alle tijden zijn het eens over het idee dat de penetratie een gewelddaad op zich is. Er moet iets worden gedáán met dat lichaam, het kan niet worden gelaten zoals het was toen het werd gezien en genomen, het moet per se getransformeerd worden, veranderd door het genot of anders verminkt. Hoeveel opties, hoeveel mogelijkheden voor contact doen zich niet voor als je eenmaal bezig bent met een vrouwenlichaam! Je kunt het uitkleden, verkennen, bedekken met kusjes en speeksel, knuffelen, met verschillende instrumenten onderzoeken hoe het genot ervaart, hoe het reageert op prikkels, hoe het kronkelt van de pijn, trilt van angst bij dreigende taal en zich laat beetnemen door geruststellende woorden: kortom, álles om maar te zorgen dat het niet futloos, onverschillig blijft, álles om het te laten overeenkomen met je eigen opwinding. Soms is de verkrachter echter helemaal niet opgewonden of verhit, maar juist kalm, ijzig: in dat geval zal het de nerveuze opwinding van zijn slachtoffer zijn waarmee zijn emotionele leegte wordt gevuld. Als het slachtoffer lijdt, heeft haar kweller het bewijs dat hij bestaat, ook al is hij niet in staat tot gevoelens en gedachten: het slachtoffer zal die voor hem ervaren en denken, in zijn plaats. Je onmenselijk gedragen om je levend te voelen, om te bewijzen dat je bestaat, is een bekende, eeuwenoude truc die aan heel wat zaken ten grondslag ligt: oorlog, misdaad, autoriteit, opvoeding, zelfs respect, zelfs eer, zelfs de zogenaamd onschendbare rechten van het individu ontstaan vanuit het feit dat hij in staat is om gewelddadig te zijn. Een weerloos wezen heeft geen rechten, of ja, die heeft het wel, maar alleen op papier, en dus heeft het ze niet. Het begint pas rechten te krijgen in de loop van een gevecht, wanneer het dus aantoont dat het, wellicht samen met anderen zoals hij, in staat is tot wreedheid, in staat is om op wreedheid te reageren met eendere wreedheid, en laat blijken dat het in elk geval in staat is terug te slaan. Wat wij tegenwoordig nogal pompeus aanduiden met 'rechten', alsof ze altijd al bestaan hebben en vanaf het begin tot onze beschikking stonden, keurig geregeld, een bruidsschat die lag te wachten in een lade waar je de schone lakens uit kon gaan halen, is daarentegen het resultaat van gevechten, krachtproeven, opstanden, bloedvergieten. Ik besta omdat ook ik kan toeslaan, overweldigen, wraak uitoefenen. Er is dus niets zo vanzelfsprekend als het gebruik van geweld als zelfbevestiging: als aanval, als verdediging. Ik herhaal: de onschendbaarheid van de woning wil oorspronkelijk juist zeggen dat er bij de voordeur een man staat met een bijl in de hand, in de rug gesteund door zijn zoons. En toch gaat het in het verhaal dat ik hier probeer te vertellen specifiek om de particuliere toepassing van de wreedheid: het verhaal van afzonderlijke individuen die zich op een algemene latente neiging storten en er een hoop ophef mee veroorzaken. Het conflictueuze karakter dat bestaat in de relatie tussen de seksen komt in één keer bovendrijven in enkele schandelijke episodes die licht werpen op de andere piepkleine, onbeduidende episodes van datzelfde conflict.

Als het zo is dat mannen vrouwen haten, nou, dan zijn er dus mannen die hen meer haten, veel meer dan degenen die hen maar een beetje of best wel haten zich ook maar in de verste verte kunnen voorstellen.

Er wordt kracht noch geld noch mentale energie noch inventiviteit gespaard, er wordt niets gespaard, sterker nog, men richt zichzelf te gronde om die drang te kunnen bevredigen. Er worden levens te gronde gericht, die van zichzelf en van anderen, hele vermogens worden op het spel gezet, huwelijken, carrières, gezinnen, de samenleving raakt ontwricht en de gevangenissen stromen vol en er worden bladzijden volgeschreven met schandalige en absurde dingen, om die drang maar te kunnen uitdoven. 'Zoveel onheil voor een uitspatting van drie minuten!'

Wat heeft het seksuele leven een enorme invloed op het leven in zijn algemeenheid! Ofwel omdat het er een overdreven grote plaats in inneemt, ofwel omdat het er volledig buiten wordt gehouden; en net zo goed wanneer het evenwichtig verloopt, want evenwicht is het teken van de grootste onevenwichtigheid: een teken van gevaar.

Timide, bescheiden, onzekere individuen kunnen ertoe worden gedreven om alle obstakels uit de weg te ruimen, te beginnen bij hun eigen geweten en waardigheid. Regels, relaties, affectie, medelijden, fatsoen, lichamen: alles wordt overhoopgegooid, alles opgeofferd. Er bestaat niets meer buiten die drang, sterker nog, uiteindelijk bestaat zelfs die drang niet meer. Als de ceremonie eenmaal in gang is gezet, treedt er juist een zekere mechanische kilheid op: de kilheid die Angelo ertoe dreef de verstikking te voltooien van zijn laatste twee slachtoffers, moeder en dochter.

Gedachten, woorden, daden en verzuim: de catechismus die ons werd onderwezen op het SLM plaatste al die dingen op hetzelfde niveau, en in elk van die categorieën kon je een ernstige zonde begaan, dat wil zeggen, door iets te doen of niet te doen, of door het alleen maar te zeggen of te denken. Wat in sadistische fantasieën meestal ontbreekt is de gelegenheid of de moed of de daadwerkelijke wil om ze in de praktijk te brengen: ze blijven steken op het vlak van de woorden, de gedachten en de beelden. Als sadistische fantasieën plotseling werkelijkheid zouden worden, zou de wereld één groot bloedbad zijn, een krankzinnige martelkamer. Afgezien van de catechismus, die terecht de moeite nam om alle aspecten en alle activiteiten van de mens te beslaan, zowel de fysieke als de mentale, om ook de mogelijkheid dat iemand alleen in zijn intenties zondigt te kunnen vangen, is het overduidelijk wat een fantasie scheidt van een daad: maar hoe dicht liggen die twee bij elkaar? Welke vergelijking brengt ze met elkaar in aanraking, zodat ze in elkaar overgaan? Kan iemand een wrede daad verrichten zonder daar ooit over te hebben nagedacht? En vooral, als iemand het gewend is om zich te vermaken met en te genieten van gewelddadige beelden, is hij er dan echt zeker van dat het nooit zal voorkomen dat hij er vaste vorm aan zal geven in het echte leven, dat hij die dingen dus echt gaat uitvoeren, in plaats van er alleen maar over te dromen?

Hoofdstuk XV

Ik heb ergens gelezen dat een tweeëntwintigjarige jongeman had geprobeerd een vrouw van drieënvijftig te verkrachten. Aangezien zij zich trots bleef verzetten vermoordde hij haar, waarna hij haar lijk schond en het in een meer dumpte. Later viste hij het weer op om het nog een keer te schenden.

O, hoeveel verhalen ik niet ben tegengekomen tijdens mijn onderzoek! Bijvoorbeeld dat van een man die het stoffelijk overschot van zijn dierbare zus had geschonden, dat in de doodskist lag voor de dodenwake, waarbij hij in haar mond klaarkwam, en zo troffen de familieleden hem aan, met zijn gulp open naast het besmeurde gezicht van de overledene, hij was in de greep van zo'n intens genot dat hij niet eens had gemerkt dat ze de rouwkamer betraden.

Dat soort dingen zijn eigenlijk onbegrijpelijk, maar toch probeer ik ze te begrijpen, en het lukt me bijna, bijna lukt het me, misschien niet om het te begrijpen, dat wil zeggen om me een dergelijke daad volkomen eigen te maken, maar, nou ja, het lukt me om er zeg maar *een beeld bij te hebben*, de daad neemt voor mijn ogen vorm aan, ook al blijft hij vaag en kan ik er geen betekenis aan geven. Dat iemands voorkeur uitgaat naar een stoffelijk overschot in plaats van een levende vrouw heeft een bepaalde reden, flinterdun als een haar, maar haren kunnen ook heel stevig doorgroeien, nooit afbreken, nog jaren intact blijven nadat iemand is gestorven, vastgehecht aan datgene wat geen hoofd meer is maar een schedel... Het ontbreken van een hartslag of enig sprankje energie, de roerloosheid, de passiviteit van het dode lichaam zijn prikkelende elementen voor een handeling die onweerstaanbaar moet zijn, die niet mag worden gestopt of getemperd, en die dus volmaakt blijkt om de onontkoombaarheid van het lot te vertegenwoordigen. Het lijk is de enige menselijke figuur die volledig ontdaan is van een eigen wil. Zelfs de meest meegaande, onderworpen masochist is niet even beschikbaar als een stoffelijk overschot. De strelingen van een levend lichaam worden altijd afgeremd of omgeleid door hoe het reageert, en kunnen niet hetzelfde onbetwiste genot geven dat iemand krijgt wanneer hij een lijk tegen zich aan klemt en dat met liefkozingen overstelpt. Als de uiterste gewelddaad van de moord eenmaal is volbracht, kan zich een wereld van tederheid openen; wreedheid heeft geen enkele bestaansreden meer: wanneer het lichaam van de weerspannige pop eindelijk tot bedaren komt, kan het worden bedolven onder de liefkozingen. Er is het verhaal van een man die het afgesneden hoofd van een vrouw mee naar huis nam, en het voortdurend kuste en liefdevol 'mijn vrouwtje' noemde.

Het indringende verlangen om, als contrast met die roerloosheid, een organische vloeistof over dat ontzielde lichaam te zien stromen...

Zoals die perverse Japanners die een gans neukten en deze dan precies op het moment dat ze klaarkwamen met een keukenmes de kop afsneden: de volmaakte gelijktijdigheid van het genot en de dood.

Destijds raakte in de kustplaatsen het topless zonnen in zwang, en in mindere mate, al heeft het altijd bestaan, ook het nudisme. Het nudisme heeft echter het typische kenmerk dat het een soort ideologische overtuiging vergt, terwijl iemand om haar bovenstukje af te doen geen proclamatie hoeft te doen en nergens mee hoeft te wapperen behalve met haar tieten, en zo verbreidde die gewoonte om zich op het strand bloot te geven zich ook in Italië, totdat het zo onbeduidend werd dat het weer bijna zeldzaam werd, zou ik zeggen, en meer kenmerkend voor een bepaalde generatie, waardoor het tegenwoordig minder vaak voorkomt dat twintigers hun borsten laten bruinen dan vrouwen van over de vijftig, dat wil zeggen de twintigers van toen, die het gewend zijn. Hoe dan ook, de traditionele grens van de vrouwelijke preutsheid is dus veel meer opgeschoven door het topless zonnen dan door het nudisme. Sommige theoretici opperden de stelling dat die preutsheid voortkwam uit het feit dat de genitaliën van een vrouw verstopt zitten, vrijwel onzichtbaar zijn. Vandaar dat mannen er zo op gebrand zijn die te exploreren, het geheim ervan te schenden. Ze blijven daar mooi zitten, beschermd door het donker tussen hun dijen. Maar borsten? Een kut mag dan onzichtbaar zijn, borsten zijn overduidelijk te zien, zowel de naakte, de flink grote, maar ook de kleine en de slappe zie je al van veraf. Ook al doet een man nadrukkelijk zijn best om er niet op te letten, hij kan ze onmogelijk niet opmerken, er geen nota van nemen, en zelfs een afstandelijke observator als meneer Palomar van Italo Calvino liep heen en weer over het strand om ernaar te gluren. Wat gold voor een man geboren in 1923, gold en geldt evengoed voor een man uit 1956. Voor de latere generaties zou ik niet kunnen zeggen hoe het werkt...

Ja, ja, het is duidelijk, zult u zeggen, nu weten we het wel. Als vrouwen worden gebruikt als lustobjecten, wegwerpartikelen voor eenmalig gebruik, kan het lastig zijn opgewonden te raken als men ze niet gelijkstelt aan, inderdaad, een object. Vandaar dat een vrouw die praat, redeneert, reageert, protesteert of huilt onverdraaglijk kan blijken te zijn, zozeer dat de verkrachter niets anders rest dan haar om te brengen.

Dat gezegd hebbende is het onbetwistbaar zo dat een aanzienlijke portie van het genot dat de geslachtsdaad oplevert bestaat in de universele en ten onrechte gehekelde *objectificatie* van het lichaam van de geliefde zowel als van het eigen lichaam, die bij de geslachtsdaad op wonderbaarlijke wijze los komen te staan, onafhankelijk van het geheel, teruggebracht tot de pure vorm waarin ze zijn gemodelleerd, waarbij de afzonderlijke anatomische details los worden gezien van de algemene betekenis die vereist is om het individu bijeen te houden, en zelfs los van de identiteiten die in eerste instantie verantwoordelijk zijn voor het rendez-vous. Dankzij dat proces zal de vrouw die naakt naast je ligt, de ronding van haar heupen, je voorkomen als een bergketen, en zullen haar borsten zijn als granaatappels, en zullen alle hyperbolen van het Hooglied verbleken, en zullen de metaforen van de barokke dichters en die van Ariel in *The Tempest* niet langer prachtige imaginaire figuren blijven, maar objecten worden, reële objecten, zo reëel als alleen objecten kunnen zijn, dingen, gewoon dingen, materie, enkel fysieke vorm, opdat dat naakte lichaam eindelijk en gelukkig een object is, waardoor je niet per se wordt gedreven om het te verachten, maar om het te bewonderen, behoeden, vereren. En om ermee te spelen. Objecten zijn immers niet gemaakt om te worden kapotgemaakt! Zolang ze tenminste niet in handen van een achterlijk kind belanden. Er is in oorlogstijd meer gedaan om objecten te behoeden dan om mensenlevens te beschermen! Porseleinen serviezen en schilderijen werden opgeslagen in versterkte brandkasten terwijl duizenden kinderen levend verbrandden door fosforbommen. Weten we wel zeker dat we overal en altijd liever worden behandeld als *mensen* dan als *objecten*? Heel af en toe wordt er expres een Meißen-soepterrine kapotgesmeten – en hoeveel vrouwen worden er daarentegen met voorbedachten rade vermoord? Haat hecht beter op mensen.

Vandaar dat ik een paar verzen heb neergepend van een 'Ode aan de seksuele objectificatie':

> *O, de geweldige autonomie van de anatomische onderdelen*
> *waaruit het lichaam bestaat!*
> *De blik lichtjes laten rusten*
> *heel even maar, op de hals van hem of haar:*
> *wat stelt dat nou voor? Meer genot vragen we niet*
> *en daarin zwemmen we als in een eindeloze zee.*
> *O, verrukking van de hoofdloze torso's in musea!*
> *Al die praatjes over de persoonlijkheid, de integriteit*
> *en onschendbaarheid van het individu (welke dan? waar?*
> *wie??) terwijl daarentegen een spiritueel sentiment*
> *in staat tot respect voor het menselijk schepsel*
> *veel sterker wordt aangezwengeld door de anonieme pracht*
> *van een fysiek detail, haren, een borst,*
> *de tenen om te bewonderen en te kussen, de spleet*
> *tussen de billen en de plooi daaronder, ragfijn...*
> *O, de rugspieren van een man die op zijn buik ligt!*

Het is waar dat een lichaam dat is gereduceerd tot een ding het dichtst in de buurt komt van het beeld van een levenloos lichaam... en dát ligt dan ook in de het verlengde van de geslachtsdaad, de begeerte brandt in het zicht van dát, zal dáárin zijn vervulling vinden, dat wil zeggen in het zich eindelijk levenloos voelen, uitgeput, ontdaan van elke betekenis en emotie behalve het liggen als één met de dingen, materie die niet langer op zoek is naar verlossing. '*Misschien zijn jij en ik niet langer personen, maar dingen...*' staat in een liefdesgedicht waarin het lichaam van de geliefde wordt vergeleken met een landschap, met een stilleven. Anders zou de geslachtsdaad gewoon een activiteit als zovele zijn, nuttig of vermakelijk, productief, terwijl het juist exact het tegendeel is van enige productiviteit of enig nut. In het geval dat men zich wel voortplant, als gevolg van de coïtus, is de productiviteit echter eigenlijk paradoxaal, bijna ironisch ten opzichte van de premissen, met een op den duur even spectaculair als onthutsend effect: wat gek, ik bedrijf de liefde om mezelf weg te vagen, en dan reproduceer ik mezelf juist. Ik wilde mezelf uitwissen en nu vermenigvuldig ik me. Het feit dat er in één handeling twee zo uiteenlopende spanningen samengevoegd zijn is door veel denkers beschouwd als een slim bedrog van de natuur, de verleidelijke valstrik van de voortplanting. De romantische twee-eenheid liefde-dood verandert in liefde-leven. Nou, prima, dat betwist ik niet.

De onvervangbare functie van de coïtus is om (in elk geval tijdelijk) een eind te maken aan de zowel uiterst katholieke als uiterst rationele obsessie met het individu, met zijn hele uitrusting aan uniciteit, waardigheid, rechten enzovoort, wat allemaal nodig is bij het bevolkingsregister of voor de rechtbank of op het werk, maar wat in bed alleen maar lastig is, een obstakel. Er is geen gelukzalige overgave weggelegd voor iemand die op de vesting van zijn eigen persoonlijkheid op de uitkijk staat. Wie die psychologische of juridische last meeneemt tussen de lakens zal altijd alleen slapen. Gelukkig komt de seks af en toe voorbij om het veld leeg te ruimen, de resten weg te vegen als het grote blad van een sneeuwruimer. Bij seks begint men elke keer weer bij het begin, oftewel bij het lichaam, die zachte machine. Ja, ik heb het over het wonder van mensen die zijn veranderd in dingen. Als het niet is om ze uit te buiten, te verkopen of ze te laten lijden dat de mensen zijn veranderd in dingen, wat zou er dan mis mee zijn? Waarom zou je datgene als een nachtmerrie beschouwen wat bijvoorbeeld voor mij een dagelijks streven is, misschien wel het enige echt religieuze streven van mijn leven, namelijk dat om te ontsnappen uit mijn persoon? Hoe is het mogelijk dat die heilige behoefte wordt aangezien voor iets verwerpelijks? Gelukzalig een ding worden: o, als dat zou kunnen! Daar zou je jaren voor moeten oefenen, zelfs een brahmaan of een hesychast krijgt dat niet voor elkaar... Niets meer worden dan een plant, een steen, een bloem in de woestijn, of nee, een appel, of nee, de schaduw op de vensterbank van die appel...

Het is onvermijdelijk dat dit proces een risico met zich meebrengt. Deze experimenten vinden plaats op de rand van de krater. Het kan zijn dat men er niet meer uit wakker wordt, dat er een wens wordt vervuld waarvan men de reikwijdte misschien niet helemaal had begrepen. Dat de opschorting van het leven zo wordt opgerekt dat die blijvend is. Dat is het risico. Er is een verhaal over een personage in de Oudheid genaamd Hermogenes, dat in staat was om uit zijn lichaam te treden: zijn geest zwierf naar believen rond over de wereld en pas als hij genoeg had gezien keerde hij terug in zijn lichaam. Op een gegeven moment werd een groepje slechteriken zich echter bewust van die magische eigenschap van Hermogenes, en uit jaloezie staken ze zijn lichaam in brand terwijl zijn geest op pad was. Toen de geest terugkeerde kon die zijn woning dus niet meer vinden... en werd hij wanhopig...

Elke sleutel bevat bepaalde inkepingen waardoor die slechts op één slot passen. Op dezelfde manier streeft ook elk individu een eigen specifieke vorm van beloning na. Vandaar dat het vrijwel onmogelijk is om die te verkrijgen in volmaakte overeenstemming met iemand anders, die beantwoordt aan het vereiste profiel. Het seksuele contact is dan ook vaak frustrerend of geforceerd voor in elk geval één van de beide liefdespartners, of zelfs voor allebei: men bevindt zich bijna altijd een tikkeltje hoger of lager, men past zich aan, of men offert zich op of wordt daartoe gedwongen, van heel veel dingen ziet men af vanaf het begin, van andere behoeften langzamerhand. Men zou meer willen of minder, of sneller of langzamer... Wanneer er veel compromissen worden gesloten treft men elkaar uiteindelijk in een niemandsland, voor beiden onbekend en vreemd; als er geen concessies worden gedaan, wordt de een enkel het instrument voor genot van de ander, maar wie zich daartoe verlaagt zal weldra worden kapotgemaakt en vervangen, versleten en vervangen, vergeleken en vervangen. Eenmaal gedegradeerd tot de rol van instrument, hoe verfijnd en functioneel ook, zal een mens binnen de kortste keren verworden tot een wrak.

In de geslachtsdaad, in elke geslachtsdaad, zelfs de meest vreugdevolle, ligt de mogelijkheid besloten dat deze eindigt met een levenloos lichaam: dat is een symbolische hypothese, die men allegorisch bereikt via de kleine dood van het orgasme, en de catastrofale uitkomst daarvan wordt continu aangeraakt, nagespeeld, tegelijkertijd aangewezen en verborgen in de lichamelijkheid; men benadert deze dapper en ongeremd of voor de grap, en met een rilling maakt men zich ervan los; het is hoe dan ook aanwezig en dichtbij, als een soort stralend middelpunt van de daad op zich. Hoe ver weg of droomachtig die eventualiteit van de dood ook mag zijn, die is toch net zo aanwezig als de mogelijkheid om een nieuw leven te scheppen, ze balanceert op de horizon der mogelijkheden en vormt een van de elementen die onmisbaar zijn voor genot: onzekerheid. Een indicator van ongewisheid die de geliefden juist daarom aanspoort om zo veel mogelijk van elkaar vast te grijpen. De zwaartekracht van de geslachtsdaad trekt uitersten aan, is het oog van de maalstroom waarin elke energie wordt opgezogen: dáárin wordt alle verspilde energie gekanaliseerd. Dat is wat de paring van individuen inhoudt: hun vernietiging; in dat vuur worden de identiteiten opgeheven en kan er een nieuwe ontstaan die pas maanden later het licht zal zien. Tussen de talloze differentiaties en de variaties op dit thema zijn er echt dodelijke, waarbij de mogelijkheid van de dood die elders als een spel in scène wordt gezet daadwerkelijk vorm krijgt als een onvoorziene uitkomst, of op een nog puurder, extremer niveau, wanneer het juist de bedoeling is om te doden en de seks enkel fungeert als executieprotocol. Zoals de staat de guillotine of de strop gebruikt, zo gebruikt de individuele maniak de seksuele daad, die weliswaar op zich niet volstaat om de dood te veroorzaken, maar die deze als het ware inleidt, er een voorbereidende fase van is, net zoals vasten en ablutie dat zijn voor bepaalde religieuze ceremonies die via tussenstations naar het uiteindelijke visioen leiden; in plaats van dat de aanvaller erdoor tot bedaren komt, drijft de seks hem naar een hoger niveau, de volgende halte, die van de moord: dat was waar hij al vanaf het begin naartoe wilde. Zo wordt datgene wat als een verborgen implicatie in de seksuele impuls besloten lag, in een vorm die nauwelijks te onderscheiden was van de andere drijfveren, ineens gezuiverd en versterkt aan de oppervlakte gebracht, en uiteindelijk is het zo sterk dat het zich kan losmaken van de bodem waarop het rustte, het maakt zich er volledig autonoom van, het wordt zelfs de exacte tegenpool, de negatieve stand-in ervan. Zo ontstaat er dus binnen het erotisch universum (en niet erbuiten, zoals men geneigd is te denken) een zone waar in plaats van wederzijds genot en vreugde enkel de dood triomfeert. En die is niets anders dan de verborgen wending, de liefdesdaad die plotseling in mineur eindigt.

Het is altijd een ontleding. De dissectie van het vrouwelijk lichaam uitgevoerd door de fotografische blik, zowel in de pornografie als in de artistieke fotografie. De stukken vrouw obsceen en uitgerekt en roodgeverfd of ijzig als marmer in de geweldige korrel van de meesters in zwart-wit: het doel is anders maar het ontleedproces zeer vergelijkbaar.

De anatomische details die je van zo dichtbij ziet, tijdens de geslachtsdaad, zijn niet een ding, maar ook niet een persoon. Het is iets wat wel levend is, maar geen persoonlijkheid heeft. Al worden ze in een bepaalde vorm weergegeven, een borst, een oor, een tepel, de kloppende aderen op een arm of op het erecte mannelijk lid of die je door de witte huid heen ziet schemeren, de beharing, de navel, een dijbeen, het kontgat dat krampachtig wordt dichtgeknepen of uitgerekt, het oog met de wenkbrauw erboven, zijn niet heel erg verschillend van elk ander oog, dijbeen, pols, kontgat. Ze zouden in wezen van iedereen kunnen zijn, en daarin schuilt het eindeloos wonderlijke ervan: in het feit dat ze zo onpersoonlijk zijn. Ik bedoel niet dat ze *allemaal hetzelfde* zijn, maar dat ze *van niemand* zijn. Seks maakt degenen die hem bedrijven zalig anoniem terwijl ze verstrengeld zijn en de horizon van hun blikveld belemmerd wordt; of in de witte ontspanning die volgt op de convulsies. Wanneer iemand zich blootgeeft, zijn naakte lichaam laat zien en overlevert, verdwijnt de persoon, opgeslokt door zijn eigen lichamelijkheid. Hij is klaar om te worden genomen door een ander, door diens blik of handen, vastgepakt, bezeten, afgewezen, gebruikt of afgedankt. In een ontwikkelde beschaving, waarin geen slavernij voorkomt en minderjarigen beschermd zouden moeten zijn tegen machtsmisbruik door volwassenen, is dit de enige gelegenheid waarbij men zich meester kan maken van een individu. *Zich het toe-eigenen*, zoals men zou zeggen van een voorwerp. Aangezien men geen personen bezit maar alleen dingen, zou er geen wederzijds bezit mogelijk zijn als de geliefden zich niet aan elkaar zouden overgeven. Juist door in diens handen een ding te worden staat men hem toe om volledig persoon te zijn, dat wil zeggen een subject in staat om bezit uit te oefenen. Iemand die wordt bezeten, staat toe dat degene die bezit stijgt in rang: door de eigen individualiteit, de eigen naam te verliezen, zorgt men ervoor dat de ander die als door een wonder verwerft. Of die ruil (persoon voor ding, ding voor persoon: ik maak van mezelf een ding om jou tot een persoon te maken) het resultaat is van een verkrachting of misbruik, of dat deze plaatsvindt als een vrije liefdevolle uitwisseling, of als een pure uitoefening van perversie, verandert niets aan het wezen ervan, maar alleen aan de modaliteit: als een ding behandeld worden kan dus óf een fantastische ervaring zijn, óf een riskante vorm van vermaak, óf de ergste nachtmerrie van een mens.

Wie jou nooit naakt heeft gezien kan niet begrijpen
wat een landschap werkelijk is, wat de contouren zijn
van bergen en rivieren, en afgronden, de immense vlakte
van de strakke huid tussen de heupbeentoppen
nu eens donker, dan weer licht of besneeuwd
al naargelang de seizoenen die eroverheen gaan.
Puur fenomeen, pure uitgestrekte materie, ontdaan
van jaren erotiek van alle zintuigen:
of jawel, dat beroemde gedicht over die reuzin
('Ik zou haar enorme vormen tot in alle hoeken bezoeken
en ik zou slapen in de schaduw van haar borsten...' enzovoort)
jawel, nu herinner ik het me en begrijp ik het ook een beetje.

Misschien zijn jij en ik niet langer personen, maar dingen.

De consequenties van dat proces waarbij de mens tot een ding gereduceerd wordt kunnen zo ver voeren dat een terugkeer niet meer mogelijk is. Aangezien personen altijd kunnen worden gereduceerd tot dingen, terwijl dingen nooit personen kunnen worden (in elk geval niet zolang we geen robots hebben die kunnen denken, maar dan ook écht kunnen denken), neemt de hoeveelheid dingen op de wereld voortdurend toe. Opdat die hoeveelheid niet overstelpend wordt, worden veel dingen *geëlimineerd.* Als schroot, op een vuilstort. Hetzelfde gebeurt met personen: eerst zorgt men dat ze worden gereduceerd tot dingen, dat wil zeggen, men verwijt ze dat ze niets menselijks meer hebben. Dat is het traject van de vernedering, waarbij mensen zo ver omlaag worden gehaald dat men ze kan verachten om wat er van ze geworden is. Wanneer het lichaam beschikbaar is als ding, wil dat zeggen dat het inwisselbaar is, en dat men het dus gerust kan elimineren. Iets waarmee we kunnen doen wat we willen heeft geen enkele waarde meer.

Kijk, dat anatomische detail wordt een wonderbaarlijke accumulator voor de opslag van eindeloze denkbeeldige of daadwerkelijke hoeveelheden genot of pijn. Wat een willekeurig anatomisch stukje van een man of vrouw heilig maakt is juist het onpersoonlijke ervan, de anonimiteit, zoals bij die marmeren torso's die je in musea ziet en die vaak nog meer bewondering wekken dan een volledig lichaam. Wat kan ons het schelen of dat dan Hercules is in plaats van een andere god of held? De vervlechting van de spieren, de massa van het vlees, de halve bolling van de bil van een Venus Kallipygos zijn het contact verloren met de naam, met de geschiedenis, de betekenis.

Net zoals bij de middeleeuwse beelden de handen en de ogen en het gezicht buitenproportioneel groot waren ten opzicht van de rest van het lichaam, omdat daarin de spiritualiteit van de mens getoond werd, en kunstenaars besteedden destijds meer aandacht aan de betekenis dan aan het totale plaatje, is er ook bij de pornografie heel veel aandacht voor de betekenis en niet voor het realisme van de volledige menselijke figuur, zodat door de keuze van een objectief of een zeer nabije close-up de anatomie wordt vervormd, en de onderdelen en de momenten in hun pure, gestileerde toestand worden verheerlijkt: de pik, de vrouwelijke openingen, de opengesperde mond, de zaadlozing.

Redenen voor een erectie zijn er tientallen. Elke jongen bouwt in de loop der tijd op goed geluk, of dankzij een nauwgezette zoektocht, een iconografie op bestaande uit lichamen en details van lichamen, vooral de exclusief vrouwelijke delen, oftewel de borsten. De tieten. De memmen. De dikke prammen. En hij leert zijn opwinding te richten op die anatomische galerie, daarop zijn erecties te wijden die zich aanvankelijk in het wilde weg voordeden; en op die manier verwerft hij stukje bij beetje de zekerheid over zijn daadwerkelijke seksuele voorkeuren. Hetzelfde gebeurt met gebed en opoffering, want dat zijn oerbehoeften die echter aanvankelijk geen duidelijk doel hebben. Men voelt de behoefte om te bidden maar weet niet tot wie, zodat de goden vaak de ontvangers zijn van een offer dat al vóór hen bestond: eerst komt het geschenk en dan besluit men aan wie het op te dragen, net zoals eerst de erectie komt en men daarna een galerie aan lichamen creëert waaraan de erectie gewijd zal worden. Die lichamen zijn niet de oorzaak ervan, maar de bestemming. Je kunt een stijve pik krijgen uit woede of uit angst, terwijl je op een sleetje zit, terwijl je een boom tekent of een geweerschot hoort, terwijl je naar het bord wordt geroepen, tijdens het lezen van een strip van Mickey Mouse of Tex Willer, terwijl je achter de huiskat aan rent om hem op zijn staart te trappen, wanneer de kioskhouder je te veel wisselgeld geeft en wanneer zich bij het ontbijt een velletje vormt op je te warme melk. Angst en verlangen lopen door elkaar heen, en zullen altijd door elkaar heen blijven lopen.

Dat er voor tieten wordt gekozen, is omdat die het vanzelfsprekende symbool zijn van vrouwelijkheid, zodat daarmee degene die zich ertoe aangetrokken voelt zonder enige twijfel als mannelijk wordt gekwalificeerd.

...de naakten van die tijd zijn bijna nooit integraal, in die zin dat je het lichaam niet volledig ontbloot ziet; het draagt nog kledingstukken die als verleidelijk worden beschouwd: panty's, netkousen, basketbalbroekjes en zweetbandjes, witte sokken en omgeslagen beenwarmers om de kuiten, ja, ontzettend veel beenwarmers ten teken van hard werk in de sportschool om zo'n lijf te krijgen, en aan de rekstok om het stevig maar sierlijk te maken... dansschoentjes of gymschoenen... of korsetten, guêpières, jarretelles, kant... kant en borduursels, overal... dikke, donkere bontjassen die bij wijze van bedsprei gebruikt worden waar het gemakzuchtig naakt, rozig of maagdelijk wit, onder vandaan komt... met om de hals sjaals, foulards, doeken, chokers, strakke ket-

tinkjes, of parelsnoeren, of kettingen met grote stenen, of geometrische figuren die tussen de borsten bungelen, bijna tot op de navel, en zelfs nog lager, tot op de levendige schaamstreek, een heleboel kettingen in alle soorten en maten... en de buik gretig omzoomd door elementen die de continuïteit ervan verbreken, zoals leren ceinturen, banden van badjassen en peignoirs, linten, bretels, stropdassen, randen van handdoeken en lakens die over zich heen zijn getrokken als door een ondeugende oprisping van preutsheid... de schouders vrijwel nooit ontbloot maar half bedekt met minieme transparante bloesjes of shirtjes, en wikkelvestjes en teddy's die wijd openstaan om de allesoverheersende boezem te tonen... die geruite cowgirlbloezen die schalks om het middel geknoopt blijven zitten ook al zijn vlak daarboven de knopen eraf gesprongen door de tieten... waar af en toe lieftallige blonde vlechten overheen vallen als van een boerenmeid, restanten van een verloren of nooit gekende onschuld... manteltjes met franjes en indianengiletjes en bolerootjes die altijd wijd openvallen door die brutale borsten... en op het hoofd een breedgerande hoed, een pet, een zonneklep van linnen of doorzichtig plastic, een badstoffen hoofdband, een oesjanka, een skimuts...

Hoofdstuk XVI

Een monster is per definitie onverschillig voor alles, behalve voor één detail, één flinterdun anatomisch stukje. Hij voelt zich door de vrouwelijke maagdelijkheid geïntimideerd, uitgedaagd en aangemoedigd om geweld uit te oefenen en daarmee uit de impasse te geraken die de maagdelijkheid zelf vertegenwoordigt. Om een maagd te verkrachten is een vastberadenheid nodig die alleen maar gepaard kan gaan met wreedheid. Tegenover de maagdelijkheid raakt de perverseling opgewonden en geïrriteerd terwijl de impotentie op de loer ligt. Daarom zal hij elk middel of instrument aanwenden om zich maar te kunnen uitleven op dat lichaam, dat hij absoluut niet ongemoeid kan laten. Dat is misschien wel het huiveringwekkendste in de verslagen en processen-verbaal: wanneer je stuit op citaten van het soort 'hij ging tekeer met een bezemsteel' of 'de inbrenging van een bierfles', alsof het gebruik van voorwerpen om het slachtoffer mee te penetreren in plaats van met het eigen geslachtsorgaan een teken is van een bijzondere kwaadaardigheid en verbetenheid, wat misschien ook wel zo is, maar het is ook bedoeld om de handeling gemakkelijker te maken en niet alleen wreder. Je zou kunnen zeggen dat de ontmaagding door middel van een gebruiksvoorwerp de niet-erotische aard ervan nog zuiverder blootgeeft: de bedoeling ervan wordt duidelijker, want die heeft weinig te maken met de bevrediging van een drift en heeft meer weg van een bloederig, noodzakelijk ceremonieel. Zoals er bij bepaalde primitieve samenlevingen een speciaal voorwerp voor gebruikt werd, een hoorn of een bot, opdat de vrouwelijkheid door niemand in het bijzonder werd geïnitieerd maar in zekere zin door de hele gemeenschap, zo wijdt ook de impotente verkrachter zich aan de taak van de defloratie als ware het een missie die zijn lichamelijke krachten te boven gaat, en gebruikt hij andere middelen voor het verbreken, het ontheiligen en dus teruggeven aan de wereld waaraan het zich tot op dat moment had onttrokken, van dat stukje van de vrouwelijke anatomie dat symbool stond voor de onschuld, en daarmee voor de onaangepastheid aan de maatschappij van de hele vrouw. De handeling van de verkrachter komt voort uit een soort oerkracht die veel verder gaat dan zijn begeerte; deze is uiteraard opgewekt door zijn opwinding en zijn persoonlijke gebrek aan scrupules, maar is niet te verklaren alleen op basis daarvan. Het is als een noodlot, alsof hij zich in wezen een beul voelt die een opdracht uitvoert. Via hem worden wrede, onontkoombare wetten ten uitvoer gebracht. De zogenoemde 'zoektocht naar genot' heeft er niets mee te maken. Integendeel, de verkrachters zien het bijna als werk. Iets wat nu eenmaal gedaan moet worden. Tja, iemand moet het doen, en dus doen zij het maar, en hup, aan de slag. Met het lederen seriemoordenaarsschort voorgebonden, dat beroemd is geworden dankzij de bioscoop. In de brief van 28 september 1888 waarin de onbekende seriemoordenaar, in de populaire pers tot dan toe inderdaad 'Leather Apron' genoemd, voor het eerst ondertekende met 'Jack the Ripper', heeft hij het consequent over 'werk': de laatste klus die ik gedaan heb, mijn volgende klus, ik hou van mijn werk... *job* en *work*, dat zijn de woorden die steeds terugkeren, work en job, dat wil zeggen iets wat je nauwgezet uitvoert, uit plichtsbesef. Aangezien zijn identiteit nooit is ontdekt, blijft de Ripper zogezegd een collectieve figuur, iedereen kan zijn masker en schort dragen en zo anoniem blijven terwijl hij zijn kenmerkende rol overneemt: de wreedheid, de zinloosheid en tegelijkertijd de ondoorgrondelijke noodzaak van zijn werk, het spotten met de wet, kortom, de eigenschappen die hem populair zouden maken. Jazeker, *populair*, een populaire moordenaar, juist omdat hij zo verachtelijk was. Verachtelijkheid is een smaakmaker bij de roem, niet een tegengif. Dat is de reden waarom het personage Jack the Ripper nooit zal sterven. Hij zit verankerd in ons collectief bewustzijn.

Hoofdstuk XVII

Sterven direct nadat je je maagdelijkheid hebt verloren. Sterven terwijl je die verliest. De plaats van de vruchtbaarheid gecombineerd met het moment van de dood. Een platgetrapte en uitgeperste druif kan staan voor een nieuw leven, maar ook voor een leven dat wordt uitgedoofd. De bruiloft is een bloedbruiloft, een huwelijk met de dood, net als dat van Persephone die in de onderwereld verdween met Hades, de god die vele zielen ontvangt. Het meisje gaat van het ene naar het andere rijk, zonder tussenfases. Hades scheurt de aarde open om Persephone een rijk aan te bieden vol kostbaarheden en angst: het aanbod is zo rijk en riskant dat degene aan wie het gericht is erdoor overweldigd wordt. We zijn ontzet, overrompeld. Iedere notie is doordrenkt van paniek. Als deze overgang naar het bewustzijn onvermijdelijk is, dan kan het geoorloofd of zelfs noodzakelijk lijken om het tijdsbestek daarvan in te korten met geweld. Een brute handeling kan zelfs eerlijker overkomen dan het getalm in allerlei aanstellerigheid, draaikonterij en omhaal van woorden... Gewoon dat meisje spenen, uit het nest rukken, haar fantasieën en onnozele ambities meteen de kop indrukken.

'Nu ben je een vrouw.' 'Toen je op het gras ging liggen was je een meisje/ en toen je opstond was je een vrouw.' Dat zei men tegen een meisje nadat haar maagdelijkheid haar was ontnomen. Of ze zei het tegen zichzelf: 'Ik ben nu een vrouw', in liedjes. Zo zeiden ze dat toen: de maagdelijkheid ontnemen, of de maagdelijkheid wegnemen, zoals een lastige verstandskies wordt weggehaald.

De maagd heeft het zwaar te verduren, het is alsof men haar wil straffen voor haar trots of haar naïviteit om maagd te blijven, voor het feit dat ze haar deugd heeft gecultiveerd. Haar deugd is echt een reden voor ongeluk wanneer ze haar vijanden tegenkomt, want die willen het haar duur betaald zetten, zoals gezegd, met een paradoxaal pedagogische bedoeling. De tentoongespreide deugd verwordt uiteindelijk tot een 'heerlijke ondeugd'. Kennelijk is er trouwens geen enkele uitweg voor vrouwen: ze worden verkracht omdat ze de man ófwel verleiden ófwel afwijzen. Beide houdingen worden als provocerend gezien. Alleen worden ze in het eerste geval gestraft door op buitensporige wijze tegemoet te komen aan datgene wat hun wens leek te zijn; en in het tweede geval door hun met geweld te ontnemen wat ze probeerden te verdedigen. Het object is hetzelfde, of dat nu schaamteloos wordt aangeboden of angstvallig wordt ontzegd: de man die ernaar verlangt een vrouw te straffen interesseert dat object als zodanig eigenlijk helemaal niet, maar alleen als voorwendsel om het een lesje te leren.

Hoofdstuk XVIII

Een wezenlijke psychische dreun ten gevolge van een onbeduidende fysieke kwetsuur. Het is mij een keer overkomen, met een Duits meisje, dat ik beide fases van die overgang beleefde, maar met enige tijd ertussen. Dat interval maakte het tot een buitengewone ervaring. Als je een meisje ontmoet dat nog maagd is, gaat het meestal zo dat je haar ófwel laat zoals ze is, of je bedrijft de liefde met haar en beleeft samen met haar de overgang tussen het vorige leven en dat erna. Als het meisje overeind komt is ze geen maagd meer (dat wil zeggen, er is haar iets ontnomen, maar toch is ze juist door die ontneming compleet geworden).

Mij overkwam daarentegen het volgende, nogal onwaarschijnlijke avontuur. Geloof me, ik zweer dat het precies zo is gebeurd als ik het vertel. En ik vertel het omdat ik meen dat het te maken heeft met de andere verhalen in dit boek en het bloedvergieten, zoals de beroemde anekdote van Freud in zijn studie over versprekingen.

...exoriare aliquis nostris ex ossibus ultor.../ ...moge uit onze beenderen een of andere wreker verrijzen...

Ze heette Bettina. Ik heb in mijn leven met vier Duitse meisjes iets gehad, en drie van hen heetten Bettina. Ze was achttien toen ik haar leerde kennen, ikzelf rond de drieëntwintig. We waren in Spanje, in Salamanca, waar ik een zomerbeurs had gekregen, en zij studeerde daar Spaans. Ze was heel mooi, met sluik blond haar en een klein spleetje tussen haar twee boventanden, wat haar glimlach heel lief en wat infantiel maakte, alsof haar familie expres had besloten haar geen beugel te geven zodat ze die kinderlijke mond zou houden. In haar geval deed haar familie ertoe, en niet zo'n beetje. Bettina was namelijk de jongste dochter van een held uit de Tweede Wereldoorlog. Een straaljagerpiloot die op zijn tweeëntwintigste het ijzeren kruis had ontvangen vanwege zijn buitengewone moed. Bettina vertelde me dit terwijl ze naakt in het bed van mijn studentenkamer lag, in mijn armen, nadat ik vergeefs had gepoogd haar te ontmaagden; ik had het geprobeerd, met alle goede wil. Ik vond Bettina heel erg leuk, en ze wond me op, ik had het zowel voorzichtig als vastberaden geprobeerd, maar toen ik haar begon te penetreren kreunde ze van pijn. *'It hurts! It hurts so much!'* jammerde ze, want ook al was ze daar om haar Spaans te perfectioneren – dat ze overigens al vloeiend sprak, met dat verrukkelijke Duitse accent dat, naast haar prachtige ogen, haar stevige, parmantige borsten en de ongrijpbare blonde donshaartjes die haar als een mantel bedekten en die in haar schaamstreek maar net ietsje voller werden, niet de minste reden was waarom ik Bettina zo ontzettend leuk vond – wij spraken in het bijzijn van anderen wel Castiliaans, maar als we met z'n tweeën waren Engels. Dat was gemakkelijker, directer. *'It hurts!!'* jammerde ze als ik maar een beetje bij haar naar binnen probeerde te stoten. En dat een, twee, drie, tien keer, en zij bleef maar huilen en kronkelen, tot ik bijna de neiging kreeg om haar armen vast te klemmen, zwaar op haar te gaan liggen en hem gewoon bij haar naar binnen te proppen, maar dat durfde ik niet. Dus na een week lang ijverig proberen gaven we het op: we sloten ons op in mijn kamer, we kleedden ons uit, we omhelsden en kusten elkaar, maar verder gingen we niet. Ik herinner me dat mijn geslachtsdeel buitenproportioneel groot en stijf was van de opwinding, na een uur van die omhelzingen en kussen. Zo'n lief, mooi meisje in je armen hebben, naakt, zonder met haar te vrijen (volgens mij probeerden we geen enkel alternatief voor de penetratie, ik kan me niet herinneren dat ik ooit op haar lichaam of in haar handen ben klaargekomen, en ik had haar vluchtig tussen de benen gekust maar alleen in een poging het obstakel te doen ontspannen dat zich opwierp tegen de binnenkomst van dat ding van normale afmetingen dat echter inderdaad buitenproportioneel groot leek vergeleken bij het piepkleine spleetje met die blonde krulhaartjes eromheen, misschien was het zelfs alleen maar daarvoor, om die op mijn lippen te voelen kriebelen, dat ik me over haar heen had gebogen, en nooit langer dan een paar tellen) die Duitse pracht in mijn armen hebben is nog altijd een van de smartelijkste ervaringen die ik ooit heb gehad en die dan ook een onuitwisbare herinnering bij me heeft achtergelaten, die telkens weer de kop opsteekt wanneer er een toevallig verband ontstaat tussen woorden of beelden als 'meisje' – 'Duitsland' – 'blond' – 'pijn'.

Ik herinner me dat er onder de godinnen uit de Klassieke Oudheid een paar zijn die altijd maagd zullen blijven, zoals Athena of Artemis. Zij zijn niet geïnteresseerd in contact met mannen, en het is interessant om stil te staan bij het beslist niet toevallige feit dat de ene godin die seksueel contact mijdt de dochter van 'de schranderheid' is, en de tweede heerst over de grens tussen de beschaafde en de wilde wereld. Daarnaast zijn er godinnen die juist al van oudsher vertrouwd zijn met en toebehoren aan hun man, of dat er nu één is (Hera met Zeus) of meerdere (Aphrodite); alsof ze altijd al zijn bezit zijn. Zij weten wat seks is, wat de man is, en ze zoeken hem continu op, of om met hem te paren of om te voorkomen dat hij dat met anderen doet. Slechts één vrouwelijke godheid, Persephone, verandert haar situatie, van maagd tot bruid, zij is de enige die beide fases van het vrouwenleven beleeft en vertolkt, bij de andere godinnen is dat uitgesloten. (Hoe zou er immers een godin van de liefde kunnen bestaan die haar maagdelijkheid bewaart? Of een godin van de jacht met kinderen?)

En dan komen we bij de tweede fase van Bettina's seksuele leven. Voor wat betreft ik daarvan weet, uiteraard. U moet in elk geval geloven dat het laatste deel van het verhaal dat ik nu ga vertellen waar is, net zoals wat ik tot nu toe verteld heb, en zoals over het algemeen alle gebeurtenissen die in dit boek voorkomen, op enkele kleine details na, echt waar zijn, werkelijk gebeurd zijn, werkelijk hebben plaatsgevonden... ergens, in een bepaalde tijd en op een bepaalde plek, en als het mij niet is overkomen dan wel iemand anders, en dat maakt het voor mij heel gemakkelijk en aangenaam om het allemaal te vertellen. Dit boek schrijft zich zo vlotjes dat zelfs een god het niet zou kunnen bijhouden als ik het zou dicteren. Is dat overdreven? Een beetje wel ja, maar schrijven is wel gemakkelijker wanneer je de waarheid schrijft en je niets verzint, behalve wat passages die het geheugen heeft gewist of die troebel blijven door je onwetendheid, of waarvoor je fantasie nu de prettige moeite heeft genomen om ze op haar manier te ontwikkelen; het is geen liegen, het is geen vervormen maar uitvergroten: een detail, een gezicht, een dialoog, de locatie waar enkele personages elkaar ontmoeten, die misschien van de ene plek naar de andere is gevlogen, net zoals het huis van de maagd Maria, dat door de engelen van Nazareth naar Loreto werd verplaatst.

Ik ontmoette Bettina opnieuw, per toeval, in Rome, anderhalf jaar na mijn vergeefse pogingen om haar schoot binnen te dringen in Salamanca. Haar schaamstreek blijft een van de betoverendste dingen die ik ooit heb gezien; dat geldt niet voor die van elke vrouw. In de meeste gevallen gaat het om een kalmerende plek. Zij die beweren dat de vrouw inferieur is aan de man noemen als plastisch voorbeeld de onbeduidendheid van haar geslachtsorgaan, de vrijwel onzichtbaarheid daarvan, simpel gezegd, het feit dat het lijkt *alsof het er niet is*. Het is een oude discussie, en daarom leg ik haar maar weer eens voor. Het geslachtsorgaan van Bettina was prachtig, al was het dan ondoordringbaar. En het was ongelooflijk dat me nogmaals de kans werd geboden om te proberen erin binnen te dringen.

Ik bevond me op de Piazza del Popolo – ja, ik weet het, een banale plek, zo toeristisch, maar daar was ik nu eenmaal, op dat grote, prachtige plein, zittend op de traptreden voor de kerk aan de rechterkant als je met je gezicht naar de Via del Corso staat, op de hoek met de Via di Ripetta; ik zat met een vriend van me die schilder was te praten over een bepaald artistiek onderwerp, gefocust op wat we zeiden en tegelijkertijd afgeleid door het gebruikelijke schouwspel van het plein, wat een kenmerk is van veel intellectuele gesprekken die plaatsvinden op een plek die zelf al prachtig is: je praat, je luistert, je zoekt naar de draad van de redenering, maar intussen is je blik in vervoering door iets wat hetgeen er gezegd wordt tegenspreekt, uitvlakt of overstijgt. In Rome gebeurt dat regelmatig, het maakt deel uit van de constante dialectiek tussen de onnavolgbare resultaten die in het verleden zijn geboekt en de verwarde leerweg van iemand die aan een artistieke loopbaan begint en zich al bij voorbaat verslagen weet. Verslagen ja, maar niet vernederd, sterker nog, bijna getroost, alsof de jonge kunstenaar in elk geval een beetje van de kracht die hem verplettert in zijn binnenste voelt doortrillen terwijl hij erdoor wordt overweldigd. Ik zat op die traptreden met mijn vriend de kunstschilder, en we hadden het volgens mij over conceptuele kunst, toen ik van achteren werd omhelsd door iemand, of misschien alleen op mijn schouder getikt, maar dan zo dat het voelde als een omhelzing, warm en ontregelend als een omhelzing. En het bleek Bettina, wier gezicht boven me verscheen, terwijl haar blonde haren op het mijne vielen. Ze zei dat ze op ons af was gekomen om iets te vragen, niet omdat ze mij had herkend. Ze had inderdaad een plattegrond in de hand en naast zich een vriendin, de klassieke vriendin met wie er reisjes worden gemaakt, monumenten bezocht en er wordt ingegaan op de flirterige praatjes van de plaatselijke jongens, die eveneens met z'n tweeën zijn, net zoals de schilder en ik dus inderdaad. Maar ik hoefde Bettina niet te versieren, dat had ik twee zomers eerder al gedaan, in Salamanca, ik had al flirterige onzin tegen haar uitgekraamd, ik had haar al gekust en uitgekleed. En we hadden langdurig liggen rollebollen op een eenpersoonsbed. Ik had meteen het idee dat ze veranderd was. Ik weet niet of ze mooier of minder mooi was, maar ze was ver verwijderd van het etherische meisje dat ik herhaaldelijk had geprobeerd te penetreren in het Castiliaanse studentenhuis, voordat ik het bijltje erbij neer had gegooid omdat het een te moeizame onderneming was waarvoor je over een dosis geduld, specifieke vakkundigheid of misschien alleen maar bruutheid moest beschikken die ik kennelijk niet bezat. Misschien zou het al genoeg zijn geweest om geen aandacht te besteden aan haar smeekbede om op te houden (*'Please, stop... It hurts so much!'*). Bettina was verrukt en opgewonden vanwege onze ontmoeting. Dat was ik ook. Maar mijn emotie kan ik misschien beter analyseren dan de hare. Zij leek over te lopen van blijdschap en verbazing. Ik ervoer merkwaardig genoeg een schuldgevoel, alsof ik haar iets verschuldigd was, en ook een beetje bezorgdheid, ik bedoel, bezorgdheid om wat me te doen stond; in verwarring gebracht door die prachtige jonge vrouw die bij toeval voor de tweede keer mijn leven kruiste op een andere plek in Europa. En op exact die plek in Rome. Het was destijds gebruikelijk om vrienden te ontmoeten en te praten over onderwerpen die ons na aan het hart lagen, en die we dan ook echt serieus bespraken, bestudeerden, afwogen, ontleedden, en bij gebrek aan echte leermeesters uiteindelijk aan elkaar doceerden. Degene die er het meeste van af wist improviseerde er een bijeenkomst over, die heel vaak werd gehouden op een trap, zittend in de zon die dat soort openluchtlessen in Rome al vanaf maart en tot ver in november mogelijk maakt. Onze favoriete plekken waren de enorme trap voor de Galleria d'Arte Moderna in Valle Giulia, uitgestrekt en verlaten, alsof hij speciaal was gemaakt om debatten van esthetische aard te stimuleren, of de trappen bij de wat minder vaak bezochte kerken, zoals de Santi Giovanni e Paolo al Celio, de San Gregorio Magno eveneens op de heuvel Celio, of bij die kerk aan de voet van de Monte Caprino, ik weet even niet hoe die heet. Afgelegen plekken in de stad, in sommige gevallen bijna verwaarloosd (het plein voor de San Gregorio bezaaid met condooms, achtergelaten door degenen die er na zonsondergang kwamen neuken in de auto), nou, als ik die dag op een van de gebruikelijke plekken had afgesproken met de kunstschilder had ik Bettina nooit meer teruggezien en zou het laatste beeld dat ik van haar koesterde, betoverend ondanks dat het voortkwam uit een mislukking, zijn geweest hoe zij naakt op het bed van mijn studentenhuis in Salamanca met een slappe arm over haar ogen, een weemoedige houding maar perfect om de contouren van haar trotse, dicht bij elkaar staande, elkaar bijna overlappende borsten goed te laten uitkomen, stilletjes lag te huilen omdat ze er niet in geslaagd was om met mij te vrijen, omdat ík er niet in geslaagd was om met haar te vrijen: een gezonde, donkerharige, viriele Italiaanse jongen plus een beeldschoon blond, soepel, hartstochtelijk Duits meisje, wij tweeën bij elkaar waren er niet in geslaagd om iets te doen wat toch eigenlijk heel simpel en banaal was, zoals in elkaar opgaan, twee delen van onze lichamen, die qua vorm en afmeting op elkaar aansloten, in elkaar te stoppen, ook al wilden we het heel graag, en hunkerden we er zelfs naar; en de tranen drupten van onder haar arm op haar kin en haar hals. Zij schaamde zich, ik had me ook geschaamd, mijn mannelijke doorzettingsvermogen was blijkbaar minder sterk dan haar verlangen om haar maagdelijke toestand op te heffen. Meer dan dat kon ik niet opbrengen, ik vond Bettina zo ook leuk, maagd tegen wil en dank, verdrietig en huilerig en beeldschoon, dus wat kon het schelen dat ik haar niet geneukt had, dat ik niet met haar geneukt had (de transitieve en intransitieve vorm van hetzelfde werkwoord, waarmee ook twee heel verschillende handelingen worden aangeduid – die ik echter hoe dan ook *geen van beiden* had verricht), ik was evengoed tevreden omdat haar schoonheid alles goedmaakte. Ja, dat klinkt misschien onlogisch, maar met een heel mooie vrouw zou ik er genoegen mee kunnen nemen om haar alleen maar te kussen of haar borsten aan te raken, of om haar bloot te zien, bloot voor mij, ook zonder me met haar te verenigen, misschien omdat ik een verdomde estheet ben, een ander zou zeggen een slappe zak of een halve homo; terwijl een vrouw die minder mooi is, of helemaal niet mooi, of zelfs lelijk, nou, daar moet je bijna verplicht mee neuken, ik bedoel, daar moet je per se mee neuken als de procedure daarvoor eenmaal gestart is, het is niet acceptabel, het zou niet aanvaardbaar zijn om dat doel niet te bereiken, nadat je het, wellicht onbewust, hebt gepland. De lichtende schoonheid van Bettina's lichaam was aan de ene kant een rijkelijke beloning voor mijn ogen; en aan de andere kant verschafte die me een kalmte, een zachtheid, bijna een weemoedige loomheid, dat wil zeggen, allemaal sensaties die niet echt ideaal zijn voor iemand die op moeilijkheden stuit bij het ontmaagden van een meisje.

Maar daar op de Piazza del Popolo konden we nog niet meteen expliciet maken wat voor ons volkomen duidelijk was. Wat dan? Dat we het opnieuw zouden proberen. Dat we het opnieuw móésten proberen. Dit opmerkelijke toeval kon alleen maar worden geïnterpreteerd als een verplichting, een duidelijk gebod om weer met elkaar naar bed te gaan en deze keer wel bij elkaar naar binnen te dringen. Op dat idee, op dat mechanische lichamelijke detail, op de penetratie, is het hele concept van het geslachtsverkeer gebaseerd, vanuit een gezichtspunt dat symbolisch kan zijn of juridisch, of emotioneel, zoals tientallen illustere zaken aantonen; ik weet niet waarom, maar ik weet dat het zo is, dat het zo werkt, dat men het zo zegt, en zolang we dat verhaal niet hadden afgerond met de penetratie van mijn geslacht in het hare (oeps! ik had per ongeluk geschreven: van *haar* geslacht in het *mijne*), was het alsof het hele verhaal nooit bestaan had, alsof het gewoon een droom was geweest, of grootspraak. We spraken dus meteen af voor die avond, maar omdat we de ware reden daarvoor moesten verhullen, of omdat zij zich niet kon onttrekken aan de vriendschapsverplichtingen, was de afspraak met haar en haar vriendin, die zij, Bettina, natuurlijk niet alleen kon laten op de eerste avond, en voor zover ik begreep ook de enige die ze in Rome doorbrachten, aangezien ze de volgende dag alweer weg zouden gaan. Op doorreis. Naar de volgende verdomde kunststad. Ik was dus genoodzaakt een partner te regelen voor haar vriendin. Dat vereisten de gebruiken van die tijd: vrij, maar ook weer niet té, vrij maar nog wel volgens de oude, beproefde, gespiegelde opzet: twee meisjes + twee jongens. Dus nodigde ik de schilder uit, die aanvankelijk tegenstribbelde...

Terwijl ik haar gedag zei flitsten er ineens enkele beelden door mijn hoofd van onze onvoltooide omhelzingen. Ik zal maar niet vertellen over de onhandige pogingen die ik deed om met mijn vingers een gat te openen in Bettina.

De avond was niet echt een succes. Het eten dat ik met tegenzin had bereid: pasta, worst en salade. De schilder was nerveus en sprak de verschillende talen waarin het fragmentarische gesprek werd gevoerd absurd slecht, ik dacht alleen maar aan het moment waarop iedereen zou vertrekken behalve Bettina, die me een verlegen maar ook, zou ik kunnen zweren, ondeugend lachje schonk, en me blikken toewierp die niets gemeen hadden met die van twee zomers eerder. De verandering die in haar had plaatsgevonden was even subtiel als spectaculair. Ook in Salamanca praatte ze niet veel, met haar trage, hese stem, en met dat lichte accent dat elke zin puur en naïef maakte, in elk geval in mijn oren die doordrenkt waren van lessen over de Duitse Romantiek, maar destijds in Salamanca leek dat me een teken van verlegenheid, of zelfs van argeloosheid. Haar charmante voorkomen ging gepaard met een extreem eenvoudige manier van denken en doen, zoals die waarmee ze zich tot mij wendde wanneer we onze steeds minder overtuigde en steeds sporadischer pogingen om te neuken voor enige tijd onderbraken en in elkaars armen bleven liggen, elkaar kussend en strelend, ondanks het permanente obstakel van mijn geslacht dat hardnekkig overeind bleef staan en daarmee een hele reeks 'Sorry', 'Nee, jij sorry' veroorzaakte, en hoe ze bloosde wanneer hij tegen haar aan zwiepte of per ongeluk werd aangestoten of tussen ons opdook als een ongevraagde derde die per se de aandacht op zich wil vestigen, en dus probeerden we om elkaar zoals dat heet 'wat beter te leren kennen', aangezien dat niet vleselijk kon, dan in elk geval met woorden, en vooral zij stelde mij allerlei basisvragen vol authentieke nieuwsgierigheid, over mij, over mijn familie en mijn broer en mijn zus, hoe ze heetten, wat voor haarkleur en teint ze hadden, verbluft dat zij zo licht waren, en over Italië, en Rome, en over waarom ik andere talen in plaats van Duits had geleerd, terwijl ik eerlijk gezegd, behalve dat verhaal van die tweeëntwintigjarige piloot die zijn Messerschmitt fanatiek op de Engelse bommenwerkers af sturde (ik zie hem voor me, het haar hoog opgeschoren in de nek, ijzige ogen, absolute verachting van het gevaar, een atavistische vertrouwdheid met de dood), nauwelijks enige belangstelling had voor Bettina's familieachtergrond en verleden, en de scholen die ze had bezocht of de toekomstplannen die ze had, sterker nog, zeg maar gerust geen enkele belangstelling: ik was geïnteresseerd in háár, ja, alleen in haar, op dat moment, in mijn bed, en hooguit genoot ik van het duizelingwekkende idee dat daar in mijn armen de jongste dochter lag die als ongelukje op de wereld was gezet door een vermoeide, fanatieke held, oud en verslagen, zij het van top tot teen behangen met medailles, terwijl zij, weerloos en ongerept als sneeuw, verlangde om zich te laten doorboren door een zuidelijke jongeman die kennelijk niet tegen die taak was opgewassen: wat een sukkel, ik vond dat contrast zo geweldig, ik genoot zelfs van het op zich toch frustrerende feit dat ik het niet voor elkaar kreeg, waardoor me toch ook enige verachting toekwam, als een ridder te voet wiens speer was geknakt, evenals zijn trots. Ik vond het dus wel iets romantisch hebben, die machteloosheid, dat absolute obstakel dat zich tussen onze vereniging had opgeworpen, alsof er een scherp zwaard tussen ons tweeën was gestoken om onze wellust te voorkomen, wat ons uiteindelijk dichter bij elkaar had gebracht dan welke geslachtsdaad dan ook. Haar onaantastbare geslacht had de proeve van onze wederzijdse begeerte ongeschonden doorstaan. De hunkering van het meisje gecombineerd met de wellust van de jongen had een neoklassiek beeldhouwwerk opgeleverd, zoiets als Amor en Psyche.

Op je drieëntwintigste galopperen al je gedachten onbeteugeld alle kanten op, tot aan de horizon en verder; biedt elke onzinnigheid een fascinerende, avontuurlijke kant, die je naderhand, in het wrede licht van de volwassenheid, alleen nog kunt zien voor wat hij daadwerkelijk was: een stommiteit.

Nu was Bettina echter kalmer, directer en tegelijkertijd ingewikkelder, en gegroeid in een soort bewustzijn waardoor ze zelfs fysiek groter leek, langer, en misschien zelfs mooier. De fragiele kant die ik in Spanje had gekend en aangeraakt was uit haar verdampt, en datgene wat een vaag maar intens verlangen was had zich ontpopt tot een duidelijke wil. We keken elkaar vaak zwijgend aan, met een dubbelzinnig lachje, terwijl de andere twee gasten met horten en stoten de avond voortstuwden die eigenlijk geen enkele raison d'être had gehad, het was een nutteloze omlijsting die we vanwege de conventie hadden willen plaatsen rondom het beeld dat heel goed op zichzelf had kunnen staan, prachtig en veelbelovend als het was, van onze nieuwe ontmoeting in Rome; en vooral haar vriendin, Heidi, die ik bij een andere gelegenheid beslist sympathiek zou hebben gevonden, en op haar manier aantrekkelijk, ondanks dat ze mager en overdreven lang en sproetig en behoorlijk gespierd was, de rossige Heidi babbelde en vertelde, druk gebarend en lachend, een heleboel grappige anekdotes en avonturen die ze op haar reizen door de wereld had meegemaakt, en ze liet blijken dat ze heel veel wist, dat ze in verschillende landen was geweest, dat ze bijna alle drugs had geprobeerd en een verscheidenheid aan seksuele ervaringen had opgedaan, of beter gezegd experimenten, waar ze altijd op cynische toon over sprak, als incidenten onderweg die sowieso de moeite waard waren geweest om mee te maken (dat was min of meer de dominante filosofie in die tijd: wat ik ook doe of meemaak, ik zal het naderhand niet ontkennen: goed of slecht, het is hoe dan ook *een ervaring*. Onbezonnenheid dus als cognitieve methode. Wie dat allemaal heeft overleefd, kan zich er dan ook inderdaad op beroemen dat hij het overleefd heeft en er op gedenkwaardige wijze over vertellen: dat hij rotzooi in zijn aderen heeft gespoten, dat hij in één nacht met acht mensen heeft geneukt, dat hij een onbekende heeft achtervolgd om zijn dagelijkse patroon door te geven aan degene die hem vervolgens zou liquideren. Allemaal grensoverschrijdende avonturen, die diepe indruk maken op degene die ze beleeft, die fungeren als goedmoedige en hardvochtige bagage, mits iemand er redelijk overheen komt natuurlijk, er niet aan onderdoor gaat, niet doordraait of ziek wordt of crepeert of zijn leven in de bak eindigt, en zelfs als hij daar wél eindigt, kan hij er ooit over vertellen...), en te oordelen naar haar anekdotes moest Heidi in slechts eenentwintig levensjaren wel heel wat hebben gedaan, en mijn vriend de kunstschilder probeerde haar te volgen, haar op haar nummer te zetten door zich ongelovig en al even cynisch te tonen, waarin hij echter werd afgeremd door zijn schoolse Engels en zijn geïmproviseerde Frans, talen die Heidi daarentegen vloeiend sprak. Tot op een bepaalde hoogte wist de schilder het Duitse meisje bij te houden, en hij deed zelfs een poging te bewijzen dat hij extremistischer, nihilistischer, meer ervaren was dan zij door er bij alles wat zij zei nog een schepje bovenop te doen met uitdrukkingen die zelfs nog venijniger en radicaler waren, of grappiger, en hij overstemde de lach waarmee zij haar verhalen gepaard liet gaan met een nog harder sarcastisch gebulder, maar daarna leek hij ineens van stemming te veranderen, of beter gezegd van richting, en koos hij de tegenovergestelde weg, alsof hij bewust had besloten radicaal de andere kant op te gaan aangezien het hem niet lukte om haar op hetzelfde terrein te verslaan.

Heidi had op groteske wijze verteld over haar vader als een megalomane activist tijdens de studentenopstanden van 1968, een knappe, mislukte man.

'Nou, die opstanden van '68 waren niet bepaald een mislukking,' reageerde mijn vriend.

'O nee? Als je mijn vader zag zou je wel anders praten. Of misschien niet, want jullie lijken best wel op elkaar.'

Bettina knikte geamuseerd, de schilder stelde de vergelijking niet op prijs.

'Goh ja, dáár deed je me dus aan denken...' hernam Heidi, '*mein Papa*... en jij mag er ook zijn hoor, als man, tenminste nog een jaar of vier, vijf, want daarna...'

'Hoezo, hoe oud is hij nu dan?'

'Negenendertig.'

'Dus hij was piepjong toen...'

'Toen hij mij ellendig genoeg verwekte bij die ellendige moeder van me!'

'Luister, als hij er niet bepaalde ideeën op na had gehouden, had jij niet het leven kunnen leiden dat je hebt geleid,' zei de schilder ineens ernstig, bijna streng.

'Hoezo, wat voor leven heb ik dan geleid?' vroeg Heidi lachend.

Ook Bettina lachte, en ze keek naar mij.

'Nou, een uitbundig leven...'

'Vind je dat ik losbandig ben?'

Heidi had het Engelse woord '*unprincipled*' gebruikt. Ik moest het uitleggen aan mijn vriend.

'Ik leid een vrij leven,' zei Heidi.

'Ja. Misschien wel te vrij. Bij sommige mensen stijgt de vrijheid naar het hoofd.'

'Lekker ouderwetse gedachte.'

'Nou ja, dat ben ik misschien wel geworden... maar ik schaam me er niet voor.'

'Hou je niet meer van de vrijheid?' vroeg Bettina.

'Ik hou van de vrijheid die je zelf verovert.'

'En jij hebt heel veel gevochten zeker?' sneerde Heidi, die er lol in had om hem te jennen. 'En nu ben je moegestreden.'

'Ik ben helemaal niet moe... alleen...'

'Is dit in wezen niet de best mogelijke wereld?' zei Heidi terwijl ze in haar handen klapte.

'Zou kunnen... nou ja, de minst slechte,' aarzelde de schilder, onverwacht meegaand, ook omdat hij twijfelde waar Heidi heen wilde met haar gedachtesprongen. Bettina keek me aan en schudde haar hoofd. Haar glanzende ogen zeiden me dat ze iets anders in gedachten had, maar dat we de dingen op hun beloop moesten laten. Ook ik vond dat het uiteindelijk goed was om tijd te rekken.

'Nou, weet je, ik erger me gewoon aan hoe sommige mensen zich gedragen, zo, nu heb ik het gezegd.' De schilder sloot zijn zin op een rare manier af. Ik kan net zo goed zeggen wie het was. Hij heette Santo Spatola.

De twee Duitse meisjes keken elkaar aan en sloegen een hand voor hun mond. Toen Heidi de hare weghaalde, glimlachte ze niet meer, haar lippen vormden een strenge streep.

'Tja, sorry hoor, maar als jij echt vindt dat ik een slet ben, waarom verdedig je dan de moraal van degenen die me zo hebben opgevoed, namelijk mijn vader en moeder?'

'Ik begrijp het niet,' zei hij verward, want hij had er inderdaad niets van begrepen.

Tegen twee uur 's nachts gingen ze weg. Maar ook Bettina ging met hen mee, en ik stond paf. Ik deed of zei niets om haar tegen te houden, terwijl ik met ze naar de deur liep en afscheid van hen nam, zo verbijsterd was ik. Blijkbaar had ik er tot dan toe dus niets van begrepen: ze wilde dus niet speciaal bij mij zijn, die avond, maar wat wilde ze dan? Wat betekenden die blikken die we aan tafel hadden uitgewisseld? Zodra ze weg waren begon het te regenen. Het huis trilde van de donderslagen. Perplex, vermoeid, halfdronken en vastberaden om niet te blijven hangen in twijfels en vragen, die ik wilde uitstellen naar de volgende dag, kleedde ik me uit, en nadat ik nog wat versuft door het huis had gelopen ging ik in bed liggen.

Het was nu eenmaal zo gelopen, het had geen zin om erover te piekeren, ook al trok mijn opgewonden geest zich daar niets van aan en bleef die terwijl ik in bed lag allerlei hypotheses, beelden, herinneringen en fantasieën over het Duitse meisjes te berde brengen. Vooral figuren, kan ik wel zeggen, figuren van haar, van haar haren, haar lippen, van die ongrijpbare gouden donshaartjes die haar bedekten...

Ik lag misschien een halfuur te slapen toen ik op de voordeur hoorde bonzen, en ik schrok wakker. Het was beslist gebons en geen donder, want het onweer was opgehouden en op dat moment regende het alleen nog maar, met een dicht, licht geratel, op die monotone manier die uren kan duren. Ik stond op en ging opendoen. Het was Bettina, van top tot teen doorweekt. Ik liet haar binnen, nam haar mee naar mijn slaapkamer, liet haar in mijn bed stappen en ging boven op haar liggen, om haar te verwarmen, want ze was ijskoud, en zodra ik haar dijen had gespreid drong ik bij haar naar binnen. Mijn geslacht was al stijf geworden voordat zij kwam, terwijl ik lag te slapen. Na enige tijd was haar lichaam warm en zacht geworden. Bettina had nog steeds, net als in Salamanca, een nauwe opening, maar ik paste nu wel helemaal in haar; toch voelde ik de behoefte om te verifiëren of ik het me niet alleen maar verbeeldde, zodat ik mijn bovenlijf bijna verticaal oprichtte en omlaagkeek naar de samenvoeging van onze geslachten, waarbij ik haar dijen omhoogtilde en me tegen haar aan duwde, maar niet om nog dieper bij haar binnen te dringen, alleen om te controleren of dit nu echt gebeurde, dat ik helemaal in haar zat.

'Ik heb sinds een jaar verkering, in Bochum, met een heel lieve jongen. En knap is hij ook. Net zo oud als ik. Met hem heb ik helemaal geen problemen gehad, ik bedoel, geen problemen om te vrijen. De eerste keer lukte het meteen en deed het geen pijn. Sindsdien hou ik van hem, en hij van mij. Terwijl ik voor jou niks speciaals voelde. Ik vond je leuk, meer niet. Heel leuk zelfs. Misschien lag het daaraan dat het niet lukte. Ik wil het liefst altijd evenveel van hem blijven houden, als ik dat kan. Nu ben ik verbonden met hem en vind ik het jammer om vreemd te gaan. Daarom ging ik vanavond hier weg. Heidi keek me scheef aan en zei: "Jij bent echt gek, knettergek!", en toen moest ik huilen. Ik wist niet wat ik wilde, weggaan, teruggaan... We liepen naar de bushalte terwijl Heidi maar bleef foeteren, alsof ik god weet wat verkeerd had gedaan, "Ja, maar nu heb ik een vriend!" protesteerde ik, maar niks, ze bleef me voor een idioot uitmaken, en toen begon het te regenen, steeds harder. We gingen schuilen in een portiek, bij de bushalte. Het onweerde enorm. Er kwam maar geen bus. Ik sloeg mijn armen om Heidi heen en ze hield op met haar gezeur. We hebben daar ik weet niet hoe lang gestaan, totdat de bus eindelijk kwam.'

'En ben je toen ingestapt?'

'Heidi hield me tegen. Ze duwde me weg en sprong er zelf in.'

'Kon jij het niet meer halen?'

'Jawel... ik kon het nog wel halen. Maar ik aarzelde. Terwijl de deur dichtging schreeuwde Heidi: "Ga naar hem toe! Nu meteen! Waar wacht je op?" en voordat de bus in beweging kwam begon ik de andere kant op te rennen, om terug te gaan naar jou. Maar het regende keihard en ik raakte in de war. Ik heb heel lang rondgelopen voordat ik het huis terugvond. En toen ik het vond, wist ik niet waar ik moest aanbellen.'

Op dat moment bezweek ze en begonnen de tranen uit haar prachtige ogen te stromen, en om haar te troosten trok ik haar op mij, omhelsde haar stevig en kuste haar in haar hals en op haar oren, en intussen stopte ik mijn geslacht weer in haar, want dat wilde van geen slap worden weten. Toen bleef ik stil liggen, en hield haar zo vast. Zij begon te kreunen, nog steeds huilend, maar ze maakte zich los uit mijn armen en ging recht boven op me zitten, spreidde haar dijen met haar knieën gebogen, met mijn steigerende geslacht in haar gespietst, en alsof ze me haar tranen niet wilde laten zien boog ze haar hoofd naar voren zodat haar haren voor haar gezicht vielen, en ik alleen dat wuivende blonde gordijn zag.

Toen begon ze te bewegen, alleen niet op en neer, maar naar voren en naar achteren, terwijl ze haar bekken stevig tegen het mijne aan geklemd hield en ermee heen en weer schoof zodat mijn geslacht telkens van helling veranderde in het hare. Ik voelde het verschil wanneer zij achteruitging en mijn omlaag gevouwen pik langs haar clitoris wreef, en als ze dan weer naar voren ging en ik met mijn eikel het einde van haar nauwe opening voelde en met de onderkant de nabijheid van haar andere opening, wat ze blijkbaar lekker vond, want juist bij die beweging kreunde ze harder. Ik bedacht dat Bettina was veranderd in die anderhalf jaar. En ikzelf was ook veranderd. Vandaar dat ik, toen ze al rijdend op me was klaargekomen, haar van me af duwde terwijl ze nog lag na te kreunen, op haar buik, met mijn hele gewicht op haar steunde en haar in haar kont nam. Een stuk of tien diepe stoten, en toen ik mijn laatste scheut zaad in haar kont had geloosd voelde ik mijn geslacht eindelijk minder stijf worden, alsof het vloeibaar werd, en zonder dat ik er iets voor hoefde te doen was ik al uit Bettina gefloept.

Haar billen lichtten wit op in het donker, en zij leek wel dood, ze bewoog niet meer, ademde niet meer.

om deze pagina te kunnen omslaan
moet je hem eerst hebben gelezen

Hoofdstuk XIX

Ik had een heleboel vrienden die schilder waren, en verdienstelijk ook. Meer vrienden onder kunstenaars dan in welke categorie ook. Het waren bijna altijd interessante jongens. De beeldhouwer Nunzio had een flinke bos haar en diepliggende, vurige ogen. Mariano Rossano was de klassieke Napolitaanse jongen met fijne, weemoedige gezichtstrekken, afgemeten gebaren, een zweem van luiheid. Met zijn blauwe ogen en korte blonde baardje zag Giuseppe Salvatori eruit als een Fransman eind negentiende eeuw, zo een met een pofbroek en schildersbenodigdheden in de plunjezak van leer en linnen op zijn rug. Bij al die jongens werd je vooral getroffen door hun ogen: de starre, spottende blik van de broodmagere Felice Levini, de onderzoekende blik van Spatola, de blauwe, strenge ogen van Pizzicannella en die vol angst en vrees van Cecafumo, die in het donker, op een denkbeeldige partituur, de tonen van Charlie Parkers solo's volgden. 'Ik moet ze los horen,' zei hij bezeten, 'ik moet ze los van elkaar kunnen horen', wat onmogelijk was, net zo onmogelijk als het onderscheiden van de afzonderlijke waterdruppels in een snelstromende bergrivier. Daardoor verloor Cecafumo zijn verstand.

En verder Limoni, Tirelli, Beppe Gallo, Notargiacomo, Bianchi, Dessi, en Mimmo Grillo, Asdrubali, Messina en anderen. Het was leuk om bij de kunstacademie te gaan kijken voor een onwetende, nieuwsgierige outsider zoals ik. Het leven dat zij leidden was vergelijkbaar maar tegelijkertijd totaal anders dan het mijne: niks geen universiteit, een leertijd die een stuk minder vaag en meer geconcentreerd is dan die van letterkundigen, en dan meteen, of vrijwel meteen, vol overgave aan het werk, zoals het eigenlijk voor iedereen zou moeten zijn, aan het echte werk: schilderkunst, schilderijen, studies, installaties of performances, video's, tentoonstellingen. Degenen die ik ouderwets 'schilder' noem, wisten al vanaf de schoolbanken dat ze kunstenaar wilden worden, kunstenaar wilden zijn: en buiten die materiële roeping waren er nog de trattoria's, het biljarten, de vrouwen, de eindeloze discussies over kunst, voor sommigen van hen de drugs, en dat was het. Hun opleiding was strenger en praktischer, meer 'focused' zou men tegenwoordig zeggen, dan die van ons, want wij verdeden een hoop tijd met woorden, immateriële elementen. Ontbinden, verbinden, ontbinden, verbinden...

Zij moesten voorwerpen produceren, figuren, stoffelijke massa's, oppervlakken, en zich dus inspannen en uitsloven net zoals een smid of een timmerman, zagen, spijkeren, schilderen, zich besmeuren met pigmenten, stof, spaanders, verf. Hun werk bezorgde hun honger en dorst, en het verlangen naar ontspanning als het atelier eenmaal was afgesloten; de ascetische voeding van het woord daarentegen heeft mij altijd verward, volgezogen met lucht en tegelijkertijd klein gemaakt. Werken met woorden is nooit echt werken, het is een gedruppel dat meer doet denken aan een gebed of een monoloog dan aan werk, waardoor je dus redeneert, fantaseert, allerlei wolkjes produceert van alles wat je hebt gelezen, vage gedachten verzamelt en afdankt. Uiteindelijk zullen die vage gedachten, die ingevingen als God het wil een vorm vinden, dankzij een monotone, immer repeterende handeling, die met een paar vingers wordt verricht terwijl de rest van het lichaam nutteloos stijf zit te worden, maar ook al komt die vorm tot leven, hij zal nooit tastbaar worden en hoe dan ook virtueel blijven, slapend, opgesloten tussen de pagina's. Een opgedroogde adem op het papier. Ook daarom maak je je nooit los van dat non-werk, ook niet wanneer je er genoeg van krijgt, en er echt niet meer tegen kunt, zoals Flannery O'Connor heel precies omschrijft: na een paar uur toetsen indrukken 'ben ik het beu om over mensen die niet bestaan te vertellen aan mensen die niet bestaan'.

De schilders daarentegen moesten net als in het beroemde, ijzingwekkende dagboek van hun illustere collega Pontormo aan het eind van de dag dát geproduceerd, of beter gezegd gefabriceerd hebben: *dat bepaalde iets*, een arm, een hoofd, een opperarmbeen, een kleipoppetje, een draaibaar ding, een eerste laag van een collage, het overschilderen of lassen van gebruiksvoorwerpen, of in elk geval het doek van een toekomstig schilderij dat nog gemaakt moest worden.

Onder de schilders was een lange, blonde jongeman, geboren in Liechtenstein, heel rijk, die speciaal naar Rome was gekomen om kunstenaar te worden. Hij leek op Helmut Berger, de acteur van Luchino Visconti. Leda Arbus, de zus van mijn vroegere schoolvriend, die eveneens bij de schildersgroep verzeild was geraakt, op een manier waarover ik later nog zal vertellen, was volgens mij onder de indruk van hem. Maar dat waren we eigenlijk allemaal wel een beetje: van zijn knapheid en zijn geweldige naïviteit. Hij heette Leopoldo, Leopoldo en dan een klinkende achternaam als Von Sigmaryngen, die hij voor zijn artistieke activiteiten had ingekort tot Sygma, ook al duidden wij hem op meer familiaire wijze (en met die zweem van sarcasme waar je in Rome niet aan ontkomt) altijd aan met Wimpy, Wimpy, dat wil zeggen, naar J. Wellington Wimpy, de immer hongerige, besnorde kantoorbeambte die altijd hamburgers eet in de *Popeye*-strip. De knappe, aristocratische kunstenaar rookte sigaretten van een merk dat je nergens vond, De Bruyne, in een blauw met rood pakje, die hij tussen de toppen van zijn lange vingers hield, hij dronk en schonk twaalf jaar oude *peated* maltwhisky in plaats van de gebruikelijke Johnny Walker, en was van plan om lichtgevende teksten te monteren boven aan de vervallen monumenten van de stad, met Engelse zinnen als THIS IS FILTHY, ISN'T IT? of NOT IN SPACE, NOT IN TIME: OPPORTUNITY, waarvan god mag weten wat ze te betekenen hadden, waar ze naar verwezen, maar het waren toch maar loze ideeën, hij zou er nooit een vergunning voor krijgen, en juist die onmogelijkheid stimuleerde hem. Uitzinnige ideeën worden door geen enkel praktisch obstakel afgeremd. Slechts één keer, voor zover ik weet, kwam hij in de buurt van de realisatie van een van die hoogdravende ideeën, of beter gezegd, hij kwam er in de verste verte niet bij in de buurt maar hij probeerde het in elk geval, door deel te nemen aan een aanbestedingswedstrijd voor een kunstwerk ter verfraaiing van het openbaar zwembad in Vaduz. Hij won niet. Evenmin werd zijn project vermeld bij de vermeldenswaardige projecten. Zijn voorstel was ook nu weer een tekst van neonlampen, circa twintig meter lang, die luidde:

WEH DEM DER AUCH NUR EINEN EINZIGEN
TROPFEN ZUM ÜBERLAUFEN BRINGT!

Terwijl de oude en nieuwe literatuur me tegenwoordig nog net zo interesseert als vroeger, ben ik nu niet meer zo geïnteresseerd in de beeldende kunst, elke dag een beetje minder, doordat die zo worden overgenomen door het jargon van de massacommunicatie en reclamecampagnes, en daar bijna niet van te onderscheiden is, al vanaf de manier waarop ze wordt bedacht. Wanneer ik de werken geëxposeerd zie van de beroemdste, briljantste Italiaanse kunstenaar van nu, is het mij niet duidelijk wat er zo wezenlijk anders aan is dan de cartoons in het puzzelblad *La Settimana Enigmistica*, behalve de afmetingen.

Santo Spatola was een van de beste schilders, maar uiteindelijk wel een van de minst fortuinlijke. In theorie was de timing gunstig: terwijl hij zich nog aan het ontwikkelen was kon hij al meeliften op de golf van de zogenaamde 'terugkeer van het schilderen' na de conceptuele periode, maar weldra werd hij overspoeld door anderen die misschien minder getalenteerd maar wel kundiger en inventiever waren dan hij, en die op de top van de golf surften. Hij reageerde op datgene wat hij zag als onrecht, maar dat puur een gevolg van het toeval was, door minder exposities te houden zodat ze zouden worden beschouwd als zeldzame gebeurtenissen waar meer naar werd uitgekeken, maar het resultaat was dat hij langzaam maar zeker uit het zicht van de galeriehouders, verzamelaars en critici verdween, dat hij bij hen, zoals dat heet, 'uit het oog, uit het hart' raakte, al was hij daar overigens nooit echt stevig in genesteld geweest. De kunstwereld had gemerkt dat hij heel goed zonder Santo Spatola kon, en niet andersom, zoals hij zichzelf had wijsgemaakt in zijn eerlijk gezegd steeds minder overtuigde aanvallen van hoopvolle megalomanie. In de kunst, in de film, in de wereld van boeken en kranten, doen zich onverklaarbare fases voor waarin één iemand continu wordt genoemd, geciteerd, overal wordt uitgenodigd, men kan niet zonder hem, men doet onderzoek naar hem en beschouwt het als een wonder om een praatje met hem te kunnen maken, hij wordt onmisbaar, onbetwistbaar, hij wordt bij voorbaat als eerste gekozen, en als het niet als eerste is dan is hij toch een van de eerste drie of vijf namen die worden genoemd zodra men begint te brainstormen over de organisatie van een willekeurig initiatief, een expositie, overzichtstentoonstelling, festival, bloemlezing, rondetafelgesprek; maar dan ineens begint zijn naam te zakken in die ranglijst, totdat hij eruit verdwijnt; niemand heeft het meer over hem; en ook al zou zijn naam bij iemand opkomen, dan zou niemand die er meer uit durven gooien, om zijn gesprekspartners met een grimas te zien reageren, 'Pff...', vergezeld van dat gebaar met de hand en de pols alsof je rommel weggooit, 'O, nee, nee, alsjeblieft zeg!'

Zo gaat dat, en zo was het zonder aanwijsbare reden ook gegaan met mijn vriend Santo Spatola.

Bij die jonge groep waren een heleboel vernuftige geesten, die zich noodgedwongen het hoofd braken om nieuwe dingen te bedenken, iets nieuws om te zeggen, een nieuwe manier van schilderen, of van ophouden met schilderen, of van opnieuw beginnen met schilderen. Ze beschouwden alles wat net vóór hen was gedaan als heel belangrijk en zagen het als hun taak om dat te vernieuwen. Ze moesten breken met het recente verleden, of dat juist eer bewijzen, serieus of spottend. En inderdaad, wanneer je een willekeurige collectie van de twintigste eeuw bezoekt, met de thematische zalen, dan sta je bij negen van de tien kunstenaars versteld van de onverstoorbare historisering van hun werken, jaar na jaar, decennium na decennium, de afwisseling van de stijlen, periodes, bewegingen die ze hebben aangehangen of waarvan ze zich hebben afgescheiden – je hoeft er helemaal geen expert voor te zijn om een bepaald schilderij zo om en nabij te kunnen herleiden naar het jaar waarin het is geschilderd, zo 'gedateerd' is het meestal. Plotseling beginnen ze zowat allemaal te schilderen op een bepaalde manier, en weer even plotseling houden ze daarmee op. Net als bij de mode voel je dat er een wispelturige markt achter zit, die modernisering eist. Welnu, in de literatuur is die compactheid veel minder, er zijn minder bewegingen en tienjaarlijkse of vijfjaarlijkse omslagen, iemand kan misschien wel veertig jaar lang op dezelfde manier blijven schrijven, of juist voor elk boek een andere stijl hanteren: de schrijvers worden individueel gevolgd of genegeerd, per afzonderlijk geval. Dat gevoel heb ik tenminste.

Hoe het ook zij, het was misschien wel juist in de periode waarover ik vertel dat ook in de beeldende kunst de schoolse compactheid van de bewegingen scheuren begon te vertonen en vervolgens aan gruzelementen ging, waarna de kunstenaars verspreid begonnen op te rukken, elk een heel eigen traject volgend, trajecten die elkaar weliswaar kruisten en vaak met elkaar verstrengeld raakten, waardoor ze een warrige knoop vormden, maar ze marcheerden in elk geval niet parallel aan elkaar. Het was een zegen, maar tegelijkertijd een ramp. De werken ondersteunden elkaar niet langer, zoals ze dat daarentegen wel doen in museumzalen die zijn gewijd aan, laten we zeggen, het kubisme of de informelen, waar je schilderijen bij elkaar ziet hangen die elkaar wederzijds rechtvaardigen, de mooie redden de lelijke en de onbeduidende, de onbeduidende vormen de achtergrond, de horizon van begrip waartegen de mooie afsteken. Buiten het kader van de middelmatige werken en onhandige pogingen zouden zelfs sommige meesterwerken bij wijze van spreken stil en nietszeggend worden, terwijl er van de rest helemaal niks zou overblijven. Ik zou eerlijk gezegd niet weten of er tussen de schilderijen van de kunstenaars met wie ik toen omging werken zijn die de definitie 'meesterwerk' verdienen. Misschien kan die titel inmiddels alleen nog maar worden gebezigd in een relatieve of specialistische betekenis (bijvoorbeeld 'een meesterwerk in het horrorgenre', 'wat een meesterwerk, dat doelpunt'), wat dus een vervorming is van de oorspronkelijke betekenis die duidde op een *absolute* waarde.

Santo Spatola vervaardigde nooit een meesterwerk, maar hij gaf wel verschillende keren blijk van een buitengewone kwaliteit. Hij vond het leuk om titels te verzinnen voor zijn schilderijen, of om zijn vrienden daarover te laten meedenken. Uit mijn koker komen bijvoorbeeld *Fantoombeen* (mijn favoriet), en verder *Te menselijk*; *Cul-de-sac*; *De rode droom van moed*; *Onvoltooide rouw*.

Het was simpel en vermakelijk. De titel werd afzonderlijk geconcipieerd, en als hij goed klonk kon hij aan het schilderij worden toegevoegd in een raadselachtige sfeer, waardoor de toeschouwer de taak had om een verband te constateren, of juist het ontbreken van enig verband.

Maar zijn mooiste schilderij blijft toch wel *Zondag is nog altijd zondag*.

Hoofdstuk xx

Het was een duister schilderij, ook al was het in felle kleuren geschilderd. Het stelde een gevecht voor, met een weifelachtig verloop: het was in de eerste plaats al niet duidelijk wie er streden en waarom. Van links kwamen mannen in kleurige uniformen aanrennen, midden in een bos, zwaaiend met zwaarden en dolken, maar met hun ogen geblinddoekt, waardoor ze moeite hadden zich te oriënteren. Eveneens links, helemaal op de voorgrond, bevonden zich twee van hen, rijk gedecoreerd, misschien de generaals van het aanvallende leger op de achtergrond, of misschien twee deserteurs, met heel hoge gevederde helmen. Alsof ze zich niets aantrokken van wat zich achter hen afspeelde, verdeden zij hun tijd met elkaar ronde spiegeltjes te laten zien, zoals vrouwen die in hun tas hebben om hun make-up bij te werken, maar hun poging om zich erin te spiegelen was vergeefs aangezien deze twee mannen net als de rest geblinddoekt waren. Van dichtbij gezien bleek hun blinddoek te bestaan uit een stuk huid, een huid die geschubd was maar ook bijna doorzichtig, zoals een afgeworpen slangenhuid.

Aan de rechterkant van het schilderij, in de bomen geklommen of met touwen vastgebonden aan de stam van diezelfde bomen, of hangend aan lianen die omlaag bungelden van boven de boomtoppen, boven de rozige wolken waarmee de hemel doorstikt was (het waren die donkere lijnen die het tafereel schuin doorsneden en het verdeelden en ritme verschaften), waren allemaal jongeren, meisjes en jongens, die glimlachend keken naar de aanval van de soldaten en erop reageerden door hen te bestoken met huishoudelijke voorwerpen zoals stoelen, kussens, bloemenvazen, schoenen, gieters, radiootjes, keukengerei en badkamerspullen, allemaal tot in de kleinste details weergegeven. Eveneens op de voorgrond, zo groot dat het midden van het schilderij er bijna door geblokkeerd werd, een paar gevallen paarden, met de benen omhoog, en talloze slachtoffers van het gevecht, zowel jongeren als soldaten, sommigen zittend of met hun handen op de rug gebonden op hun buik liggend.

Het geheel zou een spel kunnen lijken, een wrede versie van verstoppertje of blindemannetje, gezien het feit dat de soldaten en de jongeren vrolijk overkwamen en er zelfs een glimlach op het gezicht lag bij degenen die als krijgsgevangenen zaten vastgebonden aan de bomen of die bloedend en met afgehouwen ledematen op de grond lagen, waardoor je het idee kreeg dat hun verwondingen misschien alleen maar in scène waren gezet, of dat ze na het gevecht zouden worden behandeld.

Vanwege de surreële grandiositeit en de massale bewegingen en de details, en de opgeschorte bruutheid, deed *Zondag is nog altijd zondag* me, met de nodige verschillen, denken aan de hoes van een beroemde plaat van Frank Zappa, *The Grand Wazoo.* Maar toen ik dat tegen Spatola zei vond hij dat niet leuk om te horen. Misschien had hij liever gehad dat ik zijn schilderij vergeleek met een strijdtafereel van Paolo Uccello, waarvan hij beslist de gevloerde paarden had overgenomen, of met het mozaïek dat Alexander de Grote voorstelde na zijn overwinning in de slag bij Issus, met zijn ogen uitgerekt tot aan de slapen.

'Hoe ben je erop gekomen?'

'Zomaar.'

'Dus je weet het zelf ook niet.'

'Jawel. Het komt voort uit mijn angsten. Zie je ze?'

Ik dacht dat hij doelde op de gevangenen of op het vergoten bloed. Of op de blinddoeken.

'Dat zijn ze', en hij wees naar de twee mannen op de voorgrond. 'Kijk maar eens goed.'

Ik liep dichter naar het schilderij en die twee mysterieuze figuren toe. Ik zag niks.

'Het zijn hun veren.'

'Jouw angsten?'

'Ja. Die kleurige veren op hun helmen.'

Ik kreeg de rillingen. Het was inderdaad een heel kinderlijk, bijna naïef werk, al was er niets aan te merken op de techniek. Terwijl ik het bewonderde wist ik zeker, zoals ik eerder al zei, dat het degene die het had geschilderd niet schatrijk zou maken. Het was niet in de geest van zijn tijd, op klassieke wijze geschilderd, met de ordelijke kilheid van Poussin, zeg maar, zonder dat het helaas diezelfde pracht had, en met de levendigheid van muurschilderingen uit de jaren twintig of dertig, maar dan volkomen gespeend van de plattere popart, het genoot niet van het gemakkelijke voordeel waardoor het werk bekeken had kunnen worden als ieder ander werk, dat wil zeggen met een fatalistische en ironische inslag.

Juist vanwege het onschuldige en expliciete was het speelse geweld op het schilderij onverdraaglijk. Als je ernaar keek ervoer je ontsteltenis en onvrede. En dan die titel. Deze was bedacht door Spatola zelf, en paste ook heel goed bij hem, bij hoe hij was. *Zondag is nog altijd zondag.* Bij een tweede lezing, en meer nog bij de derde of vierde, klonk die titel helemaal niet ironisch, zoals je het in eerste instantie misschien had kunnen opvatten: dat schilderij van Santo Spatola was daadwerkelijk een willekeurige tragische zondag in het leven.

Op dat dode punt bevond Santo Spatola zich net na zijn dertigste, niet veel ouder dan ik.

Tot zo'n vijftien jaar geleden ben ik hem blijven zien, daarna zijn we elkaar uit het oog verloren.

Van de genoemde schilders en hun vriendenkring zijn er veel die het goed doen, sommigen redden het maar net of doen er andere dingen bij, ik zou niet weten of een van hen er definitief mee gestopt is.

Ik heb met mijn boeken een beperkt succes gehad, maar ik loop met opgeheven hoofd tussen de andere schrijvers, figuurlijk gezegd, want in werkelijkheid begeef ik me maar zelden onder mijn collega's, en kan ik me ook niet bijster trots tonen; maar de keren dat het voorkomt voel ik me in elk geval geen paria.

Voor schilders ligt dat anders: een schilder die op zijn vijftigste of zestigste nauwelijks werk verkoopt, exposeert in tweederangs galeries, die bestaat eigenlijk nauwelijks, hij dreigt gedateerd te raken, of beter gezegd te zijn afgezakt, bijna tot het niveau van mensen die voor hun hobby schilderen en de schildersezel thuis in het berghok hebben staan. Aangezien de kunstwereld tot in al zijn poriën is doordrenkt met geld, is dit de meest gewelddadig hiërarchische van allemaal: ja, natuurlijk, in de literatuur heb je prijzen of verkoopcijfers, als indicatoren, maar je kunt in elk geval ook nog een goede schrijver zijn, of tenminste een redelijke, of zelfs een beruchte, en als zodanig erkend worden ook zonder dat je prijzen wint of veel boeken verkoopt... Want de literaire waarde is lastig meetbaar, en er bestaan geen meedogenloze taxaties om die te bepalen.

Hoofdstuk XXI

Volgens sommige fysiologen zijn wreedheid en agressie niets meer dan de degeneratie en verscherping van het overlevingsinstinct: als ik het bloed van een ander zie vloeien, weet ik dat het mijne niet vloeit. Het plezier om getuige te zijn van andermans pijn, met de bijbehorende Latijnse spreekwoorden die tegenwoordig worden beschouwd als walgelijke overblijfselen van het verleden, komt voort uit het geruststellende gevoel dat je zelf geen slachtoffer bent van diezelfde pijn. Van dat soort opluchting is het natuurlijk een kleine stap naar genot, als doel op zichzelf, opgeroepen door het lijden van anderen, genaamd sadisme, of door het eigen lijden, en dan heet het masochisme. Op die manier is de lastige link genot-pijn voor altijd vastgelegd en geperverteerd.

Er wordt steeds een schepje bovenop gedaan, zo werkt het. Door die intensivering gaat men steeds een stap verder over de grens, totdat de betekenis volledig is omgekeerd. Het begint met kietelen en uiteindelijk wordt iemand levend verbrand. Uiteindelijk kan het nobelste gevoel uitmonden in de meest verdorven razernij. Terwijl men met hart en ziel liefheeft, ziet men het een voor het ander aan. De kus wordt een beet. Heb ik haar gekust? Heb ik haar met een kus vermoord? Heb ik haar gekust of heb ik haar in stukken gehakt? Als het een fout blijkt te zijn, welke van de twee was dan de vergissing?

Haar borsten winden me op
maar alleen als ik ze mag verminken.

Daarnaast is er een verklaring die seksuele wreedheid verklaart als atavisme. Volgens die theorie zou er een analogie of zelfs gelijkheid bestaan tussen de hongerprikkel en de seksuele impuls, zoals we zien bij die lagere diersoorten waarbij de partner tijdens of vlak na het paren wordt opgegeten. Niet voor niks wordt de seksuele honger zo aangeduid: de functies van het paren, het doden en zich voeden zijn pas in de latere fases van de ontwikkeling van elkaar losgemaakt, toen men leerde ze gescheiden te houden. Alleen zijn het in het dierenrijk de vrouwtjes die de mannetjes doden: het zou biologisch gezien nergens op slaan als het mannetje het vrouwtje zou doden nadat hij haar had bevrucht. Die theorie kunnen we dus opzijschuiven.

Volgens andere wetenschappers is wat seks en geweld gemeen hebben de staat van vervoering, van extase; begerig zoeken ze naar hun lijdend voorwerp, ze willen het koste wat kost bezitten, ze uiten zich via een fysieke handeling die voortkomt uit hun psychomotorische opwinding. Stel dat iemand niet zou weten wat een geslachtsdaad is en er volkomen onwetend getuige van zou zijn, als een marsmannetje, dan zou die zó worden aangezien voor een gewelddaad. Precies zo beschrijft bijvoorbeeld Giuseppe Belli het in een beroemd sonnet: als een fysiek treffen tussen beesten met glazige ogen, die blazen en hun bekken tegen elkaar aan stoten, '*e ddajje, e spiggne, e incarca, e strigni e sbatti*'/ '*kom op, duwen, stoten, beuken, knijpen en slaan*' ... de handelingen, de klanken, de geluiden en de dynamiek zouden inderdaad zó gebruikt kunnen worden in het kader van een aanval, bewijzen kunnen zijn van een groot lijden. Soms weet een van beide geliefden niet of het gekreun van de ander wordt veroorzaakt door genot of door pijn. En een kind dat per ongeluk zijn ouders ziet paren, door een kier van de deur die onoplettend is opengelaten, interpreteert het liefdestafereel als 'Papa doet mama pijn'. Met welke argumenten zou je hem of haar moeten overtuigen van het tegendeel? Seks kiest dezelfde uitingsvormen als vijandigheid en lijden: het lichaam schokt op dezelfde manier, dezelfde zenuwen en dezelfde spieren worden aangespannen, of we nu iemand omhelzen of diegene wurgen, en het zijn dan ook nuances van dezelfde kracht. Genot kan zomaar omslaan in irritatie of pijn, op de gespannen stembanden die zowel zoetgevooisde klanken als een angstaanjagend gekras kunnen voortbrengen wanneer er een kleine verandering optreedt in de druk die erop wordt uitgeoefend. Die neiging is versterkt bij psychopaten, die vaak niet in staat zijn om de betekenis van hun handelingen te onderscheiden en de intensiteit ervan te reguleren, of die totaal geen morele of rationele remmingen hebben. Daardoor wordt een wrede handeling onmisbaar voor hun genot, als aanvulling of als volledige vervanging. Misschien klopt het wel wat een filosoof beweerde, dat seksuele begeerte verwant is aan moord; maar alleen een psychopaat is in staat om die verwantschap aan te tonen.

Een paar maanden geleden hingen overal op straat reclameposters voor een, zeg maar, pornografische acteursfilm, over de bekentenissen van een nymfomane, met foto's van de naakte acteurs terwijl ze een orgasme hadden, of beter gezegd, het waren immers acteurs, terwijl ze een orgasme *acteerden*: allemaal zagen ze eruit alsof ze in hun genot ook iets smartelijks ervoeren, een kramp, een steek van pijn en walging. Alsof hun iets vreselijks overkwam. Wat eigenlijk wel weer tamelijk realistisch is.

Wij vechten tegen onmenselijke verleidingen met behulp van twee verschillende krachten: de ene wordt verschaft door de rede, die negatieve impulsen kan onderdrukken dankzij een reflectieproces, terwijl de andere juist schuilt in het gevoel, dat instinctief walgt van bepaalde kwaadaardige of obscene handelingen. Hart en brein, rationele ethiek en instinctieve moraal leggen min of meer dezelfde geboden op, en worden bijna altijd gehoorzaamd, anders zou het leven van een individu een aaneenrijging van misdaden zijn. Het is dus helemaal niet zo eenvoudig om te zwichten voor boosaardig en bruut gedrag: daarvoor moet er een dubbele barrière van belemmeringen worden geveld. Dat wil zeggen dat je minstens een van de volgende moet zijn: a) niet in staat tot rede, idioot; b) gespeend van gevoelens en emoties, oftewel gevoelloos; c) beide.

De gevoelloze imbeciel is dus de ideale persoon, de perfecte dader voor alle denkbare wreedheden.

In tegenstelling tot de man die zijn vrouw vermoordt uit jaloezie, of zijn vader uit haat of om er financieel beter van te worden, of zijn zakenpartner, of zijn persoonlijke vijanden, of degene die hem heeft bedrogen, of degene die zijn plannen belemmert – is de gevoelloze imbeciel helemaal niet *geïnteresseerd* in degene die hij vermoordt: zijn bruutheid richt zich niet op *een specifiek iemand*; als dat zo was, zou die bruutheid minder zuiver zijn, bezoedeld met wrok en berekening, en dan zou het een persoonlijke kwestie worden. Maar de slachtoffers van de gevoelloze imbeciel zijn inwisselbaar, zij het binnen bepaalde categorieën (bijvoorbeeld: vrouwen). Net zoals de kracht die hem tot doden drijft anoniem is, geldt dat ook voor de personen op wie hij die kracht toepast. Hij wil handelen, handelen, alleen maar handelen, en moord is zonder enige twijfel de doeltreffendste handeling, in die zin dat het effect onuitwisbaar is, in tegenstelling tot wat er gebeurt ten gevolge van elke andere handeling. Het kenmerk dat moord zo bijzonder maakt, is *het onherroepelijke*: er wordt niets vervangen of hersteld, er kan niet worden geruild, en datgene wat opzettelijk wordt veroorzaakt met het instituut van de vendetta of de represaille, of de gestileerde versie daarvan, de zogenaamde rechtspraak, kan het gebeurde absoluut niet uitwissen, maar het wel herhalen, vermenigvuldigen. Het is een lopend vuur dat niet uitdooft. Een brandmerk. De moordenaar is tegelijkertijd degene die het brandmerk draagt en degene die het toedient. Daarom kan hij het gevoel hebben dat hij een speciale opdracht heeft en dat hij die alleen maar uitvoert, net zoals van iemand die een boodschap overbrengt niet wordt verwacht deze te kennen of te begrijpen, zoals een koerier dan ook zou horen te doen: alleen maar bezorgen, datgene wat hem is toevertrouwd naar de juiste bestemming brengen. Het is niet zijn taak om de geadresseerde te kiezen. Maar wie was de afzender?

De sadistische handeling is dus gebiedend en iteratief.

Terwijl hij zijn slachtoffer kwelt wil hij drie gewaarwordingen bij haar oproepen: doodsangst, afhankelijkheid, degradatie. En het is van wezenlijk belang dat er nooit, absoluut nooit sprake is van wederkerigheid. Wederzijdse gevoelens zouden een aanwijzing zijn van iets normaals, iets gezonds in de relatie, en dat is juist waar hij totaal niets van moet hebben.

Zozeer als hij verlangt naar het lijden van zijn slachtoffer terwijl hij haar mishandelt, zo weinig kan haar dood hem schelen. Het een bezorgt hem rillingen van genot, het andere verveelt hem. (Dat is wat er gebeurde bij het DvdC, en wat de haastige afloop ervan bepaalde.)

Als hij impotent is, kan hij er evengoed van genieten om zijn slachtoffer zweepslagen of messteken te bezorgen, of om haar op vaak ongelooflijk idiote of belachelijke wijze te onderwerpen aan allerhande vormen van misbruik, waardoor ze wordt gekleineerd en vernederd. Hij compenseert zijn gebrek aan seksuele potentie met een des te grotere slechtheid. Hoe minder viriel hij is, hoe wreder hij wordt. In plaats van stoten met zijn bekken gebruikt hij vuiststoten en stokslagen: vervangingen voor de fysieke daad waar hij niet toe in staat is.

Het slachtoffer interesseert hem alleen als een tijdelijk verlengstuk van zichzelf. De meisjes van het DvdC hadden vervangen kunnen worden door elk ander meisje. Het toekomstige slachtoffer wordt bijna altijd om de tuin geleid met tegenstrijdige verhalen, met bizarre beloftes in liefdevolle, enthousiaste, joviale, geruststellende woorden die opvallend sprankelend klinken, maar waar het om gaat is wat niet wordt gezegd, wat wordt verzwegen (iets wat overigens geldt voor alle gesprekken).

('Ze leken aardige jongens... heel sympathiek.')

Het verschilt in niets van een normale versierpoging, maar dan geconcentreerd, zeg maar, samengeperst: om iemand voor je te winnen moet je diegene niet overladen met attenties, maar hem ook niet te weinig geven: ideaal zijn complimenten met tussenpozen, waardoor je de ontvanger aan je bindt en hem ertoe brengt om voortdurend hoopvol op het volgende complimentje te wachten. Een andere techniek is die van het zelfmedelijden, van de bekentenis met impliciet verzoek om hulp. Dan schieten de slachtoffers degene die hun beul zal zijn meteen te hulp, om hem te troosten, te vertroetelen. De eventuele latente agressie van de moordenaar kan door zijn toekomstige slachtoffers argeloos worden aangezien voor iets waarvan zij hem zullen genezen...

Rond de hele geslachtsdaad hangt per definitie een imago en een sfeer van geweld, vanwege het bloed dat vloeit bij de eerste keer, en vanwege het hele traject dat een vrouw aflegt via haar complete seksuele initiatie, van ontmaagding tot bevalling, die dus zowel aan het begin als aan het eind van de weg wordt gekenmerkt door lijden. Allemaal pijn die een man niet kent. Mannen ervaren het lijden dat ze niet kennen via het vrouwenlichaam, en leren het zo via een tussenpersoon kennen. Nooit zullen ze het teken vergeten dat de start van hun viriele activiteit aangaf: de bloedvlek. De traditie wilde dat het bloed de eer van de man redde, hij stond zijn mannetje, en het bevestigde ook de eer van zijn bruid, die ongerept was gebleken. De bloedsporen zullen maar zelden helemaal verdwijnen.

Een man blijft onveranderd door de coïtus. Daardoor kan hij jaloers of paranoïde worden om de opzienbarende veranderingen die dezelfde daad daarentegen bij een vrouw kan teweegbrengen. Als hij ook iets wil meemaken van die verschijnselen, die emoties, waaronder hoop, smart en angst, moet hij dat noodgedwongen via het lichaam van een vrouw doen. En als we het beroemde oordeel van Tiresias mogen geloven, is ook het grootste genot bij de seks weggelegd voor de vrouw. De gewelddadige reactie van de sadist is dan ook een respons op deze vrouwelijke werkelijkheid: alleen zo kan hij zich even echt, levend, actief voelen. Als de man in staat was kuis te blijven, zou de vrouw niet langer bestaan, dan zou ze op slag verdwijnen. Om haar concreet en levend te maken, en het waard om te bestaan, moet ze worden verkracht, om haar tot leven te wekken moet ze worden gedood; en op die manier, door haar te doden, voelt hij zichzelf levend.

Daarnaast is er nog ander bloed dat zonder enige terughoudendheid wordt vergoten. Niet in straaltjes, maar in stromen, in watervallen. Een rivier aan bloed. In de oertijd gebeurde dat een paar keer per maand, met de jacht op een groot beest dat een heel dorp moest voeden. Tegenwoordig elke vijf seconden in geautomatiseerde slachthuizen. Vanaf het moment dat de mens carnivoor werd en systematisch dieren begon te doden om ze op te eten, is het genot dat is gelinkt aan de bevrediging van de honger onlosmakelijk verbonden met de pijn die bij het doden wordt veroorzaakt, of beter gezegd, met de pijn die wordt ervaren bij het gedood worden, want die raakt beiden, de doder en de gedode. Die helse ontzieling nestelt zich in degene die het doden heeft veroorzaakt, gaat deel uitmaken van zijn wezen. En dat vormt de overtuiging, later met subtiele stapjes veranderd in een onbetwistbare wet, dat men zich alleen van het leven kan verzekeren door dat van anderen te nemen. Jouw dood is mijn leven. De een zijn dood is de ander zijn brood. Op slinkse wijze is die regel ook op het seksuele vlak overgenomen: men geniet pas door juist degene van wie men geniet pijn te doen. Overigens kan de vereniging, net als met eten, plaatsvinden door het lichaam waarmee men zich verenigt op te nemen, te verzwelgen. Om maar weer uit de mythologie te putten: dit is wat Zeus doet met Metis. Om met haar te paren, verslindt hij haar.

De gewoonte om bloed te vergieten verdraait de betekenis van de relatie met het goddelijke, keert die volledig om. Men doet niet langer afstand van een kostbaar bezit om het aan een wrede, veeleisende god te offeren en deze aldus gunstig te stemmen; de offers staan juist voor de poging om de goden medeplichtig te maken aan het doden en verorberen van dieren, door hun een deel van de buit aan te bieden. In de hoop dat de goden hun woede stillen door deel te nemen aan het banket waarvan wordt verondersteld dat ze er verontwaardigd over zijn. De wrok van de goden vanwege het slachten van de beesten zou alleen dan te verklaren zijn wanneer ze ervan zouden worden buitengesloten.

In Italië worden per jaar zo'n drieduizend mensen vermoord, wat neerkomt op minder dan tien per dag. En ondanks dat men het gevoel heeft dat geweld steeds wijdverbreider is, daalt dat aantal voortdurend. Op diezelfde dag worden er zonder dat er politieonderzoeken of arrestaties of krantenkoppen op volgen naar schatting een miljoen andere levende wezens gedood, zoals runderen, lammeren, kalveren, paarden, varkens, pluimvee en vissen: vermoord, in stukken gehakt en snel verorberd. Het aantal wezens dat wordt doodgemaakt is zo groot dat het niet precies kan worden geteld; en het gebeurt door verstikking, kelen, levend koken, bevriezen, elektrische schokken, onthoofding, of met een stalen pin die in de hersens wordt geschoten. Hoe kan men ooit denken dat een samenleving een zuiver geweten heeft omdat die zich onthoudt van het vergieten van menselijk bloed, terwijl ze zich wel in dierlijk bloed wentelt? De slachting gaat aan één stuk door en is zo alomtegenwoordig dat we het niet eens in de gaten hebben, ook omdat het ver van onze ogen wordt gehouden, want die zouden de aanblik van dat bloedbad nog geen minuut kunnen verdragen. Ver van onze ogen, maar niet van onze mond! Dat is pas echt een lopende band, wat nou Ford, wat nou Fiat... De lopende band van het doden en aan stukken snijden van beesten om ze op te eten. En dan zou je geschokt moeten opkijken als er op elke honderdduizend vermoorde dieren één mens sterft door toedoen van een mens? Waarom zou dat zo anders zijn?

Liefde en geweld zijn driften die qua intensiteit vergelijkbaar zijn, beide gaan ze op jacht naar het begeerde onderwerp, naar de prooi, en proberen die koste wat kost te overmeesteren, te bezitten, en ze eindigen met een onstuimige fysieke handeling gericht op die prooi. Hun vorm bij uitstek is de opwinding, die zelfs toppen van razernij kan bereiken. Het onderwerp dat de prikkel veroorzaakt leidt tot een impuls die niet meer te beheersen is, en tot de meest onbezonnen en felle reacties. Door die confusie kan wellust leiden tot daden die normaal gesproken een uiting zijn van haat, woede en gewelddadigheid. Wanneer men over het lichaam van een ander beschikt en er geen liefde is om de handelingen te leiden, kan er wreedheid optreden. Als er geen genegenheid, aantrekkingskracht en verlangen de kop opsteekt jegens dat lichaam, kan het zomaar zo zijn dat de impuls opkomt om het te *vernietigen*, als om het te straffen voor het feit dat het niet in staat is geweest om positieve gevoelens op te roepen. Uit de wil om toch maar iets te voelen, om hoe dan ook verhit te raken, ontspringt een beestachtig instinct, de haat spuit eruit, want dat is toch in elk geval een gevoel. Haat is een perfect tegengif tegen het niets, en kan zelfs een efficiëntere relatie bewerkstelligen als alternatief voor liefde. Liefde kun je afwijzen, haat niet, die gaat altijd recht op zijn doel af en mikt sowieso altijd raak. Er zijn mannen die, als ze niets voor een vrouw voelen, haar alleen nog maar kunnen afslachten. Ze voelen zich hoe dan ook genoodzaakt iets heftigs met haar te doen. Anders wordt haar lichaam ondraaglijk, worden haar borsten en haar dijen een spottende provocatie, is alleen al haar leven een belediging.

Het is geen romantisch, vervloekt cliché: er bestaat echt een sterk, mysterieus verband tussen wellust en dood, tussen seks en moord, maar ook tussen seks en zelfmoord, vooral in de puberteit, wanneer het absoluut niet meevalt om de verschillende impulsen van elkaar te onderscheiden en elke emotie je omverwerpt als een grote golf.

Het verlangen om iemand te laten lijden ontstaat vaak uit een verlangen om te lijden dat naar buiten wordt geprojecteerd. Wanneer we onze eigen gevoelens aanzien voor die van anderen, en die van anderen verwisselen voor die van onszelf, beleven en ervaren we zelf wat de anderen beleven en ervaren, en kennen we onze eigen gevoelens en gewaarwordingen aan hen toe.

Produceren om te vernietigen: een onophoudelijke activiteit waaraan men zich vlijtig wijdt, als een spin die zijn web weeft, dat meticuleuze wonder van hangende techniek, gemaakt om te vangen en te omwikkelen en te doden. Zelfexpressie is per definitie gewelddadig. Het verlangen om te leven, zich te vermenigvuldigen, om ruimte en tijd en kracht te verwerven, is doordrenkt van geweld. De paring is voor niemand gegarandeerd: die moet je zien te veroveren. In het dierenrijk zal het merendeel van de mannetjes zijn hele leven niet één keer paren. De noodzakelijke agressie om een vrouwtje voor zich te winnen is niet alleen tegen haar gericht, maar op de eerste plaats tegen de concurrerende mannetjes. Hoe dan ook is het schouwspel van het geweld voor iedereen bedoeld: als het tegen een vrouw gericht is, is het ook meteen een duidelijke boodschap voor alle andere vrouwen, opdat ze begrijpen wie er de baas is; is het tegen de concurrerende mannen gericht, dan dient het om de vrouw te laten inzien dat ze met een dominante man te maken heeft en om te zorgen dat ze zich aan hem geeft. (Op de plaats van fysiek geweld kun je ook macht of geld invullen, meer verfijnde, complexe vormen dus, gesublimeerd middels opeenvolgende stadia, die de indruk wekken dat ze ver verwijderd zijn van hun roofzuchtige oorsprong en die uiteindelijk zelfs doen vergeten.)

En wij maar denken dat seks de natuurlijkste zaak van de wereld is, dat dieren constant lopen te paren, met wie ze maar tegenkomen; terwijl alleen mensen er een probleem van maken, regels en obstakels en verboden bedenken, van verkering tot huwelijk tot schennis van de eerbaarheid tot 'Vandaag niet, schat, ik heb hoofdpijn' tot het taboe op incest, tot religieuze, morele of wettelijke verboden. Maar niets is minder waar. Het seksleven van die arme dieren varieert van pover tot niet-bestaand.

Hoofdstuk XXII

Pas op: het is niet zo dat alleen vrouwen zich schikken naar de verering van de fallus. Integendeel, de eersten die moeten buigen voor de fallus zijn degenen die zelf een fallus hebben: de kleine fallussen moeten zich onderwerpen aan de Grote Fallus.

Bestaat die, de Grote Fallus?

Ja. Ik heb hem gezien. Ik heb het onderwerp van die verering zien verschijnen toen mij, neerknielend in een latrine, op gebiedende toon werd opgedragen om mijn hoofd te buigen toen er een houten paaltje voorbijkwam, net zoiets als de piketten die landmeters uitzetten voor hun onderzoek, dat 'staaf' werd genoemd en in een processie werd gedragen door oudere soldaten (dat wil zeggen die al langer in dienst waren dan ik, ook al waren ze een paar jaar jonger), en om het te kussen.

'Kus de staaf, insect!'

En ik kuste hem. Ik kuste de Grote Fallus ten teken van onderwerping, tijdens mijn dienstplicht, die wij *la naja* noemden.

Geen idee of dat ritueel nog bestaat, in de Italiaanse kazernes. De term 'naja' bestaat in elk geval zeker niet meer.

Een lid van een mannelijke gemeenschap dat daar langdurig in verblijft of zelfs zijn hele leven, is door de bank genomen sadistisch, narcistisch, geobsedeerd door de macht die hij dagelijks uitoefent en ondergaat, en daadwerkelijk of latent homoseksueel. Anders houdt hij het niet vol. Dit geldt ook voor iemand die gedurende een kortere periode (bijvoorbeeld de militaire dienst) wordt onderworpen aan het hierboven beschreven ethos: hiërarchisch en naar homoseksualiteit neigend. Hij past zich aan dat ethos aan, ondergaat het passief of gekweld, maakt het zich enthousiast of geïrriteerd eigen, verzet zich ertegen: het zijn allemaal mogelijke houdingen, die echter nooit schade toebrengen aan de structuur van zo'n puur mannelijke gemeenschap, waar de optelsom van de talloze verschillende individuen over het algemeen steeds dezelfde uitkomst oplevert. Sterker nog, die structuur wordt juist alleen maar sterker van tegenstand, en wint het uiteindelijk sowieso van de eenlingen en transformeert de uitzonderingen tot praktijkvoorbeelden. De overheersende moraal blijft zoals die is, of iemand hem nu accepteert of afwijst. Excentriekelingen bestaan juist om de machocultuur te bevestigen.

Teneinde het recht te genieten om te paren, moet je *de overhand krijgen* op iemand anders, in een competitie die zich kan afspelen op een extreem gewelddadig niveau, of waarin het geweld juist wordt beperkt tot een minimum, wordt gemaskeerd, gestileerd, gedempt, omgezet in een rituele verbale strijd, tot het transformeert in het tegenovergestelde, namelijk hoffelijkheid. In de zogenoemde ridderlijkheid zit het hele gamma aan mogelijke houdingen vervat en versmolten, van de wreedste tot de meest verfijnde. In deze even denkbeeldige als reële wedstrijd is de tegenstander niet alleen het voorwerp van begeerte, dat moet worden overwonnen zowel in de zin van verslaan als in die van verwerven, oftewel de vrouw; nee, de tegenstanders zijn ook alle mannen in de buurt van die vrouw, ofwel door hun verbinding met haar qua verwantschap of sociale groep, ofwel omdat ze meedingen in de wedstrijd waarvan zij de inzet is. Een vrouw overweldigen betekent niet alleen het gebruik van agressie tegen haar, een schending van haarzelf en haar lichaam, maar ook een overtreding van de algemeen geldende regels onder mannen over het bezit van de vrouwen. Die competitie helt over ten gunste van de knappe en rijke mannen, en duldt de toepassing van vormen van psychologische beïnvloeding die vallen onder de noemer 'verleiding'; maar het gebruik van regelrechte dwang valt daar niet onder. Wie met geweld een vrouw neemt moet dus worden gestraft, niet alleen in naam van die vrouw en van alle vrouwen als mogelijke slachtoffers van diezelfde misdaad, maar ook namens de mannen die zijn geschaad in hun recht om te proberen haar op legitieme wijze te bezitten. En niet te vergeten de mannen aan wie zo'n vrouw bij wijze van spreken, of soms zelfs letterlijk, is ontrukt, bij wie ze is weggevoerd, aangezien ze deel uitmaakte van een gezin of een liefdesrelatie: dat wil zeggen de vaders, de partners, de broers, de zoons. Bij de typische verkrachting die vooral tijdens oorlogen plaatsvindt, of tijdens de strijd tussen bendes, wordt die expres uitgevoerd voor de ogen van die mannen, die machteloos zijn, vastgebonden en in elkaar geslagen, zodat overduidelijk is dat zij niet in staat zijn geweest hun vrouwen te beschermen. Het verloop is altijd eender. Gewapende mannen vallen een huis binnen, ze scheiden de vrouw van haar familieleden, die worden vastgeketend of bewusteloos geslagen of met vuurwapens bedreigd, ze binden haar vast aan een radiator zodat ze in een gebukte of geknielde houding wordt gedwongen, of ze duwen haar op de grond en klemmen haar armen en haar gespreide benen vast, en dan verkrachten ze haar om beurten, voor de ogen van haar familie. Zij zal lijden, haar moeder zal lijden, haar kleine kinderen zullen deze scène nooit meer kunnen vergeten; maar voor de volwassen mannen die erbij aanwezig zijn, en die het door een rood waas zien vanwege het bloed dat van hun voorhoofd druipt doordat ze geslagen zijn, zal de pijn nog net iets anders zijn, niet erger natuurlijk, maar doeltreffender, indringender, omdat de betekenis van dat geweld op de eerste plaats op hen gericht is. Zij zijn er in zekere zin, in elk geval symbolisch, medeverantwoordelijk voor. Het moet tot ze doordringen dat het hún schuld is wat daar gebeurt met hun vrouw, of hun dochter, hun moeder, hun zus.

De vrouwelijke gemeenschap reageert via vereenzelviging met de slachtoffers. De mannelijke gemeenschap daarentegen reageert alsof ze wordt uitgedaagd, wordt bedreigd in haar wezen, in de kern van haar autoriteit. De verkrachting bevestigt de misdadige autoriteit van enkele mannen, waardoor de legitiem geachte autoriteit van alle andere mannen wordt uitgehold en ontkracht. Er ontsnapte een keer een prostituee aan de markies de Sade, die haar tot bloedens toe met een zweep had geslagen, door zich spiernaakt uit een raam te laten zakken. De markies rende haar over de velden achterna; maar algauw veranderde zijn achtervolging in een vlucht, omdat er een hele groep woeste boeren achter hem aan kwam om wraak te nemen voor de mishandelde hoer, die deel uitmaakte van hun gemeenschap.

De man van wie een vrouw (echtgenote, moeder, dochter, zus) wordt verkracht, is genoodzaakt zijn machteloosheid te erkennen. Wie daarentegen het predicaat 'echte man' waardig is, is degene die bewijst dat hij in staat is om zijn eigen vrouwen te beschermen en zich tegelijkertijd ongestraft te vergrijpen aan die van een ander. Het lichaam van de verkrachte vrouwen is enkel de fysieke drager die wordt gebruikt om een boodschap aan hun mannen te sturen: duidelijk, bruut en spottend. Dat is de reden waarom de echtgenoot of de vader of de verloofde vaak vastgebonden wordt gedwongen getuige te zijn van de verkrachting die zij ondergaat: dat is geen overdadig sadisme, maar juist waar de daad om gaat. Een kernachtige bevestiging van suprematie.

...bij de intense ervaring die behoort
tot het collectieve geheugen, zal elke penetratie
het geweld reproduceren dat de vrouwen ondergingen
toen de vijanden het dorp binnenvielen,
en dat zich voltrok te midden van de bloedende lichamen
van hun vader en broers die werden vermoord
in een uiterste poging om hen te beschermen.

Een gevolg hiervan was (en is nog steeds, in traditionele gemeenschappen) de onderdrukking van de vrouw binnen de familiekring, door haar vader, man of broers. 'Als je wilt dat ik je bescherm, moet je mij gehoorzamen. Als je me niet gehoorzaamt, lever ik je over aan de macht van de andere mannen.'

Ik zat een keer huiswerk te maken bij zijn broer op de kamer, toen Angelo binnenkwam en aan mij vroeg, of beter gezegd, me opdroeg:

'Hé, jij!'

'Ja?'

'Waar hou jij van bij meiden, hm?'

Ik wist op dat moment niet zo gauw wat ik moest antwoorden. Wat een rare vraag.

'Nou, als je dat dan makkelijker vindt: waar hou je niet van bij jongens?'

Ik keek naar mijn klasgenoot, in de hoop dat hij zich in die vreemde ondervraging zou mengen.

Angelo ging door zonder een antwoord af te wachten.

'Hou je niet van hun beharing? Hun baardhaar?'

'Ja, nee... inderdaad... hun beharing...'

'Zeg nou maar gewoon waar het op staat: jij houdt niet van *hun pik*. Zeg het maar. Zeg: ik hou niet van een pik. Want als je daar wel van houdt, ben je een flikker.'

Ik haastte me om te zeggen dat ik dat niet was.

Hoofdstuk XXIII

Angst en pijn, in daden en in woorden.

Het geweld wordt altijd vergezeld door woorden. Ja, weer die woorden, nog steeds die woorden... De band tussen woorden en geweld is heel nauw. De spot drijven met de vijand of de gevangene, hem uitschelden, uitlachen, bedreigen, bang maken, verschaft de wreedheid betekenis: je zou kunnen zeggen dat het hele scala aan gruwelen alleen wordt aangewend om de geschikte omstandigheid te scheppen voor wat honende of wrede woorden, wreder nog dan de handelingen. Geweld en welsprekendheid zijn voor elkaar gemaakt. Het beledigen van de vijand, het '*Vae victis*, wee de overwonnene!'; het 'Drink, Rosmunda, uit de schedel van je vader!'; het 'Eerst mag het prinsje...' dat snerend klinkt in het *Nibelungenlied*, wanneer Hagen Attila's zoontje vastgrijpt en onthoofdt; de grappen die weerklinken in de oren van de gemartelde... die maken integraal deel uit van de marteling. Wist u dat Italië, het land van de retoriek, het enige land in Europa is dat dit niet wettelijk wil erkennen? Dat angst en pijn ook worden ervaren via woorden alleen, dat wil zeggen, via woorden die dreigen met het verschaffen van angst en pijn? Alleen al om die aan te horen doet lijden. Een gevangene kan al gek worden nog voor hem een haar is gekrenkt. De martelkamer werd met een macaber gevoel voor humor ook wel 'Fun House' genoemd.

Iemands lijden manifesteert zich vóór iemand anders, voor diens ogen of door diens toedoen of opdat hij er soelaas tegen biedt.

Er wordt wel gezegd dat het lijden van de mishandelde de werkelijkheid rondom hem doet afbrokkelen. Dat heb ik ergens gelezen, dat de pijn '*unmakes the real*'.

In het geval van het DvdC gebeurde het tegenovergestelde: voor de twee meisjes was er iets onwerkelijks dat vaste vorm kreeg, tastbaar werd ('*It made real the unreal*'): hun lijden fabriceerde een wereld rondom hen die voorheen ondenkbaar was. De nachtmerrie werd echt. Om werkelijk te kunnen begrijpen wat het betekent om te worden mishandeld, zou je misschien moeten proberen je voor te stellen dat je wordt geopereerd zonder verdoving.

De slachtoffers werden dus verlaagd tot ze enkel nog hun treurige lichamen waren, en verder niets, mishandelde lichamen, een hoopje pijnlijke ledematen.

De pijn verbreidt zich op verschillende manieren: via gewelddadige fysieke handelingen en via woorden, in het circuit van de geest. Je een voorstelling maken van het lijden, het ergste verwachten, dat is niet alleen maar anticipatie of prefiguratie, nee, het zijn rechtstreekse ervaringen van het lijden. Men lijdt evenzeer door de verwachting van het lijden als door het te beleven, en daarna nog door het in de herinnering te herbeleven. De ontvangen klappen doen net zoveel pijn als klappen waarmee gedreigd is of die men zich herinnert.

Verkrachters gebruiken stompen en klappen of knijpen de keel van hun slachtoffer dicht, deels om hun weerstand te overwinnen, maar ook omdat het deel uitmaakt van het genot om te mishandelen. De beste manier om een eind te maken aan een worsteling is verwurging. Het gebrek aan lucht veroorzaakt een onbeschrijflijke paniek bij het slachtoffer, die verlammend werkt.

Het geschreeuw van het ene meisje terroriseerde het andere
waardoor hun dezelfde fysieke pijn werd aangedaan
hun allebei dezelfde wonden werden toegebracht
ook al was het maar een van hen die werd mishandeld.
De angst in afwachting van de klappen kan meer pijn doen
dan de werkelijke klappen wanneer die eindelijk komen.
De angst om te worden vermoord volstond om ze te vermoorden.
In de verbeelding ligt al elk leed besloten
en het is daar, op dat moment, dat men ontmenselijkt wordt,
afzakt
onder de drempel van de vernedering en de ontering:
wanneer men van tevoren lijdt onder de angst om te lijden...

Lijdende mensen werken op de zenuwen. Het gekrijs en gesmeek van de meisjes veroorzaakte hevige irritatie bij hun ontvoerders: doordat ze zo jammerden en gilden waren ze nog onuitstaanbaarder. Het is bewezen dat veel moorden plaatsvinden wanneer de moordenaar het geschreeuw niet meer kan aanhoren, alsof hij niet zelf de oorzaak was van dat leed; wanneer hij het ergerlijk of walgelijk vindt dat het slachtoffer zich niet weet te bedwingen.

Om weer terug te komen op de seks: de jaren zestig waren bevrijdend, de jaren zeventig bestraffend. Dat proef je uit de pornografie van die tijd. Het is geen tegenstrijdigheid, maar een natuurlijke ontwikkeling, of beter gezegd een evolutiesprong. De overgang van bevrijding naar straf is een stuk logischer dan je in eerste instantie denkt: degenen die zich hebben bevrijd worden gestraft met hetzelfde wapen waarmee ze zich bevrijd hebben, namelijk seks, en juist degenen die zich hebben geëmancipeerd, de vrouwen, worden gekastijd door hun de duistere kant van die emancipatie te laten zien. Telkens als ze wat vrijheid hebben veroverd, moeten ze daarvoor boeten en worden ze blootgesteld aan een weerslag die gewoonlijk wordt toegediend met hetzelfde instrument dat werd gebruikt om vooruit te komen. Vrijheid, technologie, geld, welzijn, olie, vliegtuigen, plastic, tv, computers, allemaal keren ze zich tegen hun ontdekkers en uitvinders, net zoals HAL 9000 in de film van Kubrick. De pik die werd verheerlijkt als inwisselbaar apparaat voor het genot van de meiden die eindelijk bevrijd waren, transformeerde zich binnen een paar jaar tot een instrument van woede en kastijding.

Ik herinner me hoe een aantal meisjes uit mijn klas aan het Giulio Cesare hardop zat te fantaseren over de seksuele prestaties en afmetingen van een andere klasgenoot van ons (tegenwoordig tv-verslaggever): 'Die heeft vast een pik als een stalin.'

Een stalin was de typische uitrusting bij demonstraties, de steel van een houweel met een vlag eromheen gedraaid: van de twee elementen waaruit het ding bestond had de vlag een symbolisch nut, om mee te zwaaien, en diende de stok voor als er een gevecht ontstond. Het ene was licht en ongrijpbaar, het andere hard en flink zwaar.

Niet alleen in het hoofd van linkse grietjes werd de pik geassocieerd met een slagwapen. Ach ja, die stijfheid, de essentie van mannelijkheid. Er zijn hele boeken geschreven over dat onderwerp. De hardheid tegenover de zachtheid, enzovoort.

Wie weet waar dat idee vandaan komt dat de geslachtsdaad iets gevaarlijks in zich herbergt, al op het moment dat deze wordt uitgevoerd of anders door een rampzalig gevolg. Elke verleiding kan fataal zijn: net zoals de kans op zwangerschap erin besloten ligt, en dus op een nieuw leven, zo ervaart men ook het risico van de dood erin. In de mythologie vinden we talloze gevallen die daarnaar verwijzen: de vrouw trekt zich voor het huwelijk terug, of wil het niet consummeren, of ze consummeert het wel, in de wetenschap dat ze daarmee de man met wie ze het bed deelt zal doden; de man op zijn beurt aarzelt, hij is verward, hij vreest dat er uiteindelijk iets fataals verscholen ligt in die haastige daad. Een valstrik. Telkens als een ridder zich ontdoet van zijn harnas om met een jonkvrouw te slapen, riskeert hij zijn leven. Het mooie is dat beiden in gevaar worden gebracht, zowel wanneer de ridder ermee instemt om met haar te slapen, als wanneer juist de jonkvrouw ermee instemt om met hem te slapen, en ook wanneer hij of zij er niet mee instemt om met de ander te slapen, waardoor ze kunnen rekenen op de toorn van de gekwetste trots! Hoe dan ook ontstaat er een ongeneeslijke wond, die van de maagd die dat niet langer is, of via de eer van de ridder die is aangetast, of in zijn borst, of in haar schoot. Telkens als ridder Walewein zijn handen uitstrekt naar het meisje dat hem heeft bevolen de nacht met haar door te brengen, schieten er zwaarden uit het bed om hem te doorboren; eveneens vanwege een liefdesnacht eindigt Holofernes zonder hoofd, Simson zonder zijn haren, en ga zo maar door. Met een beetje wantrouwen hadden ze op hun hoede kunnen zijn, maar nee... Ze waren verblind door wellust. En als geliefden elkaar niet vermoorden, kiezen ze wel een ander slachtoffer om op te offeren voor de geslachtsdaad: liefste, als je nog een keer met me wilt neuken, moet je eerst die waanzinnige prediker Johannes de kop afhakken. Een geslachtsdaad leidt direct of indirect tot een onthoofding. Je valt in slaap en wordt niet meer wakker, of komt er ineens achter dat je gevangengenomen bent, machteloos, besmet, naar de hel gejaagd. Seks is een sterker wapen dan welke magie of list ook: Odysseus weet in één keer alle toverkracht van Circe weg te vagen door haar met zijn zwaard te bedreigen en haar te overweldigen in haar bed. Terwijl hij in haar binnendringt, betreedt hij een andere wereld. De penetratie is de meest riskante handeling die kan worden verricht: daarna zullen de zaken nooit meer zijn als voorheen. Men kan gevangen raken zoals die necrofiele doodgraver uit Moskou, die bleef vastzitten in de vagina van een dode vrouw, of men kan de volgende ochtend worden geconfronteerd met een in lippenstift geschreven tekst op de spiegel: *welkom in de wereld van aids*; maar ook als een getrouwd stel met elkaar naar bed gaat is er het risico op besmetting, endometriose, fibromen... de penis die stijf is dankzij pillen met het risico op een hartinfarct...

Seks is een ongewone gevangenis waarvan de tralies iemand beletten om erín te komen in plaats van eruit: wat men wil, wat men begeert is *daarbinnen*, is een geheim, verborgen zoals de geslachtsorganen dat ook meestal zijn. Ik ken maar weinig mensen die daar niet een groot deel van hun leven door geobsedeerd zijn geweest, en ik durf met een gerust hart te beweren dat intelligente mensen, en vooral de meest intelligente, de meest nieuwsgierige en creatieve, dat waren of nog altijd zijn.

Hoofdstuk XXIV

Ik herinner me de bekentenissen van Angelo op tv. Tegenover een fronsende dame, die echter wel haar best deed om nota te nemen van zijn wartaal. En vervolgens de stortvloed aan spontane verklaringen over allerlei delicten waarvan hij ofwel dader ofwel getuige beweert te zijn, wat bevestigt wat ik had gelezen in *De idioot* van Dostojevski, namelijk dat 'iemand inderdaad kan zwelgen in het vertellen van zijn meest infame doortraptheden, ook al heeft geen mens daarnaar gevraagd', en, voeg ik eraan toe, zonder dat het zelfs maar noodzakelijk is dat je ze ook daadwerkelijk hebt gepleegd. Het gezwelg van de zelfbeschuldiging.

'Angelo, ja, "engel", de engel van het kwaad... maar wel een charmante engel.' Hij werpt een handkus naar de dames die hem komen opzoeken in de gevangenis... geboeid door zijn misdaad.

Altijd al hechtte hij veel waarde aan vriendschap, aan broederschap.

En zijn familie, streng katholiek, zijn ouders die hun zoon opvoedden met bepaalde waarden, terwijl ze zich natuurlijk nooit hadden kunnen voorstellen dat...

Zijn vrienden, zijn maten, zijn medeplichtigen: de eerste is een psychopaat (*de enige die op dit moment op vrije voeten is; red.*); de ander heeft thuis zo'n strikte opvoeding gekregen dat hij roofovervallen is gaan plegen om toch het geld op zak te hebben dat zijn ouders hem ondanks hun rijkdom weigerden te geven.

Angelo praat met een lijzig Romeins accent.

Hij duidt zichzelf aan als een 'notoire herrieschopper'.

In zijn jeugd stond hij openlijk positief tegenover de concentratiekampen van de nazi's.

Zijn eerste hartstocht als puber was niet liefde voor één vrouw, maar haat jegens alle vrouwen.

En dan zijn idee om een ander te betrekken bij het delict, zodat die chantabel zou zijn, hem in iets ernstigs te verwikkelen... dus de moord was wel degelijk gepland, met voorbedachten rade...

Nu geeft hij het wel toe, maar destijds, tijdens het proces, natuurlijk niet: 'Het is nou eenmaal zo gelopen, hoe gaan die dingen... we hebben ze bedreigd... we hebben ze bang gemaakt... we hebben gemeenschap met hen gehad...'

De een sterft, de ander overleeft het door puur toeval. 'Vanuit haar gezien was het geluk... maar van ons uit gezien was het pech... zeker niet omdat we medelijden hebben gehad!'

'Maar nu ben ik veranderd... ik ben veránderd...'

Vijfendertig uur lang mishandelingen... dat gevoel van macht... 'Geen idee wat we in ons hoofd hadden... We zaten gevangen in een rol, niemand trok zich terug, we waren bloedbroeders... en daardoor werden we steeds wreder...'

En dan de leugen, die een goede indruk maakt op de tere zielen: 'De gevangenis heeft me *heel erg* goed gedaan... In de gevangenis ben ik in contact gekomen met de werkelijkheid... Ik ben eindelijk ménselijk geworden!'

Tijdens het proces voelde hij de haat tegen hem, die steeds groter werd.

'Sinds ik gedetineerd ben, laat mijn eigen lot me volslagen koud.'

Het nog levende meisje slist als ze praat, misschien deed ze dat altijd al, of misschien komt het doordat ze haar tanden hebben kapotgeslagen... 'Hij heeft me met een ijzeren staaf geslagen... hij daar!' 'Je ziet zo dat hij acteert... en nog slecht ook!'

Eenmaal in de gevangenis is Angelo in zo'n honderd rechtszaken opgetreden als getuige (altijd onbetrouwbaar, ook al waren er in het begin wel rechters die hongerden naar onthullingen en wel geloof aan hem hechtten).

Na het DvdC, 1975, en voordat hij opnieuw, heel zeker, twee vrouwen vermoordde in 2005, had hij al zeven moorden bekend.

'Ja, ik schaam me ervoor dat ik zo ben.'

'Tegen mijn advocaten wil ik zeggen dat ik jullie niet heb misleid. Ik was er echt van overtuigd dat ik al het negatieve wat ik in me had voortaan onder controle had... ik wist zeker dat ik een gelukkig leven zou kunnen leiden met mijn liefdes (*waar heeft hij het over? – red.*) zonder nog iemand pijn te berokkenen... Misschien hield ik vooral mezelf voor de gek.'

Waarom deed hij het? Wat waren zijn werkelijke redenen? Nou, dat is moeilijk te zeggen. 'Er zijn dingen gebeurd *waardoor ik heel erg teleurgesteld was in die twee vrouwen.*'

'Alleen al bij het zien van die twee *werd het me koud om het hart.*'

Opnieuw wil hij iemand bij zijn misdrijf betrekken, hij wil medeplichtigen, samen met hen een ernstige misdaad plegen 'die hen voorgoed aan mij zou binden'.

De medeplichtigen moeten zwak zijn, gemakkelijk te beïnvloeden; en dat is de reden waarom hij om hen geeft en geen slechte gedachten over hen heeft: omdat ze zwak en dom zijn.

'Toen ik samen was met Axxx, fantaseerde ik dat ik *haar levend zou inmetselen in een hoek van het kantoor.*'

'Ik had broodjes gemaakt om met z'n vieren te lunchen', maar uiteindelijk zal hij ze in zijn eentje opeten, met een Coca-Cola erbij.

Maar ze konden niet om de natuur, het leven zelf heen; na de pijn en het verdriet moesten ze wat eten, zoals mannen altijd doen.

'Jammer. We hadden gelukkig kunnen worden samen. Dan waren we één grote familie geweest.'

De tv-verslaggeefster steekt haar hand in eigen boezem en geeft toe: 'Ja, ik geloofde hem.'

Hoofdstuk XXV

Sommige mensen zeggen dat *Psycho* de eerste geërotiseerde moord was in de geschiedenis van de film (het naakte meisje onder de douche), of beter gezegd, dat die scène een moord weergeeft 'die zo erotisch is dat je er onwillekeurig van geniet'. Voyeurisme bestaat dan ook in het aan het genot van de kijker ter beschikking stellen van beelden van datgene wat men met woorden als gruwelijk of afkeurenswaardig zou omschrijven.

Het is dan ook geen toeval dat de belangrijkste kwaliteit van actrices volgens Alfred Hitchcock hun *kwetsbaarheid* was, dat ze het gevoel uitstraalden dat ze in gevaar waren. Elk moment zou iemand hun kwaad kunnen doen. De kijker moest ongerust zijn over hen. Hun lieftalligheid werd bedreigd met verwoesting; hoe meer hun schoonheid werd bedreigd, hoe begeerlijker ze waren, sterker nog, we kunnen wel zeggen dat juist die begeerte de dreiging vormde: zo werden ze dus het slachtoffer van driften die analoog waren aan die welke de kijkers voor hen voelden. De begeerte bedreigde hen, en de dreiging vormde hun begeerlijkheid.

Dankzij het DvdC kwam men er echter achter dat de slachtoffers van een verkrachting helemaal niet aantrekkelijk hoefden te zijn. De pers, die de gewoonte had het dagelijks leven wat extra sjeu te geven (kijk maar naar de rechterkolom van de online-editie van de meest gerenommeerde Italiaanse kranten, die tegenwoordig vrijwel volledig in beslag wordt genomen door half ontklede vrouwen met het excuus dat ze in Miami zijn, of dat ze een nieuwe lingeriecollectie presenteren, of dat er een tepel uit hun shirtje gleed tijdens het shoppen – of, om terug te keren naar de tijd waarin dit verhaal zich afspeelt, de mooie blote meiden op de cover van de twee belangrijkste politieke magazines, die daar waren afgebeeld ter illustratie van de meest uiteenlopende onderzoeken, van het gebruik van de pil tot corrupte politici, van terrorisme tot de kapitaalvlucht naar het buitenland), had een gebrek aan prikkelende aspecten en moest zich noodgedwongen volledig richten op de politieke en morele verontwaardiging. Anders dan in andere misdaadzaken waarbij de seks als een magneet fungeerde (de bekendste daarvan was, in mijn jeugd, de Casati-moord, waarbij de perverse spelletjes werden onderbroken door geweerschoten, met een heleboel hersenweefsel tegen de muren gespat; maar ik zou ook de beroemde ontvoering van Giovanna Amati kunnen noemen, waarbij de ontvoerde was verleid door de ontvoerder en er foto's circuleerden van hun liefdesspel), deed het DvdC wat minder watertanden vanwege het totale gebrek aan sexappeal van de slachtoffers, en de instinctieve afkeer die de daders opriepen. Je kunt alleen een mooi verhaal maken als er ten minste één fascinerend of in elk geval interessant personage bij betrokken is, of dat nu het slachtoffer of de beul is, dat maakt niet uit, het liefst allebei: een knappe boef (bijv. de uit Marseille afkomstige ontvoerder van Giovanna Amati, of de knappe Milanese onderwereldfiguur Renato Vallanzasca), een fotomodel dat haar ondergang tegemoetgaat (Terry Broome), een stralend meisje en een flirterige leraar (Popi Saracino en zijn leerlinge), een rijke, machtige man (deze lijst is ellenlang, en wordt op weg naar de huidige tijd verrijkt met talloze namen, zakenlieden en politiek leiders, boksers, voetballers, basketballers, hoge prelaten, tv-presentatoren...), een stewardess, enzovoort. Dat is het, ja, ideaal zou zijn geweest een beeldschone stewardess uit het buitenland, dood aangetroffen, naakt, enzovoort.

Het was geen mededogen waardoor de gekwelde lichamen van die meisjes werden afgedekt, maar het besef dat die lichamen geen enkele glamour hadden en niet met morbide bedoelingen konden worden verkocht, zelfs niet aan het necrofiele publiek.

In de storm aan interpretaties van het DvdC woedde met name die, volgens welke de verkrachters expres meisjes uit de arbeidersklasse hadden gekozen om regelrechte klassenwraak op hen te nemen, net zoals die Romeinse senator die de gevluchte slaaf liet kruisigen. Van de omschrijving 'volkse meisjes' was het eerder het bijvoeglijk naamwoord dan het zelfstandig naamwoord dat het bestraffende geweld van hun rijke ontvoerders ontketende. De sanctie die zij uitvoerden was dus meer van politieke dan van seksuele aard. Er schuilt beslist enige waarheid in die reconstructie, mits men rekening houdt met het feit dat het geen bewuste keuze was, en dat

dat bijna nooit gebeurt bij een verkrachting, want de aanrander zal maar zelden precies de slachtoffers vinden die aan zijn voorkeuren voldoen. Afgezien van degenen die hun vrouw vermoorden of de buurman die ze niet konden uitstaan of de zakenpartner die hen heeft bedrogen, of degenen die geldkoeriers neerschieten of een verklikker elimineren, slaan misdadigers willekeurig toe. Bijna altijd verwisselen ze het ene doelwit voor een ander, of vervolgens voor nog een ander...

Bij verkrachting zijn de doelwitten inwisselbaar: het ligt aan de kansen die zich voordoen.

Dat bewijst het feit dat de jongens er beslist niet voor terug hadden gedeinsd om, nog vóór het DvdC, welgestelde meisjes te misbruiken. Er zijn net zoveel redenen te vinden om een rijke trut te verkrachten als om een volkse griet te misbruiken. Beide categorieën meisjes kunnen provocerend en uitdagend overkomen, op een andere, maar even intense manier, waardoor je handen gaan jeuken en je zin krijgt om ze te onderwerpen, te vernederen, te straffen.

De legendarische scène in *The Shining* in kamer 237. Onverklaarbaar. Twee minuten en vijftig seconden *onverklaarbaarheid*. Er wordt gezegd dat Kubrick de scène op verschillende manieren gemonteerd had om er enige logica in aan te brengen, maar er zit geen logica in. De scène heeft echter wel betekenis. Wanneer een man een naakte vrouw omhelst, omhelst hij de dood. De prachtige vrouw die uit de badkuip komt, bleek, lange benen, fiere borsten, is in werkelijkheid een rottende dode. Een levend lijk... Een enkele man beweert dat het voelt alsof hij stikt wanneer hij bij een vrouw is. Alsof hij verstrikt raakt wanneer hij bij haar naar binnen dringt, of alleen al wanneer ze hem omhelst, of zelfs wanneer hij zelf zijn armen om haar heen slaat, haar omklemt... Die mannen voelen zich ook belaagd wanneer ze zelf de belager zijn. Er moet toch een achterliggende reden zijn voor zo'n paradoxaal gevoel. Misschien is zo'n man alleen maar bang dat hij haar zwanger zal maken, en dat hij daardoor in de val zit. Er zijn zelfs mannen die een vrouw eerst dwingen tot seks, en haar er vervolgens van beschuldigen dat zij degene was die hen verleid heeft. Dat is dan misschien een leugen of armzalig zelfbedrog, maar het zegt wel wat over de diepere, absurde gronden.

Bovendien zijn mannen bevreesd of zelfs doodsbang voor de uiting van vrouwelijke gevoelens, omdat ze aanvoelen dat er diep verborgen onder die lagen van tederheid of van min of meer geveinsde kwetsbaarheid een enorme woede schuilt. Aangezien woede aan de basis ligt van elke emotie, in die zin dat elke emotie in elk geval een greintje woede in zich heeft, want zelfs in blijde verrukking hoor je wel iets van onverholen woede trillen, is het ook zo dat elk sentiment ieder moment kan terugveranderen in woede, dat het woede kan verhullen of oproepen, of zich kan ontpoppen als woede; en dat geldt op de eerste plaats voor liefde. In de vrouwelijke liefde zien sommige mannen een wraakgodin die tijdelijk aardig doet. Ze zien er een Medea in.

Volgens sommigen hadden vrouwen oorspronkelijk de seksuele taak om de ordeloze promiscuïteit van mannen te kanaliseren naar het doel van de voortplanting en het stichten van een gezinsorde. Die denkrichting is steekhoudend, maar is wel tegenstrijdig met een andere, totaal tegenovergestelde eigenschap van vrouwen: er bestaat namelijk niets wat minder belemmeringen kent (en wat dus in potentie ongeremd is) dan de seksuele beschikbaarheid van een vrouw, oftewel de beschikbaarheid om te paren met talloze mannen, of, in theorie, talloze keren met dezelfde man, iets wat voor hém onmogelijk is, en wat hem dan ook verbijstert.

Eerst werd er geklaagd over het gebrek aan bereidwilligheid van vrouwen; daarna verspreidde zich de vrees dat ze juist té bereidwillig waren, en dat hun genotzucht geen grenzen kende. In de tijd waarin dit verhaal zich afspeelt kon men over beide zaken klagen. Hoe dan ook zijn vrouwen een reden tot zorg en ontzetting voor de neurotische man, en als hij niet al neurotisch was wordt hij het wel juist hierdoor: ofwel omdat hij ervan overtuigd is dat de vrouwen een bedreiging vormen met hun inmiddels overduidelijke superioriteit en seksuele zelfstandigheid, ofwel omdat ze hem besmetten met hun intellectuele inferioriteit, of omdat ze luidkeels verkondigen dat ze volkomen onafhankelijk van hem zijn, of omdat ze hem juist erin luizen, opslokken, uitputten, hem buiten gevecht stellen door hun web van verleiding. Een zo slinkse vijand moet je wel preventief de oorlog verklaren, nog voordat ze erin slaagt haar sociale inferioriteit om te keren naar biologische suprematie, dankzij haar onuitputtelijke erotische macht. En dat is het moment om toe te slaan, daar ligt de gevoelige snaar, dat bedreigende arsenaal moet worden vernietigd. In dat opzicht heeft de onderneming van het DvdC, zoals we al eerder zagen, alle kenmerken van een tegenaanval. Maar ach, wás de oorlog tussen de seksen maar echt een oorlog, was het maar gewoon een oorlog en meer niet! Een openlijke, onophoudelijke oorlog, met een echte oorlogsverklaring en eventueel een opschorting van vijandelijkheden, een definitief front, eenduidige acties, een herkenbare strategie. In plaats daarvan raken de vlaggen met elkaar verstrengeld en verward. Dit conflict weet ergere wreedheden dan die in een burgeroorlog – misbruik en martelingen – te vervlechten met de lieflijkste tederheden, met het genoegen om een uurtje samen te zijn, met vurige liefde, met wederzijdse bewondering, met het geschenk van de eigen weerloze naaktheid, en blijft die continu met elkaar verwarren, waardoor zelfs mensen die elkaars grootste vijand zijn elkaar toch telkens weer opzoeken en in elkaars armen vallen, omdat ze absoluut niet zonder elkaar lijken te kunnen, maar als ze elkaar dan weer hebben gevonden kunnen ze elkaar alleen maar pijn doen. Er bestaat geen andere oorlog die zo chaotisch is dat de leden van de tegen elkaar strijdende legers steeds maar weer met elkaar paren en zo het leven schenken aan oorlogskinderen, oorlogswezen.

Wanneer een onderdrukte drift een uitlaatklep vindt, wat tot geperverteerde bevrediging leidt, levert dat geen genot op maar woede of walging. Een vendetta bijvoorbeeld, gedicteerd door wrok, vergiftigt degene die deze uitvoert net zozeer als degene die er het slachtoffer van is. Wraak nemen verpest je leven. Het genoegen dat we zeker menen te zullen ervaren dankzij een agressieve, bevrijdende daad verbrokkelt meteen, zoals gebeurt met de wanden van een vulkaan tijdens een uitbarsting, met rampzalige gevolgen, want al het materiaal dat in die vuurmond stort is weer voeding voor nieuwe heftige reacties. Wat wij 'je woede koelen' noemen, is helemaal geen koelen. Je woede wordt niet gekoeld, maar juist gevoed; en vervolgens versterkt, verfijnd, bewust en theatraal gemaakt. Wanneer een heftige impuls eenmaal zijn ontlading heeft gehad, kan hij zich heel gemakkelijk opnieuw opladen, en dan weer ontladen en dan weer opladen, en als het eenmaal lopendebandwerk is vereist hij onmiddellijke, voortdurende bevrediging, steeds korter na elkaar. Als je een meisje verkracht en ermee wegkomt, zullen je tijdelijke walging en schuldgevoel al snel worden verplaatst naar het slachtoffer, en als door een wonderbaarlijke vermenigvuldiging kijk je vervolgens om je heen en merk je dat alle vrouwen beschuldigbaar zijn, dat de hele vrouwelijke sekse aan jou is overgeleverd, dat je elke willekeurige vrouw kunt volgen, ontvoeren, mishandelen, profiterend van bepaalde momenten op de dag of bepaalde afgelegen plekken, waar het risico kleiner is, en je woede, die helemaal niet is gekoeld maar sinds je eerste verkrachting juist is verhit, drijft je ertoe om te proberen die eerste keer te herhalen, nog een keer, nog meerdere keren. De wereld loopt ineens vol met potentiële slachtoffers, en je moet diep inademen en je longen volzuigen met het enthousiasme van die ontdekking, je handen jeuken, je bloed gaat sneller stromen, je normaal altijd zo slome verbeelding lijkt nu ineens een geslepen sluwheid te krijgen...

Zo zullen de driften die tot dan toe onverenigbaar waren met de rest van het karakter – vanwege de onbeschaamdheid waarmee ze gewelddadige, obscene doelen nastreefden, en die daarom dan ook met veel inspanning waren onderdrukt en onbevredigd waren gebleven – zich verenigen tot een soort autonome republiek, onafhankelijk van de rest van het karakter maar wel in staat om delen daarvan aan te trekken en die stuk voor stuk los te maken met de revolutionaire belofte van steeds grotere bevredigingen, precies zoals gebeurt tijdens een burgeroorlog, totdat die unie sterker wordt dan het oorspronkelijke karakter en erover zegeviert. Nu is dit de dominante persoonlijkheid geworden, zegevierend over de ijdele gewetensbezwaren, bezield door een groeiende woede, krampachtig gericht op de nieuwe doelen, terwijl wat er nog over was van de vroegere ik vrijwel volledig is overgeplant naar de driften die voorheen niet eens benoemd konden worden. Er is een serieverkrachter geboren.

De bevestiging van iemands identiteit door middel van herhaling (in dit geval van weerzinwekkende daden, maar het zou hetzelfde zijn wanneer het vrome werken waren) is een bron van genoegen, en geeft iemand zekerheid. Het eigen en andermans lijden verschaffen hetzelfde genot.

O, een of andere ervaring die je boven de banaliteit van het alledaagse uittilt, en je in een andere dimensie brengt en je een speciaal gevoel bezorgt, van vervoering en triomf over de dorheid van het gewone leventje waarvan je je hebt losgemaakt, een verpletterende overwinning op het deel van jezelf dat zich had kleingemaakt en zat weggedoken, en op hen die er nooit uit komen, die er niet uit durven komen, die dat niet zouden kunnen, niet eens op het idee komen om zich eruit te bevrijden; ze zitten gevangen in de monotone sleur die zij beschouwen als het leven, zonder enig alternatief: bijvoorbeeld bij middenklassengezinnen maar ook bij veel families van eerlijke arbeiders, mensen die zich al jaren kapotwerken zonder ooit even op te kijken, zoals je ouders. Dat gevoel van vrijheid is zo opwindend dat het direct onvervangbaar is, en dus verslavend, het moet op elk moment en koste wat kost worden opgezocht, en het levert een parallel sentiment op, een soort plaatsvervangende impuls als die gepaard kan gaan met de roes van de overwinning of die kan vervangen wanneer je de overwinning niet kunt behalen, namelijk minachting, maar dan een minachting doordrongen van redeneringen, gemotiveerd, wreed, tegen de stakkers en de hypocrieten die zelf geen flauw idee hebben hoe je je voelt wanneer je 'erbuiten' bent, maar wel constant tekeergaan tegen de gevaren en de schade die deze toestand oplevert, daar zijn ze bang voor of geschokt over. Je ouders als eerste, uiteraard, en verder alle andere vertegenwoordigers en hoeders van het gewone bestaan. De minachting wordt voortdurend gevoed en bestendigd in haat; terwijl de mensen die er het onderwerp van zijn afzakken tot het niveau van de untermensch.

Eenmaal in die spiraal moet er een bepaalde stof worden toegediend of een bepaalde activiteit worden uitgeoefend waardoor de opwinding kan worden ontladen, en de onhoudbare spanning kan worden losgelaten.

Drugs en seks zijn de voor de hand liggende antwoorden op dat vereiste, en die worden net als medicijnen toegediend in deeldoseringen totdat het gewenste doel is bereikt, namelijk dat van een tijdelijke verdoving: een injectie, nog een injectie, en een derde, of een reeks lijntjes, of een neukpartij, een tweede neukpartij met dezelfde persoon of een ander, al naargelang de variabele behoeften van wie al daarboven zweeft en daar wil blijven of juist omlaag wil komen, maar zo mogelijk met een zachte landing.

En dan is er nog een derde activiteit in staat om krachtige doses toe te dienen, zonder enige beperking, omdat het lichaam dat de gevolgen ervan ondergaat niet het lichaam is van degene die haar beoefent, dat loopt geen risico, wordt niet uitgeput, stort niet in de afgrond, verbruikt en verspeelt geen energie; maar de lichamen van anderen. Dat is een activiteit waar je nooit een overdosis van krijgt: zinloos geweld. Geweld dat dus wordt uitgeoefend op weerloze lichamen. De aantrekkingskracht van die verslaving bestaat in een koortsachtige prikkeling van de gevoeligheid, erop gericht om in elk geval een kort interval van ongevoeligheid te bewerkstelligen.

Dat iemands seksuele aandacht altijd alert is, komt helemaal niet door een hamerende, abnormale fysieke noodzaak, maar door de obsessie om de tekenen van wat vrouwen onderscheidt overal waar die zich voordoen op te merken, als evenzovele persoonlijke provocaties: de borsten waarvan een glimp zichtbaar is in het decolleté van de ijsverkoopster terwijl ze je je hoorntje aanreikt; de smalle wiegende heupen boven een stel lange benen van het meisje met de zwarte sweater dat van haar moeder de hond moet uitlaten voor ze naar school gaat; de rood gestifte lippen van de vrouw van in de vijftig aan wie je het laatste beschikbare boodschappenkarretje geeft, je geeft het haar om die rode mond te zien plooien in een dankbare grijns, en om haar mooie ogen te zien glanzen met een glinstering die zowel te wijten zou kunnen zijn aan het erotisch verlangen dat ze al te lang onderdrukt heeft als aan de irritante tl-verlichting van de supermarkt, waardoor zij gauw een zonnebril opzet. Al die kleine details, te vinden bij de helft van de bevolking, worden opgeslagen in een mentale silo en raken onze man vol in het gezicht als een uitdagende handschoen, een onacceptabele schending, of als een bevestiging dat alle vrouwen die deze signalen overbrengen, die ze onwillekeurig geven zodra ze zich op straat, op school, thuis of waar dan ook vertonen, waarmee ze een schrikbarende storing veroorzaken, een zoemend netwerk van verleidingen en provocaties – dat al die vrouwen alleen maar *sletten* zijn, verdomde *sletten*, die door de straten van de stad marcheren, met hun dijen langs elkaar wrijvend op de plek waar hun eeuwig vochtige geslacht genesteld zit, en terwijl ze hun borsten laten deinen, ook als die klein zijn, ook als die helemaal niet deinen omdat ze worden samengeperst en vastgezet door een beha, nou, dat maakt niks uit, het is toch net of ze deinen, het is alsof die borsten dansen, op en neer, op en neer, en *ja knikken*. De signalen die deze vrouwen in de lucht gooien zijn nog geniepiger en subtieler wanneer ze ontkennen wat ze bevestigen, wanneer de signalen worden uitgezonden door vrouwen die zich op een kuise, anonieme manier kleden, die niets laten zien van het seksuele onderscheid, nou, dat soort types zijn nog sletteriger dan de anderen, omdat ze weten dat er onder hun brave bloemenjurkjes en in de wirwar van hun verlangens een perverse drang en onverzadigbare organen schuilen, dat is toch overduidelijk! Hoe braver ze overkomen, hoe meer ze ernaar snakken. En dan die grieten die zich als sletten kleden met ontblote dijen, die zijn uiteraard écht sletten. Meisjes van elf zijn potentiële sletten, vrouwen van zestig zijn het geweest en vinden het vreselijk dat ze dat niet meer kunnen laten zien ('Zeg, wanneer beginnen die verkrachtingen nou?' vragen de oude vrouwen van Cyprus zich ongeduldig af, terwijl het eiland wordt belegerd en elk moment kan worden ingenomen door de Turken... Lord Byron, *Don Juan*).

Destijds, in de jaren zeventig, werd er voortdurend druk uitgeoefend op vrouwen om ja te zeggen, om 'meegaand' te zijn; tegenwoordig strekt die druk zich al uit tot dertienjarige meisjes, die provocerend en beschikbaar moeten zijn als ze niet buitengesloten willen worden. Grietjes van wie de moeders zulke lage heupbroeken dragen dat de elastiek van hun string zichtbaar is, T-shirts met het opschrift MORGEN BEN IK WEER BRAAF (en vandaag dus kennelijk niet), of SAVE A VIRGIN, DO ME INSTEAD, of SPEELHAL met een grote pijl die omlaag wijst, of ook wel de tekst LIMITED TIME OFFER, deinend op hun verbouwde borsten.

Hoofdstuk XXVI

Als je een moord wilt verklaren met criteria als nut of rationele motivaties, kun je doorgaan tot je een ons weegt! Laten we nog eens kijken naar die goeie ouwe Hagen in het *Nibelungenlied*, die geconfronteerd met de geschokte reacties op zijn daad de redenen uiteenzet waarom hij Siegfried heeft verraden en vermoord, op een rationele, politieke, kil realistische manier: het betrof de eliminatie van een te machtige bondgenoot die de oorzaak was van voortdurende strijd en afgunst. Er moest korte metten worden gemaakt met de enorme macht van Siegfried; en dat karweitje heeft Hagen zonder scrupules opgeknapt. 'Ik trek me weinig aan van het geween.' Zijn redenering is grof maar concreet, en toch is er niemand die naar hem luistert, of er blijk van geeft dat hij hem gelooft. Wanneer er iemand wordt vermoord (in het bijzonder een held, of een maagd), komen de eventuele geldige motieven op het tweede plan te staan, de redenen verbleken of lijken futiel; goed fatsoen en het juiste moment doen er niet meer toe; wanneer er een symbool wordt vermoord zijn er andere motivaties in het spel, machtiger, tragischer of krankzinniger. Daar kan geen rationeel plan tegenop. In feite geldt dan ook voor elke moord dat die is gespeend van realisme, niet alleen voor politieke moorden tijdens een machtsstrijd. Alleen Machiavelli was in staat om, met een groot abstraherend vermogen, een misdaad te reduceren tot een optelsom.

Het probleem van dat soort mensen is dat ze niet meer weten waar de grenzen van hun persoon en hun daden liggen. Ze moeten wel heel erg bang zijn voor ze ervan afzien om dingen te doen die verboden zijn; welnu, de drang om het wel te doen is soms nog sterker dan hun angst.

We hebben weliswaar geleerd om ons tegen anderen te beschermen, maar we zijn zelden in staat om weerstand te bieden tegen de plotselinge schokgolf die in onszelf opkomt. Wanneer we op wacht staan kijken we voor ons uit, naar buiten het kamp, turend in de duisternis, niet achter ons. Maar toch klinken de ergste sirenes in ons weerloze innerlijke oor, waar we geen oordopjes in kunnen stoppen; en uiteindelijk zal blijken dat de inspanning om onszelf te beheersen meer energie verslindt dan de inspanning die we verrichten om onszelf te beschermen tegen dreigingen van buitenaf. En juist daarom is dat het eerste mechanisme dat defect raakt in geval van overbelasting. Het is overigens ook zo dat de driften die in ons binnenste op de loer liggen wel het tastbare bewijs leveren dat we levend zijn, dat er hoe dan ook een kracht in ons huist; is het geen goede, dan wel een kwade: in plaats van zich te verzetten tegen die verleidingen, en zich ervoor te schamen, zijn sommige mensen juist blij dat ze die voelen ontwaken, de lokroep ervan horen, alsof het het klokje van een engel is, en dat dat de engel des doods is maakt niet uit. Er bestaan veel manieren om jezelf heel wat mans te voelen: een daarvan is jezelf die neurotische zelfbeperking besparen en je krachten laten overlopen zonder je er druk om te maken of het schadelijke gevolgen zal hebben. Je bezatten, drugs gebruiken, in het wilde weg om je heen schieten, andermans bezittingen en vrouwen inpikken, je leven riskeren voor niets en op idiote wijze, verkrachten en vernietigen – dat overschrijden van de grenzen waarbinnen een individu zich mag bewegen, of het nu gepaard gaat met vreselijke spijtgevoelens of juist volmaakte gewetenloosheid, alsof hij niet eens in de gaten heeft dat hij die grenzen overschreden heeft, dat alles kan iemand onmiskenbaar de meest vreugdevolle momenten bezorgen. Het kan me geen zak schelen welke prijs ik ervoor moet betalen. Eerst laat ik anderen ervoor boeten, en daarna zal ik er zelf voor boeten, dan word ik ziek, of beland in de bak, mijn aderen en mijn hersens zullen worden aangetast, ik word een wandelend lijk, iedereen zal me mijden als de pest, en het kan zijn dat er een duivel komt rondwaren in dat naargeestige, vervallen kasteel dat mijn geweten was, om mij te kwellen. Maar zal ik je eens wat zeggen? Het kan me evengoed geen zak schelen. Ik heb samen met de duivel op de top van de Mount Everest gestaan en als je vanaf die hoogte omlaag stort en na een lange vlucht te pletter valt, schiet er zoveel adrenaline door je aderen dat ik mijn roemloze dood voor geen enkel ander lot zou willen ruilen.

Niets overstijgt de wellust om een negatief lot te omarmen, en dan bedoel ik ook totáál negatief.

Hoe werkt dat dan? Nou, het werkt zo dat we de ervaring opzoeken, ook al weten we dat die onaangenaam is, want als wij die zelf opzoeken en najagen zal de pijn die erdoor veroorzaakt wordt een heel stuk minder zijn dan wanneer we er plotseling door overvallen zouden worden, die pijn zou zelfs kunnen veranderen in genot, of beter gezegd in de superieure voldoening dat we de gebeurtenis zelf in de hand hebben doordat we haar expres hebben veroorzaakt, in plaats van dat we ervan afhankelijk zijn als slaven. Het is zinloos om sidderend af te wachten tot het geweld losbarst terwijl we zelf degene kunnen zijn die het op gang brengt. Het is zinloos om te wachten tot je geflirt met een meisje eindelijk resultaat oplevert, terwijl je dat ook bij voorbaat kunt afdwingen met geweld. Je voelt je meester over je eigen leven, baas over je eigen lot wanneer je je halsoverkop in het kwaad stort dat anderen krampachtig proberen te ontwijken wanneer het van hun gelijken komt, of proberen te onderdrukken bij zichzelf. Als er dan toch lijden op de wereld is, en schijnbaar is dat er en moet het er zijn, dan zal degene die zich kan veroorloven te besluiten hoeveel lijden er is, en wanneer, en waar, en wie het zal ondergaan, een goddelijk genoegen ervaren, in tegenstelling tot degene die onverwachts wordt overvallen door het lijden en er geen enkele invloed op kan uitoefenen.

Naast goedheid bestaat er niets dat zo superieur en gratuit is als boosaardigheid, en dat is misschien zelfs een nog beter voorbeeld, omdat die ook wordt uitgeoefend wanneer het tegen de eigen belangen of zelfs tegen de eigen veiligheid indruist, zelfs wanneer men zeker weet dat het een wraakactie zal oproepen; dat men zal worden gestraft voor wat men heeft gedaan. Dat boosaardigheid vaak dom of waanzinnig overkomt, is omdat er geen redenen voor zijn behalve die welke erin besloten liggen. We kunnen wel zeggen dat die van niets anders afhangt dan van een stemming... van een preferentie, een voorliefde... net zoals er mensen zijn die van katten houden, die niet zonder het gezelschap van een kat kunnen, ze willen een kat aaien, lieve woordjes zeggen tegen een kat...

Ze kenden geen grotere lol dan genieten van afgedwongen gunsten, smullend van de weerzin waarmee die hun werden bewezen. Want zeg nu zelf, hoe moeilijk is het om een gunst of een attentie te verkrijgen van iemand die jou aardig vindt? Het is een stuk bevredigender wanneer degene die ertoe gedwongen wordt jou eigenlijk haat, of bang voor je is, en walgt van zijn of haar eigen lafheid. Mensen tegen hun eigen natuur in laten gaan is de ultieme proeve van macht.

Aangezien de jongens van het DvdC nogal onbeduidend waren, droomden ze ervan om anderen angst aan te jagen. Aangezien ze niet echt machtig of edel of gezaghebbend konden zijn, restte hun niets anders dan meedogenloos worden. Daarbij zaaiden ze geen angst onder hele volkeren, zoals in de tijden van Sargon van Akkad of Dzjengis Khan of de meer recente dictators, die zij vereerden, maar onder een paar minderjarige grietjes, in wier aanwezigheid ze zich meedogenloos konden tonen. Ze roken bloed zodra ze iemand zagen die zwakker was. Het is opmerkelijk dat degenen die zich aan de doctrine van de übermensch wijdden bijna altijd armzalige types waren, die in elk opzicht bij de minderbegaafden hoorden, met een middelmatig intellect, niet erg viriel en nog minder dapper, of eigenlijk untermenschen, zou je haast zeggen, om hun eigen categorieën aan te houden. Het is een kenmerk van de vorige eeuw dat die bij een heleboel kleingeestige mannen zo'n drang heeft aangewakkerd om in elk geval nog een beetje aanzien te verwerven via het kwaad. Vroeger kon het kwaad nog wel iets groots hebben, door zich te manifesteren bij indrukwekkende figuren, maar naderhand is het afgebrokkeld tot een brij van wijdverbreid en beuzelachtig sadisme, van de routineuze folteraar, van de kleinburgerlijke wreedaard of seriemoordenaar die zijn onderdrukkingskracht uitoefent op doelwitten die altijd weerloos zijn, binnen handbereik, met een minimale inspanning te terroriseren en vermoorden. Het verlangen en daarna het genoegen om zich angstaanjagend te voelen moet werkelijk een obsessie zijn geweest voor de jongens van het DvdC, en voor andere types zoals zij, die alleen niet tot actie overgingen omdat ze op tijd waren tegengehouden door hun remmingen.

...Wat ik niet met liefde en vriendschap van hen zal verkrijgen, kan ik me altijd nog met geweld toe-eigenen.

Dat was waar het vernederen en kapotmaken van die twee meisjes voor diende. Voor het bevestigen van een concept dat alleen door bloedvergieten volledig kon worden begrepen, omdat het anders vaag en abstract zou blijven, namelijk dat het leven van elk afzonderlijk individu niets voorstelt, niets waard is, nergens goed voor is, kan worden weggevaagd zonder dat het evenwicht van de wereld erdoor verstoord wordt, zonder dat er ook maar de minste wijziging wordt geregistreerd, en dat geldt des te meer wanneer het gaat om individuen wier bestaan, zeg maar, toevallig lijkt: wezens zonder opvallende persoonlijkheid, zonder speciale eigenschappen, zoals overigens het merendeel van alle individuen is, en zoals ook die twee meisjes waren.

Het bloed vloeit rijkelijk. Bloed heeft van nature iets overvloedigs. Eén enkele druppel is al te veel, veel te veel. Het feit dat de bloedsomloop in normale omstandigheden plaatsvindt binnen een gesloten circuit, door een onzichtbaar buizenstelsel, zorgt ervoor dat wanneer het plotseling naar buiten komt en eruit spuit, sijpelt of vloeit, het een onhoudbare golf lijkt, een dijkdoorbraak.

Ik wilde dat er iemand was die behoefte had aan mij.
Ik wilde dat er iemand was die angst had voor mij.
Ik wilde dat er iemand was die zich mij zou herinneren
omdat hij me goede dingen had zien doen
of vanwege de slechte dingen die ik hem had aangedaan.
Ik wilde meer beleven maar ik wist niet hoe.
Ik wilde een onuitwisbare indruk op iemand achterlaten.
Ik wilde dat ze nog lang over mij zouden praten.
Ik wilde dat iemand zou huilen door mijn toedoen.

DEEL ACHT

De bekentenissen

Hoofdstuk 1

Het is net als met de dialogen van Plato. Socrates spreekt en de anderen kunnen alleen maar beamen wat hij heeft gezegd: 'Bij Zeus, zo is het beslist!'

Op elke vraag die wordt geformuleerd, wordt vroeg of laat het antwoord gegeven. Er kunnen maanden of jaren voorbijgaan, en de persoon die antwoordt is wellicht niet dezelfde aan wie de vraag was gesteld. Of de respons lijkt zichzelf te genereren, zoals in dat blasfemische verhaal van Asimov over de universele entropie, *Nightfall*, waar ik als jongen zo van onder de indruk was, en dat, zoals sommigen zich wellicht herinneren, eindigt met een '*Fiat Lux*' dat in het niets wordt uitgesproken.

Woorden dienen er alleen maar voor om de wereld opnieuw te laten beginnen.

Er was een periode dat mijn achternaam befaamd was in het QT of in elk geval bij de postbode aldaar, toen het bedrijf van mijn vader nog bestond, waar elke dag een aardige hoeveelheid post binnenkwam. Dat moet de reden zijn waarom ergens halverwege de jaren negentig, toen het aannemersbedrijf Albinati & Co. allang was beëindigd en de resten van zijn laatste directeur op de begraafplaats Flaminio rustten, een envelop met mijn naam erop en met als adres enkel 'Quartiere Trieste, Rome' kon zijn bezorgd bij de portier van het gebouw waar vroeger het kantoor van het bedrijf gevestigd was. De portier bewaarde de brief voor mij.

Hij was van Massimiliano, mijn vakantievriend in Punta Ala. Ja, echt waar, Max, de fascistische gitarist. De enige jongen aan wie ik mezelf had kunnen geven zoals een vrouw zich geeft, en ik gebruik die ouderwetse term omdat die precies overeenkomt met mijn toenmalige gemoedstoestand. Volgens mij is Max namelijk de enige man geweest tot wie ik me aangetrokken heb gevoeld, op de eerste plaats omdat hij opvallend knap was. Ik had ook wel op die manier aan hem gedacht, dat geef ik toe, al koesterde ik daarbij dan niet een bepaald verlangen, maar dacht ik alleen terug aan zijn volmaakte, soepele lichaam, betreurde ik zijn plotselinge verdwijning, en uiteindelijk vergat ik hem helemaal, compleet met de bagage van zijn zwaard, zijn gitaar, de lange, fascinerende middagen dat ik zijn optredens aanschouwde en zijn enorme bullshit aanhoorde. Een verschijnsel dat zich nadien nooit meer heeft voorgedaan.

Ik las zijn brief vol verbazing, zowel vanwege de tijd die er was verstreken sinds de laatste keer dat we elkaar gezien hadden, meer dan twintig jaar daarvoor, als vanwege de ontdekking dat Max kon schrijven, en goed ook. Door bepaalde aanwijzingen, zoals het gebruik van de werkwoordstijden, kreeg ik de indruk dat er vlak na de gebeurtenissen al een eerste versie van die brief was neergepend, die vervolgens niet was verstuurd, was blijven liggen, en uiteindelijk was hervat of opnieuw geschreven. En tevens dat deze nieuwe versie te danken was, bij wijze van spreken, aan een bepaalde literaire aspiratie, oftewel dat het verhaal van Max niet alleen bedoeld was om iets duidelijk te maken aan mij, zijn oude vakantievriend. Of misschien vergis ik me, en wilde hij toch alleen mij iets laten weten, maar dan wel iets wat verderging dan een simpele uitleg van de gang van zaken; iets nog belangrijkers over zichzelf en zijn neigingen: hij wilde me laten zien dat hij in staat was te boeien met woorden, door die aaneen te rijgen; dat hij in staat was mij te boeien. Dat is wat goed kunnen schrijven voornamelijk inhoudt: en dat heeft weer een heel andere bekoring dan goed kunnen praten of bewegen of zingen of musiceren, namelijk een indirecte, discrete aantrekkingskracht, die langzaam wordt vrijgegeven, als een kleurloze specie die een paar dagen moet rusten voordat ze pakt.

Beste vriend, ik hoorde van de familie Marinucci dat je me bent komen opzoeken in Punta Ala. Ja, ik weet het, je moet er niet van opkijken of kwaad worden, het is heel lang geleden, dat is zo, en al die tijd heb ik nodig gehad voordat ik jou opzocht. Daarvoor moest ik wachten tot allebei mijn ouders dood waren. Ze zijn gestorven voordat ze oud waren, mijn vader op zijn negenenvijftigste, aan een hartaanval, mijn moeder korte tijd daarna, en ook zij heeft de drempel van de zestig niet overschreden: er zaten minder dan twee maanden tussen de diagnose van een zeer veelvoorkomende tumor en de dag dat ze overleed. Ze waren gescheiden en volgens mij hebben ze elkaar nooit meer gezien na het tekenen van de papieren: mijn vader in Zwitserland, zij in ons grote huis in Milaan, in haar eentje. Misschien vind je het absurd dat ik na zoveel tijd weer van me laat horen om je over hen te vertellen, gezien het feit dat jij mijn 'papi' volgens mij niet één keer ontmoet hebt, en je weet beslist nog hoe ik over mijn moeder Vera dacht. Heb je haar ooit één keer horen praten? Een gesprek voeren bedoel ik, een logisch, zinnig gesprek? Heeft ze wanneer je mij kwam opzoeken ooit iets anders tot je gericht dan die radeloze lachjes van haar met die mond, met die perfecte witte tanden... ach ja, natuurlijk... 'met zo'n mond mag je zeggen wat je maar wilt'.

Zij tweeën zijn de ontbrekende stukken van het verhaal, en daar begin ik omdat ik nu echt alleen ben overgebleven. Ik heb niemand boven me, noch naast me, noch onder me, en van dat laatste zeg ik dat het een geluk is omdat ik betwijfel of ik in staat zou zijn geweest om kinderen groot te brengen, als ik kijk naar wat voor eigenaardige jongere ik zelf was. Ik ben dus nooit getrouwd, en dat zal in de toekomst ook niet gebeuren. Ik ben advocaat en werk voornamelijk voor een grote religieuze organisatie die zich richt op leken. Het doel is de stichting van een ware katholieke samenleving waarin elke gemeenschap, groot of klein, en op welk niveau dan ook, met de andere verbonden is door dezelfde geloofsband; en dat begint dan uiteraard, en terecht, bij het gezin, tot aan de werkplek, op kantoor, iemands beroep, vrije tijd, de kunst, sport: opdat duidelijk wordt dat niet alleen geestelijken maar ook leken kunnen bijdragen aan een fijnvertakte evangelisatie, precies zoals met de verspreiding van het bloed in ons lichaam gebeurt. In mijn praktijk houd ik me bezig met de juridische aspecten van die onderneming, waarvan ik echter wel kan zeggen dat ik volledig achter het plan als geheel sta. Misschien wel het enige plan dat ervoor kan zorgen dat de wereld niet instort onder het gewicht van het wantrouwen.

Ik stel me voor wat de eerste vraag zou zijn die jij me zou stellen als we elkaar tegenkwamen. Nee, ik doe niet meer aan vechtsport (ook al zou ik je misschien nog wel kunnen verrassen met een paar stoten, want fysiek gezien ben ik nog precies dezelfde als toen, het lijkt wel een wonder...?) en ik speel ook geen gitaar meer, en evenmin beluister ik platen, want daar werd ik door afgeleid. Ik werd er onrustig van en kreeg er vage, vluchtige gevoelens van: een onverklaarbare droefheid. Herinner je je nog mijn favoriete gitaar, mijn kleine misvormde? Nou, die heb ik cadeau gedaan aan een muziekschool voor kinderen. Blinde kinderen. In ruil voor de belofte dat ze haar met eerbied zouden behandelen. Al zal ze onderhand wel aardig in de vernieling liggen, doordat ze van hand tot hand is gegaan... Maar hé, je moet niet denken dat ik een vrome ziel ben geworden! Een soort Franciscus van Assisi, of erger nog, een communist! Integendeel, die schenking had juist een wat sadistisch, subliem kantje: namelijk het idee dat vanaf dat moment iedereen die de misvormde ter hand zou nemen zelf ook een handicap zou hebben, en haar wel zou kunnen horen, maar niet zou kunnen zien. Dat hij zich wel een beeld van haar kon vormen door haar aan te raken, te omhelzen, te strelen... door haar trilling te ervaren in zijn handen en zijn oren, zonder haar echter ooit te verpesten met zijn ogen.

Een groot leed, kortom, of juist een extra pure gewaarwording, dat zou ik niet weten.

Het kostte me geen moeite afstand van haar te doen, de liefde eindigt zoals ze begint en het doet er niet toe dat er tussen die twee momenten op z'n minst tienduizend uur oefening zit (ik heb het uitgerekend). Elke dag minstens drie uur, tien jaar lang... en toen ben ik van het ene op het andere moment gestopt. Klaar met de muziek. Al die veranderingen zijn begonnen in Punta Ala, op de laatste dag van die zomervakantie, maar ik kan net zo goed zeggen: op de laatste dag van mijn leven. Het heeft nogal wat tijd gekost voordat ik snapte wat er was gebeurd en wat er nog steeds gebeurde, maar later begreep ik het, en dat is wat ik je zou willen uitleggen, ook omdat ik me kan voorstellen wat een bullshit die meneer Marinucci misschien verteld heeft aan jou en aan wie dan ook. Arme man: toen ik een maand later terugkwam om Melville op te halen, zag ik een gulzige nieuwsgierigheid in zijn ogen fonkelen, kenmerkend voor iemand die deze alleen maar voedt met andermans tegenspoed. Ik peinsde er niet over zijn nieuwsgierigheid te bevredigen. En zijn vrouw die deed alsof ze me de huur voor de maand augustus wou teruggeven, of misschien was ze dat ook echt van plan. Dat was niet de reden waarom ik was teruggekomen, ik wilde alleen de kat ophalen. Ik weet dat jij pas toen je daar aankwam ontdekte dat het niet ons eigen huis was. We huurden het, zoals veel mensen doen. Ik weet niet waarom ik tegen je loog door te zeggen dat het van ons was: gewoon omdat dat beter paste bij het beeld dat ik je wilde geven van mij, van ons, en bij mijn idealen destijds, dat is alles. Weet je, Edoardo, ik gaf om je en had ontzag voor je, meer dan jij je misschien kon voorstellen. En ik wilde indruk op je maken: een grote, onuitwisbare indruk. Je leek me een wassen jongen waarin ik mijn vorm moest prenten; ik wilde dan ook een duidelijke, heldere vorm hebben, zelfs al moest ik die construeren met een leugentje hier en daar. Maar nu is het tijd dat ik de puzzelstukken in elkaar ga leggen.

De dingen die je al weet of die iemand je heeft verteld van dit verhaal, kun je aan de kant schuiven.

Mijn vader zat bijna altijd in Zwitserland vanwege akkefietjes met zijn werk. We noemden hem thuis onderhand 'de Zwitser'. Hij dreef handel met de banken, het is me nooit duidelijk geworden of dat helemaal legaal was. Het kan best zijn dat hij het helemaal niet nodig had om de wet te overtreden. De grens van de wetgeving is veranderlijk, onduidelijk, die volgt een grillige lijn om ruimte te laten voor zaakjes en voor types die weten hoe ze het moeten aanpakken. Zodra zij bij de wet in de buurt komen, blijkt die rekbaar. En als meneer en mevrouw Marinucci je verteld hebben, zoals ik me kan voorstellen, dat mijn vader ziek was, en dat zijn ziekte plotseling verergerd was, de reden waarom we halsoverkop moesten vertrekken die zomer (1973 was het toch? ik ben er niet helemaal zeker van), nou, dan kan ik je zeggen dat dat niet waar was. Tot op de dag dat hij, vele jaren later, plotseling werd geveld door een hartaanval, terwijl hij een sigaartje rookte en op de balustrade van zijn chalet leunend genoot van het uitzicht op het Engadin met zijn meren, die al half bedekt waren met glinsterend ijs, was mijn papi kerngezond. Scherpzinnig, energiek, levendig, gemeen, nooit een klap die niet raak was. Bewegen, bewegen, bewegen, de geest bewegen, bedoel ik. Juist daarom wilde hij niets meer met mijn moeder te maken hebben. En om diezelfde reden heb jij hem nooit gezien en zou je hem ook nooit gezien hebben, daar in Punta Ala, samen met ons: hij zat in de bergen, in de koelte, bezig met één telefoontje hele kapitalen te verplaatsen, om zich niet te hoeven vervelen met die nutteloos mooie vrouw en een fanatieke zoon, en niet in een bootje met ze de zee op te hoeven om de hitte te ontvluchten, met op de achtergrond het onbereikbare eiland Elba. De schoonheid van een vrouw is het saaiste wat er is voor de man die alleen om die reden met haar getrouwd is.

Dus het telefoontje dat we die avond uit Zwitserland kregen bracht geen alarmerend bericht over een man die op sterven lag; geen kliniek, geen dokter met verontruste stem; het was een echtgenoot die met beide benen stevig op de grond stond en zijn vrouw op de hoogte stelde van het onherroepelijke voorstel om te scheiden, een klassieke mededeling volgens vaste regels, denk ik. Echtscheiding was toen inmiddels ook in Italië mogelijk, de nieuwe wet was immers aangenomen, en de grens was dus weer een eindje opgeschoven om individuen vrij te laten te doen waar ze zin in hadden. Weer een stukje ruimte voor hun mooie ideeën, hun individuele wensen. De reactie van mijn moeder was al even klassiek. Herinner je je Vera nog? Ik weet zeker van wel. Kan ik nu ze dood is en niet langer mijn moeder is, net zoals ik niet langer haar zoon ben, nu onze bloedband is opgelost en ik me geoorloofd voel om over haar te praten als over een willekeurige vrouw, nou, kan ik nu dan zeggen dat ze behoorlijk indrukwekkend was? Je hoeft maar naar een oude foto te kijken, als je geheugen soms hapert. Oogverblindend. Iets tussen Jacqueline Bisset (dat zei iedereen tegen haar toen, zodra ze haar zonnebril afzette, 'niet te geloven, wat een gelijkenis!') en om het even welke van de majestueuze schoonheden die toen wij jong waren om de haverklap leken te trouwen met beroemde mannen, ik weet niet, Barbara Bach, Britt Ekland, Elke Sommer, ik herinner me al die voor ons ongebruikelijke k's in hun namen en die opgemaakte ogen op de foto's in de bladen: blauw, paarsig of groen, zoals die van mijn moeder. Niet gewoon open, maar wijd opengesperd. Enorme lichte ogen. Nu ze er niet meer is koester ik de herinnering aan haar, ik denk aan haar, treur om haar, ben zelfs ontroerd; terwijl ik haar destijds alleen maar haatte. Ik verachtte haar zoals mijn vader denk ik ook deed. Het was een plicht om haar te verachten. Terwijl Vera luisterde naar het vonnis dat via de telefoon werd uitgesproken door de Zwitser, net zoals hij een willekeurige bankopdracht zou doorgeven, verwijderde ze af en toe de hoorn van haar oor en drukte die tegen haar voorhoofd, alsof de woorden van mijn vader rechtstreeks in haar brein geprent moesten worden, en ik begreep wat er aan de hand was zonder dat ik ook maar één zin hoefde te horen: het was logisch, vanzelfsprekend dat het moment van de waarheid was aangebroken. Daar wachtte ik al op sinds ik klein was, dat wil zeggen vanaf het moment dat ik doorhad dat ik geen broertje of zusje zou krijgen en wat daar de reden van was...

Ik stopte met lezen en ging een glas water drinken. Er was iets wat me in verwarring bracht, maar ik begreep niet wat. Ik pakte de blaadjes van Max' brief weer vast en bekeek ze nog eens goed. Er was niets vreemds mee.

Is het goed als ik haar van nu af aan Vera blijf noemen en niet mijn moeder? Zo'n vrouw vind je tegenwoordig niet meer. Die valt niet te reproduceren met 'mam', tenminste, mij lukt dat niet. Ik weet dat je intussen boeken hebt geschreven en gepubliceerd, Edoardo, en ik zal je zonder schaamte bekennen dat ik er niet één van heb gelezen, maar misschien zou jij ertoe in staat zijn, ik bedoel, misschien zou jij genoeg kunde en afstand hebben om een beeldschone vrouw tot leven te wekken, alsof ze een verzonnen personage was voor een film of een roman, met het te verwaarlozen detail dat hij uit haar is voortgekomen, van tussen haar gespreide benen. Een schrijver gebaard door zijn personage... Dat soort gedachten vervult me van afgrijzen: het idee dat andere mannen zijn binnengedrongen in het gat waar ik uit ben gekomen. Een heleboel andere mannen, voor en na de Zwitser: en zij maar gillen, en kreunen. De kreten en het gekreun van Vera, haar echte en neppe tranen hebben me altijd woest gemaakt. Ze werkten me op de zenuwen. Als ik zeg dat ik haar wel kon vermoorden als ze die scènes van haar trapte, is dat geen ordinaire overdrijving. Ik had echt die neiging, daar kon ik niet omheen, en de verwezenlijking ervan lag volledig binnen mijn bereik.

Toen ze de telefoon ophing leek ze kalm, bijna onverschillig. Ze dwaalde door het huis, verplaatste dingen, ruimde op. Alsof ze serieus overwoog wat nou de beste plek was voor die reuzenschelp, voor die tuinlamp. Ze hing de nog vochtige strandlakens op. Ze vulde de ijsblokjesvormen met water en zette ze weer in de vriezer, als een automatisme. Ik liep achter haar aan. Ze had een paarse hoofdband om die haar haren bijeenhield, en die blonde golf deinde op de rand van haar schouders. Haar bewegingen waren wat stijfjes, en dat was het enige bewijs dat ze in andere gedachten was verzonken. Ik vroeg provocerend wie ze daarnet aan de telefoon had gehad. Met beheerste stem antwoordde ze: 'Iemand die het verkeerde nummer had gedraaid.' Dus nu zat zij mij te provoceren! Ik voelde een nog grotere woede dan normaal. Ik beefde. 'Zit niet tegen me te liegen!' Alsof ze me niet had gehoord huppelde ze terug naar de keuken om te controleren of de ijsblokjes al klaar waren, wat onmogelijk was, aangezien ze ze amper een minuut geleden in de vriezer had gezet. 'Ach, wat maakt het ook uit,' zei ze bij zichzelf, en terug in de woonkamer schonk ze een glas whisky in. Zo'n glas dat zo breed en zwaar is dat je het amper in je hand kunt houden. Dat deed ze altijd, meerdere keren per dag, en dan schonk ze het glas voor minstens twee derde vol. Ze nam een slok en glimlachte meteen daarna: 'Het smaakt lauw ook prima...'

'Je bent walgelijk,' zei ik. Ze hief haar glas naar me op alsof ze wilde toosten. 'Dat ben ik met je eens', en ze nam weer een grote slok, 'helemaal met je eens. We zijn al met minstens drie man die er zo over denken.' Ik liep naar haar toe en wilde het glas van haar afpakken, maar zij holde weer met dat huppeltje van haar naar de keuken. Ik wist het schouderbandje van haar jurk nog vast te grijpen, maar zij trok zich los, waardoor het bandje scheurde, en de jurk viel zowel aan de voorkant als aan de achterkant open. Profiterend van mijn verwarring dook ze in het dienstkamertje achter de keuken en sloot zich daar op. 'Wat doe je nou... wat doe je...' Toen begon ze te huilen en te gillen.

Toen ik haar achter die deur zoveel kabaal hoorde maken, zonder dat ik haar zag, werd ik gek. 'Kom eruit,' brulde ik, 'doe open. Doe die verdomde deur open, nu meteen!!'

Maar niks, ze bleef achter die deur zitten janken en gillen.

'Kappen!'

Wat kon ze nog doen, als ze haar glas eenmaal leeg had? Haar kreten klonken steeds harder, steeds heftiger, als die van een beest. 'Doe die deur open, anders beuk ik hem in!' Maar ze luisterde niet naar me. Na een paar minuten zwakte haar geschreeuw af tot een gejammer, een soort gedrein. Het klonk als een kind dat moe is van het huilen en probeert zichzelf te troosten.

'Kom op, mam, hou op, alsjeblieft.' Ik sloeg een andere toon aan, want nu was ik bang, die scène joeg me angst aan, en misschien realiseerde ik me toen pas voor het eerst dat ik alleen was met haar in dat huis, terwijl ik niet wist wat ik moest doen en er niemand was die ik

te hulp kon roepen. 'Doe open, alsjeblieft,' smeekte ik. Ik hoorde mijn stem dingen zeggen die ik nooit van mezelf verwacht had. Het was echt iemand anders, een andere zoon die in mijn plaats sprak.

'Toe nou, we komen er heus wel uit.'

'We redden het wel, mam, jij en ik.'

Ik fluisterde op het laatst zelfs een zinnetje dat me, echt waar, de rillingen bezorgt nu ik het alleen al opschrijf: 'Toe, mam, laten we erover praten.'

Laten we erover praten, o ja... natuurlijk... Vera en ik, ik en Vera, ik die met haar praat, naar haar luister, naar haar zorgen luister, haar verdriet, die haar troost, en haar daarna misschien wel vertel waar ik zelf mee zit... terwijl dat nog nooit van mijn leven was voorgekomen!

Ik beukte met mijn vuisten op de deur om haar bang te maken en af te leiden van wat ze ook aan het doen was daarbinnen. Na die reeks klappen stopte Vera inderdaad met haar gejammer. Ze huilde nog wel, maar bijna stil, ik hoorde haar snikken. Ik bleef door de deur heen tegen haar praten. En uiteindelijk ging die open.

Vera zat op de stretcher in het dienstkamertje, alsof ze de huishoudster was, vermoeid na haar werktijd, zo moe dat ze zich niet eens meer kon uitkleden. Het verscheurde schouderbandje bungelde aan de voorkant en ontblootte een borst, die wit afstak tegen de gebruinde huid erboven en eronder. Ik voelde opwinding, en schaamte vanwege die opwinding. Haar verwrongen gezicht, maar evengoed nog heel mooi, was een smeerboel van tranen, oogpotlood, lippenstift en sproeten. Ik had haar ogen nog nooit zo zien glanzen. Ze keek naar me alsof ik een vreemde was. Ik hielp haar overeind en knoopte haar schouderbandje weer vast, zodat haar naaktheid weer bedekt werd, en nam haar mee naar de woonkamer. Ze zei geen woord maar begon weer te snikken, alsof er een nieuwe golf van emoties kwam aanrollen op de plek waar de vorige zich net had teruggetrokken. Zittend op de bank, met haar hoofd achterover en de dunne lichte streepjes van haar gebruinde, schokkende keel.

'Nee, nééé...' mompelde ik, en ik pakte haar bij de schouders, schudde haar door elkaar. 'Begin nou niet weer.'

Maar ze ging door, steeds harder.

Ik schreeuwde en dreigde, maar daardoor ging ze alleen maar harder huilen. Nu klonk haar gehuil woest, gorgelend en reutelend, het had niets menselijks meer, het leek eerder het gebalk van een ezel. Echt waar, ik kon het niet verdragen. Dat had niemand gekund. Als het bijna was weggeëbd begon het weer opnieuw, en het leek eindeloos door te zullen gaan, ja, net als de golven die voortdurend over het strand rollen, de ene na de andere. Die vrouw werd afstotelijk door die grimassen die haar schoonheid verwoestten. Ik probeerde over haar gebrul heen te schreeuwen en ik smeet haar de ergste scheldwoorden toe die ik kon bedenken, maar Vera staarde me met grote ogen aan, terwijl ik haar verrot schold, en jankte alleen maar harder. Ik ging naar mijn kamer en pakte mijn zwaard. Ik wilde haar bang maken, en ik schrok zelf van wat ik aan het doen was. Ik vroeg me af of ik me wel zou kunnen bedwingen met dat wapen in de hand. Terug in de woonkamer hief ik het zwaard nog in de schede boven haar hoofd, als een knuppel, en schreeuwde zo hard als ik kon: 'Hou op!!!'

Toen liet ze zich van de bank af glijden, met haar knieën op de grond. Eindelijk nam haar gejammer wat af, ze keek me in de ogen en praatte tegen me, en tussen haar snikken door zei ze iets absurds.

'Ik ben hem altijd trouw geweest...'

Ik zei al dat ik buiten mezelf was, van woede, van wanhoop en van een ijzingwekkende machteloosheid die ik nooit eerder had ervaren, ik, die dacht dat ik de hele wereld aankon. Ik voelde me vreselijk ellendig, en dat weet ik terecht of onterecht aan mezelf. Daar werd ik helemaal gek van. Maar wat Vera toen zei over haar zogenaamde trouw aan mijn vader was de druppel die de emmer van mijn razernij deed overlopen, het onweegbare sneeuwvlokje dat de tak waarop het neerdwarrelt doet afbreken. Trouw? Jij bent hem trouw geweest?! dacht ik, en die banale zin klonk absurd en beledigend in mijn oren, of hij nu waar of niet waar was. Want als het een leugen was moest ze ervoor boeten, en als het waar was, walgde ik des te meer van het idee dat die prachtige vrouw bijna twintig jaar lang haar kleinzielige zedigheid had gekoesterd om de Zwitser er het alleenrecht op te geven, ik werd er onpasselijk van dat ze daar nu mee aankwam, tegenover mij, op haar knieën, alsof dat het doorslaggevende argument was waarom hij nooit bij haar weg had moeten gaan...

Met een schreeuw trok ik de katana uit de schede, en nam de houding aan waarbij ik het heft met twee handen vastklemde.

Vera keek hoe ik boven haar uittorende, en onder de laag tranen en speeksel waarmee ze bedekt waren plooiden haar glanzende lippen zich tot een extatische, krankzinnige glimlach.

'Ja,' zei ze.

Misschien was het een cynische glimlach.

'Vermoord me maar.'

Ik stopte met lezen. Ik propte de brief van Max in mijn zak en ging naar buiten. Ik probeerde aan iets anders te denken, maar dat lukte niet. Bij de bushalte voelde ik aan de dubbelgevouwen blaadjes in mijn jaszak. Staand in de bomvolle bus las ik verder. Mijn adem stokte, alsof er iets in mijn luchtpijp zat.

Wanneer je een klap moet geven, ontspannen de spieren van je schouders en je armen, anders wordt de klap afgeremd door zijn eigen kracht, terwijl die juist moet wegzwiepen als een gewichtloos scheermes dat de lucht doorklieft. Hoewel ik echt niet van plan was om mijn moeder te vermoorden, voelde ik dat mijn schouders zich onwillekeurig ontdeden van de energie die er door mijn kwaadheid was opgeslagen, de spieren verloren hun stijfheid en werden soepel, alsof ik me inderdaad voorbereidde om het zwaard omlaag te laten gaan. Zo hadden mijn meesters het me geleerd en dat had ik aangeleerd tijdens de talloze trainingsuren. 'Vermoord me maar,' had ze gezegd. Ik wist precies hoe dat moest, mijn getrainde lichaam maakte zich ervoor op. De katana goed gebalanceerd, de vingers gespreid en daarna zo stevig mogelijk om het heft geklemd, de helling van mijn romp ten opzichte van mijn benen die lichtjes gebogen en uit elkaar stonden, zo liet ik met mijn ogen dicht het zwaard omlaag zwiepen.

Het wapen kwam schuin neer. Ik leidde het niet. Het viel uit zichzelf omlaag, vrij om de slag uit te voeren. Toen ik voelde dat het tot stilstand kwam, deed ik mijn ogen weer open en zag dat het lemmet was gestopt tussen de kaak en de keel van mijn moeder, glinsterend vlak onder de oorbel in aan haar linkeroor, net niet op tijd om te voorkomen dat haar huid een schram zo lang als een vinger opliep, die ondanks dat hij heel dun was meteen begon te bloeden. Ik zou niet kunnen zeggen door welke kracht de tegenbeweging op gang kwam waardoor het zwaard precies daar stopte, op een paar millimeter van die ver-

smalling waar het bloed, de adem en de gedachten zich ophoopten. Het zwaard was precies blijven steken op het randje van het leven van Vera. Van de vrouw die toen nog mijn moeder was.

Wat me het kwaadst maakte was de twijfel dat Max me misschien naar adem liet happen terwijl hij het allemaal had verzonnen. Waarom zou hij dat doen? Ik las verder met een brok in de keel.

Hoofdstuk 11

'Waarom neem jij de telefoon op? Waar is je moeder?'

'In de badkamer.'

'Wat doet ze daar?'

'Zich opmaken.'

'Ha... fraai is dat. Ze maakt zich op. Is ze van plan om vanavond nog uit te gaan?'

'Volgens mij niet. Haar mascara was uitgelopen. Door het huilen, weet je wel.'

'O, nee, geen melodramatisch gedoe, alsjeblieft.'

'Stel je voor. Ik heb ook helemaal niks met die smartlappen van sommige zangers.'

'Welke zangers? Waar heb je het over?'

'Die dikzakken. Ik haat ze.'

'Wil je nu een discussie beginnen over muziekgenres?'

'Nee. Niet nu.'

'Goed, vertel me dan of ze rustig is.'

'Wil je dat echt weten? Interesseert je dat seriéús?'

'Nou, vertel me dan in elk geval of ze gekalmeerd is.'

'Volgens mij wel. Ze is totaal verstomd. Allemaal dankzij mij, papi.'

'Ze moet het maar accepteren. Zo gaan de dingen helaas.'

'Zo is het maar net, bij Zeus.'

'Zit je nou cynisch te doen, Max? Dat is nu echt niet het moment.'

'Ik vind het juist de ideale situatie ervoor.'

'Wat is er toch met jou? Je hijgt helemaal.'

'Het zal wel door de warmte komen.'

'Is het heel warm daar?'

'Nogal. Zeg, ben je van plan om terug te komen?'

'Terug waarnaartoe?'

'Tja. Naar huis. Naar Milaan.'

'Niet op korte termijn.'

'Duidelijk.'

'Geef haar nu even.'

'Nee.'

'Ik zei, geef me even je moeder.'

'Dat is geen goed idee, bij Zeus.'

'Schei uit, Max. Ik wil haar spreken.'

'Je hebt haar al gesproken. Was dat nog niet genoeg?'

'Ik moet enkele punten verduidelijken.'

'Ik heb niet het idee dat jij je in de positie bevindt om je wensen kenbaar te maken.'

'Waar slaat dit op? Heb je meteen haar kant gekozen?'

'Vlak nadat ik de hoorn had opgenomen, toen ik je stem hoorde. "Met wie spreek ik?" "Met de Zwitser..."'

'Haha, heel grappig. Dit gaat jou niet aan, het is iets tussen je moeder en mij. Je bent groot genoeg om dat te snappen.'

'Ik snap het wel, papi, ik snap het, nou en of ik het snap.'

'Als ik je zo hoor heb ik juist het idee dat je er geen zak van snapt.'

'En toch vraag je me om het te snappen.'

'Er is niks moeilijks aan.'

'Praat voor jezelf. Ik ga ophangen.'

'Wacht even: maak je je soms zorgen om het geld? Is het vanwege het geld?'

'Vanwege het geld?'

'Daar zullen jullie geen gebrek aan hebben.'

'Welk geld?'

'Mijn geld.'

'Dat mag je houden.'

'Massimiliano...'

'Wat gek. Je noemt me nooit bij mijn volledige naam.'

De brief van Max die in het begin zo gedetailleerd was in het relaas van die 'laatste vakantiedag', werd tegen het einde bijna afgeraffeld, strikt informatief, alsof het normaal was dat hij na al die jaren ineens weer van zich liet horen. Hij pakte het onderwerp uit het begin weer op, dat hem duidelijk na aan het hart lag, zijn toewijding aan de zaak waardoor leken weer volgens godsdienstige voorschriften moesten gaan leven.

Maar dat gedoe kon mij niet zo boeien.

Hoofdstuk III

En net zo plotseling als hij was verdwenen, keerde hij weer terug.

Mensen verlaten nooit voor lang het toneel, als ze niet doodgaan. En Arbus leefde nog, waar dan ook. Hij belde me op. 'Ik zou het contact tussen ons graag herstellen,' zei hij, waardoor ik bedacht hoe weinig hij veranderd was, in elk geval in zijn taalgebruik.

'Ben je in Rome?'

'Nee. Ik kom er wel af en toe mijn moeder opzoeken. Volgende week ben ik in Rome.'

'Gaat het goed met je moeder?'

'Het wisselt.'

'Nou, kom dan een keer een middag bij me langs, als je zin hebt.'

'Maakt niet uit welke middag?'

'Als je het me maar even van tevoren laat weten.'

En daar kwam hij. We gaven elkaar een hand. Ik liet hem in de woonkamer plaatsnemen. Hij was nog altijd mager, licht gebogen, had nog steeds lang haar en een bril. Zwarte jas, stropdas en broek. Afgedragen schoenen met een dikke rubberzool. Ik vroeg of hij iets wilde drinken, maar hij hoefde niets. Ware het niet vanwege de mythe die om Arbus heen hing, dan zou het begin van onze eerste ontmoeting na al die jaren niet veel anders zijn geweest dan wanneer je iemand binnenlaat die langs de deuren gaat met een voordelig contract voor stroom of gas of internet. Of misschien was er wel een verschil, want in het gezelschap van een vertegenwoordiger van stofzuigers voel ik me niet zo opgelaten. Dan heb ik geen bonzend hart. Dan heb ik niet het gevoel dat ik terug in de tijd zal worden geworpen.

Arbus merkte mijn ongemak op en kwam me glimlachend tegemoet wat het drinken betrof.

'Eh, ik heb me bedacht, ja... ik wil wel een chinotto, als je dat hebt.'

Een *chinotto*? Die bittere frisdrank?

Hij ontblootte zijn tanden en tandvlees in een bredere glimlach, met zijn ogen halfdicht, en toen herkende ik mijn klasgenoot weer beter, o ja, Arbus, die ouwe spillebeen, Arbus, de ongelovige, de wanhoop en trots van onze verblufte paters, een verloren genie, een onheilspellend, nutteloos overblijfsel van die bruisende jaren, de minst sentimentele jongen die ooit is neergeknield voor een reliek.

'Je hebt zeker geen chinotto? *Never mind.*'

Op zijn wangen zaten nog de littekens van de acne, maar ik moet zeggen dat het hem bijna goed stond, zoals bij sommige acteurs die de rol van de stoere kerel spelen. Zijn pokdalige, ingevallen gezicht met aan weerszijden het lange, bijna helemaal grijze haar had een sterk, vastberaden karakter gekregen. En zijn blik was als het ware boosaardig geworden; de karakteristieke, scherpe intelligentie die eruit sprak leek niet langer rond te zweven in vage ruimtes, maar eindelijk in deze wereld te zijn geland, waar ze was gestuit op obstakels, frustraties, nederlagen; en hij wekte de indruk dat hij daaroverheen was gekomen dankzij de voorraad boosaardigheid waarover elk van ons beschikt, ook zonder het te beseffen. Een naïeve intelligentie die zich weerloos blootstelt aan het vizier van anderen wordt onmiddellijk afgeknald. De intelligentie van Arbus was op school al steeds geconfronteerd met andermans bekrompenheid. Die van ons klasgenoten die niet aan hem konden tippen, de typische bekrompenheid van de paters, kleinzielig, kruiperig, vergoelijkend, waarvan de rector het schoolvoorbeeld was, en verder de bekrompenheid van de school als zodanig, al dan niet katholiek, plek van verwaterde kennis en ongeregelde discipline en een verveling die daarentegen wél heel puur was: je zou kunnen zeggen dat alleen de vrouw die pizza verkocht in de pauze, af en toe Cosmo en eventueel ook juist frater Curzio, die hem in de gymzaal zonder enig vals medelijden behandelde als het onbeholpen wezen dat hij was – dat alleen die mensen destijds op een directe, eerlijke manier met Arbus omgingen, hem waardeerden of hem met open vizier tegemoet traden. Ikzelf had onze vriendschap soms voor anderen verborgen gehouden om niet met hem te worden geassocieerd bij de snerende opmerkingen en flauwe geintjes waarvan hij het mikpunt was. Ik was blij om hem zo mannelijk en kalm te zien, nu hij op oudere leeftijd was. Ik stond er maar half bij stil dat het leven hem zo gemangeld had, dat er telkens weer een hete wals over hem heen was gereden. Natuurlijk, de brand bij hem thuis, het pikante verhaal van zijn vader...

'Ik heb ergens gelezen dat je in de gevangenis werkt... dat je schrijfcursussen geeft.'

'Welnee, geen schrijfcursussen... Niks creatiefs, stel je voor. Ik ben gewoon leraar taal en cultuur. Grammatica, bepalingen van tijd of plaats, *Het Zonnelied*... de Honderdjarige Oorlog... Dezelfde dingen die buiten de gevangenis worden onderwezen.'

'Het lijkt me toch wel interessant.'

'Ja, zeker wel. Maar waarom ben je zo benieuwd naar de gevangenis?'

'Omdat ik er heb gezeten.'

De gevangenis. Een onverwacht gemeenschappelijk onderwerp. Dat zou ongewoon moeten zijn, in deze sociale klasse. Welnu, eens kijken: ik werk er al twintig jaar, goed, Arbus zegt dat hij er heeft gezeten, zij het niet lang, goed, Stefano Jervi zou er vroeg of laat zijn beland als hij niet in de lucht was gevlogen, en Subdued en Cubo hebben er lange periodes doorgebracht, terwijl andere klasgenoten van ons en van hen er wat korter hebben gezeten. Goed, goed. En Angelo blijft er zitten tot hij crepeert. Wat een bizarre link tussen de gevangenis en onze school.

Hoofdstuk IV

We zijn de hele dag door, dag in, dag uit, in contact met lucht en water; een beetje minder met de aarde, tenzij we op het platteland wonen; en vrijwel niet met het vuur, afgezien van aanstekers en fornuizen. Heb je ooit de pitjes van je fornuis laten branden zonder dat er pannen op stonden, heb je ze ooit geobserveerd?

Die vurige kroon van piepkleine blauwe, intense vlammetjes...

Vuur is de grote afwezige in ons leven, en veroorzaakt agitatie wanneer het verschijnt – zoals het flitst, danst, de dingen streelt... en het vernietigt...

Een simpel vuurtje in een open haard en een verwoestende brand geven je allebei het gevoel dat het iets opmerkelijks is. Iets wonderlijks.

'De eerste keer had ik het poppenhuis van Leda in brand gestoken. Wil je dat verhaal horen? Mijn vader had het zelf in elkaar geknutseld, toen hij een maand of wat in de ban was van balsahout, een bevlieging die daarna natuurlijk weer overging. Gezien de latere ontwikkelingen zou je kunnen suggereren dat hij dat poppenhuis had gemaakt om er zelf mee te kunnen spelen. Ze zeggen dat vaders over het algemeen puur uit eigenbelang treintjes aanschaffen voor hun zoontje.

Ik heb onlangs een openbaring gehad, toen ik ergens las dat we toen we jong waren van modelbouw hielden om een reden die ik me nooit had kunnen indenken: dat we bedwelmd raakten doordat we de lijm inademden. De lijm die we met een penseel op de vleugels van een Spitfire of een Stuka streken, voordat we ze aan de romp plakten. We drogeerden ons, eigenlijk.

Dat verklaart dus waarom we zo euforisch werden van die hobby.

Dat poppenhuis voor Leda had pa gemaakt vrijwel zonder lijm te gebruiken, met allerlei zwaluwstaarten, naar een modern model. Het leek op het palazzina waarin wij woonden in Montesacro, weet je nog? Een gebouw met vier verdiepingen, met balkons aan de voorkant. Door de balustrades van ijzerdraad had het iets akelig realistisch. De complete voorgevel met de ramen en balkons kon worden opengeklapt als een deksel, zodat Leda de poppen er gemakkelijker in en uit kon doen, maar als die eenmaal weer op zijn plek zat leek het net of de poppen echt daarbinnen woonden, in de verschillende gemeubileerde kamers, keuken, woonkamer, slaapkamer, want om te kijken wat ze aan het doen waren moest je dichterbij komen en door de ramen gluren als een nieuwsgierige buurman. En wie was die buurman? Dat was ik. Als Leda er niet was ging ik naar haar kamer en opende de luiken die pa met veel zorg aan elk raampje had bevestigd, met kleine scharniertjes, alsof hij het privéleven van de poppen wilde afschermen, en keek ik naar de huiselijke tafereeltjes die zich daarbinnen afspeelden.

Leda liet niet alleen haar poppen erin wonen, maar al haar knuffels en marionetten, van verschillende afmetingen en materialen, wat ook gold voor de poppen trouwens, en de feeën, wat een onrustbarend effect had. In een eetkamer zat bijvoorbeeld een familie aan tafel bestaande uit een barbie met prinsessenkleren aan, en dan een anonieme meisjespop waarvan het haar was kortgeknipt en waarbij met balpen een baard en snor op het gezicht was getekend. Bovendien had die gekortwiekte, bebaarde pop geen kleren aan, en haar rozige naaktheid contrasteerde met de statige kleding van de barbie naast haar. Ik voelde een vreemde warmte naar mijn wangen stijgen als ik naar die blote pop keek. De dis werd gecompleteerd door een man in middeleeuws harnas en een eekhoorn met een eikel tussen zijn voorpootjes. In de keuken van hetzelfde appartement stond een stoffen beertje te kokkerellen. De rest van het huis werd bewoond door keurig geklede poppen en blote poppen. Er waren ook een kindje Jezus en Roodkapje die theedronken uit een piepklein servies van kopjes, schoteltjes en theelepeltjes, en tegenover hen, in de woonkamer met echte schilderijen aan de muren (die mijn vader had gemaakt van luciferdoosjes waar Italiaanse landschappen op waren afgebeeld), op een schommelstoel, rustte de pop die misschien Leda's favoriet was, een stekelvarken in lederhose.

Op de tweede verdieping, op het tweepersoonsbed in de grote slaapkamer, lagen naast elkaar, starend naar het plafond met hun geverfde ogen, zo'n buigbare houten Pinokkio en een blote pop met een ronde, opengesperde mond. Die kende ik: het leek niet zozeer op een meisje als wel op een neanderthaler, met die warrige haren tot op de aapachtige schouders, de korte, gebogen beentjes en de grote voeten. Als Polyphemus in de grot, wanneer hij probeert de bemanning van Odysseus in de grot te grijpen, stak ik mijn hand door het raam van het mdf-huis en drukte op haar buikje, waardoor er uit dat obscene gat midden in haar gezicht een lange rode tong schoot, nog obscener, die zich terugtrok zodra ik mijn duim van haar buik haalde. Pinokkio bleef onbeweeglijk liggen en trok zich er niets van aan dat ik zijn vrouw betastte.

Nou, ondanks de discutabele combinaties was verder alles keurig netjes. Leda vond netheid belangrijk.

Ook ik vond het fijn dat alles netjes en schoon was, ik was er bijna jaloers op. Voor de grap verplaatste ik een paar poppen.

Omdat er niemand in de badkamer was, bracht ik Roodkapje daarheen, ik tilde haar mantel op en zette haar op de plee.

Ik moest lachen bij het idee dat Leda haar zo zou aantreffen, met haar onderbroek omlaag. Weer voelde ik een enorme gloed van mijn hals naar mijn wangen kruipen. Daarna schaamde ik me voor die gedachte, en ik werd woest. Op je vijftiende nog bezig zijn de poppen van je kleine zusje te verplaatsen! Ik werd bevangen door een enorme razernij en vanbinnen gaf ik de schuld aan dat stomme poppenhuis met al die idiote personages erin, zo absurd dat ik ermee besmet was geraakt. Ze waren zo... zo onbeweeglijk, verwaarloosd in hun kamertjes waar ze hun treurige leventje leidden (Leda speelde er niet meer mee, ze beperkte zich ertoe het huis op te ruimen en schoon te houden...) en ook mijn leven was best wel treurig, gezien het feit dat ik alleen maar bezig was met leren en gefrutsel met de poppetjes van mijn zus. De gedachte schoot door mijn hoofd om Leda's poppenhuis op te tillen en in elkaar te smijten. Tot enige tijd geleden leek alles in dat huis liefde en tevredenheid uit te stralen: alle bewoners daarbinnen *hielden van elkaar*. Maar nu... dus ging ik naar de keuken en pakte de gasaansteker.'

Arbus' gezicht raakte meer en meer vertrokken onder het vertellen. Hij streek steeds onwillekeurig zijn haren achter zijn oren, terwijl hij minutieus vertelde hoe hij het poppenhuis van zijn zus in brand had gestoken, zo krampachtig dat je het idee kreeg dat hij die scène nog precies zo voor zich zag, met de weerkaatsing van de flakkerende vlammen op zijn brillenglazen. Hij vervolgde zijn verhaal hortend en stotend, in flarden en vol overgave, en hij focuste zich op bepaalde details die ogenschijnlijk secundair waren: bijvoorbeeld op de manier waarop de handjes en voetjes van de poppen smolten door de hitte. Terwijl die minuscule vingertjes en teentjes druipend oplosten, voordat de tule van hun jurkjes vlam vatte, had ik durven zweren dat ik onder dat dikke montuur een glanzende traan over de wang van mijn vriend zag glijden, maar mogelijk was dat gewoon een zweetdruppel.

'Ik verschroeide mijn wenkbrauwen en mijn haarpunten. Ik zat te dicht bij de vlammen. Maar ik wilde het zien, ik wilde alles zien... en me verwarmen, aan dat vuurtje.'

'En toen?'

'En toen... Ik probeerde te analyseren, te begrijpen wat me overkwam. De spanning die ik voelde was ongelooflijk en moeilijk te verklaren. Elke zenuw in mijn lijf trilde. Mijn zintuigen stonden op scherp, zoals ik me voorstel dat het bij een dier is, tot het gewoon pijn deed, de gewaarwordingen waren martelend: een brandend gevoel aan mijn ogen, oren, handen, neusgaten en mijn tong, en ik hoorde een geruis, een soort geknisper aan de oppervlakte van mijn organen alsof mijn lichaam elektrisch was... en er kortsluiting in optrad. Toen nam de spanning ineens af... en werd die omgezet in een intens genot, zodra de vlammen oplaaiden.'

'Arbus, ken je dat gedicht van Walt Whitman?'

(*Kijk, nu geef ik alweer een culturele verwijzing... Zou het dan zo zijn dat ik nooit iets van mezelf heb of denk...?)*

'Welk gedicht?'

'*I Sing the Body Electric*.'

'Nee, dat ken ik niet. Mooi?'

'Ja, maar dat is niet wat... Laat ook maar. Ga door.'

'Een elektrisch lichaam... dat is wel interessant, trouwens, en jij zou...'

'Toe, vertel verder.'

'Als je wilt. Oké. De vlammen... Toen de vlammen oplaaiden voelde ik me sterk en gelukkig. Ik was groot... compleet. Maar terwijl ik toekeek hoe het allemaal door het vuur werd verzwolgen, kreeg ik het gevoel dat ik zelf aan het oplossen was, en dat ik op die manier kon versmelten met datgene waarvan ik altijd gescheiden ben geweest.

Ik zou niet kunnen zeggen wat het was, maar ik wist dat het terugging tot de verborgen, vergeten bron waar ik uit voortkom. Waar we misschien wel allemaal uit voortkomen. In elk geval al degenen die hetzelfde bloed hebben als ik. Nee, niet mijn moeder, maar iets of iemand dat nog eerder is...'

'Eerder dan wát?'

'Ik weet niet, eerder dan haar, áchter haar, dieper...'

'Misschien snap ik wat je bedoelt,' zei ik, en dat was gemeend.

'Laten we zeggen dat alle dingen, verlicht door het vuur, me ineens duidelijk werden, voor mijn gevoel. Dat was... dat was het licht van de waarheid. Sorry, het klinkt misschien banaal, maar voor mij is dat licht onvervangbaar. Het zuiverde alles wat het liet schitteren.'

'En dat het tegelijkertijd verbrandde...'

'Ja, maar daar ging het niet om, daar deed ik het niet voor. Dat is een secundair gevolg. In plaats van te vernietigen helpt het vuur me om door te dringen, om me naar binnen te wringen in die werkelijkheid van het leven waarvan ik altijd buitengesloten ben geweest. Het klinkt bizar, maar het is nooit mijn bedoeling geweest om iets te vernietigen door het te verbranden, ik wilde het *laten leven*. Of herleven. En om mezelf ook levend te voelen terwijl ik het deed, terwijl ik ermee bezig was, en een vreugdevolle daad verrichtte. Na mijn arrestatie moest ik me onderwerpen aan een reeks sessies met psychologen: er was geen andere manier om mijn vrijheid terug te krijgen. Interessante mensen, die psychologen... en net zoals veel goedbedoelende mensen ook tamelijk onnozel. Ze waren ervan overtuigd, en wilden dientengevolge ook mij ervan overtuigen, dat ik dat vuur had aangestoken uit frustratie, uit wraak, omdat ik onaangepast ben... ter compensatie van een of andere tekortkoming op seksueel gebied, en dat zal best waar zijn, dat ontken ik niet, ja, ik ben een zielenpoot, ook al ben ik heus niet de enige; maar het punt dat die lui totaal ontging, dat ze zich niet eens konden voorstellen, was dat van de vreugde, het licht... de puurheid, de intelligentie, de waarheid... de eenvoud. Maar die had ik kunnen aanraken bij het zien van een brand. Aangestoken door mij.'

'Geloofden ze je?'

'Geloven...' Arbus schudde zijn hoofd en zuchtte. 'Geloven is een lastig woord, vind je niet? Zij geloofden mij evenveel als ik hen, niet meer en niet minder. Dat is de stilzwijgende afspraak. Hoe dan ook blijf je er precies zo over denken als aan het begin. Niemand luistert echt naar een ander; misschien luister jij nu ook niet eens naar mij. Sorry... ik weet dat dat niet waar is. Ze waren ervan overtuigd dat ik het vuur had gebruikt als een wapen, terwijl het voor mij een schouwspel was. Simpel zat. Ik wilde niets bewijzen of bereiken door dingen in brand te steken, hooguit dat er verschillende manieren zijn om de dingen te ordenen, en dit was mijn manier: en die was grandioos. Ik heb niets groots gedaan in mijn leven, behalve dat. Uit mijn misstappen, uit het weinige dat ik hun had verteld over mezelf en mijn familie, leidden de psychologen af dat ik een solitaire figuur was, gevoelig, kwaad op de wereld en op iedereen... Dat is waar, allemaal waar... maar ook fout. Eentje ging zo ver dat hij mijn crimineel profiel vaststelde op basis van het feit dat ik 's nachts mijn bed natmaakte.'

'Hoe bedoel je? Dat je in bed plaste...? Dat is normaal, bij jongens... tot welke leeftijd?'

'Pff, ik weet niet, veertien, vijftien jaar. Ook daarná nog wel eens.' Arbus barstte in lachen uit.

Ik had hem al in geen tijden zien en horen lachen, en ik was vergeten hoe zijn lach was. Die was ijzingwekkend. Maar eveneens aanstekelijk. En dus begon ook ik te grinniken.

'Ze verzekerden me dat het feit dat ik in bed plaste mijn manier was om mijn onderdrukte emoties te tonen... om uiting te geven aan mijn óngemak...'

Lachend ontblootte hij zijn lange, scheefstaande, verkleurde tanden en gooide zijn hoofd achterover, tot zijn luidruchtige, langgerekte geschater afnam tot een bijna zwijgend gesnik, waarbij zijn keel schokte.

'Maar goed, ik heb dus acht maanden in de bak gezeten vanwege brandstichting.'

Zodra Arbus mijn huis verliet ging ik op internet op zoek naar het psychologisch profiel van een pyromaan: en ik vond ondubbelzinnige definities, waarvan sommige heel nauwkeurig overeenkomen met mijn vriend. Het grote isolement, de onvolwassenheid, het zoeken naar een eclatant succes van een miskende identiteit die hij altijd verborgen had willen houden, waarbij hij gekweld werd door, maar misschien ook wel een beetje genoot van, andermans onbegrip... Ja, in die eigenschappen herkende ik mijn vroegere klasgenoot. Ik herinnerde me de vloek die hij op zijn schoolbank had gekalkt, de dag voordat hij ons voorgoed verliet: was dat eigenlijk niet ook, zij het in figuurlijke zin, de daad van een brandstichter? Waren die elf blokletters in feite niet het omgekeerde van de letters die door het goddelijk vuur in de stenen tafels waren gekerfd, in de film die de paters wel een half miljoen keer aan ons hadden vertoond, *The Ten Commandments*? (En daarnaast ook *Marcelino pan y vino*, *King of Kings*, *Ben-Hur* en *Quo Vadis?* en zelfs *Het evangelie volgens Matteüs* van Pasolini.) Onze katholieke opvoeding, kortom. Onze persoonlijke ellende afgekocht, in die ijlende beelden...

Ja. Zo was Arbus, hij was wie hij was, hij was onze held. Ten voeten uit. Ik had het idee dat ik hem gebeeldhouwd zag, uitgeteerd, de lange haren tegen zijn wangen geplakt, terwijl hij het kruis voortsleepte op een van de staties van de Kruisweg.

(De Via Dolorosa die ik vele jaren later midden in de nacht zou afleggen in Jeruzalem, met de tranen in mijn ogen... van de kou, van ontroering. Die lange zoete lijdensweg en onvergetelijke kronkelige trap.)

Ik las de informatie over die opmerkelijke pathologie nog eens extra aandachtig, de gevallen, de statistieken, de herhalingen. Onder de motivaties die de pyromaan aanzetten om het vuur aan te steken, en die gewoonlijk alternatieven van elkaar zijn, vond ik er een aantal die bij Arbus tegelijkertijd gewerkt zouden kunnen hebben: na eliminatie van de items 'vandalisme', 'eigen voordeel' en 'wegwerken lijk' (dat hoop ik tenminste...), klonken de andere wel passend bij het karakter van mijn klasgenoot: 'opwinding'... 'mentale stoornis'... 'extremisme'... 'ontmoediging' (wat er ook precies bedoeld mag worden met die term...) en verder misschien 'wraak', ja, wraak... maar op wie precies? Op wat?

Ontmoediging... Maar was Arbus ooit ontmoedigd geraakt in zijn leven, of beter gezegd, had iemand of iets hem ooit echt weten te ontmoedigen? Misschien was dat het voornaamste detail van het hele verhaal: dat Arbus zich sinds zijn dertiende, voor zover ik het had gezien en begrepen, door niets liet intimideren, niets en niemand was sterk of dreigend of verleidelijk genoeg om hem van zijn voornemen af te brengen. In zekere zin kon hij zelf niet eens de richting die hij had gekozen afbuigen... Mede daarom beschouwden we hem op school als onmenselijk, en ook vanwege die deugd of tekortkoming van hem was ik met hem bevriend geraakt en bewonderde ik hem en was ik ook een beetje bang voor hem. Er bestond op de hele wereld geen goed afschrikmiddel, geen gevaar of straf waar zo'n grote dreiging van uitging dat hij zich erdoor liet afremmen. Hij was ongevoelig voor smeekbedes, beloftes, beloningen, waarschuwingen, intimidaties. In wezen, bedacht ik met een huivering van ontzetting, was hij niet zo heel anders dan een andere hoofdpersoon van dit boek...

Over één ding ben ik het eens met de psychologen die hem hadden geobserveerd: zijn vrijwel totale onvermogen om zijn emoties te uiten. En de plaatsvervangende schaamte die hij voelde wanneer een ander dat deed; op de eerste plaats zijn moeder.

'Net als Nero...?!'

'Ja, net als Nero. Lucius Domitius Ahenobarbus Nero, een keizer die wordt ondergewaardeerd... gedemoniseerd. Jij zult erom moeten lachen, maar ik dacht juist aan hem... aan die figuur uit de geschiedenisboeken, aan die gek uit de films, tingelend op zijn lier, hevig bezield, terwijl Rome in brand staat. Ik was net zo bezield, en er klonk dan ook muziek in mij en buiten mij, ik kon de melodie duidelijk horen boven het geknisper van de vlammen uit, alsof dat knappende, ploffende geluid het ritme van een dans volgde, een dans op het platteland, eerst langzaam, daarna sneller, steeds sneller... bezeten. Ik kon de impuls niet weerstaan; sterker nog, het leek me niet nuttig en ook niet zinnig om die te weerstaan. En toen de brand eenmaal oplaaide, was ik trots dat ik dat alles eigenhandig in gang had gezet, en jubelde ik bij het zien van de gevolgen... bij het besef dat als ik probeerde iets teweeg te brengen, dat dan ook gebeurde... dat het écht was, en dat ook ik echt was, aangezien het alleen dankzij mij was gebeurd. Alles brandde, brandde...'

De verbindingen in mijn hersenen zijn razendsnel of heel traag, afhankelijk van het feit of de elementen die verbonden moeten worden me aan het hart gaan of niet. Wanneer het materiaal waarmee ik werk me niet van nabij raakt, dendert mijn brein voort met een indrukwekkende snelheid, het is een kwestie van nanoseconden of de meest onvoorziene verbanden worden gelegd, de meest vergezochte begrippen storten massaal over me heen; maar zodra ik persoonlijk betrokken bij iets raak stokt mijn geest, dan raakt die afgeleid... op het moment dat de persoon tegen wie ik altijd x en y had willen zeggen voor me zit, zijn x en y terstond vervlogen, en is mijn geest leeg, helemaal blank. Dan zeg ik niets.

Terwijl het niet eens bij me op was gekomen om het hem te vragen toen hij bij me op bezoek was, zodat hij het had kunnen bevestigen, kreeg ik een dag of twee, drie na zijn bekentenis een verontrustende ingeving, vergezeld door een ongewone koude rilling in mijn handen, en de plotselinge overtuiging dat de brand die in huize Arbus had gewoed toen hij jong was, die het halve appartement had verwoest, alle kleren van zijn moeder Ilaria en de huisraad en de aandenkens, evenals wat er nog restte van de bibliotheek van zijn vader nadat de professor zijn gezin had gedumpt om zijn (absurde) droom van seksueel geluk na te jagen, niet te wijten was aan kortsluiting, zoals altijd was gezegd, maar was aangestoken door mijn klasgenoot. Maar natuurlijk, natuurlijk... natúúrlijk! zei ik bij mezelf, terwijl mijn handen, waarmee ik over mijn dijen wreef, weer warm werden en stopten met trillen. Waarom worden de eenvoudigste zaken je toch altijd op zo'n inadequate, mysterieuze manier duidelijk, terwijl je alleen maar je ogen open zou hoeven houden en enige logica zou hoeven toepassen om de ware redenen te achterhalen? Hoe was het mogelijk dat ik, mijn klasgenoot en zijn excentriciteit kennende, nooit op het idee was gekomen dat hij de veroorzaker van de brand was? Er had meteen een belletje moeten gaan rinkelen over dat voorval, toen hij me vertelde over het vuur waarin hij zonder mededogen de poppen van zijn zusje Leda had verbrand: het enige wat veranderde was de omvang van de brand, van het houten poppenhuis naar het appartement bewoond door mensen van vlees en bloed. Zijn familieleden. Maar ook al was dat voorval uit zijn jeugd nog niet genoeg geweest, hoe was het mogelijk dat het niet bij me op was gekomen bij zijn verhaal over hoe hij het bos afbrandde?

'De zondag is vreselijk. Ik had niets te doen. Trouwens, daar in de bergen is het net zo'n dag als alle andere, maar toch voelde ik de verveling enorm, zoals wanneer je in augustus in Rome bent. En tegelijkertijd ervoer ik een vreemde opwinding. Als ik niet zo gruwde van het taalgebruik dat die vervloekte paters ons geleerd hebben, zou ik zeggen dat ik me in een mystieke gemoedstoestand bevond, ja, mystiek, oftewel ontvankelijk, alert. Het was stil in het bos: alleen maar een briesje dat tussen de beukentakken blies, en wat geritsel, het geruis van die geweldige plekken. Toch vond ik dat gemurmel hartverscheurend, en ik spitste mijn oren om iets onhoorbaars te horen... een gesis, een gedempt gekreun... de aanwezigheid van iets levends afgezien van de bomen en de dieren verborgen in de stam daarvan of bovenin tussen de takken. Ik vond het bijna ergerlijk hoe hoog sommige van die bomen waren, ik werd er duizelig van als ik omhoogkeek naar het licht dat de kruinen van de beuken doorboorde. Twintig meter... dertig... Machtige boomstammen die zich verticaal uitstrekten, als beschuldigende vingers in de richting van de hemel. Honderden beuken om me heen, alleen maar beuken, ongelooflijk monotoon. Vanwaar al die overdaad, al die herhaling?

Ik had in mijn eentje dienst, die dag, omdat het dus een zondag was, en ik reed lusteloos rond in mijn Jeep, zonder dat ik wist waar ik heen ging. Ik reed gewoon maar wat rond, en tegen alle waarschijnlijkheid in belandde ik meerdere keren op dezelfde open plek, alsof ik een rondje had gereden. Ik moest zo'n uitgestrekt gebied controleren dat het woord "controleren" al zijn betekenis verloor. En trouwens, wat moest ik controleren? Of de mieren wel hun werk deden? Of er niet een of andere gek achter een rots verstopt zat, met zijn geweer in de aanslag om een beer af te schieten? Ik had al maanden geen beer of wolf meer gezien. Waarschijnlijk waren ze naar een hoger gelegen gebied getrokken vanwege de warmte. Ik hou van eenzaamheid, maar die dag ervoer ik het als een straf. Een straf voor wat? Van mijn vele min of meer zware zonden was de bestrafte zonde misschien die dat ik niet liefhad. Dat ik op de eerste plaats niet van mezelf hield, en daarnaast ook niet van anderen. En om eerlijk te zijn hield ik evenmin van die plekken waar ik me had teruggetrokken in de laatdunkende illusie dat het bos en de dieren me minder vijandig gezind en onaangenaam waren dan menselijk gezelschap. Ik meende dat ze de ideale onderwerpen waren voor mijn onderzoek en mijn toewijding. Maar wie was ik om te denken dat ik hen kon beschermen? Was ik misschien niet zelf het wezen dat bescherming en verzorging nodig had? Toch moest ik alleen al lachen bij dat idee. Ja, natuurlijk, ik, ik, ik... wat heeft het voor zin om dat te zeggen, te denken? Ik, ik, ik... wat betekent die obsederende eerste persoon?

De roerloosheid van die zomerdag bereikte een onhoudbaar punt. Een breekpunt. Ik zette de Jeep stil en stapte uit. De dikke laag dorre takjes, blaadjes en verdorde varens kraakte onder mijn bergschoenen. Toen ging ik op een kei zitten, met mijn hoofd gebogen. Ik probeerde me te herinneren, verwoed, zorgvuldig, nauwkeurig, met een immense wilskracht. En ik weet niet hoe, maar ineens herinnerde ik me álles, van begin tot eind, van de eerste minuut van mijn bewuste leven tot aan het moment dat ik uit de Jeep was gestapt. Het was de enige keer dat ik erin slaagde mijn hele bestaan in één keer te zien en te omvatten. Heel wonderbaarlijk, ik zag alles voor me, in de juiste volgorde. De dingen waren precies gegaan zoals ze moesten gaan, tot op dat moment.

Ik keek omhoog en zag een boom die opviel tussen de andere. Een bijzondere beuk, heel oud en dik, met indrukwekkende zijtakken, waar niet veel bladeren aan hingen. Doordat hij steeds groter werd had hij de andere bomen op afstand gehouden en een ronde open plek onder zich gevormd van minstens vijftig stappen doorsnede.

Ik heb nooit van mijn leven gerookt, niet voor die tijd en ook niet na die tijd. Maar op dat moment kreeg ik zin in een sigaret, en ik liep terug naar de Jeep om te kijken of mijn collega misschien een pakje had laten liggen in het dashboardkastje. Er lag er een. Ik nam het pakje Nazionali en maakte het open: er zaten vier sigaretten in en een aansteker. Het was verboden om te roken tijdens de dienst, uiteraard, want dat was juist een van de belangrijkste oorzaken van bosbranden, maar mijn collega deed het toch, met uiterste voorzorg. Zo zou ik het ook doen. Terwijl ik me bukte om het dashboardkastje weer dicht te doen, viel mijn blik op de plek achter de passagiersstoel, waar een jerrycan van tien liter lag. Bijna vol. Mijn collega had in het dal benzine ingeslagen vanwege de twee opeenvolgende vrije dagen, eerst de zondag en dan Ferragosto op maandag, en het feit dat we de motorzaag misschien nodig zouden hebben. Ik legde het pakje sigaretten terug nadat ik de aansteker eruit had gehaald, en met de jerrycan liep ik terug naar de kei waar ik op had gezeten.

Ik keek nog eens om me heen: het bos was prachtig maar levenloos, het leek een suggestieve foto, onuitstaanbaar mooi, artistiek, zeg maar. En ik háát poëzie, dat weet jij ook. Die haat ik. Die zou ik ter dood willen brengen. We zouden ons veel beter voelen als de schoonheid verdween en werd vervangen door iets eenvoudigers. Recht voor mij stond die beuk die zo anders was dan alle andere, met zijn monsterlijke vertakkingen al op drie meter boven de grond, terwijl zijn gelijken recht omhoogstaken. Hij moest minstens tweehonderd jaar oud zijn. Opschepper. Hij stond daar al eeuwenlang zijn steeds grotere en zwaardere vertakkingen verder te duwen en uit te rekken. Gespierde takken. Ik liep naar de voet van de boom en sprenkelde ruim een kwart uit de jerrycan op de droge snippers die eromheen lagen. De kurkdroge blaadjes zogen de benzine op, de natte plek was zo verdwenen. Toen liep ik zo'n tweehonderd stappen verder en deed hetzelfde, ik goot weer een kwart uit de jerrycan bij een andere beuk, en honderd stappen naar rechts goot ik de rest aan de voet van de enige spar die ertussen was gegroeid: daarom had ik hem speciaal uitgezocht, licht en glad tussen die donkerdere, knobbelige boomstammen.

De spar gunde ik de eer om de eerste te zijn. Zoals elke zorgvuldige boswachter had ik het boekje met het reglement van het natuurpark in mijn borstzak: ik scheurde er een paar bladzijden uit en verfrommelde ze, toen aaide ik de stam van de spar en stak de prop papier aan.

De spar vatte direct vlam. Het vuur omhulde hem en klauterde om de stam heen. Het leek de schors te likken zonder die aan te raken, alsof het vloeibaar naar boven stroomde omdat het geen idee had van de zwaartekracht...

Dezelfde methode paste ik toe op de beuk, die moeizaam vlam vatte, misschien omdat ik er maar weinig benzine op had gesprenkeld, een paar liter maar. Ter aanmoediging gooide ik het boekje met het reglement van het park in zijn vlammen: het wapperde en spreidde alle overgebleven pagina's open, vloog nog een keer omhoog en brandde toen in één keer op. Daarna draaide ik me om en liep terug naar de dikke beuk met de angstaanjagende takken. Achter me klonk steeds duidelijker het onmiskenbare geknisper van de droge flinters waarmee de grond lag bezaaid, en er drong een werkelijk fantastische geur mijn neusgaten binnen, scherp, die niets te maken had met de plasticstank van toen ik Leda's poppenhuis had verbrand: dit was een levende, betoverende geur, een zo bedwelmende essence dat ik me verbijsterd afvroeg hoe ik de tijd die ik tot dan toe op de wereld was had kunnen aanduiden met "leven", de tijd voordat ik mijn longen vulde met deze geur... je hoeft me niet te geloven, maar ik zweer je dat er geen weldadigere, intensere ervaring bestaat.

Nadat ik had gedaan wat ik moest doen, ging ik weer op de kei zitten en keek naar die oude boom met al zijn takken. Naar de voet van die boom, de vlammen die hoog oplaaiden... kronkelden... het rood... het rood...'

Het was waarschijnlijk alleen maar een effect van het licht dat door het raam viel, maar opnieuw had ik het idee dat de flikkering op Arbus' vuile brillenglazen een weerkaatsing van de vlammen was. Zijn stem trilde.

'...de felle kleur van bloed... maar het was míjn bloed dat vloeide... en die bloeding was misschien wel de gelukkigste gebeurtenis van mijn leven.'

'Toen de hitte ondraaglijk werd, en de vlammen op de grond met steelse, slangachtige bewegingen mijn kant op kwamen, pakte ik de lege jerrycan en rende naar de Jeep. Ik reed omhoog, zo ver mogelijk weg van het vuur, en daarna liet ik de Jeep staan en ging te voet verder, ik klauterde tegen een rotswand omhoog. Toen ik daar boven op een kaal uitsteeksel stond, draaide ik me om en bekeek het panorama.

Door mijn initiatief was dat begonnen te veranderen.

Minstens een tiental grote bomen stond in brand tot aan de hoogste takken die wuifden in de wind... de lange armen die zwaaiden alsof ze om hulp riepen, en die uiteindelijk de brand doorgaven aan de bomen om hen heen. Op de plek waar ze elkaar bijna aanraakten sprong het vuur van de een op de ander, en op de nieuwe boom brandde het nog heftiger. De donkere rookkringels van het brandende struikgewas, die werden onderdrukt en verstikt onder al die takken, schoten zo nu en dan ineens tevoorschijn in angstaanjagende wolken, rondwervelend om hun as... vanbinnen bezield met rode flonkeringen, ze baanden zich moeizaam een weg tussen het bladerdek, dat ze uiteen duwden terwijl ze er woest bovenuit kwamen, alsof ze wilden ademhalen... en toen ik ze zo naar de hemel zag opstijgen, een vonkenregen om zich heen verspreidend, bedacht ik dat dit pas het begin was. Het begin. Dat woord prevelde ik heel vaak achter elkaar. Daarna ging ik op de jerrycan naar het schouwspel zitten kijken.'

'Na een paar uur had de bosbrand zich naar alle kanten verspreid. Het ging stapsgewijs. Tegen de avond kwam de wind op, veroorzaakt door de immense hitte. Die blies in de richting waar ik zat, en van bovenaf zag ik het front van de brand oprukken, met hellende vlammen die plotseling woest tekeergingen, als golven tijdens de branding, en op mij afkwamen. Naarmate ze dichterbij kwamen, kon ik de vuurwervelingen onderscheiden die uit de grauwe wolk sprongen en om hun as draaiden voordat ze weer verdwenen, opgeslokt door de rook, als bliksemflitsen tijdens een zomers onweer. Ook al bevond ik me een stuk hoger, ik voelde de hete gloed die de vochtige avondlucht droogde en mij verwarmde. Ook zag ik tot mijn verbazing dat een aantal grote vogels met lange staartveren niet wegvluchtten voor het vuur, maar er juist door werden aangetrokken... Ze zweefden boven de brand als felgekleurde vliegers, waarna ze zich op een hortende, onhandige manier nog wat lager lieten zakken, misschien aangetrokken door dat onverwachte licht, en op een bepaalde hoogte, versuft door de rook en getroffen door de ondraaglijke hitte, werden ze in één tel verschroeid, gemummificeerd, ze flapperden nog even met hun geroosterde vleugels en stortten dan halsoverkop in het vuur. De een na de ander. Voor de grap stelde ik me voor dat ik degene was die hen met een geweer raakte en omlaag liet storten. Ik nam er een in het vizier, bleef me op hem richten en volgde zijn zigzaggende zelfmoordvlucht, wachtte het juiste moment af, en als de veren van de waaghals op het punt stonden te worden verschroeid door de hete gloed van de brand, haalde ik de trekker over en maakte ik een geluidje met mijn mond, *pfieuw!*, en dan verstarde de getroffen vogel en dook steil het vuur in.

Zo doodde ik er tientallen.

De nacht was al even verbazingwekkend: een warboel van vuur vergezeld door een geluid dat ik nooit eerder had gehoord. Het was een dof gerommel dat bestond uit kleine plofjes, knallen, gesis, gekraak, die zich uiteindelijk transformeerde tot een wind. Ik was totaal niet bang, ook niet toen een doffe explosie op zo'n tweehonderd meter van waar ik zat me duidelijk maakte dat de vlammen de dienst-Jeep hadden bereikt en in beslag hadden genomen. De euforie in mijn hoofd had plaatsgemaakt voor een absolute sereniteit, die me in staat stelde om de hele nacht wakker te blijven zonder dat ik ook maar enige emotie voelde, bedaard, in mezelf verzonken, geconcentreerd.

De volgende ochtend waren het geen fazanten meer die boven de brand vlogen maar helikopters en, verwijtbaar te laat, waarvoor ik destijds dankbaar was omdat ik daardoor des te langer had kunnen genieten van wat ik had gedaan, ook een paar grote blusvliegtuigen. Ze doken ronkend op van achter de berg en de hele ochtend bleven ze traag en lawaaiig overvliegen, ongeveer om het halfuur, om een vrachtlading vloeistof boven de brand te lossen, die echter nog in de lucht leek te verdampen en zo'n lukraak, gering deel van het vuur leek te raken dat zelfs honderd van die vliegtuigen die allemaal tegelijk hun buik openden niet in staat zouden zijn geweest om het te blussen. Nee, mijn vuur zou nooit uitdoven. Mijn strijd was pas net begonnen, bedacht ik... Dit is pas het begin. Maar toen ineens voelde ik me moe. Vreselijk moe. Leeg. Er was iets wat niet meer de goede kant op ging. Wat was dat? Over welke strijd had ik het eigenlijk? Was er een oorlog aan de gang of had ik dat gedroomd? Er bestaat geen vuur dat voor altijd brandt: of het wordt gedoofd, of het dooft vanzelf uit. Terugdenkend aan wat ik had gedaan, vanaf het moment dat ik die jerrycan met benzine had opgemerkt, vond ik niet dat het een fout van me was geweest, of een misdaad, maar erger, veel erger: dat het een stommiteit was. Ik was gewoon een arme idioot, dat was ik. Mijn vermoeidheid en leegheid sloegen om in droefheid. De keten van gebeurtenissen werd gevormd door zwakke, misvormde schakels. Een stomme kleine maniak... een laffe, eenzame imbeciel...

Mijn krachten namen af, ik voelde mijn schouders vooroverbuigen. Ze zijn al krom, maar nu hingen ze nog verder omlaag, alsof mijn armen er elk moment af konden vallen. Mijn brillenglazen waren zo smerig van het roet dat ik niets meer zag. Ik deed mijn bril af en barstte in huilen uit. Terwijl ik mijn gezicht schoonveegde met mijn eigen tranen, warm en roetig, hoorde ik mijn naam roepen, en ik draaide me om. Niet ver van me af stonden drie vage figuren. Ook de woorden die ze tegen me zeiden waren vaag. Een van hen herkende ik aan zijn stem. Het was mijn collega. Hij kwam naar me toe. Ja, hij was het. Hij legde een hand op mijn schouder en intussen praatte hij, hij praatte tegen mij, maar ik begreep niet wat hij zei. Het geraas van de brand zat in mijn hoofd, ik had het nog steeds in mijn hoofd, dat geknetter overstemde elke gedachte, en het werd omhuld door een vochtige, vuile rook. Hij bukte zich en pakte de lege jerrycan, draaide de dop eraf, rook aan de opening, en toen liet hij hem vertwijfeld vallen en schopte hem weg.

"Wat heb je gedaan?" was de enige zin die boven de knetterende chaos in mijn hoofd uit wist te komen. Ik zette mijn bril weer op. Het gezicht van mijn collega, zo dicht bij het mijne en plotseling duidelijk, werd doormidden gesneden door een grimas van ongeloof of walging, en ineens leek hij me een stuk ouder, bijna bejaard, alsof hij mijn opa was en ik een stout kind. Een paar meter verderop stonden aarzelend nog een boswachter en een brandweerman in vol ornaat. De boswachter had de holster van zijn dienstpistool losgemaakt en hield zijn hand erop.'

'Tja, dus net op het magische moment dat ik ongrijpbaar had moeten worden, werd ik gegrepen. Ik bood geen weerstand. Bij mijn proces kreeg ik een lage straf omdat ik nog geen strafblad had, maar aangezien tegelijkertijd duidelijk was dat ik een gevaar vormde, werd ik nog een tijdje vastgehouden. Dat was denk ik de enige manier om me te kunnen blijven observeren. De verzwarende omstandigheden waren de enorme omvang van de brand die ik had aangestoken en het feit dat ik de openbare veiligheid in gevaar had gebracht: in de vier dagen die er nodig waren om de vlammen te bedwingen had men om elk risico te vermijden een camping moeten ontruimen, en enkele kampeerders hadden psychische problemen overgehouden aan die noodtoestand. Het OM ging zelfs zo ver om te beweren dat het mijn bedoeling was geweest om een ernstige ramp te veroorzaken die mensenlevens zou kosten. Dat werd niet ontvankelijk verklaard, maar het wierp wel een schaduw over het proces. Mijn advocaten wezen er vergeefs op dat de camping op zeven kilometer afstand lag van de dichtstbijzijnde brandhaard.'

Vreemd dat er in die ene lyceumklas van het SLM *maar liefst twee leerlingen zaten die later schrijver zijn geworden: behalve ikzelf Marco Lodoli, die er eerder mee begon en met een grotere regelmaat, hij heeft een heleboel boeken gepubliceerd en een heuse carrière opgebouwd, iets wat mij niet is gelukt. Maar de ware schrijver van die klas was niet ik, en ook niet Marco Lodoli, de ware schrijver was Arbus, of tenminste, dat had hij kunnen zijn. Maar ik heb de indruk dat hij schrijven, wanneer het niet strikt noodzakelijk is, heel zelden dus, beschouwde als tijdverspilling.*

Toen Maldonado Encefalon *publiceerde, was dat tijdschrift het enige wat het* QT *had voortgebracht dat boven de gebruikelijke politieke uiteenzettingen uitstak... En Arbus had zich er prima mee kunnen meten, hij was misschien de enige van ons geweest die ze had kunnen begrijpen en in twijfel trekken. Maar hij wilde niets te maken hebben met de literatuur.*

En verder herinner ik me ook nog dat er tijdens die ceremonie bij de Stoel van de Duivel een meisje met een kap op was dat knopen in een touw legde en het vervolgens in het vuur gooide. Dat was Leda Arbus. Op het moment dat ze bij de vlammen stond en haar gezicht één moment werd verlicht door de gloed, meende ik die felle blik te herkennen.

Hoofdstuk v

De tweede keer dat hij bij mij thuis kwam, vertelde hij me schaamteloos en in het kort hoe zijn leven tussen zijn twintigste en zijn veertigste was verlopen. Met de hoogst mogelijke cijfers afgestudeerd als ingenieur. Al heel gauw afscheid genomen van de nazimaoïstische groepen, die overigens toch al uiteenvielen onder de klappen van de externe en interne vijandigheid. Hij was getrouwd met een anarchistische verkoopster die werkte in een bergsportwinkel, waar hij wandelschoenen was gaan kopen. Het huwelijk duurde net een jaar. In die periode begon zijn liefde voor solitaire, ontoegankelijke plekken te groeien. Nadat haar aanvankelijke enthousiasme was verdwenen, weigerde zijn vrouw nog langer met hem mee te gaan de bergen in, en daardoor kwam het huwelijk ten einde. Hij bracht anderhalf jaar in een berghut in de Apennijnen door om het leven van wolven te observeren: hij volgde hun verplaatsingen, fotografeerde ze. Hij bestudeerde in het bijzonder één exemplaar, een wijfje, dat echter werd gedood door stropers. Tijdens die periode van afzondering leerde hij gek genoeg een andere vrouw kennen, die eveneens een passie voor wolven had. De enige andere mens die daar in de bergen aanwezig was, behalve hijzelf. Hij schoot haar te hulp terwijl ze bijna stierf van de kou. Hij trouwde opnieuw, met haar, en deze keer hield het huwelijk vijf jaar stand, ook al werd het praktisch niet geconsummeerd. Hij werd assistent robotica, vervolgens hoogleraar verbonden aan de universiteit van Bari, maar later werd hij ontheven van onderwijstaken vanwege een dubieuze kwestie. Vervolgens solliciteerde hij als boswachter en hij werd aangenomen; hij was misschien wel de oudste en hoogst opgeleide boswachter ooit. Toen volgde dat gedoe met die brand, en de bak. Nadat hij zijn straf had uitgezeten kon hij niet meer in het bos aan het werk, maar ging hij weer colleges robotica geven. Zijn tweede vrouw ging ook bij hem weg, en toen werd een sluimerende neiging steeds heviger en slurpte bijna al zijn energie op.

Hij begon, via de post, te reageren op advertenties van het type '*Dame sévère demande élève*', en hij merkte dat hij het grootste genot putte uit de zonderlinge correspondentie die daaruit volgde.

Hij wilde niet echt kennismaken met een vrouw, hij zocht geen relatie, maar wilde zich alleen delen van haar voorstellen, zijn verbeelding laten werken. Hij droomde hevig van billen in alle vormen en maten, en dat hij die dan sloeg.

'Vergeleken met de werkelijkheid hebben fantasieën het voordeel dat je ze niet hoeft uit te voeren... Zelfs bij de gewelddadigste, meest perverse fantasieën trek je je hooguit af en klaar ben je.'

Ik luisterde geboeid toe.

Daarna vertelde hij dat hij op een dag op straat een vrouw had betast, tussen een groepje voetgangers dat bij een verkeerslicht stond te wachten om te kunnen oversteken. Zij had het niet gemerkt. En sindsdien kon hij er niet meer mee stoppen.

'In het gedrang vrouwen aan hun kont voelen, je hebt geen idee hoeveel mannen dat doen. Onverdachte, discrete, welopgevoede mannen, zoals ik. Sommige vrouwen weten het, doordat ze telkens worden betast zodra er enige vorm van gedrang ontstaat die iemand in staat stelt het te doen zonder te kunnen worden onderscheiden. Het verlangen om te voelen is sterker dan elk verbod. Ik heb er lang over nagedacht, ik heb geprobeerd te begrijpen waarom. Het gaat in wezen om iets heel onbenulligs, maar het lijkt wel of die onbenulligheid juist de reden is om het te doen, dat dat juist het opwindende is, zoiets onbenulligs doen als je hand op de kont van een vrouw leggen, eraan te voelen en daarbij te denken: *Ik raak haar aan, ja, ik raak haar aan, ik raak haar kont aan, eens kijken of ze het merkt*, wat meestal vrijwel meteen gebeurt. Als ze opschrikt, draait ze zich om, stapt opzij... ze recht ineens haar hoofd, kijkt met een ruk om...

Het toppunt van onbenulligheid en opwinding is dan om er vier of vijf achter elkaar te betasten, wanneer je tussen een groep mensen door loopt die met de rug naar je toe staan, je fluistert "Pardon, pardon" alsof je haast hebt, waardoor de aanraking onbedoeld lijkt, of in elk geval als zodanig kan worden aangemerkt in het geval dat er een discussie ontstaat. Je hebt de harde, uitstekende kont, gehuld in een spijkerbroek, of het rokje van een magere vrouw die daaronder bijna alleen maar bot heeft, ook die is opwindend, en het maakt niet uit of het jonge meisjes of oude vrouwen zijn, ik zei het al, het is iets onbenulligs, en het heeft iets bijzonder bevredigends om iets te doen wat nergens op slaat, je krijgt een rilling als je je voelt aangetrokken door iets wat niet aantrekkelijk is, of wat dat alleen is omdat het verboden is of vanwege de naam die het heeft, *kont*, ja, de *kont*, de voldoening om de kont van een onbekende vrouw te betasten is dezelfde die we als kind voelden wanneer we het woord "kont" zeiden dat je van je moeder niet mocht zeggen, omdat het een vies woord was. Ik weet nog dat volwassenen destijds de uitdrukking "dode hand" bezigden voor een man die stiekem vrouwen betastte, "de dode hand spelen", ik snap natuurlijk wat het betekent, maar volgens mij bestaat er geen uitdrukking die minder toepasselijk is: die hand is juist springlevend, als de afgesneden staart van een hagedis die uit zichzelf beweegt, los van de rest... misschien is hooguit de rest van het lichaam dood, maar die hand, die voelende hand, die leeft wel degelijk, sterker nog, mijn hele leven, mijn hele hart, mijn geslacht, mijn brein zitten in die hand. Ik heb nooit zoveel leven gevoeld als in mijn zinderende hand wanneer die de kont van een studente aaide of zich dwars in de lange, diepe spleet tussen de billen van een Kaapverdische schoonmaakster drong...

Nergens voor nodig om het mooiste meisje uit te zoeken. Wat een onbenullig idee! Dat was waar tieners zich door lieten verblinden; ik niet. Ik heb eens gelezen over een vent die in bordelen altijd de mooiste vrouwen uitkoos maar niet opgewonden werd bij hen; dus veranderde hij van tactiek: hij nam een doorsnee hoer, niet mooi en niet lelijk, of juist liever lelijk, en liet zich afranselen; nou, toen bereikte zijn opwinding grote hoogten! Ik heb geleerd dat schoonheid, ware schoonheid, eerder verdovend werkt. Schoonheid is de weg naar de kuisheid. Ik zou nooit iets met heel mooie vrouwen kunnen hebben, en gelukkig is me dat ook maar zelden overkomen, en dat betreur ik niet, daar ben ik juist blij om. Schoonheid is belemmerend, afstompend, verlammend, betoverend, en daarbij zijn er maar weinig mannen in staat om schoonheid te begrijpen en te waarderen voor wat die is, punt. Ik behoor niet tot die mannen. Maar het is me wel duidelijk geworden dat schoonheid onaantastbaar is, en het hoogste wat je ermee kunt doen is haar laten waar ze is. De man die vol bewondering is verroert geen vinger, haalt bijna geen adem. Dat is me duidelijk geworden niet via de vrouwen, want die zijn niet echt mijn terrein, maar via de bergen.'

'Vaak merkte ik dat ik niet in staat was om mijn werk te doen, om mijn dagelijkse taken te verrichten, om ook maar de eenvoudigste, meest normale contacten met anderen te onderhouden, allemaal door de obsessies die in mijn hoofd zaten. Mijn geest werd erdoor verzadigd, werd totaal in beslag genomen, ik was er telkens maar een paar minuten vrij van, en dat was te kort om iets te ondernemen omdat ik wist dat ik elk moment weer zou worden overvallen door obscene beelden en verlangens die even schunnig waren als kinderachtig en belachelijk, waardoor ik me gekweld en beschaamd voelde. Ik voelde me alleen op mijn gemak wanneer ik me liet zakken tot het laagste niveau. Wanneer ik een ellendeling werd en me ook als een ellendeling gedroeg, dan wist ik dat ik eindelijk mezelf was, en dat voelde als een opluchting, maar tegelijkertijd als een kwelling...'

Dat was dus de aard van het incident dat zijn universitaire carrière had onderbroken. Een aanhoudende, langgerekte streling over de kont van een studente die gebukt door een microscoop stond te kijken. Het was onmogelijk om die aanraking af te doen als ongewild. En er waren getuigen.

Ik was verbluft door Arbus' bekentenis. Toen we bij elkaar op school zaten had hij nooit ook maar één keer iets gezegd over seksuele verlangens of voornemens. Nu was die interesse een obsessie geworden die op krampachtige wijze tot uiting kwam.

'En ik werd vooral aangetrokken door lelijke vrouwen,' benadrukte hij. Misschien was dat zijn ware perversie.

Terwijl hij vertelde over zijn daden, die ik toch niet kon bestempelen als verachtelijk, ook al waren ze dat ongetwijfeld, zat Argus te grijnzen. Ja, te tandenknarsen zelfs. De littekens op zijn gezicht gloeiden rood op. Hij leek opgewekt en tegelijkertijd beschaamd. Waarschijnlijk genoot hij stiekem van de vernedering nu hij zijn ware aard aan mij onthulde. Dat mechanisme is inherent aan een bekentenis, zonder welke die niet zou kunnen plaatsvinden. Geen idee in hoeverre hij zich bewust was van het feit dat die onthullingen mij als muziek in de oren klonken, natuurlijk geen hemelse muziek, maar wel volkomen afgestemd. Op wat? Op wie? Nou, op hem, op mij, op onze vriendschap waarin niets rechttoe, rechtaan was, op de gebeurtenissen waarvan we getuige en deelgenoot waren geweest, op onze in de kern verdorven geesten, op de contacten die we allemaal zoeken en ontwijken, waar we bang voor zijn en ook ziekelijk toe aangetrokken worden. Terwijl mijn vriend vertelde over de periode dat hij in willekeurige volle stadsbussen stapte om zich tegen de typische warmte van een vleeskleurige panty te kunnen drukken, zag ik ineens de hele familie Arbus voor me, te beginnen bij Ilaria en eindigend bij de zwoele Leda, met daartussen die fraaie vader, de hoogleraar wiskundige logica Lodovico Arbus met zijn houten walrus, een aandenken aan een avond in de sauna met een stel bleke, bebaarde reuzen, die rollebollend in de sneeuw werd afgesloten, en ik had geen idee waar de gektes van de een begonnen en de eigenaardigheden van de ander eindigden. Allemaal apart en allemaal gestoord. Een geleidelijk afglijden in de manie. Ik herinner me een zonderlinge film uit de jaren zeventig, *Fire Sale*, over die rare familie Fikus, een film van Alan Arkin... en het komt niet door de gelijkenis van de achternaam en ook niet alleen door dat lachen dat ik daar nu weer aan moet denken. De erotische obsessies van Arbus, en die van mezelf, gericht op de aantrekkelijke vrouwen in zijn familie, die van zijn vader ten opzichte van jonge taalfilosofen met een tweed jasje en warrig haar, de zinnenprikkelende onrust van Ilaria, ook die als uit een typische jarenzeventigfilm... die vormden samen een cirkel waarin iedereen verlangde naar een verkeerd iets of iemand, of een deel van die iemand, het haar, de billen... de stem... de houten walrus... pianospelende vingers... de blanke huid besmeurd met zaad...

Misschien dat alleen een melkboer sterft terwijl hij nog volledig bij zijn verstand is, of misschien zelfs hij niet.

Ik begreep dat Arbus van jongs af aan de afwijkende impulsen die in zijn binnenste woedden in bedwang had gehouden. Zijn nog volop aanwezige, frisse puberenergie was in zijn jeugd sterker dan die impulsen, zeker gecombineerd met zijn plichtsgevoel en bedeesdheid. Toen hij eenmaal volwassen was, paradoxaal genoeg rijper en vrijer van verplichtingen, en dus zwakker, hadden zijn impulsen de overhand gekregen. Waarvoor zou hij ze nog langer moeten opofferen?

Het traject van zijn verlossing, en van zijn nieuwe onderwerping aan zijn driften, was misschien wel begonnen op de dag dat hij die vloek op zijn schoolbank had gekalkt, zijn laatste schooldag, de laatste dag die hij met ons doorbracht.

Ik zag die lange, magere jongen weer voor me, ijzig en tegelijkertijd nerveus, met dat masker van de onhandigheid en de intellectuele superioriteit, en ik begreep wat voor langdurige inspanning hij had verricht om zich te beheersen. Wellust. De demon waarvan ik zo naïef meende dat die hem nooit had overvallen. Want ik wist destijds niet dat die demon je kan overvallen op veel verschillende manieren, die veel verder gaan dan de naïeve fantasie van iemand die niks anders weet te bedenken dan een geslachtsdaad. Zelfs in die onverwachte bekentenis bewoog de staart van een slang die maar bleef ratelen. Wat anders zou de reden kunnen zijn dat Arbus me had opgezocht en weer naar mij toe was gekomen om me die verhalen te vertellen, dan om het vernederende genot ervan te verlengen? Er is niets ziekelijkers dan vertellen over een slechte gewoonte die je hebt opgegeven: dat is de beste manier om, vrij van afkeuring, de opwinding die je beweert niet meer te willen ervaren opnieuw tot leven te wekken.

'Verder nog iets?' vroeg ik cynisch.

'Eh, ja...'

'Maar zeg nou eens eerlijk,' vroeg ik Arbus na zijn bekentenissen, 'heb jij destijds jullie huis in brand gestoken?'

'Nee.'

'Wie dan?'

'Leda.'

Leda!

Ach, Leda, Leda, sint-antoniusvuur van mijn jeugd. Nog altijd brandt mijn huid daar waar je me níét hebt aangeraakt. Ik had niet verwacht dat ik weer aan jou zou moeten denken. En zou moeten terugkeren naar mijn eerste twintig jaar.

Hoofdstuk VI

Soms staarde Leda me aan, minutenlang, maar dan had haar blik iets aparts, en leek het alsof ze niet naar mij keek maar naar een voorwerp op een kilometer afstand, of naar een portret van mij, dat daar op mijn schouders was neergezet om te worden bekeken in plaats van mijn echte gezicht. Die prachtige ogen van haar had ze niet zozeer om mee te kijken, maar vooral om degene die ernaar keek te onthutsen.

(Ik vond het angstaanjagend te bedenken wat haar moest zijn overkomen om zo'n blik te hebben.)

Maar met Leda Arbus had ik wel een... tja, wat was het wat wij hadden? Een vriendschap? Een vriendschap met zoenen? Een liefdesrelatie zonder liefde, een seksuele relatie zonder seks? Kunnen een jongen en een meisje vrienden zijn? En zo ja, kunnen ze ook minnaars zijn? Als ze minnaars worden, kunnen ze dan vrienden blijven? Als ze geen minnaars worden, is dat dan omdat een van de twee dat niet wilde?

Wat er tussen mij en de zus van Arbus was kan geen liefdesrelatie worden genoemd en evenmin een vriendschap, wat overigens best zeldzaam was tussen een jongen en een meisje in die tijd, toen er vrijwel alleen maar ruimte was voor knellende, agressieve gevoelens zoals liefde, begeerte, toewijding en verachting.

Misschien was het eigenlijk geen *relatie* maar een *situatie*, met twee personages tussen wie er dingen zouden kunnen gebeuren. Of die vervolgens wel of niet gebeuren, hangt van het toeval af.

Welnu, wat gebeurde er tussen mij en dat meisje? Vanaf de eerste keer dat ik bij Arbus thuis kwam, was het duidelijk dat er een band was tussen zijn zus en mij, ik bedoel, die was er al, die bestond al voordat we elkaar kenden. Ik geloof dat men dat 'het lot' noemt, die lijn die er tussen ons tweeën werd getekend toen ik haar aan de piano zag zitten met haar rug zo recht dat hij me bijna krom leek, hol, haar schouders nog verder naar achteren dan haar onderrug, en zij zich omdraaide, en de lijn trillend werd strakgespannen tussen onze ogen. Al evenzeer getekend door het lot was haar positie ten opzichte van mij, die wordt samengevat in de scabreuze omschrijving 'de zus van mijn beste vriend'.

Ze speelde *Children's Corner* van Debussy. Dat herinner ik me nog precies, want toen ik de volgende dag van haar broer had gehoord welk stuk het was, rende ik na school zo hard als ik kon, en dat is niet bij wijze van spreken, ik stormde letterlijk naar platenzaak Ricordi aan de Piazza Indipendenza om de lp daar aan te schaffen. Gespeeld door Arturo Benedetti Michelangeli. En dat was de eerste klassieke-muziekplaat die ik van mijn eigen geld kocht.

Op het eerste gezicht verrezen er geen twijfels over Leda's verwantschap. Maar alle gelaatstrekken die bij Arbus excessief waren, en dus onaangenaam, alsof ze op zijn gezicht waren bijeengevoegd zonder rekening te houden met de verhoudingen en de onderlinge afstanden, waren bij zijn zus Leda in harmonie, zozeer dat misschien de enige tekortkoming van die combinatie van ogen, lippen, neus en haren juist die volmaaktheid was, waardoor Leda eerder overkwam als een pop, een schilderij of een potloodschets dan als een meisje van vlees en bloed.

Toen ik haar leerde kennen was ze veertien; je zou verwachten dat ik zou schrijven dat ze twee jaar later veranderd was... Maar nee, ze was nog precies zo, alleen een beetje langer, een beetje ouder, en ze speelde beter piano. De scène was hetzelfde: zij die met rechte rug en ontspannen schouders achter de piano zat, deze keer Schumann spelend, de suite *Papillons* (dat vertelde ze me zelf, na afloop van de uitvoering), en ik die naar haar luister op de drempel van de woonkamer, leunend tegen de deurpost. De suite wordt achter elkaar gespeeld, zonder aarzelingen, en naar mijn idee zonder enige fout; maar als Leda zich omdraait, verrast door mijn applaus, dat oprecht enthousiast is maar een beetje ironisch wil klinken, misschien vanwege een onverbeterlijke mannelijke verlegenheid vermengd met wat agressie, besef ik dat alles in haar veranderd is, ook al is het identiek gebleven. Haar blik is kalm, transparant, ogenschijnlijk zonder enige emotie en daarin, enkel en alleen daarin, doet ze me denken aan haar broer wanneer hij zijn bril afzet om in zijn ogen te wrijven nadat hij in dertig seconden, vrijwel zonder het krijtje van het bord te halen, dat natuurkundeprobleem heeft opgelost waar al drie klasgenoten zich vergeefs mee bezig hadden gehouden totdat de leraar zijn geduld verloor en hem erbij riep om er korte metten mee te maken: klaarblijkelijk waren emoties verboden in huize Arbus, die mochten er niet worden getoond, of misschien kwamen die er niet voor en had Leda dat ontroerende stuk van een half waanzinnige componist gespeeld zonder er iets bij te voelen, niets anders dan de bevrediging dat ze het goed had gespeeld, en misschien zelfs dat niet.

Maar bij Leda vond ik het gebrek aan emoties of de uiting daarvan leuk, ik weet niet waarom, dat trok me heel erg aan, net zoals het me trouwens bij haar broer heel erg boeide. Ik had het gevoel dat ik in een diepe, geweldige put viel; en bovendien stelde de kalmte en de afwezigheid van enige reactie in Leda's ogen me in staat om zonder aarzeling terug te kijken en de schoonheid van haar ogen in alle rust te bewonderen.

Later, aan de universiteit, zou ik honderden bladzijden kunstgeschiedenis, esthetica en filosofie bestuderen waarin werd gepoogd een ideaal van onaangetaste, pure, bedaarde, ongetroebleerde, kortom klassieke schoonheid in ideeën uit te drukken; maar bij geen enkel standbeeld, schilderij of gedicht heb ik die kalmte ooit teruggevonden, die in feite zo dicht in de buurt komt van kilheid maar toch helemaal niet kil is, zoals ik die zag in de ogen van Leda toen zij zich naar mij omdraaide nadat ze de laatste tonen van Schumanns *Papillons* had gespeeld. Zelfs het woord dat ze tegen me zei, het banaalste dat er bestaat, leek afkomstig te zijn uit een ver universum, en klonk uitzonderlijk nauwkeurig in mijn oren.

'Hoi,' zei ze.

'Hoi, Leda.'

Wat is er zo gedenkwaardig aan dat korte dialoogje?

Het feit dat het alles bevatte wat we elkaar te zeggen hadden, zij en ik. Ik ben er dan ook van overtuigd dat Leda zich bewust was van onze band, ook al was er feitelijk helemaal geen band tussen ons: ik was alleen maar een klasgenoot van haar broer, die af en toe bij hen thuis huiswerk kwam maken, 's middags, om zich door het genie van de klas te laten uitleggen wat hij die ochtend niet had begrepen.

Ook de glimlach die ze tot me richtte was puur, zo puur dat hij nep leek, aangezien hij met geen enkele emotie correspondeerde. Ik meen dan ook dat ze niet blij was om me te zien, maar mijn aanwezigheid als iets onvermijdelijks beschouwde: het moest zo zijn, en dus was het normaal. Dus waarom zou je er verbaasd of opgewonden over moeten zijn?

Ik begreep toen ik haar zag opstaan van de pianokruk, en ik me verbaasde erover hoe lang en mager ze was toen ik haar de partituur zag dichtklappen, de klep sluiten over de toetsen en vervolgens met de partituren onder haar arm langs me heen zag lopen om naar haar kamer te gaan – toen begreep ik dat wij ooit met elkaar zouden zoenen, dat was even onvermijdelijk, ook al had ik geen idee wanneer dat zou gebeuren en welke weg ons daarheen zou leiden, sterker nog, ik was er zo zeker van dat het wat mij betreft al had plaatsgevonden, het had altijd al plaatsgevonden, waardoor ik me vrij voelde van de onrust om te moeten nadenken over de stappen die ik moest ondernemen om daar te komen. Terwijl ze met haar schouder de mijne raakte en verder liep, en ik haar met mijn blik door de halfdonkere gang volgde, was ik er dan ook van overtuigd dat wat ik had gezien en begrepen voor haar net zo duidelijk was, alsof ze het voor haar grote, donkere ogen zag gebeuren.

Je zou kunnen betwijfelen of Arbus en Leda wel echt broer en zus waren. Zoals ik geloof ik al heb gezegd, had mijn vriend pikzwart haar en kleine blauwe ogen, terwijl Leda blond was en donkere ogen had, in zo'n diep, helder kastanjebruin dat ze bijna zwart leken. Die contrasterende kleuren leken op goed geluk uit een tegenstrijdige genetische erfenis te zijn geloot, zoals bijvoorbeeld ook geldt voor mijn eigen familie, waarin zo'n beetje van alles voorkomt – groot en klein, blond en donker, tenger en robuust. Maar toch hadden de leden van de familie Arbus ook iets onmiskenbaars waardoor ze wel degelijk herkenbaar waren als broer en zus, namelijk de manier waarop ze hun hoofd heen en weer bewogen terwijl ze zich lichtjes vooroverbogen om zo hun haren aan weerszijden van hun gezicht los te schudden, waarbij het haar van Arbus lang, zwart en groezelig was en dat van Leda blond, sluik en glanzend. Bij hen allebei glipten er haarlokken van achter hun oren en bungelden dan voor hun gezicht, tot over hun mondhoeken...

'En Arbus?' vroeg ik. 'Is hij niet thuis?'

'Nee.'

'Weet je wanneer hij terugkomt?'

Ze schudde haar hoofd.

Ik ging naar de kamer van mijn klasgenoot.

Na een kwartier kwam hij er eindelijk aan.

'Sorry,' mompelde hij. Hij had vuile handen en leek overstuur.

De deur van Leda's kamer was dicht.

Het moment waarop datgene ging gebeuren wat vanaf het begin was voorvoeld brak aan, maar niet zoals ik het mij had voorgesteld. In zekere zin was het des te beter: het was interessanter en bijzonderder, maar hoe dan ook absurd. Ik heb me vaak afgevraagd of bepaalde mislukte of afgebroken ervaringen niet minstens zo veelzeggend zijn als de wel voltooide, of het de moeite waard is geweest om ze zo te beleven, in plaats van als een geslaagde maar verder normale realisering. Een aanzienlijk deel van mijn amoureuze ervaringen draagt het zegel van de onvoltooidheid, van de absurditeit, maar misschien herinner ik ze me juist daarom, omdat ze me iets hebben gezegd of geleerd, omdat ze me in tranen hebben gebracht maar me nog vaker hebben laten grinniken, al was het misschien pas jaren later, omdat ze zo knullig, afwijkend, half, raar of uitputtend waren, vanwege de manier waarop ze verliepen of volkomen of gedeeltelijk mislukten. Hoewel seks voor mij iets heel wezenlijks is, waar ik misschien wel elke dag en elk uur of elke fractie van mijn leven aan heb gedacht, ook op die momenten waarop er andere belangrijke of dramatische dingen gebeurden, sterker nog, juist op die momenten, alsof seks de eeuwige afleiding was waardoor ik in staat was elke beproeving het hoofd te bieden en te doorstaan, een soort belofte voorbij het obstakel, een indirecte, hallucinaire beloning voor de reële kwellingen die je moet ondergaan (zoals de vulgaire spreuk luidt: 'Je werkt je in het zweet, voor brood en voor de spleet'), is het zo dat als ik naga hoe mijn ontmoetingen met negen van de tien vrouwen zijn verlopen, als ik denk aan de keren dat ik hoteldebotel, verkikkerd of echt verliefd was of zelfs alleen maar opgewonden, nou, dan kan ik alleen maar concluderen dat in dat hele gedoe het waanzinnige, onzinnige aspect de boventoon voert, en het vaak uitloopt op een klucht. Toch zou het wat betreft die kluchten – die soms ten koste gingen van, maar vaak juist geregisseerd werden door vrouwen (en niet alleen vrouwen...), maar nog vaker samen met hen werden uitgevoerd alsof we elkaar wederzijds in de maling namen, doordat we volgens mij allebei het idee hadden dat we iets raars en onlogisch aan het doen waren – beter zijn geweest om er samen hartelijk om te lachen, maar dat gebeurde niet vanwege de opwinding die je gedachten vertroebelt, of vanwege een kruimeltje eigenliefde, of vanwege een soort stilzwijgende afspraak om geen oordeel te vellen over het absurde van de situatie en gewoon door te gaan met elkaar te kussen en uit te kleden, als volgens een script. Om samen in lachen uit te barsten.

Waar zijn wij nou in godsnaam mee bezig, jij en ik?

De lijst surreële situaties zou te lang zijn, en zou worden aangezien voor een bekentenis of een parodie.

...en dat meisje dat om me op te winden begon te buikdansen, zodat het weinig scheelde of ik was in lachen uitgebarsten? (Overdadig erotische initiatieven werken ontmoedigend op mij, en u moet weten, ondernemende dames, dat dit niet alleen mij overkomt maar ook veel andere mannen die toch echt wel wat in hun mars hebben, dat ze ontmoedigd zijn of een lach moeten onderdrukken, dus pas op met kanten lingerie, overdreven verleidelijkheid of katachtige bewegingen, want die kunnen het gewenste effect sorteren maar als ze hun doel net missen worden ze al snel bespottelijk...)

...en dat meisje uit de Rijnstreek die om de haverklap moest plassen? Misschien vanwege de spanning, of vanwege een blaasontsteking, zelfs in het bloemperk tegenover de San Giovanni a Porta Latina, om drie uur 's nachts...

...en die meid die duidelijk te mooi was, te mooi voor mij... en die zo overdadig met de deodorantstick over haar oksels was gegaan dat toen ik op het onzalige idee kwam om haar daar te likken, om mijn hartstocht te tonen, ik zo'n droge tong kreeg dat ik geen woord meer kon uitbrengen...

...en dat meisje dat me ontglipte, sterker nog, dat zich niet eens bewust was van de onzichtbare banden waarmee ik haar probeerde te strikken, totdat ik om haar in het hart te treffen besloot een briefje op het zadel van haar Vespa Ciao achter te laten met daarop een vers van een surrealistische dichter, '*...et je neigerai sur ta bouche*', waarvan ik pas later besefte dat het niet een geniaal poëtisch beeld was, maar een vunzige metafoor die, gezien het feit dat ik die mond nog niet eens gekust had maar me nu wel al had voorgenomen 'erop te sneeuwen', haar walging en verontwaardiging wekte waardoor ze voorgoed buiten mijn bereik verdween?

...en dat meisje dat dobbelde of ik met haar naar bed moest gaan of niet...

...en dat meisje dat me op haar knieën zat te pijpen en me intussen aankeek met haar zwartomlijnde ogen wijd open, omdat ze dat blijkbaar in een pornofilm had gezien en ervan overtuigd was dat het voor een man het toppunt was om klaar te komen terwijl hij zo werd aangestaard...

...en dat meisje dat me naar haar kamer lokte, waar ik toevallig langskwam, doordat ze de deur op een kier liet staan zodat ik haar van achteren zag terwijl ze half ontbloot voor het raam naar de volle-maan stond te kijken...

...en dat meisje dat de eerste nacht tegen me zei: 'Neem me van achteren, want ik kan de slaap niet vatten'...

...en dat meisje dat vurig uitriep: 'Neem me, nu!!', met als gevolg dat mijn weifelende erectie definitief afknapte...

...en dat meisje dat ik met hart en ziel najoeg en van wie ik alleen maar een kleine teen kon aanraken, alleen haar kleine teen, van dat hele prachtige honingkleurige lijf...

...en dat meisje dat ik nu nog altijd waanzinnig liefheb, omdat er helaas geen andere manier van liefhebben bestaat?

Haar beeltenis verscheen voor me in de nacht
en ik schrok er zo van dat ik tegelijkertijd
het verlangen en de angst om te sterven ervoer. Ik weet niet
welk sentiment sterker was (misschien
het eerste). Ik heb altijd meer verlokking gevoeld
dan weerzin: als er iets was waarvoor ik
beter had moeten uitkijken en mezelf moeten behoeden
was het wel juist dat waar ik dol op was. Ook met haar
was het zo en is het nog steeds zo: zelfs
's nachts, zelfs als ik naast haar lig of haar omhels

zelfs als ik in haar ben, kan ik me niet
ontdoen van die helse verlokking:
en blijf ik maar naar haar toe getrokken worden.
Maar, zeg ik, hoe kun je dichterbij komen dan dit?
Wanneer je het middelpunt van de aarde hebt bereikt
wat kan er dan nog dieper zijn?
Zou dan de zwaartekracht niet ineens moeten stoppen?

Hoe je het ook wendt of keert, mijn ontmoeting met Leda, de jongere zus van Arbus, was gedenkwaardig.

Ik herinner me nog precies elk moment dat ik samen met haar doorbracht, eerst in een huis waar ze met haar moeder Ilaria woonde nadat Arbus was vertrokken en ook hun vader was vertrokken, na zijn beruchte bekendmaking dat hij homoseksueel was, en dat hij dat altijd was geweest, en daarna, enige tijd later, toen ze op zichzelf was gaan wonen op een zolderkamer die ze aanduidde met 'het atelier'. We zagen elkaar een halfjaar lang, bijna elke week, een of twee keer per week, maar op het laatst minder, steeds minder, misschien zagen we elkaar de laatste maand maar een paar keer, en toch heb ik de indruk dat ik me elk afzonderlijk moment herinner van die ontmoetingen van ons; maar niet omdat er god weet wat voor bijzonders gebeurde, integendeel, er gebeurde weinig tot niets, zes maanden waarin mijn nieuwsgierigheid eerst omsloeg in genegenheid, vervolgens in passie en ten slotte in ziekte.

Over dat weinig tot niets zal ik proberen te vertellen.

Ik zei dat ik me alles herinner, met uitzondering van de eerste keer dat we elkaar opnieuw tegenkwamen, nadat ik Arbus uit het oog was verloren, en de woning in Montesacro, de vierhandige piano-uitvoeringen. Uit geheugenflarden die ik met moeite aan elkaar heb geplakt, heb ik een beeld kunnen reconstrueren waarin ik haar opnieuw ben tegengekomen bij de Galleria d'Arte Moderna in Rome, alleen dan niet in het museum, maar op de monumentale trap ervoor, waar mensen samen bivakkeren, zitten te roken, te zonnen, te praten over de kunst die er al is en de kunst die er nog niet is, een taak die toekomt aan hen die daar zitten te niksen. Dat ogenschijnlijke nietsdoen, die dromerige en hartstochtelijke gesprekjes, zijn de incubatietijd van artistieke carrières. Giuseppe Salvatori, Felice Levini, Marco Tirelli, Ceccobelli, Santo Spatola, Cecafumo, Pizzi Cannella, Mariano Rossano en Biuzzi heb ik volgens mij al eerder genoemd, maar zij zijn slechts enkelen van de kunstenaars die op die trap bijeenkwamen. En verder de kunsthandelaar Giovanni Crisostomo, bijgenaamd 'Goldmund', de Duitse vertaling van zijn oorspronkelijk Griekse naam.

Destijds, en volgens mij hier en daar ook nu nog, was het nogal in om de boeken van Hermann Hesse te lezen, vooral *Siddhartha*, of *Narziss en Goldmund*, en volgens mij kwam die bijnaam van Crisostomo daarvandaan, en niet zozeer van de etymologie. Geen idee waarom ik hem nooit heb gelezen, Hesse, iedereen las hem, maar dan ook echt iedereen, of nou, ze lazen dan in elk geval *Siddhartha*.

Misschien om mezelf te onderscheiden.

Hoe dan ook, Goldmund beweert dat hij degene was die daar aankwam in het gezelschap van Leda. Zij was twintig. En ik herkende haar niet. Spatola en Pizzi Cannella probeerden de jonge kunstenares meteen te versieren. Pizzi Cannella had destijds het profiel van een Romeinse centurion, Tirelli en Biuzzi waren fascinerende jongens. Goldmund beweert dat ik die dag geen woord heb gewisseld met Leda. En juist daardoor begreep hij dat ik indruk op haar had gemaakt, en dat ik op mijn beurt van haar onder de indruk was. Hij had gelijk.

Het was vreemd om naast haar te liggen.

Op bed, met de kleren aan, een man en een vrouw, in een heel intieme houding, die echter nog verdere ontwikkelingen behoefde, want je kunt niet lang zo blijven liggen zonder iets te doen, van toestand te veranderen, een initiatief te nemen...

De horizontale houding is om te slapen, zo niet dan moet je wel met elkaar praten, of elkaar strelen, uitkleden.

We eindigden onveranderlijk liggend op het harde, dunne matras op de grond van haar studio; zij ging als eerste liggen, vervolgens voegde ik me bij haar, met zo'n twintig centimeter afstand tussen haar schouder en mijn schouder, tussen haar heup en de mijne, en met de blik naar het plafond gericht. Op dat moment was er niet veel verschil met alleen zijn: alleen, maar dan met een vrouw naast je, wier geur je ruikt en wier lichte ademhaling je hoort, een mooie vrouw ook nog eens, met een lichaam en gedachten en gevoelens. Welke gevoelens Leda had heb ik nooit geweten, die uitte ze op geen enkele manier, of tenminste, niet op een manier die ik kon ontcijferen. Ik neem aan dat er wel een reden was, voor haar, om samen op dat matras te belanden, misschien vond ze dat prettig, of niet onprettig, of (ik gok maar wat) misschien waren die houding en dat niet-handelen voor haar al heel wat, misschien was dat wel alles, misschien meende zij niet dat er nog iets anders kon zijn.

Ik twijfel tussen twee hypotheses: de eerste is dat zij van mij verwachtte dat ik haar zomaar ineens op de mond zou kussen, boven op haar zou gaan liggen, haar borsten zou aanraken, kortom, dat ik zou doen wat jongens en meisjes doen of proberen te doen en wat ook ik in vergelijkbare situaties heb gedaan: zoenen, voelen, of proberen te voelen, knopen losmaken... en ga zo maar door, dingen die heel normaal en vanzelfsprekend zijn, maar die dat in het geval van Leda niet waren, ook omdat het ongewoon is om te vertrekken vanuit een situatie die al zo gedefinieerd en statisch is, liggend op een bed zonder elkaar aan te kijken... Met ieder ander meisje beland je in die houding nadat je elkaar hebt gezoend en aangeraakt, en als een overgang naar iets anders... terwijl wij tweeën wel een bruidspaar leken op het deksel van een eeuwenoud graf, voorgoed in die positie gebeeldhouwd.

Nadat ze de huisdeur voor me had opengedaan en vervolgens die van haar kamer, toen ze nog samen met haar moeder in dat palazzina woonde, en voordat ze zich neervlijde op het matras op de grond in haar studio, deed Leda maar één ding, verrichtte ze één handeling: ze zette een plaat op. Onveranderlijk een stuk voor alleen piano. Dan hadden we in elk geval zeker zo'n twintig minuten pianomuziek voor ons liggen, zolang als één kant van een plaat duurde voordat je hem moest omdraaien of een andere opzetten.

Tijdens die paar maanden van mijn... van mijn... laten we zeggen, van mijn omgang met Leda, niet langer als de zus van Arbus maar gewoon als meisje, had ik geen andere meisjes en was ik daar ook niet naar op zoek, omdat ik, al was dat wellicht ongegrond, het gevoel had dat ik iets met haar had. Meerdere keren betrapte ik mezelf erop dat ik zou willen dat ze me afwees, zodat ik me vrij zou voelen een ander meisje te zoeken om verkering mee te krijgen, of meerdere meisjes tegelijk om *plezier mee te maken* (ik gebruik die term zonder dat ik die ooit echt in de praktijk heb gebracht – zeker niet als *plezier*, meer als een soort predatie, ontlading, obsessie of misleiding, kortom allesbehalve *plezier*). Trouwens, Leda kon me pas afwijzen als ik expliciet avances maakte, wat in feite nooit echt gebeurde, waardoor de onduidelijkheid voortduurde. En toch bleef ik hopen dat zij die zou wegnemen door me af te wijzen, wat me zowel verlichting als een positieve uitkomst zou schenken.

Maar waarom bleef ik haar dan zien?

Passiviteit is een ziekte, van buitenaf gadeslaan wat het lichaam al dan niet doet, zonder tussenbeide te komen, zonder tussenbeide te wíllen komen, afwachtend tot de dingen uit zichzelf gebeuren, want als ze moeten gebeuren zul je zien dat ze toch wel gebeuren (dat is het idee), en zo niet, ook goed, dan heeft het niet zo moeten zijn.

Dat vervloekte fatalisme! Het heeft mijn leven af en toe wel vergemakkelijkt, maar het heeft het zoveel vaker voor me verpest! Wat ben ik onzinnig sloom geweest of misschien ook laf, doordat ik dingen en mensen langs me heen liet stromen in plaats van ze resoluut vast te grijpen of weg te duwen! Bijzonder is de weergaloze verrukking van die handvol keren waarbij alles *natuurlijk* verliep, zonder enige inspanning – maar hoe vaak ben ik niet volkomen stukgelopen door mijn passiviteit, faalde ik door mijn laksheid, omdat ik wilde dat de rivier zijn loop zou aanpassen en naar mij toe zou stromen zodat ik erin kon baden?

(En verder zijn er natuurlijk de twijfels, die niet zozeer zijn: 'Zal ik het wel kunnen?', maar eerder: 'Zal het me wel lukken om het punt te bereiken waarop ik kan laten zien dat ik het kan? En op het juiste moment?' Als het niet het instinctieve gedrag van de donjuan is, wat is het dan waardoor een *man* ertoe wordt gedreven het aan te leggen met een *vrouw*, met een *bepaalde* vrouw, met een bepaalde vrouw op een *zeker* moment, in díé specifieke situatie? Is het alleen maar een kwestie van hen vastpakken of van de lippen tuiten om ze te laten samenkomen met een andere mond? Is het niet meer dan dat?)

Na enige tijd kuste ik Leda, maar dat leidde geen verandering in, alleen een nieuwe periode van stagnatie.

De kussen tussen mij en Leda waren zo langdurig dat je het geen kussen kon noemen. Alle dingen en gebeurtenissen hebben om gedefinieerd te kunnen worden een begin en een einde nodig, een vorm of een duur: als de monden nooit van elkaar af gaan, kan dat geen kus zijn, en als de ene niet wordt beëindigd kan er ook geen nieuwe gegeven worden, en weer een, en nog een, volgens de befaamde formulering van Catullus, en die al even befaamde uitdrukking van de 'duizend kussen' wil niet zeggen dat de monden urenlang op elkaar geplakt blijven zitten, zonder elkaar ooit los te laten, want dan zou het dus geen kus meer zijn, net zoals datgene wat Leda en ik elkaar gaven, met de ogen dicht, gewikkeld in een door de motten aangevreten plaid – dat was helemaal geen kus maar een ziekelijke of infantiele of dierlijke aanraking zoals je die ziet in natuurdocumentaires, grenzend aan ongevoeligheid, aan catatonie, zoals de incubatie de eitjes van een insect in het lichaam van een ander insect, of de uitputtende geslachtsdaad tussen weekdieren die hele dagen met de membranen tegen elkaar getuit zitten. Het kwam meer dan eens voor dat Leda, met haar lippen aan de mijne vast, in slaap viel, in vredige overgave, wat ik dan merkte doordat haar ademhaling regelmatig werd en doordat ze in mijn mond ademde, het enige duidelijke teken gezien het feit dat ze onder het kussen toch al haar ogen dichthield en haar armen slap langs haar lichaam.

Af en toe profiteerde ik van die dutjes, zij het eerlijk gezegd op heel bescheiden wijze. We lagen zoals gewoonlijk onder de plaid, want het was fris in het atelier. Ik legde een hand op Leda's buik en trok haar bloes uit haar broek. Leda droeg altijd alleen maar broeken. Ik heb haar nooit met een rok of een jurk gezien. Ik schoof de bloes omhoog en legde mijn hand op de huid van haar buik. Die was zacht en koud. Ondanks dat ze mager was, merkte ik dat mijn vingers in haar huid wegzakten als ik duwde. Aangezien ik niet in haar broek kon komen, want die zat heel strak en had een hoge taille, zoals destijds in de mode was, liet ik mijn hand net ietsje omhoogglijden naar waar Leda het slankst was en haar huid gespannen zat. Intussen bleef zij in mijn mond ademen en streelde ze mijn gezicht met de adem die uit haar neusgaten kwam. Ik aarzelde of ik de deken zou optillen om te kunnen zien wat mijn hand daaronder aan het doen was, maar dan liep ik het risico dat ze wakker werd, en het mysterie van die zo koude, ongevoelige huid deed zoveel bloed naar mijn gezicht en mijn onderbuik stromen dat ik het idee kreeg dat ik zelf juist gloeide, brandde; totdat ik alle aarzelingen overwon en haar ontblootte, door eerst de plaid op te tillen en die vervolgens omlaag te schuiven tot op onze benen. Welnu, haar buik was spierwit en glad, en een beetje bol, zoals die van een kind. Maar toen ik probeerde die strakke ribfluwelen broek omlaag te doen, merkte ik zodra ik de gulp had losgeknoopt dat er vanaf daar een verticaal litteken naar beneden liep, een beetje verdikt, en ik liet het idee om te verifiëren waar dat naartoe liep meteen varen.

Dit detail prikkelt mijn geheugen, dat zich walgelijk eenvoudig laat afleiden door banale associaties, tot de herinnering aan ook weer zo'n grap die in onze schooltijd circuleerde.

'Weet je wat prinses Anne van Engeland een handbreedte onder haar navel heeft zitten?'

'Nee.'

'Het stopcontact voor haar Philips.'

(Een woordgrapje waarin de naam van haar man Mark Phillips, schoonzoon van de Engelse koningin, werd gecombineerd met het wereldberoemde merk huishoudelijke apparaten.)

Eén keer kwam ik op haar klaar. Ik doorbrak de verlamming en ging op haar liggen. Leda duwde me niet weg en pakte me ook niet vast, ze toonde zich zo passief dat ik meende dat het een tactiek was. Het kon niet zo zijn dat mijn actie haar onverschillig liet. Zoals gewoonlijk deed ze haar ogen dicht en slaakte ze een zucht. Het feit dat ze niet naar me keek moedigde me niet aan, maar blokkeerde me weer; mijn initiatief werd in de kiem gesmoord. Leda draaide haar hoofd opzij, nog altijd met haar ogen dicht, maar niet alsof ze misnoegd of afkerig was. En toen fluisterde ze met een vluchtig lachje: 'Doe maar zoals je wilt.' Zoals ik wát wil? dacht ik. Ze had niet gezegd 'Doe maar wát je wilt', maar 'zoáls je wilt', wat is het verschil, wat wil dat zeggen? Op dat moment ondersteunde ik mezelf niet langer en liet ik me met mijn volle gewicht op haar zakken, waarbij ik haar dwong haar benen net zo ver uit elkaar te doen dat ik mijn geslacht op het hare kon leggen en heen en weer bewegen. En terwijl ik met mijn gulp over de hare bleef wrijven merkte ik dat ik bijna klaarkwam, ook al was mijn geslacht pas net opgezwollen, maar het idee om in mijn broek klaar te komen leek me absurd, dus maakte ik hem net op tijd open om uit mijn haastig tevoorschijn gehaalde geslacht een straaltje sperma op Leda's witte trui te knoeien, tussen haar borst en haar hals. Toen ze merkte dat ze werd platgedrukt had Leda haar ogen weer opengedaan, en ze aanschouwde dit alsof ze een natuurverschijnsel waarnam, waarbij ze alleen haar trui tussen duim en wijsvinger een stukje optilde zodat mijn sperma niet op haar bloes terecht zou komen. Daarna stond ze op en ging zonder iets te zeggen naar de badkamer. Toen ze terugkwam had ze zich omgekleed, in plaats van de witte had ze nu een rode trui met v-hals aan. Ze glimlachte en kwam weer naast me liggen, ik had me inmiddels gefatsoeneerd, en ze pakte mijn hand vast, niet die waarmee ik mijn geslacht had vastgehouden tijdens mijn orgasme, de andere hand.

Toen vroeg ze: 'Ben je wel eens in Zwitserland geweest?'

'In Zwitserland? Ja, een paar keer.'

'Hoe is het leven daar, volgens jou?'

'Heel goed, denk ik.'

'Heb je daar bergen?'

'Ja. Heel veel.'

Dat zijn de letterlijke woorden die we wisselden.

Ik zou niet kunnen uitleggen waarom ik het sinds die keer in mijn kop kreeg dat ik haar zwanger had gemaakt. Ook toen we elkaar niet meer zagen, liet die gedachte me niet los.

Hoofdstuk VII

Over Leda en kunstenaars gesproken. Afgaand op wat ik van haar weet, weinig dus, was ze maar één keer verliefd geweest voordat wij onze relatie hadden. Op een heel vreemde jongen, lang en dun, zwijgzaam, arrogant, die haar enorm kwelde, niet zozeer omdat hij haar slecht behandelde, als wel omdat hij het te druk had met zich op zijn beurt laten kwellen door allerhande zielsproblemen, en de belangrijkste daarvan was zijn sociale onbeholpenheid, zijn onvermogen om andere mensen te begrijpen en door hen begrepen te worden. Gustavo Herz heette hij. Uit dat onvermogen van hem, opgeteld bij een intelligentie die hem waarschijnlijk werd toegeschreven als virtuele vergoeding voor zijn irritante concrete tekortkomingen (degenen die dat beweerden lieten die waardering dan ook altijd voorafgaan door het voegwoord 'maar': hij ziet er dan misschien niet uit, hij is dan misschien een egoïstische maniak, hij is dan misschien een irritante kwal... 'maar hij is wel heel intelligent...! dat moet je hem nageven'), had Herz geconcludeerd dat hij een artistiekeling was, en derhalve onbegrepen. Een kunstenaar heeft nu eenmaal de hele maatschappij tegen zich; dus wie de maatschappij tegen zich heeft, is een kunstenaar. Ook al had hij er nooit iets van gemerkt, tegen Leda praatte hij over niks anders dan over zijn 'artistieke roeping', over de noodzaak om die koste wat kost te volgen en alle dingen of mensen eraan op te offeren (waarmee hij op de eerste plaats Leda bedoelde), en daarnaar herleidde hij al zijn moeilijkheden: met zijn familie, met zijn naaste, met het systeem, met zijn ellendige studiegenoten (hij volgde namelijk zo nu en dan colleges in het eerste of tweede jaar), met de machthebbers, met de burgers, de onwetenden en de ontwikkelden, met automobilisten en voetgangers, en met eenieder die hem de helpende hand toestak, die hij steevast afwees, met degenen die hem negeerden, die werden beschuldigd van oppervlakkigheid, en ten slotte met al diegenen, en dat waren er een heleboel, die hem niet konden uitstaan, aan wie

Herz, bijna om te treiteren en met groot genoegen, steeds nieuwe goede redenen verschafte om hem te verafschuwen. Zo was de cirkel rond, aangezien hij, doordat hij de antipathie en zelfs vijandigheid om zich heen voelde groeien, ervan overtuigd was geraakt dat hij zijn lot deelde met alle baanbrekende kunstenaars die worden omringd door bekrompen burgermannetjes maar zich niet laten weerhouden door het maatschappelijk onbegrip.

(Iemand die er eenzijdig van overtuigd is dat hij een missie heeft zal de hoogste prijs daarvan niet zozeer laten betalen door zijn tegenstanders, als wel door zijn naasten; in het geval van Gustavo waren dat zijn verwanten en Leda.)

Hij stond ingeschreven bij scheikunde, een faculteit die hij had gekozen op basis van een gril in plaats van uit werkelijke belangstelling of voorkeur, maar algauw liet hij het idee om tentamens af te leggen varen ('Dat zijn testen voor sukkels, daar heb je niks aan, de slechtsten slagen altijd, ik heb daar geen tijd voor'), en vervolgens ook alleen al het voornemen om ze voor te bereiden, in het college of boven de boeken. Hij genoot van de consternatie van zijn ouders toen hij het hun meedeelde, alsof dat de controleproef was die bewees dat hij het juiste besluit had genomen. Als een schimmel op bedorven etenswaren voedde Gustavo zich met afkeuring: menselijke relaties laten rotten was voor hem de beste manier om ze op de proef te stellen, en dat is ook wat hij deed met Leda. En toch bleef zij hem trouw. Misschien meende ze in Gustavo trekjes van haar broer terug te zien, of van haar excentrieke, ongelukkige vader, ware het niet dat die twee familieleden van haar daadwerkelijk geniaal waren – terwijl dat voor Gustavo Herz absoluut niet gold.

Gustavo artistiek? Terwijl hij overwoog in welke vorm hij zijn talent het beste kon uiten, bedacht hij dat de literatuur een domein was waarin het te lang duurt voordat je de bevestiging krijgt dat je begaafd bent. Het probleem met de klassieke muziek was dat de leertijd op dat gebied nog langer duurde, hij was inmiddels te oud om daar nog aan te beginnen, terwijl het terrein van de beeldende kunst leek te zijn ingenomen door een groep slimmeriken met wie het zinloos was om te wedijveren, ofwel omdat ze technisch beter onderlegd waren, al was het dan voor de verwezenlijking van die troep van hen, schilderijen en schilderijtjes en zo, ofwel omdat ze in staat waren hun werken te rechtvaardigen met een hoop lariekoek, mondeling of schriftelijk, ter begeleiding van performances, installaties, bergen zand of schroot.

Zo kwam Herz tot de slotsom dat popliedjes de snelste manier waren.

Popliedjes, ja, popliedjes, dat fantastische twintigste-eeuwse snelle achterdeurtje waarlangs de genieën zich hebben kunnen uiten die verloren of verspild zouden zijn geweest als ze noodgedwongen aan de slag hadden gemoeten met meer gearticuleerde, complexere vormen. Een populair en dus aantrekkelijk genre, dat erin slaagt in een tijdsbestek van drie minuten eeuwen van theater, duizenden literaire pagina's, symfonieën en concerten samen te vatten, plus het bijzondere gevoel van de huidige tijd die een heel eigen hartslag heeft, waarin je de jeugd, de mode, het avontuur, de dans en de verleiding voelt doortrillen, alle dingen kortom waarvan de aangrijpende schoonheid schuilt in het volmaakt tijdelijke ervan, waaruit een supergeconcentreerd emotioneel sap wordt geperst, dat de toehoorder enorm kan aantrekken en hem diep kan raken op plekken waar de meer complexe kunsten niet eens van durven dromen. En dat alles dankzij een korte, simpele melodie, gespeeld op een paar basisinstrumenten en vergezeld door enkele verzen op rijm.

Met zijn gitaar, waar hij net zo op tokkelde als ieder ander, en op de piano, waarachter hij zijn vingers werktuiglijk boven de toetsen spreidde om de akkoorden te vormen die Leda hem had geleerd (in elk geval dat twaalftal basale), componeerde Gustavo drie of vier nummers, en daarna, ze met veel plezier de hele dag neuriënd, nog eens zoveel, waardoor hij het benodigde aantal bereikte om een plaat te maken, want zoveel nummers bevatten de toenmalige lp's, zodat hij voortaan niet meer alleen voor de spiegel van zijn kast kon beweren dat hij 'schrijver' was. Liedjesschrijver. Zijn allereerste liedjes waren getiteld 'Tien lire' en 'Ballade voor een Hoover', en ik beluisterde ze in een café op een talentenavond. Herz zong die twee zo haastig dat hij binnen vijf minuten klaar was en alweer van het podium verdween, zonder te groeten. Nou, ik moet toegeven dat het niet slecht was geweest. Op het randje van het irritante, het klaaglijke... maar Gustavo had onmiskenbaar de aandacht weten te vangen, vooral met zijn 'Hoover'-nummer waarbij hij tijdens de uitvoering het geluid van een stofzuiger imiteerde. Hij had dus wel gelijk, dat stuurse van hem had een zeker je-ne-sais-quoi, iets magnetisch.

Woeoe-woeoe-woeoe...

Eerst liet hij zich Gus noemen. Daarna Gus-To. Vervolgens veranderde hij zijn artiestennaam in Herzmutter, wat volgens mij niets betekent in het Duits, maar het klonk goed. Toen hij het beu was om artiestennamen te verzinnen door zijn echte naam te vervormen, richtte hij een band op die hij The Weed doopte, bestaande uit slechts één muzikant, hijzelf, die alles voor zijn rekening nam: muziek en teksten schrijven, de instrumenten bespelen, zingen, of beter gezegd fluisteren, want het waren nummers die meer werden gezegd dan wat anders. Met dat handvol nummers, acht in getal, waarvan hij het arrangement aan het begin en het eind nog wat uitwerkte zodat het totaal aantal minuten niet te krap zou uitvallen, bracht hij zijn eerste plaat uit, *Hoover.*

Pas nu ik hier ben aanbeland sta ik mezelf toe het over Leda te hebben. Al was het op zich niet nodig geweest er iemand bij te halen om het verhaal van de carrière van Gustavo's carrière verder te vertellen, aangezien Gustavo Herz die carrière precies zo wilde beleven: in zijn eentje, waarbij hij die eenzaamheid als een geschenk zag en tegelijkertijd als het kruis dat hij moest dragen als een ware verkenner, pionier, vernieuwer. Afgezien daarvan moet ik toegeven dat ik er sowieso grote moeite mee heb om over Leda te praten, en om haar interactie te laten hebben met anderen, om me voor te stellen dat ze in Herz' armen ligt, terwijl ze tegen hem praat of naar hem glimlacht, of door hem wordt uitgekleed, of hem voordoet, terwijl ze haar slanke vingers spreidt, hoe hij een a-mineurakkoord moet aanslaan. Ik ben jaloers, dat geef ik toe, ook al heb ik daar helemaal niet het recht toe, en ik ben doodsbang bij het idee om haar te bezoedelen met de excreties van andere wezens, met het glimmende slijmspoor dat die hebben achtergelaten toen ze door haar leven trokken. Dat kunnen woorden of daden zijn, gesprekken, verwijten, omhelzingen, mishandelingen: alles wat Leda aangaat beroert me diep, alsof ze niet de zus van Arbus was maar mijn eigen zus en ik aan den lijve ondervind wat haar is overkomen. Kijk, het komt nooit in me op om te denken aan wat zíj heeft gedaan, maar alleen aan wat háár is aangedaan door ánderen... De werkwoorden die Leda als onderwerp hebben worden in mijn hoofd vervoegd tot de passieve vorm. Wil dat zeggen dat ze mij vertederde? Wil het zeggen dat ik van haar hield, dat ik verliefd op haar was? Zou kunnen. Men geeft aan te veel onderling tegenstrijdige, door elkaar gemengde gevoelens de provisorische naam 'liefde', in afwachting van ontwikkelingen die zullen verhelderen wat het nou eigenlijk is. De dingen die zich tussen ons tweeën hebben afgespeeld zouden die gevolgtrekking onderuit moeten halen. Dus waarom kom ik er nu dan weer mee op de proppen, na al die jaren?

Misschien wilde ik haar alleen maar beschermen, en heb ik daarin gefaald. En nu heb ik spijt omdat ik mijn pogingen niet heb doorgezet, bijvoorbeeld die om haar te behoeden voor de schadelijke invloed van Gus, die zijn tol bleef eisen ook toen ze al uit elkaar waren gegaan.

Hij gebruikte haar zoals een messenwerper of een goochelaar gebruikmaakt van het meisje dat de messen op zich af ziet komen of in tweeën gezaagd moet worden, waarbij hij intussen wel eist dat alle aandacht op hemzelf gericht wordt, op zijn hand die op het punt staat het mes te werpen, op de immense verantwoordelijkheid die hij draagt in het geval er iets mis zou gaan. Niets van wat zij tweeën samen deden mocht normaal zijn, doorsnee; en hij vond dat Leda hem daar dankbaar voor moest zijn. Dankbaar dus als ze in de week van Ferragosto bijvoorbeeld niet op vakantie gingen naar het strand zoals iedereen, maar deze op een zolderkamer doorbrachten om de postzegelverzameling die zijn opa hem voor zijn dood had nagelaten te sorteren. 'Ze zijn van onschatbare waarde,' verzekerde Gustavo haar, met een schittering in zijn ogen, 'en op een dag zal ik ze verkopen. Op die dag krijg jij een mooi cadeau van me, omdat jij me hebt geholpen. Of nee, ik hou ze zelf...', en hij sloeg met zijn hand op de stoffige albums. 'Ja, en dan geef ik ze precies zo door aan mijn zoon,' voegde hij eraan toe met een bitterzoete trots, zonder zich af te vragen of haar te vragen of zij belangstelling had om de moeder van die fortuinlijke erfgenaam te worden. Leda op haar beurt was zo verknipt dat ze niet doorhad wat voor leven Herz haar bood, een leven van niks, een emotieloos surrogaat van wat twee jongelui kunnen doen als ze samen zijn. Als hij haar voor het avondeten belde met de mededeling dat ze elkaar die avond niet zouden zien, anders dan ze hadden afgesproken, was hij niet zo eerlijk om te zeggen: 'Luister, ik wil niet meer, ik heb er geen zin meer in', o nee, hij zei dat hij het heel druk had, echt waar, dat hij belangrijke dingen te doen had, ook al bestonden die bezigheden vervolgens uit niets anders dan op zijn bed liggen met zijn gitaar op zijn buik, starend naar het plafond.

'Wat heb je nog allemaal gedaan gisteravond?' vroeg Leda hem de volgende dag.

'Ik heb nagedacht,' had Herz het lef haar te antwoorden. En dat meende hij. Dat geloofde hij echt. Hij was er serieus van overtuigd dat hij iets had gedáán terwijl hij daar halfnaakt op bed zijn frustraties lag te overpeinzen...

Slechts één keer deden die twee iets noemenswaardigs samen, maar dat was zo'n opmerkelijk, onzinnig en ellendig initiatief dat het het beleg van het fort waarin Gustavo zich had verschanst helemaal niet ophief, integendeel, het bevestigde alleen maar hoe onneembaar dat was; en nog opmerkelijker, dat ook Leda zich buiten die muren bevond.

Een reis. Ja, door gezamenlijke reizen krijg je een beter beeld van de individuen die een stel vormen, en wat hun optelsom oplevert, aangenomen dat het een optelsom is en geen aftrekking. Leda en Gus maakten een reis naar Brazilië, maar (ik stel me zo voor vanwege een uitdrukkelijke wens van Herzmutter, want ik zie er helemaal dat zelfpijnigende van hem in terug, en dat straffende ten opzichte van degene die hem vergezelde) ze kozen wel de ongezondste, meest naargeestige plek van heel dat prachtige land. Namelijk de Pantanal, een gigantisch draslandgebied dat zich uitstrekt over duizenden vierkante kilometers, waar de mensen op palen wonen om te ontkomen aan de slangen en de ziektes, en waar elke levensvorm die het de moeite waard zou maken om die plek te bezoeken weggedoken zit in het troebele water, onzichtbaar. Leda en Gus bleven er twee weken. Zoals was te voorzien, waren ze binnen drie dagen ziek en brachten ze de rest van de tijd door met kotsen en schijten, waarbij ze alles loosden door een gat in de vloer van de drijvende hut waarin ze logeerden. Gus weigerde hun verblijf in de dorpjes van die vreselijke zomp te bekorten, ook al sloegen de koorts en de diarree die Leda hadden getroffen bij hem nog erger toe, waardoor hij vooral wartaal uitsloeg. Maar telkens als hij even helder was antwoordde hij op de smeekbedes van Leda om daar weg te gaan en een net iets beschaafder plaatsje op te zoeken, dat 'dat alles zou verpesten', dat 'je een plan niet opgeeft juist wanneer je door de moeilijkheden in de buurt komt van waar je naar op zoek was', en dat Leda's houding typisch een geval was van 'moeilijkdoenerij'.

'Maar wát zoeken we hier dan?' vroeg zij, 'wat wil je hier dan vinden?', nog steeds in de illusie dat er enige logica zat in zijn infantiele koppigheid om daar te willen blijven, en dat er in dat stuk natuur dat de Heer speciaal had geschapen om het op een stadsriool te laten lijken, maar dan duizenden keren groter, iets zou kunnen zijn dat het waard was te worden ontdekt, en waarvan alleen Gus op de hoogte was, alsof hij nog een verrassing op het eind voor haar in petto had toen hij haar mee daarnaartoe had genomen. Sommige mensen vinden het immers leuk om de ware reden van een reis voor hun partner te verzwijgen, zodat de ontdekking daarvan nog meer verbazing en blijdschap zal opleveren. Op die vraag gaf Herz geen antwoord, hij schudde zijn hoofd en onderbrak alle communicatie door op te staan en te gaan kotsen in het gat.

Het lijdt geen twijfel dat die twee wel dood hadden kunnen gaan daar, en dat ze in elk geval onuitwisbare sporen van hun tegenspoed mee naar huis zouden nemen. In hun lichaam en in hun geest. Iets in Leda is nooit volledig hersteld, of genezen. Haar liefde liep er in elk geval een paar deuken op, al werd die daardoor eerder versterkt dan verzwakt. Zij kon zich erop beroemen dat ze Gustavo had gered, dat ze hem uit die hel had weggevoerd toen hij, tijdens de laatste dagen, vaak maar een beetje lag te ijlen en het in zijn eentje nooit gered zou hebben: zij had hem aan boord geholpen van een van die wankele kano's, ze had hem gevoerd, het beetje dat Gus wist door te slikken zonder het meteen weer uit te braken, ze had spitsroeden moeten lopen om het bijna levenloze lichaam door de luchthaven te leiden, en ten slotte had ze hem, nadat ze zoals God het wilde veilig in Rome waren aanbeland, een paar maanden lang verzorgd in een kamer van de mysterieuze afdeling Tropische Ziektes in het ziekenhuis Policlinico, waar Gus er langzaam maar zeker bovenop was gekomen. Iemand die het werk van Ariosto heeft gelezen, al is het nog zo vluchtig, zal zich herinneren dat Angelica verliefd wordt op de gewonde Medoro, het is alsof er in het hart van de prinses een figuurlijke wond wordt geslagen terwijl de wond in het lichaam van de Saraceense jongeman dag na dag heelt. We kunnen wel stellen dat Leda iets dergelijks overkwam, of beter gezegd: de liefde die in eenieders hart zou zijn uitgedoofd en zou zijn vervangen door wrok en verachting, werd in het hare juist weer tot leven gewekt en opgewarmd doordat ze dagelijks bezig was met de verzorging van de voornaamste verantwoordelijke voor die ellende. Doordat ze Gus verzorgde, vergat Leda om voor zichzelf te zorgen, en dat zag ik later terug in veel aspecten van haar die ik toen pas leerde kennen. Maar was dat misschien niet juist wat ze zocht? Het perverse, krachtige mechanisme van de liefde drijft degene die liefheeft onveranderlijk naar de bron van zijn ongemak, van zijn defecten, en bekleed hem met de missie om de persoon die zijn ondergang zal betekenen te redden. Ik denk dat Leda helemaal niet blind was en dat ze heel goed doorhad wie Gustavo was, ook al beschikte ze niet over een peillood (zo'n lang peillood bestaat niet eens!) om de diepte van zijn egoïsme te kunnen meten. Haar verlangen om zich van zichzelf te vervreemden was zo sterk dat Gustavo uiteindelijk daadwerkelijk haar ideale man was...

Uit de nevelen van zijn langdurige, ernstige ziekte verrees Herz met maar één gedachte in zijn hoofd: de titel van zijn volgende plaat. De lp die hem bekend zou maken bij een breder publiek: *Pantano*.

Het succes van het album, zij het meer qua kritieken dan qua verkopen, was een zegen voor Leda: zodra Herz een beetje bekend werd, staakte hij volledig de toch al schaarse attenties die hij aan zijn vriendin wijdde en focuste hij zijn hernieuwde energie op het inplannen van radio-interviews en optredens, aanvankelijk in piepkleine kroegjes maar allengs op grotere podia, waar Leda al vrijwel meteen niet meer mee naartoe ging, aangezien hij haar in het publiek negeerde alsof hij haar niet eens kende. Die houding van hem vond ze niet zozeer beledigend of kwetsend; het stelde haar eerder gerust dat Gustavo haar toewijding niet meer nodig had; en daarmee begon haar liefde af te nemen, die op de afdeling Tropische Ziektes weer was opgelaaid voor die uitgedroogde jongeman die met zijn onbeschofte manieren keer op keer van repliek werd gediend door de verpleegsters. Maar zo gemakkelijk kwam er geen einde aan. Herz en Leda hadden vervolgens namelijk bijna een jaar lang een knipperlichtrelatie, met een ritme van de ene week wel, de andere week niet, de ene maand wel, de andere maand niet: een zo onduidelijke en verwarrende schommel dat het soms voorkwam dat de een meende dat hij nog verkering had terwijl de ander dacht dat het niet zo was. Er was dan ook geen noemenswaardig verschil tussen die twee.

Toen ik omgang met haar kreeg op die volhardende, opmerkelijke manier waarover ik in het vorige hoofdstuk vertelde, wist ik eigenlijk niet zeker of het nu definitief uit was met Herz. Die twee bleven maar doorgaan met hun *fort/da*-spelletje zoals Freud dat beschrijft, over zijn kleinzoontje dat met een klosje aan een touwtje speelde: weggooien, oprapen, weggooien, oprapen, nog verder weggooien, en kijk, daar komt het klosje toch weer terug... Ik had alleen al door het beluisteren van een paar nummers van de lp *Pantano*, op de radio, meteen moeten begrijpen dat een meisje dat haar hart en (ik krijg er kippenvel van) haar tengere lichaam in handen had gelegd van iemand die zoiets schrijft wel heel grote problemen moest hebben; of die de oorzaak of het gevolg waren van het feit dat ze een relatie had gehad met hem wist ik toen niet. De meest gedraaide hitsingle van die tweede lp, 'Kuil in het zand' (waarvan ik moet toegeven dat ik het wel een mooi nummer vond, ja, toen het net uit was, en dat ik het soms onwillekeurig liep te neuriën, ik kon het niet laten, het zat in mijn hoofd...), luidde als volgt:

Ik herken je humeur – in alles wat je zegt
Het is een somber gevoel – verdorven en slecht...
En straks gaan we naar het strand
Blijf dan van mijn emmertje af!
Want ik begraaf je onder een berg zand
Ik hoef niet eens overstuur te raken
Om je met een hamer koud te maken
Die in je hoofd wordt gefreesd
Op het eind – op het eind – op het eind –
Op het eind van het feest...

'Om je met een hamer koud te maken', da-da-da... het was echt in mijn kop blijven zitten.

Ik graaf een kuil in het zand
Om onze sores te begraven
Die ouwe trucjes van jou zijn uitgewerkt
Oersaai en vreselijk irritant...

In de lichte muziek is het regel dat je continu platen blijft ophoesten. Nummers produceren, het ene na het andere, data verzamelen, de seizoenen vullen met successen voordat je concurrenten dat doen, de radioprogramma's verzadigen. Het beroep van popzanger, dat van buitenaf één groot feest lijkt, vereist in werkelijkheid dat je keihard werkt en dat je je heel professioneel opstelt. Het zijn serieuze mensen, die van de lichte muziek, die geen kans mogen laten schieten, anders liggen ze er meteen uit, dan is het afgelopen, dan zijn ze dood zonder dat er een overdosis voor nodig was, na een steekvlam en een vonkenregen doven ze uit als een vuurrad op een dorpsfeest. Tenminste, zo was de situatie in de tijd dat ons verhaal zich afspeelt. Nu heeft alleen al het woord 'plaat' geen enkele betekenis meer, en loopt niemand het risico om in de vergetelheid te raken: er bestaat helemaal geen vergetelheid meer. Toen het wijdverbreide maar wankele succes *Pantano* als een dun laagje verse sneeuw was verdwenen, en Gus het niet meteen kon herhalen omdat hij geen inspiratie had om nieuwe nummers op papier te zetten, en de paar sleetse akkoorden die hij steeds achter elkaar zette hem terecht de keel uithingen, kreeg zijn onvermogen om zich te verhouden tot zichzelf, laat staan tot zijn partner, opnieuw de overhand. Hij gaf direct de schuld van zijn crisis aan de platenbusiness, die niks anders deed dan het talent van de artiesten tot op het bot uitknijpen, en aan het publiek zelf, dat zich toch positief had getoond ten opzichte van zijn nummers; sterker nog, de goede ontvangst die *Pantano* ten deel was gevallen (een plaat die Gustavo nu, een jaar na verschijning, afdeed als onafgewerkt en kinderlijk) werd in zijn ogen bijna het bewijs dat de pas verworven fans van The Weed de ballen verstand hadden van muziek, en dat ze ontrouw en wispelturig waren omdat ze niet hadden geaarzeld zijn band als een baksteen te laten vallen de eerste de beste keer dat hij zoekende was. In werkelijkheid was er niemand die Gustavo Herz had laten vallen, en als hij in staat was geweest om ook maar één nummer te schrijven dat er een beetje mee door kon zouden ze hem zijn blijven volgen, en beluisteren, en toejuichen; maar je kon natuurlijk niet verwachten dat ze twee keer dezelfde plaat zouden kopen (die volgens de maker zelf ook nog eens 'onsamenhangend en slecht gespeeld' was). Het was dus het juiste moment voor Herz om weer terug te keren bij Leda, voor de zoveelste keer, volgens het klassieke schema. Het moment van de walging en de kritiek op alles. Maar deze keer wilde zij niet meer. Ze wees hem af. Herz was verbijsterd, hij hapte naar adem. Hij snapte niet hoe dat mogelijk was. Leda had iets met mij. Door zijn verbittering en luiheid en dorheid werd Herz verdreven. Hij verdween, uit de stad, uit het wereldje, uit de pittoreske, lucratieve popmuziek. Kreeg Leda nu dan de kans op een nieuw leven?

Ik graaf een kuil in het zand
Om onze sores te begraven
Die ouwe trucjes van jou...
Da-da-da...

Ik citeer hier een aantekening die ik heb gevonden in een aantal schriften waarover ik het verderop nog zal hebben. De schrijver is Giovanni Vilfredo Cosmo, G.V. Cosmo, inderdaad, mijn leraar Italiaans aan het SLM.

'Iemand die ons pijn doet, zijn we immens dankbaar wanneer hij daarmee ophoudt. Onze dankbaarheid wordt dan dus gericht jegens degene die ons kwaad heeft berokkend. Dat verklaart waarom sommige vrouwen gehecht blijven aan de echtgenoot of geliefde die hen mishandelt: het zijn de rustperiodes waarin de strik nog vaster wordt aangesnoerd, waardoor ze nog meer van haar man gaat houden omdat hij zo genereus is geweest haar eventjes niet te mishandelen. De afwisseling van wreedheid en troost schept een opzwepend emotioneel ritme zoals dat van een dans, waarbij een van de twee danspartners eerst in een verstikkende greep wordt genomen door de ander, en daarna bijna met geweld wordt weggeduwd, verjaagd, om vervolgens weer te worden teruggehaald en omhelsd.'

Hoofdstuk VIII

Door zijn onverbeterlijke nalatigheid is de auteur van dit boek een hoofdstuk misgelopen dat interessant had kunnen zijn, en in plaats daarvan voegt hij nu een ander hoofdstuk, kort en weemoedig, toe.

De nalatigheid zit hem in het telkens uitstellen en vooruitschuiven (met het idee: 'Dat kan altijd nog, binnenkort...') van de kans om meneer Paris te interviewen, de eigenaar van de kledingwinkel vlak bij de Piazza Verbano, een historische zaak in het QT, ook al is het in feite een duplicaat van de oorspronkelijke, nog oudere zaak in de buurt van de Piazza Vescovio, en heet deze juist daarom Paris 2, net als het vervolg van een film. Ik kom er vaak langs, je kunt haast niet om de Piazza Verbano heen als je door het QT loopt, en telkens weer nam ik me voor om er naar binnen te gaan, maar deed ik het niet, tot ik op een dag de knoop doorhakte: jawel, ik stop even en ga naar binnen.

Het was misschien wel vijfentwintig jaar geleden dat ik voor het laatst voet in die winkel had gezet.

Meneer Paris was er, oud maar vief, tussen de rekken met de artikelen die zijn specialiteit waren geweest: de casual kleding die in de tijd dat ik jong was, in elk geval in Rome, nog zeldzaam was, slechts weinig winkels verkochten die. De beroemde merken: Levi's, Lee, Wrangler, enzovoort, de leren jacks, laarzen, riemen en dergelijke, die met het verstrijken van de jaren, zoals trouwens voor alles geldt, steeds stijlvoller en duurder zijn geworden.

Ik stelde me voor en vroeg of hij misschien een keer tijd had om zich door mij te laten interviewen, over iets wat heel lang geleden gebeurd was... om precies te zijn in 1975, het jaar van het DvdC. Een proletarische onteigening bij zijn winkel, waarvan ik weet dat enkele klasgenoten van mij op het Giulio Cesare eraan hadden meegedaan. Ik had er altijd over horen praten en ik vroeg aan meneer Paris of hij me het verhaal zou willen vertellen. Hij begon te lachen. 'Mijn vrouw was die dag in de winkel... U kunt beter aan haar vragen hoe dat toen ging.' 'Maar is het waar dat ze vooral laarzen meenamen?', want die waren destijds heel erg in. Camperos-laarzen. 'Ach, wat ze niet allemaal hebben meegenomen... die rotzakken!' En hij lachte bitter.

Ik beloofde dat ik weldra terug zou komen om een afspraak te maken.

Daarna verstreken er maanden, ging er misschien wel een jaar voorbij.

In de tussentijd schreef ik van alles en niks. Die onteigening kon wel wachten. Dat doe ik volgende week, vanaf maandag ga ik daarmee aan de slag, zei ik bij mezelf. Het is tenslotte een apart hoofdstuk. Toen ik eindelijk terugkeerde naar de winkel werd ik ontvangen door een vriendelijke vrouw, de dochter van de eigenaar. 'Het spijt me, mijn vader is er niet, hij is opgenomen voor onderzoeken, maar vanaf volgende week zult u hem hier alweer aantreffen.' Ik zei dat ze hem veel beterschap moest wensen. 'Doe uw vader de groeten en zeg maar dat ik langs ben geweest, als hij zich mij nog herinnert.'

Opnieuw een periode van nalatigheid.

Nalatigheid, nalatigheid...

Het was misschien een maand of twee later toen een jonge vrouw die werkzaam is bij Filmstudio De Paolis, aan de Via Tiburtina, wie ik toevallig iets vertelde over de winkel bij de Piazza Verbano, over die proletarische onteigening, over het interview dat ik de oude winkelier binnenkort ging afnemen, bedrukt, omdat ze een goede vriendin was van de familie van meneer Paris, tegen me zei dat hij was overleden.

Hoofdstuk IX

Dit verhaal omvat allerlei andere verhalen. Dat is onvermijdelijk. Het vertakt zich of is al vertakt op het moment dat het begint. Het overlapt, zoals gebeurt met de levens van mensen. Je kunt niet zeggen waar ze beginnen en waar ze eindigen, die levens en die mensen, het zijn immers altijd relaties, driehoeken, banden, schakels, snijpunten, en het begin is nooit het begin want er was altijd nog iets vóór het begin, net zoals er nog iets zal zijn na het einde. Vandaar dat je in dit boek het hoofdverhaal bijna niet ziet: daaromheen zijn de bomen gegroeid van het waar, het wanneer, het alsof, het ondertussen, en de hoofdrolspelers zijn niet langer alleen de jongens die het middelpunt vormen van deze trieste gebeurtenis, maar heel veel andere jongens die niet minder de hoofdrol spelen, en hun moeders, hun zussen, hun leraren, de gitaristen en de drummers waar ze naar luisterden en de fabrikanten van de scooters waar ze op reden en de architecten die de huizen ontwierpen waar deze jongens woonden en de schrijvers van de boeken die hen ertoe dreven zich te verenigen, te paren en elkaar af te maken, of om zich af te zonderen op zoek naar de waarheid, of zich af te zonderen om die te ontvluchten.

Het amusement van dit verhaal schuilt in de casualiteit ervan, maar ook de tragiek ervan schuilt in de casualiteit. Wat is een tragedie tenslotte? Iets wat niet kan worden hersteld, op geen enkele manier. Iets wat geen evenwicht vindt, nooit, ook niet nadat het einde is gekomen met de naïeve pretentie dat het de rekening vereffent: bij een tragedie is er altijd een rest, een schuld die niet is afbetaald, overmaat aan gelijk en ongelijk, net als bij amusement trouwens, dat is altijd gebaseerd op het uit balans brengen van jezelf ten opzichte van de anderen of het uit balans brengen van de anderen in jezelf. Men overvalt en wordt overvallen, net als bij de slappe lach, niemand kan die bedwingen als je er eenmaal door wordt gegrepen. Het is nu eenmaal niet anders: waar harmonie heerst, kun je je niet amuseren. Daarom is ook bijna niemand op zoek naar harmonie, behalve dan op een tekenblad. Dit verhaal amuseert me en doet me pijn om te vertellen. Ik zou willen dat ik het in balans kon brengen zodat ik niets meer hoefde te voelen, en zodat ik degene die het leest alleen maar het gevoel zou hoeven bezorgen van hoe het zich ontvouwt, als een stuk stof dat op de grond valt en ruist in de handen van degene die het in het donker probeert vast te grijpen; maar ik weet dat dat me niet zal lukken. Het verloop komt overeen met een waarheid van feiten die ik niet kan wijzigen, al is ze nog zo absurd. En ik kan al helemaal niet de delen wijzigen die ik zelf heb verzonnen. Welke dat zijn, zult u me vragen. De delen die het minst absurd klinken.

Hoofdstuk x

En dan is het weer Kerstmis. Zoals elk jaar was ik van plan om naar de nachtmis te gaan op het SLM, maar dat heb ik uiteindelijk niet gedaan. In plaats van naar de kerk te gaan, lag ik in bed een boek van Sven Hassel te lezen. Tot drie uur 's nachts lag ik een pocket te lezen. Ik heb de boeken van Hassel die mijn vader had en die ik op mijn veertiende las opnieuw gekocht, om te zien of ik ze nu nog steeds mooi vind. Nog net zo mooi als veertig jaar geleden. De pocket die ik nu lig te lezen, midden in de heilige nacht, stelt niet veel voor, *Pantsers des doods,* maar de twee boeken die ik op kerstavond gretig uitlas waren geweldig. In *Bataljon der verdoemden* wordt uitgelegd hoe de hoofdpersonen, die in alle andere boeken zullen terugkomen, in het strafbataljon zijn beland: sommigen van hen zijn gewone misdadigers die hun doodstraf ontlopen door hopeloze gevechten te leveren waarbij de kansen om het er levend van af te brengen niet veel gunstiger zijn dan bij de galg waaraan ze maar net zijn ontkomen; anderen zijn tegenstanders van de nazi's; weer anderen, zoals Hassel zelf, deserteurs; en een enkeling, zoals de beruchte Julius Heide de 'Jodenvreter' (wiens naam voor mij sindsdien het prototype van de nazi voorstelt), behoort tot de fanatieke Hitler-aanhangers die echter om de een of andere reden in diskrediet zijn geraakt en daarom des te verbetener zijn... Kortom, het perfecte groepje verdoemde types, een voorpost van raddraaiers en psychopaten en verschoppelingen van de samenleving die het tegen de vijand opnemen maar zich er tegelijkertijd van bewust zijn dat ze zelf de ergste vijand zijn, dat het kwaad aan hun kant staat, dat er geen fataler ideaal bestaat dan dat vaderland waarvan ze dan ook op elke pagina hopen dat het zal capituleren. Ze strijden met hand en tand, letterlijk, om zich het vege lijf te redden, en dat van hun wapenbroeders, laten we zeggen de minst slechte of meest onbaatzuchtige. Ga hem lezen, Hassel, ga hem lezen, of je nu achttien bent of vijftig, lees dat rauwe meesterwerk *Marsbataljon*: ik merkte dat ik hele fragmenten ervan nog vrijwel vanbuiten kende, ze waren decennialang onveranderd in mijn hoofd blijven zitten, een teken dat de dingen die je op die leeftijd leest werkelijk een onvergetelijke indruk maken.

Eén explosie en een vurige slang springt uit de vlammenwerper. De T-34 stopt; hij rijdt een klein stukje achteruit en blijft dan stilstaan; er schiet een steekvlam recht omhoog uit de koepel. Er komt een bemanningslid tevoorschijn: hij wringt zijn bovenlichaam door de opening, maar valt dan weer terug terwijl de lange blauwe vlammen gulzig aan zijn lichaam likken...

De Russische tanksoldaat opgeslokt door de blauwe vlammen. De terdoodveroordeelden die gevangenzitten in Torgau. *'Dat ongedierte is nu wel uitgeroeid denk ik.'* De veldfles met alcohol – waarop een rode ster fonkelt. 'Toen zagen we het groene kruis, het doodsembleem van de gevreesde NKVD.' Als ik die klaarheldere herinneringen vergelijk met de overvloed aan boeken die ik de afgelopen jaren heb gelezen, waarvan er veel een stuk interessanter en heel wat beter waren dan die van Hassel, valt me op dat me daar toch niet één zin van is bijgebleven, van sommige herinner ik me niet eens de titel... hoeveel ezelsoren en onderstrepingen ik er ook in heb achtergelaten...

Formidabel zijn de scènes waarin onze antihelden aan boord van een vluchtende tank in volle vaart door de Russische dorpjes razen, waarbij ze elk obstakel dat voor hen verschijnt vermalen, ze verpletteren Sovjetsoldaten onder hun rupsbanden maar ook Duitsers die vergeefs om hulp vragen en proberen hun de weg te versperren. Veertig jaar lang heb ik me een beeld herinnerd, en vervolgens heb ik het precies zoals ik het me herinnerde teruggevonden en herlezen, het beeld van een doodsbang Russisch meisje met een nachtpon aan en vlechtjes in het haar, dat in een flits in de periscoop van de tank verschijnt op het moment dat die haar armoedige huis als een notendop openbreekt, want de seconde daarna is de Tiger die haar en haar hele familie heeft vermorzeld alweer verder gereden, met de luid ronkende motor, door de rook, een krans van vlammen, over de besmeurde sneeuw.

De gevechtsscènes tussen de Duitse Tigers en de gevreesde Russische T-34's (waarbij de cijfers van de kanonrichter heen en weer dansen tot ze collimeren...) zijn opwindend. Vraag me niet waarom ik zo verknocht ben aan deze oorlogstaferelen, waarom ik er zo door word meegesleept.

Tegen halfvier stopte ik met lezen en deed ik het licht uit, en met mijn hoofd vol brandbommen en nazigroeten viel ik in slaap, alleen, in de wegstervende kerstnacht van 2012, als het kindje Jezus dat net in zijn kribje was gelegd, hij in het stro, ik onder het dekbed dat ik in zo'n Chinese winkel had gekocht.

Toen ik wakker werd vroeg ik me wel af waarom ik op dit moment in mijn leven behoefte had aan oorlog, en waarom ik er op mijn veertiende behoefte aan had gehad, aan die cynische onmenselijkheid, waar Sven Hassel zo graag over schrijft en waar zijn lezers al meerdere generaties lang zo geboeid door zijn. Ziekelijk aangetrokken door de herhaalde gewelddadige, onterende scènes.

Nog eentje om het af te leren: wanneer de soldaten van het strafbataljon, op het hoogtepunt van een orgiastisch verblijf in een hoerentent aan de Zwarte Zee, de bordeelhoudster ophangen, van wie ze hebben ontdekt wat ze allemaal heeft misdaan, een dikke hoer die uiteindelijk volkomen naakt aan een vlaggenstok komt te hangen, terwijl haar hals wonderlijk dun en lang wordt...

(Zij was namelijk een kapo die haar meiden had laten deporteren, en ze had er ook een aantal laten fusilleren...)

Heide rukte het dikke koord van een gordijn los: 'Hier is een touw.' Hij maakte een lus en deed die om de hals van Olga, die was verlamd van angst, terwijl Broertje haar handen vastbond met een beha die hij op de grond had gevonden.

Broertje beval Olga uit het raam te springen. Als enige antwoord begon de vrouw om hulp te schreeuwen. Nelly greep een geweer en sloeg haar ermee tegen haar knieholtes, waardoor ze naar buiten viel. De vlaggenstok boog door, leek bijna te breken, maar hield het toch. Daar bungelde de dikke vrouw, ronddraaiend als een tol...

En hopla, ineens is er weer een jaar voorbij. Het is alweer kerst, een nieuwe kerst, die van 2013. Wie weet waarom ik me tijdens de feestdagen telkens onderdompel in gruwelijkheden, of dat puur toeval is of een keuze. Vandaag is het eerste kerstdag en gistermiddag, nadat ik de cadeautjes had ingepakt en wat had klaargemaakt voor het diner met de familie, begon ik een artikel in de *London Review of Books* te lezen, van Judith Butler, getiteld 'On Cruelty'. Het is een recensie van een boek van Jacques Derrida over de doodstraf. Zonder verder in te gaan op de stellingen van de auteurs die in het artikel worden genoemd, van Nietzsche tot Freud tot Lacan met zijn paradoxale essay *Kant avec Sade* (waarin wordt beweerd dat Sade de meest consequente volgeling is van de categorische imperatief van Kant, doordat hij diens holle zedelijke voorschrift invulde met concrete daden), en verder dus Derrida – is vooral de indruk blijven hangen van een gewelddadigheid die zich uitstrekt over alle aspecten en alle niveaus van het plegen van een misdrijf, en dat is logisch, maar ook van het geven van een straf. Dat de wet dus zowel met een 'uitbundige wreedheid' wordt overtreden als wordt toegepast. De moraal kan namelijk net zo gewelddadig zijn als degenen die de wet overtreden, sterker nog: om te zorgen dat mensen de tien geboden respecteren wordt bijna evenveel wreedheid uitgeoefend als bij het schenden ervan, en wordt er ook evenveel smart als genot opgewekt. Wanneer het lijden van een ander vreugde oproept, zoals gebeurt wanneer een misdadiger wordt gestraft, dan wordt ook de rechtvaardige bestraffing van de dader in feite geseksualiseerd. Als diegene dan ook nog eens verantwoordelijk is voor een seksueel misdrijf, zoals in de zaak waar het hier over gaat, het DvdC, dan hebben we dus een dubbele seksualisering van het geweld: eerst het geweld dat de verkrachters hebben gepleegd, en vervolgens het impliciete geweld van hun gevangenneming en hun veroordeling, die een wijdverbreid genot veroorzaken bij alle weldenkende mensen, alle heethoofden, feministes, huisvaders, krantenlezers, kortom bij vrijwel iedereen. Het genot om de ander gestraft te zien, om de ander te zien lijden (de gevangenis is alleen maar een wat beschaafdere, verdunde manier om iemand lijden toe te brengen vergeleken met zweepslagen, verminking of moord), is in wezen niet anders alleen omdat het legitiem is. Kortom, het sadisme speelt voortdurend een hoofdrol, zowel in de eerste als in de tweede akte van het delict, van de proloog tot en met de epiloog, en verhit elk van de personages in het drama, de schuldigen, de overlevenden, de rechters, het publiek en het koor van commentatoren. Misdaad, wraak en gerechtigheid zijn gebaseerd op een onbestemd genot, dat alleen zou kunnen culmineren en daarna dus weer afnemen wanneer de daders van het delict het leven zouden laten: met de doodstraf dus, en in sommige landen waar deze wordt uitgevoerd zijn dan ook de familieleden van de slachtoffers welkom bij de executie, voor een soort psychische genoegdoening die de geleden pijn zou moeten compenseren met het intense maar kortstondige genot dat wordt ervaren door het lijden van de dader bij te wonen; terwijl zijn opsluiting een veel meer verdund genoegen zou zijn, maar wel langgerekt. Wreedheid vertoont zich dus ofwel naakt, of onder het mom van gerechtigheid, dat wil zeggen gerationaliseerd en getransformeerd tot morele plicht; en vijandigheid jegens het leven blijkt inherent aan het leven zelf, zit er impliciet in verweven en presenteert zich alleen in verschillende vormen, waarvan sommige zo puur en abstract zijn dat ze inderdaad overkomen als noodzakelijke wetten. Het genotsprincipe en de doodsdrift willen in wezen hetzelfde. Hierin zou dus de paradoxale kantiaanse erfenis schuilen bij Sade en bij sadisten meer in het algemeen, die handelen op basis van een principe dat veel verder gaat dan dat van het genot, of de bevrediging van een behoefte: als de agressieve seksuele drang immers de belangen van degene die deze ervaart overstijgt of daartegen ingaat, als die niet langer gericht is op enige herkenbare beloning maar op onpersoonlijke wijze te werk gaat, als die dus daadwerkelijk *belangeloos* is, dan kan hij worden beschouwd als een volkomen morele daad en worden ingewilligd en uitgevoerd als een plicht of een missie bijna, kortom, als een categorische imperatief dus. Het is dus niet het moreel handelen dat stiekem gebaseerd is op egoïstische en pathologische driften (een banale ontmaskering die iedereen sinds Freud makkelijk kan uitvoeren), nee, het is juist de ogenschijnlijke tegenpool daarvan, de begeerte, die onpersoonlijk en onbevooroordeeld te werk gaat, op *belangeloze*, het individu overstijgende wijze, kortom zoals wordt verwacht van een puur morele daad, en de begeerte beantwoordt dan ook volledig aan de criteria daarvan en valt uiteindelijk samen met de omschrijving ervan. De begeerte handelt tégen de meest elementaire belangen in van zowel degene die deze ervaart als degene die er het onderwerp van is. Wie heeft er uiteindelijk voordeel van, welbeschouwd? Niemand. Dat is de reden dat de sadistische fantasie zich irrationeel ontwikkelt en ver boven elk realisme en elke afweging uitstijgt, ver voorbij de logica van het voordeel dat zou moeten worden behaald door het kwade te doen in plaats van het goede, en ervan droomt om te worden toegepast op een virtueel lichaam dat eindeloos martelbaar en vermoordbaar is, een lichaam dat in staat is voortdurend lijden en vernederingen te doorstaan, dat telkens weer intact herboren wordt om opnieuw en opnieuw en opnieuw te worden mishandeld, net als in de film *Justine*, net als bij het DvdC: een lichaam dat *onsterfelijk* is.

(Welnu, als het er zo voor staat waren de trawanten in het beroemde lied 'Un blasfemo' van Fabrizio De André niet 'met klappen op zoek naar de ziel' in het lichaam van de atheïst, maar zochten ze juist zijn lichaam, de onsterfelijke kern van zijn lichaam, het lichaam in staat om zich eindeloos geweld te laten aandoen...)

Ik was nog lang van slag nadat ik dat artikel had gelezen. Dat telkens als de feestdagen eraan komen die gruwelijke daden en mijn morbide belangstelling voor het geweld weer de kop opsteken is denk ik toeval, maar misschien niet zonder reden: de mens-god wiens geboorte vandaag wordt gevierd zal over een paar maanden aan het kruis sterven, met zijn benen verbrijzeld en zijn schouders uit de kom getrokken. En zo elk jaar weer opnieuw.

Op de avond van de vierentwintigste, tijdens de ceremonie van de uitwisseling van cadeaus (gewoonlijk is het zo dat ik *veel* schenk en *weinig* ontvang: dat is een wet waar ik me maar niet bij neer kan leggen) overweeg ik mijn familieleden en kinderen te laten zitten en toch nog gauw naar de nachtmis te gaan op het SLM: dit is waarschijnlijk de laatste kans die ik heb om die bij te wonen en erover te vertellen, aangezien ik van plan ben dit boek het komend jaar te voltooien, maar uiteindelijk ga ik toch niet. Net zomin als dat ik het boek dat jaar zal voltooien. Ik denk erover, ik denk erover, maar ik ga niet.

Op de ochtend van de vijfentwintigste probeer ik het goed te maken door me naar de Sant'Agnese te begeven. Misschien vind ik daar pastoor Edoardo wel terug, die priester die twee keer mijn huis heeft gezegend. Voordat ik de deur uit ging heb ik op de internetsite van de parochie de tijden gecontroleerd, en ik heb de laatste ochtendmis gekozen, om elf uur. Ik zoek een parkeerplaats in de buurt van de Piazza Annibaliano, waarbij ik oplet dat ik geen blik werp op het ontsierende metrostation, want dat zou de beslissende klap kunnen zijn voor mijn toch al weifelende stemming, en ik rijd door de Via Bressanone omhoog met mijn gezicht koppig naar links gewend, naar de mooie heuvel met de basiliek en het baptisterium, rust voor de ogen, balsem voor de ziel. Na al die omzwervingen parkeer ik mijn auto uiteindelijk met alle vier de wielen op de tussenberm die de hoofdweg van de Via Nomentana scheidt van de ventweg. Dat is geen nette manier van parkeren, daar ben ik me van bewust. Ik mijd de ingang tot de basiliek aan de Via Nomentana, waar twee bedelaars staan opgesteld, en loop omlaag door het straatje opzij van de Sant'Agnese, vol met mensen die zich net als ik naar de mis spoeden, en met anderen die omhooglopen na het bijwonen van de vorige mis.

Voor de Sant'Agnese heerst dan ook een flinke drukte van gelovigen die de kerk in en uit lopen. De kerkklokken luiden, sonore en schelle, iedereen omhelst elkaar. Goh, ik had niet zoveel gedrang en zoveel geestdrift, zoveel generositeit verwacht. In de kerk, zo vol als ik hem nog nooit gezien heb, een hoop kabaal, gegil en geschreeuw van kinderen, kerstwensen, het gehuil van meer dan één baby. Wie de zojuist beëindigde mis heeft bijgewoond, lijkt helemaal geen zin te hebben om te vertrekken. Kan ik zeggen dat ook ik me gelukkig voel in deze situatie? Nou ja, geluk is niet het juiste woord, maar ik voel me wel opgetild worden vanaf de vochtige bodem van mijn somberheid. Misschien kan ik mijn last even op de grond leggen en uitrusten voordat ik die weer op mijn rug laad en er weer doelloos mee ga rondzeulen. Misschien is het daarom dat ik graag plaatsneem op een vrije stoel, naast een gezin dat een hele bank in beslag heeft genomen: de ouders aan weerszijden, jong, ernstig maar toch opgetogen, en in het midden drie kinderen, die helemaal niet verveeld of ontstemd overkomen omdat ze hier mee naartoe zijn genomen in plaats van naar het park. Ik kijk om me heen en ben positief getroffen door al die uiteenlopende mensen die gaan klaarzitten voor de mis. Er zijn ook een heleboel niet-Italiaanse vrouwen, met een hoofddoek om, bijna allemaal rond de veertig, maar verlopen, met rode ogen, alsof ze net overeind zijn gekomen van een vloer die ze met soda hebben geboend. Ze houden hun handen gevouwen op schoot. Als de mis begint zijn de mensen nog steeds bezig elkaar te begroeten en te omhelzen terwijl grootouders hun kleinkinderen naar de eerste rij duwen om naar de kerststal te kijken, waar gisteravond, om middernacht denk ik, het kindje Jezus is neergelegd. De mis wordt echter niet gehouden door pastoor Edoardo, maar door een gedrongen priester die zodra hij zijn mond opendoet niet geheel onverwachts een Romeins accent onthult, dat hij geenszins inhoudt, maar juist bijna benadrukt als bewijs dat hij van een volkse eenvoud is, net als zijn preken dat trouwens zullen blijken te zijn. We beginnen met het 'Adeste Fideles', waarvan de tekst nummer elf is in het boekje, en het is een uitstekend idee om met een lied te beginnen, bijna een theatertrucje om het publiek de kans te geven zich te ordenen, waarbij het gestommel wordt overstemd van degenen die de kerk verlaten en degenen die ('Neem me niet kwalijk, neem me niet kwalijk...') nog een plekje zoeken. Als ze er geen vinden blijven ze in de zijschepen staan. De eerste twee verzen volstaan al van dit kerstlied op het ritme van een Ierse dans, dat ik luidkeels mee zit te zingen met het koor.

'Natum videte – Regem angelorum'... Ziet nu de Vorst der eng'len hier geboren...

Ook al heb ik geen kruisteken geslagen, ook al bid ik niet en ga ik niet ter communie, dan mag ik toch evengoed wel zingen, of niet? Het is zo gemakkelijk, dit zou iedereen moeten doen. (Ik moet denken aan de woorden van de oblaat van de Santa Francisca Romana: 'Om deel te nemen hoef je alleen maar in God te geloven... *of misschien hoeft zelfs dat niet.*')

De mis verloopt met dat deinende ritme, gevormd door het opstaan en weer gaan zitten, alsof we de wave doen. Er komen enkele bejaarde lezers naar de microfoon om de gekozen fragmenten over de aankondiging voor te lezen; ik vind het een beetje lastig om ze te volgen en hou het blaadje erbij om het te snappen. Woorden als een gezoem, een gemompel, weldadig misschien maar haast onverstaanbaar, waarin het gaat over engelen, het gaat heel veel over engelen... over de heilige ontblote arm van de Heer ten overstaan van alle volkeren... er wordt gezegd hoe lieflijk op de berg de voeten zijn van de vreugdebode die vrede brengt, goh, wat een gewaagd beeld, bijna surreëel... dat van die lieflijke voeten van degene die een boodschap van heil laat horen. Jesaja, brief van Paulus aan de Hebreeën... tot we aanbelanden bij het evangelie volgens Johannes, en daar lukt het me evenmin, ook al volg ik de tekst regel voor regel op het blaadje (1:1-18), om verder te komen dan de klank van die woorden die ik zo vaak heb gehoord en herhaald: het Woord, de duisternis... het Woord vlees geworden, de heerlijkheid, de volheid. Dat is de overdonderende manier waarop Johannes zijn evangelie begint.

De pastoor probeert met zijn preek de gelovigen tegemoet te komen en hen gerust te stellen, door de moeilijkheid van die tekst te bevestigen. Zijn woorden hebben het effect van water op gloeiende kolen.

'Na so'n lesing sou je haast naar huis kunne belle om te segge: luister, ik sla de kerstlunch over...' zegt hij met zijn zware accent, en hij glimlacht om duidelijk te maken dat hij een grapje maakt, '...want hier kunne we nog tot het avondeten over doorprate... wat seg ik, tot ná het avondeten, voordat we er erges soude kome!'

Mij blijft maar één zin van dat evangelie bij, die bijna aan het eind van het fragment staat: 'Niemand heeft ooit God gezien.'

De preek kabbelt maar voort. De priester schaatst tussen de clichés door, waarbij hij het dunne ijs van die onderwerpen zo nu en dan verhit met zijn Romeinse tongval ('We moge wel blij sijn, niet? dat God soveel van ons houdt'). Maar de sfeer in de kerk is hoe dan ook zo harmonieus en licht dat niemand die zou kunnen vervolmaken of verpesten. Ik gluur naar de kinderen die in de kerkbank naast me zitten, tussen hun ouders in, naar hun aandachtige gezichtjes, hun rechte neusjes en glimmende ogen, hoe ze luisteren, knikken: zou ik dan echt de enige zijn die steeds afgeleid wordt? Echt de enige die het níét snapt?

Wanneer ik opschrik uit deze vreemde en in elk geval aangename loomheid is ineens het moment gekomen van het 'Credo', dat iedereen hardop begint op te dreunen. Een koor van ritmische beweringen. Ik word getroffen door een hevig ongemak: ik ken het vanbuiten, vanaf mijn kindertijd, maar ik wil het niet samen met de anderen opzeggen, dat zou nep zijn, dit is immers geen lied, het is een geloofsbelijdenis, en dus zou ik meineed plegen als ik zou zeggen 'Ik geloof...'; maar ik heb ook geen zin om stil te blijven terwijl iedereen om me heen zijn geloof belijdt, artikel na artikel: dus glip ik tussen de stoelen door achter de pilaren, en ga in de buurt van de uitgang staan.

...geboren, niet geschapen
één in wezen met de Vader...

Ik wacht tot de geloofsbelijdenis is afgelopen, en ga naar buiten.

Buiten is alleen een priester in een wit gewaad. Hij staat met de rug naar me toe. Ik loop langs hem heen en hij draait alleen zijn hoofd opzij en groet me, opkijkend van zijn mobiel waarop hij een bericht stond te tikken.

'Goedemorgen,' zeggen we bijna tegelijk, waarna hij er glimlachend aan toevoegt: '...en zalig Kerstmis!'

'Natuurlijk, dank u, u ook zalig Kerstmis...'

Magerder, zijn haar een beetje grijzend, de lichte ogen: ja, het is pastoor Edoardo. Hij was degene van wie ik zo had gehoopt dat hij de mis zou opdragen, maar intussen stond hij hierbuiten, misschien om bij te komen van de mis van tien uur. Een mis opdragen is vermoeiend. Ik loop meteen een paar passen verder, alsof ik me gebrand heb door die korte ontmoeting. Voordat ik naar de bar loop, naast de basketbalveldjes, om een kop koffie te drinken, kijk ik op mijn horloge: ik heb het vijfentwintig minuten volgehouden in de Sant'Agnese. Technisch gezien is mijn aanwezigheid bij de kerstviering niet geldig, dat zei men in mijn jeugd altijd: als je het Onzevader niet gehoord had in de mis, was het alsof je niet was geweest.

Pastoor Edoardo tikt zijn bericht af, met één vinger, en dan verstuurt hij het met een laatste tik; en terwijl hij dat doet en het hoesje van zijn telefoon dichtklapt, glimlacht hij in zichzelf.

Gisteravond heb ik een overhemd gekregen en een paar sokken, gekocht bij Paris, de winkel bij de Piazza Verbano. Verder ontving ik op mijn mobiel een foto die een afdoende beeld schept van de geest van deze stad waar ik woon en zijn inwoners. Het is een foto van een balkonnetje van een huurkazerne in een buitenwijk. Ter gelegenheid van de feestdagen is er een slinger aan de balustrade gehangen met grote verlichte letters:

het bondigste antwoord op de kerstwensen in deze tijden van crisis.

Toen ik thuiskwam van de Sant'Agnese, herschreef ik het lofdicht dat u in het volgende hoofdstuk kunt lezen.

Hoofdstuk XI

Legende van de heilige Agnes
Men zegt dat het allemaal gebeurde toen ze jong was,
heel jong zelfs, in haar vroege tienerjaren,
nog te klein om zich te verloven of te trouwen maar al wel vurig
van liefde voor Christus, zodat de jonge Agnes op de vraag om
te buigen
in verering voor de afgoden, en haar ware geloof te verloochenen,
reageerde met een stellige weigering. En ook al werd ze
heel sluw gelokt door een rechter, die haar nu eens vleide met
zoete woorden, dan weer dreigde met gruwelijke kwellingen,
zij bleef ferm in haar keuze en ging ten slotte zo ver dat ze
haar lichaam zonder enige angst aan de martelingen onderwierp.
Daarop zei de meedogenloze prefect bij zichzelf:
'Als ze denkt dat ze zo gemakkelijk pijn kan verdragen
dat ze helemaal geen waarde hecht aan haar leven,
wellicht betreurt ze het dan wel om iets kostbaarders te
verliezen:
haar maagdelijkheid. Daarom laat ik haar in een bordeel gooien
totdat ze spijt heeft en om vergiffenis smeekt bij Minerva,
de maagd die ze, hoewel zelf maagd, hardnekkig
blijft verachten. De mannen zullen toestromen
om de nieuwe aanwinst van het bordeel te zien, ze zullen
vechten,
elkaar te lijf gaan voor hun nieuwe speeltje...'
Christus zal het niet toestaan, dacht Agnes, Christus
vergeet ons niet, Christus laat ons niet in de steek. Hij
beschermt
hen die hun kuisheid bewaren en duldt niet dat de heilige
integriteit

van hun lichaam wordt geschonden. Drenk jullie zwaard dan in mijn bloed
maar bezoedel mijn lichaam niet met wellust!
En ze verkondigde haar trotse voornemen. De rechter liet haar
op de Via Nomentana neerzetten, op de kruising
met een stoffige plattelandsweg
waar de voorbijgangers haar konden zien, naakt, alsof ze daar stond
om zich te verkopen: maar de menigte keek haar niet aan, alle mensen
wendden hun ogen af en draaiden haar de rug toe
alsof ze werden afgeweerd door haar onschuld. Slechts één ongelukkige
respecteerde niet het heilige aureool dat om haar heen hing
en waagde het een brutale blik op het meisje te werpen,
hij liet zijn ogen wellustig over haar lichaam glijden
en meteen kwam er een bliksemschicht uit de hemel die hem verblindde.
Hij rolde zonder ogen door het stof.
Zijn maten snelden vergeefs toe: hij was dood.
Intussen triomfeerde de maagd, nog altijd kuis
na haar eerste dag als prostituee. Zelfs niet de straat,
zelfs niet het bordeel hadden haar bezoedeld. Haar maagdelijkheid
had de strijd gewonnen. Daarvoor bedankte ze de Heer.
Op verzoek van de vrienden van de ongelukkige, begon ze
tot God te bidden opdat hij hem het zicht en het leven zou teruggeven
totdat de ziel terugkeerde in het lichaam van de jongeman
en zijn gedoofde ogen het licht hervonden.

Maar dat was slechts een eerste stap naar de hemel.
Algauw kreeg Agnes de kans om de tweede te zetten
zodanig was de bloeddorstige bezetenheid van haar tegenstander.

Ik dreig de strijd te verliezen, bedacht hij. Al mijn inspanningen
tegen die maagd blijken vergeefs... 'Dus vooruit,
soldaat, trek je zwaard en geef gehoor aan de bevelen
van onze keizer!' gebood de rechter.

Toen Agnes de trieste figuur met het getrokken zwaard
op zich af zag komen, laaide haar blijdschap
plotseling op. 'Ik verheug me om deze man te zien
gewapend, barbaars, woest, klaar om mij het leven te benemen,
in plaats van
een of andere geparfumeerde jongeling die mijn eer komt
verwoesten.
Deze moordlustige minnaar, ja die zie ik graag! Dat geef ik toe.
Ik zal hem tegemoet gaan, zijn wensen voor zijn, en ik zal
zijn warme verlangen naar de dood uitdoven door hem de
mijne te gunnen.
Ik verwelkom de hele lengte van zijn zwaard
in mijn borst, ik zal het warm onthalen. Ik, bruid van niemand
behalve Christus,
zal over de kloof van duisternis springen en in de hemel
belanden.
Open de deuren voor me die eens gesloten waren voor de
kinderen der aarde!'

Dat gezegd hebbende ontblootte ze haar hals en boog zich, klaar
om de verwachte wond te ontvangen. De hand van de beul gaf
haar haar zin
en sloeg in één klap haar hoofd af, zodat de dood
onmiddellijk kwam en de pijn voor was.
Haar ziel trad uit het lichaam en zweeft nu omringd door engelen
langs een oplichtend pad... zij kijkt met veel verwondering
naar de wereld onder haar voeten, en terwijl ze blijft opstijgen,
ver weg nu,
al die duisternis... en lachend kijkt ze naar de baan
van de zon, die maar doordraait om de eindeloze schepping...
het leven van alle dingen, de maalstroom van omstandig-
heden, alle ijdelheden

die de wereld najaagt, koningen, tirannen, keizerrijken en
ambten en eerbewijzen
gezwollen van domme trots, goud en zilver verwoed vergaard
met alle middelen, en de pracht van paleizen, de kleding
rijk geborduurd, de woede, de angst, de eedafleggingen, de
gevaren
het langdurige verdriet en het kortstondige genot, de smeu-
lende houtskool
van de wrok die alle hoop, alle menselijke fatsoen bevuilt...
en ten slotte, heel wat erger dan welk kwaad ook op aarde,
de donkere wolken van de goddeloosheid. Al die dingen
vertrapt Agnes
en met haar hiel plet ze de kop van de draak
die alle dingen vergiftigt, en zich nu wel gedeisd houdt,
nu de maagd hem heeft teruggeduwd naar de hel.

En God geeft je twee glorieuze kransen om je hoofd
in plaats van de bruidskrans die je nooit hebt gedragen...

O, gelukkige maagd, o, nieuwe glorie toegevoegd aan de hemel
waarvan jij nu een bewoonster bent, jij aan wie de Vader heeft
vergund
om een bordeel kuis te maken, richt je glanzende
blik op ons, vervul onze harten
maak ons puur met het licht dat van je gezicht straalt
of met de aanraking van je zuivere voet!

Hoofdstuk XII

Wat ik nu ga vertellen werpt licht (of misschien sticht het juist extra verwarring) op de dynamiek van een voorval dat vele bladzijden eerder in dit verhaal aan de orde is gekomen.

Tot enige tijd geleden gaf ik les in de Extra Beveiligde Inrichting van de Rebibbia-gevangenis, in Rome, waar leden van de maffia en de camorra vastzitten. Het is een aparte afdeling binnen de gevangenis. Zoals verschillende van mijn collega's beweren, die zich dan ook elk jaar weer inspannen om er te kunnen blijven, kun je in de klassen van die afdeling goed werken, beter werken, dat is een gegeven feit, de leerlingen zijn daar over het algemeen gedisciplineerder en leergieriger dan in de afdeling van de gewone misdadigers, waar het stikt van de ontspoorde, hersenloze jochies van allerhande afkomst; logisch dat de bajesklanten in de EBI daarentegen flink geïndoctrineerd zijn en gevoel hebben voor hiërarchie, bij hen verzekert alleen al het feit dat je hebt gestudeerd je van een zekere traditionele vorm van respect, die in de rest van de Italiaanse maatschappij is verdampt. Bij hen ís de leraar of lerares nog iemand; misschien denken ze er diep vanbinnen anders over, en vinden ze hem of haar bijna lachwekkend vanwege dat armzalige loontje, maar in hun expliciete uitingen wekken de leerlingen in de EBI met hun bagage aan ceremoniële erecodes de indruk dat ze er zo over denken, en gedragen ze zich met een hoffelijkheid die dan wellicht gemaakt is, maar welke hoffelijkheid is dat eigenlijk niet?

De uiterlijke vormen zijn zozeer afgebrokkeld in Italië dat we allemaal in de hel van de oprechte gevoelens zijn gestort. Die in het merendeel van de gevallen net zo oprecht zijn als een fluim of een scheet.

Nu zat er in de EBI tussen al die aparte leerlingen eentje die nog aparter was, zij het in veel opzichten kenmerkend, categorisch. Hij was klein van gestalte, oud, al was hij waarschijnlijk jonger dan hij eruitzag, bebrild, bijna onverstaanbaar als hij praatte, zowel vanwege zijn zware dialect als vanwege zijn hese stem, en hij stond erop dat ik samen met hem een boek zou schrijven. Hij vroeg het me bijna na elke les die ik in zijn klas gaf:

'Zegmeneejrwannrhebbienou'staaidomdaboekteschraaive? Dakenniktonnieinm'neejntje?'

'Sorry, wat zeg je?'

En dan kwam hij weer met hetzelfde riedeltje.

Die man werd 'Prins' genoemd, of 'de Prins', soms met en soms zonder lidwoord. Zijn project, ingegeven door het verdorven idee om het onrecht dat hem naar zijn idee was aangedaan recht te zetten, en door de illusie dat hij er een berg geld mee zou verdienen, was om een soort reactie te schrijven op Roberto Saviano's enorme bestseller *Gomorra*, een boek dat volgens mijn leerling (die daarin met naam en toenaam werd genoemd als de dader van gruwelijke delicten, die dan ook de oorzaak waren van het feit dat hij nu vastzat, en dus van mij les kreeg) niet overeenkwam met de waarheid en dus zo snel mogelijk gerectificeerd moest worden. Mijn leerling was dus van plan om wat men vroeger wel een contraexpertise noemde te verrichten, in het licht van zijn ervaringen uit de eerste hand, en een *Antigomorra* te publiceren, een *Controgomorra*, een *Gomorra à rebours*, volledig omgekeerd, verteld vanuit het oogpunt van de camorristen. En ik moest dan fungeren als zijn mentor of ghostwriter.

'Watzeggud'rvanmeneejr? Gaonwaaioouk'nbestsellerschraaive?'

Een wat subtielere motivatie, waarover ik later nog heb nagedacht (en waarover ik nu nog nadenk terwijl ik dit boek schrijf, helemaal van mezelf, bijna helemaal van mezelf, dit boek), was dat die leerling in de EBI meende dat hij een soort auteursrecht bezat op de misdrijven waarvan hij de hoofdrolspeler en verantwoordelijke was. Zijn recht als auteur van die daden, in strikt juridische zin bedoeld dus.

'Goddomme, diemoourdehebbíkgepleejg... ík, memmeblooutehande... endangoat'nanderd'rmeejbinneloupe?'

'Ach, ja...'

'Wattefuck?'

Onder mijn camorristenleerlingen was het gebruik van die zowel moedeloze als spottende uitdrukking wijdverbreid, wanneer ze werden geconfronteerd met de absurditeit van het leven: 'Wattefuck?'

Een vraag die was gedoemd in het niets te vallen, en die toch gesteld moest worden, met de handen tegen elkaar op en neer schuddend, en intussen de mondhoeken omlaagtrekkend in een grimas van bijna geamuseerde afkeer. 'Kom op, *wattefuck*...?'

Het boek *Antigomorra* of *Gomorra Unchained* is uiteindelijk niet geschreven door het zonderlinge duo gevormd door de wraakzuchtige leerling en zijn gewiekste leraar Italiaans, en heeft dus ook niet de bestsellerlijsten bestormd. Ik acht het uitgesloten dat hij het plan in zijn eentje heeft doorgezet, of met de steun van een andere literaire figuur, al weet je het nooit, misschien staat het op het punt om uit te komen...

Ik ga hier niet uitleggen hoe ik, geduldig en ontwijkend, langzaam maar zeker het plan heb laten vallen, door telkens van onderwerp te veranderen wanneer het te schrijven boek ter sprake kwam. Aangezien hij niet op zijn achterhoofd gevallen is, kreeg hij het door en hield hij er langzaam maar zeker mee op om ernaar te vragen. Maar af en toe, alsof hij me toch nog wilde interesseren voor zijn project en wilde laten zien hoeveel moois ik liet schieten door hem niet te helpen met het boek, had hij er lol in om me een of andere nog onuitgegeven sappige of zelfs stichtelijke misdaadanekdote te vertellen.

Bijvoorbeeld die keer dat hij zijn oudste zoon van zeventien in de benen had geschoten, omdat die omging met tamelijk louche types die zich met drugs bezighielden: vanuit zijn optiek was dat om een voorbeeld te stellen, om aan te tonen dat drugshandel absoluut geen onderdeel was van de vele misdaden die hij had gepleegd en dat ook niet zou kunnen zijn, puur uit principe. Of het wonderbaarlijke verhaal over een huis van vijf verdiepingen dat zonder vergunning in één nacht was gebouwd, met dak en al. Of de aanval die was uitgevoerd door een bende huurmoordenaars die speciaal daarvoor uit Izmir waren gekomen, op een huisje in de buurt van Bacoli, dat uiteindelijk bewoond bleek te worden door twee oude vrouwtjes, de gezusters Montesano, inmiddels gepensioneerde eigenaressen van een wasserette, brave burgers die iedereen in de wijk kende, en niet de failliete drugsdealer die de Turken wilden komen liquideren.

En dan die onbeduidende anekdote waarin het ging over oud-voetballers van SSC Napoli, zeewaardige jachten, vijf zussen die allemaal sletten waren, containers vol immigranten, sprekend nagemaakte Rolexen, straatvegers die dertig jaar waren betaald door de gemeente zonder dat ze ooit een bezem ter hand hadden genomen, om stap voor stap in de buurt te komen van geweldsmisdrijven: verwondingen en moorden die werden gepland, gepleegd, gemist, teruggetrokken, of per vergissing of overhaast uitgevoerd. 'Die haost, o, die haost verpest alles,' verzuchtte mijn leerling, zonder te weten dat Franz Kafka dezelfde overtuiging koesterde.

(Al is de doodzonde waar Kafka het over heeft niet de haast, maar het *ongeduld*.)

Maar op een goede dag, tijdens de rookpauze tussen de lessen, zinspeelde Prins vluchtig op een handel in vuurwerk. Ook met pyrotechnisch speelgoed hield de camorra zich bezig: het produceren, opslaan, verhandelen en laten schitteren op feesten. Het zijn trouwens ook dingen die tot dezelfde familie horen als wapens en bommen. Mijn leerling had zich er op een gegeven moment echter uit teruggetrokken.

'Ik vind het helemaal niks' (*NB: vanaf nu zal ik, voor het gemak van de lezer, de tekst van de Prins in gewone taal weergeven*). 'Ik bedoel, juist die knallen op zich: helemaal niks.'

'Hoezo? Ik hou er wel van!'

'O ja? Nou, leuk voor je. Ik niet. Die knallen, die ontploffingen...'

'Daar zou je toch aan gewend moeten zijn...'

'Je raakt er nooit aan gewend. Het werkt me op de zenuwen. Mijn ogen beginnen te trillen, en houden niet meer op. Ik heb gevoelige zenuwen. En ik hou niet van die consternatie.'

'Dat zou je niet zeggen van iemand uit jouw wereldje...'

'Volgens mij begrijp je me verkeerd. Ik heb het niet over het lawáái. De consternatie is iets anders, veel erger: je hoort die knallen en explosies in de verte, en je hebt geen idee of iemand daar echt bezig is, of alleen maar voor zijn vermaak.'

'O ja... nu snap ik het.'

'Ik heb niks tegen vermaak. Maar ga dan vissen, als je je wilt vermaken, of neem een hond. Ga met een vrouw naar bed, weet ik het. Maar ga niet zomaar van alles laten exploderen. Die dingen zijn gemaakt om te doden. En soms lukt dat ook.'

'Per ongeluk...'

'Hoezo per ongeluk! Gewoon uit stommigheid. In een Maradonabom zit zoveel buskruit dat je er een heel gebouw mee kunt opblazen. Wilt u weten hoeveel? Tien kilo!'

'Boem!'

'U bent nogal grappig vandaag, meneer.'

'Nou ja, het kwam zomaar in me op...'

'Maar het zorgt voor doden en gewonden. Doden en gewonden die nergens goed voor zijn... die niks opleveren. Daar kan ik gewoon niet tegen.'

Ik begreep zijn redenering, want die had ik wel vaker gehoord, in de gevangenis, met name daar in de Extra Beveiligde Inrichting. Het was een puur machiavellistische manier van denken, die je met een dergelijke puurheid alleen aantreft op de meedogenloze bladzijden van die Florentijnse analyticus, of gedistilleerd in de beroemde uitspraak die nu eens aan Talleyrand en dan weer aan Fouché wordt toegeschreven, over de abjecte executie van de hertog van Enghien met goedkeuring van Napoleon: 'Het was erger dan een misdaad, het was *een fout*.' Datgene wat de daad legitimeert, of deze juist afkeurenswaardig maakt, is alleen de efficiency ervan ten opzichte van het doel, wat dat ook moge zijn. Slaagt de daad, dan is deze goed. Mislukt de daad, dan is die slecht. Als de daad een doel dient, is deze heilzaam, zo niet, dan is hij schadelijk. Het is een strikte moraal die in plaats van te beantwoorden aan een complexe schaal van waarden slechts één waarde gehoorzaamt: of het iets oplevert. Kan iemand uitleggen wat het in godsnaam voor nut heeft om tien kilo kneedbaar explosief tot ontploffing te brengen als dat niet onder de auto van een rivaal in de business is? Wát wordt daarmee gevierd? Buskruit moet vernietigen, anders is het allemaal drukte om niks. Als de actie eenmaal naar behoren is verricht, is die alleen al daarom positief. Schieten en dingen laten ontploffen is nou eenmaal een serieuze zaak, daar moet verstandig mee om worden gegaan, met het doel mensen te verwonden of te doden.

Ik kon zijn redenering volgen, maar ik paste wel op hem de indruk te geven dat ik ermee instemde.

'Toen ben ik er helemaal mee gestopt, na een ongeluk. Ja, dat was dertig jaar geleden. Toen wou ik niks meer te maken hebben met vuurwerk, pijlen en grondbloemen. Ik was zoveel poen kwijtgeraakt...' En hij maakte met zijn handen het gebaar van een vuurhoop, die alles in rook doet opgaan. 'Niet gewoon een oog of een vinger, nee, het heeft me een berg geld gekost!'

Weer het financiële aspect... transparant en glashard. Een hand kun je wel missen, als er een deal op het spel staat, maar geld niet, want wat is het anders voor deal? Dat is dus eigenlijk niet Machiavelli, maar misschien Bentham, Adam Smith...?

'Er vloog een heel magazijn de lucht in... en het bleef de hele nacht knallen. We zagen het vanuit de verte, het brandde en siste... zelfs de brandweer kon er niet in de buurt komen, met al die pijlen die alle kanten op vlogen!'

Ondanks de afkeer die hij net had uitgesproken over vuurwerkshows, moest hij nu onwillekeurig glimlachen.

'Waar was dat magazijn dan, ergens op het platteland?'

Hij knipoogde. 'Nou, dat raadt u nooit...' zei hij, wapperend met zijn handen en opnieuw knipogend, eerst met het ene oog en daarna met het andere.

En toen gebeurde er iets opmerkelijks, maar ook weer niet zo heel ongewoon onder de gedetineerden, zelfs de meest uitgekookte en verstandige: de perverse lol om te kunnen vertellen won het van zijn discretie en voorzichtigheid. Wat de camorrist me toen onthulde zinderde van trots en spot: ineens maakte al die zogenaamde rationaliteit van de misdaad plaats voor het plezier dat hij zo'n verbluffend plan had beraamd dat het bijna een poets leek, en voor de lol om dat uit te leggen aan een vreemde, met alle risico's van dien.

'Ha, u zult het niet geloven... niks platteland! We hadden die opslagplaats ingericht boven in het gekkenhuis! Gekkenwerk, dat kan ik wel zeggen, hè?' En hij barstte uit in een gutturale lach. 'Gagaga...'

Zijn lach klonk als een hoestbui, of als het gerochel van iemand die slijm in zijn keel verzamelt om uit te spugen. Er kwamen twee of drie gevangenen kijken, die vastzaten aan de rooksliert van hun sigaret. De Prins lachte zelden, in tegenstelling tot zijn om hun vrolijkheid bekendstaande streekgenoten.

'Het gekkenhuis, gaga! Dat was létterlijk gekkenwerk!' herhaalde hij zijn woordgrapje nog eens.

'Bedoel je dat dat vuurwerk...'

'Ja, ja, het vuurwerk... en wat voor vuurwerk! Echte bommen, ruimteraketten... katjoesja's... gagaga!'

'...en wáár lag dat?' vroeg ik voor de duidelijkheid. 'Hoe bedoel je... het gekkenhuis?'

'Hoezo "hoe bedoel je"...' En nu begonnen ook de anderen om ons heen te grinniken. Het was kennelijk een bekend verhaal, dat van het gekkenhuis en het vuurwerk. Een van de nieuwelingen gaf me een klap op mijn schouder.

'Het gesticht!'

In samenspraak met enkele corrupte verpleegkundigen en bewakers hadden mijn leerling en zijn bende de bouwsels op het platte dak van een oude penitentiaire psychiatrische inrichting gebruikt als opslagdepot voor illegaal vuurwerk. Hoe krankzinnig die keuze ook mocht klinken, het was eigenlijk heel slim: op het dak van het gekkenhuis kwam nooit iemand, de washokken waren al jaren in onbruik en ze konden er ongestoord te werk gaan, en bovendien ook nog eens volkomen legaal de materialen het gebouw in en uit slepen: een bouwbedrijf uit de omgeving, dat eveneens werd gecontroleerd door de Prins, had een rechtmatige vergunning gekregen om het dak te renoveren en het asbest te verwijderen: watertanks, leidingen, bekleding, golfplaten enzovoort.

'Allemaal legaal! Allemaal volgens de regels! Gagaga...'

En het mooie was dat al die waanzin plaatsvond in het gekkenhuis, zoals de Prins zei, met de echte gekken en de vermeende gekken en de seriemoordenaars en de paranoialijders en de types die denken dat ze Satan zijn, de illegale fabrikanten en de vuurwerkbommen met namen als Bin Laden of Ratzinger, allemaal bij elkaar in hetzelfde gesticht, op verschillende verdiepingen, als in een satirisch verhaal.

Misschien was de Prins juist daardoor, vanwege die absurde waanzin, op het idee gekomen om de vuurwerkfabriek daar in te richten.

Hoewel het een vermakelijk verhaal was, de zoveelste anekdote over een paradoxale omkering van de normale gang van zaken (net zoals toen de carabinieri erachter kwamen, door een bepaalde groep maffiosi te filmen, dat deze als plek voor hun bijeenkomsten juist de vestiging van de antimaffiaorganisatie 'Associazione Falcone e Borsellino' gebruikten...), bekroop me een gevoel van ongemak, een sterk, indringend, groeiend ongemak, dat echter niet te wijten was aan dat bekende misbruik van een overheidsinstelling; het was niet zo'n soort aarzeling, die heb ik allang niet meer, of ik onderzoek ze eerst grondig voordat ik me er vergeefs en hypocriet door laat conditioneren, en sowieso vind ik dat het in de gevangenis je professionele plicht is om die opzij te zetten, tussen haakjes te plaatsen... Welnee, ook al grinnikte ik terwijl ik luisterde naar het verhaal over de vuurwerkfabriek van Prins ('gagaga!'), in mijn hart, of nee, lager in mijn buik, had ik een koud, angstig gevoel vanwege iets wat vanuit het verleden slinks op me af kwam kruipen, als een bloederig wezen met geamputeerde ledematen. Het bleef zich maar voortslepen, ja, mijn kant op.

'Toen ben ik ermee gestopt, ik was er klaar mee... door de schuld van die eikel.'

De rilling drong door tot in mijn handen. Ik voelde ze jeuken. Mijn stem praatte vanzelf.

'Welke schuld... wie... door de schuld van wíé?'

Het antwoord op die vraag was al aanwezig, vlak achter de coulissen van mijn bewustzijn, dat weigerde om het toe te laten, om die naam op het toneel te laten verschijnen, terwijl hij bleef duwen en dringen om te worden uitgesproken. Die naam was er, en drukte pijnlijk tegen het vlies van mijn bevattingsvermogen. Die al jaren vergeten maar toch vertrouwde naam, verrassend en tegelijkertijd bekend, als je oude schooletui dat je terugvindt in de kelder: dat ken je nog wel, toch? Je hebt het jarenlang dag in, dag uit gebruikt, je hebt het talloze keren opengeritst en op de grond laten vallen en opgeraapt... voordat je het dumpte. En toch is het van jou gebleven, alleen van jou. Voor altijd. Ik stamelde heel zachtjes: 'Wie... wie was die sukkel, als... als ik vragen mag? En hoezo súkkel?'

De Prins grinnikte niet meer en keek nu weer nors als altijd. Trots, walgend.

'Omdat hij het voor elkaar heeft gekregen om met de hele opslagplaats in de lucht te vliegen!'

Zijn lippen plooiden zich tot een grimas van afkeer om zoveel onbenul.

Ik vroeg niet om opheldering over de toedracht van het incident. Vanaf dat moment had ik geen enkele twijfel meer dat hij het over Stefano Maria Jervi had, mijn klasgenoot op het SLM, dat vroegrijpe jochie, de jonge sultan met de vlammende ogen. Jervi, broer van de beeldschone Romina, die na zijn dood werd herkend als militant van de UGC, de Unità di Guerriglia Comunista.

'De psychiatrische justitiële inrichting van Aversa...' mompelde ik peinzend, terugdenkend aan een voorval dat ergens in het begin van de bovenbouw moet hebben plaatsgevonden, toen ikzelf, Jervi, Arbus, Pic, Rummo, Regazzoni en alle anderen een jaar of zestien waren.

Om 13.00 uur, toen de school uitging, was er bij de uitgang aan de Via Nomentana een blond meisje dat schrijlings op een motor zat. Ik weet nog precies dat ze een Ducati Scrambler tussen haar benen klemde, met een gele benzinetank en een hoog, breed stuur, want ik bedacht dat het een wel heel flinke motor was voor een meisje, voor zo'n mooi meisje. Ik liep naast Stefano toen zij hem zag en hem groette met een handgebaar, en ik zou niet kunnen zeggen waarom, maar het was meteen duidelijk dat ze juist op hem doelde tussen de tientallen jongens die elkaar verdrongen om sneller door de poort te kunnen: het leek eerder alsof we uit een gevangenis ontsnapten dan dat we gewoon onze dagelijkse lessen erop hadden zitten. Stefano herkende haar en liep naar haar toe, met vastberaden stappen, en toen hij bij haar was gaf hij haar een harde, klinkende oorvijg, waardoor het lange blonde haar van de motorrijdster opzij vloog en de indruk wekte dat het in slow motion door de lucht wapperde, zoals je ook zag in de films en de reclamespotjes uit die tijd, in elk geval die welke in onnatuurlijke, overdreven kleuren waren opgenomen. Eveneens zoals in een film, van het genre *Carnal Knowledge*, sloeg ik in de rol van de vriend (Art Garfunkel) mijn hand voor de mond, verlamd van verbazing. Zonder iets te zeggen draaide Jervi (Jack Nicholson) zich om en liep weg over de Via Nomentana, terwijl het meisje haar hoofd boog en haar gezicht bedekte met allebei haar handen, van de pijn of van schaamte, en waarschijnlijk in huilen uitbarstte, want ik zag dat haar smalle, met het blonde haar bedekte schouders schokten.

'Stefano... dertig jaar...' mompelde ik, zonder erbij stil te staan waar ik op dat moment was en in gezelschap van wie: in een cel van de Extra Beveiligde Inrichting van de Rebibbia-gevangenis, omringd door de leden van levensgevaarlijke misdadige organisaties van maffiose signatuur, dat wil zeggen, mijn geliefde leerlingen. Ik werd te zeer in beslag genomen door de herinnering aan de leerlingen die wij destijds waren. Ik voelde me om verschillende redenen aangetrokken tot het meisje dat door Jervi was geslagen: omdat ze zo mooi was, omdat ze een motor had en reed, wat in die tijd een vrijwel exclusief mannelijk privilege was, omdat ze huilde, omdat ze een paarse broek droeg, strak van boven en wijd van onderen, omdat Jervi haar pijn had gedaan, omdat Jervi haar zeker weten had gekust en betast.

'Hoe weet u dat het in Aversa was?'

De toon waarop de Prins tegen me praatte klonk nu anders. Onderzoekend, zou ik zeggen.

Het blonde meisje moest door mij te hulp worden geschoten en getroost, dat was mijn taak, in mijn hoedanigheid als lezer van honderden romans en fotoromans, ik verslond de wekelijkse fotoromans in het damesblad *Grand Hotel* en was gek op dramaseries op tv, ik was een van de sensitiefste geesten van het SLM, klasgenoot van Jervi met z'n losse handen en dus de aangewezen persoon om tussenbeide te komen, dat was zo vanzelfsprekend dat ik het bijna automatisch deed: het onrecht dat door mijn klasgenoot was begaan rechtzetten; dus liep ik naar haar toe.

'Het was een gokje,' antwoordde ik de Prins. 'Dat is toch zeker de beroemdste psychiatrische justitiële inrichting van heel Italië?'

De andere gedetineerden knikten.

'Klopt... nou en of. Aversa. Vreselijke plek.'

'Vreselijk, vreselijk...'

'Je komt er wel in... maar of je er ooit nog uit komt is de vraag.'

'Hoe gaat het met je? Wat is er gebeurd?' vroeg ik aan het meisje op de motor, dat niet reageerde. 'Kan ik iets voor je doen?'

Het spreekt voor zich dat een meisje dat zich zo laat slaan dol is op jongens met losse handjes en geen hoge dunk zal hebben van, of zelfs minachting zal koesteren voor, jongens die zich daarentegen zorgzaam tonen: dat is een van de vele onrechtvaardige wetten die bestaan in de relaties tussen de seksen. Mijn bereidwilligheid om haar te helpen was dus niet de juiste zet; maar de juiste zet bestond sowieso niet. En toch hield ik vol.

'Heeft hij je pijn gedaan?'

Ze haalde de handen voor haar gezicht weg en toen kon ik haar goed zien. Door de klap was haar ene wang rood geworden en haar bovenlip, die waarschijnlijk van nature al wat geprononceerd was, gezwollen. Diepe, donkere wallen onder haar blauwe ogen, die vol tranen stonden. Sproetjes. Zoals je in liedteksten vaak hoort: iets om op slag voor te vallen.

'Bemoei je er niet mee,' zei ze bits.

Vanwege de transitieve eigenschap die zo kenmerkend is voor ziekelijke passiviteit genoot ik er net zo van om me ruw te laten bejegenen door haar als zij ervan genoot om zich ruw te laten bejegenen door Jervi. En zodoende hunkerde ik naar verdere vernederingen.

'Jawel, ik bemoei me er wel mee,' zei ik met een frivole dwarsheid die grensde aan homoseksuele hysterie.

Vreemd hoe die ogenblikkelijke aantrekkingskracht die ik voelde voor dat beeldschone meisje, een duidelijk teken van mijn heteroseksualiteit, me ertoe dreef me te gedragen als een aanstellerige nicht, in plaats van me mannelijk te tonen. Het is me opgevallen dat vrouwelijke charme dat effect op mij heeft.

'Rot op, jij hebt er niks mee te maken.' Daarna bekeek ze me wat aandachtiger en verscheen er een wreed lachje op haar norse gezicht. 'Jochie...'

Ik deinsde achteruit, alsof ikzelf nu een klap in mijn gezicht had gekregen.

Nog steeds half lachend en half huilend ging ze op het zadel zitten, trapte hard op de kickstarter, en nog een keer, en nog een keer extra fel, en de Ducati reageerde.

'Jochie!'

Ook tegenover mijn leerlingen in de gevangenis voel ik me vaak een ijverig jochie, of misschien alleen maar een jochie, dat zich heeft gemengd onder mensen met wijsheid en ervaring. Niet zozeer qua leeftijd (inmiddels ben ik ouder dan bijna iedereen daar), maar qua mens in zijn algemeenheid. En hoe komt dat dan eigenlijk? Uit koppigheid, voor de lol, of uit verveling – inderdaad, allemaal redenen van een klein kind. De zucht om steeds weer iets nieuws te ervaren wordt vanaf het begin gedreven door een illegaal uitgangspunt, leidt naar de grenzen van het legale en gaat eroverheen. Misschien was het zo gegaan met Jervi. Hoe was hij boven op dat dak beland? En hoe kon ik doorvragen bij de Prins en meer informatie van hem lospeuteren zonder dat hij zou snappen dat ik dat verhaal al kende en dat het me van dichtbij aanging? Degene die hij had aangeduid als 'die sukkel' was nota bene een vroegere klasgenoot van mij. Maar het is moeilijk om te bluffen tegen dat soort mensen, zeg maar gerust onmogelijk.

Ik probeerde de daaropvolgende dagen terug te komen op het onderwerp, maar zodra mijn leerling doorhad dat het me interesseerde, en dan echt, niet zoals zijn onzinnige schrijfplannen, trok hij zich terug. Hij was argwanend geworden door mijn nieuwsgierigheid, geschrokken van het feit dat ik er iets over wist. Of misschien was het gewoon om te treiteren.

Over hoe Stefano Maria Jervi nou werkelijk was gestorven bleef ik met dezelfde twijfels zitten die ik al had, en met een reeks hypotheses die elkaar overlapten, en achter elkaar schuilgingen, als de lagen van een taart: samen vormden ze een waarheid die ik niet kon achterhalen.

Misschien werd de activiteit waarbij Jervi was betrokken aangezien voor die van een terroristische cel terwijl het alleen maar criminaliteit was: de illegale fabricage van vuurwerk voor oudjaar.

Maar misschien was Jervi wel degelijk een terrorist, aangezien destijds, in die hectische fase die hun neergang zou aanduiden, de revolutionaire groeperingen zich hadden verenigd met de gewone misdaad en de camorra, voor ontvoeringen en moorden, en was dat met dat vuurwerk alleen maar een dekmantel voor het beheer van een waar arsenaal.

Misschien was Jervi in de lucht gevlogen doordat hij zelf een fout had gemaakt, of misschien hadden ze hem met een list naar het dak van het gekkenhuis gelokt. Er waren in die tijd talloze vereffeningen met echte en vermeende spionnen: iedereen kon op een goede dag wakker worden en zich ontpoppen als verklikker. Had Jervi net niet de kans gekregen om zijn mond open te doen? Was hij dat van plan geweest? Of hadden zijn kameraden zich vergist? In die tijd wantrouwde iedereen iedereen.

Misschien had de Prins me gewoon onzin op de mouw gespeld, meer niet.

Gewoon voor de lol... om te lachen...

Wattefuck?

Misschien was wat hij verteld had een halve leugen, zoals vaak voorkomt. Misschien lagen in die verlaten washokken allebéí de artikelen opgeslagen, bommen en vuurwerk, vuurwapens van Tokarev, Sig Sauer, Glock en Skorpion naast rotjes.

Misschien was Jervi ergens anders vermoord en vervolgens naar dat dak gebracht, waar ze hem in de lucht hadden laten vliegen met de rest, om de onderzoekers op een dwaalspoor te brengen.

Het valt niet mee om in Italië onderscheid te maken tussen de twee fases die elkaar volgens Marx opvolgen wanneer dezelfde gebeurtenis zich herhaalt: eerst als tragedie, dan als klucht. Hier overlappen die momenten elkaar veeleer, ze versmelten tot één gebeurtenis die zowel dramatisch als grotesk is. Dat had mijn oude, dierbare leermeester ook al opgemerkt, de enige die ik ooit in mijn leven heb gehad en als zodanig heb erkend, mijn leraar Cosmo: tragedie en klucht vallen in ons land op tragikomische wijze samen.

Misschien had Jervi zelfmoord gepleegd.

Ach, wat maakt het in wezen uit?

Epiloog: ik geef inmiddels al een paar jaar geen les meer in de EBI. Als u enige belangstelling hebt voor het leven in detentie, nodig ik u uit het volgende artikel te lezen waarvan ik ooit het onzalige idee had het te publiceren in de weekbijlage van een bekend dagblad. Het is het wat afgezwakte, pittoreske verhaal (een niemendalletje, naar mijn eigen bescheiden mening) over een typische ochtend van een leraar in de gevangenis. Alle namen zijn gefingeerd, op één na. Het dwaalt een beetje af van de hoofdlijn van dit boek, dus wie niet geïnteresseerd is kan het volgende hoofdstuk overslaan en zal daar niets aan missen. Het is hoe dan ook als gevolg van dat semi-onschuldige artikel dat ik niet meer lesgeef in de EBI, en nadat u het al dan niet hebt gelezen, zal ik de reden daarvan uit de doeken doen.

Hoofdstuk XIII

Om de cel van de Extra Beveiligde Inrichting waar de lessen worden gegeven te bereiken, moet je in totaal elf geblindeerde deuren of poorten door. De eerste zes gaan automatisch open: er is een bewaker die je opmerkt, ofwel lijfelijk ofwel via een camera, en die drukt op de knop. De volgende drie poorten moeten handmatig worden geopend, door een agent in de centrale hal: met een grote gele sleutel doet hij voor je open, en zodra je erdoor bent trekt hij de poort weer dicht, met dat typische kabaal. (Ja, die ronde centrale hal, van waaruit zich de zijgangen met de cellen vertakken, en die onmiskenbare metalige dreun zijn de opvallendste kenmerken van de gevangenis, de iconen waar de vaste bezoeker al aan gewend is – maar waardoor iemand die er voor het eerst binnenkomt als door een mokerslag wordt getroffen.) De laatste twee poorten staan op een kier en daar glip ik doorheen terwijl ik me zo dun mogelijk maak en mijn aktetas laat zien, met daarin het klassenboek, een liniaal, proefwerkpapier, miniatuurversie van *De goddelijke komedie* van uitgeverij Hoepli, potloden – kortom, de uitrusting van een normale leraar op een normale school.

Mijn leerlingen staan bijna allemaal bij het whiteboard, waar ze, sarcastisch of medelijdend, commentaar leveren op de inspanningen van hun klasgenoot die met een stift in de hand, vervuld van twijfels, probeert een wiskundeprobleem op te lossen. Een paar van hen staan echter te roken bij het open raam. De lerares probeert met enkele opmerkingen de leerling naar de juiste oplossing te dirigeren: ze kan hem niet aan zijn lot overlaten met die getallen, maar ze wil hem het antwoord ook niet in de mond leggen, dan zou de oefening nergens voor dienen en vooral ook: dan zouden de anderen hem uitlachen – meedogenloos. Ook al zouden degenen die nu de lolbroek uithangen zich geen raad weten als ze zelf voor het bord stonden. Het is ongelooflijk hoe een misdadiger de kluts kan kwijtraken bij een schooltaakje. Hij is gewend om ondervragers het hoofd te bieden, maar krimpt ineen bij een overhoring. Zelfs van die ouwe rotten, keiharde overvallers uit Rome... Ik had een keer een leerling die tijdens zijn mondeling eindexamen zowat begon te huilen van schaamte toen hij halverwege een gedicht van Pascoli bleef steken.

Dat iedereen staat in deze cel-klas komt ook omdat er geen verwarming is, die doet het niet, die heeft het nooit gedaan deze winter – en dus lopen ze rond, stampen met hun voeten, wrijven in hun handen. De wiskundelerares heeft haar jas aan en draagt verder een wollen beanie, vingerloze handschoenen, onveranderlijk geel-rode wandelschoenen; er is een lange, neurotische Siciliaan die zo dik is ingepakt alsof hij gaat skiën, met een muts zoals die van alpineskiër Jean-Claude Killy, en zo te zien ook min of meer uit die periode, de jaren zestig, helemaal verwassen. Het is ijskoud, ook al is de februarilucht buiten al best aangenaam. Het is vochtig – ik snap niet waarom, het is altijd vochtig in de gevangenis, zelfs in de zomer als het bloedheet is.

Aangezien hier geen bel gaat als de les voorbij is, en ik onopvallend ben binnengekomen, word ik pas na een paar tellen opgemerkt, en meteen volgen de ironische, uitbundige ceremonie van de begroetingen en het rituele aanbieden van koffie.

'Hé! Amerikaan! De leraar is er, zet je even koffie voor de leraar?!' roept iemand naar de cel tegenover onze klas.

Tot een paar weken geleden klonk dan de stem van 'de Amerikaan' ten antwoord: 'Nééé! *Iksetgeejnkoffievoorjullieleraar...*'

'Hoezo niet?'

'*HijisvoorLaziooo!*'

Maar een paar minuten later kwamen dan toch het dampende kannetje en de plastic bekertjes om de koffie in te verdelen. Een bodempje in elk bekertje.

'Goed,' – wanneer de koffie op is – 'dan gaan we beginnen', en ik deel de fotokopieën uit met de epigrammen van de *Anthologia Palatina*, in de prachtige vertaling van Milo De Angelis. Al nadat ik de eerste drie of vier gedichten heb voorgelezen raken de gemoederen verhit en ontstaat er een bepaalde spanning terwijl ze allemaal op het puntje van hun stoel zitten.

Gisteren, haar hoofd op mijn schouder
huilde ze, stilletjes. Ik kuste haar. De tranen liepen
als uit een mysterieuze bron op onze verenigde lippen...

We praten over de heidense Eros en de christelijke Amor, over de lyrische traditie die begint met Sappho en eindigt bij het songfestival van San Remo, over de demon die mannen in bezit neemt en hen ertoe drijft buiten het ik dat hen gevangenhoudt te treden. De gedetineerden vechten om wie de gedichten mag voorlezen, en declameren ze theatraal. Op de momenten van grote droefheid of sensualiteit bereikt hun stem de juiste trilling, en bedenk ik dat literatuur wel degelijk zin heeft.

'Maar deze lees ík voor,' zeg ik schalks, en ik begin:

Ik vlijde Doris, met haar kont als een roos, neer op het bed...

Nadat we een uur zo hebben doorgebracht en de temperatuur in de klas is gestegen, lijkt me het moment daar voor de koude douche.

'Zo, nu weten we het wel met die zoetsappige Grieken, we zullen eens wat oefeningen zinsontleding gaan doen...'

'Nééé!!'

De klassen in Rebibbia zijn gevarieerd. Nigerianen, Roemenen, Slaven en een mengelmoes aan Italianen. Hier in de Extra Beveiligde Inrichting heb ik onder anderen twee Romeinen, een elegante Colombiaan, een Sardijn, en verder verscheidene onderdanen van het Koninkrijk der Beide Siciliën. Gezichten, stemmen, karakters, gelaatstrekken. Ik zou willen dat de gemeenschappelijke taal Italiaans was, maar soms nemen het Siciliaans en het Spaans de overhand, dat ze in de loop van hun illegale carrière vrijwel allemaal hebben opgepikt.

En dan is er natuurlijk ook nog Wilmo.

In elke klas, elk jaar weer, zit er altijd wel een jongen als Wilmo.

Wilmo is echt onhoudbaar. In zijn blauwe oogjes zinderen als elektrische vonken de talloze gedachten die door zijn hoofd gaan, de grapjes, de antwoorden op nooit gestelde vragen, de tegenwerpingen, de woordspelingen, de anekdotes – en dat alles transformeert zich tot een explosieve lach. Hoewel hij al jaren in de bak zit heeft hij niet de plechtige kalmte over zich die de oude gevangenen hebben, degenen die hebben geleerd hun bewegingen in bedwang te houden, hun ademhaling te vertragen zodat ze niet worden geraakt door wat er in de gevangenis gebeurt. Wilmo wil niet afremmen, integendeel, hij gaat steeds sneller. Hij is een spraakwaterval, hij wil alle vragen beantwoorden, hij wil alle oefeningen op het bord doen, hardop voorlezen, fouten verbeteren...

Een paar jaar geleden probeerden enkele mannen van een rivaliserende bende hem te stoppen, met vijftien kogels. ‘Vijftien?!’ roep ik uit. ‘En allemaal raak, meneer!’ lacht Wilmo bijna trots, of geamuseerd door mijn verbijstering.

‘Maar sorry hoor, die moeten dan toch van een klein kaliber zijn geweest...’

Helemaal niet – kaliber negen! Toen de chirurgen met hem aan de slag gingen snapten ze niet hoe het mogelijk was dat die gatenkaas daar op de operatietafel, die bloederige massa, nog in leven was. Dus wat doet Wilmo? Heeft hij genoeg aan woorden om erover te vertellen? Nee. Hij trekt zijn shirt omhoog om me de littekens te laten zien op de plekken waar de kogels erin en eruit zijn gegaan. Dan komt hij dichterbij en wijst me op een paar bleke littekens op zijn gezicht, een streep die over zijn hele kaak loopt, en bij zijn rechtermondhoek een plooi die ik had aangezien voor een lachrimpel, maar waarvan nu blijkt dat op die plek een kogel zijn mond is binnengedrongen.

‘Ik heb hem doorgeslikt!’ lacht hij.

De les die tot op dat moment zo strak verliep als een gespannen vioolsnaar, krijgt nu een deuk, een inzinking; maar ik weet hoe je dat aanpakt, ik laat de lijn vieren en na een paar minuten geef ik een harde ruk en dan heb ik mijn vissen weer te pakken. Met een nieuwe dosis portie zinsontleding heb ik ze zo weer in het gareel.

Anderen gebruiken een wapenstok om ze tot de orde te roepen, ik heb daarvoor de syntaxis: relatieve en concessieve bijzinnen.

Wat heeft het voor nut om onderwijs te volgen, hier, in de gevangenis? Dient het voor iets, voor iemand? Ik zou het niet weten. Daarover kan ik geen garanties verschaffen. Ik heb me er jarenlang het hoofd over gebroken, daarna ben ik opgehouden het me af te vragen, wat kan het schelen, ik neem genoegen met en geniet van die flitsen van intelligentie en plezier die ik over de gezichten van mijn leerlingen zie schieten terwijl we lezen, terwijl we discussiëren, het geknetter van een concept dat als een elektrische lading van het ene naar het andere hoofd springt. Het gekraak van hun hersenen. Ik kan er niet zeker van zijn dat ik hen met Petrarca en bijwoorden werkelijk ergens breng, en hen vooral ook wegleid van de reden waarom ze hier zijn beland.

Re-integratie, re-educatie, resocialisatie... al die 're-'nogwats garanderen niets, ik zou genoeg voorbeelden kunnen noemen als bewijs dat deze methode werkt, en evenveel om te beweren dat ze een mislukking is. De recidive onder criminelen is toegenomen. Onder mijn voormalige leerlingen zijn er die nu een reguliere baan hebben, die zeg maar 'een nieuw leven hebben opgebouwd' – en anderen die zich binnen tien dagen na hun vrijlating hebben laten neerknallen. En het gekke is dat degenen die zijn teruggevallen, in het wereldje van de drugs of de roofovervallen, soms juist de besten van de klas waren... degenen voor wie je 'je hand in het vuur' had durven steken...

Voordat ik vertrek, en zij naar hun cel terugkeren voor hun lunch, geven ze me terwijl ze de klas uit lopen een hand, en ik beantwoord hun handdruk, ook al is het een beetje onzin omdat we elkaar al sinds september regelmatig zien en ik morgen ook weer hier zal zijn, dus vanwaar dat theatrale gedoe, heel die afscheidsceremonie? Misschien omdat je in de gevangenis maar nooit weet, misschien word je morgen overgeplaatst, of krijg je je proces, of word je vrijgelaten, of... Een zekere voorzichtigheid is geboden, om geen enkele toekomstige gebeurtenis als vanzelfsprekend te beschouwen. Of misschien is die kameraadschappelijke groet bedoeld omdat we samen een paar minder ondraaglijke uurtjes hebben doorgebracht.

Wilmo denkt dat hij mij de kopieën met de gedichten moet teruggeven. 'Nee, die kun je houden, maar vergeet niet ze morgen weer mee te nemen.' Er zijn hier geen leerboeken, dus de hele school steunt op het wat gammele kopieerapparaat dat een verdieping lager staat: als dat kapotgaat, kun je je lessen wel vergeten. Twee jaar geleden, in september, voor het begin van het schooljaar, besloot ik meteen een paar pakken papier met bijbehorende toner erdoorheen te jagen, zodat ik mijn collega's te vlug af was: ik had bij elkaar zo'n honderd gedichten en beroemde fragmenten zoals de monologen van Hamlet of het verhaal van Odysseus en Polyphemos, of de versjes van Palazzeschi, die ik had geselecteerd, uitgeknipt, samengevoegd tot een collage en gekopieerd, een kleine anthologie kortom, gemaakt met in gedachten met name één leerling die dol was op literatuur: Scarano.

Het jaar ervoor namelijk had die oude Napolitaan met zijn lange witte haar – bijgenaamd 'Archilochus' sinds de dag dat we het beroemde gedicht hadden gelezen waarin de Griek tijdens een veldslag zijn zwaard laat vallen en wegrent om zich het vege lijf te redden – telkens als ik de klas binnenkwam met een gemaakt klaaglijk stemmetje gevraagd: 'Zullen we een paar mooie gedichtjes lezen?' Scarano wilde nooit geschiedenis doen, of grammatica, of vermoeiende, onbegrijpelijke oefeningen, hij had alleen maar zin om zich te laven aan 'een paar mooie gedichtjes', zoals je naar een serenade of een lied luistert. Hij had genoten van de ridders van Ariosto, en de dood van Clorinda...

Op de eerste schooldag maak ik mijn opwachting met mijn setjes kopieën om uit te delen, en ik neem de namen door, eens kijken wie er nog is van vorig jaar en welke nieuwelingen er zijn... Ik ga de lijst af, Scarano staat erbij maar hij is er niet, ik vraag: 'Waar is Scarano?', hoezo is de grote poëzieliefhebber er niet?

'Waar is Scarano?'

Ik neem aan bij zijn advocaat, of misschien heeft hij bezoek.

'Hm... meneer... hebt u het dan niet gehoord van Scarano?'

'Wat gehoord?'

'Hij is een week geleden *gestorven*.'

Hij had al maanden last van een fluittoon in zijn oor, pijn op de borst, hij vroeg om onderzoek door een specialist maar dat kreeg hij niet. Hij werd niet serieus genomen. Ik herinner me inderdaad dat hij tijdens de les zijn hand tegen zijn slaap hield in een poging die onophoudelijke pieptoon te dempen. Hij was bleek, vermoeid. Uiteindelijk werd het zijn dood, op een nacht. Zijn hart. In de buitenwereld wordt dat 'een medische fout' genoemd, in de gevangenis maakt het deel uit van de strafroutine, want ondanks alle mooie woorden over de re-integratiedoelen blijft dat toch de bestaansreden van de gevangenis: een op de eerste plaats lijfelijke straf. De gevangenis en alles wat je daarbinnen aantreft – in termen van gezondheid, werk, eten, menselijke relaties – moet per se erger zijn dan het ergste wat je buiten aantreft, in de vrije wereld: wat zou het anders voor afschrikkingsmiddel zijn tegen de misdaad? En daarvoor hoeft er niets dramatisch te gebeuren: de banaalste kiespijn kan een nachtmerrie worden als ze je geen pilletje geven. Krijg je het? Krijg je het niet? Nou, dat hangt ervan af, als je gelukt hebt of als je slim bent of als je wat voorstelt. De enige medicijnen waarop niet wordt bespaard, zijn de psychofarmaca. De plastic bekertjes, de 'druppeltjes' (wie weet waarom men in de grimmige gevangeniswereld zo gretig gebruik maakt van die aanstellerige verkleinwoorden: een 'boodschapje', een 'vraagje'... alsof de gedetineerden moeten terugvallen naar een soort crèche). Op die manier blijven de gevangenen, verdoofd met paardenmiddelen, tenminste op hun bed liggen en veroorzaken ze geen overlast, mompelend met dikke tong, vooral de drugsverslaafden die anders de hele nacht zouden schreeuwen...

En dan mag jij dus gaan lesgeven aan zo iemand, die onder de bromazepam zit.

Maar vandaag wil ik niet aan Scarano denken, nee.

Om hier in de gevangenis te kunnen werken moet je alles achter je laten, alles meteen vergeten nadat het gebeurd is. Mishandeling en pijn van je af schudden. De gedetineerden leren dat al snel, en ik heb het van hen geleerd. Van Alfredo Muntula, bijvoorbeeld, die een paar dagen geleden niet reageerde toen de inspecteur die hem een gerechtelijk bevel moest overhandigen, dat hij weigerde aan te nemen, hem toebrulde dat hij dat document moest aanpakken, en 'weet je wat je ermee doet, steek het maar in je r...'. Muntula antwoordde bedaard: 'Ik schrijf een brief aan mijn advocaat', waarop de inspecteur zei: 'Nou, schrijf dan maar aan je advocaat dat hij het Wetboek van Strafrecht kan pakken, en weet je wat hij ermee doet, hij steekt het maar in zijn...' enzovoort.

Als je op dat soort provocaties ingaat, krijg je een aantekening, en dan kun je je vervroegde invrijheidsstelling wegens goed gedrag wel vergeten: dan wordt je straf, die mogelijk zou worden ingekort, ineens uitgerekt alsof je door een omgekeerde verrekijker tuurt. Je vrijlating verschuift naar ver in de toekomst. Is dat het waard? Nééé. Daarom leer je alles over je heen te laten komen.

Ik ben weer in de centrale hal beneden en sta voor de gesloten poort te wachten. Ik wacht tot er een bewaker voor me komt opendoen. Je kunt soms lang wachten, daar, voor die tralies met een plaat plexiglas ervoor. In theorie is het zo dat als er niemand komt, of als de bewaker aan het bellen is en misschien zijn rug naar je toe draait om te doen alsof hij je niet heeft gezien, je met de ijzeren ring die aan de poort hangt tegen het ijzer kunnen rammen, een, twee, drie keer, tot er iemand komt opendoen, maar ik haat dat geluid. Ik háát het. Het hangt er altijd van af wie je aantreft in de centrale hal, de sympathieke bewaker of de eikel, die rustig aan doet voordat hij zich verwaardigt aandacht aan jou te schenken. Mijn lerarenpasje beschermt me slechts ten dele tegen de hufterigheid. Je moet gewoon kalm blijven, diep ademhalen. Meestal neurie ik wat om mezelf af te leiden en me voor te bereiden op de openlucht.

Maar vandaag is er gelukkig een attente bewaker, de aardigste, klein, alert, glimlachend, die haastig komt aanlopen met de sleutel.

Nog vijf poorten na deze en dan ben ik vrij.

Hoofdstuk XIV

That's all, folks.

De publicatie van dat artikel, dat zowel sentimenteel als geanimeerd was en van een naïviteit waarvoor ik me nu best wel geneer (als je echt kritisch zou willen zijn, en werkelijk zou vertellen over de heftige dingen die er in de gevangenis gebeuren...), was voor mij het begin van alle ellende. Ik had iedereen tegen me in het harnas gejaagd. De dag na de publicatie liep ik door een zwarte wolk van vijandigheid. Van de directeur van de penitentiaire inrichting ontving ik een dreigende brief. Jammer dat ik die niet bewaard heb, misschien was hij me nog van pas gekomen, wie weet... Maar nadat ik de *Overpeinzingen* van Marcus Aurelius had gelezen en tot de overtuiging was gekomen dat ik zijn adviezen wilde opvolgen, had ik besloten om onaangename dingen weg te doen. Onmiddellijk.

Staan er doornstruiken op de weg naar huis? Loop eromheen. Een zure komkommer? Meteen uitspugen.

Dat is het devies van de wijze keizer.

Maar dat was nog niet alles: in de EBI begonnen ze me het leven zuur te maken (en dat kon ik niet uitspugen...) in de dagelijkse routine, en dat is heel gemakkelijk, je hoeft alleen maar de regels te volgen en daarbij de procedures te vertragen: eindeloze fouilleringen bij binnenkomst en vertrek, gesloten poorten terwijl de bewakers deden alsof ze me niet zagen of 'Wacht hier' tegen me zeiden zonder reden, wel een kwartier lang. Eindeloos gedoe om een vlakgom mee te mogen nemen naar de klas, die ze van alle kanten bekeken en onderzochten alsof ze bang waren voor mogelijk crimineel gebruik. Natuurlijk, meer dan boycotten kun je niet doen tegen iemand als ik die uiteindelijk een vrij man is en die, wat er ook gebeurt, over een paar uur weer naar huis zal gaan. Maar het treurigste was wel dat juist de agent die ik als 'attent' had omschreven ineens vijandig werd: waarschijnlijk schaamde hij zich ervoor dat hij goed voor de dag kwam in mijn artikel, waarschijnlijk hadden zijn collega's het hem voor de voeten geworpen: ‘Tsjongejonge, wat liep jij nou te slijmen bij die eikel?’ Ik had geschreven dat hij aardig was, en dat was hem in het verkeerde keelgat geschoten. Wat, áárdig, ík?! Tegen zijn natuur in deed hij alles wat hij kon om te laten zien dat hij een harde was.

Bij de leerlingen sorteerde mijn niemendallerige verslag weinig effect, behalve de hilariteit veroorzaakt door de naam waarmee ik de jonge Siciliaan had omgedoopt, Wilmo; die was bij me opgekomen denkend aan de vrouw van Fred Flintstone, en de kreet waarmee hij haar roept terwijl hij op de deur van hun grot bonst: ‘Wilmáááá! Doe open!!’

Kortom, met mijn stichtelijke verhaaltje bezorgde ik me zelfs onder de gedetineerden niet de titel van hun voorvechter, die ik overigens ook niet ambieer, noch mijn strepen als beschermer van hun met voeten getreden rechten: dat artikel heeft me niks dan problemen opgeleverd, wat mijn oude mening bevestigde dat ik daar maar beter niet over kan schrijven. Maar goed, ja, we hebben wel lol gehad om Wilmo, en sindsdien werd hij door iedereen zo genoemd.

Uiteindelijk begreep ik de boodschap: ‘Oprotten.’ Die kwam luid en duidelijk binnen. Ik paste de deviezen van de wijze keizer toe. Dus hield ik geduldig mijn mond, en in september diende ik het verzoek in om de Extra Beveiligde Inrichting te verlaten en weer te gaan lesgeven aan de gewone gedetineerden.

Om het voorval af te sluiten: het blonde meisje dat na school een klap van Jervi kreeg, heb ik een jaar of twaalf geleden, misschien wat langer, rond 2001 was het, leren kennen, met naam en toenaam. Rosetta Mauri, roepnaam Rosi. Zo knap als toen was ze niet meer, ze was heel erg mager, en duidelijk ouder geworden, ze had rimpels om haar mond, enzovoort, maar ze had levendige ogen en ze had nog steeds lang blond haar, zo lichtblond dat het niet meer de natuurlijke kleur van vroeger kon zijn. Hoe ik haar had herkend? Nou, er zijn wellicht mensen die het niet zullen geloven, maar ze droeg *exact dezelfde kleren* als die ene dag, toen ze op haar Ducati zat te huilen en vervolgens was weggescheurd over de Via Nomentana, en dat jochie dat haar wilde troosten voor paal liet staan: ze droeg een stugge witte Schotse trui, grofgebreid, en een paarse broek met wijde pijpen, en laarsjes. Dertig jaar waarin alles was veranderd, maar tegelijkertijd niets was veranderd: wie weet is dat nog steeds dezelfde trui, bedacht ik... Wie weet had die alle wasbeurten doorstaan, wat helaas niet het geval was met haar gezichtshuid. Zo bits als Rosi op die lang vervlogen dag was geweest, zo bereidwillig was ze toen ik haar opnieuw ontmoette. Ik kende haar van naam, ze was in de tussentijd een vaardige tv-producente geworden, samen met haar tweede echtgenoot, en ze kende mij ook van naam, maar die namen waren nooit gekoppeld aan onze gezichten, en we hadden elkaar ook nooit de hand gedrukt, nooit telefoonnummers uitgewisseld, laat staan (zo formuleerde ik onmiddellijk in mijn gedachten, die gewend zijn om in het bijzijn van een aantrekkelijke vrouw onmiddellijk conclusies te trekken, op roekeloze wijze, alsof de woorden en de bijbehorende beelden vanuit een katapult worden geprojecteerd) dat onze monden elkaar ooit hadden beroerd, helaas, of onze lichamen zich hadden verenigd. Ik zei niet dat ik in haar het meisje op de motor had herkend dat een klap had gekregen van Jervi (R.I.P.), waar ik overigens pas honderd procent zeker van was toen ze in lachen uitbarstte om een grapje van me, en daarbij, aangezien Rosi echt niet dom was en alleen maar lachte om mij een plezier te doen, *haar gezicht achter haar handen verborg.* Ja, vlak voordat ze begon te lachen bedekte ze haar gezicht met haar handen. Alsof ze dat instinctief deed wanneer ze lachte of huilde of iets veinsde: gevoelens, ideeën, vrolijkheid of droefheid, onzegbare gedachten, waarvan ze alleen tussen haar vingers door een glimp kon tonen. Ze had lange, dunne vingers, waarvan ze de toppen in haar gebleekte haren stak. Ik was heel erg getroffen door dat gebaar, misschien van verlegenheid of sluwheid, maar hoe dan ook verleidelijk. Toen kon ik me niet meer inhouden en vroeg: 'Heb je die Ducati nog altijd?'

Ik heb drie keer seks gehad met Rosi Mauri. De eerste keer, een maand nadat we elkaar hadden leren kennen, was in Milaan, waar ik me bevond vanwege overleg met mijn uitgever, en zij voor een tv-programma. Het was heel eenvoudig om een afspraak te maken, en het was ons allebei duidelijk wat daar het doel van was. Ik logeerde in het atelier van een kunstenaar die ik via via kende, een rommelige plek vol kabels, stekkerdozen, klemspotjes, schilderijen die naar de muur stonden gekeerd, metalen schappen, stapels cd's en dvd's en een flinke installatie met twee schermen om video's te monteren; en midden in die ruimte een keihard bed met hoog hoofdeinde, dat ik had bedekt met schone, maar niet gestreken linnen lakens. Een kwartier voordat ze zou komen, nadat ze al haar afspraken had afgewerkt, tegen zes uur 's avonds, begon het te sneeuwen, eerst wat lichte vlokken en daarna steeds harder, zo hard dat je de plofjes kon horen waarmee de vlokken de oude, gammele ramen lieten trillen wanneer ze ertegen te pletter sloegen. Gelukkig draaiden de kachels in het atelier op volle toeren, zodat Rosi toen ze binnenkwam een klap kreeg van de plotselinge, versuffende warmte, en haar gezicht van grauw en vertrokken in één keer rood werd, vlammend als een roos die brandt in een winters vuur. Zodra ze een meter binnen was, dat wil zeggen net ver genoeg om de deur achter haar dicht te kunnen doen, omhelsde ik haar en ontdeed haar alvast van haar muts en haar sjaal, zodat haar haren, nog blonder dan de vorige keer, met de kletsnatte punten over haar schouders en tegen mijn borst aan vielen, en vervolgens knoopte ik, zonder me er druk om te maken dat er stukken bevroren sneeuw op me vielen, de onderste twee knopen van haar lange wollen jas los, stak mijn hand door de opening, deed haar rok omhoog en ontdekte dat ze daaronder van die kousen droeg die 'overknee' worden genoemd, met het elastiek halverwege het dijbeen, en het effect hebben dat ze de temperatuur van de huid die onbedekt blijft verrukkelijk koel houden, zoals je dus zou doen met champagne in een ijsemmer. Instinctief boog Rosi een been en legde het over me heen, met haar knie op mijn zij, waardoor ze de kous liet zien en het stuk ontbloot dijbeen tot aan de lies, dat wit was, kleurloos zelfs, alsof er in de natuur nog iets lichters kon bestaan dan sneeuw of ijs, en daarna hupte ze achteruit naar een muur bij de deur en leunde er met haar rug tegenaan, waarna ze me nog steviger omklemde en warrig mijn mond zocht met de hare.

De volgende dag ontmoette ik in een ijskoud Japans restaurant waar ik weinig of niets at – niets eetbaars in elk geval, want die rolletjes koude rauwe vis beschouwde ik niet als zodanig – mijn uitgever, jovialer en cynischer dan ooit, die zich bediende van de uitdrukking 'Ik kan er geen chocola van maken', tamelijk toepasselijk in een restaurant, om me meteen duidelijk te maken dat hij totaal niet verwachtte ook maar één exemplaar meer van mijn prachtige boek te verkopen dan verwacht, dat wil zeggen de eerste miezerige druk, en dat hij ook geen vinger zou verroeren om dat wel mogelijk te maken, want in de tussentijd ('Wist je dat niet? Dat meen je niet. In welke grot heb jij gezeten, vriend...?') was er een ander boek uitgekomen, met bijna hetzelfde verhaal, wel een stuk slechter geschreven maar ook een stuk commerciëler dan het mijne, waarvan in de week nadat de auteur op tv was verschenen maar liefst tienduizend exemplaren per dag waren verkocht en dat beloofde zo door te gaan, sterker nog, meer, veel meer, steeds meer. Maar ik was nog half versuft door mijn avond met Rosi, verzadigd en loom, en niet helder genoeg om duidelijke wensen te koesteren of rechten terug te eisen, en ik kon er niet zo heel erg mee zitten, of dat liet ik in elk geval niet merken, want diep in mijn hart was ik wel degelijk geërgerd, maar vanwege die loomheid vermengd met mijn gebruikelijke onnozele trots liet ik geen zweem van ontevredenheid doorschemeren, integendeel, ik deed me superieur en afstandelijk voor – en dat was stom, heel stom, want zodra de uitgever doorhad dat ik me meteen bij de feiten neerlegde en niet protesteerde, geen eisen stelde, niet vocht om toch iets te verkrijgen, iets meer, iets beters, greep hij zijn kans en veranderde van onderwerp, en toen was het bekeken, we gingen meteen over op de moppen en die namen de resterende drie kwartier in beslag van de audiëntie die me was verleend.

De 'sportieve' houding die ik altijd heb aangenomen bij dat soort dingen, als een gentleman *'qui se pique de rien'*, is een mislukking. Alle dingen (inclusief geld, succes, liefde) gaan naar degenen die ze echt willen hebben en er met hand en tand voor vechten, begrepen?

De elektrische kachels maakten het atelier zo warm dat het amper draaglijk was, terwijl buiten in het donker de sneeuwstorm over Milaan woedde. Ik kon daar nooit aan wennen, en zal er ook nooit aan wennen. In Rome zijn de huizen altijd half koud, en dat vind ik juist fijner: in die bloedhete Milanese huizen doe ik nog liever een raam open, desnoods sneeuwt het naar binnen, maar dan krijg je tenminste wat frisse lucht...

Maar dankzij die oververhitting lag Rosi wel naakt boven op de lakens, op haar buik, ze zwaaide met één voet in de lucht en lag met haar gezicht op het kussen, omkranst door haar glanzende haar. En dat vond ik mooi. Daarna draaide ze zich om en toonde me haar voorkant, haar borsten en buik, verslapt door haar zwangerschappen. Ik kon haar dus bekijken zoveel ik wilde, haar eindelijk leren kennen. Ik bewonderde langdurig en gretig de verwoesting die de tijd had aangericht op haar lichaam en haar gezicht, terwijl ze toch een aantrekkelijke vrouw was gebleven, wat zeg ik, heel aantrekkelijk, alsof haar verloren schoonheid juist zo fascineerde omdat die er niet meer was, niet aanwezig was behalve als ondergrond of als ruïne, en je dwong tot een intense, bezielde, even weemoedige als opwindende inspanning van je verbeelding, je zintuigen aanscherpte tijdens de reconstructie van datgene wat er moest zijn geweest, van die pracht die Rosi als meisje moest zijn geweest. Stel je voor, haar borsten toen ze twintig was... geweldig, trots... Stel je die benen voor, die nu uitgelubberd zijn bij de knieën, hoe die op haar twintigste moeten zijn geweest... Stel je die bloedmooie mond voor, waarvan de dunne bovenlip nu allemaal kleine verticale kloofjes heeft, stel je voor hoe die mond moet zijn geweest toen haar lippen nog vol en geprononceerd waren, of nee, dat moet je je niet voorstellen maar herinneren, brein van mij, denk er eens goed aan terug, ogen, want jullie hebben die volle lippen al gezien, nadat ze waren getroffen door de klap van Jervi.

'Die motor was niet van mij, maar van mijn broer... ik had hem stiekem geleend... ik wilde indruk maken op die sukkel...' (*Typisch, hè? dat Rosi hetzelfde woord als de Prins gebruikte voor Jervi, mijn ongelukkige klasgenoot*)... 'ik had geen papieren, ik had geen rijbewijs... nu nog steeds niet trouwens... later werd ik aangehouden door de politie terwijl ik als een gek door Rome reed, ik wilde op de Corso Francia van de brug af rijden... maar kun jij je voorstellen dat een agent in Rome iets durft te zeggen tegen een meisje van zestien, blond, overstuur...? Het scheelde niet veel of hij had me op de knieën zijn liefde verklaard. Als je mooi en verliefd bent, wordt iedereen in één keer verliefd op je, iedereen... behalve degene die jij wilt. En ik was echt hopeloos verliefd op jouw vriend... Nee, je hoeft niet te zeggen dat hij geen vriend van je was, dat weet ik al, Stefano had geen vrienden, en al helemaal geen vriendinnen... Hij had vrouwen, oudere vrouwen. Hij was naar bed geweest met de moeder van een klasgenoot van jullie, dat vertelde hij me om me jaloers te maken, alsof dat nodig was... wat een súkkel... en wat was ik verliefd op die sukkel, dat is niet te geloven...! Twee of drie jaar later hield ik nog steeds van hem, ik was helemaal gek van hem, terwijl hij niet eens meer mijn nummer had, het was alsof ik dood was voor hem... En ik stond voor zijn huis te wachten, ik keek naar het raam van zijn kamer of er licht brandde, en als het maar zwak verlicht was stelde ik me voor dat er een meisje bij hem was dat haar gekleurde beha over het lampje op zijn nachtkastje had gehangen... En als het helemaal donker was vroeg ik me handenwringend af waar hij kon zijn...

...zo ben ik hem een keer gevolgd, met de Ducati, waarvan ook nog eens de koplamp kapot was, om te kijken waar hij naartoe ging, en bleef ik voor het huis staan wachten waar hij had geparkeerd... En toen kwam ik op het idee om zijn auto te beschadigen, ook al was die niet van hem maar van zijn vader, een geblindeerde Mercedes, dat maakt niet uit, bedacht ik, ik loop ernaartoe en ik sla zijn zijspiegels kapot, ik kras met mijn sleutel over de motorkap... mijn handtekening, R-O-S-I... en voor de verandering begon ik weer te huilen.

Na enige tijd had ik nog steeds niet besloten of ik me echt zou gaan wreken, en op dat moment zag ik een auto aankomen, er stapte een meisje uit, lang, opgemaakt en gekleed alsof ze naar een feest ging. Ze had een emmer in de hand, en ze beende met grote stappen naar de Mercedes van die sukkel... ik kon mijn ogen niet geloven... Het was een blik verf dat ze in de hand hield, en dat gooide ze leeg over het dak van de auto, over de raampjes, de motorkap, maar niet woest, heel zorgvuldig, oppassend dat haar jurk en haar schoenen niet vies werden, totdat de auto bijna helemaal bedekt was. De roomkleurige Mercedes werd zwart. Ik stond met open mond te kijken naar het werk van die wreekster, die haar vergeldingsmaatregel tegen Stefano veel beter en bedaarder had uitgedacht, en die me voor was geweest. Ze gooide het lege blik op de grond en gaf er een trap tegenaan zodat het naar de stoep rolde, en dat was haar enige venijnige beweging. Toen stapte ze weer in haar stadsautootje, startte en scheurde ervandoor.

Hij had dus niet maar één andere vrouw, behalve mij, maar minstens twee of drie, of wie weet hoeveel. Toch kon ik niet anders dan van hem houden, en om hem lijden. Ik werd bevangen door paniek, in plaats van dat ik leedvermaak voelde bij het idee hoe zijn vader zou reageren vanwege die auto. Ik was zo bezorgd dat ik in staat was zijn ouders thuis op te bellen en zijn vader aan de telefoon te vragen om Stefano vrij te pleiten en zelf de verantwoordelijkheid op me te nemen, te zeggen dat ik degene was die de auto had besmeurd met verf... En dat deed ik ook, diezelfde nacht nog, ik belde, maar er nam niemand op. Ze stonden allemaal op straat te kijken naar de uitgebrande auto, met de brandweer en de politie erbij. Stefano was er namelijk op de een of andere manier toch nog in geslaagd om naar huis te rijden, en daarna had hij de auto in brand gestoken met een jerrycan benzine die hij uit de garage had gepakt. De politie suggereerde dat het ging om een waarschuwing of een wraakactie tegen zijn vader, die vervolgens enige tijd persoonlijk bewaakt werd.

Ik ben nooit meer zo verliefd geweest op iemand. Ook niet op mijn eerste man, en zeker niet op de tweede. En ook niet op mijn kinderen, terwijl ik daar toch ontzettend dol op ben... Wat ik voor Stefano voelde overstijgt alles en iedereen, ik bedoel, het gevoel dat je kunt ervaren voor een ander. Want het omvat ook alle boosaardige, krankzinnige dingen. De dingen waar je van droomt als je koorts hebt. Samen met hem had ik zelfs een moord kunnen plegen, als hij het me had gevraagd, als ik alleen al het vermoeden had gehad dat ik hem daarmee een plezier had kunnen doen, en hem daarmee terug zou kunnen krijgen...

Ik denk dat ik nooit zo verdwaasd ben geweest als in de tijd dat ik gek was op hem. Een tijdlang waste ik me zelfs niet meer. Ik viel tien kilo af. Ik millimeterde mijn haar, met het idee dat hij me dan wel weer leuk zou vinden, dan wel weer...

...Het kon me niets schelen dat hij me in de steek had gelaten op het moeilijkste moment, en hoe kil en arrogant hij was geweest. Hij was zo mooi, zo mooi en gemeen... Stefano Jervi, jouw klasgenoot.

Mijn man daarentegen is lief... hij steunt me, begrijpt me. Ik hoef niet aan hem te denken. Ik kan hele dagen niet aan hem denken, omdat hij er hoe dan ook ís. Ook jij deed lief tegen me toen hij me had geslagen bij jullie school, tenminste, als ik jou mag geloven, want ik heb helemaal geen herinnering aan jou, die dag. Was je daar echt bij? Die klap van hem is me wel degelijk bijgebleven.

Ik zag alleen maar hem, ik was radeloos...

Toen ik later hoorde van zijn dood was ik al getrouwd en gescheiden, en had ik een dochtertje... En ik kan niet zeggen dat ik altijd aan hem dacht, dan zou ik liegen, ik dacht allang niet meer aan hem, het was tien jaar later, ik had een ander leven, en daarna weer een ander leven, mijn kind, mijn werk... Maar toen ik het hoorde voelde ik een steek vanbinnen, alsof er een zwaard in mijn buik werd gestoken...'

Pas op dat moment merkte ik dat Rosi lag te huilen, maar niet aan de klank van haar schorre stem, die gewoon door bleef vertellen in hetzelfde monotone, afstandelijke ritme, maar aan het feit dat haar haren, waaronder ze haar gezicht verborg, weer net zo nat waren als toen ze vanuit de sneeuwstorm was binnengekomen. Ik onderbrak haar niet, ik droogde haar tranen niet, maar ik begon haar rug te strelen, van haar schouders tot onderaan, waar bleke striae liepen boven en onder haar magere billen. Ik zag twee donkere vlekjes precies waar de spitse botten van haar bekken bijna door de huid heen staken, en daar concentreerde ik langdurig mijn strelingen op.

'...het was een ondraaglijke, onbegrijpelijke pijn. Stefano was al tien jaar uit mijn leven verdwenen, wat kon mij het schelen dat hij dood was, en dat hij op zo'n manier was omgekomen, ook nog eens? Een goed moment om te bedenken dat het zijn verdiende loon was, echt zijn verdiende loon, zo'n absurde dood! En dat terwijl hij nooit iets met politiek had... de grootste egoïst aller tijden... gestorven als een revolutionaire strijder, ach wat! Dat accepteerde ik niet, dat kon niet waar zijn, het was belachelijk. Maar dat zwaard drong steeds dieper in mijn buik, ik kreeg haast geen lucht meer, ik ademde alsof mijn ribben naar binnen waren geklapt... En ineens besloot ik heel helder dat ik ook wilde sterven, net als hij, op een net zo onzinnige manier, door mezelf de lucht in te laten vliegen... het huis... mijn dochter, de kinderstoel, de fruitsapjes, het bankstel, de kleren en schoenen in de kasten... alles laten ontploffen.

Ik deed de ramen dicht, ging naar de keuken en draaide de pitten van het fornuis open, pakte mijn dochter vast en ging met een aansteker binnen handbereik aan de keukentafel zitten, wachtend op het juiste moment... de verzadiging. Maar de pijn nam niet af, sterker nog, die werd echt ondraaglijk, hartverscheurend, ik kreeg haast het idee dat ik daaraan dood zou gaan in plaats van door het gas. Intussen begon mijn dochtertje te geeuwen en met haar ogen te draaien. Ik weet niet wat ik had, waarom ik dat deed. Ik ben een kalme vrouw, ik vertrouw mezelf, ik kan beslissingen nemen. Ik kan ja en nee zeggen. Tegen jou heb ik ja gezegd, tegen anderen nee, en ik weet ook waarom. Op mijn werk beschouwen ze me zelfs als een slang, een koudbloedig, harteloos reptiel, misschien heb je dat wel gehoord, en dat alleen omdat ik logisch redeneer, omdat ik kan redeneren. Jij kent me niet, en ik ken jou ook niet, in wezen. Maar dat we hier nu samen zijn wil zeggen dat we elkaar wel kennen en weten waar we mee bezig zijn, we weten dat het verkeerd is, maar toch doen we het. Die dag was ik echter niet mezelf, er was iets buiten mezelf dat voor mij besloot...

Toen ik weer naar mijn dochtertje keek, had ze haar ogen dicht. Ze sliep. Misschien vanwege het gas, dat ik maar nauwelijks rook. Het was net of ze licht gaf... haar huid leek fluorescerend. Ik pakte de aansteker, hield mijn duim in de aanslag. Door het raam zag ik de sterren stralen aan de heldere hemel. Stil, onbeweeglijk. Ik keek weer naar mijn dochter en nu zag ze er weer anders uit: een klein lijkje, roerloos, in doeken gewikkeld, een beeldje, je weet wel, zoals die Mariabeeldjes, die piepkleine Mariabeeldjes die oplichten in het donker... En toen werd alles me opnieuw helemaal duidelijk, simpel, zoals het moest zijn, ik legde de aansteker op tafel, stond op, gooide het raam open, draaide het gas dicht, met mijn dochtertje in mijn armen ging ik alle ramen van het huis opendoen, en vijf minuten later was het gas naar buiten gevlogen, mijn dochtertje haalde rustig adem. Ik legde haar in haar bedje, alles was voorbij, de stekende pijn in mijn buik verdwenen, vervangen door een lege bel, en ik dacht terug aan Stefano zoals je aan iemand denkt met wie je heel lang geleden hebt gevreeën, ja, een mooie jongen, een bijzondere jongen, mijn eerste vriendje... maar niet meer dan dat...

Ik ben er goed vanaf gekomen, en sindsdien leef ik op mijn manier.

En daarom kan ik nu lachen om sommige herinneringen met hem. Ik kan er gewoon om lachen.

Ik herinner me hoe hij praatte over jullie school, en over de paters. Hij haatte ze. Hij haatte eerlijk gezegd ook jullie, zijn klasgenoten, tenminste, dat zei hij tegen mij. Hij wilde het liefst weglopen van jullie school en de paters. En van zijn familie. Maar eerst van de school.

Over jou heeft hij het volgens mij nooit gehad, maar hij beschouwde jullie over het algemeen als een stel idioten. Behalve één jongen, een genie, hij zei dat er een genie bij jullie in de klas zat, een absoluut genie... Weet je wie ik bedoel? Was jij dat? Nee? Ach ja, niks aan te doen, hij was gewoon gemeen, Stefano. Echt gemeen. Hij vertelde me een keer dat hij een plant had geïnjecteerd... dat jullie een homoseksuele leraar hadden die verliefd was op die plant, en hij had hem vermoord, voor de gein, met een gifinjectie... was dat waar?'

'Ja. Dat is echt gebeurd. Maar dat had hij niet gedaan...' zei ik, ter bescherming van zijn nagedachtenis. Ik weet niet waarom ik dat zei. Ik zag zijn grote sprekende ogen weer voor me... zijn stralend witte tanden. Ik stopte met het strelen van Rosetta's rug en zij draaide zich met een ruk om.

'Ha, dus... dat was ook alweer gelogen!' en ze lachte. 'Ik zal je iets vertellen, mijn laatste daad van waanzin. Maar dan heel simpel, risicoloos. Zo risicoloos dat het niet eens de moeite waard was om te proberen. Heb jij Romina gekend, de zus van Stefano? Herinner je je haar nog? Als je haar hebt gekend, vond je haar zeker leuk. Zij was volgens mij het mooiste meisje van Rome, of in elk geval de mooiste van haar sector...'

'Haar sector?'

Hier ontvouwde Rosetta Mauri, analoog aan bepaalde gidsen die de stad in zones verdelen om gemakkelijker op zoek te kunnen gaan naar monumenten of restaurants, een tamelijk opmerkelijke theorie over de mooiste, beroemdste meisjes van Rome, beroemd omdat ze mooi waren, de mooie Romeinse meisjes van dertig jaar geleden, de spetters van de scholen dus, van de lycea, de discotheken, van de mooie families, de meest begeerde, over wie Rosetta alles wist, in tegenstelling tot mij. Volgens haar golden er verschillende fysieke kenmerken, als waren het afzonderlijke rassen, afhankelijk van de sector waar de meisjes vandaan kwamen. Het haar, de ogen, de mond, enzovoort. Het was een overtuigende theorie, ondersteund door talloze voorbeelden, die ik hier niet uitgebreid zal weergeven omdat ik dan te veel mensen met naam en toenaam zou moeten noemen. Ik heb iets dergelijks op tv gezien in een programma (wreed, intelligent, dat dan ook onmiddellijk van de buis werd gehaald), waarin ze jaren later teruggingen naar degenen die het mooiste meisje van de klas waren geweest, of van een bepaalde vakantieplaats, of van een volleybalteam.

Hoe dan ook, in mijn stad had Romina Jervi wel een jaar of vijftien vanaf de tijd dat dit verhaal zich afspeelt de hele sector Noord-Rome verlicht met haar schoonheid, zo verblindend dat ze volgens Rosi alle andere mooie meisjes in de schaduw had gesteld, 'en daar reken ik mezelf ook toe, want ik was echt niet lelijk, toch?'

Ik schudde mijn hoofd. Rosi paste precies bij die soort van onderkoelde waardering die ik volgens mij alleen in vertalingen uit het Engels heb gelezen: 'Die zou ik niet mijn bed uit schoppen', wat ik zelf op dat moment ook bevestigde.

'Misschien was het om wraak te nemen op Stefano, of omdat ik nog steeds gek op hem was en iets van hem wilde, iets wat bij hem hoorde of op hem leek. Wat *heel veel* op hem leek. Ik had gedronken...'

Meisje toch, waar heb je het over? vroeg ik me af. Rosetta was zo iemand die graag vertelt en achteloos met halve, mysterieuze zinnen strooit om de nieuwsgierigheid van haar toehoorder te wekken, die daardoor gedwongen is vragen te stellen zodat het lijkt alsof hij degene is die er dolgraag meer van wil weten; hij moet degene die het verhaal is begonnen bijna smeken om door te vertellen. Dat is een oude truc, en ik wist hoe die werkte, dus ik vroeg haar niets. Na een lange stilte vervolgde ze, bijna verbluft dat ik geen opheldering eiste: 'Nou, ik zag haar dus daar, in die discotheek...' Intussen had ze haar handen als kommetjes over haar borsten gelegd, alsof ik ze niet meer mocht zien. Het was bloedheet.

'Je weet toch wel over wie ik het heb, hè? Romina Jervi, de zus van Stefano...'

In plaats van te knikken, deed ik mijn ogen dicht. Dat is de beste manier om te luisteren.

'Ik had me altijd afgevraagd of ze op mannen viel. Of ze echt op mannen viel. Los van hoe iemand overkomt of zich gedraagt, is dat niet makkelijk te bepalen, en bij Romina al helemaal niet. Wat zegt het als je een vriendje hebt, of een man? Dus besloot ik haar op de proef te stellen. En daarbij dacht ik dat als ik haar zou kussen, het net zou zijn of ik haar broer kuste. Ze had dezelfde mond, het was gewoon echt de mond van Stefano. Alsof ze die samen deelden; de ene dag had hij hem, en de volgende dag zij. En wat maakt het ook uit? Een mooie mond is een mooie mond. Kunnen twee mensen samen één mond hebben? Ja, als ze broer en zus zijn wel. Sowieso vond ik het mooiste van Jervi zijn mond. Nou ja, je zult wel denken dat ik niet helemaal spoor... dat denk je, hè? En je denkt ook dat ik geen nette meid ben, dat ik nu ook achter jou aan heb gezeten... Dat weet ik, maar dat kan me niks schelen...'

Ik haalde haar handen van haar borsten af, ze liet ze langs haar lichaam vallen. Met één vinger volgde ik de striae die naar haar oksel liepen.

'Vind je ze evengoed mooi?'

Ik knikte.

'Goed, Romina dus, ja, Romina, de mooie Romina... ze was best dom. Nou ja, dat was Stefano ook. Dapper, onstuimig, en verblindend mooi... maar wel dom. In die tijd had Romina iets met een stinkend rijke jongen die haar twee maanden meenam op vakantie naar een verlaten eilandje tussen Corsica en Sardinië, waar niks of niemand was, behalve een Jeep en zijn villa; hij liet haar daar zitten en vertrok zelf met de helikopter... een week of zo, voor zaken, en dan kwam hij terug... Hij ging heen en weer, snap je? En ook al was ze al zo donker van zichzelf, zij lag de hele dag te zonnen, tot ze zowat een Afrikaanse leek; maar ja, wat kon ze anders doen op dat klote-eiland? Naaktzwemmen en zonnen. Toen ik haar in die discotheek zag, had ze net de hele zomer zo doorgebracht. Die eikel zat champagne te drinken met zijn luidruchtige vrienden, en Romina was behangen met sieraden, ze schitterde in het donker en dronk zelf ook, maar met kleine slokjes, alsof ze het niet lekker vond. Zonder iets te zeggen wrong ik me op de krappe plek tussen haar en de armleuning van de bank waarop ze zat. Ik pakte het glas uit haar hand en dronk het in één keer leeg. "Zo moet dat," zei ik, en ze was zo verbaasd dat ze me een prachtige, verbijsterde glimlach schonk. O, die mond, die tanden... ik moest haar gewoon meteen kussen. Ik pakte haar hoofd vast en kuste haar. Romina zette grote ogen op, ze had prachtige sprekende ogen, dezelfde als Stefano, maar ze haalde haar mond niet van de mijne. Ik weet niet wat me bezielde, of nou ja, dat weet ik wel. Het interessante was de manier waarop Romina mijn kus beantwoordde. Ze ging er helemaal voor. Vol passie. Alsof ze haar vriend zoende, die op de bank naast de onze zat, en alsof ik degene kuste die mijn vriend was geweest, Stefano dus. Toen zag die eikel wat we aan het doen waren. “Hé, hé! Wat gebeurt hier?” zei hij; hij liet zijn vriendjes zitten, kwam naar ons toe en hurkte voor ons neer, met zijn champagneflûte nog in de hand, en met nog steeds dezelfde grijns op zijn gezicht. Hij leek niet geschokt of jaloers, integendeel. “Heb ik wat gemist?” vroeg hij uitdagend aan mij. Romina gaf hem een klap, en hij deed alsof hij die interpreteerde als een grap, ook al verloor hij zijn evenwicht in die obscene hurkhouding van hem en morste hij alle champagne uit zijn glas. Intussen draaide Romina zich naar mij toe om verder te zoenen...

'Hé, wat doe je? Vind je het geen interessant verhaal?'

'Jawel, nou en of, je hebt geen idee hoe interessant,' zei ik. 'Maar als je het niet erg vindt zou ik je nu graag nog een keer willen neuken.'

'Nee... dat vind ik niet erg.'

Ik drong bij haar naar binnen. Zij liet een snik horen. Ze hield haar adem in. En met een hoog stemmetje vroeg ze of ik soms geil was geworden door haar verhaal over Romina, over zij tweeën samen. Had ze het expres gedaan?

'Wil je... wil je dat ik verder vertel...?'

'Nee. Stil.' Het kwam niet daardoor.

Maar ze ging wel door met vertellen. En ik ging door met neuken.

En intussen ging het steeds harder sneeuwen, zoals was voorspeld op het journaal en in de kranten sneeuwde het in Milaan, in heel Lombardije, de spoorrails bevroren, de trams kwamen piepend tot stilstand. Toen de dageraad aanbrak leek de stad een woud van glas. Ik ging te voet naar de afspraak met mijn uitgever, glibberend over het trottoir; dat was de enige manier want al het verkeer lag plat.

Er zijn verschillende redenen waarom ik met Rosi het bed in dook. De eerste en belangrijkste reden is nog altijd dat er geen redenen zijn: die dingen doe je nou eenmaal, gewoon zomaar. Verder was ze nog steeds mooi, al lag haar schoonheid voor negentig procent in een denkbeeldig verleden, toen ze de leeftijd had om over te fantaseren, te dromen, zoals wanneer je masturbeert; dat is een obsceen aspect waarvan ik het belang niet kan meten, een vreemde mengeling van geilheid en schroom, perversie en lust. Verder was er onze wederzijdse onmiddellijke beschikbaarheid. En daarbij, wanneer iets wat logischerwijs tien of twintig of zelfs dertig jaar eerder had moeten gebeuren, maar toen niet gebeurd is, zich dertig jaar later opnieuw aandient, nou, dan móét het deze keer wel gebeuren, dan moet je het laten gebeuren: zodat de cirkel rond is en het hoofdstuk voorgoed gesloten kan worden. Het moet *bezegeld* worden, zeg maar. Rosetta Mauri en ik zijn precies vaak genoeg met elkaar naar bed geweest om de zaak te openen, te consummeren en te sluiten. Ten slotte is er nóg een beweegreden, wellicht minder belangrijk maar wel doorslaggevend, die stevig in mijn verdorven geest zat, namelijk dat zij de vrouw van mijn klasgenoot was geweest, ja, het meisje van Stefano Jervi, degene die haar had ontmaagd. Dertig jaar na mijn mooie klasgenoot drong ik bij Rosi naar binnen: in dezelfde kut waarin hij was klaargekomen, waar hij haar zwanger had gemaakt, ben ook ik klaargekomen, al was er toen niet meer het risico op een zwangerschap. Dat had ze mezelf duidelijk gemaakt, vlak voor mijn orgasme, toen ik met verstikte stem vroeg of ik me moest terugtrekken: ze lag op haar zij met een draaiing van de romp die ik als ze niet zo mager was geweest had aangeduid als Michelangelo-achtig, zodat ze me in de ogen kon kijken terwijl ik boven haar hing en haar achterlangs penetreerde, misschien wel de fijnste houding om met een vrouw te vrijen omdat je zicht hebt op haar gezicht en haar borsten, en daarnaast de aanraking hebt met haar billen, en je kunt álles aanraken en kussen omdat haar lichaam zich bij wijze van spreken op één ononderbroken oppervlak afspeelt, en op mijn verhitte vraag reageerde zij, zelf al heftig klaargekomen en vermoeid, hevig bezweet, onverschillig, alleen maar met een cynisch, samenzweerderig lachje waarbij ze haar tanden ontblootte, alsof ze wilde zeggen: 'Je kunt gewoon in me klaarkomen, jochie, maak je geen zorgen...', zodat ik, die minachtende grijns van haar interpreterend als het teken van een ervaren, rijpe vrouw, die misschien zelfs juist tevreden is om onvruchtbaar te zijn, mijn geslacht diep in het hare duwde tot ik het volspoot met zaad. Als een jochie.

Naderhand heb ik me nog afgevraagd wie die moeder van een klasgenoot kon zijn met wie Jervi volgens eigen zeggen naar bed was geweest. Ik ging er niet van uit dat het bluf was: het was zeker gebeurd, misschien maar één keer, of wie weet hoe vaak. Preuts sloot ik mijn eigen moeder uit, en langzaam maar zeker ook alle andere moeders, op twee na. Of nee, eerlijk gezegd hoefde ik niet eens via uitsluiting te werk te gaan, want het was me meteen duidelijk dat het alleen Ilaria Arbus kon zijn, of de moeder van Pic, Coralla Martirolo.

Het aantal meisjes van mijn en Rosi's generatie die op hun zestiende een abortus ondergingen, kort na hun eerste seksuele ervaringen, of zelfs na hun allereerste, is enorm. Abortus was verboden in Italië, maar men vond wel een manier. Vermogende families keurden het feit op zich af maar achtten het tegelijkertijd noodzakelijk, ze gingen met hun dochters naar het buitenland of namen hun toevlucht tot even dure als discrete artsen. Armere meiden regelden wel iets.

(Van de rijke stinkerd die Romina Jervi elke zomer per helikopter deporteerde naar dat eilandje, en die Rosetta steeds alleen maar aanduidt met 'die eikel' in haar verhaal, weet ik helaas wie hij is. Alweer een connectie via de familie van iemand van school. Hij was namelijk de oudste broer van een andere klasgenoot van mij, de zoveelste oud-leerling van het SLM, het volmaakte prototype van de rijke jongeman aan wie de katholieke school een verguld laagje verleende dat met de tijd is afgesleten, doordat men er maar overheen bleef wrijven en schuren...

Dat er zoveel broers op het SLM zaten heb ik al benoemd.

Romina Jervi had vier lange jaren een relatie met Denis Barnetta, de broer van Gedeone; zij was zestien toen ze elkaar tegenkwamen, twintig toen ze het definitief uitmaakte, vlak voordat hun relatie zou culmineren voor het altaar, dan kinderen, dan een scheiding. Een typisch voorbeeld van de keuze: 'Of we trouwen, of we gaan uit elkaar.' Ze gingen uit elkaar.

Verdere gevolgen van die onzinnige kus tussen Rosi en Romina in die discotheek, als voorloper van de lesbische trend van de laatste tijd: Denis Barnetta reageerde op de klap van Romina Jervi met een reeks oorvijgen, waardoor ze moest huilen en waar ze blauwe plekken aan overhield; dat kreeg haar broer Stefano te horen, en zoals James Caan in *The Godfather* zijn zwager opzocht ging ook Stefano op zoek naar Barnetta, en zodra hij hem had opgespoord wist hij hem uit de auto te sleuren, waarin hij zich doodsbang had verschanst, en schopte en schold hij hem verrot; daarna ging Jervi naar Romina en trapte een vreselijke scène bij haar, zowel vanwege die eikel met wie ze verkering had als vanwege die eenmalige maar vergaande tongzoen die ze had uitgewisseld met zijn oude vlam; en ten slotte bestookte hij die laatste met telefoontjes omdat hij haar terug wilde zien, met het vaste idee om nog een laatste keer met haar te neuken, jaren nadat ze uit elkaar waren gegaan, maar Rosi zei: nee, vergeet het maar. En dat is de laatste gebeurtenis die ik heb vernomen uit het leven van Stefano Maria Jervi, totdat hij dat leven verloor bij de explosie op het dak van het gekkenhuis.)

Nu pas, nu ik overlees wat ik op de voorgaande pagina's en als einde van dit hoofdstuk heb geschreven, realiseer ik me dat het ook voor de mooie Rosetta zo moet zijn geweest dat Jervi, de jongen Jervi, Stefano Maria Jervi zoals hij was in de gouden jaren van het SLM, het werkelijke contactpunt met mij was, de geest waarvoor ze me opzocht, waarvoor ze me opbelde, op een luchtige maar expliciete toon, en naar me toe kwam, en zich staand liet neuken bij de voordeur in dat chaotische atelier van die Milanese kunstenaar. Die prachtige olijfkleurige prins van zeventien bevond zich tussen ons in terwijl we over dat ongemakkelijke bed rolden waar we de volgende dag rugpijn aan over zouden houden, en zij dacht waarschijnlijk intens aan zijn handen, aan zijn ogen, aan zijn immer stijve penis, aan zijn armen, terwijl wij de liefde bedreven en mijn armen haar omhelsden en haar vastklemden op dezelfde manier als ze vele jaren eerder op een aangestampt voetbalveldje Stefano hadden vastgeklemd nadat hij had gescoord, met exact dezelfde vervoering, een soort geestdrift vermengd met blijdschap waartoe ik tegenwoordig alleen nog maar in staat ben omdat daarin eeuwig de jeugd herleeft, niet de mijne, maar die van de wereld, van de hele wereld wanneer die nog jong is, als water dat met krachtige stralen opborrelt uit de diepe duisternis van een grot.

Op dat keiharde bed lagen de lichamen van drie mooie, toffe pubers, oogverblindend, onwetend, met drie prachtige gradaties van teint en haarkleur, van honing- tot asblond tot ravenzwart met een donkerblauwe gloed, gefixeerd in het licht van een volmaakte leeftijd, die zich had gesloten als een doorzichtige schelp, die was verdwenen, dood, dood, dood, ook voor degenen van ons die godzijdank nog leefden – en niet een grijzende man en een voorheen mooie vrouw die verslaafd waren aan overspel.

Hoofdstuk XV

Van dit verhaal kun je zeggen dat het niemand iets kan schelen, maar ook dat het ons allemaal aangaat: het is allebei waar. Mijzelf bijvoorbeeld kan het niets meer schelen, en het heeft me ook nooit iets kunnen schelen, ook destijds niet, toen het zich afspeelde. En waarom schrijf je er dan over? zouden sommigen van u me terecht kunnen vragen. Misschien omdat ik er best veel vanaf weet, wie weet is dat een antwoord dat goed zou worden gerekend, bent u daar tevreden mee? Omdat ik er best veel vanaf weet en zelfs de dingen die ik niet weet meen te weten (dat is tenslotte waar schrijven toe dient...). Of misschien omdat ik er juist niets vanaf weet, of er nog niet genoeg van heb? Of omdat het moment daar is om erover te schrijven, nu of nooit? Zo niet nu, wanneer dan? Kom op, veertig jaar is lang genoeg om er voor eens en voor altijd een streep onder te zetten. Ik schrijf dit verhaal dan ook niet om het me te blijven herinneren, maar opdat het voorgoed wordt verzegeld en vergeten. In elk geval door mij. Ik stop het weg in dit boek, alsof ik het begraaf. Amen.

Hoofdstuk XVI

'Sorry, Edoardo, stoor ik?'

'Nee, ik... met wie spreek ik?'

'Sliep je nog?'

'Nou, eerlijk gezegd... hoe laat is het?'

'Kwart voor zeven.'

'Kwart voor zeven...!'

'Is het te vroeg?'

'Ik heb zo wel de wekker staan... maar sorry, wie...'

'Ik ben Rummo. Gioacchino Rummo.'

'O, Rummo! Hallo... maar... is er iets gebeurd?'

'Ik vond dat jij het moest weten. In elk geval jij. Over meneer Cosmo.'

'Cosmo...'

'Onze leraar Italiaans op het SLM.'

'Ja, natuurlijk, ik snap het, Cosmo.'

'Want weet je, Cosmo is...'

'Hij is dood. Is hij dóód?'

'Ik wilde je zeggen dat Cosmo...'

'Nee, alsjeblieft, zeg niet dat hij dood is. Rummo, alsjeblieft, laat me mijn dag niet zo beginnen. Niet zo. Anders hang ik gewoon op, echt waar, dan hang ik meteen op.'

'Nee, hij is niet dood. Maar hij is wel ziek, ernstig ziek.'

Psychofarmaca maken het ontwaken minder dramatisch. De realiteit heeft moeite om door te dringen. Gelukkig maar, vind ik. Vooral het middel dat ik nu neem, dat een lange halfwaardetijd heeft, te lang om alleen als slaapmiddel voor de nacht te kunnen fungeren, wat de reden was waarom de dokter me iets anders wilde voorschijven, en ook de reden waarom ik tegen hem zei dat ik liever dit wilde blijven slikken en lekker langzaam wilde blijven verteren. Dat het ook een stuk van de dag onder de mantel van zijn onverschilligheid bedekte vond ik allerminst vervelend.

Maar zodra ik helder genoeg was om te begrijpen wat Rummo tegen me gezegd had en waarom, was ik blij dat hij me had gebeld. Dat hij mij had gebeld, ook al was het om me slecht nieuws te brengen.

Rummo vertelde me dat hij onze vroegere leraar ineens als patiënt had gekregen, omdat die aan een zware depressie leed. Cosmo was half verpauperd, had zich van iedereen afgezonderd. Toen Rummo bij hem op huisbezoek was gekomen, was hij geschrokken van het verval.

'Hij heeft zijn legendarische platenverzameling voor een habbekrats verkocht...'

Rummo verzekerde me dat hij dat soort gevallen wel gewend was. Hij werkt een paar keer per week bij een vrijwilligersorganisatie voor medische en psychologische hulp aan armen, bejaarden die aan hun lot zijn overgelaten, en zwervers. O, die goeie ouwe Rummo! Trotse, franjeloze steunpilaar van onze katholieke school. Altijd trouw aan zijn roeping. Bewonderenswaardig. Maar het geval van Cosmo was anders en had hem niet alleen geraakt omdat het onze dierbare leraar betrof.

'Weet je nog? Wij vonden hem toen al oud!'

'Rimpelig als een olifant!'

'Met dat kuchje van hem!'

'Altijd zijn keel aan het schrapen...'

Cosmo was terechtgekomen in een armzalig flatje in de Romeinse kuststreek. Twee kamers met stapels boeken tegen de muren, van de vloer tot aan het plafond, een bank waar de veren uitstaken, een doorgezakt eenpersoonsbed van ijzer, geen tv of radio. Een fauteuil van velours in een ondefinieerbare kleur. Lege mandflessen naast elkaar onder een tafeltje vol kranten, in een ruimte die alleen als keuken kon worden aangeduid vanwege de troep die op eten duidde: aangekoekte rijst in pannetjes, eierschalen en dat soort dingen. Maar afgezien van de smerigheid om hem heen, en zijn pesthumeur, was Cosmo volgens Rummo nog altijd dezelfde als wij aan het SLM hadden gekend. Een geteisterde, maar heldere man, de laatste man op aarde, een figuur als die van kunstenaar Giacometti, met glinsterende ogen in zijn holle gezicht. Hij had zijn voormalige leerling vrijwel meteen herkend. Niet aan zijn naam – dokter Rummo, hm, Rummo, Rummo, ja, dat zegt me wel iets... – maar aan zijn verouderde jongensgezicht.

'En is hij behandeld?'

'Met elektroschokken.'

'Dat gelóóf ik niet.'

'Ja, echt.'

'Van wie heb je dat gehoord?'

'De collega die hem vóór mij onderzocht heeft, en die hem aan mij heeft overgedragen.'

'Ik dacht dat ze dat allang niet meer deden.'

'Jawel, er zijn nog steeds mensen die elektroschokken toepassen. En die ze ondergaan.'

'Ik weet dat mijn opa er heel veel gehad heeft. Maar dat is lang geleden, ik was nog klein.'

'En werkte het bij jouw opa?'

'Niet bepaald. Hij bleef doormodderen, met ups en downs. En toen hij een keer down was, heeft hij zich in het trapportaal omlaag geworpen.'

'Mijn god, wat erg.'

'Best wel heftig, ja. Zelf heb ik het pas jaren later gehoord, toen ik zijn horloge kreeg.'

'En?'

'Nou, het is een verhaal dat... ik heb er een keer een gedicht over geschreven.'

'Mag ik het eens lezen?'

'Wil je het echt lezen?'

'Zeker. Heel graag.'

'Ik zal het je mailen...'

'Alsjeblieft. Niet vergeten.'

Het was Rummo niet gelukt om Cosmo uit zijn depressie te trekken, maar wel om hem op de plaats te laten zweven in die zwarte helderheid van hem, als het kwikbolletje in een thermometer, en te voorkomen dat hij helemaal zou wegzakken. Soms ontving de leraar hem met een ongeïnteresseerde grimas, en zei hij geen woord. Andere keren bedankte hij hem grinnikend voor zijn toewijding. 'Dat verdien ik niet,' zei hij, en vervolgens: 'Dat verdient niemand, waarschijnlijk, dus ik heb niet het idee dat ik iets van iemand afneem.' Mijn oude klasgenoot van het SLM ging dan ook inmiddels vaker bij hem langs dan strikt noodzakelijk, en bij de liefdadigheidsorganisatie die hem had gestuurd hadden ze hem er al wel op gewezen dat hij zijn paar kostbare uren vrijwilligerswerk niet alleen maar aan één patiënt kon wijden die ook weer niet zo'n heel zwaar geval was.

'Toen heb ik een paar dagen vrij genomen, speciaal voor hem.'

'Wat goed van je.'

'Ik wilde hem zien, hem steunen. Ik had het idee dat hij het ondanks zijn norse onverschilligheid toch wel fijn vond dat hij in de gaten werd gehouden door iemand. Door mij.'

Ik kon me niet herinneren dat Rummo bijzonder gesteld was op Cosmo, in onze schooltijd. Ikzelf was dat wel: maar toen ik eenmaal van het SLM af was, dacht ik niet meer aan hem. Hij verdween uit mijn leven, net zo goed als Gas & Svampa en frater Gildo en die zielige Mister Golgota, of als onze leraar klassieke talen, de onnavolgbare De Laurentiis, met zijn concertjes oud-Griekse muziek die hij met één vinger speelde. En wat te zeggen van Impero Baj, de conciërge, bijgenaamd Achtons vanwege de hoeveelheid pasta die hij dagelijks at? Achtons mochten we graag, wat is er van hem geworden?

Een deur die maar van één kant kan worden geopend.

Datzelfde geldt voor veel klasgenoten. Op slag verdwenen. In rook opgegaan. Toch kan ik echt wel zeggen dat zij mijn vrienden waren, en dat Cosmo mijn eerste en belangrijkste leermeester was. Wat betekent dat?

'Hij zei dat hij geen behandeling wilde, dat het tijdverspilling zou zijn.'

Het is alsof het bestaan het verleden tot ruïnes reduceert, en die alleen maar naar boven en naar de voorgrond duwt opdat wij eroverheen kunnen walsen en ze verpletteren onder de druk van het heden dat in beweging is, en verdergaan. Vooruit, vooruit.

Ik ben altijd blindelings *vooruitgegaan*.

'Het was een respectabele houding van hem, maar wel koppig en verkeerd; gelukkig bleek hij later toch bereid om toe te geven, om mij m'n gang te laten gaan, want dat vasthouden aan een negatieve overtuiging zou net zo dom zijn geweest als optimisme. En geloof me, Cosmo was nog altijd een intelligente man...'

'Dus je hebt hem overgehaald om zich te laten behandelen?'

'Om het absoluut noodzakelijke te doen om het lijden te verzachten.'

Kijk, in die houding herken ik mijn vroegere leraar. En in het respecteren daarvan mijn vroegere klasgenoot.

'Tja, die intelligentie van hem zal nooit uitdoven. Ook niet als er van de rest niks meer over is.'

En ook al heb ik het contact met Cosmo ineens afgekapt, ook al heb ik hem verraden door naar een andere school te gaan en hem vervolgens te vergeten, tot vandaag, ik hield me daarbij alleen maar aan wat hij had uitgetekend. Voor zichzelf en voor ons, zijn favoriete leerlingen. Dan heb ik het over Marco Lodoli en Arbus, natuurlijk, en over de anderen die er waren geweest in al die jaren aan het SLM, getroffen door zijn manier van lesgeven: een voortdurende stroom prikkels, een stomp in je maag. Hij was degene die ons zo had voortgedreven: met rukken, met sprongen naar voren, als jonge kalveren die uit een omheining moeten worden geloodst, zonder aarzelingen, en die als ze een beetje pijn aan hun achterste voelen niet omkijken naar waar die steek vandaan kwam. Volgens mij was het dus Cosmo's bedoeling om in de steek te worden gelaten, dat had zijn voorkeur, sterker nog, dat was zijn plan. Hij bewaarde dan ook best veel afstand, op school al, tussen ons en hemzelf, hij was nooit aardig of hartelijk of toegeeflijk tegenover ons, zoals leraren doen die alleen liefhebben omdat ze zelf liefgehad willen worden. Niks geen speciale hartelijkheid tijdens zijn lessen. Hij was precies het tegenovergestelde van Golgota, zeg maar, en van die arme De Laurentiis, die wanhopig probeerden 'ons erbij te betrekken'. Zijn doel als leraar was om in de steek te worden gelaten.

Misschien dat hij zich daarom niet gegeneerd voelde door Rummo's volhardende maar neutrale aanwezigheid. Met Rummo werd de veilige afstand in acht genomen, die iemand als bijvoorbeeld Marco Lodoli of ik, iemand van zijn discipelen dus, ook al had hij er alles aan gedaan om die band niet te cultiveren, een van de onwettige kinderen die hij ondanks zichzelf op de wereld had gezet, zou hebben geprobeerd te verkleinen. Vooral op dit moment, nu de leermeester wellicht zijn laatste lessen zou kunnen geven.

'Maar de routineonderzoeken die we hebben gedaan, leverden een maand geleden een akelige verrassing op. Cosmo is niet alleen depressief; hij heeft ook kanker.'

'Shit, nee.'

'Je zou haast denken dat de depressie de ernstiger ziekte heeft verhuld. Of die zelfs heeft onderdrukt, heeft afgeremd... en de ontwikkeling ervan heeft vertraagd.'

'Wat zeg je nou? Kan dat dan?'

'Het is maar een hypothese. Of een flauwe grap. We weten niet hoe lang hij het al heeft. Het is in een gevorderd stadium, maar het kan zijn dat het maar langzaam groeit, vanwege zijn leeftijd...'

Hoofdstuk XVII

‘Zeg… heb je zin om een keer mee te gaan, naar hem toe?’

‘Ik… sorry, Rummo… liever niet. Dit is geen goed moment.’

‘*Pas de problème*. Als je wilt zal ik je in elk geval op de hoogte houden van de ontwikkelingen…’

‘Jazeker, dat wel, sterker nog, bel me zo vaak je wilt. Hou me op de hoogte. Of anders bel ik jou. Sorry, maar het is…’

‘Laat maar, je hoeft me niets uit te leggen.’

In feite is het nooit een goed moment als iemand ziek is. Als iemand zó ziek is. Het is geen goed moment om te sterven en het is nooit een goed moment om een stervende bij te staan. Het goede moment komt misschien wanneer alles voorbij is en er een eind komt aan dat enorme vergeefse lijden, en ‘het boek vol ellende, bedrog, verdriet en kwaad’ zal worden gesloten in het donker. En dan is het dus geen góéd moment meer.

Ik was de afgelopen jaren getuige geweest van de snelle aftakeling en het overlijden van mensen die me dierbaar waren. En het feit dat ik te dicht bij dat roemloze mysterie was gekomen, door een overmaat aan eigendunk en misplaatst zelfvertrouwen, alsof ik wilde laten zien dat ik dapper genoeg was om *degene* die wegging en *datgene* wat voor hem in de plaats zou komen, dat voorgoed uitdrukkingsloze gezicht, recht in de ogen te kijken, had me niet gesterkt – zoals ik mezelf naïef en tegelijk hooghartig had wijsgemaakt, als iemand die met zijn gezicht naar het publiek toe zijn schouders ophaalt en zegt: ‘Pff! Ik voel er heus niks van, niks niemendal!’, voordat hij het opneemt tegen een reus – maar uitgeput. De nabijheid van de stervenden had me jaren van mijn leven gekost. Mijn zenuwen waren fragiel geworden en trilden bij de minste prikkeling.

Ik kon mijn vroegere leraar maar beter overlaten aan de passende zorg van zijn ijverige ex-leerling, bedacht ik. Al hield die zorg niet in dat Cosmo ook echt behandeld werd, vertelde Rummo. En dat was niet omdat Cosmo dat had geweigerd, maar omdat Rummo had ingezien dat het zinloos zou zijn. Geen chemo of bestraling dus, ook geen heel lichte: er werd alleen een protocol gevolgd om de akeligste gevolgen van het hele gedoe te verzachten. Een minimale, eenvoudige, menselijke benadering. Wijs, zoals ik Gioacchino Rummo altijd wijs had gevonden in zijn onfeilbare geloof. In de hitte van de discussie gaat men er steeds van uit dat strenggelovigen hoe dan ook altijd het standpunt zullen innemen voor de uiterste bescherming van het leven als zodanig, koste wat kost. Een eerder ideologisch dan religieus standpunt. En er zijn er ook genoeg die deze mening uitdragen. Maar het zou even christelijk zijn, wat zeg ik, volgens mij is het honderd keer christelijker, om zonder al te veel gezeik te accepteren dat Gods wil geschiede. Dat die verdomde dood dus maar komt wanneer hij moet komen, aangezien hij hoe dan ook zal komen. Er is misschien geen andere religie ter wereld die zoveel vertrouwen en hoop legt in het sterven; daarom is de houding van hen die eisen dat men zich er hevig tegen verzet om te voorkomen dat de dood intreedt zo onbegrijpelijk, alsof het schandalig zou zijn om een christen op christelijke wijze te laten sterven. En de dood (die door diezelfde personen in hun condoleancepraatjes wordt afgedaan als enkel een overgang naar het ware leven, en bijna een reden om te jubelen) wordt aangeduid als een onwaardige nederlaag en de triomf van boosaardige krachten. Daar begrijp ik echt niets van, dat zal ik nooit kunnen begrijpen. Maar gelukkig was Rummo van de empirische school van hen die weten tot waar ze moeten gaan, en waar ze moeten stoppen. Stoppen om op adem te komen.

'We herzien ze samen elke week,' had hij tegen me gezegd over die zorgprotocollen. 'En ik heb het idee dat meneer Cosmo heel lichtjes glimlacht, bijna zonder zijn mond te bewegen, als ik me een werkwoord laat ontvallen dat is vervoegd in de toekomstige tijd.'

'Maar goed, hoe lang heeft hij dan nog te leven?' vroeg ik.

De stem van Rummo klonk zachter door de telefoon.

'Als je hem moet geloven, hoe dan ook te lang.'

Toen Cosmo verslechterde, besloot ik toch te gaan. Ik reed de Via Aurelia op met mijn hoofd vol gedachten die ik koste wat kost wilde omzeilen. De ontzetting die ik verwachtte te zullen ervaren wanneer ik hem na veertig jaar terugzag, en de waarschijnlijke afkeer van zijn huidige toestand, wist ik op acrobatische wijze te vervangen door een idyllische fantasie waarin we zonder haast discussieerden, hij nog wat jonger, zij het al wel krom en rimpelig, en ik een langharige jongen, alsof we Socrates en Alcibiades waren aan een banket, terwijl hij mijn hoofd streelde en er in antwoord op zijn uitspraken eenvoudige, ware zinnen uit mijn mond kwamen, die ik helaas meteen weer vergat. Niets was verder verwijderd van de realiteit die er heerste in onze schooltijd, en van de huidige. Ik wist al, zoals ik van Rummo aan de telefoon had gehoord, dat we hooguit een paar woorden zouden wisselen, omdat Cosmo inmiddels nauwelijks meer praatte, niet vanwege een lichamelijke belemmering, maar vanwege de overbodigheid van elk gesprek. Sinds een paar weken voelde hij geen enkele drang meer om te communiceren: hij keek gelaten naar de arts of de verpleegkundige, liet hen begaan, liet zich wassen, luisterde naar de weinige rituele woorden van aanmoediging om zich om te draaien of te gaan liggen; maar hij zei niets, behalve af en toe een tussenwerping als 'oké', 'kijk', 'ja-ja', 'o ja', 'nee-nee-nee'. Soms leek hij wat in zichzelf te neuriën. Wat hij te zeggen had, had hij gezegd. En kennelijk had hij het ook opgeschreven.

Rummo had me opgebiecht dat zijn eerste telefoontje, op die vroege ochtend een maand eerder, daaraan te danken was. Terwijl hij rondliep in het flatje en het een beetje probeerde op te ruimen, onder de nu eens onverstoorbare, dan weer spottende blik van de huurder, had Rummo een stapel notitieboekjes met zwarte kaft opgemerkt, van die heel simpele, goedkope boekjes in pocketformaat, die waren onttrokken aan de algehele wanorde en op het eerste oog ordelijk bij elkaar bewaard werden, alsof degene die de kaften door het vele gebruik had versleten eraan gehecht was. En toen Rummo het bovenste opensloeg, zag hij dat het tot halverwege was volgepend met een regelmatig maar vrijwel onleesbaar handschrift, met talloze doorhalingen.

Elke pagina bevatte korte tekstblokken gescheiden door witregels. Sommige notities en observaties vulden ook de boven- en benedenmarges en soms die aan de zijkant, waar de tekst verticaal werd vervolgd om daarna te worden verbonden met een bepaald punt van de reeds geschreven tekst, met een trillend maar nauwkeurig lijntje.

Met het notitieboekje in de hand had Rummo zich omgedraaid naar de auteur ervan, die op dat moment in de fauteuil van verschoten velours zat, met zijn vingers geklemd om de armleuningen, die in het verleden kennelijk door een kat waren gebruikt om zijn nagels te scherpen, en had hem het boekje getoond met een vragende blik.

Is dit van u? betekende die blik, *hebt u dat geschreven?*

'Eh, ja...' had Cosmo gemompeld, en op zijn gezicht verscheen een rouwmoedig en tegelijk sluw, brutaal lachje, terwijl hij een hand van de armleuning losmaakte en ermee door de lucht wuifde alsof hij wilde zeggen: 'Laat maar, laat maar zitten...', alsof Rummo geen aantekeningen maar een verzameling zedeloze foto's had aangetroffen. Een kleine geheime ondeugd waarvoor hij zich had kunnen schamen, zeg maar, als hij nog een sprankje waardigheid over zich en in zich had gehad – wat Cosmo met dat lachje en dat gebaar duidelijk uitsloot.

Rummo telde een twintigtal notitieboekjes. De keren daarna had hij, zonder ooit een expliciete vraag te formuleren, en zonder dat hij het waagde de boekjes door te bladeren en erin te lezen, Cosmo nog vaker ondervraagd in een stilzwijgende dialoog, over wat die boekjes inhielden, en of ze iets belangrijks bevatten, iets kostbaars, maar dan kreeg hij als antwoord een ontwijkende blik of een kruis dat in de lucht werd getekend, wat zonder enige twijfel stond voor 'Ach, het mag geen naam hebben' en 'Gooi alles maar weg'. Als Rummo bleef aandringen, reageerde de oude man snuivend en geïrriteerd. Maar Rummo wist zeker dat hij in diezelfde blikken en geërgerde gebaren een impliciete ontkenning had opgevangen van al die desinteresse en minachting voor die notities van de kant van de opsteller ervan.

Hij kreeg dus het idee dat Cosmo zijn intuïtie op de proef wilde stellen door uiterlijk volledige distantie te veinzen van iets wat hij diep vanbinnen juist belangrijk vond.

'Ik wil er niets van weten. Ik zou me schamen om mijn neus erin te steken. Maar als Cosmo doodgaat zonder dat hij iemand duidelijke instructies heeft gegeven om die teksten te vernietigen, dan moet jij die boekjes meenemen. Je kunt zelf bepalen wat je ermee doet; je kunt ze ook weggooien zonder ze te lezen.'

Zoals gewoonlijk aarzelde ik, maar Rummo was kort en bondig.

'Ik vind dat jij, juist jij, *dat aan hem verplicht bent*.'

Zo reed ik dus over een kustweg van waar je maar af en toe een glimp opving van de zee, zo'n honderd meter verderop, tussen de ene illegaal gebouwde flat en de andere, tussen zieke palmbomen, kantoren en garageboxen. Ik dacht aan wat de oude Cosmo me nog te zeggen zou hebben, en of ik echt om hem had gegeven, behalve dat ik hem bewonderde en zijn aanwijzingen opzoog. Ja, zo zou ik ze willen noemen, wat hij ons op school gaf, niet lessen, of instructies, of onderricht, maar *aanwijzingen*, wenken die in de verte wezen en het bestaan onthulden van complete continenten die onzichtbaar voorbij de horizon lagen, kartelige archipels van namen en ideeën, personages, verhalen, disputen, worstelingen, gevechten van engelen en demonen, legers en filosofen, karavanen van rondtrekkende handelaren, avonturen en kostbare substanties en nieuwe sterren en de leerschool van grote denkers en bossen en ziektes die om zich heen grepen en gevangenen die door de sneeuw werden gesleept en de hunkering naar suprematie die hen daarheen had gesleept, tot aan een soort ampul met pulserende vloeistof waaruit die fantasmagorie ontstond, het gezond verstand dat uit het hoofd van de mensen was ontsnapt, de materie voor ingewijden, het drankje dat mensen wijs en onsterfelijk maakt of het vergif dat hen binnen een paar tellen doodt.

Mijn hoop werd gevoed door een even banale als naïeve illusie, die bijna altijd gedoemd is ijdel te blijken: namelijk dat zieke mensen wier einde onverwachts of bijna onmerkbaar nadert op het punt staan een diepere, oprechtere waarheid te verkondigen, dat ze dus voordat ze ons verlaten een soort laatste boodschap hebben te bezorgen; en als die al niet het geheim van het bestaan in het algemeen onthult, zou ze toch in elk geval betekenis moeten geven aan het leven dat zij zelf hebben geleid. Welnu, dat is dus inderdaad een illusie. En daardoor blijkt het bekende negatieve argument van toepassing, volgens welk die extreme waarheid óf helemaal niet bestaat, óf als ze al bestaat, we er zelfs in de nabijheid van de dood niet mee in contact komen, of dat, als deze al volledig getoond zou worden aan de stervende, als laatste gunst, hij die niet zou kunnen meedelen aan anderen: niet zou kunnen of niet zou willen, hij zou er de kracht niet voor hebben en de woorden zouden in zijn mond opdrogen.

Maar toch kon ik die illusie niet wegstoppen.

Het moest wel zo zijn dat Cosmo iets in petto had voor mij, en alleen voor mij. Al was het maar zijn spottende grijns, samen met wat zeldzame woorden. Geen moment kwam het idee bij me op dat ik hém misschien iets zou moeten meedelen. Ik zou hem in elk geval zeker niet gaan zitten vertellen over 'wat ik deed voor de kost', en over 'de laatste nieuwtjes' (van de laatste veertig jaar?).

Maar had ik nu echt om hem gegeven, of niet? En hij om mij? Hoeveel?

Helaas arriveerde ik te laat voor bekentenissen en openbaringen. Er was er maar één, dezelfde die je voelt tegenover bepaalde schilderijen waarop de figuren zich losmaken van de personages die ze voorstellen, en niets anders meer zijn dan een hoofd, een romp, ledematen: een ding, zeg maar, dat je ziet, dat je góéd ziet, maar dat je niet met woorden kunt uitdrukken. Een lijfelijke aanwezigheid.

Ik ging het flatje binnen. Daar waren Rummo en een vrouw. Cosmo was buiten bewustzijn.

'Zo is hij sinds gisteren.'

'Wordt hij niet wakker?'

De vrouw schudde haar hoofd.

Ik had nog niet naar hem gekeken. De kamer was krap, een paar vierkante meter, maar toch dwaalde mijn blik telkens om de plek heen waarvan ik wist dat zijn bed erin stond gepast, ik wist die gek genoeg te ontwijken, als een blinde hoek. Ik zou een opsomming kunnen geven van de details die mijn ogen opvingen tijdens die omzwerving, maar die waren nietszeggend. Mijn enige manier om armoede te beschrijven is zelfgenoegzaam, als een genreschilderij, vol effectbejag. Ik zag de stapel notitieboekjes op de vensterbank van een raam, waarvan daardoor maar één venster kon worden geopend. Lagen ze daar altijd al of had Rummo ze daar neergelegd? Toen hij me zo zag aarzelen, sloeg Rummo zijn armen om me heen. Hij omhelsde me stevig en ik omhelsde hem. 'Wat jammer,' zei hij, 'wat jammer', waardoor het me duidelijk werd dat Cosmo naar alle waarschijnlijkheid niet meer zou ontwaken uit zijn slaap. Maar er klonk geen spoor van verwijt door in de stem van mijn vroegere klasgenoot aan het SLM, hooguit droefheid, droefheid om mij en de oude leraar, want god weet wat voor bekentenissen en overwegingen we nog hadden kunnen uitwisselen. De beroemde, veelzeggende laatste woorden, die er niet waren geweest, en die er in feite nooit zijn, hooguit in de fantasie van de nabestaanden, die hadden mij eigenlijk moeten toekomen, meende Rummo. Toen pas dacht ik aan het vroegtijdige verdriet van de man die me zo hartstochtelijk omhelsde; ik dacht dus aan de leeftijd die Giaele nu zou hebben als haar familieleden afgepeigerd waren thuisgekomen van het uitstapje naar het Lago dell'Angelo met hun zakken vol takjes voor de collages van Eleonora Rummo, en één besje meer dan de bessen die uiteindelijk, eenmaal thuis, in de vuilnisbak waren beland. Ze zou nu rond de vijfenveertig zijn geweest, Giaele. Ze zou kinderen hebben gehad, misschien wel blonde, ook al is die eigenschap recessief. Of misschien zou ze hoe dan ook te vroeg zijn gestorven, door bij haar vriendje van de scooter te vallen toen een helm nog niet verplicht was, of door een aneurysma of door een banale operatie aan het verkeerde oor, misschien was ze hoe dan ook gedoemd om *klein* te blijven. Om niet op te groeien. Met mijn kin op Rummo's schouders opende ik mijn ogen, die ik door zijn ontroerde omhelzing had dichtgedaan zodat mijn tranen erin verborgen bleven, maar nu gutsten ze tevoorschijn, en eindelijk zag ik door een vochtig waas het bed waarin Cosmo lag.

Nu schrijf ik iets absurds: hij was precies zoals ik me hem herinnerde van school, ook al was hij twee keer zo oud en lag hij op sterven.

Hoofdstuk XVIII

Vier dagen later belde Rummo me weer op. Cosmo was overleden. Hij was tamelijk vredig gestorven. Rummo had hem tot het laatst bijgestaan, samen met de verpleegster aan wier aanwezigheid Cosmo gewend was, en met een derde persoon op wiens identiteit hij niet nader wilde ingaan.

Rummo was degene die me de sleutels van het flatje kwam overhandigen. Met de wederrechtelijke opdracht om er de notitieboekjes en de rest van het eventuele zelfgeschreven materiaal op te gaan halen. Maar ik moest wel opschieten: eind van de maand zou het kot waar onze leraar had gewoond en was gestorven weer opgeleverd moeten worden aan de woningcorporatie van de gemeente Cerveteri. Rummo had de plaatselijke ambtenaar weten over te halen nog twee weken te wachten, in ruil voor de belofte dat de flat leeg zou worden opgeleverd. Hij zou er twee Roemenen naartoe sturen met een vrachtwagentje: afgezien van wat kleren en diverse schoenen die verzoold moesten worden maar wel van een goed merk waren, en die de mannen waarschijnlijk zelf zouden houden, ging alles rechtstreeks naar de stort.

'Ik wil je nog één ding vertellen over Cosmo... het laatste.'

'Vertel.'

'Misschien kun je het je niet voorstellen.'

Dat is heel waarschijnlijk, bedacht ik. Ik heb er steeds meer moeite mee om me voor te stellen wat de mensen die ik ken, of die ik dénk te kennen, doen... wie ze écht zijn.

'Oké, Rummo, ik hoop alleen niet dat het weer iets vreselijks is... want daar heb ik het wel mee gehad.'

Ik wil nu alleen nog maar omringd worden door mooie dingen waar ik vrolijk van word. Is dat het naïeve verlangen van een verwend kind? Ja.

'O, nee, helemaal niet vreselijk...' glimlachte Rummo, 'integendeel, integendeel... maar wel opmerkelijk voor iemand zoals hij.'

'Wat dan?'

'Voordat hij buiten bewustzijn raakte, vroeg hij om religieuze steun.'

'Cosmo?!'

Rummo knikte.

Dat geloof ik niet. Ik kan het niet geloven. Meneer Cosmo... de meest atheïstische man in de geschiedenis van de mensheid. Er was een priester aan zijn zijde, die bij hem waakte tijdens zijn heengaan.

In de dagen dat Cosmo op sterven lag, overleed een grote technologische vernieuwer, misschien wel de grootste en beroemdste, op het gebied van de personal computers. Ook hij leed aan kanker, een stuk jonger dan mijn leraar, en zelfs jonger dan ikzelf nu ben, terwijl ik dit schrijf, maar laat ik dat snel afkloppen. Zijn naam spreekt voor zich en zijn slogans zijn zo overbekend dat ik ze hier niet hoef te herhalen. Van hem heb ik gelezen dat hij na een 'moedig gevecht' was 'verslagen' door de ziekte. Op tv en in de kranten had men het over zijn 'langdurige uitdaging'. De sport- en oorlogsmetaforen waren niet van de lucht. Het verloop van een ziekte wordt tegenwoordig vertaald in voetbal- of tennistermen, en men gaat uit van een strijdlustige instelling, maar daardoor lijkt het uiteindelijk alsof de mensen die het niet redden alleen maar overlijden omdat ze het opgeven. En dat is niet zo. Er is helemaal geen strijd, behalve de strijd die goedbedoelende mensen de zieke aanpraten, dat hij moet vechten met alle krachten die hij niet heeft.

Uit angst hem te beledigen durfde ik Rummo niet te vragen of die priester echt op verzoek van de stervende was gekomen, of dat hij die er op eigen initiatief bij had gehaald. Hoe hoog ik mijn vroegere klasgenoot ook heb zitten, daar zou ik mijn hand niet voor in het vuur durven steken.

Hoofdstuk XIX

Het is zinloos en dom om iemands angst te minachten en te bespotten, want die is altijd omgekeerd evenredig aan diens hoop, dus als je lacht om iemands angsten wil dat zeggen dat je diegene elke hoop ontneemt.

De angst laat zich niet voor eens en voor altijd verslaan. Iemand die te rade gaat bij zichzelf vindt in de angst zijn favoriete gesprekspartner. Om de dood te overwinnen moet je er heel dichtbij komen, hem zelfs voelen, zou je haast zeggen. Degene die de angst overwint treedt binnen in het rijk der doden, zoals Jezus. In een variant van het prachtige ridderdicht *Heer Gawein en de groene ridder* zien we heer Gawein, ook wel Walewein genoemd, een van de helden van de Ronde Tafel, die de dood heeft getrotseerd en ervan af is gekomen met een schram in zijn hals in plaats van dat hij werd onthoofd door de mysterieuze groene ridder (die dan ook de Dood blijkt te zijn, vermomd als kasteelheer), versuft ronddwalen door een vreemde wereld die hij niet herkent, waar de dingen niet meer zijn zoals ze waren; de stemmen zijn anders, en ook de kleuren, de geluiden.

Het is de wereld der doden.

Want jij, beste Gawein, hebt die drempel overschreden, zonder het te weten, terwijl je zeker meende dat je erin geslaagd was aan deze kant ervan te blijven.

En er is nergens een doorgang te bekennen om terug te keren. Totdat hij Merlijn tegenkomt, die eveneens gevangen is door een betovering, waardoor hij voorgoed in de wereld der doden vastzit. De stem van Merlijn zweeft door de lucht als het geritsel van takken...

MERLIJN: *Ook jij zult niet meer terugkeren onder de mensen, Gawein.*

GAWEIN: *Wat zeg je toch? Ik ben al onder de mensen, ik ben vrij, de groene ridder heeft me gratie verleend!*

MERLIJN: *Je kunt ook verloren zijn zonder dat je je hoofd bent kwijtgeraakt.*

GAWEIN: *Wat had ik dan kwijt moeten zijn? Doel je soms op mijn eer?*

MERLIJN: *O, nee, eer heb je nog volop, heer, maar waar je je nu bevindt telt je eer niet meer. Dit is niet de wereld der levenden, Gawein. Snap je dan nog steeds niet wat je is overkomen?*

GAWEIN: *Ik... ben...*

MERLIJN: *Jij bent overgebracht, Gawein! Naar de andere kant.*

GAWEIN: *Straks word ik opgehaald door mijn broeders, de ridders. Ik weet het zeker!*

MERLIJN: *Voor hen ben jij een geest, ze zien je alleen in hun slaap, 's nachts, hoe je vergeefs met je zwaard zwaait, en 's ochtends wrijven ze in hun ogen om je uit te wissen.*

Nu ook ik door de nauwe doorgang ben gegaan, door de mangel van de twijfel en de pijn, en van de angst, en er een stuk zwakker en kleiner uit tevoorschijn ben gekomen, wat is er nu nog van mij over? Wat zijn krachten waar ik op kan rekenen? Het is me onderhand duidelijk dat ik op mezelf ben aangewezen, en dat beangstigt me enorm gezien het feit dat ik door de beproevingen die ik heb doorstaan het gevoel heb dat ik ben gereduceerd tot het absolute minimum; ik leef nog wel, natuurlijk, ik leef nog, maar ik ben veel meer verzwakt dan dat ik er wijzer of verstandiger door ben geworden. Mijn verwarring is het bewijs hoe weinig ik geleerd heb van de school des levens. Ik heb weliswaar de proeve tegen het niets doorstaan, ik heb de druk daarvan weerstaan, maar toch heb ik het gevoel dat het niets zich meester van mij heeft gemaakt. Terwijl ik het versloeg, doorboorde het me, ja, ik kon het alleen maar verslaan dankzij zijn krachten die ik me had toegeëigend, die míj waren geworden. Het niets dat ik voor me of naast me had, als een tegenstander die me probeerde te verrassen, is nu ín mij.

Een deel van het onderwijs dat ik kreeg was gefocust op de dood. Of beter gezegd, op een leven dat echter niet dit leven was. Het feit dat de paters voortdurend verwezen naar de bovenzinnelijke wereld, tijdens de les, tijdens de mis, in hun gebeden, in hun uitleg van de catechismus, deed de leegte die we om ons heen en in ons voelden alleen maar toenemen. We snapten niet goed wat het voor zin had om te leven of niet te leven, wat het verschil was, gezien het feit dat de eeuwigheid heel ergens anders was, later, na afloop, en dat dit hier dat we nu bewoonden alleen maar een vluchtige tussenperiode was. En de materiële wereld mocht dan betekenisloos zijn, maar goed, wat ons betreft gold dat net zo goed voor de beloofde hemel, de superieure wereld (die we met niets anders konden vullen dan met smachtende woorden of met vage, schitterende beelden zoals die van de engelen, gevleugelde knapen met gouden haar) die ons wachtte aan het eind van de oefening, na deze soort van training waartoe de paters dit leven reduceerden in hun beloftevolle preken. De theologie kon ons leren om onze toestand beter te zien en te begrijpen; niet om eraan te ontsnappen.

(Over engelen had iemand kennelijk gezegd dat het in werkelijkheid dode kinderen waren die naar de hemel waren gevlogen.)

Waarom schrijf ik hier nu over? Over de angst en de dood? Omdat het nieuws dat Cosmo er niet meer is me raakt tot aan de kern van mijn wezen.

In elk modern verhaal is altijd wel een mythisch element aanwezig, impliciet, alsof het op de loer ligt, klaar om tevoorschijn te komen en te zegevieren over het verhaal zelf.

Het gedicht over mijn opa, dat ik nooit aan Rummo heb gemaild, is getiteld 'Staal en goud', en gaat over het horloge dat hij om zijn pols droeg toen hij zich in het trapportaal omlaag wierp, net als Primo Levi heeft gedaan. Het was een Rolex uit de jaren dertig of veertig; zelfs de gespecialiseerde horlogemakers tot wie ik me wendde konden het model niet exact bepalen. Het model dat er het meest op leek werd vertrouwelijk aangeduid als 'Eitje'.

Terwijl ik op het toetsenbord tik glinstert aan mijn pols
de Rolex van staal en goud van mijn opa, de fascist
die zelfmoord pleegde. De uren zijn bijna onleesbaar.
Het zat om zijn pols toen hij omlaag stortte
in het gat tussen de trappen met de zwarte leuning

even rouwvol als zijn politieke overtuiging,
waarvan hij de waarden niet alleen rationeel geloofde
maar deze zelfs belichaamde
vanwege een zenuwinzinking, een stemmingswisseling
diep in zijn duistere, getroebleerde hart.

Zes verdiepingen vrije val. Niemand zag het, maar de klap
die werd in elk appartement gehoord.
Bij het neerkomen in de donkere kelderetage
verbrijzelde het fragiele mechanisme van het horloge
evenals de organen van de man die het droeg.
Nu heeft een inhalige ambachtsman, puttend uit een voorraad
onderdeeltjes en radertjes uit productie
het Eitje weer aan de praat gekregen, en het aan mij
teruggegeven.
Hij stond erop het me persoonlijk om de pols te klemmen
als ware het de keten van een dwangarbeider;
en terwijl ik schrijf draaien haar geweduwde wijzertjes
over de wijzerplaat waar ze vergeefs zoeken
naar de sporen van de gewiste uren.

Hoofdstuk xx

Ach ja, mensen, het slapen is niet meer wat het geweest is...
Vroeger sliep ik nog *als een marmot*...

Waking at four to soundless dark, I stare...

Ongeacht op welk tijdstip ik de avond ervoor naar bed ben gegaan, ik word altijd te vroeg wakker, wanneer het midden in de nacht is en de ochtend nog ver weg, om vier uur, half vijf, ik doe mijn ogen open in het donker en word overvallen door de onrust; dan neem ik een half pilletje van een bekend psychofarmacon en wacht tot het gaat werken.

De eerste keren maakte het me binnen een kwartier zo onverschillig voor welk leed dan ook, dat ik er uit dankbaarheid een gedicht aan wilde wijden...

Nu duurt het vanwege de gewenning veel langer, het heeft geen zin om tussen de lakens te blijven woelen.

Dat vroege ontwaken kwelt me nu al jaren. Wat me vooral kwelt is de nutteloosheid ervan. Aangezien ik geen bakker ben en evenmin een boer, en al helemaal geen poëtische ziel, weet ik niet wat ik met de dageraad moet beginnen. De vroege vogels zouden mij eens moeten uitleggen wat ze in de middag dan nog presteren, wanneer ze dus al acht of tien uur aan de slag zijn; hoe vullen zij hun tijd tot aan het avondeten, lukt het ze dan nog steeds om te werken, te draven, één brok energie? Waar halen ze die vandaan? Zijn ze niet al halverwege de dag doodmoe? En zo ja, wat zijn ze er dan mee opgeschoten?

Ik word bang als ik wakker word terwijl het nog donker is.

Nu het langer duurt, heb ik de wachttijd tot de benzodiazepine me vloert getransformeerd tot leestijd: een tamelijk hallucinante manier van lezen, gretig, onscherp, die langzaam maar zeker relaxt – de chemicaliën beginnen te werken, het begin van de pil die ik onder mijn tong heb laten smelten, met korte, opeenvolgende golven die in elkaar overgaan en tot bedaren komen, ik absorbeer het alsof ik zand ben –

kijk, het wordt al minder warrig, nu is het lineair, en de ontspanning van mijn zenuwen gaat gelijk op met die van de zinnen die zich zonder inspanning en belemmering aaneenrijgen, na de ene komt een andere, en dan weer een, terwijl hun inhoud minder urgent wordt, minder belangrijk, of misschien zie ik die nu alleen maar voor wat het is, niet meer en niet minder, voor wat het wérkelijk betekent, zonder dat ik die zin overlaad met betekenissen of hem becommentarieer of afweer of erdoor getroffen word als ware het een openbaring: de zin gaat door me heen en komt er aan de andere kant weer uit. Pagina 123 van het boek is pagina 148 geworden zonder dat ik weet hoe ik daar ben gekomen, wie me heeft geduwd, en dan begint eindelijk het grote loslaten waar ik op wachtte, het loslaten van de afzonderlijke zinnen, van het boek in mijn hand, van het verhaal dat in het boek verteld wordt, van mijn levensverhaal dat ik niet meer hoef te reconstrueren, en van de levens van iedereen, en die moeheid die zodra de wekker van mijn mobiel gaat weer zal beginnen, nou, die voel ik niet meer, de dageraad is aangebroken en filtert door de ramen, maar die jaagt geen specifieke angst aan, het is alleen maar een licht, het geeft geen hoop of illusies die vervolgens pijnlijk ontkend zouden kunnen worden, ik verwacht niets van de nieuwe dag die op het punt van aanbreken staat, maar ik vrees hem ook niet, en het enige waar ik naar verlang is om mijn ogen te sluiten en nog een laatste uurtje heerlijk te slapen voordat mijn wekker gaat, mijn hoofd zwaar op het frisse kussen, de werkelijkheid om me heen vastomlijnd in wat haar authentieke dimensie is: onbeduidendheid.

...and all the uncaring
Intricate rented world begins to rouse...

De methode Xanax + roman (liefst een dikke, vele honderden pagina's...) werkt al een hele poos, ik kan wel zeggen dat ik nog niet gewurgd ben door deze verslaving. Feit is echter dat ik sinds een paar maanden, sinds ik een tablet heb dus, en ik geen aantrekkelijke dikke romans meer kon vinden of opzag tegen de omvang, in plaats van literatuur te lezen de pagina's van de onlinekranten doorblader. Niet het nieuws, want dat zou ik op dat tijdstip niet begrijpen, maar de commentaren van de lezers. Ik heb ontdekt dat het een heel genre op zich is, misschien niet literair, maar het scheelt weinig. Als ik al een verslaving heb ontwikkeld is het niet zozeer aan het middel dat me kalmeert, als wel aan de opmerkingen die me verontrusten. Ze informeren me over de stand van zaken, over hoe het met de wereld gaat, over wat de mensen denken, veel meer dan de artikelen zelf. Ik heb het idee dat daarin de betekenis schuilt: niet in wat er gebeurt maar in hoe de mensen dat beoordelen, hoe ze reageren, welke woorden ze gebruiken. En hoe pissig ze zijn. Want de commentatoren zijn bijna altijd pissig. Negentig procent van al die commentaren is één brok rancune. Je zou haast zeggen dat rancune het sentiment is dat tegenwoordig negen van de tien Italianen, negen van de tien mensen drijft, dat doet hen de deur uit gaan en weer thuiskomen, ademen en redeneren, en dan achter de computer kruipen om namen te verdraaien en nicknames te bedenken, met wraak te dreigen, te spotten, de andere commentatoren te beloven dat ze weldra zullen worden 'weggevaagd'. Nog half slapend, maar al helder genoeg om me te vermaken en tegelijkertijd te huiveren, neem ik met mijn vinger op het tabletscherm tientallen en vervolgens honderden wrange opmerkingen, beschuldigingen, protesten en replieken door in de trant van: Jullie zijn gewoon een stelletje slaven, dieven, zielige knechten, corrupten, hersenlozen, zatlappen, spionnen, idioten. Wat je vaak tegenkomt is de term 'trol', in het jargon de minachtende definitie van 'een figuur die reageert met provocerende, irritante berichten, buiten het onderwerp om of zonder betekenis, met het doel om de communicatie te verstoren en de gemoederen te verhitten'.

Trol: een woord waaraan ik gehecht was en dat me altijd enigszins verontrustte, vanaf de tijd dat ik *Peer Gynt* had gelezen in een geïllustreerde versie voor kinderen, die ik heb teruggevonden in ons familiehuis aan zee en die ik op dit moment in mijn handen heb, voor mijn ogen, en vol ontroering doorblader...

Maar deze trollen die online de kop op hebben gestoken? Over wie hebben we het dan? Wie zit daarachter? De opmerkingen zouden betrekking moeten hebben op het oorspronkelijke artikel, dat aanleiding was tot de discussie, maar dat is inmiddels al honderd of tweehonderd commentaren ver weg, het klosje garen is helemaal afgewikkeld en ver weg gerold, en wie herinnert zich nog waar het over ging, je gaat in op de opmerking van degene voor je, de kanttekeningen buitelen over elkaar, in een spiraal waarin je alleen maar kunt winnen als je agressiever of feller of grappiger bent dan de rest...

Een van de redenen waardoor ik wakker lig, is dat ik dit boek aan het schrijven ben. Het onderwerp ervan. De spoken ervan. De aanleiding waardoor het ontstaan is. Ik had al jaren niet meer aan het DvdC gedacht... en toen stak iemand ineens weer de kop op. Hij klopte aan mijn deur.

In mijn jeugd was mijn slapeloosheid heel anders, puur, onbezoedeld. Preliminair. Onmogelijk om in slaap te vallen.

Op mijn twaalfde, dertiende... op mijn vijftiende... slapeloze nachten met mijn hart in beroering en mijn hoofd vol tegenstrijdige gedachten, een continu, gigantisch, op niets uitlopend denken.

In het donker botsten er continenten van gedachten tegen elkaar, met een gekraak, enorme ijsschotsen op drift. Dat onophoudelijke, vergeefse gepieker... Het lichaam dat rust eiste... de geest uitgehongerd. Waar dacht ik aan? Eerlijk gezegd, aan níéts. Het was niet zo dat ik ergens aan dacht, de gedachten kwamen en masse op mij af en wervelden rond als zwermen vogels door de winterse hemel, waarbij ze af en toe een figuur vormden dat de indruk wekte iets te betekenen, waarna het vrijwel meteen weer oploste.

Hoofdstuk XXI

Goed, nu is het moment daar. De noodzaak voor dit boek ontstond tien jaar geleden, of misschien beter gezegd: herleefde. Werd tot leven gewekt als een mummie in een lowbudgethorrorfilm.

Op 29 april 2005 werden in de buurt van Campobasso twee vrouwen gevonden, begraven in de tuin van een huis.

Een van de hoofdpersonen in deze episode is de evangelische pastor Dario Saccomani (de gedetineerden noemden hem 'de oplichter': hij deed alleen maar projecten in de gevangenis om financiering te krijgen).

Saccomani: 'Ik ben iemand die het werk van God in zijn leven herkent.' Hij stichtte in Campobasso de organisatie Città Futura, die zich toelegt op vier verschillende maatschappelijke vlakken: alcoholisme, gedetineerden, problemen met puberteit en seksualiteit.

Intussen werden in de gevangenis in Palermo de workshops theater en creatief schrijven gegeven door Giuseppe Pitta, cultureel werker, die volgens de gedetineerde Maiorano altijd moest lachen wanneer hij Angelo hoorde vertellen over zijn criminele activiteiten.

Angelo Izzo schreef een roman, waarvan een van de hoofdstukken is getiteld: *Dood aan de mokkeltjes*. Pitta hielp hem met het schrijven ervan. Volgens Pitta was een groot deel van de dingen die Angelo in zijn boek vertelde 'ontsproten aan de fantasie'.

Luca Palaia, een puistige jongeman. Zoon van een tot levenslang veroordeelde Calabrees die samen met Angelo in de gevangenis zat.

Palaia en Angelo leerden elkaar kennen in augustus 2002, tijdens een verlof.

Angelo: 'Ik was geboeid door Palaia. Hoewel hij een ongelukkig leven vol tegenslagen had gehad, leek het alsof het langs hem heen was gegleden, hij was altijd vrolijk. Andere mensen in zijn plaats zouden cynisch zijn geworden, maar hij niet. Ik kreeg een zwak voor hem, maar het moet wel duidelijk zijn dat mijn voorliefde voor Luca niets met homoseksualiteit te maken had. Hij was voor mij als een zoon.'

Tijdens zijn verlofperiodes in Campobasso resideerde Angelo 's avonds na acht uur in Hotel Roxy, vier sterren, waar hij etentjes organiseerde voor zijn gasten, tot wel tien personen, onder wie (zo beweert hij) parlementsleden.

Palaia bereidde zich erop voor de nacht in het Roxy door te brengen in het gezelschap van Angelo, toen er een controlebezoek kwam van de politie. Er werd een rapport opgesteld over die 'troebele situatie'. De agenten vonden Palaia's pyjama in de hotelkamer van Angelo.

Volgens de commandant van de mobiele eenheid in Campobasso had Angelo er tijdens de ondervragingen geen moeite mee om zijn homoseksuele neigingen toe te geven. Saccomani beweerde dat hij biseksueel was, Guido Palladino (de andere medeplichtige) dat hij van jonge jongens hield. 'Palaio was zijn type.' Het was hoe dan ook een perverse relatie, ook al ontkent Angelo Izzo fysiek contact met hem te hebben gehad.

Vanwege dit incident verloor Izzo zijn semiverlof, en vanuit Campobasso werd hij weer opgesloten in de Pagliarelli-gevangenis van Palermo.

Daar sloot hij vriendschap met Giovanni Maiorano, die hij al in verschillende gevangenissen had ontmoet. Maiorano, uit Apulië, had een drugsdealer vermoord en er werd beweerd dat hij met diens hoofd had gevoetbald.

Maiorano is niet de eerste die zich laat misleiden door Angelo's intellectuele profiel. Welk profiel dan? vraag je je af. Het profiel dat wordt gegarandeerd door het feit dat hij uit een goede familie komt, dat hij aan de universiteit heeft gestudeerd (eerlijk gezegd maar één jaar, daarna ging hij de bak in). Er zijn hele hordes rechters, journalisten en journalistes in getrapt, dus waarom niet een of andere laagontwikkelde onderwereldfiguur?

'Hij adviseerde me, gaf me boeken, en ik kookte voor hem, maakte het eten voor hem klaar.' Maiorano raakt ervan overtuigd dat Angelo een goede ondernemer en financieel expert is, met nuttige contacten, hij wil hem zijn spaargeld toevertrouwen; Maiorano is ervan overtuigd dat Angelo zijn vrouw Antonella Linciano en zijn dochter Valentina zal helpen, die nota bene in Campobasso wonen, wanneer hij opnieuw met verlof mag en weer buiten de gevangenis aan het werk kan, in de organisatie van pastor Saccomani. Het is dan ook Maiorano zelf die de twee vrouwen, moeder en dochter, zal aansporen om te vertrouwen op 'oom Angelo', zoals het meisje hem algauw zal noemen. Hij beweert dat hij niet jaloers is, in dit geval, omdat het bekend is dat Angelo op jongens valt en niet op vrouwen.

Angelo bagatelliseerde zijn band met Maiorano: 'We praatten met elkaar, we wandelden... we aten wel eens een bord pasta samen... dat soort dingen.

Hij wilde samen met mij misdaden plegen... Maar ik heb wel andere criminele contacten, zo'n Maiorano hoeft niet te denken dat hij zaken kan doen met mij.'

Naarmate het semiverlof weer nadert voor Angelo, begint Maiorano meer aan te dringen. Volgens Angelo is het Maiorano die zegt dat hij zich naar believen kan 'bedienen' van zijn vrouw, een bijdehand type, om hen in ruil daarvoor een handje te helpen. Om haar en haar dochter buiten de gevangenis een handje te helpen, en ook hemzelf daarbinnen een handje te helpen.

Saccomani duidt zichzelf tijdens het proces aan als 'medewerkster'. Zijn traject om vrouw te worden is al een heel eind gevorderd. De evangelisch pastor Saccomani, oprichter van Città Futura, is namelijk bezig met een geslachtsverandering ten tijde van de moorden. Ja, ik weet het, het klinkt ongelooflijk. Als een scenarioschrijver die touch zou willen toevoegen aan een filmverhaal, zouden de coauteurs protesteren. ‘Nee joh! Dat ontbrak er nog maar aan, de priester die vrouw wordt. We hebben al een moordlustige verkrachter die als psychologisch counselor werkt... Laten we niet overdrijven!’

‘Ik had de keuze om de uitdaging al dan niet aan te gaan...’ (namelijk de keuze om Izzo te helpen vrij te komen, dat vlechtwerk van kruiperige vriendjespolitiek dat, met de huidige regelingen, een bepaalde gedetineerde wel in staat stelt om de gevangenis te verlaten, terwijl iemand die minder opportunistisch is dan hij in de bak kan blijven wegrotten) ‘...en ik nam hem in dienst, want ik heb een heel vastomlijnd uitgangspunt... een uitgangspunt van vertrouwen... sommigen zien dit alles misschien aan voor een vlaag van waanzin, voor een religieuze, mystieke verheerlijking... maar dat is het niet.

Ik ben een extreem rationeel persoon... maar ik ben wel een gelovig persoon,’ zegt de pastor. Hij heeft een (nep)contract opgesteld met Angelo voor het ‘opzetten van een krant’, voor 500 euro per maand.

Rechter: En hoeveel ontving Angelo per maand?

Saccomani: 500 euro.

Dus hij was een werknemer van u?

Ja.

En hoe kon de vereniging het zich permitteren om een vast salaris te betalen aan Izzo?

Nou, ik kon het benodigde bedrag dat ik hem moest betalen bij elkaar krijgen dankzij de donaties, waaronder ook die van zijn familie...

Was dat een terugkerende donatie?

Ja.

Maandelijks?

Ja.

En hoeveel bedroeg de maandelijkse donatie van de familie van Angelo?

500 euro.

Maar dat is precies het bedrag dat hij als salaris betaald kreeg!

Ja.

Wat voor mensen wendden zich tot Città Futura voor steun? 'Zigeuners, werklozen, een heleboel vrouwen die door hun man zijn verlaten voor een jongere vrouw, en die daardoor in de problemen kwamen,' antwoordt Angelo. De psychologische steun die hij verleende bleek doeltreffend. 'Ik kan wel zeggen dat ik zo'n zestig, zeventig procent van de gevallen heb geholpen...' Angelo vindt voor veel aanvraagsters een baan, en geeft de verlaten vrouwen bemoediging. Hij is van plan om Maiorano en zijn vrouw op te lichten door een verhaal te verzinnen over een restaurant dat moet worden verbouwd, zodat hij geld van hen kan inpikken; maar tegelijkertijd droomt hij ervan om daadwerkelijk een restaurant te openen 'om werkgelegenheid te creeren voor de behoeftigen', om wie hij 'echt veel geeft', zo beweert hij.

In november 2004 wordt hem opnieuw penitentiair verlof toegekend door de toezichthoudende rechter in Palermo. Nou zeg, dat werd tijd. (Zie de motiveringen weergegeven in deel zes, hoofdstuk XIV van dit boek.) Eind december komt Angelo vrij. Hij laat Palaia aannemen door Città Futura en betaalt hem uit eigen zak drie- of vierhonderd euro per maand.

Angelo kocht kleren voor hem, hij gaf hem een auto, en toen leerde hij Maiorano's vrouw kennen, die hem zo was aangeraden door de gedetineerde in Palermo, en hij deed alsof hij een restaurant wilde beginnen in Frasso Telesino, in een huis van zijn familie ('een kasteel'). Carmela Linciano, die Antonella werd genoemd, woonde met haar dochter Valentina in een dorpje in de buurt met de absurde naam Gambatesa ('Gestrektbeen'); Valentina was amper veertien en zat op de middenschool. Niemand wilde nog iets met de vrouw te maken hebben, behalve Angelo, maar die is van plan om haar geld af te troggelen voor de verbouwing ('Ik had maar één doel met dat restaurantproject, ik was helemaal niet van plan om een restaurant te openen, het was een smoesje om 10 000-15 000 euro van haar te krijgen en in mijn eigen zak te stoppen'); uiteindelijk gaf Linciano hem met tegenzin, in opdracht van haar gedetineerde echtgenoot, 5500 euro.

Maiorano had haar geschreven dat Angelo 'absoluut betrouwbaar' was. Een ontvangstbewijs was nergens voor nodig.

'Een paar centen, een habbekrats,' aldus Angelo.

De relatie tussen Angelo en de vrouw van Maiorano was een korte, perverse romance, waarvan alleen nog de versie van de moordenaar rest. En net als toen hij vertelde over het DvdC en vele andere gebeurtenissen, verschafte hij ook nu alleen maar een enorme berg beweringen, insinuaties, zinspelingen, verfraaiingen (zo noemde hij ze zelf). Naar zijn zeggen werd hij bestookt door mevrouw Linciano. Ze belde hem voortdurend. Ze ging hem vaak opzoeken bij de vestiging van Città Futura. Altijd had ze dat stomme kind bij zich. 'Ze was overal voor in.' Alleen als het erom ging geld op te hoesten werd ze terughoudend en argwanend. Angelo nam de rol van haar man over en ontfermde zich over de familiekwesties: een advocaat voor haar neef Daniele, die onder huisarrest was geplaatst; hun huisuitzetting; de werkloosheidsuitkering. En hoewel hij beweerde dat hij ze niet kon uitstaan, kreeg hij er lol in om 'de man des huizes te spelen voor die twee vrouwen'.

De relaties die Angelo onderhield hadden altijd iets onwezenlijks. Het waren korte, grillige opwellingen van vervoering of walging. Naar zijn mening verslechterde de relatie met Antonella Linciano omdat zij algauw 'hebzuchtig, uitbuitend van aard' bleek. Ze was 'een keiharde heks'.

En dan had ze ook nog altijd dat grietje bij zich...

'Als ik ze zag aankomen, kreeg ik al de rillingen.'

'Ik begon ze te haten. God, smeekte ik, zorg dat die twee uit mijn leven verdwijnen.'

Dan nu een detail uit de relatie tussen Angelo en de utopistische pastor die bezig was met zijn geslachtsverandering: Angelo liet Saccomani foto's zien van door napalm verbrande Vietnamese kinderen en vroeg: 'Hoe kan God zoiets toestaan?' (de vraag die Ivan Karamazov aan zijn broer Aljosja stelde, sta ik mezelf toe op te merken), waarop de evangelische pastor vol bezieling antwoordde: 'Het is niet waar dat God niets doet... God heeft jou geschapen juist om een einde te maken aan dat soort onrecht.'

(God heeft Angelo geschapen om dát te voorkomen...!)

Terwijl de ingebeelde storm in zijn ziel woedde, ontdekte Angelo dat zijn vrienden Palaia en Palladino helemaal in beslag werden genomen door hun eigen problemen, niet door de zijne. Angelo's innerlijke kwellingen bleven onopgemerkt. En hij besefte dat hij alleen was. Hij hunkerde ernaar om te worden liefgehad, maar dan ook echt liefgehad, sterker nog, dat eiste hij. Hij zat opgesloten in een hoekje en wilde eruit. Vandaar dat in zijn 'gekwetste geest' het idee opkwam om die twee uilskuikens te betrekken bij iets waardoor ze onherroepelijk aan hem verbonden zouden worden. 'Ik was zo vreselijk bang om in de steek te worden gelaten!' Verward als hij was, kreeg hij ineens een idee...

'Het idee van een bloedpact dat hen zou dwingen om voorgoed van mij te houden.'

Zo was er dus een viertal dat hij, Angelo, op zijn manier wilde sturen. En dat zou hem ook lukken. Twee vrouwen en twee mannen. Aan de ene kant Antonella Linciano en haar dochter Valentina, aan de andere kant Luca Palaia en Guido Palladino. Door de twee vrouwen te elimineren, te beginnen bij de oudste ('Wanneer we samen intiem waren, droomde ik ervan om haar levend in te metselen in een hoek van het kantoor') en daarna zo nodig ook dat plakkerige jonge aanhangsel van haar, zodat hij op die manier de andere twee aan zich zou binden met de strop der medeplichtigheid. Net als hij dertig jaar eerder had gedaan.

'Ik heb er genoeg van. Nu doe ik alsof ik voor haar zwicht, ik doe alsof ik op stap ga met die twee en dan ruim ik ze uit de weg.'

Er werden telefoongesprekken onderschept.

Zoals bekend is het aftappen van telefoongesprekken als een visnet: je gooit het net in zee met de verwachting om bepaalde vissen te vangen, maar er komt altijd iets anders, iets onverwachts in terecht. De recherche deed onderzoek naar een drugshandel. Maar in een afgeluisterd gesprek hadden Paladino en Palaia het daarentegen over een pistool, dat ze nodig hadden voor een roofoverval...

Guido Paladino werd aangehouden door de politie. Ze lieten hem geloven dat ze alles wisten. Hij vertelde over twee lijken in de villa van zijn oma. De agenten reageerden verbluft, dus veranderde hij zijn verhaal en beweerde dat er twee pistolen in de villa waren. De volgende dag ontdekten de rechercheurs, nadat ze de pistolen hadden aangetroffen, in de tuin een spoor dat leidde naar een plek waar de aarde recent was omgewoeld. Ze begonnen te graven en vonden kalk. 'Op dat moment begreep Palladino dat we daar niet weg zouden gaan voordat we alles hadden ontdekt, en hij bekende: daar liggen een moeder en dochter' (een zin die Angelo omschreef als een 'aardig verzinsel' van de politie).

Onder het zand vonden ze het lichaam van mevrouw Linciano, gekleed, met haar handen geboeid op de rug.

De plakband op haar mond en haar neus (al waren de neusgaten niet volledig afgesloten) en de handboeien waren aangebracht terwijl het slachtoffer in leven en bij bewustzijn was. Over haar hoofd een zwarte nylon zak die met tape strak om haar hals was bevestigd: dat was de reden dat ze niet langer kon ademhalen en dat na een vijf minuten durende lijdensweg de dood was ingetreden.

Valentina was naakt, geboeid met de armen op haar rug en met om haar armen een wit met roze shirtje; over haar hoofd een zwarte nylon zak, omwikkeld met emballagetape en om haar hals strakgetrokken met een tourniquet. Het lichaam was gehuld in twee groene nylon zakken.

'De hoer en het hoertje,' noemde Angelo hen, want 'ze waren alleen maar geïnteresseerd in geld'.

Bij de vestiging van Città Futura, zo vertelde hij, 'had ik een loket, en daar ontving ik hen. Als ik persoonlijke dingen moest bespreken ging ik naar het kantoortje ernaast. Voor seksuele handelingen ging ik naar het kantoor achterin, dat afgesloten was en dat wij voor de grap het liefdeskamertje noemden.'

Angelo beweerde in dat kamertje triootjes te hebben gehad met de slachtoffers.

De eerste keer dat Angelo de vrouw van Maiorano ontmoette, gaf hij haar een handkus. Dezelfde geste die hij een paar jaar eerder reserveerde voor de journaliste die hem was gaan interviewen, en die daar zo'n positieve indruk aan had overgehouden.

Angelo aan de telefoon met Valentina (een paar dagen voor hij haar vermoordde): 'Je klinkt een beetje droevig... wat heb je, liefdesverdriet? Hihihi...'

'O, je bent echt een lieve dochter.'

Hij zei dat hij edelstenen aan mevrouw Linciano had toevertrouwd. 'Ze was onderhand medeplichtig... een slechte vrouw, hebzuchtig. Ze begon me te chanteren.'

Volgens de forensisch arts was Valentina's maagdenvlies intact, en heel stevig, zodat ook een gedeeltelijke penetratie kon worden uitgesloten.

Er werd DNA van Angelo aangetroffen in de mond van het meisje (misschien gezoend, of meer dan dat, voordat ze werd gewurgd).

De handboeien voor erotische spelletjes: wie had die gekocht? Ze bleken te zijn aangeschaft bij cadeaushop Cose belle in Campobasso; de tourniquet had Palaia gekocht voor Saccomani, die zichzelf hormooninjecties toediende om vrouw te worden.

Een tourniquet... alweer... (kijk even terug op p. 554).

'Ik ben iemand met een problematische genderidentiteit,' zei Saccomani vlak voor de operatie om van geslacht en van naam te veranderen. 'Mijn transitieproces is al tien jaar aan de gang.' Op zijn pc werden honderden kinderpornofoto's aangetroffen.

Angelo zinspeelde op incestueuze en pedofiele handelingen tussen Maiorano en diens dochter Valentina. 'De civiele partij heeft op dat punt een open zenuw...' zei hij tijdens het proces, met een boosaardige ingeving.

Saccomani: 'Ik heb gedaan wat ik moest doen. Wie God dient is al tevreden over zijn diensten, die heeft geen verdere beloning nodig...' (*waar heb je het godverdomme over??*)

Angelo beweert: 'In 2002 had ik Palaia al kalk laten kopen om een pistool te begraven dat was gebruikt voor een moord en besmet was. Ik gaf verder geen verklaring aan Palaia, hij deed gewoon wat ik zei.'

Volgens de verdediging werd Palaia onderworpen aan de wil van het monster. Misschien had ik hém beter Subdued kunnen noemen. Het was trouwens Angelo zelf die zei dat Palaia hem heel veel deed denken aan zijn oude vriend van het DvdC, sterker nog, hij leek wel zijn dubbelganger.

Trouwens, Luca Palaia was niet zijn oorspronkelijke naam; hij had als kind een andere naam gekregen omdat zijn vader tot levenslang was veroordeeld en als informant samenwerkte met justitie. In drieëntwintig jaar had hij zijn vader maar één keer gezien. Als jongen had hij zes maanden in de jeugdgevangenis van Latina gezeten voor een 'skeer overvalletje' (omschrijving van Angelo) op een apotheek met een geweer met afgezaagde loop, waarvan hij naderhand werd vrijgesproken.

Toen de vader van Luca Palaia tijdens het proces de vraag 'Wat is uw relatie met Palaia Luca?' kreeg voorgelegd, maakte hij gebruik van de mogelijkheid om niet te antwoorden.

Maiorano verklaarde dat Angelo hem eens vertelde dat hij in Rome was geweest met Palaia en een meisje: Palaia bedreef de liefde met haar en Angelo keek toe.

Angelo praatte honderduit tijdens het proces, hij vertelde graag, lachte, wond zich op.

'Ik wilde een Porsche voor hem kopen, want ik gaf om hem, ik wilde een McDonald's op zijn naam zetten.'

'Hij was zelf juist in de ban van die vrouwelijke jongen!' (schamperde de advocaat van de civiele partij.)

'Palaia was zwak, vanwege zijn leeftijd, zijn onzekerheid... vanwege zijn IQ...' (aldus de advocaat van Palaia, die zijn cliënt voor leeghoofd uitmaakte om hem te redden.) 'De criminele diepgang van Palaia?

Wat nou criminele diepgang?! Palaia heeft helemaal geen diepgang, niet alleen geen criminele, hij heeft überhaupt geen diepgang!'

'Iedereen die met Angelo te maken heeft gehad is verstrikt blijven zitten in zijn web...' (ook dit weer aldus de advocaat van Palaia.)

De officier van justitie: 'De moordenaar heeft gedood om Palaia voor te doen hoe je moet doden. Om zijn peetzoon te trainen.'

'Angelo leeft van zijn criminele jubilea, Angelo voedt zich met het kwaad dat hij doet!!'

Uit de nevel van het verleden komen spookschepen naar voren... wrakken der herinnering... elementen die doen denken aan andere elementen... ze passen in elkaar en kunnen op verschillende manieren aangelegd worden... de constellatie van misdaden is eindeloos monteerbaar.

'...toen we de moord op Piero Castellani bijgenaamd de "Kwijlebal" pleegden, gingen we naar zijn huis om hem te vermoorden, en toen was zijn vrouw er ook, dus toen moesten we haar ook afmaken... Dus daarom zeg ik, dikke pech, soms moet je nou eenmaal mensen afmaken die er niks mee te maken hebben, en zo was het ook met dat grietje, want ik ben heus geen gek of een seriemoordenaar of zo, ik weet best dat zij onschuldig was, ik moest haar gewoon afmaken *omdat ik niet anders kon...*'

Hoofdstuk XXII

Die ochtend had ik broodjes klaargemaakt. Het doet me denken aan een verkrachting toen ik ook broodjes had. Misschien was dat de eerste verkrachting van mijn leven. En ik weet nog dat ik toen ook broodjes had gemaakt. We waren naar een villa gegaan in de buurt van de Castelli Romani, en we hadden de dochter van een regisseur meegenomen, en ik herinner me dat detail van die broodjes. Maar deze keer wilde niemand wat eten. Het was ongemakkelijk. Toen ging ik naar de keuken, ik deed de tas open en haalde het plakband en de tourniquets eruit. Daarna de handboeien. Ik riep Antonella: 'Kom je even? Ik moet je iets vertellen.' Toen zei ik dat ze moest gaan liggen, dat ik haar moest fouilleren en dat ze geen lawaai moest maken, anders zou Valentina schrikken. Ik had het pistool in mijn hand. Ik liet haar op de grond gaan liggen en ik zei tegen Palaia dat hij haar de handboeien om moest doen. Dat deed hij. 'Nu een knevel over haar mond.' Dat plakband dus. Ze leek toen al dood. Het meisje was in de kamer gebleven. Met haar mond dichtgeplakt kon Antonella geen kwaad meer doen. Luca was bleek, hij trilde. Ik duw hem aan de kant en trek een zak over haar hoofd en wurg haar. Hoe? Ik ga boven op haar zitten. Zij kronkelt. Net als ik me beter begin te voelen, gaat zij liggen kronkelen. Ik weet niet hoe lang ze erover gedaan heeft voor ze dood was. In het begin was ik niet van plan om haar te vermoorden, ik wilde haar alleen bewusteloos maken. Maar met haar hoofd in die zak zou ze sowieso doodgaan. Het ging mij er alleen maar om dat ze niet te wild deed, want ik had wel gemerkt dat ik niet op Luca kon rekenen, hij was helemaal van slag. Ik zeg dat hij rustig moet blijven, dat hij moet gaan zitten. Het meisje in de kamer had niks in de gaten. We hadden geen enkel geluid gemaakt, het duurde maar een paar minuten. Wat ik voelde nadat ik die vrouw had gewurgd? Ik voelde blijdschap. Ik had mezelf bevrijd van een last. Soms heb je problemen in je leven, en grote ook, die dan in één keer worden opgelost. Het was alsof ik alle vuil van dertig jaar gevangenis van me af had gewassen. Toen dacht ik: Nu moet ik dat meisje nog regelen, en ik ging naar de woonkamer. Maar eerst moest ik Luca kalmeren. Als hij ziet wat er met het meisje gebeurt gaat hij misschien protesteren. Ik verzeker hem dat ik haar niets zal doen. 'Wees gerust, en verroer je niet.' Tegen haar zeg ik dat de plannen veranderd zijn en dat ik haar moet inpakken. Dat ik haar onopvallend moet wegdragen. Ik weet niet of ze erin trapte, maar ja, er was een pistool op haar gericht, wat kon ze anders? Dus toen deed ik haar de handboeien om. Jullie hebben haar naakt gevonden omdat ik eerst van plan was om ze allebei uit te kleden en ze naakt in de plastic zakken te stoppen, en ze dan bij de kuil ook uit de zakken te halen, zodat de lichamen sneller zouden vergaan. Met kleren aan duurt het langer, en dan kunnen ze altijd geïdentificeerd worden. Maar met haar moeder had ik het plan al verpest. Valentina moest op de bank gaan zitten, toen deed ik haar de handboeien om en toen plakband om te voorkomen dat ze ging gillen. Ik deed haar heel veel plakband op, wel drie of vier stukken, ook over haar ogen. Daarna kleedde ik haar uit, maar omdat ze de handboeien al om had kon ik haar shirtje niet helemaal uit krijgen. De rest trok ik wel uit, ik bond haar benen vast, ik trok een zak over haar hoofd en die trok ik strak om haar nek met de tourniquet. Toen draaide ik me om. Ze ging dood door verstikking. Ik had de plakband ook nog om de zak heen gewikkeld. Hoeveel lucht zal er in zo'n zak zitten? Het meisje reageerde niet, ze was aan handen en voeten vastgebonden en gekneveld, en met een zak over haar hoofd. Ze lag niet zo wild te kronkelen als haar moeder. Ik draaide me om, want ik vond het irritant. En toen dronk ik een Coca-Cola.

DEEL NEGEN

Cosmo

Hoofdstuk 1

Toen ik de notitieboekjes die ik uit Cosmo's huis had meegenomen bekeek, pikte ik er vrijwel meteen het laatste uit, in chronologische volgorde, waarin hij moet hebben geschreven totdat zijn ziekte hem het zwijgen oplegde, dat wil zeggen tot een paar dagen voor zijn dood, neem ik aan. Rummo zei dat hij hem er nooit in heeft zien schrijven. Als Cosmo dat toen nog deed, wachtte hij dus tot hij alleen was, of tot alleen de verpleegkundige er was met wie hij zich het meest vertrouwd voelde, Jelena.

De schriften bevatten geen enkele datum of chronologische aanduiding. Ik begreep alleen welk boekje het laatste was door het handschrift. Dat was heel priegelig, vrijwel zonder doorhalingen en met weinig kanttekeningen achteraf. Het bevatte meer dan vierhonderd aantekeningen, van elkaar gescheiden door een streep. Ik heb ze op mijn computer overgetypt en op volgorde genummerd. Uit ruimtegebrek kan ik ze niet allemaal weergeven in het hiernavolgende hoofdstuk, maar in elk geval wel een flink aantal van de aantekeningen die me het meest getroffen hebben en die van betekenis zouden kunnen zijn voor het verhaal van dit boek; ook al heeft Cosmo het er nooit over, het lijkt er wel op dat hij er hier en daar op doelt.

Op een geschiktere plek zal ik dit notitieboekje in zijn geheel publiceren, en als ik er de tijd en de manier voor vind, en er mensen geïnteresseerd zijn om het te lezen, zal ik dat met de overige boekjes ook proberen.

Heel af en toe heb ik een opmerking van mezelf toegevoegd.

Hoofdstuk 11

1. De krantenlezers in Italië gaat het er niet om te weten te komen wat ze nog niet weten of wat ze niet verwachten; ze willen ook helemaal niet per se worden geïnformeerd of bijgepraat; ze willen hooguit dat iemand hun bestaande overtuigingen bevestigt. Als ze een hekel hebben aan iemand, willen ze dat de geestige columnist van de krant die ze elke ochtend kopen beaamt dat hun hekel terecht is, en hun nog wat nieuwe argumenten verschaft om diegene te haten.

5. Een praktisch ingesteld mens wordt gedreven door nut of door ijdelheid, en dat laatste valt ook weer onder het nuttige, want het streeft ernaar zijn persoonlijk aanzien te verhogen en daarmee indirect ook het aanzien van zijn commerciële en professionele activiteiten. Dus ook al lijkt het alsof ijdelheid geldverspilling is, het is juist een investering.

6. Het gebeurt nogal eens, tijdens een diner of een wat saaie avond, dat een nogal arrogant iemand meent de overigens wat vlakke conversatie te moeten verlevendigen. Er zit altijd wel minstens één zo iemand in een groot tafelgezelschap, en de Italiaanse situatie van alle tijden (maar die van tegenwoordig helemaal) geeft ook alle aanleiding voor een scheldkanonnade. Men probeert de verveling, of het reeds gehoorde en reeds gezegde, te verdrijven met bijtende tirades of onweerlegbare donderpreken over van alles en nog wat. Voor degene die zo'n monoloog aanheft is het meestal niet de eerste keer, hij heeft ze al vaker opgevoerd, voor verschillende groepen toehoorders, het zijn stukjes repertoire, greatest hits die worden afgedraaid wanneer de sfeer begint in te kakken en mensen op hun horloge gaan kijken. De minste aanleiding volstaat om het onderwerp aan te snijden en van start te gaan. Het zijn improvisaties op het gesprek van de dag. Vooral intellectuelen zijn dol op deze stijloefening, en hun pure liefde voor het woord, de verbale overdaad en het retorische

geweld is groter dan die voor de waarheid; het maakt totaal niet uit of de spreker gelijk heeft of niet. Sterker nog, wanneer uiteindelijk de grootste onzin triomfeert, tegen alle evidentie in, wil dat alleen maar zeggen dat de overtuigingskracht van de spreker groter is dan die evidentie. Mede daardoor doen de grote sprekers, de werkelijk fantastische sprekers, over het algemeen onzinnige beweringen, die ze enkel door hun meesterschap geloofwaardig doen lijken. Ze streven naar het ongelijk, aanbidden het ongelijk, verwezenlijken het ongelijk, het ongelijk is hun trots, het geeft hun bestaansrecht, en als een bepaald denkbeeld toevallig wel hout snijdt, dan verdraaien ze het op zo'n manier dat het onbruikbaar wordt voor een juiste manier van denken, ze verbuigen het, ze maken het krom. Door de onwaarheid te laten triomferen, is het de spreker zelf die triomfeert en niet zijn onderwerp.

Ze doen eigenlijk hetzelfde, maar dan op verbaal vlak, als mensen die om de monotonie van hun avond te verdrijven containers in brand steken of stenen van een viaduct gooien; de kick is vrijwel hetzelfde en ze denken dat ze er niemand kwaad mee doen.

Kenmerkend voor dit soort verbaal extremisme is dan ook dat men zijn handen in onschuld wast.

7. Is er een wedergeboorte mogelijk zonder dat er geweld aan te pas komt? Hoe kan iets opnieuw ontstaan als het niet eerst uiteen is gevallen? Is het mogelijk om van de ene orde op de andere over te stappen zonder een tussenperiode van chaos? Degene die ons de verlossing wijst, ziet die achter een wand van vuur. Hoe hoger de vlammen, des te eerder we verbranden, des te eerder we vernieuwd worden. De akker moet platgebrand worden om vruchtbaar te worden. De enige redding uit het onheil is een nog groter onheil.

8. Als het waar is dat alleen destructie tot nieuwe inzichten leidt, als het waar is dat we onszelf alleen dankzij een catastrofe kunnen ontstijgen, en ons kunnen bevrijden, lijkt het logisch om te concluderen dat elke vernietigende handeling tot een stap verder leidt. Dat is de mystiek van de vernietiging; van de grote brand, de louterende verwoesting, het geweld dat de mens buiten zichzelf brengt, hem herschept. Maar dat is een foute veronderstelling. De transcendentie

komt voort uit een gewelddadig breekpunt, maar dat alleen volstaat niet, het is een noodzakelijke voorwaarde maar niet voldoende voor het ontstijgen van de normale toestand; integendeel, het zal die meestal eerder afstompen dan verheffen. Wie geweld uitoefent en wie het ondergaat, wordt dommer.

9. Daar waar gerechtigheid is, is strijd, daar waar strijd is, is hoop op gerechtigheid. Maar die hoop is gebaseerd op de mogelijke vernietiging van wat onrechtvaardig is, van degene die onrechtvaardig is. Gerechtigheid is derhalve niets anders dan verzet en strijd.

10. In de huidige triomf van de materialistische lichaamscultuur heeft juist het lichaam het zwaar te verduren, het wordt geteisterd, naar believen gekneed door derderangs estheten alsof het een levenloze massa is, een homp klei zonder oorspronkelijke vorm of eigenschappen. Het laat zich op grillige wijze van geslacht, gelaatstrekken, afmetingen en zelfs van huidskleur veranderen, zwarten maken hun huid lichter en blanken willen bruin worden, het lichaam vormt kortom slechts een decor, een landschap dat moet worden uitgehakt en gekerfd, waar ringetjes aan worden gehangen of dat wordt beklad met de grootste onzin zoals de graffiti op metrowagons, het is als het ware een Italiaanse tuin die moet worden gesnoeid zodat de planten de gewenste vorm aannemen, al is die nog zo onnatuurlijk en absurd. Wat houdt ons immers tegen? Hoe kan het lichaam zich verzetten tegen de dictatuur van de geest die eist dat het naar zijn evenbeeld wordt gevormd? Het kan niets. Het is willoos. Gevangen. Een slaaf van obsessies. Een zielig hulpmiddel. Geduldig ondergaat het de grillen van de troela die zich nieuwe tieten laat aanmeten, van de halvegare die anabolen slikt en zijn bovenarmen oppompt maar ondertussen zijn gewrichten ruïneert. Zijn gewrichten, dat wil zeggen van zijn lichaam, dat zwijgend lijdt en misvormd raakt. Om nog niet te spreken over professionele topsporters: de ware vijanden van het lichaam, die het voor geld verwoesten tot ze in een rolstoel belanden. Wat nou verheerlijking van het lichaam! Het is niet de triomf ván het vlees, maar óver het vlees. Op Spartaanse wijze ingezet voor een symbolische strijd. En nog nooit in de geschiedenis zo *geschonden* als vandaag de dag. *Ons* vlees.

11. Hoe machtsverhoudingen werken, ontdek je niet zozeer in tijden van hoogconjunctuur als wel juist in een fase van ontaarding, wanneer ze instorten. Waarden en normen, meningen, modes, politieke regimes en godsdienstige dogma's laten hun ware aard zien wanneer ze op het punt staan te bezwijken voor iets nieuws. Net voordat ze van hun troon worden gestoten, komt hun essentie bovendrijven in de meest pure en dramatische vorm, en worden ze volkomen begrijpelijk onder de druk van gebeurtenissen die ze niet konden voorzien en die daardoor des te leerzamer zijn. Aangezien er geen ware stimulans is om te begrijpen wat men als onveranderlijk veronderstelt, komt het begrip altijd in de buurt van de verwoesting. Iemands werkelijke karakter, de werkelijke financiële draagkracht van een familie, de sterkte van een leger of de intensiteit van een liefde manifesteren zich pas volledig in een crisis. Wanneer die onomkeerbaar wordt, volgt er echter nog een openbaring: het zijn dus de excessen en mishandelingen die meer dan wat ook een bijdrage leveren aan de voortgang, aan de evolutie der tijden. Pas als de uiterste degeneratie zich voltrekt, en nieuwe dieptepunten bereikt, kan er iets anders, iets nieuws ontstaan. Excessen vervullen een belangrijke rol in de evolutie, ze breken de scheidsmuur tussen de seksen, tussen de klassen, tussen mensen, en laten de energie stromen. Het zijn de excessen die de ondergang van een tijdperk inluiden, het is de ondergang van een tijdperk die de excessen ervan verklaart.

12. Een indirecte manier om te genieten van het kwaad, te genieten van het kwaad via derden, denkbeeldig en toch functioneel, ondergedompeld in een soort halfslaap vol gewelddadige beelden, door getuige te zijn van catastrofes als brandende wolkenkrabbers of neerstortende vliegtuigen of de vernietiging van hele steden door enorme mensapen, door wrede aliens of zombies of reusachtige golven of asteroïden of een nucleaire ramp, door elke dag weer gretig een immense hoeveelheid berichten uit de pers en tv op te zuigen die voor het merendeel moorden, bloedbaden, aanslagen, overstromingen, orkanen en epidemieën betreffen, tekenend voor een maatschappij die niet alleen is voorbereid op maar zich zelfs bijna verheugt op de eigen vernietiging; misschien bereid om de dader te vergeven of zelfs een handje te helpen, erkentelijk jegens degene die de verwoesting op spectaculaire

wijze verbeeldt en ons in staat stelt er bij voorbaat van te genieten, op virtuele wijze. De totale vernietiging te aanschouwen terwijl we die ondergaan verschaft ons een ongekend esthetisch genot.

13. In de conflictsituaties waarin de toevlucht tot geweld in staat blijkt om de loop van de geschiedenis te veranderen, komt een bepaald soort ongeschoold crimineel voetvolk altijd van pas. Je hoeft ze niet eens te rekruteren: zonder expliciet te worden gevraagd bieden mensen die ervaring hebben met geweldpleging en moord en daar niet voor terugdeinzen zich spontaan aan om in actie te komen. Dat verklaart waarom er naast nobele of gewoon verrukte idealisten bijna altijd een bepaald aantal fanatieke raddraaiers staat.

14. Het is nooit zo dat de omstandigheden op zich de wreedheid *creeren*; ze *laten gebeuren* dat de wreedheid wordt ontketend.

17. Elke zojuist uitgeroepen nieuwe staat stelt zijn volk voor de keuze tussen het beschaamd verhullen van de onwettige en gewelddadige episodes die met de oprichting gepaard gingen (de val van het voorgaande regime, een revolutie, een militaire coupe) of het claimen ervan als heldendaden. Of ze nu worden weggestopt of omgeven met retoriek, in beide gevallen worden ze gemystificeerd. De wreedheid wordt afgeroomd, omdat die te gruwelijk zou zijn om feitelijk te beschrijven, en niet bevorderlijk voor de nieuwe sociale cohesie. Vuurgevechten en executies moeten in de doofpot verdwijnen of juist als eerbetoon worden opgedist bij speciale herdenkingsceremonies. Pas vele jaren later komt de historische herziening om de hoek kijken, vaak met een polemische en wat agressieve houding, om het scheve beeld recht te zetten met schijnbaar objectieve onthullingen, die evenwel niet het effect creëren van een heilzame waarheid maar van een regelrechte afkeer jegens de eigen geschiedenis, die ineens blijkt te zijn doorspekt met schandelijke misdaden. Want dan is het te laat, men had de waarheid eerder moeten vertellen.

19. Terwijl het parlement alleen toegankelijk is voor gekozen politici, is het plein toegankelijk voor iedereéén. Het is dan ook onnozel om je vol futiel sarcasme af te vragen waarom er nog steeds grote demon-

straties worden georganiseerd, met protestmarsen en parades. Wie zich dat afvraagt heeft geen benul van of onderschat het feestelijke en tevens dreigende aspect daarvan. Om bepaalde massale bijeenkomsten te kunnen begrijpen, moet je beseffen dat daarin enthousiasme en razernij, plicht en hypocrisie, saamhorigheidsgevoel en gemeenschapszin, non-conformisme maar ook conformisme, opwinding, hoop en angst zo met elkaar vermengd raken dat ze niet meer te onderscheiden zijn. Het is eveneens een vergissing, misschien te wijten aan pure naïviteit, om ze aan te zien voor onschuldige, heilzame manifestaties van de democratie, als gymnastische parade met het wetboek in de hand. Het individu verdwijnt als zodanig wanneer het werkelijk gelooft 'een stem in het kapittel' te hebben. Wat juist het meeste indruk maakt bij demonstraties is het grandioze, zinderende spektakel van de anonimiteit, getoond in de naakte intensiteit van degenen die er deel van uitmaken, als zuiver, ongespecificeerd leven, en daarom ook angstaanjagend. Die enorme glinsterende scholen vissen die wervelend aan de hand van de sportduiker ontkomen en zich dan opnieuw formeren, zou ik niet bestempelen als 'democratisch'.

20. Verzetsmethodes zijn met name vanuit links bedacht, gepredikt en uitgewerkt; en vervolgens bijna altijd door rechts uitgevoerd. Het is links dat het subversieve laboratorium uitrust met alle instrumenten, maar het zijn de fascisten die er gebruik van maken. Zij hebben de lessen over hoe je een menigte moet mobiliseren en hoe je belangrijke posten als politiebureaus, stations en kazernes moet innemen snel en gretig geleerd, en hebben er nog wat extra militaire training en een strijdlustige instelling aan toegevoegd.

21. Fascisten voeren experimenten uit op het leven en de geschiedenis met dezelfde wrede nieuwsgierigheid als waarmee kinderen met hun zakmes een hagedis ontleden. Ze willen weten hoe het er 'vanbinnen' uitziet, of het nog kan lopen als de pootjes zijn afgesneden en hoe lang het nog zal leven als de ingewanden eruit puilen. Het is strikt genomen niet eens boosaardigheid, maar een experimentele methode die even primitief en naïef is als in de tijd van Francis Bacon, die een kip de nek omdraaide en bedolf met sneeuw om de houdbaarheid te testen (waarbij hij een longontsteking opliep en overleed).

24. De ideale romanfiguur om verschillende tegenstrijdige verhaallijnen te vervlechten en samen te brengen is de *afvallige.*

25. Twee kenmerkende manieren van de Italiaanse intelligentsia om zich te verhouden tot de macht: eerbetoon of hoon, en soms allebei tegelijk, want de hoon voor de ene politieke factie is een eerbetoon aan de andere.

26. Hoe lichtzinnig of bespottelijk of onaangenaam ze ook kunnen overkomen, mensen die volledig in een droom geloven dwingen altijd een bepaald respect af, ik herhaal, ook wanneer hun ideeën absurd en zelfs weerzinwekkend zijn; het feit dat ze die droom uit alle macht nastreven en er alles voor overhebben wekt bewondering. Het martelaarschap verliest niet aan glans en staat los van de idealen waarvoor men zich heeft opgeofferd. Het heeft als het ware een glans met een zwart randje.

28. Het heeft weinig zin om een beroep te doen op het gezond verstand, het rechtvaardigheidsgevoel of het gelijkheidsprincipe wanneer mensen in de greep zijn van krachten gericht op hun onderbuikgevoelens, wanneer er rechtstreeks op hun emoties wordt ingespeeld en de deugdzame maar kronkelige weg van de rede wordt overgeslagen. Het eerste slachtoffer van die krachten is dan ook de logica, het verband tussen oorzaak en gevolg, het deductieve en vooral ook inductieve vermogen: die verdwijnen. Wat is, wat zou kunnen of moeten zijn en wat niet is, wordt allemaal één pot nat. De misvatting neemt de plaats in van het sluitend bewijs van wat goed is wanneer men er bij voorbaat van overtuigd is dat de waarheid boven iedere misvatting verheven is, sterker nog, dat die zich met misvattingen voedt om te groeien. Fouten, leugens, wandaden en puur onrecht dienen om de juistheid van een idee te bevestigen, wanneer dat de negatieve gevolgen die het zelf heeft veroorzaakt weet te overleven. Dat is de paradoxale waarheid van Boccaccio's novelle waarin de jood zich tot het katholicisme bekeert nadat hij heeft geconstateerd dat het Vaticaan een groot riool is en de paters totaal verdorven zijn – want als een godsdienst zo'n beerput aankan en toch duizenden jaren weet te overleven, dan moet het wel de ware zijn! Het is dezelfde overtuiging

die Abraham in verzoeking brengt om het grootste offer te brengen: het doet er niet toe of hij het uiteindelijk doet, maar wel dat hij *ertoe bereid is*. Mensen van het ware geloof 'moeten altijd bereid zijn om zich op te offeren of om te doden', of toch op z'n minst om zich te laten doden, wanneer hun geloof hun dat oplegt. Tussen doden (offer) en zich laten doden (martelaarschap) zit niet zo heel veel verschil; er is in beide gevallen iemand die op gewelddadige wijze van het leven wordt beroofd in naam van een hogere wil, ongeveer hetzelfde als wat wordt gevraagd van een soldaat in oorlogstijd. Geloof is per definitie blinde gehoorzaamheid aan een opdracht: zodra men de redelijkheid van het bevel gaat onderzoeken, en kijkt of het voldoet aan externe criteria van rechtvaardigheid of logica, wil dat zeggen dat het geloof al is afgezwakt.

30. Het ideologisch simplisme wordt geformuleerd door geleerden ter vrije beschikking van de onwetenden.

31. Het profane is de wereld waarin ons leven zich afspeelt, het heilige is de bron van het leven zelf. Als het leven ernaar zou streven in het heilige te blijven waaruit het voortkomt, zou het ten onder gaan; als het leven uitsluitend van het profane afhankelijk was, zou het niet eens ontstaan.

32. Het goede is geconcentreerd, het kwade wijdverbreid.

33. Als men een willekeurig punt of ogenblik neemt, zal men er over het algemeen meer kwaads dan goeds vinden; maar als men specifieke gebieden kiest, of individuen, of tijdperken, of momenten in het leven, of gebruiken, of handelingen, of plekken, zal men daar oneindig veel goeds aanboren.

34. Sommige oorlogs- en geschiedenisboeken beweren dat het in de strijd bijna altijd de soldaten van de achterste linies zijn die als eersten de vijand de rug toekeren, niet de frontsoldaten, die trouwens, als ze zich zouden omdraaien om op de vlucht te slaan meteen zouden worden neergeschoten door de vijand. De paradoxale conclusie van deze observatie, toepasbaar op vele terreinen en situaties, is dat degenen

die zich als eersten uit de voeten maken degenen zijn die het minst direct bedreigd worden; en dat de moed die in de voorste linies wordt getoond voortkomt uit dezelfde drang tot lijfsbehoud als die waaraan de lafaards uit de laatste linies gehoor geven.

35. *I count religion but a childish toy, and hold there is no sin but ignorance.* (Deze stelling wordt geuit door een Machiavelli in de vorm van de duivel, in de proloog van Marlowes *De jood van Malta.*)

36. Het heilige is de plek of de ervaring of de handeling waarbij men wordt betrokken zonder enig voorbehoud, zonder van gedachte te kunnen veranderen. Er is niets zo compromitterend als het leven geven of beëindigen. Concipiëren of doden.

37. De Italiaanse staat: een log en kwetsbaar systeem, een willekeurig en wraakzuchtig apparaat op het randje van de openlijke onwettigheid, en tegelijkertijd laks, zo lek als een mandje. De wetten komen vaak over als regelrechte vergeldingsmaatregelen. Aangezien de staat denkt dat jij hem wilt bedonderen, bedondert hij jou, al bij voorbaat, dus rest jou niets anders dan nog gehaaider te zijn en als eerste je pistool te trekken om hem te vlug af te zijn, waardoor je dus inderdaad uitgroeit tot een crimineel. Het doet er kortom niet toe of de burger eerlijk is of niet: hij wordt uitgebuit omdat de staat er bij voorbaat van uitgaat dat hij een uitbuiter is, en door al die afpersingspraktijken over en weer (dat moet haast de achterliggende redenering zijn) tussen staat en individu speelt men door de bank genomen quitte.

39. O, die volkomen literaire obsessie met 'de beste jeugd', die groep van onschuld en onbedorven hoop: allemaal overtuigd dat die van hen vanzelfsprekend de beste is, de meest glanzende en moedige – de gevleugelde idealen, de 'geweldige passie'...

40. Twee citaten van heiligen over onze twee grote steden: 'Milaan heeft van de goden weinig te vrezen, van de mensen niets' (Sint-Ambrosius) en 'de Romeinen maken elkaar wel af' (Sint-Hiëronymus).

41. Doodmoe word ik van die dagelijkse portie anti-Italiaanse verslaggeving van onze journalisten! We kennen het nu wel, die minachtende retoriek. Steeds weer datzelfde gezeur over dat wij arme Italianen 'geen protestantse hervorming hebben gekend'! Nou, Duitsland heeft die hervorming wel gehad, die is zelfs uitgevonden door een Duitser, net als de sterrenhemel boven ons en de morele wet – en toch wisten ze niet hoezeer ze de SS moesten bejubelen! Nee, dan wij... eeuwenoud maar als staat te jong; al lang geleden in verval geraakt maar verwend door de *boom* en doodsbang voor recessie; overbelast met cultuur, alle vormen van cultuur, vooral die van het type dat in één nacht verandert van 'ruïne' in 'puin' – maar toch enorm achterlijk, de domme ezels van Europa, met een universiteit die slechter is dan in de derde wereld, links en rechts ingehaald zelfs door de landen waar men van de honger sterft en de vrouwen gesluierd over straat moeten; tv-verslaafde analfabeten; welbespraakt en afatisch; met het complex van de overheerser en de ondeugden van de overheersten; 'gezellige' vrolijkerds maar tegelijkertijd bevangen door een voortdurende droefheid en een geklaag waar geen eind aan lijkt te komen...

42. Kenmerk van de held is zeker niet puurheid, eerder zijn onpuurheid, vanwege het geweld dat hij uitoefent en waarmee hij bezoedeld is. Het kan zijn dat er ridders zonder angst bestaan, maar er bestaat geen enkele, echt geen enkele, zonder blaam.

43. Er zijn van die krankzinnige verhalen waarvoor geldt dat naarmate degene die ze vertelt meer overdrijft, hij meer hij de waarheid benadert. Normaal gesproken kun je al te veel nadruk beter wantrouwen. Wie veel te zeggen heeft, liegt veel. Maar alleen met uitzinnigheid kun je begrip krijgen voor uitzinnigheid, en die omarmen, al was het maar om haar op afstand te houden.

44. Heroïsche figuren die de boog altijd gespannen houden, paarden in galop, torens die steunen op huizenhoge muren, gevechten tussen legers met glanzende harnassen – sabotage, represailles, hinderlagen, plundering, standrechtelijke executies. Je kunt jezelf wijsmaken dat oorlog het eerste is – maar meestal komt het neer op het tweede.

47. De held is een wandelende dode, gewijd aan de dood, ermee getrouwd, zonder de dood is hij weduwnaar, blind. Hij is een prins te paard tussen twee rijken in, hij leeft tussen de overledenen die in het gelid lopen, reeds overleden en toch aanwezig, zoals El Cid, op zijn paard in de voorste linie. De continuïteit en de contiguïteit tussen de doden en de levenden. Maar de verwarring veroorzaakt door de cultus van de dood in een tijd dat niemand meer weet wat die inhoudt, zorgt ervoor dat men tegenwoordig elke willekeurige gevallene als 'held' bestempelt en als zodanig bewierookt, ook al heeft diegene geen enkele memorabele daad verricht. De titel wordt geschonken aan mensen op wie de term 'slachtoffer' beter van toepassing zou zijn.

48. Boeken schrijven over de ondeugden van de Italianen, tegen de Italianen, om te laten zien hoe dom, corrupt, schofterig, verachtelijk en onbeschaamd de Italianen zijn, is steeds populairder geworden, zo populair dat we zelfs van een niche kunnen spreken, een stroming waar hele tafels mee vol liggen in boekwinkels. Degenen die zich in dit genre specialiseren zijn scherpe, gedesillusioneerde journalisten, bescheiden stilisten, onvermoeibare verzamelaars van schandelijke anekdotes uit gerechtelijke bronnen en van historische en literaire autoriteiten, grote schrijvers uit het verleden en politici die verbitterd zijn door de constatering dat elke poging om de Italianen te rehabiliteren vergeefs is. Met flinke porties verontwaardiging, afgewisseld of vermengd met humor en satire, graaien ze in de overvloed aan materiaal dat voor het grijpen ligt voor eenieder die wil laten zien dat dit volk het niet kan redden, het nooit zal redden, het nooit zal leren, opdraaiend voor hun eigen vreselijke, treurige of absurde ondeugden.

49. Hoe de Italianen zich ook gedragen, ze worden beschimpt en bespot. Een bepaalde gewoonte is niet goed, maar het tegendeel ervan is ook niet goed: als de Italianen sparen is dat omdat ze bang zijn voor de toekomst, ze zijn wantrouwig en verstoppen hun geld onder hun matras; als de Italianen met geld smijten en schulden maken is dat omdat ze corrupt en gemakzuchtig zijn, slaven van de valse consumptiemythes. De Italianen worden tegelijkertijd beschuldigd van angsthazerij en waaghalzerij, ze worden ervan beschuldigd dat ze bang zijn voor het minste gevaar en dat ze op het scherpst van de

snede leven. Men verwijt hun dat ze een te kort geheugen hebben en lichtzinnig zijn, maar tegelijkertijd dat ze vastzitten aan het verleden.

51. Eén gezamenlijke vijand: de zwakheid. Op de voet gevolgd door twee halfslachtige deugden: behoedzaamheid en geduld. De jaren zeventig wilden alles zijn behalve die drie meest gehate dingen. Behoedzaamheid en geduld kwam je inderdaad weinig tegen, die werden door weinig mensen beoefend. De zwakheid, die niet uit de aard van de individuen kon worden gerukt, werd meestal verhuld, verborgen, gecamoufleerd, als een stem die zich niet wil laten herkennen aan de telefoon. Veel van degenen die destijds heel stoer deden, probeerden eigenlijk iets schrils of neurotisch te maskeren, de zwakheid te overwinnen met eigendunk, arrogantie, hardheid... De bulderstem was een *falset*.

52. In Italië kan de status quo blijkbaar alleen met geweld en dreigementen worden verdedigd, en kan hij alleen met dreigementen en geweld worden veranderd.

53. Niet alleen protestdemonstraties, maar zelfs religieuze processies hebben welbeschouwd een dreigende ondertoon. Men richt zich met schaamteloze, chanterende devotie tot de patroonheilige: of je verhoort onze gebeden (laat het regenen, vergeef ons onze zonden, verlos ons van de cholera, et cetera) of je kunt dit mooie feest, de kaarsen, het gezang en de bloemen wel op je buik schrijven...

55. Een land waar elke maatschappelijke kwestie een criminele kwestie wordt; en waar bij elke criminele daad een maatschappelijke verklaring kan worden verschaft. Een leger dat meermaals de opdracht heeft gekregen het vuur te openen op de eigen landgenoten, tijdens demonstraties en stakingen.

58. Er zijn momenten, historische periodes, winters, lentes, waarin iedereéén zijn heil zoekt in politiek geweld: betogers, reactionairen, revolutionairen, terroristen, de politie, carabinieri, ordediensten, geheime diensten, gewone burgers, criminelen, de scherprechters van de dag en van de nacht.

59. Revolutionair mengsel: beroepsgeweldplegers + amateurgeweldplegers + jongeren gedreven door fanatisme/idealisme/romanticisme/sportiviteit + arme intellectuelen gedreven door wrok + rijke intellectuelen gedreven door esthetische minachting + gemarginaliseerden gedreven door marginalisering.

61. Het goddelijke dat wordt verbannen en verstoten keert in demonische vorm terug.

64. Het heeft zeker iets onzinnigs, maar het kan ook iets heel nobels hebben om de realiteit moedwillig te negeren en te verachten. Zich niet te veel aantrekken van de realiteit, er een beetje *boven* zweven of zich *ertegen* verzetten zijn stuk voor stuk uitingen van een nobele geest.

65. De tijd die we nodig hebben om de handeling uit te voeren, verspillen we met de voorbereidingen.

70. Om mensen zo ver te krijgen dat ze elkaar te lijf willen gaan, dat ze een bloedbad willen aanrichten, volstaat het om 'onbeduidende woorden met een hoofdletter te schrijven'.

71. Enthousiasme en fanatisme gaan hand in hand. Alleen mensen zonder enig enthousiasme lopen geen risico een fanaat te worden. Er wordt wel gezegd dat alleen depressieve mensen een voldoende realistische kijk op het leven hebben, dat wil zeggen mensen die vanwege hun ziekte geen enkele illusie meer koesteren over hun eigen toestand. Elke ochtend bij het wakker worden zien ze de wereld *zoals die is*, een onhoudbare aanblik, en daarom willen ze het liefst terug onder de dekens kruipen en nooit meer opstaan, dus hoe zouden ze kunnen geloven, waar zouden ze op moeten hopen?

72. Iedereen kan onmogelijk uit zichzelf al zijn meningen, overtuigingen en zekerheden vormen, of zelfs maar de onontbeerlijke gedragsregels; vandaar dat zelfs de onafhankelijkste geest uiteindelijk een groot aantal kant-en-klare ideeën kritiekloos aanneemt. En als dit ergens geldt, is het wel binnen de politiek: het domein waar het groot-

ste aantal dogma's floreert. Nog meer dan binnen de godsdiensten, die vergeleken met veel politieke overtuigingen een heel stuk opener, veranderlijker, flexibeler en vele malen minder gebiedend zijn. Daar is de waarheid wankel en ongrijpbaar.

73. Eigenlijk is er geen contradictie tussen een authentieke behoefte aan geloof en de uitvoering ervan, sterker nog, die twee gaan bijna altijd *samen*.

74. Het geloof is waar, ook wanneer het onderwerp ervan onwaar is.

75. Bij godsdiensten is het vaak zo dat het ware geloof en de uitvoering, de hoop op verlossing en het gebrek aan twijfel, het heilige en het duivelse, het mirakel en de verlakkerij, de fanatici en de visionairs en de verlichte geesten en de charlatans en de echte profeten en de valse profeten in elkaar overlopen en soms ook samenvallen, dat wil zeggen, een en hetzelfde zijn, en evenzeer met licht omringd. Het aureool schittert boven het gezegende hoofd dat heiligheid uitstraalt, met dezelfde schittering die alleen bestaat in de ogen van wie het ziet als een prachtig gevolg van het geloof. Onderwerp van devotie en tegelijkertijd een *gevolg* van de devotie.

76. Zowel van de politiek als van de godsdienst wordt maar één ding gevraagd: verlossing.

79. Puurheid kan niet bestaan als onschuld. Als dat wel zo was, zouden alleen de onschuldigen puur zijn. En onschuldigen bestaan niet. Zelfs de onschuldige kinderen van de 'moord op de onnozele kinderen' waren niet onschuldig, aangezien ze vanaf hun geboorte met de zonde belast waren, of eigenlijk bestond hun zonde juist in hun geboorte. Het ter wereld komen als zodanig is de zonde en tegelijk de boetedoening. In plaats van 'Met smart zult gij baren!' had de toornige God ook gewoon zonder meer 'Gij zult baren!' tegen Eva kunnen schreeuwen, dat was de straf, voortbrengen en voortgebracht worden, op de wereld komen alleen om zich in het ravijn van de dood te storten, de geschriften zijn wat dat betreft zonneklaar! De boete die moet worden gedaan voor de begane zonde is simpelweg het leven.

Maar zo is het *daadwerkelijk*, nadat eenmaal de sluier van het Aardse Paradijs was gescheurd. Dus met de zwangerschappen, de ziektes, de ouderdom... Als die onschuld ons dus vanaf het begin ontzegd wordt, kun je die alleen nog maar bereiken met de vergetelheid en de middelen om hem te bewerkstelligen. Door te vergeten wie je bent, waar je vandaan komt, kortom de generatieketen: door te ontkennen dat we zijn voortgebracht.

80. Wie een te mooie, onbekommerde kindertijd heeft gehad, sleept die tijdens de puberteit met zich mee. De gelukkige periode is een ondraaglijke last: wat je achter de rug hebt, drukt zwaar op je schouders. En een groot deel van mijn huidige ongelukkigheid als volwassene, en mijn waarschijnlijk straks nog grotere ongelukkigheid als bejaarde, ook al is het dan het laatste restje, is te wijten aan de te grote en sterke vreugde die ik heb ervaren en die daarna is verdwenen.

81. Tijdens de puberteit merkte ik dat niets me kon beschermen tegen mijn angst. Als die opkwam, werd ik volledig in beslag genomen door dat donkere spook. Mijn keel kneep samen, mijn hart ging zo tekeer dat ik haast geen lucht kreeg, ik hijgde onophoudelijk, ik hoorde geen geluiden meer, behalve het doffe bonzen van mijn bloed, er viel een gedempte, angstaanjagende stilte in mijn kamer, ik had het bloedheet en koud tegelijk, mijn ogen schoten zomaar vol tranen die er maar niet uit kwamen. Ik had het gevoel dat ik moest huilen en overgeven. Ik werd overspoeld, overmand door verdriet. Ik ging naar de wc maar het lukte niet. Ik bleef op mijn knieën zitten met mijn gezicht boven de pot. Dan hield ik mezelf moedeloos vast. Alles voelde gevaarlijk, vijandig. Nee, dat is niet waar: alles voelde ver weg en zinloos. Nee, dat is ook niet waar: alles voelde gewoon absurd. Uiteindelijk rolden er toch een paar tranen over mijn wangen, brandend, gloeiend, mijn tranen waren bloedheet. Het ergste vond ik nog dat ik me in al dat verdriet volledig bewust was van het feit dat er helemaal geen reden was om me zo te voelen. Het eindeloze verdriet had geen oorzaak. Er was niets vreselijks gebeurd, op z'n hoogst een kleine teleurstelling en vaak zelfs dat niet, maar toch viel er een zwarte doek over de dag, de tijd stond stil, al mijn kracht was verdwenen, ik kon niet meer de energie opbrengen om de ene minuut aan de volgende te rijgen.

82. Het voornaamste kenmerk, de ware hoofdrolspeler en tegelijkertijd de interne vijand van de Italiaanse maatschappij en cultuur: de retoriek. Alle Italianen leven met en van de retoriek, gebruikmakend van een beproefde versie of nieuwe varianten verzinnend: politici, journalisten en schrijvers doen dat zeg maar beroepsmatig, maar ook topmanagers en rechters en arbeiders en huismoeders en studenten en alle corporaties die samen de bonte lapjesdeken van het land vormen. Het moge duidelijk zijn dat politici de retoriek onmogelijk kunnen laten varen, net zomin overigens als journalisten die zelf protesteren tegen hoe het werkt. De zogenaamde man van de straat is trouwens ook een kampioen van de retoriek, helemaal wanneer hij wordt geïnterviewd op tv, een medium dat mensen óf intimideert, óf hun zeggingskracht juist vergroot. De Italiaanse retorische traditie is volhardend en onverwoestbaar: tijdens de eerste helft van de twintigste eeuw was ze een stokpaardje van rechts (bombastisch en zo gezwollen dat het bijna surrealistisch was), in de tweede helft van de eeuw was ze dat van links (dreigend of dreinerig, al naargelang het onderwerp), en schiet ze de retoriek van katholieke snit te hulp door langdurig alles te bekleden met een welriekend laagje verdriet en goedheid. Dankzij de kracht van de retoriek wordt het mogelijk om alles te zeggen: de retoriek schrikt niet terug voor leugens en evenmin voor de waarheid, die ze zonder onderscheid verdraait en verkleint en vermengt en gebruikt. Men gebruikt de retoriek zowel voor wat gelogen is als voor wat waar is: zelfs als men de waarheid zegt kan men die niet zomaar naakt vertellen, er moet altijd een sausje retoriek overheen, zodat men uiteindelijk zelfs liegt als men de waarheid zegt: men vervalst de waarheid om zeker te weten dat die effect sorteert, misschien omdat men er niet genoeg vertrouwen in heeft, omdat men denkt dat de waarheid te weinig om het lijf heeft als ze niet wordt aangedikt, opgeblazen, versterkt, als ze niet inslaat als een bom, trilt als een gong, wappert als een vlag. Dat instinct is te sterk: in Italië kan de schrijver en de journalist en de spreker en de predikant, ook al heeft hij gelijk, absoluut gelijk, honderd procent gelijk, en zou hun gelijk meer dan voldoende moeten zijn om hun redevoering te ondersteunen, het evengoed niet laten om dat gelijk met retoriek te omkleden, bepantseren, overgieten, impregneren. De zo rijke, spectaculaire woorden van onze taal vormen een onweerstaan-

bare verleiding; en de flexibele syntaxis lijkt speciaal te zijn bedacht om er zo veel mogelijk aan te koppelen en op te stapelen, alsof men een barricade wil opbouwen rondom de eigen waarheid, om haar te beschermen, met als resultaat dat ze wordt verborgen.

83. Er bestaan twee soorten retoriek die elkaars spiegelbeeld en equivalent zijn: die van de consensus en die van de verdeeldheid, want in een wereld die is teruggebracht tot twee polen geldt voor iemand die het ergens mee oneens is automatisch dat hij het eens is met het tegenovergestelde, zodat meteen duidelijk is uit welke hoek de polemische wind waait. De tegenstanders weten overigens dat het puur om een woordenwisseling gaat, om een verbale strijd, waarbij men na afloop alleen een winnaar zal kunnen aanwijzen door te beoordelen hoe goed iemand zijn argumenten kon verdedigen en die van de ander kon aanvallen; immers wie van de tv-kijkers zal bij ingewikkelde vraagstukken als, laten we zeggen, de economie, de economische crisis, het economisch herstel en de mogelijke maatregelen, waarover onophoudelijk wordt gesproken in de uitzendingen, in staat zijn om de argumenten als zodanig te beoordelen, dus los van de welsprekendheid, de arrogantie, de zelfverzekerdheid die degene die ze uiteenzet uitstraalt? Vrijwel niemand, vrees ik, of helemaal niemand. Ik in elk geval niet. Ik ben het klassieke voorbeeld van iemand die er níéts van begrijpt en uiteindelijk alleen maar oordeelt uit sympathie, antipathie of vooringenomenheid – de ware pijlers van mijn moreel besef.

84. Gewoonlijk heeft men het over Italië als een land van de illegaliteit. Waar de regels continu worden overtreden. Dat zal wel zo zijn, ik ontken het niet. Maar toch verwonder ik me erover hoe zelden het feitelijk gebeurt. Dat iemand echt een regel overtreedt dus, zelfs in een oneerbiedig land als het onze waarin men graag de wet omzeilt. Misschien komt het doordat het automatisch, bijna onbewust gebeurt, dat we ons nauwelijks realiseren wat een gigantische hoeveelheid voorschriften we in acht nemen, en dan niet elke dag, maar elk uur, of zelfs elke minuut van ons leven. Ik bedoel maar, voor elke regel die we overtreden zijn er minstens tien, of honderd, die we vrijwel ongemerkt hebben nageleefd. Ik heb het over allerlei soorten

voorschriften: van verkeersregels tot conventies qua begroetingen en lichamelijke verzorging, tot de meest alledaagse voorschriften wat betreft de manier van lopen, kijken, eten, ademen, praten en rekenen, tot de regels bij een willekeurige sport of op het werk. Zelfs als we de liefde bedrijven nemen we een bepaalde procedure in acht. Deze vrijwel permanente gehoorzaamheid loopt veel en veel minder in het oog dan de incidentele overtreding: we hebben die gehoorzaamheid zo in onze structuur opgenomen dat we niet meer zien hoe bijzonder en onnatuurlijk ze eigenlijk is. Onze standaard is dus eerder om in het gareel te lopen, en daarbij vergeleken is een overtreding een opvallende gebeurtenis. Ik sta dan ook elke keer weer versteld, wanneer ik voor een rood verkeerslicht sta en er verder helemaal geen verkeer aankomt, dat de auto's en motoren niet gewoon gaan rijden omdat het rode licht op dat moment overbodig is; ik sta versteld dat negenennegentig van de honderd gedetineerden elke avond weer braaf terugkeren naar de gevangenis nadat ze een dagje met verlof of gedeeltelijke invrijheidstelling buiten hebben mogen doorbrengen; ik sta versteld dat overspel geen verwoede dagelijkse praktijk is; ik sta versteld dat de blonde dame die daar de straat oversteekt niet onmiddellijk van haar tasje en juwelen wordt beroofd. Hoe is het mogelijk dat er van de honderd mensen die ze tegenkomt, er niet één is, ik zeg éêntje, die dat idee in zijn hoofd krijgt en het vervolgens ook uitvoert? Hoeveel blonde dames met tasjes en sieraden lopen er vandaag de dag rond die níét zijn beroofd? Zou dat aantal niet veel meer opzien moeten baren dan dat van het uiteindelijk bespottelijke aantal tasjesroven? En dát in een land als Italië, waar iedereen maar lijkt te doen waar hij zin in heeft en aan niets of niemand lijkt te gehoorzamen. We denken dat we heel anarchistisch, individualistisch en onconventioneel zijn, maar dat zijn we niet. Ook wij hebben een automatische piloot die ervoor zorgt dat het individu binnen de gebaande paden blijft; niet uit goedheid, of omdat men overtuigd is van de wetten die men respecteert, maar puur uit zelfbehoud. Regels overtreden brengt op den duur, of zelfs al op korte termijn, hoe dan ook grotere problemen met zich mee dan die welke gehoorzaamheid zou veroorzaken. Delicten, misstappen en stommiteiten zijn dus relatief zeldzaam: we zullen ons over het algemeen conformeren, aanpassen en onderwerpen aan geschreven en ongeschreven regels, we gehoorzamen wetten die 'Doe dit!' en 'Doe dat niet!' zeggen in zo'n razend tempo dat het nauwelijks waarneembaar is.

87. Er moet grondig onderzoek worden gedaan naar juist datgene wat we als bekend veronderstellen – bekend voor de meeste mensen, en zelfs voor degene die het gaat onderzoeken. Want vaak is het dat helemaal niet. We weten veel minder dan we denken te weten. In wat als overbekend en zelfs als doodgewoon wordt beschouwd, zitten de interessantste geheimen verborgen. Misleid door die slinkse vertrouwdheid hebben we dus juist in het dagelijks leven veel te maken met het onbekende.

88. Als men veronderstelt dat de mens verstandig is, dus van nature is bedeeld met gezond verstand, wil dat zeggen dat hij geen enkele voortgang of winst boekt wanneer hij verstandig wordt en zich verstandig gedraagt.

90. Wat een samenleving bijeenhoudt is datgene wat daarbinnen als vaststaand wordt gezien. Datgene waarover niet gediscussieerd hoeft te worden of wat men afdoende heeft besproken tijdens de oprichting, en waarvan men denkt dat het lange tijd zal duren voor men erop terug moet komen. Als er daarentegen níéts meer als vaststaand wordt beschouwd, is er ook niets meer wat een samenleving bijeenhoudt. Het parlement als plek om het debat te voeren kan niet zomaar álles ter discussie stellen. Men kan zijn vrije mening uiten, maar dan telkens over één thema, niet over alle thema's tegelijk: dat zou voelen alsof de grond onder je voeten wegzakt tijdens een aardbeving. Dan zou het fundament weg zijn waarop de sociale structuur is gebaseerd; alsof alles is omgewoeld, de omtrek wankel, onduidelijk is geworden. Daarom kan een samenleving niet ontstaan en tot bloei komen en voortduren op een puur kritische grondslag, die per definitie níéts als vaststaand beschouwt. En dat verklaart ook waarom iemand die een kritische blik werpt op alles, zonder enige uitzondering, in elke samenleving impopulair is of wordt beschouwd met een zekere bezorgdheid of zelfs vijandigheid. Een maatschappij kan niet zijn gefundeerd op twijfels. Ze kan er wel door worden bezield, mits ze haar maar niet volledig in beslag nemen.

92. Er wordt wel gezegd dat sociale verhoudingen zijn gebaseerd op een onderliggend contract, maar wie heeft dat contract ooit ingezien, wie heeft het ondertekend? Wie zijn de werkelijke contractanten van al die sociale afspraken waar politieke filosofen het over hebben? Waar is dat volk, waar wonen die mensen, hoe heten ze? Waar staan hun handtekeningen, de data, de stempels?

93. De moderniteit is het tijdperk waarin profeten valse profeten zijn. Allemaal even nep. Zowel degene die blind gelooft in valse profeten als degene die hen bruut ontmaskert zijn kenmerkend voor de moderne tijd.

95. Hoe komt het, vraag ik me zo onbevooroordeeld mogelijk af, dat het fascisme bij een nadere, rationele analyse, altijd zo bespottelijk overkomt? Misschien ook dikdoenerig, soms vreselijk of tragisch, bewonderenswaardig zelfs, maar hoe dan ook altijd bespottelijk. Ik sta iedere keer weer versteld als ik getuigenissen lees, video's zie, toespraken beluister. Je krijgt onvermijdelijk de drang het als een parodie te beschouwen, maar dan wel een waarbij het onderwerp zelf heel bewust en spottend de basis van die parodie is. Je kunt haast niet geloven dat er zoveel illusies en tragedies zijn veroorzaakt, zoveel harten, knuppels, dolken, handgranaten en pantserwagens in beweging zijn gebracht door een dergelijke *poppenkast*. Nee, dat is onmogelijk. Maar het is wel mogelijk, het is mogelijk geweest en misschien zal het altijd mogelijk blijven. Het is dus blijkbaar zo dat wanneer het fascisme uit zijn duistere historische context wordt gelicht, en met een nuchter verstand en een kritisch oog wordt bekeken – dat juist door dat cognitieve proces het wezen van het fascisme wordt veranderd, en wordt teruggebracht tot het carnavaleske geraamte dat alleen maar dient om mensen te laten huiveren of lachen. Als zo'n vis uit de peilloze diepte van de zee die zijn mysterieuze glans verliest zodra hij naar de oppervlakte wordt gehaald, waar hij slechts een miezerig monstertje blijkt. Was dat het nu waar iedereen zo vreselijk bang voor was of dat zoveel enthousiasme had gewekt? Van de tragedies en de heldendaden resten enkel wat hoopjes as, en het weinige wat overblijft lijkt nog het meest op het decor na afloop van de toneelvoorstelling: geschilderde bomen, kartonnen zwaarden, kippen van

gips. Na talloze boeken over het onderwerp blijft het fascisme een mysterie. Mysterieus juist in het opvallendste kenmerk, in het wezen ervan dat verbluffend samenvalt met het uiterlijk vertoon. In tegenstelling tot het communisme (dat in beginsel compact en rechtlijnig is, maar in de uitwerking altijd dubbelzinnig en machiavellistisch), is het fascisme exact wat het lijkt: expliciet, manifest, uitgesproken, en toch onbegrijpelijk. Misschien zijn bepaalde aspecten van ons leven bestemd om onbekend te blijven, of bekend maar onbegrepen, aangezien de kennis een opwaartse, reducerende beweging maakt en daardoor haar ontdekkingen alleen maar omzet in iets bespottelijks. De kennis verandert dus niets aan het onbewuste doordat het iets kent, het onbewuste wordt niet gewijzigd of ontsloten, het wordt hooguit vernietigd, tot op het bot gerationaliseerd. Zodoende blijft de kenmerkendste eigenschap van het fascisme dat het een onbewust iets is dat naar buiten komt en zich vertoont, getransformeerd tot een bulderende stem, een glimmend oppervlak... Het gaat niet om *weten*, het gaat om *aanpassen*; en aanpassingen vinden op ondoorgrondelijke wijze plaats.

96. Vergeefs probeerde men het te bestrijden. Ik bedoel, met andere middelen dan wapens, die destijds wel effectief bleken. Maar wee degene die het probeert met ideeën en woorden! Dat zou tijdverspilling zijn. Het wezen van het fascisme is dat het zich onttrekt aan kritiek. De duistere kant kan niet worden belicht, want als dat gebeurt, verdwijnt die. Aangezien een dergelijke plek die volkomen ontoegankelijk is voor kennis en twijfels of kritiek niet bestaat (zelfs God kreeg dat niet voor elkaar!), vindt men hem helemaal opnieuw uit, en dat is zonder meer een geniale zet die alleen intellectuelen hadden kunnen bedenken, alleen mensen die in staat zijn heel abstract te denken maar ook met een volks trekje, een soort combinatie van de fresco's van Giotto en Pinokkio. De hele geschiedenis van de Italiaanse intelligentsia wordt samengevat in het perverse plezier dat een subtiele en sceptische geest als die van Leo Longanesi erin schepte om de slogan te verzinnen: 'Mussolini heeft altijd gelijk.' Sinds de Griek Zeno en zijn verhaal over Achilles en de onverslaanbare schildpad, was er niet meer zo'n klinkende, autonome, eendimensionale paradox bedacht! Zoals de hersenbreker gevormd door de zin: 'Ik lieg.' Wanneer de

rede er moeite mee heeft om de veranderingen bij te houden en de wereld intussen wankelt, is er behoeft aan actie, een idee. Een geniale ingeving. Terwijl de hele Europese academische wereld met de waarschijnlijkheidstheorie worstelde, en de paus het goddelijk mandaat in zijn handen voelde afbrokkelen, en de pijlers van de wereld op instorten stonden, in heel die chaos van ongeloof en scepsis slaagden enkele Italiaanse geletterden erin om de zekerheid te herstellen! Zelfs voor Luigi Pirandello met zijn drogredenen, zijn 'misschien zus, misschien zo', en zijn vele verdraaiingen over de identiteit en de twijfels over wie wie is en wie wat gedaan heeft, zelfs voor Pirandello, die sceptischer was dan Gorgias en taoïstischer dan Zhuang Zi die droomt dat hij een vlinder is die droomt dat hij Zhuang Zi is... zelfs voor Pirandello bestond er één waarheid: MUSSOLINI HEEFT ALTIJD GELIJK!

97. Het is zinloos om het fascisme te verwijten dat het zich aan alle analyses onttrekt, dat het niet binnen de categorieën valt waar de criticasters zo dol op zijn, die het daarom beschuldigen van irrationalisme. Het irrationalisme is voor het fascisme eerder een voordeel dan een nadeel. Of eigenlijk is het niet eens irrationalisme, dat van het fascisme, maar eerder een bijzondere mengeling van mystiek materialisme, van strijdbaar spiritualisme, een entiteit met vele gezichten die de tegenstander altijd kan verslaan omdat ze in staat is diens uiterlijk aan te nemen en diens krachten in te pikken, om die vervolgens bij haar eigen krachten te voegen en daar een extra dimensie aan te geven. Waar men normaal altijd het sektarische karakter van het fascisme onderstreept, en de starheid, de ultieme hang naar zuiverheid die de onzuiverheid zou moeten elimineren, de cultus van het gezonde lichaam dat eventuele rotte plekken afstoot (buitenlanders, negers, joden, communisten, dienstweigeraars, et cetera) zie ik het al vanaf het begin juist als een uitzonderlijke, eclectische verzameling van tegenstrijdige houdingen en flarden van uiteenlopende doctrines, een drang om te imiteren waar niets exclusiefs aan is, sterker nog, de hachelijke, paradoxale poging om tegelijk reactionair en revolutionair te zijn, aanhangers van orde en wanorde, van rechts en van links, pleitbezorgers van de bourgeoisie en tegenstanders, conservatieven en ultramodernen, streng katholieken en felle, nietzscheaanse antigelovigen, asceten maar ook actievelingen, mensen die

de vitaliteit als hoogste waarde hebben en tegelijkertijd profeten van de dood, aanhangers van de dood, aanbidders van de dood, kortom, alles wat je maar kunt denken en doen, maar dan gegoten in één krachtdadige opwelling. Het onbewuste is een machine die maar blijft produceren. Zie daarvoor het prachtige *Journal* van Pierre Drieu la Rochelle, die talloze keren beweert dat hij fascist is maar dat hij communist wil worden, en dat hij bourgeois is, of misschien wel de laatste aristocraat die nog bestaat, en tegelijkertijd estheet, huismus, meedogenloze vechtersbaas en een mystieke asceet die ook simpel en puur is zoals de Franse boeren van vroeger, impotente verleider, geraffineerde barbaar, verdorven heilige, zeg maar gewoon alles, maar dan ook echt álles, met een allesomvattende, woeste ambitie, opdat die zucht maar een passende, agressieve, brutale uitlaatklep vindt die verbaast, verleidt, schrik aanjaagt... Het fascisme is niet te verklaren maar het functioneert, het functioneert zolang het functioneert, als het lichaam van een dier voordat het ziek wordt of wordt gedood. Het is niet alleen de loftuiting op het lichaam, het is zelf een lichaam, waarvan de levensloop bijna altijd samenvalt met die van het lichaam van zijn duce.

98. De fascistische ideologie, of beter gezegd de pure, onmiskenbare stijl van het fascisme, is – meer nog dan op louter politiek vlak waar het leuzen van verschillende herkomst samenvoegt – vooral terug te vinden in teksten van filosofische of mystieke aard, wanneer men zich bekwaamt in archetypische of ondoorgrondelijke onderwerpen zoals seks, de toekomst, eer, moed, de opkomst en neergang van de beschaving, de metafysische traditie, de vergetelheid van het zijn, de rassenleer, de dood. Meer dan over de vorm van de staat of de regering, die hij liever aan juristen overlaat, heeft de fascist over deze belangrijke thema's echt iets te zeggen, en vooral ook een opmerkelijke manier om dat te doen; hij stelt zich namelijk onverhoeds op boven de politieke arena – waar hij altijd genoodzaakt is de taal van anderen te volgen, van de socialisten, nationalisten, anarchisten, activisten – en belicht nu eens het ene en dan weer het andere aspect, net hoe het uitkomt, zoals ook zijn opportunistische grondlegger deed. Zwalkend tussen rechts en links, tussen bejubeling van de moderniteit en de religieuze cultus van vroeger, tussen revolutionair en conservatief,

zodat je nooit goed snapt wat de doelstelling ook alweer was (bijvoorbeeld of het de bourgeoisie nou wil neerhalen of juist tot zijn bolwerk wil maken), beweegt het fascistisch gedachtegoed zich gemakkelijker in het spirituele domein van de metafysica, van de eruditie, van het filosofisch debat, kortom meer op het terrein van het symbolische. Ja, het fascisme is niet, of niet alleen, een politieke doctrine, maar veeleer een uiting van de symbolische gedachte. Het interpreteert de wereld volgens een bepaalde lezing en uit zich graag door middel van symbolen, of nog beter gezegd, het zou niets eens in staat zijn zich op een andere manier uit te drukken. Dat verklaart ook de affiniteit met het meer erudiete repertoire, de onuitputtelijke bronnen uit de geschiedenis van de religies, de mystiek van het esoterisme.

99. En aangezien alles wat men verlangt reëel is, hoe dan ook reëel is, ook al bestaat het alleen maar in het verlangen, kan het fascisme dus heel goed reëel zijn ook wanneer het liegt, of juist wanneer het liegt, want ook zijn leugen is een reëel verlangen. Hetzelfde kan gezegd worden van de haat die erachter zit, die het fascisme aanwakkert en die op zijn beurt door het fascisme wordt aangewakkerd. Het verlangen ontstaat niet uit een gemis aan iets, maar juist uit de aanwezigheid ervan, al is het in de vorm van een beeld, een hersenschim die even reëel is als de rest. De productie van hersenschimmen door de fascistische machinerie is indrukwekkend... Niemand kan zich beklagen over een tekort aan hersenschimmen in de twintig jaar dat het fascisme in Italië aan de macht was, tot 1943, en meer nog na de oorlog, tot op de dag van vandaag, en tegenwoordig meer dan ooit. De grote massa's die door het fascisme werden verheerlijkt kwamen dan ook niet bedrogen uit, die kregen precies wat ze wilden, in overvloed. Wilden ze opwinding en dood? Nou, die hebben ze gekregen. Net als bij mensen die aan sm-spelletjes doen, zou het flauw zijn om vervolgens geschokt te zijn als er af en toe iemand in blijft. Ik moet glimlachen om degenen, soms belangrijke intellectuelen maar ook gewone mensen, die verklaren dat ze 'teleurgesteld' zijn in het fascisme, dus dat ze het liever wat meer links georiënteerd hadden gewild, of juist nog wat rigoureuzer rechts, meer de kant op van Hitler of Stalin, minder volks en vulgair of minder bourgeois en vroom, meer antikerkelijk of meer richting Mussolini, meer activistisch of sociaal

of mystiek of aristocratisch of racistisch, of misschien zagen ze liever een niet-racistisch fascisme ('Tja, dat is toch eigenlijk de enige fout die M. begaan heeft...'), kortom, dat ze het liever zus of zo hadden gezien... Het is een recept met veel ingrediënten, waarvan sommige uitwisselbaar en in verschillende hoeveelheden toepasbaar zijn, dus kan iedereen in zijn hoofd zijn eigen fascisme bereiden, door naar believen een snufje anarchisme, eugenetica, charisma of Middeleeuwen toe te voegen of juist weg te laten.

102. In de praktijk wijken politieke en religieuze bewegingen zo kolossaal af van de ideeën van hun grondleggers dat ze kunnen worden bestreden door citaten van diezelfde grondleggers aan te halen. Zo worden het christendom en de kerk aangevochten in naam van Jezus en zijn 'ware boodschap', het vroege communisme door Marx te citeren, en fragmenten uit het werk van Nietzsche worden ingezet tegen zijn fanatiekste volgers. Het is logisch dat dit gebeurt binnen ideologieën die zo breed of tegenstrijdig zijn dat er, binnen de eigen gelederen of tijdens de verbreiding, verschillende stromingen ontstaan die soms lijnrecht tegenover elkaar staan; en het lijdt ook geen twijfel dat zelfs de fracties die zich het verst van de uitgangspunten verwijderd hebben – zo ver dat het bijna lijkt alsof ze die hebben omgedraaid – hoe dan ook niet zouden hebben bestaan zonder die uitgangspunten, waaruit ze beslist inspiratie hebben gehaald. Dat die inspiratie tegennatuurlijk kan zijn, ligt in de aard van elke inspiratie; dat is overigens de manier waarop alle theorieën worden aangepast en bijgeschaafd, waardoor er volkomen nieuwe ideeën ontstaan, in de tijd en de ruimte, dat wil zeggen in de loop van de geschiedenis en op specifieke plekken van de wereld waarin ze worden onthaald en toegepast; en tevens, om de woorden van bovengenoemde filosoof te gebruiken, is het schijnbare verval dat optreedt in de overgang van de ideale zuiverheid naar de concrete realisatie alleen maar het gevolg van de noodzaak om niet langer 'de kop in het zand der hemelse dingen te steken, doch hem vrij te dragen, een aardekop, die de aarde zin geeft'. Wat de aarde zin geeft zal dus iets heel anders zijn dan wat we met onze ogen dicht voor ons zagen in het zand der hemelse dingen... en niet verder verwijderd van de waarheid dan de ideale formulering was.

103. Het actueelste en meest eclatante voorbeeld van deze diversiteit treffen we aan in de islam, namelijk wanneer verzen uit de Koran worden aangehaald om handelingen die in naam van de Koran zijn gepleegd te veroordelen.

104. Het algemene concept van 'broederschap' (Verlichting) maar ook het concretere concept 'medemens' (Jezus) lijken voorbij te gaan aan, of weinig rekening te houden met, het feit dat het juist de nabijheid is die haat opwekt, en dat onenigheid en concurrentie tussen gelijken kan uitmonden in vervolging en moord. Het is dan ook niet het andere, maar het gelijke dat het conflict veroorzaakt. Dat is al zo sinds de mythische oertijd en dat werkt nog steeds zo. Het is de buurman die je hoorndol maakt met zijn hond die de hele nacht blaft, niet een Australische Aboriginal. Zoals altijd lijkt Jezus met zijn voorschriften de voor de hand liggende boodschap te verkondigen, terwijl zijn leer veel lastiger en provocerender is, met dat kinderlijke wat eromheen hangt: hij weet donders goed dat je je buurman, je naaste, haat en hem zo zou willen opknopen, en dus zegt hij dat je hem moet liefhebben. Hij heeft het nooit over oorlog of over grote conflicten tussen landen, maar wel over het kleine, onophoudelijke conflict dat elke dag weer ontstaat op een paar vierkante meter: de kamer waar twee broertjes slapen, de grens tussen twee luzerneakkers. Door te zeggen 'Heb je naaste lief' zegt hij eigenlijk 'Heb degene die je verafschuwt lief'.

105. Het naaste-zijn is de basis waarop de haat steunt en groeit.

106. De haat richt zich helemaal niet op wat anders is, maar op dat wat gevaarlijk eender is: het antisemitisme van Pierre Drieu la Rochelle is nooit gericht tegen de mannen met baarden, pijpenkrullen en hoeden, maar juist tegen de geletterden en journalisten zoals hijzelf, die hij in het restaurant tegenkomt...

107. Haten is geen reactie op iets, het is een primaire behoefte.

108. De nachtmerrie van kennissen: wie zijn écht mijn kennissen? En als ik ze al heel lang ken, maar in feite maar sporadisch met ze omga,

wanneer ik ze per ongeluk of door een verplichting ontmoet, komt dat dan omdat ik me eigenlijk kapot erger aan hen? Waarom zijn ze anders niet mijn vrienden geworden, echte vrienden? En waarom worden ze eigenlijk 'kennissen' genoemd en niet, zoals veel logischer zou zijn, 'bekenden'?

111. De stelling 'Wij wisten het niet' zou vervangen moeten worden door de erkenning 'Wij wisten alles, maar we wilden ons niet bij de feiten neerleggen'.

114. Politieke ideologieën zijn geen perfecte doctrines die rationeel zijn uitgedacht ter wille van de mens, ook al presenteren ze zich graag als zodanig. Het zijn eerder strijdgroepen voortgekomen uit vijandigheid en wrok, in tijden van crisis, wanneer fanatisme en woede ertoe doen.

115. Er zit iets tegenstrijdigs in de moraal van het geweld, in de figuur van de strijder. Hij wordt gezien als de hoeder van tradities en de maatschappij, terwijl hij die eigenlijk ontwricht. Er bestaat niets primitievers en oncontroleerbaarders dan de strijder gevat in de puurheid van zijn exclusieve handeling, namelijk doden. De essentie van zijn bestaan ligt in de vernietiging, niet in dingen in stand houden. De oorlogsgod Mars staat immers vooral voor de dood: Mars is Mors. En bij alle Herculesfiguren, die dus worden gekenmerkt door hun kracht, kent de kracht zelf geen grenzen, noch een van tevoren vastgesteld gebruik dat goed of slecht genoemd kan worden; de kracht is naamloos en stuurloos; hij kan worden ingezet om het lot van de mens te verlichten, bij positieve acties, maar ook bij gruwelijke, zinloze slachtpartijen. De strijder is altijd onzuiver, bezoedeld met bloed, en vaak het bloed van onschuldigen. De held vermoordt niet alleen gevaarlijke monsters die de weerlozen bedreigen, maar ook de weerlozen zelf, vrouwen en kinderen en ongewapende mannen, of zelfs zijn eigen familieleden, ten prooi als hij is aan de blinde razernij waarmee hij ook zijn vijanden vermorzelt. Het zou ook wel wat al te gemakkelijk zijn als geweld aan banden gehouden kon worden! Net als elke bovenmenselijke kracht, zoals de geboorte, de dood, de liefde, onttrekt ook de strijdlust zich aan alle wetten, en wanneer die zich

daar wel aan onderwerpt is dat omdat die op zijn beurt het karakter van een brute wraakneming heeft aangenomen. Schuldigen worden afgeslacht door andere schuldigen. De strijder is een op hol geslagen paard dat wil sterven; door zijn riddermoraal wordt hij gedreven tot zinloos geweld: hoe zou hij ooit de hoeder van een stabiele, gematigde maatschappij kunnen zijn? Dat is hij alleen als hij wordt *geïnstrumentaliseerd*.

116. De initiërende, rituele scheiding van het gezin, van het thuisfront: om een echte man te worden moest je vertrekken en jarenlang wegblijven. Tegenwoordig kan de held alleen maar naar huis teruggaan: waar zou hij anders naartoe moeten?

118. Op een paar oude herensociëteiten na is het katholieke priesterschap in wezen het laatste van die strikt mannelijke bolwerken die tot niet eens zoveel decennia geleden nog fier overeind stonden als bastions, als uitkijktorens aan de horizon van onze samenleving. Het mannelijke separatisme vormde niet één onneembare berg Athos, maar een heleboel: in het leger, op de academie, bij het korps, in overheden. Ze zijn allemaal verdwenen, behalve het priesterschap. Wie weet hoe lang dat gemeenschapsmodel gebaseerd op uitsluiting nog zal bestaan.

119. De onderworpenen zijn wat mij betreft niet gevrijwaard voor kritiek louter vanwege het feit dat ze onderworpen zijn, sterker nog, dat is het eerste wat hun verweten zou moeten worden. En de laatsten moeten er maar eens mee ophouden zich te koesteren in de Bijbelse belofte dat ze de eersten zullen zijn.

120. Als kind smeden we ons karakter in het vuur van andermans wreedheid of erger nog, van de valse vriendschap, de valse beschikbaarheid van een volwassene die zogenaamd klaarstaat om je te helpen, om je een hand te reiken, maar dat alleen maar doet om je daar te krijgen waar hij je hebben wil. Dus of je bezwijkt onder die slechtheid, of je houdt je staande door in jezelf evenveel slechtheid aan te boren, of je laat je verleiden door baatzuchtige raadgevers, totdat je dingen gaat geloven waarvan je denkt dat ze van jou zijn, jouw overtuigin-

gen, jouw hoop en plannen, terwijl ze dat helemaal niet zijn, maar bovenal begin je een hekel te krijgen aan iemand of iets tegen wie of wat de raadgever je al vanaf het begin wilde opzetten. Het voornaamste kenmerk van de kwaadwillige raadgever is zijn hartelijkheid, zijn beminnelijkheid. Tussen al die schoften voelt het natuurlijk om naar hem te luisteren, op hem te vertrouwen.

121. De particuliere school waar ik vele jaren heb lesgegeven bood onderdak aan uitsluitend mannelijke leerlingen die reeds het privilege hadden uit vermogende families te komen, en daar een gedegen opleiding bovenop moesten krijgen waardoor ze in staat zouden zijn een gewichtige positie te bekleden in de volwassen wereld. Dat alles getemperd door een catechismus die althans op papier bijna het tegenovergestelde predikte. Het is een opvallend kenmerk van het Italiaanse katholicisme dat het een eeuwenoude traditie uitdraagt om de laatsten te steunen, maar tegelijkertijd een verbond sluit met de mondaine belangen van de eersten. Misschien heeft het zijn solide basis en grootsheid te danken aan deze tegenstelling. Maar het kan niemand ontgaan, en de eersten wie het niet ontging waren juist die fortuinlijke scholieren: mijn leerlingen.

122. Ongefundeerde angst is welbeschouwd, hoe absurd het misschien ook mag klinken, altijd nog beter dan angst om gefundeerde redenen. Ook al werkt het nog zo op de zenuwen, een vals alarm is altijd nog te prefereren boven het alarm voor een echt bombardement. Tenminste, gezien vanuit de feitelijke realiteit. Gezien vanuit het gevoel, tja, dan is het heel anders, want soms halen we zelfs opgelucht adem wanneer het ergste bewaarheid wordt, wanneer zich na een heleboel zinloze zorgen eindelijk eens een echte tegenslag voordoet, wanneer de waarden van het onderzoek dat je ter preventie periodiek laat uitvoeren, nadat ze jarenlang binnen de norm zijn gevallen, eindelijk een afwijking vertonen. Verdomme, maar ook: hoera! Het is zover! Door zo'n naar bericht staan we er in elk geval wat minder aanstellerig op in de ogen van degenen die vonden dat onze zorgen overdreven waren, waar we ons zelf inderdaad ook wel een beetje voor schaamden, en wordt onze angst gerespecteerd, zoals het eigenlijk altijd zou moeten zijn.

123. Als je erkenning wilt krijgen, moet je daarvoor in ruil iets geven: soms zelfs je leven, in ruil voor een woord, een medaille, een aai...

124. Sommige gevoelens zijn authentiek, andere afgeleid, maar daarom niet minder sterk of duurzaam; integendeel. Italianen putten meestal moed uit woede, en die woede kan snel weer afnemen, maar dan heeft hij wel voor een enorme portie lef gezorgd. De gevoelskant is zo belangrijk dat het voor veel mensen belangrijker is om wraak te nemen dan om te winnen. Persoonlijke driften hebben de overhand op de gemeenschappelijke, of ze veranderen daarin, triomferend in de vorm van burgerzin. Innerlijke gevoelens van onvrede stoppen niet wanneer ze achter een vlag aan marcheren, en hetzelfde geldt voor wrok en ambitie. Als iemand een openbare verklaring aflegt, hoef je maar even te krabben en dan vind je onder het korstje van de algemene motivatie de irritatie die aan de spreker knaagde. Vaak hoef je trouwens niet eens te krabben!

127. Een Italiaans spreekwoord luidt: Een heilige plek is nooit verlaten. Misschien is het zelfs nog geloofwaardiger dat een verlaten plek vroeg of laat vanzelf heilig wordt. Als een plek lang genoeg wordt gespaard door de materiële driften, is hij gedoemd om te worden overgenomen door de heiligheid. Heiligheid en leegte en stilte en afwezigheid (van mensen, van woorden, van tekens) zijn onderhand synoniem. Zo zijn bijvoorbeeld de weinige nog onaangetaste vierkante kilometers van het Italiaanse landschap inmiddels heilig: dat waren ze oorspronkelijk helemaal niet, het waren meestal kale, onherbergzame, bijna onbeduidende plekken (daarom zijn ze ook gespaard gebleven: er viel niets te exploiteren), maar nu dus wel. De paradox wil dat de mooiste plekken, die vanwege hun schoonheid meteen werden bestormd, nu de afzichtelijkste, de afgrijselijkste plekken zijn.

132. Homoseksualiteit (latent, manifest of onderdrukt) staat aan de basis van immense culturele en politieke omwentelingen, van het neoclassicisme tot het nazisme, van de periode van de Italiaanse eenwording tot aan de modewereld, van de mythe van de onbedorven knaap op de katholieke scholen tot het Spartaanse leger, van het bezoek aan de sportschool tot aan de burgerrechten.

133. Er was een sekte waarvan de leider verkondigde dat de wereld zou worden vernietigd door ufo's. Er werd ook een datum verschaft voor de ondergang van de wereld. Er gebeurde niets. Nadat was gebleken dat de voorspelling van de leider niet klopte, ging het ledenaantal van de sekte niet naar beneden, maar juist omhoog.

134. Heel veel mensen die zijn misleid, blijven geloven in diezelfde misleiding. Zelfs de grootste bewijslast kan geen barst slaan in het geloof in een leugen, als het een waar geloof is. Neem nou de religieuze relikwieën: ook al zouden ze niet authentiek zijn, het feit dat ze al zo lang en met zoveel overtuiging aanbeden worden is voldoende om ze heilig te maken.

137. Ze beweren dat ongeluk een goede leerschool is; misschien hebben ze gelijk. Toch is geluk de beste universiteit. (*Cosmo citeert hier uit een brief van Poesjkin aan zijn trouwe vriend Pavel Nasjtsjokin in Moskou, maart 1834.*)

138. Instinctieve aversie tegen iets wat 'te dichtbij' is, een fascinatie voor iets wat 'op gemiddelde afstand' ligt, angst voor wat 'oneindig ver weg' is.

139. Het valt me op, nu ik op sterven lig, dat ik er niet tegen kan wanneer mensen met serieuze of ernstige zaken aan komen zetten. Ik wil het ook niet op tv horen of erover lezen. Ik wil liever dat de klanken van woorden weinig betekenis hebben, of helemaal geen, en me enkel wijzen op de klank van de menselijke stem en niet op de onderliggende concepten. In sommige gevallen, misschien wel in bijna alle, is het barmhartig en goed om te praten zonder iets te zeggen.

142. Hoe ver men ook terug weet te gaan in de herinnering en vooruit te kijken in de hoop, en zich op die manier te verplaatsen over de tijdlijn, het heden laat zich zijn immense aantrekkingskracht niet zomaar ontnemen.

143. Ideeën zouden altijd tot op de bodem moeten worden uitgewerkt, gewoon om te zien waartoe ze leiden, en om erachter te ko-

men dat de boeiendste naar een dood punt leiden, terwijl de ideeën die aanvankelijk minder briljant leken meer kans hebben om naar een ware ontdekking te voeren. Op een ware ontdekking kun je alleen maar stuiten terwijl je onderweg bent, of bijna aan het einde, terwijl sommigen zo naïef zijn om te denken dat dat het vertrekpunt is.

145. Hoe somberder het leven dat we leiden, hoe fascinerender het leven overkomt waarvan we overtuigd zijn dat we er recht op hebben. De treurige dagelijkse werkelijkheid fungeert als aandrijfkracht voor de fantasie, en de dingen die daaruit voortkomen worden gerangschikt in de categorie van dingen die niet alleen uitvoerbaar zijn, maar ook verplicht, die vroeg of laat gerealiseerd zullen worden, als de huidige obstakels overwonnen zijn.

146. Eerst schoten ze, en pas daarna, al naargelang wat ze geraakt hadden, zeiden ze dat dat het doelwit was.

147. Gevangen in de heuristiek: die veronderstelt dat alles een betekenis heeft, zowel ieder ding afzonderlijk als het geheel der dingen, en dat men die kan, nee, móét zoeken. Maar stel dat die betekenis er niet is? Stel dat er geen betekenis is? Stel dat we niet langer verplicht zouden zijn om die betekenis te zoeken, wat zou dan onze taak worden?

149. Vaardigheid, onbevangenheid, vernuft – ze worden ingezet voor het scheppen en verspreiden van bagger. Daar wordt het grootste deel van ons talent in gestoken. Aangezien technische vaardigheden als zodanig te waarderen zijn, los van het terrein waarop ze worden toegepast en het doel dat men erbij voor ogen heeft, hoor je vaak zeggen dat deze of gene 'fantastisch' is, 'echt heel erg goed', 'een echte vakman' of 'een topper', gewoon omdat ze hun vak naar behoren uitvoeren, hun project met succes voltooien – iets wat je overigens ook van Jack the Ripper en Adolf Eichmann kunt zeggen. Geobsedeerd als we zijn, zelfs in onze verbeelding, door de redenen voor succes, door de efficiëntie en productiviteit toegepast op elk aspect van ons leven, zijn we uiteindelijk vol bewondering voor alles wat 'goed gedaan' of

'geslaagd' is. Maar als je op een gegeven moment je geduld verliest en beweert dat iemand 'echt waardeloos' is, vanwege wie hij is en vanwege wat hij maakt – tv-programma's of gebouwen of kleren of liedjes of krantenartikelen of reclamespotjes – krijg je vaak als tegenargument te horen: 'Nou, hij is heus niet dom, hoor!'

151. De puberteit is de periode waarin we het minst in staat blijken om een heel basaal uitgangspunt te erkennen, namelijk dat ons handelen en onze gedachten helemaal niet buitengewoon en ontzettend *uniek* zijn, maar doorsnee, heel gewoontjes. Al zou je misschien hetzelfde kunnen zeggen over de volwassen leeftijd en de ouderdom, en over alle tussenliggende fases die samen het bestaan vormen. Ons leven wordt immers gevormd uit overgangen, tussenpozen, transities, waardoor we een positie nooit stevig genoeg bekleden om objectief te kunnen oordelen over de rest: voor ons lijken het obstakels en conflicten, en als ze dat lijken, dan zijn ze dat ook inderdaad.

153. Wat een enorme verspilling van intelligentie zit er zowel in het begrijpen als in het niet willen begrijpen.

154. In de abstracte liefde tot de mensheid heeft men in de regel slechts zichzelf lief.

155. Zoals in de eerste eeuw van de Romeinse Oudheid, was het ook in de periode die mij ter beschikking is gesteld om te leven zo dat het in de maatschappij wemelde van de onlogische overtuigingen, die de wereld bevolkten met demonen, hele massa's mensen wijsmaakten dat er geweldige nieuwigheden aan zaten te komen, met beloftes zus en dreigementen zo en met suggestieve bezweringen, waardoor heel veel naïevelingen bij de neus werden genomen door de valse profeten en charismatische leiders die deze propageerden. In tegenstelling tot de Oudheid, toen de verstandige geesten weerstand wisten te bieden aan de verspreiding van die leugens voor de dommen en de analfabeten, zijn er in de moderne tijd een heleboel intelligente, ontwikkelde mensen, intellectuelen, filosofen, schrijvers, kunstenaars en wetenschappers geweest die zich niet verre hielden van dat soort fabeltjes, maar er juist naar luisterden en ze als verblind omarmden,

en ze predikten met een nog groter enthousiasme dan dat van de naïevelingen, waardoor ze de meest onsamenhangende, bedrieglijke ideeën alleen maar kredietwaardiger maakten met de kracht van hun vernuft en de argumenten van hun ontwikkeling. Hun ontwikkeling diende dus niet om de leugens kritisch te onderzoeken, maar om die te versterken met even ongeldige als overtuigende redeneringen: de intelligentsia zette haar middelen in om stompzinnigheden te verheffen tot theorieën, en haar arrogantie om ze te beschermen tegen mogelijke bezwaren.

156. Ik ben tot de conclusie gekomen dat de Trojaanse Oorlog daadwerkelijk is uitgevochten om Helena terug te halen. Het ging helemaal niet om de commerciële hegemonie! Dit was de reden, precies zoals de mythe vertelt, die trouwens altijd de waarheid vertelt, en zelfs realistischer kan zijn dan de geschiedenis.

157. Ook na al die jaren, na veel lezen en redeneren, heb ik nog steeds dezelfde indruk als toen ik jong was, misschien ongegrond maar toch heel sterk, namelijk dat de Grieken veel meer diepgang en zingeving hebben teweeggebracht met hun mythologie dan met heel die vermaarde filosofie van ze. En dan heb ik het niet alleen over de schoonheid van de taal. Ik heb het over de intellectuele bijdrage, de uitvoerige interpretatie van de betekenis van het leven, de diepzinnige, originele blik op de wereld. Het feit dat het fabels zijn maakt hun belang niet kleiner, alleen maar groter. Het mooiste bewijs is wel dat Plato – de grootste criticaster van de klassieke mythes en hun beroemde bard Homerus – voor het toelichten van zijn theorieën toch niet anders kon dan nieuwe fabels verzinnen, en daarom herinnert iedereen zich hem nog van de schooltijd: de mythe van de grot, de mythe van de androgynie, de mythe van de paarden die tegengestelde kanten op trekken: ik vind ze eerlijk gezegd nogal onsamenhangend... flauwtjes... het zijn zonderlinge beelden... vergeleken met die uit de Oudheid. Tenzij we de filosofie zelf niet zozeer beschouwen als een breuk met het mythische wereldbeeld, maar juist als een voortzetting daarvan, zij het bondiger, kleurlozer, ambtelijker, specialistischer, sterieler vergeleken bij de zorgeloze overdaad van de oorsprong.

158. Sommige individuen krijgen alleen door een gewelddaad het gevoel van volledige vrijheid: op dat punt kunnen de seksuele impuls en de politieke drift samenvallen. (*Hier lijkt het me zonneklaar dat hij verwijst naar de daders van het DvdC.*)

159. Omdat we het niet kunnen aanzien wanneer een van de twee vechtende partijen wordt afgeslacht, interveniëren we tegenwoordig om de uitslag van elke strijd in balans te brengen. Op die manier gaan de oorlogen zonder winnaars eindeloos door.

160. De wet gereduceerd tot een vogelverschrikker, waar de kraaien, in plaats van dat ze er bang voor zijn, aan gewend raken en die ze voortaan als zitstok gebruiken.

160b. De wet gereduceerd tot een vogelverschrikker, waarop de kraaien gewoontegetrouw neerstrijken, totaal niet bang. (*Deze gedachte is twee keer achter elkaar opgenomen in het notitieboekje, en ik heb besloten om beide versies weer te geven, omdat ik me zo voorstelde dat de leraar in dubio stond, en dat die besluiteloosheid veel zegt over zijn karakter: perfectionistisch en tegelijkertijd possibilistisch.*)

161. Macht genereert genot, beperkt het, onderdrukt het, ontkent het en versterkt het, maar soms wordt de macht zelf versterkt of weggevaagd door het genot. Zowel degene die de macht uitoefent als degene die erdoor wordt onderdrukt, kan een van deze posities ervaren in de genotsrelatie. Vroeger hadden dit soort verhaallijnen een plek waar ze werden vervlochten in een verhaal, of om precies te zijn twee plekken: de ene privé, in de biechtstoel, en de andere openbaar, in een roman. Een roman is niets anders dan de vercommercialiseerde transcriptie van de biecht, en dat is ook de reden waarom die zo vaak de oorspronkelijke vorm daarvan aanhoudt: in het gebruik van de eerste persoon, bedoel ik.

162. Het doorstane verdriet en de onuitwisbare herinnering vormen de belangrijkste barrière voor het voortglijden van het bestaan: alleen een werkelijk wervelende vertelling, alleen een uitzonderlijk woeste woordenstroom kan die barrière wegvagen en de weg, die leidt naar

een zalige vergetelheid, opnieuw vrijmaken. Dat is waar het wezen van de biecht en dat van de roman samenvallen.

164. In tegenstelling tot verhalen kennen ideeën geen einde. Eigenlijk hebben verhalen er ook geen, alleen stopt men op een gegeven moment tijdens het verloop ervan gewoon met vertellen. Waar precies? En waarom? Omdat men denkt dat het verhaal alles gezegd heeft wat het te zeggen had. Maar dat is niet echt zo. Aan elk drama zou een volgend drama kunnen worden gekoppeld, aan elke generatie de volgende. Je zou altijd een vervolg kunnen schrijven. Uit conventie laat men vaak het einde van de avonturen samenvallen met dat van hun hoofdpersoon. Wanneer Hercules sterft, verbrand door die beroemde mantel, is het gedaan met de herculische werken. En de film eindigt met een zieltogende Carlito Brigante op het treinperron, waardoor er definitief een punt wordt gezet achter zijn vlucht, net zoals was gebeurd met Accattone en Macbeth, met de Consul en met Martin Eden, met Michel Poiccard, Blauwbaard en Anna Karenina. Het einde kan ook gevormd worden door een huwelijk, dat wil zeggen het juiste moment om met de moraal van het verhaal op de proppen te komen, of door het aantal pagina's dat maximaal gedrukt kan worden zonder dat de lezer wordt verpletterd onder het gewicht van het boek. Ideeën komen ten einde wanneer hun bedenker is uitgeput.

165. Wat de adolescentie uniek maakt, de oorspronkelijke levendigheid, is zeker niet het sterkste aspect ervan, dat het verstrijken van de tijd kan doorstaan, maar juist datgene wat door die overgang wordt vernietigd. De belangrijkste kenmerken hebben te maken met kwetsbaarheid, met onzekerheid: de verholen betekenis van de dingen schuilt in hun vergankelijkheid. Je zult nooit iets begrijpen als je koppig blijft zoeken naar *datgene wat voortduurt*, wat standhoudt en wat blijft; ga als je kunt liever op zoek naar wat vroeg of laat *verdwijnt*. De adolescentie is geen uitzondering op die regel, maar is juist een van de vroegste toepassingen ervan: ja, de adolescentie is precies *wat zal worden weggenomen*. De essentie ervan zit niet in dat wat blijft leven, maar in dat wat onherroepelijk, vanzelfsprekend is gedoemd te vergaan. (Dat dacht ik ooit terwijl ik naar mijn leerlingen keek, en nu opnieuw, terwijl ik aan ze terugdenk.)

167. Voor een socioloog is middelmatige literatuur altijd interessanter dan goede literatuur, want die is minder representatief voor de tijdgeest, de maatschappij, de algemene opinie.

168. Ik heb mijn beste leerlingen langdurig geobserveerd, en dan bedoel ik degenen met de meeste aanleg en die met de meeste inzet, twee afzonderlijke groepen, misschien zelfs elkaars tegenpool, maar die qua schoolresultaten vaak bij elkaar in de buurt komen en daarom als één geheel worden beschouwd.

Welnu, het is me opgevallen dat in hun soms zelfs al te redelijke gedragingen altijd een kiem van opstandigheid schuilt. (*Ik krijg de gedachte niet uit mijn hoofd dat Cosmo het hier over Arbus heeft.*)

169. Zoals blijkt uit memoires, bijvoorbeeld die onberispelijke van maarschalk De Grouchy, een van de verantwoordelijken voor de Franse nederlaag bij Waterloo omdat hij koppig de Pruisische achterhoede ver van het voornaamste slagveld bleef aanvallen, stijgt het niveau van het proza wanneer de schrijver zich geroepen voelt om zich te verantwoorden voor zijn fouten. Bij het zichzelf vrijpleiten (net zoals soms bij de tegenovergestelde oefening waarbij men zichzelf beschuldigt) weten veel schrijvers het beste uit zichzelf te halen.

170. Vrijheid is een opwindend spel en tegelijk een bron van zorg: als je een keuze kunt maken, zul je gekweld worden door de nachtmerrie dat je verkeerd heb gekozen, dat je je vergist hebt en dat je dat moet betreuren. Dingen die je worden opgelegd, kun je aan zolang je er de kracht voor hebt en verder draag je er geen verantwoordelijkheid voor, maar iets waarvoor je uit vrije wil of in een opwelling hebt gekozen kan algauw ondraaglijk worden, en dan is dat helemaal je eigen schuld. Het is een statistische wetmatigheid: dwang begint op het laagste punt en wordt op zich als negatief ervaren, zodat het wanneer je onder dat juk gebukt gaat soms toch nog kan meevallen; bij vrije keuze daarentegen is de situatie per definitie positief, en dus is de kans groot dat deze verslechtert.

172. Vaak is onduidelijk wat er gezegd wordt, maar wel helder wat er bedoeld wordt.

174. Het is ellendig om traag van begrip te zijn, maar niet zo ellendig als wanneer je alles te snel begrijpt, want dat overmatige talent veroorzaakt verveling bij degene die het bezit en beoefent. Als je alles in een oogwenk snapt, is de rest tijdverspilling. Ik had een leerling die zo was. Hij heette Arbus. Ik weet niet wat er van hem is geworden, en daaruit leid ik af dat hij nooit echt iets bijzonders heeft bereikt. Waarschijnlijk is hij ten onder gegaan aan al die tijdverspilling.

175. Van mijn carrière als leraar herinner ik me hoe ongemakkelijk mijn leerlingen zich voelden wanneer ik hun tijdens een mondeling het verzoek deed dat in theorie het meest welwillend, het meest bemoedigend was van mijn kant, de gemakkelijkste vraag die er is, aangezien het geen vraag is maar een aanzoek: 'Vertel eens wat over een onderwerp naar keuze.' Dat deed ik als ik moe was en niet meer de puf had om de quizvraag te verzinnen. Nou, sommigen werden bevangen door paniek, en dat kwam omdat ze een wel heel slechte beurt zouden maken als ze een verkeerd antwoord zouden geven op een vraag die ze in feite zelf hadden uitgekozen, die ze zichzelf gesteld hadden. Wie is er zo'n domme ezel dat hij niet eens weet wat hij weet? Niet eens een van de talloze onderwerpen, één pagina uit een heel studieboek? Maar daar ging het ook niet echt om, want dat vreemde syndroom trof juist degenen die wel geleerd hadden, al was het maar een beetje, hoe dan ook degenen die volgens mij voldoende voorbereid waren, maar die totaal overrompeld werden als ik ze liet praten over wat ze het liefst wilden. De vrijheid om te kiezen gooide hun plannen in de war. De eerste keren was ik verbaasd. Daarna werd het me duidelijk, en stelde ik die vage, beschamende vraag niet meer. Dan vroeg ik liever: 'Welk ideaal van menselijke saamhorigheid schetst Leopardi in zijn gedicht "La ginestra"?', 'Wie vermoordde Julius Caesar en waarom?', 'Leg eens uit wat de Contrareformatie is...', 'Wat symboliseren de drie wilde dieren die Dante tegenkomt als hij de zonbeschenen berg beklimt in het eerste canto van de *Hel*?'

O ja, beter zo, veel beter zo.

176. In zijn poging om de wereld te leren begrijpen, stuit de mens op een overmaat aan signalen. Hij verzamelt te veel tekens, en heeft er te veel tot zijn beschikking. Ontelbaar zijn de knipogen, de seintjes

die de wereld geeft om ons iets duidelijk te maken, zeker in vergelijking met wat we er daadwerkelijk van kunnen begrijpen. Alles lijkt iets te betekenen, maar misschien is dat slechts schijn en is het een misverstand veroorzaakt door het verlangen om dingen te begrijpen, en willen veel van die gecodeerde signalen helemaal niets zeggen.

179. Wanneer we depressief zijn, zoals ik momenteel, hebben we mogelijk een heel wat realistischer kijk op alles om ons heen; of beter gezegd, zijn we minder snel geneigd ons te laten verblinden door ongefundeerde illusies. Of misschien is ook deze poging om een positieve kant van somberheid te noemen slechts een illusie, een schrale troost.

182. Ik heb mijn plicht alleen maar vervuld omdat ik niet anders kon; het was kortom een beperking en geen keuze.

183. Het licht van een persoon op wie je verliefd bent gaat door een prisma.

184. De waarde van een kunstwerk staat los van het feit of de maker werd gedreven door een wens, door ambitie, door een gril of door een verlangen.

185. De tijd maakt legitiem wat eerst onwettig was.

186. Het enige grote nieuws van het leven is de geboorte.

189. De arme kever die wij vertrappen voelt in zijn lijf een pijn zo groot als een reus die sterft...

(*Ik heb de bron opgespoord omdat ik meende dat het uit een bestaand gedicht kwam: het zijn inderdaad een paar vertaalde versregels uit* Leer om Leer *van Shakespeare.*)

190. Voor een leraar gaat het erom de personen die hij observeert te veranderen, of de personen die hij observeert te zien veranderen. Mij is over het algemeen dat laatste overkomen.

191. De ondraaglijke strijd die we elke dag weer moeten leveren met mensen die ons eigenlijk te hulp zouden moeten schieten: onze advocaat, onze loodgieter, de verzekeraar, de tegelzetter, de chirurg, de automonteur en, zij het meer indirect, de politicus op wie we hebben gestemd. Stuk voor stuk mensen die we moeten aansporen om het werk uit te voeren waarvoor we hen hebben geraadpleegd en hun hebben betaald, opdat ze het tot een goed einde brengen, of het opnieuw doen wanneer ze slecht of onnauwkeurig werk hebben geleverd, of opdat ze ons terugbetalen. Meestal hebben we zelf geen kaas gegeten van de ins en outs van de disciplines en ambachten en specifieke vakterreinen die deze mensen uitoefenen: vandaar dat we een onbegrensd vertrouwen willen hebben in degenen die er wel verstand van hebben, we willen alleen maar hoeven zeggen: 'Doe wat je denkt dat het beste is om het probleem op te lossen.' In plaats daarvan worden we door die zogenaamde experts telkens weer voor opties gesteld waaruit we, eigenlijk op goed geluk, gezien onze onwetendheid, moeten kiezen terwijl we veinzen alsof we weten wat we doen; zodat we behalve de gevolgen van de door anderen gemaakte fouten, die sowieso voor onze rekening zullen zijn, ook nog eens de verantwoordelijkheid ervoor zullen dragen. Het is dweilen met de kraan open: elke tandarts die zich over onze geopende mond buigt vraagt zich steevast af hoe zijn voorganger er in godsnaam zo'n zooitje van heeft kunnen maken. Elke notaris beklaagt zich over de hoeveelheid vergissingen of blunders in de akte die enige tijd eerder is opgesteld door een collega van hem. En zo zijn er om ons heen figuren aan het werk van wie we bij voorbaat weten dat we niet op ze kunnen rekenen, dat ze ook maar wat doen, dat ze met provisorische oplossingen komen, budgetten overschrijden, het werk een dag te laat, een maand te laat, een jaar te laat of gewoon nooit opleveren, er niet over peinzen jouw boodschappen op hun antwoordapparaat te beantwoorden, en vaak met de noorderzon verdwijnen. Ze gaan in rook op. Van de loodgieter die mijn kranen verkeerd om had geïnstalleerd, en zo dicht bij de muur dat ze daarlangs schrapen als ik eraan draai, wiens mobiele nummer inmiddels niet meer actief blijkt, hebben ze me zelfs verteld dat hij is geëmigreerd. Waarheen? Naar *Australië*.

192. Mijn werk als leraar: als een boer die zwoegt om zijn akker klaar te maken, te schoffelen, om te ploegen, te zaaien, irrigeren... En als dan na maanden van noeste arbeid in de kou, met pijnlijke rug en handen, uit de grond planten komen, en uit de planten bloemen, en de bloemen ten slotte veranderen in vruchten, prachtige, volle, sappige, rijpe, mooi om te zien... dan plukt hij die niet, overmand door een plotselinge vermoeidheid die ook onverschilligheid zou kunnen zijn... en laat hij ze op de akker rotten, aan de takken, hij ziet ze dag na dag verrotten, zonder nog een vinger uit te steken...

194. De stupiditeit van bepaalde ideeën wordt geenszins goedgemaakt door de koppigheid waarmee men er trouw aan blijft.

195. Geld is altijd een uitstekende reden. Maar vrijwel nooit de ware reden.

196. De vijand is zo sterk dat zelfs de doden wat te duchten zullen hebben, als hij wint.

197. De esoterische stelling dat men pas toegang kan krijgen tot een tweede, veel zuiverder en intenser en perfecter leven wanneer alle banden met het vorige verbroken zijn, met het dagelijks leven dus, is in veel opzichten ook toepasbaar op iemand die een moord pleegt, waarbij hij niet alleen zijn eigen leven in figuurlijke zin afbreekt, maar dat van een ander in letterlijke zin, terwijl de betekenis van het vreselijke en het machtige, het heldere en het definitieve, het wrede en het prachtige, het fatale en het onbegrensde, die in het gewone leven versluierd leken, zich plotseling in alle scherpte, in alle onvertaalbare helderheid aan hem verschijnt. Het perverse leven en het perfecte leven lijken daarin op elkaar: namelijk dat ze de schepen van het gewone leven achter zich verbrand hebben.

200. Sommige dingen worden pas mysterieus vanaf het moment dat je het verlangen begint te voelen om ze te begrijpen. Tot dat moment leken ze vanzelfsprekend. Ze waren er nu eenmaal. Juist hun aanwezigheid was geruststellend. Ze wekten de indruk dat er niets in te ontdekken viel, geen enkel raadsel. Zo is het ook met mensen:

degenen die de minste geheimen lijken te hebben, hebben er juist meer. En een poging om daar wat meer licht op te laten schijnen doet ze nog dieper wegduiken, zoals de straal van een zaklamp die door de opening van een onderwatergrot schijnt de vis die zich daar verschuilt nog verder laat terugdeinzen in de duisternis.

201. Zolang je de wereld maar fel attaqueert, in plaats van je er zelf aan te onderwerpen, sta je op één lijn met de wereld.

202. Ik weet dat er niets boven waarheidsvinding en rechtvaardigheid gaat, natuurlijk, dat weet ik: maar wanneer ik anderen hoor klagen, ieder met zijn eigen onderbouwde argumenten, vanwege persoonlijke zaken of over de algehele situatie, waarbij men zich overgeeft aan minutieuze beschrijvingen van de wandaden... dan denk ik wel eens dat ik eigenlijk veel te weinig tijd heb om me bezig te houden met wie er gelijk heeft en wie niet. Ik kan er niets aan doen, maar die opsommingen van wandaden waaruit onderhand alle discussies, gesprekken en tv-programma's bestaan, vervelen me. Voor de duidelijkheid: ook ik loop alleen maar te klagen.

203. Om bedacht te worden moet zelfs de meest banale en valse doctrine in beginsel een minimale dosis waarheid bevatten. Uit die kiem van waarheid ontwikkelen zich vervolgens de gevaarlijkste, meest onzinnige ideeën. De dwaling groeit weelderig rondom een broos maar waarachtig beginsel.

204. Bij sommige primitieve volkeren betekent de naam van de grootste god 'Hij wiens bestaan onzeker is'. Dezelfde naam evolueerde in de godsdiensten en kreeg de betekenis van 'Hij wiens bestaan buiten discussie staat'. Tot aan de huidige moderne tijd, waarin de naam zoveel betekent als 'Grote leugen'.

205. Bij bepaalde boeken, bij bepaalde, ook populaire, schrijvers, zie ik uiteindelijk alleen maar het automatisme van de stijl en het talent dat ze hun gang hebben laten gaan; met andere woorden, de bekwaamheid, ofwel de vaardigheid. Door die vaardigheid, die niet voor niets vaak wordt omschreven als 'doorgewinterd', wordt

de ware dramatische inhoud verdrongen maar tegelijkertijd oneindig vaak benadrukt en herhaald, maar dan op zo'n manier dat die niet aan het licht wordt gebracht maar juist verborgen wordt, nog dieper begraven, tot hij onbereikbaar is. Doordat ze wat ze willen zeggen alleen maar aanstippen, doordat ze het zeggen zonder het te zeggen, het terloops zeggen, gaat de kern van de zaak verloren. De ellende van de herhaling is dat die afstand schept en datgene wat gegrepen moet worden afslijt, dat bij elke poging glibberiger maakt, waardoor het weer dieper wegzakt in het gat, zoals jaren geleden gebeurde met dat kind dat in een put was gevallen, dat ze met te velen tegelijk probeerden te redden, en toen de juiste persoon erbij kwam was het al te laat, was het arme kind als het ware ineengekrompen, weggedoken in de modder... In de literatuur is het zo dat je telkens wanneer je jezelf herhaalt (een fragment dat de eerste keer goed gelukt was, een mooie vondst), je weer een schep zand gooit over de intimiteit van de mogelijke ontdekking: en dan komt de ware inhoud niet meer aan bod, die is bedolven onder een dikke laag woorden.

207. De wereld moet je in kleine doses tot je nemen. Een gevoelsmens kan al genoeg hebben aan een klein proefmonster.

212. Mijn ideeën en overtuigingen hebben nooit de ambitie gehad om de enige eigenschap te bezitten waardoor ze het waard zouden zijn om te worden verspreid, namelijk overtuigingskracht. Ze zijn zogezegd altijd bij mij gebleven, in mijn omgeving, zonder al te ver weg te gaan, als katten die bij het huis horen en tegelijkertijd bij niemand, en die vaak aan hun baas ontsnappen, maar niet omdat ze een andere willen.

216. Als je iets begeert, bestaat er niet zoveel verschil tussen de voldoening van het krijgen en de teleurstelling van het mislopen, want de vervulling van de begeerte creëert weer een schuldgevoel en dus een verlangen om gestraft te worden, wat op zijn beurt weer voldoening kan geven. Vandaar dat straf en voldoening vaak met elkaar verweven zijn, ze lopen door elkaar heen, nemen elkaars plek in, en uiteindelijk komt het erop neer dat men plezier beleeft aan het lijden

en dat voldoening verdriet doet. Dat overkwam sommigen van mijn leerlingen.

217. Vroeger konden de mensen hun leven leiden zoals ze dat tot op dat moment altijd al gedaan hadden, ze deden hun plicht zonder dat er andere opties waren, zonder zich te hoeven afvragen of het wel goed was wat ze deden, want ontelbare generaties hadden het vóór hen al precies zo gedaan. Pas sinds kort hebben we er de verplichting bij gekregen om onszelf te ontdekken en te begrijpen – wie we zijn, wat we echt willen. In het innerlijke leven, het speelterrein van de controverse, waagde zich vroeger slechts af en toe een held, en dat deden ze lang niet allemaal, integendeel, de meerderheid van de grote mannen hield zich gedeisd en zou de vraag 'Wie ben ik nou echt?' belachelijk en overbodig hebben gevonden, of zelfs beledigend, een manier om weg te zakken in twijfel en onzekerheid, zoals een vondeling zou doen, een kind van niemand. Tegenwoordig echter is de situatie van de naamloze wees de begintoestand van elk individu, eenieder moet een langdurige *queeste* ondernemen op zoek naar zijn eigen persoonlijkheid en zijn eigen lotsbestemming, en hij heeft geen gebaand pad voor zich dat hem de weg wijst. Van elke jongere wordt tegenwoordig welwillend gezegd, het genoegen van de keuzevrijheid benadrukkend, dat 'hij zijn eigen weg moet vinden', ja, *zijn* weg, alsof we allemaal een andere weg zouden hebben, en er slechts één weg bestemd is voor elk afzonderlijk individu, alsof die exclusief voor hem is uitgestippeld en geplaveid, net als bij de poort naar de Wet in Kafka's beroemde apoloog, die alleen voor hem en niemand anders bestemd was. Maar als er miljoenen mogelijke wegen zijn waarvan er slechts één voor ons is bestemd, met welke onwaarschijnlijke gelukstreffer zouden we die dan moeten zien te vinden?

219. Het epos is voor de rijken, het sprookje voor de armen.

220. Men walgt van de dingen die men nodig heeft, daarna van alles waar men te vurig naar verlangt, daarna van datgene wat men liefheeft, en daarna van zichzelf.

221. Ik ben tot zo'n deprimerende menselijke staat vervallen dat mijn leven inmiddels wordt gedomineerd door de wanorde, waar ik me in het begin nog tegen verzette, maar die ik nu dag na dag groter laat worden en waar ik een soort bittere, bijna wraakzuchtige voldoening uit haal. Ik duik met genoegen in de chaos van mijn huis. Mijn boeken, die me eerlijk gezegd nooit echt dierbaar zijn geweest, laten me nu vergenoegd grijnzen als de stapels die van de vloer tot het plafond reiken omvallen...

(Van de volgende notities, hier genummerd van 222 tot 238, vrijwel allemaal kort, heb ik door een gelukkig toeval de bron aangetroffen in de roman Oorlog en Vrede *van Tolstoj, die ik na zoveel jaar was gaan herlezen, 's avonds, terwijl ik overdag de notities van mijn leraar doornam. Volgens mij had hij toen hij deze aantekeningen maakte dezelfde editie onder ogen als die ik aan het lezen was, namelijk die van Einaudi uit 1942, heruitgegeven in 1990 als pocketuitgave in twee delen, aangezien sommige woorden en uitdrukkingen van Enrichetta Carafa's vertaling, die zelfs al uit 1928 dateert, overeenkomen met die van Cosmo. Ik merkte dat het om* Oorlog en vrede *ging bij fragment 229, waar hij het duidelijk over Nikolaj Rostov heeft, broer van de beroemde Natasja, aan de vooravond van de slag bij Austerlitz: vanaf dat moment ben ik vooruit en achteruit in het boek gaan bladeren op zoek naar de zinnen die indruk op Cosmo hadden gemaakt, en dat ging tamelijk gemakkelijk, ook al is het in een enkel geval slechts een veronderstelling, wanneer de overdenkingen van mijn leraar nogal afwijken van wat mogelijk hun originele bron zou kunnen zijn, die misschien wel heel ergens anders in het boek staat. De vonk had overal wel kunnen overspringen. Het is hoe dan ook opvallend dat hij zich fragmenten uit die imposante roman heeft toegeëigend, vaak omgezet in de eerste persoon, van soms één zin of een gevatte uitspraak van een personage, zonder ook maar één keer iets te zeggen over de grootsheid van het werk met al zijn historische en metafysische aspecten, waarvoor hij zich niet lijkt te interesseren. Of misschien vond hij gewoon dat er weinig meer aan toe te voegen was.)*

222. In de salons, de paar keer dat ik er een schrede heb mogen zetten, was het alsof ik 'met hoflakeien en idioten' samentrof. (*Het is de door Cosmo persoonlijk gemaakte aanbeveling van graaf Andrej aan Pierre Bezoechov om niet te gaan trouwen, omdat hij dan regelrecht zou eindigen in het mondaine leven van balavonden en roddels.*)

223. Aan het gezicht van gluiperige mensen kun je aflezen dat ze, afhankelijk van wat je tegen hen zult zeggen, evenzeer bereid zijn om te huilen of te lachen, en soms kunnen ze zo snel van uitdrukking veranderen dat ze rapper zijn dan wat ze menen te hebben verstaan, terwijl ze het verkeerd begrepen hebben. Dan blijft hun gezicht weifelachtig, hun ogen bedenken wat ze moeten doen en hun mond vertrekt zich intussen afwisselend in een glimlachende of ontstemde grimas (*Mademoiselle Bourienne*).

224. 'Bekommer u niet om mij; ik vraag niets, ik neem wat ik nodig heb.' (*Een zin die geringschattend wordt uitgesproken door Dolochov – tussen twee haakjes een van mijn favoriete personages uit* Oorlog en vrede, *samen met Nikolaj Bolkonski en de prachtige Helena Koeragina. Deze uitgesproken trots past heel goed bij Cosmo's karakter. Hij was ervan overtuigd dat het op daadkracht aankwam, dat het geen zin had om te gaan zitten kniezen, als je iets wilde moest je het pakken, zo simpel was het, als je tenminste sterk genoeg was, dat was de hele kunst van het leven: je moet niet te veel verwachten, je kunt op z'n hoogst wat mazzel hebben met wat extra talent, charme of intelligentie. Cosmo zei een keer als reactie op mijn opstel: 'Ga alsjeblieft geen uitleg geven. Je bent niemand een verklaring schuldig. De overtuigingskracht moet al in de dingen zitten die je doet, terwijl je ze doet, als je naderhand iets moet toevoegen is het al niet goed meer. Een zin kan niet worden gered door andere zinnen. Je zult je opstel in de prullenbak moeten gooien en helemaal opnieuw moeten schrijven. Juist omdat het helemaal niet zo slecht is. Ik weet dat je goed kunt schrijven, maar ik weet ook dat dit je belangrijkste beperking is. Het lijkt alsof je schrijfstijl datgene wat je schrijft rechtvaardigt, het van elke zonde zuivert. Vaak zijn de mensen die over iets schrijven degenen die er het minst van weten en begrijpen, terwijl de mensen die er wel van weten, zwijgen. Een oppervlakkige ervaring is gemak-*

kelijker te rapporteren dan een diepgaande, en de kracht waardoor men wordt gedreven om iets te vertellen is vaak omgekeerd evenredig aan de kracht van wat men te vertellen heeft. Wie veel vertelt, vertelt weinig.')

225. Het gaat me niet om het waarom, maar om het hoe (*Diplomaat Bilibin*).

226. Hoe dichterbij we komen, hoe minder we zien. (*Het kan een algemene opmerking zijn over hoe we naar de dingen kijken, maar het zou ook een impliciete toespeling kunnen zijn op de episode van de slag bij Schöngraben, waarbij de Russische commandant prins Bagration, met zijn adjudant Bolkonski, vergeefs orde in de chaos probeert te scheppen met zijn bevelen; tussen de gevechten, de rook en het gebulder van de kanonnen weet niemand meer hoe de situatie er nu eigenlijk voor staat: 'Hij had het voorgevallene maar met den naam van aanval bestempeld, maar inderdaad was het hem onmogelijk, zich nauwkeurig rekenschap te geven van den toestand zijner troepen in het laatste halve uur en met zekerheid te zeggen, of de aanval was afgeslagen, dan wel of zijn regiment overhoop was geworpen.' Onzekerheden, toevalligheden, massascènes die in feite de onvoorspelbare generator zijn voor individuele acties.*)

227. Mijn ideeën lijken me verstandig wanneer ik ze in mijn hoofd voorbereid, en plotseling dom wanneer ik ze uitspreek. (*Pierre*)

228. Vreemd, maar ik denk dat ik best een goede ouder had kunnen zijn. Ik? Ja, ik. Hoe dan? Door andere ouders te imiteren. Ook zonder enige aanleg, ook al had ik er persoonlijk niets mee, toch had ik met gemak de besten kunnen uitkiezen en ze slordig kunnen kopiëren, net zoals mijn slechtste scholieren deden. De grootste kans op een fiasco lopen degenen die menen dat ze er al wat vanaf weten, die denken dat ze geschikt zijn. (*Als het hier ook om een verwijzing naar* Oorlog en vrede *gaat, dan ben ik er niet in geslaagd om de betreffende alinea te vinden. Cosmo's gedachten dwalen, net als die van ons allemaal, nogal af van de oorspronkelijke bron. Of het zou het stuk moeten zijn waarin prins Vasili zich tot zijn dochter Jelena richtte met een blijk*

van genegenheid, die, zo schrijft Tolstoj, niet erg spontaan kwam, namelijk 'op de hartelijke toon, die ouders, welke veel van hun kinderen houden, onwillekeurig aannemen en dien hij nabootste, zonder die tedere gevoelens te koesteren...')

229. Voor de slag bij Austerlitz, Rostov op zijn paard die zijn hoofd niet meer overeind kan houden en half in de manen van het dier in slaap dommelt: ziedaar een dikke vijftig jaar avant la lettre, in twintig regels samengevat, de beroemde innerlijke monoloog van Molly Bloom in *Ulysses.*

230. Andermans opgewektheid kan heel vermoeiend zijn, en zwaarmoedigheid veroorzaken.

231. Rustig, warm, gerieflijk en smerig. (*Pierre in Moskou*)

232. Er zijn mensen die expres de somberste levensomstandigheden kiezen om zich het recht te verwerven somber te zijn. (*Over maarschalk Davout*)

233. Als om vergiffenis wordt gevraagd, wil dat zeggen dat er iets te straffen viel.

234. Maak geen gevangenen: alleen al daardoor zou de oorlog minder wreed zijn. (*Parafrase van een gedachte van prins Andrej, die onze hypocriete grootmoedigheid en gevoeligheid aan de kaak stelt: 'Neem geen gevangenen meer, het is doden of gedood worden!' Dat, en niets anders, zou de oorlog moeten zijn, zonder regels en rechten.*)

235. Elke grote oorlog streeft ernaar om vredestichtend te zijn, om degenen die hem voeren voor eens en altijd veiligheid en harmonie te schenken. Elke grote oorlog is ingegeven door het gezond verstand. (*Zie de bladzijde waarop Tolstoj uit de memoires van Napoleon op Sint-Helena put met enkele overwegingen over het Russische platteland, '...la plus populaire des temps modernes... celle du repos et de la sécurité de tous'.*)

236. Ik denk dat ik niet slechter ben in sterven dan wie ook.

237. Als een kind valt en zich pijn doet, zal zijn moeder om het te troosten en snel weer een lach op zijn gezicht te toveren de vloer tot de orde roepen en hem billenkoek geven. (*Ach, 'billenkoek geven': hoe lang heb ik die verrukkelijke uitdrukking al niet gehoord...*)

238. In de geschiedenis is het vaak voorgekomen dat enorme legers uit elkaar vielen zonder ook maar één slag te hebben verloren. (*Misschien dacht Cosmo bij deze laatste annotatie bij* Oorlog en Vrede *niet zozeer aan de militaire geschiedenis, als wel aan losse individuen, aan hun zelfdestructieve neiging, ieder op zijn manier. Misschien dacht hij aan zichzelf.*)

239. Wanneer justitie zichzelf opheft, noemen we dat ook wel gratie. Gratie is bij uitstek onrechtvaardig, arbitrair, wispelturig: wie haar ontvangt heeft er geen enkel recht op, wie haar verleent plaatst zichzelf boven de wet.

240. Gemakken, luxe, weelde, exclusiviteit, dat zijn dingen waarin je je alleen kunt verheugen als je toch al gelukkig bent, alleen als je het van nature in je hebt om geluk tot je te nemen; rijkdom is een geschenk dat we alleen waard zijn als we het kunnen toevoegen aan nog oneindig veel andere geschenken, kortom wanneer het fortuin dat iemand toevalt schaamteloos is, immens, excentriek, subliem. Alleen in dat geval kan rijkdom opgaan in een vermogen, in een veel groter fortuin, en voor degene die het bezit bijna vanzelfsprekend lijken. Wanneer het privilege echter, en dat komt vaker voor dan je denkt, toevalt aan iemand die niet in staat is het aan te nemen, het te absorberen, het in zichzelf te laten verdwijnen omdat het van hetzelfde materiaal is, als licht dat in een groter licht verdwijnt, erin opgaat, dan blijft het een uitstulping, een ornament, en het pronken daarmee heeft iets treurigs. Je moet die grandeur zíjn, en niet alleen maar hebben. Wat welzijn wordt genoemd, is vaak niet meer dan 'welhebben'. Er zijn mensen die hun rijkdom dragen als een bochel, als een prothese.

247. Zoals in het sprookje van de koopman, die om aan de dood te ontsnappen helemaal in Samarkand terechtkomt, verandert de oorspronkelijke loop van het leven zijn koers via kronkelige wegen en vage splitsingen voordat het zijn aankomstpunt, zijn einddoel bereikt, dat daarentegen altijd hetzelfde is gebleven en ook blijft. Na al onze inspanningen om boven de leegte uit te stijgen, die de hele eerste fase van ons bestaan in beslag neemt, volgt de inspanning om er weer bij te gaan horen, vermomd als vlucht, maar het is in feite een terugkeer.

248. Koppigheid en trots zorgen er in elk geval voor dat iedereen meent zijn eigen weg naar de dood af te leggen.

249. Een deel van ons volgt zijn natuurlijke weg die leidt naar het einde van zijn ontwikkeling, dus naar het uitsterven, en tegelijkertijd gaat er een ander deel terug naar de oorsprong, naar het mysterieuze begin van die ontwikkeling. Een en hetzelfde individu wordt als een boomstam in de rivier meegevoerd stroomafwaarts, terwijl het springend probeert tegen diezelfde stroom in te gaan, als een zalm. Deze meegaande en tegengaande bewegingen zien we even sterk terug in de seksuele drift, die zowel een zucht naar vernietiging als naar vermenigvuldiging is; dit gaat terug naar de bron van het leven en haast zich zo ver mogelijk naar voren, naar de rand van de dood.

251. Ik ben de zee van het inzicht overgestoken. Hoe me dat gelukt is? Hij stond droog. Al tientallen jaren inmiddels, misschien wel eeuwen. Drooggelegd door het menselijk verstand.

252. Wanneer je bent ondergedompeld in een diepe duisternis, zoals ik nu, zou het niet verstandig zijn om een aanbod voor zelfs maar het kleinste lichtpuntje af te slaan. Maar zo'n aanbod laat me onverschillig. Het stemt me niet zozeer sceptisch, als wel koud. Ook verstandigheid komt op me over als een pose, of een smoesje. Als een geschrokken muis op zoek naar het eerste het beste holletje om in weg te duiken, is de smoes op zijn beurt op zoek naar een verklaring omdat hij geen vat op mij heeft weten te krijgen, en uiteindelijk vindt hij die reden uitgerekend in de duisternis die hij had moeten oplichten, en geeft hij die de schuld van alles, van

mijn verwarde mentale staat, van mijn weerzin tegen openbaringen. Ach, wat zou het, ik heb intussen gemerkt dat ik in het donker zelfs sneller vooruitkom.

253. Ik hoop van ganser harte dat er niets van mij zal voortbestaan. Maar niemand is zo vluchtig dat er geen enkel spoor van hem overblijft.

254. Dingen die ik niet mag, wil ik tien keer zo graag. Het onbereikbare bruist van het leven: en daarom is dat wat dood is, dat wat voorgoed verdwenen is, bezield met het meest intense leven.

255. 'Ik hou van je.' Dat ik die zin ooit heb uitgesproken, wil zeggen dat ik in de war was, van streek, opgewonden... heel opgewonden... en klaar om te sterven.

256. De bourgeois heeft een ascetische geest die zich nooit weet los te maken van de wereld, sterker nog, het is zijn doel daar te blijven, alleen dan op een ietsje hoger niveau.

257. De mensen die we het meest verachten zijn degenen wie we kwaad hebben berokkend. We willen niets meer te maken hebben met hen wie we onrecht hebben aangedaan.

258. De grootste ramp voor de literatuur is het sentimentalisme. De tweede de gezochtheid.

259. Ik heb om het Gouden Kalf gedanst zolang er mensen waren die met me mee dansten, vol vreugde en enthousiasme, de armen en benen verstrengeld, en eenmaal los uit die omhelzingen ben ik nog een poosje om mijn eigen as blijven draaien, in de duisternis die de bijna opgebrande fakkels niet meer konden verlichten, en toen tilde ik mijn benevelde blik op, terwijl de invloed van de wijn langzaam wegebde, naar het schijnsel van de dageraad die aan de verkeerde kant van de hemel opkwam, en kwam ik erachter dat het Gouden Kalf er ook al niet meer was.

260. Je kunt niet lang op epische hoogte vertoeven. Door het surplus aan talent waarmee de held zijn geweldige overwinningen boekt en de grandeur waarmee zijn figuur is omkleed, wordt hij verheven boven het recht en de rede, en daardoor stort hij in het verderf, zijn ondergang tegemoet. En vindt ten slotte zijn immer gruwelijke dood. Als dat niet zo was, zou er hoe dan ook wel een harde statistische wet hebben toegeslagen, namelijk die van het verval naar middelmaat, volgens welke je na het bereiken van de hoogste toppen alleen nog maar kunt afzakken. De glorie blijft zich niet oneindig herhalen, wat zou er anders voor wonderbaarlijks aan zijn? De held raakt beetje bij beetje zijn bijzondere gaven kwijt, hij wordt kleiner en zijn krachten nemen af, tot hij weer tot normale proporties is teruggebracht. En de normaliteit is voor een held de verdoemenis.

261. Als je moest kiezen, zou je de man willen zijn die hoog aan het kruis hangt. De held, zeg maar, alleen aan zijn lot overgelaten. Maar het is waarschijnlijker dat je schroomvallig tussen de menigte onder aan het kruis zou staan.

264. Het exclusieve sentiment van de liefde heeft, vanaf de Romantiek, de plaats ingenomen van de godsdienst, heeft de plaats ingenomen van de godsdienst van de liefde, dat wil zeggen van het christendom, waardoor er op aarde nog slechts ruimte was voor één godsdienst die gemeenschappelijk uit te oefenen was: de religie van de haat. Die van de liefde bestaat dus voort als een persoonlijke cultus, die de verschillende individuen met elkaar verbindt, in tweetallen of in een beperkt aantal, terwijl de haat erin slaagt om grotere groepen en gemeenschappen te binden.

265. Het minste wat je kunt verwachten van iemand zoals ik die op sterven ligt, die het einde al aan de horizon ziet, is dat hij er eindelijk eens mee ophoudt om alles zwart-wit te zien.

266. Nog saaier dan een gesprek met iemand die alleen maar dingen opsomt die hij leuk vindt, zou eventueel een gesprek kunnen zijn met iemand die alleen maar tekeergaat tegen alles waar hij een hekel aan heeft. De enthousiaste toon van de eerste is hoe dan ook minder

irritant dan de minachtende grijns van de tweede. Als men zich dan toch zo nodig moet profileren middels een persoonlijke smaak, heb ik liever iemand die dat doet met 'Ik ben zo dol op...!' dan iemand die dat doet met 'Wat heb ik een hekel aan...!'

267. Wanneer de nostalgie verdwijnt, komt daarvoor in de plaats geen rust, maar leegte. Dat ik al heel veel dingen uit mijn verleden ben vergeten bezorgt me geen grote opluchting, ook al omdat niets de bizarre selectie rechtvaardigt waardoor sommige me heel levendig bijblijven – alleen die, waarom? De willekeur van het geheugen is een cynisch, onrustbarend fenomeen. Je kunt onmogelijk orde scheppen in dat archief waaruit de belangrijkste dingen zijn verdwenen, waardoor de onbenulligste dingen belangrijk worden, sterker nog, hoogst dierbaar, alleen omdat die er nog zijn.

269. Wanneer ik iemand heb leren kennen die ik nooit eerder gezien heb en ik vond die persoon heel bijzonder, dan heb ik het gevoel dat ik diegene heb 'teruggevonden'. Ook al heeft de ontmoeting pas nu plaatsvonden, toch was die persoon altijd al in mijn leven, op een nog onontgonnen terrein.

270. Elke toespraak of elk verhaal dat we houden dreigt altijd incompleet maar tegelijkertijd excessief te zijn. We brengen de helft van ons leven door met het analyseren van de andere helft.

271. Als God is afgeleid, en geen gehoor geeft, wendt men zich tot zijn tegenstander. Er is geen aanroep aan de duivel die geen aandachtig oor vindt.

272. Ik vrees dat de duivel veel van de lessen geeft die leiden tot een beter zelfinzicht.

273. In plaats van te proberen fantasieën en dromen te realiseren, kun je tegenwoordig beter echte feiten nemen en die omzetten in fantasieën.

276. Je leven leiden om in andermans behoeften te voorzien, om zijn chagrijn en onvrede te kalmeren, om hem bij te staan in zijn ziekte, om een martelaarskroon te verdienen door hem te verzorgen, maar zonder het hem te laten voelen, zonder zichzelf ooit te beklagen, zonder ook maar iets terug te vragen voor je zwijgende opofferingen: ach, diep in mijn hart ben ik blij dat ik niet zo iemand naast me heb, zo toegewijd en geweldig, en dat ze me in alle rust laten creperen.

279. Wat zichtbaar is, is ook kwetsbaar.

280. Alles wat onmisbaar is lijkt vanaf een zeker moment voorgoed verloren: moederliefde bijvoorbeeld, de dierbare moederliefde. De tijd die dan nog rest zul je bezig zijn het onvervangbare op te vullen met surrogaatemoties, en de pest is dat je daar nog redelijk in slaagt ook, waardoor je het onmisbare sentiment vergeet en die persoon op datzelfde moment helaas ook een niet onmisbaar persoon wordt. Het onmisbare is datgene wat geregeld wordt verstrekt en vervolgens vervangen, tot er, door al die vervangingen, geen grammetje goud meer aan het standbeeld zit, ook al is de goddelijke, verheven uitstraling van een afstand nog steeds dezelfde.

282. Wat de wereld laat draaien is een reusachtige, non-stop werkende compensatiemachine.

283. Het onheil is niet het gevolg van de begane zonde, maar van de genoten vreugde.

288. In bepaalde bijzondere omstandigheden, waarin ikzelf sinds een paar maanden verkeer, naar het schijnt de laatste of bijna laatste maanden van mijn leven, maakt de rede zich volledig los van degene die haar uitoefent. Dan begint de rede hard in te beuken op haar tegenstanders, en zelfs op haar medestanders, en ten slotte ook op zichzelf. Tact is haar inmiddels totaal onbekend.

290. Ik ben nog te druk met het betreuren van losse gebeurtenissen om het leven in zijn geheel al te kunnen betreuren.

291. Ik was kalm. Maar als er iemand komt die zegt dat ik kalm moet blijven, ben ik meteen van slag.

293. De krater op de rand waarvan de heiligen zitten te wachten, is uitgedoofd.

295. In de verschillende fases van het leven van een man verschuift de seksualiteit van het ene naar het andere uiterste. Schopenhauer beweert dat mannen na hun vijftigste naar homoseksualiteit neigen omdat Moeder Natuur wil voorkomen dat oudere mannen nog langer vrouwen zwanger maken.

298. De Muzen waren aanvankelijk primitief. Toen heeft Apollo ze alles bijgebracht. Iedere vorm van onderwijs lijkt de barbaarsheid uit te bannen, maar verfijnt en versterkt die alleen maar.

299. Er zijn mensen die het zwijgen waarderen als de hoogste uiting van spiritualiteit, door dat tegenover het woord te stellen, in de zin van gebabbel. Maar er is niets zo bedreigend als zwijgen. Spraakzaamheid is kwetsend, stilte is dodelijk.

303. Voor een Italiaan was het zo vanzelfsprekend om katholiek te zijn dat hij, als hij dat niet was, tegen zijn eigen natuur in ging. Daarom zijn de atheïsten in dit land ook zo koppig en kwaad. Het is gemakkelijker het katholieke geloof te gronde te richten dan het te vervangen. Als je het wilt uitroeien, is het probleem dat dan met het katholieke geloof ook al het andere verdwijnt, en dat er van de Italiaanse cultuur niets meer overeind blijft, niet eens de strijdlustigste tegenstanders.

305. Men leerde ons dat de wereld al een hele tijd ontgoocheld is en wordt beheerst door de ratio. Dat was niet waar. Dat is niet waar. De twintigste eeuw was zonder twijfel de minst rationele eeuw van de geschiedenis, nog minder rationeel dan het jaar duizend. Zijn bewegingen zijn krampachtig. Zijn overtuigingen absurd. Zijn misdaden zijn monsterlijk, onvergelijkbaar. Het enige rationele eraan was de organisatie om ze te kunnen begaan. Niks *Beowulf*! Niks *Das*

Rheingold! Niks geselbroeders en pilaarheiligen! Een maatschappij die zich graag voordeed als gerationaliseerd op wetenschappelijke en economische basis, functioneerde in werkelijkheid als een glazen bol, als pure verlakkerij, en iedereen deed eraan mee, zelfs de atheisten, zelfs de filosofen en de wetenschappers, ze speelden allemaal met verve de oude rol van kwakzalver. De twintigste eeuw was een eeuw van hypnose en trance. Hoe verklaar je anders de optochten, de massabijeenkomsten, de eerbiedige stilte van de bezoekers voor elk willekeurig flutwerk in een museum, de vervoering en de tranen waarmee de grote criminelen, de megalomane bedriegers werden gehoord en vereerd, de schaapachtige blik van de uitroeiers en de fatale blik van de filmdiva's... Eeuw van slaapwandelaars, van nachtmerries en beheksingen en illusionisten.

306. Vol haat geloven, en vervolgens vol wrok niet meer geloven.

307. IJver veroorzaakt altijd wrok; daarom lijken enkele van de meest intelligent geconstrueerde literaire werken (bijv. die van Flaubert) zich met lichte rancune tot de lezer te richten, alsof die verweten wordt dat hij niet genoeg rekening houdt met alle opofferingen die het heeft gekost hem te behagen.

311. Soms heb ik het gevoel gehad dat ik in mijn contact met anderen, bijvoorbeeld mijn leerlingen, een ware, volmaakte goedheid bereikte, en dat ik volledig objectief naar hen kon luisteren en ze kon adviseren. Het feit dat ze mijn raad vrijwel nooit opvolgden doet niets af aan dat gevoel, integendeel, dat is een impliciete bevestiging ervan.

312. Leugens zijn niet van belang wanneer zowel degene die ze uitspreekt als degene die ze aanhoort de waarheid kent.

314. We zijn ervan overtuigd dat we sommige mensen liefhebben en anderen haten; maar in de meeste gevallen is het zo dat we dezelfde mensen liefhebben en haten.

317. De politiek als zodanig is links, de cultuur en de godsdienst als zodanig zijn rechts.

318. Al sinds de tijd van Mazzini ontstaat alle politieke vernieuwing buiten de legaliteit, dus is het logisch dat zo'n subversieve politiek (eerst om het fascisme in te voeren, daarna om het neer te halen) er vervolgens moeite mee had om een heersende klasse voort te brengen.

319. Rijkdom zonder mensen, en mensen zonder rijkdom.

320. In de wereld van vandaag is de mogelijkheid, of beter gezegd de waarschijnlijkheid, bijna de zekerheid, dat individuen het met elkaar oneens zijn duizelingwekkend toegenomen: zo talrijk zijn de argumenten en talloos de variaties waarin de onenigheid zich kan voordoen. Zelfs over welk merk mobieltje je moet kopen, of over welk abonnement je moet nemen. Hoe groter de opties, des te kleiner de onderlinge verwantschap.

324. Het bestaan is een kronkelig labyrint, vergelijkbaar met de ingewanden verborgen in ons lichaam.

325. Voordat ik sterf, zou ik graag op z'n minst één ding verklaard willen krijgen. Wat het dan ook is.

326. Het is me opgevallen dat je op gedenkdagen geen krantenkoppen meer leest als bijvoorbeeld TIEN JAAR GELEDEN STIERF LUCIO BATTISTI, maar eerder TIEN JAAR ZONDER LUCIO. Met andere woorden: hoe hebben we het zonder hem kunnen redden, wat hebben de afgelopen tien jaar eigenlijk voor zin gehad? Na mijn dood, die nabij is, zal de kleine ruimte die ik innam direct worden opgevuld, als in een overvolle tram (ik denk aan een van die oude trams met een glimmend houten interieur, die nog steeds in Milaan rondrijden, langzaam en elegant...) waar zodra iemand aanstalten maakt om van zijn zitplaats op te staan om bij de volgende halte uit te stappen, de overige passagiers tussen wie hij zat ingeklemd er meteen van profiteren door zich wat breder te maken en wat comfortabeler te zitten met hun ellebogen en tassen en benen.

327. Rustig wachten, het uitstel aanvaarden, dat zou de volwassen manier moeten zijn om met de dingen om te gaan; directe bevredi-

ging opeisen daarentegen de kinderachtige manier. De ergernis van de zuigeling wanneer de borst wordt weggehaald... Ik bevind me nu in een nieuwe toestand waardoor ik geen uitstel kan verdragen, maar tegelijkertijd eis ik het op: ik wil dat alles, goed of slecht, ver van me verwijderd wordt en voor onbepaalde tijd wordt uitgesteld.

328. De dood komt gelijk voor wie klaagt of aanvaardt. (*Dit is de parafrase van een zin uit het cynische gedicht 'Aubade' van Philip Larkin, lastig om te vertalen vanwege de typisch Engelse constructie: 'Death is no different whined at than withstood.' Het is wel duidelijk waarom Cosmo dit citaat heeft uitgekozen en vertaald, omdat hij het misschien net had gelezen of omdat het hem ineens weer te binnen was geschoten, nu zijn eigen dood naderde, maar de vraag is, ook al kwam het dan uiteindelijk op hetzelfde neer, welke van de twee houdingen hij uiteindelijk had aangenomen, in welke hij zich het meest herkende; of dat hij ze afwisselde, de ene keer 'klagend', de andere keer zijn lot moedig dragend; of dat er een derde mogelijkheid bestaat, een nog andere aanpak dan gejammer of berusting; iets wat ik niet zou kunnen bedenken, maar wat Cosmo misschien had ontdekt en toegepast.*)

329. Ik zie de toekomst niet voor me. Ik kan me geen voorstelling maken van het hiernamaals. Ik had de Kerk van Wat er Nu Gebeurt kunnen oprichten.

331. Om iedere dag, nee, ieder uur en iedere minuut, in de behoeften van het lichaam te moeten voorzien is op zich al de ergste, vreselijkste ziekte: in die zin is het lichaam ziek ook als het gezond is, doordat het voortdurend behoefte heeft om te drinken, eten, slapen, poepen, plassen, ademen, spugen en zich te wassen; het is even ziek in zijn verlangens en manies als in zijn noden. Dus de daadwerkelijke ziekte, die de artsen met een speciale naam diagnosticeren, is helemaal geen uitzondering, maar juist het moment waarop het lichaam ons zogezegd eindelijk niet langer voor de gek houdt, stopt met die komedie dat we zo gezond zouden zijn en zonder omhaal terugkeert naar zijn pathologische oorsprong. Hoe de ziekte dus ook mag heten, ze is ongeneeslijk, want dat was de gezondheid ook.

332. Alles kan worden beschouwd als een progressief uitdrijvingsmechanisme. Om niet het kwaad te hoeven erkennen, dat ook in hem huisde, verdreef God het uit zich door Satan te scheppen. Om het kwaad uit zijn hart te verwijderen werd de zonde uit de rib van de man gehaald, en daarmee werd de vrouw geschapen: daarmee wordt zij verantwoordelijk voor de zondeval. Uit angst of uit afschuw om met onze medemens te moeten omgaan, hebben we het 'u' uitgevonden, waardoor we ons kunnen richten tot een denkbeeldige derde persoon waarin we de persoonlijkheid onderbrengen die uit de gesprekspartner van vlees en bloed is gedreven, gereduceerd tot een slaafse woordvoerder van die respectabele virtuele heer. Veel van onze plichten, van onze gedachten, van onze beslissingen en onze verlangens hebben we uitbesteed aan collectieve instituties: laten zij zich er maar mee bezighouden. De onzuivere ontlasting wordt uitgedreven. Zelfs het psychisch lijden kunnen we met een pilletje uitbannen; maar waar komt het daarna terecht, gaat het op in het niets of vaart het in een ander wezen, net als het legioen demonen in de Bijbel dat in een kudde varkens trok? Om de rest van het lichaam te redden, wordt het door gangreen aangetaste been geamputeerd. Het geheel wordt opgeofferd om het te redden. Wordt dat ene been dan in een graf begraven? Is het nog van iemand? Is het *iemand*?

333. Alle onderzoeken zijn vooronderzoeken.

334. De twee beroemdste Italiaanse romans van het begin van de twintigste eeuw hebben een hufter als hoofdpersoon.

335. Zeno Cosini – Mattia Pascal 6-1, 6-0.

336. Ze was hartstikke scheel. (*Ook van dit beeld heb ik de bron gevonden, bladerend door* De bekentenissen van Zeno, *daar waar hij het personage van Augusta beschrijft.*)

339. Bescherming vragen, bescherming eisen, iedereen wil zich terecht veilig voelen. Op de eerste plaats moeten de kinderen beschermd worden, evenals de zwakken en de zieken; vrouwen eisen de bescherming van mannen, ze willen een beschermende man

naast zich, maar willen ook beschermd worden tégen mannen, die vaak agressief en gewelddadig zijn. Maar ook de mannen willen beschermd worden, tegen ontslag, tegen ziektes en tegen de dood, en ze raken gefrustreerd wanneer de staat niets voor ze doet, wanneer hun vrienden hen in de steek laten, wanneer hun baas hen verraadt in plaats van hen te begeleiden. De politie en de wet zouden ons moeten beschermen, maar die hebben het vaak juist op ons gemunt. Als de wet je eenmaal op het spoor is, kom je er niet meer van af, of hooguit na een lange nachtmerrie. Daarom hebben we in Italië altijd behoefte aan beschermers, bemiddelaars, smekers, peetvaders, beschermheiligen. Niemand heeft zelfs maar de illusie het in zijn eentje te redden. In je eentje kun je alleen maar creperen, of zelfs dat niet. En als noch je familie, noch de verenigingen en bonden, noch je vriendschappen je beschermen, en zelfs de staat je niet beschermt, rest je niets anders dan je tot de hemel te wenden.

340. Ik vind dat er niets mis mee is om hulp te vragen. Het licht daalt neer vanuit de hemel, van bovenaf, alleen van bovenaf kan iets neerdalen. En zeg nou niet dat ik als een pastoor praat. Ik praat al heel lang met niemand meer, het was nutteloos, ik sprak alleen maar kolder. Taal leidt tot ongunst, tot een wereld vol misverstanden, zolang men die gebruikt om te communiceren. Maar wanneer men niet langer pretendeert te communiceren... Het spijt me, maar misschien zou ik, of ik nu wel of niet praat, toch iedereen voor de gek houden.

341. Als je om wonderen vraagt, kijk aan: de vergissing blijkt rendabel, de ziekte wordt een manier om tijd te rekken. De golven van de woelige zee hebben de boot de haven in gedreven, de kettingen worden uitgerekt als elastieken, de dwingende behoefte wordt een hoopvol wachten. Het ware wonder is kortom niet dat al deze narigheid verdwijnt; het ware wonder is dat al deze narigheid acceptabel wordt.

342. Het wonder is het perfecte verhaal, omdat het vreselijke rampspoed koppelt aan een miraculeuze redding.

343. Onwetend en geleerd. De onwetenden zijn nooit helemáál onwetend, terwijl de geleerden nooit geleerd genóég zijn.

345. Het ware wonder voltrekt zich voortdurend, zodanig dat je het gevoel krijgt dat zich helemaal geen wonder voltrekt.

348. Doctrines die de mens garanties bieden tegen de eenzaamheid kunnen succesvol zijn.

350. Ik ben de minst vrije man ter wereld. Terwijl ik mijn leven dacht te verlengen, bracht ik mijn dood dichterbij: ontberingen, armoede, verlangen, afhankelijkheid, dat is de eeuwige staat waarin mijn geest verkeert. Door de schoonheid te aanbidden, wekte ik nieuwe ambities en dus nieuwe ellende.

351. Het zou eigenlijk beter zijn wanneer grote denkers, zoals geleerden en filosofen, op hun zestigste zouden overlijden, want daarna beginnen ze zich tegen willekeurig welke nieuwe opvattingen te verzetten. Misschien dat alleen kunstenaars een paar jaartjes respijt zouden moeten krijgen, mits gespeend van vooroordelen, of nog flexibel en levendig genoeg om nieuwe te creëren: het is grappig om bijvoorbeeld de politieke bevliegingen van bejaarden te zien. Gewone mensen zoals ik kunnen net zo lang leven als ze willen, dat maakt niets uit. Ik ben dan ook oud geworden zonder schade toe te brengen aan de progressie van de wetenschap. (*Niemand heeft ooit begrepen waarom zo'n intelligente, getalenteerde man zich opsloot in die privéschool, om als leraar te werken... dat is de grote vraag die om Cosmo blijft hangen... het verlichte genie dat ging lesgeven op een school van paters!*)

352. Ik heb geprobeerd om niet te zeer verknocht te raken aan mijn eigen meningen, zodat ik er zonder al te veel pijn afstand van kon doen zodra er iemand voorbijkwam die kon aantonen dat ze niet klopten.

353. Waarom zouden wezens die alleen maar lijden toch zo'n enorme drang hebben om zich voort te planten? Je zou verwachten dat men een ononderbroken kwelling niet wil laten voortbestaan. Dus moeten er wel geneugten bestaan, dat kan niet anders, en zelfs degene die ze nooit heeft ervaren weet intuïtief wat die geneugten zijn, hij weet dus dat ze mogelijk zijn, hoe zeldzaam ook, en dat ze van het ene op het andere moment zijn hel zouden kunnen verlichten. De ironie

wil dat een van de grootste geneugten juist wordt ervaren tijdens de voortplantingsdaad: zo is de cirkel rond en krijgt mijn beginvraag een spottend antwoord.

357. De plooibare delen van mijn geest zijn verstard of verweekt, net als die van mijn lichaam.

358. Wat ik gezien heb, wat ik me herinner en meen te hebben gezien, wat ik me heb ingebeeld te zien, is onderhand één geworden met wat ik droom.

359. Ik heb momenten van grote objectiviteit. Ze duren een halfuur, hooguit een uurtje. De zaken komen me dan voor zoals ze zijn en blijken gek genoeg identiek aan hoe ze moeten zijn, er is geen kloof tussen beelden en definities, geen verdriet of hoop. Op die momenten is de enige activiteit waarvan ik me bewust ben mijn ademhaling. Ademen. Ik ben nog in staat het zonder inspanning te doen, en dat doe ik. Ik adem, in en uit, heel regelmatig, en het luchtkasteel dat de realiteit is stort niet in, het lost niet zomaar in het niets op en glinstert ook niet in de verte als een fata morgana, nee, het hangt daar gewoon, in het niets, en ik bewoon het net als ieder ander, ik heb in elk geval even het recht om het te bewonen. Hoe ik dat recht heb verkregen? Door mezelf geen vragen meer te stellen. Dit was dan ook de laatste vraag die ik mezelf had gesteld voordat de objectiviteit, in plaats van te antwoorden, ook die uitdoofde.

360. Ik geloof niet dat God me is vergeten; hij zou er eerder alle reden toe hebben om te geloven dat ik hém ben vergeten. Hij zal dus nogal verrast zijn dat hij nu een gebed van mij krijgt. Misschien denkt hij dat ik hem, beslist veel te laat, om een gunst wil vragen. Vanuit de positie van de terdoodveroordeelde klinkt ieder verzoek wanhopig en een beetje hypocriet. Jij weer? Waarom verspil je je schaarse tijd? Toen je nog tijd in overvloed had leek je niet zo geïnteresseerd in de hemel of bang voor de hel... Maar dat is niet de reden waarom ik me tot hem wend: het is alleen om het contact te herstellen. Wanneer werd deze verbinding verbroken? Vele jaren geleden. Ik zal een jaar of veertien, vijftien zijn geweest...

361. Ik heb hoe dan ook het gevoel dat God de eerste stap zal zetten. Hoe ik me ook opstel, en in wat voor staat hij me ook aantreft, ongelovig of sceptisch, ik zal niet degene zijn die vraagt, hooguit zal hij me iets bieden. Hij is de dokter die zich zonder dat hij is geroepen naar de zieke begeeft. Hij gaat misschien niet de kamer in en niet naast zijn bed zitten, maar hij blijft zogezegd vlak voor het huis staan, waar de sneeuw op de stoep blijft liggen en de adem van de voorbijgangers wolkjes vormt voor hun gezicht.

362. Ook al bederf ik daarmee het sprookje, ik kan het niet laten me een versie voor te stellen waarin ineens een weldoener opduikt, net wanneer het meisje haar laatste zwavelstokje heeft aangestoken.

363. De bijl die aan den wortel der bomen is gelegd, zal worden teruggetrokken om de bomen nog wat langer te laten leven, want ook de Apocalyps moet eerst aangekondigd worden om vervolgens in het niets te verdwijnen, zodat men de tijd krijgt om het bedrog in te zien en er niet meer in te geloven. De eerste keer was men nog onvoorbereid, de tweede keer zal men het wachten al snel beu zijn.

364. Je kunt God leren kennen zonder je eigen leed te erkennen. Velen daarentegen kennen hun eigen leed heel goed, maar leren daardoor niet per se God kennen, sterker nog, het is juist hun leed dat hun de weg verspert naar God, die als hij voor hen zou bestaan slechts het onderwerp van rancune zou zijn omdat hij verantwoordelijk zou worden gehouden voor alle misère. Als het van een ontmoeting zou komen, zou die plaatsvinden in de ruimte van een vloek. De tegenslag die ons overkomt kan ons dichter bij God brengen of ons astronomisch ver van hem verwijderen, alsof de afstand die er toch al is nog niet volstaat, alsof al die sterrenstelsels waaruit het hemelgewelf is opgebouwd nog niet genoeg zijn om ons van zijn wezen te scheiden, maar hij nog verder van ons verwijderd moet worden, nog dieper in de peilloze afgrond moet zakken, zich terugtrekkend van de ellende die hij ons heeft aangedaan. Op de vlucht, als het ware. Overigens, als de wereld zo wreed en absurd is, waarom zou iemand dan überhaupt nader tot de schepper ervan willen komen? Of hem zelfs willen aanbidden? Tussen God en het menselijk leed

ligt dus een onoverbrugbare kloof, of het zou logisch zijn te denken dat die wordt opgevuld met haat: de haat van de Almachtige die zijn mislukte schepsels verplettert; de haat van de schepsels die degene die hen op de wereld heeft gezet beschimpen. De godslasteraar is een opmerkelijke tussenpersoon. Door de afgrond te vullen met beschimpingen, maakt hij die overbrugbaar, als iemand die stenen en puin in een beekje gooit. Hij verschilt niet zoveel van iemand die bidt: hij probeert, hoe onbehouwen ook, in elk geval contact te maken. Maar eigenlijk is er een bemiddelaar van een hoger niveau nodig tussen God en het menselijk leed, en dat is Jezus Christus, die zowel God als het menselijk leed is, de ellende, de oorzaak van de ellende en de remedie ertegen. Daarom is het volslagen nutteloos om God te zoeken zonder het pad van Christus te volgen. De God die je zou kunnen tegenkomen terwijl je in je eentje een ander pad volgt zou onbegrijpelijk of angstaanjagend zijn omdat hij niets menselijks zou hebben: een God voor theologen of filosofen of wiskundigen, een God voor koningen en hogepriesters die de menigte met een schrikbewind onder de duim moeten houden. Wie dit pad in zijn eentje probeert te bewandelen, wordt gegarandeerd verpletterd of stort neer. Het eigen persoonlijke leed, verzegeld in die individuele dimensie, zou slechts ballast zijn op dat kronkelige pad, terwijl het leed van Christus, als zijn kruis eenmaal is erkend, zou helpen om de last te verlichten, of beter gezegd, er een andere betekenis aan zou geven. In plaats van ons te hinderen zou de smart dienen om ons de weg te wijzen. Laat hij in elk geval een klein deel van ons leed dragen. Laat hij de weg voor ons vrijmaken. Laten we ons spiegelen in zijn leed en leren daarin het hele spectrum van het onze te herkennen: wanneer wij lijden zijn we beledigd, vernederd, verraden – wanneer onze vrienden ons in de steek laten en ons huis wordt verwoest en ons bed geschonden en ons lichaam gegeseld. Stuk voor stuk dingen die hem zijn overkomen, die hij heeft moeten doorstaan. Wie Christus niet begrijpt en erkent, begrijpt dus helemaal niets. Die begrijpt niets van God, niets van de wereld, maar ook helemaal niets van zichzelf. Of beter gezegd, hij kan alleen zijn eigen betekenisloze ellende kennen en zijn al even onzinnige trots, alsof die niet over te brengen zijn. Het is dan ook zo dat er alleen begrip kan ontstaan voor datgene wat een verbinding slaat: tussen twee dingen, tussen jezelf en jezelf, tussen jezelf en een ding, tussen twee personen, tussen jezelf en personen en dingen. Alleen maar smart en geen troost, alleen maar koppigheid zonder eerlijke erkenning van de eigen zwakte: als die elementen los van elkaar blijven, is de wereld onbegrijpelijk. Jezus is de enige die ons verbindt. Onszelf met onszelf, op de eerste plaats. En daarna met de anderen.

PS: Als ik pastoor was geweest, zou dit wat ik zojuist heb geschreven een mooi uitgangspunt voor een preek kunnen zijn. Maar dat ben ik niet, dus tegen wie sta ik hier te preken? Mijn kansel is de keuken, mijn gelovigen zijn een paar blikjes tonijn.

365. Hoezeer ik me ook erger aan de begeesterde definities die de christelijke retoriek geeft van menselijk leed en tegenspoed, als 'geschenken van God', als waardevolle kansen die ons speciaal zouden worden verschaft om begrip te krijgen, te groeien, ons open te stellen voor anderen, et cetera, et cetera, die mij zowel fanatisch als zalvend voorkomen, of zelfs hypocriet aangezien ze een objectieve tegenslag willen laten doorgaan voor een meevaller, lijdt het geen twijfel dat de hechtste gemeenschappen worden gevormd in het samen doorstaan van pijn, er samen doorheen te gaan. Welk profijt kan iemand die er alleen doorheen gaat dan hebben? En wat geeft hij daarvan door aan anderen? Ik zou willen zeggen: geen enkel, maar juist dat 'geen enkel' maakt me bang, alleen al het te zeggen maakt me bang.

368. Als een vallende ster vloog de hoop over hen heen.

369. Degenen liefhebben die jou haten, zoals Christus predikt, is heel moeilijk, maar je zou het kunnen proberen, je zou je best kunnen doen, dat experiment is nog voor te stellen; maar degenen liefhebben die *jij* haat, dat niet, dat is echt onmogelijk, tenzij je een gevoel zo kunt verbergen en verdraaien dat je het kunt laten doorgaan voor het tegenovergestelde, en dan word je dus een grote hypocriet. Je zou hooguit kunnen proberen diegene wat minder te haten, of hem te vergeten door hem uit je hoofd en je leven te bannen.

370. Laat ik het zo zeggen: de enige zichtbare en onbetwistbare wet die ons is opgelegd, is onrechtvaardigheid. En wie zijn wij om het te wagen ons te ontdoen van de enige wet die we bezitten? (*Aan de*

zinsbouw en het onderwerp te zien, neem ik aan dat deze gedachte is ingegeven door Franz Kafka.)

372. Wie ben ik? Vertel het me maar. En als ik het leuk vind om die persoon te zijn van wie jullie zeggen dat ik hem ben, dan kom ik. Zo niet, dan blijf ik hier.

373. Gevoelens worden sterker wanneer ze iets gruwelijks bevatten.

374. Een verhaal vertellen waarin je zelf de hoofdrol speelt, is een teken van grote verwarring, of arrogantie.

377. Zelfs geluk maakt slachtoffers, want een gelukkig individu is dat vaak ten koste van iemand anders: de rijke, de beminde, de uitverkorene, de winnaar, de zwangere vrouw zijn gelukkig vergeleken met de arme, de onbeminde, de pechvogel, de verliezer, de onvruchtbare vrouw. Dus geluk produceert ongeluk, en ongeluk reproduceert zichzelf.

378. Het komt zelden voor dat we ons bewust zijn van de ware reden voor onze vreugde; nog lastiger is het te beseffen hoe vaak die wordt veroorzaakt door het leed van anderen, en hoe vaak we van iets genieten alleen omdat we het iemand anders ontfutseld hebben; er zijn vrijwel geen geneugten die niemand laten lijden: het dier dat is gekeeld, de boer die de druiventros heeft geplukt, de druiventros die is uitgeperst, de vrouw die we bedriegen, de vrouw met wie we haar bedriegen, en zelfs de vrouw wie we trouw zijn; om nog niet te spreken over onszelf, wij zijn tenslotte de eersten die kapotgaan aan al onze wensen, of ze nu wel of niet vervuld zijn. Er worden meer tranen vergoten om verhoorde gebeden dan om onverhoorde gebeden. (*Deze laatste zin is een citaat van de heilige Theresia van Avila, door Truman Capote gebruikt in de opening van zijn onvoltooide roman* Answered Prayers.)

379. We zijn niet alleen in staat om een kant van onszelf voor anderen te verbergen, maar ook om die kant in ons te herbergen als ware een vreemde. We verbergen dus vooral iets van onszelf voor onszelf: net

zoals onze hersenen heel goed in staat zijn om iets wat niet van ons is toch als zodanig op te nemen (zie bijvoorbeeld de zogenaamde 'rubberen-handillusie'), kunnen we onszelf ook laten geloven dat enkele onderdelen van onze eigen identiteit in werkelijkheid vreemde elementen van buitenaf zijn.

380. Een Amerikaanse schrijfster heeft geprobeerd het lijden door haar ziekte op alle mogelijke manieren te bekijken: als ware het een contract, een erfenis, een belofte, een taak, een geschenk, een vergissing, een ornament of een droom (dus een nachtmerrie, lijkt me). Afhankelijk van hoe we het interpreteren kunnen we ons als volgt gedragen: strijdvaardig, woedend, gelaten, ons erbij neerleggend, dankbaar, pogend het te snappen met verschillende morele, religieuze of intellectuele mechanismen, of met bedrog, misleiding, vergetelheid, illusies, desillusies, vertelling, sublimering. Ik denk dat ik zo'n beetje al die houdingen minstens één keer en gedurende enige tijd afwisselend heb aangenomen. In deze periode probeer ik het leed vooral te zien als een ornament, of beter gezegd als een kledingstuk, dat wil zeggen: iets wat strikt genomen niet bij mijn fysieke persoon hoort en wat ik draag, uit verplichting maar passend, als een soort uniform dus. Het onderscheidt me en voegt me tegelijkertijd bij al degenen die het dragen. En net als een echt uniform kun je je leed niet zomaar afdoen: dat zou zijn alsof je wordt gedegradeerd, de onderscheidingen van je borst worden gerukt. Het zou een royement betekenen.

381. De laatste woorden, daar ben ik zeker van, zullen achteloos en te verwaarlozen zijn. Misschien is dat wat me angst inboezemt: niet het zwijgen, of een gil, of een mooie, plechtige volzin, maar iets van: 'Dag dokter, u ook goedemiddag', en dat dat dan je laatste woorden zijn.

382. Dat ik geen echte emoties meer voel, komt misschien omdat die zijn veranderd in fysieke gewaarwordingen, die door het lichaam worden geïnterpreteerd als koud, warm, irritatie, drang om te plassen of te braken, ontspanning van de spieren, lucht in de buik, slaperig worden, suiker op de tong. Allemaal dingen die ik vroeger misschien zou hebben aangeduid als hoop, woede, tederheid of angst. Ik vraag me af met welke fysieke huivering vriendschap overeenkomt: een

gevoel, of beter gezegd een houding die voorgoed in de kiem is gesmoord, maar die misschien nog ergens in mij zal opbloeien als een waarneming waarvan ik me nauwelijks bewust ben: bijvoorbeeld het briesje dat plotseling door het raam binnenkomt op een hete dag.

383. Over de lichamelijke pijn heb ik trouwens niet zo heel veel te klagen. Wat dat betreft heb ik geluk gehad. Aan de ene kant treft de ziekte een op de honderd mensen, mij dus (botte pech), maar aan de andere kant behoor ik tot dat ene procent van dat ene procent die weinig tot geen pijn van de ziekte heeft (geluk bij een ongeluk). Ik zou bovendien niet weten wat ik moest zeggen over de pijn die ik voel, ik waag me er niet aan om die te beschrijven, dat zou zinloos zijn, sterker nog, de paar keer dat ik echt pijn heb, net voordat ze de juiste dosis in mijn lichaam spuiten, is het wel het laatste wat bij me op zou komen om te gaan zoeken naar de woorden om uit te leggen hoe het voelt, om het aan iemand te kunnen vertellen of het hier op te schrijven. De dienstdoende verpleegster die me de pijnstilling komt geven en ik zijn intussen een gebaar overeengekomen dat ik maak om aan te geven hoe het gaat en hoeveel pijn ik voel: ik hef mijn ene arm op tot een bepaalde hoogte, en dan weet ze het. Als ik straks niet meer in staat zal zijn om mezelf de benodigde doses toe te dienen, zal zij die taak overnemen, en ik hoop dat mijn nieuwe vervreemding er dan voor zal zorgen dat het een werktuiglijke, bijna bureaucratische procedure wordt, en daar ben ik blij om, of om niet zo'n misplaatst woord als blijdschap te gebruiken: tevreden. Nu al. Ook nu al overigens is de hele procedure tamelijk onpersoonlijk. De willekeur en de onmiskenbare onrechtvaardigheid van de ziekte, van elke ziekte die wie dan ook treft op welke leeftijd dan ook, met of zonder aanleiding, of iemand het er nou zelf naar gemaakt heeft of dat hij er als bij bliksemslag door wordt getroffen, stemmen me niet bitter, maar geven me juist rust, maken het draaglijker, ik zou er bijna om moeten lachen, ware het niet dat ik enige terughoudendheid voel om te worden aangezien voor een moedig of minachtend mens. De zo talrijke zinloze dingen waarmee ons bestaan doorspekt is en die het zelfs, zoals in mijn geval, beëindigen, verlossen ons van de plicht om een allesomvattende betekenis te vinden voor deze vermoeienis, voor deze agitatie die we het leven noemen. Het lijkt me toegewijd

genoeg om haar golfslag te volgen die opkomt en breekt, me te laten meevoeren, en dan kopje-onder gaan. Kom ik te wijs over als ik zo denk? Kom ik over als een Chinese wijsgeer? Een kut-Chinees, zoals ze het noemden in die ene film?

385. Het zit zo: ik wil boven op de pijn die ik voel niet ook nog de pijn voelen van het feit dat ik mijn pijn niet kan verwoorden. Geen druppel meer dan wat me toekomt. Nadenken over zijn impotentie schenkt de impotente geen verlichting, maar breidt hooguit het bereik van zijn impotentie uit van het lichamelijke naar het geestelijke.

386. Als tegenwicht voor de ontoereikendheid waarmee we uiting geven aan gevoelens als liefde en leed, is de literatuur uitgevonden. Maar ook die moet daarvoor alle zeilen bijzetten. Lichamen gekweld door pijn of in vervoering van genot hullen zich in stilzwijgen of clichés.

387. Hoe volmaakter de maatschappij, hoe groter het aantal gekken en zelfmoorden, wat sommigen wijten aan het gebruik van drugs, maar wat ook wel eens de plaag zou kunnen zijn waartegen die middelen juist een tijdelijke remedie probeerden te bieden.

392. (Machiavelli, Leopardi.) Het koppige, hooghartige realisme dat de trots heeft gevormd van de allergrootste Italianen, opent zich in dezelfde geesten op een nog hoger niveau voor het rijk der mogelijkheden. De nauwgezetheid waarmee werd aangetoond dat er geen andere optie is dan de harde realiteit te aanvaarden, behalve de leugen, biedt ruimte voor een flexibeler, veranderlijker visie, die openstaat voor een 'misschien', voor een 'we kunnen niet uitsluiten dat', voor hypotheses die nog slechts worden geopperd wanneer de stellingen zijn uitgedroogd door al dat verdedigen en overeind houden, en zelfs ineens broos zijn geworden als dorre bladeren.

393. Ook al is het niet zeker, het is in elk geval wenselijk dat er een God bestaat die alles ziet en bijhoudt, om nota te nemen van zelfs de allerkleinste, verborgen goede daden, en met straf te dreigen voor zelfs de misdaden die de mensen niet eens hebben opgemerkt of waarvan ze de daders niet hebben weten op te sporen. Dan zou

de maatschappij zich veiliger voelen en zouden de misdadigers zich altijd en overal achtervolgd voelen: in zo'n systeem zouden ze nooit ergens mee wegkomen, onder het alziend oog van God, en zouden ze wellicht niet in deze wereld gestraft worden, maar dan toch zeker in de volgende. Of dat dan ook inderdaad gebeurt of niet is om het even, als het doel was mensen in het hier en nu te weerhouden van het kwaad. Wat dat betreft heeft God zich nu wel lang genoeg verstopt: hij moet zich toch op z'n minst, laten we zeggen, eens in de duizend jaar dreigend vertonen. Naderhand kan hij dan ook gewoon alles vergeven, dat maakt niet uit.

394. Vier varianten van berouw. Berouw hebben en je voornemen om je fouten niet te herhalen. Berouw hebben juist om ze vervolgens te herhalen, daar dan weer berouw van hebben, en weer opnieuw terugvallen, et cetera. Geen berouw hebben en gewoon zo doorgaan. Geen berouw hebben, maar niet meer in dezelfde fout vervallen, omdat de zonde begon te vervelen of volledig is uitgehold, zelfs de naam, en omdat hij zelfs als hij herhaald zou worden niet eens meer een zonde zou zijn.

399. Waarom moet op iets aangenaams altijd het tegenovergestelde volgen? Waarom wordt het vrijwel meteen afgedankt en aan de kant geschoven? Misschien schrikken mensen van het onvoorspelbare karakter ervan. De meeste mensen weten niet wat ze met het onverwachte aan moeten. Zij vinden het gemakkelijker zich weer aan te passen aan de afwezigheid van het aangename. Zo snel mogelijk. Geluk maakt mensen ongemakkelijk. Dan geeft frustratie toch veel meer rust? Het rechtlijnige, het consistente ervan? De manier waarop die mensen iets aangenaams dat hen onverwachts overvalt het hoofd bieden is door zich te verstoppen. Hun eigen levendigheid en die van anderen vormen een bedreiging.

400. Als je ze van dichtbij bekijkt en ze eventjes aandachtig in je handen houdt, blijken al die dogma's van de filosofie, de religie en de moraal stuk voor stuk leeg. In de doorzichtige schrijn van hun stellingen, die noodzakelijk en universeel pretenderen te zijn, zit alles maar tegelijkertijd niets, niets concreets: elke specifieke concreetheid

zou de totaliteit aantasten. Hoe het ook zij, zodra de mensen deze geboden ontvangen, vullen ze de abstractheid ervan op met praktische zaken, waardoor ze er soms in slagen om exact het tegenovergestelde te bewerkstelligen van wat het gebod voorschreef.

401. De kadaverdiscipline van de jezuïeten. De automatische gehoorzaamheid van alle lichamen aan de wetten van de natuurkunde, en van de elementen aan die van de scheikunde. De objectieve, onpersoonlijke gehoorzaamheid aan de morele wet. De gehoorzaamheid aan de perverse wet van de pure lust. De gehoorzaamheid aan de partij en haar leider. De gehoorzaamheid aan de principes van de vrijheid, die zelf ook gehoorzaamheid verlangt, sterker nog, misschien is de vrijheid wel de grootste tiran.

403. De eeuwen zijn te kort.

404. Als Oedipus echt zijn vader zou vermoorden met als doel zijn moeder te bezitten, en meer niet, dan zou dat dus betekenen dat de impuls om te moorden een economische, rationele beweegreden heeft, met als doel een behoefte te bevredigen: maar er moeten wel subtielere, meer verborgen redenen zijn dan die banaliteit op seksuele basis, minder voorspelbare redenen, wie weet ook wel van seksuele aard, maar die niet zo vanzelfsprekend te maken hebben met destructiviteit als dat simpele beeld van het uitschakelen van een rivaal. De willekeur waarmee een individu wordt vermoord (of ook níét wordt vermoord, terwijl dat wel in het eigen of het algemene belang zou zijn), gaat elke logica en elk economisch principe te boven. Iemand doden of diens leven sparen kan zowel de navolging als de overtreding van een regel betekenen. Een voorbeeld? Kijk naar de welwillende mensen die met keien in de hand klaarstaan om de overspelige vrouw te stenigen, dus om een door de wet voorgeschreven strafmaatregel uit te voeren, of om gehoor te geven aan een moordlustige impuls die handig is getransformeerd tot een moreel instrument, des te onverzoenlijker omdat het legitiem is. Door die kei neer te leggen in plaats van hem te werpen, zullen zij de kiem leggen voor de controversiële relatie tussen het christendom en gerechtigheid, of als het ware tussen overmaat en maat.

405. Het heeft geen zin dat heiligen de etterende zweren van de verdorvenen kussen: niet alleen wij, zelfs God walgt ervan als hij ziet hoe zij het paradijs proberen te bereiken via zulke weerzinwekkende beproevingen.

406. In de staat waarin ik nu verkeer, zou ik minachtend neerkijken op iemand die, al was het maar met het nobele doel om me zijn medeleven te laten ervaren, overdreven vervoering zou tonen voor mijn verrotte lichaam. Dan wil ik liever een passende afkeer wekken, of op z'n hoogst dat deze objectieve viezigheid op professionele wijze in toom wordt gehouden door de verpleegkundigen die het behandelen met de noodzakelijke deskundige afstand, het schoonmaken, ontsmetten en ledigen met snelle, onbarmhartige handelingen, zoals ze met een vuilnisbak zouden doen, waarbij ze hun natuurlijke afkeer bedwingen onder een routineuze glimlach. De ware compassie zit hem in het uitvoeren van je taak en intussen aan iets anders te denken, aan, ik noem maar wat, een tropisch strand. Ikzelf geef me als eerste over en laat me wiegen door de kinderlijke, ontwijkende fantasieën in de geest van degene die me verzorgt, terwijl ik juist droevig zou worden van een fanatieke toewijding, volledig geconcentreerd op mijn pijnlijke ingewanden of mijn wegkwijnende ziel.

407. Het lichaam wordt door degene die het bewoont behandeld als een huis, dat hij naar eigen smaak kan renoveren, door het oorspronkelijke bouwplan aan te passen of het zelfs met de grond gelijk te maken en iets nieuws te bouwen. Er is eigenlijk niet zo heel veel verschil tussen mensen die zelfmoord plegen en mensen die zich via plastische chirurgie laten misvormen of van geslacht veranderen: in al die gevallen wordt er een levend wezen omgebracht, het lichaam zoals het was; het enige verschil zit hem in het besluit om dat te vervangen door een ander, of het helemaal niet te vervangen.

408. Waar is het voor nodig dat de dood zich op zo'n achterbakse, ingewikkelde manier meester maakt van mijn leven? Ik had het liever spontaan gegeven dan het me zo te laten ontfutselen.

409. Ik zou ook al genoegen nemen met een goedkoop soort gratie, verkregen door laksheid van het instituut of door misleiding of een vergissing. Een uitkomst als in een klucht vol verwarring. Het zou me oneindig veel plezier doen als ik zou blijken te zijn verwisseld met zomaar iemand anders, nog niet bestemd om te sterven.

410. Ziet een blik die in staat is om verder te kijken dan de dingen dan nooit eerder geziene dingen, of dezelfde dingen maar op een andere manier? Of valt die blik terug op zichzelf omdat er verder niets te ontdekken valt? Ik zou dat graag willen weten om erachter te komen of ik er goed aan heb gedaan om elk onderzoek te staken, maar ik moet het wel snel weten, nu direct. Ja, ja, ik geef toe, ik ben nogal veeleisend. Dat is omdat die goeie ouwe wereld me toch wel interesseerde. Ik heb me ook geamuseerd met haar cynische voorstelling, juist omdat ze die meesterlijk herhaalde, op verschillende podia, en het publiek zich er telkens weer gedwee door liet beetnemen en versteld stond van zijn eigen gedweeheid. Protesteren is kinderachtiger dan je laten overtuigen. Ik geef toe dat ook ik erin ben getuind, dat ik alleen maar heb lopen protesteren terwijl ik wist dat het zinloos was, net als vrijwel alle pogingen om de aandacht te trekken. Elk woord dat ik nog aan deze regels toevoeg is alleen maar een protest, zij het heel zwakjes, zo zwak dat het zou kunnen worden aangezien voor een lofprijzing, die op haar beurt ook weer te zwak en bedeesd is om te kunnen worden aanvaard door Hem aan wie ze gericht was.

411. Tussen de puinhopen is mijn geest intact gebleven, zoals je soms na een aardbeving een woonkamer ziet op de derde verdieping van een opengereten gebouw. Maar je kunt er niet naar binnen, want dan stort alles in.

414. Afhankelijk van de toon van de stem kan dezelfde mededeling klinken als een dreigement of een belofte.

413. Mijn geest laat de oceaan schudden. (*Voor zover ik kan bepalen is dit de laatste zin die Cosmo heeft geschreven voordat hij stierf.*)

Hoofdstuk III

In een apart boekje, kleiner, van zakformaat, vertelt Cosmo in een bibberend, priegelig handschrift hoe hij in de laatste maand van zijn leven gehecht is geraakt aan een verpleegster, Jelena: hij vraagt de instelling van de thuiszorg om alleen nog haar te sturen en de andere verpleegsters niet meer; hij huurt haar in, waarvoor hij haar zwart betaalt, om bij hem te blijven overnachten, op een veldbed; even overweegt hij zelfs om met haar te trouwen, zodat zij na zijn dood zijn lerarenpensioen kan blijven ontvangen. Ik denk dat zij, Jelena, erbij was toen Cosmo stierf, samen met Rummo en de pastoor. Uit dat boekje citeer ik slechts één passage: ik zou me er ongemakkelijk bij voelen om het helemaal over te nemen. De overpeinzingen van Cosmo die ik hiervoor heb opgenomen, hebben naar mijn idee een waarde die geenszins privé is. Zijn opmerkingen over Jelena daarentegen, zijn rusteloze roman, die misschien wel een liefdesroman is (ik zou niet weten hoe ik het anders moet noemen) zal ongepubliceerd blijven. Voor hoe lang nog, dat weet ik niet.

Jelena is de enige Europese verpleegster die me bijstaat. De anderen komen allemaal uit Zuid-Amerika of Noord-Afrika. Heel aardig en vriendelijk, zeker, en kordaat, bijna opgewekt, zou ik zeggen, bij de uitvoering van hun taak, tweemaal per dag. Aangezien ik heb afgezien van enige behandeling die die naam waardig is, gaat het alleen maar om het toedienen van de pijnstillers via het infuus, en het helpen bij de vier hygiënische handelingen die nodig zijn om niet in verval te raken, of althans niet al te snel: een halfuurtje voor het infuus en de rest en dan zijn ze weer weg. Ik heb ze zelf aangespoord om het infuus wat sneller te laten lopen. 'Dat mag eigenlijk niet, meneer!' – maar ze hebben het toch gedaan. Alles wordt rekbaarder wanneer het er eigenlijk om gaat om iemand gewoon op zijn manier te laten doodgaan, ik bedoel, de protocollen, de beperkingen van tijden en doses met de bijbehorende verwijten als iemand zich daar niet aan houdt...

Wat zou je daarop blijven hameren? Zij weten er meer van dan ik. Wat dat betreft zijn we het snel eens. Zoals ik al zei, het is allemaal heel erg relatief.

Ze wisselen elkaar af met diensten waar geen regelmaat in lijkt te zitten: de Peruviaanse is bijvoorbeeld drie dagen op rij geweest, terwijl ik had verwacht dat het 's ochtends of 's avonds toch minstens een keer de beurt van Jelena zou zijn. Ze lacht het minst van allemaal, misschien omdat ze wat terughoudend van aard is.

Met haar krijg ik altijd zin om grapjes te maken. Om te glimlachen. Ik weet zeker dat ze dan ook zou glimlachen. Ik zou haar daar reden toe geven. Wie weet waarom de vrolijkheid zo diep in mij zit weggestopt. En waarom hetzelfde met haar moet zijn gebeurd. Maar zij heeft niet het excuus van de ouderdom en de ziekte, waarachter ik me verschuil. Ik wil niemand laten merken hoe ontzet ik ben als er een ander komt in plaats van zij, bijvoorbeeld de Peruviaanse, die heel goed en aardig is, ocharm, maar ze is niet Jelena, ze heeft niet die sprankeling in haar ogen. Het voelt onderhand als een zware opgave om te wachten tot ze weer komt, en dat is nou net wat ik nu niet wil: om spanning te voelen voor het leven, een spanning die me terugroept. Ik ben al te ver gevorderd om me nog om te draaien. Net nu alles ten einde loopt word ik hoteldebotel van een verpleegster, alleen omdat ze me een paar uur in de week verzorgt, omdat ze stil is, omdat ik als ik haar van opzij zie moet denken aan beminnelijke dingen, als ik haar van achteren zie begeerlijke dingen, en als ze recht voor me staat zie ik een weemoedig menselijk wezen dat werkt om te overleven. Waaraan denkt Jelena terwijl ze me schoonmaakt, terwijl ze me wast?

Waarom vraag ik me dat niet af bij de Peruviaanse? En waarom glimlach ik wel altijd kort naar haar, maar niet naar Jelena?

Dat is dus precies wat ik nu niet kan gebruiken: die onrust. Teweeggebracht door een vrouw die niet mijn dochter, maar mijn kleindochter zou kunnen zijn. Mijn bloed dat weer begint te stromen in plaats van het nou eens voor gezien te houden, dat doet me pijn. En het vervult me van schaamte en ergernis. Onwillekeurig was ik onder de werktuiglijke druk van de ouderdom gedwongen tot verstandigheid, tot onverstoorbaarheid, tot de deugdzame beschouwing van mensen en dingen, alsof ik mijn hoofd had gebogen voor de preken ter voorbereiding op de dood. Jelena's aanwezigheid naast me werkt als een sterk vergif. Maar het doodt me niet. Jelena is niet mooi, niet uitdagend, ze is alleen eenvoudig, en levend. Ze zal er toch niet voor zorgen dat ik straks nog terugverlang naar mijn leven?

De oude man draagt zijn nieuwe liefde op zijn rug als een harp: het lukt hem nog wel om het gewicht ervan mee te slepen, maar de vermoeidheid belet hem erop te spelen.

DEEL TIEN

Als bomen geplant aan waterstromen

Hoofdstuk 1

Je kijkt op en het haar van je broer is langer geworden

Je kijkt op en je zus is ineens een mooie meid

Je kijkt op en het haar van je broer komt tot op zijn schouders

Je kijkt op en je vader is overleden en je moeder lacht niet meer en je krijgt je eerste auto-ongeluk maar gelukkig niks ernstigs en je maakt je vriendin zwanger en zij laat het weghalen en je wilt zelfmoord plegen omdat je je nutteloos en ongelukkig voelt en je doet een poging maar die mislukt en de wereld bleef gewoon doordraaien terwijl je in het ziekenhuis lag, die draaide niets sneller of langzamer

Je kijkt op en met de volgende vrouw die je op een feestje bent tegenkomen krijg je kinderen en dan ga je bij haar weg en zullen je kinderen je voor altijd vervloeken ook al omhelzen ze je innig wanneer je ze van school komt halen, om de week

Dan blijkt dat je een infectie hebt en moet je met spoed geopereerd worden waardoor je het maar net overleeft, twaalf uur later en je was dood geweest, en ook al wilde je eerst nog de hand aan jezelf slaan, nu ben je toch wel blij dat je goed bent weggekomen ook al ben je moe, heel moe, en verdien je niet genoeg, en ben je overgeleverd aan de advocaten die namens jou blijven procederen zonder enig concreet vooruitzicht en bezwijkt het dak van het huis op het platteland dat je van je vader geërfd hebt door de slagregens en doordat er te weinig of zeg maar gerust geen onderhoud is gepleegd

Je ging er nooit naartoe

Je kijkt op en je zus is niet meer mooi, ze geeft Frans op een middelbare school, ze is ongetrouwd gebleven, oud voor haar leeftijd, ze heeft geregeld paniekaanvallen

Je broer is in Panama gaan wonen. Of eigenlijk is hij gevlucht. Hij heeft hier een vrouw achtergelaten en een kind met een ernstige gezichtsbeperking. Je hecht je niet aan dat kind omdat je bang bent dat jij je straks om hem moet bekommeren, terwijl er intussen niemand is die zich om jou bekommert

Dus kijk je op en zie je een vrouw die nog vrij is en toch helemaal niet lelijk en na twee of drie nachten samen denk je dat het met haar wel eens wat zou kunnen worden, zij is serieus, het is haar menens, ze gaat er serieus voor, ze is al plannen aan het maken om de komende zomervakantie samen door te brengen, en die daarna ook, en daardoor schrik je terug, geleidelijk aan trek je je terug, je neemt de telefoon niet meer op, en binnen een maand is het definitief uit

Hoofdstuk II

De allesverslindende angst heeft me ertoe gedreven *Het menselijk leven in het laatste kwart van de twintigste eeuw* op papier te zetten, dat u in het voorgaande, ultrakorte hoofdstuk hebt kunnen lezen. Heeft het iets te maken met de gebeurtenissen waarover ik in dit boek vertel? Ja en nee, het zou er parallel aan kunnen lopen als een alternatieve plot. Het geeft uiting aan het heerlijke verlangen om een willekeurig leven te vertellen met een paar woorden, in plaats van met een heleboel.

Een belofte: de hiernavolgende hoofdstukken zullen eveneens kort of ultrakort zijn.

Laten we dus weer beginnen bij het begin, bij het QT.

Hoofdstuk III

Quartiere Trieste, graftombe van de moed, gevangenis met doorzichtige wanden, bakermat en ondergang van de beschaving!

Ten prooi aan eenzaamheid en aan een ongelukkigheid die tot aan de rand toe gevuld is met onduidelijke verlangens, die me prikkelen om op wat voor manier dan ook in beweging te komen, ben ik op deze stralende, ijskoude winterse zondag vroeg de deur uit gegaan om voor de zoveelste keer in je door te dringen, op zoek naar een of andere nieuwigheid, terwijl het juist jouw essentie als wijk is dat die zich nooit voordoen, en al weet ik dat een zo duidelijk licht me alleen maar zou kunnen verblinden en zou kunnen terugdringen naar mijn mentale beslotenheid bevolkt door de gebruikelijke gedachten, de gebruikelijke herinneringen, steeds dezelfde roman die ik lees en schrijf, schrijf en bedenk, bedenk en schrap.

Maar toen bleek het toch een interessant uitje want er was wel degelijk een nieuwigheid, eindelijk was er iets nieuws te zien, ook al had ik het liever niet willen zien, zo lelijk, absurd, onbegrijpelijk en ontsierend is het. Aan de voet van de helling die van de Piazza Annibaliano omhoogvoert naar de Via Nomentana, waarop tussen de bomen de basiliek van Santa Costanza met haar schitterende baptisterium verscholen ligt, prijkt nu het splinternieuwe station van de Romeinse metro: na jaren is het voltooid en aan het licht gekomen, aangezien de enorme omheining die het geheim van de werkzaamheden beschermde is weggehaald.

Het betreft een afgrond, een soort grot van ruw beton, waaruit de toren van een gerasterde lift verrijst, die nadat het straatoppervlak is bereikt nog zo'n twaalf meter verder de lucht in priemt, precies op de plek die bestemd was voor het uitzicht op de Santa Costanza van degenen die het laatste stuk van de Corso Trieste aflegden. Voordat de hele zone werd gebarricadeerd voor de werkzaamheden (met als doel om die afschuwelijke verrassing te verhullen, zou je haast denken) zorgde die plotselinge opening van licht en ruimte tussen de palazzi van dat laatste stuk en de bruine woonblokken van negen verdiepingen aan de Viale Eritrea die meteen na het plein beginnen ervoor dat je bijna automatisch je blik naar rechts wendde, in de richting van de Via Nomentana en de heuvel waar al sinds mensenheugenis de Sant'Agnese en de Santa Costanza beschut stonden, een groene oase omzoomd door grote steeneiken, een kleuterschool en de fortuinlijke tennisclub waarvan de tennisbanen op terrassen tegen de helling van de Via Bressanone aan liggen.

En nu is midden in deze archeologische parel van het QT – in het exacte middelpunt van het tableau dat men had kunnen schilderen ter nagedachtenis aan het martelaarschap van de jonge heilige die zich liet onthoofden, enkel bedekt door haar haren, op de Via Nomentana, waar ze was neergezet als prostituee – een lelijke grijze doorn geplant, in de vorm van de lifttoren van metrostation Sant'Agnese-Annibaliano, met bovenin zo'n enorme rode M dat die vanuit een vliegtuig gezien zou kunnen worden en als doelwit zou kunnen fungeren voor een bombardement, wat het overigens ook zou verdienen. Door zo'n enorme markering voelt de voorbijganger zich bijna bedreigd, net als door de grote totalitaire emblemen, door het buitenproportionele ervan; het lijkt wel een aanduiding van het grootste metrostation ter wereld, waar talloze lijnen elkaar kruisen en overlappen, en waar je zowat verdwaalt als je van de ene lijn op de andere overstapt; zoals bijvoorbeeld, ik noem maar wat, de metrostations Châtelet, Charing Cross, Grand Central...

Maar nee hoor, hier betreft het enkel een willekeurige halte van lijn B1, alleen is die dan zo monumentaal uitgedost, als dé ingang tot de onderwereld. Misschien maakten de ontwerpers zich zorgen over wat er nog te zien zou zijn van die ouwe treurige Piazza Annibaliano nadat het resultaat van de graafwerkzaamheden weer zou zijn toegedekt, en kwamen ze toen op het lumineuze idee om dat helemaal niet toe te dekken, maar die kloof juist te benadrukken, en de grandeur te verlenen van een monument voor de Holocaust of de gevallenen van de oorlog.

(Maar horen metrostations niet eigenlijk *onder de grond* te liggen? Dat is toch hun plek? Daarom heet het toch ook 'ondergrondse'?)

En het toppunt is dat men bij het verzinnen van een naam voor het nieuwe station, dat gewoon Annibaliano had kunnen heten aangezien het verrijst, of beter gezegd wegzakt, in een hoek van het vroegere gelijknamige plein, ook nog eens de naam heeft toegevoegd van het monument waarvan de aanblik nu juist door het station zelf wordt verpest, met die toren die uit de krater steekt. Vandaar dat de metrohalte nu Sant'Agnese-Annibaliano heet...

Maar nadat ik dat gedrocht achter me had gelaten, voelde ik een paar meter verder al dat de woede was weggeëbd, dat de verontwaardiging in mijn binnenste was gaan liggen: er was immers toch niks meer aan te doen? En ik merkte dat ik die collectieve belediging meteen alweer naar het persoonlijke had getrokken. Ik liep meteen weer te piekeren over mezelf, over mijn problemen, mijn verlangens, en ik zou niet kunnen zeggen of dat egoïsme me troostte of mijn ergernis juist alleen maar groter maakte. Vanuit narcistisch oogpunt bezien leek dat afzichtelijke metrostation speciaal voor mij te zijn gebouwd, alleen voor mij, als de enige toekomstige gebruiker, om me persoonlijk te krenken of om me zo snel mogelijk naar de andere kant van de stad te brengen, o ja, natuurlijk, ze hadden miljarden uitgegeven om te zorgen dat ik die reis in tien minuutjes onder de grond kan afleggen... en ik zwoer dat ik nooit de metro zou nemen vanaf dat station, en nooit zou afdalen in die spelonk die werd gepresenteerd als een pretpark.

Toen verdween die fantasie volledig en begon ik weer te denken, te denken... te peinzen... te verlangen.

En terwijl ik daar dicht langs de hoge muren wandelde, bedwelmd door het winterse licht, bedacht ik dat ik uiteindelijk maar één ding heb gemist in het leven, ik miste het zelfs wanneer ik het wel had, ik miste het vooràl wanneer ik het wel had, omdat het feit dat ik het had de nadruk legde op elk volgend moment dat ik het niet meer zou hebben, waardoor dat ondraaglijk werd, en ik getergd werd door het scherpe besef van het verschil dat er bestaat tussen het hebben, van dat ene, en het niet meer hebben, doordat je het hebt laten ontglippen. En dat ene is de vrouw, *een* vrouw, *die ene* vrouw.

Mijn hele leven heb ik niets anders verlangd dan een vrouw te hebben. Zodra ik uit de liefdevolle armen van mijn moeder kwam, droomde ik alleen maar van een nieuwe omhelzing. Maar nu wilde ik dan zelf degene zijn die omarmde, die omhelsde, die een lichaam tegen zich aan drukte. Iets anders heeft me nooit geïnteresseerd, en interesseert me ook nu niet. Ik geef geen ene mallemoer (zoals men dat vroeger zo fraai zei) om de literatuur, om geld, om persoonlijke voldoening of onvoldoening, om het verleden, om de toekomst, om vrienden en vijanden, om rechtvaardigheid, om het lot van de hele wereld. Ik geef niks om God of om het niets dat zijn plaats inneemt. Zonder de liefde, het lichaam, de aandacht of zelfs alleen maar de aanblik van een vrouw heeft mijn leven nooit zin gehad; het was betekenisloos, maar ook stuurloos. En waar dacht ik dus aan terwijl ik helemaal alleen door het QT wandelde? Dat de vrouw die ik liefheb ver weg was, en dat was ondraaglijk, het verstikte me, benam me de adem. Dat vrouwen mijn hoofd op hol brengen en een benevelende invloed hebben op mijn toch al verwarde geest, te snel afgeleid en afwezig, dat ik op mijn twaalfde niet in staat was me te concentreren, te praten, te begrijpen of te redeneren als er een meisje in de buurt was, in mijn omgeving, of als ik er zelfs maar een in de verte voorbij zag komen. En dat betekende dat ik nooit redeneerde, nooit iets begreep, dat ik eeuwig van slag en verward was en de enige momenten van helderheid had kunnen doorbrengen op het SLM, waar geen meisjes waren. Maar ook daar werd alle ruimte om me heen prompt bevolkt, zij het niet in vlees en bloed maar in gedachten, in mijn fantasie, door vrouwelijke figuren, meisjes die er niet waren – maar het was alsof ze er wel waren; het maakte niks uit of die figuur wel of niet bestond, of ze mooi of lelijk was, of ik haar leuk vond of niet: alleen al het feit dat ik een persoon van het andere geslacht naast me of voor mijn ogen of voor mijn geestesoog had was voldoende om me enorm van streek te maken. Ik voelde het bloed stromen door de aderen van mijn armen en benen, ik voelde mijn buik week worden, en er steeg een zowel hete als koude golf naar mijn hoofd, dat plotseling helemaal verstopt raakte, opgevuld als het ware, waardoor ik ineens doof en blind was, en mijn tong gevoelloos in mijn mond lag, gebroken, precies zoals in dat beroemde gedicht van Sappho. Wanneer mijn zintuigen niet meer gecoördineerd worden sluiten ze elkaar uit, zodat ik als ik zie niets hoor, als ik luister niets zie, of mijn gezichtsveld beperkt zich tot een paar vierkante centimeters van een detail, en als het meisje dat mijn geest zo heeft vastgegrepen dicht bij me is, kan ik overkomen alsof ik verrukt naar haar mond staar, of naar een golvende haarlok die niet achter haar oor blijft zitten maar eroverheen valt, en inderdaad zie ik ook niets anders dan dat, en intussen hoor ik niets anders dan dat, ik denk niet, ik praat niet... de woorden staan los van mijn gedachten, van mijn gevoel, ze staan los van elkaar...

Als jongen al ervoer ik dat zo. En aangezien ik het nu nog zo ervaar, en heel diepgaand, denk ik dat het echt zo is. Ja, het is heel simpel. De aanwezigheid van een vrouw naast een man is een gebeurtenis. Er gebeurt iets tussen hen, of het nu wel of niet gebeurt. Als er geen contact is, lijkt het alsof dat er wel is geweest, en in feite *is dat er ook geweest*, zij het onzichtbaar, zij het niet op het lichamelijke vlak. Dat is dus wat ik altijd heel sterk zo heb ervaren.

Hoofdstuk IV

De volgende droom ('De Wreker van het QT') is een combinatie van een onbevredigd verlangen, de hevige drang om tot actie over te gaan na een hoop ritueel gemopper, een Robin Hood-parodie en de behoefte om voorbeeldstraffen uit te delen zodat het volk het zal snappen en in opstand zal komen, maar in opstand tegen wie? Tegen zichzelf, uiteraard, want het is het volk dat zonder het te beseffen het volk onderdrukt, in dat onuitstaanbare 'ikke, ikke, en de rest kan stikken' van ons...

Met maniakale precisie bedenk ik mijn plan, me al bij voorbaat verkneukelend, om vermomd op mijn scooter heen en weer te rijden door het QT met als missie straf uit te delen aan de eigenaren van dubbelgeparkeerde auto's: degenen die als ze een aperitief willen gaan drinken in een van de bars aan de Corso Trieste of als ze boodschappen gaan doen doodgemoedereerd hun auto ergens neerzetten en hupsakee, bijvoorbeeld op de kruising met de Viale Gorizia, als je richting de Piazza Istria rijdt, en op de kruising met de Via Topino, als je juist vanaf de Piazza Istria komt. De domheid of het sadisme van de lolbroek die verantwoordelijk is voor het herontwerp van de verkeerssituatie in het QT, opgeteld bij de onverschilligheid van de eigenaren van de dubbelgeparkeerde Smartjes, zorgt ervoor dat er op elk moment van de dag een kleine maar beslissende opstopping ontstaat waar de stadsbussen niet doorheen kunnen; en let wel, geen opstopping die ontstaat door de toestroom van honderden voertuigen, o nee, er volstaan een paar auto's die proberen van de Viale Gorizia de Corso Trieste op te draaien, en nog een paar die linksaf willen naar de Via Topino (en dat is de enige plek – de enige, ongelooflijk! – waar de ellenlange middenberm die alleen maar nut heeft om honden te laten pissen een opening biedt om van richting te veranderen), ja, er volstaan vier auto's plus de gebruikelijke dubbelgeparkeerde Smart en een willekeurige stadsbus 80 of 88 die niet verder kan door die Smart om het hele verkeer plat te leggen.

En dan zou ik dus, eventueel met een handlanger achter op de scooter, maar misschien zou het me in mijn eentje ook wel lukken, als ik snel genoeg was en zorgde dat ik niet viel en me niet liet inhalen door de automobilisten en dan slaags met ze raakte, nadat ik het kenteken van mijn scooter had afgedekt en met een integraalhelm of een bivakmuts op (het zou natuurlijk nog mooier en passender zijn als ik een speciaal pak droeg compleet met cape, het kostuum van de Wreker van het QT), gewapend met een spuitbus onuitwisbare verf (ik dacht eerst aan een schroevendraaier, maar ik heb erover nagedacht en het risico om op de grond te belanden als de schroevendraaier blijft hangen achter een handgreep of een zijspiegel is te groot), zo uitgerust zou ik dan heen en weer patrouilleren over de Corso Trieste en met de spuitbus de kloterig geparkeerde auto's vol sprayen. *Allemaal.* Zonder mijn vinger van de spuitknop te halen, zou ik in vijf tellen wel vijf, zes auto's achter elkaar doen. Dat zou ik dan een of twee keer per dag doen, een week, een maand achter elkaar, uitgaand van zo'n twintig gestrafte automobilisten per dag, waarbij ik telkens als door een wonder wist te voorkomen dat ik werd gepakt. Ik zou namelijk naar alle waarschijnlijkheid worden achtervolgd door woestelingen en door gillende dames die net op dat moment hun auto kwamen halen nadat ze in alle rust hun ding hadden gedaan, en hem ineens beklad zagen worden door die gemaskerde scooterrijder, terwijl ze misschien in het begin, in de eerste dagen van de wraakactie, niet eens snappen waarom ik hem in godsnaam beklad, en denken dat het gewoon een willekeurige daad van vandalisme is, verricht door een jeugdige crimineel, terwijl het daarentegen een terechte voorbeeldstraf is waarachter een man van middelbare leeftijd schuilgaat, zodat het binnen een week duidelijk zou worden, voor het hele QT en voor de rest van de stad, wat die terugkerende, stelselmatige beschadigingen te betekenen hebben – dan zou het dus duidelijk worden dat het doelgerichte sancties zijn en helemaal niet arbitrair, dat het geen vandalisme is maar juist het tegenovergestelde ervan, het is *gerechtigheid,* het is een archaïsche maar hoge vorm van gerechtigheid, die aangezien geen van de gemachtigde autoriteiten (verkeersagenten, gemeentepolitie, meestal bezig met het beboeten van scootertjes die het verkeer geen enkele hinder bezorgen) de taak op zich neemt om die toe te passen, dan maar met tegenzin maar uiteindelijk toch vastberaden ter hand moet worden genomen door mij als privépersoon die het onrecht helemaal zat is. Ik weet dat het van daaraf een kleine stap is naar Charles Bronson of naar *Falling Down*, en ik sluit een escalatie dan ook niet uit. Mijn volgende doelwit zouden de strontsmeerders zijn. Ik weet nog niet hoe ik hen zou straffen. Die types die hun hond uitlaten en hem weer mee naar huis nemen nadat ze de trottoirs hebben besmeurd met zijn uitwerpselen. Ik ben nog nooit in zoveel drollen van alle kleuren en maten gestapt als sinds ik weer in het QT ben komen wonen. En daarna is het de beurt aan die graffitigasten, ook al zijn ze moeilijk te betrappen, die rukkers, terwijl ze de muren bekladden met die eentonige kreten van ze als SFAZ en SMUARK.

Hoofdstuk v

Toen ik opnieuw in deze wijk ben komen wonen vond er ineens een tijdverschuiving plaats. Onder het lopen word ik voortgedreven door dezelfde wind die destijds woei. Als ik nu omlaagkijk, naar de grond, om de overvloedige hondendrollen te vermijden, heb ik een paar vlekkerige, uitgelubberde suède Clarks aan mijn voeten, die behendig over de plassen heen springen. Mijn tred is soepel geworden, zelfverzekerd.

Zo loop ik, als knappe jongen van tweeëntwintig.

Het grondgebied van het QT werd afgebakend door een reeks gevechten.

Dit plein is van mij, die straat hebben wij veroverd, daar kunnen jullie maar beter niet komen. De grenzen van je eigen leefruimte aangeven en die uitbreiden met provocaties. Fluimen, bedreigingen, teksten, posters, klappen met rondzwiepende kettingen.

In de ethologie noemt men dat 'territorial spacing', in het stierenvechten 'querencia'.

Windbuilen
maken geen lawaai
als je een knuppel gebruikt

Vooral de teksten op de muren gaven aan dat de ruimte was geschonden door indringers die zowel dapper als laf waren: er is niets zo futiel, en dus zo heroïsch, als midden in de nacht wat scheldwoorden neer te kalken waar je tegenstanders dan bij hun ontbijt mee zullen worden geconfronteerd.

Elke dag moest de landkaart van de territoriale controle worden bijgewerkt aan de hand van de nieuwe feiten. Wee degene die het verkeerde gebied in liep in de veronderstelling dat dat nog veilig was! Zoals in elke oorlog werd het grootste aantal verliezen veroorzaakt door gebrek aan informatie.

Wat onbetwist het rijk van de fascisten bleef, hun voorpost, was de Piazza Trasimeno, dat wil zeggen de open plek die wordt gevormd door de bocht naar links die de Corso Trieste maakt ter hoogte van het lyceum Giulio Cesare, om daarna recht op de Via Nomentana af te gaan. Dat territorium (niet meer dan een plantsoentje met wat bomen) leek al sinds mensenheugenis aan de fascisten te zijn toegewezen, en daar hadden ze als hun basis of hoofdkwartier, aan de overkant van het lyceum, Bar Tortuga, die nog steeds bestaat. Het trottoir is daar breed, diep, en biedt dus plaats voor terrastafeltjes en voor geparkeerde scooters, en er is een pasfotoautomaat. Zo'n reepje met vier foto's onder elkaar... dat een paar minuten na de flits aan de buitenkant uit de gleuf valt... en daar blijft drogen, als je niet te ongeduldig was om te wachten. Het resultaat: je ogen altijd wijd open, verblind door de flits. Je leek altijd het gezicht te hebben van een terrorist, met of zonder snor. Minstens twintig jaar lang heb ik de pasfoto van een terrorist in mijn documenten gehad. En datzelfde geldt voor duizenden andere jongens en meiden.

Ik vind het een heel grappige gedachte dat hele generaties die vanuit het QT zijn vertrokken zich bij de grensposten van de halve wereld, van Checkpoint Charlie tot aan de Khyberpas, hebben geïdentificeerd met een pasfoto die is genomen in het hokje bij Bar Tortuga. De flits van hun verwilderde blik heeft douaniers van alle landen onthutst. Mij hebben ze altijd tegengehouden voor een extra controle, ook bij grenzen waar anderen gewoon door konden.

Ik straal iets uit wat argwaan wekt.

In het QT veranderden de scheidslijnen onder de druk van een wisselend krachtenveld. Expansies vonden prompt plaats zodra de tegenstander zijn controle over een bepaald gebied liet verslappen, zich er minder liet gelden door patrouilles op de scooter en het aanplakken van posters. Bij politieke gevechten kon een thuiswedstrijd compensatie betekenen voor een eventuele ongelijkheid in kracht en aantal. Net zoals vroeger gold voor voetbalclubs die in hun eigen stadion vrijwel onverslaanbaar waren, wonnen ook bij ons bijna altijd degenen die op eigen terrein vochten, zelfs als ze in de minderheid waren. Maar wat dat betreft was er ook wel iets opvallends met het QT: dat behoorde namelijk níémand permanent toe. Het was in feite een niemandsland, een neutraal terrein. Elke dag weer kon wie maar wilde er een stuk van pakken en dat tot het zijne uitroepen; maar die verklaring en het bijbehorende bezit konden nooit een definitief karakter aannemen.

Het gevecht dat in het QT plaatsvond was een stellingenoorlog. In één nacht tijd waren de linies veranderd, zonder dat je het wist. Dan werd je wakker en lag je ineens tussen de vijanden, net als Vittorio Gassman en Alberto Sordi in de filmkomedie *La grande guerra*.

Hoofdstuk VI

niks te naaien
je staat in brand
je pik dan maar aaien
met je vermoeide hand

Wat is er, los van de rijmpjes, nog allemaal in mijn hoofd blijven zitten na jaren van school, katholieke school, na een heel leven doorgebracht in een katholiek land, luisterend naar radiozenders waarop nonnen in koor de rozenkrans prevelen en tv-journalen waarop we de paus steevast elke avond zien zwaaien, zegenen, glimlachen, waarschuwen, iets betreuren of juist toejuichen, hopen dat de oorlog voorbij zal gaan en dat er een eind komt aan alle geweld (in het tijdsbestek van mijn leven heb ik zes pausen gehad die me hebben toegesproken vanaf een tv-scherm, ze spraken tegen iedereen, en ik hoor ook bij die iedereen: Johannes XXIII, van wie ik me alleen het collectieve verdriet herinner van toen hij stierf, Paulus VI die met bevende stem vergeefse oproepen deed aan de ontvoerders van Aldo Moro, de vallende ster paus Johannes Paulus I, vervolgens Karol Wojtyła in zijn verschillende stadia, de verheven en belasterde Duitse herder Ratzinger en nu Franciscus...); zien landen op een verre luchthaven, de menigte doen uiteengaan met zijn gepantserde auto, de voeten wassen van negerkindertjes...

Ja, dat is wat me ervan is bijgebleven, die repeterende frasen: Christus die overwint, Christus die vergeeft, Christus die verlost, Christus die bezielt, Christus die ons vergezelt en ons troost... Ik heb het gevoel dat ik die preek al sinds voor mijn geboorte aanhoor, steeds precies hetzelfde, een soort fluistering die zich verspreidt door het rooster van een biechtstoel of door het gaas van een luidspreker, altijd schor, toonloos, misschien het gevolg van een onvermoeibaar preken, preken, preken... geduldig, bijna gedempt, in aanwezigheid van een publiek bestaande uit een of twee of tweehonderd of tweehonderdduizend gelovigen, dat maakt niet uit, en ook op deze zondagochtend dat ik achter het stuur zit met de radio aan heb je dus op Rai Radio 3 alweer van die zeer geleerde Bijbelkenners die met de psalmodiërende stem waarover ik het net al had passages uit de Schrift interpreteren. Ze verklaren ze niet zozeer, maar verzegelen ze eerder in hermetische formules die overlopen van zindering en enthousiasme, van nederig enthousiasme dat bol staat van geloof en twijfels, van enthousiasme voor een mysterie dat niet bezwijkt voor alle pogingen om het te onthullen, al zijn die nog zo intelligent en zelfverzekerd en hartstochtelijk... 'Dat is het raadsel van de liefde van God,' zeggen ze dan, of 'Dat is de liefde voor het raadsel van God', of 'Dat is het raadsel van de God van de liefde'...

Voor de zoveelste keer leggen zij hun oor te luisteren en stellen ze voor dat ook wij dat doen, wij radioluisteraars, wij moeten ook ons oor te luisteren leggen. Luisteren is het sleutelwoord. Je moet in staat zijn te luisteren naar het woord, te luisteren naar de ander, naar de anderen, te luisteren naar God, luisteren met name als hij niet praat, luisteren naar de stilte, luisteren naar de stilte binnen in ons... Ik laat me afwezig wiegen door die weeë stemmen, vaak gekleurd door een accent of een buitenlandse achteloosheid die steeds hapert bij Griekse woorden als *pneuma*, *carisma* (met het accent op de eerste a), de Parakleet, *parousia*, en intussen schiet het landschap aan weerszijden van mijn auto voorbij.

Mijn scepsis jegens alle soorten predikanten komt van een film die ik nota bene op het SLM heb gezien, bij de legendarische filmclub georganiseerd door frater Barnaba, namelijk *The Ballad of Cable Hogue* van Sam Peckinpah, ja, hij weer, die van *Straw Dogs*; het gaat om een humoristische en blasfemische scène waarin David Warner, een groezelige, warrige predikant, met zijn armen naar de hemel geheven een meisje dat in tranen is vanwege de dood van haar geliefde uitnodigt om samen met hem te bidden; zij heft ook haar armen op, en terwijl ze bidden steekt de dominee intussen van achteren zijn handen in haar jurk en betast haar borsten.

Op een keer vroeg de oblaat van een kerk in het Forum Romanum in Rome (de basiliek van Santa Francesca Romana) aan mij en F. of we belangstelling hadden om deel te nemen aan een workshop lezen en interpreteren van Bijbelpassages. De monniken die het organiseerden waren aardige, ontwikkelde mensen, en door bemiddeling van de oblaat zouden wij eraan kunnen deelnemen. Het interesseerde me wel, maar ik betwijfelde of ik over de vereiste kenmerken beschikte, op de eerste plaats het geloof. De workshop zou plaatsvinden binnen de kloostergemeenschap. En dat terwijl ik al sinds mijn veertiende niet meer ter communie ga...

'Maar waar moet je aan voldoen om deel te nemen? Ik weet niet of ik... of wij... ervoor geschikt zijn,' wierp ik aarzelend tegen.

'Nou, d'r is niet veel voor nodig... als je maar in God gelooft.'

Dat bedoel ik dus, dacht ik.

De oblaat keek me in de ogen. Die van hem waren blauw en bloeddoorlopen.

'Of ach, eigenlijk hoef je niet eens in God te geloven,' zei hij en hij glimlachte, meer met die bloeddoorlopen oogjes dan met zijn mond, die was vertrokken in een cynische grijns. En hij knipoogde tegen ons. 'Dat komt eventueel daarna wel.'

We zijn teruggegaan naar die kerk omdat vandaag de naamdag van de heilige Francesca is, en F. morgen naar het ziekenhuis moet. We zijn erheen gegaan om te bidden. Wat die activiteit voor nut heeft zou ik niet weten, maar zoals in veel vergelijkbare gevallen is het iets wat je maar beter kunt doen in plaats van je af te vragen waarom je het doet. Toen de mis was afgelopen, en nadat we de afdrukken hadden bekeken die daar midden in de Via Sacra in de basaltkeien zijn achtergelaten door de knieën van Petrus toen hij daar biddend neerviel terwijl Simon Magus in de lucht opsteeg, wel dertig meter boven de grond (F. legde haar handen even in de holtes van die twee donkere afdrukken), kregen we dankzij een providentiële tussenkomst van de oblaat de kans om de sacristie binnen te gaan waar de prelaten die zojuist de mis voor de heilige hadden opgedragen bezig waren hun paramenten uit te trekken, en konden we even gauw een schietgebedje richten tot de Madonna-icoon die daarbinnen wordt bewaard, de oudste Madonna van de wereld, tot haar lieve grote wassen gezicht met de asymmetrische ogen. Het is een van de weinige beeltenissen waarbij ik de aanwezigheid of in elk geval een vonk van iets heiligs heb ervaren, een heel ander gevoel dan esthetische waardering, sterker nog, het tegenovergestelde daarvan. De andere beeltenissen waarbij ik dat gevoel heb gehad zijn: het beeld van de Madonna dell'Orto in Venetië, de nissen van de vernietigde Boeddha's in Bamiyan, de Hof van Getsemane, het graf van Dante in Ravenna, de Alyscamps in Arles, het mithraeum onder de kerk Santo Stefano Rotondo in Rome, allemaal plekken waar ik iets heb gedaan wat naar mijn idee in de buurt komt van bidden, zomaar spontaan, zonder dat ik eigenlijk wist tot wie en waarom, en wat ik dan vroeg of beloofde.

En intussen, terwijl wij de Madonna aankeken en zij ons, met haar vertederende loensende blik, werd die opschepper Simon Magus in de steek gelaten door de duivels die hem zo hoog hadden laten leviteren, en viel hij te pletter op de grond.

Hoofdstuk VII

We kunnen wel zeggen dat het verhaal van het DvdC, dat in dit boek verstopt zit, niet het enige verhaal was. Naast een bepaalde gebeurtenis en ermee vervlochten heb je allerlei andere, die zich alle kanten op vertakken, zoals je dat bij stambomen ziet, je kunt nooit zeggen waar het ene verhaal eindigt en dat ernaast begint, zo nauw zijn ze met elkaar verweven, de oorsprong en de zijsporen. Rond het DvdC groeit een dicht woud aan criminele en perverse vertakkingen. Niet allemaal gewelddadig, geen enkele vergeeflijk. Enkele van die aanhangsels zijn verzonnen, andere legendarisch, andere zo obscuur dat er geen mens is die weet wat er nou werkelijk gebeurd is, of hij weet het wel maar hij kan het niet bewijzen, of hij zou het wel kunnen bewijzen maar hij durft het niet. Na veertig jaar zijn er nog maar weinigen die het met hun eigen ogen gezien en met hun eigen oren gehoord hebben.

Er zijn zoveel verhalen gehoord... in leugenachtige bekentenissen, verzinsels van criminele grootheidswaanzin, exhibitionisme, opschepperij... Er worden dingen gezegd, er gaan geruchten.

Misdaden hebben de neiging om zich met elkaar te voeden, ze wedijveren om elkaar te overtreffen, creëren een continuïteit, voeren een persoon op of de achtergrond waartegen die zich beweegt, om hem gewicht toe te kennen; kortom, één misdaad alleen is niet genoeg, die volstaat niet om een goed, compleet beeld te scheppen, en dat is de reden waarom criminelen meerdere misdaden plegen, of als ze er geen plegen verzinnen ze ze wel, wat op hetzelfde neerkomt wat betreft de persoonlijkheid die ze voor zichzelf willen bouwen; en dus vertellen ze steeds meer verhalen, ze brengen veranderingen aan, voegen er details aan toe... Ze doen er stééds weer een schepje bovenop, als de rechters dat al niet voor hen doen. Wanneer je in de Rebibbia-gevangenis, op de afdeling voor gewone criminelen – die zitten voor misdaden als diefstal, overval, handel in verdovende middelen en aanverwante delicten tegen eigendommen en personen – een gesprek hebt met een gedetineerde die ook maar een beetje vertrouwen heeft in jou, nou, dan is er bijna geen misdaad waarvan hij niet alle ins en outs kent, ofwel doordat hij erover gehoord heeft, ofwel omdat hij er op de een of andere manier aan heeft meegedaan, of er juist van werd uitgesloten of zichzelf er op het laatste moment van uitsloot. Het web van misdaadverhalen is wijdvertakt, heel fijnmazig, vrijwel onontwarbaar zijn de draden van de waarheden en de legendes die eromheen gevormd worden. Er bestaat natuurlijk een geschreven traditie, die van de vonnissen uitgesproken in de rechtszalen, maar die is heel onvolledig: de beperktheid van het onderzoek heeft het verhaal uitgelicht in een bepaald tijdsbestek, of in een specifieke ruimte, zodat het wordt omkaderd en losgemaakt uit het netwerk van delicten die het uitgangspunt ervan vormden, of het natuurlijke vervolg, en de aangrenzende, parallelle gebeurtenissen. Die banden zijn doorgesneden, en nadat ze een tijdje hebben gebloed zijn ze gecauteriseerd. Ogenschijnlijk tenminste. Want in de orale traditie zijn de uitgenomen verhalen doorgegaan met leven, met nieuwe spruiten voortbrengen, zoals een plant na het snoeien, en naarmate de beschikking van de vonnissen uitdroogde en mummificeerde, en bijna tot een hoopje stof verwerd, waar niemand meer op let totdat men op een dag besluit het weg te vegen, tierden de orale versies intussen welig, ze werden steeds levendiger en, hoe zal ik het zeggen, frisser, met een extra laagje geloofwaardigheid, doordat je ze live hoort vertellen in plaats van dat je ze moet naspeuren in teksten in archiefmappen waarin elke bewering vals lijkt, geperst in de sjablonen van het bureaucratisch jargon om de onderzoekshypothese te bevestigen. Als ik denk aan de moeite die je tijdens het schrijven van een roman of filmscenario moet doen om te zorgen dat er zo min mogelijk tegenstrijdigheden in zitten, kan ik me voorstellen hoezeer rechercheurs die een zaak willen oplossen door hun hypotheses over wie de daders van een delict zijn worden gedwongen om overhaaste conclusies te trekken, onduidelijke passages weg te laten, gedurfde bruggen te slaan tussen het ene en het andere punt van het delict. Ik ben ervan overtuigd dat de rechters, om het verhaal kloppend te krijgen, volledig te goeder trouw de feiten manipuleren, te beginnen bij de rangschikking ervan: ze benadrukken bepaalde bronnen en negeren andere die daarmee in tegenspraak zouden zijn, uit het bewijsmateriaal kiezen ze die bewijzen die bijdragen tot het vormen van een plausibele theorie, een feitenreconstructie die overeind blijft staan, en de rest is bijzaak. Alleen met een geweldige inspanning, in sommige opzichten vergelijkbaar met de esthetische inspanning die wordt verricht tijdens het schrijven van een novelle of het modelleren van een beeld, zal het vonnis enige interne samenhang verkrijgen; al moet ik zeggen dat ik zelf een paar vonnissen heb gelezen waar werkelijk kop noch staart aan zat.

Het is geen toeval dat Kafka het proces beschouwde als de hoogste vorm van logica en tegelijkertijd van absurditeit: men kan er heel consequent een onzinnige vooronderstelling uit destilleren. Het gaat erom een reeks tamelijk onbegrijpelijke gebeurtenissen op volgorde te zetten, waardoor de dingen die echt gebeurd zijn nog vreemder kunnen lijken dan de dingen die verzonnen zijn, sterker nog, ik weet zeker dat men de fantasie gebruikt juist om het gebrek aan logica van de feitelijke realiteit aan te vullen; dus niet om te ontsnappen aan een strikte, onbuigzame wereld maar om betekenis te geven aan een wereld die wat al te wispelturig is. Verzinsels en leugens dienen om een beetje logica te injecteren in een wereld die daarvan gespeend lijkt, ze dienen dus om kunstmatige overgangen te creëren tussen verschillende zones van de werkelijkheid, omdat de werkelijkheid zoals die is te veel hiaten vertoont, als na een aardbeving, uiteengereten door de breuklijnen van onzinnigheid, en dus schiet de fantasie te hulp om bruggen te slaan waarmee de mens over de duizelingwekkende afgronden van het absurde heen kan komen, waarin hij anders, als hij niet over die fantasie beschikte, omlaag zou storten. De fantasie wordt niet gebruikt om aan deze wereld te ontsnappen, maar juist om deze te bewonen zonder gek te worden, en om te proberen erin te leven door hem een betekenis te geven die hij niet heeft.

Vandaar dus dat er in de orale traditie, bestaande uit gesmiespelde verhalen en verworpen gissingen of regelrechte verzinsels, iets de ronde kan doen wat *in de buurt komt van de waarheid.*

Het verhaal dat ik over een paar hoofdstukken ga vertellen is een aanhangsel van het DvdC, ook al vond het juist *eerder* plaats. De chronologie van het begrip en de roem rangschikt de feiten naar believen langs de tijdbalk: een geruchtmakende gebeurtenis zoals het DvdC zorgt ervoor dat andere uit het verleden ook boven water komen, zet ze in het juiste licht, of *creëert* ze zelfs, zodat deze feiten, ook al hebben ze *eerder* plaatsgevonden, in werkelijkheid pas *later* beginnen te bestaan. De hoofdgebeurtenis projecteert ze in de toekomst. Dat is kenmerkend voor schandalen, die ophef beginnen te veroorzaken op het moment dat ze ten einde komen, zoals Karl Kraus zei: 'Het schandaal begint wanneer de politie er een eind aan maakt.' Veel dingen starten op het moment dat ze eindigen, ze beginnen net als de uil van Minerva pas bij het aanbreken van de avondschemering hun vlucht. Dingen die eerder plaatsvinden maar die pas later betekenis krijgen. Pijnlijke onthullingen en ontdekkingen over het verleden bezaaien de toekomst met schokkende of troostrijke beelden.

Ik zou bijvoorbeeld kunnen zeggen dat mijn vriendschap met Arbus pas authentiek en sterk is geworden toen onze wegen uiteengingen. Voor die tijd was het een schoolverbintenis, misschien een bondgenootschap of een bescherming, vooral voor mij omdat ik zo gemakkelijk te beïnvloeden was.

Hoofdstuk VIII

Een verklikker wil dolgraag dingen *uitleggen, verbinden,* feiten en personen met elkaar in verband brengen. De zijne is een egoïstische, narcistische verklaring, maar dan wel ten dienste van anderen, die het licht nog moeten zien; aan hen moet worden onthuld wat er schuilgaat achter de officiële voorstelling van zaken, waar onveranderlijk niets van klopt. Juist omdat de mysteries in Italië zo talrijk en obscuur zijn, is het syndroom van hen die verzekeren de toverformule te bezitten waarmee alles verklaard kan worden, hier wijdverbreid. Gewoonlijk beschrijven deze types zichzelf als in voortdurende strijd tegen de lezing van de feiten verschaft door de autoriteiten of tegen de heersende mening die vasthoudt aan haar foutieve overtuigingen. Ze schuiven zichzelf naar voren als apostelen van de waarheid: een waarheid die de rechercheurs aan hun neus voorbij hebben laten glippen of die zich bijna provocerend vertoonde, bijna wild zwaaiend om zich te laten opmerken, voor het oog van de publieke opinie, zonder echter in aanmerking te worden genomen; ze werd genegeerd, verwaarloosd of misschien zelfs bespot en veracht, iets waar die types in kwestie zich niet door geraakt voelen maar juist prat op gaan, want hoe groter de weerstand is tegen de waarheid die zij brengen, des te belangrijker zijn de door hen verkondigde onthullingen.

Wat is er heerlijker dan iets weten waar de anderen, stelletje naievelingen, geen benul van hebben. De achtergronden, de verborgen redenen waarom de dingen zo gegaan zijn, de namen van degenen die erachter zitten.

In Italië wemelt het van dat soort zeer welingelichte, spottende geesten, die er absurd genoeg in zijn geslaagd te worden beschouwd als moedige wegbereiders van de waarheid, en die beweren te weten wie de werkelijke ontvoerders van Aldo Moro zijn, en waar de in 1983 verdwenen vijftienjarige Emanuela Orlandi is gebleven, door wie en waarom de bommen zijn geplaatst waarmee kerken, banken, treinen, stations en bewakingsauto's werden opgeblazen...

Kortom, types die de *achtergronden* kennen. Italië is het land waar dingen die bij daglicht gebeuren sowieso een duistere oorsprong hebben; waar negen van de tien misdaadzaken, van de meest spraakmakende die op tv en in de kranten aan bod komen, onopgelost en ongestraft blijven, of er worden mensen voor veroordeeld die velen als onschuldig beschouwen, alsof de vonnissen alleen maar de waarde van een suggestie, een hypothese hebben, en met al die hypotheses kan iedereen net zo goed aan die van hemzelf vasthouden; waar er in plaats van één waarheid minstens twee zijn, of drie, of tien, allemaal geldig, houdbaar en verdedigbaar, hoe onsamenhangend ze ook zijn. Het pirandellisme, het relativisme, het 'zo is het (of zo lijkt het)', de interpretatie en de eindeloze hermeneutiek, de geheime diensten, de dossiers, de roddels, het machiavellisme, het idee dat achter alles, zelfs wanneer de landstitel wordt gewonnen door een club met een effen in plaats van met een gestreept shirt, een complot zit, een vrijmetselaarsloge, de CIA, het meesterbrein, het Vaticaan, de Sovjet-Unie (toen die nog bestond), de Israëliërs of de alomtegenwoordige Bende van de Magliana. De alternatieve en onofficiële waarheden, de tegenwaarheden, zijn zo wijdverbreid geraakt dat ze zelf officieel zijn geworden.

Hoofdstuk IX

De auteur met het grootste aantal verhalen op zijn naam die parallel lopen aan het DvdC is een van de hoofdrolspelers, Angelo Izzo, de broer van mijn klasgenoot Salvatore. De rechercheurs zijn jaren bezig geweest de duizenden pagina's die zijn verklaringen hebben opgeleverd door te nemen, waarin hij misdaden onthulde die hij zelfstandig of in samenwerking met iemand had uitgevoerd of die hij andere al dan niet bekende criminelen in de schoenen schoof, waarbij hij hangende zaken met elkaar vervlocht en er een oplossing voor verschafte, dankzij dingen die hem in de gevangenis waren toevertrouwd, en dankzij zijn bagage aan ervaringen uit de eerste hand, waarvan Angelo, ook al had hij bijna zijn hele leven achter de tralies doorgebracht, wilde dat men ze eindeloos groot achtte, als die van de grootste volksvijand. De rechters zagen zich geconfronteerd met een strategische geest die alle criminele activiteiten van de jaren zeventig en tachtig collationeerde in één wisselvallige, waanzinnige reconstructie, en die hoorden ze aan, ze probeerden de denkpistes te volgen die deze megalomane geest onophoudelijk produceerde, waarbij hij bekende feiten, nieuwe details en verzinsels vermengde, met als doel om de destijds zeer geambieerde status van medewerker van justitie te verwerven; of misschien bleven die verhalen van hem continu opborrelen vanwege een persoonlijkheidsstoornis; of het zou ook kunnen dat we hier te maken hebben met een kunstenaar, een creatieve geest, die het raamwerk neerlegt voor een alternatieve werkelijkheid. Een talent of een obsessie om de waarheid over 'hoe het nou echt gegaan is' – op een manier die niemand ooit eerder had bedacht, of had bekend – betekenis te geven, haar te herordenen, te verbreiden en dientengevolge naar zich toe te trekken. Dat is het openbaringssyndroom.

Parallel daaraan heb je dan weer juist de goocheltruc van de vermenigvuldiging, het spiegelhuis waarin sporen verloren kunnen gaan, het labyrint.

En toch zijn er rechters geweest die Angelo serieus namen, en hem beschouwden als ‘een goudmijn aan gegevens’.

(De gedetineerden met wie ik werk onderbreken hun verhaal vaak op het moment suprême met een geheimzinnig ‘Laat ik dat maar niet vertellen...’, uit discretie, uit voorzichtigheid, of omdat ze door er het zwijgen toe te doen de nieuwsgierige toehoorder zich een nog veel groter bereik aan mogelijke verbijsterende of paradoxale onthullingen laten inbeelden.)

Waar liggen de eieren die de draak heeft gelegd? Hoeveel zijn er uitgekomen?

Hoeveel pagina’s zouden er nodig zijn om een nauwkeurige lijst te maken van de personen die Angelo beweert te hebben vermoord, of van wie hij beweert te weten wie ze vermoord heeft? Wat hem tot zijn bekentenissen drijft is wroeging: ‘Ik praat uit persoonlijke beweegredenen, mijn besluit komt voort uit de behoefte die ik in de gevangenis ontwikkeld heb om een weerzinwekkend delict recht te zetten’ (het DvdC dus).

Verhalen die ik nog niet eerder genoemd heb zijn onder andere:

De militaire training om tijdklokken voor bommen te maken met behulp van kunststof wekkers; instructies gekregen van een Franse militair, ‘één meter zestig, gedrongen, olijfkleurige huid, snor, donkere bril’, kortom, de typische karikatuur van een ex-militair. Dus misschien klopt het nog ook.

De waarheid over bijna alle grote aanslagen die in Italië hebben plaatsgevonden tussen 1969 en 1980, van de bomaanslag op de Piazza Fontana in Milaan van 1969 via de explosies op de Piazza della Loggia in Brescia en in de Italicus-trein, beide in 1974, tot de aanslag op het station van Bologna in 1980.

In 1986 verklaarde Izzo dat de moord op politicus Piersanti Mattarella was gepleegd door de terroristische organisatie NAR (Nuclei Armati Rivoluzionari) opdat de maffia in ruil daarvoor de terrorist Pierluigi Concutelli zou bevrijden uit de gevangenis.

Eveneens in dat jaar beschuldigde hij zichzelf van de poging tot moord op een vertegenwoordiger in sieraden, die twaalf jaar eerder had plaatsgevonden. Het slachtoffer was alleen maar gewond geraakt en Izzo had ook gedreigd diens zesjarige zoontje te doden, omdat dat moest huilen.

Hij beweerde getuige te zijn geweest van de moord op een drukker van de krant *Il Messaggero*.

Hij verschafte details over de aanslag op Bernardo Leighton van de Chileense Democratische Partij; en over de verkrachting van Franca Rame, de vrouw van Dario Fo (volgens Izzo werd ze verkracht door een groep fascisten in opdracht van de carabinieri).

Hij werd van laster beschuldigd door onderzoeksrechter Giovanni Falcone: volgens Falcone waren zijn bekentenissen gedreven door 'prima-donnagedrag'.

Hij beschuldigde Massimo Carminati (de neofascist die deel uitmaakte van de NAR en banden had met de bende van de Magliana) van de moord op journalist Mino Pecorelli in 1979.

Hij zei dat hij wist wie de moord op antimaffia-activist Peppino Impastato in 1979 had gepleegd: een zekere Miranda, bijgenaamd 'de Dwerg'.

Hij beweerde dat de kogel die de achttienjarige studente Giorgiana Masi had gedood (tijdens de linkse demonstratie op 12 mei 1977, waar tussen twee haakjes ook Marco Lodoli en ikzelf bij waren, op de Ponte Garibaldi) was afgevuurd door de Legionair, zijn handlanger in het DvdC.

Fausto en Iaio, linkse militanten: ze werden vermoord door Massimo Carminati, bijgenaamd 'de Blinde' (ja, weer hij).

In 2005 beschuldigde hij zichzelf nog van de moord op een prostituee in Turijn, Franca Croccolino: een moord die hij vijfendertig jaar eerder zou hebben gepleegd.

En ga zo maar door.

Hoofdstuk x

Tussen al die verhalen is er nog één dat mij meer van dichtbij aangaat (nu we eenmaal zover gekomen zijn, zou ik graag willen zeggen ‘dat óns aangaat’) omdat het een aantal onthutsende elementen bevat die kenmerkend zijn voor de tijd waarin het zich afspeelde. De periode: twee jaar eerder, of misschien twintig maanden eerder dan het DvdC. De plaats: een wijk die grenst aan het QT, oftewel de wijk die in ruimtelijk en antropologisch opzicht het evenbeeld ervan is, aangezien hij zich precies zo ontwikkelde maar dan aan de oostkant van de Via Nomentana, en net zoals het QT om de Piazza Istria heen ligt, draait deze wijk om de Piazza Bologna, die tamelijk vergelijkbaar is afgezien van het monumentale postkantoor aldaar, ontworpen door architect Mario Ridolfi, een opvallend kenmerk van de verder onbeduidende rotonde vanwaaruit straalsgewijs vijf of zes straten vertrekken met namen die bizar weinig met elkaar gemeen hebben.

Wat heeft immers de Via Lorenzo il Magnifico, vernoemd naar de staatsman Lorenzo I de’ Medici, te maken met de provincies in de Viale delle Province en de plaatsnamen in de Via Livorno en de Via Ravenna? En met de Viale XXI Aprile (en dus de Stichting van Rome)?

En wie waren in hemelsnaam Michele di Lando en Sambucuccio d’Alando?

Achter de kazerne van de fiscale inlichtingen- en opsporingsdienst aan de Viale XXI Aprile woonde een achttienjarige jongen die in dit boek de naam Cassio heeft gekregen. Cassio Majuri. Net zoals veel jongens in de wijk Nomentano, die inderdaad zoveel op het QT lijkt dat hij er vaak in één adem mee wordt genoemd of er zelfs aan wordt toegevoegd, was Cassio nogal rechts. Hij was rechts geboren, hij voelde zich rechts en verklaarde zich rechts. Zijn familie was rechts, de school die hij bezocht, het instituut SLM, was ook overwegend rechts, zodat het voor Cassio noch gemakkelijk noch moeilijk was om te denken en te geloven in datgene wat hij dacht en geloofde.

Hij speelde rugby. Hij verwaarloosde zijn studie. Hij bracht sporadisch een bezoek aan de afdeling van de neofascistische Movimento Sociale Italiana, de MSI. Hij was aanvankelijk geïntimideerd door meisjes, maar door zijn lijf flink te trainen en door meisjes in zijn fantasieën ruw te behandelen kreeg hij het idee dat hij ze wel kon krijgen, niet eentje, maar een heleboel. Hij ontmoette Angelo tijdens een bijeenkomst waarbij een politiek leider van middelhoog niveau persoonsbewaking was toegezegd, vanwege het feit dat afdelingen van rechtse groeperingen destijds vaak het doelwit waren van onverwachte, gewelddadige aanvallen. Die aanval hoefde overigens helemaal niet te worden uitgevoerd door bijzonder georganiseerde of vechtlustige groepen; ikzelf was altijd heel sceptisch over dat soort exemplaire acties, speciaal ingesteld om zomaar een willekeurige tegenstander te vloeren, maar ik ben er toch een paar keer spontaan bij betrokken geweest; daarvoor hoefde zich alleen maar tijdens een of andere politieke bijeenkomst – bijvoorbeeld bedoeld om de uitbuiting van de mijnwerkers in Zuid-Amerika te analyseren, of iets dergelijks – een opwindend nieuwtje voor te doen, bijvoorbeeld een jongen met een blauw oog die zei dat hij was aangevallen door een groep fascisten, of een meisje dat beweerde dat ze een bepaalde rechtse vechtersbaas had zien koffiedrinken in een bar aan de Piazza Istria, helemaal in zijn eentje, blijkbaar op zijn gemak... En dat was dan een mooie gelegenheid voor een wraakactie of een demonstratieve daad, dus hup, daar vertrok de expeditie. Gewoonlijk niet voorbereid, en dus zonder de benodigde uitrusting als knuppels of helmen, afgezien van de paar die degenen die op de scooter waren gekomen bij zich hadden, niet veel, want destijds was een helm nog niet verplicht... En tien minuten later stond je dan, klaar voor de strijd, voor een van de plekken die destijds 'nesten' werden genoemd. In plaats van op de uitrusting en de kwaliteit van de strijders kon je wel rekenen op de getalsmatige overmacht.

Maar nu even terug naar de afdeling bij de Piazza Bologna waar Cassio werd aangewezen als beveiliger van een van die ouwe knarren die destijds de ruggengraat vormden van de neofascistische beweging en het bestuur ervan, achter het minzame besnorde masker van de nationale leider, Giorgio Almirante. Als je hem bedaard hoorde discussiëren bij de verkiezingsdebatten op tv, moesten zelfs de kijkers die tegen hem waren toegeven: 'Nou, hij kan wel goed praten.' In werkelijkheid was hij helemaal niet bedaard, en de andere leiders van de MSI, ook wel uitgesproken als 'mis', waren dat al helemaal niet: mannen met een onmiskenbaar voorkomen, die er waarde aan hechtten hun anders-zijn te benadrukken, door dat bij wijze van spreken te dragen, zoals je een speldje op de kraag van je jas bevestigt. Vaak waren ze dik en gedrongen, of juist mager en streng, als droevige ridders, altijd tamelijk somber, zoals mijn opa was bijvoorbeeld. De man die uit de dienstauto stapte en die door Cassio naar binnen werd begeleid was kaal, hij droeg een zwarte, ietwat glanzende coltrui onder een double-breasted krijtstreepjasje en verborg zijn blik achter een bril met donkere glazen, maar niet helemaal, net als de rector van het SLM. Tot Cassio en de andere jongens, onder wie ook Angelo Izzo zich blijkt te hebben bevonden, richtte hij enkel een rituele bemoediging die niets had uit te staan met de context waarin de scène zich afspeelde: de vrijwel verlaten straat, de wijk die zich met zijn eigen zaakjes bezighield, helemaal geen aanval, nergens een vijand te bekennen...

'Goed zo, kameraden, goed zo! Verheft uw hart!' Waarop de jongens in de houding sprongen met hun arm gestrekt, en Cassio ook, met een kleine vertraging.

Toen hij al die opwinding om hem heen opmerkte, realiseerde Cassio zich verbijsterd hoe weinig enthousiast en bijna kil hij zelf was.

'Weet je, ik had eigenlijk kippenvel moeten krijgen. Ik zie dat de anderen opgewonden zijn, gespannen, tot alles bereid. En ik mag ze graag, mijn kameraden. Ik voel dat ik ook iets wil doen. Maar is dít het dan?'

Waartoe dient een daad als die niets met je doet?

'Bang zijn, maar je angst moeiteloos weten te beheersen geeft me het gevoel dat ik groter ben geworden, volwassener, een beetje meer man... Maar ik weet niet wat ik met die extra centimeters moet, als ik daardoor niet echt dichter in de buurt kom van waar ik naar verlang.'

Voor een rugbyspeler is dat best gemakkelijk te begrijpen: het is twintig meter naar de doellijn, of tien, of nog maar een paar passen, voordat je weer naar achteren wordt gejaagd door een lange kick. Bij rugby is in elk geval duidelijk wat het doel is, waar de lijn is.

'Maar ik, wat wil ik eigenlijk, waar wil ik naartoe? Wat zoek ik? Het fascisme? Mijn vader is fascist, mijn opa is fascist, zij wel... zij weten waar ze in geloven, maar ik... ik ben alleen maar iemand die zijn kans wil grijpen.'

Hoofdstuk XI

Cassio besloot zich dus te wijden aan criminele activiteiten, onder het mom van zijn politieke overtuiging. Het was een overtuiging die dat mogelijk maakte, sterker nog, die de illegaliteit als een passend en noodzakelijk middel voor de strijd zag, of misschien zelfs als het doel ervan. En dan de spanning om wapens op te pakken, de moed die daarvoor nodig was: die konden heel goed worden losgekoppeld van specifieke doelen. De vermogende familie Majuri ging op vakantie naar Cap d'Antibes, en daar werd Cassio door bemiddeling van enkele rechts-extremisten voorgesteld aan leden van de onderwereld in Marseille. Na een paar proefrondjes waarin hij had bewezen dat hij betrouwbaar en punctueel was, werd hij een vaste drugskoerier: hij vervoerde heroïne en verdiende een hoop geld. Dat had hij in theorie ter beschikking kunnen stellen aan de politieke activiteiten; de opbrengsten van de handel waren bestemd voor de aanschaf van wapens, voor het financieren van trainingskampen, buitenlandse reizen, het betalen van de rekeningen voor de nesten die gebruikt werden voor bijeenkomsten of om er wapens en bommen op te slaan, en de facturen van de advocaten voor de verdediging van die kameraden wier familie het niet kon betalen. Het waren namelijk niet allemaal rijkelui, de fascisten, integendeel, er waren er heel wat van lagere sociale klassen. Types als Angelo Izzo en Cassio Majuri en de Legionair en de zogenoemde 'pariolini' uit de rijke wijken zijn kenmerkende voorbeelden, maar vormen niet de meerderheid: veel militanten kwamen uit de achterbuurten. Maar Majuri raakte gehecht aan dat geld; hij ontdekte algauw dat hij het liever in zijn eigen zak stak dan het af te staan voor de goede zaak; en erger nog, hij begon te denken dat hij onopgemerkt kleine beetjes heroïne kon onttrekken aan de pakketten die hij moest afleveren, waarna hij die op eigen houtje doorverkocht. Aangezien de hoeveelheden die vervoerd werden gigantisch waren, maakte hij zichzelf wijs dat die kleine verduisteringen niet zouden opvallen. Maar dat gebeurde wel. Zijn opdrachtgevers zeiden er echter niets over, om te zien wat hij nog meer zou doen. Cassio merkte wel dat hij in de gaten werd gehouden, en aangezien er bij de ladingen drugs die vervoerd werden ook gegevens over bepaalde Italiaanse, Franse en Spaanse militanten zaten, leek het hem een goed plan om daar kopieën van te maken en die te verstoppen, zodat hij die kon gebruiken voor het geval ze hem in de val wilden lokken. Hij had geen idee dat hij zichzelf daarmee niet beschermde, maar het besluit om hem uit de weg te ruimen juist bespoedigde.

Intussen leidde hij zijn leventje als Romeinse jongen volgens de destijds heersende normen in rechtse kringen. Hij speelde rugby, liet zich overal zien in zijn splinternieuwe auto en wilde zelfverzekerd overkomen, om zich een houding te geven. Het geld van de handel en het gebruik van heroïne en cocaïne hielpen hem daarbij. Hij ging zich steeds arroganter gedragen. Hij betaalde prostituees om het gedoe te omzeilen van meisjes van zijn leeftijd te moeten versieren, met de kans om door hen te worden afgewezen. Dus werd het plan opgevat om hem juist van die kant te treffen. Het was duidelijk dat er in de valstrik voor Cassio een meisje als lokaas moest worden gebruikt. Het stond inmiddels vast dat hij dood moest. In dat milieu probeerde men niet eens om zo iemand tot inkeer te brengen. Hij moet worden geëlimineerd, punt uit. Maar eerst moest men erachter zien te komen waar die compromitterende documenten verstopt lagen. Angelo en zijn maten namen de taak op zich om een hinderlaag voor te bereiden. Aangezien Majuri belangstelling had voor de zus van een leerling van het SLM, die hij een keer bij de school gezien had, haalden ze dat meisje over om mee te doen aan het bedrog. Het meisje heette, naar het schijnt, Perdita, een vreemde naam die letterlijk 'verlies' betekent, maar wel heel toepasselijk was voor haar, dat wil zeggen, voor een verloren meisje. Ze was vijftien. Cassio Majuri had te horen gekregen dat ze haar zouden meenemen naar zijn huis, voor een groepsverkrachting. Hij stelde een datum voor waarop zijn ouders op vakantie waren en hij het huis voor zichzelf had. Angelo en enkele van zijn vrienden zouden later worden vervolgd en veroordeeld voor verschillende collectieve verkrachtingen, maar het zal nooit duidelijk worden hoeveel ze er al gepleegd hadden vóór die van de Circeo, en wie erbij betrokken waren. Het waren hoe dan ook bijna allemaal leerlingen of ex-leerlingen van het SLM.

De handel in en het gebruik van drugs, de erewachten voor overleden kameraden, de strafexpedities, de ontvoeringen – echte of met medewerking van de ontvoerde –, het omgaan met wapens, het hart breken van ouders, het leiden van een dubbelleven, zwarte vaandels, rugby, verkrachting en het lezen van enkele hoogdravende teksten: ziedaar het wereldje waarin Cassio Majuri belandde, en waarin hij uiteindelijk ook zijn dood vond.

Perdita werd met de auto naar zijn huis gebracht. Waarschijnlijk onder invloed van verdovende middelen. Het was niet duidelijk of ze zich moest gedragen alsof ze instemde, of juist moest doen alsof ze werd gedwongen tot de groepsseks. Cassio had tegen de anderen gezegd dat ze geen wapens hoefden mee te nemen omdat het jachtgeweer van zijn vader al in huis was, geladen, en daar hadden ze genoeg aan om het meisje aan hun wil te onderwerpen. Hij zorgde dat hij alvast naakt in het bed van zijn ouders klaarlag, met het geweer binnen handbereik. Het was de eerste keer dat hij meedeed aan zo'n soort feestje. Ze hadden hem verteld hoe het meestal verliep: de meisjes werden uitgekleed onder bedreiging van een wapen, of door hen half te wurgen om hun verzet te overwinnen, ze werden gedwongen om alcohol te drinken, om van alle jongens om beurten het geslacht in de mond te nemen, en vervolgens werden ze vaginaal en anaal verkracht. Ten slotte werden ze opnieuw bedreigd opdat ze niet zouden gaan praten. Majuri's hoofd was zo vol van de gedachte aan wat er stond te gebeuren dat er geen plaats meer was voor enige twijfel of argwaan. En ook niet voor de hypothese dat hij ook had kunnen proberen op conventionele wijze in contact te komen met een meisje als Perdita dat zijn aandacht had getrokken. Ook al lag er diep in Cassio's hart een besef dat het niet uitgesloten was dat hij zelfs verliefd zou kunnen worden op een meisje als Perdita, hij was toch bereid haar te verkrachten, puur om de afgang van een eventuele afwijzing te vermijden. Hij bereidde zich erop voor een meisje te verkrachten dat hij in normale omstandigheden had kunnen liefhebben. Maar normale omstandigheden bestaan niet. Alles is altijd uitzonderlijk. Cassio vermoedde niets toen er via de intercom werd aangebeld. Hij drukte op de knop om de huisdeur beneden te openen, zette de voordeur van het appartement op een kier, kleedde zich gauw uit en ging naakt in het bed van zijn ouders liggen, waarop hij het geweer al geladen had klaargelegd. Hij wilde dat de spieren die hij tijdens de rugbytraining had ontwikkeld goed zichtbaar zouden zijn.

Perdita begreep niet wat er stond te gebeuren. De jongens hadden haar pistolen laten zien, en dat vond ze eerder interessant dan angstaanjagend. Eén jongen bleef in de auto wachten. De anderen stapten met haar in de lift naar boven. De voordeur van huize Majuri stond op een kier, en ze gingen met z'n drieën naar binnen, Perdita en twee jongens. Zodra ze binnen waren, greep een van hen haar vast en verdraaide haar arm op haar rug, en stak een hand in haar mond. Zij lachte toen ze bijna stikte door die hand, ze dacht dat hij deed alsof. 'Niet lachen, trut!' zei de jongen die haar vasthield. 'Kom maar hierheen!' klonk de stem van Cassio vanuit een kamer achter aan de gang. En ze gingen ernaartoe. Toen ze de deur opendeden zagen ze Cassio naakt in bed liggen, met zijn benen onder de lakens. Hij sloeg het laken open om te laten zien dat hij al opgewonden was. 'Hoe heet ze?' vroeg hij aan de jongen die het meisje vasthield. 'Laat haar praten, ik wil het van haarzelf horen.' De jongen haalde zijn hand uit haar mond. 'Hup, zeg het.' 'Waarom wil je dat weten? Wat maakt jou dat uit?' antwoordde Perdita. Cassio was getroffen door de brutaliteit van het meisje, en zijn opwinding begon direct af te nemen. Hij wilde iets stoers zeggen, maar zijn stem klonk schel: 'Niks... het leek me handig om te weten voor we beginnen.' 'Beginnen met wát?' vroeg het meisje, maar de jongen die haar vasthield sloeg zijn hand voor haar mond en gaf haar een ruk, en zij kermde, want deze keer had hij haar echt pijn gedaan. Ze probeerde zich los te wringen. Cassio Majuri weifelde wat hij moest doen. Hij had zin om die griet te neuken, meteen, maar hij wilde niet dat haar pijn werd gedaan, tenminste niet al te veel. 'Hé,' zei hij tegen zijn vriend, 'doe rustig...' en daarna tegen het meisje: 'Kom hier, we doen je niks.' Ineens voelde hij zich ongemakkelijk dat hij bloot was terwijl de andere drie hun kleren aanhadden. Hij merkte dat hij een beetje belachelijk was. En weerloos. Zijn opwinding was volkomen verdwenen. Intussen was zijn andere vriend naar het bed gelopen en had het geweer gepakt. 'Dat is niet nodig,' zei Cassio, maar de blik van degene die het geweer had gepakt zei het tegendeel, namelijk dat het geweer gebruikt diende te worden. Majuri's brein was nooit heel rap geweest, en ook op dat moment had het enige tijd nodig om een link te leggen tussen die blik, zijn zwakte omdat hij spiernaakt was terwijl de anderen kleren en schoenen droegen, en petten, en leren handschoenen, in combinatie met het wonderlijke gegeven dat zijn oude vrienden, met wie hij de laatste tijd maar heel weinig contact had gehad, nu ineens hadden besloten hem te betrekken bij dat voor hem totaal nieuwe soort feestje, plus het feit dat het meisje dat hij wilde neuken en die andere vriend die haar stevig vasthield en haar mond dichtklemde intussen waren teruggelopen naar de deur, en over de drempel, en in de gang waren verdwenen. Op dat moment zag hij, alsof ze het antwoord vormden op al die bizarre feiten, de twee in verpakkingstape gewikkelde pakketjes op zijn netvlies, oftewel de portie van de laatste partij heroïne die hij achterover had gedrukt voordat hij zijn bezorging deed, en het gat in de muur achter de ijzeren kast in de garage waar hij die pakketjes had verstopt, en de stapeltjes bankbiljetten die de verkoop van dat spul zou opleveren, en het ongenoegen van degenen die dat alles te weten zouden komen via de dwarswegen die als haarvaten door de onderwereld kronkelen en deze voorzien van informatie, en er begon zich een zweem van besef een weg te banen in zijn hoofd. Nog een fractie van een seconde van pijnlijke concentratie later had de geest van Majuri – een zwakke geest in een gezond, stevig lichaam, die even later gedoemd zouden zijn om elkaar los te laten – de opmerkelijke aspecten van de hele situatie met elkaar verbonden, maar terwijl die link werd gelegd had het dubbelloopsgeweer van zijn vader al een draai van honderdtachtig graden gemaakt en werd het op zijn gladde, gespierde borst gericht, het kwam er bijna tegenaan zelfs, en was het al afgegaan, zodat hij werd doorboord. Zo gebeurde het dat Cassio erin slaagde om in één microscopisch klein maar tegelijkertijd massief en loodzwaar punt de opvallende elementen bijeen te voegen van het laatste roekeloze jaar van zijn leven, exact op het moment dat daar een eind aan kwam. Hij had nog de tijd om spijt te hebben van die laksheid van hem, en hij nam zich voor om voortaan oplettender en alerter te zijn, ware het niet dat hij daar de kans niet meer voor kreeg, aangezien hij ging sterven. Hij had ook nog de tijd om te denken dat het meisje niet had gezegd hoe ze heette, en dat hij stierf zonder dat te weten, en zonder dat hij haar geneukt had, zelfs zonder dat hij haar gestreeld had, en tijdens de uitbreiding van de vuurbol die de randen dichtschroeide van de angstaanjagende wond die in zijn borst was geslagen, naderhand de voornaamste aanwijzing waardoor zijn dood zou worden gecategoriseerd als een klassieke zelfmoord, slaagde hij er ook nog in de twijfel te formuleren of zij nu wel of niet onder één hoedje speelde met zijn moordenaars.

Maar dat ene punt bleef de punt van een vraagteken.

Goh, weet je nog van die ruwe rugbyshirts met horizontale wit-groene of geel-paarse strepen...? In Londen was Lillywhites een legendarisch adres voor welgestelde Italiaanse jongelui, die deze shirts wilden hebben omdat ze symbool stonden voor kracht, maar tevens omdat ze er altijd zo haveloos en verkreukeld uitzagen. De shirts leenden zich voor beide interpretaties, die aanvankelijk tegengesteld waren maar uiteindelijk vaak juist tot één samensmolten, wat dan weer de volmaakte verbeelding was van een vergelijkbare entiteit, zowel energiek als labiel, arrogant als wankel, vrouwelijk als viriel, krachtig maar ook heel fragiel: jeugdigheid.

Voor de puberlichamen die door zo'n shirt met horizontale strepen werden omhuld gold dan ook dat naarmate ze meer energie uitstraalden, ze meer risico liepen – ze waren zo gemakkelijk te verwonden, te doorboren, te pletten...

De jonge fascisten droegen het shirt met de kraag rechtop, de communisten zonder het te strijken, en waarschijnlijk zonder het ooit te wassen, zelden of nooit, ze gebruikten het als pyjama of droegen het onder een jasje van een tweedehandskraam, of ze lieten het hun vriendin aantrekken nadat ze intiem waren geweest.

Hoofdstuk XII

Ik weet wie er schuilgaat achter de naam Perdita. Inmiddels weet ik het. Ik weet het sinds een paar maanden. Dat wil zeggen sinds Arbus weer in mijn leven is komen wonen. Al diegenen die ik eruit had gegooid of die uit zichzelf hun boeltje hadden gepakt, zijn teruggekeerd. Een tijd geleden bedachten historici de uitdrukking *'a past that will not pass'*, een verleden dat niet voorbij wil gaan, die eerder in dit boek al aan bod kwam, voor die situaties van stilstand van een volk of een natie (met name Duitsland) die niet weten om te gaan met een grote ramp, de oorlog, het schuldgevoel, de oorlogsmisdaden die ze gepleegd hebben of waarvan ze het slachtoffer zijn geweest. Intussen is er in de psychotherapie een techniek opgekomen, onderwerp van eindeloze discussies en controverses, die de 'recovered-memory therapy' wordt genoemd omdat ze dus expliciet mikt op het opdiepen van herinneringen die in het onderbewustzijn begraven lagen, vooral die aan seksueel misbruik tijdens de kindertijd. Misbruik dat werkelijk heeft plaatsgevonden, of ingebeeld? En dus gecreëerd door juist de therapie die die herinneringen alleen maar naar boven zou moeten halen?

Ik weet niet waardoor het komt dat er bij mij zoveel materiaal, zoveel ervaringen terugkomen. Het proces is in gang gezet door Arbus, dat lijdt geen twijfel. Maar wie heeft Arbus in gang gezet?

Hij vertelde het me de laatste keer dat we elkaar zagen. Het was nergens voor nodig. Hij dacht misschien dat hij nog wat puzzelstukjes op hun plek moest leggen. Van het ene op het andere moment begon hij het verhaal van Cassio Majuri te vertellen, die ik niet kende: Cassio was zoveel ouder dat ik me hem niet herinnerde van het SLM. En van zijn tragische dood kon je alleen maar op de hoogte komen als je de integrale bekentenissen van Angelo zou lezen, iets wat ik nooit heb volbracht, die zijn net zo lang als de *Mahabharata*. Maar dat verhaal over Cassio was toch interessant, en ik raakte erdoor geboeid. Het greep me erg aan. De enscenering van de verkrachting en de zelfmoord... Ik luisterde zonder dat ik begreep waarom Arbus het vertelde, en dat was een reden voor nog meer agitatie. Het lijk van een jongen in een bed besmeurd met bloed, met een geweer naast hem. Ik had niet kunnen denken dat Arbus zijn verhaal zou afronden door me de identiteit van Perdita te onthullen.

'Ik weet wie dat meisje is', en hij zweeg.

Het leek me vreemd, en niets voor hem, dat hij de spanning zou willen opvoeren.

'Hoe weet je dat dan?'

'Dat heeft ze me zelf verteld.'

Ik ervoer een opmerkelijke gêne. Alsof ik me schaamde. Het overkomt me vaak dat ik me geneer voor dingen die anderen betreffen en niet mij. Bijvoorbeeld wanneer ik een slechte film zie, dan denk ik aan de acteurs die die teksten moesten opzeggen en voel ik plaatsvervangende schaamte, dan zeg ik in mezelf: 'Nee, alsjeblieft, nee... zeg dat niet... doe dat niet...' Of wanneer ik een schrijver op tv zijn mening zie geven over actuele gebeurtenissen, waarbij hij dan met dezelfde overgave praat als politici en journalisten, of erger nog. Datzelfde gevoel overviel me toen ik merkte dat Arbus me iets wilde onthullen.

'Koffie?' vroeg ik terwijl ik overeind sprong. We hadden al koffiegedronken toen hij er net was. 'Graag,' antwoordde hij, en hij bekeek me van top tot teen. Het was alleen maar een smoesje van me om weg te kunnen. In de keuken kwam ik op adem. Ik concentreerde me op het koffieapparaatje, vulde het inzetfilter langzaam, zodat ik geen koffie zou morsen, en ondanks mijn zorgvuldigheid vielen toch een paar lepeltjes meer ernaast dan erin, waardoor het aanrecht onder het maalsel kwam te liggen. Mijn hand trilde een beetje. Mijn handelingen waren onnauwkeurig. Ik verzeker u, beste lezer, dat ik geen tijd probeer te rekken om expres suspense te creëren: maar ik wil dat u er ongeveer op dezelfde manier achter komt als ik. Ik schroefde de twee delen op elkaar en zette de percolator op het fornuis. In werkelijkheid was ik er allang achter, maar het lukte me niet de zin te formuleren, de complete zin, alsof ik Arbus het recht wilde voorbehouden om die tegen mij te zeggen, het perverse genoegen dat hij klaarblijkelijk voelde door zich in te houden, om dat genoegen zo lang mogelijk te rekken. Ik staarde naar het brandende fornuis, en toen hoorde ik hem achter me. Hij was ook naar de keuken gekomen.

'Ik hou je gezelschap.'

Nee, vriend, dit is geen gezelschap. Je wilt gewoon niet je greep laten verslappen. Ik weet wat je tegen me wilt zeggen: dat het meisje dat werd gebruikt om Cassio Majuri in de val te lokken en te vermoorden jouw zus Leda is. Ik weet het: Perdita is Leda Arbus. Leda, bleek vuur van mijn jeugd, manestraal die niet verwarmt! Een meisje dat wordt misbruikt om te doen alsof ze haar willen misbruiken, dat is wel zo'n geraffineerde vorm van misbruik dat zelfs een Chinese of Ottomaanse martelexpert of een jezuïet in een libertijnse roman het nooit zouden kunnen bedenken. Misbruikt in de geest, de plek waar de onuitsprekelijkste wandaden worden gepleegd. Aan de ene kant had ik het al vanaf het begin begrepen: vandaar ook de enorme schaamte die ik nu voelde, vandaar de lange stille middagen die ik als jongen naast haar starre lichaam doorbracht, vol bewondering starend naar haar boezem die ademend op en neer ging. Leda was het enige punt dat alle andere kon verenigen in de constellatie van het verhaal dat haar broer vertelde. Ik fantaseerde dat ik de percolator van het vuur pakte, die inmiddels half vol koffie was gelopen, en die in het gezicht van mijn oude klasgenoot smeet. Ik fantaseerde hoe de kokendhete spetters de weinige door de acne ongemoeid gelaten plekjes verminkten, en hoe hij zou schreeuwen van pijn en verbijstering. Misschien verwachtte hij een reactie van mij, omdat hij wist dat Leda en ik verkering hadden gehad, of nou ja, dat er iets was geweest tussen ons.

De zus van je vriend is een belangrijk hoofdstuk in het leven, misschien wel belangrijker dan de vriendschap zelf.

'Hoeveel suiker wil je?' vroeg ik, terwijl ik me omdraaide en het handvat van het espressopotje met twee vingers vasthield, zodat ik me niet zou branden, en zo zijn kopje volschonk.

'Ik hoef er niks in, dank je.'

Toen we terugkeerden in de woonkamer, en hij me alles had verteld, keek ik hem opgelucht en dankbaar aan. Dezelfde gekleurde stukjes van de caleidoscoop veranderden van plaats en brachten nieuwe figuren tot leven. Het was een moeilijke gedachte dat de bedeesde pianiste dergelijke beproevingen had doorstaan. Maar het leven van meisjes kent blinde vlekken, witregels waarin ze buiten medeweten van hun ouders, maar ook van hun vrienden en klasgenoten, omgaan met 'verkeerde types', zich volproppen met drugs en riskante of onbezonnen gedragingen verzwijgen. Dan, als ze geluk hebben, wordt die fase van de ene op de andere dag afgebroken en worden ze weer de oude. Ogenschijnlijk tenminste. Leda was op die manier geïnitieerd. Ik weet niet of Angelo en zijn vrienden haar hadden verkracht, en dat vroeg ik ook niet aan haar broer. De enscenering ten koste van Majuri zou op zichzelf kunnen staan. Die was angstaanjagend genoeg voor haar om in haar schulp te kruipen.

'Ik denk dat mijn vader het wist,' zei Arbus.

'En wat deed hij?'

'Niks.'

Arbus liet een schamper lachje horen. Zijn oude vader leeft nog steeds, hij is kwiek, nog altijd helder, gedesillusioneerd. Ik heb een keer 's nachts, terwijl ik wachtte tot de halve tablet kalmeringsmiddel zijn vuile werk op mijn bewustzijn deed, op zo'n educatieve tv-zender een les van hem gevolgd over de generatieve grammatica. Niet helemaal, maar ruim voor de helft. Gaandeweg begreep ik dingen en vergat ik wat ik had begrepen. Nou, mijn complimenten, professor Arbus was echt een goede docent, dacht ik nog, voordat het pilletje vat kreeg op mijn waarneming van de werkelijkheid en mijn inbeelding van het onwerkelijke, en ze allebei op veilige afstand zette. Een goede leraar, ja, echt, een goede onderwijzer...

Jammer dat hij allang met pensioen was.

'En je moeder?'

'Mijn moeder heeft het nooit geweten. Aanvoelen wat er in een ander omgaat is nooit haar sterke punt geweest. Toen mijn ouders uit elkaar gingen, begon ze juist daarom met een studie psychologie, en die heeft ze ook afgemaakt.' Hè? Werd ze psycholoog omdat ze niet in staat was anderen aan te voelen? Arbus was niets veranderd sinds we samen op school hadden gezeten: wat hij zei kon je altijd op minstens twee manieren uitleggen, die vaak elkaars tegenpool waren, en hij kwam er nooit op terug.

'En waar is Leda nu? Wat doet ze?'

'Ze is drie maanden geleden gestorven.'

De treurige vanzelfsprekendheid van dat antwoord ontnam me alle energie. Ik zei dat het me speet.

'Mij ook. Ze had kanker.'

'Waar?'

'Alvleesklier.'

Vervloekt zij dat stomme orgaan met die belachelijke naam.

Hoofdstuk XIII

Een paar jaar geleden ontving ik een mail, of beter gezegd, een hele reeks mails van een vroegere klasgenoot van het SLM die een reünie wilde organiseren van onze oude klas, en hij was zo vriendelijk geweest de uitnodigingsmail ook aan mij te richten, ondanks het feit dat ik van school veranderd was en niet de hele cyclus had voltooid:

13 maart 2012

Hoi Edoardo
leuk om weer van je te horen (of in elk geval iets over je te vernemen)... ik ben onze oude klasgenoten aan het 'verzamelen'...
hierbij voeg ik de gegevens die ik tot nu toe heb, als jij toevallig contact hebt met degenen van wie het mailadres niet is ingevuld... wil je die dan overhalen hun mail en mobiele nummer te geven...
als we iedereen hebben... dan gaan we 'ns kijken wat we kunnen doen!!
Gigi Regazzoni

Behalve op die eerste mail reageerde ik niet meer op de berichten van Regazzoni. Waarom niet? Dat weet ik niet. Behalve dat ik misschien niet zo heel veel zin had in een reünie, was ik op dat moment met dit boek bezig, en het had best nuttig kunnen zijn de klasgenoten die ik sinds die tijd niet meer had gezien weer te ontmoeten, te horen hoe het hun was vergaan, wat vragen te stellen over het SLM, en dan misschien, langzaam maar zeker, ook wat te vragen over het DvdC, over hoe zij dat beleefd hadden, hoe zij het zich herinnerden, over de contacten die zij eventueel hadden gehad met de moordenaars. Toch reageerde ik niet meer op de volgende mails. Ik meed datgene waar ik juist nieuwsgierig naar had moeten zijn. Misschien was het juist het feit dat ik met dit boek bezig was wat me op afstand hield. Om mijn handen vrij te houden.

Er kwamen nieuwe oproepen van Regazzoni, die best wel verbaasd was dat zijn initiatief zo weinig bijval kreeg, zo'n lauw enthousiasme wekte:

1 juni 2012
Ha, het is me nog steeds niet gelukt om iedereen te vinden. Ik ben er al vanaf december 2011 mee bezig... en ik ben absoluut niet van plan om het op te geven.

Dringen jullie nog wat aan bij degenen die me nog hun gegevens moeten verschaffen, misschien kunnen we iets organiseren...

En we moeten ook nog contact opnemen met de klasgenoten van wie ik wel het mailadres of mobiele nummer heb, maar die niet hebben gereageerd...

Iedereen met wie ik persoonlijk contact heb gehad heeft verklaard het een leuk idee te vinden om elkaar terug te zien, er was er maar eentje twijfelachtig en een ander was niet optimistisch over hoe gezellig zo'n reünie zou zijn... zelf verheug ik me er enorm op... maar dan heb ik wel wat medewerking nodig.

Ik hoor graag van jullie, tot gauw, Gigi

24.6.2012
Ha ex-klasgenoten!

Nunzio vobis gaudium magnum... missie (bijna) voltooid...

Tussen maandag en vandaag heb ik Barnetta te pakken gekregen, de meest onvindbare, we hebben elkaar aan de telefoon gesproken (en weer net zo zitten 'ouwehoeren' als vroeger).

Nu moeten nog de mailadressen achterhaald worden van Giuramento Sanson en van Zipoli (willen degenen die hen het vaakst spreken dat regelen), en de mob. van Busoni, Crasta, Izzo, Sdobba en verder Scarnicchi (weet iemand eigenlijk hoe het gaat met de Marmot?)

Ik was van plan om iets te organiseren in september!

Voor degenen buiten Italië, voor degenen buiten Rome... en voor degenen 'buiten zinnen': ik zou het op prijs stellen als jullie alvast bedenken of jullie naar Rome komen, en dat zo spoedig mogelijk laten weten aan ondergetekende (die zichzelf tot coördinator heeft gebombardeerd)

Voor degenen in Rome: denken jullie dat je iemand onderdak kunt verschaffen?

Ik heb zelf één logeerbed in de aanbieding...

Ik kan niet wachten tot ik de strijdkreet van onze oude klas weer hoor klinken... en om weer eens lekker te ouwehoeren met een flink bord carbonara erbij...

Tot gauw, Gigi

De strijdkreet? Tijdens het lezen van dat euforische bericht bekroop me de gedachte: Hoezo, wanneer hebben jij en ik ooit zitten ouwehoeren, Regazzoni, al dan niet met een bord carbonara erbij? Ik begon te betwijfelen of zijn plan zou slagen.

7 september 2012
Ha jongens,

ik wil proberen een datum af te spreken voor de 'pizza'; ik stel eerst twee data voor waaruit jullie kunnen kiezen: vrijdag 25 of zaterdag 26 september, zodat degenen die buiten Rome wonen me kunnen laten weten of ze werkelijk de mogelijkheid (of de zin) hebben om zich op een van die data bij ons te voegen... en anders kunnen ze een andere datum voorstellen... bedankt, tot later, Gigi

19 september
Hoi allemaal, aangezien ik geen antwoord heb ontvangen van: (er volgde een lijst van negentien namen in alfabetische volgorde, onvermijdelijk te beginnen met de mijne, gevolgd door die van Arbus)

annuleer ik de poging om een bijeenkomst te organiseren voor 25 of 26 september...

Laten we het opnieuw proberen met een datum eind oktober, en dan maar hopen dat iedereen nu wel zijn mails leest

Ik stel voor 31 oktober, een zaterdag

Graag zou ik van iedereen een reactie ontvangen, desnoods een negatieve, op hoop van zegen...

(Degenen die al geantwoord hebben raad ik aan de reacties van de anderen af te wachten... wat zij ervan vinden weet ik toch al...)

Tot gauw (hopelijk) Gigi

Maar ook deze nieuwe oproepen trokken mijn vroegere klasgenoten niet over de streep: het waren altijd dezelfden, er werden geen nieuwe namen aan de lijst toegevoegd, ondanks de goede wil van de organisator. Regazzoni had de oude namenlijst van ons klassenboek over vier kolommen verdeeld: Degenen die naar het etentje komen, Degenen die niet kunnen komen, Degenen die niet eens gereageerd hebben, Degenen van wie geen gegevens te vinden zijn. De voorlopige telling was 8 die komen, 7 die niet kunnen, 12 hebben niet gereageerd, de rest onvindbaar. Ik hoorde dus bij die derde categorie, deels minachtend, deels gedeprimeerd en bezorgd, deels lachend in mijn vuistje, deels beschaamd om hoe misselijk het van me was dat ik mijn vroegere klasgenoten níét wilde terugzien. Allemaal tegelijk, nee, dat niet! Twee of drie per keer, oké, maar niet allemaal tegelijk...! Ik dacht aan degenen van wie ik me alleen de achternaam herinnerde en niet hun voornaam, omdat altijd uitsluitend de achternaam werd gebezigd door de leraren, maar ook door onszelf. Daarmee werd je aangeduid. Een jongen was herkenbaar door zijn achternaam, en dus door het klassenboek, door het appel, door de overhoringen, en hooguit door het nummer dat hij bij het voetballen op zijn rug droeg. Tja, zo werkte die school nu eenmaal: één lot, één roeping, één lijst, de achternamen die werden opgedreund waren allemaal verschillend, terwijl de meeste voornamen meerdere keren voorkwamen: al die Marco's, al die Fabio's, al die Francesco's... er was alleen maar één Gedeone.

Regazzoni droomde niet langer van compleetheid en nam er genoegen mee de bereidwilligsten te verzamelen. Om toch nog een grotere groep te krijgen probeerde hij ook mensen te rekruteren die op de lagere school of de middenschool bij ons in de klas hadden gezeten, al was het maar één jaar. Ik volgde zijn opgewekte inspanningen lafhartig, zonder te reageren op de berichten die ik maar bleef ontvangen, als iemand die kil toekijkt naar de pogingen van een omgevallen mestkever om weer op zijn pootjes terecht te komen: klaar om te helpen, maar zonder het te doen, afwachtend of hij het in zijn eentje redt... een nogal gemene entomoloog, zeg maar.

In zijn bericht van 15 oktober liet Gigi weten dat hij twaalf toezeggingen had ontvangen (inclusief die van hemzelf) plus vijf 'bijna zekere', plus twee 'waarschijnlijke', en dan waren er drie die nog niet hadden geantwoord (waaronder mijn naam) en vijf die er zeker niet bij zouden zijn. Onder hen was er een die in Zürich werkte, Galeno De Matteis, en die ene die naar Costa Rica was gevlucht. Ik denk niet dat Regazzoni persoonlijk contact met hem had gehad, maar misschien had hij zich gerealiseerd dat de kans klein is dat een voortvluchtige terugkeert voor een klassenreünie. Het bericht eindigde zo:

Ik zou het fijn vinden als een van degenen die in de buurt van het SLM wonen een restaurant uitzoekt, liefst op loopafstand, waar hij dan kan reserveren voor zo'n twintig personen... Ik hoor het graag...

De mail van 19 oktober bevatte een indrukwekkend nieuwtje:

Hoi allemaal, ik heb ook Arbus te pakken gekregen, hij heeft een vliegticket geboekt om ons te kunnen vergezellen die dag...

Er vond inderdaad een etentje plaats in een trattoria aan de Corso Trieste. Er waren maar weinig deelnemers. Arbus kwam niet opdagen. Hij nam geen vliegtuig. Waarvandaan, trouwens? Dit was het commentaar van Gigi na de bijeenkomst:

2 november
Hoi allemaal, ik voeg me bij de vorige bedankjes voor de leuke avond... ik ben alleen een beetje teleurgesteld omdat ik had gehoopt dat er meer zouden komen...

Wat betreft de slijtage... volgens mij mogen we niet klagen, ik vond dat iedereen er nog goed uitzag (wat de fxxx, we zijn 50, geen 80!)

Op deze plek http://www.amilcarecenterforsafety.com/ (let niet op de naam, het is een gratis site die ik heb, Amilcare was mijn opa) heb ik de foto's geplaatst die ik heb gemaakt en ik wacht nog op de foto's van Modiano en Kraus (stuur me zo'n 10 MB per dag, gezipt in één bestand!!!)

Ik ging de foto's op de site bekijken. Waarschijnlijk waren ze door een ober genomen met de mobiel van Regazzoni. Ik telde zes mannen aan een tafel, in een eetgelegenheid die blijkbaar slecht verlicht was, want de automatische flits was afgegaan, waardoor de disgenoten er nogal spookachtig uitzagen. Als de deelnemerslijst niet in de mail van Regazzoni had gestaan, had het me moeite gekost om iemand te herkennen. In de daaropvolgende dagen checkte ik de site nog een paar keer, maar kennelijk had niemand er meer nieuwe foto's aan toegevoegd. De mail van Regazzoni ging aldus verder:

Wat mijn kleine 'teleurstelling' betreft heb ik besloten dat we volgend jaar een nieuwe poging doen, op de tweede zondag van april, overdag, bij mij of bij Gedeone Barnetta thuis, die heeft aangeboden ons te ontvangen...

Voor alle lulhannesen die niet zijn komen opdagen... je hebt nu 5 maanden de tijd om het te regelen, zorg dat je die datum vrijhoudt... Pilu heeft gezegd dat hij komt met zijn 'verzorgster' van 26...

Matteoli, als je meeleest... laat ons weten dat je leeft!!

(NB: Matteoli, de voortvluchtige in Midden-Amerika)

Als we in de tussentijd nog iemand weten op te sporen die in 1975 geslaagd is... hoe meer zielen, hoe meer vreugd...

Het beste allemaal, Gigi

P.S. wat ik nog vergat: voor degenen die in Rome wonen en nog aan sport doen... ik heb een groepje waarmee ik volleybal, gewoon voor de lol... we spelen 's maandags en donderdags om 20.00 uur bij de Sant'Agnese en we zoeken nieuwe mensen... je hoeft niet per se twee keer in de week te komen... en je mag sowieso eerst een keer meedoen en dan pas beslissen.

Op 26 november arriveert een zogenoemde 'reminder':

Hé, jullie hebben nog helemaal geen foto's gestuurd!

Crasta heeft er twee gemaild, maar die waren onscherp...

Ik wijs er nogmaals op dat de foto's die ik gemaakt had te zien zijn op: http://www.amilcarecenterforsafety.com/

tot gauw! G.

2 maart 2013
Ha jongens, ik wil iedereen eraan helpen herinneren dat we tijdens het etentje van een paar maanden geleden hebben afgesproken dat we elkaar de tweede zondag van april weer zouden zien, te weten 11.04.2013, en dan (waarschijnlijk) bij Barnetta thuis in Casal Palocco. Deze keer met de gezinnen, voor wie wil of kan... zodat er geen smoesjes meer zijn voor degenen met kleine kinderen, want dan zijn de vrouwen erbij om zich daarover te ontfermen...

Ook deze keer laat ik het op tijd weten, hopend op een grotere opkomst... kom op jongens, regel het, ik wil geen smoesjes horen!! Als er iemand is die geen zin heeft om zijn oude klasgenoten terug te zien mag hij me gerust naar de hel verwensen, maar dan wel graag recht in mijn gezicht!!!

Wat betreft de foto's die ik had gemaakt, die zijn verplaatst naar http://gigiregazzoni.xoom.it/ want de vorige site is van de ene op de andere dag verdwenen...

maar goed, die twee eikels van een Pilu en Crasta hebben het niet eens voor elkaar gekregen om die van hen op een cd te zetten en me die via de post toe te sturen... laat staan versturen via internet... daar hebben we het niet eens over...

veel groeten aan iedereen, G.

P.S. Zijn er nog anderen benaderd? En ik zou ook nog willen weten of ik – nu de dag eenmaal vaststaat – ook de rector kan uitnodigen, want ik heb zijn mailadres...

Ik denk niet dat iemand daar iets op tegen zou hebben, wel?

11 maart 2013
Hoi allemaal, met betrekking tot wat ik hiervoor schreef, stel ik voor de datum te veranderen naar 16 mei... (onder anderen D'Avenia was verhinderd op de eerdere datum).

Nu hebben we meer tijd tot onze beschikking... Ik wil degenen die ik op 30 oktober niet heb teruggezien oprecht verzoeken om te zorgen dat ze wel kunnen deelnemen aan deze tweede afspraak (met of zonder gezin in hun kielzog)

13 april 2013
Hoi allemaal, ik zou graag bevestigingen krijgen m.b.t. wie er aanwezig zal zijn bij Barnetta thuis, op zondag 16 mei, ik neem aan na 10.00 's ochtends... (en het precieze adres, Gedeone) met name van:

Albinati Edoardo
Casorati Francesco
Giuramento Alessio
Iannello Riccardo
Lodoli Marco
Rummo Gioacchino
Sdobba Enrico

En alle anderen die er de vorige keer niet bij konden zijn... Aangezien we iets zullen moeten bestellen bij een cathering (sic). Tenzij we beslissen dat we allemaal onze eigen broodjes meenemen :-)

We moeten weten hoeveel personen er in totaal aanwezig zullen zijn, gezien het feit dat deze keer ook de gezinnen zijn uitgenodigd... En ik wil niet dat we onnodig geld en eten verspillen...

En ook als jullie nog iemand anders hebben gevonden... Ik kan misschien nog in contact komen met Pierfrancesco Blasi en met D'Aquino, maar Marco Morricone heb ik niet kunnen vinden...

Het beste allemaal

Regazzoni's mail van 20 april is licht wanhopig van toon:

Ik dacht dat ik al had ingestemd met de verplaatsing naar zaterdag de 15e in plaats van zondag de 16e... namens iedereen... maar het is wel zo dat er nog maar weinig reacties zijn geweest en de meeste daarvan waren om zich af te melden... voor degenen die nog niet hebben gereageerd, graag iets laten horen...

ik wilde ook weten of het iemand nog gelukt is om andere ex-klasgenoten op te sporen, niet alleen van het laatste jaar ???
tot gauw, Gigi

Op dat punt in de uitputtende onderhandelingen laat Sandro Eleuteri van zich horen:

Beste jongens,
een paar puntjes:
1) ORGANISATIE: ik heb een idee dat ietsje (niet veel) meer moeite kost maar ook wel wat gezelliger is. Ik wil een 'proletarisch etentje' voorstellen; waarbij iedereen een gerecht meeneemt, en dan verdelen we ons in 4 groepen:
– VOORGERECHTEN (pasta uit de oven, rijstsalade, kipsalade, enzovoort enzovoort)
– HOOFDGERECHTEN/BIJGERECHTEN (salade, groenteschotel, frittata, enzovoort, enzovoort)
– NAGERECHTEN/IJS
– WIJN
Alles is al van tevoren klaargemaakt. De gastheer hoeft niets te koken; hij stelt zijn huis ter beschikking en borden/glazen/papieren servetjes.
Ik heb er ervaring mee... het is altijd lachen en goed van eten en drinken bij een proletarisch etentje.
2) datum: ik weet niet of jullie erbij stil hebben gestaan, maar zondag de 16e om 15.00 uur is de laatste wedstrijd van de competitie. Ik weet niet hoezeer jullie dat interesseert, maar die wedstrijd missen kan eigenlijk niet, gezien de situatie. Kunnen we het niet op zaterdag de 15e doen??? En sws, wie komt er eigenlijk?? ik heb weinig reacties gezien...
Doei doei, Sandro

Dan komt Gedeone Barnetta tussenbeide:

Beste vrienden,
ik heb een wat ander voorstel, maar waarschijnlijk meer 'in lijn' met ieders wensen, met het oog op 15 mei.
Bij mij in de buurt is een goed restaurant, genaamd de Gnocco Traditore, waar je heel goed kunt eten (vlees – het staat bekend om zijn biefstuk, die wordt geserveerd op speksteen – en vis) en het is niet te duur (30-35 euro max).

We zouden het zo kunnen afspreken: we treffen elkaar om 13.00 in het restaurant, daarna gaan we naar mij, en voor degenen die willen blijven maken we dan 's avonds nog een pan spaghetti (met bijgerecht!).

Zo vermijden we de onzekerheden van de catering (hoe kom je op het idee, Gigi... een broodje!!!) en de verkeersdrukte op de Via Cristoforo Colombo. En zo komen we ook tegemoet aan degenen die misschien een beetje willen uitslapen (dat geldt niet voor mij, ik slaap hooguit 4-5 uur per nacht).

Wat zeggen jullie ervan? Als het akkoord is, heb ik alleen nog een week van tevoren het verwachte aantal aanwezigen nodig om het zaaltje van het restaurant af te huren. Eventueel kun je ook een vast menu afspreken, maar dat lijkt me niet nodig. Ik kan in elk geval garanderen dat je heel goed eet bij de Gnocco.

Ten slotte een belangrijke mededeling voor de heren die de foto hebben gemaakt en vervolgens gepubliceerd waarop een van de twee mij ezelsoren geeft met zijn vingers: zoals beloofd heb ik jullie politiefoto's geprint en in de mand van mijn hond Frisk gelegd, zodat hij jullie in mei tussen de vele andere mensen zal herkennen en zijn maatregelen kan treffen.

Ik hoor graag van jullie, en veel groeten allemaal,
Gedeone

De volgende mail van Regazzoni is bezorgd en teleurgesteld van toon:

9 mei 2013
Ha jongens, even alles concreet samenvattend:

we hebben de afspraak verzet naar aankomende zaterdag (15 mei) bij Gedeone Barnetta thuis, die ons nog moet laten weten wat het adres is en vanaf hoe laat we bij hem terechtkunnen...

Toegezegd hebben... (Dan volgt de lijst met namen, die is geslonken tot negen, inclusief Regazzoni.)

Sanson en de Marmot hadden gezegd dat ze de 16e zouden komen, ik hoop dat dat ook geldt voor de 15e...

D'Avenia kon niet op de 16e maar ik hoop dat hij wel komt nu het is verzet naar de 15e...

Ferrazza, Zipoli en Rummo hebben niks laten horen, maar ik hoop dat ze komen...

Albinati, Arbus, Lodoli, Sdobba en Zarattini hebben niks laten weten... maar ik hoop in elk geval een paar van hen toch te zien...

Ik wil iedereen er nog eens op wijzen dat ook familieleden zijn uitgenodigd (vrouw en kinderen; andere verwanten graag thuislaten :-))

De rector groet ons en bedankt iedereen maar hij zal er niet bij zijn; te veel kwaaltjes!!

Het menu is nog steeds onduidelijk, ik zal maar alvast een verdeling maken:

Barnetta: drank

Crasta, Busoni, Regazzoni: voorgerechten

Scarnicchi, d'Avenia, Zarattini, Zipoli: hoofdgerechten

Lorco, Modiano, De Matteis: bijgerechten

Ferrazza, Puca, Iannello: nagerechten

wie wil ruilen, ga je gang...

anderen heb ik niet genoemd omdat ik hun aanwezigheid niet erg waarschijnlijk acht, maar het zou fijn zijn als ze me logenstraften door wel te komen en iets van eten mee te nemen wat hun het beste uitkomt...

wat de porties betreft zou ik voor maximaal 4 personen doen, anders zitten we straks met een hele berg eten... maar wie er een beter idee heeft, laat maar horen... TOT ZATERDAG!!!

11 mei

Beste vrienden, ik annuleer de bijeenkomst van zaterdag de 15e vanwege het feit dat het aantal afwezigen groter is dan het aantal aanwezigen. Wie voor 100% of 99% zeker niet kunnen deelnemen: Busoni, Crasta, d'Avenia, Izzo, Lodoli, Scarnicchi.

Geen reactie ontvangen van: Albinati, Arbus, Ferrazza (na het verzetten van de 16e naar de 15e) en Rummo...

...ik ga hoe dan ook naar Casal Palocco om te lunchen met Barnetta, bij trattoria de Gnocco Traditore, en als iemand zich bij ons wil voegen zouden we dat zeer op prijs stellen.

Ik zal hierna nog het precieze adres van de Gnocco doorgeven (of anders kun je het ook online vinden) en het tijdstip van de afspraak met Gedeone, tenzij zijn internet het weer doet zodat hij dat zelf kan doorgeven...

voor de toekomst wil ik gezien de organisatorische moeilijkheden en in sommige gevallen de onwennigheid met het gebruik van e-mail... voorstellen om een vaste jaarlijkse afspraak te maken zodat het makkelijk is in te plannen voor degenen die zich willen en kunnen vrijmaken

mijn voorstel is de eerste zaterdag van oktober, dan is het niet meer zo warm maar nog wel zomertijd waardoor we eventueel ook 's middags bijeen kunnen komen... dat spreken we later dan nog wel precies af... vooral van degenen die het zowel bij de laatste bijeenkomst als bij deze geannuleerde afspraak hebben laten afweten zou ik graag eventuele voorstellen ontvangen – mits ze natuurlijk bereid zijn om mee te doen!

voor nu gegroet allemaal, Gigi

Er gebeurde wat viel te verwachten: de aandringende berichten van Regazzoni sorteerden niet het gewenste effect; integendeel: het begon steeds meer deserteurs te regenen. Zijn mail van 14 september 2013 was nog wel schertsend van toon, maar daaronder schuilde oprechte teleurstelling. Bij het lezen ervan moest ik denken aan Chiodi en Jervi, die niet meer onder ons waren.

Ha jongens, even ter herinnering dat we ons hadden voorgenomen elkaar te treffen op de eerste zaterdag van oktober... Ik zou zeggen om 21.00 uur voor het SLM!!!

(Opnieuw schrijft Regazzoni de naam van onze school zo, als een afkorting, net als ik dat het hele boek heb gedaan...)

En voor degenen die bij de vorige afspraak ontbraken: schrijf het in je agenda, of maak een herinnering aan op je mobiel... of leg een knoop in je pik...

Vind een manier om je 3 uurtjes vrij te maken... Die ene zaterdag... En als je echt niet wilt... zeg dan gewoon dat ik de pot op kan!

Het beste, Gigi Regazzoni

Deze keer ondertekende Regazzoni met zijn voor- en achternaam. Een veelzeggende afwijking van het patroon. Met dat mislukte grapje 'leg een knoop in je pik' tekende hij bovendien, zonder het te beseffen, zijn capitulatie. Hij was nooit erg gevat, vroeger. Dat hij probeerde dat nu wel te zijn, op zijn zevenenvijftigste, digitaal, geeft wel aan wat voor treurig type hij was. Slechts drie dagen later, op 17 september, ziet hij zich genoodzaakt ons opnieuw te schrijven.

RECAPITULEREND
Tweede afspraak op rij geannuleerd
Ik stop ermee om de kar te trekken
Wie zin heeft kan zijn best doen en nieuwe data voorstellen
Het beste allemaal
Regazzoni

Sindsdien heeft hij niets meer van zich laten horen.

Een onrustbarend detail: toen ik bezig was met de lay-out van deze papierloze, unilaterale briefwisseling moest ik alles in dezelfde kleur, hetzelfde lettertype en dezelfde tekengrootte zetten, maar de originele mails van Regazzoni waren in verschillende kleuren en in afwisselende fonts geschreven. Geen idee wat de reden was voor die grilligheid. Dit is wat hij allemaal gebruikte:

Arial Narrow cursief groen en Rounded blauw
Times New Roman vet en cursief blauw, groen en lichtblauw
Consolas tekengrootte 10.5
Verdana 13.5 olijfgroen en blauw

De mail van 2 maart 2013 is in Arial 12, matgroen vet en cursief; op 11 maart (misschien vanwege zijn moedeloosheid) keert hij terug naar Consolas zwart zonder hoofdletters; vanaf 13 april gebruikt hij Consolas zwart, met uitzondering van 9 mei (Arial 12 blauw) en 11 mei (kleine letters blauw en rood, hoofdletters groen).

Hoofdstuk XIV

Terugdenken aan mijn oude klasgenoten. Terugdenken aan die tijd. Ik wou dat ik het niet had gedaan. Waarom bleef Regazzoni zo stug aandringen? De woorden komen weer bovendrijven... de zinnen, de zegswijzen, de uitdrukkingen, die vergeten we niet, ook al worden ze tegenwoordig nauwelijks of helemaal niet meer gebezigd. Ze vormden de erfenis van onze ouders.

Als iemand in een bepaald vak heel goed was, werd gezegd dat hij daar een knobbel voor had, bijvoorbeeld een wiskundeknobbel; als iemand ergens een passie voor had, of een voorliefde, bijna een obsessie, dan zei men dat hij daar een tic voor had. Een brommertic of een racebaantic.

Een woord dat heel vaak gebruikt werd en nu haast nooit meer: 'oen'.

Als iemand zanikte, zeiden ze: 'loop niet zo te jeremiëren'.

Een groot aantal scheldwoorden: vlegel, ongelikte beer, boerenpummel, schurk, klaploper, schavuit, smiecht, donderstraal, schobbejak, schorem, doerak, ploert.

...toen men van een homoseksueel zei dat hij 'een poot' was, of 'van de verkeerde kant'.

...toen men om te beschrijven dat iemand in de problemen zat en er slecht uitzag, als iemand een ongeluk had gehad of in elkaar was geslagen, de raadselachtige uitdrukking 'Nou, die staat er mooi op' bezigde.

...toen er om iemand op de vingers te tikken woorden volstonden die nu weinig tot geen impact meer hebben, maar die destijds gelijkstonden aan een stigma, woorden als 'luiwammes' of 'klaploper'. Door de morele herwaardering hoor je ze niet vaak meer, en hoe dan ook zou niemand meer in staat zijn de afkeurende trilling te horen die doorklonk in de stem van degene die ze uitsprak (gewoonlijk het gezinshoofd).

...woorden als 'prietpraat' of 'apekool' of 'lariekoek', die nu allemaal zijn weggevaagd door het vulgaire 'gelul' of 'bullshit'.

Het is tijden geleden dat ik voor het laatst een woord hoorde dat mijn ouders heel vaak gebruikten, namelijk 'halvegare', 'dat is een halvegare'.

Liedjes en limericks

Er was eens een pastoortje in Londen
die had een kapotje gevonden
hij vond het wel vies
maar het paste precies
en weggooien dat vond hij zonde

Er was eens een bisschop in Rome
die handelde zwart in condomen
hij stond op de brug
met een bord op zijn rug
hij liet ze ook wassen en stomen

Een priester in Montevideo
die greep op een zondag zijn beo
een ander zei: 'Stop!
Hou daar eens mee op!
Jij mag in mijn anus pro Deo'

(Of dat blasfemische liedje over de kruisiging, op de melodie van *Bibbidi-Bobbidi-Boo* van de Disney-film *Assepoester*, waarover ik het al eerder heb gehad, in deel twee toen ik vertelde over onze godsdienstleraar, kent u hem nog, Mister Golgota?)

Pak een spijkertje...
En een hamertje...
En kom lekker meetimmeren...
We spijkeren het kindje Jezus vast
En dan kan hij er niet meer af!!

(en deze variant op een kerstlied)
De herdertjes lagen bij na-ha-hachten
zij lagen bij nacht in het veld.
Ze wilden Maria verkra-ha-hachten,
maar zij was helaas ongesteld.
Daar hoorde je engelen hijgen,
het sperma dat vloog in het rond.
En Jezus kreeg toen ook een stijve
en neukte de os in zijn kont.

Ze werden afwisselend gezongen met andere rijmpjes die bijvoorbeeld nuttig waren om de voedingsstoffen te onthouden: Eikels Kunnen Veel Waarnemen, Maar Verder? EKVWMV stond dan voor eiwitten, koolhydraten, vetten, enzovoort.

Ten slotte het al eerder genoemde citaat (uit de *Aeneis*, die we op het gymnasium lazen)

Geef je toekomstige bruid Lavinia een ted're kus
dan krijg je vast weldra een penis erectus.

De beroemdste foute hypothetische stelling was: 'Als mijn opa drie ballen had, was hij een flipperkast geweest.' Om duidelijk te maken dat het geen zin had om veronderstellingen te maken: *as de as breekt, valt de kar, as is verbrande turf,* en de geschiedenis wordt niet geschreven met alsen en maren.

Hasta la vista!
Zag je hoe ze pieste?

Een eindeloze reeks domme, obscene rijmpjes, flauwe woordspelingen en middelbareschoolhumor. Arbus was er dol op. Je zou niet verwachten dat hij die onzin zo leuk vond, ik had eerder gedacht dat hij erop neer zou kijken (wat kun je er toch ver naast zitten in je beoordeling van anderen, en nog veel verder in je idee van hoe anderen jou beoordelen! Dat is een ongelooflijke keten van misverstanden: wat wij ten onrechte over onszelf denken, wat anderen ten onrechte over ons denken, wat wij ten onrechte over anderen denken, wat wij ten onrechte denken dat anderen over ons denken, wat anderen ten onrechte denken dat wij van hen vinden.)

Het is geel en het pest?
Een bana-na-na-na-naa

En een drol naast de wc?
Een drukfout

Een non op een brommer?
Nondeknetter

In de klas 5318537 of 7139 op je rekenmachientje intikken en het dan ondersteboven aan iemand laten lezen.

Een sigaret noemde men een saffie, en de onderbouw was de kleuterschool.

Even de boel aan kant maken (dat zei mijn moeder om de zoveel tijd als ze het op de heupen kreeg en bijvoorbeeld de garage of de kelder eens wilde gaan aanpakken: 'Het is tijd om de boel eens even goed aan kant te maken' of 'om er eens even goed de bezem door te halen' – een zin die net zo goed gebruikt werd door extremisten die hun politieke tegenstanders wilden uitschakelen: 'Laten we hun wijk aanvallen en de boel even goed aan kant maken', of 'Er moet eens flink de bezem door het QT'.)

Uitroepen als:
Ga toch vissen!

Wat een figuur!
Ben je betoeterd!
Loop naar de pomp!
Loop naar de hel!
Loop naar de maan!
Waarom? Daarom!
Als het u niet ontrieft...

Heb je dorst? Ga dan naar Jantje Worst. Die heeft een hondje, dat pist je in je mondje.

Kun je schrijven? Schrijf het dan maar op je buik.

Kun je rekenen? Reken er dan maar niet op.

Dan had je natuurlijk ook nog de typisch Romeinse uitdrukkingen.

Van iets wat nutteloos of kapot was, werd met gevoel voor retoriek gevraagd: 'En wat kan ik daarvan brouwen? Een potje bier?'

In Romeins dialect: *Gajardo!* als uitroep van enthousiasme om te zeggen dat iets mooi, sterk, indrukwekkend is. Dat woord heb ik in geen jaren gehoord. Vroeger was het heel gewoon. Iedereen zei het.

Van een zwangere vrouw werd gezegd '*Ze is in zekere toestand*'.

Als ze zich prostitueerde, zei men: '*Ze zit in het leven.*'

Als ze preuts was, heette het: 'Ze denkt zeker dat ze Maria Goretti is!'

Als men het over de jeugd had, op tv of in de kranten, had men het om de een of andere reden altijd over 'de jeugd van tegenwoordig'.

Eveneens in Rome werd zonder enige aarzeling gebruikgemaakt van ernstige ziektes of gebreken om iemand te beledigen. 'Je lijkt wel een spast!?' werd er geroepen als iemand iets vrij eenvoudigs niet voor elkaar kreeg; van een magere knul zei men dat hij 'rachitis' had.

En dan nog wat Franse woorden die nu uit ons taalgebruik verdwenen zijn, een teken van het internationale verval van die taal, maar die door onze ouders nog volop werden gebezigd: *vedette, entraineuse, gigolo, chaperon, exploit, mannequin*, om het nog niet te hebben over de stoffige *abat-jour*, de *paletot* (mantel), over *secretaire, negligé, refrain, console, frigidaire*.

Het was ook een tijdperk waarin men voor voorwerpen bijvoeglijke naamwoorden gebruikte die normaal alleen betrekking hebben op personen, zodat onze moeders een jurkje 'aardig' noemden en de stof waarmee een bank was bekleed 'sympathiek'.

'Hoe weet je dat?'

'Dat zei het journaal.'

Hoofdstuk XV

Hier eindigt het jaar 2015. Duizenden mensen zijn verdronken terwijl ze probeerden de Egeïsche Zee over te steken. Nu het winter is, is de zee ruw en de reis nog gevaarlijker. De vluchtelingen trekken en masse door Europa. De ene dag worden ze tegengehouden, de volgende dag verwelkomd. Er is een bejaarde archeoloog onthoofd en zijn onthoofde lichaam is opgehangen aan een oude zuil. S.S. Lazio heeft zich niet weten te plaatsen voor de Champions League, ze werden in de voorrondes uitgeschakeld door een Duitse club die is vernoemd naar de producent van aspirine. Ondanks al zijn ervaring en zijn nuttige contacten bij het kadaster heeft landmeter Rocchi nog steeds geen manier weten te vinden om mij te verlossen van die twee vierkante meter van een binnenplaats in Talenti die ik tegen wil en dank bezit. Dat is allemaal alleen maar slecht nieuws, maar er is ook goed nieuws geweest. Dat moet er zijn geweest, zeker weten. Alleen kan ik er nu niet opkomen. Het is Kerstmis. Ik ben bij de nachtmis op het SLM. Het is me eindelijk gelukt; en de mis wordt gecelebreerd door don Salari.

Hij is nog ouder en krommer geworden, maar hij heeft een goed gestel. Een mooie uitstraling. Misschien is hij behalve oud ook ziek; maar hij draagt zijn kruis fier, zoals ook de laatste paar oude, lijdende pausen gedaan hebben – en zoals ook de huidige nu al doet, die er veel slechter aan toe is dan hij overkomt – en beperkt de ergernis die hij voelt tot een heel lichte grimas op zijn nu al ingevallen gezicht, terwijl hij zich naar het altaar draait, rommelend met de benodigdheden van de mis en met het boek op de lessenaar, en alleen het teken geeft om neer te knielen, die kleine buiging. Don Salari is zo vermoeid en stram dat je het idee krijgt dat hij elk moment doormidden kan breken. En ook de zinnen die hij zegt zijn stram geworden, de syntaxis die ze met elkaar verbindt staat steeds op het punt om te verbrokkelen, geproduceerd door een inmiddels uitgebluste geest, en door een paar schrale lippen.

‘Het is niet alleen zo dat we God nooit hadden gekend als Jezus Christus er niet was geweest, maar dan hadden we ook onszelf niet gekend. Het is alleen dankzij de komst van Jezus dat de mens bestaat, dat de mens, of nee, dat alle mensen ieder voor zich van een bepaald belang zijn en aandacht verdienen. Stuk voor stuk. Vóór Jezus bekommerde niemand zich om een ander, en trouwens ook niet om zichzelf, om zijn eigen innerlijke leven, dat was alleen maar een weerzinwekkende leegte. Daarin ligt de enorme onmenselijkheid van het verleden. De onverschilligheid jegens de mens. Ik zeg u dat de wereld zonder Jezus een hel zou zijn. Misschien zullen sommigen van u tegenwerpen: maar de wereld ís ook een hel! Dan is mijn antwoord: vriend, niet vloeken! De hel is echt wel even wat anders, wat wij hier hebben zijn daar alleen maar bleke, slappe aftreksels van... imitaties... miniaturen...’

Ik wilde nu eens echt serieus, aandachtig naar iemand luisteren. En don Salari was vol bezieling die nacht.

‘Aangezien alles in een mens twijfelachtig is, is het altijd verdacht als hij een hoge pet van zichzelf opheeft. Dus als hij wil laten zien dat hij beter is dan anderen moet hij zijn toevlucht nemen tot zijn kapsel, zijn kleren, zijn woning, zijn voorouders... Als ik over straat loop en ik zie een man voor het raam staan, moet ik dan denken dat hij uit het raam kijkt om míj te zien?’

Wij zouden nooit iets kunnen gaan begrijpen als dat niet eerst, als noodzakelijke voorwaarde, onbegrijpelijk was voor ons. Begrijpen is een proces, een bewustzijnsverandering. Een waarheid moet dus goed verstopt zitten om te kunnen worden onthuld. Je moet níét weten om te kunnen begrijpen. Sterker nog, we kunnen wel zeggen dat alleen datgene wat mysterieus is in bepaalde mate begrijpelijk wordt.

Voor mij gold op dat moment dat ik begreep en niet begreep. Dat ik zag en niet zag. Die nacht op het SLM waren de gelovigen die de mis volgden me niet vreemd, ik had niet het gevoel dat ze anders waren. En toch kende ik er niemand van. Er moesten toch vast en zeker wel wat schoolgenoten van vroeger tussen zitten.

Ik begon alle aanwezigen te bekijken op zoek naar gelaatstrekken die me bekend voorkwamen. Ik zou ze niet in verband kunnen brengen met een specifieke naam. Jochies van veertig jaar geleden die groter waren geworden en toen volwassen en inmiddels bijna oud. Er was er wel eentje die nogal de aandacht trok. Hij antwoordde luid en duidelijk op de vaste formuleringen die don Salari de microfoon in wierp. Hij zat niet te mompelen, maar reageerde rechtstreeks op het rituele appel van de oude priester, ik zou haast zeggen *vol vertrouwen*. Voor hem hadden die woorden echt betekenis, het was niet alleen maar een vast riedeltje om op te dreunen. Hij zou ze sowieso hebben uitgesproken, ook als ze niet in het misboekje of het missaal hadden gestaan. Die woorden waren bestemd om een concreet effect te sorteren. Dat was immers het doel van het gebed.

Ik bekeek hem wat beter. Hij was een grote, forse man met grijs haar en een doorzichtige huid, een soort oude Zweed, goed gerijpt, waardig, zoals degenen die het publiek vormen bij de ouverture van *De toverfluit* in de verfilming van Bergman. Ik meende hem te herkennen als Ezechiele Rummo, de oudste broer van mijn klasgenoot Gioacchino. Die had ik al heel lang niet meer gezien. Ik weet dat zijn kleine uitgeverij een paar jaar eerder was gesloten, hij kon de kosten niet meer opbrengen. De Sardische successchrijfster van Rummo Libri verkocht ineens niet meer, van het ene boek op het andere; daarom had ze besloten van uitgeverij te veranderen en was ze overgestapt naar een heel commercieel huis dat haar kon verzekeren van aanzienlijke voorschotten en een grote publiciteitscampagne, maar het succes van haar eerste novellen was niet meer herhaald. Naast Ezechiele, die zelf al oud overkwam op mij, zat een echte bejaarde man, ineengekrompen, maar met prachtig zilvergrijs haar en een bril met rond schildpadmontuur. Ik bedacht dat alleen Le Corbusier zich zo'n bril had kunnen permitteren zonder over te komen als het cliché van de architect. Ik had vrijwel meteen spijt van die boosaardige gedachte. Naast hem op de bank zaten twee heel knappe jonge mensen die indrukwekkend veel op hun opa leken, een jongeman van een jaar of dertig en een vrouw van een paar jaar jonger die een kind op schoot had met een prachtig, volmaakt koppie, met heel korte haartjes, zo blond dat ze haast wit leken. Die twee zouden broer en zus kunnen zijn, of misschien man en vrouw met hun kindje; of anders een broertje geboren uit een laat tweede huwelijk van Ezechiele, mijmerde ik.

Het stempel van de familie Rummo was zo sterk dat het zelfs invloed had op degenen met wie ze trouwden; of misschien werden die juist uitgekozen omdat ze sowieso al op de familie leken, en nam men alleen iemand tot man of vrouw die tot hetzelfde ras behoorde: dat wil zeggen blond, lang, katholiek, altruïstisch. Dus de blonde vrouw die de gelederen van de familie Rummo sloot tijdens die nachtmis zou de vrouw van Ezechiele kunnen zijn, of misschien een van de zussen, Elisabetta of Rachele, of wie weet zelfs een volwassen dochter van Ezechiele zelf, maar dat was onmogelijk te zeggen, want terwijl de anderen zaten, was zij nog steeds geknield en zat ze te bidden met haar handen voor haar gezicht. Ze droeg een korte rode jas en uit de mouwen staken haar lange, bleke vingers waarachter ze zich verborg. Ik kreeg een onbenullige gedachte. Ja, heel onbenullig. Misschien was dat wel de enige reden waarom ik als jongen had besloten niet meer naar de kerk te gaan: omdat ik het niet voor elkaar kreeg om tijdens de mis niet een indrukwekkende hoeveelheid gedachten in me op te laten komen die er niets mee te maken hadden, en er totaal los van stonden, waaronder een heleboel onbenullige, andere zondig, om van te blozen, en weer andere gewoon grappig.

Wat ik dacht is dat het een enorm genoegen voor me zou zijn geweest, en een onverdiend geluk, als ik bij het betreden van de kerk in het SLM puur toevallig had plaatsgenomen naast die vrouw met de rode jas, alleen omdat ik dan op het moment dat we elkaar na het Onzevader een teken van vrede moesten geven haar hand had kunnen vastpakken. Die had ik dan even wat langer vastgehouden om hem te verwarmen, ze had vast en zeker koude handen. Dan had ik vrede gesloten met haar. En aangezien ik aan de zijkant van de bank zat, zou ik dat met niemand anders doen. Alleen met haar. Ik voelde een steek van teleurstelling omdat dat niet gebeurd was. En nu kon ik natuurlijk onmogelijk nog ergens anders gaan zitten, en in de bank bij de familie Rummo aanschuiven, waarbij ik hen dan dicht tegen elkaar aan dwong om plaats te maken voor mij, terwijl Ezechiele aan don Salari, die zijn parochianen had aangespoord met 'Verheft uw hart', antwoordde:

WIJ ZIJN MET ONS HART BIJ DE HEER.

'Brengen wij dank aan de Heer onze God.'

HIJ IS ONZE DANKBAARHEID WAARDIG.

'Heilige Vader, almachtige God, terecht brengen wij u lof en dank...'

En dat was waar, in het geval van Ezechiele: hij was met zijn hart bij de Heer, net zoals zijn oude vader, de architect Davide Rummo van in de tachtig, met zijn onnozele maar oprechte hart bij de Heer was. Eindelijk haalde de vrouw met de rode jas haar handen voor haar gezicht weg en zag ik dat zij ook oud was, net als de architect, en dat zij dus ook de andere architect was, zijn vrouw Eleonora, de moeder van Ezechiele en Gioacchino en van dat hele broedsel kinderen die nu allemaal minstens vijftig waren. Allemaal, op één na. Ik stelde me voor dat ze had gebeden voor de verre herinnering aan Giaele. Haar bloedeloze handen, waarvan ik het net had betreurd dat ik ze niet kon vasthouden, waren de handen van een oud vrouwtje, en haar gezicht was wit. Ze had rode, afwezige ogen. Haar aanblik ontroerde me.

Ja, nou, ik zou willen dat ik de kracht had, ik in mijn eentje, van die hele familie, om Gods wil te buigen met mijn smeekbedes. Het verloren geluk te herstellen. De eed te hernieuwen. En gemakkelijk vergiffenis te krijgen voor het feit dat ik de vrouw van een ander had begeerd, ook al had ik er dan alleen maar naar verlangd haar hand aan te raken, tijdens een religieuze ceremonie. Het was me bij bepaalde begrafenissen wel overkomen dat ik voor mezelf naging wie van alle vrouwen de begerenswaardigste was, wie de tranen het mooiste stonden. In plaats van dat ik aan de overledene dacht, en om hem treurde, stelde ik vlugge ranglijstjes samen als bij een schoonheidswedstrijd. Schoonheid + verdriet, een onweerstaanbare formule. Iemand als don Salari was beslist op de hoogte van de afleidingen die de geest kan produceren. Zou hij die veroordelen? Rangschikte hij ze onder de andere zonden? Leerde hij mensen hoe je die in de hand moest houden, of vond hij het geen probleem, omdat hij ook wel had begrepen dat men de kille dood ontvlucht op zoek naar zachtere, aangenamere, sensuelere gedachten – zoals de mensen naast je aanraken, kussen...? begluren?

Vroeger moest je dat soort dingen onderdrukken, gewoon onderdrukken. Maar tegenwoordig?

Ik weet nog welke zin ik het mooiste vond van de mis, voordat ik ophield die te bezoeken, namelijk 'Kyrie eleison.'

Kyrie eleison...
Christe eleison...
Kyrie eleison...

Ik vond het prachtig klinken.

Toen men later begon te zeggen 'Heer ontferm u' en 'Christus ontferm u', verloor de litanie haar charme. Het werd zeurderig, toen we eenmaal begrepen wat het betekende. En daarna raakte ik zelf verloren. En geen enkele Griekse tekst was in staat om me terug te halen.

'Ik belijd voor de almachtige God, en voor u allen, dat ik gezondigd heb, in woord en gedachte, in doen en laten... door *mijn schuld,* door *mijn schuld,* door mijn *grote* schuld.'

Ook nadat het confiteor voortaan in de Italiaanse vertaling werd opgezegd, vond ik het als kind leuk om drie keer op mijn borst te slaan terwijl ik schuld, schuld, schuld herhaalde. Het was een theatraal gebaar. Ik voelde me helemaal niet schuldig, maar ik sloeg flink met mijn vuist, schuld, schuld, schuld... totdat ik echt pijn voelde, vanwege een echte schuld. Je hoefde niet te weten welke. De authentieke schuldbelijdenis gaat voorbij specifieke zonden: de ene keer is het dit, de andere keer is het dat, wat maakt het uit?

Ik weet eerlijk gezegd niet wat erger is: geloven en er dan achter komen dat je vergeefs geloofd hebt (maar dat is onmogelijk, want als er na dit leven niets is, zal enig besef van ons ook niets zijn, of je nu wel of niet gelijk had), of niet geloven, en er dan uiteindelijk achter komen, als het te laat is, dat Hij bestaat.

Hoofdstuk XVI

Het was tijdens zo'n wintersportweek die het SLM organiseerde in de Dolomieten, in Lavarone. Ik herinner me een massief, lelijk hotel buiten het dorp, tegen de berghelling. Behalve het skiën, een sport waar ik nooit van heb gehouden en ook nooit goed in ben geweest, doordat ik de bochten maar naar één kant goed kon maken, herinner ik me wel met plezier of weemoed de fanatieke pingpongtoernooien, het doelschieten in de verse sneeuw, de avondvertoningen van stichtelijke rolprenten (*Marcelino, pan y vino* bezorgde mij en de andere opgewonden jongens zowat een zenuwinzinking, als een horrorfilm, wat het in feite ook was: een katholieke horrorfilm), ik herinner me de bomvolle, feestelijke refter en de rode wangen en de schoenen van zeehondenbont en het hoesten. De avond voor de skiwedstrijden waren de grote en de goede jongens (niet ik dus, maar ik keek wel gefascineerd toe, alsof ik in het kabinet van dokter Faust was) de hele tijd bezig hun omgekeerde ski's met de punten omlaag in te wrijven met skiwas, in de grote, donkere kelderruimte van het hotel. Hun gezichten rood van de kou en de vlammen waarmee ze de blokken skiwas verwarmden. Ik herinner me de liefdevolle zorg die werd gewijd aan de Kneissls, de Rossignols, de Atomics, de Völkls, de Heads. Ik heb minutieuze herinneringen aan onbeduidende details, en van de rest slechts globale beelden.

Tegen het eind van de skivakantie, een paar dagen voordat we naar huis zouden gaan, kreeg ik koorts. Het is een klassiek fenomeen dat kinderen ziek worden wanneer ze weg van huis zijn. 'Als hij maar niet ziek wordt,' zeggen mensen wanneer hun kind vertrekt voor een schoolkamp, een ponyweek, een WNF-rangerclubkamp, een studiereis, een tenniskamp in de Apennijnen. Ik heb nooit begrepen of kinderen dan zo gemakkelijk ziek worden door de opwinding, de angst voor het nieuwe, de inspanning, de klimaatwisseling, of door wat ze eten, en waar ze slapen... door de zindering van een leven dat anders dan anders is. Kinderen zijn gewoontedieren, veel meer dan oude mensen. Het typische gevolg van de verstoring: griep of bronchitis. Misschien was ik doorweekt van de vele valpartijen in de sneeuw teruggekeerd in het hotel van de paters, en was ik met mijn natte kleren op bed geploft en meteen in slaap gevallen. Toen ik wakker werd voor het avondeten had ik pijn in mijn rug, mijn benen en al mijn botten, en ik rilde. Aan tafel had ik nergens trek in, zelfs niet in een kop bouillon. 'Je hebt waterige ogen,' zei een pater tegen me. 'Kom eens even hier', en hij legde een hand tegen mijn voorhoofd.

Hij had een grote hand.

'Jezus, je bent bloedheet!'

Deze pater was niet van het SLM maar kwam van een andere katholieke school ergens in Italië, dus hij was geen leraar of onderwijzer van ons, maar we kenden hem inmiddels goed, aangezien hij al vanaf het begin van de vakantie in Lavarone bij ons was. We hadden hem daar aangetroffen toen we aankwamen met de bus uit Rome. Hij was aardig, vriendelijk, hij lachte vaak, maakte grapjes met iedereen, maar het was duidelijk dat hij ook gerespecteerd werd. Hij had sproeten en zijn weinige haren waren dun en blond, en hij droeg een bril zonder montuur, zo een waarvan je niet snapt hoe de glazen erin blijven hangen. Hij heette pater Marenzio. Ik heb geen idee wat voor verantwoordelijkheid of wat voor functie hij precies had. Hij speelde in elk geval wel een grote rol in de organisatie van de wintersportvakantie: hij ging over van alles, van de indeling van het pingpongtoernooi tot het beheer van het kastje met de medicijnen en de sterkedrank, en hij was altijd degene die het startsein gaf bij de tijdafdalingen, die we de dagen daarvoor gedaan hadden als voorbereiding op de finales. Ik was halverwege gevallen, door mijn gebruikelijke gripprobleem met de bochten naar rechts, dus mijn tijd was niet opgenomen. Maar ik zou sowieso niet deelnemen aan de finale.

'Je kunt maar beter meteen naar bed gaan, anders word je veel te moe,' zei pater Marenzio, en hij wenkte me zodat ik opstond van de lange tafel in de refter. Een paar jongens zeiden me gedag. Arbus was er niet, die ging nooit mee met de wintersportweek. 'Kom,' zei de pater, en hij bood me zijn grote hand, en ik gaf hem de mijne, die er helemaal in verdween, en we liepen door de lange gang die als een tunnel door het hele hotel liep. Uiteindelijk stonden we in het kantoortje met de EHBO-kast. Het was een houten kast met glazen ruitjes, afgesloten met een lang, smal hangslot (kijk, dat zijn details die ik me herinner alsof ze onuitwisbaar zijn: die glasplaatjes met gordijntjes erachter om de medicijnflesjes te verbergen, dat langwerpige slot dat door vier ringen ging). Pater Marenzio vond een koortsthermometer en schudde ermee. Intussen zei hij dat ik kon gaan zitten op een houten bank.

'Je moet even je temperatuur opnemen.'

Ik pakte de thermometer aan, schoof de zoom van mijn pullover en de kraag van mijn overhemd opzij en wilde hem onder mijn oksel stoppen, maar Marenzio schudde zijn hoofd.

'Nee, niet daar.'

Ik trok het glazen staafje meteen weer tevoorschijn en was beduusd. Er ging een koortsrilling door me heen en ik was bang dat ik de thermometer zou laten vallen. Ik had een droge mond.

Marenzio wees naar mijn lies.

'Daar is het beter,' zei hij, 'dan is de uitslag betrouwbaarder.'

Ik weet niet wat voor gezicht ik trok, maar de pater begon te lachen en pakte de thermometer uit mijn hand. 'Je hoeft je heus niet te schamen, hoor. Je bent ziek. We moeten weten hoe hoog je koorts is. Ik draai me wel om, oké?' En hij draaide zich met zijn gezicht naar een schilderij van de zalige oprichter dat achter het bureau hing, met een droog olijventakje in de lijst gestoken. Hij hield zijn grote sproetige handen achter zijn rug, onder de band die het habijt om zijn middel bijeenhield, en tikte met zijn vingers tegen zijn handpalmen.

'Klaar?' en hij reikte de thermometer tussen zijn vingertoppen aan. 'Het hoeft geen uren te duren, hè!' en hij lachte weer.

Ik knoopte snel mijn broek los en stak de thermometer recht tussen de plooi tussen mijn onderbroek en mijn ene dij. Die voelde bloedheet en bezweet.

Ik deed mijn broek weer dicht en hij draaide zich naar me om.

'Ha, goed zo. Over vijf minuten weten we het.'

Hij stak zijn hand uit en aaide over mijn gezicht. Het voelde als een koele hand, en groot. Zijn streling eindigde toen hij de haarlokken achter mijn oor had gestreken. 'Nou, het wordt wel tijd...'

En met twee vingers maakte hij een knipgebaar.

'Tjak!'

Ik had 39,5. Ik deed mijn gezwollen ogen open. Ik lag in pyjama op onze slaapzaal met zes bedden, en aan het voeteneind van mijn bed zat pater Marenzio. Hij keek me glimlachend aan, met een arm op de rand van het bed leunend. Hij zei: 'Nou, wat zullen we doen?' Ik glimlachte flauwtjes, als om me te verontschuldigen. Een kind dat ziek wordt op vakantie is ellendig. Ik geloof niet dat hij me iets van een medicijn had gegeven. Ik hoestte niet en had geen keelpijn, alleen maar koorts. Maar hij had wel een kruidenthee voor me gezet. Ik herinner me dat ik die onder dwang had opgedronken, terwijl de pater voortdurend de theekop kantelde en ik een slok moest nemen om niet te stikken. De thee was bloedheet en rook naar rottend gras. De andere vijf bedden om me heen waren leeg. Mijn klasgenoten waren nog beneden aan het spelen of de gebruikelijke zwart-witfilm aan het kijken, over een heroïsche onderneming in de bergen, of *The Ten Commandments*. Als enige verlichting in de slaapzaal had pater Marenzio het kleine lampje boven de wasbak aangedaan. Zijn gezicht was donker, in tegenlicht, maar ik zag dat hij glimlachte, en af en toe zag ik zijn brillenglazen glinsteren. Ik hoorde zijn stem tegen me praten, maar ver weg, afgezwakt.

'Hou je handen boven de dekens...'

Ik haalde ze tevoorschijn. Ze waren vochtig, want ik hield ze op mijn bloedhete liezen, in mijn pyjamabroek, ter bescherming.

'Zo ja, goed zo... *goed zo...*'

Misschien zei pater Marenzio nog vaker 'goed zo', maar ik hoorde het amper meer. Hij had mijn hand vastgepakt.

Ik weet niet waarom ik bedacht dat de baard en het haar van Mozes intussen helemaal wit en ellenlang moesten zijn geworden, en dat hij nooit zal aankomen in het Beloofde Land: hij zal het vanuit de verte te zien krijgen, en dan zal hij sterven. 'Wat ben je warm,' zei pater Marenzio, terwijl hij mijn pols vasthield. Ik zei: 'Dank u', zoals mijn moeder me geleerd had: altijd bedanken. 'Morgen is het wel weer over, dat zul je zien.'

Hij keek op zijn horloge en zijn bril glinsterde, en ook zijn dunne blonde haar op zijn rozige schedel. 'Maar straks komen je klasgenoten, dan doen ze het licht aan en zijn luidruchtig, en dan maken ze je wakker.' Eerlijk gezegd was de pijn op dat moment al bijna over en de hoge koorts bracht me in een passieve, maar niet onaangename gemoedstoestand. Mijn bed voelde weer zacht. Zo meteen zouden Barnetta, Zarattini en de anderen naar de slaapzaal komen. Ik verheugde me er vooral op om Stefano Jervi te zien, die in het bed naast het mijne lag, en hem met zijn gebruikelijke arrogantie te horen vertellen over de manier waarop hij de slalom zou gaan winnen. Hij was een kleine kampioen. Hij had nieuwe ski's, geel met een paarse bliksemschicht erop, en geweldige skischoenen, met gespen waarmee je ze in één keer dicht kon klikken, heel wat anders dan de mijne met ellenlange veters die ik met veel moeite moest strikken. 'Ik wil de jongens graag zien,' mompelde ik tegen pater Marenzio, en ik gleed met mijn tong over mijn droge lippen. Hij liep naar de wasbak, spoelde de beker die onder de spiegel stond om, vulde hem met kraanwater en bracht hem naar mij. 'Drink maar.' Ik moest veel drinken, zei hij. 'Nou, dat is eigenlijk niet zo'n goed idee. Straks steek je iedereen aan.' Hij lachte geluidloos. 'En dan hebben we morgen zes jongens in bed liggen met koorts, in plaats van eentje!'

Pater Marenzio was groot en fors en hij droeg me met gemak in zijn armen. Ik had mijn armen om zijn hals geslagen en hield mijn hoofd tegen zijn schouder. Mijn pantoffels bungelden aan mijn voeten. Ik heb dingen als pantoffels altijd gênant gevonden: hun vorm, hun functie, hun lelijke kleuren. De schouder van de pater was koel en mijn ogen vielen dicht. Ik droomde weer van Mozes met de vuurtongen die een voor een de tien geboden vormen, door de letters in het steen te kerven, en hoe hij later woedend de stenen tafels kapotsmijt tegen de aanbidders van het Gouden Kalf. De hitte die ik voelde was die van een zandwoestijn gegeseld door de wind, en ik had weer een droge mond. Ik weet niet of ik de moed zou hebben gehad om door te gaan, of dat ook ik zou hebben geprotesteerd dat ik wilde terugkeren naar Egypte. 'Laten we teruggaan, laten we naar huis gaan...' We gingen de trap op. De stok van Mozes kwam tot leven en veranderde in een slang. De slang kronkelde weg en kroop in het water onder de grond. Er zat water onder de woestijn, een heleboel verborgen water, ooit was de woestijn een bloeiende plek dankzij dat water, er stonden grote paleizen met trappen en terrassen en tuinen en fonteinen. De kruiken waren vol en koel. De slang spuugde een straaltje water uit. Wij lagen te rusten in het halfdonker van een kamer met de luiken op een kier, we waren gebruind en vermoeid door de zon, uitgeput van het spelen, de lakens waren wit en koel... Het zweet op mijn voorhoofd droogde in de stof van het habijt van pater Marenzio. Hij was de enige die ook daar in de bergen zijn habijt droeg. De andere geestelijken droegen een geruit overhemd en een trui. De slang ademde in het halfdonker en een naakte vrouw luisterde verrukt naar hem, en volgde hem. 'Eet deze appel. Daar is niets verkeerds aan.' Er is niets verkeerds aan... er is niets verkeerds aan... en zij gehoorzaamde hem. Ik voelde me net zo gehoorzaam. Om mijn gehoorzaamheid te verkrijgen was er geen enkele aandrang nodig. Mijn rechter pantoffel viel van mijn voet en pater Marenzio bukte zich geduldig om hem op te rapen terwijl ik me stevig vastklemde aan zijn hals, hij kwam weer overeind, en we keken elkaar in de ogen. Hij glimlachte. Hij was sterk en kalm, maar vastberaden. Zijn ogen waren vol liefde. 'Weet je dat je zo licht als een veertje bent?' zei hij. Hij deed mijn pantoffel niet terug aan mijn voet maar klemde hem stevig in zijn vuist. Kneep hem plat. 'Misschien wel het veertje van een engel', en hij lachte vrolijk.

Als een van ons tweeën een engel was, zou hij dat eerder zijn. Pater Marenzio. De beschermengel, die over iedereen waakt. Die je leidt in het donker, die je leert wie je bent, die op het laatst omlaag komt vliegen om je te redden. Jouw lichtende naam op de muur, jouw eigen naam, eindelijk verhelderd. Edoardo... de hoeder van het goede. Dat goede dat altijd in gevaar wordt gebracht. De een wil het stelen, de ander wil het kapotmaken. 'Edoardo, toe, wakker blijven...' maar ik hield mijn ogen half dicht. Het licht in de gang op de zolderverdieping was uit en de houten vloerplanken kraakten bij elke stap onder de voeten van pater Marenzio. 'We zijn er,' zei hij.

Hij legde me in zijn bed. Op het tafeltje tegenover het bed stond een karaf, en er lagen boeken. Door de gordijnen voor het raam scheen een zwak licht naar binnen, misschien van de maan weerkaatst op de sneeuw. Hij wilde opnieuw mijn temperatuur opnemen, om te kijken of die was gestegen, en deze keer deed hij het zelf. Hij tilde de ruwe bruine deken op en trok mijn pyjamabroek omlaag. Ik werkte mee door mijn rug hol te trekken, zodat het elastiek onder mijn billen door schoof, en ik deed mijn ene been opzij, het rechter. Ik dacht dat hij de thermometer daar tussen wilde doen. Dat deed pater Marenzio, en ik legde mijn been weer tegen het andere. De thermometer bleef rechtop staan. Zelfs mijn moeder had dat nooit gedaan, volgens mij. Ik had het altijd zelf gedaan, al van kleins af aan. Daarna legde hij alleen het laken over me heen, en samen wachtten we vijf, tien minuten.

'Wat ben je mooi...' zei pater Marenzio terwijl hij me streelde. 'Echt een mooie jongen...' en ik zag zijn gezicht dicht bij het mijne. Hij had de kruk naast het bed geschoven. Hij glimlachte naar me. 'Je bent zo mooi... en lief...' Zijn sproeten gloeiden in zijn gezicht, en achter zijn brillenglazen glinsterden zijn grote, lichte ogen ontroerd. Nadat hij de thermometer uit mijn lies had gepakt, had hij niet tegen me gezegd of de koorts nog was gestegen, ik had het idee van wel, maar dat was niet van belang. Ik bedacht dat Jervi op datzelfde moment met de anderen lag te snurken op onze slaapzaal. Dromend over de wedstrijd van morgen. En dat hij die zou winnen, natuurlijk. Ik viel steeds even in slaap en werd dan weer wakker. De grote engel bij de poort van de hemel had een vlammend zwaard, maar in plaats van dat hij de mensen wegjoeg, gebaarde hij met het zwaard dat ze naar binnen konden komen. Ik liep nieuwsgierig dichterbij, ook al werd ik verblind door het licht dat uitstraalde van de poort, en het zwaard, en de engel. Ik wilde evengoed naar binnen. 'Wacht, wacht.' Pater Marenzio wreef in zijn gezicht en in zijn ogen achter de brillenglazen, 'Wacht,' zei hij hijgend, 'wacht!' en toen hij mijn gezicht en hals weer aaide voelde ik dat zijn grote hand nat was. En die aanraking vond ik prettig. Dat zei ik tegen hem. Daarop maakte hij een zakdoek nat onder de kraan van de wasbak, wrong hem uit en legde hem een paar keer dubbelgevouwen op mijn voorhoofd. 'God zegene je,' zei hij, 'God doet wonderen... op deze aarde.'

Ik denk dat het inmiddels diep in de nacht was. En dat het tot aan het ochtendlicht zo doorging.

Hoofdstuk XVII

Arbus is weer verdwenen. Misschien had hij het gevoel dat hij alles wel gezegd had, tegen mij. Volgende week heb ik een afspraak met de oude weduwe van Paris, om me te laten vertellen hoe die proletarische onteigening destijds is gegaan in hun winkel bij de Piazza Verbano. Zij was erbij die dag.

Maar deze keer moet ik mijn aandacht echt niet laten afleiden van de mis, ik wil tot het einde erbij blijven. Ik wil luisteren en deelnemen. Ik wil zorgen dat in elk geval deze nachtmis wél geldig zal zijn. Het slaat middernacht.

Kijk, het slaat middernacht, hij is geboren. Hij is geboren. Ik heb geen geloof. Ik heb het nooit gevonden. Eerlijk gezegd heb ik me nooit erg uitgesloofd om het te vinden. Ik dacht dat het uit zichzelf moest komen, het geloof, dat het me onverwachts moest treffen, als een ziekte of een winnend lot, maar blijkbaar werkt dat niet zo. Je moet je voorbereiden, je moet het lokken, als een prooi, zoals je een meisje verleidt, of laten merken dat je bereid bent je te laten verleiden, te laten vangen. Ben ik er nu klaar voor? Is dit het moment? Is dít het? Hoeveel van die momenten doen er zich voor, in het leven? Of is het er maar één, dat je meteen moet grijpen, nu of nooit? Bloeit het maar één keer, net als de plant die door mijn klasgenoot Jervi was vermoord? En als het dan sterft, dienen de tranen geplengd door hen die deze prachtige, unieke bloem liefhadden dan om iets te laten groeien?

O, wat had die Svampa gehuild om die dorre spriet!

Verdomde nichterige pater, het zal toch niet waar zijn dat jij ons nu weet te ontroeren?

Ook muren die zijn gebouwd om ons te beschermen kunnen instorten en ons doden, zelfs ladders gemaakt voor ons gemak en ons nut kunnen dodelijk worden. Dat had ik gelezen tussen de talloze overpeinzingen die Cosmo had verzameld in zijn notitieboekjes. Wat was het nut daarvan geweest? En voor wie? Voor hemzelf misschien? Waarom was hij gestorven zonder ze aan iemand te willen meedelen?

Waarvoor ben je nou eigenlijk doodgegaan, ouwe taalleraar? Jouw wederopstanding is een verre luchtspiegeling. Je lichaam zal worden weggenomen. Ik wist heel goed wat niemand me vroeg. Als ze het me zouden vragen, zou ik het niet meer weten. Mijn gedachten zwierven tussen de beelden van de verstreken tijd en van de tijd die nog zou komen, in afwachting van het ontwaken.

De gelovigen gingen in de rij staan om ter communie te gaan. Niet alle Rummo's gingen. De oude Eleonora bleef geknield op haar plek zitten. Ze keek naar de anderen. Toen de jongere vrouw met het kind op de arm vooraan was gekomen bij don Salari, deed ze haar mond open en liet ze de hostie op haar tong leggen. Het kindje wilde zijn moeder nadoen, maar het was een lange geeuw, waarna hij zijn oogjes dichtdeed en in slaap viel. De bejaarde priester leek te glimlachen naar de kleine, waardoor hij zijn gebruikelijke strengheid even liet varen. Die rimpelige grimas kon eigenlijk allerlei betekenissen aannemen. Ik had ook zin om in de rij te gaan staan. Deze nacht leek onuitputtelijk: telkens wanneer de rij korter werd en bijna was opgelost, kwam er weer iemand bij, die tot het laatste moment had gewacht voor hij uit zijn bank opstond en zich aansloot, zoals ervaren reizigers doen bij de gate van een luchthaven om niet onnodig lang te hoeven staan. Misschien ging iedereen ter communie die nacht, in de kerk van het SLM, behalve Eleonora Rummo en ik. Don Salari gaf zichzelf als laatste de communie. Hij stopte de hostie in zijn mond alsof hij er dol op was, en zijn mond verdween met hostie en al.

Het was diep in de nacht. Aan de zwarte hemel pakten zich luidruchtige wolken samen. De hemel hing zwaar boven het moderne dak van de kerk, bedekt met koper. De regen kletterde erop neer. Het kruis fonkelde.

In ieder van ons handelt de rede heel traag, terwijl de emotie in een flits wordt opgewekt: angst, liefde, wrok en vrolijkheid spuiten omhoog en verdampen meteen weer. Verlangens gaan razendsnel in rook op. Nou, bij mijn vriend Arbus gebeurde toen hij jong was precies het tegenovergestelde: zijn intellect was bliksemsnel, zijn hart traag. Maar áls het dan eenmaal in beweging kwam...

De herinnering aan Arbus en zijn zus Leda was opeens niet langer een obsessie voor me, en werd duidelijk, eenvoudig. Perdita was ik, ik was Perdita, het kleine bleke licht dat gloeit op het nachtkastje, met de blauwe mantel, de neergeslagen ogen vol weemoed, de blote voeten.

We begrijpen niets van anderen. Misschien hebben we daar niet genoeg geduld voor. We beoordelen ze haastig, slordig, er valt nog zoveel te weten, nog zoveel te lijden en te genieten, maar we zijn hier neergeworpen, in het aantal, in de tijd, in de afmetingen, in de beperking van maar één geest.

We zouden meer moeten gaan voor het onzekere, dat zouden we in ons voordeel moeten aanwenden, ja, we zouden voor resultaten moeten gaan die niet vaststaan. Als wat we zoeken zich nooit zou voordoen, zou dat betekenen dat het niet bestaat of dat we het niet waard zijn om het te vinden. Maar het doet zich wel af en toe voor, en juist de zeldzaamheid ervan vlakt elke twijfel uit.

Met het ene gezang na het andere kwam de nachtmis op het SLM ten einde. En mijn hart was eindelijk vervuld van vreugde.

29 september 1975 – 29 september 2015

Opmerking

De katholieke school is gebaseerd op ware gebeurtenissen, waarvan ik deels rechtstreeks getuige ben geweest. Vanuit dat uitgangspunt heb ik allerlei episodes en personages vervlochten die in verschillende mate fictief zijn: sommige zijn van A tot Z verzonnen, andere leunen zwaar op gebeurtenissen die daadwerkelijk hebben plaatsgevonden, en op personen die bestaan hebben of nog bestaan. Ik heb zonder scrupules de waarheid, de vermeende waarheid, het waarachtige fictieve en het onwaarschijnlijke werkelijke vermengd; herinnering en fantasie met elkaar gekruist. Het zou zelfs kunnen dat het personage dat het verhaal in de eerste persoon vertelt niet volledig overeenkomt met de auteur die op het omslag prijkt.

Om misverstanden te voorkomen: bij de beschrijving van de delicten heb ik gebruikgemaakt van processen-verbaal, verhoren, afgetapte telefoongesprekken, interviews en vonnissen die betrekking hebben op de hoofdrolspelers van die misdrijven, waarbij ik waar nodig enige aanpassingen heb gedaan, enkele namen heb weggelaten of vervangen, meer omdat het anders verwarrend zou zijn geweest of nodeloos stof zou hebben doen heropwaaien. Het is geenszins de bedoeling van dit boek om een historische waarheid te reconstrueren of een alternatieve lezing van de feiten voor te stellen; hooguit om een sfeer te herscheppen die is gezuiverd van enige retoriek. De enige episode waarbij ik me heb losgemaakt van de officiële lezing van de gebeurtenissen die mijn uitgangspunt vormden, en waarbij ik enkele bekentenissen op mijn manier heb uitgewerkt die destijds door de onderzoekers niet betrouwbaar werden geacht, is de dood van Cassio Majuri, achter wiens naam een controversiële zaak schuilgaat; dat heb ik gedaan met louter narratieve doeleinden, en daarvoor neem ik dan ook de volledige verantwoording. Het materiaal van het bestaan en van mensenlevens is datgene waarvan de literatuur openhartig gebruikmaakt voor haar specifieke doeleinden.

Als ik sommige mensen door het hanteren van persoonlijke

waarheden schaamte en verdriet heb bezorgd, heb ik daar zelf geen verdriet van of schaamte over, tenzij het resultaat als middelmatig wordt beoordeeld, want in dat geval zou ik vinden dat ik excuses verschuldigd ben aan degenen die het slachtoffer zijn geweest van mijn gewetenloze tekortschieten. Te beginnen bij de lezers.

Het zou een eindeloze lijst zijn als ik alle teksten en personen zou opnoemen waaraan dit boek in kleine of grote mate schatplichtig is. Negen van de tien zinnen in de *De katholieke school* zijn te danken aan een externe bijdrage – verleend, geschonken, ontvreemd. De woorden van een bevriende dichter parafraserend: Als ik zou teruggeven wat niet van mij is, zou ik niets overhouden.

Van alles wat ik te danken heb aan degenen die me hebben geholpen bij het redigeren van een zo lange tekst, beperk ik me ertoe te wijzen op de ruimhartige adviezen van Margherita Loy en de stipte strengheid van mijn dochter Adelaide, die me ook heeft geholpen de handgeschreven stukken van dit boek over te typen. Naar hen en naar iedereen die beroepshalve heeft bijgedragen aan deze uitgave gaat mijn dankbaarheid uit.

De katholieke school zou nooit zijn bedacht, geschreven, herschreven en vooral ook voltooid zonder mijn steun en toeverlaat Francesca d'Aloja.

Verantwoording van de vertalers

Manon Smits dankt het Casa delle Traduzioni in Rome en het Europäische Übersetzer-Kollegium in Straelen voor de diverse aangename en nuttige werkverblijven.

Zoals de auteur aangeeft in zijn 'Opmerking', citeert hij geregeld andere schrijvers of dichters. De bron was niet altijd te achterhalen, en de citaten waren vaak geparafraseerd. Wij hebben gebruikgemaakt van onderstaande vertalingen:

Dante Alighieri, *De goddelijke komedie*, vertaling Ike Cialona & Peter Verstegen, Athenaeum-Polak & Van Gennep, Amsterdam, 2000.
Giovanni Bocaccio, *Decamerone*, vertaling Frans Denissen, Athenaeum-Polak & Van Gennep, Amsterdam, 2003.
Robert Byron, *De weg naar Oxiana*, vertaling Tinke Davids, Uitgeverij Atlas, Amsterdam, 2007.
F.M. Dostojewski, *De idioot*, vertaling Charles B. Timmer, Van Oorschot, Amsterdam, 1960.
Lucretius, *Leerdicht over de natuur/De Rerum Natura*, vertaling Marguerite Prakke, Damon, Budel, 2007.
Friedrich Nietzsche, *Aldus sprak Zarathoestra*, vertaling Pieter Endt & Hendrik Marsman, Wereldbibliotheek, Amsterdam, 1941.
P. Ovidius Naso, *De kunst der vrijage*, vertaling J. Meihuizen, Strengholt, Amsterdam, 1941.
Blaise Pascal, *Leven van Jezus*, vertaling P. Storm, J.H. Kok N.V., Kampen, 1956.
Alexandr Poesjkin, *Verzameld werk Alexandr Poesjkin 9 – Brieven*, vertaling Hans Boland, Uitgeverij Papieren Tijger, Breda, 2016.
Iwan Toergenjev, *Eerste liefde*, vertaling Aleida Schot, Uitgeverij Contact, Amsterdam, 1946.

Lev Tolstoi, *Anna Karenina*, vertaling Hans Boland, Athenaeum-Polak & Van Gennep, 2017.
Lev Tolstoi, *Oorlog en vrede*, vertaling Titia van der Tuuk, Gouda Quint, Arnhem, 1887.